UN GAR

Paru dans Le Livre de Poche :

VIKRAM SETH

Un garçon convenable
1

ROMAN TRADUIT DE L'ANGLAIS PAR FRANÇOISE ADELSTAIN

Traduit avec le concours du Centre National du Livre

GRASSET

Titre original :

A SUITABLE BOY
Phœnix House, Orion House, Londres, 1993

ISBN : 978-2-253-14327-7 - 1re publication - LGF

À Papa et Maman

et

en mémoire d'Amma

Le superflu, cette chose si nécessaire...

VOLTAIRE.

Le secret d'ennuyer c'est de tout dire.

VOLTAIRE.

UN MOT DE REMERCIEMENT

Tant et tant à qui je suis redevable :
Mes nombreuses muses, sévères et aimables ;
Mes parents, que mes plaintives fables
Ont (finalement) laissés imperméables ;
Législateurs décédés, dont les oraisons
Ont alimenté mes élucubrations ;
Tous ces cerveaux que j'ai pressés,
Sans pitié, en véritable obsédé ;
Mon âme qui a digéré cette pitance
Pour nourrir cette romance ;
A toi aussi, ami lecteur,
Source de toutes douceurs,
Achète-moi en dépit du bon sens ;
Au risque de tes poignets et de ton bel argent.

Première partie

1.1

« Toi aussi tu épouseras un garçon que j'aurai choisi », dit d'un ton péremptoire Mrs Rupa Mehra à sa fille cadette.

Ignorant l'injonction maternelle, Lata s'absorba dans la contemplation du grand jardin de Prem Nivas brillamment éclairé. Tous les invités s'étaient regroupés sur la pelouse. « Hum », dit-elle. Ce qui ne fit qu'irriter un peu plus sa mère.

« Je sais ce que tes hum signifient, mademoiselle, et dans le cas qui nous occupe je ne les tolérerai pas. Je sais ce qui est le mieux. Je fais tout ça pour vous. Crois-tu que ce soit facile pour moi de m'occuper de quatre enfants sans Son aide ? » De penser ainsi à son époux qui, elle en était sûre, dans les espaces supérieurs où il se trouvait, partageait leur joie, lui fit venir le rouge au nez. Mrs Rupa Mehra, bien entendu, croyait à la réincarnation, mais à des moments d'exceptionnelle émotion, elle imaginait que le défunt Raghubir Mehra avait toujours l'apparence qu'elle lui avait connue de son vivant : celle d'un robuste et joyeux quadragénaire qu'une crise cardiaque, due à un excédent de travail, avait emporté au plus fort de la Seconde Guerre mondiale. Cela faisait huit ans, huit ans, soupirait la malheureuse Mrs Rupa Mehra.

« Allons, allons, Ma, tu ne vas pas pleurer le jour du mariage de Savita », dit Lata, passant, gentille et désinvolte à la fois, le bras autour des épaules de sa mère.

« S'Il avait été ici, j'aurais mis le sari de soie tissé que je

Les mots hindis figurent dans un glossaire complet en fin de volume, p. 909.

portais pour mon propre mariage, soupira Mrs Rupa Mehra. Mais c'est un tissu trop riche pour une veuve.

— Ma ! » Ce sentimentalisme que sa mère manifestait en toute circonstance exaspérait un peu Lata. « Les gens te regardent. Ils veulent te féliciter, et ils vont trouver étrange de te voir pleurer ainsi. »

Plusieurs invités, en effet, souriaient à Mrs Rupa Mehra en faisant namasté ; la crème de la société de Brahmpur, remarqua-t-elle avec plaisir.

« Eh bien, qu'ils me regardent ! dit-elle en se tamponnant les yeux de son mouchoir parfumé à l'eau de Cologne 4711. Ils penseront que je pleure de joie. Tout ce que je fais, c'est pour vous, et personne ne m'en sait gré. J'ai choisi le meilleur garçon pour Savita, et je n'entends que des récriminations. »

Des quatre frères et sœurs, se dit Lata, la seule à ne s'être pas plainte de cette union était la douce, la tendre, la jolie Savita.

« Il est mince, Ma », décréta Lata. C'était peu dire. Pran Kapoor, son presque beau-frère, était un garçon efflanqué, dégingandé, au teint sombre, asthmatique par-dessus le marché.

« Mince ? Quoi mince ? Tout le monde veut devenir mince de nos jours. Moi-même, il m'a fallu jeûner depuis ce matin, et ce n'est pas bon pour mon diabète. Et puisque Savita ne s'en plaint pas, tout le monde devrait être content. Arun et Varun n'arrêtent pas de rouspéter : pourquoi n'ont-ils pas choisi eux-mêmes un fiancé pour leur sœur ? Pran est un bon garçon, honnête, cultivé, et khatri qui plus est. »

On ne pouvait nier que Pran, trente ans, fût un bon et honnête garçon, ni qu'il appartînt à une bonne caste. Lata, du reste, aimait bien Pran. Bizarrement, elle le connaissait mieux que sa sœur – ou du moins depuis plus longtemps. Lata étudiait l'anglais à l'université de Brahmpur, où Pran Kapoor était un maître-assistant très populaire. Lata avait suivi son cours sur les Elisabéthains, alors que Savita n'avait vu son fiancé en tout et pour tout qu'une heure, et encore en compagnie de sa mère.

« Et Savita le fera grossir, ajouta Mrs Rupa Mehra. Pourquoi essaies-tu de me troubler quand je suis si heureuse ?

Et Pran et Savita seront heureux, tu verras. Ils seront heureux, insista-t-elle. Merci, merci. » Elle remerciait maintenant avec effusion ceux qui venaient la saluer. « C'est si merveilleux. Le garçon de mes rêves, et une si bonne famille. Le Sahib ministre s'est montré très aimable avec nous. Et Savita est si heureuse. Je vous en prie, mangez : ils ont préparé de si délicieux gulab-jamuns, mais à cause de mon diabète, je ne peux pas en manger, même après la cérémonie. Je n'ai même pas droit au gajak, si irrésistible en hiver. Mais je vous en prie, mangez, mangez. Il faut que j'aille voir ce qui se passe : le temps que les pandits ont accordé touche à sa fin, et aucun signe de la fiancée ou du fiancé ! » Elle regarda Lata d'un air soucieux. Sa cadette allait lui donner plus de mal que l'aînée, décida-t-elle.

« N'oublie pas ce que je t'ai dit, lui lança-t-elle comme un avertissement.

— Hum, fit Lata. Ma, ton mouchoir sort de ton corsage.

— Oh ! dit Mrs Rupa Mehra en le renfonçant. Et dis à Arun de prendre son rôle au sérieux. Tout ce qu'il sait faire c'est rester dans un coin avec cette Meenakshi et son imbécile d'ami de Calcutta. Il devrait veiller à ce que chacun mange et boive comme il faut, et jouisse de la fête. »

Cette Meenakshi n'était autre que la superbe épouse d'Arun, par conséquent la bru, peu respectueuse, de Mrs Rupa Mehra. En quatre années de mariage, le seul acte valable de Meenakshi aux yeux de sa belle-mère avait été de donner naissance à Aparna, sa bien-aimée petite-fille qui, même aujourd'hui, avait réussi à retrouver sa grand-mère et son sari de soie brune, auquel elle se pendait maintenant pour attirer son attention. Mrs Rupa Mehra, ravie, l'embrassa et lui dit :

« Aparna, tu dois rester avec ta maman ou avec Lata Bua, sinon tu vas te perdre. Et alors que ferions-nous ?

— Est-ce que je ne peux pas venir avec toi ? » A trois ans, Aparna avait des idées et des préférences bien arrêtées.

« J'aimerais bien, mon cœur, dit Mrs Rupa Mehra, mais je dois m'assurer que Savita Bua est prête. Elle est déjà si en retard. » Une fois de plus, Mrs Rupa Mehra regarda la petite montre en or – premier cadeau qu'elle eût reçue de son mari – qui, en vingt-cinq ans, ne s'était jamais arrêtée.

« Je veux voir Savita Bua ! »

Mrs Rupa Mehra fit un vague signe de tête, l'air quelque peu harassée.

Lata prit Aparna dans ses bras. « Quand Savita Bua sortira, nous irons là-bas et je te tiendrai comme ça, et nous la verrons toutes les deux. En attendant, si nous essayions de trouver de la glace ? J'en mangerais bien un peu. »

Aparna approuva cette suggestion, comme presque toutes celles que faisait Lata. Elles se dirigèrent vers le buffet, main dans la main, la petite fille de trois ans et la jeune fille de dix-neuf. Quelques pétales de roses se posèrent sur elles, venant on ne sait d'où.

« Ce qui est assez bon pour ta sœur est assez bon pour toi, dit Mrs Rupa Mehra, lui décochant un dernier trait.

— Nous ne pouvons pas toutes les deux épouser Pran », rétorqua Lata en riant.

1.2

L'autre personnage important qui accueillait les invités était le père du fiancé, Mr Mahesh Kapoor, ministre du Trésor du Purva Pradesh. En fait, c'était dans sa grande maison couleur crème, Prem Nivas, deux étages en forme de C, située dans la zone résidentielle la plus calme, la plus verdoyante de la vieille ville, surpeuplée, de Brahmpur, qu'avait lieu le mariage.

Une pratique si inhabituelle que le Tout-Brahmpur en avait bourdonné pendant des jours. Deux semaines avant la date prévue, celui chez qui aurait dû se tenir la cérémonie, le père de Mrs Rupa Mehra, avait soudain pris la mouche, fermé sa maison, et disparu. Devant la détresse de Mrs Rupa Mehra, le sahib ministre avait décidé de prendre les choses en main (« Votre honneur est notre honneur »). Quant aux cancans que cela allait entraîner, peu lui importait.

Il n'était pas question que Mrs Rupa Mehra participe aux

frais du mariage. Le sahib ministre ne voulut pas en entendre parler. Pas plus qu'il n'avait demandé une dot. C'était un vieil ami et partenaire de bridge du père de Mrs Rupa Mehra, et il avait aimé ce qu'il avait aperçu de la jeune Savita (bien qu'il ne pût jamais se rappeler son nom). Il savait ce qu'est une situation économique difficile, pour l'avoir lui-même vécu. Durant les années qu'il avait passées dans les geôles britanniques, pendant la lutte pour l'Indépendance, personne ne lui avait proposé de s'occuper de sa ferme ou de son affaire de vêtements. Les revenus avaient donc été très faibles, et sa famille s'était débattue au milieu de grandes difficultés.

Il ne s'agissait plus, heureusement, pour le puissant ministre, talentueux et ardent, que de mauvais souvenirs. En ce début d'hiver 1950, cela faisait plus de trois ans que l'Inde avait conquis son indépendance. Mais liberté du pays ne signifiait pas liberté pour son fils cadet, Maan, à qui, en ce moment même, il répétait :

« Ce qui est assez bon pour ton frère est assez bon pour toi.

— Oui, Baoji », dit Maan, en souriant.

Mr Mahesh Kapoor le toisa avec sévérité. Si le jeune homme avait hérité son goût pour les beaux vêtements, il n'en était pas de même de sa passion pour le travail. Pas plus qu'il ne semblait avoir une ambition quelconque.

« Tu ne pourras pas éternellement jouer les jolis garçons bons à rien. Le mariage t'obligera à te poser, à prendre les choses avec sérieux. J'ai écrit à Bénarès, et j'attends une réponse favorable d'un jour à l'autre. »

Maan se souciait du mariage comme d'une guigne ; il venait d'apercevoir un ami dans la foule, et l'appelait à grands gestes. Des centaines de petites ampoules colorées suspendues dans la haie s'allumèrent d'un seul coup, accentuant encore le scintillement des saris de soie et des bijoux. Le rythme du shehnai, aux sons aigus, nasillards, s'accéléra, s'amplifia. Maan était dans le ravissement. Il remarqua Lata, qui se frayait un chemin au milieu des invités. Très séduisante, la sœur de Savita, pensa-t-il. Pas très grande ni le teint très clair mais séduisante, avec son visage ovale, la lueur timide dans ses yeux sombres et la façon tendre qu'elle avait de se pencher sur l'enfant dont elle tenait la main.

« Oui, Baoji, dit Maan, d'un ton obéissant.

— Qu'est-ce que je viens de dire ?

— C'était à propos de mariage, Baoji.

— Et quoi, à propos de mariage ? »

Maan demeura coi.

« Tu n'écoutes donc rien ? explosa Mahesh Kapoor, se retenant de tordre l'oreille de son fils. Tu ne vaux pas mieux que les employés de mon ministère. Tu étais bien trop occupé à faire des signes à Firoz. »

Maan prit un air honteux. Il savait ce que son père pensait de lui. Mais, quelques minutes encore auparavant, il s'amusait, et voilà que Baoji, comme à son habitude, lui coupait son élan.

« Donc, tout est arrangé, continuait son père. Ne viens pas me dire plus tard que je ne t'ai pas prévenu. Et n'essaie pas d'influencer cette femme sans volonté qu'est ta mère : je ne veux pas l'entendre m'affirmer que tu n'es pas prêt à assumer les responsabilités d'un homme.

— Non, Baoji. » L'air maussade qui se peignit sur son visage signifiait qu'il avait compris où son père voulait en venir.

« Nous avons bien choisi pour Veena, bien choisi pour Pran, et je t'interdis de te plaindre de la fiancée que nous t'avons choisie. »

Maan ne dit rien. Il se demandait comment retrouver son heureux état d'esprit précédent. Il y avait une bouteille de scotch là-haut dans sa chambre : lui et Firoz pourraient peut-être s'échapper quelques minutes, avant – ou pendant – la cérémonie, et aller boire.

Son père fit une pause pour adresser un sourire mécanique à quelques invités, puis il se retourna vers Maan.

«·Je ne perdrai pas davantage de temps avec toi aujourd'hui. Dieu sait que je suis assez occupé comme ça. Qu'est-il arrivé à Pran et à cette jeune fille, comment s'appelle-t-elle déjà ? Il se fait tard. Ils étaient supposés sortir des deux bouts opposés de la maison et se retrouver ici, il y a cinq minutes, pour le jaymala.

— Savita, lui souffla Maan.

— Oui, oui, dit son père avec impatience, Savita. Ta superstitieuse de mère va s'affoler s'ils manquent la bonne configuration astrale. Va la calmer. Allez va ! Rends-toi utile. »

Et Mahesh Kapoor retourna à ses devoirs d'hôte. Il jeta un regard menaçant à l'un des prêtres, qui lui sourit faiblement en retour, et réussit de justesse à ne pas se faire bousculer et renverser par trois enfants, appartenant à la branche campagnarde de sa famille, qui galopaient dans le jardin comme dans un champ. Il n'avait pas fait dix mètres qu'il avait salué un professeur de littérature (qui pouvait être utile à la carrière de Pran) ; deux représentants influents de l'Assemblée, membres du parti du Congrès (qui accepteraient peut-être de le soutenir dans sa bagarre permanente contre le ministre de l'Intérieur) ; un juge, le seul Anglais à siéger encore au banc de la Haute Cour de Brahmpur ; et son vieil ami le Nawab Sahib de Baitar, l'un des plus gros propriétaires fonciers de l'Etat.

1.3

Lata, qui avait entendu une partie de la conversation entre Maan et son père, ne put s'empêcher de sourire en passant à côté d'eux.

« Je vois que vous vous amusez », lui dit Maan en anglais.

Il s'était exprimé en hindi avec son père, Lata en anglais avec sa mère. Maan parlait couramment les deux langues.

Lata fut prise d'un accès de timidité, comme cela lui arrivait parfois avec les étrangers, surtout ceux qui souriaient aussi effrontément que Maan. Il n'a qu'à sourire pour nous deux, pensa-t-elle.

« Oui », répondit-elle simplement, le dévisageant une seconde. Aparna la tirait par la main.

« Eh bien, maintenant, nous faisons pour ainsi dire partie de la même famille, poursuivit Maan, se rendant peut-être compte de sa gêne. Encore quelques minutes, et les cérémonies vont commencer.

— Oui. » Cette fois Lata le regarda plus longuement. « Ma mère craint qu'elles ne commencent en retard.

— Mon père aussi. »

Lata sourit de nouveau, mais quand Maan lui en demanda la raison, elle se contenta de secouer la tête.

« Eh ! dit Maan, chassant un pétale de rose de son bel ashkan blanc très ajusté, c'est de moi que vous riez ?

— Je ne ris pas.

— Souriez, je veux dire.

— Non, ce n'est pas de vous. C'est de moi.

— Voilà qui est bien mystérieux », soupira Maan. Une expression de perplexité forcée se peignit sur son visage.

« Et qui devra le demeurer, j'en ai peur, dit Lata, riant presque pour le coup. Aparna que voici veut sa glace, et je dois la lui fournir.

— Essayez la pistache. » Maan suivit des yeux son sari rose pendant quelques secondes. Jolie fille – en un sens, pensa-t-il de nouveau. Bien que le rose ne lui aille pas au teint. Elle devrait porter du vert foncé ou du bleu sombre... comme cette femme, ici. Il changea d'objet de contemplation.

Quelques secondes plus tard, Lata tombait sur sa meilleure amie, Malati, une étudiante en médecine avec qui elle partageait sa chambre à la résidence universitaire. Très extravertie, Malati ne perdait jamais sa langue en présence d'étrangers. Les étrangers, en revanche, quand ils plongeaient le regard dans ses beaux yeux verts, perdaient parfois la leur.

« Qui était ce Fat à qui tu parlais ? » demanda-t-elle à Lata.

Le mot n'était pas aussi péjoratif qu'il paraissait. Dans le langage des filles de l'université de Brahmpur, un beau garçon était un Fat. Première syllabe du nom d'une marque de chocolat.

« Oh, ce n'est que Maan, le frère cadet de Pran.

— Vraiment ? Mais il est si joli garçon et Pran si, eh bien, pas laid, mais enfin, foncé, banal quoi.

— C'est peut-être un Fat noir, dit Lata. Amer mais nourrissant. »

Malati réfléchit à la question.

« D'ailleurs, continua Lata, comme mes tantes me l'ont rappelé cinq fois en une heure, je ne suis pas très claire moi non plus et il me sera donc impossible de trouver un mari convenable.

— Comment peux-tu les supporter ? » demanda Malati. Sans père ni frères, elle avait grandi dans un cercle de femmes qui se tenaient les coudes.

« Oh, je les aime toutes ou presque. Et si ce n'était pas une occasion de bavarder, elles se ficheraient pas mal du mariage. Une fois qu'elles auront vu les deux fiancés ensemble, elles se sentiront encore mieux. La Belle et la Bête.

— C'est vrai que chaque fois que je l'ai croisé sur le campus, j'ai trouvé qu'il ressemblait assez à une bête. Une sorte de girafe foncée.

— Ne sois pas méchante, dit Lata en riant. En tout cas, Pran a du succès. Et je l'aime bien. Et il faudra que tu viennes me voir quand j'habiterai chez lui, après avoir quitté la résidence. Et comme il sera mon beau-frère, tu devras l'aimer toi aussi. Promets-le-moi.

— Sûrement pas. Il t'éloigne de moi.

— Mais non, Malati. C'est ma mère, avec son sens de l'économie ménagère, qui m'impose à lui.

— Je ne vois pas pourquoi tu devrais obéir à ta mère. Dis-lui que tu ne peux pas supporter d'être séparée de moi.

— J'obéis toujours à ma mère. Par ailleurs, qui paierait la note de la résidence, si ce n'est plus elle ? De toute façon, ce sera agréable de vivre pendant un temps avec Savita. Je refuse de te perdre. Tu devras absolument nous rendre visite. Sinon, je saurai quelle valeur accorder à ton amitié. »

Une seconde ou deux, Malati parut malheureuse. Mais elle se remit. « Qui c'est ça ? » demanda-t-elle. Aparna la regardait d'un air sévère et intraitable.

« Ma nièce, Aparna, dit Lata. Dis bonjour à tante Malati, Aparna.

— Bonjour. » Aparna était arrivée à l'extrême limite de sa patience. « Puis-je avoir une glace à la pistache, s'il te plaît ?

— Bien sûr, kuchuk, bien sûr. Je suis désolée, s'excusa Lata. Viens, allons toutes les trois en chercher une. »

1.4

Lata perdit bientôt Malati au milieu d'une bande d'amis de l'université, mais avant qu'elle et Aparna n'aient pu avancer, elles furent harponnées par les parents de la fillette.

« Ainsi te voilà, mon amour de petite fugueuse, s'exclama la resplendissante Meenakshi en plantant un baiser sur le front de sa fille. N'est-elle pas un amour, Arun ? Où es-tu allée, mon amour de brigand ?

— Je suis allée chercher Daadi, et puis je l'ai trouvée, mais il fallait qu'elle entre dans la maison à cause de Savita Bua, mais je n'ai pas pu aller avec elle, alors Lata Bua m'a emmenée prendre une glace, mais nous n'avons pas pu parce que... »

Mais Meenakshi n'écoutait plus et s'était tournée vers Lata.

« Ce rose ne te va vraiment pas, Luts. Il lui manque un certain, un certain –

— Je ne sais quoi ? proposa la voix suave d'un ami de son mari, qui se tenait tout près.

— Merci, dit Meenakshi avec une douceur si méprisante que le jeune homme s'éloigna de quelques mètres et feignit de contempler les étoiles.

— Non, le rose n'est pas fait pour toi », réaffirma Meenakshi, étirant son long cou brun à la manière d'un chat et appréciant sa belle-sœur du regard.

Elle-même portait un sari en soie de Bénarès vert et or, avec un choli vert qui laissait apercevoir de son estomac plus que ce que la bonne société de Brahmpur avait normalement l'habitude ou le privilège d'en voir.

« Oh », dit Lata, soudain embarrassée. Elle savait qu'elle n'avait pas un grand sens de l'habillement et imaginait qu'elle devait paraître très terne à côté de cet oiseau de paradis.

« Qui était ce garçon à qui tu parlais ? » demanda son frère Arun qui, contrairement à sa femme, avait vu Lata s'entretenir avec Maan. Vingt-cinq ans, grand, la peau claire, intelligent, Arun était un jeune coq qui maintenait ses frères et sœurs à leur place en fustigeant leur ego. Il aimait à leur rappeler que, depuis la mort de leur père, c'est lui qui, « pour ainsi dire », leur en tenait lieu.

« C'était Maan, le frère de Pran.

— Ah. » Ce simple mot contenait une tonne de désapprobation.

Arun et Meenakshi étaient arrivés le matin même, par train, de Calcutta où Arun travaillait comme cadre, l'un des rares Indiens à occuper un tel poste, dans la prestigieuse firme Bentsen & Pryce. Il n'avait eu ni le temps ni le désir de faire connaissance de la famille Kapoor – le clan, comme il l'appelait – avec laquelle sa mère avait conclu alliance. Il jeta un regard lugubre autour de lui. Typique de ce genre de gens d'exagérer en tout, pensa-t-il, en notant les ampoules éclairées dans la haie. La balourdise des politiciens locaux, avec leur calot blanc et leur exubérance, celle de la parentèle campagnarde de Mahesh Kapoor, ne pouvaient qu'accroître son dédain. Et le fait que ni le général commandant la garnison de Brahmpur ni les représentants de sociétés comme la Burmah Shell, Imperial Tobacco et Caltex ne se trouvaient dans la foule des invités lui masquait la présence de la presque totalité de l'élite professionnelle de la ville.

« Beaucoup d'esbroufe, non ? » dit Arun, qui avait vu Maan suivre Lata des yeux, avant de reporter ailleurs son attention.

Lata sourit, imitée comme pour marquer leur complicité par l'humble Varun, ombre agitée d'Arun et de Meenakshi. Varun étudiait – ou tentait d'étudier – les mathématiques à l'université de Calcutta, et vivait chez Arun et Meenakshi, dans leur petit appartement du rez-de-chaussée. Mince, d'un tempérament doux, il était peu sûr de lui avec un regard qui se dérobait ; il était aussi le préféré de Lata. Bien qu'il eût un an de plus qu'elle, elle éprouvait le besoin de le protéger. Varun était terrifié, de manière différente, par Arun et Meenakshi, et même par la jeune Aparna. Il n'aimait les mathématiques qu'appliquées au calcul des cotes et des handicaps dans les courses de chevaux. En hiver, saison des courses, l'excitation de Varun était à son comble, ainsi que la colère de son frère aîné. Arun aimait à le traiter d'esbroufeur, lui aussi.

Et tu t'y connais en matière d'esbroufe, Arun Bhai ? songea Lata. Et tout haut : « Il m'a semblé très gentil.

— Une tante que nous avons rencontrée a dit que c'était un Fat, renchérit Aparna.

— Vraiment, mon amour ? dit Meenakshi, soudain intéressée. Montre-le-moi, Arun. » Mais il n'y avait plus trace de Maan.

« Je m'en veux jusqu'à un certain point », dit Arun, d'une voix qui démentait son propos ; Arun était incapable de s'en vouloir de quoi que ce soit. « J'aurais vraiment dû faire quelque chose, continua-t-il. Si je n'avais pas été aussi débordé de travail, j'aurais pu empêcher tout ce fiasco. Mais une fois que Ma s'est mise en tête que ce Kapoor était le garçon qui convenait, il a été impossible de la dissuader. On ne peut raisonner avec Ma ; aussitôt c'est les grandes eaux. »

Le fait que le Dr Pran Kapoor enseignait l'anglais avait aussi apaisé Arun. Et pourtant, à son grand déplaisir, il ne voyait guère de visage anglais dans cette foule provinciale.

« Que tout cela manque d'élégance ! dit Meenakshi d'un ton las pour elle-même, résumant ainsi les pensées de son mari. Et quelle différence avec Calcutta. Mon amour, tu as du noir sur le nez », ajouta-t-elle à l'intention d'Aparna, cherchant vaguement autour d'elle une ayah à qui demander d'enlever la saleté avec son mouchoir.

« Je me plais ici », risqua Varun, devant l'air fâché de Lata. Il savait qu'elle aimait Brahmpur, bien que ce ne fût pas une métropole.

« Tiens-toi tranquille », lui intima Arun. Il n'allait tout de même pas laisser un subordonné discuter ses jugements.

Varun essaya de se dominer ; ses yeux lançaient des éclairs, mais il finit par se calmer.

« Ne parle pas de ce que tu ne comprends pas », ajouta Arun, enfonçant le clou.

Varun le fixa sans rien dire.

« Tu m'as entendu ?

— Oui.

— Oui, quoi ?

— Oui, Arun Bhai », marmonna Varun.

Varun avait l'habitude de se faire ainsi piétiner, Lata le savait. Mais elle souffrait pour lui, et était furieuse contre Arun. Elle ne saisissait ni le plaisir qu'il en retirait, ni la raison d'un tel comportement. Elle décida de parler à Varun dès que possible après le mariage pour essayer de l'aider à résister à de tels assauts. Bien que moi-même j'aie du mal à leur résister, songea-t-elle.

« Mon Dieu, Arun Bhai, dit-elle d'un ton innocent, je suppose que c'est trop tard. Nous formons tous une grande famille heureuse à présent, et nous devrons apprendre à nous supporter le mieux possible. »

La phrase, elle, n'avait rien d'innocent. « Une grande famille heureuse » était une expression ironique employée par les Chatterji. Meenakshi Mehra était une Chatterji avant qu'elle et Arun ne se rencontrent à une soirée, s'éprennent l'un de l'autre d'un amour torride, frénétique mais élégant, et ne se marient en moins d'un mois à la stupeur des deux familles. Que M. le juge Chatterji de la Haute Cour de Calcutta et sa femme aient été heureux ou non d'accueillir un non-Bengali comme premier appendice de leurs cinq enfants (sans compter Cuddles le chien), que Mrs Rupa Mehra ait été ou non ravie à la pensée que son premier-né, la prunelle de ses yeux, épousât une non-Khatri (et qui plus est aussi gâtée et sophistiquée que Meenakshi), Arun, lui, appréciait fort son apparentement aux Chatterji. La famille possédait fortune, position sociale et grande maison, dans laquelle elle donnait d'énormes (mais raffinées) réceptions. Et même si la grande famille heureuse, surtout les frères et sœurs de Meenakshi, l'ennuyait parfois avec ses éternels assauts d'esprit et ses improvisations de bouts-rimés, il l'acceptait justement parce qu'il y voyait la marque indéniable de l'urbanité. On était à mille lieues de cette capitale provinciale, de ces Kapoor et de leurs guir-

landes d'ampoules colorées dans la haie – avec de la grena-
dine en guise d'alcool !

« Qu'entends-tu par là exactement ? demanda Arun à
Lata. Crois-tu que si Papa avait vécu nous nous serions
alliés à cette sorte de gens ? »

Arun ne semblait pas se soucier qu'on pût l'entendre.
Lata rougit. Mais la chose était dite. Si, au lieu de mourir
dans la quarantaine, Raghubir Mehra avait poursuivi son
ascension météorique dans les Chemins de fer, il en serait
certainement devenu – quand les Anglais avaient quitté en
masse l'administration indienne en 1947 – membre du
conseil d'administration. Son expérience et ses capacités
l'auraient peut-être même hissé jusqu'à la Présidence. La
famille n'aurait pas eu à compter, pour vivre, sur les malheureuses économies de Mrs Rupa Mehra, la gentillesse des
amis et, depuis peu, le salaire du fils aîné. Mrs Rupa Mehra
ne se serait pas trouvée obligée de vendre ses bijoux et
même la petite maison de Darjeeling pour payer à ses
enfants l'éducation que, selon elle, ils devaient avoir. Derrière un sentimentalisme débordant – et son attachement
aux objets apparemment immuables qui lui rappelaient
son bien-aimé mari – reposait un sens du sacrifice et des
valeurs qui leur avait valu les bénéfices volatils mais intan-
gibles d'une excellente éducation de pensionnat bourgeois
anglais. Arun et Varun avaient donc continué à fréquenter
St George, Savita et Lata étaient restées au couvent Sainte-
Sophie.

Les Kapoor étaient peut-être très bien pour la société de
Brahmpur, songeait Arun, mais si Papa avait vécu, les
Mehra n'auraient eu qu'à se baisser pour choisir parmi les
plus brillants partis. Lui, du moins, avait surmonté leur
handicap et réussi en matière de belle-famille. Y avait-il une
comparaison possible entre le frère de Pran, ce reluqueur à
qui Lata venait de parler – et qui, par-dessus le marché, à en
croire ce qu'on racontait, dirigeait un magasin de vêtements à Bénarès – et, disons, le frère aîné de Meenakshi, qui
avait fréquenté Oxford, étudiait le droit à Lincoln's Inn et,
de plus, publiait des poèmes ?

Arun fut tiré de ses méditations par sa fille, qui menaçait
de se mettre à hurler si elle n'avait pas sa glace. Elle savait

d'expérience que ses cris (ou leur simple menace) faisaient des merveilles. D'ailleurs, ses parents criaient parfois l'un après l'autre, et souvent après les serviteurs.

Lata prit un air coupable. « C'est ma faute, chérie, dit-elle à Aparna. Allons en chercher une avant qu'on vienne encore nous arrêter. Mais tu ne dois pas pleurer ou hurler, promets-le-moi. Ça ne marcherait pas avec moi. »

Aparna, qui savait qu'elle disait vrai, se tut.

A ce moment précis la fiancée émergea d'une extrémité de la maison, de blanc vêtue, son visage sombre et mobile voilé de guirlandes de fleurs blanches ; tout le monde se massa vers la porte d'où devait sortir le fiancé ; et Aparna, soulevée dans les bras de sa Lata Bua, dut différer une fois de plus plaisir et colère.

1.5

C'était contraire à la tradition, ne put s'empêcher de penser Lata, que Pran ne soit pas venu réclamer sa fiancée monté sur un cheval blanc avec un petit neveu devant lui, et suivi de toute sa parenté ; mais après tout, Prem Nivas était la demeure du fiancé. Sans compter que si l'on avait respecté la tradition, Arun y aurait trouvé motif supplémentaire de moquerie. Déjà, Lata avait du mal à imaginer le spécialiste du théâtre élisabéthain sous ce voile de tubéreuses. Il passait maintenant une guirlande de roses rouge sombre au parfum entêtant autour du cou de Savita – et Savita agissait de même avec lui. Elle était adorable dans son sari de mariage rouge et or, et paraissait subjuguée ; peut-être même avait-elle pleuré. Elle avait la tête couverte, et gardait les yeux au sol comme sans doute sa mère lui avait dit de faire. Il ne convenait pas que, alors même qu'elle lui passait les fleurs autour du cou, elle regardât en face l'homme avec qui elle allait vivre désormais.

La cérémonie de l'accueil terminée, les fiancés se dirigè-rent vers le milieu du jardin où se dressait une petite estrade, décorée d'autres fleurs blanches et placée sous le regard bénéfique des étoiles. Là se tenaient, assis autour du feu qui serait témoin de leurs vœux, les prêtres, un par famille, Mrs Rupa Mehra et les parents du fiancé.

C'était le frère de Mrs Rupa Mehra, que l'on voyait rarement en temps normal, qui s'était occupé, plus tôt dans la journée, de la cérémonie du bracelet. Arun était contrarié de n'avoir été chargé de rien. Après la crise déclenchée par l'inexplicable attitude de son grand-père, il avait suggéré à sa mère de déplacer les festivités à Calcutta. Mais il était trop tard, et elle avait refusé.

A présent que l'échange de guirlandes avait eu lieu, la foule ne prêtait plus grande attention aux véritables rites du mariage. Ils allaient se dérouler pendant près d'une heure, tandis que les invités foulaient en bavardant les pelouses de Prem Nivas. Ils riaient ; ils se serraient les mains ou se saluaient ; ils s'agglutinaient en petits groupes, les hommes d'un côté, les femmes de l'autre ; ils se réchauffaient aux foyers d'argile remplis de charbon de bois, placés aux endroits stratégiques du jardin, et leur haleine chargée de potins s'échappait vers le ciel ; ils admiraient les ampoules multicolores ; ils souriaient au photographe qui murmurait, en anglais : « Ne bougez pas, s'il vous plaît ! » ; ils aspiraient le parfum des fleurs et celui des épices cuisinées ; ils parlaient naissances, décès, politique et scandales sous le dais aux couleurs vives dressé dans le fond du jardin, et qui abritait de longues tables chargées de nourriture. Ils s'asseyaient, épuisés, avec leur assiette pleine et s'empiffraient indéfiniment. A ceux qui se tenaient sur les pelouses, des serviteurs, en livrée blanche ou kaki, présentaient des jus de fruits, du thé, du café et des canapés : samosas, kachauris, laddus, gulab-jamuns, barfis, gajak, sans compter les glaces, se renouvelaient sans cesse, ainsi que des puris et six sortes de légumes. Des amis, qui ne s'étaient pas vus depuis des mois, se retrouvaient à grands cris, des parents qui ne se rencontraient qu'aux mariages et aux enterrements s'embrassaient les larmes aux yeux et échangeaient les dernières nouvelles de cousins au troisième degré. La tante de Lata, celle de Kanpur, horrifiée par le teint du marié, parlait avec la tante de Lucknow des

« petits-enfants noirs de Rupa », comme s'ils existaient déjà. Elles ne tarissaient pas d'éloges sur Aparna qui, à l'évidence, serait le dernier petit-enfant au teint clair de Rupa, et la couvraient d'éloges alors même qu'elle laissait couler de la glace à la pistache sur le devant de son chandail en cashmere jaune. Les petits campagnards barbares couraient partout en poussant des hurlements, comme s'ils jouaient au pitthu dans la cour de la ferme. Le chant plaintif du shehnai s'était arrêté, mais un joyeux brouhaha de voix amicales montait vers le ciel, étouffant la mélopée cérémonielle, qui semblait totalement déplacée.

Lata se tenait tout près et observait, avec autant d'effarement que de fascination. Les deux prêtres à la poitrine nue, l'un très gros l'autre plutôt mince, apparemment immunisés contre le froid, se livraient en douce mais avec insistance à une compétition : qui connaissait la forme la plus élaborée de rituel ? Sous le regard des étoiles, qui suspendaient leur course pour prolonger les heures bénéfiques, la liturgie sanskrite se déroulait interminablement. Le gros prêtre demanda aux parents du marié de répéter quelque chose après lui. Les sourcils de Mahesh Kapoor frémissaient ; il était sur le point de craquer.

Lata essayait d'imaginer à quoi pensait Savita. Comment avait-elle pu accepter d'épouser cet homme qu'elle ne connaissait pas ? Aussi bonne et accommodante qu'elle fût, elle avait ses idées à elle. Lata l'aimait profondément, admirait son caractère égal et généreux ; une égalité qui contrastait singulièrement avec ses propres sautes d'humeur. Savita ne tirait aucune vanité de sa fraîcheur et de sa beauté ; n'éprouvait-elle cependant aucun sentiment de révolte à la pensée que Pran eût échoué au plus insignifiant des concours de charme ? Tenait-elle vraiment pour acquis le décret : c'est Mère qui décide ? Il était difficile de parler avec Savita. Depuis que Lata allait à l'université, elle se confiait à Malati plutôt qu'à sa sœur. Et, elle en était sûre, toutes les mères du monde associées n'auraient pas réussi à convaincre Malati de se laisser marier d'une manière aussi expéditive.

Dans quelques minutes, Savita allait tout abandonner à Pran, jusqu'à son nom. Elle deviendrait une Kapoor. Lata prononça les mots « Savita Kapoor », et n'aima pas du tout leur sonorité.

La fumée du feu – ou peut-être le pollen des fleurs – commençait à gêner Pran, et il toussa un peu, derrière sa main. Sa mère lui dit quelque chose à voix basse. Savita lui jeta un coup d'œil rapide avec dans le regard, jugea Lata, une sorte d'inquiétude. Savita, il est vrai, s'inquiétait pour quiconque souffrait de quoi que ce soit ; mais, dans le cas présent, Lata discernait une tendresse particulière, qui l'irritait et la troublait. Cela faisait une heure à peine que Savita connaissait cet homme ! Et le voilà qui lui retournait son regard. C'en était trop.

Oubliant qu'elle venait de défendre Pran auprès de Malati, Lata commençait à découvrir des motifs d'énervement.

A commencer par « Prem Nivas » : la demeure de l'amour. Quel nom ridicule pour une maison abritant des mariages arrangés. Et d'une grandiloquence sans raison : comme si elle était le centre de l'univers et qu'elle se sentît obligée de prendre une position philosophique à ce sujet. Et la scène, considérée d'un point de vue objectif, était absurde : six êtres vivants, pas stupides, assis autour d'un feu à psalmodier une langue morte que seuls trois d'entre eux comprenaient. Pourtant, songeait Lata, son esprit vagabondant d'une chose à l'autre, peut-être ce petit feu était-il le centre de l'univers. Lui qui brûlait, au milieu de ce jardin odorant, lui-même au cœur de Pasand Bagh, le quartier le plus agréable de Brahmpur, qui est la capitale de l'Etat du Purva Pradesh, lequel repose au centre de la plaine gangétique, terre chérie de l'Inde... et ainsi de suite à travers les galaxies jusqu'aux extrêmes limites de notre perception et de notre connaissance. Cette pensée ne paraissait pas le moins du monde banale à Lata ; elle l'aidait à maîtriser son irritation, son ressentiment à l'égard de Pran.

« Plus fort ! Plus fort ! Si ta mère avait marmonné comme toi, nous n'aurions jamais été mariés. »

Mahesh Kapoor s'était tourné avec impatience vers sa petite femme replète qui, du coup, n'en demeurait que plus muette.

Pran adressa un sourire encourageant à sa mère, ce qui le fit aussitôt remonter d'un cran dans l'estime de Lata.

Mahesh Kapoor, l'air rogue, se retint quelques minutes pour finir par éclater, cette fois contre le prêtre :

« Est-ce que ce baragouinage va continuer éternellement ? »

Le prêtre dit quelque chose en sanskrit, comme s'il bénissait Mahesh Kapoor, qui se sentit obligé de se réfugier dans un silence furieux. Il y avait plusieurs raisons à son irritation, notamment le désagréable spectacle que constituait son principal rival politique, le ministre de l'Intérieur, en profonde conversation avec le grand et vénérable Premier ministre, S.S. Sharma. Que pouvaient-ils comploter ? Ma stupide épouse a insisté pour que j'invite Agarwal sous prétexte que nos filles sont amies, tout en sachant que cela allait tout gâcher pour moi. Et voilà que le Premier ministre s'entretient avec lui comme si personne d'autre n'existait. Et dans mon jardin !

L'autre cause majeure de son irritation était Mrs Rupa Mehra. Ayant pris les choses en main, Mahesh Kapoor avait décidé d'inviter une belle et célèbre chanteuse de ghazals, comme il était de tradition dans les mariages de sa famille. Mais Mrs Rupa Mehra, alors qu'il ne lui en coûtait rien, avait mis son veto. Il n'était pas question que « ce genre de personne » chante des chansons d'amour au mariage de sa fille. « Ce genre de personne » signifiait à la fois musulmane et courtisane.

Mahesh Kapoor se trompa dans ses réponses, et le prêtre les répéta gentiment.

« Oui, oui, continuez, continuez », dit Mahesh Kapoor, contemplant le feu d'un air lugubre.

A présent, sa mère laissait partir Savita en lui lançant une poignée de pétales de roses, et les trois femmes pleuraient.

Vraiment ! se dit Mahesh Kapoor. Elles vont éteindre les flammes. Il fixa, exaspéré, la principale coupable, dont les sanglots étaient les plus bruyants.

Mais Mrs Rupa Mehra ne se souciait même pas de rentrer son mouchoir dans son corsage. Elle avait les yeux rouges, le nez et les joues inondés de larmes. Elle se rappelait son propre mariage. Le parfum de l'eau de Cologne 4711 évoquait d'insupportables et heureux souvenirs de son défunt mari. Elle pensa alors à la génération suivante, à sa bien-aimée Savita qui allait bientôt marcher avec Pran autour du feu et commencer ainsi sa vie de jeune mariée. Puisse-t-elle durer plus longtemps que la mienne, pria Mrs Rupa Mehra. Puisse-t-elle porter ce sari au mariage de sa propre fille.

Puis elle revint à la génération précédente, à son père, déchaînant ainsi un nouveau flot de larmes. Ce qui avait bien pu offenser le septuagénaire Dr Kishen Chand Seth, radiologue de son état, personne ne le savait : probablement quelque chose dit ou fait par son ami Mahesh Kapoor, mais peut-être bien par sa fille. Non seulement il avait renoncé à ses devoirs d'hôte, mais avait décidé de ne pas même assister au mariage et était parti furieux pour Delhi participer, clama-t-il, « à un congrès de cardiologie ». Il avait emmené avec lui l'insupportable Parvati, sa seconde épouse qui, âgée de trente-cinq ans, avait dix ans de moins que Mrs Rupa Mehra.

On pouvait aussi imaginer, encore que sa fille en fût incapable, que la cérémonie du mariage aurait rendu fou le Dr Kishen Chand Seth s'il y avait assisté, et qu'il s'était enfui justement pour éviter cela. Bien que petit et de belle allure, il adorait manger ; or des troubles digestifs combinés à un diabète l'obligeaient à ne se nourrir que d'œufs durs, de thé faible, de citron pressé et de biscuits à l'arrow-root.

Peu m'importe que les gens me regardent, j'ai tant de raisons de pleurer. Mrs Rupa Mehra se provoquait elle-même. Je suis si heureuse aujourd'hui et pourtant j'ai le cœur brisé. Mais sa grande douleur ne dura que quelques minutes. Les fiancés marchèrent sept fois autour du feu, Savita la tête baissée et les cils humides de larmes ; ils étaient désormais mari et femme.

Les prêtres prononcèrent encore quelques mots, puis tout le monde se leva. Les nouveaux mariés furent escortés jusqu'à un banc enseveli sous les fleurs, près d'un harsingar au doux parfum, au feuillage dur et aux fleurs blanches et orange ; et les félicitations plurent sur eux, sur leurs parents, sur tous les Mehra et les Kapoor présents aussi copieusement que tombent à l'aube ces fleurs délicates.

La joie de Mrs Rupa Mehra était sans limite. Elle engloutissait les félicitations comme elle avalait les gulab-jamuns interdits. Elle regarda, un peu étonnée, sa plus jeune fille, qui semblait se moquer d'elle, là-bas. A moins qu'elle ne se moque de sa sœur ? Bah ! elle découvrirait bien assez tôt pourquoi on pleurait des larmes de joie aux mariages !

La mère de Pran, soumise mais heureuse, avait béni son fils et sa belle-fille puis, ne voyant nulle part son fils cadet, Maan, s'était dirigée vers sa fille Veena. Veena la prit dans ses bras ; succombant un instant à l'émotion, Mrs Mahesh Kapoor ne dit rien, se contentant de sangloter et de sourire à la fois. Le redouté ministre de l'Intérieur et sa fille Priya se joignirent à elles et, en échange de leurs félicitations, Mrs Mahesh Kapoor sut trouver des mots gentils pour chacun d'eux. Priya, qui était mariée et quasiment cloîtrée par ses beaux-parents dans une maison du vieux Brahmpur, dit, d'un ton un peu envieux, qu'elle trouvait le jardin très beau. Et c'était vrai, songea Mrs Mahesh Kapoor avec un orgueil tranquille : le jardin était effectivement très beau. L'herbe était riche, les gardénias duveteux et odorants, quelques chrysanthèmes et quelques roses déjà en fleur. Quant au harsingar, à la floraison si prolifique et si soudaine, ce n'est certes pas à elle qu'on le devait mais sûrement aux dieux dont il était, dans les temps mythiques, la propriété glorieuse et disputée.

1.6

Pendant ce temps, son seigneur et maître le ministre du Trésor recevait les félicitations du Premier ministre du Purva Pradesh, Shri S.S. Sharma. Sharmaji était un homme plutôt fort, doté d'une claudication visible et d'une légère, mais inconsciente, vibration de la tête, qui s'accentuait lorsque, comme c'était le cas, il avait eu une longue journée. Il dirigeait l'Etat avec ruse, bienveillance et charisme. Delhi était loin, et s'intéressait rarement à ce fief. Peu communicatif sur la teneur de sa discussion avec le ministre de l'Intérieur, il n'en était pas moins d'excellente humeur.

Remarquant le rodéo des enfants de Rudhia, il dit à Mahesh Kapoor de sa voix légèrement nasillarde :

« Ainsi vous vous préparez une circonscription rurale pour les prochaines élections ? »

Mahesh Kapoor sourit. Depuis 1937, il n'avait jamais abandonné sa circonscription au cœur du Vieux Brahmpur, qui comprenait le quartier de Misri Mandi, siège du commerce de la chaussure pour toute la ville. Malgré sa ferme et sa connaissance des affaires rurales – il était à l'origine d'un projet de loi visant à abolir les zamindari, ces grandes propriétés non productives – il ne lui serait pas venu à l'idée de changer de circonscription. En guise de réponse, il montra ses vêtements ; le bel achkan noir qui recouvrait un pyjama blanc très ajusté, et les jutis blancs richement brodés au bout recourbé paraîtraient tout à fait incongrus au milieu des rizières.

« Oh, rien n'est impossible en politique, dit tranquillement Sharmaji. Quand votre loi sur l'abolition des zamindari aura passé, vous serez un héros dans toutes les campagnes. Si vous le vouliez, vous pourriez devenir Premier ministre. Pourquoi pas ? » Sharmaji regarda autour de lui, et ses yeux tombèrent sur le Nawab Sahib de Baitar, qui caressait sa barbe en observant ce qui se passait d'un air perplexe. « Bien sûr, vous risqueriez de perdre un ou deux amis dans cette opération », ajouta-t-il.

Mahesh Kapoor avait suivi son regard sans détourner la tête. « Il y a zamindars et zamindars, fit-il tranquillement. Ils ne confondent pas tous amitié et propriété. Le Nawab Sahib sait que j'agis en fonction de mes principes. D'ailleurs j'ai des parents à Rudhia qui risquent de perdre leurs terres. »

Le Premier ministre hocha la tête sous la remontrance, puis se frotta les mains qu'il avait froides. « C'est un brave homme, dit-il d'un ton indulgent. Tout comme son père. »

Mahesh Kapoor garda le silence. On pouvait accuser Sharmaji de beaucoup de choses sauf de légèreté ; or y avait-il plus léger que cette affirmation ? Il était de notoriété que le père du Nawab Sahib, le défunt Nawab Sahib de

Baitar, avait été un membre actif de la Ligue musulmane ;
il n'avait pas vécu assez longtemps pour assister à la naissance du Pakistan, mais c'était ce à quoi il avait dédié son
existence.

Sentant quatre regards braqués sur lui, le grand Nawab
Sahib à la barbe grise éleva ses mains à son front en signe de
salutation, puis inclina la tête avec un sourire, comme pour
congratuler son vieil ami.

« Vous n'auriez pas vu Firoz et Imtiaz par hasard ?
demanda-t-il à Mahesh Kapoor qu'il avait rejoint.

— Non, mais je n'ai pas vu non plus mon fils, alors...

— Ainsi, dit le Nawab Sahib au bout d'un moment, Pran
est marié, et Maan sera le prochain. A mon sens, il se
montrera moins souple.

— Souple ou non, j'ai déjà parlé à certaines gens de
Bénarès, dit Mahesh Kapoor d'un ton déterminé. Maan a
rencontré le père. Il est aussi dans le commerce des vêtements. Nous nous renseignons. Nous verrons bien. Et en ce
qui concerne vos jumeaux ? Un mariage conjoint avec deux
sœurs ?

— Nous verrons, nous verrons. » Le Nawab Sahib pensait à sa femme, enterrée depuis tant d'années ;
« Inch'Allah, ils s'établiront tous bien assez tôt. »

1.7

« A la loi », dit Maan en levant son troisième verre de
scotch à la santé de Firoz, qui était assis sur le lit avec son
propre verre. Imtiaz se prélassait dans un fauteuil rembourré et examinait la bouteille.

« Merci, dit Firoz. Mais pas aux nouvelles lois, j'espère.

— Bof, ne t'en fais pas, celle de mon père ne passera
jamais. Et même si elle passait, tu serais beaucoup plus
riche que moi. Pauvre de moi, ajouta-t-il d'un ton sinistre,
qui dois travailler pour gagner ma vie. »

Pas plus Firoz, qui était avocat, que son frère, médecin,

ne correspondaient à l'image populaire de fils d'aristocrates voués à l'oisiveté.

« Et bientôt, poursuivit Maan, si mon père continue, il faudra que je travaille pour deux ; et plus tard, pour plus. Seigneur !

— Quoi, ton père n'a pas l'intention de te marier tout de suite ? demanda Firoz, moitié souriant, moitié choqué.

— La zone tampon a disparu cette nuit, dit Maan d'un ton sinistre. Prends-en un autre.

— Non, non merci, j'en ai encore plein. » Firoz buvait son verre avec un léger sentiment de culpabilité ; son père apprécierait encore moins que celui de Maan. « Alors, à quand l'heureux jour ?

— Dieu sait. Nous en sommes au stade de l'enquête.

— A la première audition », ajouta Imtiaz.

Pour une raison inconnue, la réplique ravit Maan. « A la première audition, répéta-t-il. Espérons qu'on n'en arrivera jamais à la troisième ! Et que même si c'était le cas, le Président ne donnera pas son assentiment ! »

Il rit et avala deux longues gorgées. « Et ton mariage à toi ? » demanda-t-il à Firoz.

Le regard de Firoz, un peu vague, fit le tour de la chambre. Elle était nue et fonctionnelle, comme la plupart des pièces de Prem Nivas – qui semblaient attendre l'arrivée imminente d'un troupeau d'électeurs. « Mon mariage ! Changeons de sujet, veux-tu ?

— Eh bien, si tu descendais au jardin au lieu de boire ici en reclus –

— Je ne suis pas reclus.

— Ne m'interromps pas, dit Maan en l'entourant de son bras, si tu descendais dans le jardin, beau et élégant comme tu es, tu serais immédiatement entouré de désirables jeunes beautés. Et de non désirables aussi. Elles se colleraient à toi comme les abeilles au lotus. Beau frisé, beau frisé, seras-tu mien ? »

Firoz rougit. « Ta métaphore est fausse. Ce sont les hommes, les abeilles, et les femmes, les lotus. »

Maan cita un refrain d'un ghazal ourdou d'où il ressortait que le chasseur pouvait devenir le chassé, et Imtiaz éclata de rire.

« Taisez-vous, tous les deux », dit Firoz, essayant de paraître plus fâché qu'il ne l'était. Il en avait assez de ces idioties. « Je descends. Abba doit se demander où nous sommes passés. Et ton père aussi. Et puis, il faudrait qu'on sache si ton frère est réellement marié maintenant – et si tu as effectivement une jolie belle-sœur pour te sonner les cloches et refréner tes excès.

— D'accord, d'accord, nous descendons tous. Quelques abeilles viendront peut-être se coller à nous aussi. Et si elles nous piquent jusqu'au cœur, le Docteur Sahib ici présent nous soignera. N'est-ce pas Imtiaz ? Tout ce que tu aurais à faire serait d'appliquer un pétale de rose sur la blessure, non ?

— Du moment qu'il n'y a pas de contre-indications, dit Imtiaz sérieusement.

— Pas de contre-indications », répéta Maan en riant. Il descendait le premier.

« Tu peux rire, mais certaines personnes sont allergiques même aux pétales de roses. Tiens, tu en as un sur ton calot.

— C'est vrai ? Ces choses se posent sur vous sans qu'on sache d'où elles viennent.

— Eh oui », dit Firoz, qui descendait juste derrière lui. D'une légère chiquenaude, il chassa le pétale.

1.8

Trouvant que le Nawab Sahib avait l'air un peu perdu sans ses fils, Veena, la fille de Mahesh Kapoor, l'avait attiré dans le cercle de famille. Elle lui demanda des nouvelles de sa fille aînée, Zainab, qui était une amie d'enfance mais qui, après son mariage, avait disparu dans le monde du purdah. Réservé à son propos, le vieil homme parla de ses petits-enfants avec un ravissement non dissimulé. Ils étaient les deux seuls êtres au monde à pouvoir l'interrompre quand il étudiait dans sa bibliothèque. Laquelle subissait un certain délabrement comme le reste de Baitar, la grande maison jaune ancestrale, située à quelques minutes de marche de Prem Nivas. « La maladie de la pierre, dit le Nawab Sahib. Et j'ai besoin d'aide pour mon catalogue. C'est une tâche gigantesque, et pas très enthousiasmante. On ne trouve plus la trace de certaines premières éditions de Ghalib ; ni de certains manuscrits précieux de notre poète Mast. Mon frère n'a jamais dressé la liste de ce qu'il a emporté avec lui au Pakistan... »

Au mot Pakistan, Mrs Tandon, la belle-mère de Veena, vieille dame toute flétrie, sursauta. Trois ans auparavant, sa famille avait dû fuir le sang, le feu, l'horreur inoubliable de Lahore. Riches propriétaires, ils avaient perdu presque tout ce qu'ils possédaient, encore heureux de s'en être sortis vivants. Son fils Kedarnath, le mari de Veena, portait encore sur ses mains les cicatrices des blessures reçues au cours d'une attaque d'émeutiers contre son convoi de réfugiés. Plusieurs de leurs amis avaient été massacrés.

Les jeunes, songeait avec amertume Mrs Tandon, récupèrent vite : certes, son petit-fils Bhaskar n'avait que six ans à l'époque ; mais Veena et Kedarnath ne s'étaient pas laissé abattre. Ils étaient venus s'installer ici, la patrie de Veena, et Kedarnath s'était lancé tout seul dans – de toutes les activités, la plus polluante, aux relents de cadavre – le commerce de la chaussure. La vieille Mrs Tandon n'aurait pas imaginé pire chute, après une décente prospérité. Elle avait accepté l'idée de s'entretenir avec le Nawab bien qu'il fût musulman, mais lorsqu'il mentionna les allées et venues au Pakistan, c'en fut trop pour son imagination. Elle se sentit mal. Le bruit plaisant des bavardages dans ce jardin de Brahmpur s'amplifia jusqu'à devenir le cri des foules assoiffées de sang dans les rues de Lahore, les lumières devinrent flammes. Chaque jour, parfois chaque heure, elle retournait en pensée à ce qui pour elle était toujours sa ville, son foyer. Une ville si belle avant d'être soudain si hideuse ; où la sécurité paraissait absolue, juste avant de disparaître à jamais.

Le Nawab Sahib ne remarqua pas qu'il se passait quelque chose, mais Veena si, et elle s'empressa de changer de sujet au risque de sembler grossière. « Où est Bhaskar ? demanda-t-elle à son mari.

— Je ne sais pas. Je crois l'avoir vu près de la nourriture, cette petite grenouille.

— J'aimerais que tu ne l'appelles pas ainsi. C'est ton fils. Ce n'est pas un surnom bénéfique...

— C'est Maan qui l'a baptisé ainsi, pas moi », dit Kedarnath en souriant. Il ne lui répugnait pas de se laisser, un peu, mener par le bout du nez. « Mais je l'appellerai comme tu voudras. »

Veena conduisit sa belle-mère à l'écart. Et afin de distraire la vieille dame, elle se mit à la recherche de son fils. Qu'elle finit par trouver. Bhaskar ne mangeait pas, mais planté sous le grand dais multicolore qui abritait les tables chargées de nourriture, il regardait, heureux et émerveillé, les dessins géométriques – losanges rouges, trapèzes verts et triangles bleus – que formaient les morceaux de tissu dont il était constitué.

1.9

La foule avait diminué ; les invités, certains mâchant du paan, se séparaient à la grille ; un monceau de cadeaux s'était accumulé à côté du banc où s'étaient tenus Pran et Savita. Finalement il ne resta plus qu'eux et quelques membres de la famille – sans compter les serviteurs qui, tout en bâillant, rentraient les meubles les plus précieux ou rangeaient les cadeaux dans un coffre, sous l'œil vigilant de Mrs Rupa Mehra.

Perdus dans leurs pensées, les jeunes mariés évitaient de se regarder. Ils allaient passer la nuit dans une chambre de Prem Nivas préparée à leur intention, et partiraient le lendemain pour une semaine de lune de miel à Simla.

Lata essayait d'imaginer la chambre nuptiale. Elle devait embaumer le parfum des tubéreuses ; telle était du moins la conviction de Malati. J'associerai toujours Pran et les tubéreuses, songeait Lata. Qui refusait de suivre plus loin son imagination. Elle ne supportait pas l'idée que Savita allait

dormir avec Pran, ne voyait là absolument rien de romantique. Peut-être seront-ils trop fatigués, se dit-elle avec optimisme.

« A quoi penses-tu, Lata ? lui demanda sa mère.

— A rien, Ma.

— Tu as pris un air bien dédaigneux. Je t'ai vue. »

Lata rougit.

« Je pense que je ne me marierai jamais. » Le ton se
voulait définitif.

Mrs Rupa Mehra, trop fatiguée par la cérémonie, trop
submergée par l'émotion, trop alanguie par le rythme du
sanskrit, trop encombrée par les compliments, bref trop
harassée, ne put que dévisager Lata pendant quelques
secondes. Quelle mouche piquait donc la gamine ? Ce qui
était assez bon pour sa mère, la mère de sa mère, la grand-
mère de sa mère ne l'était pas assez pour elle ? Lata, il est
vrai, s'était toujours montrée une enfant difficile, avec une
volonté bien à elle, calme mais imprévisible – comme la fois
où, à Sainte-Sophie, elle avait voulu se faire nonne. Mais
Mrs Rupa Mehra, elle aussi, avait sa volonté, et elle était
déterminée à l'employer, tout en connaissant le manque de
souplesse de sa fille.

Pourtant son prénom elle le tenait de cette chose éminemment souple, la vigne, afin qu'elle apprenne à s'accrocher : d'abord à sa famille, puis à son mari. Mrs Rupa
Mehra se rappelait d'ailleurs avec tendresse avec quelle
force les doigts du bébé agrippaient ce qu'ils touchaient.
Soudain elle eut une inspiration :

« Lata, tu es une vigne, tu dois t'accrocher à ton mari ! »

Elle n'obtint pas le succès escompté.

« M'accrocher ? dit Lata. M'accrocher ? » Elle prononça
le mot avec un tel dédain que sa mère se mit à pleurer. Qu'il
était donc affreux d'avoir une fille ingrate. Combien imprévisible se révélait un bébé.

Laissant les larmes inonder ses joues, Mrs Rupa Mehra
en changea simplement le destinataire ; elle passa d'une
fille à l'autre. Pressant Savita sur sa poitrine, elle sanglota :
« Promets-moi de m'écrire, Savita chérie. Ecris-moi tous
les jours de Simla. Pran, tu es comme mon propre fils

maintenant, c'est à toi d'y veiller. Je vais bientôt me retrouver seule à Calcutta, toute seule. »

Ce qui, bien entendu, était faux. Arun, Varun, Meenakshi, Aparna, ils allaient tous s'entasser avec elle dans le petit appartement d'Arun, dans Sunny Park. Mais Mrs Rupa Mehra appartenait à cette catégorie de gens qui croient avec une conviction tacite et absolue dans la suprématie de la vérité subjective sur la vérité objective.

1.10

La tonga filait sur la route, et le tonga-wallah chantait à tue-tête :

« Un cœur fut brisé en morceaux – l'un tomba ici et l'autre là... »

Varun commença par fredonner, puis haussa la voix, puis s'arrêta.

« Oh, continue, dit Malati, en poussant Lata du coude. Tu as une jolie voix. On dirait un rossignol.

— Dans un magasin de porcelaine, chuchota-t-elle à son amie.

— Hi, hi, hi. » Le rire de Varun était nerveux. Se rendant compte qu'il sonnait mal, le jeune homme tenta de le rendre un peu plus sarcastique. Sans succès. Il se sentit malheureux. Et ce n'est pas Malati, avec ses yeux verts et ses sarcasmes – car ce ne pouvaient être que des sarcasmes –, qui allait l'aider.

Il y avait foule dans la tonga : à l'avant, à côté du cocher, Varun et le jeune Bhaskar ; derrière, et dos à dos avec eux, Lata, Malati – vêtues d'un salwaar-kameez – et Aparna, en robe et chandail, celui aux taches de glace. C'était une matinée d'hiver ensoleillée.

Le vieux tonga-wallah au turban blanc adorait traverser à toute allure cette partie de la ville dont les rues larges et relativement peu fréquentées contrastaient avec celles du

Vieux Brahmpur, étroites et surpeuplées. Il se mit à parler à sa jument, l'encourageant de la voix.

A présent, Malati fredonnait elle aussi la chanson, tirée d'un film populaire. Elle n'avait pas eu l'intention de décourager Varun. Il était agréable de penser à des cœurs brisés par une matinée sans nuages.

Varun ne se joignit pas à elle. Au bout d'un moment, prenant son courage à deux mains, il se tourna et dit :

« Tu as une... voix merveilleuse. »

Ce qui était vrai. Malati adorait la musique et étudiait le chant classique avec Ustad Majeed Khan, l'un des meilleurs chanteurs du nord de l'Inde. Elle avait même réussi à intéresser Lata à la musique classique indienne, alors qu'elles partageaient la même chambre, à l'université. Moyennant quoi, Lata se surprenait souvent à chantonner l'un ou l'autre de ses ragas favoris.

Malati ne refusa pas le compliment de Varun.

« Tu le crois vraiment ? fit-elle, le regardant droit dans les yeux. C'est très gentil de le dire. »

Varun rougit jusqu'aux tréfonds de son âme, incapable d'articuler un mot. Soudain, comme ils passaient devant le champ de courses de Brahmpur, il agrippa le bras du tonga-wallah et cria :

« Arrête !

— Que se passe-t-il ? demanda Lata.

— Oh, rien, rien – si nous sommes pressés, partons. Oui, partons.

— Bien sûr que non, Varun Bhai. Nous ne sommes pas pressés, nous n'allons qu'au zoo. Arrêtons-nous si tu le désires. »

Ils descendirent de voiture et Varun, dans un état d'excitation folle, se dirigea vers la palissade blanche, regardant à travers les barreaux.

« Avec celui de Lucknow, c'est le seul champ de courses en Inde où l'on court dans le sens inverse des aiguilles d'une montre. » Il se parlait à lui-même, médusé. « On dit que c'est sur le modèle du Derby », ajouta-t-il à l'intention du jeune Bhaskar, qui se tenait à côté de lui.

« Mais quelle est la différence ? demanda Bhaskar. La

distance est la même, n'est-ce pas, que tu coures dans un sens ou dans l'autre ? »

Varun ignora la question. Il s'était mis à longer la clôture, marchant lentement, comme dans un rêve, dans le sens inverse des aiguilles d'une montre. C'est tout juste s'il ne piaffait pas.

Lata le rejoignit. « Varun Bhai ? dit-elle.

— Heu, oui – quoi ?

— A propos d'hier soir.

— Hier soir ? » Varun s'efforça de retrouver le monde des bipèdes. « Que s'est-il passé ?

— Notre sœur s'est mariée.

— Oh. Oui, oui, je sais. Savita, ajouta-t-il, espérant montrer ainsi qu'il était attentif.

— Eh bien, tu ne dois pas te laisser malmener par Arun Bhai. Tu ne dois pas. » Lata se tut, souriant, et vit une ombre traverser le visage de son frère. « Je déteste ça, Varun Bhai, je déteste le voir te rudoyer. Je ne prétends pas que tu devrais le narguer ou lui répondre ou autre chose, simplement que tu ne dois pas le laisser te traiter comme – comme je vois qu'il te traite.

— Non, non, dit-il d'une voix mal assurée.

— D'avoir quelques années de plus que toi n'en fait pas à la fois ton père, ton professeur et ton adjudant. »

Varun hocha la tête, l'air malheureux. Il savait trop bien que tant qu'il vivrait chez son frère aîné, il devrait se soumettre à sa volonté.

« Je crois que tu devrais avoir davantage confiance en toi, reprit Lata. Arun Bhai essaie d'écraser tous ceux qui l'entourent comme un rouleau compresseur, et c'est à nous de veiller à nous écarter de son chemin. J'ai suffisamment de problèmes, et je ne vis pas à Calcutta. J'ai pensé que je devais te dire cela maintenant, parce qu'à la maison j'aurai du mal à te parler seule à seul. Et demain tu seras parti. »

Lata parlait d'expérience, Varun le savait pertinemment. Arun, quand il était en colère, disait n'importe quoi. Quand Lata s'était mis en tête de se faire nonne – une idée stupide d'adolescente, mais c'était la sienne – Arun, exaspéré par l'échec de ses tentatives de dissuasion, s'était écrié : « Très bien, vas-y, fais-toi nonne, gâche ta vie, de toute façon

43

personne ne t'aurait épousée, tu es comme la Bible – plate devant et plate derrière. » Lata remerciait le ciel de ne pas étudier à l'université de Calcutta ; elle échappait ainsi, la majeure partie de l'année, aux éclats grossiers d'Arun. Ces mots, elle les gardait encore en mémoire.

« J'aimerais que tu sois à Calcutta, dit Varun.

— Tu as sûrement des amis ?

— Eh bien, Arun Bhai et Meenakshi Bhabhi sortent souvent le soir, et je dois veiller sur Aparna. Non que je m'en plaigne, ajouta-t-il bravement.

— Varun, ça ne peut pas continuer ainsi. » Elle posa une main ferme sur l'épaule tombante de son frère. « Je veux que tu sortes avec tes amis – avec les gens que tu aimes et qui t'aiment – au moins deux soirs par semaine. Prétends que tu as des séances de travaux pratiques ou quelque chose du même genre. » La supercherie ne gênait pas Lata, encore fallait-il que Varun sût la pratiquer. Il ne fallait simplement pas que les choses continuent ainsi. Au mariage, Varun lui avait paru encore plus nerveux que quelques mois auparavant.

Soudain un train siffla, tout près, et la jument se cabra.

« Stupéfiant ! » se dit Varun, toute autre pensée évacuée.

Il flatta le cheval en montant dans la tonga.

« A quelle distance est la gare ? demanda-t-il au tonga-wallah.

— Oh, c'est par là, tout près, répondit-il, indiquant vaguement la zone construite au-delà des pelouses soignées du champ de courses. Pas loin du zoo. »

Je me demande si ça donne aux chevaux du cru un avantage, songeait Varun. Est-ce que les autres risquent de s'emballer ? Et est-ce que ça joue sur les cotes ?

Quand ils arrivèrent au zoo, Bhaskar et Aparna joignant leurs forces demandèrent à monter dans le petit train qui, remarqua Bhaskar, circulait lui aussi dans le sens inverse des aiguilles d'une montre. Lata et Malati auraient préféré marcher, mais elles durent s'incliner. Ils s'entassèrent tous les cinq dans un petit compartiment, rouge boîte aux lettres, et la minuscule locomotive verte s'ébranla sur sa voie étroite. Varun et Malati se faisaient face, leurs genoux se touchant presque.

Malati trouvait cela drôle, mais Varun, déconcerté, jetait des regards désespérés aux girafes, et observait même avec la plus grande attention les troupeaux d'écoliers, dont certains léchaient d'énormes sucettes de sucre candi rose. Les yeux d'Aparna se mirent à briller par anticipation.

Bhaskar ayant neuf ans et Aparna six de moins, ils n'avaient pas grand-chose à se dire. Chacun s'accrochait à son adulte favori. Elevée par des parents mondains, qui passaient alternativement de l'indulgence à la colère, Aparna trouvait rassurante l'affection de Lata. En sa compagnie, elle jouait moins les bébés. Quant à Varun et Bhaskar, ils s'entendirent comme larrons en foire après que Bhaskar eut réussi à forcer l'attention de son oncle. Ils discutèrent mathématiques, appliquées notamment aux cotes des chevaux.

Ils virent l'éléphant, le chameau, l'émeu, la chauve-souris commune, le pélican brun, le renard rouge et tous les gros chats. Ils virent même un chat plus petit, le léopard aux taches noires, qui arpentait frénétiquement sa cage.

Mais c'est le pavillon des reptiles qui constituait l'attraction la plus recherchée. Les deux enfants étaient impatients de voir la fosse aux serpents, pleine de pythons léthargiques, les caissons de verre où rampaient vipères, bungares et cobras mortels. Sans oublier, bien sûr, les froids, les écailleux crocodiles sur le dos desquels des écoliers et des villageois jetaient des pièces, tandis que d'autres, penchés au-dessus de la rambarde, frissonnant, hurlant, pointaient le doigt vers ces gueules blanches qui bâillaient en exhibant

leurs dents de scie. Heureusement, Varun avait un penchant pour les choses sinistres ; il entra avec les enfants.
Lata et Malati refusèrent de les accompagner.

« Je vois suffisamment de choses horribles en médecine,
décréta Malati.

— J'aimerais que tu ne taquines pas Varun, dit Lata au
bout d'un moment.

— Mais je ne le taquinais pas, je l'écoutais attentivement.
Ça lui fait du bien. » Elle se mit à rire.

« Mm – Tu le rends nerveux.

— Je te trouve bien protectrice avec ton frère aîné.

— Il n'est pas – enfin si, disons qu'il est mon jeune frère
aîné. Comme je n'ai pas eu de frère plus jeune, je suppose
que je lui en ai attribué le rôle. Sérieusement, Malati, je
m'inquiète pour lui. Et ma mère aussi. Nous ne savons pas
ce qu'il va faire quand il aura passé ses diplômes, dans
quelques mois. Il n'a montré aucune aptitude sérieuse pour
quoi que ce soit. Et Arun est méchant avec lui. J'aimerais
qu'une gentille fille s'occupe de lui.

— Je ne fais pas l'affaire ? Ma foi, il a un certain petit
charme, eh, eh, eh ! » Malati imitait le rire de Varun.

« Ne te moque pas, Malati. Je ne sais pas ce qu'en dirait
Varun, mais ma mère en aurait une attaque. »

Ce qui était certainement exact. Alors même que la chose
était impossible pour des raisons géographiques, rien que
d'y penser aurait donné des cauchemars à Mrs Rupa
Mehra. Outre le fait d'être une des rares filles, contre quelque cinq cents garçons, inscrites à la faculté de médecine
Prince de Galles, Malati Trivedi était célèbre pour son
franc-parler, son activité au sein du Parti socialiste, et ses
histoires d'amour – se gardant, toutefois, de choisir ses
partenaires parmi les cinq cents garçons, pour lesquels elle
professait en général un grand mépris.

« Ta mère m'aime bien, je le sais.

— La question n'est pas là. D'ailleurs cela m'étonne
beaucoup. Habituellement, elle juge les choses en termes
d'influence. J'aurais pensé que, pour elle, tu avais une mauvaise influence sur moi. »

Ce qui n'était pas tout à fait exact, même du point de vue
de Mrs Rupa Mehra. Malati avait donné à Lata une

confiance en elle qu'elle ne possédait pas quand elle était sortie fraîche émoulue de Sainte-Sophie. Et elle avait réussi à lui faire aimer la musique classique indienne, laquelle (contrairement aux ghazals) plaisait à Mrs Rupa Mehra. Qu'elles fussent devenues compagnes de chambre venait de ce que la faculté de médecine (qu'on appelait en général « le Prince de Galles ») n'avait rien prévu pour abriter son petit contingent de filles et avait convaincu l'université de les loger dans des résidences.

Malati était charmante, s'habillait de façon classique mais attirante, et pouvait entretenir la mère de son amie de multiples sujets, des jeûnes religieux à la cuisine et à la généalogie, qui n'intéressaient guère les enfants, occidentalisés, de Mrs Rupa Mehra. En outre, elle avait le teint clair, ce qui représentait un plus énorme dans les calculs subconscients de Mrs Rupa Mehra. La bonne dame était convaincue que Malati Trivedi, avec ses yeux verts dangereusement séduisants, avait du sang kashmiri ou sindhi dans les veines. Jusqu'à présent, toutefois, elle n'en avait pas découvert une goutte.

La disparition de leurs pères respectifs, même si elles n'en parlaient pas souvent, constituait un lien supplémentaire entre Lata et Malati.

Malati avait huit ans à la mort du sien, un chirurgien d'Agra, qu'elle adorait. Bel homme, aux succès aussi nombreux que ses relations, il avait eu une carrière riche et variée : médecin militaire, il avait vécu en Afghanistan ; avait enseigné à la faculté de médecine de Lucknow ; s'était constitué une clientèle privée. Au moment de sa mort, et bien que ne s'étant jamais montré particulièrement doué pour l'épargne, il possédait un important patrimoine, surtout sous forme de maisons. Tous les cinq ans environ, il déménageait et allait s'installer dans une autre ville de l'Uttar Pradesh – Meerut, Bareilly, Lucknow, Agra. Et chaque fois, il faisait construire une nouvelle maison, sans pour autant se débarrasser des anciennes. Après le décès de son mari, la mère de Malati était tombée dans une dépression dont elle n'avait émergé qu'au bout de deux ans.

Alors elle se reprit en main. Il lui fallait s'occuper d'une nombreuse famille, et elle devait à tout prix envisager les choses d'un point de vue pratique. Femme très simple, idéaliste, intègre, le bien lui importait plus que ce qui est convenable, approuvé ou qui rapporte. Et c'est dans ces principes qu'elle entendait élever ses enfants.

Et quels enfants ! Que des filles, ou presque. L'aînée, véritable garçon manqué, avait seize ans à la disparition de son père et était déjà mariée au fils d'un propriétaire foncier ; elle vivait à une trentaine de kilomètres d'Agra, dans une immense maison, avec vingt serviteurs, des vergers de litchis, des champs à l'infini, mais il lui arrivait d'aller passer des mois à Agra auprès de ses sœurs. Cette fille avait été suivie de deux garçons, morts tout petits, l'un à cinq ans, l'autre à trois. Alors était arrivée Malati, de huit ans plus jeune que sa sœur. Elle aussi grandit comme un garçon – moins turbulente toutefois que son aînée – pour diverses raisons liées à sa prime enfance : le regard direct de ses yeux peu communs, une allure de garçonnet, la présence des vêtements de ses frères, la tristesse de ses parents. Après Malati naquirent trois filles, puis un autre garçon ; et son père mourut.

Elle avait donc été élevée uniquement avec des femmes, ou presque ; même le garçon était considéré comme une sœur, trop jeune pour qu'on le vît autrement. (Au bout d'un certain temps et peut-être à force de perplexité, il disparut lui aussi.) Les filles grandirent donc dans une atmosphère où les hommes signifiaient menace et exploitation ; une opinion que confirmaient nombre de ceux avec qui Malati était en contact. Aucun ne pouvait toucher à l'image de son père. Elle était déterminée à devenir médecin comme lui, et veilla à ne pas laisser ses instruments rouiller. Elle avait l'intention de s'en servir un jour.

Qui étaient ces hommes ? L'un était un cousin, qui les dépouilla de beaucoup d'objets que son père avait rassemblés et utilisés, mais que l'on avait rangés après sa mort. La mère de Malati s'était débarrassée de ce qu'elle ne jugeait pas essentiel à leur vie. Il n'était plus nécessaire d'avoir deux cuisines, une européenne et une indienne. Outre des meubles, on entreposa dans un garage la vaisselle et les couverts qui servaient pour la nourriture occidentale. Le cousin se présenta, se fit donner les clefs par la malheureuse veuve, lui dit qu'il allait s'occuper de ces choses, et vendit tout ce qui avait été entreposé. La mère de Malati n'en vit jamais une roupie. « Eh bien, soupira-t-elle avec philosophie, j'aurai moins de péchés. »

Un autre fut le serviteur qui joua le rôle d'intermédiaire dans la vente des maisons. Il prenait contact avec les agents immobiliers ou des acheteurs potentiels dans les villes où étaient situées les maisons, et faisait affaire avec eux. Il avait la vague réputation d'être un escroc.

Un autre encore était le plus jeune frère de son père, qui vivait toujours dans la maison de Lucknow, avec sa femme au rez-de-chaussée et une danseuse au premier. En eût-il été capable, il aurait volontiers escroqué sa belle-sœur sur la vente de la maison. Il avait besoin d'argent pour entretenir sa danseuse.

Puis il y eut le jeune – ou presque : vingt-six ans – mais inconsistant professeur d'université qui louait une chambre chez elles, quand Malati avait une quinzaine d'années. La mère de Malati voulait qu'elle apprenne l'anglais et n'hésita pas, malgré ce que disaient les voisins (et ils disaient beaucoup de choses, généralement peu charitables), à l'envoyer étudier auprès de lui, bien qu'il fût célibataire. En l'occurrence, les voisins avaient peut-être raison. Il tomba bien vite amoureux fou de Malati et la demanda en mariage à sa mère. Interrogée, Malati se déclara stupéfaite, choquée, et refusa tout net.

A la faculté de médecine de Brahmpur et, avant cela, quand elle étudiait les sciences à Agra, Malati avait dû supporter beaucoup d'avanies : taquineries, racontars, obligation de porter le chunni autour du cou, sans compter les remarques du genre : « Elle veut être un garçon. » Ce qui n'était absolument pas vrai. Toutes ces remarques, intolérables, ne diminuèrent qu'à partir du jour où, à bout de patience, elle gifla un garçon devant ses amis.

Les hommes tombaient très vite amoureux d'elle, mais elle ne les jugeait pas dignes de son attention. Non pas qu'elle détestât la gent masculine. Simplement, elle plaçait la barre trop haut. Aucun de ses soupirants n'approchait l'image qu'elle et ses sœurs s'étaient forgée de leur père, presque tous lui paraissaient immatures. De plus, si l'on voulait embrasser la carrière médicale, le mariage ne pouvait qu'être une gêne ; aussi l'idée de demeurer célibataire ne la dérangeait-elle pas trop.

Elle ne laissait pas une minute inemployée. A douze-treize ans, c'était une fillette solitaire malgré sa nombreuse famille. Elle adorait lire, et les gens savaient qu'il ne fallait pas lui parler quand elle avait un livre entre les mains. Sa mère elle-même ne lui demandait pas de venir l'aider à la cuisine ou aux travaux ménagers. « Malati est en train de lire. » Personne, en entendant ces mots, ne se risquait à pénétrer dans la pièce où elle se lovait, assise ou étendue, car elle se serait jetée sur quiconque aurait osé la déranger. Parfois, elle cherchait un coin où se cacher vraiment, où on ne pût la trouver. Les années passant, elle guida l'éducation de ses plus jeunes sœurs. L'aînée, pour sa part, les guidait toutes – ou plutôt les dirigeait toutes – dans d'autres domaines.

La mère de Malati était remarquable en ce qu'elle souhaitait l'indépendance de ses filles. Elle voulait que, outre ce qu'on leur enseignait à l'école hindi, elles apprennent la musique, la danse et les langues (tout spécialement l'anglais) ; et si cela signifiait qu'elles devaient aller suivre des cours chez des particuliers, eh bien, elles y allaient – sans se soucier du qu'en-dira-t-on. S'il fallait faire venir un répétiteur à la maison, on le faisait. Les jeunes gens regardaient, fascinés, le premier étage de la maison d'où leur parvenaient les chants entonnés à tue-tête par les cinq filles. Si elles avaient envie de manger une glace, elles étaient autorisées à se rendre seules chez le marchand. Des voisins s'étant récriés qu'il était honteux de laisser des jeunes filles marcher sans chaperon dans les rues d'Agra, on leur permit, parfois, d'aller chez le marchand de glaces le soir – ce qui probablement était pire mais moins visible. Leur mère avait bien précisé qu'elle leur donnerait la meilleure éducation possible, mais qu'elles devraient elles-mêmes se trouver un mari.

Peu après son arrivée à Brahmpur, Malati tomba amoureuse d'un musicien, marié et socialiste. L'aventure terminée, elle demeura liée au Parti socialiste. Puis elle eut une nouvelle histoire d'amour malheureuse. A présent, elle était sans attache.

Elle avait beau déborder d'énergie, elle tombait malade tous les quatre-cinq mois ; sa mère alors débarquait d'Agra pour la guérir du mauvais œil, une maladie qui n'est pas du ressort de la médecine occidentale. Avec ses yeux si beaux, Malati représentait une cible privilégiée pour l'esprit malin.

Une grue gris sale aux pattes roses surveillait Lata et Malati de ses yeux rouges perçants ; puis une pellicule grise vint recouvrir la pupille, et l'animal s'éloigna prudemment.

« Faisons une surprise aux enfants, achetons-leur des sucettes, dit Lata en voyant passer le vendeur. Je me demande ce qui les retient. Que se passe-t-il, à quoi penses-tu Malati ?

— A l'amour.

— L'amour, quel sujet ennuyeux. Je ne tomberai jamais amoureuse. Je sais que ça t'arrive de temps en temps. Mais – » Elle s'arrêta, repensant avec un certain dégoût à Savita et Pran, qui étaient partis pour Simla. Il fallait s'attendre à les voir revenir profondément amoureux. C'était intolérable.

« Eh bien alors, disons au sexe.

— Oh, je t'en prie Malati ! » Lata jeta un regard rapide autour d'elle. « Ça ne m'intéresse pas davantage, ajouta-t-elle en rougissant.

— Alors passons au mariage. Je me demande qui tu épouseras. Dans moins d'une année, ta mère aura réglé la question, j'en suis sûre. Et comme une gentille petite souris, tu lui obéiras.

— Parfaitement », dit Lata.

Troublée, Malati se baissa et cueillit trois narcisses qui poussaient juste au pied d'une pancarte avertissant : « *Défense de cueillir des fleurs.* » Elle en garda un et donna les deux autres à Lata, qui se trouva toute gauche à tenir ainsi ces biens interdits. Puis Malati acheta cinq sucettes de sucre rose, en tendit quatre à Lata en plus des narcisses, et se mit à manger la cinquième.

Lata éclata de rire.

« Et que deviendra ton projet d'enseigner dans une école pour enfants pauvres ? demanda Malati.

— Regarde, les voilà. »

Aparna semblait pétrifiée, et s'accrochait à la main de Varun. Ils se dirigèrent vers la sortie, chacun mangeant sa sucette. Au tourniquet, un gamin en loques les regarda avec envie, et Lata s'empressa de lui donner une petite pièce. Il s'apprêtait à mendier, n'en avait pas eu le temps, il eut l'air stupéfait.

L'un des narcisses de Lata vint orner la crinière du cheval. Le tonga-wallah entonna de nouveau la chanson du cœur blessé. Cette fois-ci, tous l'accompagnèrent. Les passants se retournaient sur eux.

Les crocodiles avaient eu un effet libérateur sur Varun. Mais lorsqu'ils arrivèrent chez Pran, dans sa maison du campus universitaire où résidaient Arun, Meenakshi et Mrs Rupa Mehra, il dut affronter les conséquences de son heure de retard. La mère et la grand-mère d'Aparna paraissaient anxieuses.

« Espèce d'idiot sans cervelle, lui cria Arun devant tout le monde, c'est toi l'homme, toi le responsable, et puisque tu avais dit midi et demi, il fallait être là à midi et demi, surtout que tu avais ma fille avec toi. Et ma sœur. Je n'écouterai pas tes excuses. Imbécile. » Il était furieux. « Et toi, ajouta-t-il à l'adresse de Lata, tu aurais tout de même dû l'empêcher de perdre la notion du temps. Tu sais comment il est. »

Varun baissait la tête, se dandinant d'un pied sur l'autre. Il pensait au plaisir qu'il aurait de donner son frère aîné en pâture, la tête la première, au plus gros des crocodiles.

1.12

Si Lata faisait ses études à Brahmpur c'est, entre autres, parce que son grand-père, le Dr Kishen Chand Seth, y habitait. Il avait promis à sa fille Rupa de bien veiller sur Lata. Mais ça ne s'était jamais produit. Le Dr Kishen Chand Seth était beaucoup trop occupé à jouer au bridge au Sub-zipore Club, à croiser le fer avec le ministre du Trésor et ses semblables ou à aimer sa jeune femme Parvati pour être capable de remplir le moindre rôle de gardien. Mais Lata ne s'en formalisa pas et ne trouva pas désagréable de dormir à l'université. Elle s'y sentait plus à l'aise pour étudier que sous l'aile de son irascible Nana.

Aussitôt après le décès de son époux, Mrs Rupa Mehra était allée vivre chez son père, qui n'était pas encore remarié. Compte tenu de ses maigres ressources, elle pensait que c'était la seule chose à faire ; peut-être aussi le vieil homme se sentait-il seul et pourrait-elle l'aider à diriger sa maison. L'expérience avait duré quelques mois et s'était soldée par un désastre. Le Dr Kishen Chand Seth était impossible à vivre. Bien que petit, il était une force avec laquelle il fallait compter non seulement à la faculté de médecine, dont il avait pris sa retraite avec le titre de doyen, mais dans Brahmpur même : tout le monde avait peur de lui et lui obéissait en tremblant. Il entendait que, chez lui, les choses se passent de la même manière. Il usurpait l'autorité de leur mère auprès des enfants. Il disparaissait parfois plusieurs semaines sans laisser d'argent ni d'instructions pour le personnel. Il finit par accuser sa fille qui avait toujours aussi belle allure malgré son veuvage d'aguicher ses collègues quand il les invitait chez lui – une accusation qui bouleversa la triste Rupa. Arun, alors adolescent, faillit frapper son grand-père. Il y eut des larmes et des cris, le Dr Kishen Chand Seth martelant le sol de sa canne. Puis Mrs Rupa Mehra, en pleurs mais résolue, s'en alla avec sa couvée, et trouva refuge chez des amis à Darjeeling.

Un an plus tard, ils se réconcilièrent, dans un nouveau flot de larmes. Depuis lors, les choses marchaient cahin-caha. Le mariage avec Parvati (qui avait choqué non seulement la famille mais toute la ville, en raison de la différence d'âge), l'inscription de Lata à l'université de Brahmpur, les fiançailles de Savita (que le Dr Kishen Chand Seth avait aidé à conclure), le mariage de Savita (qu'il avait failli faire casser et auquel il n'avait pas assisté) : tels étaient les accidents qui jalonnaient une route très accidentée. Mais la famille c'est la famille, se répétait sans cesse Mrs Rupa Mehra, et il faut en prendre le bon et le mauvais.

A présent, plusieurs mois s'étaient écoulés depuis le

mariage de Savita. L'hiver était fini et les pythons du zoo sortaient de leur hibernation. Les roses avaient remplacé les narcisses, et avaient été remplacées à leur tour par les guirlandes de verveine mauve qui, sous le souffle chaud du vent, posaient en douceur sur le sol leurs fleurs à cinq lobes. Le Gange, large et boueux, qui coule vers l'est en passant devant les laides cheminées de la tannerie et le Barsaat Mahal tout en marbre, devant le Vieux Brahmpur avec ses bazars surpeuplés et ses allées, ses temples et ses mosquées, devant les ghats où l'on se baigne, les ghats où l'on brûle les morts et le Fort de Brahmpur, devant les piliers blanchis à la chaux du Subzipore Club et les terrains spacieux de l'université, le Gange avait diminué de volume avec l'été, mais les barques et les bateaux à vapeur continuaient de s'y croiser, comme les trains de le longer sur la voie qui relie Brahmpur au sud.

Lata avait quitté la résidence universitaire et était allée vivre chez Savita et Pran, qui étaient redescendus de Simla très amoureux. Malati leur rendait souvent visite et s'était mise à apprécier cet efflanqué de Pran qui lui avait fait si mauvaise impression au départ. Lata aussi l'aimait bien, avec ses manières correctes, affectueuses ; aussi ne fut-elle pas trop fâchée en apprenant que Savita était enceinte. Installée chez Arun à Calcutta, Mrs Rupa Mehra écrivait de longues lettres à ses filles, se plaignant régulièrement qu'elles ne lui répondissent ni assez tôt ni assez souvent.

Bien qu'elle ne l'eût mentionné dans aucune de ses lettres à Lata, de peur de la fâcher, Mrs Rupa Mehra avait essayé – sans succès – de lui trouver un parti à Calcutta. Peut-être n'avait-elle pas fait assez d'efforts, se disait-elle : après tout, elle n'était pas encore totalement remise de l'excitation et de la fatigue du mariage de Savita. Heureusement, elle retournait maintenant à Brahmpur pour un séjour de trois mois dans ce qu'elle commençait à appeler son second foyer : la maison de sa fille. Tandis que le train avançait vers Brahmpur, la cité bénéfique qui lui avait déjà fourni un gendre, Mrs Rupa Mehra se promit de faire une autre tentative. Un ou deux jours après son arrivée, elle irait demander conseil à son père.

Or le hasard voulut qu'elle n'eut pas besoin d'aller trouver le Dr Kishen Chand Seth. Le lendemain même, celui-ci prenait le chemin de l'université et débarquait telle une furie chez Pran Kapoor.

Il était trois heures de l'après-midi, et il faisait chaud. Pran était à la faculté. Lata assistait à une conférence sur les poètes métaphysiques. Savita courait les magasins. Mansoor, le jeune serviteur, tenta d'apaiser le Dr Kishen Chand Seth en lui offrant du thé, du café ou un citron pressé. Il n'obtint pour toute réponse qu'un geste brutal de refus.

« Y a-t-il quelqu'un ici ? Où sont-ils tous ? » aboya le Dr Kishen Chand Seth. Avec sa courte stature, sa figure mafflue et pincée, il ressemblait assez à ces chiens de garde tibétains, tout plissés. (La beauté de Mrs Rupa Mehra lui venait de sa mère.) Il tenait à la main une canne sculptée du Cachemire, qu'il utilisait plus pour souligner ses propos que pour se soutenir. Mansoor se précipita à l'intérieur.

« Burri Memsahib ? appela-t-il en frappant à la porte de la chambre où se tenait Mrs Rupa Mehra.

— Quoi... Qu'est-ce que c'est ?

— Burri Memsahib, votre père est là.

— Oh. Oh. » Mrs Rupa Mehra, qui savourait les plaisirs de la sieste, se réveilla dans un cauchemar. « Dis-lui que j'arrive immédiatement, et offre-lui du thé. »

Mansoor entra dans le salon. Le Dr Seth contemplait un cendrier.

« Alors, tu es muet, en plus d'être idiot ? demanda le Dr Kishen Chand Seth.

— Elle arrive, Sahib.

— Qui arrive, imbécile ?

— Burri Memsahib, Sahib. Elle se reposait. »

Que Rupa, cette mauviette qui était sa fille, ait pu accéder au titre non seulement de Memsahib mais de Burri Memsahib troublait et contrariait le Dr Seth.

« Voulez-vous du thé, Sahib ? Ou du café ?

— Ne viens-tu pas de m'offrir du nimbu pani ?

— Oui, Sahib.

— Un verre de nimbu pani.

— Oui, Sahib. Immédiatement. » Mansoor se dirigea vers la porte.

« Oh –

— Oui, Sahib.

— Y a-t-il des biscuits à l'arrow-root dans cette maison ?

— Je pense que oui, Sahib. »

Mansoor alla dans le jardin, derrière la maison, cueillir des citrons verts puis revint dans la cuisine pour les presser.

Le Dr Kishen Chand Seth s'empara du *Statesman* de la veille plutôt que du *Brahmpur Chronicle* du jour, et s'installa dans un fauteuil pour le lire. Ils étaient tous débiles dans cette maison.

Mrs Rupa Mehra s'habilla rapidement d'un sari de coton noir et blanc, émergea de sa chambre, entra dans le salon et commença à s'excuser.

« Oh, assez, assez de ces idioties, dit le Dr Kishen Chand Seth en hindi.

— Bien, Baoji.

— Après une semaine d'attente, j'ai décidé de venir te voir. Quel genre de fille es-tu ?

— Une semaine ?

— Oui, oui, une semaine. Tu m'as bien entendu, Burri Memsahib. »

Mrs Rupa Mehra ne savait pas ce qui était le pire, la colère de son père ou son ironie.

« Mais je ne suis arrivée qu'hier de Calcutta. »

Son père parut sur le point d'exploser en entendant cette fable manifeste, mais Mansoor entra avec le nimbu pani et une assiette de biscuits à l'arrow-root. Remarquant l'expression du Dr Seth, il s'arrêta hésitant sur le pas de la porte.

« C'est bien, c'est bien, pose ça là, qu'est-ce que tu attends ? »

Mansoor posa le plateau sur une petite table au dessus de verre et s'apprêta à quitter la pièce. Le Dr Seth avala une gorgée et brailla :

« Canaille ! »

Mansoor se retourna, tremblant. Il n'avait que seize ans et remplaçait son père qui avait pris quelques jours de congé. Aucun des instituteurs de l'école de village qu'il avait fréquentée pendant cinq ans ne lui avait inspiré une terreur aussi grande que ce cinglé de père de Burri Memsahib.

« Fripouille – tu veux m'empoisonner ?

— Non, Sahib.

— Qu'est-ce que tu m'as donné ?

— Du nimbu pani, Sahib. »

Le Dr Seth, ses bajoues tremblotantes, dévisagea Mansoor. Est-ce qu'il se payait sa tête ?

« Je le vois bien que c'est du nimbu pani. Tu croyais que je le prenais pour du whisky ?

— Sahib. » Mansoor était confondu.

« Qu'est-ce que tu as mis dedans ?

— Du sucre, Sahib.

— Espèce de pitre ! Mon nimbu pani doit être fait avec du sel et pas du sucre. Le sucre, c'est du poison pour moi. J'ai du diabète comme ta Burri Memsahib. Combien de fois déjà ne te l'ai-je pas dit ? »

Mansoor fut tenté de répondre « Jamais », mais y renonça. En général, le Dr Seth prenait du thé, et il apportait le lait et le sucre séparément.

Le Dr Kishen Chand Seth frappa le sol de sa canne. « Va-t'en. Pourquoi me regardes-tu comme une chouette ?

— Bien, Sahib. Je vais faire un autre verre.

— Laisse tomber. Ou plutôt, si, fais-en un autre.

— Avec du sel, Sahib. » Mansoor osa un sourire. Il avait un très beau sourire.

« Pourquoi ris-tu comme un âne ? Avec du sel, bien sûr.

— Oui, Sahib.

— Et, imbécile...

— Oui, Sahib ?

— Avec du poivre aussi.

— Oui, Sahib. »

Le Dr Kishen Chand Seth se retourna vers sa fille. Elle perdit aussitôt contenance.

« Quel genre de fille ai-je là ? » Le ton était grandiloquent. Mrs Rupa Mehra attendit la réponse, qui ne tarda pas à venir. « Ingrate ! » Son père souligna le mot en mordant dans un biscuit. « Mal cuit ! » ajouta-t-il d'un ton dégoûté.

Mrs Rupa Mehra se garda bien de protester.

« Ça fait une semaine que tu es revenue de Calcutta, et tu ne m'as pas rendu visite une seule fois. Est-ce moi que tu détestes tant, ou ta belle-mère ? »

Sa belle-mère, Parvati, étant considérablement plus jeune qu'elle, Mrs Rupa Mehra la voyait toujours comme l'infirmière, puis la maîtresse, de son père. Malgré son dégoût, elle n'en voulait pas entièrement à Parvati. Son père était demeuré seul trente ans après la mort de sa femme. Parvati était bonne avec lui et (supposait-elle) lui faisait du bien. De toute façon, se disait Mrs Rupa Mehra, c'est ainsi que les choses se passent. Mieux vaut être en bons termes avec tout le monde.

« Mais je ne suis arrivée qu'hier. » Elle venait de le lui dire, il y avait une minute à peine, mais à l'évidence il ne l'avait pas crue.

« Humm ! » Le Dr Seth sembla vouloir en finir.

« Par le Brahmpur Mail.

— Tu m'avais écrit que tu arrivais la semaine dernière.

— Mais je n'ai pas pu obtenir de place, Baoji, alors j'ai décidé de rester à Calcutta. » C'était la vérité, mais le plaisir de passer une semaine de plus avec sa petite-fille Aparna avait aussi été un facteur de retard.

« Tu n'as jamais entendu parler de télégramme ?

— J'ai pensé à t'en envoyer un, Baoji, mais je n'ai pas cru que c'était si important. Et puis, la dépense...

— Depuis que tu es devenue une Mehra, tu n'as plus aucune certitude. »

Le coup était méchant, et ne pouvait que blesser. Mrs Rupa Mehra baissa la tête.

« Tiens, prends un biscuit », dit son père d'un ton conciliant.

Mrs Rupa Mehra refusa d'un signe.

« Mange, imbécile ! répéta son père, d'une voix où perçait l'affection. A moins que tu ne continues à pratiquer ces jeûnes absurdes qui sont si mauvais pour ta santé ?

— C'est Ekadashi aujourd'hui. » Mrs Rupa Mehra jeûnait le onzième jour de chaque lunaison en souvenir de son époux.

« Quand bien même il y aurait dix Ekadashi. Depuis que tu es tombée sous l'influence des Mehra, tu es devenue aussi religieuse que ton infortunée mère. Il y a eu trop d'unions mal assorties dans cette famille. »

La combinaison de ces deux phrases, accouplées de façon telle qu'elles donnaient lieu à plusieurs interprétations possibles, fut plus que Mrs Rupa Mehra n'en pouvait supporter. Son nez se mit à rougir. La famille de son époux ne pratiquait pas davantage la religion que l'incertitude. Les frères et les sœurs de Raghubir l'avaient adoptée avec une affection réconfortante pour une jeune mariée de seize ans, et huit ans après le décès de son époux elle continuait à leur rendre visite au cours de ce que ses enfants appelaient son Pèlerinage annuel transindien en chemin de fer. Si elle devait se révéler « aussi religieuse que sa mère » (ce qui n'était pas le cas – du moins pas encore), point n'était besoin de chercher bien loin à quelle influence elle cédait : celle de sa mère, qui était morte durant l'épidémie de grippe qui avait suivi la fin de la Première Guerre mondiale, alors que Rupa était très jeune. Soudain une pensée vague lui traversa l'esprit : pouvait-il y avoir distance plus grande qu'entre cette femme à l'âme douce et son libre penseur de mari, allopathe-né ? Son commentaire sur les mariages désassortis injuriait la mémoire de deux bien-aimés fantômes, et se voulait peut-être même une insulte à l'égard de l'asthmatique Pran.

« Ne sois donc pas si sensible ! » lui assena le Dr Kishen Chand Seth. La plupart des femmes, avait-il décidé, passaient les deux tiers de leur temps à pleurer et à geindre. A quoi s'imaginaient-elles que cela sert ? « Tu devrais marier Lata très vite », ajouta-t-il, comme pris d'une idée soudaine.

La tête de Mrs Rupa Mehra se redressa brusquement. « Oh ? Tu crois ? » dit-elle. Son père semblait lui réserver encore plus de surprises que d'habitude.

« Oui. Elle doit avoir près de vingt ans. Beaucoup trop tard. Parvati avait dépassé la trentaine quand elle s'est mariée, et regarde sur quoi elle est tombée. Il faut trouver un garçon convenable pour Lata.

— Oui, oui. Je pense exactement comme toi. Mais je ne sais pas ce qu'en dira Lata. »

D'un froncement de sourcils, le Dr Seth marqua qu'il trouvait cette remarque superflue.

59

« Et où trouver un garçon convenable ? poursuivit-elle. Nous avons eu de la chance avec Savita.

— Qui parle de chance ? C'est moi qui ai fait les présentations. Est-elle enceinte ? On ne me dit jamais rien.

— Oui, Baoji. »

Le Dr Seth prit quelques instants pour interpréter ce oui. Puis il dit : « Il n'est que temps. J'espère que j'aurai un arrière-petit-fils cette fois-ci. » Il s'arrêta de nouveau. « Comment va-t-elle ?

— Eh bien, un peu dérangée le matin...

— Mais non, imbécile, je veux parler de mon arrière-petite-fille, l'enfant d'Arun.

— Oh, Aparna ? Elle est adorable. Elle s'est beaucoup attachée à moi. » Mrs Rupa Mehra avait soudain un ton guilleret. « Arun et Meenakshi t'envoient toute leur affection. »

Le Dr Seth parut satisfait de ce qu'il venait d'entendre et mordit avec précaution dans son biscuit à l'arrow-root. « Mou, se plaignit-il, mou. »

Son père voulait que tout soit parfait, Mrs Rupa Mehra ne l'ignorait pas. Quand elle était enfant, il lui interdisait de boire de l'eau pendant les repas. Chaque bouchée devait être mâchée vingt-quatre fois pour faciliter la digestion. Il était triste de voir cet homme, aussi tatillon sur la nourriture que gourmand, réduit aux biscuits et aux œufs durs.

« Je vais voir ce que je peux faire pour Lata, reprit-il. Il y a un jeune radiologue au Prince de Galles. Je ne me rappelle plus son nom. Si nous avions pensé plus tôt à lui et fait marcher notre imagination, nous aurions pu capturer le jeune frère de Pran et célébrer un double mariage. Mais on raconte à présent qu'il est fiancé avec cette fille de Bénarès. C'est peut-être aussi bien », ajouta-t-il, se souvenant qu'il était censé ne plus adresser la parole au ministre.

« Tu ne peux pas partir maintenant, Baoji. Tout le monde sera bientôt de retour », protesta Mrs Rupa Mehra.

« Je ne peux pas, je ne peux pas ? Où sont-ils tous quand j'ai besoin d'eux ? » Le Dr Kishen Chand Seth claqua la langue en signe d'impatience. « N'oublie pas l'anniversaire de ta belle-mère la semaine prochaine », ajouta-t-il en se dirigeant vers la porte.

Le regard triste et soucieux de Mrs Rupa Mehra fixait le dos du vieil homme qui regagnait sa voiture. En traversant le petit jardin du devant, il s'arrêta auprès d'une bordure de cannas jaunes et rouges, et elle le vit devenir de plus en plus agité. Les fleurs bureaucratiques (au nombre desquelles il classait également les œillets, les bougainvillées et les pétunias) le mettaient en rage. Il les avait bannies de la faculté de médecine du Prince de Galles, lorsqu'il y détenait le pouvoir suprême ; à présent, elles faisaient un retour en force. D'un coup de sa canne du Cachemire, il décapita un canna jaune. Puis, toujours sous le regard de sa fille, il entra dans sa vieille Buick grise. Cette noble machine, une reine parmi la foule des Austin et des Morris qui encombraient les routes indiennes, présentait toujours les quelques bosses qu'Arun (à l'occasion d'un séjour accompli pendant des vacances scolaires, dix ans auparavant) lui avait infligées au cours d'une virée catastrophique. Arun était le seul membre de la famille qui pouvait défier ouvertement son grand-père et qui, pour cette raison, en était le plus aimé. Tout en conduisant, le Dr Kishen Chand Seth se félicitait de sa visite. Elle lui avait procuré de quoi penser, de quoi manigancer.

Il fallut quelques minutes à Mrs Rupa Mehra pour se remettre de la présence vivifiante de son père. Se rendant compte soudain qu'elle était affamée, elle se mit à penser au repas du soir. Son jeûne lui interdisant de manger des céréales, elle dépêcha le jeune Mansoor au marché avec ordre d'acheter des bananes vertes pour faire des croquettes. En traversant la cuisine pour prendre la clef de la bicyclette et le sac à provisions, il passa devant la paillasse et remarqua le verre, plein, de nimbu pani : frais, acide, appétissant.

Il le but d'un coup.

Quiconque connaissait Mrs Rupa Mehra savait qu'elle raffolait des roses, surtout des images de roses, en conséquence de quoi la plupart des cartes de vœux qu'elle recevait pour son anniversaire en représentaient, de taille et de couleur variées, à des degrés non moins variés de profusion et de vulgarité criarde. Cet après-midi, dans la chambre qu'elle partageait avec Lata, assise au bureau ses lunettes sur le nez, elle fouillait dans de vieilles cartes avec un but très précis, au risque de se laisser submerger par des émotions surgies du passé. A des roses rouges, jaunes, parfois même bleues ici et là, se mêlaient des rubans, des images de chatons et celle d'un chiot au regard coupable. Des pommes et du raisin dans un panier ; des moutons dans un champ, un parterre de roses au premier plan ; des roses dans un pot d'étain aux contours flous, près d'un bol de fraises ; des roses d'un violet phosphorescent agrémentées de feuilles non dentées et d'épines vertes, tendres, presque appétissantes : cartes d'anniversaire envoyées par la famille et les amis des quatre coins du pays, certaines même de l'étranger – tout lui rappelait tout, comme le remarquait parfois son fils aîné...

Mrs Rupa Mehra jeta un coup d'œil rapide à la pile de cartes de Nouvel An, puis revint aux roses d'anniversaire. Des tréfonds de son grand sac à main noir elle extirpa de petits ciseaux et se mit en demeure de décider quelle carte sacrifier. Il était très rare que Mrs Rupa Mehra achète une carte pour quelqu'un, aussi proche et chérie que fût la personne. Elle avait fini par accepter la nécessité de faire des économies, mais après s'être refusé le moindre petit luxe pendant huit ans, elle accordait toujours le même caractère sacré aux vœux d'anniversaire. Ne pouvant se payer des cartes, elle les fabriquait ; ce défi créatif la comblait de bonheur. Morceaux de carton, bouts de ruban, feuilles de papier de couleur, petites étoiles d'argent, chiffres dorés et adhésifs s'entassaient au fond de la plus grande de ses trois valises ; l'heure sonnait de puiser dans ce trésor multicolore. Un instant tenus en suspens, les ciseaux s'abattirent. Trois étoiles d'argent furent séparées de leurs compagnes et appliquées (avec l'aide d'un pot de colle emprunté – peut-être le seul ingrédient que Mrs Rupa Mehra, par peur d'une fuite, n'emportait pas avec elle) aux trois coins du premier rabat, encore vierge, du morceau de carton qu'elle avait replié. Le quatrième coin, celui du nord-ouest, était destiné à recevoir deux chiffres dorés indiquant l'âge du destinataire.

A ce stade de sa création, Mrs Rupa Mehra s'interrompit – car l'âge de la destinataire constituait un détail délicat. Elle ne parvenait jamais à oublier que sa belle-mère avait dix bonnes années de moins qu'elle, et le « 35 » accusateur, bien que doré – ou peut-être justement parce que doré – risquait de paraître – en fait paraîtrait – sous-entendre une disparité inacceptable, peut-être même une motivation inacceptable. Les chiffres dorés furent écartés, et une quatrième étoile d'argent vint rejoindre ses compagnes pour former un motif d'une symétrie inoffensive.

Repoussant à plus tard le choix de l'illustration, Mrs Rupa Mehra chercha alors une aide pour le texte rimé qui devait accompagner l'image. Sur la carte au pot d'étain on pouvait lire :

> *Que la joie par vous répandue*
> *Sur le chemin lumineux de la vie*
> *Les petits gestes de bonté*
> *Que jour après jour vous dispensez*
> *Et le bonheur dont vous avez inondé*
> *Tous ceux dont vous êtes entourée*
> *En mille bénédictions vous soient rendus*
> *En cette heure anniversaire bénie.*

Cela ne convenait pas pour Parvati, décida Mrs Rupa Mehra. Elle passa à la carte illustrée de raisins et de pommes :

> *Jour d'étreintes et de baisers,*
> *De gâteaux et de bougies,*
> *Où ceux qui vous ont toujours aimée*
> *Vous renouvellent leur affection,*

Jour de douce réflexion
Sur le chemin lumineux de la vie,
Le jour où tous vous crient :
Voici le plus beau de vos jours.

Ce texte était prometteur, mais son instinct soufflait à Mrs Rupa Mehra que quelque chose n'allait pas à la quatrième ligne. Il lui faudrait aussi changer « étreintes et baisers » en « souhaits particuliers ». Parvati méritait peut-être tout à fait des étreintes et des baisers, mais Mrs Rupa Mehra se sentait incapable de les lui donner.

Qui lui avait envoyé cette carte ? Queenie et Pussy Kapadia, deux sœurs célibataires dans la quarantaine, qu'elle n'avait plus vues depuis des années. Célibataires ! Le mot tintait comme un glas. Ecartant temporairement ces pensées, Mrs Rupa Mehra poursuivit bravement sa tâche.

Le chiot jappait un texte non rimé et donc inutilisable – un simple « Joyeux anniversaire et Tous nos Vœux de Bonheur » – mais le mouton bêlait en rimes qui, bien qu'identiques aux autres, s'en différenciaient légèrement du point de vue du sentiment exprimé :

Ce ne sont pas des vœux de convenance
Pour un jour de joie ordinaire
Mais un souhait qui doit recouvrir
Le brillant et lumineux sentier de l'existence –
Le souhait que se réalise
Ce qui compte le plus pour vous
Qu'en cette année et les suivantes
Vos rêves les plus chers se concrétisent.

Voilà ! Le chemin lumineux de la vie, une idée chère à Mrs Rupa Mehra, trouvait ici une expression encore plus raffinée. Sans que pour autant il en découle un trop profond témoignage d'affection envers la seconde épouse de son père. Ni qu'on puisse l'accuser de froideur. Elle prit son stylo MontBlanc noir et or, cadeau de Raghubir pour la naissance d'Arun – vingt-cinq ans déjà et toujours en état de marche, se dit-elle, un triste sourire aux lèvres – et se mit à écrire.

L'écriture de Mrs Rupa Mehra était très petite, encore que bien formée, ce qui dans le cas présent posait un problème. Elle avait choisi une carte d'une dimension disproportionnée aux sentiments qu'elle éprouvait, mais les étoiles d'argent étaient collées et il était trop tard pour changer ce paramètre. Il lui fallait remplir autant d'espace que possible avec le texte rimé de façon qu'elle n'ait que quelques mots personnels à ajouter pour compléter le sonnet. Elle étala donc les trois premières strophes – séparées par juste assez de blanc pour que cela ne saute pas aux yeux – sur la partie gauche ; suivirent sept points en ellipse sur toute la largeur de la page, comme une sorte de respiration ; la dernière strophe, toute de douceur menaçante, fut crachée sur la partie droite.

« A la chère Parvati – un très heureux anniversaire, très affectueusement, Rupa », écrivit Mrs Rupa Mehra, avec le sentiment du devoir accompli. Puis, prise de remords, elle ajouta « très » à « chère ». Du coup la graphie paraissait un peu trop serrée, mais seul un œil exercé y décèlerait un rattrapage.

Il lui fallait passer maintenant à l'étape la plus pénible : non la simple transcription d'une strophe, mais le sacrifice d'une ancienne carte. Quelle rose allait-elle transplanter ? Après un moment de réflexion, Mrs Rupa Mehra ne put se résoudre à se séparer d'aucune. Alors, le chien ? Il avait un air triste, voire coupable – sans compter que l'image d'un chien, aussi séduisant d'aspect qu'il fût, pouvait prêter à mauvaise interprétation. Les moutons peut-être – voilà, eux feraient l'affaire. Ils étaient duveteux et impavides. Peu lui importait de se séparer d'eux. Mrs Rupa Mehra était végétarienne, alors que son père et Parvati étaient d'avides carnivores. Elle conserva les roses au premier plan de la vieille carte, en vue d'un usage futur, et trois moutons tondus prirent le chemin de nouveaux pâturages.

Avant de fermer l'enveloppe, Mrs Rupa Mehra s'empara d'un petit bloc de papier à lettres et écrivit quelques lignes à son père :

Très cher Baoji,
Les mots ne peuvent exprimer le bonheur que j'ai eu à te voir hier. Pran, Savita et Lata étaient très déçus. Ils n'ont pas pu se

trouver avec nous, mais ainsi va la vie. A propos du radiologue, ou de toute autre perspective pour Lata, je t'en prie, poursuis tes enquêtes. Il vaudrait mieux un bon Khatri bien sûr, mais après le mariage d'Arun je suis capable d'envisager autre chose. Clair ou foncé, comme tu le sais, on ne peut pas se montrer trop difficile. Je me suis remise de mon voyage et demeure, avec beaucoup d'affection,

Ta fille très aimante,
RUPA.

Le calme régnait dans la maison. Elle demanda une tasse de thé à Mansoor et décida d'écrire à Arun. Elle déplia une carte-lettre destinée à la correspondance intérieure, la data avec soin et commença :

Mon Arun chéri,
J'espère que tu te sens beaucoup mieux et que tu as beaucoup moins mal au dos et aux dents. J'étais très triste et fâchée à Calcutta que nous ayons eu si peu de temps à passer ensemble à la gare à cause de la circulation sur le Strand et sur Howrah Bridge et parce que tu devais me quitter avant le départ du train pour obéir à Meenakshi qui veut que tu rentres tôt. Tu ne sais pas à quel point tu emplis mes pensées – beaucoup plus que les mots ne peuvent l'exprimer. Je pensais que les préparatifs de la fête auraient pu être retardés de dix minutes, mais non. C'est Meenakshi qui décide. Quoi qu'il en soit, le résultat de tout cela fut que nous n'avons pas disposé de beaucoup de temps à la gare et que de déception les larmes ont coulé sur mes joues. Mon cher Varun lui aussi a dû rentrer puisqu'il était venu dans ta voiture. Ainsi va la vie, on obtient rarement ce qu'on désire. Maintenant je prie seulement pour que tu te rétablisses et demeures en bonne santé où que tu sois et que tu n'aies plus d'ennuis avec ton dos de façon que tu puisses jouer au golf, que tu aimes tant. Si Dieu le veut, nous nous reverrons très bientôt. Je t'aime énormément et te souhaite tout le bonheur et le succès que tu mérites. Ton Papa aurait été si fier de te voir chez Bentsen et Pryce, et à présent avec une femme et un enfant. Des tas de baisers à Aparna chérie.
Le voyage s'est déroulé tranquillement comme prévu, mais je dois reconnaître que je n'ai pu m'empêcher de manger un mihidana à Burdwan. Si tu avais été là tu m'aurais attrapée, mais je n'ai pu résister à mon goût pour les douceurs. Les dames qui partageaient mon compartiment pour femmes se sont montrées très aimables, elles ont joué au gin rummy et au trois-deux-cinq, et ont beaucoup bavardé. L'une de ces dames

connaissait la Miss Pal à qui nous rendions visite à Darjeeling, celle qui était fiancée au capitaine, mais il est mort à la guerre. J'avais dans mon sac le jeu de cartes que Varun m'a offert pour mon dernier anniversaire, et il m'a aidé à passer le temps du voyage. Chaque fois que je prends le train je me rappelle l'époque de nos voyages en première classe avec ton Papa. S'il te plaît dis à Varun que je l'aime et qu'il étudie dur en suivant la tradition de son père.

Savita a l'air très bien, et Pran est un mari de tout premier ordre, à part son asthme, et très attentionné. Je crois qu'il a quelques difficultés avec l'Université mais il n'aime pas en parler. Ton grand-père nous a rendu visite hier et aurait pu lui donner un conseil médical malheureusement j'étais seule à la maison. Au fait, c'est l'anniversaire de ta grand-mère par alliance la semaine prochaine, peut-être pourrais-tu lui envoyer une carte. Mieux vaut avoir du retard que du remords.

Je ressens une certaine douleur au pied mais je m'y attendais. La mousson sera là dans deux ou trois mois et mes jointures vont me jouer des tours. Malheureusement Pran ne peut s'offrir une voiture avec son salaire de maître-assistant et nous avons des difficultés de transport. Je prends un autobus ou une tonga pour me déplacer. Comme tu sais, le Gange n'est pas loin de la maison et parfois j'aime y aller à pied, de préférence si je suis accompagnée mais même seule. Lata marche beaucoup, ça paraît lui plaire. Le trajet est sans danger jusqu'au dhobi-ghat près de l'université, bien qu'on puisse avoir un peu peur des singes.

Est-ce que Meenakshi a fait monter les médailles en or de Papa ? J'aime bien l'idée d'un pendentif pour l'une et d'un couvercle de boîte à cardamome pour l'autre. Ainsi on pourra lire ce qui est écrit sur les deux faces de la médaille.

Maintenant mon Arun, ne m'en veux pas de ce que je vais dire, mais j'ai beaucoup pensé à Lata récemment, et je pense que tu devrais l'aider à acquérir la confiance en soi qui lui manque malgré ses brillantes études. Elle a très peur de tes commentaires, et parfois moi aussi. Je sais que ce n'est pas par dureté que tu agis ainsi, mais c'est une enfant sensible et maintenant qu'elle est en âge de se marier elle devient hypersensible. Je vais écrire à Kalpana, la fille de Mr Gaur, à Delhi – elle connaît tout le monde et pourrait nous aider à trouver un parti convenable pour Lata. Je pense aussi qu'il est temps que tu nous aides en la matière. J'ai vu combien ton travail t'occupe, aussi l'ai-je à peine mentionné quand j'étais à Calcutta mais cette idée ne me quittait pas. Un autre fonctionnaire d'une bonne famille, pas besoin qu'il soit Khatri, voilà mon rêve. Maintenant que l'année universitaire est presque terminée, Lata va avoir du temps. J'ai peut-être de nombreux défauts mais je crois que je suis une mère aimante, et j'aspire à voir tous mes enfants bien établis.

Nous serons bientôt en avril et je redoute de me retrouver très déprimée et très esseulée parce qu'en ce mois-là le souvenir de la maladie et de la mort de ton père me revient comme si c'était hier bien que huit longues années se soient écoulées et que tant d'eau ait passé sous les ponts. Je sais que des milliers de gens ont beaucoup plus souffert et souffrent encore beaucoup plus que moi mais pour tout être humain ses propres souffrances paraissent les pires et je suis encore très humaine et ne surmonte pas bien les habituels sentiments de tristesse et de déception. J'essaie de toutes mes forces crois-moi de m'élever au-dessus de tout ça, et (D.V.) j'y arriverai.

Parvenue à la fin du formulaire, Mrs Rupa Mehra se mit à écrire en diagonale – dans le coin près de l'en-tête :

Quoi qu'il en soit je n'ai presque plus de place alors mon Arun chéri je vais m'arrêter maintenant. Ne te fais pas de soucis pour moi, mon taux de sucre dans le sang est normal j'en suis sûre. Pran m'envoie pour un examen à la clinique universitaire demain matin, et j'ai fait attention à mon régime à l'exception d'un verre de nimbu pani très sucré quand je suis arrivée fatiguée de mon voyage.

Là, elle passa au rabat non adhésif :

Quand j'aurai écrit à Kalpana je ferai une réussite avec les cartes de Varun. Je vous aime toi et Varun, je serre contre moi mon petit ange Aparna et l'embrasse des tas de fois, ainsi que Meenakshi bien sûr.

Ta mère toujours aimante,
MA.

Craignant de se retrouver avec un stylo vide pendant la rédaction de sa prochaine lettre, Mrs Rupa Mehra ouvrit son sac à main et en sortit une bouteille d'encre déjà entamée – Bleu Lavable Royal Quink de Parker – séparée des autres articles contenus dans son sac par plusieurs couches de chiffons et de cellophane. Le flacon de colle qu'elle transportait d'habitude s'était un jour vidé par une fissure du bouchon en caoutchouc, entraînant des conséquences désastreuses, et depuis elle avait banni la colle de son sac, mais jusqu'alors l'encre ne lui avait causé que des désagréments mineurs.

Mrs Rupa Mehra prit une autre carte-lettre, puis décida que ce serait là une fausse économie : elle la remplaça par un bloc, conservé soigneusement, à la reliure en papier chiffon couleur crème :

Très chère Kalpana,

Tu as toujours été comme une fille pour moi aussi te parlerai-je du fond du cœur. Tu sais quel souci je me suis fait pour Lata durant toute cette année ou presque. Comme tu le sais, depuis que ton oncle Raghubir est mort j'ai connu bien des moments difficiles, et ton père – qui fut si proche de ton oncle durant toute sa vie – s'est montré si bon pour moi après ce triste décès. Chaque fois que je viens à Delhi, ce qui ces derniers temps n'arrive malheureusement pas souvent, je me sens heureuse quand je suis avec vous, malgré les chacals qui aboient toute la nuit derrière votre maison, et depuis que ta chère mère a disparu je me sens comme une mère pour toi.

Le temps est venu maintenant d'établir Lata, et je dois chercher partout pour trouver un garçon convenable. Arun devrait assumer quelque responsabilité en la matière mais tu sais ce que c'est, il est si occupé avec son travail et sa famille. Varun est trop jeune pour aider et pas très rangé non plus. Toi ma chère Kalpana tu as quelques années de plus que Lata et j'espère que tu pourras me suggérer quelques noms convenables parmi tes vieux amis d'université ou d'autres à Delhi. Peut-être en octobre pendant les vacances de Divali – ou en décembre durant les fêtes de Noël et du Jour de l'An – Lata et moi pourrions venir voir les choses de plus près ? Je mentionne ça comme ça. Dis-moi je te prie ce que tu en penses.

Comment va ton cher père ? J'écris de Brahmpur où j'habite chez Savita et Pran. Tout va bien mais la chaleur est déjà très dévastatrice et je redoute avril-mai-juin. J'aurais souhaité que tu puisses venir à leur mariage, mais avec l'appendicite de Pimmy, je comprends. J'ai été chagrinée d'apprendre qu'elle n'avait pas été bien. J'espère que tout est résolu maintenant. Je suis en bonne santé et mon taux de sucre dans le sang est bon. J'ai suivi ton conseil et me suis fait faire de nouvelles lunettes alors je peux lire et écrire sans effort.

S'il te plaît écris le plus tôt possible à cette adresse. J'y serai pendant tout mars et avril, peut-être même en mai tant que nous n'aurons pas les résultats de Lata.

Avec ma plus tendre affection,
toujours à toi,
MA (Mrs Rupa Mehra).

P.S. Parfois Lata prétend qu'elle ne se mariera pas. J'espère que tu la guériras de telles théories. Je sais ce que tu penses du mariage après ce qui s'est passé avec tes fiançailles, mais par ailleurs je sais aussi qu'il vaut mieux avoir aimé et perdu etc. Non que l'amour soit toujours une bénédiction sans nuage.

Il vaudrait mieux Divali que le Nouvel An pour notre venue à Delhi, mais le moment que tu choisiras sera le bon.

Tendrement, MA.

Mrs Rupa Mehra relut sa lettre (signature comprise – elle insistait pour que tous les jeunes l'appellent Ma), la plia impeccablement en quatre et la glissa dans une enveloppe assortie. Elle alla pêcher un timbre dans son sac, le lécha avec soin, le colla sur l'enveloppe et (de mémoire) écrivit l'adresse de Kalpana ainsi que celle de Pran, au dos. Puis elle ferma les yeux et demeura parfaitement immobile pendant quelques minutes. L'après-midi était chaud. Enfin elle sortit de son sac son jeu de cartes. Quand Mansoor entra pour desservir et faire les comptes, il la trouva endormie sur une réussite.

1.15

Le Dépôt de Livres Impérial, l'une des deux meilleures librairies de la ville, était situé sur Nabiganj, la rue chic et dernier bastion de la modernité avant les allées labyrinthiques, l'entassement et la pagaïe du Vieux Brahmpur. Bien que distant de quelques kilomètres de l'université, il avait une clientèle plus fidèle et plus nombreuse d'étudiants et de professeurs que celle de la Librairie Universitaire et Compagnie, qui se trouvait à quelques minutes du campus. Le Dépôt Impérial appartenait à deux frères, Yashwant et Balwant ; ils ne parlaient quasiment pas l'anglais, mais manifestaient une telle énergie (malgré leur opulente rondeur) et un tel esprit d'entreprise que cela n'avait pas d'importance. Ils possédaient le meilleur stock de la ville, se montraient extrêmement serviables. Lorsqu'un livre n'était pas disponible dans leur boutique, ils demandaient au client d'écrire lui-même son nom sur le bon de commande.

Deux fois par semaine, ils payaient un étudiant dans le besoin pour ranger les nouveaux arrivages sur les étagères. Et comme la librairie s'enorgueillissait de son fonds aussi bien universitaire que général, les propriétaires invitaient sans hésiter les professeurs d'université venus feuilleter les livres à s'asseoir devant une tasse de thé et des catalogues d'éditeurs, et à pointer les titres qu'à leur avis la librairie devait commander. Les professeurs étaient d'ailleurs ravis de savoir que les livres dont ils avaient besoin pour leurs cours seraient disponibles.

Après les classes, Lata et Malati, vêtues de leur habituel salwaarkameez, décidèrent d'aller flâner sur Nabiganj avec arrêt au Danube Bleu pour une tasse de café. Cette occupation, que les étudiants appelaient « ganjer », elles pouvaient se la permettre environ une fois par semaine. En passant devant le Dépôt Impérial, elles se sentirent happées par une force magnétique. Chacune fonça vers son rayon favori, pour Malati celui des romans, Lata préférant la poésie. Elle s'arrêta pourtant au rayon sciences, non pas qu'elle comprît grand-chose aux sciences, mais justement parce qu'elle n'y comprenait rien. Chaque fois qu'elle ouvrait un livre scientifique et tombait sur des paragraphes entiers de mots et de symboles mystérieux, elle s'émerveillait à la pensée des immenses territoires de savoir qu'il lui restait à défricher – somme de tant d'efforts destinés à trouver un sens objectif au monde. Cette pensée lui plaisait ; elle convenait à son sens du sérieux ; et cet après-midi, son esprit était sérieux. Elle attrapa un livre au hasard, lut un paragraphe :

Il s'ensuit de la formule de De Moivre que $z^n = r^n (\cos n + i \sin n)$. Par conséquent, si nous permettons au nombre complexe z^n de décrire un cercle de rayon r^n au départ, z^n décrira n fois un cercle de rayon r^n, alors que z ne décrit son cercle qu'une fois. Nous rappelons aussi que r, le module de z, écrit [z], donne la distance de z depuis 0, et que si $z' = x' + iy'$, alors [z – z'] représente la distance entre z et z'. A partir de ces préliminaires nous pouvons procéder à la démonstration du théorème.

Ce qui exactement lui plaisait dans ces phrases, elle l'ignorait, mais elles étaient porteuses, elles distillaient du confort, de l'inévitabilité. Sa pensée dériva sur Varun et ses études mathématiques. Elle espérait que les quelques mots qu'elle lui avait adressés au lendemain du mariage lui avaient fait du bien. Elle aurait dû lui écrire plus souvent pour doper son courage, mais la période des examens arrivant, il lui restait peu de temps à consacrer à autre chose. Et si elle ganjait parfois, c'était sur l'insistance de Malati – pourtant encore plus occupée qu'elle.

Elle relut le paragraphe. Arrivée à « Nous rappelons aussi » et « A partir de ces préliminaires », elle se sentit en communion avec l'auteur de ces vérités et de ces mystères. Les mots étaient pleins d'assurance et par conséquent rassurants : les choses sont ce qu'elles sont même dans un monde incertain, et elle pouvait progresser à partir de cette affirmation.

Elle se souriait à elle-même, inconsciente de ce qui l'entourait. Tenant toujours le livre, elle leva les yeux. Et c'est ainsi qu'un jeune homme, qui se trouvait non loin d'elle, fut inclus, fortuitement, dans ce sourire. Agréablement surpris, il lui rendit son sourire. Lata prit un air sévère et replongea dans sa lecture. Mais elle ne parvenait plus à se concentrer sur sa page ; aussi, au bout de quelques minutes, replaça-t-elle le livre sur l'étagère puis elle se dirigea vers la Poésie.

Le grand jeune homme, qui avait (remarqua Lata) des cheveux noirs légèrement ondulés et de fort beaux traits, presque aquilins, paraissait s'intéresser à la poésie comme aux mathématiques car, nota Lata, il avait changé de rayon et parcourait à présent les anthologies poétiques. Lata sentait ses yeux se fixer sur elle par instants, ce qui la gênait. Quand, malgré elle, elle leva la tête et le regarda, il était plongé, l'air innocent, dans sa lecture. Elle ne put s'empêcher de jeter un coup d'œil à la couverture du livre : *Poésie contemporaine*, publié chez Penguin. « C'est inhabituel de voir quelqu'un s'intéresser à la fois à la poésie et aux mathématiques, dit-il.

— Vraiment ? fit Lata, d'un ton sévère.

— Courant et Robbins – c'est un excellent travail.

— Quoi ? » dit Lata. Puis comprenant que le jeune homme faisait référence au livre de mathématiques qu'elle avait pris au hasard sur l'étagère, elle émit un « Ah bon », en guise de conclusion.

72

Mais le jeune homme n'entendait pas laisser tomber la conversation.

« C'est ce que dit mon père, reprit-il. Non pas en tant que texte mais comme introduction générale aux différentes, euh, facettes du sujet. Il enseigne les maths à l'université. »

Lata regarda autour d'elle pour voir si Malati écoutait. Mais Malati était toute aux livres qu'elle feuilletait près de l'entrée de la boutique. Aucune oreille ne traînait : à cette époque de l'année et à cette heure, il y avait très peu de monde.

« En réalité, je ne m'intéresse pas aux mathématiques », dit Lata d'un ton définitif. Le jeune homme parut un peu découragé, mais il se reprit et confia : « Moi non plus, vous savez. J'étudie l'histoire. »

Médusée par tant d'insistance, Lata le fixa droit dans les yeux et déclara : « Je dois partir maintenant. Mon amie m'attend. » Et alors même qu'elle disait cela, elle ne put s'empêcher de remarquer combien ce jeune homme aux cheveux ondulés paraissait sensible, voire vulnérable. Ce que contredisaient pourtant son comportement, sa façon déterminée de s'adresser à une jeune fille inconnue dans une librairie.

« Je suis désolé, je suppose que je vous ai importunée ? s'excusa-t-il comme s'il lisait dans ses pensées.

— Non », dit Lata. Et avant qu'elle n'ait pu bouger, il ajouta : « Dans ce cas, puis-je vous demander votre nom ?

— Lata », fit-elle, bien que ne comprenant pas la logique de ce « Dans ce cas ».

« Vous ne voulez pas connaître le mien ? demanda le jeune homme, un large sourire aux lèvres.

— Non », répondit Lata presque aimablement, sur quoi elle alla rejoindre Malati, qui tenait à la main un certain nombre de livres de poche.

« Qui c'est ? chuchota Malati d'un ton de conspirateur.

— Juste quelqu'un... Je ne sais pas. Il s'est approché de moi et a engagé la conversation. Allez, dépêche-toi. Partons. J'ai faim. Et soif. Il fait chaud ici. »

L'homme derrière le comptoir enveloppait Lata et Malati de ce regard amical et énergique qu'il réservait aux fidèles clients. Le petit doigt de sa main gauche farfouillait dans les replis de son oreille gauche. Il hochait la tête en signe de réprobation bienveillante. Il dit en hindi à Malati :

« Les examens approchent, Malatiji, et vous achetez toujours des romans ? Douze annas plus une roupie quatre annas, ça fait deux roupies. Je ne devrais pas vous le permettre. Je vous considère comme mes filles.

— Balwantji, vous n'auriez plus qu'à mettre la clef sous la porte si nous ne lisions pas vos romans. Nous sacrifions le résultat de nos examens sur l'autel de votre prospérité, conclut Malati.

— Pas moi », dit Lata. Le jeune homme avait dû disparaître derrière un rayonnage car elle ne le voyait nulle part.

« Brave petite, brave petite, dit Balwant, peut-être à l'intention des deux.

— En fait, nous allions prendre un café et nous n'avions pas prévu d'entrer chez vous, expliqua Malati, aussi je n'ai pas – » Elle laissa la phrase en suspens et décocha un sourire conquérant à Balwant.

« Peu importe, vous me le donnerez plus tard », protesta Balwant, comprenant qu'il s'agissait de l'argent pour les livres. Lui et son frère n'hésitaient pas à accorder des crédits à de nombreux étudiants. Quand on leur demandait si ce n'était pas mauvais pour les affaires, ils répondaient qu'ils n'avaient jamais perdu d'argent en faisant confiance à quelqu'un qui achetait des livres. Et à les voir, il était certain que cela leur réussissait. Ils rappelaient à Lata les prêtres d'un temple richement doté. La déférence avec laquelle les deux frères traitaient leurs livres justifiait l'analogie.

« Puisque brusquement tu te sens affamée, allons droit au Danube Bleu, dit Malati, péremptoire, en sortant de la boutique. Et là tu me raconteras en détail ce qui s'est passé entre ce Fat et toi.

— Rien, dit Lata.

— Tut-tut ! Alors, dis-moi, de quoi avez-vous parlé ?

— De rien. Sérieusement, Malati, il s'est approché et a commencé à dire des bêtises, et je n'ai rien répondu. Juste des monosyllabes. Ne mets pas de piment sur des patates brûlantes.

Elles continuèrent à déambuler dans Nabiganj.

« Plutôt grand », fit Malati au bout de quelques minutes.

74

Lata ne broncha pas.

« Pas vraiment foncé », poursuivit Malati.

Lata ne jugea pas non plus utile de répondre.

« Mais très beau garçon. »

Lata fit la grimace à son amie mais, à sa surprise, elle appréciait beaucoup la description de Malati.

« Comment s'appelle-t-il ?

— Je ne sais pas », dit Lata en se regardant dans la vitrine d'un marchand de chaussures.

Malati n'en revenait pas de la niaiserie de Lata. « Tu lui as parlé pendant un quart d'heure et tu ne connais pas son nom ?

— Nous n'avons pas parlé pendant un quart d'heure. D'ailleurs je n'ai pour ainsi dire pas parlé. S'il t'intéresse tant, pourquoi ne retournes-tu pas au Dépôt Impérial pour lui demander comment il s'appelle ? Comme toi, il n'a pas de scrupule à discuter avec n'importe qui.

— Alors il ne te plaît pas ? »

Lata garda le silence. Puis elle dit : « Non. Pourquoi me plairait-il ?

— Ça n'est pas si facile pour les hommes de nous adresser la parole, tu sais. Nous devrions être moins dures avec eux.

— Malati défendant le sexe fort ! Je n'avais jamais imaginé voir ça un jour.

— Ne change pas de sujet. Il n'avait pas l'air du genre cynique. Et je m'y connais. Crois-en ma vieille expérience. »

Lata rougit. « Il n'a pas eu l'air de se faire violence pour me parler. Comme si j'étais la sorte de fille qui...

— Qui quoi ?

— Qui se laisse approcher », conclut-elle sans conviction. Elle vit en un éclair l'image réprobatrice de sa mère. Et s'efforça de la chasser de son esprit.

« Oui, dit Malati, d'un ton plus posé que d'habitude, alors qu'elles franchissaient la porte du Danube Bleu, il a vraiment de beaux traits. »

Elles s'assirent.

« De beaux cheveux, continua Malati, consultant le menu.

— Commandons », dit Lata.

Elles commandèrent du café et des gâteaux.

« De beaux yeux », dit Malati cinq minutes plus tard, riant de l'impassibilité étudiée de Lata.

Lata se rappela la nervosité du jeune homme quand elle l'avait regardé droit dans les yeux.

« Oui, reconnut-elle. Et alors ? J'ai de beaux yeux moi aussi, et une paire suffit. »

1.16

Tandis que sa belle-mère faisait des réussites et que sa belle-sœur éludait les questions de Malati, le Dr Pran Kapoor, époux et gendre de premier ordre, se débattait avec des problèmes de service dont il s'efforçait de tenir sa famille à l'écart.

Pran, homme de tempérament posé, homme calme, détestait le directeur du département d'anglais, le Pr Mishra, avec une violence qui le rendait presque malade. Le Pr O.P. Mishra était un rustre, un colosse pâle et huileux, politicien et manipulateur jusqu'au bout des ongles. En cet après-midi, les quatre membres de la commission des programmes du département d'anglais siégeaient autour de la table ovale, dans la salle des professeurs. C'était un jour exceptionnellement chaud. On avait ouvert l'unique fenêtre (donnant sur un cytise poussiéreux), mais pas un souffle d'air ne pénétrait : encore plus mal à l'aise que les autres, le Pr Mishra transpirait à grosses gouttes qui, de son front, glissaient jusqu'à ses épais sourcils pour ensuite s'écouler de part et d'autre de son grand nez. De sa voix haut perchée sortant de ses petites lèvres pincées, il lança avec gaieté : « Dr Kapoor, vous soulevez un point intéressant, mais il me semble que nous ne sommes pas convaincus. »

Le point en question concernait James Joyce et son inscription au programme de littérature anglaise moderne. Cela faisait deux trimestres que Pran Kapoor tannait ses collègues – en fait depuis qu'il avait été nommé membre de la commission – et la commission avait fini par accepter de mettre la question en délibération.

Pourquoi, se demandait Pran, détestait-il tant le Pr Mishra ? Quand il avait obtenu le poste d'assistant, cinq ans auparavant, Mishra ne dirigeait pas encore le département, mais en sa qualité de membre le plus ancien il avait eu son mot à dire dans la nomination de Pran. Et le jour de son arrivée, Mishra s'était montré très courtois, jusqu'à l'inviter à prendre le thé chez lui. Pran avait bien aimé Mrs Mishra, petite femme affairée, à l'air soucieux. Pourtant, derrière cet accueil à bras ouverts, sous le charme et la jovialité falstaffienne, Pran avait détecté quelque chose de dangereux : comme une certaine peur chez l'épouse et les deux fils du professeur.

Pran ne parvenait pas à comprendre ce qui pousse les gens à aimer le pouvoir, mais c'est une donnée de l'existence, et il lui fallait bien l'accepter. Prenez son père : le plaisir qu'il retirait de l'exercice du pouvoir dépassait de beaucoup celui d'être en position d'appliquer ses principes. Mahesh Kapoor aimait son poste de ministre du Trésor, et eût probablement été très heureux de devenir Premier ministre de l'Etat du Purva Pradesh ou ministre du gouvernement fédéral de Nehru à Delhi. Les casse-tête, la surcharge de travail, la responsabilité, l'impossibilité de maîtriser son propre temps, d'avoir la moindre chance de s'abstraire et de contempler le monde avec sérénité : tout cela lui importait peu. On pouvait dire, il est vrai, que Mahesh Kapoor avait eu tout le loisir de contempler le monde avec sérénité depuis sa cellule de prison, dans l'Inde britannique, et qu'il réclamait maintenant ce qu'il avait effectivement acquis : un rôle actif dans le gouvernement des choses. On avait l'impression que, selon le schéma indien des trois stades de la vie, le père et le fils s'étaient échangé le deuxième et le troisième stade : le père empêtré dans le monde alors que le fils aspirait au détachement philosophique.

Pourtant Pran, qu'il le veuille ou non, était ce que les écritures appellent un chef de famille. Il aimait la compagnie de Savita, il appréciait sa chaleur, ses soins, sa beauté, il attendait avec impatience la naissance de leur enfant. Il était décidé à ne pas dépendre du soutien financier de son père, bien que son salaire de maître-assistant – 200 roupies par mois – pût tout juste lui permettre de subsister – « de s'effondrer », se disait-il dans ses moments de cynisme. Il avait posé sa candidature à un poste de maître de conférences qui venait de se libérer ; le salaire en était moins minable, et cela représentait un avancement dans la hiérarchie universitaire. Le prestige en soi n'intéressait pas Pran, mais il se rendait compte que les titres aident à la réalisation des projets. Etre maître de conférences l'aiderait à faire certaines choses qu'il avait en tête. Il pensait mériter ce poste, mais il avait appris que le mérite n'est qu'un critère parmi d'autres.

Les crises d'asthme dont il souffrait depuis l'enfance lui avaient enseigné le calme. L'excitation le gênait pour respirer, entraînait douleur et incapacité, et il avait donc supprimé toute source ou presque d'excitation. Il s'était mis à l'étude de la patience et s'était retrouvé patient. Mais le Pr O.P. Mishra lui tapait sur les nerfs à un degré que Pran n'imaginait pas possible.

« Pr Mishra, dit-il, je suis heureux que la commission ait décidé de considérer cette proposition, et ravi qu'elle vienne en second sur l'agenda des discussions prévues pour aujourd'hui. Mon principal argument est très simple. Vous avez lu ma note sur le sujet – il hocha la tête en direction du Dr Gupta et du Dr Narayanan – et vous conviendrez, j'en suis sûr, que ma suggestion n'a rien de radical. » Il baissa les yeux sur les feuilles polycopiées, la frappe bleu pâle. « Comme vous pouvez le voir, il y a vingt et un écrivains dont nous jugeons essentiel que les futurs licenciés lisent les œuvres, s'ils veulent posséder une bonne compréhension de la littérature moderne britannique. Mais Joyce n'y figure pas. Ni, ajouterai-je, Lawrence. Ces deux écrivains...

— Ne vaudrait-il pas mieux, l'interrompit le Pr Mishra, ôtant un cil niché dans le coin de son œil, ne vaudrait-il pas mieux nous en tenir à Joyce pour le moment ? Nous passerons à Lawrence au cours de notre prochaine session, dans un mois – avant de nous séparer pour les vacances d'été.

— Les deux sujets sont liés, c'est certain », dit Pran, quêtant du regard un soutien autour de la table. Le Dr Narayanan s'apprêtait à dire quelque chose quand le Pr Mishra reprit :

« Mais pas au sommaire d'aujourd'hui, Dr Kapoor, pas aujourd'hui. » Il adressa un doux sourire à Pran, et cligna des yeux. Puis plaçant ses énormes mains blanches à plat sur la table, il poursuivit : « Mais que disiez-vous quand je vous ai si grossièrement interrompu ? »

Les yeux fixés sur les deux grandes mains blanches, prolongements du corps rebondi du Pr Mishra, Pran pensait : « J'ai l'air mince et en forme, mais je ne le suis pas, et cet homme, malgré sa corpulence et son teint d'asticot, est plein d'énergie. Si je veux obtenir un accord sur cette mesure, je dois rester calme et concentré. »

Il sourit alentour et dit : « Joyce est un grand écrivain. C'est un fait universellement reconnu. On l'étudie par exemple de plus en plus dans les universités américaines. Je crois vraiment qu'il devrait figurer à notre programme.

— Dr Kapoor, répondit la voix haut perchée, il revient à chaque point de l'univers de se faire sa propre opinion sur la question de la reconnaissance avant que la reconnaissance soit jugée universelle. Nous, en Inde, sommes fiers de notre Indépendance – une Indépendance gagnée au prix du sacrifice de plusieurs générations, il est inutile que je le souligne auprès du fils illustre d'un père encore plus illustre. Nous devons réfléchir avant de nous laisser aveuglément dicter nos priorités par le moulin à dissertations américain. Qu'en dites-vous, Dr Narayanan ? »

Pendant quelques secondes, le néo-romantique qu'était le Dr Narayanan parut plonger au fin fond de son esprit. « Bonne remarque, fit-il d'un ton sentencieux, accompagné par un hochement de tête.

— Si nous nous laissons distancer par nos compagnons, poursuivit le Pr Mishra, peut-être est-ce parce que nous écoutons un autre son de cloche. Avançons au rythme de la musique que nous entendons, nous en Inde. Pour citer un Américain », ajouta-t-il.

Fixant la table, Pran dit posément : « J'affirme que Joyce est un grand écrivain parce que je crois que c'est un grand écrivain, et pas parce que c'est ce que disent les Américains. » Il se rappelait sa découverte de Joyce : un ami lui avait prêté *Ulysse* un mois avant l'oral du doctorat à l'université d'Allahabad et, du coup, il avait tellement délaissé ses propres matières qu'il s'en était remis au hasard pour assurer la poursuite de sa carrière universitaire.

Le Dr Narayanan se tourna vers Pran et lui apporta un soutien inattendu. « "Les morts", dit-il. Une belle histoire. Je l'ai lue deux fois. »

Pran lui sourit avec gratitude.

Le Pr Mishra posa sur la petite tête chauve du Dr Narayanan un regard quasi approbateur. « Très bien, très bien, fit-il, comme s'il encourageait un enfant. Mais – et sa voix devint coupante – il y a plus chez Joyce que "Les morts". Il y a l'illisible *Ulysse*. Le plus qu'illisible *Finnegans Wake*. Ce genre d'écriture est malsain pour nos étudiants. Il les encourage au laisser-aller, aux négligences grammaticales. Et que dire de la fin d'*Ulysse* ? Il nous incombe, Dr Kapoor, de familiariser ces jeunes femmes impressionnables que sont nos étudiantes avec les données les plus élevées de la vie : votre charmante belle-sœur par exemple. Lui mettriez-vous un livre comme *Ulysse* entre les mains ? » Le Pr Mishra souriait.

« Oui », dit Pran simplement.

Le Dr Narayanan parut intéressé. Le Dr Gupta, qui enseignait surtout le haut et le moyen anglais, contemplait ses ongles.

« Il est réconfortant de tomber sur un jeune homme – un jeune assistant – le Pr Mishra toisait cet autre assistant au sens hiérarchique développé qu'était le Dr Gupta – si, comment dirais-je, eh bien, si franc dans ses opinions et si désireux de les faire partager à ses collègues, même plus haut placés. C'est réconfortant. Nous pouvons ne pas être d'accord, bien entendu ; mais l'Inde est une démocratie où l'on peut s'exprimer ouvertement... » Il s'interrompit quelques secondes, les yeux fixés sur le cytise poussiéreux. « Une démocratie. Oui. Mais même les démocraties sont confrontées à des choix difficiles. Il ne peut y avoir qu'un seul chef de département, par exemple. Et lorsqu'un poste est à pourvoir, entre plusieurs candidats à mérite égal, on ne peut en retenir qu'un seul. Nous avons déjà à peine le temps, pour cet examen, de présenter vingt et un écrivains. Si Joyce entre dans la liste, qui en sort ? »

« Flecker, dit Pran sans la moindre hésitation.

— Ah, Dr Kapoor, Dr Kapoor. » Le Pr Mishra rit avec indulgence, puis récita :

> « *Ne passe pas devant moi, ô Caravane, ou passe sans*
> *[chanter. As-tu entendu*
> *Ce silence peuplé d'oiseaux morts où quelque chose*
> *[pourtant pépie comme un oiseau ?*

James Elroy Flecker, James Elroy Flecker. » Pour lui, l'affaire était tranchée.

Le visage de Pran devint impassible. « Est-ce qu'il croit vraiment cela ? Est-ce qu'il croit ce qu'il raconte ? » pensait-il. Puis, à haute voix, il dit : « Si Fletcher – Flecker – est indispensable, je suggère que nous placions Joyce en numéro vingt-deux. J'aimerais mettre cette proposition aux voix. » A l'évidence, pensait Pran, la commission ne supporterait pas l'ignominie de se voir accusée d'avoir rejeté Joyce (et non pas simplement d'avoir repoussé à l'infini sa décision).

« Dr Kapoor, vous êtes en colère. Ne vous mettez pas en colère. Vous voulez forcer notre décision », dit le Pr Mishra d'un ton badin. Il tourna ses mains paumes en l'air en signe d'impuissance. « Il n'était pas question de trancher aujourd'hui, simplement de décider si nous devions prendre une décision. »

C'était plus que n'en pouvait supporter Pran, bien qu'il sût que telle était la vérité.

« Prenez garde, Pr Mishra, cette ligne de discussion pourrait apparaître aux yeux de gens peu familiarisés avec les joutes parlementaires comme une sorte d'argutie.

— Une sorte d'argutie... une sorte d'argutie. » L'expression parut ravir le Pr Mishra, alors que ses collègues avaient l'air sidérés devant pareille insubordination. (C'est comme de jouer au bridge avec deux morts, songea Pran.) « Je vais commander du café, reprit le Pr Mishra, nous allons nous reprendre et envisager les solutions calmement, comme il se doit. »

A l'idée du café, le Dr Narayanan redevint tout guilleret. Le Pr Mishra frappa dans ses mains, et un serviteur décharné en livrée verte élimée accourut. « Le café est prêt ? demanda le Pr Mishra en hindi.

— Oui, Sahib.

— Bien. » Le Pr Mishra fit signe de le servir.

Le serviteur apporta un plateau avec un pot de café, un petit pichet de lait chaud, un bol de sucre et quatre tasses. Le professeur lui dit de servir les autres d'abord. Ce que le serviteur fit dans les règles. Puis il offrit sa tasse au professeur. Pendant que le professeur versait le café dans sa tasse, le domestique recula par déférence avec le plateau. Le professeur voulant reposer le pot de café, l'homme avança avec le plateau. Le professeur prit le pichet de lait, ajouta du lait à son café, et le domestique recula avec le plateau. La manœuvre se répéta pour chacune des trois cuillerées de sucre. On aurait dit un ballet-bouffe. Dans tout autre département de n'importe quelle autre université, cette démonstration de pur pouvoir et d'obséquiosité aurait été tout simplement ridicule, pensa Pran. Mais il s'agissait du département d'anglais de l'université de Brahmpur, et c'était par cet homme que Pran devait passer pour solliciter du comité de sélection le poste de maître de conférences qu'il convoitait.

Ce même homme qu'au premier trimestre j'ai jugé jovial, vantard, expansif, charmant, pourquoi est-il devenu dans mon esprit l'image même du méchant ? Est-ce qu'il me déteste ? Non, et c'est cela sa force. Il suit sa route. En bonne politique, la haine est inutile. Pour lui, tout ceci ressemble à un jeu d'échecs – sur un damier légèrement instable. Il a cinquante-huit ans – encore deux ans avant qu'il prenne sa retraite. Comment vais-je pouvoir le supporter jusque-là ? Une envie de meurtre s'empara de Pran, qui n'avait jamais d'instinct meurtrier, et il se rendit compte que ses mains tremblaient légèrement. Et tout ça à propos de Joyce. Du moins, je n'ai pas eu de crise d'asthme. Il prit le bloc sur lequel, en sa qualité de plus jeune membre de la commission, il notait le compte rendu de la réunion. Il y avait écrit :

Présents : Pr O.P. Mishra (président) ; Dr R.B. Gupta ;
   Dr T.R. Narayanan ; Dr P. Kapoor.
1) Les minutes de la dernière réunion ont été lues et approuvées.

Nous n'avons abouti à rien, et nous n'aboutirons à rien, songea-t-il.

Brusquement, quelques vers célèbres de Tagore lui revinrent en mémoire, dans la propre traduction anglaise de l'écrivain :

Là où le flux limpide de la raison ne s'est pas perdu
   dans le désert aride et sablonneux de l'habitude ;
Là où poussé par Toi l'esprit s'engage toujours plus avant
   dans la pensée et l'action –
Dans ce paradis de liberté, mon Père, permets à mon pays
de s'éveiller.

Son père mortel, songea Pran, lui avait du moins inculqué des principes, même s'il ne lui avait guère consacré de son temps ni de sa compagnie. Il revit en pensée sa maison, la petite maison blanchie à la chaux, Savita, sa sœur, sa mère – la famille qui était entrée dans son cœur et qui l'avait accepté dans le sien ; et puis le Gange, qui coulait tout près. (Quand il pensait en anglais, il l'appelait Gange plutôt que Ganga.) Il le descendit jusqu'à Patna et Calcutta, le remonta au-delà de Bénarès, jusqu'à Allahabad où il se divise ; là il choisit la Yamuna et la suivit jusqu'à Delhi. Les esprits sont-ils aussi étroits dans la capitale ? se demanda-t-il. Aussi fous, méchants, sots, rigides ? Comment vais-je pouvoir passer toute ma vie à Brahmpur ? Et Mishra va sûrement faire un excellent rapport sur moi, juste pour se débarrasser de moi.

Or voilà que le Dr Gupta riait à une remarque du Dr Narayanan, et que le Pr Mishra disait : « Le consensus – le consensus c'est cela le but, le but civilisé – comment pouvons-nous voter si nous devons nous retrouver deux contre deux ? Les Pandava étaient cinq, ils auraient pu voter s'ils l'avaient voulu, et pourtant ils faisaient tout par consensus. Ils ont même pris une femme par consensus, ha, ha, ha ! Le Dr Varma étant souffrant comme d'habitude, nous ne sommes que quatre. »

Malgré lui, Pran considéra avec admiration les yeux pleins de malice, le grand nez, les lèvres douces et pincées. Les statuts de l'université exigeaient que la commission des programmes, comme toutes les autres commissions, comporte un nombre impair de membres. Mais le Pr Mishra, en sa qualité de chef du département, choisissait les membres de chaque commission de sorte qu'il y eût toujours un absent, par exemple pour raisons de santé ou de recherche. Avec un nombre impair de participants, les commissions répugnaient encore plus à aller jusqu'au vote. Et, contrôlant l'ordre du jour et le déroulement des réunions, le chef réunissait encore plus de pouvoir entre ses mains.

« Je crois que nous avons, à ce stade, consacré assez de temps à l'article deux, dit le Pr Mishra. Passerons-nous au chiasme et à l'anacoluthe ? » Il faisait référence à une proposition, venant de lui, de supprimer de l'épreuve de théorie et critique littéraires une étude trop détaillée des figures de style traditionnelles du discours. « Et puis nous avons la question des auxiliaires symétriques proposée par le plus jeune membre de notre commission. Encore que cela dépende, bien entendu, de l'approbation ou non des autres commissions. Finalement, puisque les ombres de la nuit approchent, continua le Pr Mishra, je pense que nous devrions, sans préjudice pour les articles cinq, six, et sept, clore la séance. Nous reverrons ces articles le mois prochain. »

Pran n'était toutefois pas décidé à laisser la question Joyce sans réponse. « Il me semble que nous nous sommes repris, à présent, dit-il, et que nous pouvons retourner à notre discussion calmement. Si j'étais prêt à reconnaître qu'*Ulysse* est un peu, disons, difficifle pour les étudiants de licence, la commission accepterait-elle de mettre au programme, pour commencer, *Gens de Dublin* ? Dr Gupta, qu'en pensez-vous ? »

Le Dr Gupta leva les yeux vers le ventilateur au rythme lent. Son pouvoir de faire inviter au séminaire du département des conférenciers en haut et moyen anglais dépendait du bon vouloir du Pr Mishra : les collaborateurs extérieurs entraînaient des dépenses supplémentaires, et les fonds devaient être libérés par le chef du département. Le Dr Gupta savait aussi bien que quiconque ce que « pour commencer » signifiait. Il regarda Pran et dit : « J'accepterais – »

Mais il ne put finir sa phrase. « Nous oublions une chose, l'interrompit le Pr Mishra, que même moi, je dois le reconnaître, je n'avais plus en tête. A savoir que, par tradition, l'épreuve de littérature anglaise moderne ne comprend pas d'écrivains encore vivants à l'époque de la Seconde Guerre mondiale. » Ceci était nouveau pour Pran, qui dut paraître surpris, car le Pr Mishra se sentit obligé d'expliquer : « Il n'y a rien là d'étonnant. Nous avons besoin de distance pour apprécier la stature des écrivains modernes, pour les inclure dans notre canon, en quelque sorte. Rappelez-moi, Dr Kapoor... quand Joyce est-il mort ?

— 1941 », fit Pran. Il était évident que le grand requin blanc le savait parfaitement.

« Eh bien, nous y sommes... » constata le Pr Mishra. Son doigt suivait l'ordre du jour.

« Eliot, bien sûr, est toujours vivant », dit Pran calmement, parcourant la liste des auteurs au programme.

A voir sa figure, on eût dit que le chef du département avait reçu une gifle. Il ouvrit légèrement la bouche, puis serra les lèvres. Le joyeux pétillement réapparut dans ses yeux. « Eliot, Eliot – dans son cas, nous avons sûrement assez de critères objectifs – même le Dr Leavis – »

A l'évidence, le Pr Mishra écoutait un autre son de cloche que les Américains, réfléchissait Pran. Et tout haut : « Le

Dr Leavis, comme nous le savons, est aussi un grand admirateur de Lawrence...

— Il a été décidé d'examiner le cas Lawrence la prochaine fois », observa le Pr Mishra.

Pran regarda par la fenêtre. La nuit tombait, les feuilles du cytise semblaient lavées de toute poussière. Il poursuivit, sans lever les yeux sur le Pr Mishra : « ... Par ailleurs, Joyce occupe une place plus importante dans la littérature anglaise moderne qu'Eliot. Alors si nous –

— Ceci, mon jeune ami, le coupa le Pr Mishra, pourrait être considéré comme une sorte d'argutie. » Il se remettait de son choc. Dans une minute, il allait citer Prufrock.

Qu'y a-t-il chez Eliot, se demandait Pran, négligeant la discussion en cours, qui en fait une vache sacrée pour nous intellectuels indiens ? « Souhaitons à Eliot, dit-il à voix haute, de vivre encore de nombreuses années, des années productives. Je suis heureux que, contrairement à Joyce, il ne soit pas mort en 1941. Mais nous sommes maintenant en 1951, ce qui signifie que le règlement dont vous avez fait état, même si c'est une tradition, ne peut pas être très ancien. Si nous devons absolument en tenir compte, pourquoi ne pas l'actualiser ? Il a certainement pour but de nous faire révérer les morts plus que les vivants ou, pour me montrer moins sceptique, apprécier les morts avant les vivants. Eliot, qui est vivant, a eu droit à une exception. Je propose que nous en accordions une à Joyce. Un compromis amical. » Pran se tut, puis ajouta : « En quelque sorte. » Il sourit : « Dr Narayanan, êtes-vous pour "Les morts" » ?

— Oui, enfin, je crois », répondit le Dr Narayanan avec un faible sourire, avant que le Pr Mishra ne puisse l'interrompre.

« Dr Gupta ? » demanda Pran.

Le Dr Gupta n'osa pas regarder le Pr Mishra dans les yeux.

« Je suis d'accord avec le Dr Narayanan », dit-il.

Le silence régna pendant quelques secondes. Je ne peux pas y croire, pensait Pran. J'ai gagné. J'ai gagné. Je ne peux pas y croire.

Effectivement, il semblait l'avoir emporté. Tout le monde savait que l'approbation par le Conseil académique n'était plus qu'une formalité une fois que la commission des programmes avait décidé des matières.

Comme si rien ne s'était passé, le chef du département reprit les rênes. Les grandes mains douces s'affairèrent sur les feuilles polycopiées. « L'article suivant... » dit le Pr Mishra avec un sourire. Il s'arrêta, puis reprit : « Avant que nous n'examinions l'article suivant, je voudrais dire que personnellement j'ai toujours eu une grande admiration pour James Joyce en tant qu'écrivain. Je suis ravi, inutile de le préciser – »

Horrifié, Pran ne put empêcher deux vers de surgir dans son esprit :

Pâles mains que j'aimais auprès du Shalimar,
Où êtes-vous maintenant ? Qui subit votre charme ?

et il fut pris d'un fou rire, incompréhensible même pour lui, qui dura vingt secondes et se termina dans une crise de toux. Il baissa la tête, les larmes coulant sur ses joues. En réponse le Pr Mishra lui jeta un regard de rage et de haine non dissimulée.

« Désolé, désolé », murmura Pran en retrouvant son calme. Le Dr Gupta lui tapait le dos avec vigueur, ce qui ne l'aidait pas beaucoup. « Continuez, je vous en prie – Ç'a été plus fort que moi – ça m'arrive quelquefois... » Il renonça à fournir d'autres explications.

La réunion reprit et les deux points suivants furent examinés rapidement. Sans désaccord réel. Il faisait nuit maintenant ; on décida d'ajourner la réunion. Comme Pran quittait la pièce, le Pr Mishra lui passa un bras amical autour des épaules. « Mon cher garçon, ce fut une belle représentation. » Pran en frémissait encore d'horreur. « Vous êtes sans nul doute un homme d'une grande intégrité, intellectuelle et autre. » Oh, oh, où veut-il en venir maintenant ? se demanda Pran. Le Pr Mishra continua : « Le Censeur me tarabuste depuis mardi dernier pour que je lui propose quelqu'un de mon département – c'est notre tour, vous savez – qui pourrait entrer au comité d'aide aux étudiants... » Oh non, se dit Pran, il se réunit un jour par semaine. « ... et j'ai décidé de vous porter volontaire. »

J'ignorais l'expression, songea Pran. Dans le noir – ils traversaient maintenant le campus – le Pr Mishra avait du mal à faire taire totalement l'animosité de sa voix haut perchée. Pran pouvait presque voir les lèvres pincées, la lueur trompeuse dans le regard. Il demeurait silencieux, ce qui, pour le chef du département d'anglais, signifiait acceptation.

« Je sais que vous êtes occupé, mon cher Dr Kapoor, avec vos heures supplémentaires de répétiteur, la Société des débats, les colloques, les pièces de théâtre, etc. Tout ce qui rend quelqu'un populaire auprès des étudiants. Mais vous êtes relativement jeune ici, mon cher ami – cinq ans, ce n'est pas grand-chose pour un vieux renard comme moi – et vous devez me permettre de vous donner un conseil. Réduisez vos activités non universitaires. Ne vous fatiguez pas sans nécessité. Ne prenez pas les choses aussi sérieusement. Quels sont ces merveilleux vers de Yeats ?

Elle me pria de prendre la vie comme pousse la feuille sur
[l'arbre,
Mais étant jeune et stupide, je ne suivis pas son avis.

Je suis sûr que votre charmante femme serait d'accord avec moi. N'exigez pas tant de vous-même – votre santé en dépend. Et je dirai aussi, votre avenir... D'une certaine manière, vous êtes votre pire ennemi. »

Seulement d'un point de vue métaphorique, songea Pran. Et mon obstination m'a valu l'inimitié du formidable Pr Mishra. Mais dans cette affaire de maître de conférences, le Pr Mishra était-il plus ou moins dangereux, maintenant que Pran s'était attiré sa haine ?

Et en quoi consistaient les pensées du Pr Mishra ? Pran les imaginait ainsi : Je n'aurais jamais dû accepter ce garçon arrogant à la commission des programmes. Mais les regrets ne servent plus à rien. Du moins sa présence ici l'a-t-elle empêché de jeter le trouble disons dans la commission des admissions ; il aurait pu y soulever toutes sortes d'objections concernant l'admissibilité d'étudiants que j'aurais soutenus, s'ils n'avaient pas été sélectionnés uniquement en fonction de leurs mérites. Quant au comité de sélection des maîtres de conférences en anglais, je dois le verrouiller d'une façon ou d'une autre avant de l'autoriser à se réunir.

Là s'arrêta la tentative de Pran de pénétrer dans les arcanes de cette mystérieuse intelligence. Car, à cet endroit, les chemins des deux collègues divergeaient et, avec force protestations de respect mutuel, les deux hommes se séparèrent.

1.18

Meenakshi, la femme d'Arun, s'ennuyait profondément, aussi décida-t-elle de se faire amener sa fille Aparna. L'enfant semblait encore plus jolie que d'habitude : ronde, le teint clair, des cheveux noirs et des yeux superbes, aussi vifs que ceux de sa mère. Meenakshi sonna deux coups (signal d'appel de l'ayah), et prit le livre qui reposait sur ses genoux. C'était *Les Buddenbrook* de Thomas Mann, et il lui tombait littéralement des mains. Elle n'imaginait pas pouvoir en lire cinq pages de plus. Arun, bien que toujours aussi heureux en sa présence, avait l'habitude irritante de laisser de temps à autre sur son chemin un ouvrage de culture, et il semblait à Meenakshi que ses suggestions avaient tout d'un ordre déguisé. « Un merveilleux livre... » disait Arun un soir en riant, au milieu de ces gens bigarrés et désinvoltes qu'ils fréquentaient, des gens qui, Meenakshi en était sûre, ne s'intéressaient pas plus qu'elle aux *Buddenbrook* ou à toute autre bouillie germanique. « ... Je viens de lire ce merveilleux livre de Mann, et j'essaye d'inciter Meenakshi à se plonger dedans. » Les autres, spécialement le languissant Billy Irani, regardaient Arun et Meenakshi d'un air étonné, puis l'on parlait bureau, mondanités, courses, bals, golf, club, ou l'on se plaignait de ces « foutus politiciens », de ces « bureaucrates sans cervelle », et Thomas Mann était totalement oublié. Mais Meenakshi se sentait à présent obligée de parcourir le livre pour avoir une vague idée de son contenu, et Arun semblait heureux de la voir faire.

Quel homme merveilleux qu'Arun, songeait Meenakshi, et comme c'était agréable de vivre dans ce bel appartement de Sunny Park, non loin de la maison de son père sur Ballygunge Circular Road ! Pourquoi fallait-il qu'ils se querellent aussi méchamment ? Arun était incroyablement soupe au lait et jaloux, et il suffisait qu'elle jette un regard languide au languide Billy pour qu'Arun commence à se consumer de l'intérieur. Il pouvait s'avérer merveilleux, plus tard, au lit, d'avoir un mari qui se consume, mais, réfléchissait Meenakshi, de tels avantages n'allaient pas sans inconvénients. Parfois Arun se consumait en boudant, et il n'était plus bon pour l'amour. Billy Irani avait une petite amie, Shireen, mais peu importait à Arun qui soupçonnait Meenakshi (à juste titre) de nourrir un certain appétit pour Billy. Shireen, quant à elle, disait parfois en soupirant, au milieu d'un cocktail, que Billy était incorrigible.

« Bébé lao ! » dit Meenakshi, en hindi petit nègre, quand l'ayah arriva. Ses réactions ralenties par l'âge, celle-ci partit en se dandinant accomplir l'ordre de sa maîtresse. Elle alla chercher Aparna. L'enfant sortait de sa sieste, et elle bâilla tandis qu'on l'apportait à sa mère. Elle se frottait les yeux de ses petits poings.

« Maman ! dit Aparna en anglais. J'ai sommeil, et Miriam m'a réveillée. » En entendant son nom, bien que ne comprenant pas l'anglais, l'ayah sourit à l'enfant, un sourire désarmant qui découvrit sa mâchoire édentée.

« Je sais, ma poupée adorée, mais il fallait que Maman te voie, elle s'ennuyait tant. Viens me donner – oui, c'est ça – et maintenant l'autre joue. »

Aparna portait une robe mauve à volants en tissu duveteux qui la rendait, pensa sa mère, incroyablement ravissante. Les yeux de Meenakshi se posèrent sur le miroir de sa coiffeuse et elle découvrit, avec une bouffée de joie, le merveilleux couple qu'elle formait avec sa fille. « Tu es *si* adorable, déclara-t-elle à Aparna, que je crois que je vais avoir une succession de petites filles... Aparna et Bibeka et Charulata et – »

Elle fut stoppée net par le regard d'Aparna. « Si un autre bébé entrait dans cette maison, annonça la fillette, je le jetterais dans la corbeille à papier.

— Oh », dit Meenakshi, stupéfaite. A vivre au milieu de gens si acharnés à discourir, Aparna avait acquis très tôt un riche vocabulaire. Mais les enfants de trois ans n'étaient pas supposés s'exprimer avec tant de lucidité, et avec des phrases au conditionnel, qui plus est.

« Tu es *tellement* délicieuse, dit-elle. Maintenant, tu vas boire ton lait. » Et se tournant vers l'ayah : « Dudh lao. Ek dum ! » Branlant de tout son corps, Miriam partit chercher un verre de lait.

La lenteur de l'ayah irrita soudain Meenakshi. Nous devrions vraiment remplacer la B.E., se dit-elle. Elle est par trop sénile. C'est ainsi qu'entre eux, Arun et elle appelaient l'ayah, et Meenakshi rit en se rappelant le jour où, à la table du petit déjeuner, Arun avait interrompu ses mots croisés du *Statesman* pour déclarer : « Oh, fais sortir la vieille bique édentée de la pièce. Elle m'empêche de manger mon omelette. » Depuis, Miriam n'était plus que la B.E. La vie avec Arun était pleine de joyeux intermèdes de ce genre, pensa Meenakshi. Si seulement il pouvait toujours en être ainsi.

Mais il fallait aussi qu'elle s'occupe de la maison, ce qu'elle détestait. La fille aînée du juge Chatterji avait toujours eu l'habitude qu'on fasse les choses à sa place, et elle découvrait à présent combien il pouvait être pénible de les assumer soi-même. Diriger le personnel (l'ayah, le serviteur-cuisinier, le balayeur à mi-temps, le jardinier à mi-temps ; Arun s'occupait du chauffeur, qui était un des employés de la société) ; faire les comptes ; procéder aux achats trop délicats pour qu'on pût les confier à l'ayah ou aux serviteurs ; et s'assurer qu'on ne dépassait pas le budget. Cela surtout lui paraissait particulièrement difficile. Elle avait grandi dans un certain luxe, et tout en affirmant (contre l'avis de ses parents) qu'il n'y avait rien de plus romantique pour un couple que de ne dépendre de personne, il lui était impossible de se passer de certains articles (savon étranger, beurre étranger, etc.), l'essence de la vie civilisée. Elle était néanmoins parfaitement consciente de ce qu'Arun aidait tous les membres de sa famille, ce dont elle lui parlait souvent.

« Eh bien, avait dit récemment Arun, maintenant que

Savita est mariée, c'en fait un de moins, n'est-ce pas chérie ? »

Meenakshi avait soupiré, et répondu par ce couplet :

« *J'en épouse un – et quel est mon destin ?*
Tous les Mehra viennent au festin. »

Arun s'était rembruni. Il se voyait rappeler une fois de plus que le frère aîné de Meenakshi était un poète. Une longue familiarité – confinant à l'obsession – avec la poésie avait appris aux jeunes Chatterji à improviser des vers, parfois d'une puérilité sans égale.

L'ayah apporta le lait et se retira. Meenakshi reporta ses beaux yeux sur *Les Buddenbrook* tandis qu'Aparna, assise sur son lit, buvait son lait. Avec un grognement d'impatience, Meenakshi balança Thomas Mann sur le lit, s'y jeta après lui, ferma les yeux et s'endormit. Vingt minutes plus tard, elle fut tirée en sursaut de son sommeil par Aparna, qui lui pinçait le sein.

« Ne fais pas la vilaine, mon amour. Maman essaie de dormir.

— Ne dors pas. Je veux jouer. » Contrairement aux autres enfants de son âge, et à sa mère, Aparna ne parlait jamais d'elle-même à la troisième personne.

« Ma chérie adorée, Maman est fatiguée, elle a lu un livre et elle ne veut pas jouer. Pas maintenant, en tout cas. Plus tard, quand Papa rentrera, tu pourras jouer avec lui. Ou avec oncle Varun, quand il reviendra de l'université. Qu'as-tu fait de ton verre ?

— Quand est-ce que Papa va rentrer ?

— Je dirais dans une heure environ.

— Je dirais dans une heure environ, répéta Aparna, comme si la phrase lui plaisait. Je veux un collier moi aussi », ajouta-t-elle en tirant sur la chaîne en or de sa mère.

Meenakshi serra sa fille dans ses bras. « Tu en auras un », dit-elle. Puis, changeant de sujet : « Maintenant, va retrouver Miriam.

— Non.

— Alors reste si tu veux. Mais tiens-toi tranquille, ma chérie. »

Aparna se tint tranquille pendant un temps. Elle regarda *Les Buddenbrook*, puis son verre vide, sa mère endormie, l'édredon, le miroir, le plafond. Alors elle dit, doucement : « Maman ? » Pas de réponse.

« Maman ? » Aparna essaya un ton plus haut.

« Mmm ?

— MAMAN », hurla Aparna de toute la force de ses poumons.

Meenakshi se redressa d'un bond et secoua sa fille « Tu veux une fessée ?

— Non. » Le ton était définitif.

« Alors que se passe-t-il ? Pourquoi cries-tu ? Que voulais-tu dire ?

— As-tu eu une dure journée, ma chérie ? demanda Aparna, espérant, avec cette imitation, que son charme serait contagieux.

— Oui, se contenta de dire Meenakshi. Maintenant, chérie, ramasse ce verre et va retrouver Miriam immédiatement.

— Tu ne veux pas que je peigne tes cheveux ?

— Non. »

De mauvaise grâce, Aparna descendit du lit et se dirigea vers la porte. « Je le dirai à Papa », eut-elle envie de crier, ne sachant pas très bien de quoi elle se plaindrait. Mais sa mère s'était rendormie, les lèvres entrouvertes, ses longs cheveux noirs répandus sur l'oreiller. Il faisait si chaud l'après-midi, et tout l'inclinait à une sieste langoureuse. Sa poitrine se soulevait doucement, elle rêva d'Arun, qui était beau, impétueux, plein de promesses et qui serait de retour dans une heure. Puis elle se mit à rêver de Billy Irani, qu'ils allaient rencontrer plus tard dans la soirée.

Arun arriva, laissa sa serviette dans le salon, entra dans la chambre et ferma la porte. Voyant Meenakshi endormie, il tourna dans la pièce pendant quelques minutes, puis enleva son costume et sa cravate et s'allongea auprès d'elle, sans la déranger. Au bout d'un temps, cependant, sa main se posa sur son front, redescendit le long du visage, jusqu'à la poitrine. Meenakshi ouvrit un œil et dit « Oh ». Momentanément hébétée. « Quelle heure est-il ? parvint-elle à demander.

— Cinq heures et demie. Je suis rentré tôt, comme je te l'avais promis – et je t'ai trouvée endormie.

— Je n'ai pas pu faire ma sieste avant, chéri, Aparna me réveillait toutes les cinq minutes.

— Quel est le programme pour ce soir ?

— Dîner et danse avec Billy et Shireen.

— Ah oui, bien sûr. » Arun se tut un moment puis reprit : « Pour te dire la vérité, chérie, je suis assez fatigué. Est-ce qu'on ne pourrait pas annuler la soirée ?

— Bah, tu ressusciteras très vite après que tu auras bu un verre. Et avec un ou deux coups d'œil de Shireen.

— Je suppose que tu as raison. » Arun l'attira contre lui. Il avait eu quelques problèmes avec son dos, le mois précédent, mais était parfaitement rétabli.

« Méchant, dit Meenakshi, en repoussant sa main. La B.E. nous a volés sur l'Ostermilk.

— Ah ? Vraiment ? » Visiblement l'information laissait Arun indifférent, et il revint vite au sujet qui l'intéressait : « J'ai découvert aujourd'hui qu'un homme d'affaires de la région nous comptait soixante mille de trop pour le projet de nouveau journal. Nous lui avons demandé de revoir son devis, bien sûr, mais ça fait un choc... Aucun sens de la morale en affaires – ni sur un plan personnel. L'autre jour, dans mon bureau, il m'assurait qu'il nous faisait une offre spéciale en raison de nos vieilles relations. Et je découvre, en parlant avec Jock Mackay, qu'il leur a tenu le même discours – mais en leur comptant soixante mille de moins.

— Que vas-tu faire ? » demanda Meenakshi avec empressement. Elle avait décroché dès les premières phrases.

Arun continua à parler pendant cinq bonnes minutes, et Meenakshi à laisser son esprit vagabonder. Quand il s'arrêta et lui lança un regard interrogateur, elle dit, encore un peu endormie et étouffant un bâillement :

« Comment ton patron a-t-il réagi à tout ça ?

— Difficile à dire. Avec Basil Cox, on ne peut jamais s'avancer, même quand il est content. Dans le cas présent, je pense qu'il est aussi contrarié par le retard possible que ravi de l'économie réalisée. » Arun poursuivit son déballage pendant cinq autres minutes, et Meenakshi entreprit de se polir les ongles.

Ils avaient fermé à clef la porte de la chambre, afin qu'on ne les dérange pas, mais en découvrant la serviette de son père, Aparna comprit qu'il était rentré et insista pour qu'on lui ouvre. Arun la laissa entrer, l'embrassa, et l'heure qui suivit ils la consacrèrent à faire un puzzle représentant une girafe. Aparna avait vu le jeu dans une boutique, après sa visite au zoo. Ils l'avaient déjà réalisé de nombreuses fois, mais Aparna ne s'en lassait pas. Et Arun pas plus qu'elle. Il adorait sa fille, et regrettait parfois de sortir presque tous les soirs. Mais votre vie ne peut pas s'arrêter sous prétexte que vous avez un enfant. Après tout, les ayahs sont faites pour ça, non ? Et les jeunes frères aussi ?

« Maman m'a promis un collier, dit Aparna.

— Vraiment, chérie ? Et comment imagine-t-elle qu'elle va l'acheter ? Nous ne pouvons pas nous le permettre en ce moment. »

Aparna parut si déçue qu'Arun et Meenakshi se tournèrent l'un vers l'autre avec la même adoration dans le regard.

« Mais elle y arrivera, affirma Aparna. Et maintenant je veux faire un puzzle.

— Mais on vient juste d'en terminer un, protesta Arun.

— Je veux recommencer.

— Tu t'en occupes, Meenakshi.

— Tu t'en occupes, chéri. Je dois m'habiller. Et s'il te plaît, ne restez pas dans la chambre. »

Arun et Aparna se retrouvèrent donc allongés sur le tapis du salon à monter un puzzle du Victoria Memorial tandis que Meenakshi prenait une douche, s'habillait, se parfumait, se parait.

Varun rentra de l'université, se glissa dans la boîte qui lui tenait lieu de chambre et déballa ses livres. Mais il semblait nerveux et ne parvenait pas à étudier. Quand Arun alla s'habiller lui aussi, Aparna fut remise à son oncle ; et Varun passa le reste de la soirée à essayer de l'amuser.

L'entrée chez Firpos de Meenakshi au long cou et de ses amis ne passa pas inaperçue. Arun dit à Shireen qu'elle était superbe, Billy bombarda Meenakshi de regards langoureux et lui dit qu'elle était divine, le dîner se déroula merveilleusement bien et la soirée se poursuivit au Club 300 par des danses émoustillantes. Meenakshi et Arun n'avaient pas vraiment les moyens de se payer tout cela – Billy Irani avait d'autres ressources – mais ils trouvaient intolérable qu'eux, pour qui ce genre de vie avait été de toute évidence inventé, dussent en être privés par manque d'argent. Pendant tout le dîner et après, le regard de Meenakshi ne cessa de se porter sur les adorables petites boucles en or de Shireen, qui pendaient si joliment à ses petites oreilles veloutées.

C'était une chaude soirée. « Donne-moi ta main, chérie », dit Arun à Meenakshi dans la voiture qui les ramenait chez eux, et Meenakshi, posant un doigt à l'ongle verni de rouge sur le dos de sa main, dit : « Voici ! » Arun trouva cela délicieusement élégant et aguicheur. Mais Meenakshi avait l'esprit ailleurs.

Plus tard, Arun étant allé se coucher, Meenakshi ouvrit son coffret à bijoux (les Chatterji ne jugeaient pas opportun de donner trop de bijoux à leur fille, mais elle en avait reçu bien assez pour ses besoins) et en sortit les deux médailles en or si chères au cœur de Mrs Rupa Mehra. Meenakshi les avait reçues en cadeau de mariage en sa qualité d'épouse du fils aîné. Mrs Rupa Mehra estimait que son mari aurait approuvé sa décision. Au revers des médailles était gravé, sur l'une : « Ecole d'ingénieurs Thomasson de Roorkee. Raghubir Mehra, génie civil. Premier. 1916 » et sur l'autre : « Physique. Premier. 1916 ». Sur chaque médaille, deux lions à l'air sévère se tenaient accroupis sur un piédestal. Meenakshi prit les médailles dans sa main, les soupesa, puis posa la joue contre le précieux métal froid. Elle se demandait quel était leur poids. Il y avait la chaîne en or qu'elle avait promise à Aparna, et les boucles d'or qu'elle s'était virtuellement promises à elle-même. Elle avait examiné avec soin celles qui pendaient aux petites oreilles de Shireen. Elles étaient en forme de poire.

Quand Arun lui cria avec impatience de venir se coucher, elle murmura « Je viens ». Mais il se passa encore une minute ou deux avant qu'elle ne le rejoignît. « A quoi penses-tu, chérie ? lui demanda-t-il. Tu as l'air dangereusement préoccupée. » Sentant d'instinct qu'il valait mieux ne pas mentionner l'idée qui lui avait traversé l'esprit – ce qu'elle comptait faire de ces fichues médailles –, elle évita de répondre en lui mordillant le lobe de l'oreille gauche.

1.19

A dix heures, le lendemain matin, Meenakshi téléphona à sa jeune sœur, Kakoli.

« Kuku, une de mes amies du Club des Coquines – mon club, tu sais – voudrait découvrir une adresse discrète où elle pourrait faire fondre de l'or. Connais-tu un bon joaillier ?

— Eh bien, Satram Das ou Lilaram, je suppose, bâilla Kuku, à peine réveillée.

— Non, il n'est pas question des bijoutiers de Park Street – ni d'aucun bijoutier de ce genre. » Meenakshi soupira. « Je veux aller quelque part où on ne me reconnaîtra pas.

— *Tu* veux aller quelque part ? »

Il y eut un court silence à l'autre bout du fil. « Bon, peut-être vaut-il mieux que tu saches. Je rêve d'une paire de boucles d'oreille – elles sont adorables – on dirait de minuscules petites poires – et je veux faire fondre ces horribles médailles que la mère d'Arun m'a données pour mon mariage.

— Oh, ne fais pas ça. » L'inquiétude perçait dans le roucoulement de Kakoli.

« Kuku, je veux ton avis sur l'endroit, et non sur la décision.

— Eh bien, va chez Sarkar. Ou plutôt non, essaye Jauhri sur Rashbehari Avenue. Arun est au courant ?

— Ces médailles m'appartiennent. Si Arun voulait faire fondre ses clubs de golf pour en faire un corset, je n'y trouverais rien à redire. »

A sa stupéfaction, elle rencontra la même opposition chez le bijoutier.

« Madame, dit Mr Jauhri en bengali, examinant les

médailles gagnées par son beau-père, ce sont de belles médailles. » Ses doigts, épais et à la peau foncée, incongrus chez quelqu'un réalisant un travail si fin et si beau, palpaient avec amour les lions en relief, suivaient les bords non moletés, doux au toucher.

Meenakshi se caressait le cou, de l'ongle long et rouge du médium de sa main droite.

« Oui, fit-elle d'un ton indifférent.

— Madame, si j'ai un conseil à vous donner, pourquoi ne pas faire fabriquer ces boucles d'oreille et cette chaîne, et les payer à part ? Il n'y a pas besoin de fondre ces médailles. » Une dame aussi bien habillée et de toute évidence riche ne devait rien trouver à redire à une telle suggestion.

Meenakshi lui jeta un regard froid. « Maintenant que je connais le poids approximatif de ces médailles, je propose de n'en fondre qu'une. » Fâchée par l'impertinence du bonhomme – ces boutiquiers ne savaient pas rester à leur place –, elle poursuivit : « Je suis venue ici pour obtenir quelque chose ; normalement, je serais allée chez mon bijoutier habituel. Combien de temps pensez-vous que cela prendra ? »

Mr Jauhri ne discuta pas davantage. « Deux semaines, dit-il.

— C'est plutôt long.

— Eh bien, vous savez ce que c'est, Madame. Les artisans capables d'exécuter ce genre de travail sont rares, et nous avons beaucoup de commandes.

— Mais nous sommes en mars. La saison des mariages est quasiment terminée.

— Il n'empêche, Madame.

— Bon, je suppose que je devrai m'en contenter. » Meenakshi ramassa une médaille – c'était celle de physique – et la fourra dans son sac. Le bijoutier regarda avec une sorte de regret la médaille des ingénieurs civils qui reposait sur un petit carré de velours. Il n'avait pas osé demander à qui elle appartenait, mais quand il remit à Meenakshi un reçu, après avoir pesé exactement l'objet, il déduisit d'après le nom que la médaille avait dû être décernée à son beau-père.

Comme Meenakshi se dirigeait vers la porte, il dit : « Madame, si vous changiez d'opinion...

— Mr Jauhri, le rembarra Meenakshi, si j'ai besoin de vos conseils, je vous le ferai savoir. Je suis venue vous trouver parce que vous m'avez été recommandé.

— Vous avez raison, Madame, vous avez raison. Naturellement c'est à vous de décider. A dans deux semaines, alors. » Mr Jauhri considéra avec tristesse la médaille avant d'appeler son maître artisan.

Deux semaines plus tard, Arun découvrit à un mot que Meenakshi laissa échapper dans la conversation ce qu'elle avait fait. Il devint blême.

Meenakshi soupira. « Ça ne sert à rien de te parler quand tu es dans cet état. Tu n'as pas de cœur. Viens, Aparna chérie, Papa est en colère contre nous, allons dans l'autre pièce. »

Quelques jours plus tard, Arun écrivit – ou plutôt griffonna – une lettre à sa mère :

> Chère Ma,
>   Désolé ne pas avoir répondu plus tôt à ta lettre sujet Lata. Oui, par tous les moyens, chercherons quelqu'un. Mais ne sois pas optimiste, les candidats sont presque tous des deux fois nés et se voient proposer des dots de dizaines de mille, de centaines de mille même. Pourtant, situation pas totalement désespérée. Nous essaierons, mais je suggère que Lata vienne à Calcutta cet été. Procéderons à des présentations, etc. Mais elle doit coopérer. Varun apathique, n'étudie fort que quand je m'en occupe. Ne s'intéresse pas aux filles, seulement à celles à quatre pattes comme d'habitude, et à d'abominables chansons. Aparna en bonne forme, réclame constamment sa Daadi, donc sois sûre que tu lui manques. Médaille d'ingénieur Papa fondue par M. pour faire pendants d'oreille et chaîne, mais j'ai ordonné ne pas toucher à celle de Physique, donc pas de souci. Tout le reste bien, dos OK, Chatterji toujours les mêmes, écrirai longuement dès que possible.
>
>   Baisers et *** de nous tous,
>   ARUN.

Le mot, en style télégraphique et de l'écriture illisible d'Arun (le haut des lettres s'inclinant tantôt à droite tantôt à gauche selon des angles de trente degrés), atterrit comme une grenade à Brahmpur, au courrier de l'après-midi. A sa lecture, Mrs Rupa Mehra éclata en sanglots sans même (aurait peut-être remarqué Arun, s'il avait été là) l'empourprement préliminaire du nez. De fait, et tout cynisme mis à part, elle était profondément bouleversée, pour plusieurs raisons évidentes.

La fonte de la médaille, le manque de cœur de sa belle-fille, son indifférence à tout sentiment de tendresse dont cet acte vaniteux et futile était la marque, troublaient Mrs Rupa Mehra plus que toute autre chose depuis des années, plus même que le mariage d'Arun avec Meenakshi. Elle voyait, physiquement, le nom de son mari, avec ses lettres d'or, fondu dans un creuset. Mrs Rupa Mehra avait aimé et admiré son mari jusqu'à l'excès, et à la pensée qu'une des rares choses qui le rattachaient encore à cette terre était désormais et par pure malveillance – car un tel abîme d'indifférence ne pouvait être que signe de malveillance – irrémédiablement perdue, elle versait des larmes d'amertume, de colère et de frustration. Il avait fait des études brillantes à l'université Roorkee et conservé un souvenir heureux de ces années d'étudiant. Sans même travailler dur, il avait fort bien réussi. Il était aimé de ses camarades comme de ses professeurs. Sa seule matière faible était le dessin. Il l'avait passée tout juste. Se rappelant les croquis dans les carnets d'autographes des enfants, Mrs Rupa Mehra trouvait que les examinateurs s'étaient montrés ignorants et injustes.

Elle finit par se remettre, s'humecta le front avec de l'eau de Cologne et descendit dans le jardin. C'était une chaude journée, mais une brise soufflait du fleuve. Savita dormait, tous les autres étaient sortis. Elle remarqua que le chemin longeant les plates-bandes de cannas n'avait pas été balayé. La jeune personne chargée du balayage s'entretenait avec le jardinier à l'ombre d'un mûrier. Il faudra que je lui parle de ça, songea vaguement Mrs Rupa Mehra.

Mateen, le père de Mansoor et bien plus astucieux que lui, apparut sur la véranda avec le livre de comptes. Mrs Rupa Mehra n'avait pas l'esprit à cela, mais elle estima que son devoir lui commandait de s'y mettre. Péniblement, elle regagna la véranda, sortit ses lunettes de son sac noir et examina le livre.

La balayeuse s'empara de son balai et entreprit de chasser du chemin poussière, feuilles mortes, brindilles et fleurs tombées. Mrs Rupa Mehra regardait sans les voir les pages ouvertes.

« Voulez-vous que je revienne plus tard ? demanda Mateen.

— Non, je m'en occupe maintenant. Juste une minute. » Elle prit un crayon bleu et pointa la liste des achats. Vérifier les comptes était devenu beaucoup plus pénible depuis le retour de Mateen. Sans parler de sa façon personnelle d'écrire l'hindi, Mateen savait beaucoup mieux que son fils falsifier les comptes.

« Qu'est-ce que c'est que ça ? demanda Mrs Rupa Mehra. Un autre bidon de quatre seer de ghee ? Tu nous prends pour des millionnaires ? Quand avons-nous commandé le dernier ?

— Ça doit faire deux mois, Burri Memsahib.

— Pendant que tu traînassais dans ton village, Mansoor n'en a pas acheté un ?

— Peut-être, Burri Memsahib. Je ne sais pas, je ne l'ai pas vu. »

Mrs Rupa Mehra se mit à feuilleter à l'envers les pages du livre, jusqu'à ce qu'elle tombe sur l'écriture de Mansoor. « Il en a acheté un il y a un mois. Près de vingt roupies. Qu'est devenu ce bidon ? Nous ne sommes pas douze, que nous vidions un bidon à une telle allure.

— Je viens juste de rentrer, glissa Mateen, avec un regard à la balayeuse.

— Tu achèterais bien un bidon par semaine si on te laissait faire. Trouve le reste de l'autre.

— On en met dans les puris et les parathas et sur le daal – et la Memsahib aime que le Sahib verse du ghee sur ses chapatis et sur le riz –

— Oui, oui, l'interrompit Mrs Rupa Mehra. Je peux calculer ce que tout ça représente. Ce que je veux savoir c'est où est allé le reste. Nous ne tenons pas table ouverte – et cette maison ne s'est pas transformée en confiserie.

— Oui, Burri Memsahib.

— Bien que le jeune Mansoor semble la considérer telle. »

Mateen ne dit rien, mais prit un air réprobateur.

« Il mange les gâteaux et boit le nimbu pani qu'on met de côté pour les invités, continua Mrs Rupa Mehra.

— Je lui parlerai, Burri Memsahib.

— Pour les gâteaux, je ne suis pas sûre, dit Mrs Rupa Mehra, prise de scrupules. C'est un garçon qui n'en fait qu'à sa tête. Et toi – tu ne m'apportes jamais mon thé aux heures régulières. Pourquoi personne ne s'occupe-t-il de moi dans cette maison ? Quand je suis chez Arun Sahib à Calcutta, son serviteur m'apporte tout le temps du thé. Ici, personne ne me pose même la question. Si j'avais ma propre maison, les choses ne se passeraient pas comme ça. »

Comprenant que la séance des comptes était terminée, Mateen alla chercher du thé pour Mrs Rupa Mehra. Un quart d'heure plus tard, Savita, émergeant de sa sieste belle et titubante, trouva sa mère sur la véranda, en train de relire, en larmes, la lettre d'Arun et disant : « Des pendants d'oreille ! Il les appelle des pendants d'oreille ! » Mise au courant, Savita éprouva un élan de compassion pour sa mère et d'indignation à l'égard de Meenakshi.

Comment avait-elle pu faire cela ? Sous une nature douce, Savita dissimulait une détermination farouche à défendre ceux qu'elle aimait. Elle possédait une réelle indépendance d'esprit mais qui se manifestait avec si peu d'éclat que seuls ceux qui la connaissaient très bien devinaient que sa vie et ses désirs n'étaient pas entièrement dominés par les circonstances. Enlaçant sa mère, elle dit : « Je suis médusée par le comportement de Meenakshi. Je vais m'assurer qu'il n'arrivera rien à l'autre médaille. La mémoire de Papa vaut mille fois plus que ses caprices mesquins. Ne pleure pas, Ma. J'envoie une lettre immédiatement. Ou si tu veux, nous pouvons l'écrire ensemble.

— Non, non. » Mrs Rupa Mehra contemplait avec tristesse le fond de sa tasse.

En apprenant la nouvelle, à son retour, Lata elle aussi fut scandalisée. Son père la chérissait tendrement, et elle adorait regarder ses médailles académiques ; leur don à Meenakshi l'avait rendue très malheureuse. Que pouvaient-elles signifier pour elle, s'était demandé Lata, comparé à ce qu'elles signifiaient pour ses filles ? Les faits, hélas, prouvaient combien elle avait raison. Elle était également furieuse contre Arun qui, pensait-elle, avait permis cette triste affaire, soit par acquiescement soit par indulgence, et qui la dévoilait dans cette lettre indigente et stupide. Et que dire de ses tentatives brutales pour choquer ou taquiner sa mère ? Quant à son idée de la faire venir à Calcutta et prêter la main à ses démarches, Lata décida que pour rien au monde elle n'y consentirait.

Pran revint tard de la réunion, la première à laquelle il assistait, du comité d'assistance aux étudiants, pour trouver une maisonnée à l'évidence pas dans son état normal, mais il était trop fatigué pour s'enquérir tout de suite de ce qui se passait. Il s'installa dans son fauteuil favori – un fauteuil à bascule apporté de Prem Nivas – et lut pendant quelques minutes. Puis il demanda à Savita si elle voulait aller marcher avec lui, et c'est pendant cette promenade qu'il fut mis au courant de la crise. Il demanda à Savita s'il pouvait jeter un coup d'œil à la lettre qu'elle avait écrite à Meenakshi. Non qu'il n'eût pas confiance dans le jugement de sa femme – au contraire. Mais il espérait que n'étant pas un Mehra il serait moins sensible et réussirait à empêcher que des mots irrémédiables n'aggravent des actes irrémédiables. Les querelles de famille, à propos d'argent ou de sentiments, étaient choses amères ; les prévenir était presque un devoir d'intérêt public.

Savita ne demandait pas mieux que de lui montrer la lettre. « Bien, dit-il après l'avoir lue, comme s'il approuvait un devoir d'élève. Diplomatique mais implacable ! De l'acier trempé », ajouta-t-il sur un ton différent. Il observa sa femme avec une curiosité amusée. « Bon, je veillerai à ce qu'elle parte demain. »

Malati vint les voir plus tard. Lata lui raconta l'histoire de la médaille. Malati décrivit certaines expériences qu'on leur avait ordonné de réaliser en faculté de médecine, et Mrs Rupa Mehra fut suffisamment dégoûtée pour ne plus penser à ses soucis – du moins pendant un temps.

Pendant le dîner, Savita remarqua pour la première fois que Malati avait un faible pour son mari. C'était évident à la façon dont elle le regarda pendant le potage et évita de le regarder pendant le plat principal. Ce qui ne troubla pas du tout Savita. Elle était convaincue que connaître Pran, c'était l'aimer ; l'affection de Malati était à la fois naturelle et inoffensive. Pran, de toute évidence, ne s'en rendait absolument pas compte ; il parlait de la pièce qu'il avait montée pour la fête de l'année précédente : *Jules César* – un choix typiquement universitaire (disait Pran) puisque si peu de parents acceptaient que leurs filles jouent sur scène... mais d'un autre côté, les thèmes de la violence, du patriotisme et du changement de régime lui avaient donné une fraîcheur dans le contexte historique actuel qu'elle n'aurait pas eue sans cela.

La stupidité des hommes intelligents, pensa Savita avec un sourire, est pour moitié dans l'amour qu'on a pour eux. Elle ferma les yeux une seconde, le temps de dire une prière pour la santé de son mari, la sienne et celle de l'enfant à naître.

Deuxième partie

2.1

Le matin de Holi, la fête de Krishna, Maan se réveilla de joyeuse humeur. Il but non pas un, mais plusieurs verres de thandai mêlé à du bhang, et se retrouva bientôt en train de planer aussi haut qu'un cerf-volant. Il avait l'impression que le plafond descendait doucement vers lui – ou était-ce lui qui s'élevait vers le plafond ? Dans une sorte de brouillard il vit arriver ses amis Firoz et Imtiaz ainsi que le Nawab Sahib, et s'avança au-devant d'eux pour leur souhaiter un joyeux Holi. Mais il ne réussit qu'à éclater d'un rire inextinguible. Selon la coutume ils lui barbouillèrent le visage de peinture, et il riait toujours. Ils le firent asseoir dans un coin, et il continua à rire jusqu'à ce que les larmes ruissellent sur ses joues. Le plafond s'était à présent totalement envolé, mais la palpitation des murs l'intriguait au plus haut point. Soudain il sauta sur ses pieds, entoura Firoz et Imtiaz de ses bras, et les poussa vers la porte.

« Où allons-nous ? demanda Firoz.

— Chez Pran. Je dois jouer à Holi avec ma belle-sœur. » Il attrapa des sachets de poudre de couleur et les fourra dans la poche de sa kurta.

« Tu ferais mieux de ne pas prendre la voiture de ton père dans cet état », dit Firoz.

« Eh bien, nous prendrons une tonga, une tonga », chantonna Maan, faisant valser ses bras. Puis il embrassa Firoz. « Mais d'abord buvez du thandai. C'est stupéfiant comme remontant. »

Ils eurent de la chance. Il n'y avait pas beaucoup de tongas en ville ce matin-là, mais il en passa une juste au moment où ils débouchaient sur Cornwallis Road. Une foule de joyeux fêtards, le visage peinturluré, encombrait la route menant à l'université, et ses cris effrayèrent le cheval. Ils payèrent le tonga-wallah double tarif, barbouillèrent son front en rose et celui du cheval en vert, pour faire bonne mesure. En les voyant descendre de voiture, Pran alla les accueillir dans le jardin. Sur la véranda de la maison, on avait placé un grand baquet plein de peinture rose, avec plusieurs longues seringues en cuivre. La kurta et le pyjama de Pran étaient trempés, son visage et ses cheveux maculés de poudre rose et jaune.

« Où est ma chi-rie ? hurla Maan.

— Je ne sors pas – dit Savita, de l'intérieur.

— Parfait, cria Maan, c'est nous qui entrerons.

— Pas question. En tout cas pas avant que vous ne m'ayez apporté un sari.

— Tu auras ton sari, ce que je veux, moi, c'est ma livre de chair comme dans *Le marchand de Venise*.

— Très drôle, dit Savita. Tu peux jouer à Holi autant que tu veux avec mon mari, mais promets-moi de me mettre très peu de peinture.

— Oui, oui, je promets ! Juste un peu de poudre – et puis un peu sur le visage de ta jolie petite sœur – et je serai satisfait – jusqu'à l'année prochaine. »

Savita ouvrit la porte avec précaution. Dans son vieux salwaar-kameez fané, elle était adorable : rieuse et circonspecte, prête à s'enfuir.

Tenant le sachet de poudre rose dans sa main gauche, Maan en sema un peu sur le front de sa belle-sœur. En prenant une poignée, elle en fit autant avec lui.

« Et un peu sur chaque joue, continua Maan.

— Bien, c'est très bien, dit Savita. Très bien. Joyeux Holi !

— Et un petit peu ici – » Maan en répandait sur son cou, ses épaules et son dos, la maintenant fermement pour l'empêcher de s'échapper, non sans quelques caresses au passage.

« Tu es une vraie brute, je ne te ferai plus jamais confiance, dit Savita. S'il te plaît, laisse-moi, s'il te plaît, Maan, arrête – pas dans mon état...

— Ah, je suis une brute ? dit Maan, attrapant une timbale et la plongeant dans le baquet.

— Non, non, non. Ce n'est pas ce que je voulais dire. Pran, je t'en prie, aide-moi. » Savita riait et pleurait à la fois. Derrière les vitres, Mrs Rupa Mehra jetait des regards furtifs et inquiets. « Pas de poudre mouillée, Maan, s'il te plaît. » Savita criait à présent.

Malgré ses supplications, Maan, riant toujours, lui versa sur la tête trois timbales d'eau rose et froide, et frotta son kameez, à l'endroit de la poitrine, avec la poudre mouillée.

Lata elle aussi regardait par la fenêtre, médusée par le comportement licencieux de Maan – licence que ce jour de fête devait probablement autoriser. Elle sentait presque les mains de Maan sur elle, et l'horreur de l'eau froide. A sa surprise, et à celle de sa mère qui se tenait près d'elle, elle eut un hoquet, puis un frisson. Mais rien n'aurait pu la faire sortir sur la véranda, où Maan continuait à se livrer à ses plaisirs polychromes.

« Ça suffit ! cria Savita, hors d'elle. Quels lâches êtes-vous donc ? Pourquoi ne m'aidez-vous pas ? Il a pris du bhang, je le sais – regardez ses yeux – »

Firoz et Pran réussirent à faire lâcher prise à Maan en déversant sur lui le contenu de plusieurs seringues d'eau colorée, et il s'enfuit dans le jardin. Légèrement titubant, il trébucha et tomba dans les cannas jaunes. On vit sa tête émerger des fleurs le temps de l'entendre chanter : « Oh, joyeux fêtards, c'est Holi sur la terre de Braj ! » puis elle retomba, disparaissant de leur vue. Une minute plus tard, tel un coucou d'horloge, il resurgit, répéta sa phrase et se laissa retomber.

Savita, avide de revanche, remplit un pot d'eau colorée et descendit dans le jardin. Elle se dirigea furtivement vers les cannas. A ce moment, Maan se redressait à nouveau pour chanter. Quand sa tête arriva à la hauteur des fleurs, il vit Savita et son pot d'eau. Mais il était trop tard. Elle lui versa tout le contenu sur le visage et la poitrine. Devant l'expression stupéfaite de Maan, elle se mit à glousser. Mais Maan s'était rassis et pleurnichait : « Chirie ne m'aime pas, ma chirie ne m'aime pas.

— Bien sûr que non. Pourquoi t'aimerais-je ? »

Les larmes coulaient sur les joues de Maan, il était inconsolable. Quand Firoz essaya de le remettre sur ses pieds, il
s'accrocha à lui. « Tu es mon seul vrai ami, pleurait-il. Où
sont les gâteaux ? »

Maan neutralisé, Lata s'aventura dehors et joua à Holi
avec Pran, Firoz et Savita. Mrs Rupa Mehra, elle aussi, eut
droit à un peu de peinture sur le visage.

Tout en s'amusant, Lata se demandait quel effet cela lui
aurait fait d'être ainsi frottée et barbouillée en public et
d'une façon si intime par le joyeux Maan. Et cet homme-là
était fiancé ! Elle n'avait jamais vu personne se conduire,
même de loin, de la sorte – quant à Pran, il n'avait pas l'air
furieux le moins du monde ! Etrange famille que les
Kapoor, se disait-elle.

Entre-temps Imtiaz qui, comme Maan, avait absorbé
beaucoup de bhang dans son thandai, s'était assis sur les
marches, souriant à l'univers et répétant pour lui-même un
mot qui ressemblait à « myocardial ». Tantôt il le murmurait, tantôt il le chantait, à d'autres moments on aurait dit
une question, profonde et sans réponse. Parfois il touchait,
l'air pensif, le grain de beauté sur sa joue.

Un groupe d'une vingtaine d'étudiants – de toutes les
couleurs et méconnaissables – apparut dans la rue. Il y avait
même quelques filles parmi eux – dont Malati, à la peau
désormais mauve (mais aux yeux toujours verts). Ils avaient
convaincu le Pr Mishra, qui habitait quelques maisons plus
loin, de se joindre à eux. Avec sa stature de baleine, on ne
pouvait s'y méprendre, d'autant qu'il était très peu peint.

« Quel honneur, quel honneur, dit Pran, mais c'est moi
qui aurais dû venir chez vous, Monsieur.

— Oh, il n'est pas question de formalité dans des occasions de ce genre, fit le Pr Mishra, pinçant les lèvres et
clignant des yeux. Mais, dites-moi, où est la charmante
Mrs Kapoor ?

— Bonjour, Pr Mishra, comme c'est aimable d'être venu
fêter Holi avec nous. » Savita arrivait avec un peu de poudre
dans la main. « Bienvenue à tous. Bonjour Malati, nous
nous demandions ce que tu étais devenue. Il est presque
midi. Bienvenue, bienvenue – »

Tandis que le professeur s'inclinait, son vaste front reçut quelques taches de couleur.

Et voilà que Maan, qui s'appuyait, abattu, sur l'épaule de Firoz, laissa tomber le canna avec lequel il jouait et s'avança, un large sourire aux lèvres, vers le Pr Mishra. « Ainsi c'est vous le célèbre Pr Mishra, dit-il l'air ravi. Comme c'est merveilleux de rencontrer un homme aussi infâme. » Il le serra dans ses bras. « Dites-moi, êtes-vous vraiment un Ennemi du Peuple ? Quel remarquable visage, quelle mobilité d'expression ! » ajouta-t-il, appréciateur, en voyant pendre la mâchoire du professeur.

« Maan, fit Pran, stupéfait.

— Un vrai scélérat ! » constata Maan, approbateur.

Le Pr Mishra le regardait fixement.

« Mon frère vous appelle Moby Dick, la grande baleine blanche, continua Maan de plus en plus amical. Maintenant je vois pourquoi. Venez nager. » D'un geste généreux, il indiquait le baquet plein d'eau rose.

« Non, non, je ne crois pas – protesta faiblement le Pr Mishra.

— Imtiaz, aide-moi, dit Maan.

— Myocardial », chantonna Imtiaz pour prouver sa bonne volonté. Ils prirent le Pr Mishra sous les épaules et l'entraînèrent jusqu'au baquet.

« Non, non, je vais attraper une pneumonie, criait le professeur, furieux et bouleversé.

— Arrête, Maan ! lui intima Pran.

— Qu'en penses-tu, Docteur Sahib ?

— Pas de contre-indication », dit Imtiaz, et ils poussèrent le professeur dans le baquet. Il se débattit, trempé jusqu'aux os, entièrement peint en rose, fou de rage et de confusion. Maan considérait la scène, incapable de rien faire tant il riait, Imtiaz souriait avec bienveillance. Pran se laissa tomber sur une marche, la tête entre les mains. Tous les autres regardaient, horrifiés.

Le Pr Mishra sortit du baquet et se tint sur la véranda, tremblant d'émotion dans ses vêtements mouillés. Jetant autour de lui des regards de taureau acculé, il descendit l'escalier et, toujours dégoulinant, sortit du jardin. Pran était trop interloqué pour penser même à s'excuser. Majestueux dans son indignation, le grand personnage rose poussa la grille et disparut sur la route.

Maan quêta autour de lui des signes d'approbation. Savita détournait la tête, les autres restaient sans bouger, muets, et Maan sentit que, pour une raison qui lui échappait, il était de nouveau en quarantaine.

2.2

Revêtu d'un kurta-pyjama propre après avoir pris un bon bain, heureux sous l'influence du bhang et du chaud aprèsmidi, Maan était rentré dormir à Prem Nivas. Il fit un rêve inhabituel : il devait prendre un train pour Bénarès afin de rencontrer sa fiancée. Il comprenait que s'il n'attrapait pas ce train il serait emprisonné, mais il ignorait de quoi on l'accusait. Un groupe important de policiers, de l'Inspecteur général du Purva Pradesh au simple agent, formait un cordon autour de lui et le poussait dans un compartiment, en compagnie de villageois maculés de boue et d'une vingtaine d'étudiantes en habits de fête. Mais il avait laissé quelque chose derrière lui, et priait qu'on le laisse aller le récupérer. Comme personne ne l'écoutait, il devenait de plus en plus véhément. Bouleversé, il tombait aux pieds des policiers et du contrôleur de billets, les suppliant de le laisser partir : il avait laissé quelque chose quelque part ailleurs, peut-être sur un autre quai, et il fallait absolument qu'il aille le chercher. Mais le train sifflait, et on le hissait dedans. Quelques jeunes filles riaient, alors qu'il était de plus en plus désespéré. « Je vous en prie, laissez-moi sortir », insistait-il, mais le train avait quitté la gare et gagnait de la vitesse. Il leva les yeux et vit un écriteau rouge et blanc : *Pour faire arrêter le train, tirer la chaîne. Amende en cas de fausse alerte. 50 roupies.* Il sauta sur une couchette. Comprenant ce qu'il voulait faire, les paysans essayèrent de l'arrêter, mais il réussit à attraper la chaîne et la tira de toutes ses forces. Sans résultat. Le train roulait de plus en

plus vite, et les jeunes filles riaient de lui, sans vergogne.
« J'ai laissé quelque chose par là », s'obstinait-il à répéter, le
doigt pointé vers l'endroit d'où ils venaient, comme si le
train écoutait son explication et allait consentir à s'arrêter.
Il sortit son portefeuille et supplia le contrôleur : « Voilà
cinquante roupies. Arrêtez le train. Je vous en supplie. Ça
m'est égal d'aller en prison. » Mais l'homme vérifiait tous
les billets sauf le sien, repoussant Maan comme s'il avait
affaire à un fou inoffensif.

Maan se réveilla en nage, et fut soulagé de retrouver les
objets familiers de sa chambre – le fauteuil rembourré, le
ventilateur au plafond, le tapis rouge et les cinq ou six
romans d'espionnage, en format poche.

Chassant le rêve de son esprit, il alla se passer de l'eau sur
la figure. Mais dans le miroir, son expression effrayée lui
renvoya, insistante, l'image des jeunes filles de son rêve.
Pourquoi riaient-elles ? se demanda-t-il. Etait-ce un rire
inamical ? Ce n'était qu'un rêve, se dit-il pour se rassurer.
Mais tout en continuant à s'asperger le visage, il ne pouvait
s'ôter de la tête l'idée qu'il y avait une explication, et qu'elle
était à portée de sa main. Fermant les yeux, il essaya de
capturer des bribes de son rêve, mais tout était extrêmement vague maintenant, seul demeurait son sentiment de
malaise, l'impression qu'il avait laissé quelque chose derrière lui.

De quelque part dans la maison lui parvint la voix sèche
de son père : « Maan, Maan – es-tu réveillé ? Les invités vont
arriver dans une demi-heure pour le concert. » Il ne répondit pas, et se regarda à nouveau dans la glace. Pas laid ce
visage, se dit-il : vivant, frais, des traits vigoureux, mais un
peu dégarni aux tempes – ce qu'il jugea tout à fait injuste
étant donné qu'il n'avait que vingt-cinq ans. Quelques
minutes plus tard, un serviteur vint lui dire que son père
souhaitait le voir dans la cour. Maan demanda si sa sœur
Veena était arrivée, et il lui fut répondu qu'elle et sa famille
étaient venues et déjà reparties.

Maan fit la grimace, bâilla, ouvrit son armoire. Il se
fichait des invités et des concerts, tout ce qu'il voulait c'était
se rendormir, et sans rêve cette fois-ci. C'est ainsi qu'il

passait la soirée de Holi quand il se trouvait à Bénarès – à cuver son bhang.

En bas, les invités commençaient d'arriver. La plupart habillés de neuf, ils ne gardaient plus trace des réjouissances matinales, si ce n'est un peu de rouge sous les ongles et dans les cheveux. Mais ils étaient tous d'excellente humeur, arborant un sourire qui ne devait pas tout au bhang. Les concerts de Prem Nivas, le jour de Holi, étaient une tradition qui remontait aussi loin que les gens pouvaient s'en souvenir. Le grand-père et le père de Mahesh Kapoor l'avaient pratiquée, les seules années où elle n'avait pas été respectée correspondant à celles que leur hôte avait passées en prison.

Ce soir, comme les deux années précédentes, la chanteuse serait Saeeda Bai Firozabadi. Elle n'habitait pas loin de Prem Nivas, venait d'une famille de chanteuses et de courtisanes, possédait une voix riche, puissante, profondément émouvante. Elle n'avait que trente-cinq ans, mais sa réputation avait dépassé Brahmpur, s'était répandue jusqu'à Bombay et Calcutta, où elle donnait des récitals. Nombre d'invités, ce soir, étaient venus non pas tant pour jouir de l'hospitalité de leur hôte – ou plus exactement de leur modeste hôtesse – que pour écouter Saeeda Bai.

Des tapis et des draps blancs avaient été tendus dans la cour semi-circulaire, bordée dans sa partie courbe par des pièces blanchies à la chaux et des couloirs à ciel ouvert, l'autre côté donnant sur le jardin. Il n'y avait ni estrade, ni micro, rien de visible ne s'interposait entre la chanteuse et le public. Pas de chaises non plus, seulement des coussins et des traversins, ainsi que quelques plantes en pot disposées autour de la zone où l'on se tiendrait. Les premiers arrivés buvaient des jus de fruits ou du thandai, grignotaient des kabaks, des noix ou les traditionnelles friandises de Holi. Mahesh Kapoor accueillait ses invités dans la cour, mais il attendait avec impatience que Maan vienne le remplacer de façon à pouvoir s'entretenir avec certains d'entre eux au lieu d'échanger des plaisanteries superficielles avec tous. Que fait le garçon ? se demandait-il. Il aurait aussi bien pu rester à Bénarès pour ce à quoi il sert. J'ai déjà envoyé la voiture chercher Saeeda Bai.

Il y avait plus d'une demi-heure en réalité que la voiture était partie chercher Saeeda Bai et ses musiciens, et Mahesh Kapoor commençait à se faire du souci. Il était arrivé à Saeeda Bai de s'engager à chanter quelque part puis de disparaître, sur un coup de tête – peut-être pour aller retrouver un ancien ou un nouvel amoureux, rendre visite à des parents, voire tout simplement chanter pour un cercle d'amis intimes. Elle suivait son inclination du moment. Cette politique, ou plutôt ce penchant, aurait pu gravement lui nuire sur le plan professionnel, n'eût-elle possédé une présence et une voix aussi captivantes. A y réfléchir, son irresponsabilité avait quelque chose de mystérieux. Mahesh Kapoor était sur le point d'y réfléchir lorsqu'un bourdonnement étouffé lui parvint de la porte : Saeeda Bai et ses trois musiciens venaient d'arriver.

Elle était étourdissante. N'aurait-elle pas chanté une note de la soirée et se serait-elle contentée de sourire aux visages familiers, ses yeux parcourant l'assemblée et s'arrêtant chaque fois qu'ils remarquaient un beau garçon ou une jolie femme (à condition qu'elle fût moderne), que cela aurait suffi à la plupart des hommes présents. Mais elle se dirigea vers le côté de la cour qui bordait le jardin et s'installa à son petit harmonium, qu'un serviteur de la maison avait apporté de la voiture. Elle ramena le pallu de son sari sur la tête : il avait tendance à glisser, et l'un de ses gestes les plus charmants – qu'elle allait répéter durant toute la soirée – consistait à l'ajuster pour être sûre qu'il ne laissait pas sa tête découverte. Les trois musiciens – tabla, sarangi, tanpura – s'assirent et se mirent à accorder leurs instruments tandis que de sa main droite, chargée de bagues, elle abaissait une touche noire et que de la gauche, tout aussi ornée, elle actionnait doucement le soufflet pour y laisser pénétrer l'air. Le joueur de tabla saisit un petit marteau d'argent pour tendre les sangles en cuir de son instrument, le joueur de sarangi serra les chevilles du sien et donna quelques coups d'archet. Les auditeurs se poussèrent pour permettre aux derniers arrivants de trouver de la place. Des garçonnets, certains de six ans à peine, s'installèrent à côté de leur père ou de leur oncle. L'air vibrait d'une attente heureuse. On fit circuler des bols remplis de pétales de roses et de fleurs de jasmin : ceux qui, comme Imtiaz, étaient encore sous l'effet du bhang aspiraient longuement et avec délices leur parfum entêtant.

En haut, sur le balcon, deux femmes (du clan des moins modernes) dissimulées derrière l'écran de bambou passaient en revue vêtements, parure, visage, manières, antécédents et voix de Saeeda Bai.

« Joli sari, mais rien d'extraordinaire. Elle porte toujours de la soie de Bénarès. Rouge ce soir. L'année dernière elle était verte. Ça va ça vient.

— Regardez-moi ce travail zari du sari.

— Clinquant, clinquant – mais j'imagine que c'est nécessaire dans sa profession, pauvre chose.

— Je ne dirais pas "pauvre chose". Regardez ses bijoux. Ce gros collier en or avec les émaux.

— Il descend un peu trop bas à mon goût –

— Peut-être, en tout cas on dit qu'il lui a été donné par les gens de Sitagarh !

— Oh.

— Et plusieurs de ces bagues, j'imagine. Elle a les faveurs du Nawab de Sitagarh. On dit qu'il aime beaucoup la musique.

— Et les musiciens ?

— Naturellement. La voilà qui salue Maheshji et son fils Maan. Il a l'air très content de lui. N'est-ce pas le Gouverneur qui –

— Oui, oui, ces gens du Congrès sont tous les mêmes. Ils parlent de simplicité, de vie ordinaire, et ils invitent ce genre de personne pour divertir leurs invités.

— Mais ce n'est pas une danseuse ou quelque chose du même ordre.

— Non, mais on sait ce qu'elle est !

— Votre mari y est allé aussi.

— Mon mari ! »

Les deux dames – l'une épouse d'un oto-rhino-laryngologiste, l'autre d'un important intermédiaire dans le commerce de la chaussure – échangèrent des regards résignés et exaspérés devant la conduite des hommes.

« La voilà qui salue le Gouverneur à présent. Regardez-le minauder. Quel gros petit homme – mais on le dit très capable.

— Aré, qu'est-ce qu'un gouverneur a à faire sinon couper des rubans ici et là et goûter le luxe de la Résidence ? Entendez-vous ce qu'elle dit ?

— Non.

— Chaque fois qu'elle remue la tête le diamant sur sa narine étincelle. On dirait le phare d'une voiture.

— Une voiture qui a vu beaucoup de passagers en son temps.

— En son temps ? Mais elle n'a que trente-cinq ans. Elle est garantie pour beaucoup d'autres kilomètres encore. Et toutes ces bagues. Pas étonnant qu'elle aime faire adaab à tous ceux qu'elle rencontre.

— Diamants et saphirs surtout, pour autant que je puisse voir. Quel gros diamant à sa main droite –

— Non, c'est un blanc quelque chose – j'allais dire un saphir blanc, mais ce n'est pas ça – on m'a raconté que ça coûte encore plus cher qu'un diamant, mais je ne peux pas me rappeler le nom.

— Pourquoi porter tous ces bracelets en verre au milieu de ceux en or ? Ils ont l'air en toc !

— Elle ne s'appelle pas Firozabadi pour rien. Même si ses arrière-grands-pères – ses arrière-grand-mères – ne venaient pas de Firozabad, ses bracelets de verre eux en viennent. Oh-oh, regardez les yeux qu'elle fait aux jeunes gens !

— Aucune pudeur.

— Ce pauvre jeune homme ne sait pas où se mettre.

— Qui est-ce ?

— Le fils cadet du Dr Durrani, Hashim. Il vient d'avoir dix-huit ans.

— Hmm...

— Très beau garçon. Regardez-le rougir.

— Rougir ! Tous ces garçons musulmans ont peut-être l'air innocent, mais ils ont la lascivité au fond du cœur, croyez-moi. Quand nous vivions à Karachi – »

A ce moment Saeeda Bai Firozabadi, après avoir échangé des salutations avec divers membres de l'auditoire, parlé à voix basse à ses musiciens, placé un paan dans le coin de sa joue droite, et toussé deux fois pour s'éclaircir la voix, se mit à chanter.

2.4

Seuls quelques mots s'étaient échappés de cette gorge adorable quand les « oh, oh ! » et autres commentaires louangeurs du public suscitèrent un sourire reconnaissant de Saeeda Bai. Adorable, certes elle l'était, mais pour quelles raisons ? La plupart des hommes présents auraient été bien en peine de l'expliquer ; les femmes, assises au-dessus, se seraient montrées peut-être plus perspicaces. Jolie à voir, sans plus, elle présentait tous les signes des grandes courtisanes – l'inclination de la tête, le scintillement du diamant sur la narine, toutes sortes de prévenances directes ou contournées envers ceux qui l'attiraient, une connaissance de la poésie ourdou, spécialement du ghazal, qui ne passait pas pour mineure même dans un milieu de connaisseurs. Mais plus que tout cela, plus que ses bijoux et ses vêtements, plus même que son exceptionnel talent naturel et sa science musicale, il y avait cette douleur dans sa voix. D'où venait-elle, personne ne le savait exactement malgré les nombreuses rumeurs sur son passé qui couraient Brahmpur. Même les femmes n'osaient pas dire que cette tristesse n'était qu'un artifice. Saeeda Bai semblait à la fois hardie et vulnérable, et c'est ce mélange qui était irrésistible.

Puisqu'on fêtait Holi, elle commença son récital avec quelques chants de circonstance. Saeeda Bai Firozabadi était musulmane, mais elle mit tant de charme et d'énergie dans ces joyeuses descriptions du jeune Krishna jouant Holi avec les vachères du village de son beau-père qu'on aurait cru que la scène se déroulait sous ses yeux. Dans l'auditoire, les petits garçons la regardaient émerveillés.

Même Savita, dont c'était le premier Holi chez ses beaux-parents, et qui était venue plus par devoir que par plaisir, commença à se réjouir.

Mrs Rupa Mehra, partagée entre la nécessité de protéger sa fille cadette et l'incongruité pour une femme de sa génération, veuve de surcroît, de se trouver parmi le public du parterre, s'était éclipsée à l'étage (non sans avoir enjoint à Pran de veiller sur Lata). « De mon temps, on n'aurait pas permis à une femme de rester dans la cour pour une telle soirée », disait-elle à Mrs Mahesh Kapoor tout en regardant par une fente de l'écran de bambou. Il y avait quelque injustice de sa part à faire cette remarque à sa malheureuse hôtesse, qui avait abordé le sujet avec son mari et s'était entendu répondre d'un ton brusque que les temps avaient changé.

Des gens entraient et sortaient durant le récital, et, lorsque Saeeda Bai repérait un nouveau venu, elle l'accueillait d'un geste de la main qui cassait le fil de son accompagnement à l'harmonium. Mais les sons tristes qui s'échappaient des cordes du sarangi constituaient un support suffisant à sa voix, et elle jetait souvent au joueur un regard approbateur lorsqu'il réussissait une belle imitation ou improvisation. Son attention, toutefois, elle la réservait surtout au jeune Hashim Durrani, assis au premier rang, et qui rougissait jusqu'à la racine des cheveux chaque fois qu'elle s'arrêtait de chanter pour faire quelque remarque ou lancer un vers dans sa direction. Saeeda Bai était célèbre pour son habitude de choisir une seule personne dans l'auditoire au début de la soirée et de lui dédier tous ses chants – il devenait ainsi le méchant, le meurtrier, le chasseur, le bourreau – le point d'ancrage, en fait, pour ses ghazals.

Les ghazals qu'elle préférait chanter étaient ceux de Mir et de Ghalib, mais elle avait un faible aussi pour Vali Dakkani – et pour Mast qui, bien que n'étant pas un poète particulièrement raffiné, jouissait des faveurs du public local parce qu'il avait passé une grande partie de sa malheureuse vie à Brahmpur, donnant une première lecture de ses ghazals au Barsaat Mahal devant le Nawab entiché de culture, avant que son royaume, mal géré, en faillite et sans héritier n'eût été annexé par les Anglais. Saeeda Bai commença donc par un ghazal de Mast, et à peine en avait-elle chanté le premier vers que le public, transporté, vociférait son appréciation.

« *Je ne m'incline pas, pourtant mon col est déchiré...* » commença-t-elle, les yeux mi-clos.

« *Je ne cède pas, pourtant mon col est déchiré,*
Les épines étaient là, sous mes pieds, et non là-bas.

— Ah », s'extasia le juge Maheshwari, sa tête vibrant sur son cou grassouillet. Saeeda Bai continua :

« *Puis-je être sans reproches alors que pas une voix ne*
[reproche
Au chasseur de m'avoir pris dans ce piège ? »

Là, Saeeda Bai décocha un regard mi-tendre mi-accusateur au pauvre garçon de dix-huit printemps. Il baissa aussitôt les yeux, et l'un de ses amis le poussa du coude, répétant avec délices « Peux-tu être sans reproches ? », ce qui ne fit que l'embarrasser davantage.

Lata observa le jeune garçon avec compassion, et Saeeda Bai avec fascination. Comment peut-elle agir ainsi ? se demandait-elle, admirative et horrifiée – elle pétrit leurs sentiments comme une pâte molle, et tous ces hommes ne savent que grimacer et gémir. Et Maan est le pire du lot ! Malgré son goût proclamé pour une musique plus sérieuse, Lata, comme sa sœur, se laissait à présent séduire par le ghazal, et par l'atmosphère transformée, romantique de Prem Nivas. Elle était heureuse que sa mère fût remontée.

Entre-temps Saeeda Bai, un bras tendu vers les invités, s'était remise à chanter :

Les gens pieux fuient l'entrée de la taverne –
Mais il me faut du courage pour braver leur regard.

— Oh, oh ! », cria Imtiaz assis au fond. Saeeda Bai le gratifia d'un sourire éblouissant, puis se rembrunit, comme surprise. Elle continua néanmoins :

> « *Après une nuit sans sommeil sur le chemin,*
> *L'air embaume dans la brise du matin.*
>
> *La Porte de l'interprétation est fermée et interdite*
> *Mais je passe outre, sans rien savoir ni me soucier.*

— *Sans rien savoir ni me soucier* », entonnèrent simultanément une vingtaine de voix.

Saeeda Bai les remercia de leur enthousiasme d'une inclinaison de tête. Or le couplet suivant était encore moins orthodoxe que celui-ci.

> « *Je me prosterne dans la Kaaba de mon cœur*
> *et vers mon idole élève la face pour prier.* »

Le public soupira et gémit ; sa voix s'était presque cassée au mot « prier » ; il aurait fallu être soi-même une idole insensible pour ne pas approuver.

> « *Bien qu'aveuglée par le soleil je vois, ô Maître,*
> *Le visage de lune, le nuage de chevelure.* »

Maan fut si bouleversé par l'interprétation de ce dernier couplet qu'il tendit les bras, impuissant, vers la chanteuse. Saeeda Bai toussa pour s'éclaircir la voix, et le regarda d'un air énigmatique. Brûlant, parcouru de frissons, Maan ne put articuler un mot, se contentant de frapper un rythme de tabla sur la tête de l'un de ses neveux campagnards, âgé de sept ans.

« Que désirez-vous entendre à présent, Maheshji ? demanda Saeeda Bai au maître de maison. Vous réunissez toujours un si vaste public. Et si connaisseur que je me sens parfois superflue. Il me suffit de chanter deux mots pour que vous Messieurs complétiez le ghazal. »

Des cris fusèrent : « Non, non ! », « Que dites-vous là ? », et « Nous ne sommes tout au plus que votre ombre, Begum Saeeda ! »

« Je sais que ce n'est pas à cause de ma voix, mais grâce à vous Maheshji, et à celui qui est là-haut que je suis ici ce soir. Je vois que votre fils apprécie mes pauvres efforts autant que vous le faites depuis des années. Ces choses-là doivent courir dans le sang. Votre père, qu'il repose en paix, s'est montré très bon pour ma mère. Et c'est à moi à présent que va votre bienveillance.

— Qui a honoré qui ? » répondit, galant, Mahesh Kapoor.

Lata le regarda, étonnée. Maan remarqua sa surprise et lui fit un clin d'œil – sur quoi Lata ne put s'empêcher de sourire. A présent qu'ils étaient parents, elle se sentait plus à l'aise avec lui. Se rappelant brusquement la scène du matin, elle sourit de nouveau. Elle ne pourrait plus jamais assister à un cours du Pr Mishra sans le voir émerger trempé, rose et aussi impuissant qu'un bébé.

« Mais certains jeunes gens sont si silencieux, continua Saeeda Bai, qu'on pourrait les prendre pour des idoles de temple. Peut-être se sont-ils ouvert les veines si souvent qu'il ne leur reste plus de sang ? » Elle eut un rire enchanteur.

« *Pourquoi mon cœur ne s'attacherait-il pas à lui ?*
Lui qui aujourd'hui porte des vêtements colorés. »

Le jeune Hashim contempla d'un air coupable sa kurta bleue et brodée. Mais Saeeda Bai continua, implacable :

« *Comment puis-je apprécier son goût pour se vêtir ?*
Son apparence est celle d'un prince. »

La poésie ourdou, comme la poésie arabe et persane avant elle, s'adressant surtout aux hommes, Saeeda Bai n'avait aucun mal à trouver les références aux vêtements ou au comportement masculins qui désigneraient clairement celui à qui elle destinait ses flèches. Hashim avait beau rougir, brûler, se mordre les lèvres, elle n'avait pas épuisé toutes ses ressources. Elle le fixa et récita :

« *Tes lèvres rouges sont un nectar,*
Qu'à juste titre on te nomme Amrit Lal ! »

Les amis de Hashim se tordaient de rire. Mais Saeeda Bai se rendit peut-être compte qu'il ne pouvait en supporter davantage pour le moment, et elle lui octroya un léger répit.

Le public, de son côté, avait pris assez d'assurance pour faire ses propres suggestions et, après que Saeeda Bai eut satisfait son goût en interprétant l'un des plus obscurs et légendaires ghazals de Ghalib – un goût bien intellectuel pour une chanteuse si sensuelle –, quelqu'un lui proposa de chanter « Que sont devenues ces rencontres et ces séparations ? ».

Saeeda Bai marqua son assentiment en disant quelques mots aux joueurs de sarangi et de tabla. Le sarangi modula une introduction à ce lent et mélancolique ghazal, écrit par Ghalib quand il était à peine plus âgé que la chanteuse elle-même. Mais Saeeda Bai mit dans l'interprétation de ces interrogations tant d'amertume et de douceur que même les plus vieux des auditeurs sentirent leur cœur fondre. Et lorsqu'ils joignirent leur voix à la sienne à la fin d'une strophe familière, on eût dit qu'ils se posaient la question à eux-mêmes plutôt que de dispenser leur savoir à leurs voisins. La réponse suivante, la chanteuse la donna avec encore plus de profondeur, de sorte que même le difficile dernier couplet, où Ghalib retourne à ses abstractions métaphysiques, atteignit un apogée au lieu de s'éteindre avec le ghazal lui-même.

A l'issue de cette merveilleuse séance, les auditeurs étaient prêts à se rouler aux pieds de Saeeda Bai. Ceux qui avaient prévu de partir à onze heures au plus tard se retrouvèrent à minuit passé, incapables de se séparer.

Le neveu de Maan s'était endormi sur ses genoux, comme beaucoup d'autres enfants, et des serviteurs les avaient portés sur des lits. Quant à Maan lui-même, enclin par ses nombreuses histoires d'amour passées à une sorte de plaisante nostalgie, le dernier ghazal l'avait subjugué ; pris dans ses pensées, il avala une noix de cajou. Que pouvait-il faire ? Il se rendait compte qu'il était en train de tomber irrésistiblement amoureux. Saeeda Bai avait repris son petit jeu avec Hashim, et en la voyant chercher à obtenir une réaction du garçon, Maan sentit la morsure de la jalousie. Quand

« La tulipe et la rose, comment te les comparer,
Elles ne sont guère plus que des métaphores inachevées »,

n'eut pour résultat que de le faire s'agiter mal à l'aise sur son coussin, elle essaya un couplet plus osé :

« Ta beauté est celle qui a ensorcelé le monde –
Même après que tes joues ont connu leur premier duvet elle
[demeure une merveille. »

Et le but fut atteint. Il y avait deux jeux de mots dans ces deux strophes, l'un bénin, l'autre moins : « monde » et « merveille » sont un même terme – aalam – et « le premier duvet » pouvait aussi signifier « une marque ». Hashim, qui avait un très léger duvet sur le visage, essaya de se comporter comme si « khat » voulait dire marque, mais cela lui valut une grande déconvenue. Parcourant du regard l'assistance, il tenta d'appeler son père à la rescousse, mais le Dr Durrani, distrait, somnolait quelque part au fond. L'un de ses amis passa gentiment la main sur la joue de Hashim et poussa un soupir horrifié. Rouge de confusion, Hashim se leva dans l'intention de quitter la cour et d'aller marcher dans le jardin. Il n'était pas encore debout que Saeeda Bai lui expédiait une volée de Ghalib :

« A la simple mention de mon nom à la réunion elle se leva
pour partir... »

Au bord des larmes, Hashim fit adaab à Saeeda Bai et quitta la cour. Lata, les yeux brillant d'une excitation retenue, se sentit désolée pour lui ; mais elle dut bientôt partir elle aussi, avec sa mère, Savita et Pran.

2.5

Maan, quant à lui, ne ressentait aucune compassion pour son poltron de rival. Il s'avança et, après un signe de tête à gauche et à droite, une salutation respectueuse à l'adresse de la chanteuse, s'assit à la place de Hashim. Saeeda Bai, heureuse de disposer, en la personne de ce garçon plaisant bien que moins jeune, d'une source d'inspiration pour le restant de la soirée, lui sourit et dit :

> « *Surtout ne renonce pas à la constance, ô cœur,*
> *Car l'amour sans constance est bien mal assuré.* »

A quoi Maan répliqua aussitôt et avec force :

> « *Partout où Dagh s'est assis, il s'est assis.*
> *D'autres peuvent quitter votre assemblée, pas lui !* »

Un grand rire secoua les auditeurs, mais Saeeda Bai décida d'avoir le dernier mot en renvoyant à Maan son propre poème :

> « *Dagh une fois de plus joue de la prunelle.*
> *Il trébuchera un jour et sera pris au piège.* »

A cette réponse méritée, le public éclata en applaudissements. Maan était aussi ravi que les autres que Saeeda Bai lui eût pris son as ou, pour parler comme elle, eût parié sur son neuf. Elle riait comme tout le monde, ainsi que ses accompagnateurs, le gros joueur de tabla et son maigre compère au sarangi. Au bout d'un moment, Saeeda Bai leva la main pour réclamer le silence et dit : « J'espère qu'une moitié de ces applaudissements allait à mon spirituel jeune ami. »

A quoi Maan répliqua avec une contrition feinte : « Ah, Saeeda Begum, j'ai eu la témérité de badiner avec vous mais – tous mes plans furent bâtis en vain. »

L'auditoire rit de nouveau, et Saeeda Bai Firozabadi récompensa cette citation de Mir en interprétant le ghazal dont elle était tirée :

> « *Tous mes plans furent bâtis en vain, rien ne pouvait*
> *[guérir ma maladie.*
> *C'est mon cœur qui était atteint, par où je connus ma fin.*
>
> *Ma jeunesse s'est passée dans les larmes, l'âge m'a permis*
> *[de fermer les yeux ;*

Quand, au bout d'une longue nuit, l'aube et le sommeil me
[rattrapent enfin. »

Maan la regardait, médusé, ensorcelé. Qu'éprouvait-on à
demeurer éveillé jusqu'à l'aube, à écouter sa voix tout près
de son oreille ?

« Nous qui étions impuissants, on nous accusa d'avoir
[pensé et agi sans contrainte.
Ils ont comblé tous leurs désirs, et nous ont souillés de
[calomnie.

Dans ce monde de ténèbres et de lumière, il ne m'est permis
[que
De passer du jour à la nuit et de la nuit au jour dans les
[plaintes.

Pourquoi demandes-tu ce qu'est devenue la religion de Mir,
[son Islam ?
Portant la marque du brahmane il hante les temples de
[l'idolâtrie. »

La nuit se poursuivit, entre badinage et musique. Il était
très tard à présent ; d'une centaine d'auditeurs, il n'en restait plus que douze. Douze envoûtés par ce flot de musique
dans lequel baignait Saeeda Bai. Ils se resserrèrent de façon
à former un petit groupe intime. Maan ne savait pas ce qui
le retenait le plus, ses yeux ou ses oreilles. De temps en
temps, Saeeda Bai s'arrêtait de chanter, et parlait avec ses
fidèles. Elle renvoya les joueurs de sarangi et de tanpura,
puis le joueur de tabla qui tombait de sommeil. Il ne resta
plus que l'harmonium et sa voix, qui suffisaient à l'enchantement. L'aube approchait quand elle bâilla enfin, et se leva.

« Je m'occupe de la voiture, dit Maan, les yeux mi-rieurs
mi implorants.

— Je vais marcher dans le jardin en attendant. C'est le
plus beau moment de la nuit. Veillez simplement à ce que
ceci – elle indiquait l'harmonium – et les autres choses
soient rapportés chez moi demain matin. Eh bien, dit-elle à
l'adresse des cinq ou six personnes encore présentes :

> *Voici que Mir abandonne le temple des idoles –*
> *Nous nous reverrons...*

— ... *si Dieu le veut* », conclut Maan.

Il la regarda, quêtant un signe de reconnaissance, mais elle s'était déjà détournée vers le jardin.

Saeeda Bai Firozabadi, soudain fatiguée de « tout ceci » (mais qu'était ce « tout ceci » ?), se promena une minute ou deux dans le jardin de Prem Nivas. Elle caressa les feuilles brillantes d'un pamplemoussier. Le harsingar était fané, mais une fleur de jacaranda tomba sans bruit dans la nuit. Saeeda Bai leva la tête et sourit, un peu tristement. Tout était paisible : pas un gardien, pas même un chien. Quelques vers favoris d'un poète mineur, Minai, lui vinrent à l'esprit, et elle les récita, plutôt que chanta, tout haut :

> « *La réunion s'est terminée ; les papillons*
> *Disent adieu aux chandelles.*
> *L'heure du départ s'inscrit au ciel.*
> *Seules quelques étoiles ponctuent le noir...* »

Elle toussa un peu – car il faisait froid soudain –, s'enveloppa plus étroitement dans son léger châle et attendit que quelqu'un vienne l'escorter jusqu'à sa maison, également dans Pasand Bagh, à quelques minutes de distance.

2.6

Le lendemain était un dimanche. L'esprit léger de Holi flottait encore dans l'air. Maan ne pouvait éloigner Saeeda Bai de ses pensées.

Il errait hébété. Il fit en sorte que l'harmonium fût rapporté en début d'après-midi, et fut tenté de monter lui aussi dans la voiture. Mais ce n'était vraiment pas l'heure de rendre visite à Saeeda Bai – qui, en tout état de cause, ne lui avait pas laissé entendre qu'elle aurait plaisir à le revoir.

Maan n'avait positivement rien à faire. Là était en partie

son problème. A Bénarès, il y avait le travail ; à Brahmpur il s'était toujours senti désœuvré. Ce qui, d'ailleurs, ne le gênait pas. Si la lecture n'était pas son fort, il aimait baguenauder avec des amis. Peut-être irait-il voir Firoz, se dit-il.

Puis, songeant aux ghazals de Mast, il grimpa dans une tonga et demanda au cocher de le conduire au Barsaat Mahal. Il y avait des années qu'il ne s'y était pas rendu, et brusquement l'idée de le revoir le séduisait.

Après avoir traversé les « colonies » verdoyantes et résidentielles de Brahmpur est, la tonga arriva à Nabiganj, la rue commerçante qui marquait la fin des larges espaces et le début des encombrements, de la confusion. Au-delà, c'était le Vieux Brahmpur avec, à son extrémité occidentale, sur le Gange lui-même, les beaux terrains et les bâtiments en marbre, plus beaux encore, du Barsaat Mahal.

A cette heure de la journée, en pleine chaleur, Nabiganj était plutôt déserte. Les enseignes étaient libellées en anglais, et les prix en rapport. Librairies, comme le Dépôt Impérial, grands magasins bien approvisionnés comme Dowling & Snapp (passé sous gérance indienne), tailleurs élégants comme Magourian chez qui Firoz se faisait faire tous ses vêtements (des costumes aux achkans), le magasin de chaussures Praha, un élégant bijoutier, restaurants et cafés comme le Renard Rouge, Chez Yasmeen, le Danube Bleu, deux cinémas – Manorma Parlant (qui passait des films hindi) et le Rialto (qui penchait vers Hollywood et Ealing) : tous ces endroits avaient joué un rôle plus ou moins prépondérant dans les aventures amoureuses de Maan. Mais aujourd'hui, il ne leur prêtait pas attention. La tonga tourna dans une rue plus étroite, puis dans une deuxième encore plus étroite, et déboucha dans un autre monde.

Il y avait juste assez de place pour permettre à l'attelage de se frayer un chemin au milieu des chars à bœufs, des rickshaws, des vélos et des piétons qui encombraient chaussée et trottoirs – qu'ils partageaient avec les barbiers opérant à ciel ouvert, les diseurs de bonne aventure, les échoppes à thé, les étalages de légumes, les dresseurs de singes, les nettoyeurs d'oreilles, les pickpockets, le bétail vagabond, le policier endormi dans son uniforme kaki défraîchi, des hommes trempés de sueur portant sur le dos d'impossibles charges de barres de cuivre ou d'acier, de verre ou de papiers usagés et criant « Place, place ! » de leur voix qui réussissait à percer le vacarme des boutiques de dinandiers et de fripiers (dont les propriétaires essayaient d'attirer le client à grands cris et gestes), à forcer la petite entrée en pierre taillée de l'Ecole pour les Petits (enseignement en anglais), laquelle donnait sur la cour de l'ancien haveli d'un aristocrate en faillite, et puis les mendiants – jeunes et vieux, agressifs ou résignés, lépreux, estropiés ou aveugles – qui, le soir venu, envahissaient Nabiganj et tentaient d'échapper aux policiers tout en assiégeant les queues devant les cinémas. Des choucas croassaient, de petits garçons de course en haillons couraient partout (l'un portant en équilibre six verres de thé sales sur un mauvais plateau d'étain), des singes jacassaient, bondissaient autour d'un grand pipal au feuillage frémissant et essayaient de détrousser les clients qui s'éloignaient, emplettes faites, des étals de fruits, des femmes musardaient en burqas anonymes ou saris brillants, avec ou sans compagnon, quelques étudiants de l'université flânant autour d'un étal de kat s'interpellaient à grands cris, par manque d'habitude ou afin d'être entendus, des chiens galeux aboyaient, chassés à coups de pied, des chats squelettiques miaulaient, chassés à coups de pierres, et les mouches se posaient partout : sur des tas d'ordures fétides, sur les gâteaux des pâtisseries, sur les délicieux jalebis qui grésillaient dans d'énormes poêles, sur le visage des femmes en sari mais pas sur celui des femmes en burqa, et sur les naseaux du cheval qui secouait sa tête protégée d'œillères tandis qu'il poursuivait son chemin vers le Barsaat Mahal.

Maan fut soudain interrompu dans ses pensées par la vue de Firoz, debout à côté d'un étalage. Il fit arrêter la tonga et descendit.

« Firoz, ta vie sera longue – je pensais justement à toi. Enfin, il y a une demi-heure ! »

Firoz dit qu'il se baladait et avait décidé de s'acheter une canne.

« Pour toi ou pour ton père ?

— Pour moi.

— Tout bien considéré, un homme qui doit s'acheter une canne à vingt ans ne vivra peut-être pas si longtemps. »

Après s'être appuyé sous différents angles sur différentes cannes, Firoz en choisit une et paya sans marchander.

« Et toi, que fais-tu ici ? Une petite visite à Tarbuz ka Bazar ?

— Ne sois pas répugnant », dit Maan gaiement. Tarbuz ka Bazar était la rue des chanteuses et des prostituées.

« Oh, mais j'oubliais. Pourquoi devrais-tu te contenter de melons quand tu peux goûter aux pêches de Samarcande ? » Maan se rembrunit.

« Des nouvelles de Saeeda Bai ? » continua Firoz qui, des derniers rangs du public, avait assisté au spectacle. Il était parti vers minuit, mais il avait perçu que, malgré ses fiançailles, son ami allait une fois de plus se lancer dans une aventure amoureuse. Plus que quiconque, peut-être, Firoz connaissait et comprenait Maan.

« Qu'est-ce que tu t'imagines ? dit Maan d'un ton morne. Les choses se passeront comme elles doivent se passer. Elle ne m'a même pas permis de la raccompagner. »

Voilà qui ne ressemblait guère à Maan, pensa Firoz. Il avait rarement vu son ami déprimé. « Et alors où vas-tu ? lui demanda-t-il.

— Au Barsaat Mahal.

— Pour en finir ? » Le parapet du Barsaat Mahal donnait sur le Gange et était le lieu, chaque année, de nombreux suicides romantiques.

« C'est ça, c'est ça, pour en finir. Bon, dis-moi sérieusement, que me conseilles-tu ? »

Firoz se mit à rire. « Redis-moi ça. Je n'en crois pas mes oreilles... Maan Kapoor, le tombeur de Brahmpur, aux pieds de qui les jeunes femmes de bonne famille, sans souci de leur réputation, viennent s'agglutiner comme des abeilles sur le lotus, demande au froid et pur Firoz des conseils dans une affaire de cœur. Ce n'est pas un avis juridique que tu veux ?

— Si c'est ainsi que tu le prends – » Soudain Maan s'interrompit. « Dis-moi Firoz, pourquoi Saeeda Bai

s'appelle-t-elle Firozabadi ? Je croyais qu'elle était originaire de notre région

— En fait, sa famille venait bien de Firozabad. Mais
toute l'histoire est là. Sa mère Mohsina Bai s'est installée
dans Tarbuz ka Bazar, et Saeeda Bai a grandi dans cette
partie de la ville. » De sa canne il montra le quartier mal
famé. « Bien sûr, maintenant qu'elle a de l'argent et habite
Pasand Bagh – et respire le même air que toi et moi – Saeeda
Bai n'aime pas qu'on évoque ses origines. »

Maan médita quelques minutes sur ce qu'il venait
d'apprendre. « Comment sais-tu tout cela ? demanda-t-il
perplexe.

— Bof, dit Firoz en chassant une mouche. Ce genre
d'informations flotte dans l'air. » Evitant le regard stupéfait
de Maan, il poursuivit : « Il faut que je m'en aille. Mon père
veut me faire rencontrer quelqu'un, qu'il a invité à prendre
le thé. » Soudain il sauta dans la tonga de Maan. « Les rues
ici sont bien trop encombrées ; tu ferais mieux d'aller à
pied. » Et il fila.

Maan partit donc à pied, ruminant – mais pas très longtemps – ce que lui avait raconté Firoz. Il chantonna un
passage du ghazal qui s'était ancré dans sa tête, s'arrêta
pour acheter un paan (il préférait les feuilles vert sombre,
épicées, du desi paan à celui de Bénarès), se fraya un chemin à travers la multitude et se retrouva à Misri Mandi, tout
près de l'endroit où vivait sa sœur Veena.

Se reprochant d'avoir été endormi lorsqu'elle était venue
à Prem Nivas, la veille, il décida d'aller lui rendre visite.
Maan aimait beaucoup son neveu, le jeune Bhaskar, et
s'amusait à lui lancer des problèmes arithmétiques comme
on lance un ballon à une otarie.

Il emprunta donc les allées étroites et plus fraîches de
Misri Mandi, quartier résidentiel mais cependant très peuplé, certains circulant de place en place, d'autres flânant ou
jouant aux échecs sur la corniche près du temple de Radhakrishna, dont les murs brillaient encore des couleurs de
Holi. La bande de soleil au-dessus de sa tête s'était faite plus
fine et moins oppressante, et le nombre des mouches avait
diminué. Il tourna dans une allée d'à peine un mètre de

large, évita une vache en train de pisser et se retrouva devant chez sa sœur.

C'était une maison très étroite : trois étages et un toit en terrasse, avec une pièce et demie par étage et une lucarne en haut de la cage d'escalier qui diffusait verticalement la lumière du ciel. Maan poussa la porte, non fermée à clef, et tomba sur la vieille Mrs Tandon, la belle-mère de Veena, en train de cuisiner quelque chose dans une poêle. La vieille Mrs Tandon désapprouvait le penchant de Veena pour la musique, et c'est à cause d'elle que la famille n'était pas restée écouter Saeeda Bai. Sa vue faisait toujours frissonner Maan ; aussi, après l'avoir saluée, grimpa-t-il jusqu'au toit où il trouva Veena et Kedarnath jouant au chaupar à l'ombre d'une treille, et à l'évidence en pleine dispute.

2.7

De quelques années plus âgée que Maan, Veena tenait de sa mère – elle était petite et plutôt boulotte. Quand Maan apparut, sa voix approchait les aigus, sa figure ronde et joyeuse se figeait de mécontentement. Elle s'épanouit à la vue de son frère puis, se rappelant quelque chose, se renfrogna de nouveau.

« Alors tu es venu pour t'excuser. Bien ! Et pas trop tôt. Tu nous a tous beaucoup contrariés hier. Qu'est-ce que c'est que ce frère qui dort à n'en plus finir quand il sait que nous devons venir à Prem Nivas ?

— Mais je pensais que vous alliez rester pour le chant.

— Oui, oui. Je suis sûre que tu pensais à ça pendant que tu ronflais. Et que ça n'avait rien à voir avec le bhang. Tu avais complètement oublié que nous devions ramener la mère de Kedarnath à la maison avant que la musique ne commence. Pran, lui, est arrivé tôt, avec Savita, sa belle-mère et Lata.

— Pran, Pran, Pran, dit Maan exaspéré. C'est toujours lui le héros et toujours moi le méchant.

« — C'est faux. Et ne dramatise pas. » Veena revoyait le petit garçon qui essayait de tirer sur les pigeons avec un lance-pierre en se prenant pour un archer du Mahabharata. « Simplement, tu n'as aucun sens des responsabilités.

— Admettons. Pourquoi vous disputiez-vous quand je suis arrivé ? Et où est Bhaskar ? » Maan, se souvenant des récentes remarques de son père, essayait de changer de sujet.

« Il joue dehors avec des amis à faire voler des cerfs-volants. Lui aussi était contrarié. Il voulait te réveiller. Il va falloir que tu dînes avec nous pour te faire pardonner.

— Euh, oui – » Maan était en train de se demander s'il n'allait pas se risquer à rendre visite à Saeeda Bai. Il toussa. « Mais pourquoi vous disputiez-vous ?

— Nous ne nous disputions pas », dit le gentil Kedarnath, en souriant. Il avait une trentaine d'années et les cheveux déjà gris. De la race des optimistes inquiets, il avait, lui, un sens trop poussé des responsabilités, et les difficultés pour repartir de rien après la Partition l'avaient vieilli prématurément. Quand il n'était pas sur les routes, quelque part dans le sud de l'Inde, à récolter des commandes, il travaillait tard dans sa boutique de Misri Mandi. C'est le soir que se concluaient les affaires, quand les revendeurs comme lui achetaient par paniers les chaussures aux fabricants. En revanche, ses après-midi étaient libres.

« Non, non, on ne se querellait pas. Juste une discussion à propos du chaupar », s'empressa de confirmer Veena, jetant une fois de plus les coquilles de cauris, comptant ses points, et replaçant ses pièces sur le tapis de tissu en forme de croix.

Maan s'assit sur le tapis, regardant les plantes en pot, cadeaux de Mrs Mahesh Kapoor. Les saris de Veena séchaient dans un coin, et la terrasse était parsemée de taches de peinture brillantes, souvenirs de Holi. La vue s'étendait sur un fouillis de toits, de minarets, de tours et de sommets de temples jusqu'à la gare du Nouveau Brahmpur. Des cerfs-volants, roses, verts et jaunes, les couleurs de Holi, rivalisaient dans un ciel sans nuages.

« Tu ne veux rien boire ? demanda Veena. Je vais t'apporter un sorbet – ou veux-tu du thé ? Je crains que nous n'ayons pas de thandai », ajouta-t-elle. Remarque parfaitement gratuite.

« Non merci... Mais réponds à ma question. Sur quoi portait le débat ? Laisse-moi deviner. Kedarnath veut une seconde épouse et naturellement veut ton consentement.

— Ne sois pas idiot, l'interrompit Veena avec véhémence. Je veux un second enfant, et naturellement je veux son consentement. Oh ! s'exclama-t-elle, se rendant compte de son indiscrétion. Je ne voulais pas, ajouta-t-elle en regardant son mari, mais après tout c'est mon frère – nous pouvons lui demander son avis.

— Et tu ne veux pas celui de ma mère, n'est-ce pas ? répliqua Kedarnath.

— C'est trop tard, dit Maan sans hésiter. Pourquoi voulez-vous un second enfant ? Bhaskar ne vous suffit pas ?

— Nous n'avons pas les moyens d'élever un second enfant, dit Kedarnath les yeux fermés – une habitude que Veena trouvait assommante. Pas pour le moment en tout cas. Mes affaires vont – tu sais comment elles vont. Et l'on parle maintenant d'une possibilité de grève chez les fabricants de chaussures. » Il ouvrit les yeux. « Et Bhaskar est si brillant que nous voulons l'envoyer dans les meilleures écoles. Ce qui n'est pas donné.

— Oui, on souhaitait qu'il soit idiot, malheureusement –

— Veena fait de l'esprit, comme d'habitude, dit Kedarnath. Deux jours encore avant Holi, elle me rappelait que nous avons du mal à joindre les deux bouts, avec le loyer, les prix de l'alimentation qui augmentent, et tout le reste. Ses leçons de musique, les médicaments de ma mère, les livres de maths de Bhaskar, mes cigarettes. Elle disait qu'il nous fallait compter chaque roupie et la voilà à présent qui prétend que nous devons avoir un autre enfant parce que chaque grain de riz qu'il mangera a déjà été marqué de son nom. La logique des femmes ! Ils étaient trois dans sa famille, alors elle pense qu'avoir trois enfants est une loi de la nature. Imagines-tu comment nous survivrons s'ils sont tous aussi brillants que Bhaskar ? »

Kedarnath, d'ordinaire peu autoritaire, se lançait dans la lutte.

« En règle générale, seul le premier se révèle doué, dit

Veena. Je garantis que mes deux prochains seront aussi idiots que Pran et Maan. » Elle reprit sa couture.

Kedarnath sourit, ramassa les cauris tachetés dans sa paume rugueuse, et les lança sur le tapis. Normalement, en homme poli qu'il était, il aurait accordé à Maan toute son attention, mais le chaupar est le chaupar, et il est presque impossible de s'arrêter de jouer une fois qu'on a commencé. C'est encore plus prenant que les échecs. Les repas refroidissaient, les invités partaient, les créanciers bouillaient, mais les joueurs de chaupar réclamaient encore un dernier tour. Un jour la vieille Mrs Tandon avait jeté le tapis et les coquilles coupables dans un puits désaffecté du voisinage, mais, malgré l'état des finances familiales, un autre tapis avait fait son apparition et, à présent, le couple incorrigible jouait sur le toit, malgré la chaleur. De cette façon, ils évitaient la mère de Kedarnath, à qui ses douleurs gastriques et arthritiques rendaient l'ascension de l'escalier difficile. A Lahore, grâce à l'architecture horizontale de la maison – et à sa position de régente à la tête d'une famille riche et unie –, elle avait exercé un contrôle serré voire tyrannique. Son monde s'était écroulé avec la Partition.

Leur conversation fut interrompue par un cri de rage venu d'un toit voisin. Une forte femme en sari de coton écarlate se penchait en hurlant vers un adversaire invisible :

« Ils veulent me sucer le sang ! Je n'ai de paix nulle part, ni couchée ni assise. Le bruit de leurs ballons me rend folle... Bien sûr que ce qui se passe sur le toit s'entend en bas. Misérables, minables laveurs de vaisselle, vous ne pouvez pas surveiller vos enfants ! »

Remarquant la présence de Veena et Kedarnath, elle franchit les toits mitoyens en profitant d'une brèche dans le mur du fond. Sa voix perçante, ses grandes dents de carnassier, ses seins pendants et volumineux firent une profonde impression sur Maan.

Veena les présenta l'un à l'autre, et la femme s'écria avec un sourire féroce :

« Ainsi c'est lui qui ne se marie pas.

— C'est lui », admit Veena. Elle ne voulut pas tenter le destin en mentionnant la tentative de fiançailles avec la jeune fille de Bénarès.

« Mais ne m'aviez-vous pas dit que vous l'aviez présenté à cette fille – comment s'appelle-t-elle déjà – celle qui est venue d'Allahabad pour voir son frère ?

— C'est stupéfiant ce qui se passe avec certaines personnes, dit Maan. Vous écrivez "A", et elles lisent "Z".

— C'est tout naturel, rétorqua la femme. Un jeune homme, une jeune fille...

— Elle était très jolie, concéda Veena. Des yeux de biche.

— Et heureusement pas le nez de son frère, ajouta la femme.

— Non, il est beaucoup plus mignon. Il frémit même comme celui d'une biche. »

Kedarnath, désespérant de pouvoir jouer au chaupar, manifesta son intention de redescendre. Il ne supportait pas cette voisine envahissante. Depuis que son mari avait fait installer le téléphone chez eux, elle se montrait encore plus effrontée et vitupérante.

« Comment dois-je vous appeler ? demanda-t-elle à Maan.

— Baabé. Seulement Baabé, dit Veena.

— Et alors, comment l'avez-vous trouvée ?

— Ça me convient, dit Maan.

— Convient ? répéta la femme, appuyant avec délices sur le mot.

— Je voulais dire, ça me convient de vous appeler Baabé.

— Il est très malin, dit Veena.

— Je ne le suis pas moins, affirma la voisine. Vous devriez venir ici, rencontrer des gens, de gentilles femmes, dit-elle à Maan. Quel charme ça présente de vivre dans les colonies ? Je vous assure, quand je visite Pasand Bagh ou Civil Lines, au bout de quatre heures mon cerveau ne fonctionne plus. Il recommence à tourner quand j'aborde les rues de notre quartier. Les gens ici s'intéressent aux autres ; si quelqu'un tombe malade, tout le voisinage demande de ses nouvelles. Mais vous êtes peut-être difficile à contenter. Vous devriez prendre une fille légèrement plus grande que la moyenne –

— Peu m'importe, dit Maan en riant. Une petite me conviendrait tout aussi bien.

— Alors ça vous est égal qu'elle soit petite ou grande, le teint sombre ou clair, mince ou grosse, laide ou belle ?

— Et revoici "Z" à la place de "A". » Maan se tourna vers le toit de la voisine. « Au fait, j'aime votre façon de faire sécher vos corsages. »

La femme eut un bref éclat de rire, que l'on aurait pu prendre pour un signe de gêne s'il n'avait pas été si fort. Elle regarda l'enchevêtrement métallique au-dessus de sa citerne.

« Il n'y a pas d'autre place sur mon toit. Vous avez des cordes partout sur le vôtre... Vous savez, continua-t-elle en revenant à son sujet, le mariage est une chose étrange. J'ai lu dans *Le miroir aux étoiles* qu'une fille de Madras, bien mariée, avec deux enfants, a vu *Hulchul* cinq fois – cinq fois ! – et s'est tellement entichée de Daleep Kumar qu'elle en a perdu la tête. Elle est partie pour Bombay, à l'évidence elle ne savait pas ce qu'elle faisait puisqu'elle n'avait même pas son adresse. Elle a réussi à le trouver grâce à l'un de ces magazines de fans du cinéma, a pris un taxi et arrivée chez lui l'a assommé de toutes sortes de considérations folles. Il a fini par lui donner cent roupies pour qu'elle puisse rentrer chez elle, et l'a fichue dehors. Mais elle est revenue.

— Daleep Kumar ! dit Veena d'un ton dédaigneux. Je ne trouve pas qu'il joue si bien. A mon sens, il a monté cette histoire pour la publicité.

— Oh non, non ! Vous ne l'avez pas vu dans *Deedar* ? Il est stupéfiant ! Et *Le miroir aux étoiles* dit qu'il est si gentil – il ne courrait jamais après de la publicité. Vous devez dire à Kedarnath de se méfier des femmes de Madras, avec tout le temps qu'il passe là-bas, ce sont des sauvages... On raconte qu'elles lavent leurs saris de soie sans aucune précaution, elles les passent sous le robinet, tap, tap, tap comme font les lavandières – Oh, mon lait ! s'écria-t-elle soudain. Il faut que je m'en aille – j'espère qu'il n'a pas – mon mari – » Et elle fila, fantôme aux voiles rouges, à travers toits.

Maan se tordait de rire.

« Bon, je m'en vais moi aussi. J'ai assez vécu hors des colonies. Mon cerveau tourne trop.

— Tu ne peux pas partir, dit Veena doucement mais fermement. Tu viens d'arriver. On raconte que tu as fêté Holi toute la matinée avec Pran, son professeur, Savita et Lata, tu peux certainement passer cet après-midi avec nous. Et Bhaskar sera très fâché s'il te manque à nouveau. Tu aurais dû le voir hier. On aurait dit un lutin noir.

— Est-ce qu'il ira au magasin ce soir ? » Maan toussota.

« Oui, je suppose. Réfléchissant à des modèles de boîtes à chaussures. Quel étrange garçon.

— Eh bien, je le verrai en repartant.

— En repartant d'où ? Ne reviendras-tu pas dîner ?

— J'essaierai – j'ai promis –

— Qu'est-ce qui ne va pas avec ta gorge ? Tu as veillé tard, n'est-ce pas ? Ou bien, c'est d'avoir été trempé à Holi ? Je vais te donner du jushanda.

— Quoi, cette chose dégoûtante ! Prends-la toi-même à titre préventif.

— Bon – comment était le chant ? Et la chanteuse ? »

Maan haussa les épaules d'un air si indifférent que Veena s'en alarma.

« Fais attention, Maan. »

Il connaissait trop bien sa sœur pour essayer de feindre l'innocence. D'autant que Veena entendrait très vite parler de son flirt en public.

« Ce n'est pas à elle que tu vas rendre visite ?

— Non, le ciel m'en préserve.

— Oui, le ciel t'en préserve. Alors où vas-tu ?

— Au Barsaat Mahal. Accompagne-moi ! Tu te rappelles, nous y allions pique-niquer quand nous étions enfants ? Allez, viens. Tu ne sais rien faire d'autre que jouer au chaupar.

— Alors tu crois que c'est ainsi que je passe mes journées ? Laisse-moi te dire, je travaille aussi dur qu'Ammaji. Ce qui me rappelle : j'ai vu hier qu'ils ont coupé le haut du margousier, celui sur lequel tu grimpais pour atteindre la fenêtre du premier. Ça change Prem Nivas.

— Oui, elle était furieuse, dit Maan en pensant à sa mère. Les gens des travaux publics devaient tailler juste ce qu'il fallait pour le débarrasser du nid de vautour, mais ils ont fait appel à un contractuel qui a coupé le plus de bois possible et a filé avec. Mais tu connais Ammaji. Elle n'a su dire que : "Ce n'est vraiment pas bien ce que vous avez fait."

— Si Baoji s'était le moins du monde intéressé à la question, il aurait fait subir à cet homme ce que celui-ci a fait subir à l'arbre, dit Veena. Il y a si peu de verdure dans cette partie de la ville qu'on mesure la valeur de ce qui existe. En voyant le jardin si beau, au mariage de Pran, mon amie Priya m'a dit : "J'ai l'impression de m'être échappée d'une cage." Elle n'a même pas de terrasse sur le toit, la pauvre. Et on ne la laisse presque jamais sortir de la maison. Tu arrives en palanquin et tu ne ressors qu'en corbillard : c'est ainsi qu'ils traitent les belles-filles dans cette maison. » Veena jeta un regard noir vers le quartier où vivait son amie. Une idée la traversa. « Baoji a-t-il parlé à quelqu'un, hier soir, à propos du travail de Pran ? Le Gouverneur joue-t-il un rôle dans ces nominations ? En sa qualité de Chancelier de l'université ?

— S'il l'a fait, je ne l'ai pas entendu.

— Hmm. Tel que je connais Baoji, il a dû y penser puis il a rejeté cette idée comme indigne de lui. Même nous, il nous a fallu faire la queue et attendre notre tour pour recevoir cette minable indemnité qui compense la perte de notre commerce à Lahore. Et alors qu'Ammaji travaillait nuit et jour dans les camps de réfugiés. Parfois je pense qu'il ne s'intéresse qu'à la politique. Priya dit que son père ne vaut pas mieux. Bon, il est huit heures. Je vais te préparer ton alu paratha favori.

— Kedarnath se laisse peut-être intimider, mais pas moi », dit Maan en souriant.

« Eh bien, va, va. Pour ce qu'on te voit, on se croirait toujours à Lahore. »

Maan fit claquer sa langue puis poussa un léger soupir en signe de regret.

« Avec tous ses voyages d'affaires, il me semble parfois n'avoir qu'un quart de mari, reprit Veena. Et un huitième de chaque frère. » Elle enroula le tapis du chaupar. « Quand retournes-tu à Bénarès pour une honnête journée de travail ?

— Ah ! Bénarès. » Maan sourit comme si Veena avait parlé de Saturne. Et Veena s'en tint là.

L'après-midi touchait à sa fin quand Maan arriva au Barsaat Mahal, et il n'y avait pas grand monde. Il franchit l'arche du mur d'enceinte et traversa le terrain, une sorte de parc couvert dans sa plus grande partie d'une herbe sèche et de buissons. Quelques antilopes, qui paissaient sous un margousier, à son approche s'éloignèrent en bonds paresseux.

Le mur intérieur était moins haut, l'arche d'entrée moins imposante, plus ouvragée. Des versets du Coran en pierre noire et des dessins géométriques audacieux en pierre colorée s'enchâssaient dans la façade de marbre. Comme le mur extérieur, le mur intérieur courait sur les trois côtés d'un rectangle. Ils avaient en commun le quatrième côté : une pente abrupte, avec pour protection une simple balustrade, tombant dans les eaux du Gange.

Entre le mur intérieur et le fleuve se trouvaient le célèbre jardin et le palais, petit mais exquis. Le jardin, triomphe de géométrie autant que d'horticulture, s'ornait de ces fleurs – à l'exception du jasmin et de la rose indienne, rouge sombre et au parfum puissant – pour lesquelles il avait été conçu deux siècles auparavant. Pour le moment, elles paraissaient épuisées après la chaleur de la journée. Mais les belles pelouses bien irriguées, les grands margousiers disposés symétriquement et les étroites bandes de gravier qui divisaient plates-bandes et pelouses en octogones et en carrés créaient un îlot de calme dans la ville bruyante et peuplée. Et, plus beau que tout, au centre exact des jardins intérieurs, se dressait le petit palais des Nawabs de Brahmpur, aux formes parfaites – un coffret filigrané en marbre blanc évocateur de plaisirs extravagants et de rigueur architecturale.

A l'époque des Nawabs, des paons vivaient là, et leurs cris rauques faisaient concurrence à la musique des fêtes données en l'honneur de ces rois fainéants au pouvoir déclinant : spectacle de danses, récital de khyaal par un musicien de la cour, concours de poésie, lecture d'un nouveau ghazal du poète Mast.

D'évoquer le nom de Mast fit resurgir en Maan le souvenir de la merveilleuse soirée. Les vers purs du ghazal, les doux traits du visage de Saeeda Bai, son badinage, que Maan trouvait à présent gai et tendre, la façon dont elle ramenait son sari sur la tête, l'attention particulière qu'elle lui avait accordée, tout cela lui revenait tandis qu'il allait et venait le long du parapet, agitant des pensées rien moins que suicidaires. Une brise agréable soufflait du fleuve, Maan commença à trouver les événements encourageants. L'idée de s'arrêter chez Saeeda Bai lui sourit.

Un grand ciel rouge recouvrait les eaux brunes du Gange comme un bol couleur de flamme. Sur l'autre bord, les rives sablonneuses s'étendaient à l'infini.

Comme il regardait le fleuve, il se souvint brusquement d'une remarque qu'avait faite la mère de sa fiancée. Femme pieuse, elle était convaincue que le jour de la fête de Ganga Dussehra, le fleuve obéissant gonflerait à nouveau jusqu'à recouvrir l'une des marches des ghats, dans sa Bénarès natale. De penser à sa fiancée et à sa famille le déprima, comme chaque fois qu'il évoquait ses fiançailles. Son père les avait arrangées, accomplissant sa menace ; Maan, adoptant le principe de moindre résistance, s'était laissé faire ; à présent il devait affronter cette réalité de l'existence. Tôt ou tard, il lui faudrait épouser la jeune fille. Il n'éprouvait aucune affection pour elle – ils ne s'étaient d'ailleurs presque jamais vus, et seulement en présence de leur famille – et refusait de penser à elle. Il était beaucoup plus heureux quand il se rappelait Samia, qui se trouvait à présent au Pakistan avec ses parents mais voulait revenir à Brahmpur juste pour voir Maan, ou Sarla, la fille de l'ancien inspecteur général de police, ou n'importe quelle autre de ses passions. Une flamme nouvelle, aussi brûlante fût-elle, n'éteignait jamais celle qui l'avait précédée dans le cœur de Maan. Il continuait d'éprouver de soudains élans de tendresse et de gentillesse pour chacune d'entre elles.

Il faisait nuit quand Maan prit le chemin du retour, n'ayant toujours pas décidé s'il allait ou non tenter sa chance auprès de Saeeda Bai. Il atteignit Misri Mandi en quelques minutes. Le dimanche ici n'était pas un jour de repos. Le marché aux Chaussures débordait d'animation, de lumières et de bruits : la boutique de Kedarnath Tandon était ouverte, comme toutes les autres situées dans le passage – baptisé la Foire aux chaussures – qui s'étendait juste derrière la rue principale. Les paniers-wallah couraient de boutique en boutique avec leurs paniers sur la tête, offrant leurs marchandises aux grossistes : chaussures qu'ils avaient fabriquées en famille pendant la journée et qu'ils devaient vendre pour acheter leur nourriture, ainsi que le cuir et les autres matériaux dont ils auraient besoin le lendemain. Pour la plupart intouchables jatavs ou musulmans de basse caste, qui avaient préféré rester à Brahmpur après la Partition, ces hommes étaient maigres et pauvrement vêtus, avec, souvent, un air désespéré. Les boutiques se dressaient un mètre environ au-dessus du niveau de la rue, ce qui leur permettait de déposer leurs paniers à l'extrémité du sol recouvert de tissu, et à l'éventuel acheteur d'en examiner le contenu. Ce que faisait Kedarnath, par exemple. Si, après examen, il refusait tout le panier, le fabricant se précipitait chez le grossiste suivant – ou dans un autre passage. Ou bien Kedarnath offrait un prix plus bas, que le fabricant acceptait ou non. Ou encore Kedarnath ne baissait pas son prix mais demandait moins d'argent comptant, le reste se soldant par une traite ou « chit », qui serait acceptée par un escompteur ou un fournisseur de matières premières. De toute façon, pour pouvoir se procurer les matériaux dont ils auraient besoin le lendemain, les paniers-wallah étaient obligés de trouver preneurs assez tôt dans la soirée, même à des conditions défavorables.

Maan ne comprenait pas ce système, dont le chiffre d'affaires reposait sur un réseau efficace de crédit, où les chits étaient tout et les banques ne jouaient pratiquement aucun rôle. Le commerce du vêtement à Bénarès fonctionnait selon des structures financières différentes. Mais Maan ne cherchait pas à comprendre ; il était venu bavarder, boire une tasse de thé et si possible rencontrer son neveu. Bhaskar, vêtu d'un kurta-pyjama blanc comme son père, était assis pieds nus sur le drap blanc qui recouvrait le sol de la boutique. A l'occasion, Kedernath se tournait vers lui et lui demandait de calculer quelque chose – parfois pour amuser l'enfant, parfois parce qu'il avait vraiment besoin d'aide. Bhaskar trouvait tout cela passionnant – calculer les taux de remise ou les tarifs postaux pour les commandes lointaines, découvrir les règles géométriques et arithmétiques qui présidaient à l'entassement des boîtes à chaussures.

« Comment va la grenouille ? demanda Maan, en tordant le nez de Bhaskar. Elle est réveillée ? Elle est bien coquette aujourd'hui.

— Tu aurais dû le voir hier matin, dit Kedarnath. On ne lui voyait plus que les yeux. »

Le visage de Bhaskar resplendit. « Qu'est-ce que tu m'as apporté ? demanda-t-il à Maan. C'est toi qui dormais. Tu dois me verser un dédit.

— Mon fils – dit le père d'un ton de reproche.

— Ce n'est rien. » Maan relâcha le nez du gamin et lui plaqua la main sur la bouche. « Dis-moi – que veux-tu ? Vite ! »

Bhaskar plissa le front en signe de réflexion.

Deux hommes passèrent, discutant de la menace de grève des paniers-wallah. Une radio tonitruait. Un policier criait. Le garçon de course apporta deux verres de thé.

« Est-ce que tout va bien ? demanda Maan en soufflant sur le liquide. Nous n'avons guère pu parler cet après-midi. »

Kedarnath haussa les épaules, puis hocha la tête.

« Tout va bien. Mais c'est toi qui as l'air préoccupé.

— Moi ? Oh non, non. Mais qu'est-ce que cette histoire de grève des paniers-wallah ?

— Eh bien – » Kedarnath imaginait les dégâts que la grève risquait d'entraîner et ne voulait pas s'étendre sur le sujet. Il passa la main dans sa chevelure grisonnante, un geste d'anxiété, et ferma les yeux.

« Je réfléchis toujours, annonça Bhaskar.

— C'est une bonne habitude, dit Maan. Tu me donneras ta décision la prochaine fois – ou envoie-moi une carte postale.

— D'accord. » Bhaskar eut une ébauche de sourire.

« Salut, alors.

— Salut, Maan Maama... oh savais-tu que si tu as un triangle comme ça et que tu dessines des carrés sur le côté comme ça et puis que tu additionnes ces deux carrés tu obtiens ce carré-là – Bhaskar faisait de grands gestes –, à tous les coups, ajouta-t-il.

— Oui je sais ça. »

Bhaskar eut l'air déçu, puis il retrouva sa gaieté. « Tu veux que je te dise pourquoi ?

— Pas aujourd'hui. Je dois m'en aller. Un petit calcul avant mon départ ? »

Bhaskar fut tenté de dire « pas aujourd'hui », mais il changea d'avis. « D'accord, dit-il.

— Combien font 256 multiplié par 512 ?

— C'est trop facile. Pose-m'en une autre.

— Eh bien, quelle est la réponse ?

— Un lakh, trente et un mille soixante-douze.

— Hmm. Et quatre cents fois quatre cents ? »

Bhaskar lui tourna le dos, blessé.

« D'accord, d'accord, dit Maan. Alors, 789 multiplié par 987 ?

— Sept lakhs, soixante-dix-huit mille, sept cent quarante-trois, répondit Bhaskar après avoir réfléchi quelques secondes.

— Je te crois sur parole. » L'idée venait de lui traverser l'esprit qu'il valait peut-être mieux ne pas tenter sa chance auprès de Saeeda Bai, dont il connaissait comme tout le monde le caractère fantasque.

« Tu ne veux pas vérifier ? demanda Bhaskar.

— Non, génie. Je dois filer. » Il ébouriffa les cheveux du neveu, fit un signe de tête au beau-frère, et sortit dans la rue principale de Misri Mandi. Là il héla une tonga pour le ramener chez lui.

En chemin, il changea d'avis une fois de plus, et se fit conduire tout droit chez Saeeda Bai.

Le gardien au turban kaki prit le temps de l'évaluer puis déclara que Saeeda Bai n'était pas chez elle. Maan pensa lui écrire un mot, mais fut confronté à une difficulté. Quelle langue utiliser ? Saeeda Bai ne lisait certainement pas l'anglais et probablement pas l'hindi, quant à Maan, il ne savait pas écrire l'ourdou. Il donna une roupie au portier et dit : « Veux-tu lui dire que je suis passé la saluer. »

Portant la main droite à son turban en signe de respect, le gardien s'enquit :

« Quel est le nom du Sahib ? »

Maan s'apprêtait à le lui communiquer quand il eut une meilleure idée.

« Dis-lui que je suis celui qui vit dans la demeure de l'amour. » C'était un très mauvais jeu de mots sur Prem Nivas.

Le gardien s'inclina, impassible.

Maan regarda la petite maison rose à deux étages. Quelques lampes étaient allumées à l'intérieur, mais cela ne signifiait rien. Le cœur lourd, éprouvant un profond sentiment de frustration, il indiqua au tonga-wallah la direction de sa propre maison. Et puis il fit ce qu'il faisait habituellement quand il se sentait abattu ou désœuvré – il chercha des amis. Il demanda au cocher de le conduire chez le Nawab Sahib de Baitar. Apprenant que Firoz et Imtiaz étaient sortis et ne rentreraient que très tard, il décida d'aller voir Pran. Son frère n'avait pas apprécié le bain de la baleine, et Maan comprenait qu'il fallait apaiser sa colère. Pran était un garçon bien, mais à l'affectivité mesurée, réservée. Il était incapable, se dit Maan tout heureux, de tomber amoureux et d'être aussi malheureux que lui.

2.10

Plus tard, Maan retourna à la triste demeure du Nawab, y trouva Firoz et Imtiaz avec lesquels il bavarda si tard qu'il finit par y passer la nuit.

Imtiaz sortit aux aurores pour une visite, bâillant et maudissant sa profession.

Firoz devait terminer un travail urgent avec un client ; il s'enferma dans la partie de la vaste bibliothèque de son père qui lui servait de bureau, y demeura plusieurs heures, en émergea sifflotant, juste à temps pour le petit déjeuner.

Maan, qui avait refusé de prendre seul son petit déjeuner, était assis dans sa chambre, bâillant sur le *Brahmpur Chronicle*. Il avait une légère gueule de bois.

Un vieux serviteur de la famille surgit devant lui et, après force salutations et marques d'obéissance, annonça que le jeune Sahib – Chhoté Sahib – était sur le point de prendre son petit déjeuner – est-ce que Maan Sahib voulait bien descendre ? Tirade qui fut prononcée dans un ourdou noble et sur un ton mesuré.

Maan acquiesça. Au bout d'une minute, il vit que le serviteur était toujours là, à quelques mètres de distance, et semblait attendre quelque chose. Maan lui jeta un regard ironique.

« Un autre désir ? » demanda l'homme qui, selon Maan, faisait au moins soixante-dix ans, mais était très vif. Il le fallait, se dit Maan, pour monter et descendre les escaliers de la maison du Nawab Sahib plusieurs fois par jour. Maan se demanda pourquoi il ne l'avait jamais vu auparavant.

« Non, dit-il. Tu peux disposer. Je serai en bas dans quelques instants. » Puis, comme le vieil homme, après avoir porté les mains à son front, s'apprêtait à quitter la pièce, Maan appela : « Heu, attends... »

Le vieil homme se retourna et attendit.

« Tu dois être chez le Nawab Sahib depuis très longtemps.

— Oui, Huzoor, c'est exact. Je suis un vieux serviteur de la famille. J'ai travaillé la majeure partie de ma vie au Fort Baitar, mais maintenant que je suis âgé, il lui a plu de me ramener ici. »

Maan sourit en voyant avec quel tranquille orgueil et quel naturel le vieil homme employait à son propre égard les mots mêmes dont lui, Maan, s'était servi en pensée pour le définir.

Devant le silence de Maan, le vieil homme poursuivit.

« J'ai commencé à servir à dix ans, me semble-t-il. Je venais de Raipur, le village du Nawab Sahib, sur le domaine de Baitar. En ce temps-là je touchais une roupie par mois, et c'était plus que suffisant pour couvrir mes besoins. Cette guerre, Huzoor, a fait tellement monter les prix qu'avec plusieurs fois ce salaire les gens ont du mal à s'en sortir. Et maintenant avec la Partition – et tous ces troubles, et le frère du Nawab Sahib parti au Pakistan, et toutes ces lois qui menacent la propriété – les choses sont incertaines, très – il s'arrêta pour trouver un autre mot, mais finalement se contenta de répéter – très incertaines.

— Y a-t-il de l'aspirine ici ? demanda Maan, secouant la tête dans l'espoir de la rendre moins lourde.

— Je pense que oui, Huzoor. Je vais aller vous en chercher. » Le vieil homme semblait content de pouvoir se montrer utile.

« Excellent. Non n'y va pas », ajouta-t-il. Il voyait mieux à faire pour le brave serviteur. « Laisse seulement deux comprimés à côté de mon assiette, sur la table du petit déjeuner. Au fait – l'image des deux comprimés se matérialisait dans sa tête –, pourquoi appelle-t-on Firoz Chhoté Sahib alors que lui et Imtiaz sont nés en même temps ? »

Le vieil homme regarda par la fenêtre l'imposant magnolia qui avait été planté quelques jours après la naissance des jumeaux. Il toussa un peu et dit : « Chhoté Sahib, c'est-à-dire Firoz Sahib, est né sept minutes après Burré Sahib.

— Ah.

— C'est pour cela qu'il paraît plus délicat, moins robuste que Burré Sahib. »

Maan ne répondit rien, méditant sur cette théorie physiologique.

« Il a les beaux traits de sa mère. » Le vieil homme se tut, comme s'il avait dépassé les limites de l'explication autorisée.

Maan se rappelait que la begum Sahiba avait respecté toute sa vie un strict purdah. Il se demandait comment un serviteur mâle pouvait savoir à quoi elle ressemblait, mais, conscient de l'embarras de son interlocuteur, il ne lui posa pas la question. Peut-être une photographie, plus probablement des discussions entre serviteurs, pensa-t-il.

« Du moins c'est ce qu'on dit », ajouta le vieil homme. Puis après un silence : « C'était une femme très bonne, que son âme repose en paix. Elle était bonne pour nous tous. Elle avait une forte volonté. »

Ces incursions hésitantes mais passionnées dans l'histoire d'une famille à qui le bonhomme avait dédié sa vie intriguaient Maan, mais il avait faim à présent, et il décida que ce n'était pas le moment de parler. « Dis à Chhoté Sahib que je descends dans... sept minutes. »

Si le vieil homme fut intrigué par la précision inhabituelle de ce calcul, il ne le montra pas. Il hocha la tête et s'apprêta à sortir.

« Comment t'appelles-tu ?
— Ghulam Rusool, Huzoor. »
Sur quoi, il quitta la pièce.

2.11

« Tu as bien dormi ? demanda Firoz en souriant.
— Très. Mais toi tu t'es levé tôt.
— Pas plus tôt que d'habitude. J'aime qu'une bonne partie de mon travail soit terminée avant le petit déjeuner. Si je n'avais pas reçu un client, j'aurais travaillé sur mes dossiers. J'ai l'impression que toi tu ne travailles pas du tout. »

Maan regarda les deux petites pilules reposant à côté de sa petite assiette, mais ne dit rien.

« Il est vrai, reprit Firoz, que je n'y connais rien en vêtements – »

Maan gémit. « Est-ce que c'est une conversation sérieuse ?
— Oui, bien sûr, dit Firoz en riant. Je suis debout depuis au moins deux heures.
— Ecoute, j'ai la gueule de bois. Montre que tu as du cœur.
— J'en ai. » Firoz rougit légèrement. « Je peux te l'assurer. » Il jeta un coup d'œil à la pendule sur le mur. « Mais on

m'attend au club hippique. Un jour je t'apprendrai à jouer au polo, Maan, que tu le veuilles ou non. » Il se leva et se dirigea vers le couloir.

« Bien, dit Maan, avec entrain. Ça c'est plus dans mes cordes. »

On apporta une omelette. Elle était tiède, ayant eu à parcourir la grande distance qui séparait les cuisines de la salle du petit déjeuner. Maan l'observa, puis grignota un morceau de toast non beurré. Il n'avait de nouveau plus faim. Il avala les cachets d'aspirine.

En arrivant à la porte de la maison, Firoz tomba sur le secrétaire privé de son père, Murtaza Ali, en discussion avec un jeune homme. Le garçon voulait voir le Nawab Sahib. Murtaza Ali, à peine plus âgé que lui, tentait, à sa façon compatissante et contournée, de l'en empêcher. Le jeune homme n'était pas très bien habillé – d'une kurta de gros coton blanc – mais il parlait un ourdou raffiné, dans la prononciation et l'expression.

« Mais il m'a dit de venir à cette heure-ci, et me voici. »

A voir l'intensité de ce maigre visage, Firoz se sentit obligé d'intervenir.

« Quel est le sujet de cette discussion ?

— Chhoté Sahib, dit Murtaza Ali, cet homme, semble-t-il, veut rencontrer votre père pour un emploi à la bibliothèque. Il dit qu'il a rendez-vous.

— Etes-vous au courant de quelque chose ?

— Malheureusement pas, Chhoté Sahib. »

L'homme reprit : « Je viens de loin, et j'ai eu du mal à arriver. Le Nawab Sahib m'a demandé expressément d'être là à dix heures.

— Etes-vous sûr qu'il a parlé d'aujourd'hui ? » Le ton de Firoz était plutôt aimable.

« Oui, tout à fait sûr.

— Si mon père savait qu'il allait être dérangé, il aurait prévenu. Le problème avec lui, c'est qu'une fois enfermé dans sa bibliothèque il est dans un autre monde. Vous devrez, j'en ai peur, attendre qu'il en sorte. A moins que vous puissiez revenir plus tard ? »

Sous le coup d'une profonde émotion, les lèvres du jeune homme se mirent à trembler. A l'évidence il avait besoin de l'argent de cet emploi, à l'évidence aussi, son orgueil se rebellait. « Je n'ai pas l'intention de tourner en rond », dit-il d'une voix nette mais calme.

Firoz fut surpris. Cette affirmation lui paraissait frôler l'incivilité. Il n'avait pas dit, par exemple : « Le Nawabzada comprendra qu'il m'est difficile... » ou toute autre phrase du même genre. Simplement : « Je n'ai pas l'intention...

— Eh bien, c'est à vous de décider, conclut Firoz. A présent, excusez-moi, on m'attend. » Il avait l'air légèrement contrarié quand il monta en voiture.

2.12

La veille au soir, lorsque Maan était passé la voir, Saeeda Bai recevait un vieux mais important client : le Raja de Marh, un petit Etat princier du Madhya Pradesh. Le Raja était à Brahmpur pour quelques jours, en partie pour vérifier la gestion de terres qu'il y possédait, en partie pour participer à la construction d'un nouveau temple de Shiva sur un terrain qui lui appartenait, près de la mosquée Alamgiri dans le Vieux Brahmpur. Le Raja connaissait bien la ville pour y avoir fait ses études vingt ans auparavant ; il avait fréquenté l'établissement de Mohsina Bai, qui vivait encore à l'époque avec sa fille Saeeda, dans la ruelle mal famée de Tarbuz ka Bazar.

Durant toute son enfance, Saeeda et sa mère avaient partagé le dernier étage d'une maison avec trois autres courtisanes, la plus âgée, du fait que l'endroit lui appartenait, s'étant attribué les prérogatives d'une maquerelle. La réputation et la séduction grandissantes de sa fille permirent à Mohsina Bai d'assurer leur indépendance. Saeeda avait environ dix-sept ans quand elle retint l'attention du Maharaja d'un grand Etat du Rajasthan, le futur Nawab de Sitagarh ; sa voie était tracée.

Avec le temps, Saeeda Bai avait pu s'offrir cette maison dans Pasand Bagh, et était venue s'y installer avec sa mère et sa jeune sœur. Malgré leur différence d'âge, les trois femmes étaient aussi attirantes l'une que l'autre, chacune à sa façon. La force et l'éclat du cuivre chez la mère, le brillant instable de l'argent chez Saeeda, la fluidité du mercure pour la jeune et tendre Tasneem, au nom évocateur du printemps au Paradis, que sa mère et sa sœur avaient écartée de la profession de leurs ancêtres.

La mort de Mohsina Bai, deux ans auparavant, avait porté un coup terrible à Saeeda Bai. Elle se rendait parfois au cimetière et là, étendue sur la tombe, pleurait. Saeeda et Tasneem partageaient maintenant la maison avec deux servantes : une bonne et une cuisinière. La nuit, le gardien surveillait l'entrée. Et ce soir-là, Saeeda Bai n'avait pas l'intention de recevoir des visiteurs ; en compagnie de son joueur de tabla et du joueur de sarangi, elle se livrait aux plaisirs des commérages et de la musique.

Ses accompagnateurs formaient un étonnant contraste. Agés tous les deux de vingt-cinq ans, musiciens doués, ils s'aimaient beaucoup et étaient profondément attachés à Saeeda Bai – par réelle affection et par intérêt. Mais là s'arrêtait la ressemblance. Ishaq Khan, qui faisait vibrer son sarangi avec tant d'aisance et d'harmonie, d'effacement aussi, était un célibataire quelque peu cynique. Motu Chand, surnommé ainsi en raison de sa rondeur, était un homme marié, heureux et père de quatre enfants. Il ressemblait assez à un bouledogue avec ses grands yeux et son nez humide, et sa douce torpeur ne s'interrompait que lorsqu'il tambourinait avec frénésie sur son tabla.

Ils parlaient d'Ustad Majeed Khan, l'un des plus célèbres chanteurs classiques de l'Inde, un homme distant qui vivait dans la vieille ville, pas très loin de l'endroit où avait grandi Saeeda Bai.

« Ce que je ne comprends pas, Begum Saeeda, disait Motu Chand, que sa panse arrondie obligeait à prendre une position inconfortable sur son siège, c'est pourquoi il se montre si critique envers nous les petites gens. Il est là, la tête au-dessus des nuages, comme le Seigneur Shiva sur le mont Kailash. Pourquoi doit-il ouvrir son troisième œil pour nous consumer ?

— Le caractère des grands, ça ne se discute pas »,

décréta Ishaq Khan. Sa main gauche effleura le sarangi, et il continua : « Regarde ce sarangi – c'est un noble instrument – pourtant le noble Majeed Khan le déteste. Pas question qu'il s'en fasse accompagner. »

Saeeda Bai acquiesça ; Motu Chand produisit quelques sons rassurants. « C'est le plus merveilleux de tous les instruments, dit-il.

— Espèce de kafir. » Ishaq Khan décocha un sourire sardonique à son ami. « Comment peux-tu prétendre aimer cet instrument ? De quoi est-il fait ?

— De bois, évidemment. » Avec effort, Motu Chand changea de position.

« Regardez-moi le pauvre petit hercule, dit Saeeda Bai en riant. Il faut lui donner quelque chose à manger. Des laddus. » Elle appela sa bonne et l'envoya chercher des douceurs.

Ishaq continuait à dérouler les fils de son argumentation autour du malheureux Motu Chand.

« Du bois ! s'écria-t-il. Et quoi d'autre ?

— Tu le sais bien, Khan Sahib – des cordes et ainsi de suite. » Motu Chand ne comprenait pas où il voulait en venir.

« Et de quoi sont faites ces cordes ? poursuivit Ishaq Khan, sans pitié.

— Ah ! » Motu Chand commençait à deviner ce que tout cela signifiait. Ishaq n'était pas un méchant type, mais il semblait éprouver un plaisir cruel à pousser Motu dans des disputes.

« Des boyaux, dit-il. Ces cordes sont faites de boyaux. Et tu le sais très bien. Et le devant du sarangi est en peau. La peau d'un animal mort. Alors que diraient tes brahmanes de Brahmpur si on les forçait à le toucher ? Ils seraient souillés, non ? »

Motu Chand parut découragé, puis il se ranima. « De toute façon, je ne suis pas un brahmane...

— Ne le taquine pas, dit Saeeda Bai à Ishaq.

— J'aime trop le kafir bien gras pour cela. »

Ce qui était faux. Face à l'inaltérable égalité d'humeur de Motu, Ishaq n'aimait rien tant qu'essayer de le faire sortir de ses gonds. Cette fois-ci Motu réagit d'une manière philosophique, passablement irritante.

« Khan Sahib est très bon, dit-il. Mais il arrive que l'ignorant possède la sagesse, ce qu'il serait le premier à reconnaître. Je considère le sarangi non pour ce qu'il est fait mais pour ce qu'il fait – ces sons divins. Dans les mains d'un artiste, même cette peau et ces boyaux peuvent chanter. » Un sourire heureux, presque soufi, plissa son visage. « Après tout, que sommes-nous d'autre sinon peau et boyaux ? Et pourtant – son front se creusa sous l'effet de la concentration – dans les mains de quelqu'un qui – de Celui... »

Mais la bonne arrivait avec les douceurs, et les divagations théologiques de Motu Chand s'arrêtèrent net. Ses doigts boudinés et agiles s'emparèrent d'un laddu aussi rond que lui et l'expédièrent dans sa bouche.

« Mais nous ne discutions pas de Celui qui est au-dessus, dit Saeeda Bai au bout d'un moment. Seulement de Celui qui est à l'ouest. » Elle indiquait la direction du Vieux Brahmpur.

« Ce sont les mêmes, rétorqua Ishaq Khan. Nous prions tournés vers l'ouest et vers le haut. Je suis sûr qu'Ustad Majeed Khan ne le prendrait pas mal si nous nous tournions vers lui un soir par erreur. Et d'ailleurs pourquoi pas ? Révérer un art si sublime, c'est révérer Dieu lui-même. » Il quêta l'approbation de Motu Chand, mais Motu semblait bouder, à moins qu'il ne se concentrât sur son laddu.

La servante réapparut et annonça : « Il se passe des choses à la porte. »

Saeeda Bai parut plus intriguée qu'alarmée.

« Quelles choses, Bibbo ? »

La servante lui jeta un regard insolent : « Il semble qu'un jeune homme se querelle avec le gardien.

— Petite effrontée, veux-tu bien prendre un autre air, la rembarra Saeeda Bai. Bon, à quoi ressemble-t-il ?

— Comment le saurais-je, Begum Sahiba ?

— Ne m'énerve pas, Bibbo. A-t-il l'air respectable ?

— Oui, admit la bonne. Mais je n'ai pas pu en voir plus à la lumière des lampadaires.

— Appelle le portier. Il n'y a que nous ici, ajouta Saeeda Bai, comme Bibbo paraissait hésiter.

— Mais le jeune homme ?

— S'il est aussi respectable que tu le dis, il restera dehors.

— Bien, Begum Sahiba. » Bibbo se retira.

« Qui cela peut-il bien être ? » Saeeda Bai posa la question à voix haute, puis garda le silence.

Le gardien entra dans la maison, laissa sa lance à la porte, et grimpa lourdement les marches jusqu'à la galerie. Campé sur le seuil de la pièce où ils se tenaient, il salua. Avec son turban kaki, son uniforme kaki, ses grosses bottes et son épaisse moustache, il était totalement déplacé au milieu de cet ameublement si féminin. Mais ne semblait pas s'en émouvoir.

« Qui est cet homme et que veut-il ? demanda Saeeda Bai.

— Il veut entrer et vous parler, dit le gardien, flegmatique.

— Oui, bien sûr, je m'en doutais – mais comment s'appelle-t-il ?

— Il refuse de le dire. Tout comme il refuse de m'écouter. Il est venu hier aussi, et m'a demandé de vous transmettre un message, mais il était si impertinent que j'ai décidé de ne pas le faire.

— Tu as décidé ? » Les yeux de Saeeda Bai lançaient des éclairs.

« Le Raja Sahib était là, rétorqua le gardien, toujours aussi calme.

— Hmm. Et que disait le message ?

— Qu'il est celui qui demeure dans l'amour. »

Le gardien, impassible, avait employé un autre terme pour amour, manquant ainsi le jeu de mots sur Prem Nivas.

« Celui qui demeure dans l'amour. Qu'est-ce que cela peut vouloir dire ? » La question s'adressait à Motu et Ishaq. Les deux hommes se regardèrent, Ishaq Khan avec un léger sourire de dédain.

« Ce monde est peuplé d'ânes, commenta Saeeda Bai, sans qu'on sût très bien à qui elle faisait référence. Pourquoi n'a-t-il pas laissé un mot ? Ainsi ce sont ses propres termes ? Ce n'est ni du langage courant, ni une expression très subtile. »

Cherchant dans sa mémoire, le gardien ressortit des mots plus proches de ceux qu'avait employés Maan. Du moins, « prem » et « nivas » figuraient-ils dans la phrase.

Les trois musiciens résolurent l'énigme sur-le-champ.

« Ah ! s'exclama Saeeda Bai. Je crois que j'ai un admirateur. Qu'en pensez-vous ? Le laisserons-nous entrer ? Pourquoi pas ? »

Personne n'éleva d'objection – d'ailleurs comment l'auraient-ils pu ? Le gardien reçut l'ordre de laisser entrer le jeune homme. Et Bibbo celui d'aller prier Tasneem de rester dans sa chambre.

2.13

Maan, qui se rongeait d'inquiétude à la grille, n'en revint pas de sa bonne fortune. Dans un élan de gratitude, il glissa une roupie au portier. Puis il suivit la servante, qui était venue le chercher.

« Entrez, entrez, Dagh Sahib, cria Saeeda Bai en entendant les pas de Maan dans la galerie. Venez vous asseoir et illuminer notre réunion. »

Maan se tint une seconde sur le pas de la porte, le regard fixé sur Saeeda Bai. Il souriait de plaisir, et elle ne put s'empêcher de lui rendre son sourire. Il était vêtu simplement, d'un kurta-pyjama blanc amidonné, immaculé. La fine broderie chikan de sa kurta renvoyait à celle de son calot de coton blanc, et ses chaussures – des jutis en cuir souple – étaient elles aussi d'un blanc parfait.

« Comment êtes-vous venu ? demanda Saeeda Bai.

— A pied.

— C'est dommage de couvrir de poussière de si beaux vêtements.

— Ce n'est qu'à quelques minutes d'ici, dit Maan simplement.

— Je vous en prie, asseyez-vous. »

155

Maan s'installa jambes croisées sur le sol recouvert de drap blanc.

Saeeda Bai entreprit de préparer du paan. Maan l'observait, l'air interrogateur.

« Je suis venu hier aussi, mais j'ai eu moins de chance.

— Je sais, je sais. Mon imbécile de gardien vous a renvoyé. Que puis-je dire ? Nous ne sommes pas tous dotés du sens de la discrimination...

— Mais aujourd'hui je suis là. » Maan ne reculait pas devant l'évidence.

« Partout où Dagh s'est assis, il s'est assis ? » récita Saeeda Bai d'un ton enjoué. Le visage baissé elle déposait une perle blanche de citron vert sur les feuilles de paan.

« Mais cette fois-ci, peut-être ne quittera-t-il pas l'assemblée », dit Maan.

Comme elle ne le regardait pas, il pouvait, sans embarras, la dévisager. Elle s'était couvert la tête de son sari avant qu'il n'entre. Mais la peau tendre, douce de son cou et de ses épaules était dénudée, et Maan trouvait un charme indescriptible à l'inclinaison du cou.

Elle embrocha les deux paans qu'elle venait d'achever sur un aiguillon en argent orné de glands, et les lui offrit. Il les prit, les mit dans sa bouche, agréablement surpris par le goût de noix de coco, un ingrédient que Saeeda Bai aimait à ajouter à ses paans.

« Je vois que vous portez le calot Gandhi style Maan », dit Saeeda Bai, en engloutissant deux paans. Elle n'en offrit ni à Ishaq Khan ni à Motu Chand, mais ils semblaient s'être fondus dans le décor.

Maan porta une main nerveuse à son calot brodé.

« Non, non Dagh Sahib, ne vous troublez pas. Nous ne sommes pas dans une église. » Elle le regarda et poursuivit : « Cela m'a rappelé d'autres calots blancs que l'on voit naviguer autour de Brahmpur. Les têtes qui les portent ont grandi récemment.

— Vous allez bientôt m'accuser d'être responsable de ma naissance.

— Mais non, mais non. Votre père est un vieux protecteur des arts. C'est aux autres membres du Congrès que je pensais.

— Peut-être devrais-je porter un calot d'une couleur différente la prochaine fois que je viendrai. »

Saeeda Bai leva un sourcil.

« En admettant que je sois admis en votre présence », ajouta Maan, humblement.

Quel jeune homme bien élevé, se dit Saeeda Bai. Elle fit signe à Motu Chand d'apporter le tabla et l'harmonium qui étaient rangés dans un coin de la pièce.

« Et maintenant, fit-elle en s'adressant à Maan, que le Hazrat Dagh nous commande-t-il de chanter ?

— Mais, ce que vous voulez, dit Maan, envoyant au diable l'ironie.

— Pas un ghazal, j'espère. » Saeeda Bai appuyait sur une touche de l'harmonium pour aider le tabla et le sarangi à s'accorder.

« Non ? demanda Maan, déçu.

— Les ghazals sont pour les grandes réunions ou l'intimité des amants. Je chanterai ce qui fait la renommée de ma famille et ce que mon Ustad m'a le mieux appris. »

Elle commença un thumri du raga Pilu : « Pourquoi ne me parlez-vous pas ? », et le visage de Maan s'illumina. Il flottait, comme sous l'effet d'une drogue. La voir, l'écouter, respirer son parfum, tout contribuait à son bonheur.

Après deux ou trois thumris et un dadra, Saeeda Bai expliqua qu'elle était fatiguée et que Maan devait s'en aller.

Il partit, manifestant néanmoins plus de bonne humeur que de mauvaise grâce. Le gardien se retrouva avec un billet de cinq roupies dans la main.

Dans la rue, Maan avançait sur un nuage.

Un jour elle chantera un ghazal pour moi, se promit-il. Elle le fera, oui elle le fera.

On était dimanche matin. Sous un ciel clair et lumineux. La plus grande agitation régnait sur le marché aux oiseaux, qui se tenait chaque semaine près du Barsaat Mahal. Des milliers d'oiseaux – mainates, perdrix, pigeons, perruches – oiseaux de combat, oiseaux voraces, oiseaux de course, oiseaux parleurs – reposaient ou voletaient dans des cages de fer ou de bambou, placées dans des petites échoppes d'où s'échappait la voix puissante des camelots vantant l'excellence et le bas prix de leur marchandise. Le trottoir appartenait aux vendeurs : acheteurs ou simples passants comme Ishaq devaient marcher dans la rue, trébuchant contre les rickshaws, les vélos, éventuellement une tonga.

Il y avait même un étalage de livres sur les oiseaux. Ishaq attrapa un petit livre de poche aux caractères effacés sur les chouettes et la magie, et le parcourut pour voir comment ce malheureux oiseau était utilisé. Bien qu'imprimé en ourdou, c'était en fait un livre de magie noire hindoue, *Le tantra des chouettes*. Il lut :

> Remède souverain pour obtenir un emploi.
>
> Prendre les plumes de queue d'une chouette et d'une corneille, les brûler dans un feu de bois de manguier jusqu'à les réduire en cendres. Placez cette cendre sur votre front comme une marque de caste quand vous cherchez un emploi, et vous en obtiendrez très certainement un.

Il fit la moue et poursuivit :

> Méthode pour garder une femme en votre pouvoir.
>
> Si vous voulez maintenir une femme sous votre contrôle, et souhaitez l'empêcher de tomber sous l'influence de quelqu'un d'autre, alors utilisez la technique suivante :
> Prenez le sang d'une chouette, d'un oiseau de jungle et d'une chauve-souris en égale proportion, et après avoir étendu le mélange sur votre pénis faites l'amour avec la femme. Elle ne désirera plus jamais un autre homme.

Ishaq en avait presque la nausée. Ces hindous ! se dit-il. Sur quoi, il acheta le livre, en pensant que ce serait un excellent moyen de provoquer son ami Motu Chand.

« J'en ai aussi un sur les vautours, proposa le vendeur.

— Non, c'est tout ce que je désire. »

Ishaq s'éloigna puis s'arrêta à un étalage où, dans une cage cerclée, s'agitait une multitude de minuscules, presque informes boules de chair à poil ras couleur gris-vert.

« Ah ! » fit-il.

Son intérêt eut un effet immédiat sur le vendeur en bonnet blanc, qui évalua son interlocuteur, notant au passage le livre qu'il tenait à la main.

« Ce ne sont pas des perruches ordinaires, Huzoor, ce sont des perruches de collines, des perruches alexandrines comme disent les sahibs anglais.

— Je sais, je sais, dit Ishaq, qui s'abstint de relever que les Anglais étaient partis depuis trois ans.

— Je sais reconnaître un expert quand j'en vois un, reprit l'homme sur un ton amical. Pourquoi est-ce que vous ne prenez pas celle-ci ? Deux roupies seulement – et elle chantera comme un ange.

— Un ange mâle ou femelle ? » Ishaq prit un air sévère.

Le vendeur se fit obséquieux.

« Oh, pardonnez-moi, pardonnez-moi. Les gens sont si ignorants, on a du mal à se séparer de son animal le plus prometteur, mais pour un connaisseur, je ferais n'importe quoi, n'importe quoi. Prenez celle-ci, Huzoor. » Il en attrapa une à plus grosse tête, un mâle.

Ishaq le tint pendant quelques secondes, puis le replaça dans sa cage. L'homme branla du chef.

« Bon, pour un véritable amateur, que puis-je proposer de mieux que ceci ? Que voulez-vous ? Un oiseau du district de Rudhia ? Ou des collines de Horshana ? Ils parlent mieux que les mainates.

— Montrez-moi quelque chose qui en vaille vraiment la peine. »

Le vendeur gagna le fond de sa boutique et ouvrit une cage où trois petits oiseaux à moitié déplumés se serraient l'un contre l'autre. Ishaq les observa en silence, puis demanda à en voir un.

Il sourit, pensant aux perruches qu'il avait connues. Sa tante les aimait beaucoup, elle en possédait une qui avait dix-sept ans. « Celle-ci, fit-il. Et vous avez compris que je ne me laisserai pas non plus avoir sur le prix. »

Ils marchandèrent un peu. Jusqu'à ce que l'argent ait changé de mains, le vendeur sembla lui en vouloir. Puis, au moment où Ishaq tournait les talons – son achat niché dans son mouchoir –, l'homme dit d'une voix anxieuse : « Donnez-moi de ses nouvelles la prochaine fois que vous viendrez.

— Quel est ton nom ?

— Muhammad Ismail, Huzoor. Et comment vous appelle-t-on ?

— Ishaq Khan.

— Alors nous sommes frères ! fit l'homme avec un large sourire. Vous devrez toujours acheter vos oiseaux chez moi.

— Très bien, très bien », et Ishaq s'éloigna à grands pas. C'était un bon oiseau que celui-là, et qui réjouirait le cœur de la jeune Tasneem.

2.15

Ishaq rentra chez lui, déjeuna et nourrit l'oiseau d'un peu de farine trempée d'eau. Puis, la perruche de nouveau abritée dans son mouchoir, il se rendit chez Saeeda Bai. Il était de très bonne humeur. Les perruches alexandrines étaient ses préférées. Il faillit emboutir une voiture à bras.

Il arriva chez Saeeda Bai vers quatre heures, et dit à Tasneem qu'il lui avait apporté quelque chose. A elle de deviner de quoi il s'agissait.

« Ne me taquinez pas, Ishaq Bhai. » Elle fixait sur lui ses grands yeux. « Dites-moi ce que c'est. »

Ishaq songea que la comparaison avec une gazelle convenait parfaitement. Grande et mince, les traits délicats, Tasneem ne ressemblait pas beaucoup à sa sœur aînée. Elle avait le regard mouillé, un air de tendresse. Pleine de vie, elle semblait pourtant toujours sur le point de s'évaporer.

« Pourquoi persistez-vous à m'appeler Bhai ?

— Parce que vous êtes virtuellement mon frère. Un frère dont j'ai besoin. Et d'ailleurs ce cadeau le prouve. Maintenant, je vous en prie, ne me faites plus attendre. Est-ce quelque chose qui se porte ?

— Oh non – votre beauté n'en a pas besoin.

— Je vous en prie, ne parlez pas ainsi. » Tasneem prit une mine sévère. « Apa pourrait vous entendre, et ça créerait des problèmes.

— Alors, voici... » Ishaq brandit quelque chose qui ressemblait à une petite boule souple et duveteuse enveloppée dans son mouchoir.

« Une pelote de laine ! Vous voulez que je vous tricote une paire de chaussettes. Eh bien, non. J'ai beaucoup mieux à faire.

— Quoi par exemple ?

— Eh bien... » Sur quoi, Tasneem se tut. Elle se regarda, mal à l'aise, dans un grand miroir pendu au mur. En quoi consistaient ses occupations ? Eplucher des légumes pour soulager la cuisinière, parler avec sa sœur, lire des romans, cancaner avec la servante, penser à la vie. Mais avant qu'elle n'ait pu méditer trop profondément sur la question, la boule s'agita. Les yeux de Tasneem brillèrent de plaisir.

« Vous voyez, dit Ishaq, c'est une souris.

— Pas du tout. C'est un oiseau. Je ne suis pas une enfant vous savez.

— Et je ne suis pas non plus votre frère, vous savez. » Il dégagea la perruche, et ils l'observèrent tous les deux. Puis il la plaça sur une table près d'un vase de laque rouge. La boule de chair à poils ras avait un aspect plutôt dégoûtant.

« Adorable, dit Tasneem.

— Je l'ai choisi ce matin. Ça m'a pris des heures, mais j'en voulais un qui vous convienne parfaitement. »

Tasneem regarda la petite bête, puis étendit la main et la toucha. Malgré le duvet hérissé, c'était très doux. Les plumes qui commençaient à apparaître étaient d'un léger vert.

« Une perruche ?

« — Oui, mais pas de race ordinaire. C'est une perruche de collines. Un mâle. Il parlera comme un mainate. »

Mohsina Bai possédait un mainate très bavard, qui était mort peu de temps après sa maîtresse. Tasneem s'était sentie très seule sans l'oiseau, mais elle était contente qu'Ishaq n'ait pas choisi un mainate. Elle y voyait une double marque d'attention.

« Comment s'appelle-t-il ? »

Ishaq rit. « Pourquoi voulez-vous lui donner un nom ? "Titi" suffira. Ce n'est pas un cheval de guerre qu'on doive le baptiser Ruksh ou Bucéphale. »

A ce moment, ils étendirent tous les deux la main pour caresser l'oisillon. Tasneem retira précipitamment la sienne.

« Allez-y, dit Ishaq. Moi je l'ai eu toute la journée.

— A-t-il mangé ?

— Un peu de farine mélangée à de l'eau.

— Comment se procure-t-on de si petits oiseaux ? »

Détournant les yeux de ceux de Tasneem, qui se trouvaient à la même hauteur que les siens, et les reportant sur la tête de la jeune fille, recouverte d'un foulard jaune, Ishaq se retrouva en train de parler sans savoir ce qu'il disait.

« On les sort du nid quand ils sont tout jeunes – il faut les avoir jeunes pour leur apprendre à parler – et il faut un mâle – il va lui pousser un joli anneau rose et noir autour du cou – les mâles sont plus intelligents. Les meilleurs parleurs viennent des collines. Dans la boutique, ils étaient trois du même nid, et j'ai dû beaucoup réfléchir avant de me décider –

— Vous voulez dire qu'on l'a séparé de ses frères et sœurs ? s'écria Tasneem.

— Bien sûr, il le fallait. Lorsqu'ils sont en paire, ils n'apprennent rien.

— Comme c'est cruel. » Les yeux de Tasneem se mouillèrent.

« Mais il avait déjà été sorti du nid quand je l'ai acheté. » Ishaq s'en voulait de lui avoir fait de la peine. « Si on les remet, ils sont rejetés par leurs parents. » Il posa ses mains sur les siennes – elle ne les retira pas tout de suite – et ajouta : « Maintenant c'est à vous de lui donner une belle vie. Faites-lui un nid de vêtements dans la cage qui a contenu le mainate de votre mère. Et pendant les premiers jours nourrissez-le de quelques grammes de farine mouillée avec de l'eau ou d'un peu de daal trempé. S'il n'aime pas cette cage, je lui en achèterai une autre. »

Tasneem retira ses mains. Pauvre perruche, aimée et prisonnière ! Il pouvait bien échanger cette cage contre une autre. Et elle, Tasneem, échangerait ces quatre murs contre quatre autres. Sa sœur, de quinze ans son aînée et ayant l'expérience du monde, y veillerait bien assez tôt. Et ensuite –

« Parfois je souhaiterais pouvoir voler... » Elle s'arrêta, embarrassée.

Ishaq la regarda, l'air sérieux. « C'est une bonne chose que nous ne le puissions pas, Tasneem – sinon vous imaginez la confusion ? La police a assez de mal à contrôler la circulation à Chowk – et si nous pouvions voler aussi bien que marcher, ce serait mille fois pire. »

Tasneem s'efforça de ne pas sourire.

« Mais ce serait encore pire si, comme nous, les oiseaux ne pouvaient que marcher, poursuivit Ishaq. Vous les imaginez, le soir, allant et venant dans Nabiganj avec leur canne. »

Là, Tasneem éclata de rire, imitée par Ishaq, et tous deux, ravis de la scène qu'ils avaient imaginée, sentirent les larmes inonder leurs joues. Ishaq s'essuya avec la main, Tasneem avec son dupatta jaune. Leur rire résonnait dans toute la maison.

Le bébé perruche se tenait tranquille sur la table près du vase de laque rouge ; son œsophage translucide montait et descendait.

Réveillée de sa sieste, Saeeda Bai entra dans la pièce et d'une voix étonnée, un peu sèche, demanda : « Ishaq – qu'est-ce que ça signifie ? On ne peut même pas se reposer l'après-midi ? » Ses yeux tombèrent sur l'oisillon, et elle claqua la langue, irritée.

« Non – plus d'oiseaux dans cette maison. Le misérable mainate de ma mère m'a causé assez d'ennuis. » Elle s'interrompit, puis reprit : « Un chanteur suffit dans une maison. Débarrassez-vous-en. »

Personne ne dit mot. Saeeda Bai finit par rompre le silence. « Ishaq, vous êtes venu de bonne heure. »

Ishaq prit un air coupable. Tasneem baissa les yeux, laissant échapper un sanglot. La perruche fit une faible tentative pour bouger. Saeeda Bai, son regard allant de l'un à l'autre, dit brusquement :

« Où est donc votre sarangi ? »

Ishaq se rendit compte qu'il ne l'avait même pas apporté. Il rougit.

« Je l'ai oublié. Je pensais à la perruche.

— Et alors ?

— Bien entendu, je vais aller le chercher immédiatement.

— Le Raja de Marh a annoncé sa visite pour ce soir.

— J'y vais », assura Ishaq. Puis, avec un regard à Tasneem : « Dois-je prendre la perruche ?

— Non, non – dit Saeeda Bai. Pourquoi voulez-vous l'emporter ? Allez juste chercher votre sarangi. Et n'y passez pas la journée. »

Ishaq partit en hâte.

Tasneem, qui avait les larmes aux yeux, jeta à sa sœur un regard reconnaissant. Mais Saeeda Bai n'y prêta pas attention. L'affaire de l'oiseau l'avait tirée d'un rêve angoissant concernant la mort de sa mère et sa propre vie – et après le départ d'Ishaq, le rêve avait resurgi, accompagné d'un sentiment de peur et de culpabilité.

Tasneem, remarquant la soudaine tristesse de sa sœur, lui tendit la main.

« Que se passe-t-il, Apa ? » demanda-t-elle, employant le terme de tendresse et de respect qu'elle réservait toujours à sa sœur aînée.

Saeeda Bai se mit à sangloter, serrant Tasneem dans ses bras, lui embrassant le front et les joues.

« Tu es pour moi la seule chose qui compte au monde. Que Dieu te garde heureuse...

— Apa, pourquoi pleures-tu ? dit Tasneem en lui rendant

son étreinte. Pourquoi es-tu si tourmentée ? Tu penses à la tombe d'Ammi-jaan ?

— Oui, c'est ça, c'est ça, s'empressa de répondre Saeeda Bai. Maintenant, va chercher la cage dans l'ancienne chambre d'Ammi-jaan. Nettoie-la et apporte-la ici. Et fais tremper du daal – du chané ki daal – pour lui donner à manger plus tard. »

Tasneem sortit et Saeeda s'assit, l'air un peu hébétée. Puis elle prit la petite perruche dans ses mains, pour la garder au chaud. C'est dans cette position que la trouva la servante, venue lui annoncer que quelqu'un était arrivé de chez le Nawab Sahib et attendait à la porte.

« Fais-le entrer », dit Saeeda Bai, en se reprenant.

Mais voyant entrer Firoz, beau et souriant, balançant son élégante canne dans la main droite, elle sursauta.

« Vous ?

— Oui. J'apporte une enveloppe de la part de mon père.

— Vous arrivez tard... Je veux dire, d'habitude il envoie quelqu'un le matin. » Saeeda Bai s'efforçait de retrouver sa clarté d'esprit. « Je vous en prie, asseyez-vous, asseyez-vous. »

Jusqu'alors, c'était un serviteur qui apportait l'enveloppe mensuelle. Les deux derniers mois, elle arrivait juste quelques jours après ses règles. Et ce mois-ci aussi, bien sûr...

Elle fut interrompue dans ses pensées par la voix de Firoz : « Je suis tombé sur le secrétaire privé de mon père, qui s'apprêtait à venir –

— Oui, oui. » Saeeda Bai avait l'air bouleversée. Firoz se demanda en quoi son apparition avait pu la troubler à ce point. Que bien des années auparavant il se fût passé quelque chose entre le Nawab Sahib et la mère de Saeeda Bai – et que son père continuât à envoyer une petite somme chaque mois pour aider la famille – voilà qui ne pouvait pas être la cause d'une telle agitation. Il comprit alors que quelque chose de tout différent avait dû la bouleverser avant qu'il ne vienne. Je suis arrivé au mauvais moment, se dit-il, et il décida de s'en aller.

Tasneem entra avec la cage de cuivre et, à la vue de Firoz, s'arrêta soudain.

Ils se regardèrent. Pour Tasneem, Firoz n'était qu'un des

nombreux admirateurs de sa sœur – mais incroyablement plus beau que les autres. Elle baissa rapidement les yeux, puis les releva.

Elle se tenait là, avec son dupatta jaune, la cage dans la main droite, la bouche entrouverte d'étonnement – peut-être à son étonnement à lui aussi. Firoz la fixait, pétrifié.

« Nous nous sommes déjà rencontrés ? » demanda-t-il aimablement, son cœur battant la chamade.

Tasneem s'apprêtait à répondre quand Saeeda Bai intervint : « Quand il arrive à ma sœur de sortir, elle respecte le purdah. Et c'est la première fois que le Nawabzada gratifie ma maison de sa présence. Il est donc impossible que vous vous soyez rencontrés. Tasneem, pose cette cage, et retourne à tes exercices d'arabe. Je ne t'ai pas payé un nouveau professeur pour rien.

— Mais...

— Retourne dans ta chambre immédiatement. Je prendrai soin de l'oiseau. »

Quand Tasneem, abasourdie, eut quitté la pièce, Firoz essaya de récupérer ses esprits. Il avait la bouche sèche, un trouble étrange l'habitait. Nous nous sommes sûrement déjà rencontrés, se disait-il, sinon sur cette planète du moins dans une vie antérieure. Cette pensée, contraire à la religion qu'il professait officiellement, n'en avait que plus de force. En quelques minutes, la jeune fille à la cage d'oiseau avait fait sur lui la plus profonde et la plus troublante des impressions.

Après un bref échange de plaisanteries avec Saeeda Bai, qui semblait prêter aussi peu d'attention à ses propos que lui aux siens, il se retira.

Pendant un moment, Saeeda Bai demeura parfaitement immobile sur le sofa, la perruche toujours nichée dans ses mains. Elle l'enveloppa dans un morceau de tissu et la déposa de nouveau près du vase rouge. De l'extérieur lui parvint l'appel à la prière du soir, et elle se couvrit la tête.

Dans toute l'Inde, dans le monde entier, quand le soleil ou l'ombre de la nuit se déplacent d'est en ouest, l'appel à la prière les accompagne, et les gens s'agenouillent, vague après vague, pour glorifier Dieu. Cinq vagues par jour – une par namaaz – déferlent à travers le globe, d'une longitude à l'autre. Leurs composants, semblables à de la limaille de fer près d'un aimant, changent de direction – toujours tournés vers la maison de Dieu à La Mecque. Saeeda Bai entra dans la pièce où elle faisait ses ablutions rituelles et commença ses prières :

> *« Au nom de Dieu clément et miséricordieux.*
>
> *Louange à Dieu souverain de l'univers.*
> *Le clément, le miséricordieux,*
> *Souverain au jour de la rétribution.*
> *C'est toi que nous adorons, c'est toi*
> *dont nous implorons le secours... »*

Mais tandis qu'elle poursuivait ses ablutions et ses prosternations, une phrase terrifiante du Saint Livre ne cessait de la hanter :

> *« Et Dieu seul sait ce que tu caches et ce que tu révèles. »*

2.17

Sentant la détresse de sa maîtresse, Bibbo, la jolie servante de Saeeda Bai, se dit qu'elle allait essayer de la divertir en lui parlant du Raja de Marh, dont on attendait la visite le soir même. Avec ses chasses au tigre et ses repaires de montagne, sa réputation de bâtisseur de temple et de tyran, ses goûts sexuels étranges, le Raja n'était pas le sujet idéal d'histoires comiques. Il venait poser la première pierre du temple de Shiva, sa dernière opération en date, au centre de la vieille ville. Le temple allait jouxter la grande mosquée construite deux siècles auparavant, sur ordre de l'empereur Aurangzeb, sur les ruines d'un ancien temple de Shiva. Si le Raja de Marh avait pu agir à sa guise, il aurait fait ériger le temple avec les moellons mêmes de la mosquée.

On était d'autant plus étonné, connaissant le personnage, d'apprendre qu'il s'était tellement épris de Saeeda Bai qu'il lui avait proposé, quelques années auparavant, de l'épouser, bien qu'il ne fût pas question pour elle de renoncer à sa foi musulmane. La pensée de devenir sa femme mit Saeeda Bai si mal à l'aise qu'elle imposa des conditions impossibles. Tout héritier que le Raja pouvait avoir de sa femme actuelle devait être déshérité, et Marh reviendrait à l'aîné des enfants que Saeeda lui donnerait – éventuellement. Ces exigences, Saeeda Bai les imposa malgré la bonté dont avaient fait preuve à son égard la Rani de Marh et la Rani douairière, quand elle était venue chanter au mariage de la sœur du Raja ; elle aimait beaucoup les Ranis et savait que ses exigences étaient inacceptables. Mais le Raja pensait avec son sexe plutôt qu'avec son cerveau : il les accepta. Saeeda Bai, piégée, n'eut d'autre recours que de tomber sérieusement malade et de se faire dire par des médecins complaisants que, transplantée dans un Etat montagneux, elle risquait de mourir.

Tel un énorme buffle, dont il avait l'allure, le Raja piétina la terre. Soupçonnant un complot, il tomba dans une fureur d'ivrogne, littéralement assoiffé de sang. La seule chose qui l'empêcha de payer quelqu'un pour qu'il le débarrasse de Saeeda Bai fut de savoir que les Anglais, en découvrant la vérité, n'hésiteraient pas à le déposer – comme ils l'avaient fait, dans des circonstances identiques, avec d'autres Rajas, voire des Maharajas.

De toute cette histoire, Bibbo ne savait que ce que les potins rapportaient : la demande en mariage du Raja. Saeeda Bai était en train de parler à l'oiseau de Tasneem – peut-être un peu prématurément étant donné la taille minuscule de la perruche, mais c'est à cet âge, pensait-elle, que les oiseaux apprennent le mieux – quand Bibbo apparut.

« Faut-il préparer quelque chose de spécial pour le Raja Sahib ? demanda-t-elle.

— Pourquoi ? Bien sûr que non.

— Peut-être une guirlande d'œillets –

— Tu es folle, Bibbo ?

— Qu'il pourrait manger. »

Saeeda Bai sourit.

« Devrons-nous déménager à Marh, Rani Sahiba ?

— Oh, tais-toi.

— Mais pour diriger un Etat...

— Plus personne, à présent, ne dirige réellement son Etat, c'est Delhi qui le fait. Et puis, Bibbo, ce n'est pas la couronne que j'épouserais, mais le buffle sur qui elle repose. Maintenant, va-t'en, tu gênes l'éducation de cette perruche. »

Saeeda Bai reprit sa conversation avec l'oiseau, installé à présent sur un petit nid de chiffons propres au milieu de la cage de cuivre qui avait jadis abrité le mainate.

« Ecoute, Miya Mitthu, tu ferais mieux d'apprendre de bonnes choses, et bénéfiques, dans ton jeune âge ou tu seras perdue pour toujours, comme ce grossier mainate. Comme on dit, si tu n'apprends pas correctement ton a-b-c, tu ne seras jamais un calligraphe. Qu'en dis-tu ? Veux-tu apprendre ? »

Dans l'incapacité de répondre, la petite boule de chair déplumée se tut.

« Regarde-moi, poursuivit Saeeda Bai. Je me sens toujours jeune, même si, je dois l'admettre, je suis moins jeune que toi. Je vais passer la soirée avec cet homme laid et dégoûtant, qui a cinquante-cinq ans, se cure le nez et rote, et qui sera ivre avant même d'arriver ici. Et il voudra que je lui chante des chansons romantiques. Tout le monde voit en moi l'incarnation du romanesque, Miya Mitthu, mais qui se soucie de mes sentiments ? Comment puis-je ressentir quoi que ce soit pour ces vieux animaux dont la peau pend comme celle de ces vieilles vaches qui errent autour de Chowk ? »

La perruche ouvrit la bouche.

« Miya Mitthu », dit Saeeda Bai.

La perruche se balança légèrement, d'un côté à l'autre, sa grosse tête semblant prête à tomber.

« Miya Mitthu », répéta Saeeda Bai, essayant d'imprimer les syllabes dans l'esprit de l'oiseau.

La perruche garda la bouche close.

« Ce que je veux ce soir, c'est non pas divertir mais être divertie. Par quelqu'un de jeune et beau. »

Elle sourit à l'image de Maan.

« Que penses-tu de lui, Miya Mitthu ? C'est vrai,

j'oubliais, tu n'as pas encore rencontré Dagh Sahib, tu viens juste d'arriver. Et tu dois avoir faim, c'est pourquoi tu refuses de parler. Je suis désolée, le service est vraiment très lent dans cet établissement, mais Bibbo a une tête de linotte. »

Sur quoi, Bibbo apparut et donna à manger à l'oiseau.

La vieille cuisinière avait décidé de faire bouillir puis refroidir le daal plutôt que de le mouiller simplement. Alors elle aussi vint regarder la perruche.

Ishaq Khan arriva avec son sarangi, l'air un peu honteux.

Motu Chand entra et admira la perruche.

Tasneem posa le roman qu'elle était en train de lire et s'approcha de la perruche, disant à plusieurs reprises « Miya Mitthu », et réjouissant un peu plus Ishaq à chaque répétition. Du moins aimait-elle son oiseau.

C'est alors que le Raja de Marh fut annoncé.

2.18

A son arrivée, Son Altesse le Raja de Marh était moins ivre que d'habitude, mais il remédia rapidement à la situation. Il avait apporté une bouteille de Black Dog, son whisky favori. Ce qui rappela à Saeeda Bai une de ses particularités les plus déplaisantes, l'excitation qui le saisissait à la vue de deux chiens en train de copuler. La fois où Saeeda Bai s'était rendue à Marh, il s'était à deux reprises offert le spectacle de chiens montant une femelle en chaleur. Prélude au spectacle de son énorme corps se jetant sur Saeeda Bai.

Cela s'était passé deux ans avant l'indépendance ; malgré sa répulsion, Saeeda Bai n'avait pu échapper tout de suite à Marh. Le grossier personnage, restreint jusque-là dans ses débordements par les successifs Résidents britanniques, dégoûtés mais habiles, vivait ses derniers mois de règne. Plus tard, terrorisée par cette brute et ses hommes de main, Saeeda Bai n'avait pas osé rompre toutes relations avec lui. Elle espérait simplement qu'avec le temps, ses visites à Brahmpur s'espaceraient.

A l'époque où il faisait ses études à Brahmpur, le Raja avait paru plutôt présentable. Son fils, préservé du mode de vie de son père grâce à la surveillance de la Rani et de la Rani douairière, était à présent lui aussi étudiant à l'université de Brahmpur. Nul doute que, lorsqu'il retournerait dans son Etat féodal, il se libérerait de la tutelle maternelle et deviendrait aussi diabolique que son père : ignorant, cruel, paresseux et lubrique.

Quand le père se rendait en ville, il ne se souciait pas de voir son fils, consacrant son temps à visiter courtisanes et prostituées. Aujourd'hui, c'était de nouveau le tour de Saeeda Bai. Il arriva, diamants incrustés dans l'oreille, rubis au turban, et embaumant le musc. En pénétrant dans la petite pièce où Saeeda Bai recevait, il déposa une bourse en soie contenant cinq cents roupies sur une table près de la porte. Puis il se cala contre un long coussin blanc, sur le sol recouvert de drap blanc, et regarda où se trouvaient les verres. Ils reposaient sur la même table que le tabla et l'harmonium. La bouteille de Black Dog fut ouverte et le whisky versé dans deux verres. Les musiciens étaient restés en bas.

« Combien de temps s'est écoulé depuis que ces yeux ne vous ont pas vu ? » demanda Saeeda Bai, qui sirotait son whisky en réprimant une grimace.

Le Raja était bien trop occupé à boire pour répondre.

« Vous êtes devenu aussi difficile à repérer que la lune de Id. » La plaisanterie n'obtint qu'un grognement en guise de réponse. Mais après avoir descendu plusieurs verres, le Raja devint plus affable, la complimenta sur sa beauté – avant de la pousser fermement vers la porte de sa chambre.

Ils réapparurent au bout d'une demi-heure et convoquèrent les musiciens. Saeeda Bai avait l'air légèrement malade.

Il exigea les mêmes ghazals que d'habitude ; elle les chanta avec cette même cassure de voix aux mêmes phrases déchirantes – ce qu'elle faisait sans difficulté. Elle surveillait son verre de whisky. Le Raja avait bu un tiers de la bouteille, et ses yeux devenaient rouges. De temps en temps, il s'écriait « Ho ! ho ! », à propos de n'importe quoi, éructait, ronflait, bâillait ou se grattait l'entrecuisse.

Pendant que, là-haut, les ghazals se succédaient, Maan approchait de la maison. De la rue, il ne pouvait entendre le bruit de la musique. Il demanda à voir Saeeda Bai, mais le gardien lui déclara qu'elle était souffrante.

« Oh, dit Maan inquiet. Laisse-moi entrer – je verrai comment elle est – je peux peut-être aller chercher un médecin.

— Begum Sahiba ne reçoit personne aujourd'hui.

— Mais j'ai apporté quelque chose pour elle. » Maan montra le livre qu'il tenait dans sa main gauche, tout en plongeant sa droite dans sa poche. D'où il sortit son portefeuille. « Veux-tu le lui remettre ?

— Oui, Huzoor, dit le gardien, en acceptant les cinq roupies.

— Bon, eh bien – » Maan jeta un coup d'œil déçu à la maison rose derrière sa petite grille verte, et il s'éloigna lentement.

Peu après, le gardien remit le livre à Bibbo.

« Pour moi ? » minauda-t-elle.

Le gardien la regarda avec une telle absence d'expression, que c'était une expression en soi.

« Non, et dis à la Begum Sahiba que ça vient du jeune homme de l'autre jour.

— Celui qui t'a valu tant d'ennuis avec la Begum Sahiba ?

— Je n'ai pas eu d'ennuis. »

Bibbo gloussa et referma la porte sur lui. Elle ouvrit le livre. Il était très beau et, outre le texte, contenait des images d'hommes et de femmes alanguis dans des lieux romantiques. L'une de ces images, en particulier, la fit rêver. Une femme en robe noire était agenouillée près d'une tombe. Elle fermait les yeux. A l'arrière-plan, un haut mur que prolongeait un ciel étoilé. A l'avant, un arbre nu, petit et noueux, ses racines enlaçant de grosses pierres. Au bout de quelques minutes de contemplation, Bibbo referma le livre et, sans plus songer au Raja, décida de le monter à sa maîtresse.

Comme une étincelle le long d'un fusible, le livre à présent traversait le vestibule, montait l'escalier, suivait la galerie, parvenait à la porte ouverte de la pièce où Saeeda Bai distrayait le Raja. A sa vue, Bibbo s'arrêta brusquement et tenta de revenir sur ses pas. Mais Saeeda Bai l'avait aperçue. Elle interrompit son chant.

« Bibbo, que veux-tu ? Entre.

— Rien, Saeeda Begum. Je reviendrai plus tard.

— Qu'est-ce que cela signifie ? Que tiens-tu dans tes mains ?

— Rien, Begum Sahiba.

— Eh bien, montre-moi ce rien. »

Avec une salutation apeurée, Bibbo lui tendit le livre. La couverture marron portait, écrit en lettres d'or et en ourdou : *Les œuvres poétiques de Ghalib. Un album de dessins*, par *Chughtai*.

A l'évidence, il ne s'agissait pas d'un recueil de poèmes ordinaire. Saeeda Bai ne résista pas à l'envie de l'ouvrir. Le livre comprenait quelques mots d'introduction et un essai de Chughtai, la collection complète des poèmes en ourdou du grand Ghali, de superbes gravures dans le style persan (chacune illustrant un vers ou deux), et un texte en anglais. Ce texte était probablement un avant-propos, se dit Saeeda Bai, toujours amusée par le fait que les livres anglais commençaient du mauvais côté.

Elle était si ravie de ce cadeau qu'elle le plaça sur l'harmonium et commença à en feuilleter les illustrations. « Qui l'a envoyé ? » demanda-t-elle en découvrant qu'il n'y avait aucune dédicace. Toute à son plaisir, elle avait oublié la présence du Raja, qui frémissait de colère et de jalousie.

Quêtant du regard l'inspiration, Bibbo dit : « C'est le gardien qui l'a apporté. » Elle avait remarqué la colère du Raja et ne voulait pas que sa maîtresse laisse, involontairement, éclater sa joie en entendant le nom du donateur.

Entre-temps, Saeeda Bai s'était arrêtée sur une illustration représentant une vieille femme, une femme jeune et un garçonnet devant une fenêtre, priant la lune à son couchant. « J'entends bien, mais qui l'a envoyé ? » Relevant la tête, elle fronça les sourcils.

Contrainte de s'expliquer, Bibbo essayait de le faire de la manière la plus elliptique possible. Espérant que le Raja ne verrait pas son geste, elle indiqua un endroit sur le sol où il avait renversé du whisky, et dit tout haut : « Je ne sais pas. On n'a pas laissé de nom. Puis-je partir ?

— Oui, oui. Quelle idiote ! », s'exclama sa maîtresse, énervée par cette conduite énigmatique.

Mais le Raja de Marh en avait plus qu'assez de cette interruption. Reniflant et grognant, il s'avança pour arracher le livre des mains de Saeeda Bai. Si elle n'avait pas rapidement posé le volume plus loin, il aurait réussi à l'attraper.

« Qui est-ce ? demanda-t-il la respiration sifflante. Combien vaut sa vie ? Comment s'appelle-t-il ? Est-ce ainsi qu'on me divertit ?

— Non... non, dit Saeeda Bai. Pardonnez, je vous en prie, à cette imbécile. Il est impossible d'enseigner l'étiquette et le discernement à ces filles. » Puis pour le radoucir, elle ajouta : « Mais regardez cette gravure – comme elle est belle – les mains levées pour la prière – le coucher de lune, le dôme et le minaret blancs de la mosquée – »

C'était le mot qu'il ne fallait pas prononcer. Avec un cri de colère, le Raja de Marh déchira la page qu'elle lui montrait. Saeeda Bai le fixait, pétrifiée.

« Jouez ! rugit-il à l'intention de Motu et d'Ishaq. Et vous, fit-il à Saeeda Bai, chantez ! Terminez le ghazal – Non, recommencez-le. Rappelez-vous qui vous a réservé votre soirée. »

Saeeda Bai replaça la page déchirée dans le livre, le referma et le déposa à côté de l'harmonium. Puis, fermant les yeux, elle reprit son chant d'amour. Sa voix tremblait, incapable d'insuffler de la vie au poème. En réalité, elle ne pensait même pas à ce qu'elle chantait. Sous ses larmes, une rage froide l'animait. Si elle avait eu la liberté de le faire, elle se serait ruée sur le Raja – lui aurait balancé son whisky dans ses gros yeux rouges, lui aurait taillardé le visage, l'aurait jeté hors de chez elle. Mais elle savait que, malgré toute la sagesse accumulée, elle était totalement dépourvue de pouvoir. Pour chasser ces pensées, son esprit revint au geste de Bibbo.

Whisky ? Liqueur ? Sol ? Drap ?

En un éclair elle comprit ce que Bibbo avait essayé de lui dire. C'était le mot tache – « dagh ».

Un chant dans son cœur, et non plus seulement sur ses lèvres, Saeeda Bai ouvrit les yeux, sourit et regarda la tache. Comme la pisse d'un chien noir ! songea-t-elle. Il faudra que je fasse un cadeau à cette fille délurée.

Sa pensée revint à Maan, un homme – le seul homme en fait – qui lui plaisait et sur qui elle avait le sentiment de pouvoir exercer une emprise totale. Peut-être ne l'avait-elle pas traité assez bien – peut-être avait-elle pris trop à la légère son engouement pour elle ?

Son chant s'épanouit. Stupéfait, Ishaq Khan ne comprenait pas. Motu Chand, lui-même, en fut bouleversé.

Son charme réussit même à apaiser la bête sauvage. La tête du Raja de Marh s'inclina doucement sur sa poitrine, et peu après il se mit à ronfler.

2.20

Le lendemain soir, quand Maan vint prendre des nouvelles de Saeeda Bai, le gardien lui dit qu'il avait pour instructions de le laisser monter. C'était d'autant plus merveilleux qu'il n'avait pas prévenu de son éventuel passage.

Avant d'emprunter l'escalier au bout du vestibule, il s'arrêta un instant pour s'admirer dans le miroir, et se salua, sotto voce, les mains au front, d'un « Adaab arz, Dagh Sahib ». Toujours aussi élégant, il portait un kurta-pyjama immaculé et le même calot blanc qui lui avait valu les commentaires de Saeeda Bai.

En arrivant à la galerie qui surplombait le vestibule, il s'arrêta. On n'entendait aucun bruit, ni de conversation ni de musique. Saeeda Bai était probablement seule. Dans la perspective de ce qui l'attendait, son cœur se mit à battre à coups redoublés.

Elle avait dû entendre le bruit de ses pas : elle avait posé le petit roman qu'elle était en train de lire – il semblait que ce fût un roman à en juger par la couverture – et s'était levée pour l'accueillir.

« Dagh Sahib, Dagh Sahib, vous n'auriez pas dû faire cela », lui dit-elle quand il apparut sur le seuil.

Maan la regarda – elle paraissait un peu fatiguée. Elle était vêtue du même sari rouge que le soir de la représentation à Prem Nivas. « Chaque objet, dit-il en souriant, s'efforce d'occuper la place qui lui convient le mieux. Un livre veut être près de son véritable admirateur. Tout comme ce faible papillon cherche à s'approcher de la chandelle qui le fascine.

— Mais, Maan Sahib, les livres sont choisis avec soin et traités avec amour. » Pour la première fois – était-ce bien la première ? – elle l'appelait tendrement par son nom, sans tenir compte de sa métaphore galante et conventionnelle. « Ce livre devait figurer dans votre bibliothèque depuis des années. Vous n'auriez pas dû vous en séparer. »

Maan possédait effectivement le livre, mais à Bénarès. Le souvenir lui en était brusquement revenu, il avait aussitôt pensé à Saeeda Bai, et après quelques recherches en avait découvert une très bonne copie d'occasion chez un libraire de Chowk. A présent, tout au bonheur de s'entendre interpeller si gentiment, il ne trouvait à dire que : « La beauté de la langue, alors même que je connais ces poèmes par cœur, m'échappe : je ne lis pas l'ourdou. Cela vous a-t-il plu ?

— Oui, dit Saeeda Bai d'une voix paisible. Tout le monde me donne des bijoux et autres babioles scintillantes, mais aucun de ces cadeaux n'a capté mes yeux ou mon cœur comme votre livre. Mais pourquoi restez-vous debout ? Je vous en prie, asseyez-vous. »

Maan s'assit. Le même léger parfum qu'il avait déjà remarqué flottait dans la pièce. Aujourd'hui, cependant, la senteur des roses se mêlait à celle du musc, une association qui faisait presque défaillir le robuste Maan et attisait son désir.

« Voulez-vous du whisky, Dagh Sahib ? Je suis désolée, c'est le seul que nous ayons... » Saeeda Bai montrait la bouteille de Black Dog à moitié vide.

« Mais c'est un excellent whisky, Saeeda Begum.

— Il est là depuis un certain temps », dit-elle en lui tendant un verre.

Maan demeura silencieux pendant un moment, appuyé contre un long coussin cylindrique et sirotant son scotch. « Je me suis souvent interrogé, finit-il par dire, sur les vers qui ont inspiré les peintures de Chughtai, mais n'ai jamais demandé à quelqu'un connaissant l'ourdou de me les lire. Par exemple, il y a une image qui m'intrigue tout particulièrement. Je peux la décrire sans ouvrir le livre. On y voit un paysage lacustre dans les tons d'orange et brun, avec un arbre, un arbre desséché, sortant de l'eau. Et quelque part au milieu de l'eau flotte un lotus sur lequel repose une petite lampe à huile qui fume. Voyez-vous de quelle image il s'agit ? Il me semble que c'est au début du livre. Sur la page de tissu qui la recouvre figure le simple mot "Vie !". C'est le seul terme d'anglais et c'est très mystérieux parce qu'il précède toute une strophe en ourdou. Voudriez-vous me la lire ? »

Saeeda Bai attrapa le livre. Elle s'assit à la gauche de Maan et, tandis qu'il tournait les pages, elle pria pour qu'il ne tombe pas sur celle qui avait été déchirée et qu'elle avait soigneusement recollée. Les titres anglais étaient étrangement succincts. Après « Autour de la bien-aimée », « La tasse pleine » et « La veillée perdue », Maan arriva à « Vie ! ».

« La voici, dit-il en lui montrant la mystérieuse peinture. Ghalib a écrit beaucoup de poèmes sur les lampes. Je me demande lequel est celui-ci. »

Saeeda Bai revint à la gaze protégeant le dessin et, ce faisant, leurs mains se touchèrent. Retenant légèrement son souffle, elle parcourut la strophe en ourdou puis déclama :

« Le cheval du temps galope vite : regardons où il s'arrête.
La main ne tient pas les rênes, le pied n'est pas dans l'étrier. »

Maan éclata de rire. « Eh bien, ça m'apprendra comme il est dangereux de tirer des conclusions de présomptions hasardeuses. »

Ils parcoururent d'autres strophes, puis Saeeda Bai dit :

« Pendant que je feuilletais les poèmes ce matin, je me demandais ce dont parlaient les pages en anglais à la fin du volume. »

Le début, pensa Maan, mais il se contenta de dire tout haut : « Je suppose que c'est la traduction du texte en ourdou à l'autre bout – pourquoi ne pas nous en assurer ?

— D'accord, mais pour cela nous devrons changer de place. Vous vous mettrez à ma gauche, ainsi vous pourrez lire une phrase en anglais et moi sa traduction en ourdou. Ce sera comme si j'avais un professeur privé. »

De se trouver si proche de Saeeda Bai depuis quelques minutes, aussi merveilleux que ce fût, à présent posait à Maan un léger problème. Avant de changer de place, il dut procéder à un certain réajustement de ses vêtements. Quand il se rassit, Saeeda Bai lui parut plus amusée que jamais. C'est une véritable sitam-zareef, pensa-t-il – un tyran souriant.

« Bien, Ustad Sahib, commençons notre leçon.

— Le premier article... dit Maan sans la regarder, mais douloureusement conscient de sa présence toute proche, est une introduction d'un certain James Cousins aux illustrations de Chughtai.

— Oh, le premier article du côté ourdou est une explication par l'artiste lui-même de ce qu'il a espéré réaliser en faisant imprimer ce livre.

— Et, continua Maan, mon second article est une préface du poète Iqbal à l'ensemble du livre.

— Le mien est un long essai, de nouveau par Chughtai, sur différents sujets, y compris ses vues sur l'art.

— Regardez cela, dit Maan, soudain pris par ce qu'il lisait. J'avais oublié à quel point la préface d'Iqbal était pompeuse. Il parle en réalité de ses propres livres et non pas de celui qu'il présente. "Dans tel de mes livres, j'ai dit ceci, dans tel autre j'ai dit cela" – avec quelques remarques paternalistes sur Chughtai, sa jeunesse – »

Il s'arrêta, indigné.

« Dagh Sahib, dit Saeeda Bai, vous avez raison de vous échauffer. »

Ils se regardèrent, Maan un peu étourdi par sa franchise. Il lui sembla qu'elle essayait de refréner un éclat de rire.

« Peut-être devrais-je vous calmer avec un ghazal mélancolique ?

— Oui, pourquoi ne pas essayer ? » Maan se rappelait ce qu'elle avait dit un jour à propos des ghazals. « Voyons l'effet que cela a sur moi.

— Je vais appeler mes musiciens.

— Non. » Maan posa ses mains sur les siennes. « Juste vous et l'harmonium.

— Au moins le joueur de tabla ?

— Je maintiendrai le rythme avec mon cœur. »

D'un léger mouvement de tête – qui faillit faire manquer un battement au cœur de Maan – Saeeda Bai acquiesça. « Etes-vous capable de vous lever et de me l'apporter ? demanda-t-elle, malicieuse.

— Hmm, dit Maan, mais il demeura assis.

— Et je m'aperçois que votre verre est vide. »

Refusant cette fois-ci de se laisser embarrasser par quoi que ce soit, Maan se leva. Il lui apporta l'harmonium et se versa à boire. Saeeda Bai fredonna pendant quelques secondes. « Je sais, dit-elle, je sais celui qui conviendra. » Elle se mit à chanter ces vers énigmatiques :

« Dans le jardin aucun grain de poussière ne se perd.
Le chemin même est une lampe pour la tache que fait la
[tulipe. »

Au mot « dagh », Saeeda Bai décocha à Maan un regard rapide et amusé. Le couplet suivant ne contenait rien de particulier. Mais il était suivi par :

« La rose rit de l'activité du rossignol –
Ce qu'on appelle l'amour est une faiblesse de l'esprit. »

Maan, qui connaissait bien ces vers, laissa transparaître une consternation évidente ; laquelle n'échappa pas à Saeeda Bai qui, renversant la tête en arrière, partit d'un grand rire. La vue de cette gorge blanche et douce, son rire rauque, et le fait de ne pas savoir si elle riait avec ou de lui plongèrent Maan dans un état second. Avant qu'il n'ait pu s'en rendre compte, et malgré l'obstacle de l'harmonium, il s'était penché sur elle et l'embrassait dans le cou, et dans le même élan, elle lui répondait.

« Pas maintenant, pas maintenant, Dagh Sahib, protesta-t-elle un peu essoufflée.

— Maintenant – maintenant, insista Maan.

— Alors nous ferions mieux de passer dans l'autre pièce. Vous commencez à prendre l'habitude d'interrompre mes ghazals.

— Quand cela m'est-il déjà arrivé ? demanda Maan tandis qu'elle le conduisait à sa chambre.

— Je vous le dirai une autre fois », dit Saeeda Bai.

Troisième partie

3.1

Dans la maison de Pran, le petit déjeuner du dimanche se prenait en général plus tard que durant la semaine. Pour lors, Pran avait le nez dans le supplément hebdomadaire du *Brahmpur Chronicle*, tandis que Savita, assise à ses côtés, beurrait des toasts. Mrs Rupa Mehra entra dans la pièce et, d'un ton soucieux, demanda : « Avez-vous vu Lata ? »

Pran secoua la tête derrière son journal.

« Non, Ma, dit Savita.

— J'espère qu'elle va bien », soupira Mrs Rupa Mehra. Regardant autour d'elle, elle dit à Mateen : « Où est la poudre d'épices ? Tu m'oublies toujours quand tu mets la table.

— Pourquoi n'irait-elle pas bien, Ma ? interrogea Pran. Nous sommes à Brahmpur, pas à Calcutta.

— Calcutta est très sûr, s'indigna Mrs Rupa Mehra. C'est peut-être une grande ville, mais les gens y sont très gentils. Une fille peut s'y promener en toute tranquillité.

— Ma, tu t'ennuies simplement d'Arun, dit Savita. Tout le monde sait que c'est ton enfant favori.

— Je n'ai pas de favori ! »

Le téléphone sonna. « Je le prends, dit Pran. C'est probablement à propos du débat de ce soir. Pourquoi est-ce que j'accepte d'organiser toutes ces fichues activités ?

— Pour le regard d'adoration dans les yeux de tes étudiants », se moqua Savita.

Pran alla répondre. Au ton de sa voix, sèche et stupéfaite, Savita comprit qu'il se passait quelque chose de sérieux. Pran avait l'air choqué, et il regardait Mrs Rupa Mehra d'un air anxieux.

« Ma », fit-il. Mais il ne put en dire davantage.

« C'est à propos de Lata, s'exclama Mrs Rupa Mehra. Elle a eu un accident.

— Non, dit Pran.

— Merci mon Dieu.

— Elle s'est enfuie...

— Oh, mon Dieu !

— Avec qui ? demanda Savita, pétrifiée, tenant toujours son toast à la main.

— Avec Maan. » Pran secouait la tête en signe d'incrédulité. « Comment – » et il s'interrompit, de nouveau incapable de continuer.

« Oh, mon Dieu », s'exclamèrent en chœur Savita et sa mère.

Ils gardèrent pendant quelques secondes un silence accablé.

« Il a téléphoné à mon père depuis la gare, reprit Pran. Pourquoi ne pas m'en avoir parlé avant ? Je ne vois aucune objection à cette union, si ce n'est ses précédentes fiançailles –

— Aucune objection », murmura Mrs Rupa Mehra. Le rouge avait envahi son nez, et deux larmes commençaient à dévaler ses joues. Ses mains étaient serrées l'une contre l'autre, comme dans la prière.

« Ton frère croit peut-être qu'il sort de la cuisse de Jupiter, intervint Savita indignée, mais comment peux-tu penser que nous –

— Oh ma pauvre fille, ma pauvre fille », pleurait Mrs Rupa Mehra.

La porte s'ouvrit, et Lata entra.

« Oui, Ma ? Tu m'appelais ? » Etonnée par le tableau dramatique qui s'offrait à ses yeux, elle s'approcha de sa mère pour la consoler. « Et maintenant que se passe-t-il ? » La question s'adressait à tous. « Il ne s'agit pas de l'autre médaille, j'espère ?

— Dis que ce n'est pas vrai, dis que ce n'est pas vrai, s'écria Mrs Rupa Mehra. Comment as-tu pu faire une chose pareille ? et avec Maan ! Comment peux-tu me briser le cœur de cette façon ? » Une idée brusquement la saisit : « Mais – ça ne peut pas être vrai. La gare ?

— Je ne suis allée à aucune gare. Que se passe-t-il Ma ?

Pran m'avait dit que vous alliez avoir une longue séance entre vous à propos de mon avenir – elle se rembrunit – et que cela risquait de m'embarrasser. Il m'a dit de revenir tard après le petit déjeuner. Qu'ai-je fait pour vous troubler autant ? »

Savita jeta sur Pran un regard stupéfait et furieux ; il se contenta de bâiller.

« Ceux qui ignorent quel jour nous sommes – il montrait la date du journal – doivent en supporter les conséquences. »

On était le 1er avril.

Mrs Rupa Mehra avait cessé de pleurer, mais était toujours bouleversée. Quant à Savita, la voix pleine de reproches, elle dit : « Ma, c'est le poisson d'avril qu'ont imaginé Pran et Lata.

— Pas moi. » Lata commençait à comprendre ce qui s'était passé en son absence. Elle éclata de rire.

« Vraiment, Pran », dit Savita. Puis se tournant vers sa sœur : « Ça n'est pas drôle, Lata.

— Non, approuva Mrs Rupa Mehra. Et juste à l'époque des examens – ça va troubler tes études – tout ce temps, tout cet argent qui auront été dépensés en vain. Je t'interdis de rire.

— Allons, courage, courage. Lata n'est toujours pas mariée, Dieu est toujours en son Paradis. » Et Pran se cacha de nouveau derrière son journal, riant en silence.

« J'aurais pu faire une fausse couche, l'accusa Savita.

— Oh non. Tu es robuste. C'est moi qui suis fragile. D'ailleurs j'ai fait tout ça pour ton bien : pour animer ton dimanche matin. Tu te plains toujours de l'ennui des dimanches.

— Eh bien, je préfère l'ennui à cela. Tu pourrais au moins t'excuser, non ?

— Bien sûr. » Même s'il regrettait d'avoir fait pleurer sa belle-mère, Pran était ravi d'avoir si bien réussi sa blague. « Désolé, Ma. Désolé, chérie.

— Et Lata ?

— Désolé, Lata, dit Pran en riant. Tu dois avoir faim. Pourquoi ne demandes-tu pas ton œuf ? Encore que, continua-t-il en abandonnant son ton aimable, je ne vois pas pourquoi je devrais m'excuser. Ces idioties de poisson d'avril ne m'amusent pas. C'est parce que je me suis marié dans une famille occidentalisée que je me suis dit : Pran, tu dois t'accrocher ou on pensera que tu es un paysan et tu n'oseras plus jamais te présenter devant Arun Mehra.

— Arrête de faire des remarques désobligeantes sur mon frère. Tu n'as pas cessé depuis notre mariage. Les tiens sont aussi vulnérables. Plus même. »

Pran envisagea la question un moment. Les gens commençaient à jaser à propos de Maan.

« Bon chérie, excuse-moi. Comment me faire pardonner ?

— En nous emmenant au cinéma. » Savita bondit sur l'occasion. « Je veux voir un film hindi aujourd'hui, juste pour montrer à quel point je suis occidentalisée. » Savita adorait les films hindi (plus ils étaient sentimentaux, mieux c'était) ; elle savait aussi que Pran, pour la plupart, les détestait.

« Un film hindi ? Je croyais que les goûts bizarres des femmes enceintes s'arrêtaient à la nourriture et à la boisson.

— D'accord. Alors lequel devrions-nous voir ?

— Désolé. C'est impossible. Il y a le débat ce soir.

— En matinée, alors. » D'un geste décidé, Savita fit tomber le beurre du bout de son toast.

« D'accord, d'accord, je suppose que je ne peux m'en prendre qu'à moi-même. » Il chercha la page appropriée du journal. « Que dis-tu de ça ? *Sangraam*, à l'Odéon. "Acclamé par tous – une grande merveille de film. Réservé aux adultes." C'est avec Ashok Kumar – il fait battre plus vite le cœur de Ma.

— Tu me taquines, dit Mrs Rupa Mehra, quelque peu apaisée. Mais c'est vrai que j'aime le voir jouer. Pourtant, tu sais, tous ces films d'adultes, j'ai l'impression...

— Bon, fit Pran. Au suivant. – Non, il n'y a pas de séance l'après-midi. Ah, voilà quelque chose qui a l'air intéressant. *Kaalé Badal*. Amour et romanesque. Meena, Shyam, Gulab, Jeewan, et cetera, et cetera, même Bébé Tabassum ! Juste ce qu'il te faut dans ta condition, ajouta-t-il à l'adresse de Savita.

— Non, je n'aime aucun de ces acteurs.

— J'ai vraiment une famille particulière. D'abord ils veulent un film, après ils rejettent toutes les propositions.

— Continue à lire, lui intima Savita.

— Oui, Memsahib. Que dites-vous de *Hulchul* ? Première séance de gala. Nargis –

— Je l'aime bien, dit Mrs Rupa Mehra. Elle a un visage si expressif –

— Daleep Kumar –

— Ah ! fit Mrs Rupa Mehra.

— Retenez-vous, Ma. Sitara, Yaqub, K.N. Singh et Jeevan. "Grand par l'histoire. Grand par les vedettes. Grand par la musique. En 30 ans de cinéma indien, aucun film n'égale celui-ci." Alors ?

— Où se donne-t-il ?

— Au Majestic. "Rénové, luxueusement meublé et doté d'un appareil à circulation d'air froid pour votre confort."

— Ça m'a l'air bien sur tous les plans », convint Mrs Rupa Mehra avec un optimisme prudent, comme si elle discutait d'un projet de mariage pour Lata.

« Attendez ! dit Pran. Il y a une publicité si grande que je ne l'ai pas vue : c'est pour *Deedar*. Ça se donne au Manorma Parlant, aussi bien situé et également avec air conditionné. Je lis : "Constellé d'étoiles ! En projection depuis cinq semaines. Chansons Fortes et Romance à Foison pour Vous Réchauffer le Cœur. Nargis, Ashok Kumar –" »

Il s'arrêta, attendant l'exclamation de sa belle-mère.

« Tu me taquines encore, Pran, dit gaiement Mrs Rupa Mehra, toutes larmes oubliées.

— "Nimmi, Daleep Kumar – (quelle veine stupéfiante, Ma) – Yaqub, Bébé Tabassum – (on a touché le gros lot) – Airs miraculeux que l'on chante dans toutes les rues de la ville. Acclamé, Applaudi, Admiré par Tous. Le seul Film pour les Familles. Une Tempête d'Emotion. Une Averse de Mélodies. Le *Deedar* de Filmkar. Constellé d'étoiles, le Joyau des Films ! Vous ne tomberez pas sur un Plus Grand Film pendant des années." Alors qu'en dites-vous ? »

Il regarda les trois visages perplexes qui l'entouraient. « Foudroyés ! fit Pran d'un ton approbateur. Deux fois dans la même matinée. »

Dans l'après-midi ils allèrent tous les quatre se réchauffer le cœur au Manorma Parlant. Ils prirent les meilleures places au balcon, loin au-dessus du menu fretin, achetèrent une plaque de chocolat Fatbury, dont Lata et Savita mangèrent la plus grosse part. Mrs Rupa Mehra eut droit à un carré malgré son diabète, et Pran n'en voulut qu'un seul. Pran et Lata conservèrent les yeux à peu près secs, Savita renifla et Mrs Rupa Mehra sanglota à cœur fendre. Le film était effectivement très triste, les chansons ne l'étaient pas moins, et on ne savait pas très bien ce qui l'avait le plus affectée, du pitoyable destin du chanteur aveugle ou de la tendre histoire d'amour. Ils auraient tous passé un moment parfait sans l'homme, un rang ou deux derrière eux, qui, chaque fois que l'aveugle Daleep Kumar apparaissait à l'écran, éclatait en sanglots frénétiques, allant même jusqu'à frapper le sol de sa canne pour protester contre le Destin ou le directeur de la salle. Finalement, Pran ne put plus le supporter. Se retournant, il s'écria : « Monsieur, croyez-vous que vous pourriez arrêter de frapper ce – »

Il s'arrêta brusquement en découvrant que le coupable n'était autre que le père de Mrs Rupa Mehra. « Seigneur ! dit-il à Savita, c'est ton grand-père ! Je suis désolé, Monsieur. Je vous en prie, ne tenez pas compte de ce que j'ai dit. Ma est avec nous, Monsieur, je veux dire Mrs Rupa Mehra. Terriblement désolé. Savita et Lata sont là aussi. Nous espérons que nous nous verrons tous à la fin du film. »

Pour le coup, c'est à Pran que l'on intima de se taire, et il se retourna vers l'écran, secouant la tête. Les trois autres étaient également frappées d'horreur. Tout ceci n'eut pourtant aucun effet apparent sur les émotions du Dr Kishen Chand Seth, qui continua à pleurer avec autant de bruit et d'énergie pendant la dernière demi-heure du film.

« Comment se fait-il que nous ne nous soyons pas vus pendant l'entracte ? se demandait Pran. Et il ne nous avait pas remarqués non plus ? Assis juste devant lui ? » Ce que Pran ignorait, c'est que, pris dans un film, le Dr Kishen Chand Seth était imperméable à toute stimulation extérieure, visuelle ou auditive. Pour ce qui concernait l'entracte, le mystère demeurait, d'autant que le Dr Seth était accompagné de sa femme, Parvati.

Le film terminé, ils se retrouvèrent tous dans le hall. Le Dr Kishen Chand Seth pleurait toujours à chaudes larmes, les autres se tamponnaient les yeux avec leur mouchoir.

Parvati et Mrs Rupa Mehra s'efforcèrent courageusement, mais en vain, de faire semblant de s'aimer. Forte femme, anguleuse et coriace, la peau brune durcie par le soleil, Parvati semblait se comporter avec le monde extérieur comme avec ses malades les plus faibles : comme si elle avait décidé tout à coup de ne plus jamais vider les pots de chambre. Elle portait un sari de crêpe georgette imprimé de motifs roses évoquant vaguement des pommes de pin. Son rouge à lèvres, lui, était orange.

Tâchant d'écarter cette vision redoutable, Mrs Rupa Mehra essaya d'expliquer pourquoi elle n'avait pas pu rendre visite à Parvati pour son anniversaire.

« Mais c'est tellement agréable de vous rencontrer ici, ajouta-t-elle.

— Oui, n'est-ce pas ? Je disais justement l'autre jour à Kishy... »

Le reste de la phrase échappa à Mrs Rupa Mehra, qui n'avait jamais entendu traiter son père de soixante-dix ans avec une si odieuse familiarité. « Mon mari » était déjà difficile à supporter ; mais « Kishy » ! Elle le regarda : il paraissait encore enfermé dans un monde en celluloïd.

L'espace d'une minute, et le Dr Kishen Chand Seth émergeait de son bain de sentimentalisme. « Nous devons rentrer, annonça-t-il.

— Je vous en prie, venez prendre le thé chez nous, vous rentrerez après, suggéra Pran.

— Non, non, impossible. Impossible aujourd'hui. Une autre fois. Dites à votre père que nous l'attendons pour le bridge demain soir. A dix-neuf heures trente précises. Heure de chirurgien, pas de politicien.

— Oh, je n'y manquerai pas. Je suis heureux que vous ayez réglé votre malentendu. »

Brusquement, le Dr Kishen Chand Seth se rappela qu'il n'en était rien. Sous l'influence du film – dans *Deedar* de bons amis échangeaient des propos peu amènes – il avait oublié sa brouille avec Mahesh Kapoor. Il regarda Pran d'un air contrarié. Parvati prit une décision.

« Oui, mon mari a chassé tout ceci de son esprit. Je vous en prie, dites-lui que nous comptons sur lui. » Le Dr Seth fit entendre un grognement dégoûté, mais jugea qu'il valait mieux laisser les choses en l'état. Soudain son attention avait dévié.

« Quand ? demanda-t-il, pointant sa canne sur le ventre de Savita.

— Août ou septembre, d'après ce que nous savons », dit Pran sans plus de précision, comme effrayé à l'idée que le Dr Seth pût décider de reprendre les choses en main.

Le Dr Kishen Chand Seth se tourna vers Lata : « Pourquoi n'es-tu pas encore mariée ? Mon radiologue ne te plaît pas ? »

Lata s'efforça de cacher sa stupéfaction. Ses joues brûlaient.

« Tu ne lui as pas encore présenté le radiologue, intervint Mrs Rupa Mehra. Et maintenant, c'est l'époque des examens.

— Quel radiologue ? demanda Lata. C'est encore un poisson d'avril, c'est ça ?

— Oui, le radiologue. Téléphone-moi demain, dit le Dr Seth à sa fille. Rappelle-le-moi, Parvati. A présent, nous devons partir. Je veux revoir ce film la semaine prochaine. C'est si triste », ajouta-t-il content.

En approchant de sa Buick grise, le Dr Kishen Chand Seth remarqua une voiture mal garée. Il héla le policier en service au croisement. L'homme, reconnaissant le terrifiant Dr Seth – toutes les forces de l'ordre et du désordre de Brahmpur le connaissaient –, laissa la circulation se débrouiller toute seule, arriva à toute allure et releva le numéro de la voiture. Un mendiant boitilla jusqu'à eux et quémanda quelques pièces. Furieux, le Dr Kishen Chand Seth lui assena un coup de canne sur la jambe. Lui et Parvati montèrent en voiture, et le policier arrêta la circulation pour leur livrer passage.

« Défense de parler, dit le surveillant.

— J'empruntais juste une règle, Monsieur.

— Si vous avez à le faire, passez par moi.

— Bien Monsieur. »

Le garçon se rassit et reporta son attention sur sa copie.

Une mouche se cogna contre la fenêtre de la salle d'examens. Dehors, au-delà des marches de pierre, on apercevait la crête rouge d'un gul-mohur. Les ventilateurs tournaient lentement. Des rangs et des rangs de têtes, des rangées et des rangées de mains, goutte d'encre après goutte d'encre, des mots et encore des mots. Quelqu'un se leva pour boire de l'eau à la cruche en terre près de la sortie. Quelqu'un s'adossa à sa chaise et soupira.

Cela faisait une demi-heure que Lata avait arrêté d'écrire, et depuis lors elle fixait sans la voir sa feuille de papier. Elle tremblait. Elle n'arrivait pas à se mettre les questions dans la tête. Elle avait la respiration lourde et le front baigné de sueur. Ce qui passait inaperçu des deux filles qui l'entouraient. Qui étaient-elles ? Elle ne les avait pas vues aux cours d'anglais.

Que signifient ces questions ? se demandait-elle. Dire que je savais y répondre il n'y a pas si longtemps. Les héros tragiques de Shakespeare méritent-ils leur destin ? Chacun mérite-t-il son destin ? Elle regarda de nouveau autour d'elle. Que m'arrive-t-il, moi qui suis si bonne aux examens ? Je n'ai pas mal à la tête, je n'ai pas mes règles, alors quoi ? Que dira Ma...

Elle revit sa chambre dans la maison de Pran. Avec les trois valises de sa mère, contenant presque tout ce qu'elle possédait au monde. Accessoires standard de son Pèlerinage annuel par chemin de fer, elles reposaient dans un coin, surmontées de son grand sac, orgueilleux cygne noir. A côté, un petit exemplaire vert foncé de la Bhagavad-Gita et un verre contenant ses fausses dents. Elle les portait depuis cet accident de voiture survenu voici dix ans.

Qu'aurait pensé mon père ? se dit Lata – avec sa brillante carrière, ses médailles d'or – comment puis-je le trahir

ainsi ? C'est en avril qu'il est mort. Les gul-mohurs étaient
en fleur, comme aujourd'hui... Je dois me concentrer. Je
dois me concentrer. Il m'est arrivé quelque chose mais je ne
dois pas paniquer. Je dois me détendre, et les choses vont de
nouveau aller bien.

Elle tomba dans une nouvelle rêverie. La mouche bourdonnait sur un mode mineur.

« On ne fredonne pas. Silence je vous prie. »

Elle se réveilla en sursaut : c'est elle qui fredonnait et ses
deux voisines la regardaient, l'une avec stupeur, l'autre avec
irritation. Elle baissa la tête sur son livre. Les lignes bleu
pâle s'étiraient sur toute la page sans signification réelle.

« Si tu ne réussis pas du premier coup – » lui disait sa
mère.

Elle revint à une question à laquelle elle avait déjà
répondu, mais ne trouva aucun sens à ce qu'elle avait écrit.

« La disparition de Jules César de la pièce qui porte son
nom dès l'acte III semble vouloir dire... »

Lata posa la tête sur ses bras.

« Vous vous sentez bien ? »

Le jeune assistant du département de philosophie qui
faisait fonction de surveillant la regardait d'un air soucieux.

« Oui.

— Vous en êtes sûre ? » murmura-t-il.

Elle hocha la tête.

Elle reprit sa plume et commença à écrire quelque chose.

Quelques minutes passèrent, et le surveillant annonça :
« Plus qu'une demi-heure. »

En trois heures, elle n'avait répondu qu'à deux questions.
Elle en prit deux autres presque au hasard et se mit à
griffonner fébrilement ses réponses, les doigts tachés
d'encre, maculant sa copie, à peine consciente de ce qu'elle
écrivait. Il lui semblait que le bourdonnement de la mouche
avait pénétré dans son cerveau. Son écriture, jolie en temps
normal, était maintenant pire que celle d'Arun.

« Il ne reste que cinq minutes. »

Lata continua d'écrire, sans savoir très bien quoi.

« Posez les stylos, je vous prie. »

La main de Lata continuait de se mouvoir à travers la
page.

« C'est terminé. »

Lata posa son stylo et enfouit sa tête dans ses mains.

« Apportez vos copies. Assurez-vous que votre numéro d'inscription figure bien en tête et que vos notes supplémentaires, si vous en avez, sont rangées dans le bon ordre. Ne parlez pas, s'il vous plaît, avant d'avoir quitté la salle. »

Lata déposa sa copie. En sortant, elle frotta son poignet droit contre la cruche en terre pour le rafraîchir.

Elle ne savait pas ce qui lui était arrivé.

3.4

Une fois dehors, Lata s'arrêta quelques minutes. Le soleil inondait les marches de pierre. Son majeur était taché d'encre bleue et elle le fixa, l'air fâché. Elle était au bord des larmes.

D'autres étudiants d'anglais s'étaient arrêtés sur les marches et bavardaient. Ils procédaient à l'autopsie des compositions, notamment une fille rieuse et rondouillarde, qui comptait sur ses doigts le nombre de questions auxquelles elle avait répondu correctement.

« Cette épreuve, je sais que je l'ai réussie. En particulier la question sur *Le roi Lear*. Je pense que la réponse était "Oui". » Autour d'elle, les uns paraissaient excités, d'autres déprimés. Tous s'accordaient pour dire que plusieurs questions étaient inutilement difficiles. Un groupe d'étudiants en histoire se tenait non loin de là, discutant lui aussi des épreuves, et parmi eux, l'air préoccupé, le jeune homme qui avait abordé Lata au Dépôt de Livres Impérial. Ces derniers mois, il avait consacré une bonne partie de son temps à des activités extra-universitaires – spécialement le cricket – et ses résultats s'en étaient ressentis.

Lata se dirigea vers un banc sous le gul-mohur et s'y assit pour récupérer ses esprits. Lorsqu'elle rentrerait déjeuner à la maison, ils se précipiteraient sur elle pour savoir comment ça avait marché. Elle regarda les petites fleurs rouges disséminées à ses pieds. La mouche bourdonnait toujours dans sa tête.

Tout en parlant avec ses camarades, le jeune homme l'avait vue descendre les marches. Prétextant la nécessité de retourner chez lui – son père l'attendait – il partit d'un pas pressé, prit le sentier qui menait au gul-mohur, passa devant le banc, feignit la surprise, s'exclama et s'arrêta.

« Bonjour », dit-il.

Lata leva la tête et le reconnut. Elle rougit, embarrassée de se montrer dans un état de détresse si évident.

« Je suppose que vous ne me reconnaissez pas ?

— Si. » Elle était étonnée qu'il continue à parler alors qu'elle ne dissimulait pas son souhait de le voir poursuivre sa route. Elle n'ajouta rien, lui non plus. Puis au bout de quelques secondes :

« Nous nous sommes rencontrés à la librairie.

— Oui. Je vous en prie laissez-moi. Je n'ai pas envie de parler.

— C'est l'examen ?

— Oui.

— Ne vous en faites pas. Dans cinq ans vous aurez tout oublié. »

Pour le coup, Lata se fâcha. Elle n'avait rien à faire de sa philosophie de bazar. Pour qui se prenait-il ? Pourquoi n'allait-il pas bourdonner ailleurs – comme cette sacrée mouche ?

« Je dis ça, continua-t-il, parce qu'une fois un étudiant de mon père a tenté de se suicider, persuadé d'avoir échoué à ses examens de fin d'études. Heureusement qu'il s'est manqué, il a été reçu avec la mention "très bien".

— Comment peut-on penser qu'on a échoué en mathématiques si on a bien répondu ? » Contre son gré, Lata trouvait la question intéressante. « Les réponses sont bonnes ou mauvaises. Je peux comprendre ça en histoire ou en anglais, mais...

— Eh bien, c'est une pensée encourageante, convint le jeune homme, heureux qu'elle se soit rappelé quelque chose à son sujet. Nous avons tous deux été probablement moins mauvais que nous ne l'imaginons.

— Alors pour vous non plus ça n'a pas bien marché ?

— Non. »

Lata avait du mal à le croire tant il paraissait peu touché.

Ils gardèrent le silence un moment. Des camarades du jeune homme passèrent devant le banc mais s'abstinrent avec tact de le saluer. Ce qui ne les empêcherait pas plus tard, il le savait, de claironner qu'il vivait les débuts d'une grande passion.

« Ecoutez, ne vous en faites pas... Une épreuve sur six se doit d'être difficile. Voulez-vous un mouchoir sec ?

— Non merci.

— Quand j'étais là-bas, abattu – il montrait le haut des marches –, j'ai remarqué que vous aviez l'air encore plus mal, et ça m'a remonté. Puis-je m'asseoir ?

— Non, s'il vous plaît. » Puis se rendant compte de l'apparente grossièreté de son comportement, elle reprit : « Non, faites. Mais il faut que je m'en aille. J'espère que vous avez mieux réussi que vous ne le pensez.

— J'espère que vous vous sentirez mieux que maintenant. » Le jeune homme s'assit. « Cela vous a-t-il aidé de me parler ?

— Non, dit Lata. Pas du tout.

— Oh, fit-il un peu déconcerté. En tout cas, rappelez-vous, il y a des choses plus importantes dans le monde que des examens. » Il s'étira, adossé au banc, et regarda au-dessus de sa tête les fleurs rouge orangé.

« Quoi par exemple ?

— L'amitié. » Il avait pris un ton sérieux.

« Vraiment ? » Lata ne put s'empêcher de sourire.

« Vraiment, dit-il. Vous parler m'a sûrement fait du bien. » Il avait pourtant l'air toujours aussi sévère.

Lata se leva et commença à marcher.

« Vous ne voyez pas d'objection à ce que je marche près de vous un petit moment ? » Il s'était levé lui aussi.

« Comment pourrais-je vous en empêcher ? L'Inde est un pays libre à présent.

— Très bien. Je vais rester sur ce banc et penser à vous, dit-il d'un ton mélodramatique en se rasseyant. Et à cette mystérieuse et séduisante tache d'encre près de votre nez. Ça fait des jours que Holi est terminé. »

Lata poussa un grognement d'impatience et s'éloigna.

Les yeux du jeune homme la suivaient, et elle en avait conscience. Pour se donner une contenance, elle frotta du pouce son majeur taché d'encre. Elle était fâchée contre lui et contre elle-même, troublée par la joie inattendue que lui avait causée sa présence inattendue. Et le résultat fut que, à l'anxiété – à la panique même – d'avoir rendu une si mauvaise copie sur le drame, succéda le besoin de se regarder sur-le-champ dans un miroir.

3.5

Plus tard dans l'après-midi, Lata, Malati et quelques amies – toutes des filles, bien entendu – prirent la direction du bosquet de jacarandas où elles aimaient s'asseoir et étudier. L'endroit, par tradition, était réservé aux filles. Malati transportait un livre de médecine, d'une épaisseur extravagante.

Il faisait chaud. Lata et elle marchaient main dans la main au milieu des jacarandas. Quelques fleurs mauves dérivaient lentement. Lorsque les autres ne purent les entendre, Malati demanda, amusée :

« A quoi penses-tu ? »

Sans tenir compte du regard narquois de son amie, elle poursuivit : « Tu as beau me regarder ainsi, je sais que quelque chose te tracasse. En fait, je sais ce qui te tracasse, j'ai mes sources d'information.

— Et moi je sais ce que tu vas dire, et c'est faux.

— Toute cette éducation chrétienne à Sainte-Sophie a eu une mauvaise influence sur toi, Lata. Ça a fait de toi une terrible menteuse. Non, ce n'est pas ce que je veux dire. Ce que je veux dire, c'est que tu mens terriblement mal.

— Admettons. Alors, qu'allais-tu dire ?

— J'ai oublié.

— Je t'en prie. Je n'ai pas laissé mes livres pour entendre ça. Ne sois pas méchante, ne sois pas évasive, ne me taquine pas. Ça va assez mal comme ça.

— Pourquoi ? Es-tu enfin amoureuse ? Il n'est que temps, le printemps est fini.

— Bien sûr que non ! » Lata avait l'air indignée. « Tu es folle ?

— Non.

— Alors pourquoi me poser une question si incongrue ?

— J'ai entendu parler de la façon familière dont il s'était approché de toi, sur ton banc, après l'examen. D'où je conclus qu'il vous est arrivé de vous rencontrer ici et là depuis le jour du Dépôt Impérial. » De la description qu'on lui avait faite, Malati avait présumé qu'il s'agissait du même jeune homme.

Lata regarda son amie avec plus d'exaspération que d'affection. Les nouvelles vont beaucoup trop vite, songeat-elle, et Malati les prend à la lettre.

« Nous ne nous sommes rencontrés ni ici, ni là. Je ne sais pas d'où tu tiens ton information. Je souhaiterais que nous parlions musique, politique, bref de quelque chose d'intelligent. Même de ton socialisme. C'était la seconde fois que nous nous voyions, et je ne connais même pas son nom. Tiens, donne-moi ton bouquin, et asseyons-nous. En lisant un paragraphe ou deux de quelque chose que je ne comprends pas, je me sentirai mieux.

— Tu ne connais même pas son nom ? » A l'évidence, pour Malati, la folle, c'était Lata. « Pauvre garçon ! Et connaît-il le tien ?

— Je crois le lui avoir dit à la librairie. Oui, je le lui ai dit. Et puis il m'a demandé si je voulais qu'il me donne le sien – et j'ai dit non.

— Et tu souhaiterais ne pas l'avoir fait. » Malati observait le visage de son amie.

Lata se tut. Elle s'assit par terre, appuyée contre un jacaranda.

« Et je suppose qu'il aimerait te l'avoir donné, conclut Malati en s'asseyant elle aussi.

— J'imagine, dit Lata en riant.

— Pauvres patates brûlantes.

— Pauvres quoi ?

— Tu sais bien – "Ne mettez pas de piment sur des patates brûlantes." »

Lata rougit à ce rappel.

« Il te plaît, n'est-ce pas ? Ne mens pas, je m'en apercevrais. »

Lata ne répondit pas tout de suite. Malgré l'étrange épisode du matin, cet état de transe dans lequel elle s'était trouvée, elle avait réussi, au déjeuner, à affronter sa mère avec calme.

« Il a vu que j'étais bouleversée après l'examen. J'imagine que ça n'a pas dû être facile pour lui de venir me parler après la façon dont je l'avais – rembarré dans la librairie.

— Oh, je ne sais pas. Les garçons sont de tels rustres. Il a très bien pu faire ça par défi. Ils sont toujours en train de se défier de faire des choses idiotes – par exemple envahir la Résidence des filles le jour de Holi. Ils se prennent pour des héros.

— Ce n'est pas un rustre, protesta Lata. Quant à l'héroïsme, je pense qu'il faut un minimum de courage pour se lancer dans une histoire qui risque de vous coûter très cher. Tu as dit quelque chose de ce genre au Danube Bleu.

— Non, pas du courage, de l'impudence. » Malati s'amusait royalement des réactions de son amie. « Les garçons ne sont pas amoureux, ils sont impudents. Tout à l'heure, quand nous sommes venues toutes les quatre ici, j'ai remarqué deux garçons qui nous suivaient à bicyclette. C'était pathétique : ni l'un ni l'autre n'osait nous aborder, aucun ne voulait l'avouer. Aussi quel soulagement quand nous sommes entrées dans le petit bois : la question était réglée. »

Lata se tut. Elle s'étendit sur l'herbe et fixa le ciel à travers les branches du jacaranda. Elle pensait à la tache sur son nez, qu'elle avait effacée avant le déjeuner.

« Parfois ils s'approchent tous ensemble, et leurs sourires béats s'adressent plus à eux-mêmes qu'à nous. D'autre fois, l'un d'entre eux est si effrayé à l'idée qu'un de ses amis pourrait débarquer avec une meilleure "tirade" que celle à laquelle il avait pensé, qu'il prend son courage à deux mains et vient tout seul. Et quelles sont ces tirades ? Neuf fois sur dix : "Puis-je emprunter vos notes ?" – peut-être accompagné d'un minable "Namasté". Au fait, quelle a été la tirade d'introduction de ton Homme-Pomme de terre ? »

Lata lui décocha un coup de pied.

« Pardon – je voulais dire la pomme de ton cœur.

— Qu'a-t-il dit ? » Lata se parlait à elle-même. En essayant de se rappeler comment la conversation avait commencé, elle s'aperçut que, bien que cela se fût déroulé quelques heures seulement auparavant, son esprit en gardait un souvenir nébuleux. Ce qui demeurait, en revanche, c'était la sensation de chaleur qui avait succédé à la nervosité initiale causée par la présence du jeune homme : quelqu'un du moins, même s'il ne s'agissait que d'un bel étranger, avait compris sa détresse et s'en était inquiété au point de tenter de lui rendre le sourire.

3.6

Quelques jours plus tard, un récital de musique se donnait à l'Auditorium Bharatendu, l'un des deux grands auditoriums de la ville. Ustad Majeed Khan figurait à l'affiche.

Lata et Malati réussirent à se procurer des tickets. Tout comme leur amie Hema, une grande, mince et intrépide jeune fille qui habitait avec d'innombrables cousins – garçons et filles – dans une maison proche de Nabiganj. Ils étaient placés sous la surveillance sévère d'un membre plus âgé de la famille, baptisé « Tauji ». Tauji n'avait pas la tâche facile, devant à la fois veiller à la réputation et au bien-être des filles, et empêcher les garçons de se livrer aux bêtises habituelles à leur âge. Il maudissait souvent le sort qui voulait qu'il fût le seul représentant d'une vaste famille à habiter une ville universitaire, et menaçait régulièrement, quand ils en avaient vraiment trop fait, de renvoyer chacun chez soi. Mais sa femme, « Taiji » pour tout le monde, qui avait été élevée sans la moindre liberté, trouvait très triste que ses nièces et petites-nièces fussent soumises à la même contrainte. Elle s'arrangeait pour leur faire obtenir par son intermédiaire ce qu'elles n'auraient pas obtenu directement.

C'est ainsi que, ce soir-là, Hema et ses cousines se retrou-

vaient en possession de la grande Packard marron de Tauji
et ramassaient leurs amies qui avaient réservé elles aussi
pour le concert. A peine Tauji hors de vue, elles s'empres-
sèrent d'oublier ses commentaires outragés : « Des fleurs ?
Des fleurs dans les cheveux ? En pleine période d'examens,
aller écouter cette musique légère ! Tout le monde pensera
que vous êtes complètement dissolues – vous ne trouverez
jamais à vous marier. »

Onze filles, y compris Lata et Malati, émergèrent de la
Packard devant l'Auditorium Bharatendu. Elles avaient
bien l'air un peu échevelées, mais leurs saris n'étaient
même pas froissés. Elles s'arrangèrent un peu, se tapotant
les cheveux, bavardant avec excitation puis, dans un chatoiement de couleurs, pénétrèrent dans la salle. Ne pouvant
être assises toutes ensemble, elles se répartirent en groupes
de deux et trois, ravies et toujours aussi volubiles. Quelques
ventilateurs tournaient au plafond, mais la journée avait été
chaude, et l'on étouffait. Utilisant leurs programmes en
guise d'éventail, Lata et ses amies attendirent que le concert
commence.

La première partie consista en un récital de sitar sans
intérêt par un musicien fort connu. A l'entracte, Lata et
Malati se tenaient près de l'escalier dans le hall quand
l'Homme-Pomme de terre se dirigea vers elles.

C'est Malati qui l'aperçut la première et le signala à Lata :
« Rencontre numéro trois. Je me tire.

— Malati, je t'en prie, reste. » Mais Malati avait déjà
disparu, avec ce conseil : « Ne sois pas souris, fais-toi
tigresse. »

Le jeune homme s'approcha d'une démarche assurée.

« Puis-je vous interrompre ? » dit-il à mi-voix.

Le bruit qui régnait alentour couvrit ses paroles, et Lata
lui fit signe qu'elle n'entendait pas.

Le jeune homme prit cela pour une invite. Il se rapprocha
davantage, sourit : « Je me demandais si je pouvais vous
interrompre, expliqua-t-il.

— M'interrompre ? Mais je ne faisais rien.

— Je veux dire, interrompre vos pensées.

— Je n'en avais pas. » Lata essayait justement de repousser le trop-plein qui l'assaillait. Se rappelant la remarque de

Malati à propos de ses piètres talents de menteuse, elle sentit le sang affluer à ses joues.

« On étouffe là-dedans. Ici aussi d'ailleurs. »

Lata acquiesça. Je ne suis ni une souris ni une tigresse, pensa-t-elle, je suis un hérisson.

« Jolie musique, dit-il.

— Oui », fit-elle, bien qu'ayant jugé le contraire. Sa présence, si proche, lui donnait des picotements. Sans compter l'embarras qu'elle ressentait à être vue en compagnie d'un jeune homme. Elle savait que si elle regardait autour d'elle, elle tomberait sur quelqu'un de connaissance en train de l'observer. Mais elle ne voulait pas se montrer, pour la troisième fois, désagréable avec lui. Néanmoins, comment tenir sa part de conversation quand on est si affolé ? Se sentant incapable de croiser ses yeux, elle baissa les siens.

« ... Encore que, bien entendu, je ne vienne pas souvent ici, disait-il. Et vous ? »

Désemparée car elle n'avait pas entendu ou pas assimilé ce qui avait précédé, Lata ne répondit pas.

« Vous paraissez très calme, remarqua-t-il.

— Je suis toujours très calme. Ça compense le reste.

— Non vous ne l'êtes pas. » Le jeune homme souriait. « Vous et vos amies bavardiez comme une bande de singes dans la jungle quand vous êtes arrivées – et certaines ont continué pendant que le joueur de sitar accordait son instrument.

— Vous pensez, dit-elle un peu sèchement, que les hommes ne jacassent pas autant que les femmes ?

— Je le pense. » Il prenait un ton insouciant, heureux qu'elle se décide enfin à parler. « C'est une loi de la nature. Voulez-vous que je vous raconte l'histoire d'Akbar et Birbal ? Elle se rapporte tout à fait à notre sujet.

— Je ne sais pas. Quand je l'aurai entendue, je vous dirai si vous avez eu raison de la raconter.

— Eh bien, à notre prochaine rencontre ? »

Lata accueillit la suggestion très froidement.

« Je suppose qu'il y en aura une, dit-elle. Le hasard semble favoriser nos rencontres.

— Doit-on s'en remettre au hasard ? Je parlais de vous et de vos amies, mais en réalité c'est surtout vous que je regardais. Quand je vous ai vue entrer, je vous ai trouvée si jolie – avec votre simple sari vert et une rose blanche dans les cheveux. »

Le mot « surtout » troublait bien un peu Lata, mais le reste n'était que musique. Elle sourit.

Il lui rendit son sourire et, soudain, devint très précis.

« Il y a une réunion de la Société littéraire de Brahmpur, vendredi soir à dix-sept heures, chez le vieux Mr Nowrojee – 20 Hastings Road. Ça devrait être intéressant – et tous ceux qui le souhaitent peuvent y assister. A l'approche des vacances scolaires, ils semblent vouloir accueillir le plus d'étrangers possible, pour faire nombre. »

Les vacances scolaires. Peut-être ne nous reverrons-nous plus. Cette pensée attrista Lata.

« Oh, je sais ce que je voulais vous demander, dit-elle.

— Oui ? Allez-y.

— Quel est votre prénom ? »

Un large sourire éclaira le visage du jeune homme. « Ah ! Je craignais que vous ne le demandiez jamais. Je m'appelle Kabir, mais tout récemment mes amis m'ont baptisé Galahad.

— Pourquoi ?

— Parce qu'ils estiment que je passe mon temps à sauver les damoiselles en détresse.

— Je n'étais pas dans une détresse telle qu'on eût besoin de me sauver. »

Kabir éclata de rire. « Je sais que vous ne l'étiez pas, vous le saviez aussi, mais mes amis sont tellement bêtes.

— Les miens aussi », approuva Lata. Ce qui était absolument déloyal, notamment vis-à-vis de Malati.

« Pourquoi n'échangeons-nous pas nos noms de famille ? » Le jeune homme poursuivait son avantage.

Une sorte d'instinct de préservation l'empêcha de répondre tout de suite. Il lui plaisait, et elle espérait beaucoup le revoir – mais bientôt il allait lui demander son adresse. L'image de Mrs Rupa Mehra menant son interrogatoire passa devant ses yeux.

« Non, pour quoi faire ? » dit-elle, se reprochant aussitôt sa brutalité. Alors, très vite, elle sortit la première chose qui lui vint à l'esprit. « Avez-vous des frères et sœurs ?

— Oui, un jeune frère.

— Pas de sœurs ? » Lata rougit, sans savoir pourquoi.

« Jusqu'à l'année dernière, j'avais une jeune sœur.

— Oh, je suis désolée. Comme cela a dû être terrible pour vous – et pour vos parents.

— Certes, pour mon père. » Il dit cela tout tranquillement. « Mais il semble qu'Ustad Majeed Khan a commencé. Nous devrions peut-être entrer ? »

Soudain envahie par un élan de sympathie, de tendresse même, Lata l'entendit à peine ; mais comme il se dirigeait vers la porte, elle en fit autant. Dans la salle, le maestro venait de commencer sa lente et magnifique interprétation de Raga Shri. Ils se séparèrent, gagnèrent leurs places, et écoutèrent.

3.7

En temps normal, Lata aurait été transportée par la musique d'Ustad Majeed Khan. Malati, assise à côté d'elle, l'était. Mais sa rencontre avec Kabir avait entraîné son esprit dans des directions si diverses, voire simultanées, qu'elle aurait aussi bien pu n'entendre que du silence. Elle se sentait soudain le cœur léger, et en se rappelant la rose dans ses cheveux, elle se prit à sourire. Une minute après, revivant la dernière partie de leur conversation, elle se reprocha sa froideur. Elle essaya de comprendre ce qu'il avait voulu dire – et avec un tel calme – par « Certes, pour mon père ». Cela signifiait-il que sa mère était morte ? Ce qui, dans ce cas, les plaçait Lata et lui dans une situation curieusement symétrique. Ou bien sa mère était-elle si éloignée de sa famille qu'elle était insensible à la disparition de sa fille ? Pourquoi ai-je de telles idées ? Pourquoi, de ce qu'il avait dit « Jusqu'à l'année dernière j'avais une jeune sœur », devait-elle conclure le pire ? Le pauvre garçon, il avait été si tendu et attristé par les derniers mots qu'ils avaient échangés qu'il avait lui-même proposé de regagner la salle.

Avec sa gentillesse et sa finesse habituelles, Malati s'abstenait de la regarder ou de la pousser du coude. Et bientôt Lata, elle aussi, se laissa gagner par la musique et s'y perdit.

3.8

La fois suivante où Lata vit Kabir, il était tout sauf tendu et attristé. Elle traversait le campus, un livre et un dossier sous le bras, lorsqu'elle l'aperçut, lui et un autre étudiant, tous deux en tenue de cricket, déambulant sur le chemin qui menait aux terrains de sport. Kabir balançait nonchalamment une batte, et ils semblaient tous les deux plongés dans une conversation détendue, superficielle. Lata était beaucoup trop loin derrière pour saisir un mot de ce qu'ils disaient. Soudain Kabir renversa la tête en arrière et éclata de rire. Il était si beau sous le soleil matinal, il riait d'un cœur si léger que Lata, qui s'apprêtait à tourner en direction de la bibliothèque, se retrouva en train de le suivre. « Après tout pourquoi pas ? se dit-elle. Puisque c'est lui qui m'a approchée les fois précédentes, pourquoi pas moi cette fois-ci ? Mais je croyais la saison du cricket terminée. J'ignorais qu'il y avait un match en plein milieu des examens. »

En fait, Kabir et son ami allaient s'entraîner un peu, leur façon de s'évader des études. L'extrémité des terrains de sport, vers où ils se dirigeaient, jouxtait une plantation de bambous. Lata s'assit à l'ombre et, ainsi cachée, put les observer à loisir. Elle ne connaissait rien au cricket – même l'enthousiasme de Pran n'y avait rien changé – mais elle était subjuguée, presque hypnotisée par Kabir, tout de blanc vêtu, col de chemise ouvert, cheveux ébouriffés, courant vers le guichet – ou en alerte sur la ligne, maniant sa batte avec semblait-il une grande facilité. Kabir, un mètre quatre-vingts environ, mince et athlétique, un teint « de blé mûr », un nez aquilin et des cheveux noirs ondulés. Lata demeura ainsi une bonne demi-heure. Le bruit de la batte sur la balle, le bruissement des feuilles de bambou sous la légère brise, le pépiement des moineaux, les cris d'un couple de mainates et, surtout, la voix des deux hommes, leur rire insouciant, tout concourait à lui faire perdre conscience d'elle-même.

Je me conduis comme une gopi fascinée, se dit-elle quand, finalement, elle reprit ses esprits. Ce n'est pas la flûte de Krishna que je vais me mettre à envier, mais la batte de Kabir ! Souriant à cette idée, elle se leva, chassa quelques feuilles séchées de son salwaar-kameez, et repartit comme elle était venue.

« Il faut que tu trouves qui il est », demanda-t-elle à Malati, l'après-midi même. Elle avait arraché une feuille et, d'un air absent, la faisait rouler le long de son bras.

« Qui ? » Malati était ravie.

Lata grinça des dents.

« J'aurais pu t'apprendre quelques petites choses sur lui après le concert, si tu m'en avais laissé le temps.

— Quoi par exemple ?

— Eh bien, deux choses pour commencer. Il s'appelle Kabir et il joue au cricket.

— Mais je sais cela. Et tu n'as rien d'autre ?

— Non. » Malati fut tentée un bref instant d'inventer une histoire de criminalité dans la famille, mais décida que ce serait trop cruel.

« Mais tu as dit "pour commencer". Ça signifie qu'il y a autre chose.

— Non. La seconde partie du concert a commencé juste au moment où j'allais questionner un peu plus mon informateur.

— Je suis sûre que tu peux tout découvrir sur lui si tu le décides. »

Malati en doutait. Elle possédait un cercle étendu de relations, mais on arrivait à la fin du trimestre et elle ne savait où commencer son enquête. Certains étudiants – qui avaient terminé leurs examens – avaient déjà quitté Brahmpur ; parmi eux, son informateur du concert. Elle-même allait regagner Agra dans quelques jours.

« L'agence de détectives Trivedi a besoin de quelques

indices au départ. Et le temps manque. Tâche de te rappeler vos conversations. N'y a-t-il rien là qui pourrait m'aider ? »

Lata réfléchit un moment. « Rien, soupira-t-elle. Oh, attends, son père enseigne les mathématiques.

— A l'université de Brahmpur ?

— Je ne sais pas. Ah, et puis autre chose : je crois qu'il aime la littérature. Il m'a demandé de venir à la réunion de la Société de littérature demain.

— Alors pourquoi ne pas y aller et lui poser des questions toi-même ? » Malati croyait en la vertu de l'Audace. « S'il se brosse les dents avec du Kolynos, par exemple. Il y a quelque chose de magique dans le sourire Kolynos.

— Je ne peux pas, s'écria Lata avec une telle véhémence que Malati en fut déconcertée.

— Tu n'es pas en train de tomber amoureuse, j'espère. Tu n'as pas le premier élément sur lui – sur sa famille, tu ignores même son nom.

— Je sais des choses plus importantes sur lui que ce premier élément.

— Oui, oui, la blancheur de ses dents ou la noirceur de ses cheveux. "Elle flottait sur un nuage enchanteur, sentant sa forte présence autour d'elle de toutes les fibres de son être. Il représentait tout son univers. Il était le début, la fin, le soutien, l'essence de son existence." Je connais ce sentiment.

— Si c'est pour dire des bêtises –

— Non, non, protesta Malati en riant. Je tâcherai de découvrir ce que je peux. »

Elle pensa à diverses sources : articles sur le cricket dans le magazine de l'université ? Le département de mathématiques ? Le service d'inscription des étudiants ?

« Confie-moi Pomme-de-terre brûlante, dit-elle tout haut. Je vais le recouvrir de piments et te le présenter sur un plateau. En tout cas, Lata, à te voir, personne ne croirait qu'il te reste encore un examen à passer. Etre amoureuse te va bien. Tu devrais faire ça plus souvent.

— Je n'y manquerai pas. Quand tu seras médecin, prescris-le à tous tes malades. »

Lata arriva au 20 Hastings Road à dix-sept heures le lendemain. Elle avait passé son dernier examen le matin même. Elle était convaincue d'avoir rendu une mauvaise copie mais au moment où elle allait tomber dans le désespoir, l'image de Kabir s'imposa et, instantanément, elle se ragaillardit. A présent elle le cherchait parmi la quinzaine de personnes, hommes et femmes, assis dans le salon du vieux Mr Nowrojee – la pièce où la Société littéraire de Brahmpur tenait ses réunions hebdomadaires depuis des temps immémoriaux. Mais, ou bien Kabir n'était pas encore arrivé, ou bien il avait changé d'avis.

La pièce regorgeait de sièges rembourrés, à motifs floraux, et de coussins surrembourrés, à motifs floraux.

Mr Nowrojee, petit homme fluet et aimable, au bouc blanc immaculé et au costume gris clair non moins immaculé, présidait. Remarquant en Lata une nouvelle venue, il se présenta et la mit à son aise. Les autres ne lui prêtaient pas attention. Un peu désorientée, elle se dirigea vers une fenêtre qui donnait sur un petit jardin, bien soigné, avec un cadran solaire en son milieu.

« Bonsoir, Kabir.

— Bonsoir, Mr Nowrojee. »

Au nom de Kabir, au son de sa voix basse et agréable, Lata se retourna et lui adressa un sourire si radieux qu'il porta la main à son front et feignit de trébucher.

Une mimique que Lata ne sut comment accueillir. Heureusement, personne d'autre ne l'avait remarquée. Assis au bout de la table ovale, au fond de la pièce, Mr Nowrojee toussa légèrement pour réclamer l'attention. Lata et Kabir prirent place sur un canapé au point le plus éloigné de la table. Avant même qu'ils aient pu se dire un mot, un homme rebondi, la quarantaine, yeux brillants dans un visage joyeux, leur tendit à chacun un paquet de copies carbone, couvertes de poèmes.

« Makhijani », laissa-t-il tomber au passage.

Mr Nowrojee avala une gorgée d'eau d'un des trois verres qui se trouvaient devant lui. « Camarades membres de la

Société littéraire de Brahmpur – et chers amis, commença-t-il d'une voix qui portait à peine jusqu'au canapé, ceci est la mille six cent quatre-vingt-dix-huitième réunion de notre société. Je déclare la séance ouverte. »

Il jeta un regard vague par la fenêtre, essuya ses lunettes avec son mouchoir et reprit : « Je me souviens du jour où Edmund Blunden était parmi nous. Il nous a dit – ses mots sont restés gravés dans ma mémoire – il a dit – »

Mr Nowrojee s'arrêta, toussa, abaissa les yeux sur la feuille de papier qu'il tenait entre les mains. Sa peau paraissait aussi fine que le papier.

« ... Mille six cent quatre-vingt-dix-huitième réunion. Récitation de leurs poèmes par les membres de la société. Les copies, je vois, ont été distribuées. La semaine prochaine le Pr O.P. Mishra du département d'anglais nous présentera un article sur le thème : "Eliot : Vers quoi ?" »

Lata, qui appréciait les conférences du Pr Mishra malgré la couleur rose à laquelle il était désormais associé dans son esprit, marqua son intérêt, encore que ce titre la laissât quelque peu perplexe.

« Aujourd'hui, trois poètes vont nous lire leurs œuvres, poursuivit Mr Nowrojee, après quoi j'espère que vous vous joindrez à nous pour le thé. Je suis désolé de voir que mon jeune ami Mr Sorabjee n'a pu trouver le temps de venir », ajouta-t-il avec un léger reproche dans la voix.

Mr Sorabjee, cinquante-sept ans, Parsi – tout comme Mr Nowrojee –, était le recteur de l'université de Brahmpur. Il manquait rarement une réunion des sociétés littéraires, qu'elles fussent de l'université ou de la ville. Mais il s'arrangeait toujours pour éviter celles où les membres lisaient leurs propres tentatives.

Mr Nowrojee sourit, un peu indécis. « Les poètes qui vont lire aujourd'hui sont le Dr Vikas Makhijani, Mrs Supriya Joshi –

— Shrimati Supriya Joshi », claironna une voix féminine. La plantureuse Mrs Joshi s'était levée pour apporter cette correction.

« Euh, oui, notre, euh, talentueuse poétesse Shrimati Supriya Joshi – et, bien entendu, moi-même, R.P. Nowrojee. Comme je suis déjà assis à la table, j'userai de mon privilège de président pour lire mes poèmes en premier – un apéritif aux mets plus substantiels suivront. Bon appétit. »

Il s'autorisa un gloussement triste, plutôt caverneux, avant de s'éclaircir la gorge et d'avaler une autre gorgée d'eau.

« Le premier poème que je voudrais vous lire s'intitule "Une passion obsédante" », dit Mr Nowrojee d'un ton compassé. Et il commença ainsi :

> « Je suis obsédé par une tendre passion,
> Dont jamais le fantôme ne disparaîtra.
> Les feuilles d'automne ont pris une couleur cendre :
> Je suis obsédé par une tendre passion.
> Et le printemps aussi, à sa façon,
> M'irradie d'un doux chant d'amour – alors –
> Je suis obsédé par une tendre passion,
> Dont jamais le fantôme ne disparaîtra. »

Parvenu à la fin de son poème, on eut le sentiment que Mr Nowrojee, courageusement, refoulait ses larmes. Il regarda vers le jardin, vers le cadran solaire et, ayant retrouvé son calme, déclara :

« Ceci est un triolet. Maintenant je vais vous lire une ballade. Ça s'intitule "Ardeurs ensevelies". »

La ballade fut suivie de trois autres poèmes d'une veine similaire, la vigueur de Mr Nowrojee diminuant à chacun, jusqu'à ce que, vide de toute émotion, il fût obligé de s'arrêter. Il se leva alors comme quelqu'un qui vient d'accomplir un voyage infiniment long et fatigant, et s'assit sur une chaise rembourrée proche de la table présidentielle.

Dans le bref intervalle entre lui et le lecteur suivant, Kabir jeta un regard interrogateur à Lata, qui lui en rendit un plein de malice. Tous deux essayaient de ne pas éclater de rire, et se regarder n'était pas le meilleur moyen.

Heureusement, le petit homme au visage heureux qui leur avait distribué les poèmes qu'il s'apprêtait à lire à présent bondit vers la table présidentielle, avec ce simple mot :

« Makhijani. »

S'étant ainsi présenté, il parut encore plus ravi qu'auparavant. Il farfouilla dans ses papiers avec une expression de
concentration intense et amusée, puis sourit à Mr Nowrojee, qui s'enfonça dans son siège comme un moineau s'abritant dans une niche avant la tempête. Mr Nowrojee avait
essayé de dissuader le Dr Makhijani de lire ses œuvres, mais
l'autre s'était récrié avec tant de bonhomie qu'il avait dû
céder. Toutefois, Mr Nowrojee avait eu les poèmes en main,
et n'aurait souhaité qu'une chose, que le banquet prît fin
avec l'apéritif.

« Un Hymne à notre Mère l'Inde », annonça le Dr Makhijani d'un ton sentencieux. Il sourit au public, prit la position
du forgeron au travail et lut l'intégralité de son poème, y
compris les stances, qu'il martela comme des sabots de
cheval.

« 1. *Quel enfant n'a-t-on pas vu boire du lait*
        A la poitrine rutilante de la Mère, de soie ou de
                                                  [haillons vêtue ?
        Cet amour de la tendre Mère, don nébuleux giflé de
                                                  [pluie.
        Comme le dit le poète, Mère je te salue.

2. *Bien pauvre don que le traitement du médecin.*
     Les cœurs il les écoute, mais le sien qui cahote ?
     Où est le médecin qui pourra guérir mon chagrin ?
     Pourquoi cette souffrance de la Mère ? Qui a commis la
                                                  [faute ?

3. *Ses vêtements trempés de pluie de mai ou de mousson,*
     Comme Savitri la douce, elle arrache à Yama ses
                                                  [garçons,
     Trompant la mort pour d'immenses populations,
     Construisant une chaste et vertueuse nation.

4. *Du rivage de Kanyakumari au centre du Cachemire,*
     Du tigre d'Assam à la bête rampante de Gir,
     L'aube de la libération nous inonde, baignant sa face,
     Le Gange, à jets tremblants, répand sa grâce.

5. *Comment décrire l'enchaînement de notre pure Mère*
    Par des mesquins pervers dans les rets de la loi ?
    Anglais meurtriers, Indiens souriants et dans les fers :
    De cette honte le tombeau seul nous guérira. »

A la lecture de cette dernière stance, Le Dr Makhijani fut pris d'une grande agitation, mais il retrouva sa sérénité avec la suivante :

« 6. *Laissez-moi rappeler l'histoire de fiers héros,*
    Nourris du lait de la Mère, leur cœur battait très haut.
    Luttant avec fureur, portant des fardeaux par
    *   [millions,*
    De la nation indienne ils firent la fondation. »

S'inclinant vers le nerveux Mr Nowrojee, le Dr Makhijani glorifiait à présent son nom, celui de l'un des pères du mouvement de libération de l'Inde :

« 7. *Dadabhai Naoroji entra au parlement,*
    Député de Finsbury, le ciel sur lui étendit sa grâce.
    Mais il n'oublia pas de la Mère le sein abondant :
    L'Inde formait ses rêves, bien que vivant en
    *   [Occident.* »

Lata et Kabir se regardèrent, partagés entre horreur et ravissement.

« 8. *B.G. Tilak du Maharashtra se lamentait.*
    "Swaraj je suis par droit de naissance." Il pleurait.
    Mais de cruels ravisseurs le jetèrent en prison,
    Aux forts de Mandalay, pour six ans de frissons.

9. *Honte de la Mère, l'impudent Bengale se rebella.*
    Des enfants de Kali le bras terroriste il arma.
    De Draupadi le sari tournant et virevoltant –
    Les blancs Duryodhanas riant et se moquant. »

A ces vers, la voix du Dr Makhijani trembla de fureur guerrière. Plusieurs stances après, il atterrit sur les personnages passés et présents.

« 26.   Le Mahatma est venu à nous comme un estival
                                                [andhi,
        Balayant la bouse et la poussière, tel fut M.K.
                                                [Gandhi.
        Le meurtre a mutilé la paix plus qu'on ne peut
                                                [concevoir.
        Souillé par le chagrin, debout par respect du
                                                [devoir. »

Là, le Dr Makhijani se leva en signe de vénération, et resta debout pour les trois dernières stances.

« 27.   Quand les Anglais quittèrent ma terre natale,
        Nous eûmes au parlement notre propre Jawahar
                                                [Lal.
        Comme une rose chatoyante, du trône il s'appro-
                                                [cha :
        Inde, c'est de ce nom glorieux qu'il te baptisa.

  28.   Musulmans, hindous, sikhs, chrétiens, tous ils le
                                                [révèrent,
        Parsis, jains, bouddhistes aussi voient en lui l'être
                                                [cher,
        Prunelle de nos yeux, sous son maintien de roi,
        Souffle l'esprit d'un superbe opéra.

  29.   Tous nous sommes des maîtres, Raja ou Rani,
        Esclaves nous ne sommes plus, ainsi dit Makhijani.
        Liberté égalité fraternité justice figurent dans la
                                                [Constitution,
        En hommage à la Mère, nous trouverons toutes les
                                                [solutions. »

Selon la tradition de la poésie ourdou et hindi, le barde avait inclus son nom dans la dernière stance. Epongeant la sueur de son front, il se rassit, souriant aux anges.

Kabir avait griffonné un mot. Il le tendit à Lata ; leurs mains se frôlèrent. Un courant la parcourut, qui lui fit oublier la douleur que lui causaient ses efforts pour dominer son rire. Ce fut lui qui, au bout de quelques secondes, retira sa main, et elle vit ce qu'il avait écrit :

Une prompte fuite du 20 Hastings Road
Tel est mon désir, bien que le poète y rôde.
Ne déserte pas l'amitié. Avec moi renie
Le royaume enchanteur de Mr Nowrojee.

Ça ne valait pas la production du Dr Makhijani, mais le résultat fut acquis. Lata et Kabir, comme à un signal, se levèrent et, avant d'avoir pu être interceptés, se retrouvèrent à la porte.

Dehors, dans la rue tranquille, ils purent enfin rire tout leur saoul, se citant l'un à l'autre des perles de l'hymne patriotique du Dr Makhijani. Reprenant son sérieux, Kabir suggéra :

« Et si on allait prendre un café ? Au Danube Bleu. »

Craignant d'y rencontrer quelqu'un de connaissance et pensant déjà à Mrs Rupa Mehra, Lata s'excusa. « Non, vraiment je ne peux pas. Je dois rentrer. Auprès de ma mère », ajouta-t-elle avec malice.

Kabir ne se lassait pas de la regarder.

« Mais vos examens sont terminés. Vous devriez fêter cela. Moi, j'en ai encore deux.

— J'aimerais pouvoir. Mais j'ai déjà été très audacieuse en vous rencontrant ici.

— Eh bien, ne pourrions-nous pas au moins nous revoir ici la semaine prochaine ? Pour "Eliot : Vers quoi ?" »

Ces derniers mots, il les accompagna d'un geste désinvolte, comme un précieux à la Cour, ce qui fit sourire Lata.

« Mais serez-vous à Brahmpur vendredi prochain ? demanda-t-elle. Les vacances...

— Oui, j'y serai. J'habite ici. »

Il ne voulait pas s'en aller, mais finit par s'y résoudre.

« Alors, à vendredi prochain – ou avant, fit-il en enfourchant sa bicyclette. Vous êtes sûre que je ne peux pas vous déposer quelque part – sur ma bicyclette faite pour deux ? Avec ou sans tache, vous êtes très jolie.

— Non, je ne crois pas. Alors, au revoir. Et – merci. »

Rentrée chez elle, Lata évita sa mère et sa sœur et monta directement dans sa chambre. Elle s'étendit sur le lit et fixa le plafond, tout comme, quelques jours auparavant, elle s'était allongée dans l'herbe et avait regardé le ciel au travers des branches du jacaranda. Le moment où leurs mains s'étaient frôlées, c'était cela surtout dont elle voulait se souvenir.

Plus tard, pendant le dîner, le téléphone sonna : c'était Malati.

« J'ai découvert certaines choses. Je pars ce soir pour quinze jours, alors j'ai pensé que je devais te les dire tout de suite. Es-tu seule ?

— Non.

— Et dans la prochaine demi-heure ?

— Non, je ne crois pas.

— Ce ne sont pas de bonnes nouvelles, Lata. » Malati avait la voix grave. « Tu ferais mieux de laisser tomber. »

Lata ne dit rien.

« Tu es toujours là ?

— Oui. » Lata regarda les trois autres assis autour de la table. « Vas-y.

— Bon, il fait partie de l'équipe universitaire de cricket. » Malati reculait l'instant de dispenser les mauvaises nouvelles. « Il y a une photographie de l'équipe dans le magazine de l'université.

— Oui ? Mais qu'est-ce que...

— Lata – Malati renonçait à tourner autour du pot plus longtemps –, son nom de famille est Durrani. »

Et alors ? se demanda Lata. Ça change quoi ? Est-il un Sindhi comme – Chetwani ou Advani – ou... ou Makhijani ?

« Il est musulman, dit Malati, l'interrompant dans ses pensées. Tu m'écoutes ? »

Lata avait les yeux fixés droit devant elle. Cessant de manger, Savita lui jeta un regard inquiet.

« Tu n'as pas une seule chance, continua Malati. Ta famille sera à fond contre lui. Oublie-le. Ça te servira d'expérience. Tu sauras qu'il faut toujours chercher le nom de famille de quelqu'un au prénom ambigu... Pourquoi ne dis-tu rien ? Tu es toujours là ?

— Oui. » Lata avait des centaines de questions à poser. Plus que jamais, elle avait besoin des conseils, de la sympathie, de l'aide de son amie. « Il faut que j'arrête, dit-elle pourtant d'un ton calme, uni. Nous sommes au milieu du dîner.

— Ça ne m'était pas venu à l'esprit – vraiment pas – et à toi non plus ? insista Malati. Avec un prénom comme celui-là – bien que tous les Kabir que je connais soient hindous – Kabir Bhandare, Kabir Sondhi –

— Non, je n'y ai pas songé. Merci Malu (c'était le surnom affectueux qu'elle lui donnait parfois). Merci pour –

— Je suis tellement désolée. Pauvre Lata.

— Ne t'en fais pas. On se voit à ton retour.

— Lis un ou deux P.G. Wodehouse, lui conseilla Malati. Au revoir.

— Au revoir. » Lata reposa le récepteur avec soin.

Elle retourna à table mais fut incapable de manger. Mrs Rupa Mehra essaya immédiatement de découvrir de quoi il s'agissait. Savita décida de ne rien dire pour le moment. Pran observait, perplexe.

« Ce n'est rien », dit Lata, en réponse au regard anxieux de sa mère.

Après dîner, elle se retira dans sa chambre, incapable de supporter une conversation. Allongée à plat ventre sur son lit elle fondit en larmes – le plus silencieusement possible –, répétant son nom avec amour et colère.

3.11

Lata n'avait pas besoin de Malati pour savoir que c'était impossible. Elle connaissait trop bien sa mère, le profond chagrin, l'épouvante qui la saisiraient en apprenant que sa fille sortait avec un garçon musulman.

N'importe quel garçon lui était objet de tourment, mais là quelle honte, quelle abomination. Lata entendait sa mère : « Qu'ai-je donc fait pour mériter cela ? » Elle imaginait ses larmes, l'horreur qu'elle éprouverait à l'idée de « leur » abandonner sa fille bien-aimée. Sa vieillesse en serait à jamais gâchée, elle demeurerait inconsolable.

Le jour se levait. Mrs Rupa Mehra avait terminé la récitation des deux chapitres de la Gita à laquelle elle se contraignait tous les matins à l'aube. La Gita appelait au détachement, à la sagesse paisible, à l'indifférence envers les fruits de l'action. Une leçon que Mrs Rupa Mehra n'apprendrait jamais, ne pourrait jamais apprendre. Une leçon que son tempérament refusait, même s'il acceptait la récitation. Le jour où elle atteindrait le détachement et l'indifférence, elle cesserait d'être elle-même.

Si seulement Malati était ici, soupira Lata.

Si seulement elle ne l'avait pas rencontré. Si seulement leurs mains ne s'étaient pas touchées. Si seulement.

Si seulement je pouvais cesser de me conduire comme une idiote ! D'après Malati, ce sont les garçons qui se conduisent comme des débiles quand ils sont amoureux, soupirant dans leur chambre, se vautrant dans la poésie sirupeuse, à la Shelley, des ghazals. Une semaine allait s'écouler avant qu'elle ne revoie Kabir : heureusement, elle ne savait pas comment le contacter avant.

Repensant à leur rire, la veille, devant la maison de Mr Nowrojee, des larmes de colère lui vinrent aux yeux. Elle se dirigea, vers la bibliothèque de Pran, attrapa le premier P.G. Wodehouse qui lui tomba sous la main. *Les cochons ont des ailes*. Malati, malgré sa légèreté affichée, connaissait les bons remèdes.

« Tu vas bien ? demanda Savita.

— Oui, dit Lata. Est-ce qu'il a bougé cette nuit ?

— Je ne crois pas. En tout cas, il ne m'a pas réveillée.

— On devrait obliger les hommes à les porter. Bon, je vais aller me promener au bord du fleuve. » Elle supposait, à juste titre, que l'état de Savita l'empêcherait d'emprunter le chemin en pente raide qui conduisait aux rives.

Elle chaussa des sandales pour marcher plus facilement. En descendant la pente argileuse, presque une falaise de boue, elle tomba sur une bande de singes qui cabriolaient dans un gros banian – en fait deux arbres qui n'en formaient plus qu'un par l'enlacement de leurs branches. La petite statue d'un dieu peinte en orange était enchâssée entre les deux troncs. En général, les singes étaient ravis de voir Lata – elle leur apportait des fruits, des noix. Aujourd'hui, elle avait oublié, et ils manifestèrent clairement leur mécontentement. Deux petits vinrent la tirer par le coude tandis qu'un grand, un mâle, lui montrait les dents – mais de loin.

Elle avait besoin de distraction. Le monde animal lui paraissait soudain, à tort probablement, plus simple que l'univers des hommes. Bien qu'étant déjà à mi-parcours, elle remonta jusqu'à la maison et remplit deux sacs en papier de cacahuètes et de trois gros musammis. Les singes leur préfèrent les oranges, elle le savait, mais en été on ne trouve que les citrons doux à la peau verte et épaisse.

Ils n'en furent pas moins parfaitement heureux. Avant même qu'elle ait appelé « Aa ! Aa ! » – comme elle l'avait entendu faire un jour par un vieux sadhou – les singes avaient remarqué les sacs en papier. Ils se rassemblèrent, s'agrippant, s'empoignant, suppliant, grimpant au sommet des arbres et en redescendant, se pendant aux branches et aux racines aériennes, les bras tendus. Les petits couinaient, les grands grognaient. Une grosse brute, peut-être celui qui lui avait montré les dents, accumulait les cacahuètes dans ses bajoues tout en essayant d'en attraper d'autres. Lata en répandit sur le sol mais les leur donna surtout à la main. Elle en mangea même quelques-unes. De nouveau, les deux petits lui agrippèrent – lui caressèrent – le coude pour attirer son attention. Comme elle gardait les mains fermées pour les taquiner, ils les lui ouvrirent délicatement, non avec leurs dents mais avec leurs doigts.

Quand elle essaya de peler les musammis, les adultes s'y opposèrent. Elle réussissait en général une distribution démocratique, mais cette fois-ci les trois musammis lui furent arrachés par quelques grands singes. L'un d'eux descendit un peu la pente, s'assit sur une grosse racine, pela la moitié du fruit puis mangea l'intérieur. Un autre, un peu moins raffiné, dévora tout.

Lata, riant, empoigna le sac où il restait des cacahuètes, le fit tourner autour de sa tête et le lança dans l'arbre ; il s'accrocha à une branche, se libéra, retomba, fut à nouveau retenu par une branche. Un grand singe à cul rouge grimpa, se retournant de temps à autre pour menacer les deux autres qui grimpaient derrière lui, sur les branches-racines pendant du corps central du banian. Il attrapa le sac et grimpa encore plus haut pour jouir de son monopole. Mais le sac se déchira, répandant ses cacahuètes. A cette vue, un bébé singe au comble de l'excitation se mit à sauter de branche en branche, perdit prise, se cogna la tête contre le tronc et tomba sur le sol. Il s'enfuit en couinant.

Au lieu de descendre jusqu'au Gange comme elle l'avait prévu, Lata s'assit sur la racine où le gros singe s'était installé pour manger son musammi, et tenta de s'intéresser au livre qu'elle avait en main. N'y parvenant pas, elle remonta de nouveau la pente et se dirigea vers la bibliothèque.

Elle feuilleta les derniers numéros du magazine de l'université, s'arrêtant pour lire avec un intense intérêt des articles auxquels elle n'accordait même pas un coup d'œil auparavant : les comptes rendus de matches de cricket avec le nom des joueurs sous les photographies de l'équipe. L'auteur de ces comptes rendus, qui signait « S.K. », faisait dans la distinction enjouée. Il n'était pas question, par exemple, d'Akhilesh et de Kabir, mais de Mr Mittal et Mr Durrani et de leur excellente tenue au septième guichet.

Il en ressortait que Kabir était un bon lanceur et un batteur passable. Bien qu'occupant un rang médiocre dans la catégorie batteurs, il avait sauvé un grand nombre de matches en gardant tout son flegme face à des handicaps considérables. Et il devait être un coureur incroyablement rapide puisqu'il avait parfois réussi à marquer trois points, quatre même en une occasion*.

Comme l'écrivait S.K. :

> Pour notre part, nous n'avions jamais vu chose semblable. Il est vrai que la pluie du matin avait rendu le terrain non seu-

* On compte un point pour chaque trajet entre guichets adverses. (N.d.T.)

lement mou mais lourd. Il est indéniable que le guichet de milieu de terrain de notre adversaire est plus éloigné que d'ordinaire. Il est irréfutable que la confusion régnait dans les rangs de leurs lanceurs et que l'un d'entre eux glissa et tomba en courant après la balle. Mais ce ne sont pas ces circonstances amoindrissantes que l'on retiendra. Ce que retiendront les Brahmpuriens à l'avenir est l'image de deux boulets humains se croisant à la vitesse de l'éclair, rebondissant de ligne en ligne avec une vélocité plus appropriée à une piste d'athlétisme qu'à un terrain de cricket, et même inhabituelle dans ce cas-là. Mr Durrani et Mr Mittal ont fait quatre trajets là où trois auraient suffi, sur une balle qui ne franchit même pas la ligne ; et le fait qu'ils sont revenus à l'abri avec une avance de plus d'un yard atteste qu'il ne s'agissait pas d'un risque irréfléchi ou d'un coup de tête.

En lisant, Lata revivait ces matches, et plus elle lisait plus elle se sentait amoureuse de Kabir – celui qu'elle connaissait et celui que lui révélait le regard pertinent de S.K.

Mr Durrani, se disait-elle, nous devrions vivre dans un monde différent.

Si Kabir vivait à Brahmpur, comme il le disait, son père, selon toute probabilité, devait enseigner à l'université de la ville. Avec un flair d'enquêteuse qu'elle ignorait posséder, Lata feuilletait à présent le gros annuaire de l'université de Brahmpur et trouvait ce qu'elle cherchait à la rubrique « Faculté des Arts : département des mathématiques ». Le Dr Durrani n'était pas le chef de son département, mais les trois lettres magiques qui suivaient son nom, MSR (Membre de la Société Royale), étaient plus prestigieuses que vingt titres de « professeur ».

Et Mrs Durrani ? Lata prononça les deux mots à haute voix, appréciant leur sonorité. A quoi ressemblait-elle ? Et le frère de Kabir, et cette sœur qu'il avait eue « jusqu'à l'année dernière » ? Durant ces derniers jours, elle avait pensé et repensé à ces êtres nébuleux et aux commentaires de Kabir tout aussi inconsistants. Elle y pensait encore au cours de leur conversation sur le trottoir, devant chez Mr Nowrojee, mais elle n'avait pas osé lui poser de questions. A présent, bien entendu, il était trop tard. Si elle ne voulait pas se couper de sa famille, elle allait devoir se soustraire à ce soleil dont les rayons avaient soudain illuminé sa vie.

En sortant de la bibliothèque, elle s'efforça de faire le point et se rendit compte qu'il ne lui était plus possible d'assister à la prochaine réunion de la Société littéraire de Brahmpur.

« Lata : Vers quoi ? » Un court instant, elle rit de sa trouvaille, puis elle fondit en larmes.

Arrête ! se dit-elle. Tu pourrais attirer un autre Galahad. Mais cette tentative d'autodérision ne résolut rien, ne fit qu'accroître au contraire son indécision.

3.12

Elle se retrouva en présence de Kabir le samedi matin suivant, près de chez elle. Elle était sortie marcher. Il était sur sa bicyclette, appuyé contre un arbre. Il ressemblait plutôt à un cavalier. Il avait une mine sinistre. En le voyant, elle crut s'arrêter de respirer.

Impossible de l'éviter : à l'évidence il l'attendait. Elle fit front.

« Bonjour, Kabir.

— Bonjour. J'ai cru que vous ne sortiriez jamais.

— Comment avez-vous trouvé mon adresse ?

— J'ai diligenté une enquête, dit-il sans rire.

— A qui vous êtes-vous adressé ? » Elle se sentait légèrement coupable en pensant à l'enquête qu'elle-même avait « diligentée ».

« Ça n'a pas d'importance, fit-il en secouant la tête.

— Avez-vous terminé vos examens ? » La tendresse perçait dans la voix de Lata.

« Oui. Hier. » Pas de commentaire.

Malheureuse, Lata gardait les yeux sur la bicyclette. Elle aurait voulu lui crier : « Pourquoi ne m'avez-vous rien dit ? Pourquoi ne m'avoir rien appris sur vous dès le premier jour dans la librairie, ce qui m'aurait empêché d'éprouver le moindre sentiment à votre égard ? » Mais combien de fois, en réalité, s'étaient-ils rencontrés, et existait-il entre eux une intimité qui l'autorisât à poser des questions aussi directes, presque désespérées ? Qu'éprouvait-il pour elle ? Elle lui plaisait, elle le savait. Mais cela allait-il plus loin ?

« Pourquoi n'êtes-vous pas venue hier ? demanda-t-il, devançant ainsi toute question de sa part.

— Je n'ai pas pu.

— Ne tordez pas le bord de votre dupatta, vous allez le froisser.

— Oh, désolée. » Elle regarda ses mains, surprise.

« Je vous ai attendue. Je suis arrivé tôt. J'ai écouté toute la conférence. J'ai même pioché dans les petits gâteaux durs comme du bois de Mrs Nowrojee. Je commençais à avoir une sacrée faim.

— J'ignorais qu'il y eût une Mrs Nowrojee. » Lata bondit sur le sujet. « Je me demandais qui avait inspiré le poème, comment s'appelait-il déjà : "Une passion obsédante ?" Vous imaginez sa réaction ? A quoi ressemble-t-elle ?

— Lata, bientôt vous allez me demander si la conférence du Pr Mishra était intéressante. Elle l'était, mais je m'en fichais. Mrs Nowrojee est une grosse femme au teint clair, mais je m'en fiche encore plus. Pourquoi n'êtes-vous pas venue ?

— Je n'ai pas pu », répéta-t-elle. Calmement. Si seulement, songeait-elle, j'arrivais à feindre la colère. Mais elle ne réussissait à exprimer que du désarroi.

« Venez prendre un café avec moi à la cafétéria de l'université.

— Je ne peux pas. Je vous assure que je ne peux pas. Je vous en prie, laissez-moi partir.

— Je ne vous en empêche pas.

— Nous ne pouvons rester ici », dit-elle en soupirant.

Kabir refusait de se laisser impressionner par tous ces « ne peux pas », « n'ai pas pu ».

« Eh bien, allons ailleurs. Allons marcher dans Curzon Park.

— Oh non ! » La moitié de l'univers se promenait dans Curzon Park.

« Où alors ? »

Ils se dirigèrent vers les banians, sur le chemin menant au fleuve. Kabir enchaîna sa bicyclette à un arbre avant de commencer la descente. Il n'y avait pas trace de singes. Au travers des feuilles doucement agitées des arbres noueux, ils regardèrent le Gange. Le large fleuve aux eaux brunes miroitait au soleil. Ni l'un ni l'autre ne parlait. Lata s'assit sur la grosse racine.

« Comme c'est beau ici », dit-elle.

Kabir acquiesça sans mot dire. L'amertume qui lui montait à la bouche aurait transparu dans sa voix s'il avait parlé.

Malgré la mise en garde de Malati, Lata ne voulait qu'une chose : demeurer à ses côtés. Elle savait que, s'il se levait maintenant pour partir, elle essaierait de l'en empêcher. Même s'il se taisait, même s'il gardait son humeur chagrine, elle voulait rester assise auprès de lui.

Kabir regardait le fleuve. « Allons faire du bateau », s'exclama-t-il soudain, comme si toute sa tristesse s'était envolée.

Windermere, se dit Lata. Le lac proche de la Haute Cour où sa section d'anglais donnait parfois des fêtes. Les samedis, il y avait affluence de couples mariés avec leurs enfants.

« Tout le monde va à Windermere. Quelqu'un nous reconnaîtra.

— Je ne pensais pas à Windermere. Je pensais au Gange. Je suis toujours stupéfait de voir les gens ramer ou faire de la voile sur ce stupide lac alors que le plus grand fleuve du monde coule à leur porte. Nous allons remonter le Gange jusqu'au Barsaat Mahal. De nuit, c'est un spectacle merveilleux. Nous prendrons un batelier pour empêcher le bateau de dériver, et vous verrez le palais au clair de lune. »

Lata évitait de le regarder. Lui ne comprenait pas pourquoi elle se montrait si réservée, si déprimée, pourquoi il était soudain tombé en disgrâce.

« Pourquoi êtes-vous si distante ? Est-ce que cela a un rapport avec moi ? Ai-je dit quelque chose ? »

Lata secoua la tête.

« Ai-je fait quelque chose ? »

Pour quelque obscure raison, l'image de Kabir accomplissant ces impossibles quatre trajets lui traversa l'esprit. De nouveau elle secoua la tête.

« Vous aurez oublié tout cela dans cinq ans, dit-elle.

— A quoi rime cette réponse ?

— C'est ce que vous m'avez dit une fois.

— Moi ? » Il avait l'air réellement surpris.

« Oui, sur le banc, quand vous êtes venu à mon secours. Je ne peux pas vous accompagner, Kabir, je ne peux vraiment pas. Vous auriez dû réfléchir avant de me proposer une promenade en bateau à minuit. » Ah, enfin, cette colère tant souhaitée.

Kabir s'apprêtait à lui répondre sur le même ton, mais il s'arrêta, et c'est avec un calme surprenant qu'il reprit :

« Je ne vais pas vous dire qu'après chacune de nos rencontres je vis dans l'attente de la suivante. Vous le savez probablement. Nul besoin de clair de lune. L'aube convient aussi bien. Si ce sont les autres qui vous préoccupent, ne vous en faites pas. Personne ne nous verra ; personne de notre connaissance ne sort en bateau à l'aube. Amenez une amie, amenez-en dix si vous le souhaitez. Je voulais juste vous montrer le Barsaat Mahal se reflétant dans l'eau. Si votre humeur n'a rien à voir avec moi, alors vous devez venir.

— L'aube, dit Lata, pensant tout haut. Il n'y a pas de mal avec l'aube.

— Du mal ? » Kabir la regarda d'un air incrédule. « Vous n'avez pas confiance en moi ? »

Lata ne répondit rien. Il continua :

« Je ne vous plais pas du tout ? »

Toujours rien.

« Ecoutez, ce sera un voyage éducatif. De jour, et avec autant d'amies que vous le souhaiterez. Je vous raconterai l'histoire du Barsaat Mahal. Le Nawab Sahib m'a donné accès à sa bibliothèque et j'ai découvert des choses très surprenantes sur cet endroit. Vous serez les élèves, je serai le guide : "Un jeune étudiant en histoire – son nom m'échappe pour l'instant – était avec nous et soulignait les points historiques intéressants – un commentaire plutôt bon – un type vraiment charmant." »

Lata eut un sourire lugubre.

Sentant qu'il avait vaincu quelque défense cachée, Kabir conclut :

« Je vous attends ici même, vous et vos amies, lundi

matin à six heures précises. Mettez un pull-over ; il y aura de la brise sur le fleuve.

> *Oh Miss Lata, rejoignez-moi sur cette terre*
> *Loin des rives de Windermere.*
> *Sur le Gange nous glisserons,*
> *Vous plusieurs, moi tout seul, nous irons. »*

A cette imitation burlesque de Makhijani, Lata éclata de rire.

« Dites que vous viendrez.

— D'accord », dit Lata en secouant la tête, non – comme l'imagina Kabir – pour désavouer en partie sa décision mais pour condamner en partie sa faiblesse.

3.13

Lata ne voulait pas d'une dizaine d'amies pour l'accompagner, et quand bien même l'eût-elle voulu, elle aurait été incapable de les réunir. Une suffisait. Malati, malheureusement, avait quitté Brahmpur. Lata décida d'aller trouver Hema, laquelle, tout excitée par le projet, accepta d'emblée. Cela paraissait romantique, avec un parfum de conjuration. « Je garderai le secret », dit-elle, tout en s'empressant de le confier, en faisant jurer le silence sous peine de haine éternelle, à l'une de ses innombrables cousines, qui le confia, dans les mêmes termes, à une autre cousine. En moins d'un jour, l'histoire parvint aux oreilles de Taiji. Qui, malgré son indulgence habituelle, jugea l'entreprise dangereuse. Elle ne savait pas – par conséquent Hema non plus – que Kabir était musulman. Mais, faire du bateau avec un garçon, quel qu'il soit, à six heures du matin : même elle, reculait devant cette perspective. Elle informa donc Hema qu'elle lui interdisait d'y aller. Hema rechigna mais s'inclina, et téléphona à Lata le dimanche soir. Lata se coucha en proie à une grande angoisse mais, ayant pris sa décision, ne dormit pas si mal.

Elle ne pouvait pas de nouveau laisser tomber Kabir. Elle l'imaginait, grelottant de froid et inquiet dans le bosquet de banians, sans même le soutien des petits gâteaux granitiques de Mrs Nowrojee, comptant les minutes et ne la voyant pas arriver. A six heures moins le quart, elle se leva, s'habilla rapidement, enfila un chandail gris informe qui avait appartenu à son père, dit à sa mère qu'elle partait faire une longue marche, et alla retrouver Kabir à l'endroit indiqué.

Il l'attendait. Le jour était levé, le bosquet résonnait de chants d'oiseau.

« Vous avez l'air différente avec ce chandail. » Le ton était approbateur.

« Vous avez toujours le même air. » Le ton était également approbateur. « Il y a longtemps que vous m'attendez ? »

Il fit signe que non.

Elle lui raconta l'histoire de Hema.

« J'espère que vous n'allez pas tout annuler parce que vous n'avez pas de chaperon.

— Non. » Elle se sentait aussi audacieuse que Malati. Elle n'avait guère eu le temps de réfléchir ce matin, et n'y tenait d'ailleurs pas. Son angoisse de la veille n'avait laissé aucune trace sur son visage, toujours aussi séduisant, non plus que le sommeil dans ses yeux, toujours aussi vifs.

Ils descendirent vers le fleuve, le longèrent jusqu'à atteindre quelques marches de pierre. Dans l'eau, des blanchisseurs lavaient du linge, le frappant contre les marches. Sur le sentier qui dévalait la pente à cet endroit, quelques petits ânes patientaient, surchargés de vêtements. Le chien d'un des blanchisseurs aboyait contre eux, des jappements incertains, en rafales.

« Etes-vous sûr de trouver un bateau ? demanda Lata.

— Oh oui, il y a toujours quelqu'un. Je l'ai fait souvent. »

Une pointe de souffrance traversa Lata, alors que Kabir avait simplement voulu dire qu'il aimait faire du bateau sur le Gange à l'aube.

« Ah, en voici un », dit-il. Un batelier montait et descendait le fleuve. On était en avril, donc en période de basses eaux et de courant paresseux. Kabir mit les mains en porte-voix et appela : « Aré, mallah ! »

L'homme ne fit pas mine de ramer vers eux.

« Que voulez-vous ? cria-t-il en hindi mâtiné d'un fort accent brahmpurien.

— Peux-tu nous conduire jusqu'à l'endroit où l'on voit le Barsaat Mahal se refléter dans l'eau ?

— Bien sûr.

— Combien ?

— Deux roupies. » Il s'approchait à présent du rivage, dans sa vieille barque à fond plat.

« Tu n'as pas honte de réclamer un tel prix ? dit Kabir, furieux.

— C'est ce que tout le monde prend, Sahib.

— Je ne suis pas un étranger que tu peux gruger.

— Oh, je vous en prie, dit Lata, ne vous disputez pas pour rien – »

Elle ne termina pas sa phrase ; Kabir allait probablement accepter de payer, et tout comme elle il ne devait pas avoir beaucoup d'argent.

Kabir poursuivit son algarade, élevant la voix pour surmonter le bruit du linge frappé sur les marches du ghat :

« Nous débarquons les mains nues dans ce monde et le quittons les mains nues. Faut-il que nous mentions si tôt le matin ? Emporterons-nous cet argent avec nous, quand nous partirons ? »

Le batelier parut intrigué par une telle diatribe philosophique :

« Venez, Sahib. J'accepterai ce que vous me donnerez. » Il indiqua un endroit, quelques centaines de mètres plus loin, où le bateau pouvait toucher le rivage. Le temps que Kabir et Lata y parviennent, l'homme s'était éloigné.

« Il est parti, dit Lata. Nous en trouverons peut-être un autre.

— Non. » Kabir secoua la tête. « Nous avons parlé, il reviendra. »

L'homme remontait le fleuve. Il traversa jusqu'à l'autre rive, attrapa quelque chose sur la berge, et revint.

« Vous savez nager ? leur demanda-t-il.

— Oui, dit Kabir, qui se tourna vers Lata.

— Non », fit-elle. Et devant l'air surpris de Kabir : « Je n'ai jamais appris. Darjeeling et Mussourie.

— J'ai confiance en toi pour mener la barque, dit Kabir à l'homme, teint foncé, visage barbu, vêtu d'un lungi et d'une chemise recouverte d'un bundi en laine. Si nous avons un accident, tu t'occuperas de toi et moi d'elle.

— D'accord.

— Et maintenant, combien ?

— Mais ce que vous...

— Non, fixons un prix. J'ai toujours pratiqué ainsi avec les bateliers.

— Bon. Alors qu'est-ce qui vous paraît juste ?

— Une roupie quatre annas.

— D'accord. »

Kabir grimpa à bord et tendit la main à Lata. D'une poigne assurée, il la tira vers lui. Elle avait le visage en feu, un air de bonheur. Il garda sa main une seconde de plus que nécessaire puis, sentant qu'elle allait la retirer, il la lâcha.

Une légère brume flottait encore sur le fleuve. Kabir et Lata s'assirent face à l'homme, courbé sur ses rames. Ils étaient à plus d'un kilomètre du dhobi-ghat, mais le son du linge, battu contre la pierre, s'entendait encore faiblement. Les contours de la berge s'estompaient dans la brume.

« Ah, dit Kabir, c'est merveilleux d'être ainsi entourés de brume – et c'est rare à cette période de l'année. Ça me rappelle des vacances que nous avons passées à Simla. Tous les problèmes du monde s'étaient évanouis. On aurait dit que nous étions une famille toute différente.

— Allez-vous à la montagne tous les étés ? » demanda Lata. Sa famille, à présent, ne pouvait plus s'offrir une maison à la montagne chaque fois qu'elle le souhaitait.

« Oh oui. Mon père y tient beaucoup. Nous changeons de station chaque année – Almora, Nainital, Ranikhet, Mussourie, Simla, même Darjeeling. Il prétend que l'air pur "accroît ses perceptions"... Une fois, après être redescendu, il affirma que, comme Zarathoustra, il avait accumulé en six semaines des idées mathématiques pour toute sa vie. Naturellement, nous sommes remontés l'année suivante.

— Et vous ? Qu'en est-il pour vous ?

— Qu'en est-il pour moi ? » Il paraissait troublé par quelque souvenir.

227

« Vous vous plaisez à la montagne ? Y retournerez-vous cette année ?

— Cette année, je ne sais pas. J'aime bien être là-haut. C'est comme si l'on nageait.

— Nager ? » Lata laissait traîner une main dans l'eau.

Une pensée, soudain, fit sursauter Kabir. « Combien est-ce que tu demandes aux gens d'ici pour les amener du dhobi-ghat au Barsaat Mahal ? demanda-t-il au batelier.

— Quatre annas par tête.

— Alors nous devrions te payer une roupie, considérant que la moitié du trajet se fait par courant descendant, et je te donne une roupie quatre annas. Donc ce n'est pas injuste.

— Je ne me plains pas », dit l'homme surpris.

La brume s'était levée et là, devant eux, à l'extrémité d'une grande bande de sable se dressait l'édifice gris du Fort de Brahmpur. Une énorme rampe de terre le longeait, descendant jusqu'à la rive, et il était surmonté d'un pipal dont les feuilles frissonnaient dans la brise matinale.

« Qu'avez-vous voulu dire par "nager" ? demanda Lata.

— Ah oui. Je voulais dire qu'on se trouve dans un élément complètement différent. Tous les mouvements sont différents – et par conséquent les pensées. Un jour je suis allé faire du toboggan à Gulmarg, et je me souviens d'avoir pensé que je n'existais pas réellement. Tout ce qui existait, c'était cet air pur et propre, la neige épaisse, l'excitation de la vitesse. Les plaines grises et plates vous ramènent à vous-même. Sauf, peut-être, quand on est sur l'eau, comme maintenant.

— Un peu comme la musique ? » Cette question, Lata se l'adressait autant à elle-même qu'à Kabir.

« Hmm, oui, je pense... Non, pas vraiment », trancha-t-il. Ce qu'il voulait dire, c'est qu'un changement d'activité physique entraîne un changement d'état d'esprit.

« Mais, Lata poursuivait sa pensée, la musique me fait exactement cet effet. Rien que de tapoter le tanpura, même si je ne chante pas une seule note, me met en transe. Parfois je reste ainsi pendant un quart d'heure. Quand je trouve la vie trop difficile, c'est la première chose vers laquelle je me tourne. J'ai commencé le chant seulement l'année dernière, et grâce à Malati, et je me dis que j'ai bien de la chance. Ma mère a si peu le sens de la musique que lorsqu'elle me chantait des berceuses, dans mon enfance, je lui demandais de se taire et de laisser mon ayah chanter à sa place. »

Kabir souriait. Il mit son bras autour de ses épaules, et elle ne protesta pas. C'est là qu'il devait être.

« Pourquoi ne dites-vous rien ? demanda-t-elle.

— J'espérais simplement que vous alliez continuer à parler. C'est si rare de vous entendre parler de vous-même. Parfois je me dis que je ne sais pas la moindre chose sur vous. Qui est cette Malati, par exemple ?

— La moindre chose ? » Lata se rappelait une bribe de conversation qu'elle avait eue avec Malati. « Même après toutes les enquêtes que vous avez diligentées ?

— Oui. Racontez-moi des choses sur vous.

— Soyez plus précis. Où dois-je commencer ?

— Oh, n'importe où. Au commencement et quand vous serez arrivée à la fin, vous arrêterez.

— Eh bien, je n'ai pas encore pris mon petit déjeuner, alors vous allez devoir entendre six histoires impossibles.

— Bon, dit Kabir en riant.

— Sauf que ma vie ne comporte probablement pas six histoires impossibles. Elle est très banale.

— Commencez par la famille. »

Lata se mit à parler de sa famille – son père si tendrement aimé, qui semblait encore maintenant étendre sur elle une aura protectrice, ne serait-ce que sous la forme d'un chandail gris ; sa mère, avec sa Gita, ses grandes eaux, sa volubilité affectueuse ; Arun, Meenakshi, Aparna et Varun à Calcutta ; et bien entendu Savita et Pran, avec le bébé à naître. Elle parlait librement, se rapprochant même un peu de Kabir. Elle qui doutait si souvent d'elle-même, ne doutait pas de son affection.

Ils avaient dépassé le Fort et le ghat des crémations, avaient aperçu les temples du Vieux Brahmpur, les minarets de la mosquée Alamgiri. A présent, le fleuve faisait une courbe qui leur permit de voir se dresser devant eux la délicate structure blanche du Barsaat Mahal, d'abord de biais, puis, progressivement, de face.

L'eau n'était pas claire mais elle était calme et sa surface ressemblait à du verre fumé. Le batelier ramait au milieu du courant. Il immobilisa la barque – symétriquement à l'axe vertical du Barsaat Mahal –, saisit la longue perche qu'il était allé chercher sur l'autre rive et la plongea dans l'eau. Elle heurta le fond, maintenant l'immobilité de l'embarcation.

« Maintenant asseyez-vous et regardez, dit l'homme. C'est une vue que vous n'oublierez jamais. »

Et c'était vrai. Et ni l'un ni l'autre ne l'oublierait jamais. Le Barsaat Mahal, lieu de pouvoir et d'intrigue, d'amour et de plaisir dissolu, de gloire et de décadence, était transfiguré en quelque chose d'une beauté abstraite, définitive. Il émergeait au sommet de la muraille escarpée, son reflet dans l'eau presque parfait, sans la moindre ride. A cet endroit du fleuve, même les bruits de la vieille ville parvenaient étouffés. Pendant quelques minutes, ils demeurèrent totalement silencieux.

3.14

Au bout d'un moment, sans qu'ils lui aient rien dit, l'homme retira sa perche. Il reprit ses rames, dépassa le Barsaat Mahal. Le fleuve se rétrécissait légèrement à cause d'une langue de sable qui prolongeait la rive opposée. Les cheminées d'une usine de chaussures, une tannerie et un moulin apparurent à leurs yeux. Kabir s'étira, bâilla et libéra l'épaule de Lata.

« Maintenant je vais faire demi-tour et nous laisser dériver », dit le batelier.

Kabir acquiesça.

« J'aborde la partie la plus facile, expliqua l'homme. Il fait bon, pas encore trop chaud. » Donnant de temps en temps un léger coup de rame, il laissa la barque dériver dans le courant.

« Des tas de suicides ont lieu ici, dit-il d'un ton joyeux en montrant la muraille abrupte au pied du Barsaat Mahal. Il y en a eu un la semaine dernière. Plus il fait chaud, plus les gens deviennent fous. Des fous, des fous. » Il gesticulait en indiquant le rivage. Il était clair que, dans son esprit, les gens qui vivent accrochés à la terre ne peuvent jamais être tout à fait sains d'esprit.

Comme ils repassaient devant le Barsaat Mahal, Kabir tira de sa poche une brochure intitulée *Guide précieux de Brahmpur.* Il lut tout haut à l'intention de Lata :

> « Bien que Fatima Jaan ne fût que la troisième femme du Nawab Khushwaqt, c'est pour elle qu'il fit le noble édifice du Barsaat Mahal. Si fortes étaient sa grâce féminine, sa dignité de cœur et d'esprit que le Nawab Khushwaqt transféra toutes ses affections sur sa nouvelle épouse, leur amour Passionné en fit des compagnons inséparables aussi bien dans leurs palais qu'à la cour. Pour elle il fit construire le Barsaat Mahal, miracle de marbre filigrané, pour leur vie et leurs plaisirs.
>
> Une fois, elle l'accompagna aussi à la campagne. A cette époque elle donna naissance à un fils très faible et, malheureusement, en raison de quelque désordre dans le système, elle jeta un regard désespéré à son seigneur. Ce fut un trop gros choc pour le Nawab. Son cœur se remplit de douleur et son visage devint beaucoup trop pâle... Hélas ! Le jour du 23 avril 1735, Fatima Jaan ferma ses yeux à moins de 33 ans devant son amant au cœur brisé.

— Et tout ceci est vrai ? demanda Lata en riant.

— Mot pour mot. Croyez-en votre historien. » Il continua sa lecture :

> « Le Nawab Khushwaqt fut si chagriné que son esprit fut troublé, il était même prêt à mourir, ce que, bien sûr, il ne pouvait pas. Pendant longtemps il ne put l'oublier, malgré tous ses efforts. Chaque vendredi il se rendait à pied sur la tombe de sa bien-aimée et il lisait lui-même la fatiha pour le repos final de ses os.

— S'il vous plaît, dit Lata, s'il vous plaît, arrêtez. Vous allez me gâcher l'image du Barsaat Mahal. » Mais Kabir poursuivit sans pitié :

> « Après sa mort le palais devint sordide et triste. Les réservoirs pleins de poissons d'or et d'argent ne procuraient plus d'amusements sportifs au Nawab. Il devint convoiteur et débauché. Il fit bâtir une chambre noire où les membres récalcitrants du harem étaient pendus et leur corps jeté dans le fleuve. Cela laissa une tache sur sa personnalité. En ce temps-

là, ces punitions étaient coutumières sans distinction de sexe. Il n'y avait d'autre loi que les ordres du Nawab et les punitions étaient drastiques et sauvages.

Les fontaines jouaient toujours avec l'eau odorante et une eau permanente roulait sur les sols. Le palais n'était rien de moins qu'un paradis où beauté et charmes se répandaient librement. Mais après l'expiration de l'Unique de sa vie que lui faisaient les innombrables dames en fleur ? Il expira son dernier soupir le 14 janvier les yeux fixés inébranlablement sur un portrait de F. Jaan.

— En quelle année est-il mort ? demanda Lata.

— Le *Guide précieux de Brahmpur* se tait sur ce sujet, mais je connais la date : 1766. Le guide ne dit pas non plus pourquoi on lui donna le nom de Barsaat Mahal.

— Pourquoi ? A cause de cette eau qui roulait en permanence ?

— En fait, c'est à Mast, le poète, qu'on le doit. A l'origine le palais s'appelait le Fatima Mahal. Un jour où Mast y donnait un récital de poésie, il fit une analogie entre les larmes incessantes de Khushwaqt et la pluie de la mousson. Le ghazal contenant ce vers particulier devint populaire. De plus, les successeurs du Nawab – y compris son faible fils – fréquentaient davantage les lieux de plaisir du Fatima Mahal pendant la mousson qu'en toute autre saison. Beaucoup de choses s'arrêtaient pendant les pluies, sauf le plaisir. C'est ainsi que le nom a changé.

— Quelle est cette autre histoire que vous vouliez me raconter à propos d'Akbar et Birbal ?

— Akbar et Birbal ?

— Oui, le jour du concert.

— Oh ! Mais il y a tant d'histoires à leur sujet. A laquelle faisais-je référence ? Je veux dire, quel était le contexte ? »

C'est étrange, songea Lata, qu'il ne se rappelle pas ses propres paroles alors que moi je m'en souviens si bien.

« Il me semble que c'était à propos de moi et mes amies : nous vous faisions penser à des singes babillards.

— Ah, oui. » Kabir sourit à ce souvenir. « Voilà l'affaire. Akbar s'ennuyait, alors il demanda aux gens de sa cour de lui raconter quelque chose d'absolument surprenant – pas quelque chose dont ils auraient entendu parler, mais qu'ils auraient vu de leurs propres yeux. L'histoire la plus stupéfiante serait récompensée. Courtisans et ministres, chacun rapporta un fait stupéfiant – rien de nouveau. L'un dit qu'il avait vu un éléphant barrir de terreur devant une fourmi. Un autre qu'il avait vu un bateau voler dans le ciel. Un troisième qu'il avait rencontré un Sheikh capable de déceler un trésor enfoui sous terre. Un quatrième qu'il avait vu un buffle à trois têtes. Etc, etc. Quand arriva le tour de Bibal, il ne dit rien. Puis il finit par admettre qu'il avait vu quelque chose d'inhabituel en se rendant à la cour ce jour-là : une cinquantaine de femmes assises sous un arbre, totalement silencieuses. Et tout le monde convint aussitôt que c'est à Bibal que revenait la récompense. » Kabir termina son histoire en riant à pleine gorge.

Lata s'apprêtait à lui dire qu'elle ne trouvait pas cela drôle quand elle pensa à Mrs Rupa Mehra, incapable de garder le silence pendant deux minutes, qu'elle fût triste, gaie, malade ou en bonne santé, en chemin de fer ou au concert, bref où que ce soit.

« Pourquoi me faites-vous toujours penser à ma mère ? demanda-t-elle.

— Vraiment ? Je n'en avais pourtant pas l'intention. » Et il lui passa de nouveau le bras autour des épaules.

Il se tut, ses pensées allant à sa propre famille. Lata, elle aussi, demeurait silencieuse, reprise par le souvenir de la panique qui l'avait saisie pendant l'examen, et essayant d'en comprendre la cause.

Ils se trouvaient à présent devant Brahmpur, l'activité avait augmenté au bord de l'eau. Le batelier ramait au plus près du rivage. Le bruit leur parvenait d'autres rameurs, de baigneurs s'éclaboussant, se raclant la gorge, toussant, se mouchant ; de corbeaux croassant ; de versets des Ecritures psalmodiés et diffusés par haut-parleur ; et au-delà des rives sablonneuses, le son des conques et des cloches de temples.

A cet endroit, le fleuve coulait plein est, reflétant le soleil qui se levait loin derrière l'université. Une guirlande d'œillets flottait sur l'eau. Des bûchers brûlaient sur le ghat des crémations. On entendait, du Fort, les ordres commandant la parade. Et puis, comme ils continuaient à descendre le courant, de nouveau le bruit du linge battu par les blanchisseurs et les braiments intermittents de leurs ânes.

L'embarcation accosta, Kabir offrit deux roupies au batelier.

Qui refusa avec hauteur.

« Nous nous étions entendus à l'avance, dit-il, la prochaine fois, c'est moi que vous demanderez. »

Quand la barque s'arrêta, Lata fut envahie par une bouffée de tristesse. Elle pensait à ce que Kabir avait dit à propos de la nage et du toboggan – de l'aisance que conférait un nouvel élément, une autre façon de se mouvoir physiquement. Bientôt le sentiment de liberté et d'éloignement du monde qu'ils avaient ressenti allait disparaître. Et quand Kabir l'aida à prendre pied, elle ne s'écarta pas ; ils marchèrent main dans la main le long du rivage vers le bosquet de banians et l'autel miniature.

Il la tira pour qu'elle pût plus facilement gravir la pente et ne glissât pas avec ses sandales. Il peut être doux, se disait-elle, mais il est certainement fort. Elle trouvait incroyable qu'ils n'aient pour ainsi dire pas parlé de l'université, des examens, du cricket, des professeurs, en somme du monde qui s'étendait juste au sommet.

Ils s'assirent sur la racine torsadée des banians jumeaux. Embarrassée, Lata se taisait. Puis elle s'entendit dire : « Kabir, vous intéressez-vous à la politique ? »

Interloqué, il la regarda, dit simplement « Non », et l'embrassa.

Elle perdit la tête. Elle lui rendit son baiser – sans penser à rien – s'émerveillant cependant de se sentir si insouciante et si heureuse.

Mais le baiser s'acheva et Lata se remit à penser, encore plus furieusement qu'avant.

« Je vous aime », dit Kabir.

Puis, comme elle gardait le silence :

« Allez-vous continuer à vous taire ?

— Oh, je vous aime aussi. » C'était une constatation, et Lata s'étonnait qu'elle pût ne pas paraître aussi évidente à Kabir qu'à elle. « Mais ça ne rime à rien de le dire, alors n'en tenez pas compte. »

Kabir s'apprêtait à rétorquer, mais elle ne lui en laissa pas le temps.

« Kabir, pourquoi ne m'avez-vous pas dit votre nom de famille ?

— C'est Durrani.

— Je sais. » A l'entendre prononcer ce nom avec tant de détachement, elle fut de nouveau assaillie par tous les soucis du monde.

« Vous savez ? Mais je me souviens qu'au concert vous avez refusé que nous échangions nos noms.

— Vous êtes musulman, dit-elle calmement.

— Oui, oui, mais en quoi est-ce si important ? C'est pour cela que vous vous êtes montrée si étrange, si distante parfois ? » Il avait une lueur amusée dans les yeux.

« Important ? » C'était au tour de Lata d'être médusée. « Mais c'est ultra-important. Vous ne savez pas ce que cela signifie pour ma famille ? » Refusait-il délibérément de voir les difficultés ou croyait-il vraiment que cela ne faisait aucune différence ?

« Tu m'aimes et je t'aime. C'est tout ce qui compte, dit Kabir en lui prenant la main.

— Et ton père, ça lui est égal ?

— Oui. Contrairement à de nombreuses familles musulmanes, je suppose que nous avons été à l'abri pendant la Partition – et avant. Il ne pense guère à autre chose qu'à ses paramètres et ses périmètres. Et une équation est la même, qu'elle soit écrite à l'encre rouge ou à l'encre verte. Je ne vois vraiment pas pourquoi nous devons parler de cela. »

Lata noua son chandail gris autour de la taille et ils grimpèrent jusqu'au haut du chemin. Ils décidèrent de se retrouver dans trois jours au même endroit, à la même heure. Entre-temps, Kabir avait un travail à faire pour son père. Il détacha sa bicyclette et – après un regard rapide autour de lui – l'embrassa de nouveau.

« As-tu embrassé quelqu'un d'autre ? demanda-t-elle alors qu'il commençait à pédaler.

— Comment cela ? »

Voyant son air amusé, elle ne répéta pas la question.

« Tu veux dire "Ai-je déjà embrassé quelqu'un ?" Non, je ne crois pas. Pas sérieusement. »

Et il s'éloigna.

3.15

Plus tard, ce même jour, Mrs Rupa Mehra était assise avec ses filles, occupée à broder une rose sur un minuscule mouchoir destiné au bébé. Le blanc est une couleur qui convient aux deux sexes, mais Mrs Rupa Mehra trouvait le blanc sur blanc beaucoup trop terne, aussi avait-elle opté pour le jaune. Après sa bien-aimée petite-fille Aparna, elle voulait – et avait prédit – un petit-fils. Elle aurait donc brodé le mouchoir en bleu, si ce n'eût été inviter le Destin à changer le sexe de l'enfant dans l'utérus de sa mère.

Rafi Ahmad Kidwai, le ministre fédéral des Communications, venait d'annoncer l'augmentation des tarifs postaux. Etant donné que vaquer à sa correspondance occupait le tiers du temps de Mrs Rupa Mehra, elle avait accusé le coup. Rafi Sahib était l'homme le moins religieux, le plus modéré qui fût, mais il était musulman. Mrs Rupa Mehra avait besoin de libérer sa colère, et il constituait la cible idéale.

« Nehru est beaucoup trop indulgent avec eux, il ne parle qu'à Azad et Kidwai, il se prend pour le Premier ministre du Pakistan ? Alors, voilà le résultat. »

D'habitude, Lata et Savita laissaient dire, mais ce jour-là Lata protesta :

« Ma, je ne suis pas d'accord du tout. Il est le Premier ministre de l'Inde, pas simplement des hindous. Où est le mal s'il a deux ministres musulmans dans son Cabinet ?

— L'éducation t'a inculqué trop d'idées théoriques », constata Mrs Rupa Mehra qui, d'ordinaire, révérait l'éducation.

Peut-être aussi était-elle fâchée de n'avoir pas réussi, elle et d'autres femmes de sa génération, à persuader Mahesh Kapoor d'accepter une récitation des Ramcharitmanas à Prem Nivas à l'occasion du Ramnavami. Mahesh Kapoor gardait à l'esprit les troubles qui s'étaient produits au temple de Shiva à Chowk, sans compter que nombre des grands propriétaires que sa loi d'abolition des zamindari allait spolier étaient musulmans. Il se disait qu'il lui incombait au moins de ne pas envenimer la situation.

« Je connais tous ces musulmans », répéta Mrs Rupa Mehra, presque pour elle-même, oubliant oncle Shafi et Talat Khala, vieux amis de la famille.

Lata lui jeta un regard indigné, mais ne dit rien. Savita regarda Lata, mais ne dit rien non plus.

« Et ça ne sert à rien de me faire tes gros yeux, protesta Mrs Rupa Mehra à l'adresse de sa fille cadette. Je sais des choses. Des choses que tu ne connais pas. Tu n'as pas l'expérience de la vie.

— Il faut que j'aille étudier », déclara Lata en se levant de la chaise à bascule de Pran, qu'elle occupait.

Mrs Rupa Mehra était d'humeur belliqueuse. « Pourquoi ? Pourquoi dois-tu étudier ? Tes examens sont finis. Toujours travailler, jamais s'amuser est mauvais pour la santé. Reste à parler avec moi. Ou va faire une marche. Ce sera bon pour ton teint.

— J'ai marché ce matin. Je vais toujours marcher.

— Tu es une enfant très entêtée », conclut Mrs Mehra.

C'est vrai, pensa Lata qui, un vague sourire aux lèvres, regagna sa chambre.

Savita, qui avait assisté en spectateur à la dispute, estimait la provocation trop bénigne, trop banale pour susciter ainsi la colère de sa sœur. A l'évidence, Lata avait quelque chose sur le cœur. Savita se rappela soudain l'émotion qu'elle avait manifestée à la suite du coup de téléphone de Malati. Deux plus deux ne faisaient pas encore quatre dans son esprit, mais ces deux chiffres en forme de cygne mis côte à côte avaient quelque chose d'inquiétant. Elle se faisait du souci pour sa sœur. Lata semblait dans un état d'excitation permanent, sans pour autant vouloir se confier à quiconque. Savita décida de saisir la première occasion qui se présenterait de parler seule à seule avec elle.

Lata lisait, allongée sur son lit, le visage dans les mains. Elle avait terminé *Les cochons ont des ailes* et avait entrepris *Galahad à Blandings*. Elle trouvait le titre approprié aux relations qui existaient à présent entre elle et Kabir. Ces trois jours de séparation allaient lui paraître un mois et il lui faudrait le plus grand nombre de Wodehouse possible pour la distraire. L'irruption de sa sœur ne la remplit pas de joie.

« Je peux m'asseoir sur le lit ? » demanda Savita.

Lata acquiesça de la tête.

« Que lis-tu ? »

Lata lui montra la couverture puis reprit sa lecture.

« Je me suis sentie un peu déprimée aujourd'hui, dit Savita.

— Oh. » Lata se redressa et regarda sa sœur. « Tu as tes règles ? »

Savita se mit à rire : « Quand on attend un bébé, on n'a pas ses règles. Tu ne le savais pas ? » Il lui semblait avoir eu connaissance de ce fait élémentaire depuis très longtemps, mais peut-être se trompait-elle.

« Non », dit Lata. Etant donné la diversité des sujets qu'elle abordait dans ses conversations avec Malati – toujours bien informée – il était étonnant que celui-ci n'eût jamais été évoqué. Il lui parut néanmoins tout à fait juste que Savita n'eût pas à affronter deux problèmes physiques à la fois. « Alors qu'y a-t-il ?

— Oh rien. Je ne sais pas ce que c'est. Il m'arrive de me sentir ainsi, c'est plus fréquent ces derniers temps. Peut-être à cause de la santé de Pran. » Elle entoura Lata de ses bras.

Savita n'était pas quelqu'un d'humeur changeante, Lata le savait. Regardant sa sœur avec tendresse, elle dit : « Tu aimes Pran ? » Cela, brusquement, lui semblait extrêmement important.

« Bien entendu, fit Savita, surprise.

— Pourquoi "bien entendu", Didi ?

— Je ne sais pas. Je me sens mieux quand il est là. Je me fais du souci pour lui. Et parfois je me fais du souci pour le bébé.

— Oh, il ira très bien, à en juger par les coups qu'il te donne. »

Elle se recoucha et tenta de reprendre son livre. Mais elle ne pouvait se concentrer, même sur Wodehouse. « Tu aimes être enceinte ? demanda-t-elle au bout d'un moment.

— Oui, dit Savita en souriant.

— Tu aimes être mariée ?

— Oui, dit Savita avec un sourire encore plus large.

— A un homme qu'on a choisi pour toi – que tu ne connaissais pour ainsi dire pas avant de l'épouser ?

— Ne parle pas ainsi de Pran, on a l'impression que tu parles d'un étranger. Tu es bizarre, Lata, parfois. Tu ne l'aimes pas toi aussi ?

— Si. Mais je n'ai pas à être proche de lui de la même façon que toi. Ce que je n'arrive pas à comprendre c'est comment – eh bien, ce sont les autres qui ont décidé qu'il te convenait – et si tu ne le trouvais pas attirant – »

Elle pensait au physique ingrat de Pran et ne croyait pas que sa bonté pouvait tenir lieu de – de quoi ? – d'étincelle.

« Pourquoi me poses-tu toutes ces questions ? demanda Savita, ébouriffant les cheveux de sa sœur.

— Eh bien, il se pourrait qu'un jour je doive affronter un problème de cet ordre.

— Tu es amoureuse, Lata ? »

La tête que caressait Savita sursauta légèrement. Savita avait sa réponse. Et en moins d'une demi-heure elle connaissait tous les détails concernant Kabir, comment, quand ils s'étaient rencontrés. Lata était si soulagée de pouvoir parler à quelqu'un qui l'aimait et la comprenait qu'elle déversa tous ses espoirs, tous ses rêves de félicité. Savita vit tout de suite ce qu'ils avaient d'impossible, mais elle se garda bien d'interrompre sa sœur. Et plus Lata s'exaltait, plus Savita s'attristait.

« Que dois-je faire ? dit Lata.

— Faire ? » répéta Savita. La première réponse qui lui vint à l'esprit fut de lui dire de renoncer à Kabir avant que leur passion ne devienne trop forte, mais elle connaissait trop bien sa sœur pour oser une opinion aussi directe, qui risquait de provoquer une réaction exactement opposée.

« Dois-je en parler à Ma ?

— Non ! Quoi que tu fasses, ne lui dis rien. » Elle imaginait le choc, le chagrin de leur mère.

« Je t'en prie, Didi, n'en parle à personne, à personne.

— Je n'ai aucun secret pour Pran.

— Tu auras celui-ci. S'il te plaît. Les rumeurs vont si vite.

Tu es ma *sœur*. Et cet homme tu ne le connais même pas depuis une année. » Ces mots à peine prononcés, elle regretta d'avoir ainsi parlé de Pran, qu'elle adorait en fait.

Savita opina, avec tristesse. Il fallait qu'elle aide sa sœur. Aussi tout en détestant l'atmosphère de conspiration que sa question risquait de créer, elle demanda :

« Peut-être devrais-je rencontrer Kabir ?

— Je lui demanderai. » Lata était certaine que Kabir ne verrait aucune objection à rencontrer quelqu'un d'éminemment sympathique, mais ne pensait pas non plus qu'il y trouverait un plaisir particulier. Elle ne tenait pas non plus à ce qu'il rencontre quelqu'un de sa famille, pour le moment.

« Sois prudente, Lata. Il est peut-être beau garçon et d'une bonne famille, mais – »

Elle laissa sa phrase en suspens, et Lata essaya de la compléter, de différentes façons...

3.16

En début de soirée, quand la chaleur de la journée fut un peu tombée, Savita alla rendre visite à sa belle-mère, pour laquelle elle éprouvait à présent beaucoup d'affection. Cela faisait près d'une semaine qu'elles ne s'étaient pas vues. Mrs Mahesh Kapoor était dans le jardin et se précipita au-devant de Savita quand elle entendit arriver la tonga. Elle s'inquiétait des incidences sur son état des cahots de la route. Elle lui demanda des nouvelles de sa santé, de celle de Pran, se plaignit de le voir très peu, s'enquit de Mrs Rupa Mehra qui était attendue à Prem Nivas le lendemain, voulut savoir si l'un ou l'autre des frères de Savita était en ville en ce moment. Un peu étonnée de cette question, Savita dit qu'ils n'étaient pas là. Après quoi, les deux femmes commencèrent à faire le tour du jardin.

Il avait l'air un peu sec, bien qu'ayant été arrosé quelques jours auparavant, mais un gul-mohur était en fleurs, avec des pétales d'un rouge cramoisi au lieu du rouge orangé habituel. Tout, se dit Savita, paraissait plus intense dans le jardin de Prem Nivas. Comme si les plantes comprenaient que leur maîtresse, même si elle ne leur reprochait pas une piètre performance, n'était heureuse que si elles se montraient au mieux de leur forme.

Depuis des jours, Gajraj, le chef jardinier, et Mrs Mahesh Kapoor se chamaillaient. Ils étaient d'accord sur ce qu'il fallait couper, sur les variétés dont il convenait de sélectionner les graines, sur les arbustes à émonder, le moment le plus propice pour transplanter les chrysanthèmes dans de plus grands pots. Mais depuis que la terre avait été préparée pour qu'on pût y semer une nouvelle pelouse, un différend apparemment insoluble les opposait l'un à l'autre.

Mrs Mahesh Kapoor proposait que cette année, à titre expérimental, on n'aplanisse pas une partie du terrain avant de semer. Le mali avait trouvé cela d'une excentricité totale, et en contradiction complète avec les instructions habituelles de sa maîtresse. Il serait impossible, disait-il, d'irriguer correctement la pelouse, difficile de la tondre, des flaques de boue se formeraient sous l'effet de la mousson et des pluies d'hiver, le jardin serait infesté de bihoreaux attirés par les dytiques et autres insectes, et le Comité des Expositions florales verrait dans cette absence de nivellement le signe d'un manque d'équilibre – sur le plan esthétique bien entendu.

A quoi Mrs Mahesh Kapoor avait répondu qu'elle n'envisageait l'expérience que pour les pelouses latérales, non pour la pelouse centrale ; qu'elle ne proposait qu'une très légère dénivellation ; qu'il pourrait arroser les parties en hauteur avec un tuyau ; que les rares endroits difficiles à atteindre par la grosse tondeuse émoussée, que traînait le bouvillon blanc et placide du Service des Travaux publics, le seraient par une petite tondeuse fabriquée à l'étranger, qu'elle emprunterait à une amie ; que le Comité des Expositions florales ne regardait le jardin que pendant une heure en février alors qu'elle y trouvait son plaisir pendant toute l'année ; que le niveau n'avait rien à voir avec l'esthétique ; et que, pour tout dire, c'était précisément à cause des flaques de boue et des bihoreaux qu'elle avait proposé l'expérience.

Un jour, en décembre dernier, deux mois après le mariage de Savita, alors que le harsingar aux senteurs de miel était encore en fleurs, que les roses en étaient à leur première pleine floraison, quand les alysses et les œillets de poète commençaient à s'ouvrir, que les plates-bandes de delphiniums aux feuilles duveteuses, du moins ceux que les perdrix n'avaient pas gobés jusqu'à la racine, faisaient de leur mieux pour reprendre de la vigueur face aux rangées de hauts cosmos tout aussi duveteux mais moins tentants, il y avait eu un fabuleux, un torrentiel orage. Il avait fait sombre, froid, on n'avait pas vu le soleil pendant deux jours, mais le jardin s'était rempli d'oiseaux : petits hérons, perdrix, mainates, babillards au plumage gris ébouriffé jacassant par groupes de sept, huppes et bécasses aux couleurs qui lui rappelaient celles du drapeau du Congrès, un couple de vanneaux à la caroncule rouge, sans compter un couple de vautours allant et venant sur le margousier, le bec plein de grosses brindilles. Malgré leur héroïsme dans le Ramayana, Mrs Mahesh Kapoor n'avait jamais pu se faire aux vautours. Mais ce qui l'avait ravie au-delà de tout, c'était les trois hérons, dodus et fripés, chacun sur sa mare, presque totalement immobiles et le regard fixé sur l'eau, bougeant une patte précautionneuse par minute, et parfaitement satisfaits de cet environnement boueux. Mais les mares sur la pelouse plane avaient séché aux premiers rayons du soleil. Cette année, Mrs Mahesh Kapoor entendait offrir l'hospitalité à quelques hérons supplémentaires, et pour cela ne rien laisser au hasard.

Tout ceci, elle l'expliquait à sa belle-fille, le souffle un peu court en raison de son allergie aux fleurs de margousier. Savita se dit que Mrs Mahesh Kapoor avait quelque chose d'un héron bihoreau. Grise, le teint brun terreux, trapue contrairement aux autres membres de l'espèce, inélégante, bancale mais alerte, et d'une patience infinie, elle était capable de déployer brusquement une aile blanche et brillante afin de prendre son vol.

Amusée par son analogie, Savita se mit à sourire. Mais

Mrs Mahesh Kapoor, bien que lui rendant son sourire, ne chercha pas à savoir ce qui la rendait si heureuse.

Quelle différence avec Ma, pensait Savita tandis qu'elles continuaient à se promener dans le jardin. Les ressemblances entre Mrs Mahesh Kapoor et Pran, elle les connaissait, les ressemblances physiques entre Veena et sa mère sautaient aux yeux. Mais que Mrs Mahesh Kapoor ait pu produire un fils comme Maan constituait toujours pour Savita un sujet d'amusement et de stupeur.

3.17

Le lendemain matin, Mrs Rupa Mehra, la vieille Mrs Tandon et Mrs Mahesh Kapoor se réunirent à Prem Nivas pour bavarder. Il était naturel que l'aimable, la douce Mrs Mahesh Kapoor fît office d'hôtesse. Elle était la samdhin – la « co-belle-mère » – de part et d'autre, le maillon de la chaîne. La seule aussi dont le mari fût encore vivant, la seule qui régnât en maîtresse sur sa propre maison.

Mrs Rupa Mehra adorait la compagnie, de toute sorte, et celle-ci était idéale. On leur servit d'abord du thé, et du matthri avec un pickle de mangue, que Mrs Mahesh Kapoor avait préparé elle-même. On s'accorda pour le trouver délicieux. La recette du pickle de mangue fut comparée à celle de sept ou huit autres variantes. Quant au matthri, Mrs Rupa Mehra déclara :

« Il est juste comme il doit être : craquant et feuilleté, mais en même temps il se tient très bien.

— Je ne peux pas en manger beaucoup à cause de ma digestion, dit la vieille Mrs Tandon en se resservant.

— Que peut-on faire quand on vieillit », soupira Mrs Rupa Mehra, dans un esprit de communion. Elle n'avait pas cinquante ans, mais s'imaginait vieille lorsqu'elle se trouvait en compagnie de gens plus âgés ; d'ailleurs, étant veuve depuis plusieurs années, elle avait le sentiment de connaître tout ou partie de l'expérience du vieil âge.

La conversation se déroulait en hindi, avec quelques mots d'anglais. Mrs Mahesh Kapoor, par exemple, lorsqu'elle parlait de son mari, l'appelait souvent « Sahib ministre ». Parfois, en hindi, elle le nommait « le père de Pran ». L'appeler par son prénom eût été impensable. Même « mon mari » lui eût paru inacceptable.

Elles comparèrent les prix des légumes avec ceux de l'année précédente à la même époque. Le Sahib ministre se souciait plus des clauses de sa loi que de sa nourriture, mais parfois il était très contrarié par un plat trop ou pas assez salé – ou trop épicé. Il aimait particulièrement le karela, le plus amer de tous les légumes – plus c'est amer, mieux c'est.

Mrs Rupa Mehra se sentait très proche de la vieille Mrs Tandon. Avec sa conviction que toute personne rencontrée dans un wagon de chemin de fer n'aspire qu'à être intégrée à un noyau de connaissances, elle ne pouvait considérer la samdhin d'une samdhin que comme une quasi-sœur. Elles étaient toutes deux veuves, toutes deux avaient des problèmes avec une belle-fille. Mrs Rupa Mehra se plaignit de Meenakshi ; elle avait déjà raconté, quelques semaines auparavant, l'histoire de la médaille fondue. Mrs Tandon, en revanche, pouvait difficilement se plaindre de Veena et de son goût pour la musique légère en présence de Mrs Mahesh Kapoor.

On aborda aussi le sujet des petits-enfants : Bhaskar, Aparna et le bébé à naître de Savita entrèrent successivement en scène.

Puis la conversation prit un tour très différent.

« Ne pouvons-nous faire quelque chose pour le Ramnavami ? Le Sahib ministre ne changera-t-il pas d'avis ? demanda la vieille Mrs Tandon, probablement la plus pieuse des trois.

— Ouaf ! Que dire, il est si têtu. Et actuellement il est soumis à de telles pressions qu'il s'impatiente à mon moindre mot. J'ai des douleurs ces temps-ci, mais je ne m'en soucie guère, je me fais tant de souci pour lui. » Mrs Kapoor sourit. « Je vais vous dire franchement, poursuivit-elle de sa voix tranquille, j'ai peur de lui parler. Je lui ai dit : d'accord, si tu ne veux pas entendre la totalité des Ramcharitmanas, alors demandons à un prêtre d'en réciter une partie, peut-être juste le Sundar Kenya, et tout ce qu'il a répondu c'est : "Vous les femmes, vous mettrez cette ville à feu et à sang. Faites ce que bon vous semble !" et il a quitté la pièce. »

Mrs Rupa Mehra et la vieille Mrs Tandon firent entendre un murmure de sympathie.

« Un peu plus tard, il arpentait le jardin en pleine chaleur, ce qui n'est bon ni pour lui ni pour les plantes. Je lui ai dit, nous pourrions inviter les futurs beaux-parents de Maan à partager la fête avec nous. Eux aussi aiment écouter des récits. Ça aidera à cimenter les liens. Maan devient si – elle chercha le mot correct – si incontrôlable ces temps-ci... » Sa voix faiblit, chargée de détresse.

A présent, Brahmpur bruissait de rumeurs concernant Maan et Saeeda Bai.

« Et qu'a-t-il dit ? demanda Mrs Rupa Mehra, mourant d'impatience.

— Il m'a simplement fait signe de le laisser en disant : "Tous ces complots, tous ces plans !" »

La vieille Mrs Tandon secoua la tête : « Quand le fils de Zaidi a réussi son examen d'entrée dans l'administration, sa femme a organisé chez elle une lecture de tout le Coran : trente femmes sont venues et chacune a lu un – comment appellent-ils cela ? paara ; oui, un paara. » Le mot semblait lui déplaire.

« Vraiment ? s'indigna Mrs Rupa Mehra, frappée par l'injustice de la situation. Et si je parlais au Sahib ministre ? » Elle avait le vague sentiment que cela pourrait aider.

« Non, non, non ! s'écria Mrs Mahesh Kapoor, terrifiée à la pensée de ces deux fortes personnalités entrant en collision. Il n'en sortira rien. Un jour où je revenais sur le sujet, il est allé jusqu'à me dire : "Puisque tu y tiens tant, va voir ton grand ami le ministre de l'Intérieur – il soutiendra certainement ce mauvais coup." J'étais bien trop effrayée pour ajouter quelque chose. »

Elles se lamentèrent en chœur sur le déclin de la véritable piété.

« De nos jours, constata la vieille Mrs Tandon, chacun veut obtenir de grandes fonctions dans les temples – la

psalmodie, le bhajan, les récitations, les discours, le puja –
mais néglige les cérémonies à la maison.

— Tout à fait vrai, opinèrent les deux autres.

— Au moins, avec notre voisinage, poursuivit-elle, nous
monterons notre propre Ramlila dans six mois. Bhaskar est
trop jeune pour interpréter l'un des principaux personnages, mais il pourra certainement être un singe-guerrier.

— Lata aime beaucoup les singes. » C'était la voix lointaine de Mrs Rupa Mehra.

La vieille Mrs Tandon et Mrs Mahesh Kapoor échangèrent des regards.

Revenant brusquement à la réalité, Mrs Rupa Mehra à
son tour les regarda. « Quoi – Que se passe-t-il ? demanda-t-elle.

— Avant que vous n'arriviez, nous parlions – vous voyez,
simplement... » La vieille Mrs Tandon avait pris un ton
apaisant.

« De Lata ? » dit Mrs Rupa Mehra. Le ton ne lui échappait
pas plus que le regard qu'elle avait surpris.

Les deux dames hochèrent la tête.

« Dites-moi, dites-moi vite.

— Eh bien, voilà, expliqua Mrs Mahesh Kapoor avec
douceur, je vous en prie surveillez votre fille, parce que
quelqu'un l'a vue se promener avec un garçon sur les bords
du Gange, près du dhobi-ghat, hier matin.

— Quel garçon ?

— Cela je l'ignore, mais ils marchaient la main dans la
main.

— Qui les a vus ?

— Pourquoi vous le cacherais-je ? » Toute sa sympathie
passait dans la voix de Mrs Mahesh Kapoor. « C'était le
beau-frère d'Avtar Bhai. Il a reconnu Lata mais pas le garçon. Je lui ai dit que ce devait être un de vos fils, mais je sais
par Savita qu'ils sont à Calcutta. »

Le rouge du chagrin et de la honte commença à envahir
le nez de Mrs Rupa Mehra. Deux larmes dévalèrent ses
joues, et elle fouilla dans son vaste sac à la recherche d'un
mouchoir brodé.

« Hier matin ? » dit-elle d'une voix tremblante.

Elle essayait de se rappeler ce qu'avait prétendu Lata.

Voilà ce qui arrive quand on fait confiance à ses enfants, quand on les laisse aller et venir, se promener partout. Personne n'est à l'abri.

« C'est ce qu'il a dit. Allons – la voix de Mrs Kapoor était toujours aussi douce –, prenez un peu de thé. Ne vous alarmez pas trop. Toutes ces gamines vont voir ces films d'amour modernes et ça leur fait de l'effet, mais Lata est une gentille fille. Il vous suffira de lui parler. »

Mais Mrs Rupa Mehra était très alarmée. Elle avala son thé, qu'elle sucra même par inadvertance, et repartit chez elle dès que la politesse le lui permit.

3.18

Mrs Rupa Mehra pouvait à peine respirer quand elle franchit sa porte.

Dans la tonga, elle avait pleuré. Le tonga-wallah, touché qu'une dame si convenablement habillée se laissât aller ainsi, n'avait cessé de monologuer comme s'il n'avait rien remarqué, elle n'en avait pas moins mouillé tout son mouchoir brodé et son mouchoir de réserve.

« Oh ma fille ! dit-elle, oh ma fille.

— Oui, Ma ? » A la vue du visage strié de larmes de sa mère, Savita sursauta.

« Non, pas toi. Où est cette effrontée de Lata ? »

Savita comprit que sa mère avait découvert quelque chose, mais quoi ? et à quel point ?

« Allons Ma, calme-toi, assieds-toi, prends une tasse de thé, dit-elle en guidant sa mère, qui avait l'air perdue, vers son fauteuil favori.

— Du thé ! Du thé ! Encore et encore du thé ! protesta Mrs Rupa Mehra. Où est-elle ? Qu'allons-nous tous devenir ? Qui va l'épouser désormais ?

— Allons, Ma, ne dramatise pas à l'excès. Tout cela va s'apaiser. »

Mrs Rupa Mehra se redressa brusquement. « Ainsi tu

savais ! Tu savais ! Et tu ne m'as rien dit. Il a fallu que ce soit des étrangers qui me l'apprennent. » Cette nouvelle trahison engendra une nouvelle crise de sanglots. Savita massa les épaules de sa mère, lui passa un autre mouchoir, attendit quelques minutes avant de demander :

« Ne pleure plus, Ma. Qu'as-tu entendu ?

— Oh ma pauvre Lata. Est-il d'une bonne famille au moins ? J'avais le sentiment qu'il se passait quelque chose. Oh mon Dieu ! Que dirait son père s'il était parmi nous ? Oh, ma fille.

— Ma, son père enseigne les mathématiques à l'université. C'est un garçon bien. Et Lata une fille intelligente. »

Mateen apporta le thé, enregistra la scène avec un intérêt respectueux, et repartit vers sa cuisine.

Quelques secondes plus tard, Lata entrait. Elle avait emporté un livre sous les banians et était restée là un bon moment, perdue dans Wodehouse et dans ses propres pensées. Plus que deux jours, plus qu'un jour, et elle reverrait Kabir.

Rien ne la préparait à ce qu'elle voyait, immobile de surprise sur le pas de la porte.

« Où êtes-vous allée, mademoiselle ? demanda Mrs Rupa Mehra, la voix tremblant de colère.

— Marcher.

— Marcher, marcher ! » Le ton de Mrs Rupa Mehra montait crescendo. « Je t'en donnerai de la marche. »

Bouche ouverte, Lata regardait Savita. Qui agita légèrement la tête et la main droite, comme pour dire que ce n'était pas elle qui l'avait trahie.

« Qui est-ce ? Viens ici, viens ici tout de suite.

— Juste un ami, dit Lata en approchant.

— Juste un ami ! Un ami ! Et on se tient la main entre amis ? Est-ce ainsi que je vous ai élevés ? Vous tous – Et est-ce ainsi...

— Ma, reste assise, conseilla Savita, car Mrs Rupa Mehra s'était à moitié levée de son siège.

— Qui te l'a dit ? demanda Lata. La Taiji de Hema ?

— La Taiji de Hema ? Elle trempe là-dedans elle aussi ? » Une nouvelle vague d'indignation secouait Mrs Rupa Mehra. « Elle laisse ses filles courir la ville le soir avec des fleurs dans les cheveux. Qui me l'a dit ? Elle ose me demander qui me l'a dit. Mais personne. On ne parle que de ça en ville, tout le monde le sait. Tout le monde pensait que tu étais une fille bien avec une bonne réputation – et maintenant c'est trop tard. Trop tard, acheva-t-elle dans un sanglot.

— Ma, tu dis toujours que Malati est une si gentille fille, protesta Lata, et pourtant elle a des amis, tu le sais, tout le monde le sait.

— Tais-toi. Je t'interdis de me répondre sur ce ton. Ou je te fiche une paire de claques. Traîner sans pudeur autour du dhobi-ghat et se donner du bon temps.

— Mais Malati –

— Malati ! Malati ! C'est de toi que je parle, pas de Malati. Etudier la médecine et découper des grenouilles – » La voix de Mrs Rupa Mehra monta encore d'un cran. « Tu veux être comme elle ? Et mentir à ta mère. Je ne te laisserai plus jamais sortir seule. Tu resteras à la maison, m'entends-tu ? M'entends-tu ?

— Oui, Ma. » Il était vrai qu'elle avait menti à sa mère pour pouvoir aller retrouver Kabir. La honte l'envahissait, l'enchantement se dissipait, elle était effrayée, malheureuse.

« Comment s'appelle-t-il ?

— Kabir. » Lata devint toute pâle.

« Kabir comment ? »

Lata ne répondit pas. Une larme glissa sur sa joue.

La commisération n'était pas de mise, Mrs Rupa Mehra n'avait que faire de ces larmes ridicules. Elle attrapa l'oreille de sa fille et la tordit. Lata sursauta.

« Il a un nom, n'est-ce pas ? Kabir Lal, Kabir Mehta, quoi d'autre ? Tu attends que le thé refroidisse ? Tu as oublié ? »

Lata ferma les yeux.

« Kabir Durrani », dit-elle, et elle attendit que la maison s'écroule.

Les trois syllabes mortelles firent l'effet attendu. Mrs Rupa Mehra porta la main à son cœur, ouvrit une bouche horrifiée et silencieuse, regarda autour d'elle sans rien voir, et se rassit.

Savita se précipita vers elle, son propre cœur battant la chamade.

Un faible, un dernier espoir restait encore à Mrs Rupa Mehra : « C'est un Parsi ? » demanda-t-elle d'une voix faible, presque suppliante. C'était une pensée odieuse, mais pas aussi abominablement terrifiante. Un regard sur le visage de Savita lui apprit la vérité.

« Un musulman ! » La constatation s'adressait plus à elle-même qu'à l'entourage. « Qu'ai-je donc fait dans ma vie passée pour attirer ceci sur ma fille bien-aimée ? »

Debout à ses côtés, Savita lui tenait la main. Une main inerte. Mrs Rupa Mehra fixait le vide, droit devant elle. Soudain ses yeux se posèrent sur la douce rondeur du ventre de Savita, et un regain d'horreur la saisit.

« Jamais, jamais, jamais – » s'écria-t-elle en se relevant.

Mais à présent, ayant appelé à la rescousse l'image de Kabir, Lata avait repris des forces. Elle rouvrit les yeux. Elle avait cessé de pleurer, et un pli de défi barrait sa bouche.

« Jamais, jamais, au grand jamais – sales, violents, cruels, débauchés –

— Comme Talat Khala ? proposa Lata. Comme oncle Shafi ? Comme le Nawab Sahib de Baitar ? Ou Firoz et Imtiaz ?

— Tu veux l'épouser ? hurla Mrs Rupa Mehra.

— Oui ! » La fureur montait en Lata de seconde en seconde.

« Il t'épousera – et l'année suivante il dira "Talaq talaq talaq" et tu te retrouveras dans la rue. Fille stupide, fille obstinée ! Tu devrais te noyer de honte dans un verre d'eau.

— Je l'épouserai.

— Je t'enfermerai. Comme lorsque tu voulais devenir nonne. »

Savita tenta d'interférer.

« Toi, tu vas dans ta chambre ! C'est mauvais pour ton état. » Mrs Rupa Mehra pointait le doigt dans la bonne direction. Peu habituée à recevoir ainsi des ordres dans sa propre maison, Savita obtempéra humblement.

« Je regrette de ne pas m'être faite nonne, dit Lata. Je me rappelle que Papa disait qu'il faut toujours suivre son cœur.

— Tu oses encore me répondre ? s'indigna Mrs Rupa

Mehra, rendue encore plus furieuse par la mention du nom de son mari. Tu vas voir. »

Elle gifla sa fille deux fois, à toute volée, et fondit instantanément en larmes.

3.19

Mrs Rupa Mehra ne manifestait pas plus de préjugés à l'égard des musulmans que la plupart des femmes hindoues de caste supérieure de son âge et de son milieu. Comme Lata l'avait inopinément fait observer, elle avait même des amis musulmans, dans l'ensemble peu religieux il est vrai. Le Nawab Sahib, peut-être le plus orthodoxe, était plutôt une relation sociale qu'un ami.

Plus Mrs Rupa Mehra réfléchissait, plus l'agitation s'emparait d'elle. Epouser un hindou non khatri était déjà déplaisant. Mais là, c'était carrément indicible. Entre se mêler socialement avec des musulmans et polluer son propre sang, sacrifier sa propre fille, il y avait un monde.

Vers qui pouvait-elle se tourner en cette heure sombre ?

Quand Pran rentra déjeuner et apprit la nouvelle, il suggéra timidement de rencontrer le garçon. Mrs Rupa Mehra bondit à nouveau. C'était absolument hors de question. Pran décida alors de rester à l'écart de l'affaire et de laisser les choses se tasser. Quant à Savita, elle s'efforça de calmer sa mère, de consoler Lata, et de les maintenir dans des pièces séparées – du moins dans la journée.

Jetant un regard sur ce qui l'entourait, Lata se demandait ce qu'elle faisait dans cette maison, avec sa mère, alors que son cœur était ailleurs, partout sauf ici – sur un bateau ou un terrain de cricket, au concert, dans un bosquet de banians ou une villa à la montagne, à Blandings Castle, partout où se trouvait Kabir. Quoi qu'il pût se passer, elle le rencontrerait comme prévu, demain. Elle ne cessait de se répéter que le chemin de l'amour n'est jamais lisse.

Mrs Rupa Mehra prit une carte-lettre et écrivit à Arun, à

Calcutta. Ses larmes tombèrent sur le papier et effacèrent l'encre. Elle ajouta : « P.S. Mes larmes sont tombées sur cette lettre, mais qu'y puis-je ? J'ai le cœur brisé et seul Dieu me montrera la route. Que Sa volonté soit faite. » Les tarifs postaux venant d'augmenter, elle ajouta un timbre à la carte-lettre pré-affranchie.

L'esprit rempli d'amertume, elle décida d'aller voir son père, tout en sachant ce que cette visite aurait d'humiliant. Il avait beau avoir épousé une femme fruste de moitié plus jeune que lui, c'était une union paradisiaque comparée à celle qui menaçait Lata.

Comme prévu, le Dr Kishen Chand Seth rembarra sans ménagement Mrs Rupa Mehra en présence de l'horrible Parvati, lui reprochant d'être une mère inutile. Mais, ajouta-t-il, il semblait que tout le monde fût sans cervelle de nos jours.

La semaine dernière, par exemple, il avait dit à un de ses malades à l'hôpital : « Vous êtes un imbécile. Dans dix ou quinze jours vous serez mort. Dépensez votre argent si ça vous chante dans une opération, ça ne fera que vous tuer plus vite. » Cet imbécile avait paru très bouleversé. A l'évidence, plus personne ne savait donner ou accepter un conseil. Et plus personne ne savait imposer de discipline à ses enfants ; voilà d'où venaient tous les maux du monde.

« Regarde Mahesh Kapoor ! » ajouta-t-il avec satisfaction.

Mrs Rupa Mehra hocha la tête.

« Et toi tu es pire. »

Mrs Rupa Mehra sanglota.

« Tu as pourri l'aîné – il gloussa en se rappelant l'équipée d'Arun dans sa voiture – et maintenant tu as pourri la cadette. Tu ne peux t'en prendre qu'à toi. Et c'est quand il est trop tard que tu viens me demander un avis. »

Sa fille ne répondit pas.

« Et tes bien-aimés Chatterji sont dans le même sac, conclut-il avec satisfaction. J'apprends par certains cercles de Calcutta qu'ils n'ont aucune autorité sur leurs enfants. Aucune. » Une idée lui vint.

Maintenant que les larmes de Mrs Rupa Mehra coulaient

comme il convenait, il lui donna un conseil et lui dit de le mettre immédiatement à exécution.

Mrs Rupa Mehra rentra chez elle, prit un peu d'argent, se rendit tout droit à la gare centrale de Brahmpur, et acheta deux billets pour le prochain train de nuit vers Calcutta.

Au lieu de poster sa lettre à Arun, elle lui expédia un télégramme.

Savita tenta en vain de dissuader sa mère : « Attends au moins début mai, qu'on ait le résultat des examens. Lata se fait tellement de soucis à leur sujet. »

A quoi Mrs Rupa Mehra rétorqua que des résultats d'examen ne signifiaient rien si la réputation de la fille était ruinée, et qu'on pouvait les transmettre par courrier. Elle savait très bien ce qui causait tant de soucis à Lata. Puis elle reporta tout le poids de son angoisse sur Savita en disant que si scènes il y avait entre elle et Lata, elles devaient se dérouler loin des oreilles de Savita. En raison de son état, Savita devait rester calme. « Calme, voilà le mot », martela Mrs Rupa Mehra.

Quant à Lata, elle pinça les lèvres et n'ouvrit pas la bouche quand on lui ordonna de faire ses valises. « Nous partons pour Calcutta demain par le train de 18 h 22 – point final. Et que je ne t'entende pas dire un mot. »

Lata ne dit pas mot. Elle s'interdit de montrer la moindre émotion. Elle fit ses valises avec soin. Elle mangea même un peu au dîner. L'image de Kabir lui tenait compagnie.

Après le dîner, elle s'installa sur le toit pour réfléchir.

En se couchant, elle ne souhaita pas bonne nuit à sa mère qui reposait éveillée dans le lit d'à côté. Mrs Rupa Mehra avait le cœur brisé, mais Lata ne se sentait pas d'humeur charitable.

Elle s'endormit très vite et rêva, entre autres choses, de l'âne d'un blanchisseur qui avait les traits du Dr Makhijani, et qui mâchonnait le grand sac noir de Mrs Rupa Mehra, avec toutes ses petites étoiles d'argent.

Elle se réveilla reposée. Il faisait encore nuit. Le rendez-vous avec Kabir était fixé à six heures. Elle se rendit dans la salle d'eau, la ferma à clef de l'intérieur et de là se glissa dans le jardin. Elle n'osa pas prendre un chandail, ce qui aurait pu éveiller les soupçons de sa mère. De toute façon, l'air était doux.

Mais elle tremblait. Elle marcha vers la pente boueuse, puis descendit le chemin. Kabir l'attendait, assis sur leur racine dans le bosquet de banians. Il se leva en l'entendant arriver. Il avait les cheveux ébouriffés et paraissait endormi. Il étouffa même un bâillement quand elle approcha. A la lumière de l'aube, son visage semblait encore plus beau que lorsqu'il avait ri, tête renversée, près du terrain de cricket.

Il la trouva tendue, excitée, mais pas malheureuse. Ils s'embrassèrent. Puis Kabir dit :

« Bonjour.

— Bonjour.

— As-tu bien dormi ?

— Très bien, merci. J'ai rêvé d'un âne.

— Oh, pas de moi ?

— Non.

— Je ne me souviens pas de quoi j'ai rêvé, mais je n'ai pas eu une nuit reposante.

— J'adore dormir. Je peux dormir neuf ou dix heures par jour.

— Ah... Tu n'as pas froid ? Pourquoi ne mets-tu pas cela ? » Kabir lui tendit son pull-over.

« Il me tardait de te revoir.

— Lata ? Pourquoi es-tu bouleversée ? » Ses yeux brillaient d'un éclat inhabituel.

« Pour rien, dit-elle, luttant pour rentrer ses larmes. Je ne sais pas quand nous nous reverrons.

— Que s'est-il passé ?

— Je pars pour Calcutta ce soir. Ma mère sait tout. Quand elle a entendu ton nom, elle a piqué une crise – je t'ai dit comment est ma famille.

— Oh non », fit Kabir, et il s'assit sur la racine.

Lata s'assit aussi. « Tu m'aimes encore ? demanda-t-elle au bout d'un moment.

— Encore ? » Kabir eut un rire amer. « Qu'est-ce qu'il te prend ?

— Tu te souviens de ce que tu as dit la dernière fois : que nous nous aimons et que c'est tout ce qui compte ?

— Oui. Et c'est vrai.

— Partons d'ici –

— D'ici – pour aller où ?

— N'importe où – dans les montagnes – n'importe où.

— Et tout abandonner ?

— Tout. Ça m'est égal. J'ai même empaqueté certaines choses. »

Ce petit côté pratique le fit sourire. « Lata, nous n'aboutirons à rien si nous nous enfuyons. Attendons de voir comment les choses vont tourner. Nous les ferons tourner.

— Je croyais que tu vivais dans l'attente de nos rendez-vous. »

Il la prit contre lui.

« C'est vrai. Mais nous ne pouvons pas tout décider. Je ne veux pas te décevoir, mais –

— Tu me déçois, tu me déçois. Combien de temps devrons-nous patienter ?

— Deux ans, j'imagine. D'abord je dois passer mon diplôme. Ensuite je vais postuler pour entrer à Cambridge – ou peut-être passer le concours du ministère indien des Affaires étrangères –

— Ah ! » Il y avait une douleur physique dans ce cri.

Il s'interrompit, comprenant combien il avait dû lui paraître égoïste.

« Je serai mariée d'ici deux ans. » Elle enfouit son visage dans ses mains. « Tu n'es pas une fille. Tu ne comprends pas. Ma mère pourrait même ne pas me laisser revenir à Brahmpur – » Deux vers lui revinrent en mémoire :

> *Ne déserte pas l'amitié. Avec moi renie*
> *Le royaume enchanteur de Mr Nowrojee.*

Elle se leva, n'essayant pas de cacher ses larmes. « Je m'en vais.

— Lata, je t'en prie, ne pars pas. Ecoute. Quand aurons-nous de nouveau l'occasion de nous parler ? Si nous ne parlons pas maintenant – »

Lata remontait le chemin à toute vitesse, désireuse à présent de lui échapper.

« Lata, sois raisonnable. »

Elle avait atteint le sommet, Kabir sur ses talons. Elle lui parut si lointaine, comme emmurée, qu'il n'osa pas la toucher. Il risquait de se faire rabrouer, avec une autre remarque acerbe.

A mi-chemin de la maison se dressait un buisson de kamins à la senteur puissante, certains de la hauteur d'un arbre. L'air embaumait de cette odeur, les petites fleurs blanches se détachant contre les feuilles d'un vert sombre, le sol couvert de pétales. En passant dessous, Kabir froissa doucement les feuilles ; une pluie de pétales odorants tomba sur les cheveux de Lata. Rien n'indiqua qu'elle s'en était aperçue.

Ils continuèrent à marcher en silence. Puis Lata se retourna.

« C'est le mari de ma sœur, là-bas, en robe de chambre. Ils me cherchent. Retourne sur tes pas. Personne ne nous a vus encore.

— Oui, le Dr Kapoor. Je sais. Je – je lui parlerai. Je les convaincrai –

— Tu ne peux pas marquer quatre points tous les jours. »

Kabir s'arrêta net, l'air plus stupéfait que malheureux. Lata continua d'avancer sans le regarder.

Elle ne voulait plus jamais le revoir.

A la maison, Mrs Rupa Mehra était en pleine crise d'hystérie. Pran était sinistre. Savita avait pleuré. Lata refusa de répondre à la moindre question.

Mrs Rupa Mehra et Lata partirent pour Calcutta le soir même, Mrs Rupa Mehra ne cessant d'égrener sa litanie : Lata, fille indigne et si ingrate ; qui forçait sa mère à quitter Brahmpur avant Ramnavami ; qui était la cause d'une séparation et de dépenses si malvenues.

Ne recevant pas de réponse, elle finit par laisser tomber. Pour une fois, elle n'adressa pour ainsi dire pas la parole aux autres voyageurs.

Lata ne bougeait pas. Elle regarda par la fenêtre du compartiment jusqu'à ce qu'il fît complètement noir. Elle était déchirée, humiliée. Elle était dégoûtée de sa mère, de Kabir, et de ce gâchis qu'était la vie.

Quatrième partie

Pendant que Lata tombait amoureuse de Kabir, une série
d'événements très différents se déroulait dans le Vieux
Brahmpur, non sans rapport avec son histoire cependant.
Ils concernaient la sœur de Pran, Veena, et sa famille.

Rentrant chez elle, dans sa maison de Misri Mandi, Veena
Tandon y fut accueillie par un baiser de son fils, qu'elle
accepta avec bonheur en dépit du fait que Bhaskar avait un
rhume. Puis l'enfant revint en courant vers le canapé qu'il
occupait déjà – entre son père d'un côté et l'invité de son
père de l'autre – et continua son explication sur les pouvoirs
du nombre dix.

Kedarnath Tandon couva son fils d'un regard indulgent,
mais, satisfait de savoir que Bhaskar était un génie, ne prêta
pas beaucoup d'attention à ce qu'il disait. Son invité,
Haresh Khanna, qui lui avait été présenté par une connaissance commune dans le milieu de la chaussure, aurait
préféré parler cuir et commerce, mais se dit qu'il valait
mieux complaire au fils de son hôte – d'autant que Bhaskar,
transporté d'enthousiasme, eût été très déçu de perdre son
auditoire alors qu'on lui avait interdit d'aller jouer au cerf-
volant. Haresh Khanna s'efforça donc de se concentrer sur
ce que l'enfant disait.

« Eh bien, vous voyez, Haresh Chacha, les choses se passent ainsi. D'abord vous avez dix, juste dix, c'est-à-dire dix
puissance un. Puis vous avez cent, c'est-à-dire dix fois dix,
soit dix puissance deux. Ensuite mille, soit dix puissance
trois ; dix mille qui sont dix puissance quatre – mais c'est là
que le problème commence, comprenez-vous ? Il n'existe
pas de mot spécial pour cela. Dix à la puissance cinq, cela

fait un lakh ; dix puissance six égale un million, dix puissance sept égale un crore, et puis nous tombons de nouveau sur une puissance sans nom : dix puissance huit. Ce n'est pas normal. Ensuite on passe à dix puissance neuf, soit un milliard, et on tombe sur dix puissance dix. Et là, ce qui est stupéfiant, c'est qu'il n'existe pas de mot, ni en anglais ni en hindi, pour un nombre aussi important. Vous n'êtes pas de mon avis, Haresh Chacha ? conclut-il les yeux brillants.

— Mais vois-tu, dit Haresh fouillant dans sa mémoire, je pense que ce mot existe. Les tanneurs chinois de Calcutta, avec lesquels nous sommes en affaires, m'ont dit qu'ils utilisent le nombre dix mille comme unité de compte. Comment ils l'appellent, j'ai oublié, mais ils s'en servent comme nous le faisons du lakh. »

Bhaskar ne se tenait plus d'excitation. « Haresh Chacha, vous devez trouver ce mot pour moi, je dois le connaître. » Une flamme mystique brûlait dans ses yeux, un éclat extraordinaire illuminait son petit visage de grenouille.

« D'accord. Je vais te dire ce que je vais faire. Quand je serai rentré à Kanpur, je me renseignerai et dès que j'aurai trouvé je t'écrirai. Qui sait, peut-être même ont-ils un mot pour dix à la puissance huit. »

Bhaskar poussa un profond soupir : « Quand retournez-vous à Kanpur ? » Il manifestait le bonheur du collectionneur de timbres à qui un étranger procure les deux exemplaires manquant à une série.

Veena, qui apportait le thé, tança son fils pour son incorrection et demanda à Haresh combien de cuillerées de sucre il prenait.

Lequel Haresh ne manqua pas d'observer que lorsqu'il l'avait vue quelques minutes auparavant, Veena allait nu-tête et qu'à présent, revenant de la cuisine, elle l'avait recouverte de son sari. Il devina qu'elle avait obtempéré à une requête de sa belle-mère. Bien que Veena fût un peu plus âgée que lui, et bien en chair, il fut frappé aussi par l'animation du visage. Les légères touches d'anxiété qu'on lisait dans ses yeux ne faisaient qu'ajouter à la vivacité de son caractère.

Veena, pour sa part, ne put s'empêcher de remarquer que l'invité de son mari était un fort bel homme. Petit mais pas trapu, bien bâti, le teint clair, un visage carré plutôt qu'ovale. Des yeux pas très grands, mais dont le regard direct traduisait, pensa-t-elle, un caractère franc. Chemise de soie et agates en boutons de manchette, nota-t-elle encore.

« A présent, Bhaskar, va rejoindre ta grand-mère, ordonna Veena. L'ami de Papa a des choses importantes à lui dire. »

Bhaskar jeta vers les deux hommes un regard inquisiteur. Les paupières toujours closes, son père sentit que l'enfant attendait qu'il parle. « Va, dit-il, fais ce que ta mère demande. »

Haresh se contenta de sourire. Bhaskar s'en alla, fâché d'être ainsi exclu.

« Ne vous en faites pas pour lui, il ne reste jamais fâché très longtemps, s'excusa Veena. Il n'aime pas être tenu à l'écart de choses qui l'intéressent. Quand nous jouons au chaupar Kedarnath et moi, nous nous assurons que Bhaskar n'est pas là, autrement il veut jouer – et nous battre. C'est vraiment lassant.

— J'imagine, dit Haresh.

— L'ennui, c'est qu'il n'a personne à qui parler de ses mathématiques, et parfois il se replie sur lui-même. Ses professeurs à l'école sont davantage inquiets que fiers de lui. Certaines fois, il semble se tromper volontairement. Si une question l'ennuie par exemple. Un jour, il était très jeune, je me rappelle que Maan – c'est mon frère – lui demanda combien font 17 moins 6. Il obtint la bonne réponse, alors il lui demanda de soustraire à nouveau 6. Puis encore 6 quand Bhaskar lui eut dit 5. Alors le petit se mit à pleurer ! "Maama, Maan me tend un piège. Empêche-le !" Et il ne lui a plus parlé pendant une semaine.

— Disons pendant un jour ou deux, corrigea Kedarnath. Mais c'était avant qu'il apprenne les nombres négatifs. Quand il les a sus, il insistait à longueur de journée pour soustraire de grosses choses de choses plus petites. Un peu, j'imagine, ce qui se passe dans mon travail, ça lui enseigne la pratique...

— Au fait, dit Veena, je crois que tu devrais sortir cet

après-midi. Bajaj est passé dans la matinée et, ne te trouvant pas, a dit qu'il reviendrait vers trois heures. »

De leur expression à tous deux, Haresh conclut que Bajaj devait être un créancier.

« Quand la grève sera terminée, les choses vont s'améliorer, expliqua Kedarnath. Pour le moment, je suis un peu dans le rouge.

— Le problème, reprit Veena, c'est que les gens se méfient tellement. Et les dirigeants, ici, ne font qu'aggraver la situation. Comme mon père est très occupé par son ministère et les propositions de loi, Kedarnath tente de l'aider en maintenant le contact avec ses électeurs. Aussi quand ils ont des ennuis, les gens viennent le trouver. Mais cette fois-ci, quand Kedarnath a tenté de jouer les médiateurs et bien que – je sais que je ne devrais pas dire cela et qu'il n'aime pas que je le dise, mais c'est la vérité –, bien qu'il soit très aimé et respecté par les deux parties, les leaders des fabricants de chaussures ont miné tous ses efforts – juste parce qu'il est négociant.

— Ce n'est pas tout à fait cela », corrigea Kedarnath, mais il décida d'attendre pour s'expliquer que Haresh et lui se retrouvent en tête à tête. Il avait à nouveau fermé les yeux. Haresh eut l'air un peu inquiet.

« Ne vous en faites pas, dit Veena, il ne dort pas, il ne s'ennuie pas, et il ne dit pas non plus ses prières d'avant le repas. Il fait cela tout le temps. Même à notre mariage – mais ça se remarquait moins derrière toutes ces guirlandes de fleurs. »

Elle se leva pour voir si le riz était prêt. Quand les hommes eurent été servis et eurent fini de manger, la vieille Mrs Tandon vint échanger quelques mots. Apprenant que Haresh Khanna était originaire de Delhi, elle lui demanda s'il appartenait aux Khanna de Neel Darvaza ou à ceux qui habitaient Lakkhi Kothi. Haresh lui ayant confirmé qu'il était de la branche Neel Darvaza, elle dit qu'elle s'y était rendue petite fille.

Haresh lui décrivit les changements survenus depuis lors, raconta quelques anecdotes personnelles, ne tarit pas d'éloges sur la nourriture végétarienne simple mais succulente que les deux femmes avaient préparée, bref séduisit la vieille dame.

« Mon fils voyage beaucoup, lui confia-t-elle, et personne ne le nourrit convenablement. Même ici, si ce n'était pas moi –

— Tout à fait exact, dit Veena, essayant de lui couper l'herbe sous le pied. C'est si important pour un homme d'être traité comme un enfant. En matière de nourriture, bien entendu. Kedarnath – je veux dire le père de Bhaskar – elle se reprit devant le regard que lui jeta sa belle-mère – adore la cuisine de sa mère. Dommage que les hommes n'aiment pas qu'on leur chante des berceuses pour les endormir. »

Haresh plissa les paupières, ne laissant filtrer qu'une lueur amusée, mais il garda lèvres closes.

« Je me demande si Bhaskar continuera à aimer la nourriture que je prépare, poursuivit Veena. Probablement pas. Quand il se mariera –

— Vraiment », protesta Kedarnath en levant la main.

Haresh remarqua les vilaines cicatrices qui barraient la paume.

« Quoi, qu'ai-je fait ? » Veena feignait l'innocence, mais elle changea de sujet. L'honnêteté de son mari l'effrayait presque, et elle ne voulait pas qu'il la juge mal.

« Vous savez, reprit-elle, je me reproche l'obsession de Bhaskar pour les mathématiques. Je l'ai prénommé ainsi à cause du soleil. Et puis, alors qu'il avait un an, quelqu'un m'a dit qu'il avait existé un grand mathématicien du nom de Bhaskar, et maintenant mon fils ne peut plus vivre sans les mathématiques. Les noms sont terriblement importants. Mon père n'était pas là quand je suis née et ma mère m'a baptisée Veena, pensant que cela lui plairait, étant donné son goût pour la musique. Le résultat, c'est que je suis obsédée par la musique et que je ne peux pas vivre sans.

— Vraiment ? Et vous jouez du veena ?

— Non, dit Veena en riant, je chante. Je chante. Je ne peux pas vivre non plus sans chanter. »

La vieille Mrs Tandon se leva et quitta la pièce.

Bientôt suivie, sur un haussement d'épaules, par Veena.

Les deux hommes demeurèrent seuls et Haresh – que son employeur, la Société des Cuirs et Chaussures de Cawnpore, avait mandaté à Brahmpur pour acheter des matériaux – se tourna vers Kedarnath : « J'ai fait le tour des marchés ces derniers jours et j'ai une certaine idée de ce qui se passe, ou du moins de ce qui est censé se passer. Néanmoins, je ne suis pas sûr d'avoir bien compris. Notamment votre système de crédit – avec vos traites et vos billets à ordre. Et pourquoi les petits fabricants – ceux qui travaillent à domicile – se sont-ils mis en grève ? Ça ne peut que leur faire un tort considérable. Et rendre la situation très difficile pour les négociants comme vous, qui leur achetez directement.

— Je dois reconnaître, dit Kedarnath en passant la main dans ses cheveux grisonnants, que le système de crédit m'a déconcerté moi aussi au début. Comme je vous l'ai déjà raconté, nous avons été obligés de quitter Lahore au moment de la Partition et, à cette époque, je n'étais pas exactement dans le négoce de la chaussure. Je suis passé par Agra et Kanpur avant d'arriver ici et, vous avez raison, le système qui prévaut à Kanpur n'a rien à voir avec celui-ci. Etes-vous allé à Agra ?

— Oui. Mais c'était avant d'entrer dans l'industrie.

— Eh bien, à Agra, ils ont un système plus ou moins semblable au nôtre. » Et Kedarnath entreprit d'en tracer les grandes lignes.

Parce qu'ils étaient en permanence à court de liquidités, les négociants payaient les fabricants en partie avec des billets à ordre post-datés. Lesquels fabricants, afin d'avoir les liquidités leur permettant d'acheter la matière première, escomptaient ces billets. Depuis des années, ils avaient le sentiment de se faire exploiter par les négociants, à qui ils octroyaient en somme un crédit sans garantie. Finalement, quand les négociants, en bloc, avaient refusé de convertir leurs billets à ordre en argent comptant, les cordonniers s'étaient mis en grève.

« Et naturellement, vous avez raison, conclut Kedarnath,

cette grève fait du tort à tout le monde – eux risquent la famine, et nous la ruine.

— Je suppose que les fabricants peuvent prétendre qu'avec ce système de billets, ce sont eux qui financent votre expansion. »

Il n'y avait pas trace d'accusation dans cette réplique de Haresh, simplement la curiosité d'un homme pragmatique qui tente de rétablir les faits dans leur exactitude.

« C'est effectivement ce qu'ils proclament, reconnut Kedarnath. Mais c'est aussi leur propre expansion, l'expansion de l'ensemble du marché, qu'ils financent. Par ailleurs, les règlements ne s'effectuent que partiellement par billets à ordre post-datés. L'essentiel continue à se payer comptant. Tout le monde s'est mis brusquement à voir la situation d'une manière catégorique : noir ou blanc, les négociants étant bien entendu du côté noir. C'est une bonne chose que le ministre de l'Intérieur, L.N. Agarwal, vienne d'une communauté de commerçants. Il est le député d'une partie de cette circonscription, et il comprend notre point de vue. Le père de ma femme ne s'entend pas bien avec lui sur le plan politique – ni même personnel en réalité – mais, comme je le dis à Veena quand elle est d'humeur à m'écouter, Agarwal comprend mieux le monde des affaires que son père.

— Croyez-vous que vous pourriez me guider dans Misri Mandi cet après-midi ? demanda Haresh. J'aurais ainsi une meilleure perspective de la situation. »

Deux puissants ministres, rivaux qui plus est, représentant deux circonscriptions voisines, voilà qui ne manquait pas d'intérêt.

Kedarnath hésitait sur la réponse à donner, et Haresh dut le voir à son visage. Kedarnath était impressionné par les connaissances techniques de Haresh en matière de fabrication de chaussures et par son esprit d'entreprise. Il songeait à lui proposer une affaire. Peut-être, se disait-il, la Société Cawnpore jugerait-elle intéressant d'acheter les chaussures chez lui, directement. Après tout il arrivait que des firmes de cette importance reçoivent de petites commandes de magasins, 5 000 paires par exemple de tel modèle particulier, qui ne justifiaient pas que l'usine se rééquipe avec l'outillage nécessaire. Si, dans ces cas-là, Kedarnath pouvait leur garantir la fourniture de modèles de qualité, fabriqués par les artisans de Brahmpur, et leur expédition à Kanpur, tout le monde y trouverait son compte.

Néanmoins on vivait des jours difficiles, soumis à une grande pression financière, et Haresh risquait de se faire une opinion défavorable du commerce de la chaussure à Brahmpur, de son honnêteté ou de son efficacité.

La gentillesse de Haresh à l'égard de Bhaskar et son attitude respectueuse envers la vieille Mrs Tandon firent toutefois pencher la balance. « D'accord, je vous accompagnerai, dit Kedarnath. Mais le marché n'ouvre vraiment que plus tard, en fin d'après-midi – même en l'état où la grève l'a réduit. La Halle aux chaussures de Brahmpur, où j'ai ma boutique, ouvre à dix-huit heures. Mais, entre-temps, je suggère de vous conduire dans certains endroits où se fabriquent les chaussures. Ça vous changera de ce que vous avez vu en Angleterre – ou dans votre usine de Kanpur. »

Haresh accepta avec empressement.

En descendant l'escalier, inondé par le soleil de l'après-midi filtrant au travers du treillis, Haresh remarqua la similitude d'architecture – en plus petit – entre cette maison et celle de son père adoptif à Neel Darvaza.

Au coin de la ruelle, à l'endroit où elle débouchait sur une artère un peu plus large et plus peuplée, se tenait un vendeur de paan. Ils s'arrêtèrent. « Nature ou doux ? » demanda Kedarnath.

« Nature, avec du tabac. »

Ils s'éloignèrent côte à côte et, pendant cinq bonnes minutes, Haresh ne dit pas un mot, la bouche pleine du paan qu'il n'avalait pas. Il le cracherait plus tard, dans le caniveau qui bordait la ruelle. Mais pour le moment, sous l'effet de la légère griserie du tabac, de l'agitation qui l'entourait – les cris, les bavardages, les timbres de bicyclettes, les clarines des vaches, les cloches du temple de Radhakrishna, il se trouvait de nouveau transporté dans cette ruelle proche de la maison de son père adoptif, dans le

Vieux Delhi, où il avait été élevé après la mort de ses parents.

Quant à Kedarnath, bien qu'il eût pris un paan nature, il ne parlait pas davantage. Il allait conduire ce jeune homme en chemise de soie dans l'un des quartiers les plus pauvres de la ville où les cordonniers jatavs vivaient et travaillaient dans des conditions de misère abjecte, et il se demandait comment il réagirait. Il songeait à sa propre situation qui, de riche qu'il était à Lahore, l'avait plongé dans le dénuement en 1947 ; à la sécurité qu'il avait conquise de haute lutte ces dernières années, pour Veena et Bhaskar ; aux problèmes de la présente grève et aux dangers qu'elle signifiait pour eux. Qu'il y eût une étincelle de génie en son fils, il en était fermement convaincu. Il rêvait de l'envoyer dans une école comme Doon et peut-être même plus tard à Oxford ou à Cambridge. Mais les temps étaient difficiles, et que Bhaskar pût obtenir l'éducation qu'il méritait, que Veena pût continuer à pratiquer la musique dont elle avait un besoin presque vital, voilà les questions qui l'angoissaient et le faisaient vieillir avant l'heure.

Mais elles sont les compagnes de l'amour, se disait-il ; autant me demander si je voudrais récupérer une tête sans cheveux blancs en échange de ma femme et de mon enfant.

4.3

Ils débouchèrent sur une venelle encore plus large, puis sur une rue chaude, poussiéreuse, non loin du Chowk. Un quartier surpeuplé qui comptait deux éléments remarquables. L'un, un énorme bâtiment rose de trois étages, était le kotwali, le poste de police de la ville, le plus grand du Purva Pradesh. L'autre, une centaine de mètres plus loin, la belle et austère mosquée Alamgiri, construite sur les ordres de l'empereur Aurangzeb, au cœur de la cité, sur les ruines d'un grand temple.

Les archives mogholes et britanniques attestent, dans ces

parages, une succession d'émeutes entre hindous et musulmans. On ignore le fait exact qui provoqua la colère de l'empereur. Il fut, il est vrai, le moins tolérant des grands souverains de sa dynastie, mais la région autour de Brahmpur avait jusque-là échappé à ses pires excès. La remise en vigueur de la taille sur les incroyants, impôt qu'avait supprimé son arrière-grand-père Akbar, toucha les citoyens de Brahmpur, comme ceux de tout l'empire. Mais pour aller jusqu'à faire raser un temple, il fallait d'ordinaire des motifs exceptionnels, la conviction par exemple qu'il servait de refuge à la résistance, armée ou politique. Les apologistes d'Aurangzeb affirmèrent que sa réputation d'intolérance était excessive et qu'il s'était montré aussi dur envers les chiites qu'envers les hindous. Mais les 250 années qui s'étaient écoulées depuis n'avaient pas atténué la haine de la communauté hindoue orthodoxe de Brahmpur envers l'homme qui avait osé détruire l'un des temples les plus révérés du grand destructeur, Shiva en personne.

La rumeur voulait que, la nuit précédant l'anéantissement, les prêtres du temple Chandrachur (ainsi qu'ils l'appelaient) eussent sauvé le grand linga-Shiva érigé dans le sanctuaire intérieur. Ils l'enfouirent non dans un puits profond, comme c'était souvent le cas à l'époque, mais dans les hauts-fonds sablonneux du Gange, près du terrain de crémation. Comment l'immense objet de pierre fut-il transporté là, on l'ignore. Apparemment le secret de la cache se transmit pendant plus de dix générations, de grand prêtre en grand prêtre. De toutes les images du culte hindou, c'est probablement le phallus sacré, le linga-Shiva, qui suscitait le plus grand mépris des théologiens islamistes orthodoxes. Partout où ils pouvaient le détruire, ils le faisaient, persuadés de la justesse de leur acte. Tant que le risque demeura de voir resurgir le péril musulman, les prêtres ne divulguèrent pas leur secret. Mais après l'Indépendance et la Partition entre l'Inde et le Pakistan, le prêtre du temple Chandrachur – qui vivait, misérable, dans une hutte près du ghat des crémations – jugea qu'il pouvait se montrer et s'identifier. Il s'efforça de faire reconstruire son temple et demanda que l'on procède à des fouilles pour retrouver le linga-Shiva. Au début, le Service archéologique avait refusé de croire les indications qu'il donnait quant à l'emplacement de la statue. Aucun document ne venait corroborer la rumeur de sa préservation. Et même si elle reposait sur une réalité, le cours du Gange s'était modifié entre-temps, les hauts-fonds avaient bougé, et la transmission orale des mantras (non écrits) décrivant cet emplacement pouvait en avoir accentué l'inexactitude. Peut- être aussi les fonctionnaires du Service archéologique avaient-ils été avertis des conséquences que risquait d'entraîner la mise au jour du linga et avaient-ils décidé que dans l'intérêt de la paix publique, il valait mieux garder l'objet horizontal sous le sable plutôt que vertical dans un sanctuaire. Quoi qu'il en soit, le prêtre n'obtint aucune aide de leur part.

Quand ils passèrent sous les murs rouges de la mosquée, Haresh demanda pourquoi on avait hissé des drapeaux noirs au-dessus des portes. D'une voix indifférente, Kedarnath expliqua qu'ils étaient apparus la semaine dernière quand on avait commencé à creuser le sol d'un terrain voisin afin d'y construire un temple. Lui qui avait perdu sa maison, sa terre et ses moyens de subsistance à Lahore semblait non pas tant en vouloir aux musulmans qu'être excédé par les zélotes religieux en général.

« Un pujari a localisé un linga-Shiva dans le Gange, dit-il. Il est supposé avoir appartenu au temple Chandrachur, le grand temple de Shiva détruit, paraît-il, sur ordre d'Aurangzeb. On remarque effectivement quelques bouts de sculpture hindoue sur les piliers de la mosquée, qui doit donc avoir été érigée à partir d'un temple en ruine, Dieu sait quand. Attention où vous mettez les pieds ! »

Haresh évita de justesse une crotte de chien. Il aurait été fort marri de souiller ses élégantes bottines en cuir marron.

« En tout cas, reprit Kedarnath, le Raja de Marh possède un droit sur la maison qui se dresse – ou plutôt qui se dressait – derrière le mur ouest de la mosquée. Il l'a fait démolir et a construit un temple à la place. Un nouveau temple Chandrachur. C'est un vrai fou. Comme il ne peut pas abattre la mosquée et reconstruire sur le site original, il a décidé de le faire sur le site contigu, à l'ouest, et d'installer le linga dans le sanctuaire. Il ne se tient plus de joie à la pensée que les musulmans s'inclineront dans la direction de son linga-Shiva cinq fois par jour. »

Apercevant un rickshaw vide, Kedarnath le héla. « A Ravidaspur », dit-il. Puis il continua son monologue. « Pour un peuple prétendument aimable et spirituel, nous semblons prendre un malin plaisir à enfoncer le nez des autres dans la crotte, non ? Il m'est impossible de comprendre quelqu'un comme le Raja de Marh. Il se prend pour un nouveau Ganesh dont la mission consiste à vaincre les démons à la tête des armées de Shiva. Et pourtant il couche avec la moitié des courtisanes musulmanes de la ville. La pose de la première pierre du temple a entraîné la mort de deux personnes. Non qu'il s'en soucie le moins du monde, il en a probablement fait assassiner vingt fois plus à l'époque où il régnait sur son Etat. L'un des deux morts était musulman, et c'est pourquoi les mollahs ont hissé les drapeaux noirs à la porte de la mosquée. Et si vous regardez bien, vous en verrez d'autres, plus petits, sur les minarets. »

Haresh se retourna pour regarder, mais soudain le cyclo-pousse, qui avait pris de la vitesse en descendant la côte, heurta l'arrière d'une voiture qui roulait lentement, et s'arrêta brutalement. Personne ne fut blessé, seuls deux rayons de roue du cyclo furent tordus. Le rickshaw-wallah, petit homme mince d'apparence timide, bondit de sa selle, jeta un coup d'œil rapide à sa roue avant, et tapa avec fureur à la vitre de la voiture.

« Donne-moi de l'argent ! Phataphat ! Tout de suite ! » brailla-t-il.

Le chauffeur en livrée et les passagers, deux femmes d'âge moyen, eurent l'air abasourdi par cette soudaine explosion. Le temps de se remettre, et le chauffeur passait la tête par la vitre :

« Pourquoi ? hurla-t-il. Tu descendais en roue libre. Nous ne bougions même pas. Si tu veux te suicider, c'est à moi de payer ton enterrement ?

— De l'argent ! Vite ! Trois thunes – trois roupies », ordonna le rickshaw-wallah avec la brusquerie d'un bandit de grand chemin.

Le chauffeur détourna la tête, ce qui ne fit qu'augmenter la colère de l'autre :

« Fils de pute ! Je ne vais pas attendre toute la journée. Si tu ne payes pas les dommages, ta voiture va en prendre pour son grade. »

Le chauffeur aurait probablement sorti lui aussi son lot d'insultes, mais la présence de ses employeurs, qui commençaient à s'énerver, lui cloua le bec.

Un autre cyclo passa, qui cria à son collègue : « Vas-y, mon frère, n'aie pas peur. » A présent, une vingtaine de personnes s'étaient rassemblées, qui observaient le spectacle.

« Oh, paie-le, et allons-nous-en, dit une des femmes assises à l'arrière. Il fait trop chaud pour se lancer dans une dispute.

— Trois roupies ! » répéta le rickshaw-wallah.

Haresh s'apprêtait à intervenir pour empêcher cette exaction quand le chauffeur jeta une pièce de huit annas au cyclo. « Prends ça, et va te faire foutre ! » hurla-t-il, fou de rage de n'avoir rien pu faire.

La voiture partie et la foule s'étant débandée, le rickshaw-wallah entonna un chant de victoire. Il s'accroupit, en vingt secondes redressa les rayons, et ils repartirent.

4.4

« Je ne suis allé qu'une fois ou deux chez Jagat Ram, aussi il faudra que je me renseigne quand nous arriverons à Ravidaspur, dit Kedarnath.

— Jagat Ram ? » Haresh remâchait encore sa colère contre le rickshaw-wallah.

« Le cordonnier dont nous allons voir l'atelier. C'est un jatav. A l'origine, c'était un de ces paniers-wallahs dont je vous parlais, qui viennent à Misri Mandi vendre leurs chaussures au premier négociant qui voudra les acheter.

— Et à présent ?

— Il a son propre atelier. Il est digne de confiance, contrairement à la plupart des autres qui, dès qu'ils ont un peu d'argent dans les poches, ne respectent pas les délais ni leurs promesses. Il est qualifié, et il ne boit pas – enfin pas beaucoup. J'ai commencé par lui commander une douzaine de paires, et il a fait du bon travail. Après je lui ai passé des commandes régulières. Maintenant, il peut engager deux ou trois personnes, en plus de sa propre famille. Peut-être voudrez-vous voir si la qualité de son travail équivaut à celle que vous exigez, dans votre firme. Si c'est le cas... » Kedarnath n'acheva pas sa phrase.

Haresh lui adressa un sourire réconfortant. « Il fait chaud depuis que nous avons quitté les ruelles, reprit-il au bout d'un moment. Et l'odeur est pire que celle d'une tannerie. Où sommes-nous ? A Ravidaspur ?

— Pas encore. C'est de l'autre côté de la ligne de chemin de fer. Et l'odeur n'y est pas aussi désagréable. Nous sommes effectivement dans un quartier où l'on prépare les cuirs, mais ce n'est pas à proprement parler une tannerie, comme celle du bord du Gange –

— Et si nous allions y jeter un coup d'œil ?

— Mais il n'y a rien à voir, dit Kedarnath en se couvrant le nez.

— Etes-vous déjà venu ici ?

— Non ! »

Haresh se mit à rire. « Arrête ! » cria-t-il au rickshaw-wallah. Et malgré les protestations de Kedarnath il l'entraîna à sa suite dans un dédale de passages nauséabonds et de huttes basses, conduit par l'odeur jusqu'aux fosses de tannage.

Brusquement ils débouchèrent sur une vaste étendue entourée de baraques, ponctuée de fosses circulaires creusées dans le sol et bordées d'argile solidifiée. Toute la zone baignait dans une puanteur innommable. Haresh se sentit mal ; Kedarnath faillit vomir. La chaleur que dégageait un soleil implacable rendait l'odeur encore plus insoutenable. Certaines fosses étaient remplies d'un liquide blanc, d'autres d'une décoction tannique brune. Des hommes noirs, décharnés, vêtus seulement d'un lungi, se tenaient d'un côté des fosses, raclant les peaux pour en ôter la graisse et les poils. L'un d'eux était descendu dans une fosse et semblait lutter avec une grande peau. Un cochon s'abreuvait à une rigole pleine d'une eau noire et stagnante. Deux enfants aux cheveux souillés et hirsutes jouaient dans la poussière, près de l'eau. Ils s'arrêtèrent brusquement en voyant les étrangers, et les dévisagèrent.

« J'aurais pu vous emmener jusqu'au terrain où l'on dépiaute les cadavres de buffles, qu'on laisse ensuite à la disposition des vautours ; ainsi vous auriez vu tout le processus, dit Kedarnath d'un ton sec. C'est près de la voie de dérivation. »

Haresh fit non de la tête. Il s'en voulait un peu d'avoir obligé Kedarnath à l'accompagner dans cet endroit. Jetant les yeux sur la baraque la plus proche, qui ne contenait qu'une machine à écharner rudimentaire, il s'en approcha. Dans la cahute voisine, il y avait une vieille machine à refendre et un puits à clayon. Trois hommes jeunes étalaient une pâte noire sur une peau de buffle étendue à même le sol. Auprès d'eux, une pile blanche de peaux de mouton salées. En voyant les étrangers, ils s'arrêtèrent de travailler.

Personne ne dit mot, ni les enfants, ni les trois hommes, ni les étrangers.

C'est Kedarnath qui rompit le silence. « Bhai, dit-il en s'adressant à l'un des trois hommes. Nous sommes juste venus voir comment on prépare le cuir. Tu veux bien nous guider ? »

Le regard de l'homme, attentif, passa de Kedarnath à Haresh qui, avec sa chemise en soie blanche immaculée, ses chaussures de cuir, et sa serviette, avait tout de l'homme d'affaires.

« D'où venez-vous ? demanda-t-il à Kedarnath.

— De la ville. Nous nous rendons à Ravidaspur. Il y a un homme là-bas avec qui je travaille. »

Les habitants de Ravidaspur étaient presque tous des cordonniers. Mais si Kedarnath imaginait qu'en affichant ses relations avec un ouvrier du cuir il se ferait accepter par les tanneurs, il se trompait. Même parmi les ouvriers du cuir, les chamars, il existait une hiérarchie. Les cordonniers regardaient de haut les équarrisseurs et les tanneurs qui, en retour, manifestaient leur animosité à l'égard des cordonniers.

« C'est un endroit où nous n'aimons pas aller, coupa l'un des trois jeunes hommes.

— D'où vient la pâte ? demanda Haresh au bout d'un moment.

— De Brahmpur », dit l'autre sans plus de précision.

Un nouveau silence s'installa.

Puis un vieil homme apparut, les mains dégoulinantes d'un liquide noir et poisseux. Planté à l'entrée, il observait tout le monde.

« Vous ! L'eau-gourbi – pani ! » dit-il en anglais avant de retomber dans un hindi grossier. La voix éraillée, il était ivre. Ramassant un morceau de cuir brut teint en rouge, il coassa : « C'est mieux que le cuir de cerise du Japon ! Vous avez entendu parler du Japon ? Je me suis bagarré avec eux et ils ont perdu. Et le cuir verni de Chine ? Je les vaux tous. J'ai soixante ans et je connais toutes les pâtes, tous les masalas, toutes les techniques. »

Kedarnath commença à s'inquiéter et voulut sortir de la baraque. Le vieil homme lui barra la route, les bras étendus de chaque côté en un geste servile et agressif. « Vous n'avez pas le droit de voir les fosses. Vous êtes un espion du CID, de la police, de la banque – dit-il, puis passant à l'anglais : Non, non, non, non bilkul ! »

Sous l'effet de la puanteur et de la tension, Kedarnath était à présent proche du désespoir. Les traits tirés, il transpirait autant d'anxiété que de chaleur. « Partons, nous devons nous rendre à Ravidaspur », fit-il.

Le vieil homme se rapprocha de lui, levant une main tachée et dégoulinante : « Argent ! dit-il. Pièces ! Pour boire – sinon vous ne voyez pas les fosses. Vous allez à Ravidaspur. Nous on n'aime pas les jatavs, on n'est pas comme eux, ils mangent la viande des buffles. Pouaaah ! » Il cracha de dégoût. « Nous on mange seulement les chèvres et les moutons. »

Kedarnath eut un mouvement de recul. Haresh commençait à se fâcher.

Le vieil homme sentit qu'il lui tapait sur les nerfs, ce qui lui donna une sorte de courage pervers. A la fois soupçonneux, servile et vantard, il les conduisit vers les fosses.

« Nous n'avons pas d'argent du gouvernement,

murmura-t-il. Nous avons besoin d'argent, toutes les familles, pour acheter matériaux, produits chimiques. Le gouvernement nous donne trop peu d'argent. Tu es mon frère hindou – il avait pris un ton moqueur – apporte-moi une bouteille – je te donnerai des échantillons des meilleures teintures, la meilleure liqueur, le meilleur remède ! » Il rit de sa plaisanterie. « Regarde ! » Il indiquait le liquide rougeâtre dans une fosse.

L'un des trois jeunes hommes, de petite taille et borgne, dit : « Ils nous empêchent de bouger les matières premières, ils nous empêchent d'avoir des produits chimiques. Nous devons avoir des documents et des registres. Ils nous harcèlent dans le transport. Vous dites au ministère de votre gouvernement de ne pas nous faire payer les droits et de nous donner de l'argent. Regardez nos enfants, regardez – » Il montra un enfant en train de déféquer sur un tas d'immondices.

Pour Kedarnath, toute cette scène était abjecte et insupportable. « Nous ne sommes pas d'un ministère du gouvernement », fit-il à voix basse.

L'homme soudain se fâcha. « D'où vous êtes alors ? » demanda-t-il, lèvres serrées. La paupière recouvrant son œil aveugle se mit à tressauter. « D'où vous êtes ? Pourquoi vous êtes venus ici ? Qu'est-ce que vous cherchez ici ? »

Kedarnath devina que Haresh allait éclater, qu'il était cassant et intrépide. Mais il pensait que cela ne sert à rien de se montrer intrépide quand il y a quelque chose à craindre. Il savait comment, soudain, on tombe de l'acrimonie dans la violence. Il passa son bras autour des épaules de Haresh et l'obligea à revenir sur ses pas. La terre suintait, et le bas des chaussures de Haresh était éclaboussé d'ordures.

Le jeune homme les suivit et, à un moment, il sembla sur le point d'empoigner Kedarnath. « Je vous reconnaîtrai, dit-il. Ne revenez pas. Vous voulez faire de l'argent avec notre sang. Il y a plus d'argent dans le cuir que dans l'argent et l'or – sinon vous ne viendriez pas dans cet endroit puant.

— Non, non, cria le vieil ivrogne. Non, bilkul ! »

Kedarnath et Haresh se réengagèrent dans les venelles avoisinantes ; la puanteur y était à peine moindre. A l'entrée de l'une d'elles, à la périphérie du terrain criblé de fosses, il remarqua une grosse pierre rouge, plate sur le dessus. Un garçon d'une quinzaine d'années y avait déposé une peau de mouton, débarrassée de sa laine et de sa graisse. Avec un couteau à découper, il arrachait les derniers morceaux de chair. Il était totalement absorbé par sa tâche. Les peaux qui s'entassaient à côté de lui étaient plus propres que si elles avaient été traitées par une machine. Malgré tout ce qui venait de se passer, Haresh était fasciné. Il se serait volontiers arrêté pour poser quelques questions, mais Kedarnath l'entraîna.

Couverts de poussière et de sueur ils refirent le chemin jusqu'à l'endroit où ils avaient laissé le rickshaw. En l'atteignant ils respirèrent une grande bouffée de cet air qui leur avait paru si encrassé. Comparé à ce qu'ils venaient de supporter pendant une demi-heure, c'était un air paradisiaque.

4.5

Après avoir attendu un quart d'heure devant un passage à niveau le passage d'un train de marchandises, très long et très en retard, ils arrivèrent finalement à Ravidaspur. C'était un quartier excentré, un peu moins surpeuplé que le cœur du Vieux Brahmpur où habitait Kedarnath, mais beaucoup plus insalubre, les ruelles bordées ou traversées par des égouts engorgés. Frayant leur route au milieu des chiens couverts de puces, des porcs éclaboussés d'immondices et de différents objets statiques déplaisants, empruntant un pont de bois branlant qui enjambait un égout à ciel ouvert, ils tombèrent sur l'atelier de Jagat Ram, petite construction rectangulaire, sans fenêtres, de briques et de pisé. C'est là que, la nuit, une fois son ouvrage rangé, dormaient ses six enfants ; lui et sa femme occupant une pièce aux murs de briques et au toit de tôle ondulée qu'il avait construite sur le toit plat de l'atelier.

A l'intérieur, plusieurs hommes et deux jeunes garçons

travaillaient à la lumière du jour que laissait passer la porte et de deux ampoules électriques de faible puissance. A l'exception d'un homme en kurta-pyjama et de Jagat Ram, en pantalon et chemise, ils portaient un lungi pour tout vêtement. Ils étaient assis jambes croisées sur le sol, face à des estrades basses – en pierre grise et de forme carrée – sur lesquelles reposait leur ouvrage. Ils s'absorbaient dans leur travail – coupant, dolant, collant, pliant, ébarbant ou martelant – tête baissée, mais de temps en temps l'un ou l'autre lâchait une phrase – sur le travail, un événement personnel, la politique ou le monde en général – et une petite conversation s'ensuivait au milieu des bruits de marteaux et de l'unique machine à coudre à pédales, une Singer.

En voyant Kedarnath et Haresh, Jagat Ram eut l'air désorienté. D'un geste inconscient, il toucha sa moustache. Il attendait d'autres visiteurs.

« Soyez les bienvenus, dit-il calmement. Entrez. Qu'est-ce qui vous amène ici ? Je vous ai dit que la grève n'empêcherait pas de satisfaire votre commande », ajouta-t-il, croyant avoir deviné la raison de la présence de Kedarnath.

Une petite fille d'environ cinq ans, la fille de Jagat Ram, assise sur les marches, se mit à chanter, « Lovely walé aa gayé ! Lovely walé aa gayé ! » en tapant dans ses mains.

Ce fut au tour de Kedarnath de paraître surpris – et pas très content. Le père corrigea la petite : « Ce ne sont pas les gens de Lovely, Meera – et maintenant va dire à ta mère de nous faire du thé. En fait, dit-il en se tournant vers Kedarnath, j'attendais les gens de Lovely. » Il n'éprouva pas le besoin de fournir d'autres explications.

Kedarnath hocha la tête. La boutique Lovely, un des plus récents magasins à avoir ouvert hors des limites de Nabiganj, présentait un bon choix de chaussures de femmes. Normalement, le directeur de Lovely aurait dû se fournir chez les grossistes de Bombay, Bombay étant le principal centre de fabrication de chaussures de femmes. A l'évidence, il voulait s'approvisionner plus près de chez lui, et ponctionnait une source que Kedarnath aurait préféré garder pour lui.

« Voici Mr Haresh Khanna, dit-il, écartant pour le

moment le sujet de son esprit, il est originaire de Delhi mais travaille pour la SCC à Kanpur. Il a étudié la fabrication industrielle de la chaussure en Angleterre. Et je l'ai conduit chez vous pour lui montrer ce que nos cordonniers de Brahmpur sont capables de faire, même avec de simples outils. »

Jagat Ram approuva de la tête, visiblement content.

Il y avait un petit tabouret en bois près de la porte, et il pria Kedarnath de s'y asseoir. Kedarnath à son tour le proposa à Haresh, qui refusa avec courtoisie et prit place sur l'une des estrades inoccupées. Les artisans se raidirent, fixant sur lui un regard mécontent et stupéfait. Leur réaction était si manifeste que Haresh se releva immédiatement. A l'évidence, il avait fait quelque chose de mal et, étant un homme direct, il interrogea Jagat Ram. « Qu'y a-t-il ? Il est interdit de s'asseoir là-dessus ? »

Jagat Ram avait eu la même réaction que ses ouvriers, mais la franchise de Haresh – jointe au fait qu'il n'avait évidemment pas eu l'intention d'offenser qui que ce soit – l'incita à répondre aimablement.

« Un ouvrier appelle sa plate-forme de travail son rozi, c'est-à-dire son "emploi" ; il ne s'assoit pas dessus. » Il ne précisa pas que les hommes gardaient leur rozi d'une propreté immaculée, et lui adressaient une courte prière avant de commencer leur journée de travail. « Lève-toi, dit-il à son fils, laisse ta place à Haresh Sahib. »

Un garçon d'une quinzaine d'années se leva de la chaise qu'il occupait près de la machine à coudre, et Haresh, malgré ses protestations, dut s'y asseoir. Le plus jeune fils de Jagat Ram, âgé de sept ans, apparut, portant trois tasses de thé.

Des tasses petites et épaisses, ébréchées ici et là, mais propres. On se mit à parler de tout et de rien, de la grève à Misri Mandi, de l'article d'un journal affirmant que la fumée de la tannerie et de l'usine de chaussures Praha endommageait le Barsaat Mahal, de la nouvelle taxe municipale sur les marchandises, de diverses personnalités du cru.

Au bout d'un moment, l'impatience commença à gagner Haresh, comme toujours quand il restait à ne rien faire. Il se leva pour regarder ce à quoi les gens travaillaient. Ils fabriquaient un lot de sandales de femmes, très jolies avec leurs lanières de cuir tressé noir et vert.

Le savoir-faire de ces artisans l'impressionna. Avec des outils rudimentaires – ciseau, couteau, alène, marteau et l'antique machine à coudre – ils fabriquaient des produits d'une qualité à peine inférieure à celle qu'on obtenait avec les machines de la SCC. Il les félicita, et ils se montrèrent plus chaleureux.

L'un des plus hardis – le jeune frère de Jagat Ram, garçon sympathique à la figure ronde – demanda à voir les chaussures de Haresh. Haresh les ôta, s'excusa pour leur saleté – elles étaient effectivement recouvertes d'une croûte de boue. Elles passèrent de main en main, à l'admiration générale.

Jagat Ram déchiffra avec peine le mot « Saxone ». « Saksena d'Angleterre », expliqua-t-il avec fierté.

« Je vois que vous fabriquez aussi des chaussures d'homme », dit Haresh. Il avait remarqué des formes en bois de chaussures d'homme pendant comme des grappes du plafond, dans un coin sombre de la pièce.

« Bien sûr, dit le frère de Jagat Ram, mais on gagne plus avec ce que peu d'autres savent faire. C'est beaucoup mieux pour nous de fabriquer des chaussures de femme...

— Pas nécessairement. » A la surprise de tous, y compris Kedarnath, Haresh sortit de sa serviette une liasse de patrons en papier. « Dites-moi, Jagat Ram, vos hommes peuvent-ils me faire une chaussure à partir de ces patrons ?

— Oui », répondit Jagat Ram, sans presque réfléchir.

Il regardait attentivement les patrons – ceux d'une bottine de taille 7. A la seule vue des morceaux de carton dont ils étaient constitués – et qui reproduisaient la forme du gros doigt de pied, l'empeigne, les quartiers – il recréait toute la chaussure, en trois dimensions.

« Qui fabrique ces bottines ? demanda-t-il, le front plissé par la curiosité. Elles sont différentes de celles que vous portez.

— C'est nous, à la SCC. Et si vous travaillez bien, ce sera vous – pour nous. »

Sans cacher son intérêt et sa surprise, Jagat Ram ne

répondit pas tout de suite. Il continua d'examiner les patrons.

« Gardez-les, dit Haresh. Toute la journée. Il me semble que les formes qui pendent là-bas ne sont pas standard. Je vous en enverrai une paire standard, taille 7, demain matin. Et à part cela, de quoi aurez-vous besoin ? Disons un mètre carré de cuir, de la vachette – marron également...

— Et du cuir de doublure.

— Exact ; disons de la peau non teintée, un mètre carré aussi.

— Et le cuir pour les semelles, intérieures et extérieures ?

— Non, ça se trouve facilement et ne coûte pas cher. Vous pouvez vous en occuper. Je vous donnerai vingt roupies pour les frais et le temps passé – et vous vous procurerez vous-même le matériau pour les talons. J'ai apporté quelques contreforts et quelques houppettes de bonne qualité – qui posent toujours un problème – et du fil ; mais tout cela est resté dans la maison où j'habite. »

Bien qu'ayant les yeux fermés, Kedarnath haussa les sourcils en signe d'admiration pour ce garçon entreprenant qui avait su penser à tous ces détails avant de partir pour un bref voyage d'affaires destiné avant tout à acheter des matériaux. Il s'inquiétait cependant de voir Jagat Ram entièrement mobilisé par Haresh et de se retrouver, lui, sur le carreau. Le nom de la boutique Lovely lui revint en mémoire, ce qui ajouta à ses soucis.

« Si je revenais demain matin avec toutes ces choses, disait Haresh, quand pourriez-vous me livrer les chaussures ?

— Dans cinq jours, je pense », répondit Jagat Ram.

Haresh secoua la tête avec impatience.

« Je ne peux pas rester cinq jours en ville juste pour une paire de chaussures. Disons trois ?

— Elles vont devoir rester sur les formes pendant au moins soixante-douze heures. Si vous voulez une paire qui se tienne, vous savez que c'est le minimum. »

Ils s'étaient levés tous les deux, et Jagat Ram dominait Haresh. Celui-ci, qui avait toujours considéré sa petite taille avec l'irritation que suscite un fait désagréable mais psychologiquement insignifiant, ne se sentait pas le moins du monde en état d'infériorité : c'est lui qui passait la commande.

« Quatre jours.

— Si vous me faites porter le cuir ce soir, de façon que nous puissions commencer à couper demain matin...

— Tope là, dit Haresh. Quatre jours. Je reviendrai personnellement demain avec les autres composants. Et maintenant nous ferions mieux de partir.

— Une autre chose me tracasse, Haresh Sahib, reprit Jagat Ram. J'aurais aimé avoir un échantillon de la chaussure que vous voulez me voir reproduire.

— C'est vrai, dit Kedarnath en souriant. Pourquoi ne portez-vous pas de bottines fabriquées par votre société, au lieu de ces chaussures anglaises ? Otez-les, et nous vous transporterons jusqu'au rickshaw.

— Je crains que mes pieds ne soient habitués à celles-ci. » Haresh lui rendit son sourire. Il aimait les beaux vêtements, et les belles chaussures, et il déplorait que les produits de la SCC n'atteignent pas les standards de qualité internationaux qu'il admirait tant.

« Je vais essayer de vous procurer un échantillon de ce modèle – il indiquait le patron que Jagat Ram tenait entre ses mains – d'une façon ou d'une autre. »

Il avait offert une paire de bottines SCC à l'ami chez qui il résidait. Il n'aurait qu'à reprendre son cadeau pour quelques jours. Ce qu'il ferait sans scrupule. Dès qu'il s'agissait du travail, jamais rien ne l'embarrassait. En règle générale, Haresh n'aimait pas s'embarrasser.

En retournant au rickshaw qui les attendait, Haresh se félicita de la façon dont les choses se déroulaient. Le séjour à Brahmpur avait démarré lentement, mais il se révélait à présent très intéressant, imprévisible.

Il sortit une carte de sa poche et nota, en anglais :

A faire :
1. Misri Mandi – voir commerce.
2. Acheter cuir.
3. Envoyer cuir à Jagat Ram.
4. Dîner chez Sunil ; récupérer bottines.
5. Demain : Jagat Ram/Ravidaspur.
6. Télégramme – retour différé à Cawnpore.

Ayant ainsi dressé sa liste, il la relut et se rendit compte qu'il serait difficile de faire parvenir le cuir à Jagat Ram parce que personne ne trouverait l'endroit où il habitait, surtout de nuit. Il caressa l'idée de s'entendre avec le rickshaw-wallah puis opta pour une solution différente. Revenant sur ses pas, il dit à Jagat Ram d'envoyer quelqu'un à la boutique de Kedarnath Tandon, ce soir même à vingt et une heures précises. Le cuir l'y attendrait.

4.6

Il était dix heures du soir, Haresh et les autres jeunes gens réunis autour de Sunil Patwardhan, dans sa maison proche de l'université, se trouvaient dans un état d'euphorie autant dû à l'alcool qu'à leur gaieté naturelle.

Sunil Patwardhan était assistant de mathématiques à l'université de Brahmpur. L'amitié entre lui et Haresh remontait à leurs années d'études au collège St Stephen de Delhi ; après quoi, Haresh parti pour l'Angleterre apprendre la fabrication de la chaussure, ils n'avaient eu de nouvelles l'un de l'autre que par des relations communes. Son engouement pour les mathématiques n'avait pas empêché Sunil, à St Stephen, de passer pour un sacré gaillard. Grand et gras, énergique sans précipitation, de l'esprit, mais paresseux, sa musarde pleine de ghazals ourdous et de citations shakespeariennes, les femmes le trouvaient séduisant. Il aimait boire aussi, et avait tenté d'entraîner Haresh – sans succès, car à l'époque Haresh ne s'adonnait qu'au thé.

Tout le temps de ses études, Sunil avait décrété qu'il suffisait de se plonger dans les mathématiques une bonne fois par quinzaine ; le reste du temps, il le consacrait à autre chose, ce qui lui réussissait très bien. Le professeur qu'il était à présent estimait difficile d'imposer à ses étudiants une discipline à laquelle lui-même ne croyait pas.

Il fut ravi de revoir Haresh après toutes ces années.

Lequel Haresh, débarqué un beau matin sans l'avoir prévenu, avait laissé ses bagages dans le salon, bavardé pendant une demi-heure puis était sorti en coup de vent, disant quelque chose d'incompréhensible à propos de l'achat de micro-feuilles et de cartons-cuirs.

« Tiens, c'est pour toi, avait-il ajouté, déposant une boîte de chaussures en carton sur la table du salon. Je sais que tu ne portes que des bottines.

— Mais comment t'es-tu souvenu de ma pointure ? » s'émerveilla Sunil.

Haresh avait ri : « Pour moi les pieds des gens c'est comme les voitures. Je me rappelle leur taille, c'est tout – ne me demande pas comment je m'y prends. Et tes pieds sont des Rolls-Royce. »

Sunil se rappela le jour où lui et deux autres amis avaient mis Haresh – toujours aussi sûr de lui – au défi d'identifier de loin chacune des cinquante voitures garées à l'extérieur du collège (pour cause de visite officielle quelconque). Haresh les avait toutes reconnues. Etant donné cette mémoire, il était étrange qu'il n'eût obtenu sa licence d'anglais qu'avec mention passable et eût parsemé son devoir de poésie d'innombrables fausses citations.

Dieu sait, se disait Sunil, comment il s'est retrouvé dans le commerce de la chaussure, mais il est probable que cela lui convient. C'eût été dramatique, pour le monde et pour lui, s'il avait choisi l'enseignement. Ce qui est stupéfiant, c'est qu'il ait pu prendre l'anglais comme matière principale.

« Bon, puisque tu es là, je vais donner une fête, avait dit Sunil. Comme dans le bon vieux temps. Avec de vieux stéphaniens qui sont venus à Brahmpur pour travailler avec les plus énergiques de mes collègues universitaires. Mais si tu veux des boissons douces, il faudra que tu les apportes. »

Haresh avait promis de faire son possible pour venir, « si le travail le permet ». Sunil l'avait menacé d'excommunication au cas où il lui ferait faux bond.

A présent, il était là, n'arrêtant pas de parler, avec enthousiasme, de ses expériences de la journée.

« Oh, arrête avec tes chamars et tes histoires de cuir, dit

Sunil. On s'en fiche complètement. Qu'est devenue cette fille sikh après qui tu courais jadis ?

— Elle n'était pas sikh, c'était l'incomparable Kalpana Gaur », intervint un jeune historien. Il pencha la tête à gauche, imitant le sourire vague, le regard plein d'adoration dont Kalpana Gaur couvait Haresh, à l'autre bout de la salle, pendant les cours sur Byron. Kalpana avait été une des rares filles élèves à St Stephen.

« Non, le reprit Sunil. Tu ne connais pas la réalité de l'histoire. Kalpana Gaur lui courait après, et lui courait après la sardarni. Il lui chantait des sérénades sous les fenêtres de la maison familiale et lui faisait parvenir des lettres par des intermédiaires. La famille sikh ne pouvait supporter l'idée de voir sa chère fille épouser un Lala. Si tu veux de plus amples détails –

— Tu t'enivres au son de ta propre voix, l'interrompit Haresh.

— Parfaitement. Mais toi, tu as mal dirigé la tienne. Ce n'est pas la fille que tu aurais dû courtiser, mais la mère et la grand-mère.

— Merci du conseil.

— Alors, es-tu toujours en contact avec elle ? Quel était son nom de famille ? »

Haresh ne lui fournit pas l'information. Il n'était pas d'humeur à dire à ces aimables imbéciles qu'après tant d'années, il était toujours très amoureux et que, dans sa valise d'accessoires pour chaussures, il gardait une photo d'elle dans un cadre d'argent.

« Enlève ces chaussures, ordonna-t-il à Sunil. Je veux les récupérer.

— Espèce de porc ! Juste parce que j'ai prononcé le nom de la plus sainte des saintes...

— Espèce d'âne ! Je ne vais pas les manger – je te les rendrai dans quelques jours.

— Qu'est-ce que tu vas en faire ?

— Ça va t'ennuyer si je te le dis. Allez, enlève-les.

— Quoi, maintenant ?

— Oui, pourquoi pas ? Encore quelques verres et j'aurai oublié, et tu seras parti dormir.

— Bon, d'accord. » Sunil s'exécuta.

« Voilà qui est mieux. Tu t'es rapproché de moi de deux centimètres. Quelles fabuleuses chaussettes, s'exclama-t-il à la vue des chaussettes en coton rouge vif de Sunil.

— Ouah, ouah ! s'écrièrent tous les autres.

— Et quelles belles chevilles, reprit Haresh. Nous voulons un spectacle !

— Allumez les chandeliers, cria quelqu'un.

— Apportez les coupes d'émeraude.

— Répandez l'essence de roses.

— Déployez un drap blanc sur le sol et faites payer l'entrée ! »

Le jeune historien, du ton affecté d'un présentateur officiel, annonça : « La célèbre courtisane Sunil Patwardhan va maintenant nous offrir son exquise interprétation de la danse kathak. Le seigneur Krishna danse avec les gopis. Venez, leur dit-il. Venez à moi. Qu'y a-t-il à redouter ?

— Tha-tha-thai-thai ! fit un physicien ivre, imitant le son des pas de danse.

— Pas courtisane, espèce de butor. Artiste !

— Artisteu ! dit l'historien, prolongeant la dernière voyelle.

— Allez, Sunil, on attend. »

Et Sunil, avec sa complaisance habituelle, effectua quelques pas maladroits d'une sorte de kathak, sous les éclats de rire de ses amis. Il déplaçait sa masse imposante avec des mines de jeune fille effarouchée, renversant un livre ici, répandant un verre là. Se prenant au jeu, il fit suivre son interprétation de Krishna et les gopis – où il jouait les deux rôles – d'une scène impromptue représentant le vice-chancelier de l'université de Brahmpur (connu pour son goût des femmes, quelles qu'elles fussent) accueillant avec onctuosité la poétesse Sarojini Naidu, invitée principale de la fête annuelle. A demi morts de rire, certains de ses amis le prièrent d'arrêter, d'autres le supplièrent de danser jusqu'à la fin des temps.

C'est au milieu de cette scène que fit irruption un homme, un gentleman grand aux cheveux blancs, le Dr Durrani. Il ne fut que modérément surpris par le spectacle qui s'offrait à ses yeux. Sunil se figea entre deux pas, ou plutôt entre deux stances – puis s'avança à la rencontre de cet hôte inattendu.

Si le Dr Durrani se montra moins surpris qu'il ne l'aurait dû, c'est qu'un problème mathématique occupait la plus grande partie de son cerveau. Il avait décidé de venir en discuter avec son jeune collègue. En fait, l'origine de l'idée lui avait été fournie par Sunil.

« Euh, je, j'ai, euh, choisi un mauvais moment – euh – ? demanda-t-il de sa voix à la lenteur horripilante.

— Mais, non – euh, non, pas exactement », dit Sunil. Il aimait bien le Dr Durrani, pour lequel il éprouvait même une sorte de révérence. Le Dr Durrani était l'un des deux membres de la Royal Society dont pouvait s'enorgueillir l'université de Brahmpur, l'autre étant le Pr Ramaswami, le physicien bien connu.

Le Dr Durrani ne remarqua même pas que Sunil imitait sa façon de parler ; quant à Sunil, lancé dans l'imitation depuis son exhibition de kathak, il ne s'en aperçut qu'après l'avoir faite.

« Euh, bien, Patwardhan, euh, j'ai le sentiment, euh, d'empiéter – » Le Dr Durrani avait un visage carré, charpenté, barré d'une belle moustache blanche, et ponctuait tous ses « euh » d'une révulsion des pupilles accompagnée d'un mouvement ascendant-descendant de ses sourcils et du bas du front.

« Non, non, Dr Durrani, bien sûr que non. Je vous en prie, joignez-vous à nous. » Sunil conduisit le Dr Durrani au centre de la pièce, dans l'intention de le présenter aux autres.

Bien que tous les deux de grande taille, les deux hommes formaient un contraste physique digne d'étude.

« Bon, si vous êtes, euh, certain, enfin, que je ne vais pas, euh, euh, gêner. Vous voyez, continua le Dr Durrani d'un verbe plus coulant quoique toujours aussi lent, ce qui me trouble depuis un jour ou deux c'est cette question de, euh, super-opérations. J'ai, euh, j'ai, hum, pensé qu'en partant de tout cela, nous pourrions parvenir à plusieurs séries très surprenantes : vous voyez, euh – »

Il était plongé avec une telle innocence, une telle force aussi dans son monde magique, s'était montré si peu pointilleux devant les gamineries de mauvais goût de ses cadets, qu'ils ne parurent guère fâchés de son intrusion.

« Vous voyez, Patwardhan – le Dr Durrani s'exprimait avec tous sur ce ton de distance aimable –, ce n'est pas simplement une question de 1, 3, 6, 10, 15 – qui formeraient, euh, une série triviale fondée, euh, sur une opération combinatoire primaire – ou même 1, 2, 6, 24, 120 – qui seraient fondés sur une opération combinatoire secondaire. Cela pourrait aller, euh, beaucoup plus loin. L'opération combinatoire tertiaire donnerait 1, 2, 9, 262 144, puis 5 à la puissance 262 144. Et bien entendu, cela seul, euh, nous mène au cinquième terme dans, euh, la troisième opération de ce type. Jusqu'où irons-nous ainsi ?

— Ah, dit Sunil, que le whisky dont il avait abreuvé son esprit éloignait de la question.

— Certes ce que je vous dis là est, euh, tout à fait évident. Je ne voulais pas, euh, euh, vous ennuyer avec cela. Je pensais que je, euh – son regard faisant le tour de la pièce tomba sur la pendule-coucou accrochée au mur – que j'aurais besoin de vos lumières pour quelque chose qui n'est pas, euh, du domaine de l'intuition. Prenez 1, 4, 216, 72 576 et ainsi de suite. Est-ce que cela vous surprend ?

— Eh bien –

— Ah ! Je pensais bien que non. » Il jeta un regard approbateur à son jeune collègue, dont il mettait souvent ainsi l'intelligence à contribution. « Bon, bon, bon ! Voulez-vous savoir quelle a été l'origine, le, euh, catalyseur, de tout ceci ?

— Oh oui, je vous en prie.

— C'est une, euh, remarque, une remarque très, euh, perspicace, que vous avez faite.

— Ah !

— Vous avez dit, à propos des « lemmes de Pergolese, "Le concept formera un arbre". C'était un, euh, un brillant commentaire – je n'y avais jamais pensé dans ces termes auparavant.

— Oh – » s'émerveilla Sunil.

Haresh lui fit un clin d'œil, mais Sunil prit un air sévère. Se moquer délibérément du Dr Durrani constituait, selon lui, un crime de lèse-majesté.

« Et, effectivement, poursuivit le Dr Durrani, bien que je ne l'aie pas, euh, perçu à l'époque – il révulsa ses yeux, profondément enfoncés dans leur orbite, jusqu'au blanc total ou presque –, effectivement cela forme un arbre, non émondable. »

L'image d'un énorme banian, à la prolifération incontrôlable, lui vint à l'esprit, et il continua, avec une détresse et une excitation croissantes : « Parce que, euh, quelle que soit la méthode choisie pour ces super-opérations – c'est-à-dire type 1 ou type 2 – elle ne peut pas, euh, s'appliquer à chaque stade. Si l'on choisit un, euh, groupe de séries cela peut... oui, cela peut émonder les branches mais ce sera, euh, trop arbitraire. L'alternative ne produira pas un, euh, algorithme consistant. Alors cette, euh, question, m'est venue, euh, à l'esprit : comment généraliser cette notion quand on passe à des opérations supérieures ? » Sur ce le Dr Durrani, qui souffrait d'un léger déhanchement, se redressa bien droit. Face à ces terribles incertitudes, il fallait agir.

« A quelle conclusion êtes-vous parvenu ? demanda Sunil, bégayant légèrement.

— Mais là est la question. Je n'en ai trouvé aucune. Certes la super-opération $n+1$ doit agir vis-à-vis de la super-opération n comme n avec $n-1$. Cela va sans dire. Ce qui me trouble c'est, euh, la question de la répétition. Est-ce que la même sous-opération, la même, euh, sous-super-opération, si je peux l'appeler ainsi – sa terminologie le fit sourire, est-ce que, euh – »

Et le Dr Durrani s'arrêta là. Perdu et heureux.

« Dînez avec nous, Dr Durrani, dit Sunil. Sans cérémonie. Puis-je vous offrir quelque chose à boire ?

— Oh non, non, euh non. Continuez, ne vous préoccupez pas de moi. »

Pensant soudain à Bhaskar, Haresh s'approcha

du Dr Durrani : « Excusez-moi, Monsieur, mais me permettriez-vous d'attirer votre attention sur un très brillant jeune garçon ? Je pense qu'il serait terriblement heureux de vous rencontrer – et je crois que vous ne regretteriez pas de le connaître. »

Le Dr Durrani le regarda d'un air interrogateur, mais ne dit rien. Qu'est-ce que les jeunes gens ont à faire de quoi que ce soit ? se demanda-t-il. (Ou les gens tout court ?)

« Il parlait des puissances de dix, l'autre jour, reprit Haresh, et il regrettait que ni en anglais ni en hindi n'existe un mot pour dix à la puissance quatre ou dix à la puissance huit.

— Oui, c'est bien dommage, constata le Dr Durrani avec une certaine chaleur dans la voix. Bien entendu dans les contes d'Al-Biruni on trouve...

— Il semblait penser que quelque chose devrait être fait à ce sujet.

— Quel âge a ce jeune homme ?

— Neuf ans. »

Le Dr Durrani se déhancha pour se mettre à hauteur de conversation avec Haresh. « Ah, dit-il. Eh bien, euh, euh, envoyez-le-moi. Vous savez où je, euh, j'habite. » Et il se dirigea vers la porte.

Etant donné que Haresh et le Dr Durrani ne s'étaient jamais rencontrés auparavant, il y avait là quelque chose d'assez improbable. Haresh ne l'en remercia pas moins, très content de pouvoir mettre en contact deux esprits de cette sorte, et sans paraître gêné d'empiéter sur le temps et l'énergie du grand homme. En fait, la pensée ne lui en vint même pas.

4.8

Pran, qui débarqua un peu plus tard, n'était pas un ancien stéphanien. Sunil l'avait invité en sa qualité de collègue et ami. Il manqua de peu le Dr Durrani, qu'il connaissait de vue, et n'entendit pas l'allusion à Bhaskar. Comme à peu près tout le monde dans la famille, il était un peu effrayé par son neveu qui, dans certains domaines, ressemblait à n'importe quel enfant – aimant jouer au cerf-volant, aux gendarmes et aux voleurs, et plein d'affection pour ses grand-mères.

« Pourquoi arrives-tu si tard ? demanda Sunil avec une certaine brusquerie. Et pourquoi Savita n'est-elle pas là ? Nous comptions sur elle pour élever nos esprits balourds. Ou bien te suit-elle à dix pas derrière ? Mais non, je ne la vois nulle part. A-t-elle cru qu'elle nous priverait de nos moyens ?

— Je répondrai aux deux questions qui en valent la peine. Un – Savita s'est sentie trop fatiguée ; elle vous prie de l'excuser. Deux – Je suis en retard parce que j'ai dîné avant de venir. Je sais comment ça se passe chez toi. Le dîner n'est pas servi avant minuit – à supposer que tu penses à le servir – et il est immangeable. En général, on a le ventre tellement vide en rentrant chez soi qu'on achète un kebab en chemin. Tu devrais te marier, Sunil, ta maison ne serait pas aussi mal tenue. De plus, il y aurait quelqu'un pour repriser ces abominables chaussettes. Au fait, pourquoi ne portes-tu pas de chaussures ? »

Sunil soupira. « C'est parce que Haresh a décidé qu'il avait besoin de deux paires de chaussures pour lui tout seul. "Mes besoins sont plus grands que les tiens." Elles sont là dans le coin, et je sais que je ne les reverrai jamais. Oh, mais vous ne vous connaissez pas tous les deux. » Sunil abandonna l'anglais pour l'hindi. « Haresh Khanna – Pran Kapoor. Vous avez tous les deux étudié la littérature anglaise, et je n'ai jamais rencontré quelqu'un qui en sache plus dans ce domaine, et quelqu'un qui en sache moins. »

Les deux hommes se serrèrent la main.

« Bon, dit Pran en souriant, pourquoi avez-vous besoin de deux paires de chaussures ?

— Ce type adore faire des mystères, mais l'explication est simple. L'une des deux va servir de modèle pour en faire fabriquer une autre.

— Pour vous-même ?

— Oh non, je travaille pour la SCC et je suis à Brahmpur en voyage d'affaires. »

Haresh imaginait que le sigle était connu de tous.

« La SCC ? demanda Pran.

— La Société des Cuirs et Chaussures de Cawnpore.

— Ah, vous travaillez dans le commerce de la chaussure. On est loin de la littérature anglaise.

— Je ne vis que par l'alène. » Haresh ne jugea pas utile de s'expliquer davantage ni de dire d'où il tenait cette fausse citation.

« Mon beau-frère aussi est dans le négoce de la chaussure. Peut-être l'avez-vous rencontré ? Il a sa boutique dans la Halle aux chaussures.

— C'est possible, bien qu'à cause de la grève toutes les boutiques ne soient pas ouvertes. Comment s'appelle-t-il ?

— Kedarnath Tandon.

— Mais bien sûr que je le connais. Il m'a conduit dans toutes sortes d'endroits. En fait, c'est à cause de lui que Sunil a perdu ses chaussures. Ainsi vous êtes son sala – pardon, je voulais dire le frère de Veena. Etes-vous l'aîné ou le cadet ?

— L'aîné, dit Sunil Patwardhan, se réinsérant dans la conversation. Le plus jeune, Maan, était invité lui aussi, mais ces temps-ci d'autres objets occupent ses soirées.

— Bon, dis-moi. » Pran interrompit Sunil. « Y a-t-il une raison particulière à cette soirée ? Ce n'est pas ton anniversaire, n'est-ce pas ?

— Non. Et tu n'es pas très bon dans les changements de sujets. Mais je te laisserai t'échapper de celui-ci parce que j'ai une question à te soumettre, Dr Kapoor. Un de mes meilleurs étudiants a souffert à cause de toi. Pourquoi vous êtes-vous montrés si dur – toi et ton comité de discipline – comment s'appelle-t-il ? comité d'assistance aux étudiants ? – envers les garçons qui étaient un peu échauffés le jour de Holi ?

— Un peu échauffés ? Les filles avaient l'air d'avoir été passées à l'encre rouge et bleue. Elles ont eu de la chance de ne pas attraper de pneumonie. Et vraiment, il y avait trop de séances d'effaçage, si tu vois ce que je veux dire.

— Mais de là à jeter les garçons hors des résidences et à les menacer d'expulsion ?

— Tu trouves ça dur ?

— Bien sûr. Au moment où ils préparent leurs examens de fin d'études.

— Ils ne préparaient certainement pas leurs examens quand ils ont décidé – il semble que certains avaient même pris du kat – de dévaster la Résidence des filles et d'enfermer la gardienne dans la salle commune.

— Oh, cette garce sans cœur ! » trancha Sunil. L'image de la gardienne enfermée et tapant du poing avec rage sur le panneau d'affichage le fit éclater de rire. Véritable dragon, plutôt belle femme au demeurant, elle accomplissait ses fonctions à la lettre, se maquillait trop et regardait de travers toute fille qui en faisait autant.

« Allons, Sunil, elle est très séduisante – Je pense que tu as un faible pour elle. »

Sunil ricana à cette idée ridicule.

« Je parie qu'elle a demandé qu'on les expulse immédiatement. Ou qu'on les renvoie. Qu'on les électrocute. Comme ces espions russes en Amérique. Tout vient de ce que personne, une fois passé de l'autre côté, ne se souvient de ce qu'il faisait quand il était étudiant.

— Qu'aurais-tu fait à la place de la gardienne ? Ou plutôt à notre place ? Les parents des filles auraient été indignés si nous étions restés les bras croisés. Et, même sans cela, je suis persuadé que la punition n'est pas injuste. Quelques membres du comité voulaient les expulser.

— Qui ? Le censeur ?

— Quelques membres...

— Allons, allons, ne fais pas le mystérieux, nous sommes entre amis, dit Sunil, passant le bras autour des épaules maigrichonnes de Pran.

— Non, vraiment, Sunil, j'en ai déjà trop dit.

— Toi, naturellement, tu as voté pour la clémence.

— Parfaitement. » Pran prenait la moquerie de son ami au sérieux. « De plus, je sais comment les choses finissent par vous échapper. Je me suis rappelé ce qui s'était passé quand Maan a décidé de jouer à Holi avec Moby Dick. »

L'incident avec le Pr Mishra était connu de toute l'université.

« Oh oui, intervint le physicien. Et où en es-tu de ton poste de maître de conférences ?

— Nulle part. » Pran inspira lentement.

« Mais ça fait des mois que ce poste est vacant.

— Je sais. Ils ont même recruté par petites annonces, mais ils n'ont pas l'air décidés à fixer la date de réunion du comité de sélection.

— Ça n'est pas bien. J'en parlerai à quelqu'un du *Brahmpur Chronicle*.

— Oui, oui, dit Sunil avec enthousiasme. Il est venu à notre connaissance que malgré le manque chronique d'enseignants au département d'anglais de notre célèbre université et la disponibilité d'un candidat local plus que convenable au poste de maître de conférences vacant depuis un laps de temps inconcevable –

— Je vous en prie, dit Pran. Laissez les choses suivre leur cours naturel. Ne mêlez pas les journaux à tout ceci. »

Sunil parut se plonger dans une longue méditation, à la recherche d'une quelconque solution.

« D'accord, d'accord, fit-il en émergeant. Prends un verre. Pourquoi n'as-tu rien à boire ?

— D'abord il me cuisine pendant une demi-heure sans rien m'offrir et maintenant il s'étonne que je n'aie rien à boire ! Je prendrai un whisky – avec de l'eau. »

La soirée se poursuivit, la conversation passant des nouvelles de la ville aux médiocres performances de l'Inde dans les matches internationaux de cricket (« Je doute que nous puissions jamais gagner des éliminatoires », dit Pran avec un pessimisme confiant), à la politique dans le Purva Pradesh et dans le monde en général, pour finir sur les particularités de divers professeurs, de l'université de Brahmpur et de St Stephen à Delhi. Les stéphaniens entonnant en chœur : « Dans ma classe, je ne dirai qu'une seule chose : vous pouvez ne pas comprendre, vous pouvez ne pas vouloir comprendre, mais vous comprendrez ! »

Le dîner fut servi, aussi rudimentaire que l'avait prédit Pran. Sunil, qui se plaisait à houspiller gentiment ses amis, se faisait à son tour gourmander par un vieux serviteur dont l'affection pour son maître (qu'il servait depuis son plus jeune âge) n'avait d'égale que sa répugnance à travailler.

Pendant le dîner, une discussion – quelque peu incohérente en raison de l'état des participants : bellicistes ou fantasques, selon la quantité de whisky ingurgitée – porta sur l'économie et la situation politique. La résumer serait difficile, mais à un moment elle se déroula ainsi :

« Allons, si Nehru est devenu Premier ministre, c'est uniquement parce qu'il était le favori de Gandhi. Tout le monde sait cela. La seule chose qu'il sache faire c'est ces foutus longs discours qui ne mènent nulle part. Il semble ne jamais prendre position sur quelque chose. Même au parti du Congrès, où Tandon et ses copains le poussent dos au mur, que fait-il ? Il s'en accommode, et nous devons –

— Nous devons quoi ? Ce n'est pas un dictateur.

— Ça t'ennuierait de ne pas m'interrompre ? Je peux donner mon point de vue ? Après, tu pourras dire tout ce que tu voudras aussi longtemps que tu voudras. Donc que fait Nehru ? Je veux dire, que fait-il ? Il envoie un message à quelque société qui lui a demandé de venir parler devant elle où il dit : "Nous avons souvent le sentiment d'être plongés dans les ténèbres." Ténèbres – qui s'intéresse à ses ténèbres ou à ce qui se passe dans sa tête ? Il a peut-être une belle tête et une belle rose à sa boutonnière, mais ce qu'il nous faut c'est quelqu'un de résolu et non pas un cœur sensible. Son devoir de Premier ministre c'est de gouverner le pays, et il n'a pas la force de caractère pour y arriver.

— Eh bien –

— Eh bien, quoi ?

— Essaye, toi, de diriger un pays. Essaye de nourrir le peuple, pour commencer. Empêche les hindous d'assassiner les musulmans –

— Ou vice versa.

— D'accord, ou vice versa. Et essaye de supprimer les zamindari quand on ne te laisse pas un instant de repos.

— Ce n'est pas en sa qualité de Premier ministre qu'il s'occupe de cela – le revenu des terres n'est pas une affaire fédérale – c'est une affaire régionale. Nehru prononcera ses vagues discours habituels, mais demande à Pran qui est le véritable promoteur de cette Loi d'abolition des zamin-dari.

— Oui, reconnut Pran, c'est mon père. En tout cas, ma mère dit qu'il travaille terriblement tard et parfois rentre à la maison après minuit, crevé, et continue à lire toute la nuit afin de pouvoir affronter les discussions du lendemain à l'Assemblée. » Il eut un petit rire bref, et secoua la tête. « Ma mère s'inquiète beaucoup parce qu'il ruine sa santé. Deux cents clauses, deux cents ulcères, pense-t-elle. Et mainte-nant que la Loi sur les zamindari a été déclarée inconstitu-tionnelle au Bihar, tout le monde panique. Comme s'il n'y avait pas déjà suffisamment de raisons de paniquer, avec le problème de Chowk.

— Quel problème a Chowk ? demanda quelqu'un, croyant que Pran faisait référence à un événement qui s'était déroulé le jour même.

— Le Raja de Marh et son foutu temple de Shiva, inter-vint Haresh, fort de ce que lui avait raconté Kedarnath.

— Ne dites pas un foutu temple, dit l'historien.

— C'est un foutu temple de Shiva, qui a déjà causé suf-fisamment de morts.

— Vous, un hindou, vous l'appelez ainsi – vous devriez vous regarder dans la glace. Les Britanniques sont partis, au cas où vous l'auriez oublié, alors ne prenez pas leurs grands airs. Foutu temple, foutus indigènes –

— Oh, Seigneur ! Je crois que je vais prendre un autre verre », dit Haresh à Sunil.

La discussion, de plus en plus envenimée, s'éternisa pen-dant et après le dîner, les convives se formant en petits groupes, ou s'agglutinant à d'autres. Pran prit Sunil à part et lui demanda d'un ton détaché : « Ce garçon, Haresh, il est marié, fiancé ou quelque chose ?

— Quelque chose.

— Comment ?

— Il n'est ni marié ni fiancé, mais il est certainement quelque chose.

— Sunil, ne parle pas par devinettes, il est minuit passé.

— Ça t'apprendra à arriver en retard à ma soirée. Avant que tu n'arrives, nous avons beaucoup parlé de lui et de cette sardarni, Simran Kaur, dont il est toujours entiché.

Comment ai-je pu ne pas me souvenir de son nom, il y a une heure ? On avait fait un couplet sur lui au collège :

> *Courtisé par Gaur et courtisant Kaur ;*
> *Chaste avant, plus jamais chaste après.*

Je ne peux garantir l'exactitude du second vers. Quoi qu'il en soit, il était clair à le voir tout à l'heure qu'il l'aime toujours. Et je ne peux l'en blâmer. Je l'ai rencontrée une fois, c'est une vraie beauté. »

Sunil récita un couplet en ourdou où il était question de la mousson noire de ses cheveux.

« Bien, bien, bien, dit Pran.

— Pourquoi veux-tu savoir cela ?

— Pour rien. Par curiosité. Je pense qu'il est homme à savoir ce qu'il fait. »

Un peu plus tard, les invités commencèrent à partir. Sunil suggéra qu'ils se rendent tous dans le Vieux Brahmpur « pour voir s'il s'y passe quelque chose ».

« Cette nuit, quand viendra minuit, psalmodia-t-il à la manière de Nehru, pendant que le monde dormira, Brahmpur s'éveillera à la vie et à la liberté. »

Raccompagnant ses hôtes à la porte, il se sentit soudain déprimé. « Bonne nuit, dit-il doucement. Bonne nuit, mesdames, bonne nuit, gentes dames, bonne nuit, bonne nuit. » Puis, refermant la porte, il marmonna de ce ton au rythme cassé sur lequel Nehru terminait ses discours en hindi : « Frères et sœurs – Jai Hind ! »

Pran, pour sa part, rentra chez lui l'esprit léger. Il avait aimé la fête, aimé s'éloigner de son travail et – il devait l'admettre – du cercle familial, femme, belle-mère, belle-sœur.

Quel dommage, songeait-il, que le cœur de Haresh fût déjà pris. Malgré ses erreurs de citations, Pran le trouvait très sympathique, et se demandait s'il n'y avait pas là un « parti » possible pour Lata. Il se faisait du souci pour elle. Depuis qu'elle avait reçu ce coup de téléphone quelques jours auparavant, elle n'était plus elle-même. Mais il était devenu difficile de parler de Lata, même avec Savita. Parfois, j'ai l'impression qu'elles me considèrent toutes comme un intrus – un fâcheux chez les Mehra.

4.9

Quoique ayant un fort mal de tête, Haresh parvint à se réveiller de bonne heure et prit un rickshaw jusqu'à Ravidaspur. Il apportait avec lui les formes, les autres articles qu'il avait promis et les chaussures de Sunil. Des gens en haillons parcouraient les ruelles, entre les huttes de boue au toit de chaume. Un gamin traînait, à l'aide d'une ficelle, un morceau de bois qu'un autre garçon essayait de frapper avec un bâton. En traversant le pont branlant, Haresh remarqua la vapeur blanchâtre qui stagnait au-dessus de l'égout à ciel ouvert, où les gens faisaient leurs ablutions matinales. Comment peuvent-ils vivre ainsi ? se demanda-t-il.

Quelques fils électriques pendaient de poteaux ou s'enchevêtraient aux branches d'un arbre poussiéreux. De rares maisons se raccordaient illégalement à cette maigre source en branchant un fil à la ligne principale. Les autres huttes n'étaient éclairées que par la lueur vacillante de lampes de fortune : boîtes de conserve remplies de kérosène, dont la fumée imprégnait tout l'espace. Il était facile à un enfant, un chien ou une vache de les renverser, déclenchant ainsi des incendies qui gagnaient de proche en proche et détruisaient tout ce qui était dissimulé dans le chaume à l'abri des voleurs, y compris les précieuses cartes d'alimentation. Haresh secoua la tête devant un tel gâchis.

Arrivé à l'atelier, il trouva Jagat Ram assis sur les marches, sous le regard de sa petite fille, et en plein travail. Ce n'était pourtant pas des bottines qu'il fabriquait mais un jouet en bois : un chat, semblait-il. A la vue de Haresh, il sursauta. Il posa le chat inachevé sur la marche et se leva.

« Vous êtes venu de bonne heure, dit-il.

— Oui, rétorqua Haresh d'un ton brusque. Et je vous

trouve occupé à tout autre chose. Je m'efforce de vous apporter ce dont vous avez besoin le plus vite possible, mais il n'est pas question que je travaille avec quelqu'un sur qui on ne peut pas compter. »

Jagat Ram toucha sa moustache. Ses yeux s'assombrirent, sa voix se fit saccadée :

« Ce que je voulais dire – mais vous ne me l'avez même pas demandé ? Ce que je veux dire c'est – croyez-vous que je n'aie pas de parole ? »

Il entra dans la maison et en ressortit avec les morceaux qu'il avait coupés selon les patrons que lui avait fournis Haresh.

« Je ne les ai pas encore façonnés en forme de bottines, j'ai préféré les couper moi-même. Je m'y suis mis à l'aube.

— Bien, bien. » Haresh avait pris un ton beaucoup plus amène. « Voyons la pièce de cuir que je vous avais laissée. »

Avec une sorte de répugnance, Jagat Ram la retira d'un rayonnage en briques encastré dans le mur de la petite pièce. Il n'en avait utilisé qu'une très petite partie.

« Excellent », s'écria Haresh avec enthousiasme. Jagat Ram avait non seulement travaillé très vite, mais su économiser la matière première.

« Où a disparu votre fille ? »

Jagat Ram se permit un léger sourire : « Elle était en retard pour l'école.

— Est-ce que les gens de Lovely sont venus hier ?

— Eh bien, oui et non. »

Le sujet ne l'intéressant pas directement, Haresh ne chercha pas à en savoir davantage. Peut-être Jagat Ram ne souhaitait-il pas parler, en présence d'un ami de Kedarnath, d'un concurrent de Kedarnath.

« Bon, dit Haresh, voici tout ce qu'il vous manquait. » Ouvrant sa serviette, il en sortit le fil, les formes et les chaussures. « Je vous reverrai dans trois jours, à quatorze heures, et j'espère que les bottines seront prêtes. J'ai retenu ma place, le soir même, dans le train de dix-huit heures trente pour Kanpur. Si les chaussures sont bien faites, je pense que je serai en mesure de vous passer une commande.

300

— Si ça vous convient, je souhaiterais pouvoir travailler directement avec vous. »

Haresh secoua la tête. « Je vous ai rencontré par l'intermédiaire de Kedarnath, et je continuerai à passer par lui. »

Jagat Ram ne répondit pas. Il n'y avait décidément pas moyen d'échapper à ces intermédiaires qui buvaient votre sang. Avant c'étaient les musulmans, à présent les Punjabis. Cependant, il devait à Kedarnath de s'être mis à son compte. Peut-être celui-ci se contentait-il de humer le sang.

« Bon, dit Haresh, excellent. Et maintenant, il faut que je m'en aille, j'ai des milliers de choses à faire. »

Il repartit donc, avec son énergie habituelle, à travers les ruelles sales de Ravidaspur. Aujourd'hui, il portait des Oxford noires, ordinaires. A un endroit plus dégagé, mais immonde, près d'un petit sanctuaire blanc, des gamins, dont le fils de Jagat Ram, jouaient aux cartes – des cartes toutes souillées ; Haresh claqua la langue, non pas tant en signe de désapprobation que pour manifester sa contrariété devant cet état de choses. Analphabétisme, pauvreté, indiscipline, saleté ! Or ces gens avaient des capacités. Qu'on lui laisse les mains libres, et, avec de l'argent et du travail, il remettrait ce quartier en état de marche en moins de six mois. Sanitaires, eau potable, électricité, pavage des rues, sens civique – tout cela pouvait se régler par des décisions de bon sens, à condition de disposer des installations requises pour les appliquer. Haresh tenait à ces « installations requises » autant qu'à sa liste des « à faire ». Il s'impatientait contre lui-même quand quelque chose clochait parmi celles-ci et qu'il en avait omis une. Il croyait encore au « suivi des choses ».

C'est vrai, se dit-il. Le fils de Kedarnath, comment s'appelle-t-il déjà, Bhaskar ! J'aurais dû demander l'adresse du Dr Durrani à Sunil, hier soir. Il s'en voulait de son manque d'à-propos.

Alors, après le déjeuner, il passa prendre Bhaskar et l'emmena chez Sunil. Le Dr Durrani semblait être venu à pied jusque chez Sunil, donc il ne devait pas habiter très loin.

Le serviteur fidèle et paresseux de Sunil lui indiqua la maison du Dr Durrani, à quelques mètres de là.

Un beau et grand garçon en vêtements de cricket imma-
culés lui ouvrit la porte.

« Nous venons voir le Dr Durrani, dit Haresh, pensez-
vous qu'il pourrait nous recevoir ?

— Je vais voir ce que fait mon père. » Le jeune homme
avait une voix basse, agréable, un peu sèche. « Je vous en
prie, entrez. »

Quelques instants plus tard, il annonça : « Mon père sera
là dans une minute. Il m'a demandé qui vous étiez et je me
suis rendu compte que je ne vous avais pas posé la question.
Permettez-moi de me présenter le premier. Je m'appelle
Kabir. »

Impressionné par l'allure et les manières du jeune
homme, Haresh ébaucha un sourire, lui tendit la main et se
présenta à son tour. « Et voici Bhaskar, le fils d'un ami. »

Le jeune homme parut légèrement troublé, mais fit de
son mieux pour soutenir la conversation.

« Bonjour, Bhaskar. Quel âge as-tu ?

— Neuf ans. » Bhaskar ne releva pas la parfaite banalité
de la question, trop occupé qu'il était à se demander à quoi
tout cela rimait.

« Je vais voir ce qui retient mon père », dit Kabir au bout
d'un moment.

Finalement, le Dr Durrani apparut, et manifesta sa surprise en découvrant ses visiteurs, Bhaskar notamment.

« Vous venez pour, euh, un de mes fils ? »

Une lueur s'alluma dans le regard de Bhaskar, devant
l'étrangeté de ce comportement d'adulte. Il aima le Dr Durrani, son visage carré et surtout sa magnifique moustache
blanche à l'équilibre et à la symétrie parfaits.

« Non, Dr Durrani, c'est bien vous que nous venons voir,
dit Haresh qui s'était levé. Je ne sais pas si vous vous souvenez de moi – nous nous sommes rencontrés à la soirée de
Sunil...

— Sunil ? interrogea le Dr Durrani, yeux révulsés en
signe de totale perplexité, sourcils montant et descendant.
Sunil... Sunil... » Il sembla peser l'information avec le plus

grand sérieux et parvenir peu à peu à une conclusion. « Patwardhan », fit-il, l'air de qui a pénétré au plus profond des choses. Il examina cette nouvelle information sous différents angles, en silence.

Haresh décida d'accélérer le processus.

« Dr Durrani, vous m'avez dit que nous pouvions passer vous voir. Voici mon jeune ami Bhaskar dont je vous ai parlé. Je trouve son intérêt pour les mathématiques remarquable, et j'ai pensé qu'il fallait qu'il vous rencontre. »

Le Dr Durrani parut enchanté et demanda à Bhaskar combien font deux et deux.

Haresh n'en revenait pas, mais Bhaskar – qui, d'ordinaire, trouvait indigne de son attention des opérations autrement plus compliquées – ne sembla pas s'en offusquer.

« Quatre ? » fit-il d'une voix très hésitante.

Le Dr Durrani ne broncha pas, occupé eût-on dit à ruminer cette réponse. Haresh commença à se sentir mal à l'aise.

« Eh bien, oui, vous pouvez, euh, le laisser ici un moment, déclara le Dr Durrani.

— Devrai-je venir le chercher à seize heures ?

— Plus ou moins. »

Demeurés seuls, le Dr Durrani et Bhaskar gardèrent le silence.

« Etait-ce la bonne réponse ? demanda Bhaskar au bout d'un moment.

— Plus ou moins. Tu vois – le Dr Durrani attrapa un musammi dans un bol sur la table – c'est comme, euh, comme la question de, euh, la somme des angles dans un – dans un triangle. On t'a appris que ça fait combien ?

— 180 degrés.

— Oui, plus ou moins. A la surface, euh, du triangle. Mais à la surface de ce, euh, musammi, par exemple. »

Il contempla le fruit, suivant un mystérieux cheminement de pensée. Puis, l'objet lui ayant fourni la réponse qu'il attendait, il le considéra d'un air perplexe, comme s'il se demandait ce qu'il faisait dans sa main. Il le pela avec difficulté, en raison de sa peau épaisse, et entreprit de le manger.

« En veux-tu ?

— Oui, s'il vous plaît », dit Bhaskar, qui tendit les deux mains comme pour recevoir une offrande sanctifiée.

Une heure plus tard, quand Haresh revint, il eut le sentiment d'être un intrus. Ils étaient tous les deux assis à la table de la salle à manger sur laquelle reposaient – entre autres choses – plusieurs musammis, plusieurs peaux de musammis, un grand nombre de cure-dents arrangés en diverses figures, un cendrier renversé, des lambeaux de journaux formant des boucles étranges, un cerf-volant pourpre. Ce qui restait de surface libre sur la table était couvert d'équations à la craie jaune.

Avant de suivre Haresh, Bhaskar rassembla pour les emporter les boucles en papier journal, le cerf-volant pourpre et seize cure-dents. Lui et le Dr Durrani n'échangèrent pas le moindre remerciement. Dans la tonga qui les ramenait à Misri Mandi, Haresh ne put se retenir de demander :

« As-tu compris toutes ces équations ?

— Non. » Au ton de la réponse, il était clair, cependant, que Bhaskar jugeait cela sans importance.

Rien qu'à voir son visage, et sans qu'il eût prononcé un mot, sa mère comprit qu'il avait passé un merveilleux moment. Elle lui fit déposer les objets qu'il avait apportés, lui dit d'aller se laver les mains et, au bord des larmes, remercia Haresh.

« C'est si gentil de vous être donné tant de mal, Haresh Bhai. Je devine tout ce que cela signifie pour lui.

— Eh bien, moi pas », dit Haresh en souriant.

4.11

Pendant ce temps, les bottines étaient sur leurs formes, dans l'atelier de Jagat Ram. Deux jours passèrent. A quatorze heures, le jour fixé, Haresh vint chercher les chaussures et les formes. La petite fille de Jagat Ram le reconnut et frappa dans ses mains pour signaler son arrivée. Elle s'amusait à se chanter une chanson et, puisqu'il était là, elle la chanta pour lui aussi. La chanson disait ceci :

Ram Ram Shah,	*Ram Ram Shah,*
Alu ka rasa,	*Les patates font du jus,*
Mendaki ki chatni –	*La grenouille fait du chutney –*
Aa gaya nasha !	*Bois-le et tu seras ivre !*

Un coup d'œil suffit à Haresh pour vérifier que les chaussures étaient bien faites. L'empeigne était piquée à la perfection, malgré la vétusté de la machine ; la mise sur forme accomplie avec soin – sans plis ni boursouflures ; la finition impeccable, y compris la coloration du cuir de la bottine. Pour prouver son contentement, il versa à Jagat Ram une fois et demie la somme promise.

« Vous entendrez parler de moi, lui assura-t-il.

— Je l'espère vraiment, Haresh Sahib. Et aussi qu'ils aimeront ces chaussures, à la SCC. »

Là-dessus, ils se séparèrent. Haresh s'acquitta de quelques corvées, fit de menus achats, retourna chez Sunil, lui rendit ses bottines, boucla ses valises, dit au revoir et prit une tonga pour aller à la gare. En chemin, il s'arrêta chez Kedarnath, afin de le remercier.

« J'espère pouvoir vous venir en aide, dit-il en lui serrant chaleureusement la main.

— C'est déjà fait, à ce que Veena m'a raconté.

— Je voulais dire, sur le plan des affaires.

— J'y compte moi aussi beaucoup. Et si je peux –

— Oui, l'interrompit Haresh. Ça fait plusieurs jours que je voulais vous le demander – d'où viennent toutes ces cicatrices sur la paume de vos mains ? Si vous aviez eu un accident de machine, vous seriez marqué sur le dessus également. »

Kedarnath ne répondit pas tout de suite. « Ça s'est passé durant la Partition, dit-il finalement. Quand nous avons dû fuir Lahore, j'ai trouvé une place dans un convoi de l'armée, et nous sommes montés dans le premier camion – mon jeune frère et moi. Je pensais que nous serions parfaitement en sécurité. Mais c'était un régiment de Baloutches. Ils se sont arrêtés juste avant le pont Ravi, et des brigands musulmans sont sortis de derrière un chantier et se sont mis à nous massacrer à coups d'épieux. Mon frère a des marques sur le dos, et moi sur la main et le poignet – j'ai essayé d'empoigner un épieu par la pointe... Je suis resté un mois à l'hôpital. »

Le visage de Haresh trahit son émotion. Kedarnath poursuivit, les yeux fermés mais d'une voix calme :

« Vingt à trente personnes ont été massacrées en deux minutes... Par une chance extraordinaire, un régiment de Gurkhas est arrivé. Il a mis les pillards en fuite, et je suis là pour vous raconter l'histoire.

— Où était le reste de votre famille, dans d'autres camions ?

— Non, je les avais expédiés par le train, un peu avant. Bhaskar n'avait que six ans. Encore que les trains n'étaient guère plus sûrs, comme vous le savez.

— Ce que je sais, c'est que je n'aurais pas dû vous poser ces questions. » Pour une fois, Haresh se sentait réellement embarrassé.

« Non, non, ne vous en faites pas. D'ailleurs, au bout du compte, nous avons eu de la chance. Le commerçant musulman à qui appartenait la boutique qui est la mienne à présent – eh bien... C'est étrange, mais malgré tout ce qui s'est produit là-bas, Lahore me manque. Bon, vous devriez vous dépêcher, sinon c'est votre train que vous allez manquer. »

Il y avait toujours autant de monde, de bruits et d'odeurs dans la gare de Brahmpur : chuintement des jets de vapeur, sifflement des trains annonçant leur arrivée, cris des marchands ambulants, odeurs de poissons, bourdonnement des mouches, bavardage incessant des voyageurs. Haresh était fatigué. Malgré l'heure, dix-huit heures passées, il faisait encore très chaud. Il toucha un de ses boutons de manchette en agate et s'émerveilla de sa fraîcheur.

Observant les gens qui l'entouraient, il remarqua une jeune femme en sari de coton bleu clair qui se tenait près de sa mère. Le professeur d'anglais qu'il avait rencontré chez Sunil les mettait au train de Calcutta. De la mère, il ne voyait que le dos, mais le visage de la fille était saisissant. Non pas d'une beauté classique – comme celui qui avait

bouleversé son cœur et dont il conservait la photographie –
mais d'une telle intensité qu'il ne put en détourner son
regard pendant quelques instants. La jeune fille semblait
lutter contre une tristesse plus profonde que celle qui
accompagne les séparations ordinaires sur un quai de gare.
Haresh faillit s'approcher du professeur d'anglais et se rappeler à son souvenir, mais quelque chose dans l'expression
de la jeune fille, une tension intérieure voisine du désespoir,
l'en empêcha. De plus, son train n'allait pas tarder à partir,
son coolie trottait loin devant lui, et Haresh, en raison de sa
petite taille, craignit de le perdre dans la foule.

Cinquième partie

5.1

Certaines émeutes ont une cause, certaines se déclenchent d'elles-mêmes. Il n'y avait a priori aucune raison pour que les difficultés que connaissait Misri Mandi dégénèrent en violence. Pourtant, quelques jours après le départ de Haresh, le centre de Misri Mandi – où se trouvait la boutique de Kedarnath – regorgeait de forces de police en armes.

Le soir précédent, une bagarre avait éclaté dans un débit de boissons, dans la rue non pavée menant du Vieux Brahmpur à la tannerie. La grève, c'était moins d'argent mais plus de temps libre, aussi y avait-il autant de monde que d'habitude dans la gargote du kalari. L'endroit était surtout fréquenté par des jatavs, mais pas exclusivement. La boisson gommait les différences, tous sans distinction s'asseyant à la table en bois. Ils buvaient, riaient, criaient, puis sortaient en zigzaguant, certains chantant d'autres jurant. Ils se promettaient une amitié éternelle, se faisaient des confidences, inventaient des insultes. L'employé d'un négociant de Misri Mandi était d'une humeur massacrante à cause de son beau-père. Il buvait seul, à l'écart, devenant de plus en plus agressif. Entendant parler dans son dos des méthodes expéditives de son employeur, il serra le poing. En se tournant pour voir qui s'exprimait ainsi, il bascula par-dessus son banc et se retrouva par terre.

Les trois hommes à la table derrière lui se mirent à rire. C'étaient des jatavs, auxquels il avait déjà eu affaire. C'est lui que son employeur, refusant de toucher lui-même une chaussure par peur de la pollution, chargeait de vider les paniers. Les jatavs savaient que la crise dans Misri Mandi

311

avait particulièrement atteint ceux des négociants qui usaient trop du système des billets à ordre. Qu'elle les eût atteints eux-mêmes encore plus, ils le savaient aussi – mais eux n'appartenaient pas à la catégorie des puissants réduits à quia. Or voici qu'ils en tenaient un, sous leur nez.

Le mauvais alcool, distillé sur place, leur avait monté à la tête, et ils ne possédaient pas l'argent nécessaire à l'achat de pakoras et autres amuse-gueules qui en auraient atténué les effets. Ils furent pris d'un rire inextinguible.

« Il cherche de l'air, railla l'un.

— Il ferait mieux de chercher autre chose, ricana un autre.

— Mais est-ce qu'il saurait s'y prendre ? On dit que c'est pour ça qu'il a des ennuis chez lui –

— Quel déchet », se gaussa le premier, le montrant du geste d'un négociant qui refuse tout un panier sous prétexte d'une seule paire défectueuse.

Ils avaient la parole embarrassée, les yeux pleins de mépris. L'homme qui était à terre s'époumonait contre eux, et ils lui sautèrent dessus. Quelques personnes, y compris le propriétaire, le kalari, essayèrent de rétablir la paix, mais la plupart se contentèrent de faire cercle et de crier des encouragements d'ivrognes. Les quatre hommes roulaient sur le sol, enchevêtrés.

Pour finir, on dénombra un homme inconscient, celui qui avait déclenché la bagarre, et des blessés. L'un saignait d'un œil et poussait des cris de douleur.

Cette nuit-là il perdit son œil, et une foule redoutable de jatavs se rassembla à la Halle aux chaussures de Govind, où le marchand avait son échoppe. Elle était fermée. La foule commença à lancer des slogans hostiles puis menaça d'incendier la boutique. Un autre marchand tenta de raisonner ces gens, ils se ruèrent sur lui. Des policiers, conscients du danger, se précipitèrent au poste du quartier pour demander des renforts. Une dizaine d'hommes en sortirent, armés de solides bâtons de bambou, et se mirent à taper sur tout ce qui se présentait, sans distinction. La foule s'éparpilla.

En un temps étonnamment court, toutes les autorités concernées furent au courant de ce qui se passait : du

Surintendant de police du district à l'Inspecteur général du Purva Pradesh, du secrétaire à l'Intérieur au ministre de l'Intérieur. Chacun récoltant des faits et des interprétations différents, chacun émettant des suggestions différentes sur ce qu'il convenait de faire ou de ne pas faire.

Le Premier ministre de l'Etat avait quitté la ville. En son absence, le ministre de l'Intérieur – dont c'est la tâche de faire respecter la loi et l'ordre – prit les choses en main. Mahesh Kapoor, bien que ministre du Trésor et donc pas directement concerné, apprit la situation puisque sa circonscription comprenait une partie de Misri Mandi. Il se rendit sur les lieux et s'entretint avec le Surintendant de police et le Magistrat du district. Tous deux, le SP et le MD, pensaient que les choses s'apaiseraient d'elles-mêmes pourvu qu'il n'y eût pas de provocations. Le ministre de l'Intérieur, L.N. Agarwal, pour sa part, dont la circonscription elle aussi s'étendait sur une partie de Misri Mandi, ne jugea pas nécessaire de se déplacer. A la suite de nombreux coups de téléphone, il décida que ce qu'il fallait, c'était un exemple salutaire.

Il y avait trop longtemps que ces jatavs troublaient le négoce avec leurs jérémiades sans objet et leur grève pernicieuse. A n'en pas douter, ils étaient manipulés par des dirigeants syndicaux. A présent, ils menaçaient de bloquer l'entrée de la Halle de Govind à l'endroit où elle débouche sur la rue principale de Misri Mandi. Ce qui signifierait la faillite de nombreux négociants déjà dans une situation financière difficile. L.N. Agarwal lui-même venait d'une famille de commerçants, et il comptait de proches amis parmi ces marchands. D'autres lui fournissaient de l'argent pour ses campagnes électorales. L'heure n'était plus aux bavardages mais à l'action. Ce n'était plus simplement une question de loi, mais d'ordre, l'ordre de la société elle-même. Une certitude que l'Homme de Fer de l'Inde, le défunt Sardar Patel, aurait à coup sûr partagée.

Mais qu'aurait-il fait, s'il avait été à sa place ? Comme en rêve le ministre de l'Intérieur vit surgir devant lui la tête ronde et sévère de son mentor politique, décédé depuis quatre mois. Il s'absorba dans ses pensées. Puis il demanda à son secrétaire particulier de lui passer le Magistrat du district au téléphone.

Le MD, un homme dans les trente-cinq ans, était responsable de l'administration civile du district de Brahmpur et, en collaboration avec le SP, du respect de l'ordre et de la loi.

« Désolé, Monsieur, dit le secrétaire, le MD s'est rendu sur les lieux. Il essaye de jouer les conciliateurs –

— Passez-moi le téléphone », dit le ministre d'une voix calme. Nerveux, l'assistant lui tendit le combiné.

« Qui ?... Où ?... Agarwal à l'appareil... Oui, des instructions directes... Ça m'est égal. Faites venir Dayal immédiatement... Oui, dix minutes... Rappelez-moi... Le SP est là-bas, ça suffit certainement, vous vous croyez au cinéma ? »

Il raccrocha et fourragea dans les boucles grises qui s'incurvaient en fer à cheval autour de son crâne chauve.

Au bout d'un moment, il parut vouloir reprendre le combiné puis y renonça et s'absorba dans un dossier.

Dix minutes plus tard, le jeune MD, Krishan Dayal, était au téléphone. Le ministre de l'Intérieur lui ordonna de faire garder l'entrée de la Halle de Govind. Il devait disperser tout piquet de grève éventuel – au besoin en lisant à la foule l'article 144 du Code de procédure criminelle, puis en faisant tirer sur elle si elle ne se dispersait pas.

La ligne téléphonique n'était pas très claire, mais le message ne l'était que trop. « Monsieur, dit Krishan Dayal d'une voix forte qui trahissait pourtant un grand trouble. Puis-je me permettre de suggérer une autre possibilité. Nous sommes en train de parler avec les meneurs de la foule –

— Ainsi, il y a des meneurs, tout ça n'est pas spontané ?

— Monsieur, c'est spontané, mais il y a des meneurs. »

Il revint à l'esprit de L.N. Agarwal que c'étaient des freluquets du genre de Krishan Dayal qui l'avaient jeté dans les geôles britanniques.

« Vous essayez de faire de l'esprit, Mr Dayal ?

— Non, Monsieur, je –

— Vous avez vos instructions. C'est un cas d'urgence. J'ai discuté de l'affaire avec le Secrétaire. Je crois savoir qu'ils sont quelque trois cents énergumènes. Je veux que le SP place des policiers tout le long de la rue principale de Misri

Mandi et devant toutes les entrées – la Halle de Govind, la Halle de Brahmpur, etc. Faites le nécessaire. »

Il y eut un silence. Le ministre allait raccrocher quand le MD reprit :

« Monsieur, nous n'allons peut-être pas pouvoir réunir un si grand nombre de policiers en si peu de temps. Beaucoup d'entre eux se trouvent sur le site du temple de Shiva, au cas où il y aurait des troubles. La situation est très tendue, Monsieur. Le ministre du Trésor pense que vendredi –

— Ils y sont en ce moment ? Je n'ai rien remarqué ce matin. » La voix de L.N. Agarwal était sereine, mais dure comme de l'acier.

« Non, Monsieur, ils sont dans le poste de police principal du quartier de Chowk, proche du site. Il vaut mieux les garder là, en cas de véritable urgence. » Krishan Dayal avait été dans l'armée pendant la guerre, mais le ton calme du ministre, ce mélange d'interrogation feinte et de commandement, lui en imposait.

« Dieu prendra soin du temple de Shiva. Je suis en contact étroit avec plusieurs membres du comité, croyez-vous que je ne connais pas la situation ? »

L'allusion de Dayal à un cas de « véritable urgence » et à Mahesh Kapoor, son rival, avait fortement irrité le ministre.

« Oui, Monsieur, dit Krishan Dayal, dont le visage s'était empourpré – ce que, heureusement, le ministre ne pouvait pas voir. Et puis-je savoir combien de temps les forces de police devront rester sur les lieux ?

— Jusqu'à nouvel ordre. » Sur quoi, le ministre raccrocha. Il détestait le ton que prenaient ces soi-disant fonctionnaires pour répondre à plus haut placés qu'eux dans la chaîne de commandement, et qui, en outre, étaient leurs aînés de vingt ans. Il fallait un service administratif, certes, mais il fallait aussi que ces gens apprennent qu'ils ne dirigeaient plus le pays.

Le vendredi, à la prière de midi, l'imam héréditaire de la mosquée Alamgiri fit son sermon. Petit, grassouillet, il avait le souffle court, mais cela ne l'empêchait pas de se lancer, par crescendos successifs, dans des envolées d'éloquence. On pouvait aussi penser qu'il suffoquait sous le coup de l'émotion. La construction du temple de Shiva se poursuivait. L'imam avait eu beau en appeler à tous, au Gouverneur en premier, il était tombé sur des sourds. Une action en justice était en cours, visant à contester au Raja de Marh son droit sur le terrain contigu à la mosquée. Mais il ne fallait pas compter obtenir dans l'immédiat – à supposer qu'on l'obtienne jamais – un ordre d'arrêter la construction. Et pendant ce temps, les bouses de vache s'amoncelaient sous les yeux horrifiés de l'imam.

La tension régnait dans sa communauté, qui avait vu avec consternation surgir les fondations du temple à l'ouest de sa mosquée. A présent, ayant dit la première partie des prières, l'imam se lançait dans le discours le plus enflammé, le plus vibrant qu'il eût tenu depuis des années, très éloigné de ses sermons ordinaires sur la moralité, la propreté, la charité ou la piété. Son chagrin et sa frustration autant que l'anxiété de son auditoire exigeaient quelque chose de plus fort. La religion était en danger. Les barbares se pressaient à la porte. Ils adoraient, ces infidèles, des images et des pierres, et se perpétuaient dans l'ignorance et le péché. Ils pouvaient bien continuer à faire ce qu'ils voulaient dans leurs antres pleins d'immondices. Dieu voyait ce qui était en train de se passer. Ils avaient installé leur bestialité au seuil de l'enceinte de la mosquée. La terre sur laquelle les kafirs envisageaient de construire – pourquoi envisageaient, sur laquelle ils *étaient* en ce moment même en train de construire – Dieu la contestait, les hommes la contestaient – mais pas ces animaux qui passaient leur temps à souffler dans des conques et à vénérer des parties du corps qu'on a honte de mentionner. Le peuple de la foi réuni ici en présence de Dieu savait-il comment devait se dérouler la consécration du linga-Shiva ? Des sauvages nus couverts de cendres danseraient devant lui – nus ! Tels étaient ces impudents qui, semblables au peuple de Sodome, moquaient la puissance du Tout-Miséricordieux.

> « ... Dieu ne guide pas le peuple
> des incroyants.
> Il a apposé un sceau sur leur cœur,
> leurs oreilles et leurs yeux, ceux-là
> sont les insouciants ;
> Sans aucun doute, dans le monde futur
> ils seront les perdants. »

Ils vénéraient leurs centaines d'idoles qu'ils prétendaient divines – des idoles à quatre têtes, à cinq têtes, à tête d'éléphant – et voilà que ces infidèles voulaient que les musulmans, quand ils se tournent pour prier vers l'ouest, vers la Kaaba, aient sous les yeux ces mêmes idoles et ces mêmes objets obscènes. « Mais, continua l'imam, nous qui avons vécu des temps durs et amers, qui avons souffert pour notre foi et payé notre foi avec du sang, il nous suffit de nous rappeler le destin des idolâtres :

> « Et ils s'instituèrent égaux de Dieu,
> Qu'ils aillent hors de Sa route.
> Et Il dit : "Amusez-vous ! Au bout du chemin
> Vous trouverez – le Feu !" »

Il s'ensuivit un silence, une longue et tremblante attente.
« En ce moment même, s'écria l'imam dans un nouvel assaut frénétique, suffoquant à demi, pendant que je parle, ils pourraient réaliser leur projet d'empêcher nos dévotions du soir en couvrant de leur conque l'appel à la prière. Ignorants certes, mais pleins de fourberie. Déjà ils se débarrassent des musulmans dans les forces de police afin que la communauté de Dieu se retrouve sans défense. Ainsi ils pourront nous attaquer et nous réduire à l'esclavage. A présent nous ne le voyons que trop clairement : nous vivons non pas sur une terre protectrice mais sur une terre ennemie. Nous avons quémandé la justice et on nous a piétinés aux portes mêmes où nous allions supplier. Le ministre du

Trésor soutient ce comité du temple – dont le guide spirituel est ce buffle débauché de Marh ! Ne laissons pas l'immondice voisine souiller nos saints lieux – ne le permettons pas – mais d'où peut venir le salut à présent que nous sommes sans défense devant l'épée de nos ennemis sur la terre des hindous, d'où peut venir le salut sinon de nos propres efforts, de nos propres – là il chercha son souffle pour marteler encore –, de nos actes pour nous protéger. Et pas seulement nous, pas seulement nos familles, mais ces quelques mètres de pierre pavée qui nous appartiennent depuis des siècles, où nous avons déroulé nos tapis et élevé nos mains en pleurant vers le Tout-Puissant, qui sont usés par les dévotions de nos ancêtres et par les nôtres et – si Dieu le veut – le seront par celles de nos descendants. Mais n'ayez crainte, Dieu le voudra, n'ayez crainte, Dieu sera avec vous.

N'as-tu pas vu comment le Seigneur a traité Ad,
Iram et ses pieux de supplice,
Bourreau comme jamais il n'y eut sur terre,
Et Thamood qui creusait des cavernes dans la montagne,
Et Pharaon brandissant ses piquets de tente,
Tous ces mécréants corrompus,
Le Seigneur les a châtiés par des châtiments multipliés,
Le Seigneur ne relâche jamais sa vigilance.

O Dieu, aide ceux qui aident la religion du Prophète Mahomet, que la paix soit sur Lui. Puissions-nous faire de même. Affaiblir ceux qui affaiblissent la religion de Mahomet. Que soit loué Dieu, le Seigneur de toute chose. »

L'imam replet descendit de la chaire, et entraîna l'auditoire dans d'autres prières.

Ce même soir, il y eut une émeute.

Conformément aux instructions du ministre de l'Intérieur, la plus grande partie des forces de police avait pris position aux points sensibles de Misri Mandi. Il ne restait qu'une quinzaine d'hommes dans le poste central de Chowk. Quand l'appel à la prière de la mosquée Alamgiri se propagea dans le ciel nocturne, un hasard malheureux, ou une provocation intentionnelle, voulut que le son d'une conque se fît entendre, l'interrompant à plusieurs reprises. En temps normal, la chose n'eût suscité qu'un haussement d'épaules irrité, mais pas ce jour-là.

Personne ne sut comment les hommes qui se rassemblaient dans les ruelles étroites de la partie musulmane de Chowk se transformèrent en émeutiers. Une minute avant, ils se dirigeaient individuellement ou en petits groupes vers la mosquée pour la prière du soir, et soudain ils s'agglutinèrent en gros paquets, discutant avec excitation de la menace que représentait ce son. Depuis le sermon de midi, la plupart n'étaient plus en état d'écouter la voix de la modération. A certaines remarques faites par deux ou trois personnes, membres particulièrement déterminés du comité Alamgiri Masjid Hifaazat, quelques têtes brûlées, quelques brutes furent saisies de rage, contaminant leur entourage ; la foule augmenta sur le parcours, de ruelles en venelles, sa densité, sa vitesse et sa détermination en firent autant, ce n'était plus un rassemblement mais une masse – blessée et enragée et ne voulant plus que blesser et enrager à son tour. Les cris de « Allah-u-Akbar » s'entendirent jusqu'au poste de police. Dans la foule certains individus avaient des bâtons, deux ou trois des couteaux. A présent ce n'était plus vers la mosquée qu'ils se dirigeaient, mais vers le temple en construction. De là était parti le blasphème, c'est cela qu'il fallait détruire.

Comme le Surintendant de police du district était occupé à Misri Mandi, le Magistrat du district, Krishan Dayal, s'était rendu au poste principal de police, le grand bâtiment rose de Chowk, pour s'assurer que tout était calme. Quand on lui rapporta les propos de l'imam, il demanda au kotwal

– nom donné au Surintendant de police de la ville – ce qu'il comptait faire pour protéger le quartier.

Le kotwal de Brahmpur était un homme paresseux qui ne demandait qu'une chose, qu'on le laisse toucher ses pots-de-vin en paix.

« Il n'y aura aucun trouble, Monsieur, croyez-moi. Agarwal Sahib lui-même m'a téléphoné. Il me demande d'aller rejoindre le SP à Misri Mandi, aussi, avec votre permission, vais-je partir. » Et il s'éloigna à toute allure, la mine préoccupée, emmenant deux subordonnés avec lui et laissant le kotwali sous la responsabilité d'un gradé. « Je vais vous renvoyer l'inspecteur, dit-il d'un ton rassurant. Vous ne devriez pas rester, Monsieur. Les temps sont calmes. Après les précédents troubles à la mosquée, nous avons désamorcé la situation, je suis heureux de le dire. »

Krishan Dayal se retrouva avec une douzaine de policiers et décida d'attendre le retour de l'inspecteur avant de rentrer chez lui. Sa femme avait l'habitude de le voir revenir à des heures bizarres ; il n'était pas nécessaire de lui téléphoner. Il ne s'attendait pas vraiment à une émeute ; simplement il sentait une tension de plus en plus grande et jugeait qu'il ne fallait pas prendre de risque. Le ministre de l'Intérieur se trompait dans son choix des priorités, mais il était l'homme le plus puissant de l'Etat après le Premier ministre. Lui-même n'était que le MD.

Il ruminait ainsi quand il entendit ce dont plusieurs policiers allaient témoigner à l'enquête – l'enquête que doit mener un officier supérieur à la suite d'un ordre de tir donné par un magistrat. D'abord il entendit les sons concomitants de la conque et de l'appel du muezzin. Il ne s'en soucia guère, car le rapport qu'on lui avait fait sur le sermon de l'imam ne comportait pas la référence de celui-ci à la conque. Puis, au bout d'un moment, lui parvint l'écho éloigné de clameurs entrecoupées de hurlements. Avant même d'avoir pu les déchiffrer, il sut ce qu'ils signifiaient étant donné la direction d'où ils provenaient, la passion qui les animait. Il expédia un policier en haut du bâtiment – trois étages – afin qu'il situe l'endroit où la foule se tenait. La masse elle-même resterait invisible – cachée par les rangées de maisons des ruelles labyrinthiques – mais la direction des têtes des spectateurs, massés sur les toits, indiquerait sa position. Les cris de « Allah-u-Akbar ! Allah-u-Akbar ! » se rapprochant, le MD ordonna à la douzaine de policiers de s'aligner avec lui – fusils armés – devant les fondations et les murs en construction du temple de Shiva. En un éclair, il se dit que son passage à l'armée ne lui avait pas enseigné la tactique à employer en milieu urbain livré à l'anarchie. Y avait-il mieux à faire que d'accomplir son devoir, ce sacrifice fou qui consistait à se tenir dos au mur face à des forces en surnombre ?

Les hommes dont il assurait le commandement étaient des musulmans et des Rajputs, mais surtout des musulmans. Les forces de police, avant la Partition, comprenaient un grand nombre de musulmans en application de la saine politique impérialiste : diviser pour régner. Il convenait aux Britanniques que les membres du Congrès en majorité hindous se fissent tabasser par des policiers en majorité musulmans. Et même après l'exode des musulmans en 1947 vers le Pakistan, il en restait encore beaucoup dans la police. Ils n'aimeraient pas tirer sur des coreligionnaires.

Convaincu que, même s'il n'est pas nécessaire d'employer la force maximum, il est nécessaire de donner l'impression qu'on va l'employer, Krishan Dayal ordonna d'une voix forte aux policiers de se tenir prêts à tirer quand il en donnerait l'ordre. Lui-même, avec son revolver à la main, se sentait plus vulnérable que jamais auparavant. Il voulut se convaincre qu'un bon officier, entouré d'une force sur laquelle il peut absolument compter, est presque toujours capable de tenir une journée, mais il avait des réserves sur l'« absolument » ; et des inquiétudes sur le « presque ». Dès que la populace, encore à quelques ruelles de là, apparaîtrait au dernier tournant et chargerait droit sur le temple, sa petite troupe, si évidemment impuissante, serait submergée. A ce moment deux hommes vinrent lui dire que la foule comptait un millier de personnes, bien armées, et que – à en juger par sa vitesse – elle leur tomberait dessus dans deux ou trois minutes.

Sachant à présent qu'il risquait de mourir dans quelques minutes – qu'il donnât ou non l'ordre de tirer – le jeune

MD accorda une brève pensée à sa femme, puis à ses parents, puis à un vieux maître d'école qui lui avait un jour confisqué un pistolet bleu d'enfant qu'il avait apporté en classe. Il fut ramené sur terre par le gradé qui l'appelait d'un ton angoissé.

« Sahib !

— Oui – oui ?

— Sahib – vous êtes décidé à tirer si nécessaire ? » L'homme était musulman ; il devait lui paraître absurde de devoir mourir en tirant sur des musulmans pour défendre un temple hindou inachevé qui constituait un affront à la mosquée où lui-même allait souvent prier.

« Qu'en pensez-vous ? » Le ton de Krishan Dayal ne prêtait pas à l'équivoque. « Dois-je répéter mes ordres ?

— Sahib, si voulez mon avis, nous ne devrions pas rester ici, nous allons y être submergés. Nous devrions attendre qu'ils sortent du dernier tournant avant le temple – et à ce moment-là charger et tirer en même temps. Ils ne sauront pas combien nous sommes, ni ce qui leur arrive. Il y a quatre-vingt-dix-neuf chances sur cent qu'ils se dispersent.

— C'est vous qui devriez être à ma place », commenta le MD, médusé.

Il se tourna vers les autres, qui paraissaient pétrifiés, leur ordonna de courir avec lui vers le virage. Ils se postèrent des deux côtés de la ruelle, à quelque cinquante mètres du tournant. La foule n'était qu'à une minute de là. Il entendait ses vociférations et ses hurlements ; il sentait la vibration du sol qu'ébranlaient des milliers de pieds.

Et il donna le signal. Les treize hommes chargèrent et firent feu.

La populace déchaînée, sauvage, confrontée à cette terreur soudaine, s'arrêta, tituba, fit demi-tour et s'enfuit. Cela tenait du surnaturel : en trente secondes, elle avait disparu. Deux corps restaient sur le sol : un jeune homme dont une balle avait traversé le cou, et qui était en train de mourir ou déjà mort ; l'autre, un vieillard à barbe blanche, qui, tombé, avait été piétiné par la foule. Ses blessures étaient graves, peut-être fatales. Des babouches et des bâtons jonchaient le sol, des taches de sang aussi, ce qui prouvait qu'il y avait eu d'autres blessés, voire des morts. Des amis ou des membres de la famille avaient probablement tiré les corps jusqu'à la porte de maisons voisines. Personne ne voulait se faire repérer par la police.

Le MD inspecta ses hommes. Quelques-uns tremblaient, la plupart jubilaient. Aucun n'avait été blessé. Il croisa le regard du gradé. Tous deux se mirent à rire, de soulagement, puis s'arrêtèrent. Des femmes se lamentaient dans des maisons voisines. A part cela, tout était paisible ou, plutôt, immobile.

5.4

Le jour suivant, L.N. Agarwal rendit visite à sa fille et unique enfant, Priya. Il le fit non seulement parce qu'il aimait les voir, elle et son mari, mais aussi pour échapper aux parlementaires de son bord, saisis de panique à la pensée des conséquences possibles de la fusillade, et qui lui rendaient la vie impossible avec leurs gémissements.

La fille de L.N. Agarwal habitait le Vieux Brahmpur, dans le quartier de Shahi Darvaza proche de Misri Mandi où résidait son amie d'enfance Veena Tandon. Priya vivait au sein du clan familial, qui comprenait les frères de son mari avec épouses et enfants. Ram Vilas Goyal, son époux, était avocat ; il plaidait principalement au tribunal de district, avec quelques apparitions en Haute Cour, et était avant tout un civiliste. Homme placide, au caractère doux et aux traits sans relief, avare de ses mots, il s'intéressait peu à la politique. Sa profession et quelques affaires de-ci de-là lui suffisaient ; à quoi s'ajoutaient un milieu familial tranquille et l'enchaînement routinier des tâches, le domaine de Priya. Ses collègues le respectaient pour son honnêteté scrupuleuse, ses capacités professionnelles où sa clairvoyance compensait sa lenteur. Parce qu'il gardait pour lui les confidences, s'abstenait de donner des conseils et ne se passionnait pas pour la politique, son beau-père, le ministre de l'Intérieur, aimait causer avec lui.

Priya Goyal, elle, était tout feu tout flamme. Le matin, hiver comme été, elle arpentait son toit, d'un pas vigoureux. C'était un long toit, puisqu'il couvrait trois maisons étroites et contiguës, reliées entre elles à chacun des trois étages. En fait, l'ensemble formait une seule grande maison et était considéré comme tel par la famille et les voisins. On l'appelait la maison du Rai Bahadur parce que le grand-père de Vilas Goyal (toujours vivant à quatre-vingt-huit ans), qui s'était vu décerner ce titre par les Britanniques, avait acheté et restructuré la propriété un demi-siècle auparavant.

Le rez-de-chaussée abritait des resserres et les quartiers des serviteurs. Au premier étage vivaient le Rai Bahadur, le père et la belle-mère de Ram Vilas, ainsi que sa sœur. On y trouvait aussi la cuisine commune et l'oratoire (où Priya, peu portée à la piété, sinon impie, ne pénétrait presque jamais). C'est au dernier étage que vivaient les trois frères avec leur famille ; Ram Vilas, le frère du milieu, occupait les deux pièces de la maison du milieu. Au-dessus s'étendait le toit, avec ses cordes à linge et ses réservoirs d'eau.

Lorsqu'elle arpentait son toit, Priya Goyal se comparait à une panthère en cage. Elle jetait un regard d'envie vers la petite maison, à quelques minutes de marche – et que l'on devinait au milieu de la jungle des toits intermédiaires – où vivait son amie Veena Tandon. Veena qui, elle le savait, avait perdu sa fortune, mais était libre de faire ce qui lui plaisait : aller au marché, se promener seule, prendre des leçons de musique. Toutes choses impensables dans le milieu familial de Priya. Il eût été déshonorant pour une belle-fille du Rai Bahadur de se montrer sur un marché. Peu importait qu'elle eût trente-deux ans, fût mère d'une petite fille de dix ans et d'un garçon de huit. Ram Vilas, toujours aussi placide, ne voulait pas en entendre parler. Ce n'était pas son affaire ; et surtout, cela chagrinerait son père et sa belle-mère, son grand-père et son frère aîné – et Ram Vilas croyait sincèrement à la nécessité de maintenir la tradition d'une famille multiple.

Priya détestait ce mode de vie. Elle ne l'avait jamais connu avant d'entrer dans la famille Goyal. Son père, Lakshmi Narayan Agarwal, avait été le seul fils à atteindre l'âge adulte, et Priya était son seul enfant. Profondément touché par la mort de sa femme, il avait fait sien le vœu d'abstinence sexuelle de Gandhi. Il vivait d'une façon spartiate. Bien que ministre de l'Intérieur, il habitait dans deux pièces d'une résidence réservée aux membres de l'Assemblée législative.

« Dans le mariage, ce sont les premières années les plus difficiles – celles qui nécessitent le maximum d'adaptation », avait-on dit à Priya. Or elle avait le sentiment que, sur certains points, plus le temps passait et plus la situation devenait insupportable. Contrairement à Veena, elle n'avait pas de foyer paternel – ni surtout maternel – où se réfugier avec ses enfants au moins un mois par an – prérogative de toutes les femmes mariées. Même ses grands-parents (qui l'avaient accueillie pendant que son père purgeait son temps de prison) étaient morts. Son père la chérissait tendrement et, en un sens, c'est à cet amour, qui lui avait inculqué l'esprit d'indépendance, qu'elle devait de supporter si mal la vie chez les Goyal ; or il n'était plus en mesure, compte tenu de son mode de vie actuel, de lui fournir un refuge.

Sans la gentillesse de son mari, elle se disait qu'elle serait devenue folle. Il ne la comprenait pas, mais il était compréhensif. Il s'efforçait de lui rendre les choses plus faciles et n'élevait jamais la voix. Et puis elle aimait le vieux Rai Bahadur, son grand-père par alliance. Un courant passait entre elle et lui. Les autres membres de la famille, et particulièrement les femmes – sa belle-mère, sa belle-sœur, l'épouse du frère aîné de son mari – avaient fait de leur mieux pour la rendre malheureuse pendant ses premières années de mariage, et elle ne pouvait pas les sentir. Elle devait pourtant feindre le contraire, chaque jour, à chaque minute – sauf quand elle arpentait le toit – qu'elle ne pouvait même pas agrémenter d'un jardin au prétexte que cela attirerait les singes. La belle-mère de Ram Vilas avait même essayé de la dissuader de ces allées et venues quotidiennes (« Imagine, Priya, ce qu'en pensent les voisins »), mais Priya avait tenu bon. Les belles-sœurs, sur la tête de qui elle marchait ainsi à l'aube, s'étaient plaintes à leur belle-mère. Laquelle, sentant peut-être qu'elle avait poussé Priya à bout, s'était abstenue de récriminations directes. Or toute allusion indirecte au sujet, Priya avait choisi de ne pas la comprendre.

L.N. Agarwal arriva, vêtu comme toujours d'une kurta empesée et immaculée (mais sévère), d'un dhoti et d'un calot à la Nehru. Le calot blanc dissimulait sa calvitie, ne laissant apparaître que la couronne de cheveux gris bouclés. Chaque fois qu'il s'aventurait dans Shahi Darvaza, il tenait sa canne à la main pour effrayer les singes qui fréquentaient, dominaient selon d'aucuns, le voisinage. Son rickshaw le déposa près du marché, alors, quittant la rue principale, il emprunta une minuscule ruelle latérale qui débouchait sur une petite place. Au milieu de la place trônait un grand pipal. La maison du Rai Bahadur occupait tout un côté de la place.

La porte d'en bas était fermée à cause des singes, et il cogna avec sa canne. Quelques visages apparurent aux balcons de fer forgé du premier étage. Celui de sa fille s'éclaira à sa vue ; nouant rapidement ses cheveux noirs en chignon, elle descendit lui ouvrir la porte. Ils s'étreignirent, puis remontèrent tous les deux.

« Où a disparu Vakil Sahib ? » demanda L.N. Agarwal en hindi.

Il aimait désigner son gendre par sa fonction, encore que l'appellation convenait également au père et au grand-père de Ram Vilas.

« Il était là il y a une minute, répondit Priya, qui se leva pour aller le chercher.

— Attends un peu, dit son père d'une voix chaude, détendue. D'abord sers-moi du thé. »

Le ministre de l'Intérieur s'accorda un moment de détente, goûtant le confort d'un foyer : du thé bien fait (au lieu de la substance imbuvable qu'on servait à sa résidence) ; des friandises et des kachauris faits par les servantes – peut-être par sa fille elle-même ; quelques instants avec ses petits-enfants qui préféraient, cependant, jouer avec leurs amis sur le toit, en pleine chaleur, ou en bas sur la place ; quelques mots échangés avec sa fille, qu'il voyait trop rarement et qui lui manquait beaucoup.

Il n'éprouvait aucune gêne, contrairement à certains beaux-pères, à accepter nourriture et boisson dans la maison de son gendre. Priya et lui parlèrent de sa santé, des études et du caractère des enfants ; de Vakil Sahib, qui travaillait beaucoup trop ; au passage, de la mère de Priya, dont l'évocation remplit leurs yeux de tristesse ; des bouffonneries des vieux serviteurs de la maison Goyal.

Plusieurs personnes passèrent devant la porte ouverte et, les voyant, entrèrent. Parmi eux, le père de Ram Vilas, personnage faible que sa seconde femme terrorisait. Bientôt, tout le clan Goyal avait débarqué – à l'exception du Rai Bahadur qui n'aimait pas monter les étages.

« Mais où est Vakil Sahib ? répéta L.N. Agarwal.

— Oh, dit quelqu'un, il est en bas avec le Rai Bahadur. Il sait que vous êtes là, et il viendra aussitôt qu'on le relâchera.

— Pourquoi n'irais-je pas présenter mes respects au Rai Bahadur, dès maintenant ? »

L.N. Agarwal trouva le grand-père et le petit-fils en grande conversation dans la vaste chambre que le Rai Bahadur s'était réservée – surtout à cause des belles tuiles perroquet qui décoraient le foyer. L.N. Agarwal, étant de la génération intermédiaire, salua et fut salué à son tour.

« Bien entendu vous prendrez du thé ? demanda le Rai Bahadur.

— On m'en a déjà servi là-haut.

— Depuis quand les dirigeants du peuple fixent-ils une limite à leur consommation de thé ? » dit le Rai Bahadur, d'une voix fêlée mais lucide. Il utilisait le mot « Neta-log », terme de déférence ironique comparable à « Vakil Sahib ».

« Et puis, continua-t-il, qu'est-ce que c'est que cette histoire de tuerie à laquelle vous vous êtes livrés à Chowk ? »

La question ne se voulait pas aussi abrupte, c'était simplement la façon de parler du vieux Rai Bahadur, mais L.N. Agarwal s'en serait bien passé. Il allait probablement avoir son content d'accusations de ce type dès lundi à la Chambre. Il aurait de beaucoup préféré une conversation tranquille avec son gendre, qui aurait soulagé son esprit troublé.

« Ça n'est rien, ça n'est rien, on n'en parlera bientôt plus.

— On m'a raconté que vous avez tué vingt musulmans, dit le Rai Bahadur avec flegme.

— Non, non, pas tant. Quelques-uns seulement. Nous

avons les choses en main. » Il se tut, ruminant l'idée qu'il avait mal jugé la situation. « C'est une ville difficile à gérer, reprit-il. Quand ce n'est pas une chose, c'en est une autre. Nous sommes un peuple peu discipliné. La lathi et le fusil, voilà ce qui nous apprendra la discipline.

— Du temps des Britanniques, la loi et l'ordre ne posaient pas ce genre de problème », grinça le Rai Bahadur.

Le ministre de l'Intérieur ne mordit pas à l'hameçon. Il se demandait d'ailleurs si la remarque n'avait pas été faite en toute innocence.

« Eh oui, nous y voilà, répondit-il.

— La fille de Mahesh Kapoor était ici l'autre jour », lança le Rai Bahadur.

Cette phrase-là n'était sûrement pas innocente. Ou bien si ? Peut-être le vieil homme suivait-il simplement ses pensées.

« Oui, c'est une gentille fille », dit L.N. Agarwal. L'air pensif, il tapota sa couronne de cheveux, puis reprit : « La ville, je m'en arrange. Ce n'est pas la tension qui me gêne. Dix Misri Mandi, vingt Chowk, tout ça n'est rien. C'est la politique, les politiciens... »

Le Rai Bahadur se permit un sourire, qui donna à son visage aussi un aspect fêlé, les méplats un instant dérangés ayant du mal à retrouver leur position.

« Jusqu'à deux heures ce matin, continua L.N. Agarwal, les parlementaires se sont pressés autour de moi comme des poussins autour de leur mère. Ils étaient paniqués. Notre Premier ministre s'absente quelques jours et regardez ce qu'il se passe ! Que dira Sharmaji quand il reviendra ? Quel pactole la faction de Mahesh Kapoor en retirera-t-elle ? A Misri Mandi, elle va insister sur le sort des jatavs, à Chowk sur celui des musulmans. Quel effet cela aura-t-il sur le vote des deux communautés ? Nous sommes à quelques mois des élections générales. Vont-ils déserter le parti du Congrès, et si oui, en quelle quantité ? Un ou deux de ces messieurs ont même demandé si l'on risque une nouvelle conflagration – alors que d'habitude c'est le dernier de leurs soucis.

— Et que leur répondez-vous ? » Une des belles-filles du Rai Bahadur, la pire des sorcières dans la démonologie de

Priya, entra avec le thé. Elle avait la tête couverte du pan de son sari. Elle versa le thé, leur jeta un coup d'œil acéré, échangea quelques mots et sortit.

Ils avaient perdu le fil de la conversation, mais le Rai Bahadur, se rappelant peut-être les contre-interrogatoires qui l'avaient rendu célèbre dans sa jeunesse, la renoua sans peine.

« Oh rien, dit L.N. Agarwal. Juste ce qui est nécessaire pour qu'ils arrêtent de m'empêcher de dormir.

— Rien ?

— Non, presque rien. Que les choses vont se rétablir d'elles-mêmes. Que ce qui est fait est fait ; qu'un peu de discipline n'a jamais fait de mal ; qu'il nous reste du temps avant les élections générales, etc. La réalité c'est que le pays a des choses beaucoup plus sérieuses auxquelles penser. La nourriture étant la principale. Au Bihar on meurt quasiment de faim. Et si la mousson est mauvaise, ce sera notre cas aussi. La menace musulmane, qu'elle provienne de l'intérieur du pays ou de l'autre côté de la frontière, nous pouvons y faire face. Si Nehru n'avait pas le cœur si tendre, nous y aurions mis fin il y a déjà quelques années. Et maintenant voilà ces jatavs – à ce mot le dégoût se peignit sur ses lèvres –, cette caste "répertoriée" qui nous repose un problème. Mais vous allez voir, vous allez voir... »

Pendant tout cet échange, Ram Vilas Goyal était demeuré silencieux. Tout juste fronçant un sourcil ou secouant la tête.

« C'est ce que j'aime chez mon gendre, se dit L.N. Agarwal. Il n'est pas muet, mais il ne parle pas. » Il conclut pour la énième fois qu'il avait choisi le bon mari pour sa fille.

Priya pouvait jouer les provocatrices, Ram Vilas ne se laisserait pas provoquer.

Pendant ce temps, à l'étage au-dessus, Priya s'entretenait avec Veena, qui était venue la voir. Une visite qui n'était pas purement amicale, une visite causée par la détresse. En rentrant chez elle, Veena avait trouvé Kedarnath non seulement les yeux clos mais la tête dans les mains. Signe d'un état beaucoup plus grave que son habituelle angoisse optimiste. Il n'avait rien voulu dire, mais elle avait saisi qu'il avait de grands ennuis financiers. Avec les piquets de grève et la présence des forces de police à Chowk, tout le marché de la chaussure avait fini par s'effondrer. Chaque jour, des billets à ordre arrivaient à échéance, et il n'avait pas de liquidités pour les régler. Ceux qui lui devaient de l'argent, notamment deux grands magasins de Bombay, repoussaient le paiement de commandes passées, persuadés qu'il ne pourrait pas assurer les commandes futures. Ce que lui fournissaient des gens comme Jagat Ram ne suffisait pas. Pour exécuter les commandes en provenance du pays tout entier, il avait besoin des paniers-wallahs, et ceux-ci n'osaient pas venir à Misri Mandi en ces temps troublés.

Le problème immédiat toutefois était celui des billets à ordre venant à échéance. Il n'avait personne à qui s'adresser, ses associés se trouvant dans la même situation que lui. Il refusait catégoriquement de faire appel à son beau-père. Il n'avait plus d'idée. Il essaierait encore une fois de parler à ses créanciers – ceux qui lui avançaient de l'argent en échange de billets à ordre et leurs commissionnaires qui venaient les faire régler à échéance. Il tenterait de les persuader que personne n'avait intérêt à les mettre lui et ses semblables le dos au mur en leur coupant le crédit. La situation actuelle n'allait sûrement pas durer longtemps. Il n'était pas insolvable, il manquait simplement de liquidités. Mais, tout en parlant, il savait quelle serait leur réponse. Il savait que l'argent, contrairement au travail, n'est pas lié à un commerce particulier, qu'il peut passer des chaussures aux, par exemple, installations de chambre froide, sans recyclage, ni scrupule, ni doute. Seules deux questions comptent : « A quel taux d'intérêt ? » et « A quels risques ? »

Ce n'est pas son aide financière que Veena était venue demander à Priya, mais un conseil sur la meilleure façon de vendre les bijoux que sa mère lui avait donnés pour son mariage – et de la laisser pleurer sur son épaule. Elle avait apporté les bijoux avec elle, du moins ce qu'il en restait après les jours dramatiques de Lahore. Chaque pièce signifiait tant de choses pour elle qu'elle se mit à pleurer à la pensée de les perdre. Elle n'exigeait que deux choses : que son mari ne découvre rien tant que la vente n'aurait pas été conclue ; que, pendant quelques semaines du moins, son père et sa mère n'en sachent rien.

Elles se dépêchaient de parler parce qu'il n'y avait aucune intimité dans cette maison et qu'à tout moment n'importe qui pouvait entrer dans la chambre de Priya.

« Mon père est là, dit Priya, en bas, en train de discuter politique.

— Quoi qu'il arrive, nous demeurerons amies », s'exclama soudain Veena, qui se mit à pleurer derechef.

Priya la serra contre elle, lui dit d'avoir du courage et suggéra une petite marche sur le toit.

« Quoi, dans cette chaleur, tu es folle ? dit Veena.

— Pourquoi pas ? Ou bien nous prenons un coup de chaleur, ou ma belle-mère vient nous interrompre – et je sais ce que je préfère.

— J'ai peur de tes singes. » Veena se repliait sur une deuxième ligne de défense. « Ils commencent par se battre sur le toit de la fabrique de daal, puis ils sautent sur ton toit. Shahi Darvaza devrait être rebaptisé Hanuman Dwar.

— Tu n'as peur de rien, je ne te crois pas. En fait, je t'envie. Tu peux te promener seule, n'importe quand. Regarde-moi. Regarde ces barreaux au balcon. Les singes ne peuvent pas entrer, et moi je ne peux pas sortir.

— Non, dit Veena, tu ne devrais pas m'envier. »

Elles se turent un moment.

« Comment va Bhaskar ? » demanda Priya.

La figure ronde de Veena s'éclaira d'un sourire, plutôt triste. « Il va très bien, aussi bien que les tiens, en tout cas. Il a insisté pour m'accompagner. Ils sont tous en train de jouer au cricket sur la place. Le pipal ne paraît pas les

gêner... Quel dommage que tu n'aies ni frère ni sœur »,
ajouta Veena, qui pensait à sa propre enfance.

Les deux amies se rendirent sur le balcon et regardèrent,
à travers les barreaux, leurs trois enfants, plus deux autres,
jouer au cricket. La petite fille de Priya était de loin la
meilleure. Aussi bon lanceur que batteur. Elle réussissait à
éviter le pipal, qui causait aux autres des ennuis infinis.

« Pourquoi ne restes-tu pas déjeuner ? demanda Priya.

— Je ne peux pas. Demain peut-être ?

— Eh bien demain. »

Veena laissa le sac de bijoux à Priya, qui l'enferma dans
un almirah d'acier. « Tu grossis, remarqua Veena, en la
voyant debout près de l'armoire.

— J'ai toujours été grasse, et à rester assise ici toute la
journée comme un oiseau en cage, j'ai encore engraissé.

— Tu n'es pas grasse et tu ne l'as jamais été. Depuis
quand as-tu arrêté d'arpenter ton toit ?

— Je n'ai pas arrêté, et un jour je me jetterai dans le vide.

— Si tu parles ainsi, je m'en vais tout de suite », et Veena
se leva pour partir.

« Non, ne t'en va pas. De te voir m'a remonté le moral.
J'espère que tu auras beaucoup de déveine, comme ça tu
viendras tout le temps. S'il n'y avait pas eu la Partition, tu ne
serais jamais revenue à Brahmpur. »

Veena se mit à rire.

« Allons sur le toit, reprit Priya, je ne peux vraiment pas te
parler librement ici. Les gens n'arrêtent pas d'entrer, ils
écoutent du balcon. Je déteste cet endroit, je suis si malheureuse, si je ne te raconte pas, je vais éclater. » Elle
attrapa Veena par la main et la mit debout. « Je vais demander à Bablu de nous donner quelque chose de froid pour
prévenir le coup de chaleur. »

Bablu était un être bizarre de cinquante-cinq ans. Entré
tout enfant au service de la famille, son excentricité n'avait
fait que croître avec les années. Récemment, il s'était mis à
avaler les médicaments de chacun.

Sur le toit, elles s'assirent à l'ombre de la citerne et furent
prises d'un fou rire d'écolières.

« Nous devrions vivre à côté l'une de l'autre, dit Priya en
secouant sa chevelure noir de jais, qu'elle avait lavée et

huilée le matin même. Comme ça, si je me jette du toit je tomberai sur le tien.

— Penses-tu, ce serait affreux. La sorcière et l'épouvantail se retrouveraient tous les après-midi pour se plaindre de leurs belles-filles. "Oh, elle a ensorcelé mon fils, ils jouent sans arrêt au chaupar sur le toit. Elle va le rendre aussi noir que de la suie. Et elle chante sans pudeur, pour que tout le voisinage l'entende. Et elle cuisine des plats gras, exprès, pour que je sois pleine de gaz. Un jour j'exploserai, et elle dansera sur mes os." »

Priya gloussa. « Non, ce sera très bien. Les deux cuisines se feront face, et les légumes se lamenteront avec nous de leur esclavage. "O amie pomme de terre, l'épouvantail kha-tri me fait bouillir. Dis à tout le monde que je suis morte misérablement. Adieu, adieu, ne m'oublie jamais." "O amie citrouille, la sorcière bania ne me laisse que deux jours à vivre. Je te pleurerai mais je ne pourrai pas assister à ton chautha. Pardonne-moi, pardonne-moi." »

Veena se remit à rire de plus belle. « En réalité, je plains beaucoup mon épouvantail. Elle a vécu de durs moments pendant la Partition. Cela dit, elle se montrait abominable envers moi, déjà à Lahore, et même après la naissance de Bhaskar. De voir que je ne suis pas triste la rend, elle, encore plus triste. Quand nous serons belles-mères, Priya, nous offrirons tous les jours à nos brus du ghee et du sucre.

— Moi, je ne plains absolument pas ma sorcière. Et je houspillerai ma belle-fille du matin au soir jusqu'à ce qu'elle s'aplatisse devant moi. Les femmes sont plus belles quand elles sont malheureuses, tu ne crois pas ? » Elle contempla l'escalier d'un œil noir. « Cette maison est abominable. Je préférerais de beaucoup être un des singes qui se bagarrent sur le toit de la fabrique de daal que bru dans la maison du Rai Bahadur. Je filerais au marché voler des bananes. Je me battrais contre les chiens, je happerais les chauves-souris. J'irais dans le Tarbuz ka Bazar pincer les fesses de toutes les jolies prostituées. Je... Sais-tu ce que les singes ont fait l'autre jour ?

— Non, mais tu vas me le dire.

— Bablu, dont la folie augmente de minute en minute, a posé les réveils du Rai Bahadur sur la corniche. Sur quoi nous avons vu trois singes dans le pipal, qui les examinaient en faisant "Mmmmm", "Mmmmm" de leur voix haut perchée, comme pour dire : "Bon, nous avons vos réveils, et maintenant quoi d'autre ?" La sorcière est sortie. Il n'y avait pas de petits sachets de blé avec lesquels on les attire d'habitude, alors elle a pris des musammis, des bananes et des carottes et les a appelés : "Petits, petits, venez mes jolis, je jure sur Hanuman que je vous donnerai de bonnes choses à manger..." Et ils sont descendus, un par un, très prudemment, avec chacun un réveil sous le bras. Alors ils ont commencé à manger, d'abord avec une main, comme ceci – puis, posant le réveil par terre, avec les deux. A peine les trois réveils étaient-ils sur le sol que la sorcière a brandi contre eux un bâton qu'elle tenait caché derrière son dos, en les abreuvant de mots d'une telle crudité que je n'ai pu m'empêcher de l'admirer. La carotte et le bâton, c'est ce qu'on dit en anglais, non ? Ainsi mon histoire finit bien. Mais les singes de Shahi Darvaza sont très futés. Ils savent ce qu'ils peuvent échanger contre une rançon, et ce qu'ils ne peuvent pas. »

Sur quoi Bablu arriva, agrippant de quatre doigts sales d'une seule main quatre verres remplis à ras bord de nimbu pani froid. « Voilà, dit-il en les posant. Buvez ! A rester assises au soleil comme ça, vous allez attraper une pneumonie. » Puis il disparut.

« Toujours le même ? constata Veena.

— Le même, et encore pis. Rien ne change. La seule chose réconfortante, c'est que Vakil Sahib ronfle toujours aussi fort. Parfois la nuit, quand le lit vibre, je pense qu'il va disparaître et qu'il ne me restera que son ronflement sur quoi pleurer. Mais il y a des choses qui se passent dans cette maison et que je ne peux pas te raconter, ajouta-t-elle d'un air sombre. Estime-toi heureuse de ne pas avoir beaucoup d'argent. Tu n'imagines pas, Veena, ce que les gens sont capables de faire pour de l'argent. Et à quoi sert-il ? Ni à l'éducation, ni à l'art, la musique ou la littérature – non, il sert à acheter des bijoux. Les femmes de la maison doivent en porter des tonnes autour du cou à chaque mariage. Et tu devrais les voir, chacune mesurant l'autre du regard... » Elle s'arrêta soudain, consciente de son insensibilité. « Oh

Veena, je suis une bavarde impénitente. Dis-moi de me tenir tranquille.

— Non, non, ça m'amuse. Mais, la prochaine fois que le bijoutier viendra, tu pourras lui demander une estimation ? Pour les petites pièces, et spécialement pour mon navratan ? Et sans que ta belle-mère le sache ? Si j'allais trouver un bijoutier moi-même, je me ferais certainement berner.

— J'essaierai. » Le navratan était une jolie pièce. La dernière fois que Priya l'avait vu autour du cou de Veena, c'était au mariage de Savita. Il s'agissait d'un cercle formé de neuf cases d'or carrées, chacune contenant une pierre précieuse, les côtés et même le dessous faits d'émail finement ciselé. Topaze, saphir blanc, émeraude, saphir bleu, rubis, diamant, perle, œil-de-chat et corail : le lourd collier, loin de paraître surchargé, alliait la solidité traditionnelle et le charme. Pour Veena, il représentait beaucoup plus que tout cela : de tous les cadeaux de sa mère, c'était celui qu'elle préférait.

« Nos pères sont fous de se détester à ce point, dit Priya sans préambule. On se fiche de savoir qui sera le prochain Premier ministre du Purva Pradesh, non ? »

Veena acquiesça, tout en sirotant son nimbu pani.

« Des nouvelles de Maan ? » demanda Priya.

Elles se racontèrent tous les potins : Maan et Saeeda Bai ; la situation de la fille du Nawab Sahib tenue au purdah était-elle pire que celle de Priya ; la grossesse de Savita ; et même, au passage, Mrs Rupa Mehra, qui essayait de corrompre ses samdhins en leur apprenant le rummy.

Elles avaient oublié le reste du monde. Mais soudain la grosse tête et les épaules rondes de Bablu apparurent en haut de l'escalier. « Oh mon Dieu, s'écria Priya, mes devoirs de cuisinière. Ils me sont complètement sortis de la tête. Ma belle-mère doit en avoir fini avec sa stupide manie de préparer sa propre nourriture vêtue d'un dhoti mouillé après qu'elle a pris son bain, et elle hurle après moi. Il faut que j'y coure. Elle fait ça au nom de la pureté, dit-elle, mais peu lui importe que nous ayons des cafards gros comme des buffles dans toute la maison, et des rats qui viennent te mordre les cheveux la nuit, si tu ne les as pas dégraissés. Oh, reste déjeuner, Veena, je t'en prie.

— Je ne peux vraiment pas. Le Dormeur aime que sa nourriture soit préparée de la même manière. Comme le Ronfleur, j'en suis sûre.

— Non, il n'est pas si pointilleux. Il s'accommode de mes extravagances. Mais je ne peux pas sortir, je ne peux pas sortir, sauf pour aller aux mariages, au temple ou à une fête religieuse, et tu sais ce que je pense de tout cela. S'il n'était pas aussi gentil, je deviendrais folle. Battre sa femme est un sport très pratiqué dans le voisinage, on n'est pas vraiment un homme si on ne le fait pas de temps en temps, mais Ram Vilas ne frapperait même pas un tambour au moment de Dussehra. Et il se montre si respectueux envers la sorcière, qui n'est pourtant que sa belle-mère, que ça me rend malade. On raconte qu'il est si prévenant avec les témoins qu'ils lui disent la vérité – même au tribunal ! Bon, si tu ne peux pas rester, alors viens demain. Promets-le-moi de nouveau. »

Veena promit, et les deux amies redescendirent dans la chambre de Priya, à l'étage au-dessous. Elles trouvèrent les deux enfants de Priya assis sur le lit ; ils informèrent Veena que Bhaskar était rentré chez lui.

« Quoi, tout seul ?

— Il a neuf ans, et c'est à cinq minutes d'ici, rétorqua le petit garçon.

— Shh ! dit Priya. Parle correctement à tes aînés.

— Il vaut mieux que je file », dit Veena.

Dans l'escalier, elle croisa L.N. Agarwal. Les marches étaient étroites et hautes. Elle se pressa contre le mur et fit namasté. « Jeeti raho, beti », dit-il en acceptant ses salutations. Mais bien qu'il l'eût appelée « ma fille », Veena eut le sentiment qu'en la voyant il avait immédiatement pensé à son rival ministériel, dont elle était sans conteste la fille.

« Le gouvernement sait-il que la police de Brahmpur a chargé, lathi à la main, les membres de la communauté jatav quand ils ont manifesté, la semaine dernière, devant la Halle aux chaussures de Govind ? »

Le ministre de l'Intérieur, Shri L.N. Agarwal, se leva.

« Il n'y a pas eu de charge à la lathi, répliqua-t-il.

— Une charge modérée si vous préférez. Le gouvernement est-il au courant de l'incident auquel je fais allusion ? »

Le ministre parcourut du regard l'enceinte circulaire et déclara, posément :

« Il n'y a pas eu de charge à la lathi, au sens classique du terme. La police a dû utiliser des badines légères, même pas trois centimètres d'épaisseur, après que la foule eut lapidé et brutalisé plusieurs personnes et un policier, et qu'il fut apparu que la sécurité des passants et des policiers eux-mêmes était sérieusement menacée. »

Il fixa son interlocuteur, Ram Dhan, petit homme à la peau sombre et au visage grêlé, qui l'interpellait – en hindi classique mais avec un fort accent brahmpurien – bras croisés sur la poitrine.

« Est-il vrai, poursuivit celui-ci, que le même soir la police s'est ruée sur des jatavs qui tentaient, dans le calme, de monter un piquet de grève devant la Halle aux chaussures de Brahmpur, toute proche ? » Membre du groupe parlementaire des Indépendants, Shri Ram Dhan appartenait aux castes « répertoriées », et il insistait sur le mot « jatav ». Un murmure indigné parcourut la Chambre. Le Speaker réclama le silence, le ministre de l'Intérieur se leva à nouveau.

« Ce n'est pas vrai, répondit-il sans élever la voix. La police, acculée par une populace en colère, s'est défendue, et dans le cours de l'action, trois personnes ont été blessées. Quant à l'insinuation de l'honorable député selon laquelle la police aurait sélectionné dans la foule les membres d'une caste particulière ou se serait montrée d'autant plus dure que la foule était constituée en majorité de membres de cette caste, je lui conseillerais de la retirer. Je peux lui assurer que la police aurait agi de même avec d'autres sortes de gens. »

Mais Shri Ram Dhan n'entendait pas lâcher prise. « Est-il vrai que l'honorable ministre de l'Intérieur est resté constamment en rapport avec les autorités de Brahmpur, en particulier le Magistrat du district et le Surintendant de police ?

— Oui. » Cette unique syllabe lâchée, L.N. Agarwal leva les yeux, comme pour y chercher de la patience, vers le grand dôme de verre dépoli au travers duquel la lumière de cette fin de matinée inondait l'Assemblée législative.

« Les autorités du district ont-elles demandé l'autorisation spécifique du ministre de l'Intérieur avant d'ordonner la charge à la lathi sur une populace désarmée ? Si oui, quand ? Sinon, pourquoi ? »

Le ministre laissa échapper un soupir d'exaspération en se levant une nouvelle fois : « Puis-je répéter que je n'accepte pas l'expression "charge à la lathi" dans ce contexte. Ni d'entendre dire que la foule était désarmée, puisqu'elle avait des pierres. Je suis heureux cependant de voir que l'honorable député admet que la police a dû affronter une populace. Et le fait qu'il utilise ce mot dans une question mise à l'ordre du jour prouve qu'il savait tout cela avant cette séance.

— L'honorable ministre voudrait-il répondre à la question qui lui a été posée ? s'exclama Ram Dham, la voix stridente, bras écartés, poings serrés.

— Je croyais la réponse évidente, dit L.N. Agarwal, qui poursuivit comme s'il récitait une leçon : La situation sur le terrain évolue parfois d'une façon telle qu'il est souvent impossible de prévoir ce qui va se passer, une certaine latitude doit donc être laissée aux autorités locales.

— Si, comme l'admet l'honorable ministre, il n'y a pas eu d'autorisation spécifique, l'honorable ministre de l'Intérieur a-t-il été informé de l'action que comptait entreprendre la police ? Lui ou le Premier ministre ont-ils donné leur approbation tacite ? »

De nouveau L.N. Agarwal se leva, les yeux fixés sur un point au centre du tapis vert foncé qui recouvrait le sol.

« L'action n'était pas préméditée. Il a fallu l'improviser compte tenu de la situation qui s'était soudain gravement détériorée. Il n'était plus temps d'en référer d'abord au gouvernement.

— Et quid du Premier ministre ? » hurla un député.

Du haut de sa tribune, placée sous le blason du Purva Pradesh – un grand pipal – le Speaker de la Chambre, portant kurta et dhoti, personnage érudit mais en général peu autoritaire, déclara : « Ces questions d'actualité de dernière minute s'adressent spécifiquement au ministre de l'Intérieur, et l'on doit se satisfaire de ses réponses. »

Plusieurs voix s'élevaient à présent, l'une dominant les autres : « Puisque l'honorable Premier ministre se trouve à la Chambre après ses voyages dans le pays, peut-être accepterait-il de nous fournir une réponse même si le règlement ne l'y oblige pas ? Je crois que la Chambre apprécierait. »

Le Premier ministre, Shri S.S. Sharma, se leva sans sa canne, s'appuya de la main gauche sur son bureau de bois sombre, regarda à droite et à gauche. Il se tenait entre L.N. Agarwal et Mahesh Kapoor. Agitant la tête, il s'adressa au Speaker, de sa voix nasillarde au ton paternel : « Je ne refuse pas de parler, M. le Président, mais je n'ai rien à ajouter. L'action entreprise – que les honorables députés l'appellent comme ils voudront – l'a été sous l'égide du ministre responsable. » Il y eut une pause, puis : « Que naturellement je soutiens. »

Il ne s'était pas rassis que l'inexorable Ram Dhan revenait à la charge. « Je remercie l'honorable Premier ministre, mais je voudrais un éclaircissement. En disant qu'il soutient le ministre de l'Intérieur, le Premier ministre entend-il signifier qu'il approuve la politique des autorités du district ? »

Avant que celui-ci n'ait pu répondre, c'est le ministre de l'Intérieur qui prit la parole : « J'espère que nous nous sommes fait clairement entendre sur ce point. Le cas n'exigeait pas d'approbation préalable. Une enquête a été entreprise aussitôt après l'incident. Le Magistrat du district l'a menée à fond et a constaté qu'on avait utilisé le minimum de forces absolument indispensables. Le gouvernement regrette qu'on ait été obligé d'en arriver là, mais est satisfait des conclusions du Magistrat du district. Toutes les personnes concernées ont reconnu que les autorités ont affronté une situation sérieuse avec tact et mesure. »

Un député socialiste se leva. « Est-il vrai que c'est sous la pression de la communauté bania à laquelle il appartient que l'honorable ministre de l'Intérieur – des murmures de colère s'élevèrent des bancs du gouvernement – laissez-moi finir – que le ministre a posté la troupe – je veux dire des policiers dans tout Misri Mandi ?

— Je rejette cette question, dit le Speaker.

— L'honorable ministre, poursuivit le député, voudrait-il nous dire sur le conseil de qui il a décidé de placer ces forces de police menaçantes ?

— Le gouvernement a pris sa décision en ayant l'ensemble de la situation à l'esprit, répondit le ministre de l'Intérieur, caressant sa couronne de cheveux. Et elle s'est révélée efficace. La paix règne enfin à Misri Mandi. »

Des cris d'indignation, des bribes de conversation, des rires jaillirent de tous côtés. « Quelle paix ? » entendit-on hurler. « N'avez-vous pas honte ? » « De quelle connaissance dispose le MD pour juger de la chose ? » « Et qu'en est-il de la mosquée ?

— Silence, silence, réclamait le Speaker, alors même qu'un autre député se levait et disait :

— Le gouvernement envisage-t-il d'instituer d'autres instances que les autorités du district pour enquêter dans des cas pareils ?

— Je refuse cette question, protesta le Speaker, agitant la tête comme un moineau. Selon le règlement, les questions suggérant de prendre des mesures sont interdites, et je n'ai pas l'intention de les autoriser pendant le temps réservé à l'interpellation des ministres. »

Ainsi prit fin la séance de supplices du ministre de l'Intérieur à propos des incidents de Misri Mandi. Il n'y avait eu que cinq questions inscrites à l'ordre du jour, mais les questions supplémentaires avaient imprimé à la discussion un caractère de contre-interrogatoire. L'intervention du Premier ministre avait troublé L.N. Agarwal plus qu'elle ne l'avait rassuré. Avec sa roublardise bien connue, S.S.

Sharma essayait-il de faire porter toute la responsabilité de l'affaire à son second ? L.N. Agarwal se rassit, transpirant légèrement, mais il savait qu'il allait devoir se relever tout de suite. Il se vantait de pouvoir garder son calme dans les circonstances difficiles, mais ce qui l'attendait ne lui souriait absolument pas.

5.7

La begum Abida Khan se leva, sans hâte. Vêtue d'un sari bleu sombre, presque noir, le visage pâle et furieux, elle stupéfia l'assemblée avant même d'avoir commencé à parler. Belle-sœur – épouse du frère cadet – du Nawab de Baitar, elle était un des dirigeants du Parti démocrate, parti qui défendait les intérêts des propriétaires terriens et s'efforçait d'empêcher le passage de la loi d'abolition des zamindari. Bien que chiite, elle se voulait protectrice virulente des droits de tous les musulmans. Son mari, comme son père avant lui, avait été membre de la Ligue musulmane avant l'Indépendance, et s'était installé au Pakistan peu après. Tandis qu'elle, malgré reproches et tentatives de persuasion de sa famille, avait décidé de rester. « Je ne servirais à rien là-bas, sinon à cancaner. Au moins ici, à Brahmpur, je sais où je suis et ce que je peux faire. » Or, en cette matinée, elle savait exactement ce qu'elle voulait faire. Le regard fixé sur l'homme qu'elle tenait pour l'une des moins appétissantes représentations de l'espèce humaine, elle commença son interrogatoire, à partir de sa propre liste de questions d'actualité.

« L'honorable ministre de l'Intérieur sait-il que cinq personnes au moins ont été tuées par la police près de Chowk vendredi dernier ?

— Eh bien non, je ne le savais pas », répliqua le ministre, qui, même en temps normal, ne pouvait pas supporter la begum. C'était faire de l'obstruction délibérée que de ne pas

341

expliciter sa réponse, mais c'est tout ce que méritait cette pâle haridelle.

S'écartant de son questionnaire, la begum s'enquit : « L'honorable ministre voudrait-il nous informer de ce qu'il sait exactement ?

— Je refuse cette question, murmura le Speaker.

— Combien, d'après l'honorable ministre, la fusillade de Chowk a-t-elle fait de morts ? insista la begum.

— Un, dit L.N. Agarwal.

— Un ? s'écria-t-elle incrédule, un ?

— Un, répondit le ministre, levant l'index de sa main droite comme s'il avait affaire à un enfant demeuré, ou sourd, ou les deux.

— Il y en a eu au moins cinq, reprit la voix furieuse de la begum, et je peux le prouver. J'ai ici copie des certificats de décès de quatre d'entre eux. Et il est plus que probable que deux autres hommes vont dans un très bref délai...

— Selon le règlement, Monsieur, dit L.N. Agarwal, s'adressant directement au Speaker, le temps d'interpellation sert à obtenir des informations des ministres et non pas à leur en donner.

— ... deux hommes ne vont pas tarder, poursuivait la begum ignorant l'interruption, à recevoir de tels certificats d'honneur grâce aux nervis de l'honorable ministre. J'aimerais présenter ces certificats de décès – ces copies de certificats de décès.

— Je crains que ce ne soit impossible d'après le règlement... protesta le Speaker.

— Les journaux en ont des copies, cria la begum, montrant les documents, pourquoi la Chambre n'a-t-elle pas le droit de les voir ? Quand le sang d'hommes innocents, presque des enfants, est traîtreusement versé...

— L'honorable député ne doit pas utiliser une séance d'interpellation pour faire un discours », protesta le Speaker, frappant la table de son marteau.

La begum Abida Khan reprit son sang-froid.

« L'honorable ministre serait-il assez aimable pour informer la Chambre de ce qui lui permet d'arriver au chiffre un ?

— Le rapport fourni par le Magistrat du district, présent sur les lieux au moment de l'incident.

-- Par "présent" vous voulez dire que c'est lui qui a ordonné de faucher ces malheureux garçons, n'est-ce pas ? »

L.N. Agarwal ne s'empressa pas de répondre.

« Le Magistrat du district est un fonctionnaire aguerri, qui a pris les mesures que la situation lui paraissait exiger. Comme ne l'ignore pas l'honorable député, une enquête va être menée sous l'autorité d'un plus haut fonctionnaire, ainsi qu'il est d'usage chaque fois qu'ordre a été donné de tirer ; et je suggère que nous attendions le temps nécessaire à la publication du rapport avant de nous livrer à des spéculations.

— Spéculations ? Vous appelez cela des spéculations ? L'honorable ministre – elle appuya sur le mot maananiya, honorable –, l'honorable ministre devrait avoir honte. J'ai vu de mes yeux les cadavres de deux hommes. Si c'était le sang de ses coreligionnaires qui coulait dans les rues, l'honorable ministre n'attendrait pas "le temps nécessaire". Nous savons qu'il soutient ouvertement le Linga Rakshak Samiti, cette infâme organisation dont le but est de supprimer l'inviolabilité de notre mosquée... »

L'excitation croissait dans l'assistance. L.N. Agarwal, tout calme abandonné, la main droite agrippant sa couronne de cheveux gris, foudroyait l'oratrice du regard à chaque « honorable » proféré d'une voix méprisante. Le fragile Speaker fit une nouvelle tentative pour endiguer le flot :

« Je me permets de rappeler à l'honorable député que selon la liste des questions qu'elle a déposées, il lui en reste trois.

— Je vous remercie, Monsieur. Je vais y arriver. En fait, je vais poser la suivante immédiatement. Elle est très proche du sujet. L'honorable ministre de l'Intérieur voudrait-il nous dire si, avant la fusillade de Chowk, un ordre de dispersion a été donné à la foule en vertu de l'article 144 du Code de procédure criminelle ? Si oui, quand ? Sinon, pourquoi ?

— Il n'a pas été donné. » L.N. Agarwal assena sa réponse.

« Ça n'aurait pas été possible. Le temps manquait. Si les gens déclenchent des émeutes pour des motifs religieux et tentent de démolir les temples, ils doivent en accepter les conséquences. Ou de démolir les mosquées, bien sûr...

— "Emeute" ? "Emeute" ? hurla la begum. Comment l'honorable ministre parvient-il à la conclusion que telle était l'intention de la foule ? C'était l'heure de la prière du soir. Ils se rendaient à la mosquée...

— Tous les témoignages affirment que c'était évident. Ils accouraient, hurlant avec leur fanatisme habituel, brandissant des armes. »

Le tumulte augmenta.

« L'honorable ministre était-il sur les lieux ? s'écria un député socialiste.

— Il ne peut pas être partout, répliqua un député du Congrès.

— Mais ce fut un acte de brutalité, cria quelqu'un d'autre. Ils ont tiré à bout portant.

— Je rappelle aux honorables députés que le ministre va répondre aux questions, intervint le Speaker.

— Je vous remercie, Monsieur », commença le ministre. Mais, stupéfait, horrifié, il vit se lever un député musulman du parti du Congrès, Abdus Salaam, également secrétaire parlementaire du ministre du Trésor, qui demanda :

« Comment un ordre aussi grave que celui de tirer a-t-il pu être donné sans avertissement préalable de dispersion ou sans s'assurer des intentions réelles de la foule ? »

L'intervention d'Abdus Salaam bouleversa la Chambre. D'une certaine façon, on pouvait se demander à qui s'adressait sa question – il fixait un point indéterminé quelque part sur la droite du grand écusson portant les armes du Purva Pradesh. Il donnait l'impression de penser tout haut. Jeune, érudit, renommé pour son excellente connaissance de la juridiction concernant les latifundia, il était l'un des principaux architectes de la Loi d'abolition des zamindari. Qu'il pût faire cause commune avec un dirigeant du Parti démocrate – le parti des zamindari – stupéfiait tout le monde. Mahesh Kapoor lui-même fut surpris de l'intervention de son secrétaire, et se retourna la mine sévère. Le Premier ministre prit un air sinistre. On devinait la fureur d'Agarwal, son humiliation. Certains députés, debout, brandissaient l'ordre du jour. Personne, y compris le Speaker, ne parvenait à se faire entendre. On était en pleine anarchie.

Quand, après des coups répétés du marteau du Speaker, un semblant de calme revint, le ministre de l'Intérieur se leva.

« Puis-je savoir, Monsieur, si le secrétaire parlementaire d'un ministre est autorisé à poser des questions au gouvernement ? »

Regardant autour de lui, médusé par la fureur dont il était la cause, Abdus Salaam déclara : « Je retire ma question. » Ce qui déclencha de nouveaux cris : « Non, non ! » « Comment pouvez-vous faire cela ? »« Si ce n'est pas vous qui la posez, ce sera moi.

— Du point de vue de la procédure, soupira le Speaker, chacun est libre de poser des questions.

— Dans ces conditions, demanda un autre député, pourquoi a-t-on agi ainsi ? L'honorable ministre va-t-il répondre, oui ou non ?

— Je n'ai pas saisi la question, dit L.N. Agarwal. Il m'a semblé qu'elle avait été retirée.

— Je demande pourquoi personne n'a essayé de découvrir ce que voulait la foule. Comment le MD savait-il qu'elle voulait se livrer à la violence ?

— Il devrait y avoir une motion d'ajournement sur ce point, intervint un autre député.

— La motion a déjà été déposée auprès du Président de la Chambre », affirma un troisième.

Par-dessus ce brouhaha, la voix perçante de la begum Abida Khan se fit entendre : « Ce fut aussi brutal que pendant la Partition. Un jeune homme a été tué, qui ne se trouvait même pas dans la manifestation. L'honorable ministre de l'Intérieur voudrait-il nous expliquer comment cela s'est passé ?

— Manifestation ? » dit L.N. Agarwal, une lueur de triomphe dans les yeux.

« La foule, corrigea la begum, bondissant à nouveau sur ses pieds et échappant au traquenard qu'il lui tendait. Vous n'allez pas nier que c'était l'heure de la prière ? La manifestation – manifestation d'inhumanité profonde – c'est la police qui l'a faite. A présent, je souhaiterais que l'honorable ministre cesse de se réfugier dans la sémantique et en revienne aux faits. »

En voyant cette maudite femme se dresser à nouveau, L.N. Agarwal sentit un frisson de haine le parcourir. C'était une épine enfoncée dans sa chair, elle l'avait insulté et humilié devant toute la Chambre, alors, advienne que pourra, il allait lui rendre la pareille, à elle et à sa parentèle – la famille du Nawab Sahib de Baitar. Tous ces musulmans n'étaient que des fanatiques, qui ne semblaient pas comprendre que leur présence dans ce pays n'était que tolérée.

« Je ne peux répondre qu'à une seule question à la fois, grogna-t-il.

— Préséance est donnée aux questions supplémentaires de l'honorable député qui interpelle, dit le Speaker.

— Nous devons attendre la publication du rapport, reprit le ministre de l'Intérieur. Il n'a pas été porté à la connaissance du gouvernement qu'on eût tiré sur un jeune innocent, encore moins qu'il eût été blessé ou tué. »

De nouveau, Abdus Salaam se leva. Des cris fusèrent, de toute la salle. « Assis, assis ! » « Vous n'avez pas honte ! » « Pourquoi attaquez-vous votre propre camp ? » « Pourquoi devrait-il s'asseoir ? » « Qu'avez-vous à cacher ? » « Vous êtes membre du parti du Congrès, vous devriez le savoir. »

Quand, les cris apaisés, il ne resta plus qu'un murmure rampant, Abdus Salaam, l'air toujours aussi déconcerté, déclara : « Ce que je n'ai cessé de me demander pendant toute cette discussion, c'est, eh bien, pourquoi n'a-t-on pas maintenu une force de police dissuasive – la force juste nécessaire – sur le site du temple ? On n'aurait pas alors été obligé de tirer dans un tel état de panique. »

Le ministre de l'Intérieur retint sa respiration. Tout le monde me regarde, pensa-t-il. Je dois contrôler mon expression.

« Cette question supplémentaire s'adresse-t-elle à l'honorable ministre ? demanda le Speaker.

— Oui, Monsieur, affirma Abdus Salaam, soudain

décidé. Je ne la retirerai pas. L'honorable ministre veut-il nous indiquer pourquoi une force de police dissuasive n'a pas été laissée dans le kotwali ou sur le site du temple lui-même ? Pourquoi ne restait-il qu'une douzaine d'hommes pour faire respecter la loi et l'ordre dans cette zone en proie aux troubles, surtout après que les autorités eurent appris le contenu du sermon de vendredi à la mosquée Alamgiri ? »

Cette question, L.N. Agarwal la redoutait par-dessus tout, et il était d'autant plus furieux qu'elle émanait d'un membre de son propre parti, secrétaire parlementaire qui plus est. Il se sentait sans défense. S'agissait-il d'un complot monté par Mahesh Kapoor pour le déstabiliser ? Il regarda le Premier ministre, qui attendait sa réponse, la mine indéchiffrable. Soudain, L.N. Agarwal prit conscience qu'il était debout depuis très longtemps, qu'il avait un besoin urgent d'uriner, qu'il voulait sortir d'ici. Le plus vite possible. Il tenta d'user de cet obstructionnisme que le Premier ministre pratiquait souvent, mais il n'avait pas l'habileté de ce maître de l'évasion parlementaire. A ce stade, toutefois, peu lui importait. Il était convaincu qu'il s'agissait effectivement d'un complot monté par les musulmans et les prétendus hindous laïcs – et que la trahison infectait son propre parti.

Se tournant, sans dissimuler sa haine, d'abord vers Abdus Salaam puis vers la begum Abida Khan, il dit : « Je ne peux que répéter : attendons le rapport. »

Une voix s'éleva : « Pourquoi avoir déplacé un si grand nombre de policiers, dans un déploiement de force totalement inutile, sur Misri Mandi alors que leur présence était nécessaire à Chowk ?

— Attendez le rapport. » L.N. Agarwal parcourut du regard toute la salle, comme s'il défiait les députés de l'aiguillonner davantage.

« Le gouvernement a-t-il pris des mesures contre le Magistrat du district responsable de cette fusillade sans raison ? » C'était à nouveau la begum Abida Khan qui intervenait.

« La question ne se pose pas.

— Si ce rapport tant attendu prouve que la fusillade était

sans objet, le gouvernement a-t-il alors l'intention de prendre des mesures ?

— Nous le verrons en temps voulu. Je pense que nous
pourrions en prendre.

— Lesquelles ?

— Des mesures appropriées et adéquates.

— Est-il arrivé dans le passé au gouvernement de prendre de telles mesures dans des situations similaires ?

— Oui.

— En quoi consistaient-elles ?

— Elles étaient raisonnables et appropriées. »

La begum Abida Khan le regarda comme s'il eût été un
serpent, blessé mais qui, en balançant sa tête, réussit à
esquiver le coup mortel. Qu'à cela ne tienne, elle n'en avait
pas encore fini avec lui.

« L'honorable ministre voudrait-il nous citer le nom des
quartiers et des secteurs où la possession d'armes blanches
est à présent soumise à des restrictions ? Est-ce le résultat
de la récente fusillade ? Si oui, pourquoi n'ont-elles pas été
instituées plus tôt ?

— Le gouvernement suppose que par "armes blanches"
l'honorable député entend épées, dagues, haches et autres
objets du même ordre.

— La police a même arraché aux femmes leurs couteaux
de cuisine. » Le ton était plus moqueur qu'outragé. « Alors
quels sont ces quartiers ?

— Chowk, Hazrat Mahal et Captainganj.

— Pas Misri Mandi ?

— Non.

— Malgré la présence massive de la police ?

— Il a fallu transférer des hommes là où se produisaient
des troubles – »

L.N. Agarwal s'interrompit brusquement, se rendant
compte, mais trop tard, de la signification de ces propos.

« Ainsi l'honorable ministre admet – commença la
begum, une lueur de triomphe dans les yeux.

— Le gouvernement n'admet rien. Le rapport donnera
tous les détails. » Agarwal était épouvanté de s'être fait ainsi
extorquer une pareille confession.

La begum sourit avec mépris. Ce bravache, ce réactionnaire, cet assassin s'était suffisamment enferré lui-même pour qu'il ne servît à rien de l'embrocher davantage. Elle laissa filer ses questions, sans vraiment y attacher d'importance.

« Pourquoi a-t-on imposé des restrictions sur les armes blanches ?

— Pour prévenir les incidents violents et les actes criminels.

— Les incidents ?

— Tels que des émeutes par une populace enfiévrée, cria-t-il, ivre de rage mais épuisé.

— Combien de temps ces restrictions vont-elles être maintenues ?

— Jusqu'à ce qu'elles soient levées.

— Et quand le gouvernement se propose-t-il de les lever ?

— Dès que la situation le permettra. »

La begum Abida Khan se rassit. Avec grâce.

Sur quoi une demande d'ajournement de la Chambre aux fins de discuter des suites de la fusillade fut déposée sur le bureau du Président, qui s'en débarrassa aisément. Pour qu'une motion d'ajournement fût acceptée, il fallait des occasions exceptionnelles, crise ou urgence, qui n'admettaient aucun retard dans la discussion. Le Président était totalement maître de sa décision. Dans le cas présent, il estimait que l'affaire de la fusillade par la police – si affaire il y avait – ce qu'il ne croyait pas – avait été suffisamment décortiquée. Par ses questions, c'est en réalité un vrai débat qu'avait suscité cette femme remarquable.

Il passa donc aux autres points à l'ordre du jour : la proclamation de lois votées par l'Assemblée législative de l'Etat et qui avaient reçu l'assentiment du gouverneur de l'Etat ou du président de la République ; puis, le sujet le plus important de toute la session parlementaire : le perpétuel débat concernant la Loi d'abolition des zamindari.

Mais L.N. Agarwal refusa d'en écouter davantage. A peine le Président eut-il rejeté la motion d'ajournement qu'il s'échappa – évitant la voie directe vers la sortie, qui consistait à traverser la fosse, en passant par une aile qui aboutissait à la galerie périphérique, puis en longeant le mur lambrissé de bois. Sa façon de marcher trahissait sa colère et sa tension. Plusieurs députés essayèrent de lui parler, de lui manifester leur sympathie. Il les écarta d'un geste brusque. Il finit par atteindre la sortie et, de là, fila droit vers les toilettes.

5.8

Dénouant la cordelette de son pantalon, L.N. Agarwal se planta devant l'urinoir. Mais telle était sa colère qu'il demeura un moment avant de pouvoir se soulager.

Le regard fixé sur le grand mur carrelé de blanc, il vit la fosse comble et tous les visages, celui sarcastique de la begum Abida Khan, celui d'Abdus Salaam, marqué par l'angoisse, la tête de Mahesh Kapoor avec son froncement de sourcils indéchiffrable, celle enfin du Premier ministre, à la mine patiente mais condescendante, pendant que lui se débattait au milieu de ce marécage de questions.

Il était seul dans les toilettes, à l'exception de deux balayeurs. Quelques mots de leur conversation lui parvinrent, comme trouant sa fureur. Ils se plaignaient du mal qu'ils avaient à se procurer des céréales même dans les magasins gouvernementaux. Ils parlaient sans se soucier d'être entendus, ne prêtant aucune attention au puissant ministre de l'Intérieur et guère plus à leur travail. Un sentiment d'irréalité envahit L.N. Agarwal. Transporté hors de son propre monde, de ses passions, ambitions, haines et idéaux, il se trouvait plongé dans la vie des autres, avec sa continuité et ses urgences. Il éprouva même une certaine honte.

A présent les balayeurs discutaient d'un film que l'un d'eux avait vu. Il s'agissait de *Deedar*.

« Mais c'était le rôle de Daleep Kumar – oh, j'en ai eu les larmes aux yeux – il a toujours ce sourire tranquille aux lèvres même quand il chante les chansons les plus tristes –

un homme si bon – aveugle et qui donne tant de plaisir au monde entier – »

Il se mit à fredonner un des tubes du film : « N'oublie pas les jours de ton enfance... »

Son camarade, celui qui n'avait pas vu le film, chanta avec lui – tant l'air était sur toutes les lèvres. « Nargis est si belle sur l'affiche, dit-il, que j'ai voulu aller voir le film hier soir, mais ma femme prend mon argent dès que je rapporte ma paye. »

L'autre se mit à rire : « Si elle te le laissait, tout ce qu'elle verrait ce serait des sacs et des bouteilles vides. »

Le sourire vague, son camarade continuait à rêver, essayant de faire surgir devant ses yeux l'image divine de son héroïne. « Alors, dis-moi, comment elle est ? Est-ce qu'elle joue bien ? Quel contraste – cette danseuse de bas étage Nimmi ou Pimmi ou que sais-je – et Nargis – d'une telle classe, si délicate.

— Donne-moi Nimmi et je vis avec elle sans problème – Nargis est trop menue, trop préoccupée d'elle-même. Et où est-ce que tu vois une différence de classe ? Nargis aussi était une de celles-là.

— Nargis ? fit l'autre l'air choqué.

— Oui, oui, ta Nargis. Comment tu crois qu'elle a eu sa première chance au cinéma ? » Riant, il se remit à chantonner. L'autre ne dit rien et entreprit de frotter le carrelage.

En les écoutant parler ainsi, L.N. Agarwal laissa sa pensée dériver de Nargis à une autre « de celles-là »– Saeeda Bai – et à sa liaison, connue de tous à présent, avec le fils de Mahesh Kapoor. Très bien ! pensa-t-il. Mahesh Kapoor peut jouer les rigides dans ses kurtas délicatement brodées, son fils ne s'en roule pas moins au pied des prostituées.

Il avait perdu un peu de sa colère, mais avait replongé dans son monde politique familier, avec ses rivalités. Il longea le couloir qui menait à son cabinet. Il savait, cependant, que dès qu'il entrerait dans son bureau, il serait assailli par ses partisans anxieux. Il perdrait le peu de calme qu'il avait recouvré pendant ces dernières minutes.

« Non – je vais plutôt aller à la bibliothèque », murmura-t-il.

Il y monta et, une fois dans la salle fraîche et tranquille, prit un siège, enleva son calot, reposa le menton sur ses mains. Deux autres députés s'y trouvaient, qui lisaient assis aux longues tables de bois. Ils le saluèrent et se replongèrent dans leurs livres. Fermant les yeux, L.N. Agarwal s'efforça de faire le vide dans son esprit. Il lui fallait retrouver sa sérénité avant de redescendre affronter la fosse. Mais au lieu du vide qu'il recherchait, c'est l'image du mur de l'urinoir, de sa fausse blancheur qui l'envahit. Ses pensées allèrent de nouveau à la virulente begum, et de nouveau il lutta pour empêcher la rage et l'humiliation de prendre le dessus. Qu'y avait-il de commun entre cette femme effrontée, exhibitionniste, qui fumait en privé et vitupérait en public, qui avait refusé de suivre son époux au Pakistan pour jouer les fauteurs de troubles au Purva Pradesh – et sa propre épouse, la défunte mère de Priya, qui durant tant d'années de soins et de tendresse avait adouci sa vie ?

Je me demande si une partie de Baitar House pourrait être considérée propriété d'évacué, maintenant que le mari de cette femme vit au Pakistan, songeait L.N. Agarwal. Un mot au Conservateur, un ordre à la police, et ils verront ce que je suis capable de faire. Au bout de dix minutes de réflexion, il se leva, salua les deux députés, et descendit dans son bureau.

Plusieurs personnes s'y trouvaient déjà, d'autres affluèrent aussitôt connue la nouvelle qu'il tenait sa cour. Imperturbable, avec un petit sourire en coin, L.N. Agarwal dissertait comme il avait coutume de le faire. Il calmait ses partisans, plaçait les choses dans leur perspective, élaborait une stratégie. A l'un d'entre eux qui le plaignait d'avoir dû affronter simultanément les événements de Misri Mandi et de Chowk, il répliqua :

« Vous tenez la preuve qu'un homme bon ne peut pas faire un bon politicien. Réfléchissez – si vous deviez accomplir un certain nombre de choses révoltantes, voudriez-vous que le public les oublie ou s'en souvienne ?

— Les oublie, répondit l'autre, comme il se devait.

— Aussi vite que possible ?

— Aussi vite que possible, Sahib ministre.

— D'où la solution : faites-les en même temps. Il y aura dispersion des plaintes, et non concentration. Quand la poussière retombera, vous aurez gagné au moins deux ou trois batailles sur cinq. Et puis les gens ont la mémoire courte. Prenez la fusillade de Chowk, avec ses quelques morts, ce sera du réchauffé dans une semaine. »

Son interlocuteur parut sceptique, mais hocha néanmoins la tête en signe d'assentiment.

« Une leçon ici et là, continua L.N. Agarwal, n'a jamais fait de mal. Ou vous gouvernez, ou vous ne gouvernez pas. Les Britanniques savaient qu'ils devaient faire un exemple de temps en temps – c'est pourquoi ils ont tiré au canon sur les mutins en 1857. Quoi qu'il en soit, les gens meurent – et je préférerais mourir d'une balle plutôt que mourir de faim. »

Inutile de préciser que ce choix ne le concernait pas. Mais il était d'humeur à philosopher.

« Nos problèmes sont très simples, vous savez. Ils se réduisent à deux choses : manque de nourriture, manque de moralité. Et la politique de nos dirigeants à Delhi – comment dirai-je ? – ne nous aide pas beaucoup.

— A présent que Sardar Patel est mort, plus personne n'a de pouvoir sur Panditji, remarqua un député, jeune mais conservateur.

— Avant même la mort de Patel, Nehru écoutait-il encore quelqu'un ? A part, bien sûr, son grand ami musulman – Maulana Azad. »

L.N. Agarwal empoigna sa couronne de cheveux et se tourna vers son assistant personnel. « Appelez-moi le Conservateur au téléphone.

— Le Conservateur des Biens ennemis, Monsieur ? »

Lentement, calmement, regardant cet écervelé droit dans les yeux, le ministre de l'Intérieur précisa : « Nous ne sommes pas en guerre. Utilisez l'intelligence que Dieu vous a donnée. Je voudrais parler au Conservateur des Biens des Evacués. Dans un quart d'heure. »

Puis il reprit : « Considérez notre situation actuelle. Nous mendions de la nourriture en Amérique, nous achetons tout ce que nous pouvons à la Chine et à la Russie, dans l'Etat voisin du nôtre, la famine règne ou peu s'en faut. L'année dernière des paysans sans terre se vendaient pour cinq roupies. Et au lieu de donner la liberté aux fermiers et aux commerçants, de façon qu'ils produisent plus, stockent mieux les produits et les distribuent convenablement, Delhi nous impose le contrôle des prix, les comptoirs gouvernementaux, le rationnement, les mesures les plus populistes et inconsidérées possible. Il n'y a pas que leur cœur qui soit mou, leur cerveau aussi.

— Panditji a de bonnes intentions, dit quelqu'un.

— De bonnes intentions, soupira L.N. Agarwal, il en avait aussi quand il a cédé le Pakistan. Et la moitié du Cachemire. Sans Patel, nous n'aurions même pas ce pays, tel qu'il est. Jawaharlal Nehru a construit toute sa carrière sur ses bonnes intentions. C'est pour ça que Gandhiji l'aimait. Et ce pauvre peuple imbécile l'aime parce qu'il a de bonnes intentions. Dieu nous protège des personnes bien intentionnées. Et ces lettres qu'il écrit chaque mois aux Premiers ministres. Pourquoi se donne-t-il cette peine ? Elles ne réjouissent personne. » Il secoua la tête et continua. « Savez-vous ce qu'elles contiennent ? De longues homélies sur la Corée et le renvoi du général MacArthur. Que nous importe le général MacArthur ? Mais notre Premier ministre a l'âme si noble et si sensible qu'il partage tous les malheurs du monde. Il veut du bien au Népal, à l'Egypte et à Dieu sait qui d'autre, et s'attend à ce que nous en fassions autant. Il n'a pas la moindre idée en matière d'administration, mais il parle des commissions alimentaires que nous devrions mettre en place. Il ne comprend pas davantage notre société et nos Ecritures, mais il veut bouleverser notre vie familiale, notre morale avec sa merveilleuse Loi code hindoue... »

L.N. Agarwal aurait pu poursuivre sa propre homélie à l'infini si son assistant ne l'avait interrompu : « Vous avez le Conservateur en ligne, Monsieur.

— Très bien, et il fit un léger signe de main, auquel les autres obéirent en se retirant. Je vous verrai à la cantine. »

La conversation avec le Conservateur des Biens des Evacués dura dix minutes. Elle fut précise et froide. Après quoi, le ministre de l'Intérieur demeura encore quelques minutes à sa table, se demandant s'il avait bien tout précisé, s'il ne restait aucun point faible ou ambigu. Il conclut par la négative.

Il se dirigea alors, d'un pas fatigué, vers la cantine de l'Assemblée. Autrefois, sa femme lui faisait porter son déjeuner, composé de plats simples préparés selon ses désirs. A présent, il devait s'en remettre à des cuisiniers indifférents et à leur nourriture standardisée. Même l'ascétisme avait une limite.

Longer le corridor circulaire lui rappela la présence de la fosse – l'immense Chambre surmontée d'un dôme, dont la hauteur et l'élégance majestueuse conféraient un côté trivial aux débats frénétiques et partisans qui s'y déroulaient. Mais cette évocation ne réussit à distraire qu'un court instant sa pensée des événements de la matinée, avec leur cortège d'amertume, et ne lui fit pas regretter le moins du monde ce qu'il avait ourdi quelques minutes auparavant.

5.9

Ayant expédié le serviteur à la recherche de son secrétaire parlementaire, Mahesh Kapoor arpentait avec impatience le Bureau de l'Enregistrement. Il y était seul, les occupants réguliers du lieu étant partis lui rassembler divers papiers et précis de droit dont il avait besoin.

« Ah, Huzoor a fini par atteindre le Secrétariat ! » dit-il en voyant entrer Abdus Salaam.

Lequel le salua d'un respectueux – ironique ? – adaab, et demanda ce qu'il pouvait faire.

« Je vais y venir dans un moment. Passons à ce que vous avez déjà fait.

— Déjà ?

— Ce matin. A la Chambre. Passant à la moulinette notre honorable ministre de l'Intérieur.

— J'ai simplement demandé –

— Je sais ce que vous avez demandé, Salaam. » Kapoor souriait. « Ce que je veux savoir, c'est pourquoi vous l'avez fait.

— Je me posais des questions sur la police –

355

— Imbécile heureux, dit gentiment le ministre. Ne comprenez-vous pas que Laskhmi Narayan Agarwal pense que c'est moi qui ai tout manigancé ?

— Vous ?

— Oui, moi ! » Se rappeler la déconfiture de son rival rendait Mahesh Kapoor de fort bonne humeur. « C'est exactement le genre de choses qu'il ferait – alors il me prête la même attitude. Dites-moi, est-il allé déjeuner à la cantine ?

— Oui.

— Et le Premier ministre était-il là ?

— Non, je n'ai pas vu Sahib Sharma. »

L'image de S.S. Sharma prenant son repas chez lui, assis par terre selon la tradition, le haut du corps nu à l'exception de son cordon sacré, passa devant les yeux de Mahesh Kapoor.

« Effectivement, il ne devait pas y être, fit-il comme à regret. Bon, et comment l'avez-vous trouvé ?

— Vous voulez dire Sahib Agarwal ? Très bien, me semble-t-il. Parfaitement remis.

— Bof ! Vous êtes un médiocre informateur, s'écria Mahesh Kapoor. Heureusement, j'ai réfléchi à tout ceci. Faites bien attention à tout ce que vous allez dire sinon vous rendrez les choses difficiles à la fois pour Agarwal et pour moi. Au moins, retenez-vous jusqu'à ce que la Loi sur les zamindari soit passée. Sur ce sujet, toute coopération est indispensable.

— Très bien, Sahib ministre. »

A ce moment on frappa à la porte. Un serviteur lui apportait son déjeuner. En découvrant son plateau, Mahesh Kapoor eut une pensée pour sa femme qui, en dépit de ses ennuis de santé, se donnait tant de peine pour lui. Avril à Brahmpur était un mois presque insupportable pour elle en raison de son allergie aux fleurs de margousier, et ses troubles n'avaient cessé d'augmenter avec les années. Il y avait une certaine ressemblance entre ses difficultés respiratoires et l'asthme de Pran.

Elle était aussi profondément bouleversée par la liaison de son plus jeune fils avec Saeeda Bai. Jusqu'à présent, Mahesh Kapoor n'avait pas pris la chose avec autant de sérieux qu'il l'aurait fait s'il avait mesuré la profondeur des sentiments de Maan. Il était beaucoup trop occupé par des problèmes concernant la vie de millions de gens pour plonger dans les histoires de sa propre famille, bien plus ennuyeuses. Tôt ou tard, il lui faudrait rappeler Maan à l'ordre, mais pour le moment d'autres affaires accaparaient toute son attention.

« Servez-vous, dit-il à son secrétaire, j'imagine que je vous ai empêché de manger.

— Non merci, Sahib ministre, j'avais fini quand vous m'avez envoyé chercher. Ainsi, vous pensez que le vote de la loi se présente bien ?

— Oui, pour l'essentiel. Puisque le Conseil législatif n'y a apporté que quelques changements mineurs, on ne devrait pas avoir trop de mal à la faire repasser, sous sa forme amendée, à l'Assemblée. Bien sûr, rien n'est certain. » Il prit un pickle de chou-fleur sur son plateau. « Ce qui m'inquiète vraiment c'est ce qu'il adviendra de la loi plus tard, en admettant qu'elle soit votée.

— En droit, il ne devrait pas y avoir de grands problèmes. Elle a été bien conçue et elle devrait passer en appel.

— Vous croyez, Salaam ? Et qu'avez-vous pensé quand la Loi sur les zamindari votée au Bihar a été annulée par la Haute Cour de Patna ?

— Je pense que les gens se font plus de souci que nécessaire, Sahib ministre. Comme vous le savez la Haute Cour de Brahmpur n'est pas obligée de suivre celle de Patna. Elle ne dépend que de la Cour suprême de Delhi.

— C'est peut-être vrai en théorie. En pratique, certains jugements antérieurs font, dans les esprits, effet de jurisprudence. Nous devons trouver un moyen, même à ce dernier stade, d'amender la loi de façon à la rendre moins vulnérable aux récusations juridiques – spécialement pour l'article concernant l'égalité des protections. »

Les deux hommes se turent pendant un moment. Le ministre éprouvait une grande estime pour l'érudition de son jeune collègue, mais ne comptait pas sur une solution en si peu de temps.

« Il m'est venu une idée l'autre jour, dit Abdus Salaam. Laissez-moi la creuser encore un peu. Je pourrais vous proposer une ou deux possibilités. »

Le ministre du Trésor jeta sur son secrétaire un regard que l'on aurait pu qualifier d'amusé.

« Rédigez-moi pour ce soir les grandes lignes de vos idées.

— Pour ce soir ?

— Oui. La loi vient en seconde lecture. Si quelque chose doit être fait, c'est maintenant.

— Bon. » Abdus Salaam avait l'air abasourdi. « Dans ces conditions, je retourne immédiatement à la bibliothèque. » Parvenu à la porte, il se retourna : « Peut-être pourriez-vous demander au Bureau d'Enregistrement de m'envoyer un ou deux employés, un peu plus tard dans l'après-midi. Vous êtes sûr que vous n'aurez pas besoin de moi dans l'enceinte quand on va rediscuter la loi ?

— Non. Ce projet est beaucoup plus important. De plus, vous avez causé suffisamment de dégâts pour aujourd'hui. »

Tout en se lavant les mains, Mahesh Kapoor pensait à son vieil ami, le Nawab de Baitar. Il serait un des plus touchés par la loi d'abolition. Ses terres autour de Baitar, dans le district de Rudhia, d'où il tirait probablement les deux tiers de ses revenus, reviendraient à l'Etat du Purva Pradesh, sans grande compensation pour lui. Les fermiers auraient le droit d'acheter les terres qu'ils cultivaient et, jusqu'à ce qu'ils y parviennent, ce n'est pas dans les coffres du Nawab qu'iraient leurs loyers mais directement dans ceux du ministère du Trésor. Mahesh Kapoor, pourtant, pensait agir comme il le fallait. Il avait vécu assez longtemps dans sa ferme de Rudhia pour voir les effets déplorables du système des zamindari sur la campagne. Il avait vu, de ses propres yeux, la famine qui découlait de l'absence de productivité, la pauvreté de la terre par manque d'investissements, les pires formes d'arrogance et de servilité, l'oppression arbitraire du faible et du miséreux par les agents et les hommes de main du seigneur. Si le prix à payer pour l'amélioration du sort de millions de fermiers était le sacrifice du style de vie de quelques hommes de bien comme le Nawab, cela en valait la peine.

Mahesh Kapoor s'essuya les mains avec soin, laissa une

note pour les gens du Bureau d'Enregistrement, et se dirigea vers l'Assemblée législative.

5.10

Baitar House, la demeure ancestrale où vivaient le
Nawab et ses fils, était un des plus beaux bâtiments de
Brahmpur. Longue façade jaune pâle, volets vert sombre,
hauts plafonds, grands miroirs, lourd mobilier de bois sombre, chandeliers, portraits à l'huile des précédents habitants et photographies encadrées, dans les couloirs, commémorant la visite de hauts dignitaires britanniques : la
plupart des visiteurs de l'immense maison, en contemplant
ce qui les entourait, étaient frappés d'une sorte de terreur –
que renforçait ces derniers temps l'apparence négligée,
poussiéreuse, d'importantes parties de la demeure que
les occupants avaient abandonnées pour s'installer au
Pakistan.

La begum Abida Khan y avait vécu également avec son
époux, le frère cadet du Nawab. Pendant des années, elle
avait rongé son frein dans les appartements des femmes
jusqu'au jour où elle l'avait persuadé de lui laisser un plus
libre accès au monde extérieur. Elle s'y était alors montrée
beaucoup plus efficace que lui dans la défense des causes
sociales et politiques. Au moment de la Partition son mari
– fervent partisan de cette solution –, se rendant compte de
la fragilité de sa position à Brahmpur, avait décidé de partir.
Il se rendit d'abord à Karachi. Puis – en partie parce qu'il
craignait les conséquences possibles de son installation au
Pakistan sur ses possessions et celles de sa femme en Inde,
en partie parce qu'il ne tenait pas en place, et en partie parce
qu'il était religieux – il gagna l'Irak pour visiter les sanctuaires sacrés du chiisme, et décida d'y rester quelques années.
Cela faisait trois ans qu'il n'était pas revenu en Inde, et
personne ne savait ce qu'il comptait faire. Comme Abida et

lui n'avaient pas eu d'enfants, cela n'avait peut-être pas une grande importance.

La question des droits de propriété restait sans solution. Baitar – contrairement à Marh – n'était pas un État princier soumis à la loi de primogéniture mais un vaste territoire constitué de zamindari à l'intérieur de l'Inde britannique, qui reconnaissait la loi d'héritage musulmane. En cas de décès ou de dissolution de la famille, il était possible de diviser la propriété, mais cette division ne s'étant pas produite depuis des générations, tout le monde avait continué à vivre dans la maison de Brahmpur ou au Fort Baitar, à la campagne, sinon toujours en termes amicaux du moins sans litiges. Visites, fêtes, célébrations, qui se succédaient sans arrêt aussi bien dans le quartier des hommes que dans celui des femmes, donnaient une formidable impression de vie et d'énergie.

Avec la Partition, les choses avaient changé. La maison n'abritait plus la grande communauté de naguère. Oncles et cousins s'étaient dispersés, à Karachi ou à Lahore. Des trois frères, l'un mort et l'autre parti, il ne restait plus que cet aimable veuf, le Nawab Sahib. Il passait le plus clair de son temps dans sa bibliothèque à lire de la poésie persane ou de l'histoire romaine, ou tel autre sujet qui lui plaisait. Il laissait le soin de gérer son domaine agricole – source essentielle de ses revenus – à son munshi. Moitié majordome, moitié clerc, l'homme, roublard, ne l'encourageait pas à s'occuper de ses affaires. Et pour tout ce qui ne concernait pas le domaine, le Nawab avait un secrétaire.

La mort de sa femme, l'approche de la vieillesse l'avaient rendu moins sociable. Il souhaitait consacrer davantage de temps à ses fils, mais ils avaient désormais plus de vingt ans et manifestaient à l'égard de leur père une affection quelque peu distante. Le droit pour Firoz, la médecine pour Imtiaz, leur cercle d'amis, leurs aventures amoureuses (qu'il ne connaissait que par ouï-dire), tout concourait à les éloigner de Baitar House. Quant à Zainab, sa fille chérie, elle ne venait le voir que rarement – deux ou trois fois par an – quand son mari les autorisait, elle et ses deux petits garçons, à se rendre à Brahmpur.

Il lui arrivait même de regretter la présence vivifiante

d'Abida, dont il désapprouvait pourtant l'impudeur et la hardiesse. Fuyant les rigueurs du harem, refusant les contraintes qu'impose une grande propriété, la begum Abida Khan habitait une petite maison, proche de l'Assemblée. Persuadée qu'il lui fallait faire preuve d'agressivité, voire de superbe, pour défendre les causes selon elle justes ou utiles, elle jugeait le Nawab totalement inefficace. Non qu'elle eût une meilleure opinion de son époux qui avait, selon elle, « fui » Brahmpur en état de panique et qui, à présent, se traînait dans tout le Moyen-Orient en état de gâtisme religieux. Quand sa nièce Zainab – qu'elle aimait beaucoup – venait à Baitar House, elle-même s'y rendait, mais elle était censée respecter le purdah, ce qui la mettait hors d'elle, autant que les inévitables critiques dont elle faisait l'objet de la part des vieilles femmes du harem.

Qui donc étaient ces vieilles femmes ? – sinon les dépositaires de la tradition, de l'affection et de l'histoire familiales. De ce qui avait jadis été un harem effervescent, il ne restait que deux tantes du Nawab Sahib et la veuve de son autre frère. Et les seuls enfants à hanter la demeure étaient les visiteurs, les deux petits-fils du Nawab, âgés de six et trois ans. Ils adoraient Brahmpur et Baitar House, avec ses chambres fermées sous les portes desquelles filaient des mangoustes, parce que chacun, de Firoz Mamu à Imtiaz Mamu, en passant par les « vieux serviteurs » et les cuisiniers, s'occupait d'eux. Et parce que leur mère y paraissait beaucoup plus heureuse que dans leur propre maison.

Le Nawab Sahib détestait être dérangé pendant qu'il lisait, mais il faisait une exception pour ses petits-fils. Hassan et Abbas pouvaient courir dans tous les coins. Quelle que fût son humeur, ils l'égayaient ; quelque plaisir qu'il prît à se plonger dans le confort impersonnel de l'histoire, il acceptait avec bonheur d'être ramené dans le monde contemporain, du moment que c'était par leur intermédiaire. Comme le reste de la maison, la bibliothèque se dégradait. La magnifique collection, fondée par son père et augmentée des apports des trois frères – chacun avec ses goûts particuliers – s'abritait dans une pièce tout aussi magnifique, à alcôves et hautes fenêtres. Ce matin-là le

Nawab Sahib, vêtu d'un kurta-pyjama fraîchement empesé – la kurta parsemée de petits trous carrés que l'on aurait pu croire l'œuvre de mites (mais quelle mite avait la morsure si carrée ?) –, se tenait à une table ronde de l'une des alcôves, lisant *The Marginal Notes of Lord Macaulay* sélectionnées par son neveu G.O. Trevelyan.

Les commentaires de Macaulay sur Shakespeare, Platon et Cicéron étant aussi virulents que judicieux, l'éditeur avait jugé que les notes, elles aussi, valaient la peine d'être publiées. Il ne dissimulait d'ailleurs pas, dans ses propres remarques, l'admiration qu'il portait à son oncle : « Même en ce qui concerne la poésie de Cicéron, le respect que portait Macaulay à son auteur lui permit de distinguer entre le mauvais et le moins mauvais. » Cette phrase fit naître un sourire indulgent sur les lèvres du Nawab.

Après tout, pensait-il, qu'est-ce qui vaut la peine d'être fait, et qu'est-ce qui n'en vaut pas la peine ? Pour les gens comme moi, du moins, le déclin approche, et je n'ai pas envie de passer le reste de ma vie à me battre contre des politiciens, ou des fermiers, ou la moisissure, ou mon gendre, ou Abida, à seule fin de préserver ou de perpétuer des mondes qu'on s'épuise à préserver ou à perpétuer. Chacun d'entre nous vit dans son petit domaine et retourne au néant. Je suppose que si j'avais un oncle distingué, je pourrais consacrer un an ou deux à la collation et à la publication de ses notes.

Son esprit s'attarda ensuite sur le sort de Baitar House, la ruine que ne manquerait pas d'entraîner l'abolition des zamindari et l'épuisement des ressources provenant du domaine. Déjà il devenait difficile, à en croire son munshi, de faire payer leur loyer aux fermiers. Ils plaidaient la dureté des temps, mais derrière cette excuse reposait le sentiment que les rapports de force, sur le plan politique, entre possédants et dépendants, étaient en train de changer inexorablement. Parmi ceux qui criaient le plus haut contre le Nawab, il s'en trouvait envers lesquels il s'était montré d'une exceptionnelle indulgence, d'une réelle générosité même, et qui avaient du mal à le lui pardonner.

Qu'est-ce qui allait lui survivre ? L'idée le frappa que, bien qu'il eût consacré la majorité de son existence à connaître la poésie ourdou, il n'avait pas écrit un seul poème, un seul vers dont on se souviendrait. Ceux qui ne sont pas citoyens de Brahmpur, se dit-il, dénigrent la poésie de Mast, mais ils sont capables de réciter, dans leur sommeil, nombre des ghazals qu'il a écrits. Il lui apparut, soudain, qu'il n'existait pas d'édition savante des poèmes de Mast, et il resta là à fixer les particules de poussière volant dans le rayon de soleil qui tombait sur sa table.

Peut-être était-ce le travail pour lequel il était le mieux fait à ce stade. C'était probablement en tout cas celui qui lui donnerait le plus de plaisir.

Il poursuivit sa lecture, savourant l'acuité avec laquelle Macaulay analysait le caractère de Cicéron, cet homme englouti par l'aristocratie qui l'avait adopté, cet homme à deux faces, dévoré par la haine et la vanité, et pourtant indubitablement « grand ». Le Nawab, qui pensait beaucoup à la mort ces temps-ci, fut frappé par cette remarque de Macaulay : « Je pense que les Triumvirs ne lui ont apporté guère plus que ce qu'il méritait. »

Echappé du livre, pourtant saupoudré d'une substance protectrice, un ver traversa le rayon de soleil qui tombait sur la table ronde. Le Nawab l'observa tout en se demandant ce qu'il était advenu du jeune homme qui paraissait si désireux de s'occuper de sa bibliothèque. Depuis ce jour – il y avait de cela au moins un mois – le garçon n'avait pas reparu. Le Nawab ferma le livre, le secoua, puis le rouvrit au hasard sur un paragraphe qui semblait découler directement de celui qu'il avait lu précédemment :

> Le document qu'il admirait le plus dans toute la correspondance était la réponse de César au message de Cicéron lui exprimant sa gratitude pour l'humanité dont il avait fait preuve envers ses adversaires politiques, après la chute de Corfou. Elle contenait [disait Macaulay] la plus belle phrase jamais écrite :
> « Je triomphe et suis heureux que ma conduite ait reçu ton approbation ; et je ne suis nullement troublé d'entendre dire que ceux à qui j'ai laissé la vie et la liberté vont de nouveau porter les armes contre moi ; car je ne désire rien tant que de rester fidèle à moi-même, comme ils restent fidèles à eux-mêmes. »

Cette phrase, le Nawab Sahib la lut plusieurs fois. Il avait engagé jadis un répétiteur de latin, mais n'était pas allé très loin. Il essayait à présent de retrouver sous les sonorités de l'anglais ce qu'avaient dû être les sonorités du texte original. Il médita ainsi un bon moment et aurait poursuivi sa rêverie encore longtemps s'il ne s'était pas senti tiré par la jambe de son pantalon.

5.11

Accroché des deux mains à sa jambe, il y avait Abbas, le plus jeune de ses petits-fils. Derrière Abbas, se tenait son frère Hassan, et derrière Hassan, le vieux serviteur, Ghulam Rusool.

Le serviteur venait annoncer que le déjeuner était servi pour le Nawab Sahib et sa fille dans la petite pièce jouxtant le quartier des femmes. Il s'excusait aussi d'avoir laissé les enfants entrer dans la bibliothèque, « mais, Sahib, ils insistaient et ne voulaient rien entendre ».

Sans regret, le Nawab abandonna Cicéron et Macaulay pour Hassan et Abbas.

« Allons-nous manger par terre ou à table, Nana-jaan ? s'enquit Hassan.

— Il n'y a que nous – aussi nous mangerons à l'intérieur, sur le tapis, répondit son grand-père.

— Chic alors, dit Hassan, qui devenait nerveux dès que ses pieds ne touchaient plus le sol.

— Qu'est-ce qu'il y a dans cette pièce, Nana-jaan ? demanda le petit Abbas, comme ils passaient dans un couloir devant une porte fermée par un énorme verrou de cuivre.

— Des mangoustes, bien sûr, dit son frère avec assurance.

— Mais non, je veux dire à l'intérieur, insista Abbas.

— Je pense qu'on y a rangé quelques tapis. » Le Nawab se

tourna vers Ghulam Rusool : « Qu'est-ce qu'on garde là-dedans ?

— Sahib, on dit que cette pièce est fermée depuis deux ans. Elle est sur la liste que possède Murtaza Ali. Je lui poserai la question et vous en informerai.

— Oh non, ce n'est pas nécessaire. » Caressant sa barbe, le Nawab essayait de se rappeler – car cela avait totalement disparu de son esprit – qui avait bien pu occuper cette pièce. « Du moment qu'elle figure sur la liste.

— Raconte-nous une histoire de fantôme, supplia Hassan, en tirant son grand-père par la main.

— Oui, oui, insista Abbas, qui approuvait la plupart des suggestions de son frère aîné, même quand il ne les comprenait pas. Raconte-nous une histoire de fantôme.

— Non, non, dit le Nawab. Toutes les histoires de fantôme que je connais sont très effrayantes et si je vous en raconte une, vous aurez tellement peur que vous ne pourrez plus manger. »

Ils atteignirent la petite pièce où les attendait le déjeuner. Le Nawab sourit à sa fille, lava ses mains et celles de ses petits-fils dans un lavabo qu'il remplit de l'eau fraîche d'une jatte posée à côté, et les fit asseoir, chacun devant un thali déjà servi.

« Sais-tu ce que tes fils voulaient de moi ?

— Je vous avais pourtant interdit d'importuner Nanajaan, dit Zainab, en se tournant vers les garçons. Alors, que lui avez-vous demandé ?

— Rien, fit Hassan d'un ton maussade.

— Rien », répéta Abbas, doucement.

Zainab regarda son père avec affection, songeant à l'époque où elle se suspendait à son bras, exigeant elle aussi des choses impossibles, comptant sur son indulgence pour déjouer la fermeté de sa mère. Assis sur le tapis, devant son thali d'argent, il se tenait toujours aussi droit qu'en ces jours anciens, mais à la vue de la peau si mince sur les pommettes et des trous carrés sur la kurta, elle fut prise d'un élan de tendresse. Il y avait dix ans que sa mère était morte – ses propres enfants ne la connaissaient que par des photographies et des récits – et ces dix années de veuvage avaient vieilli son père plus que vingt années d'une vie ordinaire.

« Que veulent-ils, Abba-jaan ? dit-elle en souriant.

— Une histoire de fantôme. Comme toi à leur âge.

— Mais je n'en demandais jamais une pour le déjeuner. Si vous êtes très gentils, dit-elle aux enfants, vous en aurez peut-être une ce soir avant d'aller vous coucher.

— Non, maintenant, exigea Hassan.

— Hassan ! le réprimanda sa mère.

— Maintenant, maintenant ! » L'enfant se mit à crier et à pleurer.

« J'espère au moins qu'ils écoutent leur père », dit le Nawab, choqué par l'insubordination des garçons. Il vit alors, bouleversé, une larme rouler sur la joue de sa fille. « Tout va bien ? fit-il en passant le bras autour de ses épaules. Tout va bien là-bas ? » Des propos indirects lui étaient parvenus, faisant état de difficultés dans le ménage de Zainab.

« Oui, Abba-jaan. Je crois que je suis simplement un peu fatiguée. »

Il la serra contre lui jusqu'à ce que ses larmes aient fini de couler. Les enfants paraissaient confondus. Cependant comme ils avaient devant eux certains de leurs plats favoris, ils oublièrent vite le chagrin de leur mère. Laquelle, de son côté, s'occupa de les faire manger, notamment le plus jeune qui avait du mal à couper le naan. Observant le tableau qu'ils formaient tous les trois, le Nawab fut submergé par une bouffée de bonheur tempéré de tristesse. Zainab était petite, comme sa mère, et nombre de ses gestes lui rappelaient ceux qu'il avait vu faire à sa femme quand elle aidait Firoz et Imtiaz à manger.

Comme s'il avait lu dans les pensées de son père, Firoz entra dans la pièce, à la grande joie de Zainab et des enfants.

« Firoz Mamu, Firoz Mamu ! criaient les garçons. Pourquoi tu ne déjeunes pas avec nous ? »

Firoz paraissait troublé et impatient. « Abba-jaan, dit-il, votre munshi est arrivé de Baitar. Il veut vous parler. Il souhaite que vous vous rendiez au domaine aujourd'hui. Il se mijote quelque chose, une crise.

— Quelle sorte de crise ? » L'idée d'un trajet de trois heures en jeep, sous le soleil d'avril, ne lui souriait pas du tout.

« Posez-lui directement la question. Vous savez ce que je pense de votre munshi. Maintenant, si vous voulez que j'aille avec vous, ou que j'y aille à votre place, c'est d'accord. Je n'ai rien cet après-midi. Ou plutôt si, j'ai un rendez-vous avec un client, mais comme son affaire ne passera pas avant un certain temps, je peux le remettre. »

Le Nawab se leva avec un soupir et se lava les mains. Puis il se dirigea vers l'antichambre où l'attendait le munshi. Apparemment, à ce que lui dit son intendant, il y avait deux problèmes concomitants. Le principal, qui n'avait rien de nouveau, consistait dans la difficulté de faire payer leur loyer aux fermiers. Le Nawab n'appréciait pas les méthodes musclées que préconisait le munshi : l'envoi de quelques gros bras du coin contre les mauvais payeurs. En conséquence, les rentrées avaient diminué et le munshi estimait que la présence du Nawab Sahib à Fort Baitar pour un jour ou deux ainsi que des entretiens qu'il pourrait avoir avec certains politiciens arrangeraient les choses. En temps normal, le rusé intendant se gardait bien de mêler son maître à la gestion du domaine, mais l'occasion, cette fois-ci, était exceptionnelle. Il avait même amené avec lui un petit propriétaire terrien qui confirmerait que la situation, difficile, nécessitait la présence immédiate du Nawab Sahib, pour son propre compte comme pour celui des autres propriétaires.

Après une brève discussion (l'autre problème concernait la madrasa, l'école locale), le Nawab déclara : « J'ai certaines choses à faire cet après-midi. Mais je vais consulter mon fils. Attendez-moi ici. »

Firoz fut de l'avis que son père devait y aller, ne serait-ce que pour s'assurer de la loyauté du munshi. Il l'accompagnerait et jetterait un œil sur les comptes. Quant à Zainab, que le Nawab répugnait à laisser « seule à la maison », elle conseillait aussi ce voyage, aussi désolée qu'elle fût de voir partir son père.

« Mais, Abba-jaan, vous serez de retour demain ou dans deux jours au plus tard, et puis je suis ici pour une semaine encore. Et n'est-ce pas demain que doit rentrer Imtiaz ? Je vous en prie, ne vous faites pas de souci pour moi, j'ai passé la majeure partie de ma vie dans cette maison. » Elle sourit.

« Ce n'est pas parce que je suis une femme mariée que je suis incapable de prendre soin de moi. Je vais passer mon temps à cancaner dans le harem, et je me chargerai même de raconter des histoires de fantôme aux enfants. »

Le Nawab se résolut, malgré une vague appréhension – il aurait été bien incapable de dire pourquoi – à suivre ces conseils ; il prit congé de sa fille et, s'interdisant d'embrasser ses petits-enfants qui faisaient leur sieste, quitta Brahmpur pour Baitar dans l'heure qui suivit.

5.12

Le soir tomba. Baitar House avait un aspect désertique. Au demeurant, une moitié seulement de la maison était occupée, et l'on ne voyait plus, au crépuscule, les serviteurs passer de pièce en pièce, allumant les bougies ou l'électricité. Ce soir-là, en particulier, même les appartements du Nawab et de ses fils, ainsi que la chambre d'amis, restaient dans le noir et, de la rue, on devait avoir l'impression que personne n'y habitait. La seule activité, les seuls bruits de voix provenaient des quartiers des femmes, qui donnaient sur l'arrière.

Les enfants couchés, Zainab aurait aimé s'installer avec un livre, mais elle décida de rester bavarder avec sa tante et ses grand-tantes. Depuis l'âge de quinze ans ces femmes avaient toujours respecté le purdah – d'abord chez leur père, puis chez leur époux. Il en était de même pour Zainab, même si elle estimait, grâce à son éducation, mieux percevoir le monde. L'univers du zenana, du harem – conversations en petit cercle, religiosité, condamnation de toute forme de hardiesse ou de tout ce qui échappait à l'orthodoxie – qui avait failli rendre folle Abida Khan, ces femmes le voyaient sous un jour très différent. Nourriture, fêtes, relations familiales, soins de beauté constituaient l'essentiel de leurs occupations. On ne pouvait pas dire qu'elles ignoraient le monde extérieur. Simplement elles le passaient à un crible beaucoup plus serré que ne le font les gens qui fréquentent la société. Les informations qu'elles en recevaient se muaient chez elles en autant d'émotions. Pour Zainab – qui considérait l'élégance, la subtilité, l'étiquette et la culture familiale comme des qualités en soi, le zenana formait un monde plein, bien que contraignant. Selon elle, de n'avoir pas connu d'autres hommes que ceux de la famille ni quitté leurs appartements ne privait pas ses tantes de perspicacité envers le reste du monde ni de compréhension de la nature humaine. Elle les aimait, prenait plaisir à parler avec elles, savait que ses visites leur donnaient beaucoup de joie. Si, cette fois-ci, elle répugnait à ces bavardages c'est parce qu'elle pressentait qu'ils porteraient sur des sujets douloureux. Toute mention de son mari évoquerait inévitablement pour elle ces infidélités qu'elle n'avait découvertes que récemment, et qui la plongeaient dans une profonde angoisse. Elle allait devoir feindre le bonheur de vivre et même se permettre quelques plaisanteries sur sa vie familiale.

La conversation durait depuis quelques minutes quand deux jeunes servantes affolées se précipitèrent dans la chambre et, sans même les salutations d'usage, haletèrent :

« La police – la police est là. »

Sur quoi elles fondirent en larmes, avec des mots incohérents. Zainab réussit à en calmer une et lui demanda ce que faisait la police.

« Ils viennent s'emparer de la maison », sanglota de plus belle la gamine. Que tout le monde dévisagea stupéfait.

« Hai, hai ! s'exclama une tante, qui elle aussi se mit à pleurer. Qu'allons-nous devenir ? Sans personne. »

Zainab, quoique choquée par ce qu'elle entendait, réfléchit à ce que sa mère aurait fait s'il n'y avait eu personne – c'est-à-dire pas d'homme – dans la maison.

« Où sont-ils ? La police ? demanda-t-elle à la servante. Où sont les autres serviteurs ? et Murtaza Ali ? Pourquoi veulent-ils s'emparer de la maison ? Assieds-toi et arrête de pleurer. Je ne comprends rien à ce que tu dis. »

Tout ce qu'elle apprit fut que le jeune Murtaza Ali, le secrétaire particulier de son père, essayait, à l'extrémité de la pelouse s'étendant devant Baitar House, d'empêcher la police d'exécuter les ordres qu'elle avait reçus. Ce qui terrifiait le plus Munni, la servante, c'est que l'escouade de policiers était dirigée par un officier sikh.

« Munni, écoute-moi. Je veux parler à Murtaza.

— Mais –

— Va dire à Ghulam Rusool ou à un autre serviteur d'aller prévenir Murtaza Ali que je veux le voir immédiatement. »

Ses tantes la regardèrent, médusées.

« Et puis, donne ce mot à Rusool pour qu'il le remette à l'inspecteur, ou qui que ce soit qui commande les policiers. Assure-toi qu'il va bien le lui porter. »

Zainab écrivit alors, en anglais, les quelques lignes suivantes :

> Cher Sahib inspecteur,
> Mon père, le Nawab de Baitar, n'est pas à la maison et, puisque aucune action légitime ne saurait être entreprise sans l'en avoir informé d'abord, je dois vous demander de ne pas poursuivre plus avant. J'aimerais parler à Mr Murtaza Ali, le secrétaire particulier de mon père, et vous prie de le rendre disponible. Je vous demande aussi de noter que c'est l'heure de la prière du soir et que toute incursion dans notre maison ancestrale à un moment où les occupants sont en prière fera profondément injure à tous les bons croyants.
>
> Sincèrement,
> ZAINAB KHAN.

Munni s'empara du mot et quitta la pièce, reniflant toujours mais calmée. Evitant le regard de ses tantes, Zainab envoya l'autre servante s'assurer que Hassan et Abbas n'avaient pas été réveillés par toute cette agitation.

5.13

Quand il lut ce mot, le Surintendant de police adjoint, qui commandait l'escouade, rougit, haussa les épaules, échangea quelques paroles avec le secrétaire du Nawab et, après un regard rapide à sa montre, dit :

« Bon, d'accord, une demi-heure. »

Son devoir était clair, pas question de tergiverser, mais il croyait dans la fermeté plutôt que dans la brutalité : une demi-heure de retard était acceptable.

Zainab avait demandé aux deux servantes d'ouvrir la porte qui menait du zenana au mardana, et d'étaler un drap sur le sol entre les deux. Puis, malgré les « tobas » incrédules et autres pieuses exclamations de ses tantes, elle ordonna à Munni de demander à un serviteur de dire à Murtaza Ali qu'il se place à l'autre extrémité du drap. Le jeune homme, le visage cramoisi d'embarras et de honte, se tenait près de la porte qu'il n'avait même pas imaginé approcher de toute sa vie.

« Murtaza Sahib, je dois m'excuser de vous causer cet embarras – et de vous laisser voir le mien. » Zainab s'exprimait en un ourdou élégant et simple. « Je sais que vous êtes un homme pudique, et je comprends vos scrupules. Je vous en prie, pardonnez-moi. J'ai été poussée à cet expédient. Mais il s'agit d'un cas d'urgence, et je sais que cela ne sera pas pris en mal. »

Inconsciemment, elle utilisait la première personne du pluriel plutôt que le singulier auquel elle était habituée. Les deux formes sont acceptables dans le langage courant, mais comme celle du pluriel est la même pour les deux genres, le fait de l'employer réduisait jusqu'à un certain point la tension le long de la ligne géographique séparant le mardana du zenana, et dont le franchissement avait tellement choqué ses tantes. En outre l'emploi du pluriel, par la nuance de commandement qu'il comporte, leur facilita la conversation, leur permit de mieux saisir leurs contrariétés respectives et de s'informer l'un l'autre.

Dans un ourdou aussi châtié mais un peu plus fleuri, le jeune Murtaza Ali lui répondit : « Il n'y a rien à pardonner, croyez-moi, Begum Sahiba. Je suis simplement désolé que le destin m'ait choisi pour être le porteur de telles nouvelles.

— Dans ces conditions, puis-je vous demander de me raconter aussi brièvement que possible ce qui s'est passé ? Que fait la police dans la maison de mon père ? Est-il vrai qu'ils veulent s'en emparer ? Pour quels motifs ?

— Begum Sahiba, je ne sais par où commencer. Ils sont

ici, et ont l'intention de pénétrer dans la maison dès que possible. Ils s'apprêtaient à le faire quand le surintendant adjoint a reçu votre mot et nous a accordé une demi-heure de grâce. Il a reçu l'ordre du Conservateur des Biens des Evacués et du ministre de l'Intérieur de prendre possession de toutes les parties inhabitées de la maison, compte tenu du fait que les anciens résidents sont à présent établis au Pakistan.

— Cela comprend-il le zenana ? dit Zainab aussi calmement qu'elle le put.

— Je l'ignore, Bégum Sahiba. Il a dit "toutes les parties inoccupées".

— Comment sait-il qu'une si grande portion de la maison est inhabitée ?

— Il me semble, Begum Sahiba, que c'est évident. De notoriété publique. J'ai tenté de le persuader que des gens vivent ici, mais il m'a montré les fenêtres non éclairées. Même le Nawab Sahib est absent en ce moment. Tout comme les Nawabzadas. »

Après quelques minutes de silence, Zainab reprit : « Murtaza Sahib, je n'ai pas l'intention d'abandonner en une demi-heure ce qui appartient à ma famille depuis des générations. Nous devons essayer de joindre Abida Chachi immédiatement. Ses biens aussi sont en jeu. Et Kapoor Sahib, le ministre du Trésor, qui est un vieil ami de la famille. Ce sera à vous de le faire puisqu'il n'y a pas le téléphone dans le zenana.

— J'y vais tout de suite. Je prie le ciel d'y parvenir.

— Je crains que vous ne deviez oublier vos prières habituelles, ce soir. » Il y avait comme un sourire dans la voix de Zainab.

« Je le crains moi aussi. Je pense que je devrais essayer de joindre d'abord le ministre du Trésor.

— Envoyez la voiture le chercher – non, attendez. On peut en avoir besoin. Assurez-vous qu'elle est prête. »

Elle réfléchit quelques instants, puis reprit :

« Qui possède les clefs de la maison ? Je veux dire des pièces vides ?

— Celles du zenana, c'est...

— Non, ces pièces ne comptent pas, elles ne sont pas visibles de la rue – je parle de celles du mardana.

— J'en ai certaines, Ghulam Rusool également, et je crois que le Nawab Sahib en a emporté quelques-unes avec lui.

— Bon, voilà ce que nous allons faire. » Zainab s'exprimait posément. « Il nous reste très peu de temps. Demandez à tous les serviteurs, hommes et femmes, de réunir bougies, torches, lampes, tout ce qui s'allume dans cette maison, et d'éclairer chaque pièce qui donne sur la rue – vous comprenez – même celles dans lesquelles vous ne pouvez pénétrer d'habitude sans permission, même s'il faut briser une serrure ou enfoncer une porte ici ou là. »

Murtaza Ali ne pouvait que reconnaître le bon sens de cette mesure.

« Il faut que la maison donne l'impression d'être habitée, même si le surintendant a des raisons de croire le contraire. Nous devons lui donner des prétextes à se retirer, à condition qu'il soit enclin à le faire.

— Oui Begum Sahiba. » Murtaza était plein d'admiration pour cette femme à la voix douce, qu'il n'avait jamais vue – et ne verrait jamais.

« Je connais cette maison comme ma poche, continua Zainab. J'y suis née, contrairement à mes tantes. Même si à présent je suis confinée dans cette partie, j'ai connu tout le reste quand j'étais enfant, et je sais que cela n'a pas beaucoup changé. Pour gagner du temps, j'ai l'intention de participer à l'opération d'éclairage. Je sais que mon père comprendra, et peu m'importe ce qu'en pensent les autres.

— Je vous supplie, Begum Sahiba – la voix du secrétaire était pleine de désarroi – je vous supplie de ne pas le faire. Arrangez les choses dans le zenana, apprêtez le plus de lampes possible, qu'on nous apportera de ce côté-ci, mais restez où vous êtes. Je veillerai à ce que vos ordres soient respectés. A présent je dois partir. Je vous ferai savoir, dans une quinzaine de minutes, comment tout cela se déroule. Que Dieu protège votre famille et cette maison. »

Zainab garda Munni auprès d'elle et ordonna à l'autre servante d'allumer les lampes et de les porter à l'autre bout de la maison. Puis elle retourna dans sa chambre, où Hassan et Abbas dormaient toujours. C'est votre histoire, votre héritage, votre monde aussi que je protège, pensa-t-elle en passant la main dans les cheveux du plus jeune. Hassan, habituellement si renfrogné, souriait et serrait son frère contre lui. Dans la chambre à côté, les tantes priaient à voix haute.

Zainab ferma les yeux, récita la fatiha, et s'assit épuisée. Lui revint alors en mémoire quelque chose que son père lui avait dit un jour. Après y avoir réfléchi quelques secondes, elle rédigea une deuxième lettre.

Elle ordonna à Munni de réveiller les garçons et de leur faire revêtir leurs plus beaux vêtements – une petite kurta blanche pour Abbas, un angarkha blanc pour l'aîné, chacun une calotte blanche brodée sur la tête.

Au bout d'un quart d'heure, n'ayant pas de nouvelles de Murtaza Ali, elle l'envoya chercher.

« Est-ce réglé ? demanda-t-elle.

— Oui Begum Sahiba. Chaque fenêtre visible de l'extérieur est éclairée.

— Et Sahib Kapoor ?

— Je suis au regret de dire que je n'ai pas pu l'avoir au téléphone, bien que Mrs Mahesh Kapoor l'ait fait appeler. Il est peut-être en train de travailler au ministère. Mais personne ne décroche dans son bureau.

— Abida Chachi ?

— Son téléphone semble être en dérangement, et je viens juste de lui écrire un mot. Pardonnez-moi, j'ai failli à mes engagements.

— Murtaza Sahib, vous avez déjà fait plus que ce que je croyais possible. Maintenant, je vais vous lire une lettre et vous me direz comment l'améliorer. »

Très vite défilèrent les sept ou huit lignes en anglais. Murtaza demanda quelques explications, suggéra une ou deux corrections. Zainab réécrivit la lettre au propre.

« Hassan, Abbas, écoutez-moi, dit-elle aux enfants ensommeillés mais dont les yeux brillaient d'émerveillement à l'idée de ce nouveau jeu, vous allez suivre Murtaza Ali et faire tout ce qu'il vous dira. Votre Nana-jaan sera très content quand il reviendra, et moi aussi. » Elle les embrassa et les expédia de l'autre côté de la grille.

« C'est à eux de lui remettre la lettre, expliqua-t-elle à Murtaza Ali. Prenez la voiture, dites à l'inspecteur – au surintendant – où vous allez, et foncez. Je ne sais comment vous remercier de votre aide. Sans vous, nous serions certainement déjà perdus.

— Je dois tout à la bonté de votre père, Begum Sahiba. Dans moins d'une heure, je vous ramènerai vos fils. »

Tenant les deux garçons par la main, il se dirigea vers l'extrémité de la pelouse où se tenait la police.

« Hassan, Abbas, dit-il au bout d'un instant, faites adaab au Sahib surintendant.

— Adaab arz, Sahib, fit Hassan en s'inclinant, imité aussitôt par son frère.

— Ce sont les petits-fils du Nawab Sahib », expliqua le secrétaire.

Le policier eut un sourire circonspect.

« Je suis désolé, dit-il, mais le temps est épuisé. Nous savons que la maison est en partie inhabitée, même si on veut nous faire croire le contraire, et nous allons devoir nous en assurer. Ce sont les ordres. Du ministre de l'Intérieur lui-même.

— Je comprends très bien, Sahib. Mais accordez-nous encore un moment. Les deux enfants sont porteurs d'une lettre qui doit être remise avant que vous puissiez intervenir. »

Le surintendant secoua la tête, fit un geste signifiant : en voilà assez. « Agarwalji m'a dit, personnellement, qu'il n'accepterait aucune pétition dans cette affaire et qu'elle ne doit souffrir aucun retard. Je suis désolé. Vous pourrez toujours faire appel de la décision, par la suite.

— Cette lettre est pour le Premier ministre. »

Le policier se raidit.

« Qu'est-ce que cela signifie ? » La voix était irritée et un peu inquiète. « Qu'y a-t-il dans cette lettre ? Qu'espérez-vous obtenir ?

— On ne peut s'attendre que je connaisse le contenu d'une lettre privée et urgente adressée par la fille du Nawab Sahib de Baitar au Premier ministre du Purva Pradesh. A l'évidence, elle concerne le problème de la maison, mais il serait impertinent de ma part de spéculer sur son contenu.

La voiture est prête, et je dois escorter ces petits messagers jusque chez Sharmaji. Je veux croire, Sahib, que vous attendrez mon retour avant d'entreprendre quoi que ce soit. »

Le surintendant ne répondit rien. Il savait qu'il n'avait pas le choix.

Murtaza Ali le salua, grimpa dans la voiture avec les enfants. Ils sortirent de Baitar House. A peine avaient-ils parcouru cinq cents mètres, que la voiture s'arrêta, et refusa de redémarrer. Murtaza Ali dit au chauffeur de l'attendre, ramena Abbas, à pied, à la maison, le laissa aux soins d'un serviteur, prit sa bicyclette, revint, hissa devant lui un Hassan étonnamment docile, et partit en pédalant dans la nuit.

5.14

Un quart d'heure plus tard, ils étaient chez le Premier ministre, qui les reçut tout de suite dans son bureau, où il travaillait encore.

Après les salutations d'usage, ils furent priés de s'asseoir. Murtaza Ali était en nage – ayant pédalé aussi vite que la sécurité de son chargement l'y autorisait. Hassan, lui, avait la mine fraîche dans son angarkha immaculé, juste un peu ensommeillée.

« A quoi dois-je ce plaisir ? »

Le regard du Premier ministre allait du petit garçon de six ans au secrétaire de trente, et il balançait légèrement la tête comme souvent lorsqu'il était fatigué.

Murtaza Ali n'avait jamais rencontré le Premier ministre en personne. Ne sachant comment lui expliquer la chose, il se contenta de lui tendre la lettre : « Sahib Premier ministre, cette lettre vous dira tout. »

Le Premier ministre lut la missive lentement, une seule fois. Puis, d'une voix furieuse, nasillarde mais où perçait toute l'autorité dont il était investi, il ordonna :

« Appelez-moi Agarwal au téléphone ! »

En attendant qu'on lui passe la ligne, il sermonna Murtaza Ali pour avoir amené « ce pauvre enfant » à une heure si incongrue. Mais, à l'évidence, cette démarche l'avait touché.

Finalement, il eut le ministre de l'Intérieur au bout du fil. Le ton sur lequel il lui parla ne laissait aucun doute sur ce qu'il éprouvait.

« Agarwal, que signifie cette histoire de Baitar House ? »

Puis, après avoir écouté l'autre : « Non, tout cela ne m'intéresse pas. Je sais très bien en quoi consiste la fonction du Conservateur. Je ne laisserai pas une telle chose se produire sous mon nez. Annulez cela tout de suite. »

Encore un silence et, encore plus exaspéré : « Non, vous n'attendrez pas le matin. Dites à la police de quitter les lieux immédiatement. Au besoin, servez-vous de ma signature... Et rappelez-moi dans une demi-heure », ajouta-t-il avant de raccrocher.

Jetant un nouveau coup d'œil à la lettre de Zainab, il se tourna vers Hassan. « Va, dit-il en branlant légèrement la tête, rentre chez toi, tout va bien se passer à présent. »

5.15

LA BEGUM ABIDA KHAN *(Parti démocrate)* : Je ne comprends pas ce que dit l'honorable député. Prétend-il que nous devrions faire confiance au gouvernement, sur ce sujet aussi ? Ignore-t-il ce qui s'est passé l'autre jour dans cette ville – à Baitar House pour être précise – où, sur les ordres de ce gouvernement, une bande de policiers, armés jusqu'aux dents, se seraient emparés des habitants sans défense d'un zenana – et sans la grâce de Dieu –

L'HONORABLE SPEAKER : Je rappelle à l'honorable député que ceci n'a rien à voir avec la Loi sur les zamindari dont nous discutons aujourd'hui. Je me vois contraint de lui rappeler le règlement et de lui demander de s'abstenir d'introduire des sujets hors question dans ses interventions.

LA BEGUM ABIDA KHAN : Je remercie l'honorable Président. La Chambre a ses règles, mais Dieu qui nous juge a les siennes, et nous verrons lesquelles prévalent. Quelle justice les zamindars peuvent-ils espérer de ce gouvernement, dans les campagnes où obtenir réparation prend tant de temps, alors que dans la ville même, sous les yeux de l'honorable Chambre, l'honneur d'une autre honorable maison est piétiné ?

L'HONORABLE SPEAKER : Dernier rappel à l'ordre. Une nouvelle digression de ce genre, et je demanderai à l'honorable membre de regagner son siège.

LA BEGUM ABIDA KHAN : L'honorable Président a fait preuve d'une grande indulgence à mon égard et ma faible voix ne troublera pas davantage cette enceinte. Je tiens à dire cependant que la façon dont cette loi a été imaginée, amendée, votée par la Chambre Haute, ramenée devant cette Chambre-ci et de nouveau amendée par le gouvernement lui-même démontre un manque de fidélité, une absence de responsabilité, d'intégrité, par rapport aux intentions originelles, telles qu'elles avaient été proclamées, et que le peuple de cet Etat ne le pardonnera pas au gouvernement. Il s'est servi de sa majorité pour faire passer des amendements qui sont, tout le monde peut s'en apercevoir, mala fide. Ce à quoi nous avons assisté quand la loi – amendée déjà par le Conseil législatif – est revenue en seconde lecture devant cette Assemblée législative a été si choquant que même moi – qui ai connu tant d'événements choquants dans ma vie – en ai été sidérée. Il avait été décidé de verser des compensations aux propriétaires terriens. Puisqu'on va les priver de leurs moyens d'existence ancestraux, c'est le moins qu'on puisse attendre. Mais ils vont recevoir une aumône dont on nous demande, que dis-je dont on nous enjoint, d'accepter la moitié en obligations gouvernementales, versées Dieu sait quand !

UN DÉPUTÉ : Vous n'êtes pas obligés d'accepter. Le Trésor sera heureux de les garder au chaud pour vous.

LA BEGUM ABIDA KHAN : Et cette pitance elle-même varie de telle sorte que les principaux propriétaires – qui font vivre des centaines de personnes : intendants, parents, domestiques, musiciens –

UN DÉPUTÉ : Hommes de main, courtisanes, parasites, bretteurs –

LA BEGUM ABIDA KHAN : – ne seront pas payés en proportion des terres qui leur appartiennent de plein droit. Que vont faire ces pauvres gens ? Où iront-ils ? Le gouvernement n'en a cure. L'œil fixé sur les prochaines élections générales, il croit que la loi sera populaire. Voilà la vérité. Et je n'accepterai aucun démenti, que ce soit du ministre du Trésor ou du Premier ministre. Ils ont eu peur que la Haute Cour de Brahmpur ne condamne leur échelle mobile d'indemnisation. Alors qu'ont-ils fait hier, en toute dernière minute, en fin de seconde lecture ? Une chose si honteuse mais si transparente que même un enfant l'aurait détectée. Ils ont divisé les indemnités en deux – une partie fixe, intitulée compensation, une partie mobile appelée Allocation de Réhabilitation – et ont fait voter un amendement entérinant cette tromperie. Croyez-vous vraiment que la Cour avalera cette histoire de « traitement égal pour tous » – alors que par un tour de passe-passe, le ministre du Trésor et son secrétaire parlementaire ont transféré les trois quarts de l'argent des indemnités dans une autre catégorie au nom ronflant – une catégorie qui défavorise ouvertement les gros propriétaires ? Soyez sûrs que nous combattrons cette injustice tant qu'il nous restera un souffle d'énergie.

UN DÉPUTÉ : Ou un souffle de voix.

LE SPEAKER : Je prierai les députés de ne pas interrompre sans nécessité le discours de leurs collègues.

LA BEGUM ABIDA KHAN : Mais que sert d'élever la voix dans une enceinte où l'on ne rencontre que moqueries et grossièreté ? On nous traite de dégénérés et de propres à rien, mais les vrais professionnels de la dissipation, ce sont les fils de ministres eux-mêmes. Ceux qui avaient à cœur de préserver la culture, la musique, le mode de vie de cette province, on va les déposséder, les envoyer mendier leur pain dans la rue. Mais nous supporterons toutes ces vicissitudes avec la dignité qui est l'apanage de l'aristocratie. Cette Chambre peut ratifier la loi. La Haute Chambre peut en faire une nouvelle lecture et la ratifier. Le Président peut la signer, aveuglément. Les tribunaux nous vengeront.

Comme chez notre voisin, l'Etat de Bihar, cette législation pernicieuse sera cassée. Et nous nous battrons pour la justice, oui, devant le juge, la presse, sur les estrades – tant qu'il nous restera un souffle d'énergie et, oui, un souffle de voix.

SHRI DEVAKINANDAN RAI *(Parti socialiste)* : Le discours de l'honorable député a été très édifiant. Je dois avouer que je n'ai encore jamais vu aucun de ses semblables mendier son pain dans les rues de Brahmpur. Peut-être du gâteau, mais j'en doute également. Si l'on m'écoutait, leur pain à elle et à ceux de sa classe, ils n'iraient pas le mendier ; ils travaille-raient pour l'obtenir. C'est ce que réclame la simple justice, et aussi la santé économique de cette province. Nous autres, députés socialistes, sommes d'accord avec l'honorable par-lementaire qui vient de parler pour dire que cette loi n'est qu'une combine électorale, au service du parti du Congrès et du gouvernement. Mais c'est parce que nous sommes persuadés que cette loi est inefficace, invertébrée, une loi de compromis. Elle ne débouche absolument pas sur le ren-versement complet des rapports dans le monde agricole, dont a besoin cette région. Une compensation pour les propriétaires ! Une compensation pour avoir sucé le sang d'une paysannerie impuissante et opprimée ? Une compen-sation à ce droit conféré par Dieu – je remarque que l'hono-rable député a l'habitude d'invoquer Dieu chaque fois que Son assistance est nécessaire pour renforcer la faiblesse de ses arguments – ce droit donné par Dieu de se gorger, eux et leur ribambelle de parents oisifs, du ghee de cet Etat, alors que le pauvre métayer, le pauvre fermier, le pauvre labou-reur sans terre, le pauvre ouvrier peuvent à peine procurer quelques gouttes de lait à leurs enfants ? Pourquoi vider le trésor ? Pourquoi devons-nous nous endetter, nous et nos enfants, pour ces obligations, alors que cette classe pares-seuse et vicieuse de zamindars, de taluqdars, de seigneurs de toutes sortes devrait être purement et simplement dépossédée des terres sur lesquelles elle s'assoit depuis des générations juste pour avoir trahi son pays à l'époque de la Mutinerie, et en avoir été richement récompensée par les Britanniques ? Est-il juste, Monsieur, est-il juste qu'on leur accorde cette compensation ? L'argent que ce gouvernement, dans sa prétendue générosité, verse à ces oppresseurs héréditaires, devrait aller aux routes et aux écoles, aux maisons pour ceux qui n'ont pas de terre, dans les hôpitaux et les centres de recherche agricole, non dans les dépenses luxueuses auxquelles l'aristocratie est habituée.

MIRZA AMANAT HUSSAIN KHAN *(Parti démocrate)* : Je rappelle l'ordre du jour, Monsieur. Va-t-on permettre à l'honorable député de faire perdre son temps à l'Assemblée avec de telles digressions ?

L'HONORABLE SPEAKER : Je ne pense pas qu'il s'agisse de digressions. Son discours a trait à la question des relations entre les zamindars, les fermiers et le gouvernement. C'est la question qui, peu ou prou, nous est posée et toute remarque de l'honorable député sur ce point ne s'écarte en rien du sujet. Que cela vous plaise ou non, que cela me plaise ou non, nous sommes bien dans l'ordre du jour.

SHRI DEVAKINANDAN RAI : Je vous remercie, Monsieur. Voici d'un côté le paysan nu sous la brûlure du soleil et de l'autre nous, assis dans la fraîcheur de nos locaux à discuter des points de règlement et de ce qui constitue ou non une digression, à faire des lois qui n'améliorent en rien sa condition, qui lui enlèvent tout espoir, qui prennent le parti de la classe capitaliste, exploiteuse et opprimante. Pourquoi le paysan doit-il payer pour la terre qui lui appartient de droit, le droit de l'effort, le droit de la douleur, le droit de la nature, le droit, si vous voulez, de Dieu ? La seule raison pour laquelle il devrait payer une somme si exorbitante au trésor c'est de financer les indemnités exorbitantes des propriétaires. Eliminez les indemnités et il n'y aura pas de prix d'achat. Refusez d'accepter la notion de prix d'achat, et toute compensation devient financièrement impossible. Je me bats sur ce point depuis la mise en discussion de la loi, il y a deux ans, et ai continué de le faire lors de la seconde lecture la semaine dernière. Mais à ce stade de la procédure, quels sont mes moyens ? C'est trop tard. Je ne peux que dire aux représentants des finances : vous avez passé une alliance impie avec les propriétaires et vous essayez de briser l'esprit de notre peuple. Mais nous verrons ce qui se passera quand le peuple comprendra qu'il a été floué. Les élections générales renverseront ce gouvernement de couards et de compromission et le remplaceront par un autre digne de ce nom : un gouvernement issu du peuple, qui travaille pour le peuple et n'accorde pas son soutien aux ennemis de sa classe.

5.16

Le Nawab était arrivé à la Chambre au début de ce discours. Il avait gagné la tribune réservée au public tout en sachant qu'il eût été le bienvenu dans la loge du Gouverneur. Rappelé la veille de Baitar par un message urgent, bouleversé par le récit des événements, l'idée surtout l'avait horrifié que sa fille se fût retrouvée seule pour affronter la situation. Zainab n'avait pu s'empêcher de sourire devant la manifestation d'une telle inquiétude, qui dépassait de loin la fierté qu'il éprouvait pourtant devant ce qu'elle avait fait. Pendant un long moment, il les avait serrés contre lui, elle et les enfants, des larmes coulant sur ses joues. Firoz était blanc de rage, et il avait fallu toute la bonne humeur d'Imtiaz, débarquant tard dans l'après-midi, pour ramener un peu de calme dans la famille.

Le Nawab était presque aussi furieux contre sa punaise de belle-sœur que contre L.N. Agarwal. Il savait que c'est à elle qu'il devait cette histoire. Puis, le pire étant passé, elle avait traité à la légère la descente de police et avec désinvolture l'attitude courageuse de Zainab. Quant à Agarwal, il s'entretenait à présent fort courtoisement avec le ministre du Trésor, qui était venu jusqu'à sa table, probablement de la tactique à suivre en prévision du vote qui s'annonçait difficile.

Depuis son retour, le Nawab n'avait pas eu l'occasion de parler avec son ami Mahesh Kapoor, ni de présenter ses remerciements chaleureux au Premier ministre. Il pensait pouvoir le faire à la fin de la séance. Mais il y avait une autre raison à sa présence à la Chambre : il savait comme bien d'autres – les tribunes de la presse et du public étaient combles – que cette séance serait historique. Le futur vote – sauf annulation par les tribunaux – allait signifier pour lui et ses semblables un déclin précipité.

Fataliste, il se disait que cela devait arriver, tôt ou tard. Il ne se faisait aucune illusion sur les mérites particuliers de sa classe. Pour quelques hommes de bien, elle comptait un beaucoup plus grand nombre de brutes et de demeurés. Il se souvenait d'une pétition que l'Association des zamindars avait adressée au Gouverneur, douze ans plus tôt : un bon tiers des pétitionnaires avaient apposé leur pouce en guise de signature.

Sans l'existence du Pakistan, les propriétaires fonciers auraient peut-être réussi à préserver leur mode de vie : dans une Inde unie mais instable, chaque bloc aurait pu user de son pouvoir de nuisance pour maintenir le statu quo. Il en aurait été de même pour les Etats princiers, si bien que des hommes comme le Raja de Marh seraient demeurés rajas en fait comme en titre. Les « si » et les « mais » de l'histoire, songeait le Nawab, constituaient un plat sans consistance et pourtant vénéneux.

Depuis l'annexion de Brahmpur par les Anglais au début des années 1850, les Nawabs de Baitar et autres courtisans de l'ex-famille régnante de Brahmpur n'avaient même pas eu la satisfaction psychologique de servir l'Etat, satisfaction proclamée par de nombreuses aristocraties séparées dans l'espace et le temps. Les Britanniques avaient laissé les zamindars collecter le revenu des terres (et ne demandaient pas mieux que de leur concéder les surplus une fois touchée la part qui leur revenait), mais en matière d'administration ils s'en étaient remis uniquement aux fonctionnaires de leur race, sélectionnés, entraînés et importés d'Angleterre – ou, ultérieurement, à des équivalents à la peau sombre si proches d'eux par l'éducation et les principes que cela ne faisait aucune différence.

Or, indépendamment de la question raciale, le Nawab devait convenir qu'il existait une question de compétences. La plupart des zamindars – peut-être lui-même, hélas – se révélaient incapables d'administrer leurs propres domaines et se faisaient gruger par leurs munshis et leurs prêteurs. Pour ces gens, administrer ne signifiait pas augmenter ses revenus mais les dépenser. Très peu investissaient dans l'industrie ou l'immobilier en ville. Certains, sans doute, dépensaient leur argent en livres, musique, beaux-arts. D'autres, comme l'actuel Premier ministre du Pakistan, Liaquat Ali Khan, qui avait été très lié au père du Nawab Sahib, s'en étaient servis pour asseoir leur influence politique. Mais la plupart avaient dilapidé leur fortune en éléments de train de vie : la chasse, les vins, les femmes ou l'opium. Un flot de souvenirs, malvenus, revint à la mémoire du Nawab. L'un de ces princes avait une telle passion pour les chiens que sa vie entière gravitait autour d'eux : dans le sommeil, à l'état de veille, dans ses rêves, dans ses fantasmes, il n'y avait de place que pour les chiens. Il n'agissait que pour leur plus grande gloire. Pour un autre, opiomane, seules les femmes lui apportaient un certain plaisir ; et encore ne le mettaient-elles pas toujours en action ; parfois il se contentait de ronfler à leur côté.

Les pensées du Nawab continuaient d'osciller entre ce qui se passait dans l'enceinte de l'Assemblée et ses propres méditations. A un moment, il y eut une brève intervention de L.N. Agarwal, quelques commentaires amusants auxquels répondirent les rires de l'assistance, Mahesh Kapoor y compris. Fixant la tête chauve avec sa couronne de cheveux gris, le Nawab se demanda quelles idées pouvaient bien bouillonner sous ce crâne. Comment cet homme pouvait-il, de propos délibéré, avec bonheur même, lui causer tant de mal ? Quelle satisfaction aurait-il retirée à déposséder une famille de sa demeure, sous le seul prétexte qu'un de ses membres l'avait battu au cours d'un débat parlementaire ?

Il était à présent seize heures trente, dans une demi-heure le vote allait avoir lieu. Les discours continuaient, et le Nawab écoutait, l'air railleur, sa belle-sœur dépeindre l'institution des zamindari dans un halo de lumière pourpre.

LA BEGUM ABIDA KHAN : Depuis plus d'une heure, nous écoutons discours après discours des gens du gouvernement, pleins d'une odieuse auto-satisfaction. Je ne pensais pas devoir intervenir à nouveau, mais il le faut. J'aurais pensé plus judicieux de les laisser parler des morts et des enterrements auxquels vous souhaitez présider – ceux des zamindars que vous souhaitez priver du droit de justice, de réparations et de moyens de vivre. Pendant une heure nous avons entendu la même antienne – entonnée par le ministre du Trésor ou l'un de ses féaux. Mais je n'y reviendrai pas.

Je plains ce gouvernement qui ne sait plus comment sortir des marécages de sa propre politique. Sans imagination, il ne peut pas, il n'ose pas envisager l'avenir. « Méfiez-vous des jours qui viennent », nous dit-on, eh bien moi je dis à ce gouvernement : « Méfiez-vous des temps que vous vous préparez et que vous préparez pour ce pays. » Il y a trois ans que nous avons conquis l'Indépendance, mais regardez les gueux de la terre : ils n'ont ni nourriture ni vêtements ni abris où se protéger des rigueurs du ciel. Vous avez promis le Paradis et des jardins verdoyants où coulent des rivières, vous avez dupé le peuple en dénonçant les zamindari comme responsables de tous ses maux. Soit, les zamindari vont disparaître, mais quand le peuple découvrira qu'il n'y a pas de jardins verdoyants, alors nous verrons ce qu'il vous dira et ce qu'il vous fera. Ce sont huit cent mille personnes que vous dépossédez, c'est le communisme que vous voulez ouvertement installer. Le peuple découvrira très vite qui vous êtes.

D'ailleurs que faites-vous d'autre que ce que nous avons fait ? Vous ne lui donnez pas la terre, vous la louez. Mais au fond en quoi ces gens vous importent-ils ? Nous, nous vivons depuis des générations avec eux, nous étions comme leurs pères et leurs grands-pères, ils nous aimaient et nous les aimions, nous connaissions leur tempérament, ils connaissaient le nôtre. Ils étaient heureux de ce que nous leur donnions, nous étions heureux de ce qu'ils nous donnaient. Vous vous êtes immiscés entre nous et avez détruit des liens sanctifiés par des sentiments immémoriaux. Quelle preuve ont ces pauvres gens que ces crimes, cette oppression que vous nous attribuez, vous saurez les en délivrer ? Ils auront affaire au fonctionnaire vénal, au sous-chef de district glouton, et on les sucera jusqu'à la moelle. Nous n'avons jamais été ainsi. Vous avez décollé l'ongle de la chair, et vous êtes heureux du résultat...

Quant aux indemnités, j'en ai déjà dit assez sur ce sujet. Mais est-ce cela qu'on nomme décence, juste compensation, qui consiste à entrer chez quelqu'un et à lui dire : « Donne-moi ceci et ceci à tel et tel prix », et à le lui prendre, qu'il soit ou non d'accord ? Et lorsqu'il vous demande de lui donner au moins ce que vous lui avez promis, de rétorquer : « Voici une roupie, le reste vous sera versé par acomptes, en vingt-cinq ans » ?

Vous pouvez nous appeler de tous les noms, inventer toutes sortes de misères à notre intention – il n'en reste pas moins que c'est nous, les zamindars, qui avons fait de cette province ce qu'elle est – qui l'avons rendue forte, lui avons donné son arôme particulier. Il n'est pas un champ d'activité où nous n'ayons œuvré, une contribution qui nous survivra longtemps et que vous ne pourrez pas gommer. Les universités, les collèges, la tradition de musique classique, les écoles, la véritable culture de cet Etat, c'est nous qui l'avons instituée. Quand des étrangers ou des concitoyens d'autres Etats viennent chez nous, qu'admirent-ils ? Le Barsaat Mahal, le Shahi Darvaza, les Imambaras, les jardins et les demeures que nous vous avons légués. Toutes ces choses sur lesquelles vous prétendez humer le parfum de l'exploitation, de cadavres décomposés. N'avez-vous pas honte d'employer de tels termes ? Alors que vous dévalisez, maudissez ceux qui ont créé ces splendeurs ? C'est la pire forme de bassesse, celle du boutiquier de village, du bania qui sourit, sourit et accapare sans pitié –

L'HONORABLE MINISTRE DE L'INTÉRIEUR *(Shri L. N. Agarwal)* : J'espère que l'honorable député ne fait pas référence à ma communauté. Cela devient un sport banal dans cette Chambre.

LA BEGUM ABIDA KHAN : Vous comprenez très bien ce que je dis, vous qui savez comme personne tordre les mots et manipuler la loi. Mais je ne vais pas perdre mon temps en dispute avec vous. Aujourd'hui vous faites cause commune avec le ministre du Trésor pour exploiter une classe bouc émissaire, mais vous découvrirez demain ce que valent de telles amitiés de convenance – et vous chercherez en vain autour de vous des visages amis. Alors vous vous rappellerez ce jour et vous souhaiterez vous être conduit avec plus de justice et d'humanité.

Cette péroraison fut suivie d'un très long discours filandreux d'un député socialiste ; puis le Premier ministre S.S. Sharma prit la parole cinq minutes, remerciant diverses personnes pour leur rôle dans l'élaboration de la loi – notamment Mahesh Kapoor, ministre du Trésor, et Abdus Salaam, son secrétaire parlementaire. Il conjura les propriétaires fonciers de demeurer en termes amicaux avec leurs anciens fermiers. De vivre en frères, déclara-t-il benoîtement, de sa voix nasillarde. L'occasion allait leur être donnée de montrer la bonté de leur cœur. Qu'ils pensent à l'enseignement de Gandhiji et consacrent leur vie au service de leurs concitoyens. Pour finir il revint à Mahesh Kapoor, le principal architecte du projet, de clore les débats. Mais il eut juste le temps de dire quelques mots :

L'HONORABLE MINISTRE DU TRÉSOR *(Shri Mahesh Kapoor)* : M. le Président, j'avais espéré que mon ami des bancs socialistes, qui a parlé d'une façon si émouvante d'égalité et de société sans classe et a cloué le gouvernement au pilori pour promulgation d'une loi impuissante et injuste, se montrerait un homme juste et me traiterait avec égalité. Le dernier jour touche à sa fin. S'il avait consacré un peu moins de temps à son discours, j'en aurais un peu plus pour le mien. En l'état des choses, il me reste deux minutes. Il a prétendu que ma loi n'était qu'une mesure destinée à empêcher la révolution – une révolution qu'il croit désirable. S'il en est ainsi, je suis curieux de voir comment lui et son parti vont voter dans quelques minutes. Après les remerciements et les conseils du Premier ministre – conseils qui, je l'espère sincèrement, seront suivis par les propriétaires fonciers – je n'ai rien à ajouter sinon quelques mots supplémentaires de remerciement – à l'adresse de mes collègues de cette partie de la Chambre, qui ont permis à cette loi d'être déposée, ainsi qu'aux employés du ministère du Trésor, du service des imprimés, du service juridique, en particulier ceux du Bureau d'Enregistrement. Je les remercie de m'avoir aidé, conseillé pendant des mois, pendant des années, et j'espère parler au nom du peuple du Purva Pradesh en disant que ces remerciements ne sont pas simplement personnels.

L'HONORABLE SPEAKER : La Chambre va devoir voter sur la Loi d'abolition des zamindari du Purva Pradesh présentée en 1948 par l'Assemblée législative, amendée par le Conseil législatif et de nouveau amendée par l'Assemblée législative.

La loi fut votée à une large majorité, le parti du Congrès constituant la principale formation politique de l'Assemblée. Le Parti socialiste la vota lui aussi, bien qu'à contrecœur, au prétexte qu'il vaut mieux un petit quelque chose que rien du tout, et malgré le fait qu'elle calmait des souffrances sur lesquelles il aurait pu compter pour augmenter son influence. Eût-il voté contre, on ne le lui aurait jamais pardonné. Comme prévu, le Parti démocrate vota contre à l'unanimité. Les voix du parti des Indépendants et d'autres petits partis confortèrent celles du parti du Congrès.

LA BEGUM ABIDA KHAN : Avec la permission du Président je voudrais dire quelque chose, juste une minute.

L'HONORABLE SPEAKER : Vous avez une minute.

LA BEGUM ABIDA KHAN : En mon nom et en celui du Parti démocrate, je tiens à dire que je remercie le pieux et honorable Premier ministre pour le conseil donné aux zamindars. Ces relations d'amitié avec nos fermiers nous les aurions conservées sans même son excellent conseil, sans le vote de cette loi – cette loi qui va faire sombrer tant de gens dans la pauvreté et le chômage, qui va démanteler l'économie et la culture de cette province sans pour autant accorder le moindre bénéfice à ceux qui –

L'HONORABLE MINISTRE DU TRÉSOR *(Shri Mahesh Kapoor)* : M. le Président, en quel honneur autorise-t-on un tel discours ?

L'HONORABLE SPEAKER : Je n'ai autorisé qu'une courte déclaration. Je prierai l'honorable député –

LA BEGUM ABIDA KHAN : Nous ne disposons d'autre moyen constitutionnel de manifester notre sentiment d'injustice qu'en quittant la Chambre. J'appelle donc les membres de mon parti à sortir, en signe de protestation contre le vote de cette loi.

Les membres du Parti démocrate quittèrent la Chambre. Il y eut quelques sifflements, quelques cris, « Honte sur vous ! », mais dans sa majeure partie l'Assemblée demeura silencieuse. La journée était terminée, le geste n'avait donc qu'une valeur symbolique. Le Président annonça la fin de la séance et la reprise des travaux de la Chambre le lendemain à onze heures. Mahesh Kapoor rassembla ses papiers, leva les yeux vers l'immense dôme, soupira, laissa son regard errer sur la salle qui se vidait lentement. Ce faisant, il croisa celui du Nawab. Ils se saluèrent d'un geste que l'on eût pu dire parfaitement amical, bien que tous deux eussent conscience de l'inconfort sinon de l'ironie de la situation. Aucun des deux ne souhaitait parler à l'autre pour le moment, et chacun le comprenait. Mahesh Kapoor continua donc à mettre de l'ordre dans ses papiers tandis que le Nawab, se caressant la barbe, sortait de la tribune et se mettait à la recherche du Premier ministre.

Sixième partie

6.1

En arrivant au conservatoire Haridas, Ustad Majeed Khan salua distraitement deux autres professeurs de musique, grimaça de dégoût à la vue de deux danseuses de kathak entrant, courroies garnies de grelots tintinnabulant à la cheville, dans une salle d'exercice, et se dirigea vers la porte de sa classe. Remarquant trois paires de chappals et une paire de chaussures déposées là, en désordre, il réalisa qu'il était en retard de trois quarts d'heure. Moitié fâché moitié épuisé, il murmura « Ya Allah », se déchaussa de ses chappals de Peshawar et pénétra dans la classe.

C'était une pièce rectangulaire, une boîte au plafond élevé, sans guère de jour. De chiches rayons passaient par une petite lucarne tout en haut du mur du fond. Contre le mur à sa main gauche, un placard à râtelier contenait plusieurs tanpuras. Un tapis de coton bleu pâle, uni, recouvrait le sol ; il avait eu du mal à l'obtenir, la plupart des tapis dans le commerce comportaient des compositions florales ou autres. Mais il avait insisté : pour lui éviter toute distraction pendant qu'il faisait sa musique, il lui fallait un tapis sans motifs ; chose très surprenante, les autorités avaient donné leur accord. Assis sur ce tapis, face à la porte, se tenait un jeune homme gras et de petite taille, qu'il n'avait jamais vu et qui se leva dès son entrée. A l'autre bout, assis face au mur, un jeune homme et deux jeunes femmes. Celles-ci tournèrent la tête quand la porte s'ouvrit et, le reconnaissant, se levèrent respectueusement pour le saluer. L'une, Malati Trivedi, s'inclina pour lui toucher les pieds. Ustad Majeed Khan n'en fut point mécontent.

« Tiens, vous vous êtes décidée à revenir ? lui dit-il sur un ton de reproche. Maintenant que l'université est fermée, je suppose que je vais voir mes cours faire à nouveau le plein. Tout un chacun parle de son amour pour la musique mais au moment des examens, on disparaît comme des lapins dans leur terrier. »

Le maître se tourna vers l'étranger. C'était Motu Chand, le dodu joueur de tabla, accompagnateur ordinaire de Saeeda Bai. Ustad Majeed Khan, surpris de voir, à la place de son joueur de tabla habituel, quelqu'un qu'il ne remettait pas, le regarda sévèrement et fit : « Oui ?

— Pardonnez mon audace, Ustad Sahib, fit Motu Chand, souriant benoîtement, votre joueur de tabla habituel, ami du mari de ma sœur, n'est pas bien et il m'a demandé de le remplacer aujourd'hui.

— Et quel est votre nom ?

— On m'appelle Motu Chand, mais en fait...

— Hum », dit le maître, qui prit son tanpura au râtelier, s'assit et commença à l'accorder. Ses étudiants s'assirent aussi, sauf Motu Chand.

« Asseyez-vous, voyons », se fâcha Ustad Khan, sans daigner le regarder.

Tout en accordant son tanpura, le maître se demanda lequel des trois étudiants il allait faire passer en premier. En bonne règle, ce devait être le garçon, mais un chaud rayon de soleil éclairant à ce moment-là le visage rieur de Malati lui fit prendre une autre décision. Elle se leva, attrapa un des plus petits tanpuras et se mit à l'accorder. Motu Chand mit son tabla au diapason.

« Quel raga étions-nous en train d'étudier, Bhairava ? demanda Ustad Majeed Khan.

— Non, Ustad Sahib, Ramkali, le reprit Malati en tapotant doucement le tanpura qu'elle avait posé devant elle sur le tapis.

— Hmm. » Majeed Khan commença à chanter quelques phrases lentes du raga, que Malati reprit après lui. Les autres étudiants écoutaient très attentivement. Des notes basses, Ustad passa aux tons supérieurs puis, ayant d'un signe incité Motu Chand à taper selon un cycle rythmique de seize battements, se mit à chanter l'air que Malati étudiait. Sur quoi, deux autres élèves – des filles – firent irruption, saluèrent le maître et allèrent s'asseoir.

A l'évidence, Ustad Majeed Khan était à nouveau de bonne humeur. A un moment, il s'arrêta de chanter pour dire : « Ainsi, vous voulez vraiment être médecin ? et ajouta, en se tournant vers les autres : Avec la voix qu'elle a elle provoquera davantage de crises cardiaques qu'elle n'en pourra soigner, et elle ne fera pas une bonne musicienne en reléguant la musique à la deuxième place. » Revenant à Malati, il précisa : « La musique exige autant de concentration que la chirurgie. Vous ne pouvez disparaître pour un mois au milieu d'une opération et la reprendre à votre fantaisie.

— Oui, Ustad Sahib, dit Malati avec un soupçon de sourire.

— Une femme médecin ! répéta, songeur, Ustad Majeed Khan. Bien, bien, continuons. Où en étions-nous ? »

Une série de coups sonores venant de la pièce du dessus interrompit sa question. Les danseuses de bharatnatyam commençaient leurs exercices. Contrairement aux danseuses de kathak que Majeed Khan avait aperçues en arrivant, elles ne portaient pas de grelots de cheville à l'entraînement. Mais ce que l'on perdait en tintements était plus que compensé par le bruit des talons et des plantes de pied frappant avec force le plancher. Le maître se rembrunit et il mit fin brusquement à la leçon de Malati.

Ce fut le tour du garçon. Il possédait une bonne voix et s'était pas mal entraîné entre les cours, mais pour quelque raison Ustad Majeed Khan le traita plutôt rudement. Peut-être était-il encore exaspéré par les danseuses de bharatnatyam qui s'agitaient sporadiquement au-dessus. Le garçon s'en alla aussitôt sa leçon terminée.

Entre-temps Veena Tandon était arrivée. Elle paraissait troublée. Elle s'assit près de Malati, qu'elle connaissait à la fois comme camarade de conservatoire et amie de Lata. Motu Chand, jouant face à elles, trouva qu'elles formaient un intéressant contraste : Malati, peau claire, traits fins, cheveux bruns et yeux verts, légèrement rieurs ; Veena au teint plus foncé, le visage rond, les cheveux noirs et des yeux noirs, vifs mais inquiets.

Après le garçon ce fut le tour d'une jolie femme entre deux âges, une Bengali dont Ustad Majeed Khan s'amusa à imiter l'accent. D'ordinaire elle venait en fin d'après-midi et, pour l'heure, il lui enseignait le raga Malkaun. Qu'elle prononçait parfois « Malkosh ».

« Tiens, vous êtes venue ce matin, dit Ustad Majeed Khan. Comment puis-je vous apprendre le Malkosh le matin ?

— Mon mari dit que je dois venir le matin.

— Ainsi vous êtes prête à sacrifier votre art au mariage ?

— Pas tout à fait », dit la dame bengali, sans oser lever les yeux. Elle avait trois enfants, les élevait bien, mais était incurablement timide, surtout quand son maître la critiquait.

« Pas tout à fait, que voulez-vous dire ?

— Eh bien, mon mari préférerait que je chante les compositions de Rabindra plutôt que du classique.

— Hmm », commenta Majeed Khan. Des oreilles trouvant la prétendue musique, douceâtre à vous écœurer, des chansons de Rabindranath Tagore plus séduisante que la mélodie pure des khyaals classiques ne pouvaient appartenir qu'à un idiot. Sur un ton de mépris indulgent le maître dit à la timide dame bengali : « Bientôt il va vous demander de chanter un "gojol". »

L'imitation était cruelle. Bouleversée, la dame se réfugia dans le silence, cependant que Malati et Veena se regardaient amusées.

« Le garçon a une bonne voix et il travaille dur, dit Majeed Khan, revenant à la précédente leçon, mais il chante comme s'il était à l'église. C'est probablement parce qu'il a d'abord appris la musique occidentale. Laquelle a de la tradition, à sa manière, ajouta-t-il, tolérant. Mais on ne peut s'en défaire, reprit-il après une pause. La voix y vibre trop et de la mauvaise façon. » Il se tourna vers la femme bengali : « Descendez au "ma" sur votre tanpura ; je vais vous apprendre votre "Malkosh". On ne doit pas laisser un raga à moitié appris, même si c'est la mauvaise heure de la journée pour le chanter. Encore qu'on puisse, je suppose, faire un yoghourt le matin et le manger la nuit venue. »

Malgré sa nervosité, la dame bengali s'en tira bien. Le

maître la laissa improviser un peu et même l'encouragea de plusieurs « Longue vie ! » A vrai dire, la dame bengali attachait plus d'importance à la musique qu'à son mari et à ses trois garçons bien élevés, mais la vie et ses contraintes l'empêchaient de lui donner la priorité. Satisfait, le maître prolongea la leçon. Quand ce fut fini, elle s'assit à l'écart et attendit la suite.

Ce qui suivit fut la leçon de Veena Tandon. Elle devait chanter un raga Bhairava, ce qui nécessitait de réaccorder le tanpura sur « pa ». Mais distraite par les soucis que lui causaient son époux et son fils, elle toucha les cordes sans plus attendre.

« Quel raga étudiez-vous ? s'enquit Ustad Majeed Khan, quelque peu surpris. N'est-ce pas un Bhairava ?

— Oui, Guruji, dit Veena, quelque peu surprise elle-même.

— Guruji ? » » Dans la voix de Majeed Khan l'indignation le cédait à la stupéfaction. Veena était une de ses élèves favorites, et il ne comprenait pas ce qui l'avait prise.

« Ustad Sahib », se corrigea Veena, ne comprenant pas pourquoi elle avait donné à son professeur musulman un titre de respect réservé à un maître hindou.

« Alors si vous chantez un Bhairava, reprit Majeed Khan, ne serait-ce pas une bonne idée de réaccorder votre tanpura ?

— Oh ! » Veena jeta un regard étonné à l'instrument comme s'il était responsable de sa distraction.

L'opération faite, le maître chanta, pour qu'elle les reprenne, quelques mesures d'un alaap lent, mais elle s'y prit si mal qu'il lui dit, sèchement : « Ecoutez. Ecoutez d'abord, puis chantez. Ecouter, ça représente quinze annas d'une roupie. Reproduire ne vaut qu'un anna, c'est un travail de perroquet. Y a-t-il quelque chose qui ne va pas ? » Veena jugeait incorrect de parler de ses problèmes à son professeur. « Je n'entends pas votre tanpura, continua le maître. Vous devriez manger des amandes au petit déjeuner, ça vous donnerait des forces. Bon, avançons – Jaago Mohan Pyaare », ajouta-t-il avec impatience.

Motu Chand amorça le rythme au tabla, et ils chantèrent. Les paroles du morceau familier remirent de l'ordre dans l'esprit vacillant de Veena, et son chant gagna en assurance et en vivacité, au grand plaisir d'Ustad Majeed Khan. Au bout d'un moment, Malati puis la femme bengali se levèrent et partirent. Le mot « gojol » traversa l'esprit du maître, et il se rappela où il avait déjà entendu parler de Motu Chand. N'était-ce point ce joueur de tabla qui accompagnait Saeeda Bai, cette profanatrice du sanctuaire sacré de la musique, cette courtisane au service du bien connu Raja de Marh ? Une pensée en entraînant une autre, il se tourna brusquement vers Veena et dit : « Si votre père a l'intention de détruire notre mode de vie, qu'au moins il protège notre religion. »

Veena s'arrêta de chanter, et le regarda effarée. Elle saisit que le « mode de vie » en question était celui de la clientèle des grands propriétaires fonciers que la Loi d'abolition s'apprêtait à dépouiller. Mais ce que le maître voulait dire par cette menace contre la religion lui échappait complètement.

« Dites-le-lui, continua Majeed Khan.

— Je n'y manquerai pas, Ustad Sahib, dit Veena d'une voix soumise.

— Les gens du Congrès vont achever Nehru et Maulana Azad tout comme Rafi Sahib. Et nos dignes Premier ministre et ministre de l'Intérieur en finiront aussi, tôt ou tard, avec votre père. Mais tant qu'il a encore une vie politique, il pourrait faire quelque chose pour aider ceux d'entre nous qui ont besoin de la protection de gens comme lui. A partir du moment où ils chantent leurs bhajans au temple pendant que nous prions, ça ne peut que mal finir. »

Veena comprit qu'il parlait du temple de Shiva qu'on construisait à Chowk, à deux ruelles de la maison de Majeed Khan.

Le maître chantonna encore quelques mesures, s'arrêta, s'éclaircit la voix et dit, comme se parlant à lui-même : « Ça devient invivable dans notre quartier. En plus de la folie de Marh, il y a toute cette histoire folle de Misri Mandi. C'est à ne pas croire, tout le monde est en grève, personne ne travaille, ils ne savent que lancer des slogans et se menacer les uns les autres. Les petits fabricants de chaussures crèvent de faim et pleurent, les commerçants se serrent la ceinture et menacent, et il n'y a pas de chaussures dans les magasins, pas de travail dans tout Mandi. Tout un chacun y perd, mais personne ne veut faire de concession. Tel est l'Homme que Dieu a créé d'un caillot de sang, et à qui il a donné raison et discernement. »

Le maître acheva sa sortie par un revers de main, un geste signifiant que se trouvait ainsi confirmé ce qu'il avait toujours pensé de la nature humaine.

Voyant Veena encore plus bouleversée, Majeed Khan arbora un visage soucieux. « Je ne devrais pas vous dire tout cela. Votre mari le sait beaucoup mieux que moi. Voilà la raison de votre distraction – bien entendu, bien entendu. »

Tout émue qu'elle fût par cette marque de sympathie de la part d'un maître d'ordinaire indifférent, Veena garda le silence, continuant à pincer les cordes du tanpura. Ils reprirent là où ils s'étaient interrompus, mais on voyait qu'elle n'avait pas la tête à la composition ni, plus tard, à la structure rythmique – les « taans ». A un moment le maître lui dit : « Vous chantez le mot "ga", "ga", "ga", mais est-ce bien la note "ga" que vous jouez ? Je crois que vous avez trop de choses en tête. Vous devriez laisser ce genre de choses dehors, avec vos chaussures, avant d'entrer. »

Il se mit à chanter une suite compliquée de taans, et Motu Chand, s'abandonnant au plaisir de la musique, improvisa un plaisant accompagnement, en demi-teinte. Soudain le maître se tut.

Déférent et sarcastique à la fois, il s'adressa à Motu Chand : « Je vous en prie, Guruji, continuez. »

Le joueur de tabla sourit, embarrassé.

« Non, continuez, votre solo nous ravissait », insista Majeed Khan.

Le sourire de Motu Chand se fit encore plus malheureux.

« Savez-vous jouer un simple théka – le bon cycle rythmique sans fioritures ? Ou fréquentez-vous de trop hautes sphères du paradis pour ça ?

— C'est la beauté de votre chant qui m'a inspiré, Ustad Sahib, protesta Motu, le regard suppliant, mais ça ne se reproduira plus. »

Sa leçon terminée, Veena se leva pour partir. D'ordinaire elle restait le plus longtemps possible, mais aujourd'hui elle devait rentrer. Bhaskar faisait de la fièvre ; Kedarnath avait besoin qu'on lui remonte le moral ; et ce matin même sa belle-mère lui avait décoché une vanne sur le temps qu'elle passait au conservatoire Haridas.

Le maître jeta un coup d'œil à sa montre. Il restait une heure avant la prière de midi. Cela lui fit penser à l'appel à la prière qui lui parvenait tous les matins, d'abord de la mosquée de son quartier, puis, à intervalles plus ou moins réguliers, des autres mosquées de la ville. Ce qu'il aimait particulièrement dans l'appel du matin c'était l'injonction deux fois répétée, qui ne figurait pas dans les azaans de la journée : « La prière vaut mieux que le sommeil. »

Pour lui la musique aussi était prière, et parfois il se levait avant l'aurore pour chanter Lalit ou quelque autre raga du matin. Alors aux premiers mots de l'azaan, « Allah-u-Akbar » – Dieu est grand – vibrant au-dessus des toits dans l'air froid, il tendait l'oreille à la sentence mettant en garde contre le sommeil. En l'entendant, il souriait. C'était un des plaisirs de sa journée.

Si on édifiait le nouveau temple à Shiva, le son de la conque essaierait de couvrir le premier cri matinal du muezzin. Perspective insupportable. Il fallait à coup sûr empêcher cela. Le puissant ministre Mahesh Kapoor – que d'aucuns dans son parti brocardaient comme étant, à l'instar du Premier ministre Jawaharlal Nehru, un quasi-musulman d'honneur – devait sûrement pouvoir faire quelque chose. Ainsi méditait le maître, et bouche fermée il commença à chanter les paroles du morceau qu'il venait d'enseigner à la fille du ministre – Jaago Mohan Pyaare. Ce faisant, il s'absenta de lui-même. Il oublia la pièce où il se trouvait, et les élèves qui attendaient leur leçon. Il était à des lieues de réaliser que les paroles s'adressaient au sombre dieu Krishna, le priant de se réveiller pour saluer l'aurore, ou que ce « Bhairava » – le nom du raga qu'il chantait – était un des noms du grand dieu Shiva lui-même.

Ishaq Khan, le joueur de sarangi de Saeeda Bai, cherchait depuis quelque temps à faire transférer le mari de sa sœur, autre joueur de sarangi, d'All India Radio Lucknow, où il était « artiste titulaire », à la station All India Radio de Brahmpur.

Ce matin même Ishaq Khan s'était rendu aux bureaux d'AIR pour tenter sa chance auprès d'un assistant producteur de musique, mais sans résultat. Blessé, le jeune homme dut s'avouer qu'il ne pouvait même pas présenter son cas au directeur de la station. A défaut, il le présenta, à grands cris, à deux amis musiciens sur qui il tomba. Par un chaud soleil, ils s'assirent à l'ombre d'un grand margousier sur le gazon devant le bâtiment et, en regardant les cannas, bavardèrent de tout et de rien. L'un d'eux avait un poste de radio tout juste arrivé sur le marché, alimenté par des piles – et ils se branchèrent sur la seule station qu'ils pouvaient recevoir nettement, la leur.

La voix, reconnaissable entre toutes, d'Ustad Majeed Khan chantant un raga Miya-ki-Todi remplit leurs oreilles. Il venait de commencer, accompagné seulement par le tabla et son propre tanpura.

C'était une musique superbe, grandiose, imposante, triste, d'une profondeur tranquille. Ils cessèrent de bavarder pour écouter. Même une huppe à la brillante crête orange s'arrêta, l'espace d'une minute, de becqueter les fleurs.

Comme toujours, Ustad Majeed Khan, plutôt que de choisir un rythme irrégulier, déploya la mélodie du raga selon un rythme très lent. Cela dura quinze minutes environ, au bout desquelles il accéléra le mouvement, et alors, trop, beaucoup trop tôt, le raga Todi fut terminé, remplacé à l'antenne par un programme pour enfants.

Ishaq Khan éteignit le poste et resta coi, plutôt en extase que perdu dans ses pensées.

Peu après ils se levèrent pour se rendre à la cantine de la station. Les amis d'Ishaq Khan étaient, comme son beau-frère, des artistes à plein temps, avec des horaires fixes et un salaire garanti. Ishaq Khan, à qui on faisait appel de temps en temps, appartenait à la catégorie des artistes « occasionnels ».

La cantine débordait de monde : musiciens, auteurs, administrateurs, et serveurs. Deux d'entre eux s'appuyaient nonchalamment contre le mur. C'était plein d'agitation et de bruits, et pourtant l'on s'y sentait bien. La cantine devait sa réputation à son thé corsé et à ses délicieux samosas. Un écriteau, face à l'entrée, avertissait qu'on ne faisait pas crédit, mais les musiciens manquant toujours d'argent, on passait outre.

Il ne restait de places qu'à une seule table, contre le mur du fond, où Ustad Majeed Khan, seul, sirotait son thé en rêvant. Peut-être par déférence à l'endroit d'un artiste tenu pour supérieur même à ceux classés en catégorie A, personne n'avait osé s'asseoir à ses côtés. Car malgré la camaraderie de surface et la démocratie régnant à la cantine, il y avait une hiérarchie. Ainsi les artistes de la catégorie B ne s'asseyaient pas d'ordinaire avec ceux classés en B+ ou en A– sauf, bien sûr, s'ils se trouvaient être leurs disciples – respect qu'ils manifestaient également en paroles.

Ishaq Khan parcourut la salle du regard et, voyant cinq chaises vides à la table oblongue occupée par Ustad Majeed Khan, il s'en approcha. Ses deux amis le suivirent, non sans hésitation.

Au même moment, quelques personnes libérèrent une autre table, peut-être parce qu'elles allaient passer à l'antenne, mais Ishaq Khan choisit de l'ignorer et se dirigea vers Ustad Majeed Khan. « Vous permettez ? » demandat-il poliment. Le grand musicien restant perdu dans son autre monde, Ishaq et ses amis s'installèrent à l'autre bout de la table. Il restait toujours deux chaises vides, à droite et à gauche du maître. Il ne parut pas remarquer la présence des nouveaux venus ; malgré la chaleur, il buvait son thé en tenant sa tasse à deux mains.

Assis face à Majeed Khan, Ishaq considérait le noble et arrogant visage, adouci semblait-il par quelque réminiscence plutôt que par l'empreinte de l'âge mur.

Son interprétation du raga Todi avait produit un tel effet sur Ishaq que celui-ci tenait à toute force à lui exprimer son admiration. De taille moyenne, qu'il fût sur scène dans son long achkan noir – si serré au cou qu'il faisait craindre une compression des cordes vocales – ou attablé à boire du thé, par son maintien droit, rigide, le maître en imposait, allant jusqu'à paraître grand. Pour l'heure il semblait quasiment inapprochable.

« Si seulement il me disait quelque chose, je pourrais lui dire, moi, l'émotion que j'ai ressentie en l'écoutant, soliloquait Ishaq. Il voit bien que nous sommes ici, et il connaissait mon père. » Il y avait beaucoup de choses que le jeune homme n'aimait pas chez ses aînés, mais la musique que lui et ses amis venaient d'entendre rendait leur insignifiance à ces choses.

Ils commandèrent du thé. Quoique appartenant à un organisme d'Etat, la cantine procurait un service rapide. Les trois amis bavardaient entre eux, Ustad Majeed Khan continuait à siroter son thé, silencieux et lointain.

En dépit de sa propension au sarcasme, Ishaq comptait nombre de bons amis. On le savait toujours prêt à prendre sur lui les sottises et les fardeaux d'autrui. Depuis la mort de leur père, lui et sa sœur devaient s'occuper de leurs trois jeunes frères, une des raisons pour lesquelles il était important que sa sœur et sa famille quittent Lucknow pour Brahmpur.

Un des deux compagnons d'Ishaq, joueur de tabla, suggéra que le beau-frère fasse un échange avec un autre joueur de sarangi, Rafiq, désireux de s'installer à Lucknow.

« Mais Rafiq est classé B+. Quel est le rang de ton beau-frère ?

— B.

— Le directeur de la station n'échangera pas un B+ contre un B. Enfin, essaie tout de même. »

Ishaq saisit sa tasse en grimaçant et but son thé.

« A moins qu'il ne monte en grade, continua l'autre. D'accord, c'est un système idiot que de qualifier quelqu'un à Delhi sur la base d'un seul enregistrement, mais c'est le nôtre. »

Se souvenant de son père qui, dans ses dernières années, avait été classé A, Ishaq dit : « Oui, mais ce n'est pas un mauvais système. Il est impartial et garantit un certain niveau de compétence.

— Compétence ! » C'était la voix d'Ustad Majeed Khan. Les trois amis le regardèrent, stupéfaits. Le mépris avec lequel il avait prononcé le mot semblait venir du plus profond de lui-même. « Une compétence qui consiste essentiellement à plaire, la belle affaire ! »

Malgré son trouble, Ishaq Khan puisa dans le souvenir de son père le courage de parler.

« Khan Sahib, pour quelqu'un comme vous, la question de la compétence ne se pose même pas. Mais pour nous autres... »

Ustad Majeed Khan, qu'irritait toute contradiction, même modérée, demeura silencieux, lèvres serrées, l'air de rassembler ses pensées. Puis il parla.

« Vous ne devriez pas avoir de difficulté, on n'exige pas une grande musicalité d'un joueur de sarangi. Pas besoin d'être un maître dans un genre. Il suffit de coller au soliste, quel que soit son style. Musicalement parlant, c'est un divertissement. » Il continua, d'une voix indifférente. « Si vous le voulez, je peux en parler au directeur de la station. Il connaît mon impartialité – je n'ai nul besoin de sarangiswallahs. Rafiq, ou le mari de votre sœur, peu importe qui est ici, qui est là. »

Le visage blême, sans penser à ce qu'il faisait ni à l'endroit où il se trouvait, Ishaq regarda Majeed Khan droit dans les yeux et d'une voix amère, cassante, dit :

« Je n'ai pas d'objection à me faire traiter de traîneur de sarangi par un grand homme. Je m'estime honoré qu'il ait daigné me remarquer. Ce sont des sujets sur lesquels Khan Sahib a des idées personnelles. Peut-être pourrait-il disserter sur l'inutilité de l'instrument. »

On savait qu'Ustad Majeed Khan sortait d'une famille où, de génération en génération, on jouait du sarangi. Tout en s'acharnant à réussir dans l'art du chant, il avait, non sans souffrance, poursuivi un autre but : se dissocier des joueurs de sarangi, traditionnellement liés aux courtisanes et aux prostituées – et s'agréger, ainsi que sa fille et son fils, à ces familles dites « kalawants », de musiciens de haute caste. Mais l'empreinte du sarangi était trop présente, et aucune famille kalawant ne voulut s'unir à celle de Majeed Khan. Ce fut une des plus cuisantes déceptions de sa vie. L'autre étant que son art allait s'éteindre avec lui, puisqu'il n'avait jamais trouvé de disciple de valeur. Son fils possédait la voix et la musicalité d'une grenouille. Quant à sa fille, qui était douée pour la musique, pour rien au monde il ne voulait qu'elle perfectionne sa voix et se fasse chanteuse.

Ustad Majeed Khan se racla la gorge mais ne dit rien.

La colère d'Ishaq, devant ce mépris de Majeed Khan, pourtant fort doué lui-même, pour la tradition dont il était issu, n'avait pas désarmé.

« Pourquoi Khan Sahib ne nous fait-il pas la faveur d'une réponse ? poursuivit-il, sans tenir compte de ses amis qui essayaient de le calmer. Il y a des sujets, tout éloigné qu'il en soit aujourd'hui, sur lesquels il pourrait nous éclairer. Qui d'autre a un tel passé ? La haute réputation du père et du grand-père de Khan Sahib, nous en avons entendu parler.

— Ishaq, j'ai connu votre père et votre grand-père. C'étaient des hommes qui avaient le sens du respect et du discernement.

— Ils voyaient les stries de l'usure de leurs ongles sans se sentir déshonorés », répliqua Ishaq.

Aux tables voisines, les bavardages avaient cessé, et on écoutait l'altercation entre le jeune et l'ancien. Qu'Ishaq, le premier attaqué, se fût mué en tourmenteur, cherchant à blesser et humilier Ustad Majeed Khan, était aussi évident que pénible. A cette horrible scène, tout un chacun se figeait dans une immobilité glacée.

Lentement, sans passion, Majeed Khan dit : « Mais eux, croyez-moi, se seraient sentis déshonorés s'ils avaient vu leur fils fréquenter la sœur de son employeur, qu'avec son archet il aide à vendre son corps. »

Il regarda sa montre et se leva. Il passait de nouveau à l'antenne dans dix minutes. Comme pour lui-même, en toute simplicité et sincérité il ajouta : « La musique n'est pas un spectacle vulgaire – ni un amusement de bordel. C'est comme une prière. »

Avant qu'Ishaq ait pu parler, il avait gagné la porte. Ishaq se dressa et se précipita sur lui. Mais il fut saisi d'une telle poussée de douleur et de rage que ses amis durent le forcer à se rasseoir. D'autres vinrent à la rescousse, qui aimaient bien Ishaq et voulaient l'empêcher de faire de nouvelles bêtises.

« Ishaq Bhai, tu en as dit assez.

— Ecoute Ishaq, il faut encaisser – quoi que disent nos aînés, tout difficile que ce soit.

— Ne ruine pas ta carrière. Pense à tes frères. S'il parle au directeur...

— Ishaq Bhai, combien de fois t'ai-je dit de tenir ta langue !

— Tu dois t'excuser auprès de lui, immédiatement. »

Mais Ishaq avait perdu tout sang-froid :

« Jamais – jamais – je ne m'excuserai jamais – sur la tombe de mon père – rien que d'y penser – que cet homme insulte la mémoire de ses ancêtres et des miens – tout le monde rampe devant lui – oui, Khan Sahib, vous aurez vingt-cinq minutes d'antenne – oui, oui Khan Sahib, c'est à vous de décider quel raga vous allez chanter – Oh Dieu, si Miya Tansen vivait, il aurait pleuré en l'entendant chanter son raga aujourd'hui – que Dieu lui ait donné un tel talent...

— Assez, Ishaq, en voilà assez... dit un vieux joueur de sitar ». Ishaq se tourna vers lui, avec des larmes de colère :

« Laisseriez-vous votre fils épouser sa fille ? Ou votre fille épouser son fils ? Qui est-il pour avoir Dieu dans sa manche ? Il parle comme un mollah de prière et de dévotion – cet homme qui a passé la moitié de sa jeunesse dans le Tarbuz ka Bazar – »

Mal à l'aise, pris de pitié, les gens commençaient à se détourner d'Ishaq. Plusieurs quittèrent la cantine dans l'idée de tenter d'apaiser le maestro, qui s'apprêtait, tout agité qu'il fût, à agiter les ondes.

« Khan Sahib, le garçon ne savait pas ce qu'il disait. »

Ustad Majeed Khan, sur le point d'entrer dans le studio, ne répondit pas.

« Khan Sahib, les aînés ont toujours traité les jeunes comme des enfants, avec tolérance. Il ne faut pas que vous preniez ses propos au sérieux. Rien de tout cela n'est vrai. »

Ustad Majeed Khan fixa l'intercesseur et dit : « Si un

chien pisse sur mon achkan, est-ce que ça fait de moi un arbre ?

— Je sais qu'il ne pouvait plus mal choisir son moment, intervint le joueur de sitar, à l'heure où vous alliez vous produire, Ustad Sahib... »

Mais Ustad Majeed Khan s'en fut chanter un Hindol d'une beauté calme et insurpassable.

6.3

Cela faisait quelques jours que Saeeda Bai avait sauvé Maan du suicide, comme il disait. Chose tout à fait invraisemblable – et son ami Firoz n'avait pas manqué de le remarquer en l'entendant se plaindre de ses peines d'amour ; pour preuve de sa passion pour elle, ce joyeux luron ne se serait même pas coupé en se rasant. Mais Maan se rendait compte que Saeeda Bai, toute femme forte qu'elle fût, avait aussi – du moins pour lui – un cœur tendre ; et s'il savait qu'elle ne le croirait pas capable d'attenter à ses jours parce qu'elle refusait de faire l'amour avec lui, il savait aussi qu'elle prendrait la menace pour mieux qu'une figure de style. Tout est dans la manière de dire, et Maan, en disant qu'il ne pouvait pas affronter sans elle ce monde si dur, s'était montré aussi sentimental qu'il le pouvait. Tous ses amours passés avaient, temporairement, quitté son cœur. La douzaine et plus de filles « de bonne famille » de Brahmpur dont il avait été amoureux et qui, en général, l'avaient aimé aussi, avaient cessé d'exister. Saeeda Bai, au moins pour l'heure, était tout pour lui.

Et après qu'ils avaient fait l'amour, Saeeda Bai était encore plus que tout. Elle augmentait le désir d'autant plus qu'elle le satisfaisait. D'abord, tout simplement, par la façon dont elle faisait l'amour ; mais surtout par son nakhra, cet art de jouer les offensées ou les insatisfaites, qu'elle tenait de sa mère et des autres courtisanes à l'époque où elle vivait dans le bazar de Tarbuz : elle le pratiquait avec tant de retenue qu'il en devenait beaucoup plus crédible. Une larme, une remarque qui donnaient à penser – qui pouvaient donner à penser – que quelque chose qu'il avait dit ou fait l'avait blessée – et le cœur de Maan explosait. Quoi qu'il lui en coûtât, il la protégerait de ce monde cruel et malfaisant. L'espace de longues minutes, il se penchait sur elle et lui embrassait le cou, scrutant de temps en temps son visage dans l'espoir d'y lire un changement d'humeur. Et quand cela se produisait, quand réapparaissait ce même sourire brillant et triste qui l'avait captivé le soir de Holi à Prem Nivas, un désir sexuel frénétique le saisissait. Saeeda Bai le savait, manifestement, et elle ne le gratifiait d'un sourire que si elle était elle-même d'humeur à le satisfaire.

Elle avait encadré l'une des gravures enrichissant l'album de poèmes de Ghalib que Maan lui avait donné. Non pas celle que, dans son accès de rage, le Raja de Marh avait déchirée et qu'elle avait réussi tant bien que mal à recoller, mais celle intitulée « Une idylle persane ». Une jeune femme dans des voiles orange pâle, assise près d'un porche sur un tapis orange très pâle, tenant dans ses doigts minces un instrument de musique ressemblant à un sitar, contemplait dans le lointain un mystérieux jardin. Elle avait un visage aux traits aigus et délicats, sans ressemblance avec celui, attirant mais irrégulier, peut-être même dépourvu de beauté, de Saeeda Bai. Quant à l'instrument – totalement différent de l'harmonium à la fois imposant et sensible de Saeeda Bai – c'était un objet si effilé qu'il eût été impossible d'en jouer.

Peu importait à Maan que le livre fût endommagé du fait de cette gravure manquante. Rien ne pouvait le rendre plus heureux que cette preuve, ainsi administrée, du prix que Saeeda Bai attachait à son cadeau. Lorsque allongé sur son lit il regardait le tableau, il ressentait un bonheur aussi mystérieux que le jardin au-delà du porche. Tout rayonnant au souvenir encore chaud de ses derniers baisers, ou se délectant du paan délicatement parfumé à la noix de coco qu'elle venait de lui offrir au bout d'une petite aiguille d'argent guilloché, il avait le sentiment d'avoir été, par elle et sa musique, transporté dans un jardin paradisiaque, tout à fait imaginaire et cependant fort réel.

« Aussi inimaginable que ce soit, dit Maan comme rêvant à haute voix, nos parents eux aussi ont – juste comme nous – »

Saeeda Bai trouva cette remarque d'un goût douteux. Elle ne tenait nullement à se reporter par l'imagination aux étreintes sans fantaisie de Mahesh Kapoor, ou de qui que ce soit d'autre. Elle ne savait pas qui était son père : sa mère, Mohsina Bai, prétendait ne pas le savoir. En outre, les histoires de famille ne l'intéressaient que modérément. La rumeur de Brahmpur l'accusait d'avoir brisé plusieurs ménages en prenant de malheureux maris dans ses sinistres rets. Elle dit à Maan, d'un ton un peu brusque :

« Il est bon de vivre comme je le fais, dans un entourage qui vous évite d'imaginer ce genre de choses. »

Maan parut un peu mortifié. Saeeda Bai, qui maintenant tenait vraiment à lui et savait qu'il avait l'habitude de sortir la première chose qui lui passait par la tête, tenta de le réconforter :

« Voilà que Dagh Sahib semble malheureux. Serait-il plus heureux d'être né par immaculée conception ?

— Je le crois. Parfois je pense que je serais plus heureux si je n'avais pas de père.

— Vraiment ? s'exclama Saeeda Bai, qui manifestement ne s'attendait pas à cela.

— Oh oui. J'ai souvent le sentiment que mon père méprise tout ce que je fais. Quand j'ai ouvert ma boutique de vêtements à Bénarès, Baoji m'a dit que je courais à l'échec. Maintenant que j'ai réussi, il prétend m'y voir passer chaque jour de chaque mois de chaque année, ma vie durant. Et pourquoi donc ? »

Saeeda Bai ne dit rien.

« Et pourquoi devrais-je me marier ? continua Maan, s'étirant dans le lit et touchant la joue de Saeeda Bai de sa main gauche. Pourquoi, pourquoi, pourquoi ?

— Parce que votre père veut que je chante à vos noces, dit-elle en souriant. Et à la naissance de vos enfants. Et à leurs débuts dans le monde. Et à leur mariage, bien sûr. » Elle se tut quelques instants. « Mais je ne vivrai pas jusquelà. En vérité je me demande ce que vous trouvez à une vieille femme comme moi. »

Maan eut l'air vraiment indigné. « Pourquoi dites-vous des choses pareilles ? Juste pour me faire de la peine ? Personne n'a compté pour moi avant que je vous connaisse. Cette fille de Bénarès que j'ai rencontrée deux fois – et dûment chaperonnée – est moins que rien pour moi – et tout un chacun pense que je dois l'épouser, simplement parce que mon père et ma mère l'affirment. »

Saeeda Bai se tourna vers lui et enfouit son visage au creux de son épaule. « Mais vous devez vous marier, dit-elle. Vous ne pouvez pas causer tant de chagrin à vos parents.

— Je ne lui trouve aucun charme. » Maan était de plus en plus en colère.

« Ça demandera quelque temps, dit, sagement, Saeeda Bai.

— Et je ne pourrai pas venir vous voir une fois marié.

— Ah ? » La question fut posée sur un tel ton que, plutôt que d'inviter à une réponse, elle mit fin à la conversation.

6.4

Au bout d'un moment, ils se levèrent et passèrent dans l'autre pièce. Saeeda Bai réclama la perruche, à laquelle elle était maintenant très attachée. Ishaq Khan apporta la cage et ils se demandèrent combien de temps il faudrait à l'oiseau pour apprendre à parler. Pour Saeeda Bai, deux mois suffiraient, mais Ishaq en doutait : « Mon grand-père avait une perruche qui est restée un an sans parler – et qui ensuite ne s'est plus arrêtée jusqu'à la fin de sa vie.

— Je n'ai jamais rien entendu de pareil, dit Saeeda Bai sans conviction. Quoi qu'il en soit, pourquoi tenez-vous cette cage de cette façon ?

— Oh, ce n'est rien, dit Ishaq en posant la cage sur une table et en frottant son poignet droit. Une simple douleur au poignet. »

En réalité il avait très mal, et la douleur s'était aggravée ces dernières semaines.

« Vous jouez pourtant assez bien, me semble-t-il. » La voix de Saeeda Bai ne débordait pas de sympathie.

« Begum Saeeda, qu'est-ce que je ferais si je ne jouais pas ?

— Oh, je ne sais pas, dit-elle en chatouillant le bec de l'oiseau. Pour votre main, ce n'est probablement rien. Il n'y a pas de mariage en vue dans votre famille, n'est-ce pas ? Et vous ne prévoyez pas de quitter la ville jusqu'à ce qu'on ne parle plus de votre éclat à la radio ? »

Si Ishaq fut blessé par ce rappel déplaisant ou par ces injustes soupçons, il ne le montra pas. Saeeda Bai lui dit d'aller chercher Motu Chand, et ils se mirent tous les trois à la musique, pour le plaisir de Maan. Ishaq faisait courir son archet sur les cordes, et il mordait de temps en temps sa lèvre inférieure, mais il ne disait mot.

Assise sur un tapis persan avec son harmonium devant elle, la tête couverte du pan de son sari, Saeeda Bai, d'un doigt de la main gauche, caressait les deux rangs de perles de son collier. Puis, fredonnant bouche fermée et, de sa main gauche activant le soufflet de l'harmonium, elle joua quelques notes du raga Pilu. Peu après, comme incertaine de sa propre humeur et du genre de chanson qu'elle souhaitait interpréter, elle amorça quelques autres ragas.

« Qu'aimerais-tu entendre ? » demanda-t-elle gentiment à Maan.

Jamais jusqu'alors elle ne s'était adressée à lui avec le « tu » de grande intimité – le « tum » au lieu du « aap ». Maan lui sourit.

« Alors ? dit-elle au bout d'une minute. Que veux-tu entendre ? » De nouveau le « tum », qui catapulta Maan dans une spirale de bonheur. Il se rappela un couplet, qu'il avait entendu quelque part.

Parmi ses amants, Saki faisait des distinctions,
Tendant les coupes de vin une par une : « Que Monsieur
       [prenne la sienne ; » « La vôtre » ; « La tienne ».

« Oh, n'importe, fit-il. N'importe quoi. Ce que votre cœur vous dit. »

Maan n'avait pas encore l'audace d'user du « tum » ou de

l'appeler simplement « Saeeda », sauf quand il faisait l'amour et se rendait à peine compte de ce qu'il disait. Peut-être l'avait-elle tutoyé ainsi sans y penser et serait-elle offensée qu'il en fît autant.

Mais c'est tout autre chose qui semblait offenser Saeeda Bai.

« Je vous donne le choix de la musique, et vous me le rendez, dit-elle. Il y a vingt choses différentes au fond de mon cœur. Vous n'entendez pas que je passe de raga en raga ? » Elle se tourna vers Motu :

« Alors, qu'est-ce que je dois chanter ?

— Ce que vous voulez, Saeeda Begum, dit Motu, tout heureux.

— Espèce de cruche, pour avoir une telle chance, la plupart de mes auditeurs se feraient tuer et tout ce que vous faites c'est de me sourire comme un bébé faible d'esprit en disant : "Ce que vous voulez Saeeda Begum." Quel ghazal ? Vite. Ou préférez-vous un thumri ?

— Plutôt un ghazal, Saeeda Bai, dit Motu Chand, et il suggéra : "Ce n'est qu'un cœur, pas de la brique ni de la pierre" », de Ghalib.

Quand elle eut fini de chanter, Saeeda Bai s'adressa à Maan : « Ecrivez-moi une dédicace, dans le livre.

— Comment ? En anglais ?

— N'est-ce pas surprenant ? Le grand poète Dagh ignore sa propre langue. Il faut faire quelque chose.

— Je vais apprendre l'ourdou », s'écria Maan, enthousiaste.

Motu Chand et Ishaq Khan échangèrent un regard. Ils pensaient, à l'évidence, que Maan, dans sa fascination pour Saeeda, avait dépassé les bornes.

Saeeda Bai éclata de rire. « Vraiment ? » dit-elle en le taquinant. Puis elle demanda à Ishaq d'appeler la servante.

Pour quelque raison, ce jour-là Saeeda Bai en voulait à Bibbo. Laquelle Bibbo semblait le savoir, sans pour autant s'en soucier. Elle arriva avec un sourire narquois, ce qui relança l'irritation de sa maîtresse.

« Tu souris uniquement pour m'agacer, lui lança-t-elle. Et tu as oublié de dire au cuisinier que le daal de la perruche était trop dur – crois-tu qu'elle a des dents de tigre ? Arrête de sourire, petite sotte, et dis-moi – quand Abdur Rasheed doit-il venir pour la leçon d'arabe de Tasneem ? »

Bibbo prit un air contrit.

« Mais il est déjà là, vous le savez bien, Saeeda Bai.

— Je le sais ? Je le sais ? dit Saeeda Bai en s'énervant un peu plus. Je ne sais plus rien. Et toi non plus. Demande-lui de monter. »

Quelques minutes après, Bibbo revint, seule.

« Il ne veut pas venir, dit-elle.

— Il ne veut pas venir ! Sait-il qui paye les leçons de Tasneem ? Croit-il mettre son honneur en danger en venant dans cette pièce ? Ou se donne-t-il des airs parce qu'il étudie à l'université ?

— Je ne sais pas, Begum Sahiba.

— Va le lui demander, ma fille. C'est son revenu que je veux augmenter, pas le mien. »

Bientôt Bibbo reparut avec un large sourire. « Il a très mal pris que je l'interrompe à nouveau. Il montrait à Tasneem un passage compliqué du Coran, et il m'a dit que la parole divine doit passer avant ses gains terrestres. Mais il viendra la leçon terminée.

— En fait, je ne suis pas sûr de vouloir apprendre l'ourdou », dit Maan, commençant à regretter son explosion d'enthousiasme. Il n'avait nulle envie de se charger d'un travail pénible. Pas plus qu'il ne s'attendait que la conversation changeât si soudainement de registre. Il prenait toujours des résolutions telles que « Je veux apprendre à jouer au polo » (ceci à l'intention de Firoz qui aimait faire découvrir à ses amis les goûts et les plaisirs de son mode de vie de Nawab), ou « Je vais me ranger » (à l'intention de Veena, la seule de la famille à avoir quelque réelle influence sur lui), ou encore « Je n'entends pas apprendre à nager aux requins »(formule que Pran jugeait bien légère). Mais il prenait ces résolutions trop conscient qu'il ne les exécuterait pas de sitôt.

Pour l'heure, cependant, le jeune professeur d'arabe se tenait sur le seuil, hésitant, l'air quelque peu désapprobateur. Il salua la compagnie et attendit de savoir ce qu'on lui voulait.

« Rasheed, voulez-vous apprendre l'ourdou à mon jeune ami ? » demanda Saeeda Bai d'entrée de jeu.

Le jeune homme fit signe que oui, un peu à contrecœur.

« Mêmes conditions que pour Tasneem, dit Saeeda Bai qui aimait régler les affaires rapidement.

— Très bien », fit Rasheed. Il parlait sèchement, comme encore vexé d'avoir été interrompu dans sa leçon. « Comment s'appelle Monsieur ?

— Oh, je suis désolée. Je vous présente Dagh Sahib, que pour le moment le monde ne connaît que sous le nom de Maan Kapoor. Fils de Mahesh Kapoor, le ministre. Son frère aîné, Pran, est professeur à votre université. »

Le jeune homme fronça le sourcil, réfléchit, puis dit : « Ce sera un honneur d'avoir le fils de Mahesh Kapoor pour élève. Je crains d'être déjà en retard pour ma leçon suivante. J'espère que demain, quand je reviendrai, nous pourrons fixer une heure qui vous convienne. Quand êtes-vous le plus libre ?

— Oh, il est libre à toute heure, dit Saeeda Bai avec un tendre sourire. Ce n'est pas un problème pour Dagh Sahib. »

6.5

Une nuit, épuisé d'avoir corrigé des copies d'examen, Pran dormait profondément quand il fut réveillé en sursaut. Il avait reçu un coup. Sa femme le tenait dans ses bras, mais elle dormait tout aussi profondément.

« Savita, Savita – le bébé m'a donné un coup ! » dit-il tout excité, en lui secouant l'épaule.

Savita ouvrit péniblement un œil. Rassurée de sentir près d'elle le corps maigre de Pran, elle sourit et replongea dans le sommeil.

« Tu es réveillée ? demanda Pran.

— Mm.

— Je t'assure qu'il l'a fait !

414

— Fait quoi ? dit-elle tout endormie.

— Le bébé.

— Quel bébé ?

— Notre bébé.

— Notre bébé a fait quoi ?

— Il m'a donné un coup de pied. »

Savita s'assit avec précaution et embrassa Pran sur le front, comme si c'était lui le bébé. « Ce n'est pas possible. Tu rêvais. Rendors-toi. Je vais en faire autant, et le bébé aussi.

— Il l'a fait, répéta Pran, indigné.

— C'est impossible, dit Savita en se recouchant, je l'aurais senti.

— Eh bien, il l'a fait et c'est comme ça. Tu ne sens probablement plus ses coups. Et tu dors très profondément. Mais il m'a donné un coup à travers ton ventre, et il m'a réveillé.

— Bon, d'accord. Comme tu veux. Je pense qu'il a su que tu faisais un mauvais rêve, à propos des fautes de rhétorique de cette Anna – dont je ne sais plus le nom.

— Anacoluthue.

— C'est ça, et comme moi je faisais de beaux rêves, il n'a pas voulu me déranger.

— Epatant ce bébé, constata Pran.

— Notre bébé », dit-elle en l'embrassant à nouveau.

Le silence régna pendant quelques minutes. Pran se rendormait quand Savita reprit :

« Il semble déborder d'énergie.

— Ah oui ? » marmonna-t-il.

A présent tout à fait réveillée, Savita n'avait pas l'intention de laisser tomber la conversation.

« Crois-tu qu'il ressemblera à Maan ? demanda-t-elle.

— Il ?

— Je sens que c'est un garçon. » Pour Savita, la question était résolue.

« Quelle sorte de ressemblance avec Maan ? » Pran se rappela soudain que sa mère lui avait demandé de parler à son frère de sa conduite – surtout bien entendu à propos de « cette femme » comme elle appelait Saeeda Bai.

« Séduisant – et galant ?

— Peut-être, dit Pran, l'esprit ailleurs.

— Ou un intellectuel comme son père ?

— Pourquoi pas ? » Pran redescendit sur terre. « Il pourrait choisir plus mal. Mais sans mon asthme, j'espère.

— A moins qu'il n'ait le tempérament de mon grand-père.

— Non, ce coup de pied n'avait rien de coléreux. C'était juste une information : "Je suis là ; il est deux heures du matin, et tout va bien." Ou bien il voulait, comme tu dis, juste interrompre un cauchemar.

— Peut-être sera-t-il comme Arun – brillant et raffiné.

— Désolé, Savita, s'il ressemble à ton frère, je le désavoue. Mais il nous aura désavoués avant. De fait, s'il ressemble à Arun, il doit être en train de penser : "Déplorable service dans cette chambre ; il faut que j'en parle au gérant, pour qu'on me serve ma nourriture à l'heure dite. Et ils devraient ajuster la température du fluide amniotique de cette piscine couverte, comme ça se fait dans les matrices cinq étoiles. Mais que peut-on attendre de l'Inde ? Rien ne marche dans ce fichu pays. Ce dont les gens ont besoin, c'est d'une bonne dose de discipline." C'est peut-être pour cela qu'il m'a donné un coup.

— Tu connais mal Arun », répondit Savita en riant.

Pran se contenta de grogner.

« Peu importe, continua Savita, il tiendra peut-être des femmes de notre famille. De ta mère ou de la mienne. » L'idée sembla lui plaire.

Pran se renfrogna, une telle vision à deux heures du matin, c'en était trop. « Veux-tu quelque chose à boire ? demanda-t-il.

— Non, euh oui, un verre d'eau. »

Pran s'assit, toussa un peu, se tourna vers la table de chevet, alluma la lampe et versa un verre d'eau fraîche d'une bouteille thermos.

« Tiens, chérie », dit-il en la regardant avec une tendresse un peu attristée. Comme elle était belle en ce moment, et comme c'eût été merveilleux de lui faire l'amour.

« Ça n'a pas l'air d'aller », dit Savita.

Pran sourit et lui passa la main sur le front. « Je vais bien.

— Je me fais du souci pour toi.

— Pas moi, mentit Pran.

— Tu ne prends pas assez l'air, tu demandes trop à tes poumons. Je souhaiterais que tu sois écrivain, pas professeur. » Savita but lentement, savourant la fraîcheur de l'eau dans la chaleur de la nuit.

« Merci, dit Pran. Mais tu ne fais pas non plus assez d'exercices. Tu devrais marcher, même pendant ta grossesse.

— Je sais. » Elle bâilla. « J'ai lu le livre que ma mère m'a donné.

— Très bien. Bonne nuit, chérie. Passe-moi le verre. »

Il éteignit la lumière et resta dans le noir, les yeux ouverts. Je n'ai jamais espéré être aussi heureux, se dit-il. Même de me demander si je suis heureux ne m'empêche pas de l'être. Mais combien cela va-t-il durer ? Il n'y a pas que moi à être encombré de ces mauvais poumons. Il y a ma femme et l'enfant. Il faut que je prenne soin de moi. Ne pas trop travailler. Me rendormir très vite.

De fait, en moins de cinq minutes il dormait.

6.6

Le lendemain matin, ils reçurent une lettre de Calcutta, rédigée par Mrs Rupa Mehra, de son inimitable petite écriture.

> Très chers Savita et Pran,
> Je viens de recevoir votre chère lettre et il est inutile de vous dire le plaisir qu'elle m'a fait. Je ne m'attendais pas à ce que tu m'écrives Pran car je sais que tu travailles très dur et que tu n'as guère le temps d'écrire des lettres aussi le plaisir est-il encore plus grand.
> Je suis sûre que malgré les difficultés Pran très cher tes rêves à la faculté se réaliseront. Tu dois avoir de la patience, c'est une leçon que la vie m'a apprise. Il faut travailler dur, le reste ne dépend pas de nous. Je suis comblée de voir ma bien-aimée Savita avec un si bon mari, surtout qu'il prenne soin de sa santé.
> Maintenant le bébé doit donner encore plus de coups de pied et les larmes me viennent aux yeux à la pensée que je ne suis

417

pas avec toi ma Savita pour partager ta joie. Je me souviens des coups si gentils que tu me donnais et que Papa béni soit-il mettait sa main sur mon ventre et ne sentait même pas le bébé. Maintenant ma Savita chérie te voilà mère à ton tour. Je pense tellement à toi. Parfois Arun me dit que je ne me préoccupe que de Lata et de Savita mais ce n'est pas vrai, je me préoccupe de mes quatre enfants filles et garçons et m'intéresse à tout ce qu'ils font. Varun a tant de mal cette année avec ses études de maths que je me fais beaucoup de soucis pour lui.

Aparna est un amour et elle aime tant sa grand-mère. Je reste souvent seule le soir avec elle. Arun et Meenakshi sortent beaucoup, c'est important pour le travail d'Arun je le sais – et je suis heureuse de jouer avec elle. Parfois je lis. Varun revient tard de l'université, avant il s'amusait avec elle et c'était bien parce que les enfants ne doivent pas rester tout le temps avec leur ayah, c'est mauvais pour leur éducation. Maintenant c'est tombé sur moi et Aparna s'est attachée à moi. Hier elle a dit à sa mère qui s'habillait pour aller à un dîner : « Tu peux t'en aller ça m'est égal ; si Daadi reste ici, je m'en fiche complètement. » Ce sont ses mots exacts et je suis fière qu'à trois ans elle puisse dire tout ça. Je lui apprends à m'appeler « Daadi » au lieu de « Grand-maman », mais Meenakshi pense que c'est maintenant qu'elle doit apprendre à parler correctement anglais sinon quand le fera-t-elle ?

Parfois je trouve que Meenakshi est de mauvaise humeur, dans ces moments elle me regarde fixement et alors Savita très chérie je sens qu'on ne veut pas de moi dans cette maison. Je veux la fixer à mon tour mais parfois je me mets à pleurer. Je ne peux pas m'en empêcher. Alors Arun me dit : « Ma, ne déclenche pas les grandes eaux, tu fais toujours des histoires pour rien. » J'essaye donc de ne pas pleurer, mais quand je pense aux médailles en or de ton Papa les larmes coulent.

A présent Lata passe beaucoup de temps dans la famille de Meenakshi. Le père de Meenakshi M. le juge Chatterji pense grand bien de Lata je crois, et la sœur de Meenakshi Kakoli l'aime aussi beaucoup. Et puis il y a les trois garçons Amit, Dipankar et Tapan Chatterji, que je trouve de plus en plus étranges. Amit dit que Lata devrait apprendre le bengali, c'est la seule langue vraiment civilisée de l'Inde. Lui-même comme tu le sais écrit ses livres en anglais alors pourquoi dit-il que le bengali est civilisé et pas l'hindi ? Il me semble que les Chatterji sont une famille peu ordinaire. Ils ont un piano mais le père porte un dhoti très souvent le soir. Kakoli chante du Rabindranath et de la musique occidentale, mais sa voix ne me plaît pas et elle a une réputation de moderniste à Calcutta. Il m'arrive de me demander comment Arun a pu entrer dans une telle famille mais tout est pour le mieux puisque j'ai mon Aparna.

Je crois que Lata était très fâchée contre moi quand nous

418

sommes arrivées à Calcutta et qu'elle se faisait beaucoup de soucis à propos de ses examens et qu'elle n'était pas du tout elle-même. Télégraphie-moi les résultats dès que tu les auras, qu'ils soient bons ou mauvais. C'est à cause de ce garçon K bien sûr et de rien d'autre qu'elle a rencontré à Brahmpur et qui avait à l'évidence une très mauvaise influence sur elle. Parfois elle me faisait une remarque amère et parfois répondait à peine à mes questions, mais tu imagines si j'avais laissé les choses continuer ? Dans tout cela Arun ne m'a ni aidée ni soutenue mais maintenant je lui ai dit de présenter Lata à ses relations d'affaire et autres amis et nous verrons bien. Si seulement je pouvais trouver un mari comme Pran pour ma Lata, je mourrais contente. Si Papa t'avait vu Pran, il aurait su que sa Savita est en de bonnes mains.

Un jour j'étais si blessée que j'ai dit à Lata, c'était bel et bien de ne pas coopérer du temps de Gandhiji contre les Anglais, mais je suis ta mère, et c'est de l'entêtement d'agir comme tu le fais. Faire quoi ? fit-elle – sur un ton si indifférent que j'ai senti mon cœur se briser. Ma très chère Savita, je prie, si tu as une fille – bien qu'il soit temps d'avoir un petit-fils dans la famille – qu'elle ne se montre jamais aussi froide avec toi. A d'autres moments, elle oublie qu'elle est en colère contre moi – alors elle est très affectueuse jusqu'à ce qu'elle s'en souvienne à nouveau.

Que Dieu Tout-Puissant vous garde en bonne santé et heureux pour que vous puissiez réaliser tous vos plans. Et bientôt je vais vous voir pendant la mousson, D.V.

Plein et plein de tendresse à vous deux de ma part, de la part d'Arun, Varun, Lata, Aparna et Meenakshi et de gros baisers aussi. Ne vous inquiétez pas pour moi, mon taux de sucre dans le sang est bon.

Votre MA,
qui vous aime pour l'éternité

P.S. Transmettez mon affection à Maan, Veena, Kedarnath et Bhaskar et à la mère de Kedarnath et tes parents Pran (j'espère que les fleurs de margousier sont moins gênantes maintenant) – et à mon père et à Parvati – et bien entendu au Bébé Attendu. Transmettez aussi mes salaams à Mansoor et Mateen et aux autres serviteurs. Il fait très chaud à Calcutta mais ce doit être encore pire à Brahmpur et dans ton état Savita tu dois rester au frais et ne pas sortir au soleil ni faire des exercices inutiles. Il faut te reposer au maximum. Si tu as des doutes sur ce qu'il convient de faire, souviens-toi de ne rien faire. Après la naissance tu seras suffisamment occupée, crois-moi, ma Savita chérie, et tu dois garder tes forces.

La référence aux fleurs de margousier rappela à Pran qu'il n'avait pas vu sa mère depuis plusieurs jours. Cette année, Mrs Mahesh Kapoor avait encore plus mal supporté le pollen des fleurs qu'à l'accoutumée. Certains jours elle pouvait à peine respirer. Même son mari, qui considérait les allergies comme des punitions que les malades s'infligeaient à eux-mêmes, fut forcé de lui prêter quelque attention. Pran, lui, qui savait d'expérience ce que c'est que d'avoir à lutter pour respirer, éprouvait en pensant à sa mère un sentiment d'impuissance – et de colère à l'égard de son père qui insistait pour qu'elle reste en ville à s'occuper de la maison.

« Où devrait-elle aller pour trouver un endroit sans margousiers ? avait demandé Mahesh Kapoor. A l'étranger ?

— Peut-être quelque part au sud, Baoji – ou dans les montagnes.

— Aie donc un peu les pieds sur terre. Qui prendra soin d'elle, là-bas ? Ou alors faut-il que j'abandonne mon travail ? »

Il n'y avait rien à répondre. Mahesh Kapoor avait toujours refusé de prendre en compte la maladie et la douleur des autres, quittant la ville chaque fois que sa femme allait accoucher. Il ne supportait pas « tout ce désordre, toute cette agitation ».

La liaison de Maan avec Saeeda Bai, qui le faisait s'attarder à Brahmpur alors que son travail et d'autres obligations l'attendaient à Bénarès, constituait une épreuve douloureuse pour Mrs Mahesh Kapoor. Quand la famille de la fiancée s'était inquiétée, par l'intermédiaire d'un parent, de la date du mariage, Mrs Mahesh Kapoor avait prié Pran de parler à son frère, à quoi Pran avait rétorqué qu'il n'avait guère d'influence sur son cadet. « Il n'écoute que Veena et encore, il n'en fait qu'à sa tête. » Devant le chagrin de sa mère, il avait fini par accepter, mais cela remontait déjà à plusieurs jours.

« Bon, se dit Pran, je vais lui parler aujourd'hui même. Ce sera une bonne occasion de nous rendre à Prem Nivas. »

Il faisait déjà trop chaud pour marcher, ils prirent une tonga. Savita souriait, silencieuse – Pran était perdu dans ses pensées –, contente à l'idée de voir sa belle-mère et de discuter arbres, vautours, pelouses et culture de lis.

Quand ils arrivèrent, Maan dormait encore. Laissant Savita avec Mrs Mahesh Kapoor, qui avait meilleure mine, Pran monta chez son frère, qu'il trouva étendu la tête dans l'oreiller. Il régnait une chaleur lourde dans la chambre en dépit du ventilateur qui tournait au plafond.

« Debout ! Debout ! dit Pran.

— Oh ! protesta Maan, essayant de se protéger de la lumière du jour.

— Debout ! Il faut que je te parle.

— Quoi ? Pourquoi ? Bon, d'accord, laisse-moi me rafraîchir. »

Maan se leva, secoua la tête, scruta soigneusement son visage dans le miroir, se fit un respectueux adaab pendant que son frère avait la tête ailleurs, s'aspergea rapidement et revint s'étendre sur son lit – cette fois sur le dos.

« Qui t'a dit de me parler ? demanda-t-il, tandis que lui revenait le souvenir du rêve que l'irruption de son frère avait interrompu. Je faisais le plus merveilleux des rêves. Je marchais près du Barsaat Mahal avec une jeune femme – pas si jeune en réalité, mais avec un visage sans rides – »

Pran sourit, Maan parut vexé.

« Ça ne t'intéresse pas ?

— Non.

— Bon, pourquoi es-tu là, Bhai Sahib ? Pourquoi ne t'assois-tu pas sur le lit, c'est bien plus confortable. Ah oui, j'y suis, tu es venu me parler. Qui t'envoie ?

— Faut-il que quelqu'un m'envoie ?

— Oui, d'ordinaire tu ne fais pas dans le conseil fraternel, et je vois à ta mine que je vais y avoir droit. Alors, vas-y, il s'agit de Saeeda Bai, je suppose ?

— Exactement.

— Que veux-tu que je dise ? » Maan prit un air béat de chien battu. « Je suis terriblement amoureux, mais j'ignore si elle s'intéresse vraiment à moi.

— Idiot, dit affectueusement Pran.

— Ne te moque pas de moi. Je ne le supporte pas. Je suis

421

dans le trente-sixième dessous, soupira Maan, se convainquant peu à peu de la réalité de sa dépression. Mais personne ne me croit. Même Firoz, qui dit –

— Il a tout à fait raison. Tu n'es dans rien du tout. Dismoi, crois-tu vraiment que ce genre de personne est capable d'aimer ?

— Et pourquoi pas ? » Il se rappela sa dernière soirée dans les bras de Saeeda Bai et se sentit de nouveau vaguement amoureux.

« Parce que c'est son métier de ne pas l'être. Ce ne serait pas bon du tout pour son travail de tomber amoureuse de toi – ni pour sa réputation ! Donc elle s'en gardera bien. C'est une forte tête. Quiconque a l'œil peut s'en rendre compte, et je l'ai observée trois Holis de suite.

— Tu ne la connais pas », protesta Maan avec chaleur.

C'était la seconde fois en peu d'heures qu'on disait à Pran qu'il ne comprenait pas quelqu'un d'autre, et il réagit vivement.

« Ecoute-moi bien, Maan, tu te ridiculises. On entraîne ce genre de femmes à jouer les amoureuses avec des jobards – pour qu'ils aient le cœur en fête et le portefeuille vide. Tu sais que Saeeda Bai a une solide réputation, sur ce chapitre. »

Maan se retourna sur le ventre et enfouit son visage dans l'oreiller.

Pran ne savait comment s'y prendre avec son idiot de frère. Bon, j'ai fait mon devoir, pensa-t-il. Si j'ajoute quoi que ce soit, le résultat sera contraire à ce que veut Ammaji.

Il caressa les cheveux de Maan. « Dis-moi, as-tu des problèmes d'argent ?

— Ce n'est pas facile, tu sais, fit Maan, la voix étouffée par l'oreiller. Je ne suis pas un client, mais je ne peux arriver les mains vides. Alors, je lui ai fait quelques cadeaux, tu vois. »

Pran se tut. Il ne voyait pas. Puis il dit : « Tu n'as tout de même pas dépensé l'argent que tu as apporté à Brahmpur pour les affaires, hein ? Tu sais quelle serait la réaction de Baoji s'il apprenait une chose pareille.

— Non. » Maan s'était remis sur le dos et fixait le ventilateur. « Tu sais, Baoji m'a dit des mots très durs l'autre jour – mais je suis sûr qu'au fond mon histoire avec Saeeda Bai ne l'inquiète pas. Après tout, lui aussi s'est donné du bon temps dans sa jeunesse, et c'est tout de même lui qui l'a invitée plusieurs fois à Prem Nivas. »

Pran ne répondit pas, convaincu que son père était très mécontent.

Maan continua : « L'autre jour je lui ai demandé de l'argent – "pour ceci, pour cela" – et il m'en a donné un bon paquet. »

Pran savait que quand son père était occupé à un projet de loi ou autre, il détestait qu'on le dérange et payait quasiment les gens pour qu'ils le laissent travailler.

« Comme tu vois, dit Maan, il n'y a pas de problème. » Ayant ainsi éliminé le problème, il reprit : « Mais où est ma bhabhi adorée ? J'aurais préféré que ce soit elle qui me gronde.

— Elle est en bas.

— Elle est fâchée, elle aussi ?

— Je ne suis pas fâché, à proprement parler. Bon, prépare-toi et descends. Elle tient à te voir.

— Et ton boulot ? »

De la main droite Pran fit un geste équivalent à un haussement d'épaules.

« Je vois. Et le Pr Mishra, toujours furieux contre toi ? »

Pran se renfrogna. « Ce n'est pas le genre d'homme à oublier ton genre d'amabilités. Figure-toi que si tu avais été étudiant, et après ce que tu as fait à Holi, j'aurais dû, en ma qualité de membre du comité d'entraide estudiantine, demander ton expulsion.

— Tes étudiants ont l'air de joyeux lurons. » Le ton n'avait rien de réprobateur. « Sais-tu qu'elle me donne du Dagh Sahib ? reprit-il avec un large sourire.

— Oh, vraiment ? Charmant. Je te retrouve en bas dans cinq minutes. »

A la fin d'une longue journée à la Haute Cour, Firoz se rendait au terrain de polo quand il aperçut, sur son vélo, une enveloppe blanche à la main, Murtaza Ali, le secrétaire de son père. Firoz arrêta la voiture et l'appela.

« Où vas-tu ? demanda-t-il.

— Nulle part. Dans Pasand Bagh.

— C'est pour qui, cette enveloppe ?

— Saeeda Bai Firozabadi, avoua Murtaza Ali, de mauvaise grâce.

— Parfait, c'est sur mon chemin. Je la déposerai en passant. Ça ne me retardera pas », dit-il en regardant sa montre.

Il passa le bras par la portière pour prendre le pli, mais Murtaza Ali le garda.

« Ça ne me dérange pas du tout, Chhoté Sahib, fit-il en souriant. Je ne dois pas me débarrasser de mes corvées sur autrui. Ces nouveaux jodhpurs vous vont très bien.

— Ce n'est pas une corvée pour moi. En fait – » Firoz tendit de nouveau le bras. Il tenait là, se dit-il, un moyen innocent de revoir l'adorable Tasneem.

« Je suis désolé, Chhoté Sahib, le Nawab Sahib a été formel, je dois la remettre moi-même.

— Ça n'a aucun sens. » Firoz avait pris son ton patricien. « J'ai déjà porté une lettre semblable – que tu m'avais remise parce que c'était sur ma route – donc je peux le refaire.

— Chhoté Sahib, c'est vraiment sans importance, je vous en prie laissez.

— Allons mon ami, donne-la-moi.

— Je ne peux pas.

— Tu ne peux pas ? » Firoz passa au ton de commandement.

« C'est que, Chhoté Sahib, la dernière fois le Nawab Sahib a été très fâché. Il m'a dit très sévèrement que ça ne devait pas se reproduire. Je vous prie d'excuser mon effronterie, mais votre père était si fâché que je n'oserais pas le mécontenter à nouveau.

— Je vois », dit Firoz, perplexe. Il ne comprenait pas l'irritation de son père pour une chose si insignifiante. A présent l'idée d'aller jouer au polo ne l'amusait plus. Pourquoi ces manières si puritaines chez son père ? Ce n'était certes pas une chose à faire que de fréquenter des chanteuses, mais quel mal y avait-il à remettre une lettre ? Peut-être bien qu'il s'agissait d'autre chose.

« Sois plus précis, dit-il après avoir réfléchi. Qu'est-ce qui a fâché mon père, que tu n'aies pas remis la lettre, ou que moi je l'aie remise ?

— Ça je ne le sais pas, Chhoté Sahib. Moi-même j'aimerais comprendre. »

Debout à côté de son vélo, dans une attitude respectueuse, Murtaza Ali tenait fermement l'enveloppe, comme si Firoz allait essayer de la lui arracher.

« Bien », dit celui-ci, et sur un signe de tête, il démarra en direction du terrain de polo.

Le temps était légèrement nuageux et, en ce début de soirée, il régnait une fraîcheur toute relative. Les gulmohur sur les bas-côtés de Kitchener Road arboraient leur floraison orange foncé, dont le parfum, pas aussi doux mais aussi flagrant que celui des géraniums, alourdissait l'air : les pétales, en pales de ventilateur, jonchaient le sol. Firoz décida de parler à son père en rentrant à Baitar House, et cette idée l'aida à oublier l'incident.

Il se rappelait la soudaine et troublante attirance qu'il avait ressentie pour Tasneem – cette impression de l'avoir déjà vue quelque part, « dans une vie antérieure sinon dans celle-ci ». Mais bientôt il fut au terrain de polo, humant l'odeur familière des chevaux, longeant des bâtiments familiers, saluant des compagnons familiers : le jeu le reprit, et Tasneem passa à l'arrière-plan.

Au club, Firoz chercha Maan à qui il avait promis d'enseigner les rudiments du polo. Il serait sans doute plus exact de dire qu'il lui avait un peu forcé la main. « C'est le meilleur sport du monde, lui avait-il dit. Tu ne pourras bien vite plus t'en passer. D'ailleurs tu as trop de temps libre. » Et prenant les mains de Maan dans les siennes, il avait ajouté : « Elles s'amollissent à force d'être caressées. »

Mais pour le moment, il n'y avait de Maan nulle part. Firoz regarda impatiemment sa montre ; le jour baissait.

6.9

Quelques minutes plus tard, Maan vint à sa rencontre, souleva gaiement sa bombe pour le saluer, et sauta à bas de son cheval.

« Où étais-tu ? demanda Firoz. Ils ne badinent pas avec l'horaire et si nous avons dix minutes de retard, nous allons nous faire supplanter au cheval de bois. Au fait, comment t'y es-tu pris pour qu'ils te permettent de monter un de leurs chevaux sans être accompagné d'un habitué ?

— Je ne sais pas. Je me suis baladé, j'ai bavardé avec un palefrenier et il m'a sellé cet alezan. »

Firoz se dit qu'il n'y avait là rien de surprenant, son ami avait le chic pour se tirer, par son insouciance même, de situations impossibles. Le palefrenier avait dû le prendre pour un membre du club.

Sous la houlette de Firoz, Maan, mal à son aise sur le cheval de bois, commença l'entraînement. Le léger maillet en bambou dans la main droite, il dut plusieurs fois de suite frapper et pointer.

« Mais ça n'est absolument pas amusant, dit-il bientôt.

— Rien n'est amusant les cinq premières minutes, dit calmement Firoz. Non, ne tiens pas le maillet comme ça – tiens ton bras bien droit – non, tout à fait droit – bien – ton bras doit être comme le prolongement du maillet.

— Je connais au moins une chose amusante dans les cinq premières minutes. » Maillet levé, le sourire niais, il faillit perdre l'équilibre.

« Je parle de ce qui nécessite habileté et entraînement, le reprit Firoz.

— Et qui justement demande pas mal d'habileté et d'entraînement.

— Ne sois pas grivois. » Firoz prenait le polo très au

sérieux. « Maintenant, reste comme tu es et regarde-moi. Tu vois, la droite qui passe entre mes épaules s'aligne sur l'épine dorsale du cheval. Tâche d'en faire autant. »

Maan s'efforça de se mettre dans cette position, qu'il trouva très désagréable. « Faut-il vraiment que tout ce qui exige de l'adresse soit désagréable au début ? Mon professeur d'ourdou a tout l'air de le penser aussi. » Il retint le maillet entre ses jambes et s'essuya le front.

« Allons, Maan, tu ne vas pas me dire que tu es fatigué après cinq minutes. Tu vas t'entraîner avec la balle maintenant.

— Je suis vraiment fatigué. J'ai mal au poignet. Au coude. A l'épaule. »

Firoz l'encouragea d'un sourire et posa la balle sur le sol. Maan lança son maillet, et passa complètement à côté. Il essaya de nouveau, avec le même résultat.

« Tu vois, je n'ai pas du tout l'esprit à ça. Je préférerais être ailleurs.

— Ne regarde rien d'autre que la balle, dit Firoz, ne voulant rien entendre. Uniquement la balle – ni moi – ni là où la balle doit aller – pas même une lointaine image de Saeeda Bai. »

A cette dernière saillie, Maan, au lieu de perdre tous ses moyens, toucha le haut de la balle avec son maillet.

« Ça ne va pas si bien que ça avec elle, tu sais. Elle s'est fâchée contre moi hier et je ne sais pas ce que j'avais fait.

— Comment ça a commencé ? demanda Firoz d'un ton peu encourageant.

— Sa sœur est entrée pendant que nous bavardions et a dit que la perruche était fatiguée, ou quelque chose de ce genre. Une perruche c'est une sorte de perroquet, non ? Alors, en souriant, j'ai fait allusion à notre professeur d'ourdou et dit que nous avions quelque chose en commun. Sous-entendu Tasneem et moi, bien sûr. Saeeda Bai a explosé. Tout simplement explosé. Il lui a fallu une demi-heure pour qu'à nouveau elle me parle gentiment. » Maan affectait le détachement, autant qu'il le pouvait.

« Hmm, dit Firoz, pensant à la dureté que Saeeda Bai avait manifestée à Tasneem, le jour où il était venu déposer l'enveloppe.

« — On aurait dit qu'elle était jalouse, reprit Maan, quelques coups de maillet plus tard. Mais pourquoi une personne d'une beauté aussi stupéfiante jalouserait-elle quelqu'un d'autre ? Et surtout sa sœur ? »

Il ne me viendrait pas à l'esprit, se dit Firoz, de parler de « beauté stupéfiante » à propos de Saeeda Bai. Lui, c'était la sœur, qui l'avait stupéfié. Il comprenait fort bien que Saeeda Bai lui envie sa fraîcheur et sa jeunesse.

« A mon avis, dit-il, un sourire illuminant ses traits non moins juvéniles et avenants, ce n'est pas du tout un mauvais signe, et je ne comprends pas que tu te déprimes pour ça. Tu devrais connaître les femmes, à présent.

— Alors tu crois que c'est de bon augure ? Mais il faut un motif pour être jaloux. Tu as déjà vu la sœur ? Comment la comparer à Saeeda Bai ?

— Oui, je l'ai vue, répondit Firoz après un instant de silence. C'est une jolie fille. »

Tout en s'évertuant à frapper le haut de la balle, sans grand résultat, Maan revint à Saeeda Bai. « J'ai souvent l'impression qu'elle tient plus à sa perruche qu'à moi. Elle ne se met jamais en colère contre elle. Je ne peux pas continuer – je suis épuisé. »

C'est de la fatigue de son bras, non de son cœur, qu'il parlait, après cette débauche d'énergie à jouer du maillet sous l'œil amusé de Firoz.

« Qu'as-tu ressenti au bras, à la dernière frappe ?

— Une sorte de choc. Combien de temps encore as-tu l'intention de me faire jouer ?

— Jusqu'à ce que je pense que ça suffit. C'est plutôt encourageant. Tu fais les fautes classiques d'un débutant. Frapper le haut de la balle. C'est une erreur – vise un point dans le bas, et elle s'élèvera très gentiment. Si tu touches le haut, c'est le sol qui absorbera l'impact. La balle n'ira pas loin et en plus, comme ça vient de t'arriver, tu prendras un choc dans le bras.

— Dis-moi, comment toi et Imtiaz avez-vous fait pour apprendre l'ourdou ? Vous n'avez pas trouvé ça difficile ? Moi, je trouve ça impossible – tous ces points et ces enjolivements.

— Un vieux maulvi venait chez nous pour nous l'apprendre. Ma mère tenait aussi à ce que nous sachions le persan et l'arabe, mais il n'y a que Zainab à s'y être vraiment mise.

— Au fait, comment va Zainab ? » Maan songea qu'après avoir été très proche d'elle dans son enfance, il ne l'avait pas vue depuis des années – depuis qu'elle avait disparu dans le monde du purdah. Elle avait six ans de plus que lui, il l'avait adorée. Sans compter qu'elle lui avait un jour sauvé la vie, à la baignade. Je ne la reverrai sans doute jamais, se dit-il. Comme c'est terrible – et étrange.

« Il faut employer la fermeté, pas la force, dit Firoz. Ta préceptrice ne t'a pas appris cela ? »

De son maillet, Maan lui donna un petit coup amical.

La nuit allait tomber dans une dizaine de minutes. « Allez, un dernier essai », dit Firoz. Il comprenait que Maan en eût assez d'être à califourchon sur un cheval de bois.

Maan fixa la balle, se balança légèrement, et d'un long, souple, mouvement circulaire du bras et du poignet, la frappa en plein milieu. Le bois fit entendre un merveilleux bruit sec, la balle s'éleva, décrivant une jolie et basse parabole, passa au-dessus du filet, au ras du poteau.

Firoz et Maan n'en revenaient pas.

« Joli coup ! dit Maan, très content de lui.

— Oui, beau coup. La veine des débutants. On verra demain si tu peux le faire régulièrement. Maintenant tu vas monter un vrai poney, quelques minutes, pour voir si tu peux tenir les rênes de la seule main gauche.

— J'aimerais mieux demain. » Le dos raide, les épaules douloureuses, Maan en avait jusque-là du polo. « Si on allait simplement faire une balade.

— Je vois, c'est comme ton professeur d'ourdou. Il faut que je t'apprenne la discipline avant d'en venir à l'étude proprement dite. Mener d'une main n'est pas difficile, pas plus que d'apprendre à monter – ou à ânonner alif-be-pe-te. Si tu t'y mets maintenant, ça ira mieux demain.

— Mais je n'ai pas envie aujourd'hui, râla Maan. De toute façon il fait nuit, et je n'y prendrai aucun plaisir. Oh, et puis d'accord, c'est toi le patron. »

Il passa son bras sur les épaules de Firoz et ils se dirigèrent vers les écuries.

« L'ennui avec mon professeur d'ourdou, dit Maan sans préambule, c'est qu'il entend me montrer les finesses de l'écriture et de la prononciation, et que moi je veux seulement pouvoir lire des poèmes d'amour.

— C'est vraiment le *professeur* qui est en cause ? » Firoz attrapa le maillet de son ami, pour parer le coup. La bonne humeur lui était revenue, comme presque toujours quand il était avec Maan.

« Tu ne crois pas que j'aie un mot à dire en la matière ?

— Peut-être. A condition que tu saches ce qui te convient. »

6.10

Rentré chez lui, Firoz décida d'avoir une explication avec son père. Il était beaucoup moins perturbé qu'après son entretien avec Murtaza Ali, mais toujours aussi intrigué. Il soupçonnait le secrétaire particulier d'avoir mal compris, voire d'exagérer les instructions de son père. S'appliquaient-elles aussi à Imtiaz ? Si oui, pourquoi leur père les tenait-il tellement à l'écart ? Qu'imaginait-il qu'ils étaient capables de faire ? Peut-être, se dit Firoz, devait-il le rassurer ?

Ne le trouvant pas dans sa chambre, il le supposa zenana, en train de parler à Zainab, et décida de ne pas l'y rejoindre. Ce en quoi il fit bien, car le Nawab parlait à sa fille d'une affaire si personnelle que toute présence, fût-ce d'un frère chéri, aurait mis fin à la conversation.

Zainab, si courageuse lors du siège de Baitar House par la police, à présent sanglotait doucement, assise près de son père. Le Nawab Sahib la tenait par l'épaule, une expression de grande amertume sur le visage.

« Oui, j'ai entendu dire qu'il a des aventures, mais il ne faut pas croire tout ce que les gens racontent. »

Zainab se couvrit le visage de ses mains et, au bout d'un moment, dit : « Abba-jaan, je sais que c'est vrai. »

Le Nawab Sahib lui caressa les cheveux, la revoyant à quatre ans, quand elle se réfugiait sur ses genoux pour oublier quelque chagrin. Que son gendre, par ses infidélités, eût blessé sa fille si profondément lui était insupportable. Il se remémora son propre mariage, cette femme douce, de bon sens, que pendant des années il avait à peine connue, et qui, bien après leur union et la naissance des enfants, l'avait totalement conquis. Il ne put que dire à Zainab :

« Sois patiente, comme ta mère. Il te reviendra un jour. »

Zainab ne releva pas la tête, étonnée que son père invoquât la mémoire maternelle. Au bout d'un moment, comme se parlant à lui-même, il ajouta :

« J'ai compris sa valeur bien tard dans la vie. Que Dieu ait son âme. »

Depuis des années, sauf quand les circonstances le tenaient hors de Brahmpur, le Nawab allait une fois par semaine sur la tombe de sa femme : pour y lire la fatiha. Et certes la begum Sahiba avait été une personne remarquable. Elle avait pris son parti de ce qu'elle savait de la jeunesse débridée de son époux, géré en grande partie la propriété derrière les murs du harem, supporté la bigoterie du Nawab vieillissant (pas aussi extravagante, heureusement, que celle de son frère cadet), avait élevé ses enfants et contribué à l'éducation de ses neveux et nièces. Elle avait exercé une influence à la fois forte et diffuse sur le zenana. Grande lectrice, elle avait cependant ses idées à elle.

En fait, c'est probablement les livres qu'elle lui prêtait qui avaient semé quelques graines de rébellion dans l'esprit curieux et railleur de sa belle-sœur, Abida. Bien qu'elle n'eût jamais pour son propre compte envisagé de quitter le zenana, sa seule présence avait permis à Abida de supporter la réclusion. A la mort de la begum, Abida força son mari – et son frère aîné, le Nawab Sahib – en les raisonnant, en les cajolant, en les menaçant de se suicider (ce dont elle avait vraiment l'intention, et ils savaient qu'elle le ferait) – à lui permettre de fuir ce qui était devenu pour elle un intolérable esclavage. Abida, le boutefeu du Corps législatif, n'avait jamais eu de considération pour le Nawab Sahib qu'elle tenait pour un faible, un bon à rien et qui (selon elle) avait étouffé dans sa femme toute envie de sortir du purdah. Mais elle aimait beaucoup les enfants : Zainab, parce qu'elle avait le caractère de sa mère, Imtiaz, parce qu'il avait le rire et nombre d'expressions de sa mère, Firoz, parce qu'il avait hérité le visage allongé, la beauté et le teint clair de la begum.

Hassan et Abbas arrivèrent, conduits par la servante, et Zainab, les larmes aux yeux, les embrassa avant qu'ils aillent se coucher.

La mine attristée, Hassan demanda : « Qui est-ce qui te fait pleurer, Ammi-jaan ?

— Personne, mon amour, personne », le rassura sa mère, en l'étreignant.

Hassan réclama alors à son grand-père l'histoire de fantôme qu'il lui avait promise l'autre soir. Le Nawab Sahib s'exécuta. Tout en débitant ce conte féerique et sanglant, pour le plaisir visible des deux garçons, même celui de trois ans, il se remémora les nombreuses histoires de fantômes attachées à cette demeure, que dans son enfance les serviteurs et ses parents lui avaient racontées. Cette maison, avec son passé, qui, il y a quelques jours, avait été menacée de dissolution. Sans que personne ait pu empêcher l'assaut, sauvée par on ne sait quelle grâce, chance ou hasard. Chacun de nous est seul, pensa le Nawab Sahib ; grâce au ciel, nous nous en rendons rarement compte.

Il pensa soudain à son vieil ami Mahesh Kapoor, frappé à l'idée qu'en temps de trouble il arrive parfois que ceux qui voudraient vous aider ne peuvent rien faire. Ils se lient eux-mêmes les mains, pour telle ou telle raison ; à moins que ce ne soient l'opportunité, ou la nécessité, qui les en empêchent.

6.11

Mahesh Kapoor pensait lui aussi à son vieil ami, tenaillé par un sentiment de culpabilité. Il n'avait pas répondu à l'appel à l'aide des habitants de Baitar House, la nuit du raid de police, le serviteur dépêché par sa femme pour lui remettre le message n'ayant pas réussi à le trouver.

Contrairement aux terrains agricoles (sur lesquels pesait le projet de loi d'abolition), le sol et les bâtiments urbains ne risquaient pas l'expropriation – sauf s'ils tombaient aux mains du Conservateur des Biens des Evacués. Mahesh Kapoor n'avait pas imaginé que Baitar House, une des grandes demeures de Brahmpur – en fait un des hauts lieux de la ville –, pût relever de cette catégorie. Le Nawab Sahib continuait à y vivre, sa belle-sœur la begum Abida Khan tenait la vedette à l'Assemblée, et la non-utilisation de nombre des pièces – la plupart – n'empêchait nullement que les abords et les jardins fussent entretenus.

L'aide que Mahesh Kapoor regrettait tant de n'avoir pu apporter à ses amis, Zainab l'avait obtenue par son intercession auprès du Premier ministre. Elle avait ému S.S. Sharma, que l'intervention du ministre de l'Intérieur avait sincèrement indigné.

La lettre de Zainab mentionnait un détail que son père lui avait confié quelques années auparavant ; elle n'avait pu l'oublier. S.S. Sharma, ex-Premier ministre des Provinces sous Protectorat (titre que le Premier ministre du Purva Pradesh portait avant l'Indépendance), avait été incarcéré, quasiment au secret, par les Britanniques pendant la révolte de 1942, il s'était donc trouvé dans l'incapacité de s'occuper de sa famille. Le père du Nawab Sahib avait appris que la femme de Sharma était malade, et il lui avait porté secours. C'était une simple question de médecin, de médicaments et de présence, mais en ce temps-là, on comptait sur les doigts d'une main ceux qui, partisans ou non de la domination britannique, avaient le cœur de se compromettre avec les familles des rebelles. De fait, Sharma avait été Premier ministre de l'Etat au moment de l'adoption, en 1938, de la Loi sur la propriété de la terre – un texte que le père du Nawab Sahib tenait, à juste titre, pour l'amorce subtile d'une réforme beaucoup plus considérable du régime foncier. Néanmoins la simple humanité autant que la réelle admiration qu'il portait à son ennemi avaient dicté sa conduite. Les bontés dont sa famille avait ainsi bénéficié, Sharma en gardait une profonde reconnaissance, aussi avait-il été très ému quand Hassan, l'arrière-petit-fils de l'homme qui l'avait secouru, s'était présenté à lui avec une lettre demandant aide et protection.

La réaction rapide du Premier ministre avait stupéfié Mahesh Kapoor – qui ignorait tout de cette histoire –, augmentant d'autant le sentiment qu'il avait de sa propre inefficacité. Aussi, croisant le regard du Nawab Sahib après le vote de la Loi sur les zamindars, quelque chose le retint d'aller vers son ami – pour s'expliquer, le plaindre et s'excuser. Par honte de son inaction passée, ou plutôt parce qu'il souffrait d'avoir réussi à faire voter, probablement sans animosité de sa part, une loi qui nuisait au Nawab Sahib tout aussi sûrement que l'opération policière montée par le ministre de l'Intérieur ?

Au fil du temps, l'affaire continuait à le préoccuper. Je dois aller à Baitar House ce soir, se dit-il. Je ne peux repousser cette visite éternellement.

6.12

D'ici là, son travail l'attendait. Ils étaient nombreux, venus de sa circonscription du Vieux Brahmpur ou d'ailleurs, à se presser sur les vérandas de Prem Nivas. D'autres arpentaient la cour, s'aventuraient même dans le jardin. Son secrétaire particulier et des membres de son cabinet s'employaient à canaliser la foule vers son petit bureau.

Mahesh Kapoor siégeait à une table dans un coin de la pièce. Toutes sortes de gens occupaient les deux bancs le long des murs : cultivateurs, commerçants, politiciens locaux, solliciteurs de tout poil. Sur une chaise, face à lui, un vieil homme, un enseignant. En réalité, il était plus jeune que le ministre, mais usé par toute une vie d'épreuves, de combats pour la liberté. De longues années passées dans les geôles britanniques avaient réduit sa famille à la pauvreté. Licencié en lettres en 1921, diplôme qui en ce temps-là vous hissait au sommet de la fonction publique, il avait tout laissé tomber à la fin des années vingt pour suivre Gandhi : un idéalisme qui lui avait coûté cher. Pendant qu'il croupissait en prison, sa femme était morte de tuberculose et ses enfants, réduits à quémander leur pitance, avaient failli périr de faim. L'Indépendance venue, son espoir de voir les choses évoluer dans le sens des idées auxquelles il s'était sacrifié avait été cruellement déçu. La corruption gangrenait tout, le système de rationnement comme celui des contrats d'Etat, plus féroce encore que celle qui régnait sous les Britanniques. Jusqu'à la police, dont les extorsions se pratiquaient ouvertement. Pis encore, les politiciens du cru, les membres des comités locaux du Congrès, marchaient main dans la main avec les petits fonctionnaires corrompus. Mais lorsque le vieil homme était allé trouver le Premier ministre, S.S. Sharma, pour lui demander, au nom de son quartier, d'agir contre des politiciens nommément désignés, le grand personnage lui avait répondu, avec un sourire fatigué :

« Masterji, votre profession, l'enseignement, est une tâche sacrée. La politique c'est comme le charbon. Peut-on en vouloir à ceux qui en font commerce d'avoir le visage et les mains un peu noirs ? »

A présent, c'était à Mahesh Kapoor que le vieux s'adressait, pour le convaincre que les hommes du parti du Congrès se montraient encore plus avides dans la défense de leurs intérêts et plus oppressifs à l'égard du peuple que les Britanniques.

« Vous-même surtout, Kapoor Sahib, ce que vous faites dans ce parti-là, je ne le comprends pas. » Son accent évoquait Allahabad plutôt que Brahmpur. « Vous auriez dû le quitter depuis longtemps. » Il savait que tous dans la pièce pouvaient l'entendre mais il n'en avait cure.

Mahesh Kapoor le regarda droit dans les yeux. « Masterji, dit-il, l'époque de Gandhi est révolue. Je l'ai connu à son zénith et je l'ai vu perdre son ascendant au point d'être incapable d'empêcher la Partition. Lui, cependant, avait la sagesse d'admettre les limites de son pouvoir et de son inspiration. Il a dit une fois que ce n'était pas lui mais la situation qui faisait des miracles. »

Le vieil homme se tut quelques secondes. « Sahib ministre, que me racontez-vous là ? » dit-il enfin, la bouche légèrement crispée.

Mahesh Kapoor saisit la différence de ton et eut un peu honte d'avoir ainsi biaisé. « Masterji, reprit-il, j'ai moi aussi souffert autrefois, certes pas autant que vous. Je ne suis pas non plus ravi de ce que je vois autour de moi. Je crains seulement d'être moins utile à l'extérieur du Parti qu'à l'intérieur. »

Comme se parlant à lui-même, son interlocuteur répondit : « Gandhiji avait bien prévu ce qu'il adviendrait du parti du Congrès s'il devenait un parti de gouvernement après l'Indépendance. C'est pour ça qu'il disait qu'il faudrait le dissoudre et que ses membres devraient se consacrer aux œuvres sociales. »

Cette fois-ci, Mahesh Kapoor ne mâcha pas ses mots. « Si chacun de nous l'avait fait, dit-il, le pays aurait sombré dans l'anarchie. Ceux d'entre nous qui avaient acquis quelque expérience dans les gouvernements locaux, à la fin des années trente, se devaient de faire en sorte que l'administration continue à fonctionner. Votre description de ce qui se passe est exacte. Mais si les gens comme vous et moi, Masterji, n'avions nos mains dans ce charbon, je vous laisse à imaginer qui prendrait les commandes. Avant, la politique ne rapportait rien. Vous croupissiez en prison, vos enfants mouraient de faim. Aujourd'hui la politique rapporte et, bien entendu, ceux qui ont soif d'argent ne demandent qu'à s'y mettre. Si nous en sortons, ils y entrent. C'est aussi simple que ça. Regardez tous ces gens, poursuivit-il, veillant à ce que sa voix ne porte pas au-delà des oreilles du vieil homme, embrassant d'un geste large la pièce, les vérandas et la pelouse, si je vous disais combien d'entre eux me supplient de leur donner l'investiture du Congrès pour les prochaines élections. Et je sais aussi bien que vous que, du temps des Anglais, ils auraient couru comme des dératés pour échapper à un tel honneur.

— Je ne vous suggérais pas de démissionner, Kapoor Sahib, mais tout simplement de contribuer à former un nouveau parti. Tout le monde sait que Nehru ne se sent plus à sa place au Congrès. Chacun sait qu'il n'aime pas du tout que Tandonji en devienne, et par quelles combines, le président. Il vous connaît et vous respecte, et je crois que c'est votre devoir d'aller à Delhi le convaincre de partir. Si Nehru et les fractions les plus mécontentes du Congrès font scission, le nouveau parti qu'ils formeront aura une bonne chance de gagner les élections. Je le crois ; si je n'y croyais pas, je sombrerais dans le désespoir.

— Je vais bien réfléchir à ce que vous me dites, Masterji. Je vous mentirais si je vous affirmais ne pas y avoir déjà songé. Mais les événements ont leur logique, il faut agir en temps et en heure, et je vous demande d'en tenir compte. »

Le vieil homme hocha la tête, se leva et se retira, ne cherchant pas à cacher sa déception.

6.13

Jusqu'au début de l'après-midi, les gens défilèrent dans le bureau de Mahesh Kapoor : individuellement, deux par deux, en groupe, voire en bande. Des tasses pleines de thé arrivaient de la cuisine, y repartaient aussitôt vides. L'heure du déjeuner vint et passa, et le ministre Sahib conserva toute son énergie, quoique à jeun. Mrs Mahesh Kapoor lui envoya un domestique, qu'il renvoya sèchement. L'idée ne lui serait pas venue de manger avant son mari, mais ce n'était pas sa faim à elle qui la préoccupait : elle craignait que lui eût besoin de nourriture et ne s'en rendît pas compte.

Mahesh Kapoor accueillait avec toute la patience dont il était capable ces gens qui venaient ainsi à lui. Quémandeurs de tout poil, politicards aux opinions et à l'honnêteté variant sur une échelle très étendue, conseilleurs, colporteurs de ragots, agents d'influence, lobbyistes, députés de l'Assemblée locale, collègues et autres alliés, hommes d'affaires du cru à peine vêtus d'un dhoti (mais qui pesaient des millions de roupies) venant décrocher un contrat ou un tuyau, ou simplement afin de pouvoir dire ensuite qu'ils avaient été reçus par le ministre du Trésor, braves gens, sales types, heureux, malheureux (plus de ceux-ci que de ceux-là), ceux qui, se trouvant en ville, n'étaient venus que pour présenter leurs respects, ceux qui, bouche ouverte de crainte respectueuse, n'entendaient rien de ce qu'il disait, gens qui voulaient le pousser à droite, ou un peu plus à gauche, membres du Congrès, socialistes, communistes, intégristes hindous, vieux membres de la Ligue musulmane désireux d'adhérer au parti du Congrès, et jusqu'à des délégués de Rudhia qui venaient se plaindre, indignés, de quelque décision prise par le chef de leur canton. Comme l'écrivit un ancien gouverneur, à propos des gouvernements élus des provinces à la fin des années trente : « Les affaires les plus dénuées d'importance, les plus minables, les plus vides de sens, les cheffaillons locaux s'autorisaient à en saisir les hommes politiques, par-dessus la tête de l'administration du district. »

Mahesh Kapoor écoutait, expliquait, arrangeait, établissait un lien entre certains dossiers, en subdivisait d'autres, prenait des notes, donnait des instructions, parlait haut, parlait doucement, examinait des relevés des listes électorales révisés en prévision du scrutin national à venir, se fâchait tout rouge contre l'un, souriait de travers à un autre, bâillait au nez d'un troisième, se levait pour accueillir un avocat connu, demandait alors qu'on serve le thé dans un service plus raffiné.

A neuf heures, il expliquait les dispositions du futur Code civil hindou à des cultivateurs angoissés et furieux à l'idée que leurs filles (et par conséquent leurs gendres) auraient autant de droits sur la terre que leurs garçons, si l'on en croyait la loi sur les successions ab intestat en discussion au parlement de Delhi.

A dix heures, il déclarait à un de ses vieux collègues avocat : « Pour ce qui est de ce salaud, s'il croit qu'il va m'avoir ! Il est venu à mon bureau, avec une liasse de billets, pour que j'adoucisse un des articles de la Loi sur les zamindari ; un peu plus et je le faisais arrêter – titre ou pas. Il a peut-être gouverné Marh jadis, mais il doit se mettre dans la tête que c'en sont d'autres qui gouvernent le Purva Pradesh à présent. Je sais bien sûr que lui et ses semblables vont se pourvoir en justice. Croyez-vous que nous ne sommes pas préparés ? C'est à ce sujet que je voulais vous consulter. »

A onze heures, il commentait : « En ce qui me concerne personnellement, le fond de l'affaire n'est ni le temple ni la mosquée. Comment les deux religions vont coexister à Brahmpur, telle est la question. Vous connaissez mon sentiment là-dessus, Maulvi Sahib. J'ai presque toujours vécu ici. La méfiance existe, naturellement, il s'agit de la juguler, de la dominer. Les seconds couteaux du parti du Congrès ne veulent pas de l'adhésion que sollicitent les anciens de la Ligue musulmane. Bon, il fallait s'y attendre. Pourtant, au Congrès, il y a une longue tradition de collaboration entre hindous et musulmans et, croyez-moi, c'est d'évidence le parti à rejoindre. Et pour ce qui est des investitures, je vous donne ma parole que les musulmans y seront honnêtement représentés. Vous n'aurez pas à regretter l'absence de sièges réservés, ou d'électorats distincts. Il va de soi que les musulmans nationalistes, qui ont été au parti pendant toute leur carrière, auront la préférence sur ce point, mais, si j'ai mon mot à dire là-dessus, on fera de la place à d'autres. »

A midi, il observait : « Vous avez une belle bague au doigt, Damodarji. Combien vaut-elle ? Douze cents roupies ? Non, non, je suis ravi de vous voir, mais comme vous le constatez – il désignait d'une main la pile de dossiers sur un coin de son bureau, de l'autre la masse des solliciteurs –, je n'ai pas le temps de parler autant que je le voudrais avec mes vieux amis. »

A une heure, il disait : « Etes-vous en train de prétendre que la charge à la lathi était nécessaire ? Avez-vous vu comment vivent ces gens ? Et vous avez le front de me dire qu'il faudrait les menacer d'une autre punition ? Allez chez le ministre de l'Intérieur, on vous écoutera plus volontiers. Désolé – voyez le nombre de gens qui attendent – »

A deux heures, il soupirait : « Je crains de n'avoir que peu d'influence. Je verrai ce que je peux faire. Dites au garçon de venir me voir la semaine prochaine. Bien entendu, ça dépendra beaucoup de ses résultats à l'examen. Non, non, ne me remerciez pas, et surtout pas à l'avance – »

A trois heures, il disait calmement : « Ecoutez, Agarwal tient dans sa main une centaine de parlementaires de l'Assemblée régionale et moi j'en ai environ quatre-vingts. Le reste n'en fait qu'à sa tête et ralliera le camp du présumé vainqueur. Il ne me viendrait pas à l'esprit de lancer un défi à Sharmaji. Ce n'est que si Panditji le fait entrer au cabinet de Delhi que la question se posera de trouver un chef. Il n'y a pas de mal, néanmoins, à laisser la question ouverte : il faut agir sous le regard du public. »

A trois heures et quart, Mrs Mahesh Kapoor entra, réprimanda gentiment le secrétaire particulier, et conjura son mari de venir déjeuner et de se reposer. On voyait qu'elle supportait mal les quelques fleurs de margousier qui n'étaient pas encore tombées : elle suffoquait un peu. Mahesh Kapoor ne la rembarra pas comme il le faisait souvent. Il dit oui et sortit. Les gens se retirèrent à contrecœur, l'un après l'autre, et au bout d'un moment Prem Nivas cessa d'être un forum politique, un dispensaire et un champ de foire pour redevenir une demeure particulière.

Après avoir déjeuné, Mahesh Kapoor s'allongea pour une courte sieste, et Mrs Mahesh Kapoor put enfin prendre son repas.

6.14

Quand sa femme eut à son tour fini de déjeuner, Mahesh Kapoor lui demanda de lire, dans les *Annales du Conseil législatif des Provinces sous Protectorat*, les passages concernant le débat qu'avait suscité la première lecture à la Chambre haute du projet de loi sur les zamindari. Comme elle allait y retourner, toute chargée des nouveaux amendements, il voulait se rafraîchir la mémoire et se mettre en mesure d'affronter les obstacles qui ne manqueraient pas de surgir.

C'est que Mahesh Kapoor avait le plus grand mal à lire ces comptes rendus. Certains parlementaires, en ces temps-là, se faisaient gloire de discourir dans un hindi fortement teinté de sanskrit, inintelligible au commun des mortels. La vraie difficulté cependant tenait à ce que Mahesh Kapoor ne maîtrisait pas bien l'écriture hindi – ou devanagari. Il avait fait ses études en un temps où on apprenait aux garçons à lire et à écrire l'alphabet ourdou – ou arabe. A la fin des années trente, les *Annales du Conseil législatif des Provinces sous Protectorat* paraissaient en anglais, en ourdou ou en hindi, selon la langue employée dans leurs discours par les intervenants. Les interventions de Mahesh Kapoor avaient donc paru en ourdou. S'il lisait sans difficulté les textes en anglais, il avait tendance à sauter ceux en hindi, sur lesquels il butait. A présent, depuis l'Indépendance, les *Annales* n'étaient publiées que dans la langue officielle de l'Etat, l'hindi ; les discours en ourdou étaient imprimés dans l'alphabet hindi ; quant à l'anglais, on ne pouvait l'employer, cas extrêmement rare, qu'avec l'autorisation expresse du Speaker de la Chambre. Voilà pourquoi Mahesh Kapoor demandait souvent à sa femme de lui lire les textes des débats. A l'époque où elle avait fait ses études, l'éducation des filles subissait l'influence de l'Arya Samaj, l'organisation du Renouveau hindou. Elle avait donc appris à lire et à écrire l'alphabet des vieux textes sanskrits – par conséquent celui de l'hindi moderne.

Peut-être était-ce aussi par amour-propre ou par prudence qu'il recourait à sa femme plutôt qu'à un de ses assistants parlementaires. Le ministre ne voulait pas que le public sût qu'il ne lisait pas l'hindi. En réalité, ses assistants étaient au courant, mais se montraient si discrets que la chose ne s'ébruitait pas.

Mrs Mahesh Kapoor lisait d'une voix plutôt monocorde, un peu comme si elle psalmodiait les Ecritures. La tête et une partie de son visage couvertes du pallu de son sari, elle ne levait pas les yeux sur son mari. Son souffle un peu court l'obligeait à s'arrêter de temps en temps, ce qui énervait Mahesh Kapoor. « Allons, continue, continue ! » lançait-il en cas de pause prolongée, et la femme patiente qu'elle était s'exécutait sans se plaindre.

Parfois – d'ordinaire en passant d'un débat à un autre ou en prenant un nouveau volume – elle parlait d'un sujet étranger aux textes politiques qu'elle venait de lire. Son mari étant toujours occupé, c'était une des rares occasions qu'elle avait de l'entretenir de sujets qui lui tenaient à cœur. Par exemple, qu'il n'avait pas rencontré depuis quelque temps son vieil ami et partenaire de bridge, le Dr Kishen Chand Seth.

« Oui, je sais, je sais, dit Mahesh Kapoor avec impatience, mais continue, à partir de la page 303. » Ayant tâté l'eau et l'ayant trouvée trop chaude, elle se tint tranquille – l'espace d'un moment.

Quand la seconde occasion se présenta, elle dit qu'elle aimerait qu'un de ces jours ait lieu, à la maison, une récitation des Ramcharitmanas. Ce serait bon pour la famille : pour le travail et la santé de Pran, pour Maan, pour Veena, Kedarnath et Bhaskar, pour le futur bébé de Savita. L'époque idéale, les neuf nuits qui encadrent la naissance de Rama, était passée : ses samdhins regrettaient qu'elle n'ait pas su convaincre son mari d'autoriser la récitation. Elle avait bien compris qu'à ce moment-là trop de soucis le tenaillaient, mais maintenant...

Il l'interrompit brusquement. Pointant son doigt sur le volume des débats, il s'écria : « O femme heureuse (heureuse de l'avoir épousé lui, bien entendu), récite d'abord les écritures que je t'ai demandé de lire.

— Mais tu m'as promis –

— Ça suffit. Vous autres les trois belles-mères pouvez comploter à votre guise, mais je ne veux pas de ça à Prem Nivas. J'ai la réputation d'un laïc – et dans cette ville où tout un chacun bat le tambour de la religion, je ne vais pas me joindre au shehnai. De toute façon je ne crois pas à ces psalmodies et à ces hypocrisies, à tous ces héros safranés qui jeûnent, qui veulent interdire l'abattage des vaches et restaurer les temples de Somnath, de Shiva et Dieu sait quoi d'autre.

— Le Président de l'Inde lui-même va aller à Somnath inaugurer le nouveau temple...

— Laisse le Président faire ce qu'il lui plaît. Rajendra Babu n'a plus d'élection à gagner ni à affronter l'Assemblée. Moi si. »

Mrs Mahesh Kapoor attendit la prochaine brèche pour risquer : « Les neuf nuits de Ramnavami sont passées, mais il va y avoir les neuf nuits de Dussehra. Si tu crois qu'en octobre... »

Dans son ardeur à convaincre son mari, elle suffoquait un peu. « Du calme, du calme, dit Mahesh Kapoor légèrement radouci. Nous verrons le moment venu. »

Même si la porte n'était pas vraiment entrebâillée, du moins ne l'avait-il pas violemment refermée, se dit Mrs Mahesh Kapoor. Elle était convaincue – mais ne l'aurait jamais exprimé à haute voix – que son mari avait tort de s'écarter des cérémonies et des rites religieux qui donnaient un sens à la vie, et de revêtir les tristes oripeaux de sa nouvelle religion laïque.

A la pause suivante, Mrs Mahesh Kapoor susurra : « J'ai reçu une lettre. »

Son mari fit claquer sa langue, furieux d'être une fois encore arraché à ses pensées et jeté dans les frivolités de la vie de famille. « Bon, très bien, de quoi veux-tu parler ? De qui vient cette lettre, à quelle catastrophe dois-je m'attendre ? » Il connaissait la manière de sa femme, la façon qu'elle avait, sous un aspect apparemment décousu, d'aller pas à pas, sujet après sujet, du plus innocent au plus inquiétant.

« Ça vient de Bénarès, dit-elle.

— Mm !

— Ils adressent leurs meilleurs vœux à tout le monde.

— Bon bon, au fait. Ils trouvent sans doute que notre fils est trop bien pour leur fille et veulent tout annuler. »

La sagesse consistant parfois à ne pas relever l'ironie d'une saillie, Mrs Mahesh Kapoor répondit : « Non, c'est tout le contraire. Ils veulent qu'on fixe la date au plus tôt – et je ne sais quoi répondre. A lire entre les lignes, il semble qu'ils sont vaguement au courant de – de "ça". Sinon, pourquoi seraient-ils si pressants ?

— Oh ! Vraiment ! Faut-il que tout le monde m'en parle ? Au restaurant, à l'Assemblée, dans mon propre bureau, partout j'entends parler de Maan et de ses frasques. Ce matin, deux à trois personnes l'ont fait. N'y a-t-il au monde un sujet de conversation plus important ? »

Mais Mrs Mahesh Kapoor insista.

« C'est très important pour notre famille. Comment

garderons-nous la face si ça continue ? Et de toute façon ce n'est pas bien que Maan gaspille ainsi son temps et son argent. Il était censé être ici pour ses affaires, et il ne s'en est pas du tout occupé. Je t'en prie, parle-lui.

— Parle-lui toi, dit brutalement Mahesh Kapoor. Toute sa vie, tu l'as gâté. »

Mrs Mahesh Kapoor se tut, une larme roula sur sa joue. Puis se reprenant : « Est-ce bien pour ton image de marque ? Un fils qui passe tout son temps avec cette sorte de personne ? Et qui, sinon, reste sur son lit à regarder le ventilateur. Je n'ai pas le cœur de lui dire quoi que ce soit. D'ailleurs, que peut dire une mère ?

— D'accord, d'accord. » Mahesh Kapoor ferma les yeux. Il songea que le commerce de vêtements de Bénarès marchait mieux en l'absence de Maan et sous la direction d'un cadre compétent que lorsque son fils était aux commandes. Que fallait-il donc faire de Maan ?

A huit heures environ, il allait monter dans sa voiture pour se rendre à Baitar House quand il dit au chauffeur d'attendre. Il envoya alors un domestique voir si Maan était là. On lui rapporta que Maan dormait.

« Réveille ce bon à rien, ordonna-t-il. Dis-lui de s'habiller et de descendre. Nous allons chez le Nawab de Baitar. »

Maan descendit, l'air rien moins qu'heureux. Il s'était entraîné au cheval de bois et attendait avec impatience de se rendre chez Saeeda Bai pour y entraîner son esprit – entre autres.

« Baoji ? s'enquit-il.

— Monte dans l'auto. Nous allons à Baitar House.

— Tu veux vraiment que je vienne ?

— Oui.

— Bon. Dans ces conditions. » Il grimpa dans l'auto. De toute façon il n'avait pas le moyen de se soustraire à l'enlèvement.

« Je suppose que tu n'as rien de mieux à faire, dit son père.

— Non... Pas vraiment.

— Tu devrais te réhabituer à fréquenter des grandes personnes. »

En fait, il aimait le caractère gai de Maan et pensait que

ce serait bon de l'avoir à ses côtés pour présenter ses excuses à son vieil ami le Nawab Sahib. Mais, pour l'heure, Maan était tout sauf d'humeur joyeuse. Il pensait à Saeeda Bai. Elle allait l'attendre, et il était dans l'incapacité de lui faire savoir qu'il ne pouvait venir.

6.15

Cependant, aux abords de Baitar House, sa bonne humeur lui revint un peu à l'idée qu'il allait peut-être voir Firoz, lequel, au polo, n'avait pas parlé de dîner en ville.

Ils furent priés d'attendre quelques minutes dans l'antichambre. Le vieux domestique leur dit que le Nawab Sahib se trouvait dans sa bibliothèque et qu'on allait l'informer de l'arrivée du ministre. Au bout d'une dizaine de minutes, Mahesh Kapoor se leva de l'antique divan en cuir et se mit à marcher de long en large. Il en avait assez de se tourner les pouces et de regarder les photographies d'hommes blancs debout auprès de tigres abattus.

Quelques minutes plus tard, sa patience fut à bout. Suivi de Maan, il se dirigea, à travers pièces et couloirs mal éclairés, vers la bibliothèque, écartant sur son passage Ghulam Rusool puis Murtaza Ali, qui tentaient de s'interposer. Le ministre du Trésor, son fils sur les talons, entra en coup de vent dans la pièce.

Un instant, la lumière l'aveugla. Non seulement les lampes à abat-jour étaient allumées, mais aussi le grand lustre au plafond. Et là, autour de la grande table sur laquelle reposaient des documents ainsi que, grands ouverts, deux livres de droit reliés en cuir de buffle, avaient pris place trois autres équipages de pères et de fils : le Nawab Sahib et Firoz ; le Raja et le Rajkumar de Marh ; et deux des Bannerji Binoclards (le surnom donné à cette famille de juristes très connue à Brahmpur).

Difficile de dire qui cette intrusion soudaine embarrassa le plus.

« Quand on parle du Diable », gronda Marh le grossier.

Bien que mal à l'aise, Firoz fut heureux de voir Maan et se leva pour l'accueillir. Maan posa sa main gauche sur l'épaule de son ami en disant : « Ne me serre pas la main droite – tu me l'as déjà estropiée. »

Le Rajkumar de Marh, qui s'intéressait davantage aux jeunes hommes qu'au charabia de la Loi sur les zamindari, observa les deux séduisants garçons avec plus que de la sympathie.

Le vieux Bannerji (P.N.) jeta un œil à son fils (S.N.) comme pour dire : « Je t'avais bien dit qu'il fallait faire la réunion chez nous. »

Le Nawab Sahib se sentit coupable, pris à comploter contre la loi de Mahesh Kapoor avec un homme que normalement il aurait fui.

Quant à Mahesh Kapoor, il comprit qu'il était le plus malvenu des importuns : lui l'ennemi, l'expropriateur, le gouvernement, la source d'injustice, la partie adverse.

Ce fut lui, pourtant, qui brisa la glace, pour ce qui est des aînés, en allant serrer la main du Nawab Sahib. Il ne dit rien, se contentant de hocher la tête. Nul besoin de paroles d'excuse ou de sympathie. Le Nawab Sahib comprit immédiatement que son ami aurait fait tout ce qui était en son pouvoir pour l'aider lors du siège de Baitar House – mais qu'il n'avait rien su du drame.

Le Raja de Marh rompit le silence d'un ricanement :

« Comme ça, vous venez nous espionner. Quel honneur. Finis les favoris, voici le maître en personne.

— N'ayant pas été aveuglé, en arrivant, par l'éclat de votre plaque minéralogique en or, je n'ai pas pu deviner que vous étiez ici. Je suppose que vous êtes venu en rickshaw, répliqua Mahesh Kapoor.

— Je ferai le compte de mes plaques avant de m'exiler.

— Si vous avez besoin d'aide, permettez-moi de vous envoyer mon fils. Il sait compter jusqu'à deux. »

Le Raja de Marh rougit jusqu'aux yeux. « C'est un coup monté ? » demanda-t-il au Nawab. Il imaginait un complot tramé par les musulmans et leurs alliés pour l'humilier.

« Non, Votre Altesse, protesta le Nawab qui avait retrouvé sa voix. Et je vous présente à tous mes excuses, en particulier à vous Mr Bannerji. Je n'aurais pas dû insister pour que la réunion ait lieu ici. »

Leur intérêt commun dans le litige en cours l'ayant mis dans le même cas que le Raja de Marh, le Nawab Sahib avait espéré qu'en l'invitant chez lui il aurait peut-être une chance de lui toucher un mot de l'affaire du temple de Shiva à Chowk – à tout le moins de susciter l'occasion d'une conversation ultérieure. Les rapports entre les communautés hindoue et musulmane étaient si tendus que le Nawab avait ravalé son dégoût et un peu de sa fierté : le prix à payer pour contribuer à arranger les choses. Sa manœuvre se retournait contre lui.

Le plus vieux des Bannerji Binoclards, d'abord muet devant le spectacle, s'exprima enfin, d'une voix étudiée : « Bien. Comme, me semble-t-il, nous avons dégagé les grandes lignes du sujet, nous pouvons ajourner. J'informerai par écrit mon père de ce que chacun a dit, et j'espère pouvoir le convaincre de plaider pour nous dans cette affaire, si nécessaire et en temps voulu. »

C'était du grand G.N. Bannerji qu'il parlait, avocat légendaire aussi réputé pour sa perspicacité que pour sa rapacité. Si, événement quasiment inévitable, le projet amendé passait devant la Chambre haute et, dûment signé par le Président de l'Inde, prenait force de loi, il serait certainement contesté devant la Haute Cour de Brahmpur. S'ils arrivaient à se faire défendre par G.N. Bannerji, les latifundiaires verraient s'accroître leurs chances d'un jugement déclarant la loi inconstitutionnelle, et du coup nulle et non avenue.

Les Bannerji prirent congé. Du même âge que Firoz, le jeune Bannerji avait déjà une belle clientèle. C'était un garçon intelligent, gros travailleur ; les vieux clients de sa famille lui confiaient un tas d'affaires. Il trouvait Firoz un peu trop mou pour les nécessités du barreau. Firoz, lui, l'admirait pour son intelligence tout en le tenant pour un poseur, un faiseur d'embarras, un peu dans le genre de son père. Le grand-père, en revanche, n'avait rien d'un poseur. Quoique ayant dépassé les soixante-dix ans, il se montrait aussi énergique au tribunal qu'au lit. Les honoraires énormes qu'il exigeait, sans le moindre scrupule, avant de prendre une affaire, lui permettaient d'entretenir un harem, dispersé dans toute la ville. Il vivait néanmoins au-dessus de ses moyens.

Le Rajkumar de Marh, jeune homme honnête au fond, et plutôt avenant, mais d'un caractère faible, tremblait devant son père. Firoz exécrait le Raja pour sa grossièreté, sa haine affichée des musulmans : « Noir comme du charbon, avec des boutons en diamant, et des diamants aux oreilles. » Son sens de l'honneur familial le tenait également à distance du Rajkumar. Ce qui n'était pas le cas de Maan, enclin à aimer les gens pour peu qu'ils fussent aimables. Le Rajkumar le trouva très séduisant et, découvrant qu'il était désœuvré, lui proposa de sortir un soir. Maan accepta de le revoir en fin de semaine.

Cependant le Raja de Marh, le Nawab Sahib et Mahesh Kapoor se tenaient près de la table, sous la pleine lumière du lustre. Mahesh Kapoor égara son regard du côté des papiers étalés puis, au souvenir de l'apostrophe que lui avait décochée le Raja, s'empressa de détourner les yeux.

« Non, non, soyez le bienvenu, Monsieur le ministre, ricana le Raja. Lisez donc. Et en échange, dites-moi quand vous prévoyez d'empocher nos propriétés.

— Les empocher, moi ? »

Un ver se faufila sur la table. Le Raja l'écrasa du pouce.

« Je veux dire le ministère du Trésor du grand Etat du Purva, bien entendu.

— En temps voulu.

— Vous parlez comme votre cher ami Agarwal devant l'Assemblée. »

Mahesh Kapoor ne releva pas. Le Nawab Sahib dit : « Et si nous allions au salon ? »

Le Raja de Marh ne bougea pas. « C'est surtout par altruisme que je vous ai posé la question, dit-il autant à l'intention du Nawab Sahib que du ministre du Trésor. Je soutiens les autres zamindars surtout parce que je n'ai cure de l'attitude du gouvernement – ou d'insectes politiques tels que vous. Moi-même je ne risque pas de perdre quoi que ce soit. Mes propriétés sont à l'abri de vos lois.

— Tiens donc, dit Mahesh Kapoor. Une loi pour les êtres humains, une autre pour les singes ?

— Si tant est que vous soyez encore un hindou, répliqua le Raja, vous vous rappelez sans doute que c'est une armée de singes qui mit en déroute une armée de démons*.

— Et quel miracle attendez-vous cette fois ?

— Article 362 de la Constitution, répondit le Raja, tout heureux de cracher un chiffre supérieur à deux. Ces terres sont à nous, Sahib ministre, elles sont propriété privée, et aux termes des dispositions que nous autres les dirigeants avons acceptées pour intégrer l'Inde, la loi ne peut pas plus les accaparer que les tribunaux s'en occuper. »

Il était de notoriété publique que, pour la signature, avec l'austère ministre de l'Intérieur indien Patel, de l'Acte d'accession par lequel il cédait son Etat à l'Union indienne, le Raja de Marh s'était présenté ivre et bafouillant. Il avait même détrempé son paraphe de ses larmes – un document historique unique en son genre.

« Nous verrons, dit Mahesh Kapoor, nous verrons. Aucun doute que G.N. Bannerji va défendre Votre Altesse avec autant d'habileté qu'il a autrefois défendu votre bassesse. »

Cette allusion voilée à on ne sait quelle histoire eut un effet détonant.

Dans un soudain accès de rage, le Raja de Marh se précipita sur Mahesh Kapoor. Heureusement il heurta une chaise et s'étala sur la table, à sa gauche. Sa tête tomba sur les volumes de droit et les papiers ; quand il la releva, une page d'un des volumes était déchirée.

L'espace d'une seconde, le Raja de Marh fixa son regard sur la page en question, l'air de se demander où il était. Firoz mit cette faiblesse à profit pour lui saisir fermement le bras et l'entraîner au salon. Le Rajkumar suivit son père.

Le Nawab Sahib se tourna vers Mahesh Kapoor et leva légèrement la main, comme pour dire : « Passons. » Mahesh Kapoor répondit : « Désolé, vraiment désolé », mais chacun d'eux savait que par ces mots il s'excusait moins de l'esclandre que de sa visite tardive à Baitar House.

« Allons Maan, partons », dit-il peu après. En sortant, ils aperçurent, filant sur l'allée, la longue Lancia noire du Raja

* Allusion à un épisode du *Ramayana*.

avec sa plaque minéralogique en or de l'épaisseur d'un lingot, sur laquelle était gravé « MARH 1 ».

Roulant vers Prem Nivas, ils étaient l'un et l'autre perdus dans leurs pensées. Mahesh Kapoor était content de n'avoir pas attendu plus longtemps, en dépit de son terrible emploi du temps, pour rassurer son ami. En lui prenant la main, il avait senti à quel point le Nawab avait été touché.

Mahesh Kapoor s'attendait que son ami l'appelât le lendemain pour s'excuser de l'incident, mais sans s'expliquer davantage. Toute l'affaire était désagréable : les événements prenaient une tournure étrange, insaisissable. Il s'inquiétait de la coalition – fût-elle éphémère – que ces gens jusque-là ennemis, mus par l'intérêt personnel ou leur instinct de conservation, formaient contre la législation qu'il avait longuement élaborée.

Maan se félicitait d'avoir vu Firoz. Il lui avait dit qu'il devrait probablement rester avec son père jusqu'au soir, et Firoz avait promis d'envoyer un mot à Saeeda Bai – et au besoin de le porter lui-même – pour l'informer que Dagh Sahib ne pouvait se libérer.

6.16

« Non, attention, réfléchissez. »

A la fois moqueuse et soucieuse, la voix signifiait qu'il fallait bien travailler, éviter de gâcher, par une graphie informe et honteuse, le papier impeccablement ligné. Dans un sens, elle semblait aussi s'inquiéter de ce qui arrivait à Maan. Lequel fronça les sourcils et écrivit de nouveau le caractère « meem » qui, à ses yeux, avait l'allure d'un spermatozoïde courbe.

« Vous n'avez pas la tête à écrire, dit Rasheed. Si vous tenez à profiter de mes leçons – et je suis là pour ça – il faut vous concentrer.

— Oui, oui, très bien », fit Maan vivement, prenant pour une seconde le ton de son père. Il essaya encore. Cet alphabet ourdou, décidément, était difficile, multiforme, tarabis-coté, obscur, le contraire de la franche écriture hindi ou anglaise.

« Je ne peux pas. C'est bien joli imprimé, mais pour ce qui est de l'écrire...

— Essayez encore, ne perdez pas patience. » Rasheed prit la plume de bambou, la trempa dans l'encre bleu-noir et écrivit un « meem » parfait. Il en fit un autre au-dessous, aussi semblable au premier que deux lettres peuvent l'être l'une à l'autre.

« A quoi bon, de toute façon ? demanda Maan, assis sur le sol, jambes croisées, à une table inclinée. Je veux lire l'our-dou, et l'écrire, et non pratiquer la calligraphie. Dois-je vraiment faire tout ça ? » Il se revit, enfant, demandant une permission. Rasheed n'était pas plus âgé que lui, mais dans son rôle de maître le dominait complètement.

« Vous vous en êtes remis à moi, et je ne veux pas que vous commenciez tout de travers. Qu'aimeriez-vous lire mainte-nant ? » s'enquit Rasheed avec un petit sourire, espérant ne pas entendre l'éternelle même réponse.

« Des ghazals, dit Maan sans hésiter. Mir, Ghalib, Dagh...

— Bien. » Rasheed se tut un moment. D'avoir à ensei-gner des ghazals à Maan avant de travailler avec Tasneem sur des passages du Livre Sacré le mettait mal à l'aise, cela se voyait à ses yeux.

« Qu'est-ce que vous en dites ? Pourquoi ne commence-t-on pas aujourd'hui ? » demanda Maan.

Après réflexion, Rasheed trouva une comparaison dont le ridicule égalait l'effarement qu'il ressentait : « Ce serait, dit-il, vouloir faire courir le marathon à un bébé. Plus tard, bien entendu, vous le pourrez. Mais pour l'heure, essayez encore ce meem. »

Maan posa la plume et se leva. Il savait que Saeeda Bai payait Rasheed et que celui-ci avait besoin de cet argent. Il n'avait rien contre son professeur, en fait il appréciait sa conscience professionnelle, mais qu'il lui imposât de retourner à l'enfance le révoltait. La façon de procéder de Rasheed annonçait un parcours sans fin, insupportable d'ennui : à ce rythme il lui faudrait des années avant même de pouvoir lire les ghazals qu'il savait par cœur. Et des décennies avant d'écrire les lettres d'amour dont il rêvait. Mais voilà, cette demi-heure quotidienne avec Rasheed, c'était la potion un peu amère que Saeeda Bai lui imposait pour accroître son désir de la retrouver.

Toute leur histoire était cruelle et bizarre, pensait Maan. Tantôt elle voulait bien de lui, tantôt non, comme ça l'arrangeait. Il ne savait à quoi s'attendre et l'incertitude le déstabilisait. De se retrouver chez sa chérie, dans une pièce froide au rez-de-chaussée, le dos contre un coussin brodé de soixante aliphs, de quarante zaals et de vingt meems mal fichus, capter, à l'occasion, quelques notes magiques échappées de l'harmonium, une ritournelle au sarangi, une série d'accords au thumri, tombés de la mezzanine et passant à travers la porte : il y avait de quoi le dégoûter de ses leçons et de lui-même.

Déjà, quand tout allait au mieux, Maan n'aimait pas les tête-à-tête avec lui-même. Mais quand, sa leçon finie, Bibbo ou Ishaq lui annonçaient que Saeeda Bai préférait rester seule, c'était une soirée à le rendre fou de chagrin et de frustration. Alors, pour peu que Firoz et Imtiaz ne fussent pas chez eux, que l'atmosphère familiale se montrât, comme d'habitude, insupportable de gentillesse, de tension ou de monotonie, il rejoignait l'homme dont il venait de faire la connaissance, le Rajkumar et sa bande, pour noyer sa peine et son argent dans le jeu et la boisson.

« Bon, si vous n'avez pas la tête à la leçon aujourd'hui... » Le ton doucereux surprit Maan, contrastant avec l'expression de colère qui marqua les traits de Rasheed, au faciès de loup.

« Non, non, ça va. Simple question de maîtrise de soi, dit Maan en se rasseyant.

— C'est bien ça », approuva Rasheed de sa voix ordinaire. Il découvrait que, la maîtrise de soi, Maan en avait encore plus besoin que de meems parfaitement réussis. « Pourquoi vous êtes-vous laissé piéger dans un endroit pareil ? aurait-il voulu demander. N'est-ce pas pitoyable de sacrifier votre dignité à la begum Saeeda, à une personne qui exerce une telle profession ? »

Comme si ces questions se trouvaient contenues dans ces trois petits mots, Maan éprouva le besoin de se confier.

« Voyez-vous, c'est comme ça, je suis un faible et quand je tombe en mauvaise compagnie... » Il s'arrêta. Qu'était-il en train de dire ? Comment Rasheed saurait-il de quoi il parlait ? Et, s'il le savait, pourquoi s'en soucierait-il ?

Rasheed, pourtant, parut comprendre. « Aujourd'hui, dit-il, je me tiens pour un homme raisonnable, mais, dans ma jeunesse, je passais mon temps à cogner, à l'exemple de mon grand-père. Je croyais que c'était comme ça qu'on se fait respecter. A cinq ou six, dans mon village natal, nous tombions sur un camarade d'école passant en toute innocence, et le frappions brutalement à la tête. Seul, je n'aurais jamais osé, mais, avec la bande, je le faisais sans hésiter. C'est fini, bien entendu. J'ai appris à écouter une autre voix, à être seul, à comprendre les choses – quitte à rester seul et incompris. »

Maan avait entendu le conseil d'un bon ange ; ou peut-être d'un révolté. Par l'imagination, il vit le Rajkumar et Rasheed se disputer son âme. L'un, cartes de poker à la main, l'attirait en enfer ; l'autre le poussait au paradis à coups de plume. Après avoir raté un nouveau meem, il demanda :

« Est-ce que votre grand-père vit toujours ?

— Oh oui. Assis à l'ombre, il lit le Coran toute la journée, et chasse les gamins du village qui viennent le déranger. Un de ces jours, il chassera de même les fonctionnaires, car il n'aime pas du tout les projets de votre père.

— Seriez-vous zamindãrs ? » s'étonna Maan.

Après réflexion, Rasheed expliqua : « Mon grand-père l'était, avant de diviser son bien entre ses fils. De ce fait, mon père l'est, et mon oncle aussi. Quant à moi – » il s'arrêta, fit mine de regarder la copie de Maan et, sans achever sa phrase, continua : « Bon, de quoi je me mêle ? Ils voudraient bien, naturellement, conserver les choses en l'état. Pour avoir vécu dans le village presque toute ma vie, j'ai vu le système à l'œuvre, je sais comment il fonctionne. Les zamindars – et ma famille ne fait nullement exception – les zamindars ne font que vivre de la misère des autres ; et ils imposent à leurs fils leur sale mentalité. » Rasheed fit une pause, serrant les lèvres, avant de reprendre : « Si les fils veulent faire autre chose, ils leur rendent la vie impossible.

Ils parlent beaucoup de l'honneur de la famille, mais ils n'ont aucun sens de l'honneur, sauf pour tenir les promesses de plaisir qu'ils se sont faites à eux-mêmes. »

Il se tut à nouveau, sembla hésiter, mais poursuivit : « Certains parmi les latifundiaires les plus considérés ne sont pas de parole, ce sont des minables. Vous aurez du mal à le croire : on m'a proposé ferme une place de bibliothécaire chez un de ces grands hommes, mais quand je me suis présenté à son palais, on m'a dit – peu importe, ceci n'a rien à voir avec notre sujet. La réalité, c'est que le système des latifundiaires n'est pas bon pour les villageois, ni pour la campagne dans son ensemble, ni pour le pays, et tant qu'il se maintiendra... » Il n'acheva pas sa phrase. Il pressait ses doigts contre son front, comme s'il souffrait.

On était très loin du meem, mais c'est avec sympathie que Maan avait écouté. Il crut comprendre que c'étaient moins les circonstances qu'une terrible pression intérieure qui avaient incité le jeune répétiteur à parler ainsi.

On frappa à la porte. Rasheed se reprit. Ishaq Khan et Motu Chand entrèrent.

« Nos excuses, Kapoor Sahib.

— Je vous en prie, entrez. Ma leçon est terminée, et je prive la sœur de la begum Sahiba de son cours d'arabe. » Il se leva, pour promettre avec fougue à Rasheed : « Bon, à demain, mes meems seront impeccables. » Puis, se tournant vers les musiciens : « Alors, la vie ou la mort ? »

Aux yeux baissés de Motu Chand, il sut ce qu'allait dire Ishaq Khan.

« Kapoor Sahib, je crains que ce soir – Je veux dire que la begum Sahiba m'a prié de vous informer...

— Oui, je vois, dit Maan, furieux et blessé. Bon, mes respects à la begum Sahiba. A demain, donc.

— C'est qu'elle ne se sent pas bien. » Ishaq détestait mentir, et s'y prenait très mal.

« C'est cela, dit Maan, que l'indisposition de Saeeda Bai eût inquiété s'il y avait cru. Je suis sûr qu'elle va se remettre rapidement. » Arrivé à la porte, il se retourna pour ajouter : « Pour son bien, je lui prescrirais volontiers d'aligner des meems, une ligne toutes les heures et plusieurs avant le coucher. »

Motu Chand chercha une explication du côté d'Ishaq, mais ne lut sur son visage que la perplexité.

« Ce n'est pas plus que ce qu'elle m'a prescrit, dit Maan. Et, comme vous voyez, ça me réussit. La begum m'évite, et moi, Dieu merci, j'évite ma perte. »

6.17

Rasheed rassemblait ses livres quand Ishaq Khan, près de la porte, lança :

« Tasneem non plus ne se sent pas bien. »

Motu Chand regarda son ami. Rasheed, qu'ils voyaient de dos, se raidit.

« Comment le savez-vous ? » demanda-t-il en se retournant lentement.

Le ton du répétiteur fit rougir Ishaq Khan. Il le défia : « Quel que soit son état actuel, elle sera souffrante après la leçon. » Et c'était vrai. Tasneem sortait souvent en larmes de l'heure passée avec Rasheed.

« Elle pleure facilement, dit celui-ci, plus durement qu'il ne le voulait, mais elle n'est pas inintelligente et fait des progrès. Si quelque chose ne va pas dans mon enseignement, sa tutrice n'a qu'à m'en informer, en personne ou par écrit.

— Ne pourriez-vous pas vous montrer moins dur avec elle ? C'est une jeune fille fragile. Elle n'apprend pas pour être mollah, ou haafiz. »

Larmes ou pas, se lamentait Ishaq, Tasneem consacrait tant de temps à l'arabe, ces jours-ci, qu'il ne lui en restait guère pour s'intéresser à quelqu'un. Ses leçons semblaient même la détourner de la lecture des romans d'amour.

Ayant ramassé ses livres et ses papiers, Rasheed se parlait à lui-même : « Je ne suis pas plus sévère avec elle qu'avec – il allait dire "moi-même" – qu'avec tout autre. L'émotivité est une question de sang-froid. Rien n'est indolore. »

Les yeux d'Ishaq lancèrent des éclairs. Motu Chand le retint, d'une main sur l'épaule.

« Et de toute façon, continua Rasheed, Tasneem est portée à l'indolence.

— Elle semble portée à toutes sortes de choses, Maître Sahib. »

Rasheed ignora la remarque. « Et cette espèce d'idiote de perruche ne fait qu'aggraver les choses en l'obligeant à s'interrompre sans arrêt pour la nourrir ou la caresser. Ce n'est pas agréable de voir un oiseau impie lacérer à coups de bec des pages du Livre de Dieu. »

De stupeur, Ishaq ne sut quoi rétorquer. Rasheed le dépassa et sortit.

« Pourquoi l'as-tu ainsi provoqué, Ishaq Bhai ? demanda Motu Chand.

— Moi ? Mais c'est lui qui m'a provoqué. Sa dernière remarque...

— Il ne pouvait pas savoir que c'est toi qui as donné la perruche.

— Parbleu, tout le monde le sait.

— Lui, sûrement pas. Ce genre de choses ne l'intéresse pas, notre honnête Rasheed. Qu'est-ce qui t'arrive ? Pourquoi en as-tu après tout le monde ces jours-ci ? »

Ishaq saisit l'allusion à Majeed Khan, mais c'était une affaire qu'il préférait oublier.

« Alors, tu t'es fait avoir par ce livre de magie ? dit-il. As-tu essayé certaines de ses recettes ? Combien de femmes t'ont-elles procurées ? Et que pense ta femme de tes exploits nouveaux ?

— Tu sais très bien ce que je veux dire, poursuivit Motu Chand sans se démonter. Crois-moi, Ishaq, on n'a rien à gagner à pousser les gens à bout. Maintenant –

— C'est à cause de mes maudites mains, s'écria Ishaq, en les levant et en les regardant comme s'il les haïssait. Ces maudites mains. La dernière demi-heure, là-haut, a été une torture...

— Mais tu as si bien joué.

— Qu'est-ce qui va m'arriver ? Et à mes frères ? On ne me donnera pas de travail à cause simplement de ma brillante intelligence. Sans compter que mon beau-frère ne pourra pas venir à Brahmpur pour nous aider. Comment me montrer maintenant à la radio, qui plus est pour demander son transfert ?

— Ça va s'arranger, Ishaq Bhai. Ne te mets pas dans un état pareil. Je t'aiderai – »

Chose naturellement impossible, puisque Motu Chand avait quatre enfants en bas âge.

« Même la musique me tue maintenant, maugréa Ishaq. Même la musique. Je ne peux plus en écouter en dehors du travail. Cette main attrape le ton toute seule et l'exécute dans la douleur. Si mon père vivait, que dirait-il à m'entendre parler ainsi ? »

6.18

« La begum Sahiba a été formelle, dit le portier. Elle n'y est pour personne, ce soir.

— Pourquoi ? demanda Maan. Pourquoi ?

— Je ne sais pas.

— S'il te plaît, va aux nouvelles. » Maan lui glissa un billet de deux roupies dans la main.

L'homme prit l'argent et dit : « Elle ne se sent pas bien.

— Mais tu le savais avant, fit Maan, un peu chagrin. Ça signifie que je dois la voir. Elle va vouloir me voir.

— Non. » Le portier barrait l'entrée. « Elle ne voudra pas vous voir. »

Maan perçut une incontestable hostilité. « Maintenant, écoute. Tu vas me laisser entrer. » Il tenta de bousculer l'homme, mais l'autre résista, et ils se bagarrèrent.

On entendit des voix, à l'intérieur, et Bibbo apparut, que la vue du spectacle laissa d'abord muette de saisissement. Puis elle haleta : « Phool Singh – arrêtez ! Dagh Sahib, je vous en prie, que va dire la begum Sahiba ? »

A cette idée, Maan se reprit et rajusta sa kurta, l'air plutôt honteux. Il n'était pas blessé, pas plus que le portier, qui prenait l'incident avec détachement.

« Bibbo, est-elle très malade ? demanda Maan, une douleur chassant l'autre.

— Malade ? Qui est malade ?

— Saeeda Bai, voyons.

— Mais pas le moins du monde, dit Bibbo en riant, ajoutant sur un coup d'œil du portier : Du moins elle ne l'était pas jusqu'à il y a une demi-heure. Elle a eu une vive douleur au cœur. Elle ne veut pas vous voir – ni personne.

— Qui est avec elle ?

— Eh bien, personne, je vous l'ai dit –

— Je sais qu'il y a quelqu'un, cria Maan, aiguillonné par la jalousie.

— Dagh Sahib, dit Bibbo d'un ton compatissant, ça ne vous ressemble pas d'être comme ça.

— Comme quoi ?

— Jaloux. La begum Sahiba a ses vieux admirateurs – qu'elle ne peut pas renvoyer. Leur générosité entretient cette maison.

— Est-elle fâchée contre moi ?

— Fâchée ? Pourquoi ?

— Parce que je ne suis pas venu l'autre jour comme promis. J'ai essayé, mais je n'ai pas pu me libérer.

— Je ne crois pas qu'elle vous en veuille, mais elle en a voulu à votre messager.

— A Firoz ?

— Oui, au Nawabzada.

— A-t-il remis un mot ? » Firoz, se dit Maan un peu envieux, lisait et écrivait l'ourdou, ce qui lui permettait de communiquer par écrit avec Saeeda Bai.

« Je crois bien, dit Bibbo, restant dans le vague.

— Et pourquoi s'est-elle fâchée ?

— Je ne sais pas. » Et, avec un petit rire : « Je dois y aller maintenant. » C'est un Maan apparemment très agité qu'elle abandonna sur le trottoir.

En fait, la visite de Firoz avait grandement déplu à Saeeda Bai, et elle en voulait à Maan de l'avoir envoyé. Cependant, le message de Maan lui annonçant qu'il ne pouvait venir l'avait déçue et attristée. En même temps, de réagir ainsi la contrariait. Elle ne pouvait se permettre de s'attacher à ce jeune homme au cœur léger, à la tête légère, et probablement volage. Elle se devait à sa profession, et il n'était qu'une distraction, certes agréable. Du coup elle réfléchit que ce serait une bonne chose de le tenir quelque temps à l'écart. Attendant la visite d'un client, ce soir-là, elle avait enjoint au portier de ne laisser passer personne d'autre – et surtout pas Maan.

Quand Bibbo lui rapporta ce qui s'était passé, Saeeda commença par se mettre en colère contre Maan, contre son intrusion inadmissible dans sa vie professionnelle : elle était libre de faire de son temps ce que bon lui semblait. Mais plus tard, elle répéta plusieurs fois à sa perruche « Dagh Sahib, Dagh Sahib », sur un ton variant de la passion sensuelle à la colère, en passant par la coquetterie, la tendresse, l'indifférence, l'irritation. Pour ce qui est du monde comme il va, la perruche en apprenait plus que la plupart de ses congénères.

Maan s'en était allé, se demandant comment tuer le temps, à la recherche d'un moyen, n'importe lequel, d'oublier Saeeda Bai, ne serait-ce qu'un instant. Il lui revint qu'il avait promis de voir le Rajkumar de Marh, et il se dirigea vers les pavillons que celui-ci et six ou sept autres étudiants louaient non loin de l'université. Quatre de ces garçons – l'un fils d'un gros latifundiaire, les autres de petits princes – étaient encore à Brahmpur en ce début de vacances. Ils ne manquaient pas d'argent, recevant par mois deux cents roupies à dépenser selon leur bon plaisir, soit à peu près l'équivalent du salaire de Pran. Ils n'avaient que mépris pour leurs professeurs fauchés.

Le Rajkumar et ses amis mangeaient ensemble, jouaient aux cartes, s'entendaient comme larrons en foire. Ils avaient leur propre cuisinier : chacun payait son écot, quinze roupies par mois, et vingt roupies pour ce qu'ils appelaient « la cotisation-fille ». C'était pour entretenir une très jolie danseuse de dix-neuf ans, qui vivait avec sa mère dans une rue proche de l'université. Rupvati les recevait assez souvent et, la soirée terminée, en gardait un. Chaque garçon avait ainsi son tour, tous les quinze jours. Pour les autres nuits, Rupvati était libre de recevoir l'un d'entre eux, ou de sortir, mais il était entendu qu'elle ne prendrait pas d'autres clients. La mère montrait beaucoup d'affection aux garçons, les accueillait avec plaisir, leur répétant qu'elle ne savait pas ce qu'elle et sa fille seraient devenues sans leur générosité.

Dans la demi-heure qui suivit son arrivée chez le Rajkumar, et après force rasades de whisky, Maan avait oublié tous ses chagrins. Le Rajkumar parla de Rupvati et proposa d'aller chez elle. Prenant la bouteille, ils se dirigèrent vers la maison de la danseuse. C'est alors que le Rajkumar se souvint que c'était une des nuits sans, et qu'elle ne les accueillerait pas volontiers.

« Je sais ce qu'on va faire. On va plutôt aller à Tarbuz ka Bazar », dit le Rajkumar. Et de héler une tonga et d'y pousser Maan, lequel n'était pas en état de résister.

Mais quand le Rajkumar, qui avait amicalement posé une main sur sa cuisse, la glissa sensiblement plus haut, Maan la repoussa en riant. L'autre ne s'en formalisa pas et, deux minutes plus tard, ils buvaient tour à tour à la bouteille et bavardaient amicalement comme devant.

« Je prends un grand risque, dit le Rajkumar, mais c'est au nom de notre grande amitié. »

Maan se mit à rire. « Ne recommence pas, je suis chatouilleux. »

Ce fut au tour du Rajkumar de rire. « Ce n'est pas à ça que je pensais, dit-il. C'est de te conduire à Tarbuz ka Bazar qui pour moi est risqué.

— Comment ça ?

— Parce que "tout étudiant vu dans un endroit non recommandable peut être immédiatement expulsé". »

Le Rajkumar citait là le curieux et pointilleux règlement imposé aux étudiants de l'université de Brahmpur. Règlement à la fois si vague et si délicieusement draconien que le Rajkumar et ses amis l'avaient appris par cœur et le chantaient sur le rythme du gayatri-mantra quand ils sortaient pour jouer, boire ou aller chez les prostituées.

Ils entrèrent bientôt dans le vieux Brahmpur et se faufilèrent jusqu'à Tarbuz ka Bazar. Maan commençait à réfléchir.

« Pourquoi pas une autre nuit ? fit-il.

— Oh, ils servent un excellent biryani ici, coupa le Rajkumar.

— Où ?

— Chez Tahmina Bai. J'y suis allé une fois ou deux, quand c'était un jour sans Rupvati. »

La tête de Maan tomba sur sa poitrine et il s'endormit. Arrivés à Tarbuz ka Bazar, le Rajkumar le réveilla.

« Maintenant, il faut marcher, dit-il.

— C'est loin ?

— Non. Tahmina Bai, c'est juste au coin. »

Ils descendirent, payèrent le tonga-wallah et, se tenant la main, prirent une ruelle latérale. Le Rajkumar grimpa une volée de marches raides et étroites, traînant derrière lui un Maan ivre.

En haut des marches, ils entendirent une rumeur confuse et, après quelques pas dans un couloir, eurent sous les yeux un spectacle étrange.

Bien en chair, jolie, les yeux langoureux, Tahmina Bai riait bêtement tandis qu'un homme d'âge moyen, fait comme une barrique, avec un regard d'opiomane, un visage absent, une langue rouge – un fonctionnaire des impôts – frappait un tabla en poussant d'une voix fluette une chanson obscène. Deux autres petits employés minables, l'un la tête posée sur les genoux de Tahmina Bai, tentaient de se joindre à lui.

Le Rajkumar et Maan s'apprêtaient à battre en retraite quand la patronne les vit et courut vers eux. Elle connaissait le Rajkumar et s'empressa de lui dire que les autres allaient décamper sous peu.

Effectivement, le temps pour les deux jeunes gens de faire quelques pas dehors, Tahmina Bai était prête à s'occuper d'eux.

Elle commença par chanter un thumri, puis – réalisant qu'il se faisait tard – se mit à bouder.

« Oh, chante, dit le Rajkumar, poussant Maan à l'encourager lui aussi.

— Moui-i, fit Maan.

— Non, je ne chante plus, vous n'aimez pas ma voix.

— Eh bien, dit le Rajkumar, récite-nous une poésie. »

Tahmina partit d'un éclat de rire. Ses jolies petites joues tressautaient et elle ronronna de plaisir. Dérouté, le Rajkumar avala une nouvelle rasade. Sur quoi, il regarda la fille avec émerveillement.

« Oh, c'est trop – ah, ah – de grâce ! – un poème ! »

Prise à nouveau d'un incoercible accès de rire, Tahmina Bai n'en pouvait mais de piailler, de se tenir les côtes, de hoqueter, les larmes l'inondaient.

Quand elle eut retrouvé la parole, elle leur raconta une histoire.

« Un jour, à Bénarès, le poète Akbar Allahabadi fut attiré par des amis dans une rue comme la nôtre. Complètement saoul – tout comme vous – il se mit à uriner contre un mur. Et alors – que se passa-t-il ? – une courtisane, se penchant à une fenêtre, le reconnut pour avoir assisté à l'un de ses récitals poétiques. Alors elle dit – Tahmina se remit à glousser et à se plier en deux de rire – Elle dit – Akbar Sahib nous fait la grâce d'un poème ! » A sa stupeur, Maan se surprit lui aussi à glousser de rire.

Mais Tahmina Bai n'avait pas terminé son histoire :

« En l'entendant, le poète lui lança du tac au tac :

Las, le moyen pour Akbar d'écrire un rondeau
Avec la plume dans sa main et l'encrier là-haut. »

Une tempête de glapissements et de reniflements salua cette chute. Sur quoi, Tahmina Bai dit à Maan qu'elle avait quelque chose à lui montrer dans l'autre pièce et l'y conduisit, tandis que le Rajkumar reprenait de sa bouteille.

Quelques minutes après, ils réapparurent, Maan les vêtements en désordre et l'air écœuré. Mutine, Tahmina Bai se tourna vers le Rajkumar : « Maintenant, c'est à vous que je veux montrer quelque chose.

— Non, non. J'ai déjà – je ne suis pas d'humeur – Maan, allons-nous-en. »

Tahmina Bai parut offensée. « Tous les deux vous êtes, vous êtes, pareils, dit-elle. A quoi je vous sers ? »

Le Rajkumar s'était levé. Il prit Maan par la taille et ils tanguèrent vers la porte. Du couloir ils entendirent :

« Prenez au moins un peu de biryani avant de partir. Il sera prêt dans deux minutes – »

Ne recevant pas de réponse, elle jeta :

« Ça vous donnerait des forces. Ni l'un ni l'autre vous n'avez été capable de me faire la grâce d'un poème ! »

Elle repartit à rire, et ce rire les poursuivit jusqu'à la rue, au bas des marches.

6.20

Maan éprouvait un tel remords de s'être commis avec une chanteuse d'aussi bas étage qu'il voulait aller sur-le-champ chez Saeeda Bai pour lui demander pardon. Le Rajkumar le persuada de rentrer chez lui, et l'accompagna jusqu'à la grille de Prem Nivas.

Mrs Mahesh Kapoor ne dormait pas. De voir Maan dans cet état lui fit mal. Elle ne dit rien pourtant, songeant avec effroi à la réaction de son mari s'il était tombé sur son fils en cet instant.

Conduit à sa chambre, Maan s'affala sur son lit et s'endormit.

Le lendemain, tout contrit, il se rendit chez Saeeda Bai, qui l'accueillit avec joie. Ils passèrent la soirée ensemble. Puis elle lui dit de ne pas se fâcher : elle ne serait pas libre les deux jours à venir.

Il le prit très mal. Souffrant de jalousie aiguë et de désir contrarié, il se demandait quelle faute il avait commise. Même s'il avait passé toutes ses soirées avec Saeeda Bai, les journées lui auraient paru interminables. Il avait à présent la perspective de nuits sinistres et vides.

Il joua un peu au polo avec Firoz, mais celui-ci travaillait dur dans la journée, et parfois même le soir, sur ses dossiers. Contrairement au jeune Bannerji Binoclard, Firoz n'avait pas le sentiment de perdre son temps en pratiquant le polo ou en flânant à la recherche d'une jolie canne : ce genre d'activités lui paraissait convenir au fils d'un Nawab. Toutefois, comparé à Maan, Firoz était un bourreau de travail.

Maan essaya de suivre son exemple – faire quelques achats et trouver quelques commandes pour son commerce de vêtements à Bénarès – mais écœuré n'insista pas. Il alla voir une fois ou deux son frère Pran et sa sœur Veena, mais leur vie de famille et la ténacité qu'ils mettaient à l'accomplir lui étaient comme un reproche. Veena le rembarra : se rendait-il compte de l'exemple qu'il donnait au jeune Bhaskar ; la vieille Mrs Tandon le regarda avec encore plus de soupçon et de désapprobation qu'avant. Kedarnath, cependant, lui tapa sur l'épaule, comme pour compenser la froideur de sa mère.

N'ayant plus d'autre recours, Maan se raccrocha à la bande du Rajkumar de Marh et (sans retourner à Tarbuz ka Bazar) se mit à boire et à perdre au jeu un bon paquet de l'argent destiné aux affaires. Le jeu – habituellement le flush et parfois même le poker, une mode récente parmi les étudiants de Brahmpur les plus ardents à la débauche – se tenait surtout dans leurs chambres, mais aussi dans des maisons de particuliers, çà et là en ville. Quant à la boisson, c'était invariablement du scotch. Maan, que la pensée de Saeeda Bai ne quittait pas, refusa même d'aller chez la belle Rupvati. Ce qui lui valut les quolibets de ses compagnons : le manque d'exercice, lui dirent-ils, lui ferait perdre à jamais ses moyens.

Un jour que Maan, seul et triste, déambulait dans Nabiganj, il tomba sur une de ses anciennes amours. Bien que mariée, elle avait encore beaucoup d'affection pour Maan, qui le lui rendait bien. Son mari – affecté du peu enviable sobriquet de Pigeon – proposa à Maan de prendre avec eux un café au Renard Rouge. D'ordinaire, Maan aurait sauté sur l'occasion ; l'air malheureux, il prétendit qu'il avait à faire.

« Qu'a donc ton ancien soupirant pour se conduire si bizarrement ? demanda le mari à sa femme.

— J'en suis stupéfaite.

— A coup sûr, il est toujours amoureux de toi.

— C'est possible – mais peu probable. C'est un principe chez lui : ne tomber amoureux de personne. »

Ils en restèrent là et entrèrent au Renard Rouge.

6.21

Maan n'était pas le seul objet des soupçons de la vieille Mrs Tandon. Comme rien ne lui échappait, elle avait récemment remarqué que Veena ne portait plus depuis quelque temps certains de ses bijoux : ceux en tout cas qui lui venaient de ses propres parents. Elle s'en ouvrit un jour à son fils.

Kedarnath n'y fit pas attention.

Sa mère insista si bien qu'il finit un jour par demander à Veena de porter son navratan.

Veena rougit. « Je l'ai prêté à Priya, qui veut en faire copier le dessin. Elle l'a vu sur moi au mariage de Pran et il lui a plu. »

Mais son mensonge rendit Veena si visiblement malheureuse que la vérité éclata bientôt. Kedarnath découvrit que le train de vie de la maison coûtait plus cher que ce qu'elle lui avait dit ; dépourvu de sens pratique pour la gestion domestique, et souvent absent, il n'avait rien remarqué. Elle avait espéré qu'en lui réclamant moins d'argent, elle allégerait d'autant les finances de son commerce. Il comprit qu'elle avait commencé à mettre en gage ou à vendre ses bijoux.

Kedarnath apprit par la même occasion que c'était Mrs Mahesh Kapoor qui, sur son propre budget, donnait à sa fille de quoi payer l'école et les livres de Bhaskar.

« Ce n'est pas possible, dit Kedarnath. Ton père nous a déjà bien assez aidés il y a trois ans.

— Pourquoi pas ? La Nani de Bhaskar a sûrement la permission de lui faire ces cadeaux. Ce n'est pas comme si elle nous payait la nourriture.

— Il y a quelque chose qui ne tourne pas rond chez ma Veena », dit Kedarnath avec un sourire un rien amer.

Loin de se calmer, Veena explosa : « Tu ne me dis jamais rien, alors que je te vois la tête dans les mains, les yeux fermés de longues minutes. Que dois-je en penser ? Et tu es toujours dehors. Il m'arrive quand tu n'es pas là de pleurer des nuits entières ; ce serait préférable d'avoir un ivrogne pour mari ; au moins il coucherait ici toutes les nuits.

— Allons, calme-toi. Où sont les bijoux ?

— C'est Priya qui les a. Elle va les faire estimer.

— Ils ne sont donc pas encore vendus ?

— Non.

— Va les reprendre.

— Non.

— Va les reprendre, Veena. Comment peux-tu marchander le navratan de ta mère ?

— Comment peux-tu risquer l'avenir de Bhaskar ? »

Kedarnath ferma les yeux.

« Tu n'entends rien aux affaires, dit-il.

— J'en sais assez pour voir que tu ne peux t'empêcher de trop t'endetter.

— Le surendettement est un fait. Toutes les grandes fortunes ont débuté par des dettes.

— Je sais que nous n'aurons plus jamais de fortune. Nous ne sommes plus à Lahore. Ne pouvons-nous garder le peu que nous avons ? »

Après un silence, Kedarnath reprit :

« Récupère les bijoux. Ça va bien, je t'assure. L'affaire de bottines avec Haresh va marcher un de ces jours, et ça réglera nos problèmes sur le long terme. »

Veena ne cacha pas ses doutes : « Les bonnes choses sont toujours sur le point d'arriver, et ce sont toujours les mauvaises qui viennent.

— Ça n'est pas exact. Sur le court terme, quelque chose a marché. Les boutiques de Bombay ont fini par payer. Je te jure que c'est vrai. Je mens trop mal pour m'y essayer. Va reprendre le navratan.

— Montre-moi l'argent d'abord ! »

Kedarnath éclata de rire. Veena fondit en larmes.

« Où est Bhaskar ? demanda-t-il, quand elle eut cessé de sangloter.

— Chez le Dr Durrani.

— Bien. J'espère qu'il va y rester encore deux bonnes heures. Faisons une partie de chaupar. »

De son mouchoir Veena se tamponna les yeux.

« Il fait trop chaud sur le toit. Ta mère ne tient pas à avoir un fils noir comme de l'encre.

— Eh bien, nous jouerons ici », décida Kedarnath.

Veena récupéra les bijoux à la fin de cet après-midi-là. Priya ne put lui en donner l'estimation : la sorcière n'avait cessé de tourner autour de ce bavard de joaillier, la dernière fois qu'il était venu, aussi Priya avait-elle décidé que la discrétion passait avant l'urgence.

Le soir même, Kedarnath apporta le navratan chez son beau-père, lui demandant de le garder à Prem Nivas.

« Mais pourquoi donc ? Pourquoi m'embarrasser avec cette breloque ?

— Baoji, il appartient à Veena, et je veux être sûr qu'elle le conserve. S'il est à la maison, elle risque, sous le coup de nobles fantasmes, d'aller le mettre en gage.

— En gage ?

— Oui, ou en vente.

— Quelle folie. Que se passe-t-il ? Est-ce que tous mes enfants ont perdu la tête ? »

Une fois informé de l'incident, Mahesh Kapoor s'enquit :

« Et comment vont vos affaires, maintenant que la grève est enfin terminée ?

— Je ne peux pas dire que ça marche bien, mais ce n'est pas encore la faillite.

— Kedarnath, occupez-vous plutôt de ma ferme.

— Non, merci, Baoji. A présent, je dois m'en aller. Le marché a dû rouvrir. » Une autre idée lui vint : « En outre, Baoji, qui s'occuperait de votre circonscription si je quittais Misri Mandi ?

— Exact. D'accord. Mieux vaut que vous partiez d'ailleurs, j'ai tous ces dossiers à régler pour demain matin. Je vais y travailler toute la nuit. Posez ça ici.

— Quoi – sur les dossiers ? » Il n'y avait pas d'autre place pour le navratan.

« Où alors, autour de mon cou ? C'est ça, c'est ça, sur le rose : "Décisions du gouvernement de l'Etat sur l'assiette de l'impôt." Ne prenez pas cet air inquiet, Kedarnath, il ne va pas redisparaître. Je demanderai à la mère de Veena de serrer ce machin quelque part. »

6.22

Cette nuit-là, chez le Rajkumar et ses amis, Maan perdit plus de deux cents roupies en jouant au flush. Le plus souvent, il s'accrochait trop longtemps à ses cartes avant de passer ou de demander à voir. Il gâchait sa chance en affichant son optimisme. En outre, il n'avait pas le visage à jouer au poker : ses partenaires savaient ce qu'il avait dans son jeu rien qu'à l'observer ramasser ses cartes. Il perdit dix roupies à chaque main – et n'en gagna que quatre avec trois rois.

Plus il buvait, plus il perdait, et vice versa.

Chaque reine – ou begum – qu'il touchait lui rappelait la begum Sahiba, qu'il voyait si peu ces jours-ci. Même quand il se trouvait avec elle, il sentait, malgré leur excitation mutuelle et leur affection, qu'elle le trouvait d'autant moins amusant qu'il était plus épris.

Complètement à sec, il bredouilla qu'il devait partir.

« Passe la nuit ici, ne pars qu'au matin, lui conseilla le Rajkumar.

— Non », dit Maan, en s'en allant.

Il se dirigea vers le domicile de Saeeda Bai en déclamant des poèmes et en chantant.

Il était minuit passé. Le voyant dans cet état, le portier le pria de rentrer chez lui. Maan se mit à chanter, pour se faire entendre de Saeeda Bai.

« *Ce n'est qu'un cœur, ni de brique ni de pierre, comment ne*
[*déborderait-il pas de chagrin ?*
Oui, je vais pleurer mille et mille fois, pourquoi me torturer
[*en vain ?* »

« Kapoor Sahib, vous allez réveiller toute la rue », constata le portier. Il n'en voulait pas à Maan de la bagarre de l'autre nuit.

Bibbo sortit et gronda Maan avec gentillesse : « Ayez la bonté de rentrer chez vous, Dagh Sahib. Nous sommes une maison comme il faut. La begum Sahiba a demandé qui chantait et, quand je le lui ai dit, elle s'est fâchée. Je crois qu'elle vous aime bien, Dagh Sahib, mais elle ne veut pas vous voir cette nuit. Elle m'a prié de vous dire qu'elle ne vous recevra jamais dans un tel état. Pardonnez mon impertinence, je vous prie, je ne fais que répéter ses mots.

— C'est juste un cœur, ni de brique ni de pierre, chantonna Maan.

— Venez, Sahib », dit calmement le portier, en emmenant Maan jusqu'au bout de la rue, en direction de Prem Nivas.

« Tiens, voici pour toi – tu es un brave homme – » Ce disant, Maan fouilla dans les poches de sa kurta. Il eut beau les retourner, il n'y trouva pas d'argent.

« Mets ce pourboire sur mon compte, fit-il.

— Oui, Sahib. » Et le portier retourna vers la maison rose.

6.23

Ivre, fauché et passablement malheureux, Maan tituba jusqu'à Prem Nivas. A sa stupeur, sa mère l'y attendait qui, lorsqu'elle le vit, fondit en larmes.

« Maan, mon cher fils, que t'arrive-t-il ? Qu'a-t-elle fait à mon garçon ? Sais-tu ce qu'on raconte sur toi ? Même les gens de Bénarès sont au courant à présent.

— Quelles gens de Bénarès ? s'enquit Maan, avec curiosité.

— Il me demande "quelles gens de Bénarès" ! » Et Mrs Mahesh Kapoor se mit à pleurer de plus belle. De l'haleine de son fils émanait une forte odeur de whisky.

Protecteur, Maan l'entoura de ses bras et lui dit d'aller se coucher. En retour, elle lui conseilla de gagner sa chambre par l'escalier extérieur pour éviter de déranger son père, qui travaillait encore dans son bureau.

Sur quoi Maan, qui n'avait pas bien saisi l'avertissement, monta en chantonnant par l'escalier principal.

« Qui est-ce ? Qui est-ce ? C'est toi Maan ? gronda la voix de son père.

— Oui, Baoji. » Maan continua à grimper.

« M'as-tu entendu ? » Les échos de la colère de Mahesh Kapoor ricochèrent dans la moitié de la maison.

« Oui, Baoji.

— Alors, descends tout de suite.

— Oui, Baoji. » Maan tituba jusqu'au bureau de son père, prit place sur une chaise en face de lui. Eux exceptés, il n'y avait dans la pièce que deux lézards, qui ponctuèrent la conversation du bruit de leurs glissades au plafond.

« Debout. T'ai-je autorisé à t'asseoir ? »

Une première fois, Maan essaya de se lever, en vain. La deuxième fois, il se retrouva étalé sur la table, les yeux vitreux, comme effrayé par les papiers étalés et le verre d'eau que son père gardait à portée de main.

Mahesh Kapoor se dressa, ses lèvres ne formant plus qu'une ligne étroite, le regard froid. Le dossier qu'il tenait dans la main droite, il le transféra dans la gauche, et il s'apprêtait à gifler son fils à toute volée quand Mrs Mahesh Kapoor fit irruption dans la pièce.

« Non – Non – Ne fais pas ça », s'écria-t-elle.

Le ton, le regard implorant de sa femme radoucirent Mahesh Kapoor. Pendant ce temps, Maan, retombé sur sa chaise, paupières closes, commençait à s'endormir.

Furieux, son père fit le tour de la table et se mit à le secouer comme s'il voulait lui briser tous les os du corps.

« Baoji ! » Réveillé pour le coup, Maan éclata de rire.

La main droite de Mahesh Kapoor s'abattit avec force sur la joue de son fils de vingt-cinq ans. La bouche ouverte de saisissement, Maan fixa son père, tout en se touchant la joue.

Assise sur un des bancs qui couraient le long du mur, Mrs Mahesh Kapoor pleurait.

« Maintenant, écoute-moi bien Maan, si tu ne veux pas en recevoir une autre – » D'avoir fait pleurer sa femme rendait Mahesh Kapoor d'autant plus furieux. « Peu importe ce qui te restera demain matin de ce que je vais te dire, mais je n'attendrai pas que tu sois redevenu sobre. Tu comprends ? Tu comprends ? »

Maan hocha la tête, luttant contre son envie irrépressible de fermer les yeux. Dans son demi-sommeil, il captait les mots pour les reperdre aussitôt. Quelque part, lui semblait-il, il y avait comme un tintement douloureux, mais d'où sortait-il ?

« T'es-tu regardé ? Sais-tu à quoi tu ressembles ? Echevelé, les yeux vitreux, les poches retournées, la kurta toute tachée de whisky – »

Maan laissa retomber sa tête sur la poitrine. Tout ce qu'il voulait c'était faire disparaître ce qui s'agitait à l'extérieur de lui : ce visage furieux, ces cris, ces tintements.

Il bâilla.

Mahesh Kapoor lui jeta le verre d'eau à la figure. Quelques gouttes tombèrent sur ses propres dossiers, mais il n'en eut cure. Maan toussa, s'étrangla, s'assit en sursaut. La main sur les yeux, sa mère sanglotait.

« Qu'as-tu fait de l'argent ? Qu'en as-tu fait ? demanda Mahesh Kapoor.

— Quel argent ? » Maan contemplait les rigoles d'eau qui dévalaient le long de sa kurta, empruntant le chemin des taches de whisky.

« L'argent des affaires. »

Maan haussa les épaules, le front plissé dans un effort de concentration.

« Et l'argent de poche que je t'ai donné ? » poursuivit son père.

Maan s'enfonça dans une concentration encore plus intense, haussa de nouveau les épaules.

« Je vais te le dire, moi, ce que tu en as fait. Tu l'as dépensé pour cette putain. » Jamais, s'il n'avait été poussé à bout, Mahesh Kapoor n'aurait ainsi parlé de Saeeda Bai.

Mrs Mahesh Kapoor se boucha les oreilles de ses mains. Son époux renifla avec dédain. A la voir, songeait-il, on croirait que les trois singes de Gandhiji se sautent dessus. Bientôt c'est sa bouche qu'elle va couvrir de ses mains.

Maan regarda son père, réfléchit une seconde et dit : « Non, je lui ai seulement offert quelques cadeaux. Elle n'a jamais rien demandé de plus... » Lui-même se demandait où avait bien pu passer l'argent.

« Eh bien, tu l'as dépensé en beuveries et au jeu », fit son père, d'un ton dégoûté.

Voilà, c'était ça, Maan s'en souvenait à présent. Soulagé, la voix guillerette, comme s'il venait enfin, après de longs efforts, de trouver la solution d'un problème très difficile, il conclut :

« Oui, c'est ça, Baoji. Bu – joué – envolé. » La signification de ce dernier mot le frappant soudain, il prit un air penaud.

« Honte sur toi – honte sur toi – tu te conduis plus mal que le plus dépravé des zamindars, et je ne le supporterai pas. » Mahesh Kapoor tapa du poing sur le dossier rose. « Je ne le supporterai pas, et je ne veux plus te voir ici. Quitte la ville, quitte Brahmpur. Sors d'ici immédiatement. Tu gâches la vie de ta mère, ta propre vie, ma carrière politique et la réputation de la famille. Je te donne de l'argent, et qu'est-ce que tu en fais ? Tu le joues ou tu le dépenses en putains et en whisky. N'es-tu doué que pour la débauche ? Je n'aurais jamais pensé avoir honte d'un de mes fils. Regarde ton beau-frère. Lui, il travaille dur – et ne demande jamais d'argent pour son commerce, encore moins pour "les petits à-côtés". Et ta fiancée ? Nous te trouvons une jeune fille convenable, d'une bonne famille – et tu cours après une Saeeda Bai, dont la vie et le passé sont connus de tous.

— Mais je l'aime...

— Tu l'aimes ? » Mahesh Kapoor était partagé entre

l'incrédulité et la rage. « Va te coucher immédiatement. C'est ta dernière nuit dans cette maison. Demain, je ne veux plus te voir. Va à Bénarès ou n'importe où, mais quitte Brahmpur. File ! »

Mrs Mahesh Kapoor eut beau supplier, son mari ne se laissa pas attendrir. Maan, qui regardait les deux lézards au plafond, se leva soudain sans avoir besoin d'aide. D'un ton résolu, il déclara :

« Très bien ! Bonne nuit ! Bonne nuit ! Je m'en vais. Demain j'aurai quitté cette maison. »

Toujours sans aide, il remonta dans sa chambre et n'oublia même pas d'ôter ses chaussures avant de tomber endormi sur son lit.

6.24

Il se réveilla le lendemain matin avec un horrible mal de tête, qui disparut comme par miracle en quelques heures. Il se souvenait d'avoir eu des mots avec son père, et il attendit le départ du ministre du Trésor à l'Assemblée pour demander à sa mère ce qu'ils avaient bien pu se dire. Mrs Mahesh Kapoor était dans tous ses états : sous le coup de la fureur, son mari avait passé une nuit blanche, ou presque, et de n'avoir pu travailler avait accru sa colère. Il refusa mordicus de l'écouter quand elle tenta de le pousser à l'indulgence. Elle dut admettre qu'il voulait vraiment que Maan s'en aille. Elle dit à son fils, en l'embrassant :

« Retourne à Bénarès, travaille dur, conduis-toi en homme responsable, regagne l'affection de ton père. »

Aucune de ces quatre recommandations ne séduisait particulièrement Maan, mais il promit qu'il ne troublerait plus la paix de Prem Nivas. Il ordonna à un serviteur d'emballer ses affaires : il irait s'installer chez Firoz ; ou chez Pran ; ou chez le Rajkumar et ses amis ; ou encore, ailleurs à Brahm-pur. Il n'allait pas abandonner cette belle ville et saper toute chance de revoir celle qu'il aimait sous prétexte qu'un père au cœur desséché le lui ordonnait.

« Veux-tu que je demande au secrétaire de ton père de réserver ta place pour Bénarès ? demanda Mrs Mahesh Kapoor.

— Non, si besoin est, je le ferai moi-même à la gare. »

Il se rasa, prit un bain, enfila un kurta-pyjama immaculé et, un peu honteux, se dirigea vers la demeure de Saeeda Bai. S'il avait été aussi ivre que sa mère le laissait entendre, on pouvait supposer qu'il l'avait manifesté devant la maison de Saeeda Bai, où il se souvenait vaguement d'être allé.

Quand il arriva, on le fit entrer. On semblait l'attendre.

En grimpant l'escalier, il se regarda dans la glace, cette fois d'un œil critique. Otant son calot blanc brodé, il inspecta ses temps qui commençaient à se clairsemer, se disant que c'était peut-être ce début de calvitie que Saeeda Bai n'aimait pas. Mais que pouvait-il y faire ?

Entendant son pas dans le couloir, Saeeda Bai l'appela d'une voix chaleureuse : « Entrez, entrez Dagh Sahib. Vous avez un pas ferme aujourd'hui. Espérons que votre cœur bat avec autant de fermeté. »

Elle s'était donné la nuit pour réfléchir au problème que lui posait Maan. Certes il était bon pour elle, mais il exigeait trop de son temps et de son énergie. L'attachement quasi obsessionnel qu'il lui portait créait une situation qu'elle ne pouvait maîtriser.

Le récit de la scène entre Maan et son père la bouleversa. Prem Nivas, où elle chantait à chaque Holi, et avait même chanté une fois pour Dussehra, faisait immanquablement partie de son programme annuel. Outre qu'il lui fallait considérer la question de ses revenus, elle ne voulait pas que son jeune ami reste fâché avec son père. « Où envisagez-vous d'aller ? demanda-t-elle.

— Mais nulle part ! s'exclama Maan. Mon père a des illusions de grandeur. Sous prétexte qu'il va dépouiller un million de latifundiaires de leur héritage, il s'imagine qu'il peut régenter son fils. Je vais rester à Brahmpur, chez des amis. » Une idée, soudain, le frappa : « Pourquoi pas ici ?

— Toba, toba ! » s'écria Saeeda Bai en se bouchant les oreilles.

« Pourquoi devrais-je me séparer de vous ? De la ville où vous vivez ? » Il se pencha sur elle et se mit à l'embrasser. « Et votre cuisinier fait de si délicieux shami kababs. »

L'ardeur de Maan n'était pas pour lui déplaire, mais elle réfléchissait en même temps. « Je sais, dit-elle en se dégageant, je sais ce que vous devez faire.

— Mmh, dit Maan, en tentant de l'étreindre à nouveau.

— Restez tranquille et écoutez-moi, Dagh Sahib, fit-elle d'une voix câline. Vous voulez être près de moi, mieux me comprendre, n'est-ce pas ?

— Oui, oui, bien sûr.

— Pourquoi, Dagh Sahib ?

— Pourquoi ?

— Oui, pourquoi ?

— Parce que je vous aime.

— Qu'est-ce que l'amour – ce maléfice qui transforme les amis en ennemis ? »

C'en était trop pour Maan, qui n'était pas d'humeur aux spéculations abstraites. Un soupçon abominable lui traversa l'esprit : « Vous aussi, vous voulez que je m'en aille ? »

Saeeda Bai garda le silence, se contentant d'arranger le pan de son sari qui avait glissé de sa tête. Ses yeux cernés de khôl semblaient plonger dans l'âme même de Maan.

« Allons, Dagh Sahib ! » finit-elle par dire.

Contrit, Maan s'excusa : « Je craignais que vous ne vouliez mettre notre amour à l'épreuve de l'éloignement.

— Cela me ferait autant de peine qu'à vous ; non, je pensais à quelque chose de tout à fait différent. »

Elle joua quelques notes sur son harmonium avant d'expliquer : « Rasheed, votre professeur d'ourdou, va partir pour son village. Il y restera un mois, et je ne sais où trouver quelqu'un pour le remplacer. Je crois que si vous voulez vraiment me comprendre, apprécier mon art, partager ma passion, il vous faut apprendre ma langue, la langue des poèmes que je récite, des ghazals que je chante, des pensées qui sont les miennes.

— Oui, oui, murmura Maan, transporté.

— Donc vous devez accompagner votre professeur d'ourdou et rester avec lui – pendant un mois.

— Quoi ? » Pour Maan, ce fut comme si elle lui avait lancé un verre d'eau à la figure.

Saeeda Bai semblait si bouleversée par sa propre solution du problème – c'est à l'évidence ce qu'il faut faire, murmurait-elle en se mordant nerveusement la lèvre inférieure, mais comment allait-elle supporter la séparation, etc. – que bientôt ce fut Maan qui entreprit de la consoler. C'est le seul moyen, lui affirma-t-il : s'il ne trouvait pas d'endroit où vivre dans le village, il dormirait à la belle étoile, il parlerait – penserait – écrirait – la langue de son âme, il lui enverrait des lettres rédigées dans l'ourdou le plus pur. Même son père serait fier de lui.

« Vous m'avez convaincue », finit par dire Saeeda Bai.

Maan remarqua que la perruche le regardait d'un air cynique. Il se rembrunit.

« Quand part Rasheed ?

— Demain. »

Maan pâlit. « Mais ça ne nous laisse que cette nuit ! » Il sentit son courage l'abandonner. « Non – je ne peux pas – je ne peux pas vous quitter.

— Dagh Sahib, si vous êtes infidèle à votre propre logique, comment puis-je croire que vous me serez fidèle ?

— Dans ces conditions, je dois passer la nuit ici. Ce sera notre dernière avant – un mois. » Ce mot, il refusait de l'accepter.

« Ce ne sera pas possible, constata Saeeda Bai, pensant à ses engagements.

— Eh bien, je ne pars pas. Je ne peux pas. D'ailleurs, nous n'avons pas consulté Rasheed.

— Rasheed sera honoré de vous donner l'hospitalité. Il a beaucoup de respect pour votre père – sûrement en raison de ses talents de bûcheron – et, bien entendu, beaucoup de respect pour vous – sûrement en raison de vos talents de calligraphe.

— Je dois vous voir ce soir, insista Maan. Il le faut. Quel bûcheron ? » ajouta-t-il, perplexe.

Saeeda Bai soupira. « C'est très difficile d'abattre un banian, Dagh Sahib, surtout celui qui est enraciné depuis si longtemps dans le sol de cette contrée. Mais j'entends déjà la hache impatiente de votre père sur un de ces troncs. Il sera bientôt arraché de terre. Les serpents seront chassés de ses racines et les termites brûlés avec ses racines pourries. Et qu'adviendra-t-il des oiseaux et des singes qui chantaient et jacassaient dans ses branches ? Dites-le-moi, Dagh Sahib. C'est ainsi que vont les choses aujourd'hui. » Devant l'air déconfit de Maan, elle ajouta avec un nouveau soupir : « Venez à une heure du matin. Je vais ordonner à votre ami le portier de réserver un accueil triomphal au Shahenshah. »

Maan sentit la moquerie. Mais la pensée de la voir le revigora instantanément, tout en sachant qu'elle tentait simplement de rendre la pilule moins amère.

« Bien entendu, je ne peux rien promettre, continua Saeeda Bai. S'il vous dit que je dors, vous ne devrez pas faire de scène ou réveiller tout le voisinage. »

Ce fut au tour de Maan de soupirer :

> « *Si Mir continue si fort à gémir*
> *Comment ses voisins pourraient-il dormir ?* »

Or, tout se passa bien. Abdur Rasheed accepta de loger Maan chez lui au village et de continuer à lui enseigner l'ourdou. Mahesh Kapoor, qui avait craint tout d'abord que Maan ne tente de le défier en restant à Brahmpur, ne fut cependant pas mécontent qu'il n'aille pas à Bénarès car il savait, ce que son fils ignorait – que le commerce marchait beaucoup mieux sans lui. Mrs Mahesh Kapoor (à qui il allait beaucoup manquer, bien sûr) était heureuse de le savoir entre les mains d'un professeur rigoureux et loin de « ça ». Maan reçut l'aumône d'une nuit passionnée avec Saeeda Bai. Laquelle poussa un soupir de soulagement à peine frappé d'une pointe de regret quand l'aube se leva.

Quelques heures plus tard, un Maan sinistre, qu'enrageait l'idée d'être ainsi pris en tenaille entre son père et sa bien-aimée, et Rasheed, tout au plaisir pour le moment de quitter une ville congestionnée pour retrouver les grands espaces de la campagne, étaient à bord d'un train qui cahotait sur sa voie étroite, dessinant une courbe paresseuse en direction du district de Rudhia et du village natal de Rasheed.

Il fallut que Rasheed s'en aille pour que Tasneem se rende compte du plaisir qu'elle prenait à ses leçons d'arabe. Ses autres activités avaient toutes pour objet des tâches ménagères sans ouverture sur un monde plus vaste. En la persuadant de l'importance de la grammaire et en contrariant sa tendance à fuir devant les difficultés, son jeune professeur lui avait fait prendre conscience des moyens qu'elle possédait sans le savoir. Elle l'admirait pour sa réussite à se frayer un chemin dans le monde sans le moindre soutien familial, et pour les principes au nom de quoi il avait continué, malgré les reproches de Saeeda Bai, à lui expliquer un passage du Coran.

Toute cette admiration, elle la gardait pour elle. Rasheed n'avait jamais laissé entendre qu'elle l'intéressât à un autre titre que celui d'élève. Jamais leurs mains ne s'étaient touchées, même par accident en feuilletant un livre. Qu'en tant de semaines cela ne se fût jamais produit dénotait une volonté délibérée de sa part, car le cours normal des choses aurait dû entraîner un tel incident, même si chacun avait immédiatement retiré sa main.

Cette absence d'un mois attristait Tasneem, beaucoup plus que ne le justifiait la seule suspension de ses leçons d'arabe. Ishaq Khan s'en rendait compte, en comprenait l'origine, et tentait de la réconforter.

« Ecoutez, Tasneem.

— Oui, Ishaq Bhai ?

— Pourquoi employez-vous toujours ce "Bhai" ? »

Tasneem ne répondit pas.

« Bon, appelez-moi frère si vous le souhaitez, mais quittez cet esprit chagrin.

— Je ne peux pas. Je me sens triste.

— Pauvre Tasneem. Il reviendra. » Ishaq s'efforça de ne pas laisser percer autre chose dans sa voix que de la sympathie.

« Je ne pensais pas à lui, dit Tasneem, très vite. Je pensais que je ne vais rien avoir de plus utile à faire que de lire des romans et éplucher des légumes. Rien d'utile à apprendre –

— Eh bien, vous pourriez enseigner, rétorqua Ishaq Khan, jouant les brillants esprits.

— Enseigner ?

— Apprendre à parler à Miya Mitthu. Ce sont les premiers mois qui comptent dans l'éducation d'une perruche. »

Une seconde, Tasneem sembla se ranimer. Puis elle dit : « Apa s'est approprié ma perruche. La cage est toujours dans sa chambre, rarement dans la mienne. » Elle soupira et marmonna entre ses dents. « On dirait que tout ce qui est à moi devient sa propriété.

— Je vais aller la chercher, proposa Ishaq.

— Oh non, il ne faut pas. Pensez à vos mains –

— Je ne suis pas aussi estropié que ça.

— Mais ça doit faire mal. Quand je vous vois vous exercer, je devine à votre visage combien c'est douloureux.

— Et même si cela est ? Je dois m'exercer et je dois jouer.

— Pourquoi n'allez-vous pas consulter un médecin ?

— Ça finira par disparaître.

— Peut-être. Mais quel mal y a-t-il à consulter ?

— D'accord. Je le ferai puisque vous me le demandez. »

Ces derniers temps, quand il accompagnait Saeeda Bai, il arrivait à Ishaq de ne pouvoir se retenir de crier. La douleur dans ses poignets ne cessait d'empirer. L'étrange, c'est qu'elle affectait les deux poignets, alors que ses mains – la droite sur l'archet, la gauche sur les cordes – avaient des positions très différentes.

L'angoisse le tenaillait, car de ses mains dépendaient sa subsistance et celle de ses frères. Quant au transfert de son beau-frère, Ishaq n'avait pas tenté d'en parler au directeur de la radio que l'incident de la cantine ne devait pas inciter à faire preuve d'amabilité à son endroit, surtout si Ustad était allé lui manifester son mécontentement.

Ishaq Khan se rappelait ce que lui disait son père : « Exerce-toi au moins quatre heures chaque jour. Les employés de bureau passent plus d'heures que cela à griffonner. Ce serait insulter ton art que de ne pas lui en consacrer autant. » Parfois, au milieu d'une conversation, son père prenait sa main gauche et l'examinait avec soin ; si les cannelures de ses ongles, formées par le frottement contre

les cordes, étaient à vif, il disait : « Bien. » Sinon, il continuait à parler, la voix empreinte de déception. Ces derniers
temps, la douleur avait empêché Ishaq de s'entraîner plus
d'une heure ou deux par jour.

Il avait parfois du mal à fixer son esprit sur autre chose.
Soulever une cage, boire son thé, ouvrir une porte, tout le
ramenait à ses mains. Et il ne pouvait compter sur l'aide de
personne. S'il disait à Saeeda Bai ce qu'il souffrait en
l'accompagnant, notamment dans les passages rapides,
pourrait-il lui en vouloir de chercher quelqu'un d'autre ?

« Ce n'est pas raisonnable de tant vous exercer. Vous
devriez vous reposer – et mettre de la pommade, murmura
Tasneem.

— Croyez-vous que je ne veuille pas me reposer ?

— Mais il faut aussi prendre le médicament qui
convient.

— Eh bien, trouvez-le-moi, s'écria Ishaq avec une violence inhabituelle. Tout le monde compatit, donne des
conseils, mais personne n'aide. Allez, allez – »

Il s'arrêta brusquement, porta sa main à ses yeux. Il ne
voulait pas les ouvrir. Il imaginait le visage stupéfait de
Tasneem, ses yeux de biche pleins de larmes. Si la souffrance me rend si égoïste, se dit Ishaq, alors il faut que je me
repose, même si je risque de perdre mon travail.

Il reprit son sang-froid. « Tasneem, dit-il, vous devez
m'aider. Parlez à votre sœur, moi je ne le peux pas. Plus tard,
je lui parlerai à mon tour. Dans mon état, je ne peux trouver
un autre travail. Il faudra qu'elle me garde, même si je suis
incapable de jouer pendant quelque temps.

— Oui, souffla Tasneem, sa voix révélant ce qu'il avait
redouté : elle pleurait en silence.

— Je vous en prie, ne prenez pas en mal ce que je viens de
dire. Je ne suis pas moi-même. Je vais me reposer. » Il
secouait la tête en tous sens.

Tasneem lui posa la main sur l'épaule. Il retrouva son
calme et le conserva même après qu'elle l'eut retirée.

« J'expliquerai les choses à Apa, dit-elle. Voulez-vous que
je m'en aille à présent ?

— Oui. Non, restez encore un peu.

— De quoi voulez-vous que nous parlions ?

— Je ne veux pas parler. » Levant les yeux, il vit le visage de Tasneem marqué de larmes.

« Puis-je utiliser votre stylo ? » demanda-t-il.

Tasneem lui tendit le stylo de bois à large plume en bambou que Rasheed lui faisait prendre pour la calligraphie. Il formait de grosses lettres, un peu comme celles des enfants. Les points au-dessus des lettres ressemblaient à de petits losanges.

Ishaq réfléchit quelques minutes. Puis saisissant une grande feuille de papier quadrillé – celui sur lequel Tasneem faisait ses exercices –, il écrivit, avec peine, des vers qu'il lui tendit sans un mot, avant même que l'encre fût sèche.

> *Chères mains, qui me causez tant de douleur,*
> *Pourquoi ne puis-je retrouver votre vigueur ?*
>
> *Quand serons-nous de nouveau amis ?*
> *Pardonnez, car je suis tout marri.*
>
> *Plus jamais, brutal mais discipliné,*
> *Mes moyens n'outrepasserai,*
>
> *Sans vous consulter de concert*
> *Sur tout travail qu'il nous faut faire,*
>
> *Ne vous causerai ni choc ni détresse*
> *Gagnant votre confiance par gentillesse.*

Il observa le mouvement de va-et-vient de ses yeux limpides, remarquant avec un plaisir un peu douloureux le rouge lui monter aux joues lorsqu'ils se posèrent sur les deux dernières strophes.

Tasneem entra dans la chambre de sa sœur, qu'elle trouva assise devant sa glace en train d'appliquer du kajal sur ses paupières.

La plupart des gens ont une façon particulière de se regarder dans une glace. Certains font la moue, d'autres écarquillent les yeux, d'autres s'inspectent d'un air sourcilleux. Saeeda Bai possédait une gamme d'expressions aussi étendue que celle des intonations avec lesquelles elle s'adressait à sa perruche. Quand Tasneem la surprit, elle remuait lentement la tête, de gauche à droite, d'un air rêveur. Rien ne laissait deviner qu'elle venait de découvrir un cheveu blanc dans son épaisse chevelure noire, et qu'elle en cherchait d'autres.

Elle était en train de mâcher un paan, fourré de ce tabac odorant et demi-solide appelé kimam, qu'elle avait saisi dans le récipient en argent qui trônait sur sa coiffeuse, au milieu des fioles et des flacons. En voyant l'image de Tasneem dans le miroir, la première idée qui lui vint fut qu'elle, Saeeda, commençait à vieillir et que dans cinq ans elle en aurait quarante. Elle prit un air mélancolique, revint à sa propre image, se regardant dans les yeux, fixant tour à tour chaque iris. Puis, se rappelant l'invité qu'elle attendait ce soir, elle s'adressa un petit sourire affectueux.

« Qu'y a-t-il, Tasneem ? fit-elle, la bouche pleine de paan.

— Apa, dit Tasneem d'une voix nouée, c'est à propos d'Ishaq.

— Il t'a taquinée ? questionna Saeeda, se méprenant sur la cause de la nervosité de sa sœur. Je vais lui dire deux mots. Envoie-le-moi.

— Non, non Apa. C'est à cause de ça. » Elle lui tendit le poème d'Ishaq.

L'ayant lu, Saeeda Bai se mit à jouer avec l'unique tube de rouge à lèvres qu'il y avait sur sa coiffeuse. Elle ne se maquillait jamais les lèvres, dont le rouge naturel était rehaussé par le paan, mais ce tube lui avait été offert voilà longtemps par l'homme qu'elle attendait ce soir et auquel elle portait une sorte d'attachement.

« Qu'en penses-tu Apa ? Dis quelque chose.

— C'est bien exprimé, mais mal écrit. Et qu'est-ce que cela veut dire ? Il recommence avec ses mains ?

— Elles le font beaucoup souffrir et il craint, s'il t'en parle, que tu ne le renvoies. »

Se rappelant la façon dont elle avait renvoyé Maan, Saeeda Bai sourit et ne dit rien. Elle s'apprêtait à déposer une goutte de parfum au creux de son poignet quand Bibbo entra en coup de vent.

« Oh-hoh, que se passe-t-il encore ? Ne puis-je avoir un moment de paix ? As-tu nourri la perruche ?

— Oui, Begum Sahiba, répliqua Bibbo, nullement démontée. Mais de quoi voulez-vous vous nourrir ce soir, vous et votre invité ?

— Petite misérable – Saeeda Bai s'adressait au reflet de Bibbo dans le miroir –, tu n'arriveras jamais à rien. Depuis le temps que tu es dans cette maison, tu n'as pas acquis le moindre sens de l'étiquette, le moindre jugement. » Bibbo fit mine de se repentir. « Va voir ce qui pousse dans le potager et reviens dans cinq minutes. » Saeeda Bai se tourna alors vers sa sœur :

« Il t'a envoyé me parler, c'est cela ?

— Non. Je le fais de moi-même. Il a besoin d'aide.

— Tu es sûre qu'il ne s'est pas mal conduit ? »

Tasneem secoua la tête.

« Peut-être pourrait-il m'écrire un ou deux ghazals, reprit Saeeda Bai. Il faut que je lui trouve un travail à faire, provisoirement. Je suppose que ses mains lui permettent quand même d'écrire ?

— Oui.

— Eh bien, restons-en là. »

Mais Saeeda Bai pensait déjà à un remplaçant. Elle savait qu'elle ne pourrait entretenir Ishaq indéfiniment – ou du moins jusqu'à l'heure, indéterminée, où ses mains décideraient de fonctionner.

« Merci, Apa, dit Tasneem, tout heureuse.

— Ne me remercie pas, rétorqua sa sœur d'un ton sec. J'ai l'habitude de voir tous les ennuis me tomber sur le dos. Maintenant il faut que je trouve un autre joueur de sarangi, et un autre professeur d'arabe pour toi –

— Oh non, non, ce n'est pas la peine.

— Comment, ce n'est pas la peine ! Je croyais que tu aimais tes leçons d'arabe ? » Saeeda Bai s'était retournée pour parler à Tasneem, et non plus à son reflet.

Bibbo bondit de nouveau dans la pièce. « J'ai trouvé ce qui est mûr dans le potager, cria-t-elle.

— Bien, bien. » Saeeda Bai renonça à se fâcher. « Alors qu'y a-t-il en dehors du gombo ? Le karela ?

— Oui, Begum Sahiba, et il y a même une citrouille.

— Bon, dis à la cuisinière de faire des kababs comme d'habitude – des shami kababs – avec le légume de son choix, et puis aussi du mouton accompagné de karela. »

Tasneem fit une grimace, qui ne passa pas inaperçue.

« Si tu trouves le karela trop amer, tu n'es pas obligée d'en manger, lui dit sa sœur, d'un ton sec. Personne ne t'oblige. Je me tue au travail pour que tu vives dans le confort, et tu ne l'apprécies pas. Ah oui – elle s'adressait de nouveau à Bibbo –, je veux aussi du phirni pour terminer.

— Mais nous avons épuisé toute la ration de sucre –

— Trouves-en au marché noir. Bilgrami Sahib aime beaucoup le phirni. »

Sur quoi, elle renvoya Tasneem et Bibbo, et continua sa toilette en paix.

Son hôte de ce soir était un vieil ami, un médecin généraliste d'une dizaine d'années de plus qu'elle, bel homme et cultivé. Célibataire, son client d'abord, puis son ami, il l'avait demandée en mariage à plusieurs reprises. Elle n'éprouvait pas d'amour pour lui, mais appréciait de pouvoir compter sur son aide en cas de besoin. Cela faisait plus de trois mois qu'ils ne s'étaient pas vus, et l'idée qu'il allait encore lui proposer de l'épouser la rendait toute joyeuse, sachant que son refus, tout aussi inévitable, ne le chagrinerait pas outre mesure.

Elle regarda autour d'elle et ses yeux tombèrent sur l'illustration du livre qu'elle avait fait encadrer, celle de la femme contemplant au-delà d'un porche un mystérieux jardin.

A présent, se dit-elle, Dagh Sahib doit être arrivé à destination. Je ne voulais pas vraiment l'expédier là-bas, mais je l'ai fait. Il ne voulait pas y aller, mais il m'a obéi. Tout est pour le mieux.

Une affirmation à laquelle Dagh Sahib n'aurait certainement pas souscrit.

6.27

Ishaq Khan attendait Ustad Majeed Khan non loin de sa maison. Lorsque le maître sortit, un filet à provisions à la main, Ishaq Khan le suivit. Il prit la direction de Tarbuz ka Bazar, dépassa la rue menant à la mosquée, et déboucha sur l'aire assez vaste du marché aux légumes. Il musardait d'étal en étal, à la recherche de quelque chose qui pût l'intéresser. Il y avait notamment une abondance de tomates, à un prix abordable compte tenu de la saison, et qui donnaient une touche de gaieté à l'ensemble du marché. Dommage que l'époque des épinards fût passée : c'était un de ses légumes favoris. Même chose pour les carottes, les choux-fleurs, les choux, qu'on ne trouverait plus avant l'hiver prochain. Il en restait bien encore un peu, mais desséchés et chers.

Telles étaient les pensées qui agitaient l'esprit du maître quand il s'entendit appeler, d'un ton respectueux.

« Adaab arz, Ustad Sahib. »

Se retournant, Majeed Khan reconnut Ishaq. Un seul regard suffit pour chasser ses pensées agréables et lui rappeler la scène de la cantine. Le visage sombre, il prit deux ou trois tomates à l'étalage, en demanda le prix.

« J'ai une requête à vous adresser. » C'était de nouveau la voix d'Ishaq.

« Oui ? » Il ne cherchait pas à dissimuler son mépris. Ce jeune homme qui avait osé l'insulter alors qu'il lui proposait son aide pour il ne savait plus très bien quelle affaire frivole.

« Et aussi des excuses à vous présenter.

— Je vous en prie, je n'ai pas de temps à perdre.

— Je vous ai suivi ici depuis votre maison. J'ai besoin que

vous m'aidiez. J'ai besoin de travail pour faire vivre mes jeunes frères, et je n'en trouve pas. Après ce qui s'est passé l'autre jour, All India Radio ne m'a plus jamais engagé. »

Le maestro haussa les épaules.

« Je vous en supplie, Ustad Sahib, quoi que vous pensiez de moi, ne ruinez pas ma famille. Vous avez connu mon père et mon grand-père. En souvenir d'eux, pardonnez les fautes que j'ai pu faire.

— Que vous avez pu faire ?

— Que j'ai faites. Je ne sais pas ce qui m'a pris.

— Je ne veux pas votre ruine. Allez en paix.

— Ustad Sahib, depuis ce jour-là, je n'ai plus de travail, et mon beau-frère n̦'a eu aucune nouvelle de son transfert de Lucknow. Je n'ose approcher le directeur.

— Mais vous osez m'approcher moi. Vous me suivez –

— Seulement pour avoir une chance de vous parler. Vous devriez comprendre – entre musiciens. » Le maître tiqua. « Et récemment, mes mains me causent du souci. Je les ai montrées à un médecin, mais –

— J'en ai entendu parler. » Le maître ne précisa pas où.

« Mon employeur m'a laissé clairement entendre qu'elle ne peut pas m'entretenir plus longtemps pour mes beaux yeux.

— Votre employeur ! » Le grand chanteur prit un air dégoûté et ajouta : « Allez et remerciez Dieu de ce qui vous arrive. Remettez-vous à Sa miséricorde.

— C'est à la vôtre que je m'en remets, s'écria Ishaq avec désespoir.

— Je n'ai rien dit, pour vous ou contre vous, au directeur de la station. Je veux bien mettre sur le compte d'une aberration momentanée ce qui s'est passé l'autre matin. Si vous n'avez plus de travail, ce n'est pas de mon fait. De toute façon, étant donné l'état de vos mains, que proposez-vous ? Vous êtes très fier de vos longues heures d'exercice. Je vous conseille de les réduire. »

C'était également ce que Tasneem lui avait conseillé. Ishaq hocha la tête, désespéré. Il n'y avait pas d'espoir, et puisque son orgueil avait déjà beaucoup souffert, il sentit qu'il ne lui restait plus qu'à multiplier les excuses dont la nécessité lui était apparue peu à peu.

« Cela fait longtemps que je souhaitais vous dire combien j'ai honte de ma conduite. Ce matin-là, Ustad Sahib, si j'ai eu l'impudence de m'asseoir à votre table, c'est parce que je venais d'entendre votre Todi. »

Le maestro, qui s'absorbait dans le choix de ses légumes, se retourna lentement vers lui.

« J'étais assis sous le margousier avec quelques amis. L'un d'eux avait une radio. Et nous étions plongés dans l'enchantement, moi du moins. Je voulais trouver un moyen de vous le dire, mais les choses ont mal tourné, d'autres pensées m'ont submergé. »

D'un signe de tête, Ustad Majeed Khan signifia qu'il comprenait. Il regarda les mains du jeune homme, nota les cannelures sur les ongles.

« Ainsi – vous avez aimé mon Todi.

— Le vôtre – ou celui de Dieu. J'ai eu le sentiment que le grand Tansen lui-même aurait été bouleversé en entendant la façon dont vous interprétiez son raga. Depuis, il ne m'a plus jamais été possible de vous écouter. »

Le maestro fit la moue, mais ne daigna pas demander ce que signifiait cette dernière remarque.

« Je vais répéter un Todi ce matin, dit-il. Venez avec moi. »

L'incrédulité se peignit sur le visage d'Ishaq ; il avait l'impression d'avoir reçu le ciel en cadeau. Il oublia ses mains, son orgueil, la situation dramatique qui l'avait poussé vers Majeed Khan. Il entendit, comme dans un rêve, le maître poursuivre sa conversation avec le marchand de légumes.

« Combien ?

— Deux annas et demi par pao.

— A Subzipur, il vendent les mêmes un anna de moins.

— Bhai Sahib, nous sommes à Chowk et pas à Subzipur.

— Tes prix sont quand même très élevés.

— J'ai eu un enfant l'année dernière – depuis mes prix ont augmenté. » Assis par terre, sur une natte de jute, le marchand leva les yeux vers son interlocuteur.

Ustad Majeed Khan ne sourit pas de la boutade. « Disons, deux annas par pao.

— C'est avec vous que je gagne ma nourriture, Monsieur, non grâce à la charité d'un gurudwara.

— D'accord – d'accord. » Et Majeed Khan lui donna quelques pièces.

Après avoir acheté un peu de gingembre et quelques piments, il voulut aussi des tindas.

« Fais attention de ne prendre que des petits.

— C'est ce que je fais.

— Et ces tomates – elles sont molles.

— Molles ?

— Oui, tiens. » Le maître les ôta du plateau de la balance. « Pèse celles-ci à la place. » Il farfouillait parmi les fruits.

« Elles ne seront pas devenues molles avant une semaine – mais puisque vous le dites, Monsieur.

— Pèse-les convenablement, grommela le maître. Tant que tu rajouteras des poids sur un plateau, je rajouterai des tomates sur l'autre. Le mien devra l'emporter. »

Soudain il remarqua des choux-fleurs, plus frais apparemment que les chétifs produits habituels de l'arrière-saison, mais le prix que le vendeur en demandait le stupéfia.

« Tu ne crains donc pas Dieu ?

— Je vous fais un prix spécial, Monsieur.

— Comment, un prix spécial ? Je suis bien sûr qu'il est le même pour tous.

— Mais ce sont des choux-fleurs particuliers. Vous n'avez pas besoin d'huile pour les faire frire. »

Ishaq sourit, le maître ne releva pas la plaisanterie.

« Ouiche ! Donne-moi celui-ci.

— Laissez-moi porter tout cela, Ustad Sahib », proposa Ishaq. Le maître lui confia le sac, oubliant qu'Ishaq avait mal aux poignets, et se mit en marche sans prononcer un mot. Ishaq suivit en silence.

En arrivant à sa porte, Majeed Khan dit tout fort : « J'ai quelqu'un avec moi. » On entendit un bruit de voix féminines affolées, puis de gens quittant la pièce du devant. Ils entrèrent. Le maître dit à Ishaq de déposer le sac et de l'attendre. Ishaq jeta un coup d'œil autour de lui : la pièce regorgeait de babioles et de meubles de mauvais goût. Le contraste le plus total avec l'intérieur immaculé de Saeeda Bai.

Ustad Majeed Khan revint, après s'être lavé les mains et le visage. Il pria Ishaq de s'asseoir, s'empara du tanpura qui gisait dans un coin, et se mit à l'accorder. Quand il fut satisfait, il commença un raga Todi.

Sans tabla pour l'accompagner, il modulait le raga sur un mode plus libre, moins rythmé mais plus intense que ceux qu'Ishaq lui avait jamais entendu employer. D'ordinaire, quand il chantait en public, il improvisait un alaap comme celui-ci, selon un long cycle rythmique qu'il développait librement, mais pas aussi librement qu'aujourd'hui. Ishaq fut transporté. Il ferma les yeux, la pièce cessa d'exister, puis lui-même, et pour finir le chanteur.

Combien de temps resta-t-il ainsi, il l'ignorait, quand il entendit Majeed Khan lui dire :

« Maintenant, prenez-le. »

Il ouvrit les yeux. Assis tout droit, le maître lui indiquait le tanpura qu'il avait placé devant lui.

Sans ressentir la moindre douleur aux mains, Ishaq prit l'instrument qu'il trouva, en faisant vibrer les quatre cordes, parfaitement accordé, sur le mode libre et hypnotique de tonique dominante. Il en conclut que le maestro allait continuer à répéter.

« Maintenant, chantez après moi. » Et le maître chanta une ligne mélodique.

Ishaq Khan en resta proprement muet de stupeur.

« Eh bien, qu'attendez-vous ? » demanda le maître, de ce ton que connaissaient si bien ses élèves du conservatoire Haridas.

Ishaq chanta.

Le maître continua à lui offrir des lignes mélodiques, d'abord courtes, puis de plus en plus longues et complexes, qu'Ishaq répéta de son mieux, d'une voix pas très juste au début, pour finir par se fondre complètement dans le flux et le reflux de la musique.

« Les sarangis-wallahs sont de bons imitateurs, dit le maître, pensif, mais il y a quelque chose de plus chez vous. »

D'étonnement, Ishaq cessa de pincer les cordes du tanpura.

Le maître demeura silencieux. On n'entendait dans la pièce que le tic-tac d'une méchante horloge. Ustad Majeed

Khan la regarda, comme s'il la voyait pour la première fois, puis il regarda Ishaq Khan.

L'idée l'effleura que peut-être, mais peut-être seulement, il avait trouvé le disciple qu'il cherchait depuis des années – quelqu'un à qui il transmettrait son art, quelqu'un qui, contrairement à son fils avec sa voix de grenouille, aimerait la musique avec passion, aurait une expérience des concerts, une voix agréable, un sens exceptionnel de l'accord et de l'ornement, et cette petite chose en plus, indéfinissable, qu'on appelle l'expressivité – même quand il imiterait son propre phrasé – et qui est l'âme de la musique. Mais l'originalité en matière de composition, la possédait-il ? Ou du moins le germe de cette originalité ? Seul le temps le dirait – des mois, voire des années, avant de le savoir.

« Revenez demain, mais à sept heures du matin », dit le maître, en le renvoyant. Ishaq Khan acquiesça de la tête, se leva et partit.

Septième partie

7.1

Lata repéra l'enveloppe sur le plateau. Le serviteur d'Arun avait apporté le courrier juste avant le petit déjeuner et l'avait laissé sur la table. Le souffle coupé, Lata s'assura qu'il n'y avait personne d'autre qu'elle dans la salle à manger. Le petit déjeuner se prenait à toute heure dans cette maison.

L'écriture de Kabir, Lata la connaissait d'après le petit mot qu'il avait griffonné à son intention lors de la réunion de la Société de Poésie. Elle n'avait pas compté sur une lettre, et se demandait comment il avait pu se procurer son adresse à Calcutta. Elle ne voulait pas qu'il lui écrive. Elle ne voulait plus entendre parler de lui. Avec le recul, elle découvrait qu'avant de le rencontrer, elle avait vécu heureuse : inquiète à propos de ses examens certes, soucieuse des quelques petits différends qui l'opposaient à sa mère ou à une amie, perturbée par tous ces propos concernant la nécessité de lui trouver un « garçon convenable », mais rien qui approchât l'état dans lequel elle passait ces prétendues vacances que sa mère lui avait imposées.

Il y avait un coupe-papier sur le plateau. Lata s'en saisit, puis demeura indécise. Sa mère pouvait entrer à tout moment et ne manquerait pas de lui demander – comme à l'accoutumée – de qui était la lettre et ce qu'elle racontait. Elle reposa le coupe-papier, ramassa la lettre.

Arun entra, cravate rayée noir et rouge sur sa chemise blanche empesée, tenant son veston d'une main et le *Statesman* de l'autre. Il disposa le veston sur le dossier de sa chaise, plia le journal à la page des mots-croisés, dit un bonjour affectueux à sa sœur, et parcourut son courrier.

Lata passa dans le petit salon jouxtant la salle à manger, saisit un gros livre sur la mythologie égyptienne que personne n'ouvrait jamais, y glissa l'enveloppe. En regagnant sa place à table, elle fredonnait un raga Todi. Arun prit un air désapprobateur. Lata s'interrompit. Le serviteur lui apporta son œuf sur le plat.

Sifflant entre ses dents « Trois pièces dans une fontaine », Arun continuait ses mots-croisés, dont il avait déjà rempli quelques cases tout en faisant sa toilette. « Quand cet imbécile va-t-il m'apporter ce foutu œuf ? maugréa-t-il. Je vais être en retard. »

Il attrapa un toast, le beurra.

Sur quoi, Varun entra, vêtu du kurta-pyjama déchiré avec lequel, selon toute apparence, il avait dormi. « Bonjour, bonjour », fit-il d'une voix hésitante, presque coupable. Quand Hanif, le serviteur-cuisinier, apporta l'œuf d'Arun, Varun commanda une omelette, se ravisa, opta pour des œufs brouillés, prit un toast qu'il beurra.

« Il y a un couteau à beurre, c'est fait pour ça », grommela Arun du bout de la table.

Varun s'était servi dans le beurrier avec son propre couteau. Il ne répondit pas.

« As-tu entendu ?

— Oui, Arun Bhai.

— Tu pourrais le manifester d'un mot, ou au moins d'un signe.

— Oui.

— Les bonnes manières ont un but, figure-toi. »

Varun fit la grimace. Lata lui jeta un regard compatissant.

« Les gens n'aiment pas forcément voir les miettes des autres dans leur beurre.

— D'accord, d'accord. » L'impatience commençait à gagner Varun, mais il s'en tint là de sa protestation.

Arun posa couteau et fourchette, le fixa, attendit.

« Très bien, Arun Bhai », dit Varun.

Il hésitait entre le miel et la confiture, se décida pour la confiture, de peur de se faire attraper s'il se servait de la cuillère à miel. Tout en étalant la confiture sur son toast, il chercha le regard de Lata de l'autre côté de la table ; ils se sourirent. Un petit sourire chez Lata, comme toujours ces derniers temps. Un sourire contracté chez Varun pouvait indiquer la joie ou le désespoir, ce qui rendait fou son frère aîné et le convainquait que Varun était un cas désespéré. Quand il avait passé sa licence de mathématiques avec mention, c'est avec ce sourire-là qu'il avait annoncé le résultat à sa famille.

A la fin du trimestre scolaire Varun, au lieu de chercher un emploi qui lui aurait permis de contribuer aux dépenses de la maison, était tombé malade. Il en gardait toujours une certaine faiblesse, tressaillait au moindre bruit. Arun décida qu'il était temps d'avoir une conversation franche avec son cadet afin qu'il comprenne que le monde ne lui devait rien, et qu'il sache ce que Papa aurait dit en la circonstance.

Meenakshi apparut avec Aparna.

« Où est Daadi ? demanda l'enfant, cherchant du regard Mrs Rupa Mehra autour de la table.

— Grand-maman va arriver, mon amour, dit Meenakshi. Elle doit être en train de réciter les Vedas. »

En réalité, Mrs Rupa Mehra, qui récitait un chapitre ou deux de la Gita tous les matins à l'aube, était en train de s'habiller.

Elle arriva, un sourire épanoui aux lèvres, qui disparut quand ses yeux tombèrent sur la chaîne en or que Meenakshi, sans plus réfléchir, avait passée autour du cou d'Aparna. Meenakshi ne se rendit compte de rien, mais Aparna, au bout de quelques minutes, demanda :

« Pourquoi as-tu l'air si triste, Daadi ? »

Mrs Rupa Mehra finit d'avaler sa bouchée de toast et de tomate frite avant de répondre, « Je ne suis pas triste, ma chérie.

— Es-tu en colère contre moi, Daadi ?

— Non, mon trésor, pas contre toi.

— Contre qui alors ?

— Contre moi, peut-être. » Cessant de regarder ce qui restait de la médaille, elle chercha à accrocher le regard de Lata, qui contemplait par la fenêtre le petit jardin. Lata était encore plus absente que d'habitude ce matin ; Mrs Rupa Mehra décida qu'il fallait absolument qu'elle tire son idiote de fille de cet état. Demain, les Chatterji donnaient une soirée, et, qu'elle le veuille ou non, Lata s'y rendrait.

Dehors, une voiture klaxonna, faisant sursauter Varun.

« Je devrais abattre ce foutu chauffeur, dit Arun, ajoutant en riant : Mais il me rappelle qu'il est temps d'aller au bureau. Au revoir, chérie. » Il avala une dernière gorgée de café, embrassa Meenakshi. « Je te renverrai la voiture dans une demi-heure. Au revoir, ma Vilaine. » Il embrassa Aparna, frotta sa joue contre les siennes. « Au revoir, Ma. Au revoir, tout le monde. N'oubliez pas, Basil Cox vient dîner ce soir. »

Son veston sur un bras, la serviette pendant au bout de l'autre, il parcourut, ou plutôt il avala la distance qui le séparait de la petite Austin bleu nuit. Jusqu'à la dernière seconde on ne savait jamais si Arun allait emporter le journal au bureau ; une incertitude qui s'ajoutait aux nombreuses autres dont était tissée la vie à ses côtés, tout comme ses soudaines sautes d'humeur, qui le faisaient passer de la colère à l'affection ou à la courtoisie. Aujourd'hui, au soulagement de chacun, il laissa le journal.

En temps normal, Varun et Lata se précipitaient dessus, et voilà que Lata s'en abstenait : Varun fut déçu. Le départ d'Arun avait détendu l'atmosphère. Aparna monopolisait l'attention. Ignorant l'art de donner à manger aux enfants, sa mère appela la Vieille Edentée à sa rescousse. Varun lut quelques articles, que l'enfant écouta en faisant mine de s'y intéresser et de comprendre.

Lata ne pouvait penser qu'à une chose : quand et où, dans cette maison de deux chambres, plus la moitié d'une, et sans intimité, elle trouverait le moyen de lire sa lettre. Déjà heureuse d'avoir été en mesure de prendre possession de ce qui (quoi qu'en eût dit Mrs Rupa Mehra) n'appartenait qu'à elle. Mais, tout en contemplant la pelouse dont le vert brillant se nervurait du blanc des lis tigrés, elle redoutait autant qu'elle l'attendait de découvrir le contenu de cette missive.

D'ici là, il fallait préparer le repas du soir. Basil Cox, qui viendrait avec sa femme Patricia, était le supérieur d'Arun chez Bentsen & Pryce. On dépêcha Hanif au Jaggubazar pour acheter deux poulets, un poisson et des légumes, tandis que Meenakshi – accompagnée de Lata et de Mrs Rupa Mehra, se rendait en voiture à New Market.

Meenakshi fit ses provisions de la quinzaine – farine blanche, confiture, marmelade d'oranges Chivers, sirop de sucre Lyle, beurre, thé, café, fromage et sucre blanc (« pas cette camelote rationnée ») – dans la rue Babor, du pain dans une boutique de Middleton Row (« celui qu'on trouve sur le marché est si abominable »), du salami dans une épicerie de Free School Street (« le salami de Keventers est horriblement douceâtre, j'ai décidé de ne jamais en racheter »), et une demi-douzaine de bouteilles de bière Beck chez Shaw Brothers. Lata la suivit partout, Mrs Rupa Mehra refusa d'entrer dans l'épicerie et chez le marchand de spiritueux. Elle était médusée par les folles dépenses de Meenakshi, par sa façon fantasque de procéder (« Oh, Arun devrait aimer ça, oui, j'en prendrai deux », disait-elle chaque fois que le marchand suggérait quelque chose que Madame devrait apprécier). Tous les achats s'entassaient dans un grand panier qu'un gamin dépenaillé portait sur sa tête et qu'à la fin il déposa dans la voiture. Lorsqu'un mendiant l'accostait, Meenakshi regardait droit devant elle.

Lata voulut entrer dans une librairie de Park Street, elle y demeura un quart d'heure pendant que Meenakshi piaffait d'impatience. Le fait que Lata n'eût finalement rien acheté lui parut très étrange. Mrs Rupa Mehra trouva agréable de flâner sans but dans les rayons.

En rentrant à la maison, Meenakshi trouva son cuisinier totalement affolé. Il n'était pas sûr des proportions exactes pour le soufflé, quant au hilsa il faudrait que Meenakshi lui indique sur quel genre de feu il convenait de le fumer. Aparna boudait à cause de l'absence de sa mère et menaçait à présent de piquer une colère. C'en était trop pour Meenakshi, déjà en retard pour sa partie hebdomadaire de canasta à son club – le club des Coquines – et qu'elle ne pouvait (Basil Cox ou pas Basil Cox) manquer en aucun cas. Affolée à son tour, elle s'en prit à Aparna, à la Vieille Edentée et au cuisinier. Varun s'enferma dans sa petite chambre et se couvrit la tête d'un oreiller.

« Tu ne devrais pas te mettre en colère pour si peu, hasarda Mrs Rupa Mehra.

— Merci du conseil, Ma, lui lança Meenakshi, exaspérée. Que voudriez-vous que je fasse ? Manquer ma canasta ?

— Non, non, ce n'est pas ce que je te demande. Simplement, tu ne devrais pas crier après Aparna comme tu le fais. Ce n'est pas bon pour elle. » A ces mots, Aparna se glissa vers la chaise de sa grand-mère.

Un grondement d'impatience monta de la gorge de Meenakshi.

Soudain, la situation dans laquelle elle se trouvait lui apparut dans toute son horreur. Son cuisinier était d'une incompétence totale. Arun serait absolument furieux contre elle si quelque chose clochait ce soir : ce dîner était important pour son travail. Mais que pouvait-elle faire ? Supprimer le hilsa fumé ? Cet imbécile de Hanif savait au moins s'occuper d'un poulet rôti. Encore que, lunatique comme il l'était. On l'avait déjà vu manquer la cuisson d'un œuf. Meenakshi regarda autour d'elle, en pleine détresse.

Lata eut une inspiration. « Demande à ta mère de te prêter son cuisinier », dit-elle.

Meenakshi la contempla, ébahie. « Quel Einstein tu es, Luts. » Et elle se précipita pour téléphoner à sa mère. Mrs Chatterji vola au secours de sa fille. Elle avait deux cuisiniers, l'un pour la cuisine bengali, l'autre pour l'occidentale. Elle prévint le Bengali qu'il aurait à préparer le dîner des Chatterji, et dans la demi-heure expédia l'autre, originaire de Chittagong, à Sunny Park. Entre-temps, Meenakshi était allée rejoindre ses Coquines, partenaires de canasta, et avait quasiment oublié les tribulations de l'existence.

Quand elle revint au milieu de l'après-midi, elle tomba en pleine rébellion. Le gramophone braillait, les poulets piaillaient, affolés. Du ton le plus dédaigneux qu'il put trouver, le cuisinier mogh lui dit qu'il n'était pas corvéable à merci, qu'il n'avait pas l'habitude de travailler dans une si petite cuisine, que son marmiton s'était montré très insolent, que le poisson et les poulets manquaient de fraîcheur, et que, pour le soufflé, il avait besoin d'un certain extrait de citron qu'elle n'avait pas eu la prescience d'acheter. Quant à Hanif, le regard mauvais, il était sur le point de rendre son tablier. Brandissant un poulet qui couinait il dit : « Touchez, touchez, Memsahib, il est jeune et frais. Pourquoi devrais-je travailler sous les ordres de cet homme ? Qui est-il pour tout commander dans ma propre cuisine ? Il n'arrête pas de répéter : "Je suis le cuisinier de M. le juge Chatterji. Je suis le cuisinier de M. le juge Chatterji." »

— Non, non, je vous crois, ce n'est pas la peine » – s'écria Meenakshi, frissonnant de dégoût et éloignant ses doigts aux ongles laqués du poulet dont son cuisinier lui présentait le poitrail.

Pas mécontente de voir Meenakshi dans cet embarras, Mrs Rupa Mehra tenait cependant à ce que ce dîner donné en l'honneur du patron de son fils chéri ne fût pas gâché. Elle s'y entendait à régler les problèmes entre serviteurs récalcitrants, et elle le prouva. L'harmonie revenue, elle passa au salon pour faire une réussite.

Depuis une demi-heure, le même disque 78 tours, mis par Varun, raclait sur le gramophone la même rengaine : « Deux yeux enivrants », une chanson tirée d'un film hindi que personne, pas même la sentimentale Mrs Rupa Mehra, ne pouvait supporter cinq fois de suite. Avant le retour de Meenakshi, Varun en chantait les paroles, l'air triste et rêveur.

En présence de sa belle-sœur, il se contenta de remonter le gramophone toutes les cinq minutes et de fredonner l'air entre ses dents, songeant avec mélancolie, tout en jetant les aiguilles usées dans le petit compartiment sur le côté de l'appareil, à la fugacité de la vie et à l'inutilité de la sienne.

Lata s'empara du livre sur la mythologie égyptienne et s'apprêtait à l'emporter au jardin quand sa mère dit :

« Où vas-tu ?

— M'asseoir au jardin, Ma.

— Mais il fait si chaud.

— Je sais, Ma, mais je ne peux pas lire avec cette musique.

« — Je vais lui dire d'arrêter. Tout ce soleil, c'est mauvais pour ton teint. Varun, éteins. » Elle dut répéter sa demande plusieurs fois avant que Varun s'exécute.

Lata emporta le livre dans la chambre.

« Lata, ma chérie, assieds-toi près de moi, dit Mrs Rupa Mehra.

— Ma, s'il te plaît, laisse-moi seule.

— Ça fait des jours que tu m'ignores. Même quand je t'ai appris tes résultats, tu m'as embrassée du bout des lèvres.

— Je ne t'ignore pas, Ma.

— Si, tu ne peux le nier, je le sens – là. » Mrs Rupa Mehra indiqua la région du cœur.

« D'accord, Ma, je t'ai ignorée. Et maintenant, je t'en prie, laisse-moi lire.

— Que lis-tu ? Fais-moi voir ce livre. »

Lata le replaça sur l'étagère. « Très bien, Ma, je ne lirai pas, je vais te parler. Contente ?

— De quoi veux-tu parler, chérie ? demanda Mrs Rupa Mehra, avec sollicitude.

— Je ne veux pas parler. C'est toi qui le veux.

— Eh bien, lis ton imbécile de livre ! s'écria Mrs Rupa Mehra, furieuse. Je dois tout faire dans cette maison, et personne ne s'occupe de moi. Tout va mal, et je dois arranger les choses. J'ai été votre esclave toute ma vie, et ça vous est égal que je vive ou que je meure. Ce n'est qu'une fois brûlée sur le bûcher que vous découvrirez ce que je valais. » Les larmes commencèrent à dévaler le long de ses joues et elle plaça un neuf noir sur un dix rouge.

D'ordinaire, Lata, obéissant à son devoir, aurait consolé sa mère, mais elle était si frustrée, si irritée par ce subterfuge pleurnichard qu'elle ne bougea pas. Au bout de quelques instants, elle se saisit de nouveau du livre et se dirigea vers le jardin.

« Il va pleuvoir, dit Mrs Rupa Mehra, et le livre sera abîmé. Tu n'as aucun sens de la valeur de l'argent. »

Un flot de colère envahit Lata. « Chiche, se dit-elle. J'espère que la pluie va tout effacer – le livre, son contenu, et moi avec. »

Le mali à mi-temps étant parti, il n'y avait personne dans le petit jardin vert, à l'exception d'une corneille au regard intelligent qui criaillait, perchée sur un bananier. Les tendres lis tigrés étaient en fleur. Lata s'assit sur le banc de bois aux lattes vertes, à l'ombre d'un grand flamboyant. Tout était propre, lavé par la pluie, contrairement à Brahmpur où les feuilles avaient l'air poussiéreux et les brins d'herbe desséchés.

Lata regarda l'enveloppe, l'écriture ferme, le cachet de la poste de Brahmpur. L'adresse suivait directement son nom, sans la mention « aux bons soins de ».

Elle l'ouvrit à l'aide d'une épingle à cheveux. La lettre tenait sur une seule page et Lata n'y trouva ni les effusions ni les excuses auxquelles elle s'attendait. Sous son adresse et la date, Kabir écrivait ceci :

> Très chère Lata,
>
> Pourquoi devrais-je te répéter que je t'aime ? Je ne vois pas pourquoi tu aurais à douter de moi. Moi je ne doute pas de toi. Je t'en prie dis-moi quelle est la raison de tout ceci. Je ne veux pas que les choses se terminent de cette manière entre toi et moi.
>
> Je ne pense à personne d'autre qu'à toi, mais cela m'ennuie d'avoir à te le dire. Je ne pouvais et ne peux toujours pas m'enfuir avec toi dans quelque paradis terrestre, comment as-tu pu attendre cela de moi ? Imagine que j'aie dit oui à ta folle proposition. Je sais que tu aurais découvert vingt raisons de ne pas la mettre à exécution. Peut-être aurais-je dû néanmoins accepter. Tu te serais sentie rassurée car cela aurait prouvé combien je tenais à toi. Mais je ne tiens pas à toi au point d'abandonner toute intelligence. Encore que je ne tienne pas tellement à moi. Ce n'est pas ainsi que je suis fait, et je vois un peu plus loin que mon nez.
>
> Lata chérie, tu es si brillante, pourquoi ne mets-tu pas les choses en perspective ? Je t'aime. Franchement tu me dois des excuses.
>
> Quoi qu'il en soit, félicitations pour tes résultats d'examen. Tu dois être très contente – moi je ne suis pas surpris. Tu ne dois pas passer ton temps assise sur un banc, à pleurer d'avance. Qui donc viendrait te sauver ? Chaque fois que tu seras tentée de le faire, tu devrais peut-être penser à moi, qui

pleure chaque fois que je loupe une centaine de points au cricket.

Il y a deux jours, j'ai loué une barque et ai remonté le Gange jusqu'au Barsaat Mahal. Mais, comme le Nawab Khushwaqt, j'avais tellement de peine que le chagrin m'a submergé, j'ai trouvé l'endroit sordide et sale. Malgré tous mes efforts, je n'arrivais pas à t'oublier. Je me sentais très proche de lui, même si mes larmes ne tombaient pas à gros bouillons dans les eaux parfumées. Bien que distrait, mon père se rend compte que quelque chose ne va pas chez moi. Hier il m'a dit : « Ce ne sont pas tes résultats, alors quoi ? J'imagine que c'est une histoire de fille ou quelque chose comme ça. » Je crois moi aussi que c'est une histoire de fille ou quelque chose comme ça.

A présent que tu as mon adresse, pourquoi ne m'écris-tu pas ? Je suis malheureux depuis ton départ, et incapable de me concentrer sur quoi que ce soit. Je sais que tu ne pouvais pas m'écrire parce que tu ignorais mon adresse. Eh bien, maintenant tu la connais. Alors, s'il te plaît, écris-moi. Sinon, je saurai quoi penser. Et la prochaine fois que j'irai chez Mr Nowrojee, je n'aurai plus qu'à lire quelques vers bien sentis, de ma composition.

Avec tout mon amour, Lata chérie,
A toi,
KABIR.

7.4

Lata demeura un bon moment plongée dans une sorte de rêverie. Elle ne relut pas la lettre tout de suite. Elle était sous le coup d'émotions multiples et diverses qui, dans des circonstances ordinaires, se seraient peut-être traduites par quelques larmes involontaires, que certaines remarques, dans la lettre, empêchèrent cependant de se manifester. D'abord, elle eut le sentiment d'avoir été trompée, trompée dans son attente. Pas la moindre excuse pour le chagrin qu'il lui avait infligé, et il ne pouvait l'ignorer. Des déclarations d'amour, mais teintées d'ironie et pas aussi ferventes qu'elle les avait imaginées. Peut-être n'avait-elle pas laissé l'occasion à Kabir, lors de leur dernière rencontre, de s'expliquer, mais en lui écrivant, il aurait pu le faire. Il ne prenait pas les choses au sérieux, alors que c'est ce qu'elle attendait d'abord de lui. Elle y voyait une question de vie ou de mort.

Il ne lui donnait pas non plus de nouvelles de lui – ou si peu –, or Lata avait soif d'en recevoir. Elle voulait tout connaître le concernant – y compris le résultat de ses examens. A en juger par la remarque de son père, ces résultats ne devaient pas être mauvais, mais il y avait une autre interprétation possible de cette remarque. Peut-être le père avait-il voulu dire que, les examens étant acquis, même de justesse, cette incertitude n'existait plus qui expliquait son humeur abattue – ou simplement inquiète. Et comment avait-il obtenu son adresse ? Sûrement pas par Pran et Savita. Par Malati ? Mais pour autant qu'elle le sût, Kabir n'avait jamais rencontré Malati.

En tout cas, il refusait de se sentir responsable du chagrin qu'elle éprouvait. Selon lui, c'était à elle de s'excuser. Dans une phrase, il vantait son intelligence, dans une autre il la traitait comme une imbécile. Lata avait le sentiment qu'il essayait de la maintenir en haleine sans lui garantir autre chose que son « amour ». Mais qu'était-ce que l'amour ?

Plus encore que leurs baisers, elle se rappelait cette matinée où elle l'avait suivi jusqu'au terrain de cricket et l'avait regardé s'entraîner. En transe, en extase. Il avait rejeté la tête en arrière et éclaté de rire ; son col de chemise était ouvert ; une faible brise agitait les bambous ; un couple d'étourneaux se querellait ; il faisait chaud.

Elle relut la lettre. Et elle pleura sur son banc, exactement ce qu'il lui intimait de ne pas faire. Puis, à peine consciente, elle parcourut un paragraphe du livre sur la mythologie égyptienne. Mais les mots n'avaient pas de sens.

La voix de Varun, à quelques mètres, la fit sursauter.

« Tu devrais rentrer, Lata. Ma s'inquiète. »

Lata se reprit, acquiesça de la tête.

« Que se passe-t-il ? demanda-t-il, se rendant compte qu'elle avait pleuré. Tu t'es querellée avec elle ? »

Lata fit signe que non.

Jetant un coup d'œil au livre, Varun vit la lettre et comprit immédiatement de qui elle émanait.

« Je le tuerai », dit-il. On devinait une certaine crainte sous la férocité du ton.

« Il n'y a rien à tuer, rétorqua Lata, avec plus de colère que de tristesse. Simplement, je t'en prie Varun Bhai, ne dis rien à Ma. Ça nous rendrait folles toutes les deux. »

7.5

Arun revint du travail de très bonne humeur. Après une journée bien remplie, la soirée se présentait sous les meilleurs auspices. Sa crise domestique résolue, Meenakshi avait retrouvé tout son sang-froid ; jamais Arun n'aurait pu deviner la détresse qu'elle avait connue. Elle l'embrassa sur la joue, lui offrit son rire le plus argentin, et partit se changer. Aparna, tout heureuse de voir son père, lui octroya aussi plusieurs baisers, sans le convaincre de faire un puzzle avec elle.

Arun trouva Lata un peu boudeuse, mais ainsi allaient les choses avec elle ces temps-ci. Ma, eh bien, Ma, il ne fallait pas tenir compte de son humeur. Elle paraissait nerveuse, probablement parce qu'on ne lui avait pas servi son thé à l'heure. Varun était égal à lui-même, le regard fuyant, la tenue négligée. Pourquoi, se demandait Arun, pourquoi son frère avait-il si peu d'énergie et d'initiative, pourquoi donnait-il toujours l'impression d'avoir dormi dans ses vêtements tout tachés ? « Arrête ce foutu appareil », hurlat-il, frappé de plein fouet à son entrée dans le salon par « Deux yeux enivrants », le gramophone étant au maximum de sa puissance.

Il arrivait à Varun, aussi intimidé fût-il par l'arrogant et raffiné Arun, de redresser la tête, en général pour se la voir trancher immédiatement. Il fallait du temps à une nouvelle tête pour repousser, ce qu'apparemment elle avait réussi à faire ce jour-là. Varun arrêta le gramophone, mais son ressentiment n'en couvait pas moins. Depuis son enfance il subissait l'autorité de son frère, et il haïssait ça – de fait, il

haïssait toute autorité. Un jour, à St George, dans un sursaut d'anti-impérialisme et de xénophobie, il avait gri-
bouillé « Cochon » sur deux bibles, ce qui lui avait valu une
sévère correction, administrée par le proviseur blanc. Arun
l'avait copieusement attrapé, ne manquant pas de lui rappeler des souvenirs d'enfance des plus blessants, et Varun
avait courbé le dos, s'attendant à recevoir une gifle, tout en
pensant : « Tout ce qu'il sait faire c'est lécher le cul des
Anglais et ramper devant eux. Cochon ! Cochon ! » Et,
comme si Arun avait lu dans ses pensées, il reçut effectivement une bonne gifle.

Pendant la guerre, Arun écoutait les discours de Chur-
chill à la radio en murmurant, comme il avait entendu les
Anglais le faire : « Sacré vieux Winnie ! » Churchill mépri-
sait les Indiens et ne s'en cachait pas, parlait avec dédain de
Gandhi, à la cheville duquel pourtant il ne viendrait jamais ;
Varun vouait à Churchill une haine viscérale.

« Et enlève-moi ce pantalon tout fripé. Basil Cox va arriver dans moins d'une heure, je ne veux pas qu'il pense que
je tiens un dharamshala de troisième ordre.

— Je vais en mettre un plus propre.

— Pas question. Tu vas me faire le plaisir de mettre des
vêtements convenables.

— Vêtements convenables ! répéta tout bas Varun, d'un
ton moqueur.

— Qu'est-ce que tu dis ? fit Arun, la voix menaçante.

— Rien.

— Je vous en prie, arrêtez de vous quereller. C'est mauvais pour mes nerfs, intervint Mrs Rupa Mehra.

— Ma, ne te mêle pas de ça », dit Arun sèchement. Il
montra du doigt la direction de la chambre-débarras de
Varun : « Et maintenant, file te changer.

— Je comptais le faire, de toute façon. » Et Varun se
faufila hors de la pièce.

« Foutu imbécile », murmura Arun. Puis il se tourna,
affectueusement, vers Lata : « Qu'est-ce qui ne va pas ?
Pourquoi ce cafard ? »

Lata sourit. « Je vais bien, Arun Bhai. Je crois que je vais
aller me changer moi aussi. »

Arun en fit autant. Quinze minutes environ avant l'heure

prévue pour l'arrivée des invités, tout le monde était prêt, sauf Varun. Meenakshi émergea de la cuisine où elle était allée faire une dernière inspection. Sur la table, dressée pour sept, brillaient les plus beaux verres, couverts et assiettes, l'arrangement floral était parfait, elle avait goûté les hors-d'œuvre et les avait trouvés bons, whisky, sherry, campari et autres alcools ne demandaient plus qu'à être servis, Aparna était au lit.

« Où est-il maintenant ? demanda Arun aux trois femmes.

— On ne l'a pas vu. Il doit être dans sa chambre, dit Mrs Rupa Mehra. J'aimerais que tu ne cries pas comme ça après lui.

— Il faut qu'il apprenne à se conduire dans une maison civilisée. On n'est pas chez des porteurs de dhoti, ici. Des vêtements convenables, parfaitement ! »

Varun sortit de sa chambre. Il portait une kurta et un pantalon propres, mais il y manquait un bouton. Ayant pris un bain, vaguement rasé, il se trouvait tout à fait présentable.

Arun ne fut pas de cet avis. Son visage s'empourpra. Ce que nota Varun, avec autant de satisfaction que d'inquiétude.

Pendant un instant, la fureur empêcha Arun de parler, puis il explosa :

« Espèce de débile ! Tu veux tous nous mettre dans l'embarras ?

— Qu'y a-t-il d'embarrassant dans des vêtements indiens ? demanda Varun, le regard en coin. Ma, Lata et Meenakshi Bhabhi portent des saris, pas des robes. Dois-je imiter les Blancs jusque dans ma propre maison ? Je ne pense pas que ce soit une bonne idée.

— Je me fous de ce que tu penses. Chez moi, tu feras ce que je te dis. Alors tu vas me mettre une chemise et une cravate sinon – sinon –

— Sinon quoi, Arun Bhai ? Tu ne m'accepteras pas à table avec ton Colin Box ? En fait, j'aimerais beaucoup mieux dîner avec mes amis que de m'incliner et de ramper devant ce box-wallah et sa box-walli.

506

« — Meenakshi, dis à Hanif d'enlever un couvert », ordonna Arun.

Meenakshi eut l'air indécise.

« Tu m'as entendu ? » Le ton était menaçant.

Meenakshi obéit.

« Et maintenant, dehors ! hurla Arun. Va dîner avec tes buveurs de shamshu. Et que je ne te voie pas approcher de la maison de toute la soirée. Et écoute-moi bien : je ne me ferai jamais à tes façons. Si tu veux vivre dans cette maison, tu te plieras à ses règles. »

Varun regarda sa mère, en quête d'un soutien.

« Chéri, fais ce qu'il te demande. Tu es tellement mieux en chemise et pantalon. En plus il te manque un bouton. Ces étrangers ne comprendraient pas. C'est le patron d'Arun, nous devons faire bonne impression.

— Il est totalement incapable de faire bonne impression, quoi qu'il porte. Et je ne veux pas qu'il fasse un affront à Basil Cox. Maintenant, Ma, arrête les grandes eaux veux-tu ? Regarde, imbécile, dans quel état tu mets tout le monde. » Arun se tourna vers Varun.

Mais Varun s'était déjà éclipsé.

7.6

Se forçant au calme malgré son envie de mordre, Arun sourit, d'un sourire brave et réconfortant, et posa même la main sur l'épaule de sa mère. Meenakshi se dit que la disposition des sièges autour de la table ovale était à présent plus symétrique, quoique le déséquilibre entre les hommes et les femmes se fût aggravé.

Basil Cox et sa femme arrivèrent à l'heure dite, Meenakshi sortit des banalités, ponctuant ses commentaires sur le temps (« si lourd, si étouffant depuis ces derniers jours, mais après tout, c'est *ça* Calcutta – ») de son rire cristallin. Elle demanda un sherry, qu'elle sirota le regard lointain. On passa les cigarettes ; elle en alluma une, tout comme Arun et Basil Cox.

La quarantaine proche, le teint rose, le nez chaussé de lunettes, Basil Cox était un homme robuste et astucieux. Petite femme terne, Patricia Cox formait un contraste remarquable avec la somptueuse Meenakshi. Elle ne fumait pas, mais buvait, avalant verre sur verre avec une sorte de désespoir. Elle trouvait la société de Calcutta inintéressante, et s'il y avait une chose qu'elle détestait plus que les grandes soirées, c'était les petites, où elle se sentait piégée, tenue de feindre la sociabilité.

Lata prit un petit sherry, Mrs Rupa Mehra un nimbu pani.

Hanif, très chic dans sa livrée blanche, passa les hors-d'œuvre : asperges, morceaux de salami et de fromage posés sur de petits carrés de pain. Si les invités n'avaient pas été des sahibs – des collègues de bureau –, il n'aurait pas hésité à manifester le mécontentement que lui causait la façon dont les choses se déroulaient dans sa cuisine. Tel quel, il était au mieux de sa serviabilité.

Avec son habituel savoir-faire et son charme, Arun avait commencé à développer divers sujets : les dernières pièces de théâtre à Londres, les livres récemment parus et tenus pour importants, la crise pétrolière en Iran, le conflit coréen. Les Rouges perdaient du terrain, il n'était que temps si on voulait bien l'en croire, encore que, bien entendu, ces idiots d'Américains n'allaient probablement pas profiter de leur avantage tactique. Mais, dans ce domaine également, que pouvait-on faire ?

Cet Arun-là – affable, sincère, séduisant et bien informé – n'avait pas grand-chose du tyran domestique qui s'était manifesté une demi-heure auparavant. Basil Cox fut charmé. Certes Arun faisait du bon travail, mais Cox ne l'avait pas imaginé si cultivé, en réalité beaucoup plus que la plupart des Anglais de sa connaissance.

Patricia Cox complimenta Meenakshi sur ses pendants d'oreille en forme de poire. « Très jolis, dit-elle. Où les avez-vous fait faire ? »

Meenakshi le lui dit, et promit de la conduire à la boutique. Un regard glissé en direction de Mrs Rupa Mehra lui apprit, à son grand soulagement, que celle-ci buvait les paroles d'Arun et de Basil Cox. Dans sa chambre, Meenakshi avait hésité quelques instants avant de mettre les pendants, puis elle s'était dit : « Tôt ou tard, il faudra bien que Ma s'habitue aux réalités de l'existence. Je ne peux pas continuellement ménager ses sentiments. »

Le dîner se passa sans heurts. Il se composait de quatre plats : potage, hilsa fumé, poulet rôti, soufflé au citron. Basil Cox essaya de mêler Lata et Mrs Rupa Mehra à la conversation, mais elles ne s'exprimaient que si on leur adressait la parole. Lata, l'esprit ailleurs, fut soudain ramenée à la situation présente en entendant Meenakshi expliquer comment fumer le hilsa.

« C'est une merveilleuse recette qui existe dans ma famille depuis des générations, dit-elle. Déposé dans un panier, il est fumé au charbon de bois après qu'on lui a enlevé toutes ses arêtes, ce qui est un travail de titan.

— C'est délicieux, ma chère, dit Basil Cox.

— Bien entendu, le vrai secret, continua Meenakshi d'un ton docte – alors qu'elle n'avait découvert la chose que l'après-midi même et parce que le cuisinier mogh avait exigé qu'on lui procure les ingrédients nécessaires –, le vrai secret tient à la façon de préparer le feu. Nous jetons dessus du riz gonflé et du sucre brun ou jagré – ce qu'ici nous appelons le "gur" – »

Stupéfaite, Lata l'écoutait babiller.

« Bien entendu, les filles apprennent ça dès leur plus jeune âge. »

Pour la première fois, Patricia Cox montra un vague soupçon d'intérêt. Mais le temps qu'on apporte le soufflé, elle était retombée dans son apathie.

On servit le café et les liqueurs, puis Arun sortit les cigares. Basil Cox et lui parlèrent un peu boulot, l'initiative en revenant à Basil qui, ayant décidé qu'Arun était un parfait gentleman, voulait son opinion sur un de leurs collègues. « Entre nous, strictement entre nous, je commence à avoir des doutes sur sa capacité de jugement. » Arun, un doigt glissant sur le rebord de son verre à liqueur, poussa un léger soupir et confirma l'opinion de son chef en y ajoutant une ou deux raisons de son cru.

« Mm, oui, c'est intéressant que vous pensiez cela aussi », dit Basil Cox.

Béat, Arun plongeait un regard contemplatif dans la vapeur grise qui les enveloppait.

Soudain, en même temps qu'un bruit de clef dans la serrure de la porte d'entrée s'élevèrent les notes discordantes et bredouillées de « Deux yeux enivrants ». Ragaillardi par le shamshu, l'alcool chinois grossier mais efficace, le seul que lui et ses amis avaient les moyens de s'offrir, Varun rentrait au bercail.

Arun fit un bond, comme s'il avait vu le fantôme de Banco. Il se leva, dans l'intention de chasser Varun avant qu'il n'entre dans le salon : trop tard.

Titubant légèrement mais affichant une exceptionnelle confiance en soi, Varun dit bonsoir à tout le monde. Les effluves de shamshu remplirent la pièce. Il embrassa Mrs Rupa Mehra, qui eut un mouvement de recul. Il trembla un peu devant Meenakshi, que l'horreur qui la stupéfiait rendait plus belle encore, salua les invités.

« Bonsoir Mr Box, Mrs Box – euh, pardon, Mrs Box, Mr Box. » Il s'inclina, fourrageant dans la boutonnière qui correspondait au bouton manquant. La cordelette de son pantalon pendait sous la kurta.

« Je ne pense pas que nous nous soyons déjà rencontrés », dit Basil Cox, l'air gêné.

De rage et d'embarras, le beau visage d'Arun avait pris un teint de betterave. « Je vous présente, je vous présente – mon frère Varun. Il est un peu, euh – voulez-vous m'excuser une minute ? » Avec une violence à peine contenue, il entraîna Varun vers la porte, puis vers sa chambre. « Pas un mot ! souffla-t-il, pas un mot ou je t'étrangle de mes propres mains. » Et il l'enferma à clef.

Quand il regagna le salon, il était redevenu tout sourire.

« Comme je le disais, il est parfois un peu – euh, incontrôlable. Je suis sûr que vous comprenez. La brebis galeuse, vous voyez. Ni violent ni rien, mais –

— Il donnait l'impression d'avoir fait la noce, dit Patricia Cox, se ranimant soudain.

— C'est l'épreuve qui nous est infligée, je le crains, continua Arun. La mort prématurée de mon père et tout ça.

510

Chaque famille a la sienne. Il a ses lubies : il veut à tout prix porter ces vêtements ridicules.

— Très fort cet alcool, en tout cas. Je le sens encore, dit Patricia. Peu courant. Une sorte de whisky ? J'aimerais bien essayer. Savez-vous ce que c'est ?

— Je crois que c'est ce qu'on appelle le shamshu. »

Vivement intéressée, Mrs Cox répéta le mot plusieurs fois, en goûtant la sonorité. « Shamshu. Tu connais cela, Basil ? » Elle rayonnait, n'avait plus rien d'une petite souris.

« Je crains que non, ma chère, dit son époux.

— Il me semble que c'est fait avec du riz, dit Arun. Une mixture chinoise.

— En trouverait-on chez Shaw Brothers ?

— Je ne le pense pas. Il doit falloir aller dans la ville chinoise. »

C'est effectivement là que Varun et ses amis se le procuraient, dans une échoppe, sorte de trou dans le mur, à huit annas le verre.

« Quoi que ce soit, ça doit être puissant. Hilsa fumé et shamshu – comme c'est merveilleux d'apprendre deux choses totalement étrangères dans un dîner. Ce qui n'arrive jamais, vous savez. » Et sur le ton de la confidence : « En général, je m'ennuie comme un rat mort. »

Comme un rat mort ? se dit Arun. Sur quoi, Varun se mit à chanter dans sa chambre.

« Quel intéressant jeune homme, continua Patricia Cox. Et vous dites que c'est votre frère ? Que chante-t-il ? Pourquoi n'a-t-il pas dîné avec nous ? Je veux tous vous avoir à la maison, un jour. N'est-ce pas chéri ? » Basil Cox sembla en proie à un doute profond. Sa femme décida d'y voir un assentiment. « Je ne me suis pas autant amusée depuis l'époque où j'étais à la Royal Academy of Dramatic Art. Et vous pouvez apporter une bouteille de shamshu. »

Le ciel nous en préserve, pensa Basil Cox.

Le ciel nous en préserve, pensa Arun.

Chez le juge Chatterji, dans sa maison de Ballygunge, on attendait les invités. Il s'agissait d'une des trois ou quatre grandes soirées qu'il s'imposait de donner dans l'année, et qui réunissaient les gens les plus variés. A cela, il y avait deux raisons. La première tenait au juge Chatterji lui-même, à son réseau d'amis et de relations très étendu. (Homme distrait, il ramassait des amis ici et là.) La seconde venait du fait que tous les membres du clan Chatterji saisissaient cette occasion pour inviter leurs propres amis. Seul Tapan, revenu à la maison passer ses vacances scolaires, était considéré comme trop jeune pour convier des invités à une soirée où l'on boirait de l'alcool.

Sans avoir un sens de l'ordre particulièrement développé, le juge Chatterji avait produit cinq enfants dans une stricte alternance de sexe : Amit, Meenakshi, Dipankar, Kakoli, Tapan. Aucun d'entre eux ne travaillait, chacun avait une occupation. Amit écrivait de la poésie, Meenakshi jouait à la canasta, Dipankar réfléchissait au Sens de la Vie, Kakoli monopolisait le téléphone, et Tapan, de loin le plus jeune avec ses douze ou treize ans, faisait ses études à Jheel, le prestigieux pensionnat.

Amit, le poète, étudiant en droit à Oxford, avait exaspéré son père en refusant de pousser, après la licence, jusqu'au doctorat, et de s'inscrire où il aurait pu le faire sans difficulté : à Lincoln's Inn, la vieille école que ledit père avait fréquentée. Le droit ne l'intéressait plus du tout. Fort de deux ou trois prix de poésie obtenus à l'université, de quelques nouvelles publiées dans des magazines littéraires, d'un livre de poèmes qui lui avait valu un prix en Angleterre (et donc l'adulation à Calcutta), il occupait une place de choix dans la maison paternelle sans faire quoi que ce soit qui pût passer pour un véritable travail.

Pour l'heure, il bavardait avec ses deux sœurs auxquelles s'était jointe Lata.

« Combien en attendons-nous ? demanda Amit.

— Je ne sais pas, dit Kakoli. Cinquante ? »

Réponse qui sembla amuser Amit. « Cinquante, ça représenterait juste la moitié de tes amis, Kuku. Moi je dirais cent cinquante.

— Je ne supporte pas ces énormes réceptions, dit Meenakshi, tout excitée.

— Moi non plus, approuva Kakoli, se regardant dans la grande glace du vestibule.

— J'imagine que tous ces gens sont les invités de Ma, de Tapan et de moi-même, continua Amit, nommant là les trois personnes les moins sociables de la famille.

— Trééèès drôôôle, dit (ou plutôt chantonna) Kakoli, qui était bien l'oiseau chanteur que son nom signifiait.

— Tu devrais monter dans ta chambre, Amit, conseilla Meenakshi, et t'installer sur un divan avec Jane Austen. On t'appellera quand le dîner sera servi. Ou mieux encore, on ira te chercher. Comme ça, tu pourras éviter tous tes admirateurs.

— Il a de ces idées, expliqua Kakoli à Lata. Jane Austen est la seule femme de sa vie.

— Mais la moitié de la bonne société de Calcutta le veut pour gendre, compléta Meenakshi. Ils imaginent qu'il a un cerveau. »

Kakoli déclama :

> « Quelle aubaine qu'Amit Chatterji !
> C'est un formidable parti. »

Meenakshi enchaîna :

> « Pourquoi ne s'est-il pas encore marié ?
> Il joue les durs à attraper. »

Kakoli conclut :

> « Célèbre poète, dit-on.
> Très convenable, de toute façon. »

Elle gloussa.

« Pourquoi les laissez-vous faire ça ? demanda Lata à Amit.

— Faire quoi ? Leurs vers de mirliton ?

— Non, se moquer de vous.

513

— Oh, ça m'est égal. Ça glisse sur moi comme de l'eau sur les plumes d'un canard. »

Lata eut l'air étonné, mais Kakoli l'avertit : « Il joue les Biswas avec toi.

— Les Biswas ?

— Biswas Babu, le vieux clerc de mon père. Il continue à venir une ou deux fois par semaine pour aider ici et là, et il nous donne des conseils. Il a conseillé à Meenakshi de ne pas épouser ton frère. »

En réalité, le brusque mariage de Meenakshi avait suscité une opposition beaucoup plus grande et soutenue. Non pas que ses parents lui en aient particulièrement voulu de se marier hors de sa communauté. Arun Mehra n'était ni brahmo ni d'une famille de brahmanes, ni même bengali. Il venait d'une famille sans argent. Au crédit des Chatterji, il convient de reconnaître que cela non plus ne leur importait guère, bien que l'on fût riche chez eux depuis des générations. Simplement, ils s'inquiétaient de voir leur fille privée de tout le confort auquel elle était habituée depuis sa naissance. Cela dit, ils s'étaient refusés à l'inonder de cadeaux, le juge Chatterji, même s'il avait avec son gendre des relations marquées de quelque gêne, ayant estimé que cela ne serait pas bien.

« Quel rapport entre Biswas Babu et les plumes d'un canard ? » demanda Lata, qui trouvait la famille de Meenakshi amusante mais difficile à comprendre.

« C'est parce que c'est une de ses expressions. Ce n'est pas très gentil de la part d'Amit de ne pas expliquer notre système de références à une étrangère.

— Elle n'est pas une étrangère, corrigea Amit. Ou ne devrait pas l'être. En fait, nous aimons tous beaucoup Biswas Babu, et il nous le rend bien. Il était déjà clerc de mon grand-père.

— Mais il ne sera pas celui d'Amit, à son grand regret, dit Meenakshi. Qu'Amit ait déserté le barreau le désole plus encore que notre père.

— Je pourrais exercer, si je le voulais. Un diplôme universitaire suffit pour cela à Calcutta.

— Ah. Mais vous ne seriez pas admis à la bibliothèque de l'ordre des avocats.

« — La belle affaire, dit Amit. Je suis heureux d'avoir pu éditer un petit journal, écrire quelques bons poèmes et un ou deux romans, je vais passer doucement à la vieillesse et à la postérité. Puis-je vous offrir un verre ? Un sherry ?

— Ce sera un sherry pour moi, dit Kakoli.

— Non, Kuku, tu peux te servir toute seule. C'est à Lata que je l'offrais.

— Oh ! » Kakoli observa le sari en coton bleu pâle de Lata, avec ses broderies chikans, et déclara : « Tu sais quoi, Lata – tu devrais porter du rose, c'est ce qui t'irait le mieux.

— Je préférerais quelque chose de moins dangereux qu'un sherry, dit Lata. Pourrais-je avoir un – oh, et puis pourquoi pas ? Un petit sherry, s'il vous plaît. »

Amit se dirigea vers le bar en souriant. « Donnez-moi deux verres de sherry, je vous prie.

— Sec, moyen ou doux ? » demanda Tapan.

Tapan était le bébé de la famille, que tout le monde aimait et chouchoutait, et qu'on autorisait même, à l'occasion, à siroter un doigt de sherry. Ce soir-là il servait au bar.

« Un sec et un doux, s'il te plaît. Sais-tu où est Dipankar ?

— Je pense qu'il est dans sa chambre, Amit Da. Veux-tu que je lui dise de descendre ?

— Non, non, occupe-toi du bar. Tu fais du bon boulot. Je vais aller voir ce qu'il fabrique. »

Dipankar, situé par l'âge entre ses deux frères, était un rêveur. Il avait étudié l'économie, mais passait la majeure partie de son temps à lire Sri Aurobindo, poète et patriote dont les vers, d'un mysticisme mou, le plongeaient (au grand dégoût d'Amit) dans le ravissement. Dipankar était un indécis de nature. Amit savait qu'il valait mieux qu'il aille le chercher. Laissé à ses propres moyens, Dipankar traitait toute décision à prendre comme s'il s'agissait d'une crise spirituelle à résoudre. Mettre une cuillerée ou deux de sucre dans son thé, descendre maintenant ou dans un quart d'heure, goûter les plaisirs de la vie à Ballygunge ou suivre Sri Aurobindo sur la voie du renoncement, tout lui était prétexte à une agonie sans fin. De fortes femmes se succédaient dans son existence, qui prenaient les décisions à sa place jusqu'au jour où, lassées de ses perpétuelles oscillations (« Est-elle bien la femme qu'il me faut ? »), elles déclaraient forfait. Il modelait ses idées sur les leurs puis, lorsqu'il se retrouvait seul, recommençait à divaguer.

Dipankar adorait les déclarations du genre « Tout n'est que Vide » au petit déjeuner, posant ainsi sur les œufs brouillés une aura mystique.

Amit le trouva dans sa chambre, assis sur un tapis de prière, interprétant d'une voix discordante, tout en s'accompagnant à l'harmonium, une chanson de Rabindranath Tagore.

« Tu ferais bien de descendre maintenant, lui dit Amit en bengali, les invités commencent à arriver.

— Je viens, je viens. Le temps de finir cette chanson et je... je descends.

— Je t'attends.

— Non, je t'en prie, Dada, ne te dérange pas.

— Ça ne me dérange pas. » Quand Dipankar eut fini de chanter, faux, mais ça ne le gênait pas – car, n'est-ce pas, tous les sons se valent en regard du Vide –, Amit l'escorta dans l'escalier de marbre bordé d'une rampe en teck.

7.8

« Où est Cuddles ? demanda Amit à mi-descente.

— Ça alors – Dipankar fit un geste vague – Je ne sais pas.

— Il pourrait mordre quelqu'un.

— Oui. » L'idée ne sembla pas troubler Dipankar outre mesure.

Cuddles n'était pas un chien accueillant. En dix ans de vie chez les Chatterji, il avait mordu Biswas Babu, plusieurs enfants (amis d'école venus jouer), bon nombre d'avocats (qui écoutaient les consultations que donnait le juge Chatterji dans son cabinet), un cadre moyen, un médecin appelé à domicile, sans oublier le lot habituel de facteurs et d'électriciens.

La dernière victime en date de Cuddles était l'homme venu pour le recensement décennal.

La seule créature que Cuddles traitait avec respect était Pillow, le chat du père du juge Chatterji, qui habitait la maison voisine et qui était d'une telle férocité qu'on le promenait en laisse.

« Tu aurais dû l'attacher », dit Amit.

Dipankar se renfrogna : il ne pensait qu'à Sri Aurobindo. « Il me semble que je l'ai fait.

— Mieux vaut nous en assurer. On ne sait jamais. »

La précaution n'était pas inutile, si l'on considérait que Cuddles daignait rarement japper pour indiquer l'endroit où il se tenait, et que Dipankar n'arrivait plus à se rappeler où il avait bien pu le mettre. Peut-être Cuddles rôdait-il dans le jardin prêt à agresser tout invité qui s'aventurerait sur la véranda.

Ils le découvrirent dans la chambre qu'on avait transformée en vestiaire pour la soirée. Tapi près d'une table de nuit, il les observait de ses yeux sombres et brillants, petit chien à poil noir tacheté de blanc au poitrail et aux pattes. Croyant acheter un apso, les Chatterji s'étaient retrouvés avec un corniaud.

Pour l'heure, il était effectivement attaché par sa laisse à un pied du lit, ce que Dipankar ne se rappelait pas avoir fait. Il regardait les deux frères approcher, sans grogner : habituellement, il aimait tous les membres de la famille, mais ce jour-là il avait la frousse. Quand il jugea le moment venu, il sauta et aurait bondi sur eux si la laisse ne l'avait stoppé dans son élan. Il se débattit, mais la distance était trop grande pour qu'il pût les mordre. Tous les Chatterji avaient appris à reculer quand ils sentaient Cuddles prêt à attaquer ; on ne pouvait être sûr que les invités seraient aussi rapides.

« Je crois que nous devrions le sortir de cette chambre », dit Amit. Cuddles était d'abord le chien de Dipankar, qui en avait donc la responsabilité, mais en fait il appartenait à tous les enfants – ou plutôt était considéré comme l'un d'entre eux, sixième côté d'un hexagone parfait.

« Il a l'air très heureux ici, rétorqua Dipankar. C'est un

être vivant, lui aussi. Evidemment toutes ces allées et venues dans la maison le rendent un peu nerveux.

— Crois-moi, il finira par mordre quelqu'un.

— Hmm... Et si je mettais un mot sur la porte : Attention au chien ?

— Non, sors-le d'ici, et enferme-le dans ta chambre.

— Je ne peux pas faire ça. Il déteste être là-haut quand tout le monde est en bas. Après tout, c'est un chien de compagnie. »

Amit se dit que c'était certainement le plus névrosé des chiens de compagnie qu'il eût jamais connus, et qu'il fallait en chercher la cause dans le flot perpétuel de visiteurs qui envahissait la maison, les amies de Kakoli notamment. Et voici que Kakoli, justement, entrait dans la chambre avec une de ses amies.

« Ah, tu es là, Dipankar Da, on se demandait où tu étais passé. Tu connais Neera ? Neera, je te présente mes frères Amit et Dipankar. Oui, c'est ça, pose-le sur le lit. Il sera en sécurité. La salle de bains est par ici. » Cuddles se prépara à charger. « Et attention au chien – il est inoffensif, mais parfois il a des états d'âme. Nous avons des états d'âme, n'est-ce pas Cuddlu ? Pauvre Cuddlu, abandonné dans la chambre.

Que peut-on faire, Cuddles chéri
Quand la maison est un tel fourbi ? »

chantonna Kakoli. Sur quoi elle s'éclipsa.

« Allez viens, dit Amit, montons-le là-haut. »

Dipankar y consentit. Cuddles grogna. Ils le calmèrent, l'emmenèrent avec eux, Dipankar plaqua quelques accords à l'harmonium pour le rassurer, et ils redescendirent.

Bon nombre d'invités étaient arrivés, la soirée battait son plein. Dans le grand salon, avec son piano à queue et son magnifique lustre, la foule évoluait, en tenue de soirée de plein été, les femmes papillonnant, se flattant et se toisant du regard, les hommes engageant des conversations où ils se donnaient de l'importance. Anglais et Indiens, Bengalis et non-Bengalis, vieux, jeunes et moins jeunes, saris cha-toyants et colliers scintillants, dhotis liserés d'or de Santi pur, sans un faux pli car repassés à la main, kurtas en soie sauvage blanche et à boutons dorés, saris en mousseline dans toutes les teintes pastel, saris de coton blanc à bordure rouge, saris de Dacca à motifs tissés sur fond blanc – ou (plus élégants encore) à motifs blancs sur fond gris, vestes de smoking blanches sur pantalons noirs avec nœuds papillon noirs, Derby ou Oxford en cuir verni noir (chaque chaussure reflétant un lustre en miniature), robes longues de chintz imprimé de fleurs ou d'organdi blanc à pois, et même une ou deux robes à bustier dans la plus légère, la plus estivale des soies : brillants étaient les vêtements, étincelants ceux qui les portaient.

Arun, jugeant qu'il faisait trop chaud pour porter un veston, l'avait remplacé par une large ceinture très élégante – en mousseline marron uni tissée de fils scintillants – et un nœud papillon assorti. Il s'entretenait d'un air grave avec Jock Mackay, joyeux célibataire d'une quarantaine d'années, un des directeurs de la société de gestion McKibbin & Ross.

Meenakshi arborait un sari en mousseline de soie française d'un orange éclatant avec un choli à dos nu bleu électrique retenu autour du cou et de la taille par d'étroites bandes de tissu. L'estomac glorieusement découvert, son long cou odorant ceint d'un collier en émaux de Jaipur bleus et orange, avec aux bras des bracelets assortis, sa haute taille rehaussée de chaussures à talon aiguille et d'un chignon imposant, de longs pendants d'oreille tintinnabulant jusque sous le menton et le tika sur son front aussi immense que ses yeux, elle offrait pourtant quelque chose d'encore plus surprenant, décoratif et dévastateur : son sourire.

Elle s'avança vers Amit, laissant un sillage de Shocking de Schiaparelli.

Mais avant qu'Amit n'ait pu l'accueillir, il fut accosté par une femme entre deux âges, au regard accusateur et aux grands yeux protubérants, qu'il ne reconnut pas.

« J'ai aimé votre dernier livre, mais je ne peux pas dire que je le comprenne », déclara-t-elle. Et elle attendit sa réponse.

« Oh – eh bien, merci beaucoup.

— Vous n'avez rien d'autre à me dire ? fit-elle déçue. Je pensais que les poètes étaient plus loquaces. Je suis une vieille amie de votre mère, bien que nous ne nous soyons pas vues depuis des années, ajouta-t-elle en changeant brusquement de sujet. Ça remonte à Shantiniketan.

— Oh, je vois », dit Amit. Il ne s'intéressait pas le moins du monde à cette femme, pourtant il ne bougeait pas. Il avait le sentiment qu'il lui fallait dire quelque chose.

« J'ai abandonné la poésie pour le moment. J'écris un roman.

— Mais ça n'excuse rien. Dites-moi, de quoi ça parle ? A moins que ce ne soit un secret de fabrication du célèbre Amit Chatterji ?

— Non, non. » Il détestait parler de ce qu'il était en train d'écrire. « C'est l'histoire d'un usurier à l'époque de la Famine au Bengale. Comme vous le savez, ma famille vient du Bengale oriental –

— Mais c'est merveilleux que vous vouliez écrire sur votre pays. Surtout après avoir gagné tous ces prix à l'étranger. Vous passez beaucoup de temps en Inde ? »

Amit vit que ses deux sœurs s'étaient approchées et écoutaient la conversation.

« Oh oui, maintenant que je suis revenu, je ne bouge presque plus. Je, eh bien, je vais et je viens –

— Je vais et je viens, répéta la femme d'un ton émerveillé.

— En arrière et en avant, dit Meenakshi, d'un ton obligeant.

— Dehors et dedans », dit Kakoli, incapable de se retenir.

La femme fronça les sourcils.

« Par-ci, par-là, dit Meenakshi.

— Ici et là », dit Kakoli.

Elles éclatèrent de rire, puis, apercevant quelqu'un à l'autre bout de l'immense pièce, elles firent de grands gestes et disparurent sur-le-champ.

Amit eut un sourire d'excuse. Mais la femme le regardait avec colère. Etait-on en train de se moquer d'elle ?

« Je n'en peux plus de lire tout ce qu'on écrit sur vous, déclara-t-elle.

— Mm – Oui, dit Amit, d'un ton conciliant.

— Et d'entendre parler de vous.

— S'il ne s'agissait pas de moi, ça me rendrait malade d'entendre parler de moi. »

La femme le regarda de travers. Puis se reprenant : « Mon verre est vide », dit-elle.

Repérant son mari qui rôdait tout près, elle lui tendit son verre aux bords tachés de rouge à lèvres carmin. « Mais dites-moi, comment écrivez-vous ?

— Vous voulez dire –

— Je veux dire, sur le coup de l'inspiration ? Ou bien travaillez-vous beaucoup ?

— Eh bien – sans inspiration, on ne peut guère –

— Je le savais, je savais que c'était l'inspiration. Vous qui êtes célibataire, comment avez-vous pu écrire le poème sur la jeune mariée ? » Le ton était désapprobateur.

Amit eut l'air pensif. « J'ai juste –

— Et dites-moi, poursuivit la femme, ça vous prend long-temps de penser à un livre ? Je meurs d'envie de lire votre prochain.

— Moi aussi, dit Amit.

— J'ai quelques bonnes idées de livres. Quand j'étais à Shantiniketan, j'étais très influencée par Gurudeb – vous savez, notre Rabindranath...

— Ah, dit Amit.

— Ça ne doit pas vous prendre longtemps, je le sais... mais l'écriture en elle-même doit être si difficile. Je ne pourrais jamais être écrivain. Je n'ai pas le don. C'est un don de Dieu.

— Oui, ça semble venir –

— J'ai écrit une fois un poème. En anglais, comme vous. Bien qu'une de mes tantes écrive en bengali. C'est une disciple véritable de Robi Babu. Vos poèmes sont-ils rimés ?

— Oui.

— Les miens, non. C'était moderne. J'étais jeune, à Dar-jeeling. J'écrivais sur la nature, pas sur l'amour. Je n'avais pas encore rencontré Mihir. C'est mon mari. Après, je les ai tapés à la machine, et je les ai montrés à Mihir. Une fois, j'ai passé une nuit à l'hôpital, dévorée par les moustiques, et soudain un poème a surgi. Mais lui, il a dit : "Ça ne rime pas." »

Elle jeta un regard désapprobateur à son mari, qui fendait la foule en portant son verre à nouveau plein, comme un échanson.

« Votre mari a dit ça ?

— Oui. Et depuis, je n'ai plus jamais éprouvé cette impulsion. Je ne sais pas pourquoi.

— Vous avez tué un poète, dit Amit au mari, qui avait l'air d'un brave type.

— Venez, ajouta-t-il à l'intention de Lata, qui avait écouté la dernière partie de la conversation. Que je vous présente à quelques personnes, comme promis. Veuillez m'excuser une minute. »

Amit n'avait rien promis de tel, mais cela lui permit de s'échapper.

7.9

« Bien, qui voulez-vous rencontrer ? demanda-t-il à Lata.

— Personne.

— Personne ? » La réponse fit sourire Amit.

« N'importe qui. Pourquoi pas la femme là-bas avec le sari de coton rouge et blanc ?

— Celle aux cheveux gris et courts – qui a l'air de donner des leçons à Dipankar et à mon grand-père ?

— Oui.

— C'est Ila Chattopadhyay. Le Dr Ila Chattopadhyay. C'est une parente à nous. Elle a des opinions aussi fortes que spontanées. Elle vous plaira. »

Lata avait des doutes sur la valeur des opinions fortes et spontanées, mais la femme lui plut. Le Dr Ila Chattopadhyay agitait un doigt sous le nez de Dipankar, à qui elle semblait tenir un discours vigoureux et affectueux. Son sari était passablement fripé.

« Peut-on vous interrompre ? demanda Amit.

— Bien sûr, Amit, ne sois pas stupide, dit Ila Chattopadhyay.

— Je vous présente Lata, la sœur d'Arun.

— Bien, dit Ila Chattopadhyay, la jaugeant d'un seul coup d'œil. Je suis sûre qu'elle est plus sympathique que son présomptueux de frère. J'étais en train de dire à Dipankar que l'économie est une matière inutile. Il aurait beaucoup mieux fait d'étudier les mathématiques. Tu ne crois pas ?

— Bien sûr, approuva Amit.

— Maintenant que tu es revenu en Inde, tu dois y rester, Amit. Ton pays a besoin de toi – et je ne dis pas ça à la légère.

— Bien sûr », reconnut Amit.

Le Dr Ila Chattopadhyay se tourna vers Lata : « Je n'ai aucune considération pour Amit, il approuve tout ce que je dis.

— Ila Kaki n'accorde jamais d'attention à qui que ce soit, dit Amit.

— Non. Et sais-tu pourquoi ? A cause de ton grand-père.

— A cause de moi ? demanda le vieil homme.

— Oui. Un jour, il y a bien longtemps, vous m'avez raconté que, jusqu'à quarante ans, vous vous étiez beaucoup soucié de ce que les gens pensaient de vous. Et que depuis vous vous souciiez de ce que vous, vous pensiez d'eux.

— J'ai dit ça ? » Le vieux Mr Chatterji eut l'air tout surpris.

« Mais oui, que vous vous en souveniez ou non. Moi aussi je m'inquiétais de l'opinion que les gens pouvaient avoir de moi, et j'ai décidé d'adopter sur-le-champ votre philosophie. Même si je n'avais pas quarante ans – ni trente. Vous ne vous rappelez vraiment pas m'avoir dit cela ? J'essayais de décider si je devais ou non abandonner ma carrière, comme m'y poussait fortement la famille de mon mari. Ma conversation avec vous m'a permis de trancher.

— Eh bien, dit le vieux Mr Chatterji, ces derniers temps je me rappelle certaines choses et pas d'autres. Mais je suis très heureux que ma remarque ait fait une telle, une telle, euh, impression sur vous. L'autre jour, j'avais oublié le nom de mon dernier chat. J'essayais de me le rappeler, mais impossible.

— Biplob, dit Amit.

— Bien sûr, ça m'est revenu plus tard. Je l'avais baptisé ainsi parce que j'étais un ami de Subhas Bose – disons que je connaissais sa famille... Bien entendu, étant donné ma position, ma fonction de juge, ce nom ne pouvait être que – euh. »

Amit attendit un peu, puis aida le vieil homme :

« Ironique ?

— Non, ce n'est pas le mot que je cherchais, Amit. C'était – bon, "ironique" fera l'affaire. Evidemment, c'était une autre époque... Vous savez quoi, je ne peux même pas dessiner une carte de l'Inde à présent. Ça paraît si inimaginable. Et la loi aussi change tous les jours. On entend sans arrêt parler d'assignations devant les Hautes Cours. De mon temps, on se contentait de poursuites régulières. Mais je suis un vieil homme, les choses doivent progresser et moi reculer. C'est à des filles comme Ila et à des jeunes gens comme vous – il gesticulait en direction d'Amit et de Lata – de faire avancer les choses.

— Je peux difficilement passer pour une fille, dit Ila Chattopadhyay, la mienne a vingt-cinq ans.

— Pour moi, chère Ila, vous serez toujours une jeune fille. »

Le Dr Ila Chattopadhyay laissa échapper un grognement d'impatience. « En tout cas, ce n'est pas l'idée que mes étudiants se font de moi. L'autre jour je discutais d'un de mes anciens livres avec un jeune collègue, un garçon très sérieux, et il m'a dit : "Madame, loin de moi, non seulement parce que je suis votre cadet mais aussi parce que je sais replacer le livre dans son époque et reconnaître le fait qu'il ne vous reste plus beaucoup de temps, loin de moi l'idée de..." Charmant, non ? Des remarques comme celles-ci me rajeunissent.

— De quel livre s'agissait-il ? demanda Lata.

— Un ouvrage sur Donne. *Causalité métaphysique.* Un livre idiot.

— Ah, vous enseignez l'anglais ! Je croyais que vous étiez docteur, je veux dire docteur en médecine.

— Qu'est-ce que tu es allé lui raconter ? dit Ila Chatto- padhyay en se tournant vers Amit.

— Rien. En fait, je n'ai pas vraiment eu le temps de vous

présenter comme il faut. Vous étiez si acharnée à démontrer à Dipankar qu'il devait laisser tomber l'économie –

— Oui, parfaitement. Et c'est ce qu'il devrait faire. Mais où est-il passé ? »

Amit balaya la salle du regard et aperçut Dipankar en compagnie de Kakoli, plus jacassante que jamais. Aussi mystique et religieux qu'il se voulût, Dipankar avait un faible pour les jeunes femmes sottes.

« Voulez-vous que je vous le ramène ? proposa Amit.

— Oh non, discuter avec lui ne me vaut rien, c'est comme battre du fromage blanc... toutes ses idées vaseuses sur les racines spirituelles de l'Inde et le génie du Bengale. S'il était un vrai Bengali, il reprendrait son nom de Chattopadhyay – et vous tous aussi, au lieu de continuer à sacrifier à la méchante langue et au petit esprit des Anglais... Où étudiez-vous ? »

Encore un peu étourdie par l'énergie et la pétulance du Dr Ila Chattopadhyay, Lata répondit : « A Brahmpur.

— Oh, Brahmpur. C'est un endroit impossible. Un jour, j'ai – non, non, je ne vous le raconterai pas, vous êtes trop gentille.

— Je vous en prie, allez-y Ila Kaki, dit Amit. J'adore la cruauté, et je suis sûr que Lata peut entendre sans broncher tout ce que vous avez envie de dire.

— Eh bien, Brahmpur, enchaîna Ila Chattopadhyay, sans se faire prier davantage. Je devais y passer une journée, il y a bien dix ans de cela, pour assister à une conférence au département d'anglais, et j'avais tellement entendu parler de la ville, du Barsaat Mahal, etc. que j'ai décidé d'y séjourner quelques jours de plus. Ça m'a rendu presque malade. Toute cette culture de cour avec ses Oui Huzoor, Non Huzoor, et rien de consistant autour. "Comment allez-vous ? – Oh, eh bien, je vis." Je trouvais ça insupportable. "Oui, je prendrai deux fleurons de riz et une goutte de daal..." Toute cette subtilité, cette étiquette, ces salutations, ces salamalecs, et les ghazals, et le kathak. Le kathak ! Quand j'ai vu ces grosses femmes tourner comme des toupies, j'ai eu envie de leur dire : "Courez ! Courez ! Ne dansez pas, courez !"

— Heureusement que vous ne l'avez pas fait, Ila Kaki, on vous aurait étranglée.

— Au moins, ça aurait mis fin à mes souffrances. Le lendemain soir, j'ai encore dû avaler un peu plus de votre culture brahmpurienne. Ecouter une de ces chanteuses de ghazal. Horrible, horrible, je n'oublierai jamais ! Une de ces femmes débordantes d'âme, Saeeda quelque chose, qui disparaissait sous ses bijoux – c'était comme fixer le soleil. Pour rien au monde je ne retournerais dans cet endroit... et tous ces hommes sans cervelle dans ce ridicule vêtement du Nord, ce pantalon, on dirait qu'ils viennent de sortir du lit, qui se trémoussaient d'extase – ou d'agonie – en criant des "Houa, houa !" au vers le plus insipide, le plus abjectement sentimental – du moins c'est ce que j'ai éprouvé à la traduction que m'en ont faite mes amis... Vous aimez cette sorte de musique ?

— Eh bien, j'aime beaucoup la musique classique, lança timidement Lata, s'apprêtant à s'entendre dire qu'elle n'y connaissait rien. L'interprétation par Ustad Majeed Khan de ragas comme ceux de Darbari, par exemple... »

Amit ne la laissa pas achever et se dépêcha d'intervenir pour attirer sur lui l'ire du Dr Chattopadhyay.

« Moi aussi, moi aussi, dit-il. L'interprétation d'un raga m'a toujours fait penser à l'écriture d'un roman – du moins le genre de roman que j'essaie d'écrire. Vous savez – il improvisait au fur et à mesure –, d'abord on prend une note et on l'explore pendant un moment, ensuite une autre pour découvrir ses possibilités, après quoi on arrive peut-être à la dominante et on s'arrête un peu, et alors la ligne mélodique commence à se former, soutenue par le tabla... c'est ainsi que commencent les improvisations et les variations les plus brillantes, le thème principal réapparaissant de temps à autre, puis tout s'accélère et s'achève en une apothéose extasiée. »

Le Dr Ila Chattopadhyay le regardait, médusée. « Quelle absurdité, dit-elle. Tu vas devenir aussi évaporé que Dipankar. Ne faites pas attention à lui, Lata. Ce n'est qu'un écrivain, il ne connaît rien à la littérature. L'absurdité me donne toujours faim, il faut que je mange quelque chose immédiatement. La famille, du moins, sert à manger à une heure raisonnable. "Deux fleurons de riz !" Vraiment ! » Et, secouant ses cheveux gris avec vigueur, elle fonça sur le buffet.

Amit proposa à son grand-père de lui apporter une assiette garnie, ce que le vieil homme accepta. Il s'assit dans un fauteuil confortable tandis qu'Amit et Lata se dirigeaient eux aussi vers le buffet. Sur leur trajet, ils furent accostés par une jolie jeune femme, qui faisait partie du groupe de cancaneurs réunis autour de Kakoli.

« Vous ne vous souvenez pas de moi ? demanda-t-elle à Amit. Nous nous sommes rencontrés chez les Sarkar. »

Essayant de se rappeler quand et chez quels Sarkar cela avait pu se passer, Amit fronça les sourcils tout en risquant un vague sourire.

« Nous avons eu une longue conversation, lui reprocha la fille.

— Ah.

— A propos de l'attitude de Bankim Babu à l'égard des Anglais, et comment, du coup, son style s'est trouvé en contradiction avec le fond. »

Oh, Seigneur, se dit Amit. Puis tout haut : « Certes... Certes... »

Bien qu'elle se sentît désolée pour l'un et l'autre, Lata ne put s'empêcher de rire sous cape. Finalement elle se félicitait d'être venue à cette soirée.

La fille insista : « Vous ne vous rappelez pas ? »

Soudain, Amit devint volubile : « Je suis si oublieux – et si oubliable, que parfois je me demande si j'ai jamais existé. Rien de ce que j'ai pu faire ne semble s'être passé... »

La fille acquiesça de la tête. « Je sais ce que vous voulez dire. » Mais elle s'éloigna bien vite, l'air attristé.

Amit prit une mine sombre.

Lata, qui voyait qu'il s'en voulait d'avoir indisposé la jeune fille, lui dit :

« Apparemment, votre responsabilité ne cesse pas une fois vos livres terminés.

— Quoi ? fit Amit, comme s'il la remarquait pour la première fois. Oh oui, oui, c'est sûrement vrai. Tenez, Lata. Prenez une assiette. »

Bien qu'Amit ne fût pas un hôte très consciencieux, il tenait à s'assurer que Lata ne se retrouverait pas en plan le restant de la soirée. Varun (qui sans cela aurait pu lui tenir compagnie) n'était pas là ; il préférait ses amis shamshu. Meenakshi (qui aimait bien Lata et normalement l'aurait gardée à ses côtés) était en pleine conversation avec ses parents, racontant ce qui s'était passé la veille avec le cuisinier mogh et comment s'était déroulé le dîner avec les Cox. Elle les avait fait inviter ce soir parce qu'elle pensait que ce serait bon pour Arun.

« Mais c'est une petite chose terne, disait-elle, on dirait qu'elle achète ses vêtements au décrochez-moi-ça.

— Elle n'avait pas l'air si terne que ça quand elle s'est présentée », remarqua son père.

Meenakshi jeta un regard négligent autour d'elle et tressaillit légèrement. Patricia Cox portait une belle robe de soie verte et un collier de perles. Sous la lumière du lustre, ses cheveux châtain doré, coupés court, brillaient étrangement. La petite souris d'hier avait disparu. Meenakshi ne se pâma pas de joie.

« J'espère que tout va bien pour toi, dit Mrs Chatterji, en bengali.

— Merveilleusement bien, Mago, répondit Meenakshi en anglais. Je suis si follement amoureuse. »

Mrs Chatterji montra un visage inquiet.

« Nous nous faisons tant de soucis pour Kakoli, dit-elle.

— Nous ? interrogea le juge Chatterji. Eh bien, je suppose que c'est exact.

— Ton père ne prend pas les choses assez au sérieux. D'abord, il y a eu ce garçon à l'université de Calcutta, le, tu sais, le –

— Le coco, dit le juge d'un ton bonhomme.

— Puis ç'a été le tour du garçon qui a une main déformée et un étrange sens de l'humour, comment s'appelait-il déjà ?

— Tapan.

— C'est cela, quelle malheureuse coïncidence. » Mrs Chatterji se tourna vers son propre Tapan, toujours en train d'officier. Pauvre bébé. Elle allait lui dire de monter se coucher bientôt. Avait-il au moins eu le temps de grignoter quelque chose ?

« Et maintenant ? » demanda Meenakshi, jetant un œil vers le coin où Kakoli et ses amis jacassaient à cœur joie.

« Maintenant, dit sa mère, c'est un étranger. Tiens, autant que tu le saches, c'est l'Allemand, là-bas.

— Il est très beau garçon. » Meenakshi remarquait tout de suite les choses importantes. « Pourquoi Kakoli ne m'en a-t-elle pas parlé ?

— Elle est très secrète, ces temps-ci.

— Pas du tout, protesta le juge Chatterji, elle est au contraire très ouverte.

— Ça revient au même, le coupa sa femme. Il est question de tant d'amis, d'amis particuliers, que nous ne savons jamais lequel est le bon.

— Très chère, tu t'es fait du souci à propos du coco, et il ne s'est rien passé, puis à propos du garçon à la main, et rien ne s'est produit. Alors pourquoi t'inquiéter ? Regarde la mère d'Arun, là-bas, elle sourit tout le temps, elle ne s'inquiète jamais de rien.

— Baba, intervint Meenakshi, ça n'est pas vrai, c'est la plus inquiète de nous tous. Tout lui est bon, même la chose la plus insignifiante.

— Vraiment ? » Le juge Chatterji eut l'air intéressé.

« Quoi qu'il en soit, reprit Meenakshi, comment sais-tu qu'il y a une histoire d'amour entre eux ?

— Il l'invite à toutes ses cérémonies diplomatiques, dit sa mère. Il est deuxième secrétaire au consulat général d'Allemagne. Il prétend même aimer les chansons de Tagore. C'est trop.

— Chérie, tu n'es pas très équitable, dit le juge Chatterji. Kakoli s'est prise récemment d'un intérêt très vif pour la partie pianistique des lieder de Schubert. Avec un peu de chance, nous pourrions même avoir un récital impromptu ce soir.

— Elle affirme qu'il a une belle voix de baryton, elle en défaille d'émotion. Elle va définitivement ruiner sa réputation.

— Comment s'appelle-t-il ? demanda Meenakshi.

— Hans.

— Hans tout court ?

— Hans quelque chose. Je t'assure, Meenakshi, ça me bouleverse. S'il n'est pas sérieux, elle aura le cœur brisé. Et si elle l'épouse, elle quittera l'Inde et nous ne la reverrons plus jamais.

— Hans Sieber, précisa le juge. A propos, Meenakshi, si tu te présentes comme Mrs Mehra et non Miss Chatterji, il est capable de saisir ta main et de la baiser. Je pense que sa famille est d'origine autrichienne. Ils sont malades de courtoisie dans ce pays-là.

— Vraiment ? souffla Meenakshi.

— Vraiment. Même Ila est sous le charme. Mais ça n'a pas marché avec ta mère ; elle voit en lui une sorte de pâle Ravana venu ensorceler sa fille pour l'entraîner vers des contrées sauvages. »

La comparaison ne valait rien mais, hors du tribunal, M. le juge Chatterji abandonnait beaucoup de cette logique rigoureuse qui faisait sa renommée.

« Ainsi tu crois qu'il me baiserait la main ?

— Je ne le crois pas, j'en suis sûr. Mais ça n'a rien à voir avec ce qu'il a fait à la mienne.

— Et qu'a-t-il fait, Baba ?

— Il l'a quasiment brisée. » Le juge considéra quelques secondes sa main droite.

« Mais pourquoi ? » Meenakshi partit de son rire cristallin.

« Je suppose qu'il voulait se montrer rassurant. Et ton mari a été rassuré de la même manière, quelques minutes plus tard. En tout cas, j'ai vu sa bouche s'ouvrir au moment de la poignée de main.

— Pauvre Arun », dit Meenakshi, la tête ailleurs.

Elle regardait Hans, lequel couvait Kakoli, au milieu de son cercle de jacasseurs, d'un regard adorateur. Puis, au grand dam de sa mère, elle répéta :

« Il est vraiment très beau garçon. Et grand, par-dessus le marché. Qu'est-ce que tu lui reproches ? Nous autres brahmo ne devons-nous pas être larges d'esprit ? Pourquoi ne donnerions-nous pas Kuku en mariage à un étranger ? Ce serait très chic.

— Oui, pourquoi pas ? approuva son père. Il a l'air d'avoir tous ses membres.

— Je voudrais que tu dissuades ta sœur de se conduire d'une façon aussi inconsidérée, dit Mrs Chatterji. Je n'aurais jamais dû la laisser suivre les cours de cette horrible Miss Hebel.

— Je ne crois pas que nous ayons une grande influence l'une sur l'autre, remarqua Meenakshi. Ne voulais-tu pas que Kuku me dissuade d'épouser Arun ?

— Oh, c'était très différent. D'ailleurs, ajouta-t-elle avec inconséquence, nous nous sommes habitués à lui. Nous formons une grande et heureuse famille à présent. »

La conversation fut interrompue par Mr Kohli, replet petit professeur de physique qui, accroché à son verre, essayait de ne pas croiser sa femme et son regard plein de reproches sur le chemin du bar. « Bonjour, juge, dit-il. Que pensez-vous du verdict dans l'affaire de Bandel Road ?

— Vous savez que je ne peux faire aucun commentaire. Je pourrais être amené à en juger en appel. Et, sincèrement, je n'ai pas bien suivi les débats, au contraire, semble-t-il, de tout le monde. »

Mrs Chatterji n'avait pas de tels scrupules. Toute la presse avait publié de longs articles sur le procès, chacun avait son opinion sur l'affaire. « C'est très choquant, dit-elle. Je ne comprends pas comment un simple magistrat a le droit –

— Un juge de la Cour suprême, ma chère, l'interrompit son mari.

— Bon, d'accord, je ne comprends pas comment il peut avoir le droit d'annuler le verdict d'un jury. C'est cela la justice ? Douze hommes bons et justes, n'est-ce pas ce qu'on dit ? Comment ose-t-il se placer au-dessus d'eux ?

— Neuf, très chère, ils sont neuf à Calcutta. Quant à leur bonté et à leur sens de la justice...

— Admettons. Et décréter le verdict pervers – n'est-ce pas ce qu'il a dit ? –

— Pervers, déraisonnable, manifestement erroné et contraire à l'évidence », récita le chauve Mr Kohli, avec une délectation que généralement il réservait au whisky. Il avait la bouche entrouverte, comme un poisson pensif.

« Pervers, déraisonnable etc., a-t-il le droit de se comporter ainsi ? C'est tellement – tellement non démocratique, continua Mrs Chatterji, et que cela vous plaise ou non, nous vivons des temps démocratiques. Et la moitié de nos problèmes viennent de la démocratie. C'est pourquoi nous avons tous ces désordres, ces effusions de sang, puis ces procès devant un jury – pourquoi les avons-nous conservés à Calcutta alors qu'on s'en est débarrassé partout ailleurs en Inde, je l'ignore – sur quoi quelqu'un achète ou intimide le jury et on obtient ces verdicts impossibles. S'il n'y avait pas des juges courageux pour revenir sur ces verdicts, où irions-nous ? N'est-ce pas, mon cher ? » Mrs Chatterji semblait indignée.

« Bien entendu, très chère. Eh bien, voilà, Mr Kohli, vous savez ce que je pense. Mais votre verre est vide.

— Oui, je crois que je vais en prendre un autre », dit Mr Kohli, l'air chaviré. Il inspecta rapidement les alentours pour s'assurer que la voie était libre.

« Et s'il vous plaît, dites à Tapan d'aller se coucher tout de suite, dit Mrs Chatterji. A moins qu'il n'ait pas mangé. S'il n'a pas mangé, il ne faut pas qu'il se couche tout de suite. Il doit d'abord manger.

— Tu sais quoi Meenakshi ? » Le juge s'adressait à sa fille. « Un jour de la semaine dernière ta mère et moi avons discuté avec un tel acharnement que le lendemain au petit déjeuner chacun était convaincu de la justesse de l'opinion de l'autre, et nous avons continué à discuter de plus belle.

— Et quel était le sujet de votre discussion ? Nos séances du petit déjeuner me manquent.

— Je ne m'en souviens plus. Et toi ? N'était-ce pas à propos de Biswas Babu ?

— Non, c'était quelque chose à propos de Cuddles, dit Mrs Chatterji.

— Crois-tu ? Il me semblait qu'il était question de – peu importe. Meenakshi, tu dois venir prendre le petit déjeuner avec nous prochainement. On peut très bien venir à pied de Sunny Park jusqu'ici.

— Je sais, mais c'est si difficile de s'éloigner le matin. Arun tient absolument à ce que les choses soient faites comme il faut, et Aparna est tellement énervante et fatigante avant onze heures. Mago, ton cuisinier m'a réellement sauvé la vie hier. Eh bien, maintenant je crois que je vais aller dire bonjour à Hans. Qui est ce jeune homme qui les regarde Kakoli et lui d'un air si menaçant ? Il ne porte même pas de nœud papillon. »

Le jeune homme en question était pour ainsi dire nu : vêtu d'une banale chemise blanche, d'un pantalon blanc et d'une cravate rayée. C'était un étudiant.

« Je ne sais pas, chérie, dit Mrs Chatterji.

— Un autre champignon ? » proposa Meenakshi.

L'expression avait été inventée par le juge Chatterji, quand les amis de Kakoli avaient commencé à envahir la maison. « Je suis sûr que c'en est un », dit-il.

En traversant la salle, Meenakshi tomba sur Amit, à qui elle reposa la question.

« Il s'est présenté à moi sous le nom de Krishnan, dit Amit. Kakoli semble très bien le connaître.

— Oh. Que fait-il ?

— Je ne sais pas. Il prétend être un de ses proches amis.

— Un ami intime ?

— Oh non, ce n'est pas possible. Ceux-là, elle connaît leur nom.

— Bon, je vais saluer le Kraut de Kuku, décida Meenakshi. Où est passée Luts ? Elle était avec toi il y a quelques minutes.

— Quelque part par là, j'imagine. » Amit indiquait la direction du piano, où grouillait une foule volubile. « Au fait, gare à tes mains avec Hans.

— Oui, je sais. Papa m'a prévenue aussi. Mais je ne risque rien. Il est en train de manger. Il ne va sûrement pas poser son assiette pour me saisir la main ?

— On ne sait jamais, dit Amit, d'une voix sombre.

— N'est-ce pas délicieux ? » dit Meenakshi.

Pendant ce temps, Lata, immergée au plus épais de la foule, avait l'impression de nager dans un océan de langues. Le brio, le chatoiement de toutes ces conversations l'étourdissaient, rocher contre lequel venaient se briser tantôt une vague d'un anglais à demi compréhensible, tantôt une lame en bengali totalement incompréhensible. Comme des pies se disputant une babiole – ou découvrant un joyau qu'elles prennent pour une babiole – les invités surexcités jacassaient à perdre haleine. Non contents de se gaver de nourriture, ils se gavaient de mots.

« Non, non, Dipankar, vous ne comprenez pas – le fondement de la civilisation indienne est le Carré – les quatre stades de la vie, les quatre buts de l'existence – amour, richesse, devoir et pour finir, libération – les quatre bras de notre ancien symbole, le swastika, dont on a fait un si triste usage récemment... oui, c'est sur le carré, le carré seul, que repose l'essence de notre spiritualité... cela vous ne le comprendrez que quand vous serez vieux comme moi... »

« Elle a deux cuisiniers, voilà la raison, il n'y en a pas d'autre. Vraiment – mais vous devez goûter les luchis. Non, non, chaque chose dans l'ordre... c'est le secret de la cuisine bengali... »

« Un *si* bon orateur au centre Ramakrishna l'autre jour ; plutôt jeune, mais doté d'une *telle* spiritualité... La Créativité en un Temps de Crise... vous *devez* y aller la semaine prochaine : il parlera de la Recherche de la Paix et de l'Harmonie... »

« Tout le monde m'avait dit que si j'allais dans les Sundarbans je verrais des centaines de tigres. Je n'ai même pas vu un moustique. De l'eau, de l'eau partout – et rien d'autre. C'est fou ce que les gens peuvent être menteurs. »

« On devrait les expulser – examen difficile ou pas, est-ce une raison pour se passer des papiers pendant l'épreuve ? Et attention, ce sont des étudiants en science économique de l'université de Calcutta. Que deviendra l'ordre économique sans discipline ? Que dirait Sir Asutosh s'il vivait encore ? Est-ce ça, l'Indépendance ? »

« Montoo est si délicieux. Mais Poltoo et Loltoo n'ont pas l'air dans leur assiette. Depuis la maladie de leur père, évidemment. On raconte que c'est – que c'est, enfin, vous savez – le foie... trop d'alcool. »

« Oh non, non, Dipankar – le paradigme essentiel – je ne dirais jamais la structure – de notre vieille civilisation est bien entendu la Trinité... Je ne parle pas de la Trinité chrétienne bien entendu ; une idée si grossière en quelque sorte – non, la Trinité en tant que Processus et Aspect – Création, Préservation et Destruction – oui la Trinité est bien le paradigme essentiel de notre civilisation, et aucune autre... »

« Absurde et ridicule, évidemment. J'ai donc fait venir les dirigeants syndicaux et je leur ai lu la loi sur les émeutes. Bien entendu, il a fallu leur tenir un discours un peu rude pour qu'ils se mettent d'accord. Je ne dis pas qu'on n'a pas versé un petit quelque chose aux plus récalcitrants, mais c'est l'affaire du service du personnel. »

« Ce n'est pas *Je reviens** – c'est *Quelques fleurs** – ça fait toute la différence. Non que mon mari sache faire cette différence. Il ne reconnaît même pas Chanel ! »

« Alors j'ai dit à Robi Babu : "Vous êtes comme un Dieu pour nous, je vous en prie, donnez-nous un nom pour notre enfant", et il a accepté. Voilà pourquoi elle s'appelle Hemangini... Ce n'est pas que ça me plaise tellement, mais que pouvais-je faire ? »

« Si les mollahs veulent la guerre, ils l'auront. Nous ne faisons pour ainsi dire plus de commerce avec le Pakistan oriental. Une des heureuses retombées, c'est que le prix des mangues a baissé ! Les cultivateurs du Maldah ont eu une énorme récolte cette année, et ils ne savent plus quoi en faire... Bien entendu, il y a aussi un problème de transport, comme au temps de la Famine au Bengale. »

« Non, non, Dipankar, vous n'y êtes pas du tout – la texture primordiale de la philosophie indienne, il faut la chercher dans la Dualité... oui, la Dualité... la chaîne et la trame de notre vêtement traditionnel ; le sari lui-même – une simple longueur de tissu qui pourtant enveloppe la

* En français dans le texte.

femme indienne – la chaîne et la trame de l'univers lui-même, la tension entre l'Etre et le non-Etre – oui, indubitablement, c'est la Dualité seule qui règne sur nous ici dans notre vieux pays. »

« J'ai eu envie de pleurer en lisant le poème. Ils doivent être si fiers de lui. Si fiers. »

« Salut, Arun, où est Meenakshi ? »

Lata se retourna et nota l'expression mécontente de son frère à la vue de son ami Billy Irani. C'était la troisième fois que quelqu'un s'adressait à lui dans la seule intention de savoir où se trouvait sa femme. Ses yeux firent le tour de la salle à la recherche du sari orange, qu'il repéra près de la bande à Kakoli.

« Elle est là-bas, Billy, près du nid de Kuku. Si tu veux, je viens avec toi pour l'en faire tomber. »

Une seconde, Lata se demanda ce que son amie Malati aurait pensé de tout cela. Elle s'attacha à Arun comme à un radeau de sauvetage, et dériva jusqu'à l'endroit où se tenait Kakoli. D'une manière ou d'une autre, Mrs Rupa Mehra et un monsieur âgé, un Marwari en dhoti, avaient réussi à s'infiltrer dans la foule de ces brillants jeunes écervelés.

Inconscient de cet entourage, le vieux monsieur disait à Hans, sur un ton passablement affecté :

« Depuis 1933 je bois du jus de courge amère. Vous connaissez la courge amère ? C'est notre célèbre légume indien, appelé karela. Ça ressemble à ça – il fit un geste en longueur – c'est vert, avec des côtes. »

Hans eut l'air dérouté. Son informateur continua :

« Chaque semaine mon domestique ramasse un seer de courges amères dont il presse la peau, la peau seulement, notez bien, pour faire du jus. Chaque seer produit un jamjar de jus. » Il loucha en signe de concentration. « Ce qu'ils font du reste, ça m'est égal.

— Vraiment ? dit Hans poliment. Ça m'intéresse beaucoup. »

Kakoli s'était mise à glousser. Mrs Rupa Mehra paraissait fascinée. Sacrés Marwaris, se disait Arun, qui venait de croiser le regard de Meenakshi. On peut leur faire confiance pour se rendre ridicules devant des étrangers.

Le défenseur de la courge, quant à lui, continuait sa propagande :

« Ensuite, chaque matin au petit déjeuner, il me donne le contenu d'un verre à sherry ou à liqueur – pas plus – de ce jus. Chaque matin depuis 1933. Et je n'ai pas de problèmes de sucre. Je peux manger des plats sucrés sans angoisse. C'est bon pour ma peau et mes fonctions intestinales. »

Comme pour appuyer ses dires, il mordit dans un gulab-jamun dégoulinant de sirop de sucre.

« Seulement la peau ? » répéta Mrs Rupa Mehra. Si c'était vrai, le diabète devrait renoncer à s'interposer entre son palais et ses désirs.

« Oui, dit le vieil homme, l'air dédaigneux. Seulement la peau. Tout le reste est superfluité. La beauté de la courge amère se cache dans la peau. »

7.12

« Vous vous amusez ? demanda Jock Mackay à Basil Cox, en l'entraînant sur la véranda.

— Oui, pas mal. » Cox posa avec précaution son verre de whisky sur la rampe en fer forgé blanc. La tête légère, il avait le sentiment qu'il était prêt lui aussi à faire de l'équilibre sur la rampe. De la pelouse émanaient des senteurs de gardénias.

« Première fois que je vous vois chez les Chatterji. Patricia est ravissante.

— Merci... Oui, n'est-ce pas ? Je ne peux jamais prévoir si elle va se plaire ou pas. Quand il a fallu que je vienne en Inde, elle s'y est beaucoup opposée. Elle a même... »

Caressant du pouce sa lèvre inférieure, Basil contempla le jardin, avec son énorme cytise couvert de grappes de fleurs jaunes qu'éclairait par en dessous la douce lumière de quelques lampadaires. On aurait dit qu'une hutte s'abritait sous la frondaison.

« Mais vous vous plaisez ici, n'est-ce pas ?

— Il me semble. Drôle de pays... Evidemment, ça ne fait même pas un an que j'y suis.

— Que voulez-vous dire ?

— Eh bien, prenez cet oiseau par exemple, celui qui chantait il y a quelques instants – pou-pouuuuuu-pou ! de plus en plus fort. Ce n'est certainement pas un coucou, même si j'aimerais bien que c'en soit un. Déconcertant. Et je confonds encore les lakhs, crores, annas, pices. A chaque fois je dois faire la conversion dans ma tête. Je suppose que je m'y habituerai avec le temps. » A voir l'expression de Basil Cox, on pouvait en douter. Douze pence pour un shilling et vingt shillings dans une livre lui paraissait infiniment plus logique que quatre pices pour un anna et seize annas dans une roupie.

« En fait, c'est un coucou, dit Jock Mackay, ce qu'on appelle un coucou-épervier, vous connaissez ? C'est difficile à croire, mais je m'y suis tellement habitué qu'il me manque quand je retourne chez moi en vacances. Le chant des oiseaux, ça ne me gêne pas, ce que je ne peux pas supporter c'est l'horrible musique que font les chanteurs indiens... cet abominable fatras pleurnichard... Mais savez-vous la question qui m'a le plus tourmenté quand je suis arrivé ici il y a vingt ans et que j'ai vu toutes ces belles femmes si élégantes ? » D'un joyeux signe de tête, il indiquait le salon. « Comment fait-on pour baiser une fille en sari ? »

Basil Cox eut un geste brusque, et le contenu de son verre se renversa sur un parterre de fleurs. Ce qui sembla amuser Jock Mackay.

« Et alors, dit Basil Cox, agacé, vous avez trouvé ?

— Chacun fait ses propres découvertes tôt ou tard, dit Mackay, l'air énigmatique. Mais dans l'ensemble, c'est un charmant pays. A la fin du Raj ils étaient si occupés à se trancher la gorge entre eux qu'ils ont épargné les nôtres. On a eu de la chance. » Il avala une gorgée.

« On n'a pas l'impression qu'il y ait du ressentiment – tout au contraire, reprit Basil Cox, penché sur le parterre de fleurs. Je me demande pourtant ce que des gens comme les Chatterji pensent vraiment de nous... Après tout, nous sommes encore très présents à Calcutta. Nous dirigeons toujours les affaires... commerciales, cela s'entend.

— Oh, à votre place, je ne m'inquiéterais pas. Ce que pensent ou ne pensent pas les gens n'est jamais très intéressant. Les chevaux, tenez, je me demande souvent ce qu'ils pensent...

— J'ai dîné chez leur gendre l'autre jour – en fait c'était hier – Arun Mehra – il travaille chez nous – oh, bien entendu, vous connaissez Arun – et soudain son frère débarque, rond comme une barrique, empestant un abominable tord-boyaux, le shimsham – jamais je n'aurais pu imaginer qu'Arun avait un frère comme ça. Et vêtu d'un pantalon tout fripé !

— Je sais, c'est perturbant, acquiesça Mackay. J'ai connu un vieux fonctionnaire de l'Indian Civil Service, un Indien, mais très gentleman, eh bien, quand il a pris sa retraite, il a renoncé à tout, s'est fait sadhu, et on n'en a plus jamais entendu parler. Et il était marié, avec deux grands enfants.

— Vraiment ?

— Vraiment. Mais ce sont des gens charmants. Je dirais : flattant par-devant, mordant par-derrière, snobs, prétendant tout savoir, vantards, tricheurs mais vénérant le pouvoir, traîne-savates, postillonneurs... Ma liste était plus longue, mais j'ai oublié.

— A vous entendre, on croirait que vous haïssez l'endroit.

— Bien au contraire. Ça ne m'étonnerait pas que je décide de prendre ma retraite ici. Et si nous rentrions ? Vous n'avez plus rien à boire. »

7.13

« Ne pensez à rien de sérieux avant votre trentième année », conseillait à Tapan le replet Mr Kohli, qui avait réussi à se libérer de sa femme pour quelques minutes. Son verre à la main, la mine soucieuse, presque désolée, on aurait dit un gros ours en peluche agité et poussif ; il se penchait par-dessus le bar, offrant aux regards son immense crâne luisant ; s'étant délivré d'un de *ses bons mots**, il ferma à demi ses yeux aux lourdes paupières, entrouvrit sa petite bouche.

« Maintenant, Bébé Sahib, dit le vieux Bahadur à Tapan, la Memsahib dit que vous devez aller au lit tout de suite. »

Tapan éclata de rire. « Réponds à ma mère que j'irai au lit quand j'aurai trente ans. »

Mr Kohli continuait : « Les gens s'accrochent à leurs dix-sept ans. C'est l'âge qu'ils rêvent de toujours avoir – dix-sept ans, et heureux à jamais. Non pas qu'ils soient heureux quand ils les ont. Mais vous avez encore le temps d'y arriver. Quel âge avez-vous ?

— Treize ans – ou presque.

— Bien – si vous voulez mon avis : restez-en là.

— Vous êtes sérieux ? » Tapan avait soudain l'air très inquiet. « Vous voulez dire que les choses ne s'améliorent pas ?

— Ne prenez pas tout ce que je dis au pied de la lettre, mais – Mr Kohli s'interrompit pour boire une gorgée – prenez-le néanmoins plus au sérieux que ce que racontent les autres adultes.

— Va te coucher immédiatement. » Mrs Chatterji venait de les rejoindre. « Qu'est-ce que tu es allé raconter à Bahadur ? Tu n'auras plus l'autorisation de veiller tard si tu te conduis ainsi. Verse à boire à Mr Kohli et va te coucher. »

7.14

« Non, non, non, Dipankar, dit la Grande Dame de la Culture, secouant lentement et avec une condescendance apitoyée sa tête chenue, dardant sur lui un œil lourd, ce n'est pas ça du tout, pas la Dualité, il ne me serait jamais venu à l'idée de parler de Dualité, Seigneur ! – l'essence intrinsèque de notre existence à nous les Indiens est l'Unité,

* En français dans le texte.

540

oui, l'Unité de l'Etre, l'assimilation œcuménique de tout ce qui se déverse dans notre grand sous-continent ». Elle engloba d'un geste maternel le salon. « C'est l'Unité qui gouverne nos âmes, ici, dans ce vieux pays qui est le nôtre. »

Dipankar acquiesça avec vigueur, battit des paupières, avala d'un trait son verre de scotch, sous le regard hilare de Kakoli. C'est ce que j'aime chez Dipankar, pensait Kakoli : il est le seul sérieux d'entre nous, les enfants Chatterji, et sa gentillesse, sa serviabilité en font la proie idéale de tous les distributeurs de nourriture spirituelle qui s'égarent dans notre maisonnée. Et quiconque dans la famille a besoin d'un conseil gratuit peut aller le trouver.

« Dipankar, dit Kakoli, Hemangini veut te parler, elle se languit sans toi, et il faut qu'elle parte dans dix minutes.

— Merci, Kuku, merci bien. » En signe de désolation, Dipankar battit des paupières encore plus fort que d'habitude. « Tâche de la retenir le plus longtemps possible... Nous sommes en plein dans cette intéressante discussion... Pourquoi ne pas te joindre à nous ? supplia-t-il désespéré. C'est à propos de l'Unité, qui est l'essence intrinsèque de notre être...

— Mais non, mais non, Dipankar, le coupa la Grande Dame, triste de devoir ainsi le corriger mais s'armant de patience : Pas l'Unité, pas l'Unité, mais le Zéro, le Néant lui-même, voilà le principe qui guide notre existence. Je n'ai pas pu utiliser le terme d'essence intrinsèque – car qu'est-ce qu'une essence non intrinsèque ? L'Inde est la terre du Zéro, car c'est de notre horizon qu'il a surgi tel un grand soleil pour étendre ses rayons sur le monde de la connaissance. » Elle examina attentivement un gulab-jamun. « C'est le Zéro, Dipankar, représenté par le Mandala, le cercle, la nature circulaire du Temps, qui est le principe conducteur de notre civilisation. Tout ceci – d'un vaste geste elle engloba à nouveau le salon et son contenu, le piano, les bibliothèques, les fleurs dans leurs immenses vases de verre gravé, les cigarettes achevant de se consumer sur les bords des cendriers, deux plateaux de gulab-jamuns, la masse chatoyante des invités et Dipankar lui-même – tout ceci est du Non-être. C'est la non-essence des choses, Dipankar, que vous devez accepter, car c'est dans le Rien que repose le secret du Tout. »

7.15

Le Parlement Chatterji (y compris Kakoli qui, en temps normal, avait du mal à se réveiller avant dix heures) se trouva réuni le lendemain autour du petit déjeuner.

Il ne restait plus trace de la fête. Cuddles avait été relâché dans le vaste monde. Bondissant de joie, il avait fait le tour du jardin, troublant les méditations de Dipankar, réfugié dans une cabane qu'il s'était aménagée à un bout, en déterrant dans le verger quelques plants auxquels Dipankar s'intéressait tout particulièrement. Il y avait probablement enfoui quelque chose, voulant, après le traumatisme de la nuit précédente, s'assurer que le monde et les objets continuaient d'être ce qu'ils étaient.

Kakoli avait demandé qu'on la réveille à sept heures. Elle devait téléphoner à Hans lorsque celui-ci rentrerait de sa promenade à cheval matinale. Comment s'y prenait-il pour se lever à cinq heures – comme Dipankar – et faire toutes ces choses ardues avec son cheval, voilà qui la dépassait. Elle soupçonnait une grande force de volonté.

Kakoli adorait le téléphone, qu'elle monopolisait sans vergogne – tout comme la voiture. Elle était capable de bavasser pendant trois quarts d'heure d'affilée, empêchant parfois son père, retenu au tribunal ou à son club, de joindre son domicile : avec moins de dix mille lignes téléphoniques pour toute la ville de Calcutta, une seconde ligne eût été un luxe inimaginable. Pourtant, depuis que Kakoli s'était fait installer un poste dans sa chambre, il avait trouvé l'inimaginable presque raisonnable.

La nuit ayant été longue, Bahadur, à qui incombait d'habitude la lourde tâche de réveiller Kuku et de l'apaiser avec un verre de lait, avait été autorisé à dormir tard. Amit avait proposé de le remplacer.

Il frappa doucement à la porte. N'obtenant pas de réponse, il entra. Le lit baignait dans la clarté de la fenêtre. Couchée en diagonale, Kuku dormait, un bras replié sur les yeux, son joli minois enduit d'une couche durcie de lacto-calamine, crème pour le teint qu'elle utilisait en alternance avec la pulpe de papaye.

« Kuku, réveille-toi, il est sept heures. »

Elle continua à dormir profondément.

« Debout, Kuku. »

Elle s'étira, émit un son qui ressemblait à « choo-moo ». C'était une plainte.

Au bout de cinq minutes, n'ayant reçu en échange de ses douces paroles et de ses gentilles tapes sur l'épaule que des « choo-moo », Amit ne put résister davantage : il lui lança un oreiller sur la tête.

Kakoli se secoua, juste assez pour dire : « Prends exemple sur Bahadur. Réveille les gens avec gentillesse.

— Je manque de pratique. Je suppose qu'il tourne dix mille fois et pendant vingt minutes autour de ton lit en murmurant : "Kuku bébé, réveillez-vous ; réveillez-vous, bébé Memsahib", pendant que tu fais tes "choo-moo".

— Ouaf.

— Ouvre les yeux, à la fin. Sinon tu vas te retourner et te rendormir. » Silence. « Kuku bébé, dit Amit.

— Ouaf », répéta Kakoli, irritée. Néanmoins, elle souleva très légèrement les paupières.

« Que veux-tu ? Ton nounours, ton téléphone, un verre de lait ?

— Du lait.

— Combien de verres ?

— Un verre de lait.

— Très bien. »

Lorsque Amit revint, il la trouva assise sur le lit, le combiné dans une main, Cuddles blotti sous l'autre bras. Elle déversait sur Cuddles le flot du langage maison.

« Petite bestiole, sale petite bestiole, sale épouvantable petite bestiole, disait-elle en lui caressant la tête avec le combiné. Incroyablement sale et épouvantable petite bestiole. » Elle ne prêtait aucune attention à Amit.

« Tais-toi, Kuku, et bois ton lait. J'en ai assez de t'attendre, je n'ai pas que ça à faire. Ou bien veux-tu que je le boive à ta place ?

— Mords Amit », ordonna-t-elle à Cuddles. Qui n'obéit pas.

« Le poserai-je ici, Madame ?

— Oui. » Elle ignora l'ironie.

« Ce sera tout, Madame ?

— Oui.

— Oui quoi ?

— Oui merci.

— Je m'apprêtais à solliciter un baiser, mais cette lacto-calamine a l'air si dégoûtante que je préfère repousser cela à plus tard. »

Kakoli fixa sur son frère un regard sévère. « Tu es un horrible personnage, sans la moindre sensibilité, l'informa-t-elle. Je ne comprends pas pourquoi les femmes se pâaaaa-ment sur ta poésie.

— Parce que c'est une poésie pleine de sensibilité.

— Je plains la fille qui t'épousera, je la plains vrèèèèment.

— Et moi je plains l'homme que tu épouseras, vrèèéèèè-ment. Au fait, est-ce mon futur beau-frère que tu t'apprêtes à appeler ? Le casse-noix ?

— Le casse-noix ? »

Amit tendit sa main droite comme s'il serrait celle d'un homme invisible, sa bouche s'ouvrit en signe de douleur atroce.

« Fiche le camp, Amit, tu as gâché mon humeur.

— Ce qu'il y avait à en gâcher.

— Chaque fois que je dis quelque chose sur les femmes qui t'intéressent, tu te fâches tout rouge.

— Comme qui ? Jane Austen ?

— Puis-je téléphoner en paix et en privé ?

— Oui, oui, bébé Kuku, dit Amit, réussissant à se montrer à la fois ironique et apaisant. Je m'en vais, je m'en vais. A tout à l'heure au petit déjeuner. »

Le petit déjeuner fournissait aux Chatterji l'occasion de jouer une scène de dispute enjouée. Chacun, dans cette famille de gens intelligents, trouvait l'autre idiot. Beaucoup jugeaient les Chatterji odieux, parce qu'ils semblaient bien plus se complaire entre eux qu'en compagnie des autres. Mais s'ils les avaient vus se chamailler autour du petit déjeuner, ils les auraient probablement moins détestés.

M. le juge Chatterji présidait à un bout de la table. Sa courte taille, sa myopie et sa distraction ne lui ôtaient pas une certaine dignité. On le respectait au tribunal et il savait même se faire vaguement obéir de son excentrique famille. Il n'aimait pas parler plus que nécessaire.

« Quiconque aime la confiture de fruits mélangés est un cinglé, déclara Amit.

— Es-tu en train de me traiter de cinglée ? dit Kakoli.

— Non, bien sûr que non, Kuku. C'est un principe général. Passe-moi le beurre, veux-tu.

— Tu n'as qu'à le prendre toi-même.

— Allons, allons, Kuku, murmura Mrs Chatterji.

— Je ne peux pas, protesta Amit, on m'a broyé les mains. »

Tapan rit. Kakoli lui jeta un regard noir, puis se composa le visage angoissé de qui va présenter une requête.

« Baba, j'ai besoin de la voiture aujourd'hui. Je dois sortir. J'en aurai besoin toute la journée.

— Mais Baba, dit Tapan, je dois passer la journée avec Pankaj.

— Il faut absolument que j'aille chez Hamilton ce matin récupérer le grand encrier en argent », dit Mrs Chatterji.

M. le juge Chatterji haussa les sourcils. « Et toi Amit ?

— Je passe ! »

Dipankar passa également et se demanda, à voix haute, pourquoi Kuku avait l'air si déprimée. Il reçut une grimace en réponse.

Amit et Tapan se lancèrent dans le contre-chant.

« Nous regardons derrière et devant, et nous languissons pour ce qui n'est

— PAS !

— Dans notre rire le plus sincère sonne le

— GLAS !

— Nos chants les plus doux sont ceux qui racontent les plus graves

— TRACAS ! hurla Tapan, jubilant car Amit était son héros.

— Ne t'en fais pas, chérie, tout finira par s'arranger, dit Mrs Chatterji.

— Vous n'avez pas la moindre idée de ce à quoi je pensais, contre-attaqua Kakoli.

— Tu veux dire à qui, corrigea Tapan.

— On ne te demande rien, espèce d'amibe, dit Kakoli.

— Il a l'air plutôt d'un chic type, hasarda Dipankar.

— Mais non, c'est juste un sedip, rétorqua Amit.

— Sedip ? Sedip ? Suis-je censé connaître ? » s'enquit leur père.

Mrs Chatterji eut l'air tout aussi déroutée. « Oui, qu'est-ce qu'un sedip, chéri ? demanda-t-elle à Amit.

— Un séduisant diplomate. Très vide. Très séduisant. Le genre de garçon après qui Meenakshi soupirait. Et dont j'attends un spécimen ce matin. Il vient me poser des questions sur la culture et la littérature.

— Vraiment ? Et qui est-ce ? s'enquit vivement Mrs Chatterji.

— Un ambassadeur sud-américain – du Pérou ou du Chili, ou quelque chose comme ça, qui s'intéresse aux arts. Il m'a téléphoné de Delhi il y a une semaine ou deux, et nous avons pris rendez-vous. A moins que ce soit de Bolivie ? Il voulait rencontrer un écrivain durant son séjour à Calcutta. Je doute qu'il ait jamais rien lu de moi. »

Mrs Chatterji parut affolée. « Mais alors il faut que je m'assure que tout est en ordre. Et puis, tu as dit à Biswas Babu que tu le verrais ce matin.

— C'est vrai, c'est vrai. Et je le verrai.

— Ce n'est pas un sedip, intervint soudain Kakoli. Tu le connais à peine.

— Non, c'est un gentil garçon pour notre Kuku, dit Tapan. Si chinchère. »

C'était là un des adjectifs que Biswas Babu prisait fort. Kuku eut envie de savonner le crâne de son frère.

« J'aime bien Hans, dit Dipankar. Il s'est montré poli avec l'homme qui lui a conseillé de boire du jus de courge amère. Il a certainement bon cœur. »

« Oh, ma chérie, ne sois pas cruelle.
Tiens ma main. Reste à jamais ma belle »,

murmura Amit.

« Mais ne la tiens pas trop fort, compléta Tapan, en se tordant de rire.

— Assez ! cria Kakoli. Vous êtes tous parfaitement abominables.

— C'est du bon matériau pour battement de cloches nuptiales, poursuivit Tapan, cherchant le pardon.

— Battement de cloches ? Ou battant au lit ? » demanda Amit. Le ravissement se peignit sur le visage de Tapan.

« A présent, ça suffit, Amit, dit Mr Chatterji, avant que sa femme n'ait pu intervenir. Pas d'effusion de sang au petit déjeuner. Parlons d'autre chose.

— Oui, approuva Kakoli. Par exemple de cette façon qu'avait Amit de courir après Lata la nuit dernière.

— Après Lata ? » Amit eut l'air sincèrement étonné.

« Après Lata ? répéta Kuku, en l'imitant.

— Vraiment, Kuku, l'amour t'a démoli le cerveau. Si j'ai passé du temps avec elle, ça ne m'a pas frappé.

— Non, bien sûr.

— C'est juste une gentille fille. Si Meenakshi n'avait pas été si occupée à cancaner et Arun à nouer des relations, je ne me serais pas senti la moindre responsabilité envers elle.

— Il n'est donc pas nécessaire de la réinviter jusqu'à ce qu'elle quitte Calcutta », murmura Kuku.

Mrs Chatterji ne disait rien, mais on la sentait inquiète.

« J'inviterai qui bon me semble, dit Amit. Tu as bien invité cinquante zozos à la soirée.

— Cinquante zozos, ne put s'empêcher de répéter Tapan.

— Les petits garçons n'ont pas à se mêler des conversations des adultes », le tança Kuku.

En sécurité à l'autre bout de la table, Tapan lui fit la

grimace. Un jour, il l'avait tellement énervée qu'elle l'avait poursuivi tout autour de la table, mais, en général, elle restait engourdie jusqu'à midi.

« Oui, reprit Amit, certains étaient vraiment bizarres. Qui est ce Krishnan par exemple ? Teint foncé, Indien du Sud, j'imagine. Il te fixait, toi et ton soupirant, d'un air peu amène.

— Oh, c'est juste un ami. » Elle mettait à beurrer son toast une concentration inhabituelle. « Je suppose qu'il est fâché contre moi. »

Amit ne se refusa pas un petit couplet à la Kakoli :

> *« Qui est Krishnan, je vous prie ?*
> *Un champignon, rien qu'un ami. »*

Sur quoi Tapan enchaîna :

> *« Sans se presser, un gros mangeur,*
> *Buveur de bière et grand pisseur ! »*

« Tapan ! » Mrs Chatterji en suffoquait d'indignation.

Amit, Kuku et Meenakshi avaient complètement dépravé son bébé avec leurs stupides bouts-rimés.

Le juge Chatterji reposa son toast. « Tapan, je ne veux plus t'entendre !

— Mais Baba, je ne faisais que plaisanter. » Il trouvait la réprimande injuste. Tout ça parce que je suis le plus jeune, se disait-il. Sans compter que c'était une sacrée bonne strophe.

« Une plaisanterie est une plaisanterie, mais quand c'est assez, c'est assez, dit son père. Et toi aussi Amit. Tu aurais davantage le droit de critiquer les autres si tu faisais quelque chose d'utile.

— Oui, parfaitement, ajouta Kuku, sentant le vent tourner. Fais quelque chose de sérieux, Amit Da. Montre-toi un membre utile de la société avant d'oser critiquer les autres.

— Quel mal y a-t-il à écrire des poèmes et des romans ? La passion t'aurait-elle rendue inculte par-dessus le marché ?

— C'est un bon divertissement, intervint Mr Chatterji.

Mais pas un gagne-pain. Et quel mal y a-t-il à pratiquer le droit ?

— C'est comme de retourner à l'école, dit Amit.

— Comment peux-tu dire ça ! fit sèchement son père.

— Eh bien, il faut porter la robe – comme l'uniforme à l'école. Et au lieu de dire "Monsieur", on dit "Votre Honneur" – ce qui n'est guère mieux – jusqu'au jour où on accède au siège et où l'on devient soi-même l'Honneur. On a droit à des vacances, à des bons et des mauvais points, exactement comme Tapan : ce sont les procès qu'on gagne et qu'on perd.

— Ton grand-père et moi-même n'y avons rien trouvé à redire. » Le ton du juge Chatterji indiquait qu'il ne goûtait pas l'analogie.

« Mais Amit a reçu un don, risqua Mrs Chatterji. N'es-tu pas fier de lui ?

— Il peut pratiquer son don à ses moments perdus.

— Est-ce ce qu'on a dit à Rabindranath Tagore ? demanda Amit.

— Tu vois sûrement qu'il existe une certaine différence entre Tagore et toi. » L'étonnement perçait dans la voix du père.

« J'admets la différence, Baba, mais en quoi intervient-elle dans ce que j'affirme ? »

Au nom de Tagore, Mrs Chatterji avait recouvré son esprit de révérence.

« Amit, Amit, s'écria-t-elle, comment peux-tu penser à Gurudeb de cette manière ?

— Mago, je n'ai rien dit – »

Sa mère ne le laissa pas continuer : « Robi Babu est un saint. Nous, au Bengale, nous lui devons tout. Je me rappelle qu'un jour à Shantiniketan, il m'a dit – »

Ce fut au tour de Kakoli de soutenir Amit :

« S'il te plaît, Mago – tu nous as déjà raconté mille fois l'époque idyllique de Shantiniketan. Moi je sais que si je devais y vivre, je me suiciderais tous les jours.

— Sa voix est un cri au milieu de la sauvagerie, poursuivit sa mère sans l'entendre.

— Je ne dirais pas cela, Ma, intervint Amit. Nous l'idolâtrons plus que les Anglais n'idolâtrent Shakespeare.

— Et à juste titre, dit Mrs Chatterji. Ses chansons sont sur toutes les lèvres – et ses poèmes dans tous les cœurs –

— En fait, déclara Kakoli, *Abol Tabol* est le seul bon livre de la littérature bengali.

> *Le griffon dès sa naissance*
> *N'aime pas les réjouissances.*
> *Rire ou sourire lui est péché.*
> *"Jamais sur terre, dit-il, navré."*

Oh oui, et puis j'aime bien les *Histoires de Hutom la chouette*. Un jour je me mettrai à la littérature et j'écrirai : *Histoires de Cuddles le chien*.

— Kuku, tu devrais avoir honte. » Mrs Chatterji, pour le coup, était furieuse. « Je t'en prie empêche-la de dire des choses pareilles.

— Ce n'est qu'une opinion, très chère, constata le juge Chatterji. Je ne peux pas l'empêcher d'avoir des opinions.

— Mais à propos de Gurudeb, dont elle chante les textes – à propos de Robi Babu – »

Kuku, qui avait été gavée des chants de Rabindranath depuis sa naissance ou presque, se mit à roucouler sur le ton d'un « Shonkochero bihvalata nijere apoman » :

> « *Robi Babu, Rabindranath, ô, quelle cata !*
> *Robi Babu, Rabindranath, ô, quelle cata !*
> *Quelle ca-ata.*
> *Quelle, quelle cata.*
> *Quelle, quelle cata.*
> *C'est une telle, c'est une telle, telle cata.*
> *Robi Babu, Rabindranath, ô, quelle cata !* »

« Arrête, arrête immédiatement, tu m'entends ! hurla Mrs Chatterji. Comment oses-tu, impudente, sans cervelle !

— Je t'assure, Ma, continua Kakoli, lire Tagore c'est comme essayer de nager dans de la mélasse. Tu devrais entendre Ila Chattopadhyay parler de ton Robi Babu. Les fleurs, le clair de lune, les couches nuptiales...

— Ma, dit Dipankar, pourquoi te laisses-tu avoir ? Choisis les plus beaux mots et fais-en ce qui convient à ton esprit. Tu atteindras ainsi la tranquillité. »

Mais ce conseil ne calma pas Mrs Chatterji. La tranquillité était le cadet de ses soucis.

« Puis-je me lever ? J'ai fini mon petit déjeuner, dit Tapan.

— Bien sûr, dit son père. Je vais voir ce que je peux faire pour la voiture.

— Ila Chattopadhyay n'est qu'une fille ignorante, décréta Mrs Chatterji. Je l'ai toujours pensé. Quant à ses livres – à mon sens, plus les gens écrivent, moins ils pensent. Et elle portait un sari fripé comme un chiffon, la nuit dernière.

— Ce n'est plus vraiment une fille, très chère, fit remarquer le juge Chatterji. C'est une femme déjà âgée – je dirais cinquante-cinq au moins. »

Mrs Chatterji jeta un regard fâché à son époux. On n'était pas vieux à cinquante-cinq ans.

« Et il faut tenir compte de ses opinions, ajouta Amit. Elle est très entêtée. Elle voulait convaincre Dipankar hier soir qu'il n'y a pas d'avenir dans l'économie. Elle avait l'air de s'y connaître.

— Elle a toujours l'air de s'y connaître, dit Mrs Chatterji. De toute façon, elle est de la famille de ton père. Et si elle n'apprécie pas Gurudeb, c'est qu'elle a un cœur de pierre.

— Tu ne peux pas l'en blâmer, remarqua Amit. Après une vie si pleine de tragédies, n'importe qui se serait endurci.

— Quelles tragédies ? demanda Mrs Chatterji.

— Eh bien, elle avait quatre ans quand sa mère l'a giflée – ce fut très traumatisant – et le reste de sa vie fut à l'avenant. A douze ans, elle n'est arrivée que deuxième à un examen... Voilà qui vous durcit.

— Où as-tu dégotté des enfants aussi fous ? demanda Mrs Chatterji à son époux.

— Je l'ignore.

— Si, au lieu d'aller au club tous les jours, tu avais passé plus de temps avec eux, ils n'en seraient pas là. » Mrs Chatterji se permettait rarement ce genre de reproches, mais elle était excédée.

Le téléphone sonna.

« Dix contre un que c'est pour Kuku, dit Amit.

— Mais non.

— Tu devines à la sonnerie, Kuku ?

— C'est pour Kuku, cria Tapan, en ouvrant la porte.

— Oh, qui est-ce ? » Et elle tira la langue à Amit.

« Krishnan.

— Dis-lui que je ne peux pas venir au téléphone. Je le rappellerai.

— Qu'est-ce que je lui dis ? Que tu es dans ton bain ? Que tu dors ? Que tu es sortie en voiture ? Ou les trois à la fois ?

— Je t'en prie, Tapan, sois gentil, trouve une excuse. Oui, c'est ça, dis que je suis sortie.

— Mais, Kuku, c'est un mensonge éhonté ! s'exclama Mrs Chatterji.

— Je sais, Ma, mais il est si ennuyeux. Que puis-je faire ?

— Eh oui, que faire quand on a une centaine d'amis intimes ? » murmura Amit, d'une voix lugubre.

Piquée au vif, Kuku rétorqua : « Ça, c'est parce que personne ne t'aime –

— Des tas de gens m'aiment, n'est-ce pas Dipankar ?

— Oui Dada. » Dipankar jugea préférable de reconnaître le fait en toute simplicité.

« Et tous mes admirateurs m'aiment, ajouta Amit.

— Parce qu'ils ne te connaissent pas, dit Kakoli.

— Sur ce point, je ne te contredirai pas. A propos d'admirateurs inconnus, je ferais bien d'aller me préparer pour Son Excellence. Excusez-moi. »

Amit se leva, suivi de Dipankar, tandis que le juge Chatterji réglait le partage de la voiture entre les deux plaignants, tout en gardant à l'esprit les intérêts de Tapan.

7.17

Un quart d'heure environ après l'heure prévue pour l'arrivée de l'ambassadeur, Amit fut averti par téléphone que Son Excellence aurait « un peu de retard ». C'était sans importance, dit Amit.

Une demi-heure après, on lui annonça un nouveau

retard. Ce qui l'ennuya passablement, car dans l'intervalle il aurait pu se mettre à sa table de travail. « L'ambassadeur est-il arrivé à Calcutta ? » demanda-t-il à l'homme au bout du fil. « Oh oui. Il est arrivé hier après-midi. Il a simplement un peu de retard. Mais il est parti chez vous il y a dix minutes. Il sera là très vite. »

Biswas Babu devait venir lui aussi, et Amit ne voulait pas faire attendre le vieil employé de la famille. Il ravala son irritation et marmonna une vague formule de politesse.

Un quart d'heure plus tard, une grande voiture noire s'arrêtait devant la porte. Le Señor Bernardo Lopez en sortit, accompagné d'une pétulante jeune femme prénommée Anna-Maria. Il s'excusa énormément, se déclara avide de culture, et tandis qu'ils s'asseyaient, sa frétillante compagne sortit un bloc-notes de son sac.

S'ensuivit un discours aimable de l'ambassadeur, aux termes longuement mûris et dûment pesés, pendant lequel il posa son regard sur tout ce qui l'entourait sauf sur Amit : sa tasse de thé, ses doigts repliés ou tambourinant, Anna-Maria (à qui il fit un petit signe de tête rassurant), une lampe dans un coin de la pièce. De temps en temps, il souriait. Il prononçait les v comme des b.

« Eh bien, Mr Chatterji, Mr Amit Chatterji, si je puis me permettre, il m'incombe souvent dans l'exercice de mes devoirs officiels, vous vous en doutez, en ma qualité d'ambassadeur, fonction que j'occupe depuis un an déjà – malheureusement, ni permanente ni bien définie ; il y a un élément ou, je dirais même, il ne serait peut-être pas injuste de dire (oui, voilà qui est mieux, si vous m'autorisez à me féliciter du choix d'une expression dans une langue qui n'est pas la mienne) qu'il y a là un élément d'arbitraire, dans notre désignation pour un endroit donné, veux-je dire ; contrairement à vous, écrivains, qui... mais peu importe, ce que je veux dire c'est que j'aimerais vous poser une question sans attendre puisque, je vous prie de me pardonner, je suis arrivé ici avec trois quarts d'heure de retard et vous ai donc pris trois quarts d'heure de votre précieux temps (ou de votre personne, comme disent certains ici), en partie parce que je suis parti très tard (je venais directement de chez un ami qui habite cette ville remarquable, ami chez qui j'espère vous irez un jour quand vous aurez quelque loisir – ou à Delhi, cela va sans dire – et par là j'entends, cela va sans dire, chez nous – bien entendu n'hésitez pas à me dire si je me montre trop insistant) mais j'avais demandé à mon secrétaire de vous en informer (il l'a fait, j'espère ?), en partie aussi parce que notre chauffeur nous a conduits à Hazra Road, une erreur, si je comprends bien, tout à fait naturelle car les rues sont quasi parallèles et proches l'une de l'autre, où nous avons rencontré un gentleman qui a bien voulu nous réorienter vers cette belle maison – et j'en apprécie non seulement l'architecture mais aussi la façon dont vous avez su en préserver l'atmosphère, son ingéniosité peut-être, non son ingénuité, sa virginité – mais comme je l'ai dit (pour en venir au fait), je suis en retard, et de trois quarts d'heure, alors je voudrais vous demander maintenant comme je l'ai demandé à d'autres dans l'exercice de mes devoirs officiels, encore que ma démarche aujourd'hui ne soit aucunement officielle mais de simple plaisir (bien qu'effectivement j'attende de vous quelque chose ou plutôt que j'aie quelque chose à vous demander), je dois vous demander comme à d'autres personnages officiels qui ont un emploi du temps à respecter, non que vous soyez un officiel mais, disons, un homme occupé : avez-vous un rendez-vous à la fin de cette heure d'entretien que vous m'avez accordée, ou pouvons-nous dépasser un peu... oui ? Me fais-je bien comprendre ? »

Terrifié à l'idée d'en entendre davantage, Amit s'empressa de dire. « Hélas, Votre Excellence voudra bien me pardonner, mais j'ai un rendez-vous urgent dans un quart d'heure, non, excusez-moi, dans cinq minutes à présent, avec un vieux collaborateur de mon père.

— Demain alors ? demanda Anna-Maria.

— Non, demain je me rends à Palashnagar. » C'était la ville fictive où se déroulait son roman, et donc, se dit-il, il ne mentait pas.

« Quel dommage, quel dommage, soupira Bernardo Lopez. Mais il nous reste encore cinq minutes, aussi permettez-moi de vous demander ceci, qui m'intrigue énormément : à quoi correspondent tous ces "êtres", ces oiseaux, ces bateaux, et la rivière de la vie – que nous trouvons dans la poésie indienne, y compris chez le grand Tagore ? Mais permettez-moi de préciser que par "nous" j'entends simplement nous les Occidentaux, si l'on peut inclure le Sud dans l'Ouest, et que j'emploie "trouver" dans le sens où Christophe Colomb a trouvé l'Amérique qui nous le savons n'avait pas besoin d'être trouvée, car pour certains là-bas le mot "trouver" est plus insultant que superflu, et bien entendu par la poésie indienne j'entends celle qui nous est accessible, c'est-à-dire qui a été trahie par la traduction. A la lumière de ce qui précède pouvez-vous m'éclairer ? Nous éclairer ?

— Je vais essayer.

— Tu vois ? dit Bernardo Lopez, d'un ton triomphant, à Anna-Maria qui avait posé son bloc-notes. Il n'y a pas de questions sans réponse dans les pays d'Orient. Felix qui potuit rerum cognoscere causas, et quand cela s'applique à toute une nation ce n'en est que plus merveilleux. Sincèrement, quand je suis arrivé ici il y a un an, j'avais le sentiment – »

Il fut interrompu par Bahadur, venant annoncer à Amit que Biswas Babu l'attendait dans le cabinet de travail de son père.

« Pardonnez-moi, Votre Excellence, dit Amit en se levant, il semble que le collaborateur de mon père soit arrivé. Mais je vais réfléchir sérieusement à ce que vous venez de m'exprimer. J'en suis très honoré et reconnaissant.

— Et moi, jeune homme, bien que par jeune je veuille simplement dire que la terre a tourné moins souvent autour du soleil depuis votre commencement, euh, votre conception que depuis la mienne (mais faut-il vraiment dire quelque chose ?), je vais moi aussi garder à l'esprit le résultat de ce colloque, et y penser avec "un esprit disponible ou réfléchi", selon l'expression choisie par le Poète du Lac. Son intensité, l'urgence que j'ai ressentie durant ce bref entretien, qui m'a hissé de la nonscience à la science – encore que, peut-on réellement parler de mouvement ascendant ? L'apprendrons-nous jamais, avec le temps ? D'ailleurs le temps nous enseigne-t-il quelque chose ? –, me le rendront particulièrement cher.

— Oui, nous vous sommes très redevables », dit Anna-Maria, ramassant son bloc-notes.

Sur le porche, agitant lentement la main, Amit regarda la longue voiture noire enlever ses visiteurs, qui ne couraient plus après le temps.

Et bien que Pillow, le duveteux chat blanc que promenait en laisse le domestique de son grand-père, traversât son champ de vision, il ne le suivit pas des yeux, comme il le faisait d'habitude.

Il avait mal à la tête, et n'était pas d'humeur à parler. Mais Biswas Babu venait spécialement pour le voir, probablement pour l'inciter à retrouver son bon sens et à reprendre ses études de droit, et Amit estimait qu'il ne devait pas obliger le vieux collaborateur de son grand-père, pour qui tout le monde éprouvait affection et respect, à faire le pied de grue – ou plutôt à agiter les genoux, selon son tic habituel.

7.18

Ce qui rendait les choses un peu difficiles c'était qu'Amit parlait bien le bengali et Biswas Babu mal l'anglais, et que celui-ci insistait – depuis le retour de celui-là d'Angleterre, « couronné de lauriers » comme disait le vieil homme – pour ne s'entretenir avec lui qu'en anglais. Il estimait devoir cet effort à Amit, son préféré.

Bien qu'on fût en été, Biswas Babu portait un veston sur son dhoti. Ainsi qu'un parapluie et un sac noir. Bahadur lui avait servi une tasse de thé, qu'il buvait à petites gorgées en regardant d'un air pensif la pièce dans laquelle il avait travaillé si longtemps. A l'entrée d'Amit, il se leva.

Amit le salua avec respect, puis s'installa au large bureau en acajou de son père. Biswas Babu lui faisait face. Après les questions habituelles sur ce que chacun devenait et les services éventuels que l'un pouvait rendre à l'autre, la conversation languit.

Pour se remonter, Biswas Babu prit un peu de tabac à priser, qu'il introduisit dans chaque narine. A l'évidence quelque chose le tracassait, qu'il hésitait à formuler.

« Biswas Babu, finit par dire Amit, je crois que j'ai une idée de ce qui vous amène.

— Vraiment ? s'étonna Biswas Babu, l'air vaguement coupable.

— Mais je préfère vous avertir : je doute que votre plaidoirie arrive à me convaincre.

— Non ? » Il se pencha en avant, ses genoux saisis d'un rapide mouvement latéral.

« Je connais votre sentiment : vous pensez que je suis un lâcheur.

— Oui ?

— Mon grand-père s'est engagé là-dedans, puis mon père, et moi pas. Et vous devez trouver cela très étrange. Je sais que je vous déçois.

— Ce n'est pas étrange, c'est seulement très tard. Mais vous êtes probablement en train de tirer des bordées pendant que le soleil brille, et de faire des fredaines.

— Faire des fredaines ? s'enquit Amit interloqué.

— Mais Meenakshi a lancé la balle, et maintenant vous devez suivre. »

Soudain Amit comprit que Biswas Babu ne parlait pas études de droit mais mariage. Il se mit à rire.

« Ainsi, c'est de cela que vous êtes venu me parler ? Et c'est avec moi que vous évoquez la question, pas avec mon père ?

— J'en ai aussi parlé à votre père, mais c'était il y a un an. Et où est le progrès ? »

Amit souriait malgré son mal de tête. Biswas Babu ne s'en offusqua pas.

« Sans une compagne de vie, un homme est soit un dieu soit une bête, reprit-il. A vous de décider où vous voulez vous placer. A moins que vous ne soyez au-dessus de telles pensées. »

Amit confessa qu'il ne l'était pas.

Bien peu le sont, dit Biswas Babu. Seules quelques personnes comme Dipankar, avec ses penchants philosophiques, ont la force de renoncer à de telles aspirations. Ce qui obligeait encore plus Amit à continuer la tradition familiale.

« Ne croyez pas cela, Biswas Babu. Chez Dipankar, tout n'est que whisky et sannyaas. »

Mais le vieil homme n'entendait pas se laisser distraire de son but. « Je pensais à vous il y a trois jours. Vous êtes si vieux – vingt-huit ans ou plus – et vous n'avez toujours pas de descendance. Comment pouvez-vous donner de la joie à vos parents ? Vous le leur devez. Même Mrs Biswas le pense. Ils sont si fiers de votre réussite.

— Mais Meenakshi leur a donné Aparna. »

A l'évidence, un enfant non-Chatterji, une fille par-dessus le marché, ne comptait guère aux yeux de Biswas Babu. Il secoua la tête et pinça les lèvres en signe de désaccord.

« Selon mon opinion la plus profonde – », commença-t-il. Puis il s'arrêta, pour qu'Amit pût l'encourager à continuer.

« Que me conseillez-vous, Biswas Babu ? demanda Amit, se prêtant au jeu. Quand mes parents ont voulu me faire rencontrer cette fille Shormishtha, vous avez présenté vos objections à mon père, qui me les a transmises.

— Je suis désolé d'avoir à le dire, elle a une réputation pas claire. » Le front plissé, Biswas Babu fixait un coin de la table. Cette conversation se révélait plus difficile qu'il ne l'avait imaginé. « Je ne voulais pas d'ennuis pour vous. Il fallait une enquête.

— Et vous l'avez faite ?

— Oui, Amit Babu. En matière de loi, vous vous y connaissez peut-être mieux. Mais moi je m'y connais en matière de jeunesse. Elle est difficile à freiner, et alors il y a du danger.

— Je ne suis pas sûr de comprendre. »

Biswas Babu ne répondit pas tout de suite. Il paraissait embarrassé, mais la conscience de son devoir de conseiller de la famille le poussa à continuer.

« Bien sûr, c'est un travail dangereux, mais toute dame qui cohabite avec plus d'un seul homme augmente les risques. C'est tout naturel. »

Amit ne savait quoi dire, ne comprenant pas où le vieil homme voulait en venir.

« Effectivement, si une dame a l'occasion d'aller vers le

deuxième homme, elle ne connaîtra pas de limites. » Biswas Babu s'exprimait sur un ton grave, presque triste, comme si derrière ces mots c'était Amit qu'il visait.

« En réalité, poursuivit-il, bien que notre société hindoue ne l'admette pas, en règle générale la femme est plus enflammée que l'homme. C'est pourquoi il ne devrait pas y avoir une trop grande différence. Pour que la femme puisse se calmer avec l'homme. »

L'effarement d'Amit ne lui échappa pas.

« Je veux parler de différence d'âge, bien sûr. De cette façon, ils sont accordés ensemble. Autrement, l'homme plus âgé est sans ardeur quand sa femme est pleine de désirs et il y a de la place pour des bêtises.

— Des bêtises », répéta Amit en écho. Biswas Babu ne lui avait encore jamais parlé ainsi.

« Certes – le vieil homme réfléchissait tout haut, jetant un regard mélancolique aux rangées de livres de droit qui l'entouraient – ça n'est pas vrai dans tous les cas. Mais vous ne devez pas attendre d'avoir plus de trente ans. Avez-vous mal à la tête ? demanda-t-il, car Amit paraissait souffrir.

— Un léger mal de tête, rien de sérieux.

— Un mariage arrangé avec une fille posée, voilà la solution. Et je vais aussi penser à une compagne pour Dipankar. »

Ils gardèrent le silence quelques minutes, et c'est Amit qui le rompit.

« De nos jours, Biswas Babu, on dit que chacun doit choisir la femme qui partagera sa vie. En tout cas, les poètes comme moi le disent.

— Ce que les gens pensent c'est une chose, ce qu'ils disent et ce qu'ils font, c'est une autre chose. Regardez, Mrs Biswas et moi nous sommes mariés et heureux depuis trente-quatre ans. Quel est le mal d'un arrangement comme celui-ci ? Personne ne m'a rien demandé. Un jour mon père m'a dit que c'était décidé.

— Mais si je trouve quelqu'un moi-même ? »

Biswas Babu était prêt au compromis. « Bien. Mais il devrait y avoir une enquête quand même. Il faut qu'elle soit une fille sérieuse et d'une...

— ... et d'une bonne famille ? souffla Amit.

— D'une bonne famille.

— Instruite ?

— Instruite. Sur le long cours, les bénédictions de Saraswati valent mieux que celles de Lakshmi.

— Bien, maintenant que le cas a été exposé, je réserve mon jugement.

— Ne le réservez pas trop longtemps, Amit Babu, dit Biswas Babu avec un sourire presque paternel. Tôt ou tard, vous devrez couper le nœud gordien.

— Et le ficeler ?

— Ficeler ?

— Oui, ficeler le nœud.

— Sûrement, vous devrez aussi ficeler le nœud », acquiesça Biswas Babu.

7.19

Un peu plus tard dans la soirée, et dans la même pièce, le juge Chatterji, qui avait troqué son smoking de la veille contre un dhoti-kurta, dit à ses deux fils aînés :

« Amit, Dipankar, je vous ai fait venir parce que j'ai quelque chose à vous dire, et à vous seuls. Votre mère est trop émotive et ne m'est d'aucune aide. Il s'agit de questions financières, nos investissements, notre patrimoine, etc. Cela fait plus de trente ans que je m'occupe de ces affaires, mais cela me donne trop de travail, en plus de ma profession, et le temps est venu que l'un ou l'autre d'entre vous prenne les choses en main... Attendez, attendez – il leva la main –, laissez-moi finir, et vous aurez tout loisir de vous exprimer. La seule chose sur laquelle je ne reviendrai pas est ma décision de passer le flambeau. Ma charge s'est accrue considérablement depuis l'année dernière – de même que celle de tous les juges – et je ne rajeunis pas. Dans un premier temps, je m'apprêtais à te confier tout cela, Amit. Tu es l'aîné et, à strictement parler, c'est ton devoir. Mais ta mère et moi en avons discuté longuement et, prenant en compte tes occupations littéraires, nous avons conclu que ce n'était pas obligatoirement à toi de t'en charger. Tu as étudié le droit – que tu l'exerces ou non – et toi, Dipankar, tu as un diplôme d'économie. Il n'y a pas meilleure qualification pour gérer les affaires de la famille – attends une seconde, Dipankar, je n'ai pas fini – et vous êtes tous les deux des garçons intelligents. Voilà donc ce que nous avons décidé. Si toi, Dipankar, tu veux bien faire servir ton diplôme d'économie à quelque chose au lieu de te concentrer sur le – sur le côté spirituel des choses, alors tout est bien. Sinon, j'ai bien peur, Amit, que le boulot te retombe dessus.

— Mais, Baba – protesta Dipankar, clignant les yeux de détresse, l'économie est la pire des qualifications pour gérer quoi que ce soit. C'est la matière la plus inutile, la moins réaliste du monde.

— Dipankar – le juge Chatterji n'avait pas l'air très content –, tu l'as étudiée pendant des années et tu dois quand même en avoir appris un bout – sûrement plus que je n'en ai appris – sur la gestion. Sans avoir ton entraînement, j'ai réussi – d'abord avec l'aide de Biswas Babu et à présent presque seul – à m'occuper de nos affaires. Même si, comme tu l'affirmes, un diplôme ne sert pas à grand-chose, tu ne me feras pas croire que c'est une entrave. Et c'est bien la première fois que je t'entends dire que les choses irréalistes sont inutiles. »

Dipankar ne pipa mot. Amit non plus.

« Alors, Amit ? demanda le juge Chatterji.

— Que puis-je dire, Baba ? Je ne veux pas que tu continues à assumer ce travail. Je ne m'étais pas rendu compte du temps qu'il nécessite. Mais la littérature représente plus qu'une occupation pour moi, c'est une vocation – presque une obsession. S'il ne s'agissait que de ma propre part dans le patrimoine, je la vendrais, placerais l'argent en banque et vivrais de ce que ça me rapporterait – ou je me contenterais d'épuiser cet argent tout en travaillant à mes romans et à mes poèmes. Bon, mais ce n'est pas le cas. Nous ne pouvons compromettre l'avenir de tout le monde – Tapan, Kuku, Ma, Meenakshi jusqu'à un certain point. Je serai heureux de pouvoir échapper à cette tâche – si Dipankar –

— Pourquoi n'en ferions-nous pas un bout chacun, Baba ? » demanda Dipankar.

Le père secoua la tête. « Ça créerait de la confusion et des difficultés dans la famille. C'est l'un ou l'autre. »

Les deux garçons faisaient triste mine. Le juge Chatterji se tourna vers Dipankar : « Je sais que tu tiens beaucoup à participer au Pul Mela, et, pour ce qu'on m'a dit, tes immersions répétées dans le Gange t'aideront peut-être à prendre une décision. Quoi qu'il en soit, je veux bien attendre encore quelques mois, disons jusqu'à la fin de l'année, que tu aies médité là-dessus. A mon sens, tu devrais prendre un emploi dans une entreprise – dans une banque, de préférence ; et tout ceci s'intégrerait sans peine dans le genre de travail que tu ferais. Mais, Amit te le confirmera, mes idées sur les choses ne sont pas toujours saines et – saines ou pas – pas toujours acceptables. Bref, si tu n'acceptes pas, eh bien, Amit, ce sera pour toi. Il te faudra encore un an ou deux pour achever ton roman, et je ne peux patienter jusque-là. Tes activités littéraires devront passer en second. »

Les deux frères évitèrent de se regarder.

« Vous me trouvez injuste ? demanda le juge Chatterji en bengali.

— Non, bien sûr que non, Baba », dit Amit. Il s'efforça de sourire, mais ne réussit qu'à paraître profondément perturbé.

7.20

Arun Mehra arriva à son bureau, Dalhousie Square, peu après neuf heures trente. Le ciel charriait de lourds nuages noirs, qui crevaient en averses. La pluie balafrait la vaste façade du Centre des Ecrivains, s'accumulant dans l'immense bassin au milieu de la place.

« Foutue mousson. »

Laissant sa serviette à l'intérieur, il sortit de la voiture en s'abritant sous le *Statesman*. Son serviteur, qui se tenait sous le porche de l'immeuble, s'élança en voyant la petite voiture bleue : il pleuvait si fort qu'il ne l'avait repérée qu'au moment où elle s'arrêtait. Fébrile, il ouvrit le parapluie et se précipita vers son maître. Une seconde ou deux trop tard.

« Foutu crétin. »

Bien qu'ayant plusieurs centimètres de moins qu'Arun Mehra, le garçon réussit à tenir le parapluie au-dessus du crâne sacré jusqu'à ce qu'Arun s'engouffre dans l'immeuble. Une fois dans l'ascenseur, Arun accorda un petit signe de tête préoccupé au liftier.

Le serviteur retourna en courant à la voiture, s'empara de la serviette, grimpa jusqu'au deuxième étage.

Les bureaux directoriaux de la firme Bentsen & Pryce, plus communément appelée Bentsen Pryce, occupaient tout le second étage.

C'est de là que les bureaucrates de la société surveillaient leurs intérêts dans le négoce et les affaires du pays. Si Calcutta n'était plus ce qu'elle avait été avant 1912 – la capitale du gouvernement de l'Inde – elle n'en demeurait pas moins, quatre décennies plus tard et deux ans après l'Indépendance, la capitale commerciale. Plus de la moitié des exportations du pays se faisait par le golfe du Bengale, que les marchandises atteignaient après avoir descendu le cours ensablé de la Hooghly. Les sociétés de gestion implantées à Calcutta, comme Bentsen Pryce, supervisaient le gros du commerce extérieur de l'Inde ; elles contrôlaient par ailleurs une large part de la production des biens manufacturés dans la région de Calcutta, ainsi que les services, l'assurance par exemple, qui veillaient à ce que tout se passe sans heurts du haut en bas de la chaîne.

En réalité, ces sociétés détenaient la majorité dans les groupes propriétaires des usines et géraient le tout depuis leur siège social de Calcutta. Presque sans exception, elles étaient toujours aux mains des Britanniques, presque sans exception le personnel directorial des firmes de Dalhousie Square – le cœur commercial de Calcutta – était blanc. Le dernier mot appartenait aux grands patrons de Londres et aux actionnaires vivant en Angleterre – mais, tant que les profits affluaient, ils se contentaient de laisser agir le bureau de Calcutta.

Tout cela formait un vaste réseau avec des emplois intéressants et lucratifs. Bentsen & Pryce, à en croire une de
leurs annonces publicitaires, investissait dans les domaines
suivants :

> Abrasifs, Assurances, Bois de charpente, Brosserie, Câbles
> aériens, Cachou, Charbonnages, Chargements maritimes,
> Chauffage industriel, Ciment, Climatisation, Cordages, Cour-
> roies de transmission, Cuivres et laiton, Dérivés de l'huile de
> lin, Désinfectants, Filatures de jute, Fils de lin, Fils de fer,
> Ingénierie, Matériel de bureau, Matériel d'extraction minière,
> Matériel de manutention, Matériel d'arrosage, Papier, Peintu-
> res, Pétrole, Pompes verticales à turbine, Produits chimiques
> et pigments, Produits pharmaceutiques, Réservoirs et Conte-
> neurs, Thé, Tréfileries, Tuyaux de plomb.

Frais émoulus de Cambridge ou d'Oxford, pour la plupart, les jeunes gens qui débarquaient d'Angleterre
n'avaient aucun mal à adopter les méthodes de direction en
vigueur chez Bentsen Pryce, Andrew Yule, Bird & Company, ou toute autre firme similaire, qui se situaient elles-
mêmes (et étaient situées par les autres) au sommet du
monde des affaires de Calcutta – et donc de l'Inde. C'étaient
des collaborateurs sous contrat, à durée limitée ou non.
Chez Bentsen Pryce, jusqu'à ces dernières années, les
Indiens n'avaient pas accès aux services européens de la
société, et ils restaient confinés dans des emplois où les
responsabilités et les rémunérations étaient très inférieures
à celles dont bénéficiaient les contractuels européens.

Le temps de l'Indépendance approchant, sous la pression
gouvernementale et pour prouver qu'ils savaient s'adapter
aux changements de l'époque, mais non sans rechigner, les
gens de Bentsen Pryce avaient accueilli quelques Indiens
dans les frais sanctuaires de leurs bureaux de direction.
Ainsi, en 1951, cinq des quatre-vingts cadres supérieurs
(mais ni les chefs de service ni bien entendu les directeurs)
étaient ce qu'on pouvait appeler des cols blancs-bruns.

Tous étaient extraordinairement conscients de leur position exceptionnelle, mais personne ne l'était autant qu'Arun
Mehra. Plus en adoration devant l'Angleterre et les Anglais
que lui, ça n'existait pas. Lui, Arun Mehra, admis à frayer
avec eux sur le plan d'une relative intimité.

Les Anglais savaient faire marcher les choses, se disait-il. Ils travaillaient dur et s'amusaient ferme. Ils croyaient à la vertu du commandement, et lui aussi, partant du principe que si on ne sait pas l'exercer à vingt-cinq ans, c'est qu'on ne la possède pas. Leurs jeunes cadres au teint rose arrivaient en Inde même plus tôt ; on avait du mal à les empêcher de manifester leur talent dès qu'ils avaient atteint vingt et un ans. Le défaut de ce pays c'était le manque d'initiative de la population. Tout ce que les Indiens désiraient, c'était la sécurité de l'emploi.

Foutus scribouillards, tous tant qu'ils sont, se disait Arun en traversant la salle fumante de chaleur des employés pour se rendre dans les bureaux climatisés des dirigeants.

Il était de mauvaise humeur non seulement à cause du temps infect mais parce qu'il n'avait résolu qu'un tiers des mots croisés du Statesman et que James Pettigrew, un ami qui travaillait dans une autre firme et avec qui il échangeait par téléphone presque tous les matins définitions et solutions, devait à présent les avoir résolus quasiment en entier. Arun Mehra adorait expliquer les choses et n'aimait pas qu'on les lui explique. Il adorait donner l'impression aux autres qu'il savait ce qu'il convient de savoir, et il avait virtuellement réussi à s'en donner à lui-même l'impression.

7.21

Basil Cox, le chef de service d'Arun, aidé de deux de ses principaux adjoints, avait trié le courrier du matin. Arun s'était vu attribuer une dizaine de lettres, dont une émanait de la Persian Fine Teas Company ; il la parcourut avec un intérêt particulier.

« Voulez-vous prendre une lettre, Miss Christie ? » dit-il à sa secrétaire, jeune femme anglo-indienne exceptionnellement gaie et discrète, qui s'était habituée à ses changements d'humeur. D'abord vexée d'avoir été affectée à un cadre indien plutôt que britannique, Miss Christie avait fini par succomber au charme d'Arun et accepter son autorité.

« Oui, Mr Mehra, je suis prête.

— En-tête habituel. Cher Mr Poorzahedy, Nous avons reçu votre connaissement de la cargaison de thé – vous trouverez les précisions dans son courrier, Miss Christie – à destination de Téhéran – pardon, mettez Khurramshahr et Téhéran – que vous nous demandez d'assurer depuis l'adjudication à Calcutta jusqu'à l'arrivée, formalités de douane effectuées, chez le réceptionnaire à Téhéran. Nos tarifs pour un contrat-type d'assurance sont toujours de cinq annas pour cent roupies, TPND et SR&CC inclus. La valeur de la cargaison est estimée à six lakhs, trente-neuf mille neuf cent soixante-dix roupies, la prime à payer se montera donc à – vous la calculerez, Miss Christie ? – merci – Avec nos sentiments les meilleurs etc... N'avons-nous pas reçu une réclamation de leur part il y a un mois environ ?

— Il me semble, Mr Mehra.

— Hmm. » Arun joignit les mains sous son menton et dit : « Je crois que je vais en toucher un mot au burra babu. »

Plutôt que de convoquer le premier commis du service dans son bureau, il décida d'aller le voir. Cela faisait vingt-cinq ans que le burra babu travaillait au service assurance de Bentsen Pryce et il en connaissait tous les arcanes. Par sa position, équivalente en quelque sorte à celle du sergent-major dans un régiment, tout ce qui concernait les échelons inférieurs passait entre ses mains. Les cadres européens ne traitaient qu'avec lui.

Quand Arun s'approcha de son bureau, le burra babu était en train d'examiner une liasse de chèques et de doubles de lettres, indiquant leur tâche à ses subordonnés. « Tridib, occupez-vous de ceci. » « Sarat, chargez-vous de cet envoi. » Il régnait une chaleur poisseuse, et les ventilateurs du plafond faisaient bruisser les piles de papiers sur les tables des commis.

En voyant Arun, le burra babu se leva. « Monsieur, dit-il.

— Asseyez-vous, fit Arun négligemment. Dites-moi, que

s'est-il passé récemment avec la Persian Fine Teas ? En matière de contentieux, du moins.

— Binoy, dis au commis du contentieux de venir avec le registre. »

Lorsque Arun, qui portait un costume, comme il sied (et s'impose) à quelqu'un dans sa position, eut consacré vingt minutes dégoulinantes mais révélatrices aux commis et aux registres, il regagna le frais sanctuaire de son bureau et dit à Miss Christie de suspendre la frappe de la lettre qu'il avait dictée.

« De toute façon, c'est vendredi. Ça peut attendre, si nécessaire, jusqu'à lundi. Ne me passez plus de communications dans le quart d'heure qui vient. Ah, et puis je ne serai pas là non plus cet après-midi. J'ai un déjeuner au Calcutta Club, et je dois aller visiter cette fichue usine de jute à Puttigurh avec Mr Cox et Mr Swindon. »

Mr Swindon travaillait au département jute, et l'usine qu'ils allaient visiter s'était vu proposer un contrat d'assurance-incendie par une autre compagnie. Arun ne comprenait pas l'intérêt d'un tel déplacement, toutes ces usines étant assujetties à un contrat-type d'assurance variant uniquement en fonction du procédé de fabrication utilisé. Mais Swindon avait semble-t-il convaincu Basil Cox, lequel avait demandé à Arun de l'accompagner.

« Une totale perte de temps si vous voulez mon avis », dit Arun. Selon la tradition chez Bentsen Pryce, le vendredi après-midi commençait par un long déjeuner pris au club, se poursuivait par un parcours de golf et se terminait éventuellement par une apparition au bureau juste avant l'heure de la fermeture. En fait, la semaine de travail s'achevait le jeudi soir. En y réfléchissant toutefois, Arun se dit qu'en le mêlant à une affaire d'assurance-incendie alors que son champ d'action habituel était les assurances maritimes, Basil Cox entendait peut-être le préparer à assumer de plus vastes responsabilités. D'ailleurs, maintenant qu'il y pensait, un certain nombre d'affaires d'assurance générale avaient atterri récemment sur sa table. Ce qui ne pouvait signifier qu'une chose : les instances supérieures étaient satisfaites de lui et de son travail.

Tout ragaillardi par cette idée, il frappa à la porte de Basil Cox.

« Entrez. Oui, Arun ? » D'une main Basil Cox lui montra une chaise tandis que, ôtant l'autre du bas du combiné, il poursuivait sa conversation : « Très bien. Excellent. On vous attend donc pour déjeuner et – nous sommes tous les deux impatients de vous voir monter. Au revoir. »

Il se tourna vers Arun : « Je m'excuse, mon cher garçon, d'empiéter sur votre vendredi après-midi. Pour me faire pardonner, j'aimerais que Meenakshi et vous soyez nos invités aux courses de Tolly demain.

— Nous en serions ravis.

— C'est avec Jock Mackay que je parlais. Il se trouve qu'il monte dans une de ces courses. Je crois que ce serait amusant de le voir courir. Quoique, si le temps se maintient ainsi, c'est plutôt à une épreuve de natation qu'ils vont se livrer. »

Arun s'autorisa un léger gloussement.

« Je ne savais pas qu'il montait demain, et vous ? demanda Basil Cox.

— Non, je dois reconnaître que je l'ignorais. Mais il monte souvent. » Arun se dit que Varun, ce suppôt des champs de courses, aurait su non seulement que Jock Mackay serait en selle, mais dans quelle course il serait inscrit, quel cheval il monterait, avec quel handicap et quelle cote. Varun et ses amis shamshu achetaient les programmes dès leur mise en vente dans la rue le mercredi, et jusqu'au samedi après-midi toutes leurs pensées, toutes leurs discussions tournaient autour de cela.

« Au fait, que puis-je pour vous ? s'enquit Basil Cox.

— C'est à propos des tarifs pour la Persian Fine Teas. Ils veulent que nous assurions une autre cargaison.

— Oui, je vous ai attribué cette lettre. Pure routine, non ?

— Je n'en suis pas si sûr. »

Basil Cox se caressa du pouce la lèvre inférieure et attendit qu'Arun continue.

« Je crois qu'en matière de contentieux, nous n'avons pas trop à nous féliciter de nos rapports avec eux.

— Eh bien, c'est facile à vérifier.

— Je l'ai déjà fait.

— Et alors ?

— Sur les trois dernières années, le contentieux se monte à cent cinquante-deux pour cent du montant des primes. Une situation peu plaisante.

— Effectivement, une situation peu plaisante. Sur quoi portent habituellement leurs réclamations ? Chapardages, non ? Ou bien dégâts dus à la pluie. Et n'ont-ils pas parlé un jour de contamination de la cargaison ? Des peaux dans le même chargement que le thé, ou quelque chose de ce genre ?

— Le dommage des eaux concernait une autre compagnie. Quant à la réclamation pour contamination, elle a été rejetée à la suite du rapport que nous a fourni la Lloyds, notre agent chargé de régler les contentieux là-bas. Leur inspecteur a estimé la contamination mineure, bien que les Persans semblent apprécier le thé plus à son odeur qu'à son goût. Ce sont les chapardages qui leur ont fait le plus de tort. Ou plutôt à nous. Vols adroitement organisés dans les entrepôts de la douane à Khurramshahr. C'est un mauvais port, et les autorités douanières pourraient bien être mouillées dans cette histoire.

— Quelle est la prime actuellement ? Cinq annas ?

— Oui.

— Portez-la à huit.

— Je ne suis pas sûr que ça marchera. Je pourrais aller voir leur agent à Calcutta, mais je ne crois pas qu'il le prendrait bien. Il nous a déjà fait remarquer que la Commercial Union était prête à les assurer pour moins de cinq annas. Il est probable que nous les perdrions.

— Eh bien, avez-vous quelque chose d'autre à suggérer ? » dit Basil Cox, souriant d'un air un peu las. Il savait d'expérience qu'Arun allait certainement avoir quelque chose d'autre à suggérer.

« Il se trouve que oui.

— Vraiment, dit Basil Cox, feignant la surprise.

— Nous pourrions écrire à la Lloyds et leur demander quelles mesures ils ont prises pour empêcher ou diminuer les vols dans les entrepôts de la douane. »

Basil Cox fut un peu déçu, mais ne le manifesta pas.

« Je vois. Eh bien, merci, Arun. »

Mais Arun n'avait pas terminé.

« Et nous pourrions proposer de réduire la prime.

— La réduire ? » Basil Cox haussa ses deux sourcils.

« Oui. En enlevant la clause de Vol, Chapardages et Non-Distribution. Ils gardent tout le reste : incendie, tempête, infiltrations, piratage, largage forcé etc., plus risques de Grèves, Emeutes et autres Désordres civils, dégâts des eaux, contamination, tout ce qu'ils veulent. Sauf la clause VCND. Pour celle-là, ils peuvent faire appel à une autre compagnie. On ne voit pas ce qui les pousserait à protéger leur chargement si nous casquons chaque fois que quelqu'un décide de boire leur thé à leur place. »

Basil Cox sourit. « C'est une idée. Laissez-moi y réfléchir. Nous en parlerons dans la voiture en nous rendant à Putti-gurh cet après-midi.

— Il y a encore autre chose, Basil.

— Ça ne pourrait pas également attendre cet après-midi ?

— Ça concerne un de nos amis du Rajasthan qui vient me voir dans une heure. J'aurais dû vous en parler plus tôt, mais je pensais que ça pouvait attendre. J'ignorais qu'il était si pressé d'avoir une réponse. »

S'agissant d'un homme d'affaires marwari, c'était un euphémisme. Rien n'était plus détestable aux yeux de ces messieurs de Calcutta, bien élevés et pratiquant un certain art de vivre, que les membres de cette communauté, âpres au gain, entreprenants, rusés, énergiques, et surtout manquant totalement de savoir-vivre. S'il leur arrivait d'emprunter de grosses sommes d'argent à un Marwari, il ne leur serait jamais venu à l'idée de l'inviter à leur club, même si ce club admettait les Indiens.

Dans le cas présent, toutefois, c'était l'homme d'affaires marwari qui voulait que Bentsen Pryce le finance. Sa proposition, en bref, était la suivante : sa firme souhaitait se lancer dans une autre gamme d'opérations, et il voulait que les gens de Bentsen Pryce participent à cette expansion. En échange, il leur confierait tous les contrats d'assurance nés de ces opérations.

Passant outre à l'animosité que lui inspirait cette communauté, se rappelant que les affaires sont les affaires,

Arun présenta la chose à Basil Cox aussi objectivement que possible. Il s'abstint de mentionner qu'il s'agissait là d'une opération courante entre firmes anglaises, sachant que son patron en était parfaitement conscient.

Basil Cox ne lui demanda pas son avis. Pendant un temps étrangement long, il fixa un point au-delà de l'épaule droite d'Arun. Puis il dit :

« Je n'aime pas cela – je trouve que ça sent un peu trop le Marwari », impliquant par là qu'il s'agissait de pratiques de filou. Sans permettre à Arun de s'exprimer, il ajouta :

« Non. Ce n'est décidément pas pour nous. Et le département financier, je le sais, n'aimerait pas cela du tout. Restons-en là. Je vous vois à deux heures et demie ?

— Entendu », dit Arun.

En retournant à son bureau, il se demanda comment présenter les choses à son visiteur et quelles raisons alléguer pour justifier la décision. Mais il n'avait pas besoin de s'en faire : Mr Jhunjhunwala prit tout cela très bien, n'exigeant même pas d'explication complémentaire. Il se contenta de hocher la tête et de dire en hindi – créant ainsi, pensa Arun, une odieuse complicité, une complicité entre Indiens – : « Voyez-vous, c'est ce qui cloche avec Bentsen Pryce : ils ne s'engageront jamais dans quelque chose qui ne dégage pas un léger, un infime fumet anglais. »

7.22

Après le départ de Mr Jhunjhunwala, Arun appela Meenakshi pour lui dire qu'il rentrerait assez tard du travail, mais qu'ils iraient néanmoins boire un verre chez les Finlay vers dix-neuf heures trente. Il répondit ensuite à un certain nombre de lettres et, pour finir, se remit à ses mots croisés.

Il n'avait trouvé que deux ou trois autres définitions quand le téléphone sonna. C'était James Pettigrew.

« Alors, Arun, tu en as trouvé combien ?

— Pas beaucoup, je viens juste d'y jeter un coup d'œil. »

C'était un mensonge éhonté. Ayant fait subir, aux toilettes, un entraînement intensif à ses cellules grises, Arun, l'air sombre, avait étudié la grille pendant tout le petit déjeuner et poursuivi sa réflexion dans la voiture qui le conduisait au bureau, griffonnant des mots pouvant convenir aux définitions. Son écriture, illisible pour lui-même, ne l'aidait pas beaucoup.

« Je ne te demande pas si tu as trouvé "court sur le haricot ?"

— Merci, dit Arun. Je suis heureux que tu m'accordes au moins quatre-vingts de QI.

— Et la "rose de Johnson ?"

— Oui.

— Quid du "couteau qu'un gentleman achète à Paris ?"

— Non – mais puisque tu brûles de me le dire, abrège ton agonie et la mienne.

— Machette.

— Machette ?

— Machette.

— Je crains bien de ne pas –

— Ah, Arun, il faudra que tu apprennes le français un de ces jours.

— Bon, et que n'as-tu pas trouvé ? » Arun eut du mal à masquer son irritation.

« Très peu de chose, en fait, dit l'insupportable James.

— Ainsi, tu as vraiment tout résolu ?

— Pas exactement, pas exactement. Il y en a encore deux qui me tracassent.

— Deux seulement ?

— Disons deux fois deux.

— Par exemple ?

— "Musicien griffu", en sept lettres, troisième lettre T, cinquième lettre R.

— Luthier, lança vivement Arun.

— Aaah, ça devrait aller. Mais j'ai toujours cru que le mot exact était lutaniste ou lutiste.

— Est-ce que le L te donne une indication pour le mot vertical ?

— Attends... laisse-moi voir... oui. Ça doit être "Lampiste". Merci.

— Je t'en prie. Dans le cas présent, j'avais un avantage linguistique.

— Comment ça ?

— Le mot "luth" vient de l'hindi.

— Vraiment, vraiment ? Quoi qu'il en soit, il apparaît que j'ai gagné, deux à trois. Tu me dois un déjeuner la semaine prochaine. »

C'était, comme James Pettigrew le rappelait, le tarif de leur compétition cruciverbiste, du lundi au vendredi.

Pendant cette conversation, surtout consacrée au caprice des mots et pas toujours à l'avantage d'Arun Mehra, il s'en tenait une autre, également par téléphone, touchant elle aussi, entre autres, aux particularités du vocabulaire, et qui, s'il en avait eu connaissance, aurait encore fait moins plaisir à Arun Mehra.

MEENAKSHI : Bonjour.

BILLY IRANI : Bonjour !

MEENAKSHI : Tu as l'air bizarre. Tu as quelqu'un avec toi ?

BILLY : Non. Mais j'aimerais que tu ne m'appelles pas au bureau.

MEENAKSHI : Ça m'est très difficile d'appeler à d'autres moments. Mais tout le monde est sorti ce matin. Comment vas-tu ?

BILLY : Je suis, euh, en extension.

MEENAKSHI : Tu te prends pour un étalon ?

BILLY : Etalon ou talon ?

MEENAKSHI : Idiot ! Le talon c'est sensiblement plus bas.

BILLY : Certes, mais l'étalon peut se casser le talon. A propos, vas-tu aux courses de Tolly, demain ?

MEENAKSHI : Il se trouve que oui. Arun vient de m'appeler du bureau : Basil Cox nous a invités. Donc je t'y verrai ?

BILLY : Je ne suis pas sûr d'y aller. Mais nous nous voyons tous ce soir, chez les Finlay, non ? Puis nous irons dîner et danser quelque part ?

MEENAKSHI : Mais je ne pourrai pas te parler – avec

573

Shireen qui te couves comme si tu étais un œuf en or, et Arun – et ma belle-sœur.

BILLY : Ta belle-sœur ?

MEENAKSHI : Elle est très gentille, bien qu'il faille la sortir un peu. J'ai pensé qu'on pourrait la jeter dans les bras de Bish, et voir ce qu'il en sortira.

BILLY : Tu m'as vraiment traité d'œuf en or ?

MEENAKSHI : Oui, c'est ce que tu es, d'une certaine façon. Au fait : Arun sera à Puttigurh ou je ne sais où jusqu'à sept heures. Que fais-tu cet après-midi ? Ne me dis pas que tu travailles, c'est vendredi.

BILLY : Eh bien, j'ai un déjeuner suivi d'une partie de golf.

MEENAKSHI : Quoi ? Par ce temps ? Tu seras lessivé. Voyons-nous plutôt, pour le thé – et le reste.

BILLY : Je ne suis pas sûr que ce soit une bonne idée.

MEENAKSHI : Allons au zoo. Il va pleuvoir à verse et on ne tombera pas sur nos habituels bons concitoyens. Nous rencontrerons un cheval – ou un zèbre et nous lui demanderons s'il s'est cassé l'étalon ou le talon. Tu ne me trouves pas drôle ?

BILLY : Si, tordante. Bon, je te verrai à quatre heures et demie à l'hôtel Fairlawn. Pour le thé.

MEENAKSHI : Pour le thé et le reste.

BILLY *(plutôt de mauvaise grâce)* : Et le reste. Oui.

MEENAKSHI : A trois heures.

BILLY : Quatre heures.

MEENAKSHI : Quatre heures. Quatre heures. Peut-être pensais-tu à rouston quand tu as dit talon ?

BILLY : Je n'attraperais pas un cheval par là.

MEENAKSHI : Idiot de Billy ! C'est quoi le rouston, d'ailleurs ?

BILLY : Regarde dans le dictionnaire – et tu me le diras cet après-midi. Ou tu me le montreras.

MEENAKSHI : Vilain.

BILLY *(avec un soupir)* : Tu es beaucoup plus vilaine que moi, Meenakshi. Je ne crois pas que tout ceci soit une bonne idée.

MEENAKSHI : Alors, à quatre heures. Je prendrai un taxi. Salut.

BILLY : Salut.

MEENAKSHI : Je ne t'aime pas le moins du monde.

BILLY : Dieu merci.

7.23

Meenakshi revint toute souriante de son rendez-vous avec Billy, à six heures et demie. Elle se montra si charmante avec sa belle-mère que Mrs Rupa Mehra, désarçonnée, lui demanda ce qui se passait. Meenakshi lui assura qu'il ne se passait rien.

Lata ne savait pas quoi se mettre pour la soirée. Elle entra dans le salon portant un sari de coton rose pâle, dont elle avait drapé une extrémité sur son épaule. « Comment trouves-tu, Ma ? » demanda-t-elle.

« Très joli, chérie, dit Mrs Rupa Mehra, chassant une mouche de la tête d'Aparna, endormie.

— Voyons, Ma, c'est absolument horrible, décréta Meenakshi.

— Pas du tout, se défendit Mrs Rupa Mehra, le rose était la couleur favorite de ton beau-père.

— Rose ? » Meenakshi se mit à rire. « Il aimait porter du rose ?

— Non, sur moi, quand moi j'en portais ! » Mrs Rupa Mehra se fâcha : en un clin d'œil, Meenakshi était passée de la gentillesse à la méchanceté. « Si tu n'as pas de respect pour moi, respecte au moins mon mari. Tu n'as aucun sens de la mesure. Courir batifoler au Nouveau Marché et abandonner Aparna aux serviteurs !

— Allons, Ma, je suis sûre que le rose vous allait merveilleusement bien, dit Meenakshi d'un ton conciliant. Mais c'est une couleur qui ne convient absolument pas au teint de Luts. Ni à Calcutta, ni à une soirée, ni aux gens que nous fréquentons. Sans parler du coton. Je vais voir la garderobe de Luts et l'aider à choisir ce qui la mettra le plus en valeur. Nous ferions bien de nous dépêcher, Arun va rentrer

575

d'une minute à l'autre, et nous n'aurons plus le temps. Viens, Luts. »

Au bout du compte, Lata se retrouva vêtue d'un des saris en soie bleu sombre de Meenakshi, qui allait très bien avec un de ses chemisiers. (Ayant plusieurs centimètres de moins que Meenakshi, elle dut froncer considérablement le sari.) Une broche en forme de paon, en émail bleu clair, bleu foncé et vert, appartenant également à Meenakshi, fixa le sari au chemisier. Lata n'avait jamais porté de broche de sa vie, et sa belle-sœur dut se fâcher pour qu'elle accepte de la mettre.

Lata coiffait d'ordinaire ses cheveux en un petit chignon serré. Meenakshi s'en occupa : « C'est beaucoup trop guindé, dit-elle. Pas du tout flatteur. Fais-les bouffer.

— Non, je ne peux pas faire ça, protesta Lata. Ça n'est pas convenable. Ma en aurait une attaque.

— Pas convenable ! Eh bien, laisse-moi adoucir un peu le devant, que tu ressembles moins à une institutrice. »

Pour finir, Meenakshi installa Lata devant la coiffeuse de sa chambre et lui passa un peu de mascara sur les cils. « Ils auront l'air plus longs », dit-elle.

Lata battit des cils pour juger de l'effet. « Crois-tu qu'ils tomberont tous comme des mouches ? demanda-t-elle en riant.

— C'est certain. Et continue à sourire. Tu as un regard vraiment très séduisant, à présent. »

En se regardant dans la glace, Lata dut admettre que c'était vrai.

« Maintenant, passons au parfum, dit Meenakshi pour elle-même. Je pense que Worth est ce qui t'ira le mieux. »

Mais avant qu'elle ait pu trancher, la cloche de la porte d'entrée retentit, tirée d'une main impatiente. Arun rentrait de Puttigurh. Tous se précipitèrent, sautillant autour de lui, à qui se montrerait le plus serviable.

Une fois prêt, il s'énerva parce que Meenakshi, elle, ne l'était pas encore. Quand enfin elle apparut, Mrs Rupa Mehra fixa sur elle un regard outragé. Elle portait un chemisier rouge magenta, sans manches, décolleté et le dos nu, avec un sari vert bouteille fait d'une mousseline de soie arachnéenne.

« Tu ne peux pas sortir dans cette tenue ! » souffla Mrs Rupa Mehra, faisant ce que dans la famille on appelait ses gros-gros yeux. Son regard passait du décolleté profond à la taille et aux bras entièrement dénudés. « Tu ne peux pas porter ça, c'est impossible, impossible. C'est encore pire que l'autre nuit, chez tes parents.

— Bien sûr que je peux, chère Maloos, ne soyez pas si vieux jeu.

— Bon, tu es prête ? demanda Arun, consultant sa montre.

— Pas tout à fait, chéri. Veux-tu m'attacher mon collier ? » D'un geste lent et sensuel, Meenakshi se caressa le cou, juste sous le lourd collier d'or.

Sa belle-mère détourna les yeux.

« Pourquoi lui permets-tu de s'habiller ainsi ? dit-elle à son fils. Ne pourrait-elle pas porter un corsage décent comme toutes les autres jeunes Indiennes ?

— Ma, je suis désolé, nous allons être en retard, dit Arun.

— On ne peut pas faire un tango fagotée dans un choli, rétorqua Meenakshi. Viens, Luts. »

Lata donna un baiser à sa mère. « Ne t'inquiète pas, Ma. Tout ira bien.

— Tango ? s'enquit Mrs Rupa Mehra, inquiète. C'est quoi le tango ?

— Au revoir, Ma, dit Meenakshi. Tango. Une danse. Nous allons à la Pantoufle d'Or. Rien d'extraordinaire. C'est juste un endroit avec du monde, un orchestre et une piste de danse.

— Une danse dévergondée ! » Mrs Rupa Mehra n'en croyait pas ses oreilles.

Mais avant qu'elle ait pu trouver quelque chose à ajouter, la petite Austin bleue avait démarré vers la première étape des réjouissances nocturnes.

Chez les Finlay, les bavardages battaient leur plein. Debout, les gens parlaient de la mousson arrivée cette année plus tôt que d'habitude. Question de dire si les pluies diluviennes du jour étaient moussoniques ou prémoussoniques, les avis étaient partagés. Il avait été quasiment impossible de jouer au golf cet après-midi. Quant aux courses de Tolly, elles étaient rarement annulées en raison du temps (après tout, on baptisait cette saison « Saison des courses de mousson », pour la distinguer de celle d'hiver). Mais s'il pleuvait autant demain, le terrain serait totalement détrempé et très lourd pour les chevaux. Les matches de cricket anglais tenaient aussi une grande place dans les conversations, et Lata entendit, plus qu'elle ne l'aurait souhaité, vanter le brillant jeu de batte de Denis Compton, avec ses rotations du bras gauche, et ses superbes prestations à la tête de l'équipe du Middlesex. Elle acquiesçait de la tête, l'esprit occupé par un autre joueur.

La foule se composait pour un tiers environ d'Indiens : cadres supérieurs comme Arun, fonctionnaires, avocats, médecins et officiers. Contrairement à ce qui se passait à Brahmpur, où ses pensées venaient de ramener Lata, dans cette couche particulière de la société de Calcutta, hommes et femmes se mélangeaient en toute liberté, très naturellement – plus encore que chez les Chatterji. Remarquant que Lata était un peu esseulée, l'hôtesse, la charmante Mrs Finlay au nez en bec d'aigle, la présenta à quelques invités. Si Lata se sentait mal à l'aise, Meenakshi, en revanche, était dans son élément, faisant fuser de temps à autre son rire cristallin au-dessus du brouhaha.

Quand ils reprirent la voiture pour se rendre d'Alipore chez Firpos, Meenakshi et Arun ne touchaient pas terre. La pluie avait cessé depuis une heure ou deux. Ils passèrent devant le Victoria Memorial, où les vendeurs de glaces et de jhaal-muri approvisionnaient les couples et les familles profitant de l'air relativement plus frais du soir pour se promener. Chowringhee était vide. Même de nuit, l'alignement des façades de la grande et large artère était imposant.

Les derniers trams cahotaient, longeant le Maidan sur la gauche.

En entrant chez Firpos, ils tombèrent sur Bishwanath Bhaduri : un grand jeune homme au teint foncé, environ du même âge qu'Arun, à la mâchoire carrée et à la chevelure stricte, coiffée en arrière. Il se courba en deux quand on le présenta à Lata, lui dit s'appeler Bish et qu'il était enchanté.

Ils attendirent quelques minutes que Billy Irani et Shireen Framjee les rejoignent. « Je leur ai dit que nous partions, dit Arun. Pourquoi diable ne sont-ils pas encore là ? »

Comme pour le calmer, ils firent bientôt leur apparition ; Arun et Meenakshi les présentèrent à Lata – tout à leurs bavardages, ils n'avaient pas eu le temps de le faire chez les Finlay – puis tous se dirigèrent vers la table qu'ils avaient réservée.

Lata trouva la nourriture délicieuse et la conversation de Biswhwanath Bhaduri brillamment insipide. Il se trouvait à Brahmpur, lui dit-il, au moment du mariage de Savita, et Arun l'avait invité à la cérémonie. « Une adorable mariée – on avait envie de l'arracher à l'autel et de l'enlever. Mais naturellement pas aussi adorable que sa jeune sœur », ajouta-t-il, doucereux.

Incrédule, Lata le dévisagea un bref instant puis regarda les petits pains, rêvant de les voir se transformer en projectiles.

« J'imagine que le shehnai aurait dû jouer la marche nuptiale, ne put-elle s'empêcher de dire.

— Quoi ? Euh, hum, oui », fit Bish, interloqué. Puis il ajouta, jetant un coup d'œil à la table voisine, que ce qu'il aimait chez Firpos, c'est qu'on y voyait « le monde et son train ».

A l'évidence, se dit Lata, sa réflexion avait glissé sur lui comme l'eau sur les plumes d'un canard. Cette pensée la fit sourire, lui rappelant dans quelles circonstances elle avait entendu la phrase.

Bishwanath Bhaduri, quant à lui, trouvait Lata déconcertante mais séduisante. Au moins elle le regardait en lui parlant. La plupart des filles de Calcutta qu'il amenait chez Firpos passaient la moitié du repas à regarder autour d'elle pour voir qui d'autre se trouvait là.

Ayant décidé que Bish pouvait être un bon parti pour elle, Arun avait dit à Lata que c'était « un garçon en pleine ascension ».

A présent, Bish racontait son voyage en Angleterre :

« On se sent mécontent et on cherche une âme sœur... On a le mal du pays à Aden et on achète une carte postale à Port-Saïd... On fait un certain travail et on finit par s'y habituer... De retour à Calcutta, on imagine parfois que Chowringhee est Piccadilly... Bien sûr, quand on voyage, on manque parfois les correspondances... On s'arrête dans une gare et on découvre qu'il n'y a rien derrière – et on passe la nuit sur le quai au milieu des coolies qui ronflent... » Il consulta à nouveau le menu. « Je me demande si je ne vais pas prendre quelque chose de doux... le palais bengali, vous savez... »

Lata se prit à souhaiter qu'il fût « en plein départ ».

Maintenant Bish parlait travail, de quelque chose dont il s'était particulièrement bien acquitté.

« ... Non pas, bien entendu, qu'on veuille s'en attribuer tout le mérite, mais au bout du compte on a obtenu le contrat, et on s'occupe de l'affaire depuis lors. Naturellement – il décocha à Lata un sourire suave – on a suscité une considérable inquiétude chez ses concurrents. Comment on a réussi le coup, ça leur a échappé.

— Oh ? dit Lata, en attaquant sa pêche Melba. Vraiment ? Ça les a beaucoup inquiétés ? »

Bishwanath Bhaduri lui lança un bref regard – d'aversion serait trop fort, disons décontenancé.

Shireen voulait aller danser au Club 300, mais les autres refusèrent et tout le monde se rendit à la Pantoufle d'Or dans Free School Street, night-club moins exclusif mais plus vivant. Les jeunes et brillants sujets daignaient parfois l'honorer de leur présence.

Se rendant peut-être compte qu'il n'avait pas vraiment séduit Lata, Bish s'excusa et disparut après le dîner, sur un « on se voit bientôt ».

Billy Irani, que l'on n'avait quasiment pas entendu de la soirée, avait apparemment décidé de ne pas danser – pas même un fox-trot ou une valse. Lata eut beau protester qu'elle n'avait jamais appris à danser, Arun l'invita pour une valse. « Ridicule, dit-il, affectueux. Ça se fait tout seul, ça ne s'apprend pas. » Il avait raison : elle attrapa très vite le rythme et trouva cela très agréable.

Shireen força Billy à s'y mettre. Plus tard, quand l'orchestre attaqua un air tendre, Meenakshi le réquisitionna. Lorsqu'ils regagnèrent leur table, Billy était rouge tomate.

« Regardez-le rougir, dit Meenakshi ravie. Je crois qu'il aime me serrer contre lui. Il me pressait si fort contre sa vaste poitrine avec ses bras vigoureux de joueur de golf que je sentais battre son cœur.

— Ce n'est pas vrai, protesta Billy.

— J'aurais aimé que ce le fût, soupira Meenakshi. Je te désire en secret, tu sais, Billy. »

Shireen éclata de rire. Billy jeta un regard furieux à Meenakshi et rougit encore plus.

« Assez d'idioties, dit Arun. Je ne veux pas que tu mettes mon ami dans l'embarras – ni ma jeune sœur.

— Oh, je ne suis pas embarrassée », s'écria Lata, que la tournure de la conversation n'en médusait pas moins.

Mais ce qui la stupéfia le plus, ce fut le tango. Vers une heure et demie du matin, alors que les deux couples étaient passablement ivres, Meenakshi fit porter un mot au chef d'orchestre, et cinq minutes plus tard il attaquait un tango. Les gens, ignorant cette danse, restaient sur la piste sans bouger. Meenakshi fonça sur un homme en smoking assis avec des amis à une table de l'autre côté de la salle – lequel, sous le charme, la suivit. Elle ne le connaissait pas, mais avait eu l'occasion d'admirer ses talents de danseur. Tout le monde dégagea la piste et, sans même un premier faux pas, ils s'élancèrent, glissant, tournant, s'accrochant l'un à l'autre, en des mouvements stylisés, rapides et saccadés, dégageant un tel érotisme, à la fois maîtrisé et consenti, que bientôt toute la salle leur fit une ovation. Lata elle-même, fascinée par l'impudence de Meenakshi, hypnotisée par le jeu de la lumière sur le collier d'or, sentait son cœur battre plus vite. Meenakshi avait raison : on ne pouvait danser le tango fagotée dans un choli.

Ils partirent, vacillant, à deux heures et demie, et Arun hurla : « Allons chez Falta ! Les jets d'eau – un pique-nique – j'ai faim – des kababs chez Nizam.

— Il se fait tard, Arun, dit Billy. Nous devrions peut-être nous arrêter. Je vais déposer Shireen et –

— Pas question – c'est moi le maître des cérémonies, insista Arun. Montez dans ma voiture – non, à l'arrière – moi je m'assois à l'avant avec cette jolie fille – non, non, demain c'est samedi – et maintenant nous partons – allons prendre un petit déjeuner à l'aéroport – pique-nique à l'aéroport – tous à l'aéroport pour un petit déjeuner – sacrée voiture, veut pas démarrer – oh, me suis trompé de clef. »

Et la petite voiture fila à travers les rues, Arun au volant et Shireen à ses côtés, Billy coincé entre les deux autres femmes à l'arrière. Lata dut laisser percevoir une certaine nervosité car, à un moment, Billy lui tapota gentiment la main. Un peu plus tard, elle remarqua que l'autre main de Billy enlaçait celle de Meenakshi. Ce qui la surprit mais – après le tango – n'éveilla en elle aucun soupçon ; c'est ainsi, se dit-elle, qu'on devait se comporter dans cette société quand on allait faire un tour en voiture. Elle espéra simplement, pour leur sécurité à tous, qu'il ne se passait pas la même chose sur le siège avant.

Il n'y avait pas de grande route directe pour l'aéroport, et les petites rues étroites du nord de Calcutta qui y menaient étaient désertes à cette heure, ce qui rendait la conduite plutôt aisée. Arun faisait rugir son moteur, klaxonnant avec vigueur de temps à autre. Soudain un enfant surgit de derrière une charrette ; Arun braqua comme un fou, il s'en fallut d'un cheveu qu'il ne le renverse, et s'arrêta net au pied d'un réverbère.

La voiture n'avait rien, ni l'enfant, disparu aussi soudainement qu'apparu.

Arun s'extirpa de la voiture, ivre de rage, et se mit à hurler. Un bout d'amadou, à quoi les pauvres allumaient leurs biris, pendait du réverbère. Arun tira dessus comme s'il s'agissait d'un cordon de sonnette. « Debout – debout – tous tant que vous êtes – bande de salauds – braillait-il à l'intention du voisinage.

— Arun – Arun, je t'en prie, arrête, dit Meenakshi.

— Foutus crétins – peuvent pas surveiller leurs enfants – à trois heures du matin – »

Quelques indigents, qui dormaient enroulés dans leurs haillons à côté d'un tas d'ordures, commencèrent à bouger.

« La ferme, Arun, dit Billy Irani. Tu vas nous attirer des ennuis.

— Tu essayes de me prendre en main, Billy ? – Pas gentil – gentil camarade, mais pas question – » Il s'en prit à l'ennemi invisible, la masse pondeuse et stupide. « Debout – salauds – vous ne m'entendez pas ? » Il ponctua ces insultes de quelques jurons en hindi, vu qu'il ne parlait pas le bengali.

Meenakshi savait que si elle disait quelque chose, elle se ferait rembarrer.

« Arun Bhai, fit Lata aussi calmement qu'elle le put, j'ai très sommeil, et Ma va s'inquiéter. Rentrons à la maison.

— La maison ? Oui, rentrons à la maison. » Arun, épaté par cette excellente suggestion, sourit à sa brillante petite sœur.

Billy faillit proposer de conduire, puis se ravisa. Quand, avec Shireen, il se retrouva à sa propre voiture, il était perdu dans ses réflexions. Mais il ne dit rien, se contentant de souhaiter bonne nuit à tout le monde.

Mrs Rupa Mehra n'était pas couchée. Elle fut si soulagée en entendant arriver la voiture qu'elle ne put tout d'abord prononcer un mot.

« Pourquoi êtes-vous debout à cette heure, Ma ? dit Meenakshi en bâillant.

— A cause de votre égoïsme, je ne dormirai pas de la nuit. Il va bientôt être temps de se lever.

— Ma, vous savez bien que nous rentrons toujours tard quand nous allons danser », soupira Meenakshi. Arun avait déjà gagné sa chambre, et Varun, que sa mère avait réveillé à deux heures et forcé à veiller avec elle, en profita pour filer dans son lit.

« Libre à vous de vous conduire en irresponsables et de batifoler à votre aise quand vous êtes tous les deux, reprit Mrs Rupa Mehra, mais pas quand ma fille est avec vous. Tu te sens bien, chérie ? demanda-t-elle à Lata.

— Oui, Ma, je me suis bien amusée. » Lata bâilla elle aussi, se rappela le tango et sourit.

Mrs Rupa Mehra prit un air soupçonneux. « Tu dois me

raconter tout ce que vous avez fait. Ce que vous avez mangé, ce que vous avez vu, qui vous avez rencontré, tout quoi.

— Oui, Ma, demain. » Et elle bâilla de plus belle.

« D'accord », concéda Mrs Rupa Mehra.

7.25

Lata se réveilla le lendemain vers midi, avec un mal de tête que n'améliora pas le récit qu'elle dut faire des événements de la nuit précédente. Aparna et Mrs Rupa Mehra voulaient tout savoir sur le tango. Une fois emmagasinés les moindres détails, Aparna, à la précocité presque effrayante, voulut se faire confirmer un certain point :

« Alors Maman a dansé le tango et tout le monde a applaudi ?

— Oui, mon trésor.

— Papa aussi ?

— Oh oui. Papa a applaudi aussi.

— Est-ce que tu m'apprendras le tango ?

— Je ne sais pas le danser, sinon, je te l'apprendrais.

— Est-ce qu'oncle Varun connaît le tango ? »

Lata imagina la terreur de Varun si Meenakshi, venant à sa table, l'avait entraîné sur la piste. « Ça m'étonnerait, dit-elle. Au fait, où est Varun ? demanda-t-elle à sa mère.

— Sorti. Sajid et Jason sont arrivés, et ils ont disparu. »

Lata n'avait vu qu'une fois ces deux amis shamshu. Sajid, avec sa cigarette qui pendait, littéralement pendait, sans support apparent, au coin gauche de sa lèvre inférieure. De quoi vivait-il, elle l'ignorait. Jason, qui prenait une mine terriblement renfrognée pour lui parler. D'origine anglo-indienne, il s'était fait virer de la police de Calcutta pour avoir couché avec la femme d'un autre inspecteur. Varun avait connu les deux garçons à St George. Arun frémissait d'horreur à la pensée que son collège avait pu produire d'aussi minables personnages.

« Varun n'étudie plus pour entrer dans l'administration ? » demanda Lata. Il avait parlé récemment de se présenter aux examens de fin d'année.

« Non, soupira Mrs Rupa Mehra. Et je ne peux rien y faire. Il n'écoute plus sa mère. Si je lui dis quelque chose, il feint d'être d'accord, et une heure après il disparaît avec ses amis.

— Il n'est peut-être pas fait pour l'administration », suggéra Lata.

Mais sa mère n'en eut cure.

« L'étude est une bonne discipline, dit-elle. Elle exige de l'application. Ton père disait que peu importe ce qu'on étudie, du moment qu'on s'y applique. Ça enrichit l'esprit. »

En fonction de ce critère, le défunt Raghubir Mehra aurait dû être fier de son fils cadet. En ce moment même, Varun, Sajid et Jason se tenaient au pesage à deux roupies du champ de courses de Tolly, coude à coude avec ce qu'Arun aurait considéré comme la racaille du système solaire, étudiant avec une intense concentration le pukka, la dernière cote des six courses de l'après-midi. Ils espéraient ainsi améliorer sinon leur esprit du moins leur situation économique.

Normalement, ils n'auraient pas consacré six annas à l'achat de ce papier et se seraient contentés – avec le tableau des handicaps et des non-partants – de noter les changements sur le programme des épreuves qu'ils avaient acheté mercredi. Mais Sajid l'avait perdu.

Une pluie fine, chaude, tombait sur Calcutta, détrempant la piste de Tolly. Des dizaines d'yeux observaient, à travers la bruine, les chevaux énervés que l'on promenait dans le paddock. La spécialité de Tolly c'étaient les courses d'obstacles, alors que le Royal Calcutta Turf Club, dont la saison commençait un mois plus tard, était un hippodrome classique. Il n'y avait donc pas à Tolly que des jockeys professionnels, et nombre de cavaliers de la bonne société, dont une ou deux dames, montaient en course. Certains d'entre eux étant passablement lourds, les handicaps de leurs concurrents s'élevaient d'autant.

« Histoire de Cœur porte 69 kilos sur son dos, dit Jason d'un ton lugubre. J'aurais parié sur elle, mais –

— Et alors ? dit Sajid. Elle est habituée à Jock Mackay, et

sur cette piste il peut battre tout le monde. Ses 69 kilos, il va les brûler en énergie, et c'est du muscle, pas un sac de plomb. Ça fait toute la différence.

— Ça ne fait pas de différence. Le poids c'est le poids », répliqua Jason, dont l'attention fut attirée par une femme extraordinairement séduisante, une Européenne d'une quarantaine d'années, qui parlait à voix basse avec Jock Mackay.

« Seigneur – mais c'est Mrs DiPiero ! s'exclama Varun, moitié fasciné, moitié terrifié. Une femme dangereuse ! » ajouta-t-il sur un ton admiratif.

Mrs DiPiero, une veuve joyeuse, se faisait des revenus confortables sur les champs de courses grâce aux tuyaux qu'elle glanait auprès de sources sûres, tel Jock Mackay, qu'on disait son amant. Il lui arrivait souvent de parier mille roupies sur une seule épreuve.

« Vite ! Suivons-la », dit Jason, dont les intentions se dévoilèrent lorsque, la dame se dirigeant vers les guichets, ses yeux se détournèrent de la silhouette féminine pour se fixer sur les tableaux où les bookmakers n'arrêtaient pas de noter, à la craie, les variations de la cote. Elle lançait ses ordres à voix si basse qu'ils n'entendaient rien. Mais les inscriptions des books étaient suffisamment parlantes. De 7 contre 1, Histoire de Cœur passa à 6 contre 1.

« Voilà ! » La voix de Sajid avait des intonations langoureuses. « Je parie sur celle-là.

— Pas de précipitation, dit Jason. Il est évident qu'il a recommandé son propre cheval.

— Mais il ne prendrait pas le risque de la mécontenter. Il doit savoir que la cote est trop basse.

— Ouais, intervint Varun. Quelque chose m'inquiète.

— Quoi ? » s'écrièrent en chœur Sajid et Jason. En matière de courses, on pouvait se fier à Varun. Intoxiqué, certes, mais prudent.

« C'est la pluie. Les chevaux à gros handicap souffrent beaucoup d'un terrain aussi lourd. Et 69 kilos, c'est le plus gros handicap qu'on puisse avoir. Je pense qu'ils ont péna-lisé cette jument parce que son jockey l'a retenue sur la dernière ligne droite, il y a trois semaines. »

Sajid, sa cigarette plongeant et émergeant au gré des

mouvements de sa bouche, n'était pas d'accord. « C'est une petite course. Sur une petite longueur, le handicap n'a pas grande importance. Moi, en tout cas, je parie sur elle. Vous faites ce que vous voulez.

— Qu'est-ce que tu en penses, Varun ? dit Jason.

— D'accord. »

Ne pouvant se payer chacun que deux tickets à deux roupies, ils allèrent les acheter aux guichets du pari mutuel plutôt que chez les books, où la cote d'Histoire de Cœur était d'ailleurs tombée à 5 contre 1.

Ils revinrent au pesage, et suivirent la course dans un état d'excitation extrême. Elle se déroulait sur mille mètres. De la place qu'ils occupaient, en contrebas de la tribune des membres du club, ils ne pouvaient apercevoir la ligne de départ, dont ils étaient séparés par la largeur du champ de courses et par un rideau de pluie. Mais rien qu'au son des sabots des chevaux et à leur allure, qu'ils devinaient plutôt qu'ils ne la voyaient, ils hurlaient de toute la force de leurs poumons. Varun en avait la bave aux lèvres. « Vas-y, Histoire de Cœur ! Vas-y Histoire de Cœur ! » Pour finir, épuisé, par « Cœur ! Cœur ! Cœur ! » Au comble de l'excitation et de l'inquiétude, il malaxait l'épaule de Sajid.

Les chevaux émergèrent du tournant avant la dernière ligne droite. Leurs couleurs et celles de leurs jockeys se firent plus distinctes – la casaque vert et rouge de Jock Mackay, sur la jument baie, était en tête, suivie de près par Anne Hodge sur Fortune Scandaleuse. Dans un dernier effort, Anne éperonna sa monture, laquelle, épuisée par cette terre lourde que soulevaient ses chevilles, abandonna la lutte alors qu'elle semblait sûre de gagner : vingt mètres exactement avant l'arrivée.

Histoire de Cœur l'emportait d'une longueur et demie.

Grognements de déception et cris de ravissement s'élevèrent autour des trois amis, eux-mêmes fous de joie. Dans leur imagination, leurs gains prenaient des proportions gigantesques. Ils devaient avoir gagné au moins quinze roupies chacun ! Une bouteille de scotch – pas question de shamshu – n'en coûtait que quatorze.

Bonheur !

Ils n'avaient plus qu'à attendre la montée au mât du manchon blanc et à aller chercher leurs gains.

Un manchon rouge apparut à côté du blanc.

Désespoir.

Il y avait eu réclamation. « Le numéro sept prétend que le numéro deux lui a coupé la piste, dit quelqu'un autour d'eux.

— Comment peut-on savoir avec toute cette pluie ?

— Bien sûr qu'on peut.

— Il n'aurait jamais fait ça à une femme. Ce sont des gens bien élevés.

— Anne Hodge ne mentirait pas à propos d'une chose pareille.

— Ce Jock est un type sans scrupules. Il ferait n'importe quoi pour gagner.

— Ces choses-là peuvent arriver par erreur.

— Par erreur ! »

Le suspense était intolérable. Trois minutes s'écoulèrent. Varun suffoquait d'émotion, la cigarette de Sajid tremblait. Jason s'efforçait de jouer les durs, le type non concerné, et ne réussissait qu'à paraître lugubre. Quand le manchon rouge descendit lentement, confirmant ainsi le résultat de la course, ils s'étreignirent comme des frères qui se sont depuis longtemps perdus de vue, se précipitèrent pour ramasser leurs gains – et pour miser sur la course suivante.

« Bonjour ! Vous êtes Varun, n'est-ce pas ? » Elle prononçait Vay-roun.

Se retournant brusquement, Varun découvrit Patricia Cox, vêtue d'une élégante robe de coton blanc et portant un parapluie blanc faisant à l'occasion office d'ombrelle. Elle n'avait rien d'une petite souris, et plutôt tout d'un chat. Elle aussi avait parié sur Histoire de Cœur.

Varun, son bulletin de courses froissé dans une main, était hirsute, cramoisi, la chemise trempée de pluie et de sueur, aux côtés de Jason et Sajid qui, venant de toucher leurs mises, bondissaient sur place.

Miraculeusement épargnée, la cigarette de Sajid pendait toujours à sa lèvre, comme dans le vide.

« Ah, ah. » Varun, le regard égaré, eut un rire nerveux.

« Comme je suis ravie de vous revoir, dit Patricia Cox, ne dissimulant pas son plaisir.

–– Euh, oui, hum. » Varun était incapable de se rappeler son nom. Box ?

« Patricia Cox, dit-elle en venant à son aide. Nous nous sommes rencontrés chez vous, après le dîner. Je suppose que vous avez oublié.

— Non, euh, non, ah, ah ! s'esclaffa à nouveau Varun, cherchant un moyen de s'échapper.

— Et je suppose que ce sont vos amis shamshu », continua-t-elle, d'un ton approbateur.

Jason et Sajid, tout d'abord ahuris, souriaient à présent béatement à Patricia Cox et se tournaient vers Varun, l'air interrogateur et vaguement menaçant.

« Ah, ah, coassa Varun, misérable.

— Avez-vous un tuyau pour la prochaine course ? demanda Patricia Cox. Votre frère est ici, nous l'avons invité. Aimeriez-vous –

— Non, non, il faut que je parte. » Varun, sa voix enfin retrouvée, s'enfuit sans même parier pour la course suivante.

« Vous ne m'aviez pas dit que votre frère serait là, claironna Patricia Cox quand elle eut regagné la tribune. Si nous avions su qu'il aimait les courses, nous l'aurions invité lui aussi. »

Arun se raidit. « Ici ? Oh oui, ici. Oui. Parfois. Bien sûr. La pluie s'est calmée.

— Je crains qu'il ne m'aime pas beaucoup, dit-elle avec tristesse.

— Il a probablement peur de vous. » Meenakshi était capable de perspicacité.

« De moi ? » Patricia Cox trouvait la chose difficile à croire.

Durant la course suivante, Arun ne parvint pas à se concentrer sur ce qui se passait sur la piste. Tandis que tout le monde autour de lui encourageait (avec une certaine retenue) les chevaux, ses yeux, comme de leur propre volonté, s'égaraient vers le bas. C'est au-delà du passage menant du paddock à la piste que se tenait le pesage exclusif (et exclusivement européen) réservé aux membres du Club de Tolly où, à présent que la pluie avait cessé, certains buvaient du thé tout en suivant les courses. Et c'est là, où se tenait Arun en sa qualité d'invité des Cox, que se jugeait l'apogée social des spectateurs des tribunes.

Or entre les deux, au pesage à deux roupies, flanqué de ses minables compagnons, il y avait Varun, dans un tel état de fièvre qu'il en avait oublié la rencontre qu'il venait de faire ; le visage empourpré, il hurlait des mots inintelligibles à cette distance mais qui ne pouvaient être que le nom du cheval auquel il avait donné, sinon sa mise, du moins son cœur. Il était quasi méconnaissable.

Les narines d'Arun frémirent légèrement, puis ses yeux se portèrent ailleurs. Le temps était venu, se dit-il, de s'instituer le gardien de son frère – car nul ne savait le mal que le fauve, une fois sorti de sa cage, causerait à l'équilibre de l'univers.

7.26

Mrs Rupa Mehra et Lata continuaient leur conversation. De Varun et de l'administration, elles étaient passées à Savita et au bébé qui, bien que pas encore au monde, était, dans l'esprit de Mrs Rupa Mehra, professeur ou juge. Car naturellement, il s'agissait d'un garçon.

« Je n'ai pas eu de nouvelles de ma fille depuis une semaine ; je suis très inquiète. » En présence de Lata, Mrs Rupa Mehra appelait toujours Savita « ma fille », et vice versa.

« Elle va bien, Ma. Sinon, on t'aurait prévenue.

— Enceinte par cette chaleur ! insista Mrs Rupa Mehra, sous-entendant par là que Savita aurait dû mieux planifier la chose. Tu es née toi aussi pendant la mousson, et ce fut une naissance très difficile », ajouta-t-elle, les yeux brillants d'émotion.

Lata avait des centaines de fois entendu parler de sa naissance, qu'à l'occasion sa mère, sous le coup de la colère, lui lançait à la figure d'un ton accusateur. Dans ses moments de tendresse appuyée, elle mentionnait le fait comme pour lui rappeler à quel point elle lui était chère. Des centaines de fois aussi, Lata avait entendu vanter la force de ses poings de bébé.

« Et le pauvre Pran. Il paraît qu'il n'a pas encore plu à Brahmpur, continua Mrs Rupa Mehra.

— Si, Ma, un peu.

— Pas de la vraie pluie – juste une petite goutte par-ci par-là. C'est encore très poussiéreux, et terrible pour son asthme.

— Tu n'as pas de raison de t'inquiéter pour lui, Ma. Savita veille sur lui, et sa mère aussi », dit Lata. Mais elle savait que cela ne servait à rien : Mrs Rupa Mehra s'épanouissait au milieu des soucis. C'était une des plus agréables retombées du mariage de Savita que cette nouvelle famille entrée au complet dans le vaste champ de ses inquiétudes.

« Mais, justement, sa mère ne va pas bien, triompha Mrs Rupa Mehra. A propos, je crois que je vais aller voir mon homéopathe. »

Si Arun avait été là, il n'aurait pas manqué d'affirmer que tous les homéopathes sont des charlatans. Lata se contenta de dire :

« Mais est-ce que ces pilules blanches te font vraiment du bien ? A mon sens, c'est uniquement une question de foi.

— Et qu'y a-t-il de mal dans la foi ? Ta génération ne croit à rien. »

Lata ne défendit pas sa génération.

« Excepté prendre du bon temps et sortir jusqu'à des quatre heures du matin », ajouta Mrs Rupa Mehra.

Lata ne put s'empêcher de rire.

« Quoi ? Pourquoi ris-tu ? Tu n'étais pas aussi gaie il y a deux jours.

— Il n'y a rien, Ma. Ne peut-on rire de temps en temps ? » Mais elle s'arrêta, au souvenir soudain de Kabir.

Mrs Rupa Mehra tenait à passer du général au particulier.

« Il y a forcément une raison. Tu peux te confier à ta mère.

— Ma, je ne suis plus un bébé, j'ai le droit d'avoir mes propres pensées.

— Pour moi, tu seras toujours un bébé.

— Même à soixante ans ? »

Mrs Rupa Mehra regarda sa fille avec étonnement. Si elle imaginait déjà l'enfant de Savita en robe de juge, elle n'avait jamais imaginé Lata en femme de soixante ans. Elle s'y efforça mais c'était trop dur. Heureusement, une autre idée se présenta :

« Dieu m'aura rappelée à lui bien avant, soupira-t-elle. Et c'est seulement quand je serai morte et disparue, quand tu verras ma chaise vide que tu reconnaîtras mes mérites. A présent, tu me caches tout, comme si tu n'avais pas confiance en moi. »

Lata se dit, avec tristesse, qu'effectivement elle ne croyait pas sa mère capable de comprendre ce qu'elle ressentait. Elle repensa à la lettre de Kabir, qu'elle avait transférée du livre sur la mythologie égyptienne dans un bloc de papier à lettres, au fond de sa valise. Où s'était-il procuré son adresse ? Au souvenir du ton désinvolte de la missive, une bouffée de colère la saisit.

Mais s'agissait-il vraiment de désinvolture ? Et n'avait-il pas raison de dire qu'elle ne lui avait guère laissé l'occasion de s'expliquer ? Elle revoyait leur dernière rencontre – il y avait déjà si longtemps, semblait-il – et son propre comportement : il frôlait l'hystérie. Mais c'était toute sa vie qu'elle avait mis dans la balance alors que pour lui il s'agissait probablement d'une simple et agréable promenade matinale. A l'évidence, il ne s'était pas attendu à ce qu'elle éclate ainsi. Peut-être, Lata voulait bien en convenir à présent, peut-être n'était-il pas juste de vouloir qu'il s'y attende.

Quoi qu'il en fût, elle pleurait son absence. C'était avec lui et non avec son frère qu'elle avait dansé la veille. Et c'est de lui qu'elle avait rêvé cette nuit, scène étrange où il lisait la lettre qu'il lui avait écrite lors d'un concours d'éloquence dont elle était un des juges.

« Alors pourquoi riais-tu ? dit Mrs Rupa Mehra.

— Je pensais à Bishwanath Bhaduri et à ses ridicules commentaires hier soir chez Firpos.

— Mais il est fiancé.

— Il m'a dit que je suis plus belle que Savita, et que mes cheveux ressemblent à un fleuve.

— Tu es très jolie quand tu veux t'en donner la peine, chérie, la rassura Mrs Rupa Mehra. Mais tu portais tes cheveux en chignon, non ? »

Lata fit signe que oui et bâilla. Il était midi passé. Sauf quand elle bûchait pour préparer ses examens, il lui arrivait rarement d'être aussi endormie à une telle heure de la journée. En règle générale, c'est Meenakshi qui bâillait – qui bâillait avec une élégance étudiée quand cela convenait à la situation.

« Où peut bien être Varun ? Aux courses lui aussi ?

— Il faut toujours que tu dises des choses qui me font mal, s'exclama Mrs Rupa Mehra, brusquement indignée. J'ai déjà tant de soucis. Les courses. Personne ne songe à mes soucis, chacun ne pense qu'aux siens.

— Quels soucis, Ma ? s'enquit Lata, sans la moindre compassion. On prend soin de toi, et quiconque te connaît t'aime. »

Mrs Rupa Mehra dévisagea sa fille. Jamais Savita n'aurait posé une question aussi brutale. En fait, cela s'apparentait plus à un commentaire ou même à un jugement qu'à une question. Il m'arrive, se dit-elle, de ne pas comprendre du tout Lata.

« J'ai des tas de problèmes, et tu les connais aussi bien que moi. Prends Meenakshi et la façon dont elle s'occupe de l'enfant. Et Varun – que va-t-il devenir, à fumer, à boire, à jouer et tout le reste ? Et toi qui n'es pas mariée. Et Savita qui est enceinte. Et Pran qui est malade. Et le frère de Pran : tout Brahmpur parle de ses frasques. Et la sœur de Meenakshi : les gens cancanent. Crois-tu que je n'entends pas ce qu'on raconte ? Encore hier Purobi Ray cancanait sur Kuku. Les voilà mes soucis, et tu en rajoutes encore. Et je suis une veuve avec du diabète, ajouta-t-elle, comme prise d'une idée soudaine. Est-ce que ça n'est pas un problème ? »

Lata reconnut qu'il y avait là un vrai problème.

« Et Arun qui n'arrête pas de crier, ce qui est très mauvais pour ma tension. Et Hanif qui a pris son jour de congé, ce qui fait que je dois tout faire toute seule, y compris le thé.

— Je vais le faire pour toi, Ma. En veux-tu maintenant ?

— Non, chérie, tu bâilles, va te reposer.

— Je ne veux pas me reposer, Ma.

— Alors pourquoi bâilles-tu, chérie ?

— Probablement parce que j'ai trop dormi. Veux-tu du thé ?

— Non, si ça te dérange trop. »

Lata alla à la cuisine. Sa mère lui avait enseigné à « ne pas déranger, mais à se déranger ». Après la mort de son père, ils avaient vécu de nombreuses années chez des amis – en un certain sens donc ils avaient vécu de charité, même si elle leur était généreusement octroyée – et il était normal que Mrs Rupa Mehra eût eu à cœur de ne pas déranger. Les quatre enfants devaient une bonne part de leur personnalité à ces années-là, au sentiment d'incertitude qu'elles avaient fait naître, et à la conscience de ce qu'ils devaient aux autres. Savita était celle qui en avait été le moins affectée, semblait-il ; mais on avait l'impression que sa gentillesse et sa douceur, elle les avait trouvées au berceau, et que son environnement, quel qu'il fût, n'aurait pu les altérer profondément.

« Savita a-t-elle toujours eu aussi bon caractère, même toute petite ? » demanda Lata en revenant avec le thé. Elle connaissait la réponse, non seulement parce que cela faisait partie du folklore Mehra, mais parce que de nombreuses photos l'attestaient : Savita bébé ingurgitant des œufs à la coque à peine cuits avec un sourire béat, ou souriant dans son sommeil. Mais elle posa néanmoins la question, peut-être pour rendre sa mère de meilleure humeur.

« Oui, très très bon caractère, dit Mrs Rupa Mehra. Mais, chérie, tu as oublié ma saccharine. »

7.27

Un peu plus tard, Amit et Dipankar débarquèrent dans la voiture des Chatterji, une grande Humber blanche. Ils remarquèrent que Lata et sa mère s'en étonnaient quelque peu.

« Où est Meenakshi ? demanda Dipankar, regardant lentement autour de lui. Vous avez de beaux lis tigrés dehors.

— Elle est allée aux courses avec Arun, dit Mrs Rupa Mehra. Ils ont décidé d'attraper une pneumonie. Nous étions en train de boire du thé. Lata va en refaire.

— Non, vraiment, ce n'est pas la peine, protesta Amit.

— Ce n'est rien, dit Lata en souriant. L'eau est chaude.

— C'est du Meenakshi tout craché, constata Amit, mi-irrité, mi-amusé. Elle nous avait dit de passer dans l'après-midi. Je crois que nous ferions mieux de filer. Dipankar a des recherches à faire à la bibliothèque de la Société d'Etudes asiatiques.

— Vous ne pouvez pas partir ainsi, dit Mrs Rupa Mehra, pas sans avoir bu une tasse de thé.

— Mais elle ne vous avait même pas avertie de notre visite ?

— Personne ne me dit jamais rien », rétorqua Mrs Rupa Mehra.

S'envolant sans même un parapluie,
Meenee-haha part pour Tolly »,

chantonna Amit.

Mrs Rupa Mehra se renfrogna. Il était toujours difficile d'avoir une conversation cohérente avec l'un des jeunes Chatterji.

« Où est Varun ? » demanda Dipankar, après un nouveau regard autour de lui.

Il aimait bien parler avec Varun. Lequel, même quand la conversation l'ennuyait, était trop peu sûr de lui pour protester. Dipankar prenait son silence pour de l'intérêt. A n'en pas douter, Varun était un bien meilleur auditeur que quiconque chez les Chatterji, qui manifestaient leur impatience quand Dipankar dissertait sur la « Complexité du Rien » ou la « Cessation du Désir ». La dernière fois qu'il avait abordé ce dernier sujet au petit déjeuner, Kakoli avait dévidé la liste de ses petites amies et déclaré qu'elle ne voyait jusqu'à présent pas le moindre signe de Décélération, encore moins de Cessation, dans la vie de son frère. Kuku n'avait pas le sens de l'abstraction, songeait Dipankar. Elle n'avait pas encore échappé au piège de l'actualité et de la contingence.

« Varun est parti lui aussi, dit Lata en apportant le thé. Dois-je lui dire de vous appeler à son retour ?

— Si nous devons nous rencontrer, nous nous rencontrerons », déclara Dipankar. Puis, malgré la pluie fine qui tombait toujours, il se dirigea vers le jardin, sans se soucier apparemment de salir ses chaussures.

Les frères de Meenakshi ! songea Mrs Rupa Mehra.

Comme Amit demeurait sans rien dire et que Mrs Rupa Mehra détestait le silence, elle demanda des nouvelles de Tapan.

« Oh, il va très bien. Nous les avons déposés, lui et Cuddles, chez un ami. Ces gens ont des tas de chiens et Cuddles, bizarrement, s'entend bien avec eux. »

« Bizarrement » était le mot juste, pensa Mrs Rupa Mehra. A leur première rencontre, Cuddles avait bondi et tenté de la mordre. Heureusement, attaché au piano, il n'avait pu l'atteindre. Pendant ce temps, Kakoli avait continué à jouer son morceau de Chopin, sans manquer une mesure. « Ne lui en voulez pas, avait-elle dit, ça part d'un bon sentiment. » Une véritable famille de fous, avait conclu Mrs Rupa Mehra.

« Et la chère Kakoli ? demanda-t-elle.

— Elle chante du Schubert avec Hans. Ou plus exactement, il chante et elle l'accompagne. »

Mrs Rupa Mehra prit un air sévère. Il s'agissait sûrement du garçon auquel avait fait allusion Purobi Ray. Un garçon pas du tout convenable.

« Chez vous, bien sûr, dit-elle.

— Non, chez Hans. Il est venu la chercher. Ce qui est une bonne chose, sans ça Kuku nous aurait fait la vie pour avoir la voiture.

— Qui est avec eux ?

— L'esprit de Schubert, répliqua Amit, blagueur.

— Dans l'intérêt même de Kuku, vous *devez* être prudent. » Le ton d'Amit, au moins autant que ses propos, choquait Mrs Rupa Mehra. Elle ne parvenait tout simplement pas à comprendre l'attitude des Chatterji face aux risques que prenait leur sœur. « Pourquoi ne chantent-ils pas à Ballygunge ?

— Tout d'abord, il y a souvent conflit entre l'harmonium et le piano. Et puis je ne peux pas écrire dans ce vacarme.

— Mon époux rédigeait ses rapports d'inspection des voies ferrées au milieu des cris de quatre enfants.

— Ma, ça n'est pas comparable, intervint Lata. Amit est un poète. La poésie est quelque chose de différent. »

Amit lui lança un regard reconnaissant, tout en se demandant si le roman qu'il était en train d'écrire – ou même la poésie – différait autant qu'elle se l'imaginait d'un rapport d'inspection.

Dipankar revint du jardin, passablement trempé. Il s'essuya néanmoins les pieds avant d'entrer. Il récitait, ou plutôt psalmodiait, un passage du poème mystique de Sri Aurobindo, *Savitri* :

« *Cieux calmes d'une impérissable Lumière,*
Continents illuminés d'une paix mauve,
Océans et fleuves nés du rire de Dieu
Et pays sans souffrance sous des soleils pourpres... »

« Oh, le thé, dit-il, avant de plonger dans un abîme de réflexion à propos de la quantité de sucre qu'il devait y mettre.

— Avez-vous compris ? » demanda Amit à Lata.

Dipankar fixa un regard condescendant sur son frère aîné. « Amit Da est un cynique, dit-il. Il croit en la Vie et la Matière. Mais que fais-tu de l'entité psychique derrière la mentalité vitale et physique ?

— Oui, et alors ?

— Tu veux dire que tu ne crois pas au Supramental ? » Dipankar se mit à cligner des yeux. C'était comme si Amit avait remis en question l'existence du samedi – ce que, d'ailleurs, il était capable de faire.

« Je ne sais pas si j'y crois ou pas, je ne sais pas ce que c'est. Mais peu importe – non – surtout ne me le dis pas.

— C'est le plan sur lequel le Divin rencontre l'âme individuelle et transforme l'être en un "être gnostique", expliqua Dipankar avec un léger dédain.

« — Comme c'est intéressant », dit Mrs Rupa Mehra qui, de temps à autre, s'interrogeait sur le Divin. Son opinion sur Dipankar commençait à évoluer. De tous les enfants Chatterji, il semblait que ce fût le plus sérieux. Certes, son tic aux yeux avait quelque chose de dérangeant, mais Mrs Rupa Mehra ne demandait qu'à se montrer tolérante.

« Oui, disait Dipankar en versant une troisième cuillerée de sucre dans son thé, ça se situe au-dessous du Brahma et de sat-chit-ananda, mais agit comme un conduit ou un conducteur.

— Est-ce assez sucré ? s'inquiéta Mrs Rupa Mehra.

— Je pense que oui », la rassura Dipankar.

Ayant trouvé un auditeur, il en profitait. Il s'intéressait à de nombreux courants du mysticisme, du tantrisme au culte de la Déesse-Mère en passant par la philosophie « synthétique » qu'il venait d'exposer. Bientôt lui et Mrs Rupa Mehra bavardaient gaiement des grands prophètes Ramakrishna et Vivekananda. Une demi-heure plus tard, ils en étaient à l'Unité, la Dualité et la Trinité, sujet sur lequel Dipankar venait de suivre un cours accéléré. Mrs Rupa Mehra faisait de son mieux pour ne pas perdre pied.

« Tout ceci culmine avec le Pul Mela, à Brahmpur, dit Dipankar. C'est là que les conjonctions astrales sont le plus puissantes. Durant la nuit de pleine lune du mois de Jeth, la poussée gravitationnelle de la lune aura une énorme influence sur nos chakras. Je ne crois pas aux légendes, mais on ne peut nier la science. Je vais m'y rendre cette année, et nous pourrons nous immerger tous les deux dans le Gange. J'ai déjà pris mon billet. »

Mrs Rupa Mehra eut l'air un peu dubitative. Puis elle dit : « C'est une bonne idée. Laissons les choses se faire. »

Elle venait juste de se rappeler, avec soulagement, qu'elle ne serait pas à Brahmpur à ce moment-là.

Pendant ce temps, Amit s'entretenait de Kakoli avec Lata, et notamment du dernier soupirant en date, le casse-noisettes allemand. Kuku lui avait même fait peindre une aigle impériale fort peu diplomatique au-dessus de sa baignoire. La baignoire elle-même était décorée de tortues, poissons, crabes et autres créatures aquatiques, peintes par les amis de Kuku les plus doués de sens artistique. Kuku adorait la mer, spécialement dans le delta du Gange, les Sundarbans. Poissons et crabes lui rappelaient de délicieux plats bengalis, augmentaient la sensation de luxe et le plaisir qu'elle avait à se vautrer dans son bain.

« Et vos parents ne s'y sont pas opposés ? demanda Lata, se rappelant l'aspect imposant de la demeure des Chatterji.

— Même si mes parents y trouvaient à redire, Kuku fait tourner mon père en bourrique. Elle est sa favorite. Même ma mère, me semble-t-il, est jalouse de l'indulgence dont il fait preuve à son égard. Il y a quelques jours, il était question de lui installer sa propre ligne téléphonique. »

A Lata que stupéfiait une telle extravagance, Amit expliqua qu'un cordon ombilical reliait Kakoli au téléphone. Il imita la façon qu'elle avait de dire « allô », selon que son interlocuteur appartenait au cercle A, B ou C de ses amis. « Mais le téléphone exerce sur elle une telle attirance magique qu'elle n'hésite pas à abandonner un ami du cercle A, qui est venu lui rendre visite, pour un ami du cercle C, du moment qu'il est au bout de la ligne.

— Je ne l'ai jamais vue seule. Est-ce que cette présence continuelle de gens autour d'elle résulte d'une volonté de sa part ?

— C'est une question difficile.

— Eh bien, dit Lata revoyant Kakoli, lors de la soirée, riant avec bonne humeur au milieu d'une foule de gens, elle est très aimable, séduisante et pleine de vie. Ça ne m'étonne pas que les gens l'aiment.

— Mm. Elle n'appelle jamais les gens elle-même, ne répond pas aux messages reçus en son absence, on ne peut donc pas parler de réelle volonté. Et pourtant elle est tout le temps au téléphone. Ce sont eux qui rappellent.

— Elle est donc, euh, une volontaire passive. » Lata parut surprise de sa propre phrase.

« Une volontaire passive – mais très vivante, dit Amit, songeant que c'était une façon étrange de décrire Kuku.

— Ma mère s'entend bien avec votre frère, remarqua Lata.

— Il semble, dit Amit en souriant.

— Et quel genre de musique aime-t-elle ? Kuku, je veux dire. »

Amit réfléchit un instant : « Une musique désespérante. »

Lata espéra qu'il allait expliciter cette affirmation, mais il enchaîna en demandant : « Et vous, quelle musique aimez-vous ?

— Oh, toutes sortes de musique. La musique classique indienne. Mais, ne le dites pas à votre Ila Kaki, la seule fois où j'ai assisté à un concert de ghazals, j'y ai pris un très grand plaisir. Et vous-même ?

— Toutes sortes, également.

— Est-ce que Kuku a une raison d'aimer la musique triste ?

— Eh bien, je suppose qu'elle a eu sa ration de peines de cœur. Elle n'aurait pas pris Hans si quelqu'un d'autre ne lui avait pas brisé le cœur. »

Lata regarda Amit avec curiosité, et même une certaine sévérité. « J'ai du mal à croire que vous êtes un poète.

— Moi aussi. Avez-vous lu quelque chose de moi ?

— Non. J'étais sûre qu'il y aurait au moins un de vos livres dans cette maison, mais –

— Et aimez-vous la poésie ?

— Oui, beaucoup. »

Un silence s'installa, que rompit Amit :

« Qu'avez-vous vu de Calcutta, jusqu'à présent ?

— Le Victoria Memorial et le pont Howrah.

— C'est tout ?

— C'est tout. »

Amit à son tour prit un air sévère :

« Et que faites-vous cet après-midi ?

— Rien, dit-elle, étonnée.

— Bon. Je vais vous montrer quelques endroits d'intérêt poétique. Nous avons la voiture, et il y a deux parapluies – ainsi nous ne nous mouillerons pas en faisant le tour du cimetière. »

Lata eut beau expliquer à sa mère que c'était « simplement avec Amit » qu'elle sortait, Mrs Rupa Mehra insista pour que quelqu'un les accompagne. Pour elle, Amit était avant tout le frère de Meenakshi – et donc ne constituait pas un risque. Mais c'était un jeune homme, et pour le respect des convenances, il importait qu'on ne les voie pas seuls ensemble. En contrepartie, Mrs Rupa Mehra n'avait pas d'exigence quant à la personnalité du chaperon. Il n'était pas question qu'elle-même aille se promener sous la pluie, mais Dipankar ferait l'affaire.

« Je ne peux pas vous accompagner, Dada, dit Dipankar. Il faut que j'aille à la bibliothèque.

— Eh bien je vais téléphoner à Tapan chez ses amis, et voir ce qu'il en pense. »

Tapan accepta, à condition que Cuddles vienne avec eux – en laisse, bien entendu.

Cuddles étant, officiellement, le chien de Dipankar, celui-ci devait donner son accord. Ce qu'il fit obligeamment.

Et c'est ainsi que par un chaud et pluvieux samedi après-midi, Amit, Lata, Dipankar (qui les lâcherait une fois parvenu à la Société d'Etudes asiatiques), Tapan et Cuddles partirent se promener, avec la bénédiction de Mrs Rupa Mehra, soulagée de voir que Lata redevenait enfin elle-même.

7.29

Quand les Anglais quittèrent l'Inde en masse après l'Indépendance, ils laissèrent derrière eux un grand nombre de pianos, dont l'un, un grand Steinway noir « tropicalisé », trônait dans le salon de Hans Sieber, à Queens Mansions.

Kakoli y jouait. Hans, debout derrière elle, chantait en suivant la même partition, extrêmement heureux malgré l'extrême tristesse des airs qu'il interprétait.

Il adorait Schubert. Ils étaient plongés dans *Winterreise*, ce cycle de chants où, dans une atmosphère de neige, s'expriment le rejet et l'accablement, et qui s'achève dans la folie. Dehors, la pluie tiède de Calcutta tombait à verse. Elle inondait les rues, glougloutait dans les égouts mal conçus, se déversait dans la Hooghly, pour s'écouler finalement dans l'océan Indien. Dans une incarnation antérieure, elle avait peut-être été la neige ouatée qui tourbillonne autour du voyageur hanté par ses souvenirs, et dans la suivante, elle deviendrait peut-être ce ruisseau gelé à la surface duquel il a gravé ses initiales et celles de la perfide bien-aimée. Voire les larmes chaudes qui menacent de faire fondre toute la neige de l'hiver.

Au début, Kakoli n'avait pas été folle de Schubert, ses goûts la portant plutôt vers Chopin, qu'elle jouait avec grande mélancolie et force rubatos. Mais plus elle accompagnait Hans et plus elle aimait Schubert.

Il en allait de même de ses sentiments pour Hans, dont la courtoisie excessive l'avait d'abord amusée, puis irritée, et à présent la rassurait. Quant à Hans, il était aussi épris de Kuku que tous les soupirants précédents. Il trouvait néanmoins qu'elle le traitait avec légèreté, ne lui retournant qu'un sur trois de ses appels. S'il avait connu le bas niveau que pouvait atteindre ce taux avec ses autres amis, il aurait compris combien elle tenait à lui.

Ils étaient arrivés à présent à l'avant-dernier des vingt-quatre lieder du cycle, « Les Soleils blancs ». Entre Hans, qui donnait dans la gaieté et la vivacité et Kuku, qui freinait sur son clavier, l'interprétation virait au pugilat.

« Non, Hans, dit Kuku, quand il se pencha pour tourner la page et entonner le dernier lied, vous avez chanté beaucoup trop vite.

— Trop vite ? C'est l'accompagnement qui m'a paru bien lent. "Ach, meine Sonnen seid ihr nicht !" Il traîna sur les mots. C'est cela que vous voulez ?

— Oui.

— Mais vous oubliez qu'il est fou, Kakoli. » En réalité,

seule la présence de Kuku avait poussé Hans à chanter avec tant d'énergie.

« *Presque* fou. C'est dans le prochain lied qu'il le devient complètement. Celui-là, vous pouvez l'interpréter aussi vite que vous voulez.

— Mais ce dernier chant doit être très lent. Comme ceci – » Et il pianota quelques notes sur le haut du clavier. Un bref instant sa main droite frôla celle de Kuku. « Là, vous voyez, Kakoli, il est résigné à son destin.

— Alors, il cesse brusquement d'être fou ? » Quelle absurdité, songea Kakoli.

« Peut-être est-il à la fois fou et résigné. »

Kuku essaya. « Je m'endormirais, dit-elle en secouant la tête.

— Bon, Kakoli, d'après vous, "Les Soleils blancs" doit être lent et "Le Joueur d'orgue de Barbarie" doit être rapide.

— Exactement. » Kakoli aimait entendre Hans prononcer son nom. Il donnait le même poids aux trois syllabes. Il ne l'appelait que très rarement Kuku.

« Et moi, je pense juste le contraire.

— Oui », dit Kuku. Nous sommes abominablement incompatibles, songea-t-elle. Or tout doit être parfait, absolument parfait. Sans la perfection, c'est l'horreur.

« Ainsi chacun de nous estime qu'un chant doit être lent et l'autre rapide », conclut Hans, logique et triomphant. Il voyait là la preuve que, moyennant un ou deux accommodements, il y avait entre lui et Kakoli une rare compatibilité.

Kuku regarda le beau visage carré, qui resplendissait de plaisir. « Dans la plupart des interprétations que je connais, dit-il, les deux sont chantés lentement.

— Les deux ? Ça ne devrait pas exister.

— Non, ça ne devrait pas. Reprendrons-nous sur un tempo plus lent, comme vous le suggérez ?

— Oui. Mais du diable, ou plutôt de Dieu, si je comprends ce que cela peut signifier. Je parle du lied.

— Il y a trois soleils. Deux disparaissent, et il en reste un.

— Hans, je vous trouve adorable, et votre soustraction est parfaite. Mais je ne comprends pas davantage. »

Hans rougit. « Je pense que les deux soleils sont la mère et la fille, lui étant le troisième.

— Sa mère ? » La stupeur la laissait médusée. Hans n'avait-il pas l'esprit un peu trop épais ?

« Peut-être pas, concéda Hans. Mais qui d'autre ? » La mère apparaissait à un autre moment du cycle, quoique bien plus tôt.

« Je n'y comprends décidément rien. C'est un mystère. Mais ce n'est certainement pas la mère », décréta Kakoli. Elle avait le sentiment qu'une crise majeure se préparait. C'était au moins aussi grave que l'aversion de Hans pour la cuisine bengali.

« Oui, dit Hans. Un mystère.

— Néanmoins, Hans, vous chantez très bien. J'aime la façon dont vous exprimez la douleur de ce cœur brisé. C'est très professionnel. Nous devons reprendre cela la semaine prochaine. »

Hans rougit de plus belle et lui demanda si elle voulait boire quelque chose. Il avait beau posséder l'art du baise-main, il n'avait pas encore embrassé Kakoli, craignant de se voir repoussé. Il avait tort.

7.30

Amit et Lata descendirent de voiture devant l'entrée du cimetière de Park Street. Puisque c'était une question de quelques minutes, Dipankar décida de les attendre avec Tapan, et d'ailleurs il n'y avait que deux parapluies.

Ils poussèrent une grille en fer forgé. Dans un quadrillage d'allées étroites, les tombes étaient disposées en grappes. Quelques palmiers se dressaient ici et là, dégouttants d'eau, et le croassement des choucas se mêlait au grondement du tonnerre et au bruit de la pluie. L'endroit respirait la mélancolie. Aménagé en 1767, il n'avait pas tardé à se remplir de morts européens. Jeunes et vieux – la plupart victimes de fièvres climatiques – ils dormaient là, sous des dalles et des pyramides, des mausolées et des cénotaphes, des urnes et des colonnes, le tout dégradé et décoloré par la chaleur et les pluies de Calcutta. Les tombes étaient par endroits si serrées les unes contre les autres qu'on avait du mal à circuler entre elles. Une herbe riche, nourrie par la pluie, poussait partout, cette pluie qui pour l'heure noyait l'ensemble. Comparée à Brahmpur ou Bénarès, Allahabad ou Agra, Lucknow ou Delhi, Calcutta n'avait guère d'histoire, mais le climat imprimait à sa relative jeunesse un aspect de désolation et de ruine qui n'avait rien de romantique.

« Pourquoi m'avez-vous amenée ici ? demanda Lata.

— Connaissez-vous Landor ?

— Landor ? Non.

— Vous n'avez jamais entendu parler de Walter Savage Landor ?

— Oh si, bien sûr. "Rose Aylmer, dont les yeux attentifs" –

— Vigilants. Eh bien, elle est enterrée ici. De même que le père de Thackeray, un des fils de Dickens, et celui qui a servi de modèle au *Don Juan* de Byron », dit Amit, avec orgueil. L'orgueil de tout habitant de Calcutta.

« Vraiment ? Ici ? » C'était comme si elle venait d'apprendre que Hamlet était prince de Delhi. « Ah, à quoi bon être de la race du sceptre !

— Ah, quelle forme divine ! enchaîna Amit.

— Toutes les vertus, toutes les grâces ! cria Lata avec enthousiasme.

— Rose Aylmer, elles étaient toutes en toi. »

Un roulement de tonnerre ponctua les deux derniers vers.

« Rose Aylmer, dont les yeux attentifs, poursuivit Lata.

— Vigilants.

— Pardon, vigilants. Rose Aylmer dont les yeux vigilants –

— Pleurent peut-être, mais ne voient jamais, déclama Amit en brandissant son parapluie.

— Cette nuit de souvenirs et soupirs,

— Je te la consacre.

— Un beau poème, un beau poème, dit Amit après une pause. En réalité, c'est "cette nuit de souvenirs et de soupirs".

— N'est-ce pas ce que j'ai dit ? demanda Lata, pensant à

certaines nuits – ou fragments de nuits – qu'elle avait passées ainsi.

— Non, vous avez laissé tomber le second "de".

— Une nuit de souvenirs et soupirs. De souvenirs et de soupirs. Je vois. Mais est-ce que ça fait une telle différence ?

— Oui. Peut-être pas la plus grande des différences, mais, oui, une différence. Elle repose dans sa tombe, et c'est une différence pour lui. »

Ils continuèrent à marcher. Avancer de front était impossible, et les parapluies compliquaient les choses. Non que la tombe fût très loin – elle se trouvait à la première intersection – mais Amit avait choisi un trajet sinueux. C'était une petite tombe, surmontée d'une colonne conique agrémentée de cannelures ; le poème de Landor figurait sur une plaque, au-dessous du nom et de l'âge, et précédé de quelques vers, en grossiers pentamètres :

Quel fut son destin ? Longtemps, bien avant son heure,
Son âme fut ravie, son bonheur brisé,
Fleur juste épanouie, joie à peine éclose ;
Qu'ils sont rares ceux que le sort épargne
Sous ce ciel cruel de l'humaine destinée.

Lata regarda Amit, qui semblait plongé dans ses pensées. Il a un visage rassurant, se dit-elle.

« Ainsi, elle est morte à vingt ans ?

— Oui, à peu près votre âge. Ils se sont rencontrés à la bibliothèque ambulante de Swansea. Et puis ses parents l'ont emmenée en Inde. Pauvre Landor. Noble Sauvage. Adieu, adorable Rose.

— De quoi est-elle morte ? Du chagrin de la séparation ?

— D'une indigestion d'ananas. »

Lata eut l'air scandalisée.

« Je vois que vous ne me croyez pas, mais, c'est vrai, c'est vrai », dit Amit. Puis : « Nous ferions mieux de revenir, sinon ils vont partir sans nous. Vous êtes trempée.

— Vous aussi.

— Sa tombe, continua Amit, ressemble à un cône de glace renversé. »

Lata ne répondit pas. Il l'irritait passablement.

Une fois Dipankar déposé à la Société d'Etudes asiatiques, Amit demanda au chauffeur de les conduire, via Chowringhee, à l'hôpital de la Présidence. En passant devant le mémorial Victoria, il dit :

« Ainsi, le mémorial Victoria et le pont Howrah, c'est tout ce que vous connaissez et voulez connaître de Calcutta ?

— Tout ce qu'il se trouve que je connais. Avec Firpos, la Pantoufle d'Or, et le Nouveau Marché. »

Tapan accueillit ces informations par un couplet façon Kakoli :

> *« Cuddles, Cuddles, gentil toutou,*
> *Va mordre Sir Stuart Hogg. »*

Perplexe, Lata attendit une explication. Comme personne ne la lui donnait, elle poursuivit : « Arun a dit que nous irions pique-niquer au Jardin botanique.

— Sous le grand banian, dit Amit.

— C'est le plus grand du monde, affirma Tapan, non moins chauvin que son frère.

— Et vous irez sous la pluie ? demanda Amit.

— Eh bien, nous attendrons peut-être Noël.

— Ainsi, vous serez de retour pour Noël ?

— Je pense, oui.

— Parfait, parfait, dit Amit. Il y a des tas de concerts de musique classique indienne en hiver. Et Calcutta est très agréable. Je vous sortirai. Je dissiperai votre ignorance. J'élargirai votre esprit. Je vous apprendrai le bengali !

— Je meurs d'impatience. » Lata éclata de rire.

Cuddles poussa un grondement à vous glacer les sangs.

« Qu'est-ce qui t'arrive ? demanda Tapan. Voulez-vous tenir ça une seconde ? » dit-il à Lata en lui tendant la laisse.

Cuddles retomba dans le silence.

Tapan se pencha, inspecta attentivement l'oreille de Cuddles.

« Il n'a pas eu sa promenade, dit-il. Et moi je n'ai pas eu mon milkshake.

— C'est exact, reconnut Amit. Bon, la pluie s'est arrêtée. On jette juste un œil sur la seconde grande relique poétique et puis on va sur le Maidan où vous pourrez tous les deux vous rouler dans la boue autant que vous voudrez. Sur le chemin du retour, nous nous arrêterons chez Keventers. Je pensais, ajouta-t-il à l'intention de Lata, vous emmener à la maison de Rabindranath Tagore, mais c'est très loin dans le nord de Calcutta, plutôt bourbeux, et ça peut attendre un autre jour. Mais vous ne m'avez pas dit s'il y a quelque chose de particulier que vous souhaitez voir ?

— J'aimerais voir le quartier de l'université, College Street et tout ça. Etes-vous sûr que vous avez le temps ?

— Oui. Ah, nous y voici. C'est dans ce petit immeuble que Sir Ronald Ross a découvert les causes du paludisme. » Il montra une plaque fixée à la porte. « Et il a écrit un poème pour fêter l'événement. »

Cette fois-ci, tout le monde descendit, même si Cuddles et Tapan ne voyaient pas l'intérêt que pouvait présenter cette plaque. Lata lut le texte avec curiosité : elle n'avait pas l'habitude des écrits scientifiques et se demandait sur quoi elle allait tomber.

> *En ce jour la clémence de Dieu*
> *A placé dans ma main*
> *Une chose merveilleuse ; et Dieu*
> *Soit loué. Par ordre divin*
>
> *Cherchant ses volontés cachées*
> *Et de sanglots saccagé,*
> *Je trouve tes germes rusés*
> *O mort meurtrière, un million de tués.*
>
> *Je sais que cette petite potion*
> *Sauvera les hommes par milliards.*
> *O mort où est ton aiguillon*
> *Et ta victoire, ô tombe ?*

Lata lut le texte deux fois. « Qu'en pensez-vous ? demanda Amit.

— Pas grand bien.

— Vraiment ? Pourquoi ?

— Je ne sais pas, c'est comme ça. "De sanglots saccagé",

"mort meurtrière" – trop d'allitérations. Et Dieu doit-il rimer avec Dieu ? Vous aimez cela ?

— Oui, d'une certaine façon. Mais, en même temps, je ne peux pas défendre ce sentiment. Je trouve peut-être émouvant qu'un médecin chirurgien général écrive avec autant de ferveur et de force religieuse sur ce qu'il a fait. Ah, l'inversion finale ! Tiens, un pentamètre », dit-il, content.

Lata contemplait toujours la plaque et, à sa mine, Amit comprenait qu'elle n'était pas convaincue.

« Je vous trouve très sévère, fit-il en souriant. Je me demande ce que vous diriez de mes poèmes.

— Peut-être les lirai-je un jour. J'ai du mal à imaginer quel genre de poésie vous écrivez. Vous paraissez si gai et si cynique.

— Cynique, je le suis certainement.

— Vous arrive-t-il de réciter vos propres poèmes ?

— Presque jamais.

— Le gens ne vous le demandent pas ?

— Si, tout le temps. Avez-vous entendu des poètes lire leur œuvre ? C'est en général abominable. »

Lata se revit à la Société de Poésie de Brahmpur, et elle eut un large sourire. Puis elle pensa à Kabir, et un grand trouble l'envahit.

Ce rapide changement d'expression n'échappa pas à Amit. Il songea à lui en demander la raison, mais, avant qu'il n'ait pu le faire, c'est elle qui parla, en montrant la plaque :

« Comment a-t-il découvert cela ?

— Eh bien, il a envoyé son domestique attraper des moustiques, puis les moustiques l'ont piqué – le domestique, veux-je dire – et quand peu après il a eu le paludisme, Ross a compris que c'était la faute aux moustiques. "O mort meurtrière, un million de tués."

— Un million plus un.

— Oui, je vois ce que vous ressentez. Mais les gens ont toujours eu un comportement étrange avec leurs domestiques. Landor, avec ses souvenirs et ses soupirs, a un jour balancé le sien par la fenêtre.

— Je ne suis pas sûre d'aimer les poètes de Calcutta », dit Lata.

Après le Maidan et le milkshake, Lata accepta la proposition d'Amit d'aller prendre le thé chez lui. Elle aimait l'agitation de cette maison, son désordre inventif, sa générosité désordonnée, le piano, les livres, la véranda, le grand jardin. Quand Amit le pria de servir un thé pour deux dans sa chambre, Bahadur, le vieux domestique, qui avait pour son maître des attentions de propriétaire, lui demanda s'il y avait quelqu'un avec lui.

« Mais non, dit Amit, je compte boire les deux tasses tout seul.

— Ne faites pas attention, dit-il un peu plus tard à Lata, alors que Bahadur, revenu avec le plateau, la couvrait d'un regard approbateur, il s'imagine que j'ai l'intention d'épouser toute fille avec qui je prends le thé. Une cuillerée de sucre ou deux ?

— Deux s'il vous plaît. » Malicieuse, car sachant que la question était sans danger, elle poursuivit : « Et vous l'avez ?

— Pas jusqu'à présent. Mais il ne le croit pas. Nos domestiques n'ont pas renoncé à gouverner nos vies. Bahadur m'a vu contempler la lune à des heures bizarres et veut me guérir en me mariant dans l'année. Dipankar rêvait d'entourer sa cabane de papayers et de bananiers, et le mali lui a fait un cours sur les bordures herbacées. Le cuisinier mogh a failli rendre son tablier parce que Tapan, à son retour du pensionnat, n'a pendant une semaine voulu que des côtes d'agneau et de la glace à la mangue pour son petit déjeuner.

— Et Kuku ?

— Kuku rend le chauffeur fou-fou.

— Vous êtes vraiment tous un peu fous.

— Au contraire, nous sommes le bon sens même. »

Quand Lata rentra en fin d'après-midi, Mrs Rupa Mehra n'exigea pas un compte rendu détaillé de ses faits et gestes : elle était beaucoup trop désespérée pour cela. Une grande scène avait éclaté entre Arun et Varun, l'air en vibrait encore d'étincelles.

A son retour, ses gains en poche, Varun n'était pas encore ivre, mais on devinait sans mal ses intentions. Arun l'avait traité d'irresponsable, lui avait intimé de contribuer à la cagnotte familiale et interdit de fréquenter les hippodromes. Il gâchait sa vie, ignorait le sens des mots sacrifice et travail. Sachant qu'Arun lui-même s'était rendu aux courses ce jour-là, Varun lui avait dit d'aller se faire voir avec ses conseils. Le visage cramoisi, Arun lui avait ordonné de quitter la maison. Mrs Rupa Mehra avait pleuré, plaidé, ne réussissant qu'à envenimer la situation. Meenakshi avait déclaré qu'elle ne pouvait pas vivre au milieu d'un tel bruit, et menacé de retourner à Ballygunge, dans sa famille. Heureusement, avait-elle ajouté, que c'était le jour de congé de Hanif. Aparna s'était mise à brailler, même son ayah n'avait pas réussi à l'apaiser.

Les pleurs d'Aparna avaient calmé tout le monde ; peutêtre même chacun s'était-il senti un peu honteux. A présent, Arun et Meenakshi venaient de partir pour une soirée, et Varun bougonnait dans sa moitié de chambre.

« Si seulement Savita était là, dit Mrs Rupa Mehra. Elle seule peut calmer Arun quand il se met dans tous ses états.

— Il vaut mieux pour elle qu'elle ne soit pas là, Ma, dit Lata. Quoi qu'il en soit, c'est pour Varun que je me fais du souci. Je vais voir comment il va. » Elle avait le sentiment que les conseils qu'elle lui avait donnés à Brahmpur n'avaient servi à rien.

Elle frappa à sa porte et entra. Etalé sur le lit, il avait la *Gazette of India* grande ouverte devant lui.

« J'ai décidé de m'améliorer, dit-il, l'air énervé, le regard égaré. Je consulte le règlement des examens d'entrée dans l'administration. Ils auront lieu en septembre, et je n'ai pas même commencé à étudier. Arun Bhai me juge irresponsable, et il a raison. Je suis terriblement irresponsable. Je gâche ma vie. Papa aurait eu honte de moi. Regarde-moi, Luts, regarde-moi. A quoi je ressemble ? » Il devenait de plus en plus agité. « Je suis un foutu imbécile, conclut-il, adoptant le ton d'Arun pour prononcer cette sentence à la Arun. Un foutu imbécile ! répéta-t-il. Ce n'est pas ton avis ?

— Veux-tu du thé ? » dit-elle, se demandant pourquoi il l'avait appelée « Luts », à la manière de Meenakshi. Décidément Varun se laissait trop mener par le bout du nez.

La mine sinistre, il découvrait la Grille des Salaires, la liste des Matières Facultatives et Obligatoires, les Niveaux et les Programmes des Examens, et même la Liste des Castes Répertoriées.

« Oui, si tu crois que c'est ce qu'il y a de mieux », répondit-il enfin.

Lorsque Lata revint avec le thé, elle le trouva plongé dans un nouveau désespoir. Il venait de lire le paragraphe concernant les Oraux :

> Le/la candidat(e) sera interrogé(e) par un jury qui aura en main un résumé de sa carrière. Il/elle se verra poser des questions sur des sujets d'intérêt général. L'objet de cet entretien est d'établir s'il/si elle convient au Service dans lequel il/elle doit entrer, et pour établir sa décision le jury attachera une particulière importance à l'intelligence et à la vivacité d'esprit du/de la candidat(e), à sa force de caractère, et à ses capacités potentielles de commandement.

« Lis ça ! dit Varun. Mais lis ça. » Lata s'empara de la *Gazette* et parcourut l'article avec intérêt.

« Je n'ai aucun chance, poursuivit Varun. J'ai une si pauvre personnalité. Je ne fais bonne impression à personne. Je ne fais d'ailleurs pas d'impression du tout. Et l'oral compte pour 400 points. Non, je dois l'admettre, je ne suis pas fait pour l'administration. Ils veulent des gens avec des qualités de chef – pas des fieffés imbéciles comme moi.

— Tiens, bois ton thé, Varun Bhai. »

Varun accepta, les larmes aux yeux. « Mais que puis-je faire d'autre ? Je ne peux pas enseigner, entrer dans une grande firme, toutes les firmes indiennes sont des affaires de famille, je n'ai pas le cran d'en créer une – ou de chercher l'argent pour le faire. Et Arun qui n'arrête pas de crier après moi. J'ai lu *Comment se faire des amis et avoir de l'influence sur les autres*, confia-t-il. Pour renforcer ma personnalité.

— Et ça marche ?

— Je ne sais pas. Même ça, je ne peux pas en juger.

— Varun Bhai, pourquoi n'as-tu pas fait ce que je t'ai dit un certain jour, au zoo ?

— Je l'ai fait. Je sors avec des amis, maintenant. Et tu vois où ça m'a mené ! »

Ils se turent, buvant leur thé en silence.

Soudain Lata, qui avait continué à parcourir la *Gazette*, se redressa : « Ecoute ça, dit-elle indignée. "Pour les services de l'Administration et les services de Police, le gouvernement indien peut refuser la candidature d'une femme mariée et demander à une femme de démissionner au cas où elle se marierait par la suite."

— Oh », fit Varun, qui ne voyait pas très bien où était le mal. Jason était, ou avait été, dans la police, et Varun se demandait s'il fallait vraiment autoriser une femme à exercer un métier aussi brutal.

« Et il y a pire, ajouta Lata. « Une femme ne peut se porter candidate à un poste au ministère des Affaires étrangères que si elle est célibataire ou veuve libre de toute charge. Si tel est le cas, elle ne sera nommée qu'à la condition expresse d'accepter de démissionner en cas de mariage ou de remariage. »

— Libre de toute charge ?

— C'est-à-dire les enfants, je suppose. Apparemment, on peut être veuf, avec des personnes à charge, et capable d'assumer à la fois sa vie de famille et son travail. Mais pas une veuve... Excuse-moi, j'ai monopolisé la *Gazette*.

— Non, non, lis-la. Je viens de me rappeler qu'il faut que je sorte. J'ai promis.

— Promis à qui ? Jason et Sajid ?

— Non, pas exactement... Quoi qu'il en soit, une promesse est une promesse, il faut toujours la tenir. » Varun eut un petit rire. Il citait là un des adages favoris de sa mère. « Mais je vais leur dire que je ne peux plus les voir. Que mes études m'accaparent trop. Voudrais-tu aller parler un peu avec Ma ?

« — Pendant que tu te glisseras dehors ? Pas question.

— Je t'en prie, Luts, que lui dirais-je ? Elle va me demander où Je vais.

— Dis-lui que tu vas te saouler abominablement au shamshu.

— Aujourd'hui, ce ne sera pas au shamshu. » Cette pensée ragaillardit Varun.

Après son départ, Lata emporta la *Gazette* dans sa chambre. Kabir l'avait informée un jour qu'après son diplôme il avait l'intention de se présenter au concours des Affaires étrangères. Elle ne doutait pas que, dans ce cas, il réussirait brillamment l'oral. Il avait de la vigueur et toutes les qualités requises pour commander, elle imaginait l'impression qu'il ferait sur le jury, elle le voyait, plein d'entrain, le sourire avenant, avouer qu'il ignorait telle ou telle chose.

Elle regarda la liste des sujets en option, essaya de deviner lequel il choisirait. L'un était intitulé en toute simplicité : « Histoire mondiale. 1789- 1939. »

Une fois de plus elle se demanda si elle devait répondre à sa lettre, et une fois de plus ce qu'elle lui dirait. Continuant à éplucher la liste des sujets facultatifs, elle tomba sur un intitulé qui, la première surprise passée, la fit rire et retrouver son aplomb. Il était rédigé ainsi :

> Philosophie. Le sujet recouvre l'histoire des Ethiques, occidentales et orientales, inclut les normes morales et leur application, les questions d'ordre moral et de progrès de la Société et de l'Etat, ainsi que les théories sur le châtiment. Il inclut aussi l'histoire de la Philosophie et devra être étudié par référence notamment aux questions de l'espace, du temps et de la causalité, de l'évolution, de la valeur et de la nature de Dieu.

« Un vrai jeu d'*enfant* », se dit Lata, qui décida d'aller distraire sa mère, seule dans la pièce à côté. Soudain, elle se sentit la tête légère.

Mon Rat chéri, mon Rat très chéri,

J'ai rêvé de toi toute la nuit dernière. Je me suis réveillée à deux reprises, et à chaque fois je sortais d'un rêve où tu figurais. Je ne sais pas pourquoi tu envahis si souvent mon esprit, et m'infliges souvenirs et soupirs. J'étais déterminée, après notre dernière rencontre, à ne plus penser à toi, et voilà que ta lettre vient me bouleverser. Comment peux-tu écrire avec une telle froideur en sachant ce que tu signifies pour moi et étant donné ce que je croyais signifier pour toi ?

Je me trouvais dans une pièce – une pièce très sombre sans issue. Au bout d'un moment, une fenêtre est apparue, qu'un rayon de soleil a traversé. Puis la pièce s'est éclairée, elle était meublée – et avant que j'aie pu réaliser c'était la pièce du 20 Hastings Road au complet, avec Mr Nowrojee, Shrimati Supriya Joshi, le Dr Makhijani, mais bizarrement sans aucune porte, d'où j'en conclus qu'ils avaient dû passer par la fenêtre. Et comment y étais-je entrée moi-même ? Quoi qu'il en soit, avant que j'aie pu résoudre cette énigme, une porte surgit juste où elle aurait dû être, et quelqu'un frappa – avec détachement mais impatience. Je savais que c'était toi – bien que je ne t'aie jamais entendu frapper à une porte, en fait nous nous sommes toujours rencontrés dehors, sauf cette fois-là – et aussi à l'occasion du concert d'Ustad Majeed Khan. J'étais convaincue que c'était toi, et mon cœur battait si vite qu'il me faisait mal, tant j'avais hâte de te voir. Mais c'était quelqu'un d'autre, et je poussai un soupir de soulagement.

Kabir, mon chéri, je ne posterai pas cette lettre, ainsi tu n'auras pas à craindre que je m'attache passionnément à toi et que je dérange tous tes plans d'entrée aux Affaires étrangères, à Cambridge et tout le reste. Tu me trouvais déraisonnable et peut-être l'étais-je, mais je n'avais jamais aimé auparavant, un sentiment qui est certainement déraisonnable – et que je ne veux plus jamais éprouver, pour toi ou qui que ce soit d'autre.

J'ai lu ta lettre assise au milieu des lis tigrés, mais ma pensée revenait obstinément à d'autres fleurs répandues à nos pieds, je te revoyais, me disant que dans cinq ans j'aurais oublié tous mes ennuis. Et faisant tomber de mes cheveux les fleurs de kamini en pleurant.

Le deuxième rêve – pourquoi ne pas te le raconter puisque tu n'en sauras jamais rien. Nous étions allongés, seuls dans une barque, loin des deux rives, et tu m'embrassais, et – c'était pure félicité. Puis tu t'es levé et tu as dit : « Maintenant, il faut que j'aille nager quatre longueurs ; si j'y arrive, notre équipe gagnera le match », et tu m'as laissée dans la barque. Mon cœur se brisait, mais tu étais absolument décidé à partir. Heureusement la barque ne s'est pas brisée, et j'ai ramé jusqu'au rivage. Je crois que j'ai réussi à me débarrasser de toi. En tout cas je l'espère. J'ai résolu de rester une célibataire sans charges et de me consacrer à la réflexion sur l'espace, le temps et la causalité, l'évolution, la valeur et la nature de Dieu.

Alors, bon voyage, mon doux prince, mon doux prince Rat, puisses-tu atteindre le dhobi-ghat trempé mais sain et sauf, et réussir brillamment dans la vie.

Avec tout mon amour, Kabir mon chéri,
LATA

Elle glissa la lettre dans une enveloppe, sur laquelle elle écrivit le nom de Kabir, puis, en guise d'adresse, elle répéta son nom un peu partout. Elle colla un timbre dans le coin (« qui ne gaspille pas ne gagne pas »), et, pour finir, déchira le tout en menus morceaux. Après quoi, elle se mit à pleurer.

A défaut d'autre chose, se dit-elle, j'aurai au moins réussi à devenir une des Grandes Névrosées de ce Monde.

7.34

Amit invita Lata à venir déjeuner le lendemain chez les Chatterji.

« J'ai pensé que vous aimeriez voir notre clan de brahmos réuni au grand complet, dit-il. Il y aura Ila Chattopadhyay, que vous avez rencontrée l'autre soir, ainsi qu'une tante et un oncle du côté de ma mère, avec toute leur marmaille. Bien entendu, vous en faites partie par alliance. »

C'est ainsi qu'ils se retrouvèrent pour un repas traditionnel bengali. Amit était convaincu que Lata avait déjà goûté à cette sorte de nourriture, mais en la voyant interdite devant une petite assiettée de karela et de riz – et rien d'autre – il s'empressa de lui dire que d'autres plats allaient suivre..

Il était étrange, pensa-t-il, qu'elle ignorât cela. Il savait, bien que se trouvant lui-même en Angleterre à l'époque, qu'avant le mariage d'Arun et de Meenakshi les Mehra avaient été invités une ou deux fois chez les Chatterji. Mais peut-être ne leur avait-on pas servi cette nourriture.

Le repas commença avec un certain retard. Ils avaient attendu le Dr Ila Chattopadhyay, puis avaient décidé de manger car les enfants avaient faim. Mr Ganguly, l'oncle d'Amit, était un homme extrêmement taciturne, qui consacrait toute son énergie à manger. Il mastiquait avec vigueur et rapidité, presque deux broyages à la seconde, ne s'arrêtant qu'occasionnellement, fixant sur ses hôtes et les autres convives qui entretenaient la conversation le regard de ses yeux doux, placides et bovins. Sa femme, grosse dame débordant de sensiblerie, oignait ses cheveux d'une épaisse couche de sindoor du même rouge brillant que le gros bindi qu'elle avait au milieu du front. Redoutable cancanière, elle épinglait la réputation de ses voisins et parents, absents à la table, tout en retirant de fines arêtes de sa bouche tachée de paan. Escroquerie, ivrognerie, gangstérisme, inceste : tout ce qui pouvait s'énoncer l'était, et le reste sous-entendu. Cela choquait Mrs Chatterji, mais moins qu'elle ne l'affirmait, et elle n'en appréciait que plus sa compagnie. Une seule chose l'inquiétait : qu'allait bien pouvoir raconter Mrs Ganguly sur la famille – en particulier sur Kuku – quand elle aurait quitté la maison ?

Car Kuku se comportait aussi librement que d'habitude, encouragée par Tapan et Amit. On ne tarda pas à voir arriver Ila Chattopadhyay (« Je suis si bête, j'oublie toujours l'heure des déjeuners. Suis-je en retard ? Question stupide. Bonjour, bonjour, bonjour. Oh, à nouveau vous ? Lalita ? Lata ? Je ne me rappelle jamais les noms ») et l'ambiance devint encore plus tumultueuse.

Bahadur annonça qu'on demandait Kakoli au téléphone.

« Dis qu'on rappelle après le déjeuner, dit le juge.

— Oh, Baba ! » Kuku coula un regard liquide vers son père.

« Qui est-ce ? s'enquit Mrs Chatterji.

— Ce sahib allemand. »

Les petits yeux de goret, intelligents, de Mrs Ganguly allaient de visage en visage.

« Oh, Baba, c'est Hans. Je dois y aller. » Elle avait insisté d'un ton implorant sur le nom : Hans.

Le juge Chatterji acquiesça d'un léger signe de tête, et Kuku fila au téléphone.

Lorsqu'elle regagna sa place, tout le monde, à l'exception des enfants, se tourna vers elle. Lesquels enfants se bourraient de chutney à la tomate sans que leur mère songeât à les réprimander, tant elle était avide d'entendre ce que Kuku allait dire.

Mais Kuku délaissait l'amour pour la nourriture. « Oh, le gulab-jamun, dit-elle, imitant Biswas Babu, et le chum-chum ! et le mishti doi. Oh – rien que le chouvenir me fait benir l'eau à la bouche.

— Kuku. » Le juge Chatterji était vraiment mécontent.

« Désolée, Baba, désolée, désolée. Laissez-moi me joindre aux ragots. De quoi parliez-vous en mon absence ?

— Prends un sandesh, Kuku, dit sa mère.

— Alors, Dipankar, dit Ila Chattopadhyay. As-tu changé d'orientation ?

— Je ne peux pas, Ila Kaki.

— Pourquoi ? Et le plus tôt sera le mieux. Je ne connais pas un seul être humain décent qui soit économiste. Pourquoi ne peux-tu pas changer ?

— Parce que j'ai passé mon diplôme.

— Oh ! » L'espace d'un instant, le Dr Ila Chattopadhyay parut accablée. « Et que vas-tu faire de toi ?

— Je déciderai dans une semaine ou deux. J'y réfléchirai pendant que je participerai au Pul Mela. Ce sera le bon moment pour me jauger, dans un contexte spirituel et intellectuel. »

Coupant un sandesh en deux, Ila Chattopadhyay demanda à Lata : « Avez-vous jamais entendu tergiversation moins convaincante ? Je n'ai jamais compris ce que signifie "contexte spirituel". Les sujets spirituels sont une totale perte de temps. » Elle se tourna vers Dipankar. « Je préférerais passer le mien à écouter le genre de ragots que répand ta tante et que ta mère fait semblant de tolérer, plutôt qu'assister à une chose comme le Pul Mela. N'est-ce pas très sale ? Ces millions de pèlerins agglutinés sur une bande de sable juste sous le Fort de Brahmpur ? Et faisant – faisant n'importe quoi.

— Je ne sais pas, dit Dipankar, je n'y suis jamais allé.

Mais on affirme que c'est bien organisé. Il y a même un magistrat de district préposé spécialement au grand Pul Mela, tous les six ans. Nous sommes dans une sixième année, par conséquent le bain est particulièrement bénéfique.

— Le Gange est un fleuve absolument immonde, répliqua Ila Chattopadhyay. J'espère que tu n'as pas l'intention de t'y tremper. Oh, arrête de cligner des yeux, ça m'empêche de me concentrer.

— Si je m'y baigne, j'effacerai non seulement tous mes péchés mais ceux des six générations qui m'ont précédé. Peut-être même les vôtres, Ila Kaki.

— Dieu m'en préserve. »

Dipankar s'adressa à Lata : « Vous devriez venir aussi. Après tout, vous êtes de Brahmpur.

— Pas vraiment.

— Alors d'où êtes-vous ?

— A présent, de nulle part.

— En tout cas, poursuivit Dipankar avec le plus grand sérieux, je crois avoir convaincu votre mère d'y aller.

— J'en doute. » A la pensée de Mrs Rupa Mehra et de Dipankar se guidant l'un l'autre à travers la foule du Pul Mela et dans le labyrinthe du temps et de la causalité, Lata sourit. « Elle ne sera pas à Brahmpur à ce moment-là. Mais vous, où allez-vous habiter à Brahmpur ?

— Sur le sable – je trouverai une place dans la tente de quelqu'un.

— Vous ne connaissez personne là-bas ?

— Non. A part Savita, bien entendu. Et un vieux Mr Maitra, un de nos vagues parents, que j'ai vu une fois dans mon enfance.

— Vous devez aller voir Savita et son mari. Je vais leur écrire et annoncer votre venue. Vous pourrez toujours habiter chez eux s'il n'y a plus assez de sable. De toute façon, c'est toujours utile d'avoir une adresse et un numéro de téléphone dans une ville étrangère.

— Merci. Au fait, il y a une conférence au centre Ramakrishna ce soir, sur la Religion populaire et ses Dimensions philosophiques. Pourquoi n'y venez-vous pas ? Ça devrait inclure le Pul Mela.

619

— Vraiment, Dipankar, tu es encore plus bête que je ne le pensais, dit le Dr Ila Chattopadhyay. Je me demande pourquoi je perds mon temps avec toi. Ne perdez pas le vôtre, conseilla-t-elle à Lata. Je veux parler à Amit. Où est-il ? »

Amit était dans le jardin, entraîné par les enfants qui l'avaient obligé à leur montrer les œufs de grenouille dans la mare aux nénuphars.

7.35

La salle était presque pleine. Il devait y avoir environ deux cents personnes, estima Lata, mais seulement cinq à six femmes. La conférence, donnée en anglais, commença à l'heure, soit dix-neuf heures. Le Pr Dutta-Ray (qui avait une vilaine toux) présenta le jeune et éminent conférencier, énumérant ses titres et les points importants de sa biographie, puis se livra pendant quelques minutes à des conjectures sur ce qu'il allait dire.

L'éminent jeune homme se leva. Il n'avait rien du sadhu que, selon le professeur, il avait été pendant cinq ans. Un air d'inquiétude sur son visage rond, portant kurta et dhoti empesés, deux stylos dépassaient de la poche de sa kurta. Il ne parla pas de la Religion populaire et de ses Dimensions philosophiques même s'il fit une vague allusion au Pul Mela, « ce grand concours de peuple qui se rassemblera sur les rives du Gange pour s'immerger à la lumière de la pleine lune ». Dans l'ensemble il infligea à son auditoire un discours d'une exceptionnelle banalité. Il survola en tournoyant un vaste terrain, en supposant que les choses qu'il y jetait s'organiseraient en un tableau cohérent.

Toutes les deux ou trois phrases, il projetait les bras en un large mouvement gracieux, comme un oiseau ses ailes.

Dipankar semblait transporté, Amit accablé, Lata perplexe.

L'orateur était à présent en pleine envolée : « L'humanité doit s'incarner de nos jours... abattre les bornes de l'esprit...

le défi est intérieur... la naissance est une chose remarquable... l'oiseau perçoit le grand frémissement de la feuille... une certaine relation de sacralité peut être maintenue entre le populaire et le philosophique... un esprit grand ouvert qui laisse pénétrer la vie, qui permet d'entendre le chant de l'oiseau, la pulsion de l'espace-temps. »

Finalement, une heure plus tard, il en arriva à la Grande Question :

« L'humanité peut-elle dire où surgira une nouvelle inspiration ? Sommes-nous capables d'expliciter ces grandes zones d'ombre à l'intérieur de nous-mêmes où sont nés les symboles ? Je dis que nos rites, appelez-les populaires si vous voulez, en sont capables. L'alternative, c'est la mort de l'esprit, non pas la "deuxième mort" ou punarmrityu, première référence à la "re-naissance" dans nos écritures, mais la mort ultime, la mort par ignorance. Et laissez-moi souligner que – il lança ses bras en direction de l'assistance – et quoi qu'en disent les protestataires, c'est seulement en préservant les anciennes formes de sacralité, aussi perverses, aussi superstitieuses qu'elles puissent paraître à un œil philosophique, que nous maintiendrons notre élémentarité, notre ethos, notre évolution, notre essence même. » Il se rassit.

« Notre coquille », dit Amit à Lata.

L'auditoire applaudit avec réserve.

Or voici que le vénérable Pr Dutta-Ray, qui s'était montré si paternel en présentant l'orateur, se levait et, lui décochant des regards franchement hostiles, entreprenait de démolir les théories qu'il croyait avoir discernées dans le discours. (A l'évidence, le professeur se comptait au nombre des « protestataires ».) Mais s'agissait-il de théories à proprement parler ? Un vague contenu, certes, mais comment démolir un contenu ? Le professeur s'y efforça, néanmoins, d'une voix posée au départ qui se transforma en un véritable cri de guerre :

« Ne nous y trompons pas ! S'il arrive souvent que des théories soient plausibles intrinsèquement, elles sont par là même impossibles à étoffer ou à réfuter autrement que par une évidence éclairante ; car, en pratique, il est difficile de savoir si elles entrent dans l'orbite de référence de la question centrale qui, même si elle jette une lueur sur la tendance, ne peut guère nous procurer les éléments d'une réponse convaincante en termes de ce que l'on pourrait grossièrement appeler des schémas évolutifs ; dans cette perspective, alors, et quoique la théorie puisse apparaître – à un œil ignorant – bien fondée, elle ne pousse pas à une analyse de la difficulté fondamentale, laquelle mène à des considérations que nous devons distinguer ailleurs ; pour être très précis, il faut la considérer comme inadéquate de par son incapacité à réfuter même si, ce qui est le cas, elle ne prétend pas réfuter ; mais stipuler cela revient à ôter tout soubassement à la totalité de la construction analytique, le plus pertinent et le plus puissant des arguments devant donc être abandonné. »

Il lança un regard triomphant et malicieux au conférencier avant d'ajouter : « Dans une tentative de généralisation, on pourrait hasarder que, toutes choses étant égales, il ne convient pas de faire des généralisations particulières quand des particularisations générales sont disponibles – et disponibles pour un résultat beaucoup moins futile. »

Dipankar paraissait bouleversé, Amit accablé, Lata déconcertée.

Plusieurs personnes souhaitaient poser des questions, mais Amit avait eu son compte. Lata, consentante, et Dipankar, à son corps défendant, se retrouvèrent poussés vers la sortie. Elle se sentait un peu étourdie, la seule responsabilité n'en incombant pas aux émanations d'abstractions qu'elle venait de respirer. Il faisait une chaleur étouffante dans la salle.

Pendant une minute ou deux, ils gardèrent le silence. Lata, qui avait remarqué l'air accablé d'Amit, s'attendait à ce qu'il exprime son ennui et que Dipankar lui réponde. Or Amit se contenta de dire :

« Quand je suis coincé dans une situation comme celle-ci, sans papier ni crayon, je m'amuse à piquer l'un ou l'autre des mots utilisés par l'orateur –"oiseau", "vêtement", "central" ou "bleu" – et à essayer de trouver des variantes.

— Même des mots comme "central" ? demanda Lata.

— Même eux. La plupart des mots sont fertiles. »

Il chercha un anna dans sa poche et acheta une petite

guirlande de fleurs de bela, blanches et odorantes, qu'il offrit à Lata. « Tenez », dit-il.

Ravie, Lata le remercia, huma avec délice le parfum et, sans y penser, posa la guirlande sur ses cheveux.

Il y avait quelque chose de si plaisant, de si naturel et simple dans ce geste qu'Amit se prit à songer : Elle est peut-être plus intelligente que mes sœurs, et heureusement moins sophistiquée. C'est la plus charmante fille que j'aie rencontrée depuis longtemps.

Lata, pour sa part, se disait qu'elle aimait décidément beaucoup la famille de Meenakshi. Ces gens la sortaient d'elle-même, de son stupide malheur, qu'elle ne devait qu'à elle-même. En leur compagnie, on arrivait même à trouver du plaisir, chacun à sa manière, à une conférence comme celle à laquelle elle venait d'assister.

7.36

Le juge Chatterji était assis à son bureau, le texte d'un jugement à demi rédigé devant lui. Il avait sous les yeux une photo noir et blanc de ses parents, une autre de lui avec sa femme et leurs cinq enfants, réalisée des années auparavant par un studio chic de Calcutta. Kakoli avait exigé de poser avec son ours en peluche ; Tapan était trop jeune à l'époque pour pouvoir demander quoi que ce soit.

Il avait à confirmer la sentence de mort prononcée contre six membres d'un gang de dacoïts. De tels cas rendaient le juge Chatterji très malheureux. Il détestait les affaires criminelles et aspirait à se retrouver versé au civil, domaine plus stimulant intellectuellement et moins déprimant. Indéniablement, selon la loi, ces six hommes étaient coupables, et il n'était pas question de déclarer perverse ou démesurée la sentence du juge d'audience. Mr Chatterji savait donc qu'il ne l'infirmerait pas. Les condamnés n'avaient peut-être pas tous eu l'intention de tuer les gens qu'ils avaient détroussés mais, selon le Code pénal indien, en cas de « dacoïtisme-aggravé-de-meurtre » chaque accusé était considéré comme individuellement responsable.

Cette affaire n'étant pas du ressort de la Cour suprême, la Haute Cour de Calcutta constituait l'ultime instance d'Appel. Il allait donc avaliser le jugement, tout comme son alter ego, et ce serait la fin pour ces hommes : dans quelques semaines, un matin, ils seraient pendus à la prison d'Alipore.

Le juge Chatterji fixa pendant une minute ou deux la photo de sa famille, puis il promena son regard autour de la pièce, où étaient alignées sur trois murs des étagères remplies de livres de droit reliés demi-cuir couleur chamois ou bleu sombre : *Précis de droit indien*, *La Gazette des tribunaux indiens*, *Recueil de droit fiscal*, *Précis de droit anglais*, quelques recueils et volumes de jurisprudence générale, la *Constitution de l'Inde* (vieille d'à peine un an) et les différents codes et statuts assortis de commentaires. La bibliothèque de la Haute Cour lui fournissait tous les livres dont il avait besoin, mais il n'avait pour autant cessé de s'abonner à la presse juridique, en partie parce qu'il aimait, à l'occasion, rédiger ses jugements à domicile, en partie parce qu'il espérait encore qu'Amit reprendrait le flambeau.

Ce n'était pas par distraction que le juge Chatterji, négligeant ses devoirs d'hôte, s'était éclipsé dans l'après-midi, ni pour échapper aux cancans de la grosse dame ou au bruit de ses enfants – il aimait bien l'une et les autres. La responsabilité en incombait au mari de la bavarde, Mr Ganguly qui, après avoir gardé le silence pendant tout le déjeuner, s'était mis, sur la véranda, à parler de son grand homme favori – Hitler : mort depuis six ans mais qu'il révérait toujours comme un dieu. De sa voix monotone, ruminant ses pensées, il s'était lancé dans un monologue que le juge Chatterji avait déjà entendu à deux reprises : que Napoléon lui-même (autre grand héros bengali) n'arrivait pas à la hauteur de Hitler, lequel avait aidé Netaji Subhas Chandra Bose dans sa lutte contre les abominables Anglais ; comme était puissant le lien atavique, admirable qui unissait l'Inde à l'Allemagne, quelle affreuse chose serait la cessation officielle, dans un mois, de l'état de guerre opposant les Anglais aux

Allemands depuis 1939. (Il n'était que temps, se disait le juge Chatterji, qui se gardait bien toutefois d'exprimer sa pensée ; il refusait de se laisser entraîner dans ce qui était essentiellement un soliloque.)

En entendant parler du « Sahib allemand » de Kakoli, Mr Ganguly avait manifesté sa satisfaction à l'idée de voir le « lien germano-allemand » se concrétiser jusque dans sa propre famille. Mr Chatterji l'avait écouté avec un aimable dégoût, puis, sous un prétexte poli, s'était levé et n'avait plus reparu.

Mr Chatterji n'avait rien contre Hans. Le peu qu'il en connaissait lui plaisait. C'était un garçon séduisant, bien habillé, présentable dans tous les sens du terme, et qui se conduisait avec une politesse amusante quoique exagérée. Kakoli semblait y tenir beaucoup. On pouvait même s'attendre à ce que, avec le temps, il apprenne à ne pas broyer les mains des gens. Ce que ne supportait pas le juge Chatterji, c'était le syndrome dont le parent de sa femme venait de donner l'exemple – un mélange plutôt fréquent au Bengale : la déification du patriote Subhas Bose, qui s'était enfui en Allemagne et au Japon puis avait fondé l'Armée nationale indienne pour combattre les Anglais ; le panégyrique de Hitler, du fascisme et de la violence ; le dénigrement de toute chose provenant des Anglais ou teintée de « pseudo-libéralisme britannique » ; le ressentiment proche du mépris à l'égard de ce poltron hypocrite de Gandhi, qui avait arraché à Bose la présidence du parti du Congrès à laquelle l'avaient porté des élections plusieurs années auparavant. Bengali le juge Chatterji l'était, comme Netaji Subhas Chandra Bose, et aussi fier que d'être indien, toutefois – à l'instar de son père, le « vieux Mr Chatterji » – il se félicitait de ce que Subhas Bose et ses semblables n'eussent jamais réussi à diriger ce pays. Les préférences du vieux Mr Chatterji allaient à Sarat, le frère de Subhas, plus paisible et non moins patriote, avocat également, qu'il avait connu et fini par admirer.

Si ce type n'était pas un parent de ma femme, ce serait bien la dernière personne auprès de qui je perdrais mon dimanche après-midi, se disait le juge Chatterji. Les familles se composent de beaucoup trop d'individus disparates, que malheureusement on ne peut pas laisser tomber comme on le ferait de simples relations. Et nous demeurerons apparentés jusqu'à ce que l'un de nous disparaisse.

De telles pensées sur la mort, de telles considérations sur la vie convenaient mieux à son père, qui avait presque quatre-vingts ans, qu'à lui-même, songeait Mr Chatterji. Mais le vieil homme paraissait si heureux avec son chat et ses textes classiques sanskrits (littéraires, pas religieux) qu'il ne donnait pas l'impression de jamais se soucier de la mort ou du temps qui passe. Veuf après dix ans de mariage, il avait rarement parlé de sa femme par la suite. Y pensait-il plus souvent à présent ? « J'aime lire ces vieilles histoires, avait-il dit à son fils quelques jours auparavant. Rois, princesses, servantes, toutes leurs préoccupations sont toujours d'actualité. Naissance, pressentiment, amour, ambition, haine, mort, comme maintenant. Pareillement. »

Brusquement, le juge Chatterji se rendit compte que lui-même ne pensait pas très souvent à sa femme. Ils s'étaient connus à l'un de ces – comment appelait-on ces fêtes que donnait le Brahmo Samaj à l'intention des jeunes, pour qu'ils puissent se rencontrer – Jubok Juboti Dibosh. Elle avait plu au vieux Mr Chatterji, et ils s'étaient mariés. Ils s'entendaient bien ; la maison marchait bien ; les enfants, malgré leur excentricité, étaient de bons enfants. Il passait tous ses débuts de soirée au club, sans qu'elle s'en plaigne ; en fait, il la soupçonnait de n'être pas mécontente de disposer de ce temps pour elle.

Elle faisait partie de sa vie, depuis trente ans maintenant, et elle lui manquerait certainement si ça n'était plus le cas. Mais il consacrait beaucoup plus de temps à penser à ses enfants – spécialement Amit et Kakoli, qui l'inquiétaient tous les deux – qu'à elle. Et la réciproque était probablement vraie. Leurs conversations, y compris la dernière qui avait abouti à l'ultimatum adressé à Amit et à Dipankar, tournaient en grande partie autour des enfants : « Kuku passe sa vie au téléphone, et je ne sais jamais à qui elle parle. En plus elle a pris l'habitude de sortir à n'importe quelle heure et de ne pas répondre à mes questions. – Oh, laisse-la tranquille. Elle sait ce qu'elle fait. – Souviens-toi de ce qui est arrivé à la petite Lahiri. » Et ainsi de suite. Sa femme appartenait au comité d'administration d'une école pour déshérités et défendait bien d'autres causes chères aux femmes, mais elle s'intéressait surtout au bien-être de ses enfants. Qu'ils fassent un bon mariage, qu'ils aient une bonne situation, voilà ce qu'elle désirait avant tout.

Très chagrinée, au début, par le mariage de Meenakshi avec Arun Mehra, elle avait, comme c'était prévisible, changé d'avis après la naissance d'Aparna. Or cette union, que le juge Chatterji avait accueillie avec affabilité et courtoisie, le mettait de plus en plus mal à l'aise. Tout d'abord, il y avait la mère d'Arun, une femme bizarre à ses yeux – débordant de sentimentalisme, prompte à faire un drame de n'importe quoi. (Une idée qui s'était renforcée depuis que Meenakshi lui avait rapporté sa propre version de l'affaire des médailles.) Et puis, Meenakshi, qui laissait parfois percer des signes d'un froid égoïsme que même un père ne pouvait pas ignorer ; elle lui manquait, mais il devait reconnaître que leurs séances de parlement matinales avaient été beaucoup plus âpres du temps qu'elle vivait encore à la maison.

Pour finir, il y avait Arun lui-même. Le juge Chatterji respectait son dynamisme et son intelligence, mais c'était à peu près tout. Il le trouvait inutilement agressif, odieusement snob. Ils se croisaient au club de temps en temps et n'avaient pas grand-chose à se dire, chacun évoluant dans un groupe différent, au gré de l'âge et de la profession. La bande à Arun lui paraissait tapageuse sans raison, et plutôt déplacée au milieu des plantes vertes et des lambris. Mais peut-être fallait-il voir dans cette intolérance un effet de l'âge : les temps changeaient et lui, Mr Chatterji, réagissait comme tout un chacun – roi, princesse ou servante – aurait réagi dans la même situation.

Qui aurait pu prévoir que les choses changeraient autant et si vite ? Moins de dix ans auparavant, Hitler tenait l'Angleterre à la gorge, le Japon bombardait Pearl Harbour, Gandhi jeûnait dans sa prison tandis que Churchill demandait avec impatience pourquoi il n'était pas encore mort, et Tagore venait juste de disparaître. Amit participait à l'agitation politique estudiantine, au risque de se faire incarcérer par les Anglais. Tapan avait trois ans et avait failli être emporté par une néphrite. Mais à la Haute Cour, tout allait bien. Avocat, il s'occupait de causes de plus en plus intéressantes, liées à la Loi sur les superbénéfices de guerre et à la Loi sur l'enrichissement excessif. Il avait encore toute son acuité intellectuelle et, grâce à l'excellent système de classement mis au point par Biswas Babu, n'avait pas à souffrir de son étourderie.

Dans l'année qui avait suivi l'Indépendance, il s'était vu proposer la magistrature, plus encore à la satisfaction de son père et de son clerc qu'à la sienne. Biswas Babu savait qu'il allait devoir se trouver un nouvel emploi, mais parce qu'il avait une haute idée de la famille et le sentiment que les choses suivaient leur cours normal, il se réjouissait de ce que son employeur serait maintenant suivi, comme son père avant lui, d'un serviteur en turban, dans une livrée rouge, blanc et or. Il avait regretté qu'Amit Babu ne pût immédiatement reprendre la clientèle de son père, mais s'était consolé en pensant que c'était l'affaire de deux ou trois ans tout au plus.

7.37

Les fonctions auxquelles le juge Chatterji avait accédé étaient toutefois très différentes de celles qu'il avait imaginées – seulement quelques années auparavant – se voir confier. Quittant son bureau d'acajou, il se dirigea vers le rayonnage sur lequel s'alignaient les plus récents fascicules de la *Gazette des tribunaux*, dans leur reliure de cuir rouge, noir et or. Il en prit deux – *Calcutta 1947* et *Calcutta 1948* – et entreprit de comparer les premières pages de chacun. Le constat qu'il en retira sur l'évolution de son pays, sur ce qui était advenu à ses propres amis, surtout anglais et musulmans, l'emplit d'une grande tristesse.

Le souvenir lui revint brusquement de l'un d'entre eux, un médecin anglais aussi peu mondain que possible, qui (comme lui) fuyait les réceptions données sous son propre toit. Il prétextait une urgence – un patient peut-être en train de mourir – et disparaissait. Après quoi, il allait au Bengal Club où, perché sur un tabouret, il avalait le maximum de whiskies possible. Son épouse, responsable de ces énormes réceptions, était elle aussi passablement excentrique. Elle se promenait à bicyclette coiffée d'un chapeau à larges bords à l'abri desquels elle s'imaginait pouvoir observer tout ce qui se passait sans être reconnue. On racontait l'avoir vue un jour arriver chez Firpos les épaules ceintes d'une pièce de lingerie en dentelle noire. Elle l'avait probablement confondue avec une étole.

Le sourire qu'avait fait naître ce souvenir s'effaça. Dans les deux pages que le juge Chatterji tenait ouvertes devant lui se lisait la disparition d'un empire et la naissance de deux pays à partir de l'idée – tragique et fondée sur l'ignorance – que les gens de religion différente ne peuvent vivre en paix les uns avec les autres.

Avec le crayon rouge dont il se servait pour annoter ses livres de droit, Mr Chatterji traça un petit « x » devant les noms qui, figurant dans le fascicule 1947, avaient disparu dans celui de 1948. Cela donnait ceci :

HAUTE COUR DE CALCUTTA
1947

PRÉSIDENTS

L'Honorable	Sir	Arthur Trevor Harries, Kt., avocat à la cour.
"	"	Roopendra Kumar Mitter, Kt., M. Sc., M.L. (en fonction).

ASSESSEURS

X	"	Sir	Nurul Azeem Khundkar, Kt., B.A. (Cantab.), LL.B, avocat à la cour.
X	"	"	Norman George Armstrong Edgley, Kt., M.A., I.C.S., avocat à la cour.
	"	Dr	Bijan Kumar Mukherjee, M.A., D.L.
	"	Mr	Charu Chandra Biswas, C.I.E., M.A., B.L.
X	"	"	Ronald Francis Lodge, B.A. (Cantab.), I.C.S.
X	"	"	Frederick William Gentle, avocat à la cour.
	"	"	Amarendra Nath Sen, avocat à la cour.
	"	"	Thomas James Young Roxburgh, C.I.E., B.A., I.C.S., avocat à la cour.
X	"	"	Abu Saleh Mohamed Akram, B.L.

	"	"	Abraham Lewis Blank, M.A., I.C.S., avocat à la cour.
	"	"	Sudhi Ranjan Das, B.A., LL.B. (Londres), avocat à la cour.
X	"	"	Ernest Charles Ormond, avocat à la cour.
	"	"	William McCornick Sharpe, D.S.O., B.A., I.C.S.
	"	"	Phani Busan Chakravartti, M.A., B.L.
	"	"	John Alfred Clough, avocat à la cour.
X	"	"	Thomas Hobart Ellis, M.A. (Oxford), I.C.S.
	"	"	Jogendra Narayan Mazumdar, C.I.E., M.A., B.L., avocat à la cour.
X	"	"	Amir-Ud-din Ahmad, M.B.E., M.A., B.L.
X	"	"	Amin Ahmad, avocat à la cour.
	"	"	Kamal Chunder Chunder, B.A. (Cantab.), I.C.S., avocat à la cour.
	"	"	Gopendra Nath Das, M.A., B.L.

Quelques autres noms figuraient au bas de la liste de 1948, le sien inclus, mais la moitié des juges anglais et tous les musulmans avaient disparu. Par la suite, les rangs anglais avaient continué à s'amenuiser. A présent, il ne restait plus que Trevor Harris (toujours président) et Roxburgh.

Les Anglais avaient toujours accordé une grande importance à la nomination des magistrats et, sous leur domination (à l'exception de quelques scandales comme celui survenu à la Cour suprême de Lahore dans les années quarante), la justice avait fonctionné de façon honnête et plutôt rapide. (Bien entendu, il existait un grand nombre de lois répressives, mais cela c'était une autre histoire.) Si quelqu'un lui paraissait avoir les qualifications requises pour la magistrature, le président l'approchait directement ou le faisait approcher et, en cas de réponse positive, proposait son nom au gouvernement.

Il arrivait que le gouvernement émette des objections d'ordre politique, mais en règle générale on évitait de solliciter les hommes politiques, lesquels – s'ils étaient approchés par le président de la cour – y réfléchissaient à deux fois avant d'accepter. Ils tenaient à garder leur liberté d'expression. D'autant que, en cas d'un renouveau d'agitation du mouvement indépendantiste, ils auraient pu devoir prononcer des jugements que leur conscience aurait réprouvés. Jamais, par exemple, les Anglais n'auraient proposé la magistrature à Sarat Bose, qui d'ailleurs l'aurait refusée.

Après le départ des Britanniques, les choses n'avaient pas beaucoup changé, en particulier à Calcutta, qui continuait à avoir un Anglais pour président de la Cour suprême. Le juge Chatterji considérait Sir Trevor Harries comme un homme de bien et un bon magistrat. Il se souvenait à présent de l'« entretien » qu'il avait eu avec lui lorsque, membre influent du barreau de Calcutta, il avait été prié de lui rendre visite dans ses appartements.

A peine s'étaient-ils assis que Trevor Harries avait dit : « Si vous le permettez, Mr Chatterji, j'irai directement au but. Je souhaiterais vous recommander pour la magistrature. Accepteriez-vous ? »

A quoi Mr Chatterji avait répondu : « M. le président, c'est un honneur que vous me faites, mais je crains de devoir refuser.

— Puis-je savoir pourquoi ? avait demandé Trevor Harries, pris de court.

— Vous ne m'en voudrez pas, j'espère, d'être aussi franc que vous. Il y a deux ans, on a nommé un homme plus jeune que moi, dont la compétence n'était sûrement pas supérieure à la mienne.

— Un Anglais ?

— Il se trouve que oui. »

Trevor Harries avait hoché la tête. « Je crois savoir de qui il s'agit. Mais je n'étais pas président à l'époque – et cet homme n'était-il pas un de vos amis ?

— Si fait, et il l'est toujours. Mais il s'agit d'une question de principe. »

Après un silence, Trevor Harries avait repris : « Pas plus que vous, je n'ai l'intention d'épiloguer sur cette décision. C'était un homme malade, et le temps lui était compté.

— Il n'empêche. »

Trevor Harries avait souri. « Votre père a fait un excellent juge, Mr Chatterji. L'autre jour encore, j'ai eu l'occasion de citer sa décision de 1933 sur l'irrecevabilité.

— Je le lui dirai. Il sera très content. »

Ils s'étaient tus. Mr Chatterji allait se lever quand le président, laissant échapper l'ébauche d'un soupir, avait dit :

« Mr Chatterji, je vous respecte trop pour prétendre le moins du monde influencer votre opinion. Je ne vous cacherai pas néanmoins ma déception. Vous êtes conscient, j'en suis sûr, de la difficulté qu'il y a à trouver en si peu de temps des remplaçants de même qualité que ceux qui sont partis. Le Pakistan et l'Angleterre veulent récupérer des juges de cette cour. Notre charge est de plus en plus lourde et, avec le travail sur la Constitution auquel nous allons devoir nous atteler, nous aurons besoin des meilleurs éléments possibles. C'est pour cette raison que j'ai fait appel à vous, et c'est pourquoi je vous demande de reconsidérer votre décision. M'autorisez-vous à vous reposer la question à la fin de cette semaine ? Si vous n'avez pas changé d'opinion, ma considération pour vous restera inchangée, mais je ne vous ennuierai plus avec ce sujet. »

Mr Chatterji était rentré chez lui avec l'intention bien arrêtée de ne pas changer d'opinion ni de consulter qui que ce soit. Il avait néanmoins rapporté à son père les propos du président sur son jugement de 1933. « Au fait, pourquoi voulait-il te voir ? » avait demandé le vieux Mr Chatterji. Et il lui avait tout raconté.

Son père lui avait cité un texte sanskrit, d'où il ressortait que le meilleur ornement du savoir est l'humilité, mais n'avait pas parlé de devoir.

Quant à Mrs Chatterji, elle avait appris l'histoire grâce à un bout de papier que son mari avait laissé tomber à côté de son lit avant de s'endormir. On y lisait : « Prés. vendredi 4. 45. Sujet : magistrature. » Furieuse, elle l'avait questionné le lendemain matin, et de nouveau il avait tout raconté. « Ce serait bien meilleur pour ta santé, lui avait-elle dit. Plus de conférences de nuit avec les stagiaires. Une vie beaucoup plus équilibrée.

— Ma santé est bonne, le travail me réussit. Orr et Dignams savent combien d'affaires ils peuvent me présenter chaque jour.

— J'aime t'imaginer en robe et perruque rouges.

— On ne porte la robe, et pas la perruque, qu'à l'ouverture des procès d'assises. Il y a beaucoup moins de décorum de nos jours.

— M. le juge Chatterji. Ça sonne très bien.

— J'ai peur qu'on me prenne pour mon père.

— Il y a pire. »

Comment Biswas Babu eut-il connaissance de l'affaire, on ne le sut jamais. Toujours est-il qu'un soir où Mr Chatterji lui dictait un texte, Biswas Babu l'appela « Votre Honneur ». Mr Chatterji sursauta. « Il a dû replonger inconsciemment dans le passé et voir mon père à ma place », se dit-il. Mais ce n'était pas un lapsus. Biswas Babu prit un air si coupable qu'il vendit la mèche, s'empressant d'ajouter, en agitant les genoux avec vigueur : « Je suis si heureux, Monsieur, de pouvoir, bien que prématurément, vous présenter mes félici –

— Je refuse le poste, Biswas Babu », l'interrompit Mr Chatterji, s'exprimant en bengali.

Le choc fut tel pour le clerc qu'il en oublia les usages. « Pourquoi, Monsieur ? Ne voulez-vous pas rendre la justice ? »

Mécontent, Mr Chatterji continua à dicter sa consultation. Mais les paroles de Biswas Babu eurent sur lui un grand retentissement. Il n'avait pas dit : « Ne voulez-vous pas être juge ? »

Le rôle de l'avocat est de se battre pour son client – que celui-ci ait tort ou raison – en rassemblant toute son intelligence et son expérience. Le juge, lui, pèse les choses en toute équité, décide qui a raison. Il a le pouvoir de rendre la justice, et c'est un pouvoir noble. Lorsqu'il revit Trevor Harries à la fin de la semaine, Mr Chatterji lui dit qu'il serait honoré de voir son nom soumis à l'approbation du gouvernement. Quelques mois plus tard, il prêtait serment.

Il aima son travail, mais ne fréquenta pas beaucoup ses pairs, restant fidèle, contrairement à ce que faisaient nombre de juges, à son vaste cercle d'amis et de connaissances. Il n'ambitionnait pas plus la présidence de la Haute Cour qu'une nomination à la Cour Suprême de Delhi. Ne serait-ce que parce qu'il était beaucoup trop attaché à Calcutta pour envisager de se déraciner. Il trouvait irritante et passablement ridicule la présence continuelle d'un serviteur enturbanné et en livrée, différant en cela d'un de ses collègues, qui insistait pour se faire escorter même quand il allait acheter du poisson au marché. Qu'on l'appelât Votre Honneur, toutefois, ne le dérangeait pas.

Mais ce qu'il appréciait par-dessus tout était bien ce que Biswas Babu, passant outre à son propre goût pour le faste et l'étalage, avait prédit : la dispensation de la justice en fonction de la loi. Il n'en voulait pour preuve que deux jugements récents. L'un concernait un recruteur de main-d'œuvre musulman qui, en application de la Loi de 1950 sur la détention préventive, avait été arrêté sous des motifs très vagues. On l'accusait notamment d'être un agent au service du Pakistan et de fomenter des troubles contre l'ordre public, sans qu'aucune de ces allégations soit assortie de preuves patentes. Un tel flou avait permis au juge Chatterji et à son collègue, se fondant sur l'article 22, clause 5, de la Constitution, d'annuler l'ordre de détention.

L'autre affaire concernait deux hommes condamnés pour conspiration dont l'un s'était pourvu, avec succès, en appel tandis que l'autre – peut-être par manque d'argent – avait renoncé à faire appel. Le juge Chatterji et son collègue avaient rendu une décision exposant les raisons pour lesquelles la condamnation et la sentence prononcées contre le coaccusé devaient elles aussi être suspendues. Une bataille juridique complexe s'était ensuivie au terme de laquelle la cour avait conclu qu'il était de sa compétence de prendre une ordonnance en cas d'injustice manifeste.

Pour en revenir au cas qui l'occupait à présent, et même s'il n'éprouvait aucun plaisir à confirmer une sentence de mort, le juge Chatterji avait le sentiment d'agir en toute justice. Ce qui l'inquiétait beaucoup toutefois, c'est que dans la première rédaction de son jugement, par ailleurs énoncé avec clarté et vigueur, il n'avait donné le nom que de cinq dacoïts, le sixième lui échappant complètement. C'était ce genre d'erreurs, source de désastres à venir, que le vigilant Biswas Babu lui évitait jadis.

Il se mit à penser à son ancien clerc. Le son du piano de Kuku lui parvenait par la porte ouverte de son bureau. Se rappelant le déjeuner et la façon dont elle avait prononcé « le chus à la bouche », il rit. Biswas Babu écrivait un anglais juridique précis (même s'il lui arrivait de faire une faute d'article), mais son anglais courant avait une beauté perverse. Et on ne pouvait attendre de Kuku qu'elle n'en relève pas tout ce qu'il recelait de possibilités expressives.

7.38

A ce moment même, Biswas Babu était en compagnie de son ami et employé aux écritures, le burra babu du département assurances de Bentsen Pryce. Ils se connaissaient depuis plus de vingt ans, une relation qui s'était lentement consolidée au gré de leurs rencontres dans l'adda, le petit cabinet de travail de Biswas Babu. (Quand Arun avait épousé Meenakshi, c'était un peu comme si leurs familles s'étaient alliées.) Le burra babu se rendait chez Biswas Babu presque tous les soirs ; il y retrouvait d'autres vieux compagnons venus comme lui pour parler de l'état du monde ou simplement pour être ensemble, à boire du thé ou à lire et commenter les journaux. Aujourd'hui, certains envisageaient d'aller au théâtre.

« Alors, il paraît que la foudre est tombée sur l'immeuble de ta Haute Cour, dit l'un.

— Il n'y a pas eu de dommages, le rassura Biswas Babu. Le gros problème ce sont les réfugiés du Bengale oriental qui campent dans les couloirs. » Aucun des hommes présents n'aurait parlé de Pakistan oriental.

« On chasse les hindous de là-bas, on les terrorise. Chaque jour on apprend en lisant l'*Hindustan Standard* qu'une jeune fille hindoue a été kidnappée –

— Ma – ceci s'adressait à la plus jeune des petites-filles de Biswas Babu, une enfant de six ans, – va dire à ta mère de nous faire rapporter du thé.

— Une guerre éclair, et le Bengale sera de nouveau uni. »

Réflexion jugée si stupide que personne ne prit la peine de répondre.

Un silence paisible régna pendant quelques minutes.

« Avez-vous lu cet article qui démentait la mort de Netaji dans un accident d'avion ?

— Eh bien, s'il est vivant, il ne fait pas grand-chose pour le prouver.

— Evidemment, il n'a pas intérêt à se montrer.

— Pourquoi ? les Anglais sont partis.

— Il a des ennemis bien pires parmi ceux qui restent.

— Qui ?

— Nehru – et tous les autres, éluda l'homme au courant.

— Je suppose que pour toi Hitler aussi est vivant ? » Des gloussements accueillirent cette question.

« C'est pour quand le mariage de ton Amit Babu ? demanda quelqu'un à Biswas Babu. Tout Calcutta attend.

— Eh bien, qu'ils attendent, dit Biswas Babu en retournant à son journal.

— C'est à toi de faire quelque chose – d'une manière ou d'une autre, comme on dit.

— J'en ai assez fait. C'est un bon garçon, mais un rêveur.

— Un bon garçon – mais un rêveur ! Oh, racontez-nous à nouveau la blague à propos du gendre, demanda un autre à Biswas Babu et au burra babu.

— Non, non », se défendirent-ils. Mais ils se laissèrent rapidement convaincre. Tous deux aimaient faire l'acteur, et cette pièce ne comptait que quelques lignes. Ils l'avaient déjà jouée une douzaine de fois, devant le même public.

Le burra babu se mit à marcher dans la pièce, examinant les produits d'un marché aux poissons. Soudain, il aperçut son vieil ami. « Ah, ah, Biswas Babu, s'exclama-t-il tout heureux.

— Oui, oui – ça fait longtemps que nous ne nous étions vus, répondit son compère, agitant son parapluie.

— Félicitations pour les fiançailles de ta fille. C'est un bon garçon ?

— Un bon garçon, approuva Biswas Babu, secouant vigoureusement la tête. Très comme il faut. Il lui arrive de manger un oignon ou deux, mais c'est tout. »

Visiblement choqué, le burra babu s'exclama : « Quoi ? Est-ce qu'il mange des oignons tous les jours ?

— Oh non ! Pas tous les jours. Loin de là. Seulement quand il a bu un peu.

— Boire ! Ça ne lui arrive tout de même pas souvent ?

— Mais non ! Seulement quand il est en compagnie de belles de nuit...

— De belles de – et ça lui arrive régulièrement ?

— Oh non ! Il n'a pas les moyens de se payer souvent des prostituées. Son père est un maquereau à la retraite, sans un sou, et son garçon ne peut le taper que de temps à autre. »

Des cris et des rires accueillirent cette dernière réplique. Le sketch les avait mis en appétit pour la pièce qu'ils comptaient aller voir un peu plus tard dans une salle de quartier – le Théâtre des Etoiles. Sur quoi on servit le thé, accompagné de délicieux lobongolatas et autres sucreries préparées par la bru de Biswas Babu ; et pendant quelques minutes on n'entendit plus que des bruits de mâchoire entrecoupés de joyeux commentaires.

7.39

Assis sur le petit tapis de sa chambre, Cuddles sur les genoux, Dipankar recevait ses frères et sœurs en mal de conseils.

Alors que personne n'osait interrompre Amit quand il travaillait, ou quand on supposait qu'il travaillait, à sa prose et à ses vers immortels, on fondait sur Dipankar à tout moment.

Ils venaient pour lui demander un avis précis, ou simplement pour parler. Avec son amabilité, son sérieux un peu loufoque, Dipankar avait quelque chose de très rassurant.

Lui qui était l'indécision même quant à sa propre vie – et peut-être justement pour cette raison – savait toujours faire des suggestions utiles pour la vie des autres.

Meenakshi débarqua la première pour demander s'il était possible ou non d'aimer plusieurs personnes à la fois – « totalement, désespérément et profondément ». Dipankar discuta du sujet d'une manière totalement impersonnelle et parvint à la conclusion que c'était certainement possible. L'idéal, bien entendu, étant de porter le même amour à l'humanité entière. Pas du tout convaincue par cette dernière remarque, Meenakshi se sentit néanmoins beaucoup mieux d'avoir évoqué la question.

Ce fut ensuite au tour de Kuku de présenter son problème. Que devait-elle faire avec Hans ? Il détestait la nourriture bengali et avait encore moins de goût qu'Arun, lequel refusait de manger la tête des poissons, même la partie la plus succulente, les yeux. Hans n'arrivait pas à apprécier les feuilles de margousier frites (il trouve ça trop amer, tu imagines, dit Kuku) et elle se demandait si elle pouvait aimer vraiment un homme qui ne supportait pas les feuilles de margousier frites. Plus important, lui-même l'aimait-il vraiment ? Nonobstant Schubert et sa douleur, son Schmerz, peut-être devait-elle congédier Hans.

Dipankar la rassura sur les deux points : oui, elle pouvait l'aimer, oui il l'aimait. A chacun ses goûts, lui dit-il, lui rappelant que Mrs Rupa Mehra l'avait un jour considérée comme une barbare parce qu'elle avait parlé avec dédain de la mangue dussehri. Quant à Hans, Dipankar avait dans l'idée qu'il était mûr pour recevoir une nouvelle éducation. Il ne tarderait pas à remplacer la sauerkraut par la fleur de bananier, le stollen et la sachertorte par les lobongolatas et les ladycannings ; pour demeurer le chéri de Kuku, il saurait s'adapter, accepter, apprécier ; aussi malléable dans les mains de Kuku que les autres le devenaient sous l'effet de sa poignée de main.

« Et où irai-je vivre ? demanda Kuku, se mettant à renifler. Dans ce pays où l'on gèle, détruit pas les bombes ? » Elle regarda autour d'elle. « Sais-tu ce qui manque sur ce mur, c'est une image des Sundarbans. Je t'en peindrai une... On raconte qu'il pleut tout le temps en Allemagne, que les gens frissonnent de froid toute leur vie, et si Hans et moi nous nous querellons, je ne pourrai pas revenir à la maison, comme Meenakshi. »

Kakoli éternua. Cuddles aboya. Dipankar cligna de l'œil et continua :

« Ecoute, Kuku, si j'étais toi –

— Tu ne m'as pas dit "à tes souhaits". »

638

— Oh, pardon, à "tes souhaits".

— Cuddles, Cuddles, mon pauvre Cuddles, personne ne nous aime, personne, pas même Dipankar. Peu leur importe que nous mourions d'une pneumonie. »

Bahadur entra. « On demande Bébé Memsahib au téléphone.

— Oh, je dois y aller.

— Mais on discutait de ton avenir, protesta Dipankar. Tu ne sais même pas qui t'appelle – ça ne peut pas être plus important que ce dont nous parlions.

— C'est le téléphone », dit Kuku qui, ayant ainsi accouché de cette explication imparable, s'enfuit.

Remplacée par sa mère, venue non pour demander un conseil mais pour en donner.

« Ki korchho tumi, Dipankar ? » commença-t-elle. D'autres reproches suivirent, que Dipankar écouta avec son habituel sourire paisible. « Ton père se fait tant de soucis... et moi aussi je voudrais que tu te fixes... les affaires de famille... après tout nous ne sommes pas éternels... responsabilité... ton père se fait vieux... regarde ton frère... ne songe qu'à écrire des poèmes et maintenant ce roman, se prend pour un nouveau Saratchandra... tu es notre seul espoir... alors ton père et moi pourrons reposer en paix.

— Mais, Mago, nous avons encore le temps de régler cette affaire », protesta Dipankar, qui repoussait toujours le maximum de choses à plus tard et laissait le reste en suspens.

Mrs Chatterji ne sut quoi dire. Quand Dipankar était petit et que Bahadur lui demandait ce qu'il voulait pour son petit déjeuner, il se contentait de le regarder et de secouer la tête dans un sens ou dans l'autre, sur quoi Bahadur revenait avec un œuf sur le plat ou une omelette ou autre chose, que Dipankar mangeait avec bonheur. La famille en était émerveillée. Peut-être, se disait à présent Mrs Chatterji, ne s'agissait-il pas de transmission de pensée et Bahadur représentait-il simplement le Destin faisant ses offres à un Dipankar qui ne décidait rien mais acceptait tout.

« Même en matière de filles, tu n'arrives pas à te décider, reprit-elle. Il y a Hemangini, et Chitra, et... Tu ne vaux pas mieux que Kuku », conclut-elle tristement.

Avec ses traits assez accentués, Dipankar était très différent d'Amit, dont le doux visage rond et les grands yeux correspondaient à l'idée que Mrs Chatterji se faisait de la beauté bengali. Elle avait toujours vu en Dipankar une sorte de vilain petit canard, qu'elle était prête à défendre bec et ongles contre tous ceux qui lui reprocheraient ses traits anguleux et sa maigreur, d'où sa stupeur quand elle entendait les filles de la nouvelle génération, toutes ces Chitra et Hemangini, s'extasier sur sa séduction.

« Aucune d'elles n'est l'Idéal, Mago. Je dois continuer à chercher l'Idéal. Et l'Unité.

— Et maintenant tu vas participer à ce Pul Mela à Brahmpur. C'est si inconvenant pour un brahmo, vénérer le Gange et se tremper dedans.

— Mais non, Ma, pas du tout. Keshub Chunder Sen lui-même s'est enduit d'huile et s'est plongé trois fois dans le bassin de la place Dalhousie.

— Ce n'est pas vrai ! » s'exclama Mrs Chatterji, choquée par cette apostasie.

Jamais les brahmo, qui professaient un monothéisme abstrait et de haute tenue, ne se laissaient aller à faire une telle chose.

« Si, Ma. Bon, ce n'était peut-être pas place Dalhousie, mais en revanche je crois qu'il s'est plongé quatre fois et non pas trois. Et le Gange est tellement plus saint qu'un bassin d'eau stagnante. Même Rabindranath Tagore a dit à propos du Gange...

— Oh, Robi Babu ! » s'écria Mrs Chatterji, le visage transfiguré.

La quatrième personne à venir consulter le Dr Dipankar fut Tapan.

Aussitôt, Cuddles lui sauta sur les genoux. A chaque veille de départ de Tapan pour son pensionnat, Cuddles s'asseyait sur la malle pour empêcher qu'on l'emporte, et tombait dans un désespoir féroce dont il ne sortait pas pendant une semaine.

Tapan caressa la tête du chien et le brillant triangle noir que formaient les deux yeux et le nez.

« On ne t'abattra jamais, Cuddles », lui promit-il.

Propos que le chien approuva en agitant vigoureusement sa courte queue aux poils raides.

Tapan semblait tourmenté et voulait parler de quelque chose, qu'il avait du mal à exprimer. Dipankar le laissa dire ce qui lui passait par la tête. Remarquant sur le haut de la bibliothèque un livre sur les batailles célèbres, Tapan demanda s'il pouvait l'emprunter. Stupéfait, Dipankar attrapa ce survivant poussiéreux d'une époque où il n'avait pas encore reçu l'illumination.

« Garde-le, dit-il.

— C'est sûr, Dipankar Da ?

— Sûr ? » Dipankar commença à se poser des questions : était-ce vraiment un livre que Tapan devait garder ? « Eh bien, je n'en suis pas tout à fait sûr. Rapporte-le quand tu l'auras lu, et nous déciderons alors... ou plus tard, quoi en faire. »

Finalement, alors qu'il s'apprêtait à entrer en méditation, Amit passa devant sa porte. Il avait écrit toute la journée et avait les traits tirés.

« Tu es certain que je ne te dérange pas ?

— Non, Dada, pas du tout.

— Tu en es vraiment certain ?

— Oui.

— Parce que je voudrais te parler de quelque chose – dont il est impossible de discuter avec Meenakshi ou Kuku.

— Je sais, Dada. C'est vrai, elle est très bien.

— Dipankar !

— Oui, naturelle », fit Dipankar, l'air d'un arbitre signalant un hors jeu ; « intelligente », continua-t-il à la manière de Churchill proclamant la victoire ; « séduisante », dit-il, en dessinant le trident de Shiva ; « compatible avec un Chatterji », murmura-t-il, comme la Grande Dame précisant les quatre buts de la vie ; « et détestant Bish », conclut-il, dans l'attitude d'un Bouddha miséricordieux.

« Détestant Bish ?

— C'est ce que m'a dit Meenakshi, il n'y a pas si longtemps. Arun, furieux, refuse semble-t-il de la présenter à quelqu'un d'autre. Sa mère est désespérée, Lata secrètement ravie et Meenakshi – qui ne trouve rien de mal à Bish sauf qu'il est insupportable – prend le parti de Lata. Et puis aussi, Dada, Biswas Babu, qui a entendu parler d'elle, pense que c'est exactement mon type ! Lui as-tu parlé d'elle ?

— Non. Mais peut-être Kuku. Ce moulin à paroles. Quel cancanier tu es, Dipankar, n'as-tu rien d'autre à faire ? J'aimerais que tu obéisses à Baba, que tu te trouves un emploi et t'occupes des finances de cette fichue famille. Ce serait la mort de mon roman, et la mienne, si je devais m'en occuper. Quoi qu'il en soit, elle n'est absolument pas ton type, et tu le sais. Occupe-toi de trouver ton Idéal.

— Tout ce que tu voudras, Dada », fit Dipankar de sa voix douce, abaissant sa main droite en signe de bénédiction.

7.40

Un après-midi, Mrs Rupa Mehra reçut des mangues en provenance de Brahmpur. Ses yeux brillèrent de joie. Elle ne supportait plus la mangue langra de Calcutta qui (bien que mangeable) n'avait rien à voir avec celle de son enfance. Ce dont elle rêvait, c'était de la délicate, la délectable dussehri dont la saison, croyait-elle, était malheureusement passée. Savita lui en avait envoyé une douzaine quelques jours plus tôt, mais, sous trois mangues abîmées, le colis ne contenait que des pierres. A l'évidence quelqu'un, au bureau de poste, s'était servi. La méchanceté des hommes autant que sa propre frustration avaient plongé Mrs Rupa Mehra dans le désespoir. Elle avait abandonné l'idée de manger des dussehris cette année. Et qui sait si je serai toujours en vie l'année prochaine ? se demandait-elle. Pensée quelque peu déraisonnable, puisqu'elle n'avait même pas cinquante ans. Or voici qu'arrivait un nouveau colis de dussehris, mûres mais pas trop, et même fraîches au toucher.

« Qui les a apportées ? demanda-t-elle à Hanif. Le facteur ?

— Non, Memsahib, un homme.

— De quoi avait-il l'air ? D'où venait-il ?

— Un homme ordinaire, Memsahib. Mais avec cette lettre pour vous.

— Tu aurais dû me la donner tout de suite, dit-elle d'un ton sévère. Bon, apporte-moi une assiette et un couteau aiguisé, et lave deux mangues. Ces deux-là, fit-elle après les avoir touchées et reniflées.

— Oui, Memsahib.

— Et dis à Lata de venir manger une mangue avec moi immédiatement. »

Lata était dans le jardin. Il soufflait une légère brise, mais il ne pleuvait pas. Quand elle entra, elle trouva sa mère en train de lire la lettre de Savita.

> ... comme tu as dû être déçue, Ma chérie, je l'imagine, nous-mêmes étions très tristes car nous avions mis toute notre affection à les choisir, les prenant une par une pour être sûrs qu'elles seraient mûres dans six jours. Heureusement un monsieur bengali, qui travaille à l'état civil, nous a dit comment éviter que ça ne se reproduise. Il connaît un employé au fourgon climatisé du Brahmpur-Calcutta. Nous lui avons donné dix roupies pour qu'il t'apporte les mangues et nous espérons qu'elles sont arrivées – en bon état, fraîches et au complet. S'il te plaît, confirme-le-moi. Dans ce cas, nous pourrons t'en envoyer d'autres avant la fin de la saison, car nous n'aurons pas à les choisir encore vertes comme c'était nécessaire avec les colis postaux. Mais Ma, fais bien attention de ne pas trop en manger à cause de ton taux de sucre. Arun devrait lui aussi lire cette lettre, et te surveiller...

Les yeux de Mrs Rupa Mehra se remplirent de larmes. Puis elle dégusta une mangue et insista pour que Lata en mange une également.

« Et maintenant, nous allons en partager une autre, dit-elle.

— Ma, ton taux de sucre –

— Une seule mangue ne changera rien.

— Bien sûr que si, Ma, et la suivante, et encore la suivante. Ne veux-tu pas les faire durer jusqu'à ce que tu reçoives le nouveau colis ? »

La discussion tourna court avec l'arrivée d'Amit et de Kuku.

« Où est Meenakshi ? demanda Amit.

— Elle est sortie, dit Mrs Rupa Mehra.

— Encore ! J'espérais la voir. Quand j'ai appris qu'elle

était venue voir Dipankar, elle était déjà partie. Dites-lui je vous prie que je suis passé. Où est-elle allée ?

— A son club, répondit Mrs Mehra, l'air réprobateur.

— Dommage. Mais j'ai été content de vous voir toutes les deux. » Amit se tourna vers Lata : « Kuku allait justement chez une amie à l'université, et je me suis rappelé que vous souhaitiez découvrir cet endroit. Nous pourrions peut-être l'accompagner.

— Oui, dit Lata, tout heureuse qu'Amit s'en soit souvenu. Puis-je sortir, Ma, ou as-tu besoin de moi cet après-midi ?

— Non, non, tu peux y aller. Mais vous devez absolument goûter quelques mangues avant de partir, continua-t-elle à l'adresse d'Amit et de Kuku. Elles viennent d'arriver de Brahmpur. C'est Savita qui me les a envoyées – et Pran. C'est si bon d'avoir une enfant mariée à quelqu'un d'aussi attentionné. Et puis vous devez aussi en emporter », ajouta-t-elle.

Quand Amit, Kuku et Lata l'eurent quittée, Mrs Rupa Mehra décida de peler une nouvelle mangue. Quand Aparna se réveilla de sa sieste, elle lui en donna une tranche. Quand Meenakshi rentra de son club, après avoir gagné quelques parties de mah-jong, elle lui lut la lettre de Savita et lui dit de manger une mangue.

« Non, Ma, je ne peux vraiment pas – c'est mauvais pour ma ligne – et ça va effacer mon rouge à lèvres. Bonjour Aparna, ma chérie – non, n'embrasse pas Maman. Tes lèvres sont toutes collantes. »

Mrs Rupa Mehra s'en trouva confirmée dans l'opinion qu'elle avait de Meenakshi. Tant d'animosité envers les mangues révélait un tempérament d'une froideur quasi inhumaine.

« Amit et Kuku les ont beaucoup appréciées.

— Oh, comme je regrette de les avoir manqués. » C'était le soulagement qui perçait dans la voix de Meenakshi.

« Amit est venu spécialement pour te voir. Il est déjà venu plusieurs fois, et tu n'étais jamais là.

— J'en doute.

— Que veux-tu dire ? » Mrs Rupa Mehra détestait être contredite, surtout par sa belle-fille.

« Je doute qu'il soit venu pour me voir. Il nous rendait

rarement visite avant votre arrivée. Son monde de personnages imaginaires lui suffit. »

Mrs Rupa Mehra lui lança un regard torve mais ne répondit pas.

« Oh, Ma, vous êtes si lente à comprendre. C'est bien sûr
Luts qui l'intéresse. Je ne l'avais encore jamais vu tant
s'intéresser à une fille. Ce qui n'est d'ailleurs pas plus mal.

— Ce qui n'est pas plus mal, répéta Aparna, goûtant la
phrase.

— Tais-toi, Aparna », lui dit sèchement sa grand-mère.
Rebuffade qui laissa la fillette si stupéfaite qu'elle se tint
tranquille, tout en continuant à écouter de toutes ses
oreilles.

« Ça n'est pas vrai, ça n'est absolument pas vrai. Et ne va
pas leur en donner l'idée à l'un ou l'autre, menaça Mrs Rupa
Mehra.

— Je ne leur donnerais aucune idée qu'ils n'aient déjà,
répondit froidement Meenakshi.

— Tu es une faiseuse d'ennuis, Meenakshi, et je ne le
supporterai pas.

— Chère Ma, ne vous emballez pas comme ça. Il n'y a
rien d'ennuyeux là-dedans, et je n'y suis non plus pour rien.
A votre place, je prendrais les choses comme elles viennent.

— Je n'en ai pas la moindre intention. » A l'idée de devoir
sacrifier un autre de ses enfants sur l'autel des Chatterji,
Mrs Rupa Mehra étouffait d'indignation. « Je vais la ramener immédiatement à Brahmpur. Ou plutôt non, je vais
l'emmener ailleurs.

— Et Luts va vous suivre sans broncher ? s'enquit Meenakshi, étirant son long cou.

— Lata est une fille bonne et intelligente, et elle fera ce
que je lui dirai. Pas entêtée et désobéissante comme certaines qui se croient très modernes. Elle a été bien élevée. »

Meenakshi remit son cou en place, regarda ses ongles,
puis sa montre. « Oh, j'ai un rendez-vous dans dix minutes.
Ma, voulez-vous surveiller Aparna ? »

Mrs Rupa Mehra opina sans mot dire. Meenakshi savait
très bien que sa belle-mère ne serait que trop heureuse de
s'occuper de son unique petit-enfant.

« Je serai de retour pour six heures et demie. Arun a

prévenu qu'il resterait un peu plus longtemps au bureau ce soir. »

Mécontente, Mrs Rupa Mehra ne répondit pas, dissimulant le sentiment de panique qui, lentement, commençait à l'envahir.

7.41

Amit et Lata flânaient parmi les innombrables bouquinistes de la rue de l'Université. (Kuku était allée rejoindre Krishnan à la cafétéria, prétextant qu'il avait besoin d'être « apaisé », déclaration qu'Amit n'avait même pas relevée.)

« On se sent tellement ahuri au milieu de ces millions de livres », dit Lata, stupéfaite qu'une ville puisse réserver plusieurs centaines de mètres uniquement aux livres – livres à même le trottoir ou sur des rayonnages de fortune, livres en bibliothèque, livres de première, deuxième, troisième, dixième main, tout depuis les monographies techniques sur la galvanoplastie jusqu'au dernier Agatha Christie.

« Je me sens tellement ahuri, voulez-vous dire. "Je" par opposition à "on", expliqua Amit. Beaucoup trop de gens commettent cette faute et disent "on" quand ils pensent "je". Les Anglais la commettent tout le temps, je m'en suis rendu compte quand j'ai vécu là-bas, et elle survivra longtemps après qu'ils s'en seront corrigés. »

Lata rougit mais ne dit rien. Elle se rappela que Bish ne parlait de lui que par « on » interposé.

« Imaginez ce que ça donnerait si je vous disais "on vous aime", continua Amit. N'est-ce pas idiot ?

— Oui, reconnut Lata, tout en trouvant qu'il se montrait un peu trop professionnel.

— C'est tout ce que je voulais dire.

— Je vois. Ou plutôt, on voit. » Elle se tut puis reprit : « Comment ça se passe quand on écrit un roman ? Ne faut-il pas oublier le "je" ou le "on" ?

646

— Je ne sais pas bien. C'est mon premier roman, et je suis en train de découvrir la solution. Pour le moment, ça ressemble à un banian.

— Je vois, dit Lata, qui ne voyait rien du tout.

— Ce que je veux dire, c'est que ça pousse, croît, s'étend, fait des branches qui deviennent des troncs ou s'emmêlent avec d'autres branches. Parfois les branches meurent, parfois c'est le tronc principal, et la structure repose sur les troncs secondaires. Quand vous irez au Jardin botanique, vous comprendrez. Ça a sa vie propre – comme les serpents, les oiseaux, les abeilles, les lézards et les termites qui vivent dans le jardin et grâce au jardin. Mais c'est aussi comme le Gange dans son cours supérieur, moyen et inférieur – y compris le delta, bien entendu.

— Bien entendu, fit Lata.

— J'ai l'impression que vous vous moquez de moi, dit Amit.

— Combien en avez-vous écrit jusqu'à présent ?

— Environ un tiers.

— Et je ne vous fais pas perdre votre temps ?

— Non.

— C'est sur la Famine au Bengale, n'est-ce pas ?

— Oui.

— En avez-vous un souvenir personnel ?

— Oui. Je ne m'en souviens que trop bien. Après tout, c'était il y a huit ans. J'étais mêlé de près aux mouvements étudiants à l'époque. Mais nous avions déjà un chien, et il était bien nourri. » Il avait l'air affligé.

« Un écrivain doit-il partager les sentiments de ceux dont il parle, s'émouvoir à ce qu'il raconte ?

— Je n'en ai pas la moindre idée. Parfois c'est sur les choses qui me sont le plus indifférentes que j'écris le mieux. Mais ce n'est pas une règle générale.

— Alors vous ne faites que patauger et espérer ?

— Non, non, pas exactement. »

Amit, si ouvert, si expansif la minute précédente, semblait se refermer à présent. Lata n'alla pas plus loin dans ses questions.

« Je vous enverrai un de mes recueils de poèmes un de ces

jours, dit Amit. Vous pourrez juger s'ils expriment beaucoup ou peu de sentiments.

— Pourquoi pas maintenant ?

— Il faut que je réfléchisse à une dédicace convenable.
Ah, voilà Kuku. »

7.42

Ayant accompli sa mission d'apaisement, Kuku voulut
rentrer à la maison le plus vite possible. Malheureusement,
il s'était remis à pleuvoir, des trombes chaudes s'abattaient
sur le toit de la voiture. Des ruisseaux d'eau brunâtre commencèrent à dévaler de chaque côté de la rue, et un peu plus
loin il n'y eut plus de rue du tout, juste une sorte de canal
parcouru de vagues provoquées par les véhicules venant en
sens inverse, et qui cognaient contre le châssis de la voiture.
Laquelle, dix minutes plus tard, se retrouva piégée dans un
déluge. Le chauffeur avançait au pas, essayant de rester au
milieu de la route légèrement bombée à cet endroit, puis le
moteur cala.

Dans la voiture, entre Kuku et Amit, Lata ne s'inquiétait
pas. Il faisait très chaud. Amit lui parlait de ses années
d'université, lui racontait comment il s'était mis à écrire des
poèmes. « La plupart étaient abominables, et je les ai
brûlés.

— Comment avez-vous pu faire une chose pareille ? »
demanda Lata, stupéfaite que quelqu'un pût brûler quelque
chose venant du fond de son cœur. Du moins les avait-il
brûlés et pas simplement déchirés, ce qui eût quand même
été trop prosaïque. L'idée d'un feu dans le climat de Calcutta paraissait tout aussi étrange. Il n'y avait pas de cheminée
dans la maison de Ballygunge.

« Où les avez-vous brûlés ? demanda-t-elle.

— Dans le lavabo, intervint Kuku, et il a failli incendier
toute la maison.

— C'étaient vraiment de très mauvais poèmes, s'excusa Amit. Pleurnichards, malhonnêtes. »

> « *La poésie dont je ne veux*
> *Je l'immolerai par le feu* »,

dit Kuku.

> « *Tous mes soucis, tous mes maux :*
> *Cendres filant dans les tuyaux* »,

enchaîna Amit.

« Existe-t-il un Chatterji qui ne fasse pas des vers de quatre sous ? » demanda Lata, irritée plus que de raison. N'étaient-ils donc jamais sérieux ? Comment pouvaient-ils plaisanter de sujets si poignants ?

« Ma et Baba, dit Kuku. Mais c'est parce qu'ils n'ont jamais eu un frère aîné comme Amit. Et Dipankar est le moins doué. Nous, ça nous vient naturellement, comme chantonner un raga qu'on a souvent entendu. Les gens trouvent stupéfiant que nous puissions faire cela, mais nous ce qui nous stupéfie, c'est que Dipankar ne puisse pas. Ou seulement une ou deux fois par mois, quand il a ses périodes poétiques...

> *Rimer, rimer précisément –*
> *Couplets qui viennent si joliment* »,

roucoula Kakoli, qui en sortait avec une telle fréquence qu'on les avait baptisés les couplets-Kakoli, alors que la mode en avait été lancée par Amit.

A présent, la circulation automobile était au point mort, à l'exception de quelques rickshaws, leur conducteur enfoncé dans l'eau jusqu'à la taille, leurs passagers, chargés de paquets, contemplant le monde aquatique brunâtre autour d'eux avec une sorte de satisfaction.

La pluie finit par se calmer. Le chauffeur ouvrit le capot, dévissa les bougies, humides, les essuya avec un chiffon. La voiture refusa de démarrer. Il inspecta alors le carburateur, fourragea ici et là, murmura le nom de ses déesses préférées, dans l'ordre convenable, et la voiture repartit.

Quand ils arrivèrent à Sunny Park, la nuit était tombée.

« Tu en as pris à ton aise », dit sèchement Mrs Rupa Mehra à sa fille, tout en lançant un regard flamboyant à Amit.

Cette animosité surprit les deux jeunes gens. « Même Meenakshi est revenue avant vous », continua Mrs Rupa Mehra. Bon à rien de poète ! se dit-elle, en fixant Amit. Qui n'a jamais gagné une seule roupie honnête dans sa vie. Pas question que tous mes petits-enfants parlent bengali ! Elle se souvint brusquement que la dernière fois qu'Amit avait ramené Lata à la maison, elle avait des fleurs dans les cheveux.

Les yeux sur sa fille, mais s'adressant probablement aux deux – peut-être même aux trois, avec Kuku –, elle reprit : « Tu as fait monter ma tension et mon taux de sucre.

— Non, Ma, rétorqua Lata, qui venait de remarquer des pelures de mangue sur une assiette, ton taux de sucre a augmenté parce que tu as mangé trop de dussehris. Désormais tu n'en mangeras qu'une par jour – ou deux. »

Amit souriait. « C'est ma faute, Ma. Les rues étaient inondées du côté de l'université, et nous avons été coincés. »

Mais Mrs Rupa Mehra n'était pas d'humeur à badiner. Qu'avait-il à sourire ainsi ?

« Est-ce que votre taux de sucre est très élevé ? demanda Kakoli précipitamment.

— Très, répondit Mrs Mehra, l'orgueil perçant dans sa voix. J'ai même pris du jus de karela, mais sans résultat.

— Dans ce cas, vous devriez consulter mon médecin homéopathe.

— J'ai déjà un homéopathe », rétorqua Mrs Rupa Mehra, n'entendant pas se laisser détourner de sa colère.

Mais Kakoli insista. Le sien était le meilleur. « C'est le Dr Nuruddin.

— Un musulman ? dit Mrs Rupa Mehra incrédule.

— Oui. Ça s'est passé pendant que nous étions en vacances au Cachemire.

— Je n'ai pas l'intention d'aller au Cachemire.

— Mais non, c'est ici qu'il me soigne. Il a une clinique ici, à Calcutta. Il traite toutes sortes de maladies – diabète, goutte, affections de la peau. Un de mes amis avait un kyste sur la paupière. Il lui a prescrit un médicament appelé thuja, et le kyste est tombé, d'un coup.

— Parfaitement, approuva Amit. J'ai envoyé une de mes amies chez un homéopathe, il a fait disparaître sa tumeur au cerveau, lui a remis sa jambe cassée et, toute stérile qu'elle était, elle a eu des jumeaux en trois mois. »

Kuku et Mrs Rupa Mehra lui lancèrent un regard furieux, Lata lui sourit, mi-récalcitrante, mi-approbatrice.

« Amit se moque toujours de ce qu'il ne comprend pas, dit Kuku. Il associe l'homéopathie à l'astrologie. Mais notre médecin de famille lui-même a fini par admettre l'efficacité de l'homéopathie. Et depuis ce qui m'est arrivé au Cachemire, je suis une convertie absolue. Je crois aux résultats. Quand quelque chose marche, j'y crois.

— Que vous est-il arrivé ? demanda Mrs Rupa Mehra.

— C'est une glace que j'ai mangée dans un hôtel à Gulmarg.

— Oh. » Mrs Rupa Mehra avait elle aussi un grand faible pour les glaces.

« L'hôtel faisait ses propres glaces. J'ai en ai mangé deux portions d'un coup.

— Et alors ?

— Alors – alors ce fut terrible. » Un frisson passa dans la voix de Kuku. « Un horrible mal de gorge. Le médecin du cru m'a donné des médicaments allopathiques, les symptômes ont disparu pendant une journée, puis ils ont réapparu. Je ne pouvais pas manger, pas chanter, je pouvais à peine parler, je ne pouvais pas avaler. Comme si j'avais des épines dans la gorge. Je devais y réfléchir à deux fois avant de dire un mot. »

Mrs Rupa Mehra claqua la langue, en signe de compassion.

« Et j'avais les sinus complètement bouchés, poursuivit Kuku. Alors j'ai repris une dose de médicaments, et de nouveau les symptômes ont disparu pour revenir. Il a fallu m'envoyer à Delhi, et de là on m'a ramenée à Calcutta. A la troisième prise de médicaments, j'avais la gorge enflammée, les sinus et le nez infectés, j'étais dans un état épouvantable. Ma tante, Mrs Ganguly, a proposé le Dr Nuruddin. "Va le voir, a-t-elle dit à ma mère, quel mal y a-t-il ?" »

Pour Mrs Rupa Mehra, le suspense devenait intolérable. Dès qu'il était question de maladie, l'histoire la fascinait autant qu'un roman policier ou un roman d'amour.

« Il m'a fait raconter mon histoire et m'a posé des questions étranges. Puis il a dit : "Prenez deux doses de pulsetilla, et revenez me voir." J'ai dit : "Deux doses ? Juste deux doses ? Ce sera assez ? Il ne faut pas un traitement régulier ?" Il a dit : "Inch'Allah, deux doses devraient suffire." Et ce fut le cas. J'ai guéri. L'inflammation a disparu, mes sinus sont redevenus propres et il n'y a jamais eu de rechute. Avec un traitement allopathique il aurait fallu ponctionner et drainer les sinus pour soulager ce qui serait devenu une maladie endémique ; et tu peux arrêter de rire, Amit.

— J'irai le voir avec vous, dit Mrs Rupa Mehra convaincue.

— Mais vous ne devrez pas vous formaliser de ses questions.

— Je sais m'adapter à toutes les situations. »

Après le départ d'Amit et de Kuku, Mrs Rupa Mehra déclara :

« Je suis fatiguée de Calcutta, chérie, et ça n'est pas bon pour ma santé. Allons à Delhi.

— Au nom du ciel, pour quoi y faire, Ma ? Je commence à m'amuser ici. Et pourquoi si soudainement ? »

Mrs Rupa Mehra posa un regard scrutateur sur sa fille.

« Et puis il y a toutes ces mangues qu'il faut manger, dit Lata en éclatant de rire. Et nous devons nous assurer que Varun fait un brin d'études.

— Dis-moi », commença Mrs Rupa Mehra. Puis elle s'interrompit. L'innocence qui éclatait sur le visage de Lata ne pouvait pas être feinte. Dans ce cas, pourquoi lui mettre des idées en tête ?

« Oui, Ma ?

— Dis-moi ce que tu as fait aujourd'hui. »

Le retour de sa mère à ses questions habituelles soulagea Lata. Elle n'avait pas l'intention de se laisser entraîner loin de Calcutta et des Chatterji, qui s'étaient montrés si accueillants – en particulier le cynique, le rassurant, le prévenant Amit – qui l'avaient intégrée à leur clan – presque comme une troisième fille.

Mrs Rupa Mehra pensait elle aussi aux Chatterji, mais en termes moins charitables. J'irai à Delhi, seule si nécessaire, se disait-elle. Il faudra que Kalpana Gaur m'aide à trouver un garçon convenable dans les plus brefs délais. Alors je convoquerai Lata. Arun est totalement inefficace. Depuis son mariage, il a perdu le sens de sa famille. Il a présenté Lata à ce Bishwanath, et depuis, plus rien. Il n'éprouve aucun sentiment de responsabilité envers sa sœur. Je suis seule au monde. Il n'y a que mon Aparna qui m'aime.

Meenakshi dormait, laissant Aparna aux soins de la Vieille Edentée. Mrs Rupa Mehra se fit bien vite remettre sa petite-fille entre ses bras.

7.43

La pluie avait aussi retardé Arun et il arriva chez lui d'une humeur massacrante.

Après un vague grognement à l'adresse de sa mère, de sa sœur et de sa fille, il fonça dans sa chambre. « Foutus porcs, tous tant qu'ils sont, clamonna-t-il. Et le chauffeur avec. »

De son lit, Meenakshi l'observait. Elle bâilla :

« Arun, chéri, pourquoi une telle furie ?
Prends un chocolat de chez Flury.

— Oh, arrête ce blabla crétin et ridicule, hurla Arun, posant sa serviette et accrochant son veston trempé au dossier d'un fauteuil. Tu es ma femme. Tu pourrais au moins faire montre de compréhension.

— Que s'est-il passé, chéri ? demanda Meenakshi, se composant le visage requis. Mauvaise journée au bureau ? »

Arun ferma les yeux, s'assit sur le bord du lit.

« Raconte-moi. » De ses longs doigts aux ongles rouges, Meenakshi entreprit de lui dénouer sa cravate.

Arun soupira. « Ce foutu rickshaw-wallah m'a demandé trois roupies pour m'amener à ma voiture, de l'autre côté de la rue. De l'autre côté de la rue », répéta-t-il en secouant la tête de dégoût.

Meenakshi interrompit sa tâche. « Non ! s'exclama-t-elle, sincèrement choquée. J'espère que tu n'as pas accepté.

— Que pouvais-je faire d'autre ? Je n'allais pas patauger avec de l'eau jusqu'aux genoux ou faire venir la voiture jusqu'à moi, au risque qu'elle cale en plein milieu, en pleine inondation. Et ça il le savait – et il rayonnait de plaisir à l'idée de tenir un sahib. "A vous de décider, disait-il. Trois roupies." Trois roupies ! Alors qu'en temps normal, j'en aurais eu pour trois annas, et encore. Un anna, voilà le prix juste – pour faire vingt pas. Mais il voyait bien qu'il n'y avait pas d'autres rickshaws à l'horizon et que j'étais en train de me tremper. Sale cochon de profiteur. »

Toujours allongée, Meenakshi se regarda dans la glace. Elle réfléchissait. « Dis-moi, que fait Bentsen Pryce quand il y a pénurie temporaire, de jute par exemple, sur les marchés, et que les prix montent ? Est-ce qu'il n'augmente pas ses prix au maximum de ce que le marché pourra supporter ? Ou bien est-ce seulement une pratique marwari ? Je sais que c'est ce que font les orfèvres. Et les marchands de légumes. Je suppose que c'est ce qu'a fait le rickshaw-wallah. Pas de quoi me choquer, ni toi. »

Blessé, Arun la fixa du regard, bien obligé de reconnaître l'implacable et déplaisante logique de ce qu'elle disait.

« Tu veux que je te cède mon boulot ? demanda-t-il.

— Oh non, chéri, protesta Meenakshi, refusant de se fâcher. Je ne pourrais pas supporter un veston et une cravate. Et je ne saurais pas dicter des lettres à ta charmante Miss Christie... A propos, des mangues sont arrivées de Brahmpur aujourd'hui, avec une lettre de Savita.

— Oh.

— Et Ma, étant ce qu'elle est, s'en est gorgée sans se soucier de son diabète. »

Arun secoua la tête. Comme s'il n'avait pas assez d'ennuis comme ça. Demain sa mère se plaindrait de malaises, et il faudrait la conduire chez le médecin. Mère, sœur, fille, épouse : brusquement il se sentait piégé – une foutue maisonnée de femmes. Avec ce propre à rien de Varun, par-dessus le marché.

« Où est Varun ?

— Je l'ignore. Il n'est pas rentré et il n'a pas téléphoné. Du moins pas à ma connaissance. J'ai fait une petite sieste. »

Arun soupira.

« J'ai rêvé de toi, mentit Meenakshi.

— Vraiment ? dit Arun, attendri. Et si –

— Oh, plus tard, chéri. Nous sortons ce soir.

— Y a-t-il un seul foutu soir où nous ne sortions pas ? »

Meenakshi haussa les épaules, comme pour signifier que la plupart des engagements n'étaient pas de son fait.

« Si seulement j'étais encore célibataire. » Arun avait lancé cela sans y penser.

Les yeux de Meenakshi lancèrent des éclairs. « Si tu veux le redevenir –

— Non, non, ce n'est pas ce que je voulais dire. C'est cette foutue tension. Et mon dos qui me joue à nouveau des tours.

— Je ne vois pas ce qu'il y a de si admirable dans la vie de célibataire de Varun », dit Meenakshi.

Arun ne voyait pas non plus. Il secoua de nouveau la tête et soupira. Il paraissait épuisé.

Pauvre Arun, pensa Meenakshi. « Du thé – ou un verre, chéri ?

— Du thé. Une bonne tasse de thé. Le verre peut attendre. »

7.44

Si Varun n'était pas rentré, c'est qu'il était beaucoup trop occupé à jouer et à fumer chez Sajid, allée du Parc, une rue bien moins reluisante que son nom ne le laissait entendre. Assis sur l'immense lit de Sajid, Varun, Jason, Sajid lui-même et quelques amis jouaient au flush : un anna pour le tapis, deux annas pour voir. Aujourd'hui, comme en d'autres occasions, ils avaient été rejoints par les locataires de Sajid, au rez-de-chaussée, Paul et sa sœur Hortense.

Assise sur les genoux de son amant (un commissaire de la marine marchande), Hortense (que Sajid et ses amis appelaient entre eux « Fesses-Chaudes ») jouait pour lui. Les mises avaient atteint quatre annas pour le tapis et huit annas pour voir – le maximum qu'ils s'étaient jamais autorisé. Ils avaient tous la frousse et passaient l'un après l'autre. Finalement il ne resta plus que Varun, très énervé, et Fesses-Chaudes, très calme.

« Juste Varun et Hortense, dit Sajid. Ça va vraiment chauffer. »

Varun rougit jusqu'aux oreilles et faillit laisser tomber ses cartes. Ils savaient tous (sauf le commissaire de la marine marchande) que Paul – par ailleurs au chômage – racolait pour sa sœur quand son amant n'était pas là. Dieu sait où il allait chercher ces hommes, mais on le voyait parfois en ramener un tard dans la nuit et attendre à l'extérieur sur les marches, fumant cigarette sur cigarette, que Hortense et son client en aient terminé.

« Flush royal, annonça Jason.

— Je suis », murmura Varun, tremblant de nervosité, après un coup d'œil à son jeu. Il mit une pièce de huit annas dans la cagnotte, qui à présent contenait près de cinq roupies.

Fesses-Chaudes, sans regarder ses cartes, ni personne, et prenant son air le plus blasé, versa elle aussi huit annas.

Les yeux brillant d'excitation, se léchant les lèvres, Varun monta encore de huit annas. Cette fois-ci Fesses-Chaudes soutint son regard fasciné et apeuré, disant de sa voix la plus rauque possible : « Oh, le gourmand ! Qui veut profiter de moi. Eh bien, je vais te donner ce que tu réclames. » Et elle posa huit annas sur le tapis.

Varun ne put en supporter davantage. Tremblant, il demanda à voir. Fesses-Chaudes avait le roi, la reine et le valet de pique. Varun faillit s'évanouir de soulagement. Il étala l'as, le roi et la reine de carreau.

Mais il avait l'air aussi mal en point que s'il avait perdu. Il pria ses amis de l'excuser et de le laisser rentrer chez lui.

« Pas question ! s'exclama Sajid. Tu ne vas pas disparaître comme ça, après avoir ramassé le paquet. Tu dois te battre pour le conserver. »

En quelques parties, Varun perdit tout ce qu'il avait gagné (et plus). Tout ce que je fais tourne mal, se dit-il dans le tram qui le ramenait chez lui. Je suis un bon à rien – un bon à rien et la honte de ma famille. Revoyant la façon dont Fesses-Chaudes l'avait regardé, il se sentit de nouveau gagner par l'affolement. N'allait-il pas au-devant d'autres ennuis en continuant à fréquenter ses amis shamshu ?

7.45

Le jour où Mrs Rupa Mehra devait partir pour Delhi, toute la famille se retrouva à la table du petit déjeuner. Arun, comme à son habitude, faisait ses mots croisés. Au bout d'un moment, il feuilleta le reste du journal.

« Tu pourrais au moins me parler, dit Mrs Rupa Mehra. Je m'en vais, et tu te caches derrière ton journal.

— Ecoute ça, Ma, fit-il. C'est juste ce qu'il te faut. » Et d'une voix sarcastique il lut l'annonce suivante :

Guérissez votre diabète en une semaine. Quelle que soit sa gravité, le diabète peut être complètement guéri par le CHARME DE VÉNUS, la toute dernière Découverte scientifique. Les principaux symptômes de cette maladie sont une soif et une faim anormales, un excès de sucre dans les urines, des démangeaisons etc. Dans sa forme aiguë, elle produit des anthrax, des furoncles, la cataracte et d'autres complications. Des milliers de personnes ont échappé à la mort grâce au CHARME DE VÉNUS. Dès le premier jour, il élimine le sucre et normalise les graisses spécifiques. En deux ou trois jours, vous vous sentirez plus qu'à moitié guéri. Pas de régime spécial. Prix pour un flacon de 50 comprimés, 6 roupies 12 annas. Expédition gratuite. Disponible auprès des Laboratoires de Recherche Vénus (N.H.). Boîte Postale 587. Calcutta.

Mrs Rupa Mehra s'était mise à pleurer sans bruit. « J'espère que tu n'auras jamais de diabète. Moques-toi de moi tant que tu veux, mais –

— Quand tu seras morte et disparue – le bûcher – la

chaise vide – oui, oui, nous connaissons », l'interrompit brutalement Arun.

Son dos l'avait tarabusté la nuit dernière, et Meenakshi n'avait pas été satisfaite de sa performance.

« La ferme, Arun Bhai ! » dit Varun, le visage blanc de colère. Il alla vers sa mère et l'entoura de son bras.

« Je t'interdis de me parler comme ça ! » Arun s'avança vers son frère, l'air menaçant. « La ferme ? Tu m'as dit "La ferme" ? Sors d'ici immédiatement. Dehors ! » Il s'excitait lui-même. « Sors ! » hurla-t-il à nouveau.

On pouvait se demander s'il voulait que Varun sorte de la pièce, de la maison ou de sa vie.

« Arun Bhai, vraiment – » s'indigna Lata.

Varun recula et se réfugia de l'autre côté de la table. « Oh, asseyez-vous, tous les deux, dit Meenakshi. Laissez-nous prendre le petit déjeuner en paix. »

Ils obtempérèrent, Arun décochant à son frère un regard étincelant, Varun les yeux fixés sur ses œufs.

« Et il ne me fournit même pas une voiture pour aller à la gare, continua Mrs Rupa Mehra, fourrageant dans son sac à la recherche d'un mouchoir. Je dois dépendre de la charité d'étrangers.

— Voyons, Ma, dit Lata en l'embrassant, Amit n'est pas un étranger. »

Les épaules de Mrs Rupa Mehra se raidirent.

« Toi aussi, fit-elle, tu te moques de ce que je peux ressentir.

— Ma !

— Tu vas continuer à t'amuser. Seule mon Aparna chérie regrettera mon départ.

— Ma, sois raisonnable. Varun et moi allons t'accompagner chez l'homéopathe puis à la gare. Et dans un quart d'heure, Amit sera là avec la voiture. Veux-tu qu'il te voie en train de pleurer ?

— Je me fiche pas mal de ce qu'il voit ou ne voit pas », rétorqua Mrs Rupa Mehra d'un ton hargneux.

Amit arriva à l'heure prévue. Mrs Rupa Mehra s'était rafraîchi le visage, mais son nez était encore tout rouge. Quand elle dit au revoir à Aparna, elle se remit à pleurer, imitée par la fillette. Heureusement, Arun était déjà parti travailler, ce qui leur évita des commentaires inutiles.

Le Dr Nuruddin, l'homéopathe, était un homme d'âge moyen, au visage long, aux manières joviales, à la voix traînante.

Il accueillit chaleureusement Mrs Rupa Mehra, s'enquit de son état général et de son passé médical, examina ses relevés de glycémie sanguine, parla quelques minutes de Kakoli Chatterji, se leva, se rassit, puis se lança dans une série de questions déconcertantes.

« Etes-vous ménopausée ?

— Oui. Mais pourquoi –

— Pardon ? l'interrompit le Dr Nuruddin, comme s'il avait affaire à un enfant.

— Rien, s'excusa Mrs Rupa Mehra.

— Etes-vous facilement irritable, bouleversée ?

— N'est-ce pas le cas de tout le monde ? »

Le Dr Nuruddin sourit. « C'est le cas de beaucoup. Alors, et vous ?

— Oui, ce matin au petit déjeuner –

— Vous pleurez ?

— Oui.

— Ressentez-vous parfois une extrême tristesse ? Un abominable désespoir, une absolue mélancolie ? »

On eût dit qu'il énumérait des symptômes médicaux, démangeaisons ou maux de ventre. Mrs Rupa Mehra le regarda d'un air perplexe.

« Extrême ? Que voulez-vous dire par extrême ?

— Répondez comme vous l'entendez, toute réponse me sera utile. »

Mrs Rupa Mehra réfléchit une seconde : « Il m'arrive de me sentir très désespérée. Quand je pense à feu mon époux.

— Pensez-vous à lui en ce moment ?

— Oui.

— Et êtes-vous désespérée ?

— Non, pas en ce moment, confessa Mrs Rupa Mehra.

« — Que ressentez-vous, là, maintenant ? demanda le Dr Nuruddin.

— L'étrangeté de tout cela. »

Ce qui, en clair, signifiait : « Vous êtes fou. Et moi aussi, de répondre à vos questions. »

Le Dr Nuruddin se gratta le nez avec la gomme de son crayon. « Mrs Mehra, trouvez-vous que mes questions ne sont pas pertinentes ? Qu'elles sont impertinentes ?

— Eh bien –

— Je vous assure qu'elles sont très pertinentes. En homéopathie, nous essayons de traiter l'ensemble du système, nous refusons de nous en tenir uniquement à l'aspect physique. A présent, dites-moi, souffrez-vous de pertes de mémoire ?

— Non. Je me souviens toujours des noms et des anniversaires de mes amis, et d'autres choses importantes. »

Le Dr Nuruddin nota quelque chose dans un petit carnet. « Bien, bien, dit-il. Des rêves ?

— Des rêves ?

— Quels rêves faites-vous, Mrs Mehra ?

— Je ne me les rappelle pas.

— Vous ne vous les rappelez pas ? » Il eut l'air sceptique. « Non, répliqua Mrs Rupa Mehra, grinçant des dents.

— Grincez-vous des dents en dormant ?

— Comment le saurais-je ? Je dors. Mais quel est le rapport de tout cela avec mon diabète ?

— Vous réveillez-vous souvent la nuit en ayant soif ? continua le Dr Nuruddin, sans se départir de sa jovialité.

— Oui, très souvent. Je garde une cruche d'eau à côté de mon lit.

— Quand vous sentez-vous le plus fatiguée, le matin ou le soir ?

— Le matin, il me semble. Jusqu'à ce que je récite la Bhagavad-Gita. Après, je me sens plus forte.

— Aimez-vous les mangues ?

— Comment le savez-vous ? fit-elle stupéfaite.

— C'était une simple question, Mrs Mehra. Votre urine sent-elle la violette ?

— Comment osez-vous ? s'écria Mrs Rupa Mehra, offusquée.

« — Mrs Mehra, j'essaie de vous aider. Voulez-vous répondre à mes questions ?

— Pas ce genre de questions. Mon train part dans moins d'une heure. Je dois m'en aller. »

Le Dr Nuruddin s'empara de son *Materia Medica*, l'ouvrit à la page appropriée. « Voyez-vous, Mrs Mehra, je ne sors pas la liste de ces symptômes de ma tête. Mais votre résistance même à me répondre m'a aidé à établir mon diagnostic. Je voudrais vous poser une dernière question.

— Oui ? fit-elle, tendue.

— Eprouvez-vous des démangeaisons au bout des doigts ?

— Non », dit-elle et elle poussa un long soupir de soulagement.

Le Dr Nuruddin se caressa l'arête du nez, rédigea son ordonnance et la tendit à son assistant, qui se mit à moudre diverses substances jusqu'à les réduire en une poudre blanche, qu'il répartit ensuite dans vingt et un petits sachets en papier.

« Vous ne mangerez ni oignon, ni gingembre ni ail, et vous prendrez un sachet avant chaque repas. Au moins une demi-heure avant le repas, expliqua le Dr Nuruddin.

— Et cela améliorera mon diabète ?

— Inch' Allah.

— Mais je pensais que vous me donneriez ces petites pilules.

— Je préfère les poudres. Revenez dans une semaine et nous verrons.

— Je quitte Calcutta pour plusieurs mois.

— Pourquoi ne me l'avez-vous pas dit ? » La voix du Dr Nuruddin était nettement moins joviale.

« Vous ne me l'avez pas demandé. Je suis désolée, Docteur.

— Bon. Et où allez-vous ?

— A Delhi, puis à Brahmpur. Ma fille Savita va accoucher, ajouta-t-elle en confidence.

— Quand serez-vous à Brahmpur ?

— Dans une semaine ou deux.

— Je n'aime pas prescrire pour une longue période, mais je n'ai guère le choix. » Il échangea quelques mots avec son assistant. « Je vous donne des médicaments pour deux semaines. Au bout de cinq jours, vous m'écrirez pour me dire comment vous vous sentez. Et à Brahmpur vous irez voir le Dr Baldev Singh. Voici son adresse. Je vais lui envoyer un mot à votre sujet. Vous payez et prenez vos médicaments dans la pièce de devant. Au revoir, Mrs Mehra.

— Merci, docteur.

— La personne suivante », appela le Dr Nuruddin d'une voix joviale.

7.46

Sur le chemin de la gare, Mrs Rupa Mehra se montra d'un calme inhabituel. A ses enfants qui lui demandaient comment s'était passé le rendez-vous avec le médecin, elle dit : « Spécial. Vous pouvez le dire à Kuku.

— Vas-tu suivre ses prescriptions ?

— Oui. On m'a appris à ne pas gaspiller l'argent. » On l'eût dit irritée par leur présence.

Alors qu'ils se retrouvaient pris dans les embouteillages inextricables du pont Howrah, perdant des minutes précieuses, et que la Humber avançait par à-coups au milieu des klaxons, des cris, du vacarme assourdissant fait par les autobus, les trams, les taxis, les voitures, les motos, les charrettes, les rickshaws, les bicyclettes et – surtout – les piétons, Mrs Rupa Mehra, qu'on aurait vue prise de panique en temps normal, s'agrippant désespérément à la poignée, semblait à peine consciente qu'elle risquait de manquer son train.

Ce n'est que lorsqu'elle se retrouva dans son compartiment avec tous ses bagages, et après avoir pu jeter un coup d'œil sur les autres voyageurs, que Mrs Rupa Mehra se laissa aller à ses débordements d'émotion habituels. Embrassant Lata, des larmes plein les yeux, elle lui dit de prendre soin de Varun. Embrassant Varun, les yeux pleins de larmes, elle lui dit de veiller sur Lata. Amit se tenait un peu à l'écart. Avec la foule, la fumée, le bruit et cette odeur de poisson pas frais qui se répandait partout, la gare de Howrah n'était certainement pas l'endroit du monde qu'il préférait.

« Vraiment, Amit, ç'a été très gentil à vous de nous emmener en voiture, dit Mrs Rupa Mehra, s'efforçant à l'amabilité.

— Mais non, Ma, ce n'est rien. Il se trouve qu'elle était disponible. Par miracle, Kuku ne se l'était pas réservée.

— Ah oui, Kuku. » Mrs Rupa Mehra avait beau dire et répéter que tout le monde l'appelait Ma, et qu'elle aimait cela, elle n'apprécia pas de s'entendre appeler ainsi par Amit. Elle jeta un regard inquiet à sa fille.

« Transmettez toute mon affection à votre famille », dit-elle à Amit d'un ton peu convaincu.

Amit, déconcerté, crut déceler une certaine hostilité dans la voix – mais peut-être était-ce le fruit de son imagination ? Que s'était-il passé chez l'homéopathe, se demanda-t-il, qui avait fâché la mère de Lata ? Ou alors, était-elle fâchée contre lui ?

Pendant le trajet de retour, ils convinrent tous que Mrs Rupa Mehra avait été d'une humeur étrange.

« J'ai l'impression d'avoir fait quelque chose qui a fâché votre mère, dit Amit. J'aurais dû vous ramener plus tôt l'autre jour.

— Ce n'est pas vous, c'est moi, dit Lata. Elle voulait que je l'accompagne à Delhi, et j'ai refusé.

— Non, c'est de ma faute, dit Varun. Je le sais. Je la rends très malheureuse. Elle ne supporte pas de me voir gâcher ma vie. Il faut que je tourne la page. Je ne peux pas continuer à la décevoir. Si tu me vois reprendre mes anciennes habitudes, Luts, il faudra que tu te fâches. Que tu te fâches vraiment. Que tu cries après moi. Que tu me dises que je suis un foutu imbécile, qui n'aura jamais les qualités d'un chef. Jamais ! »

Lata le lui promit.

Huitième partie

8.1

Personne ne conduisit Maan et son professeur d'ourdou, Abdur Rasheed, à la gare de Brahmpur. Il était midi. Du reste, Maan était d'humeur si triste que la présence de Pran, de Firoz ou de n'importe lequel de ses plus douteux camarades d'études ne l'aurait guère remonté. Il avait le sentiment qu'on l'envoyait en exil, et à juste titre : c'est exactement ainsi que son père et Saeeda Bai l'entendaient. Chacun lui avait intimé de quitter la ville, l'un carrément sous forme d'ultimatum, l'autre avec plus de doigté. Tous deux aimaient Maan, et tous deux tenaient à l'écarter de leur chemin.

Maan n'en voulait pas à Saeeda Bai, ou pas trop, persuadé qu'elle souffrirait de son absence. En l'envoyant à Rudhia plutôt qu'à Bénarès, elle trouvait le moyen de le garder aussi près d'elle que les circonstances le permettaient. En revanche, il était furieux contre son père, qui l'obligeait à partir sans raison valable, refusant d'écouter sa version des choses et grognant de satisfaction en apprenant qu'il se rendait au village de son professeur d'ourdou.

« Fais un saut jusqu'à notre ferme pendant que tu seras là-bas – j'aimerais savoir ce qui s'y passe », avait-il dit. Pour bientôt ajouter : « Si tu as le temps de parcourir ces quelques kilomètres, bien entendu. Je sais quel élève studieux tu vas devenir. »

Mrs Mahesh Kapoor s'était contentée d'étreindre son fils et de lui dire de revenir bientôt. Révolté, frustré, Maan tenait l'affection même de sa mère pour insupportable. La plus montée contre Saeeda Bai, c'était elle.

« Pas avant un mois », avait répliqué Mahesh Kapoor.

Soulagé de constater que Maan renonçait à le défier en restant à Brahmpur, il n'en était pas moins fâché d'avoir à « s'occuper de Bénarès », sur deux plans : celui des affaires familiales – les parents de la fiancée de Maan –, celui des affaires tout court – le magasin de vêtements où heureusement – il en remerciait le ciel – l'assistant de Maan se montrait d'une compétence honorable. Comme s'il n'avait pas déjà assez avec ses propres occupations.

Comme d'habitude les quais grouillaient de monde – voyageurs accompagnés de leurs amis, de leurs parents et de domestiques, marchands ambulants, employés du chemin de fer, porteurs, vagabonds et mendiants. Hurlements de bébés et coups de sifflet. Chiens errants aux regards d'enfants battus, singes agressifs aux babines retroussées. Une puanteur envahissante, d'autant qu'il faisait très chaud et que, dans les wagons, les ventilateurs ne fonctionnaient pas. Une demi-heure après l'heure prévue pour le départ, le train était toujours en gare. Suffoqué par la chaleur qui régnait dans son compartiment de seconde classe, Maan ne disait rien, surveillant d'un œil morne ses bagages : une valise en cuir bleu foncé et plusieurs sacs.

Rasheed, dont le visage, décida Maan, ressemblait au mufle d'un loup, avait sauté dans une autre voiture retrouver des garçons qu'il connaissait : des étudiants de la madrasa – l'école islamique – de Brahmpur qui retournaient chez eux pour quelques jours.

Maan commençait à s'endormir. Les ventilateurs ne marchaient toujours pas, le train ne donnait aucun signe de départ. Il toucha le petit coton, imbibé du parfum à la rose de Saeeda Bai, qu'il s'était mis dans l'oreille, se passa la main sur la figure, trempée de sueur.

Enfin le train s'ébranla. Il traversa la ville puis déboucha dans la campagne. Villages et champs défilèrent, les uns desséchés et en jachère, les autres colorés de jaune par le blé mûr ou de vert par d'autres récoltes. Les ventilateurs se mirent à tourner, au soulagement de tout un chacun.

Dans certains champs, la moisson battait son plein, dans d'autres elle venait juste de commencer, le chaume luisant au soleil.

Tous les quarts d'heure, le train s'arrêtait dans une petite gare, parfois en pleine campagne, parfois dans un village, à l'occasion dans une petite ville, chef-lieu du district qu'ils traversaient. Une mosquée ou un temple, quelques margousiers, figuiers ou banians, un gamin menant ses chèvres sur un sentier poussiéreux, l'éclair turquoise d'un martin-pêcheur – Maan enregistrait vaguement tout cela. Il referma les yeux, tout à la douleur de quitter la seule personne dont il souhaitait la compagnie. Il voulait ne rien voir, ne rien entendre, uniquement se rappeler les objets et les bruits de la maison de Pasand Bagh : le délicieux parfum de la chambre de Saeeda Bai, la fraîcheur du soir, le son de sa voix, la pression de ses mains sur les siennes. Il eut même une pensée affectueuse pour le portier et la perruche.

Mais s'il gardait les yeux clos pour se protéger de la lumière cruelle de l'après-midi et abolir le spectacle monotone des champs montant à l'horizon sur un ciel poussiéreux, il ne pouvait empêcher les bruits du train de l'envahir de plus en plus. Les cliquetis et les cahots des wagons bringuebalant sur la voie ou traversant un pont, l'effet de souffle d'un autre train passant à toute vitesse en sens inverse, la toux d'une femme ou les pleurs d'un enfant, même la chute d'une pièce de monnaie ou le froissement d'un journal, tout prenait une intensité insupportable. Il posa la tête sur ses mains et resta sans bouger.

« Ça va ? Vous vous sentez bien ? » C'était la voix de Rasheed.

Maan hocha la tête et ouvrit les yeux.

Il dévisagea les autres voyageurs, puis Rasheed, le trouvant par trop décharné pour quelqu'un du même âge que lui. Il avait même quelques cheveux blancs.

Après tout, se dit-il, si je commence à perdre mes cheveux à vingt-cinq ans, pourquoi lui ne commencerait-il pas à blanchir ?

Au bout d'un moment, il demanda : « Comment est l'eau chez vous ?

— Que voulez-vous dire ?

— Elle est bonne, n'est-ce pas ? » L'angoisse le prenait en pensant à la vie que l'on menait dans ce village.

« Oh oui, elle vient du puits. Nous la pompons à la main.

— Vous n'avez pas l'électricité ? »

Avec un petit sourire sardonique, Rasheed fit signe que non.

Maan se tut. Il prenait peu à peu conscience de ce que signifiait son exil, sur le plan pratique.

Le train s'était arrêté au sortir d'une petite gare. On remplissait les réservoirs, la locomotive lançait des jets de vapeur, et le bruit de l'eau tombant sur le toit du compartiment rappela à Maan celui de la pluie. Durant les semaines qui allaient s'écouler jusqu'à la mousson, la chaleur serait insupportable.

« Les mouches ! »

C'était l'homme assis à côté de Rasheed qui venait de parler. Il avait l'air d'un paysan séché sur pied, d'une quarantaine d'années, et roulait du tabac dans la paume d'une main avec le pouce de l'autre. Il le tassa, jeta ce qui était en trop, examina avec soin la prise, la débarrassa de ses impuretés, en huma une pincée, se lécha l'intérieur de la lèvre inférieure, cracha en biais.

« Vous parlez anglais ? » demanda-t-il dans le dialecte hindi local. Il avait remarqué les étiquettes sur la valise de Maan.

« Oui, dit Maan.

— Sans l'anglais, on ne peut rien faire », approuva l'homme d'un ton docte.

Maan se demanda à quoi l'anglais pouvait bien servir à ce paysan.

« A quoi ça sert, l'anglais ?

— Les gens adorent l'anglais ! fit l'homme avec un étrange rire de gorge. Si vous parlez anglais, vous êtes un roi. Plus vous épatez les gens, plus ils vous respectent. » Il retourna à son tabac.

Maan éprouva un soudain besoin de s'expliquer. Mais tandis qu'il s'efforçait de rassembler ses idées, le bourdonnement des mouches s'amplifia autour de lui. Il faisait trop chaud pour penser, il avait trop envie de dormir. Sa tête tomba sur sa poitrine. Une minute après, il dormait.

« RUDHIA. Rudhia. Correspondance. » Maan se réveilla pour voir plusieurs passagers descendre avec leurs bagages, et d'autres monter. Rudhia, chef-lieu et certainement la plus grande ville du district, n'avait pourtant rien d'un grand centre ferroviaire. Deux lignes secondaires s'y croisaient en tout et pour tout. Mais pour ses habitants, c'était le plus grand centre du Purva Pradesh après Brahmpur, et les mots *Rudhia gare* sur les panneaux et les six crachoirs en porcelaine blanche faisaient autant pour la dignité de la ville que le tribunal de district, la perception et autres bâtiments administratifs, et la centrale électrique qui fonctionnait au charbon.

L'arrêt en gare de Rudhia dura trois bonnes minutes, puis le train repartit, ahanant dans la chaleur de l'après-midi. Une pancarte devant le bureau du chef de gare annonçait : *Notre but : Sécurité, Sûreté, Ponctualité.* En fait, le train avait déjà une heure et demie de retard, circonstance banale que les voyageurs se gardaient bien d'aggraver par des récriminations.

Le convoi prit une courbe, de grosses bouffées de fumée envahirent le compartiment. Le paysan se mit à lutter avec la fenêtre, secouru par Maan et Rasheed.

Maan repéra un arbre à feuilles rouges au milieu d'un champ : « C'est quoi, cet arbre ? demanda-t-il. Ça ressemble à un manguier, mais ça n'en est pas un.

— C'est un mahua, dit le fermier avant que Rasheed n'ait pu répondre, l'air railleur de qui devrait expliquer ce qu'est un chat.

— Très bel arbre, confirma Maan.

— Oui, et utile aussi.

— Comment ça ?

— Il vous enivre.

— Vraiment ? C'est la sève ? »

Ravi de l'ignorance de son interlocuteur, l'homme partit de son rire étrange et se contenta de répéter : « Sève ! »

Rasheed se pencha vers Maan, tambourinant sur la malle en fer qui reposait entre eux. « Ce sont les fleurs, dit-il. Elles sont très légères et odorantes. Elles ont dû tomber il y a un mois. Si on les fait sécher, elles durent une année. Fermentées, elles donnent un alcool. » Son ton laissait entendre une certaine désapprobation.

« Ah oui ? fit Maan, soudain ranimé.

— Cuites, elles servent de légume, continua Rasheed. Bouillies dans du lait, elles le colorent en rouge et donnent des forces à celui qui en boit. Mélangez-les avec la farine dont vous faites vos rôties en hiver, et vous ne sentirez pas le froid. »

Maan eut l'air impressionné.

« Donnez-les à manger au bétail, ajouta le fermier, et il aura deux fois plus d'énergie. »

Incrédule, Maan regarda Rasheed pour confirmation.

« Exact, fit celui-ci.

— Quel arbre merveilleux ! » s'exclama Maan. Ragaillardi, il se lança dans une série de questions. La campagne, qui jusqu'à présent lui avait paru si monotone, commençait à l'intéresser.

Après avoir traversé une large rivière aux eaux fangeuses, ils pénétrèrent dans une jungle. Maan voulut aussitôt savoir si des animaux sauvages y vivaient et fut ravi d'apprendre qu'elle était peuplée de renards, de chacals, de nilgauts, de sangliers et même de quelques ours. Sans compter, un peu plus loin sur des plateaux rocheux, des loups qui parfois menaçaient les populations locales.

« Cette jungle, dit Rasheed, fait partie du domaine de Baitar.

— Oh ! » fit Maan. Pran et lui avaient beau être des amis d'enfance de Firoz et Imtiaz, ils ne les avaient jamais fréquentés qu'en ville, ne s'étaient jamais rendus à Fort Baitar ni sur le domaine.

« Mais c'est merveilleux ! Je connais bien la famille. Nous irons chasser avec eux. »

Rasheed eut un sourire triste, mais ne répondit rien. Peut-être, se dit Maan, pense-t-il qu'à ce train-là je n'apprendrai pas beaucoup d'ourdou. Et quelle importance ? faillit-il dire tout haut, mais il se ravisa.

« Ils doivent avoir des chevaux au fort ? demanda-t-il.

— Oui, dit le fermier avec un enthousiasme mêlé de

respect. Beaucoup de chevaux. Toute une écurie. Et deux jeeps aussi. Et pour Moharram, ils organisent une immense procession et des tas de cérémonies. Vous connaissez réellement le Nawab Sahib ?

— Je connais surtout ses fils.

— Il est le fils de Mahesh Kapoor », laissa tomber Rasheed, que le fermier commençait à fatiguer.

L'homme en demeura bouche bée. C'était assez improbable pour être vrai. Mais qu'est-ce que ce garçon – le fils d'un grand ministre – faisait à courir ainsi le monde dans un wagon de deuxième classe, vêtu d'un kurta-pyjama tout fripé ?

« Et moi qui ai plaisanté avec vous ! dit-il, effrayé de sa propre témérité.

— Mon père n'en saura rien, lui promit Maan, qui éprouvait néanmoins quelque plaisir à le voir à son tour plongé dans l'embarras.

— Il m'enlèvera ma terre s'il l'apprend. » Ou bien le fermier créditait le ministre du Trésor de pouvoirs extravagants, ou bien il jugeait politique d'exagérer sa peur.

« Il ne fera rien de tel, le rassura Maan, saisi d'un accès de rage à la pensée de son père.

— Quand on aura supprimé les zamindari, il prendra toutes ces terres, insista le fermier. Même celles du Nawab Sahib. Qu'est-ce qu'un petit métayer comme moi peut faire ?

— C'est tout simple – ne me donnez pas votre nom. »

L'idée sembla amuser l'homme, qui répéta la phrase plusieurs fois.

Soudain le train fut pris de secousses, comme si l'on avait tiré le frein, pour finir par s'arrêter en rase campagne.

« Ça arrive tout le temps, dit Rasheed d'un ton irrité.

— Quoi ? demanda Maan.

— Les gosses, ils tirent le signal d'alarme quand le train arrive près de leur village. Le temps que les gardes arrivent dans leur wagon, ils ont disparu dans les champs de canne à sucre.

— Et on ne peut rien faire ?

— Ou bien les chemins de fer s'avouent vaincus et ils

créent un nouvel arrêt ici, ou bien ils réussissent à attraper un de ces gamins de temps en temps et ils font un exemple.

— Comment ?

— En lui donnant une bonne raclée, et en le mettant sous les verrous pour quelques jours.

— C'est vraiment sévère.

— C'est très efficace. A leur âge, nous aussi nous étions très indisciplinés, dit Rasheed en souriant. Mon père me battait régulièrement. Un jour mon frère a failli être tué sous les coups de notre grand-père. Un tournant dans sa vie. Il est devenu lutteur professionnel !

— Votre grand-père, pas votre père ?

— Notre grand-père. C'est lui dont nous avions le plus peur.

— Et maintenant ?

— Moins. Il a plus de soixante-dix ans. Mais à soixante ans bien sonnés, il terrorisait une dizaine de villages. Je ne vous en ai encore jamais parlé ?

— Il les terrorisait vraiment ? » Maan essayait de se représenter cet étrange patriarche.

« Je veux dire qu'ils le respectaient et venaient lui demander de résoudre leurs querelles. C'est un propriétaire, un petit propriétaire, ce qui lui confère une respectabilité dans notre communauté. C'est aussi un homme juste et pieux. Il a pratiqué la lutte dans sa jeunesse, alors ils ont peur de lui. Les bandits qu'il a réussi à attraper en savent quelque chose.

— J'imagine que je n'ai pas intérêt à jouer ou à boire tant que je serai dans votre village », dit Maan gaiement.

Rasheed prit cette boutade très au sérieux. « Sûrement pas, Kapoor Sahib. Vous êtes mon invité, et ma famille ne sait pas que vous venez. Votre conduite rejaillira sur moi.

— N'ayez crainte, s'écria Maan. Je ne ferai rien qui puisse vous causer des ennuis. Je vous le promets. »

Rasheed parut soulagé, mais Maan réalisa l'imprudence de cette promesse. Jamais, de toute sa vie, il n'avait réussi à bien se tenir pendant un mois.

Ils descendirent à la petite ville de Salimpur, chargèrent leurs bagages à l'arrière d'un rickshaw déglingué, dans lequel ils s'installèrent eux-mêmes en équilibre instable.

Et c'est ainsi, le cyclo-pousse cahotant et zigzaguant entre les ornières de la route, qu'ils se dirigèrent vers Debaria, le village natal de Rasheed. Le soir tombait, des ribambelles d'oiseaux jacassaient dans les arbres, les margousiers bruissaient sous la brise. Sous un boqueteau de chênes élancés à larges feuilles, un âne, deux de ses pattes entravées, clopinait. Des bandes d'enfants occupaient chaque petit pont, poussant des cris au passage du rickshaw. En dehors des chars à bœufs rentrant au village après la moisson ou de quelques gamins poussant leur bétail, il n'y avait guère de circulation.

Maan, qui avait revêtu une kurta orange avant de descendre du train – celle qu'il portait auparavant étant trempée de sueur –, offrait un spectacle riche en couleur, même sous la lumière déclinante. Quant à Rasheed, plusieurs personnes le reconnurent et le saluèrent.

« Comment vas-tu ?

— Très bien. Et toi. Que donne la moisson ?

— Oh, pas très bonne. De retour de Brahmpur ?

— Oui.

— Combien de temps vas-tu rester ?

— Un mois. »

Et pendant toute la conversation, c'est Maan qu'ils regardaient, l'inspectant de haut en bas.

C'était un crépuscule rose, brumeux et paisible. Les champs s'étendaient jusqu'à l'horizon, de chaque côté de la route, il n'y avait pas un nuage dans le ciel. Maan se remit à penser à Saeeda Bai, ressentant son absence jusque dans ses os. Jamais il ne pourrait rester un mois sans la voir.

Que faisait-il dans cet endroit demeuré à l'écart de toute civilisation – parmi des paysans soupçonneux, illettrés, qui ne savaient que dévisager les étrangers ?

Il y eut une brusque secousse, et Maan, Rasheed et leurs bagages faillirent se retrouver par terre.

« Pourquoi as-tu fait ça ? demanda sèchement Rasheed au rickshaw-wallah.

— Aré, bhai, il y avait un trou dans la route. Je ne suis pas une panthère, je ne vois pas dans le noir », rétorqua l'homme.

Un peu plus loin, ils quittèrent la route pour emprunter un chemin boueux encore plus malcommode qui menait au village, à un kilomètre de là. A la saison des pluies, cette piste devait être totalement impraticable et le village se retrouver coupé du reste du monde. Au bout d'un moment, le rickshaw-wallah abandonna et demanda à ses passagers de descendre.

« C'est trois roupies que je devrais vous prendre, et pas deux, dit-il.

— Une roupie huit annas, répliqua Rasheed calmement. Et maintenant, continue. »

Il faisait complètement noir quand ils atteignirent la maison de Rasheed – ou plutôt, la maison de son père, comme il disait : un assez grand bâtiment de briques, de plain-pied, blanchi à la chaux. Une lampe à kérosène brûlait sur le toit. Le père de Rasheed, qui était sur le toit, appela en entendant le bruit du rickshaw – cahotant le long de la rue du village, guidé par la torche de Maan.

« Qui est-ce ?

— C'est Rasheed, Abba-jaan.

— Bon. Nous t'attendions.

— Tout va bien ici ?

— A peu près. La récolte n'est pas très bonne. Je descends. Il y a quelqu'un avec toi ? »

Maan eut l'impression d'entendre parler un homme édenté, une voix qu'il imaginait plus être celle du grand-père que du père de Rasheed.

Quand il arriva en bas, l'homme avait deux lampes à kérosène à la main et la bouche pleine de paans. Il accueillit son fils sans débordements d'affection. Puis tous les trois s'assirent sur un charpoy devant la maison, sous un grand margousier.

« C'est Maan Kapoor, Abba-jaan », dit Rasheed.

Son père hocha la tête puis demanda à Maan : « Vous êtes ici en visite ou vous êtes une sorte de fonctionnaire ? »

Maan sourit. « Je suis en visite. Votre fils m'apprenait l'ourdou à Brahmpur. J'espère qu'il continuera à Debaria. »

La lumière de la lampe lui révéla une mâchoire largement édentée. Ce qui expliquait la voix, l'absence de certaines consonnes, mais donnait au père de Rasheed un air sinistre même quand il s'efforçait de se montrer accueillant.

Pendant ce temps, un autre personnage sortit de l'obscurité pour saluer Rasheed. On le présenta à Maan, puis il s'assit sur un autre châlit en cordes. Âgé d'une vingtaine d'années, et donc plus jeune que Rasheed, il était en fait son oncle – le plus jeune frère de son père. Très disert, en réalité plein de suffisance.

Un domestique apporta à chacun un verre de sorbet.

« Vous avez fait un long voyage, dit le père de Rasheed. Lavez-vous les mains, rincez-vous la bouche et prenez votre sorbet.

— Où puis-je... demanda Maan.

— Ah, dit le père de Rasheed. Allez derrière l'étable si vous voulez pisser, c'est bien ça ?

— Oui. » Agrippant sa torche, piétinant dans les bouses de vache, Maan se dirigea vers l'endroit indiqué. Un des bœufs meugla à son approche.

Quand il revint, Rasheed lui versa l'eau d'une cruche en cuivre sur les mains. Dans la chaleur de la nuit, l'eau paraissait merveilleusement fraîche.

Tout comme le sorbet, qui fut suivi rapidement du dîner. Eclairés par les lampes à kérosène, environnés d'insectes bourdonnant, les quatre hommes se concentrèrent sur leur repas, composé de plusieurs plats de viande qu'accompagnaient d'épaisses galettes de blé, échangeant des propos décousus.

« Qu'est-ce que c'est ? Du pigeon ? s'enquit Maan.

— Oui, nous avons, ou plutôt mon grand-père a un pigeonnier là-haut. » Rasheed indiquait un endroit dans le noir. « Au fait, où est Baba ? demanda-t-il à son père.

— Il est parti faire un de ses tours d'inspection du village. Probablement aussi parler à Vilayat Sahib – essayer de le ramener à l'islam. »

Tout le monde rit, sauf Maan, qui ne connaissait pas les

deux personnes mentionnées. En mangeant un shami kabab, il commença à se sentir un peu abandonné.

« Il sera sûrement rentré pour la prière du soir », dit Rasheed, qui voulait que Maan rencontre son grand-père.

A un moment il fut question de la femme de Rasheed. Maan se redressa. Il ignorait, n'avait pas imaginé même que son professeur fût marié. Et quand on mentionna les deux petites filles de Rasheed, son étonnement s'accrut d'autant.

« Maintenant, on va vous préparer un endroit pour dormir, dit le père, avec sa brusquerie habituelle. Moi je dors sur le toit. En cette saison, il faut profiter du maximum d'air frais possible.

— Quelle bonne idée, j'en ferai autant. »

Il y eut un silence gêné, puis Rasheed dit :

« Nous devrions essayer de dormir à la belle étoile ici – devant la maison. On peut nous arranger une couche ici. »

Maan fronça les sourcils et s'apprêtait à poser une question quand le père de Rasheed intervint : « Eh bien, c'est réglé. Le domestique va vous apporter ce qu'il faut. Il fait trop chaud pour un matelas. Il n'y a qu'à étendre une toile sur le charpoy avec un ou deux draps par-dessus. A demain. »

Plus tard, allongé sur son lit de sangles, fixant le ciel noir et si clair, Maan se remit à penser à Saeeda Bai. Il avait heureusement trop sommeil pour que ses idées le tiennent éveillé toute la nuit. On entendait coasser des grenouilles dans une mare à l'orée du village. Un chat miaula. Dans l'étable, un buffle s'ébroua. Des criquets chantèrent, dans un éclair gris-blanc, une chouette vint se poser sur un margousier. Maan y vit un bon présage.

« Une chouette, dit-il à Rasheed allongé sur le charpoy voisin du sien.

— Oui, et en voici une autre. »

Une deuxième forme grise atterrit sur la branche.

« J'aime beaucoup les chouettes, fit Maan d'une voix endormie.

— Oiseaux néfastes, dit Rasheed.

— Elles savent que je suis un ami. C'est pourquoi elles me surveillent pendant que je dors. Pour s'assurer que je rêve de choses agréables, de belles femmes etc. Rasheed, demain il faut que vous m'appreniéz des ghazals. Dites-moi, pourquoi dormez-vous ici ? Ne devriez-vous pas être avec votre femme ?

— Ma femme est au village de son père.

— Ah. »

Au bout d'un moment, Rasheed reprit : « Connaissez-vous l'histoire de Mahmud de Ghazni et de son paisible Premier ministre ?

— Non. » Maan ne voyait pas ce que ce grand conqué-rant, pilleur de villes, venait faire là-dedans. Mais dans cet état intermédiaire qui précède le sommeil, on n'a pas besoin de voir.

Rasheed commença son histoire : « Mahmud de Ghazni dit à son vizir : "Qui sont ces deux chouettes ?"

— Ah bon ? fit Maan. Mahmud de Ghazni était allongé sur un charpoy et regardait ces chouettes ?

— Probablement pas. Pas ces chouettes-là, ni sur un charpoy. Donc le vizir dit : "L'une a un oisillon femelle, l'autre un oisillon mâle. Ils sont très bien assortis, et le mariage est en bonne voie. Assis sur leur branche, les deux chouettes – futurs beaux-pères – discutent du mariage de leurs enfants, spécialement de la très importante question de la dot." Là, le vizir s'arrête. Alors Mahmud de Ghazni demande : "Que disent-elles ?" Le vizir réplique : "Le père du garçon réclame un millier de villages déserts comme dot." "Oui, oui, dit Mahmud de Ghazni. Et que répond l'autre chouette ? – Du côté de la fille on dit : Après la dernière campagne de Mahmud de Ghazni, vous pouvez en offrir cinq mille..." Sur ce, bonne nuit, dormez bien.

— Bonne nuit », dit Maan, amusé par l'histoire. Quand il s'endormit, après avoir essayé une minute ou deux d'y réflé-chir, les chouettes étaient toujours sur leur branche.

C'est une voix aux intonations affectueuses et sévères qui le réveilla le lendemain matin : « Debout ! Debout ! Et vos prières du matin ? Rasheed, va chercher de l'eau, il faut que ton ami se lave les mains avant de dire ses prières. »

Un vieil homme, à la carrure puissante et à la barbe de prophète, la poitrine nue, vêtu d'un lungi de coton vert noué à la diable, se tenait au-dessus de lui. Maan devina que c'était le grand-père, le « baba » de Rasheed. Il se montrait à la fois si affectueux et impérieux que Maan n'eut pas le courage de refuser.

« Eh bien ? dit Baba. Levez-vous, levez-vous. Comme dit le muezzin, il vaut mieux prier que dormir.

— En réalité – Maan avait enfin retrouvé sa voix – je ne vais pas à la prière.

— Vous ne lisez pas le namaaz ? » Baba paraissait plus que blessé : assommé. Quel genre de gens Rasheed ramenait-il au village ? L'envie le tenaillait de tirer du lit ce voyou impie.

« Baba, il est hindou, intervint Rasheed avant que les choses ne s'enveniment. Il s'appelle Maan Kapoor. » Il insista sur le nom de famille.

Le vieil homme regarda Maan, stupéfait. L'idée ne l'avait même pas effleuré. Il regarda son petit-fils, ouvrit la bouche comme pour poser une question, et à l'évidence se ravisa.

« Oh, il est hindou ! » finit-il par dire. Et il s'éloigna de Maan.

8.4

Rasheed expliqua à Maan un peu plus tard où ils devaient aller pour faire leur toilette – dans les champs, et en emportant une lota pleine d'eau. C'était le seul moment de la journée où l'on pouvait compter sur un peu de fraîcheur et d'intimité. Pas très à son aise, Maan remplit sa lota et suivit Rasheed.

Il faisait un beau temps clair. Ils passèrent devant la mare à l'orée du village. Quelques canards y nageaient au milieu des roseaux, un buffle à la peau d'un noir luisant s'y baignait, enfoncé jusqu'aux narines. Une petite fille en salwaar-kameez rose et vert sortit d'une maison, vit Maan, poussa une exclamation étouffée, et disparut à toute allure.

Rasheed était plongé dans ses pensées. « Quel gâchis, dit-il.

— Quoi ?

— Tout ça. » D'un grand geste il balaya tout ce qui les entourait, les champs, la mare, le village, un autre village dans le lointain. « C'est mon rêve de transformer complètement... »

Maan se prit à sourire, perdant le fil de ce que disait Rasheed. Son professeur savait peut-être tout sur les mahuas et le paysage, mais c'était un visionnaire dénué de sens pratique. Quand on pensait à ce qu'il avait exigé de Maan à propos de ses « m », le village n'aurait pas trop d'un millénaire pour atteindre le style de vie auquel rêvait Rasheed. Celui-ci, à présent, marchait très vite, et Maan concentra toute son attention à le suivre. Marcher sur les arêtes boueuses séparant les champs n'était pas chose aisée, surtout en chappals de caoutchouc. Il glissa, manqua se faire une entorse à la cheville, laissa échapper en revanche sa lota dont l'eau se répandit.

Rasheed, se rendant compte que son compagnon ne suivait plus, se retourna et le vit par terre, en train de se frotter la cheville.

« Pourquoi n'avez-vous pas appelé ? lui dit-il. Ça va ?

— Oui, le rassura Maan. Que vouliez-vous dire en parlant de transformation ? » ajouta-t-il, ne voulant pas faire toute une histoire.

Une expression soucieuse se peignit sur le visage décharné de Rasheed. « Cette mare, par exemple, fit-il. Ils pourraient la peupler de poissons, et s'en servir pour leur nourriture. Et il y en a une plus grande, qui appartient à la communauté, tout comme les terrains de pâture. Mais elle ne sert à rien. Même l'eau – » Il s'interrompit, regarda la lota de Maan, vide.

« Tenez, fit-il, s'apprêtant à verser une partie de l'eau de sa cruche dans celle de Maan. A la réflexion, je le ferai plus tard, quand nous serons arrivés à destination. »

Se rappelant qu'il avait pour tâche d'éduquer Maan et que celui-ci s'était montré fort avide d'informations la veille, Rasheed entreprit de lui dire le nom des cultures devant lesquelles ils passaient. Mais Maan, qui n'était pas d'humeur studieuse, se contenta de répéter un mot par-ci par-là pour montrer qu'il écoutait.

« Qu'est-ce que c'est que ça ? » demanda-t-il soudain.

Ils étaient arrivés en haut d'une pente. A cinq cents mètres environ s'étendait l'eau bleue d'un bel étang aux berges boueuses bien délimitées, dominé à l'arrière-plan par quelques bâtiments blancs.

« L'école locale, la madrasa, dit Rasheed. Elle est sur le territoire du village voisin, mais nos enfants y vont aussi.

— On y dispense surtout un enseignement islamique ? » En réalité, c'est l'étang bleu qui intéressait Maan, et Rasheed s'était mépris sur sa question.

« Non – enfin oui, en quelque sorte. Mais ils prennent les enfants dès l'âge de cinq ans et ils leur apprennent un peu de tout. » Rasheed observait le paysage, momentanément heureux d'être de retour. Il aimait Brahmpur pour l'existence qu'on pouvait y mener, moins étriquée, moins frustrante qu'au village, mais souffrait du bruit et de devoir courir sans cesse, pour apprendre ou pour enseigner.

La madrasa : il y avait été un élève si difficile que ses professeurs, ne parvenant pas à le maîtriser, se plaignaient régulièrement à son père – et à son grand-père. « Les études y sont d'un bon niveau, reprit-il. Ils ont eu Vilayat Sahib pour élève, avant que cet étang ne devienne trop petit pour lui. Maintenant qu'il a si bien réussi dans l'archéologie, il fournit des livres à la bibliothèque de l'école – certains dont il est l'auteur – qu'aucun enfant ne peut comprendre. Il est là en ce moment, pour la semaine, mais vit très retiré. Nous le verrons peut-être. Ah, nous y voici. Donnez-moi votre lota. »

Ils avaient atteint une haute levée de terre séparant les champs, auprès d'un taillis. Rasheed partagea son eau avec Maan, puis s'accroupit : « Ici, tout autour, ça va, dit-il. Prenez votre temps. Personne ne nous dérangera.

— Je vais par là », fit Maan, qui s'éloigna en cachant de son mieux son embarras.

Je suppose que c'est ainsi que ça va se passer pendant le mois à venir, songeait-il décontenancé. Je ferais aussi bien de m'y habituer. J'espère qu'il n'y a pas de serpents ou d'autres choses aussi désagréables. Il n'y a pas beaucoup d'eau non plus. Et si j'ai des besoins plus tard dans la journée ? Faudra-t-il que je fasse l'aller-retour en pleine chaleur ? Préfère ne pas y penser. Et doué comme il l'était pour chasser les idées déplaisantes, il passa à autre chose.

Au plaisir qu'il aurait à nager dans l'étang bleu. Maan adorait nager, non pour le sport mais pour le sentiment de luxe, le plaisir tactile que cela lui procurait. A Brahmpur, naguère, il se rendait au lac Windermere, non loin de la Haute Cour, et se baignait dans la partie réservée aux nageurs. Il se demanda pourquoi il n'y était pas allé du tout le mois précédent, et n'y avait même pas pensé.

Il faut que j'écrive à Saeeda Bai, se dit-il en revenant au village. Rasheed va m'aider. Et tout haut : « Je suis prêt pour ma première leçon d'ourdou sous le margousier. Si vous n'avez rien d'autre à faire, bien sûr.

— Non, rien d'autre, fit Rasheed tout content. Je craignais d'avoir à aborder le sujet moi-même. »

8.5

Pendant que Maan prenait sa leçon, une foule de bambins s'assembla autour de lui.

« Ils vous trouvent très intéressant, dit Rasheed.

— Je m'en aperçois. Pourquoi ne sont-ils pas à l'école ?

— Le trimestre commence dans deux semaines. Allez, maintenant, partez, dit Rasheed en s'adressant aux enfants. Vous ne voyez pas que je donne une leçon ? »

Ils le voyaient très bien, et ils étaient fascinés. Fascinés surtout par le fait qu'un adulte pût avoir du mal à apprendre son alphabet.

Ils se mirent à imiter Maan, à mi-voix. « Alif-be-pe-te... laam-meem-noon », chantonnaient-ils, encouragés par le dédain que semblait leur manifester Maan.

Soudain il se tourna vers eux et poussa un rugissement de lion furieux. Ils s'enfuirent, terrifiés. Arrivés à bonne distance, certains se mirent à glousser et entreprirent de se rapprocher, pas à pas.

« Est-ce que nous ne ferions pas mieux d'entrer dans la maison ? demanda Maan.

— Eh bien, dit Rasheed visiblement embarrassé, c'est que nous respectons le purdah. Vos bagages sont à l'intérieur, bien entendu, en sûreté.

— Oh ! Evidemment. Votre père a dû trouver étrange que je demande à dormir sur le toit.

— Ce n'est pas votre faute, j'aurais dû vous avertir. Mais j'ai tendance à considérer tout ce qui concerne mon foyer comme allant de soi.

— Le Nawab Sahib respecte le purdah dans sa maison de Brahmpur et, si j'avais réfléchi, j'aurais compris que les choses ne sont pas différentes ici.

— Elles le sont pourtant. Les femmes musulmanes des basses castes doivent travailler dans les champs, donc elles ne peuvent pas respecter le purdah. Mais nous shaiks et sayyeds nous essayons. C'est une question d'honneur, parce que nous sommes les gens importants du village. »

Maan s'apprêtait à demander si toute la population du village était musulmane quand le grand-père de Rasheed s'approcha. Toujours vêtu de son lungi vert, mais portant en plus une veste blanche. Avec sa barbe blanche et sa vue faible, il paraissait plus frêle que lorsqu'il se penchait sur Maan, le matin même.

« Que lui enseignes-tu, Rasheed ?

— L'ourdou, Baba.

— Ah oui ? Bon, bon. »

Et se tournant vers Maan :

« Quel âge avez-vous, Kapoor Sahib ?

— Vingt-cinq ans.

— Etes-vous marié ?

— Non.

— Pourquoi ?

— Eh bien, ça ne s'est pas encore trouvé.

— Il n'y a rien qui cloche en vous, n'est-ce pas ?

— Oh non ! Rien.

— Alors vous devriez vous marier. C'est le moment. Comme ça vous ne serez pas un vieil homme quand vos enfants auront grandi. Regardez-moi. Je suis vieux maintenant, mais je ne l'ai pas toujours été. »

Maan fut tenté d'échanger un coup d'œil avec Rasheed, mais sentit que ce n'était pas la chose à faire.

Le vieil homme attrapa le cahier d'exercices de Maan et le tint à distance respectable de ses yeux. La page entière était couverte des deux mêmes lettres. « Seen, sheen, lut le grand-père. Seen, sheen, seen, sheen, en voilà assez ! Apprends-lui autre chose, Rasheed – ce n'est pas un enfant. Il ne va plus pouvoir le supporter. »

Rasheed hocha la tête, mais ne dit rien.

« En avez-vous assez ? demanda le vieil homme, revenant à Maan.

— Oh non, répondit hâtivement Maan. J'ai appris à lire. Ceci c'est juste de la calligraphie.

— Très bien. Très bien, continuez. Moi je vais aller là-bas – du doigt il indiquait un charpoy devant une autre maison – et lire. »

Il se racla la gorge, cracha par terre, puis s'éloigna lentement. Bientôt Maan le vit assis jambes croisées sur le charpoy, les lunettes sur le nez, se balançant d'avant en arrière tout en lisant un grand livre placé devant lui et que Maan devina être le Coran. Il n'était guère qu'à une vingtaine de pas et le murmure de sa psalmodie se mêlait aux voix des enfants, qui s'excitaient l'un l'autre à qui irait toucher Maan – « le lion ».

« Je voudrais écrire une lettre, dit Maan à Rasheed. Pourriez-vous l'écrire pour moi et m'aider, euh, à la composer ? J'arrive à peine à mettre deux mots l'un devant l'autre dans cette écriture.

— Bien entendu.

— Ça ne vous ennuie vraiment pas ?

— Non, bien sûr que non. Pourquoi ça devrait m'ennuyer ?

— C'est que... c'est pour Saeeda Bai.

— Je vois.

— Peut-être après le dîner ? Je ne me sens pas d'humeur à présent avec tous ces gosses autour. » Il les imaginait hurlant « Saeeda Bai ! Saeeda Bai ! » à pleins poumons.

Après quelques minutes de silence, Rasheed dit, chassant une mouche : « La raison pour laquelle je vous fais tracer et retracer ces deux lettres, c'est que vos courbes ne sont pas assez marquées. Elles devraient être plus rondes. Comme ceci – » et il dessina très lentement la lettre sheen.

Maan comprit que cette histoire de lettre déplaisait à Rasheed, mais il ne savait quoi faire. Il ne supportait pas l'idée de rester sans nouvelles de Saeeda Bai, craignait qu'elle ne lui écrive pas si lui-même ne prenait pas les devants. D'ailleurs, avait-elle son adresse ? Certes, une enveloppe portant la mention « c/o Abdur Rasheed, village de Debaria, tehsil Salimpur, Distr. Rudhia, P.P. » lui parviendrait. Mais Maan doutait que Saeeda Bai en fût assurée.

Et comme elle ne lisait que l'ourdou, il avait besoin d'un scribe – qui pût aussi l'aider à déchiffrer sa lettre quand elle lui répondrait. Sur qui d'autre que Rasheed pouvait-il compter ?

Maan fixait le sol, tout à sa perplexité, quand il remarqua qu'une multitude de mouches s'étaient agglutinées à l'endroit du crachat de Baba, négligeant le sorbet que Rasheed et lui buvaient.

Comme c'est étrange, pensa-t-il, en plissant le front.

« Qu'y a-t-il ? demanda Rasheed, d'un ton brusque. Quand vous saurez lire et écrire notre langue, vous serez libre. Alors, faites attention, Kapoor Sahib.

— Regardez ça.

— C'est bizarre. Vous n'êtes pas diabétique, n'est-ce pas ? » Il y avait comme de l'inquiétude dans la voix de Rasheed.

« Non, dit Maan, surpris. Pourquoi ? C'est l'endroit où Baba a craché.

— Oh, je vois. Lui, il l'est. Et c'est pour cela que les mouches se précipitent : c'est sucré. »

Maan tourna les yeux vers le vieil homme, qui menaçait du doigt un des galopins.

« Mais il affirme qu'il est en bonne santé, continua Rasheed, et continue à jeûner tous les jours pendant le Ramadan. L'année dernière, ça tombait en juin, il n'a pas pris une bribe de nourriture ou une gorgée d'eau du lever au coucher du soleil. Cette année, ça tombera à peu près à la même période. Personne n'attend ça d'un homme de son âge, mais il refuse d'écouter. »

Brusquement, Maan s'était mis à trouver la chaleur insupportable, sans savoir quoi faire. Il se tenait sous le margousier, l'endroit le plus frais à l'extérieur. Chez lui, il aurait mis le ventilateur en marche et se serait écroulé sur son lit, regardant le mouvement incessant des pales au plafond. Ici, il ne lui restait qu'à souffrir. Des rigoles de sueur dévalaient son visage, il devait s'estimer heureux que les mouches ne fondent pas dessus immédiatement.

« Il fait trop chaud ! soupira-t-il. Je ne veux plus vivre.

— Vous devriez prendre une douche, dit Rasheed. Je vais aller chercher du savon et dire au garçon d'actionner la pompe pendant que vous serez sous le réservoir. Hier soir, l'eau aurait été trop froide, mais maintenant c'est le meilleur moment... Allez là, ajouta-t-il en montrant le réservoir devant la maison. Mais douchez-vous avec votre lungi. »

Un petit local sans fenêtre était accolé à la maison ; Maan y entra pour se changer. Il abritait diverses pièces de machinerie agricole et des charrues, des épieux et des bâtons. En voyant Maan pénétrer dans l'abri, les enfants retinrent leur souffle, s'attendant à ce que, comme un acteur, il ressorte des coulisses avec un nouveau costume. Quand il émergea, ils l'inspectèrent d'un œil critique.

« Regarde-le, comme il a l'air pâle.

— Il paraît encore plus chauve.

— Lion, lion sans queue ! »

L'excitation grandit parmi les enfants. L'un d'eux, un garnement de sept ans environ surnommé « M. Biscuit », en profita pour lancer une pierre à une fillette. Le projectile tournoya et vint la frapper derrière la tête. La gamine se mit à hurler de douleur. Baba, interrompu dans sa récitation, quitta son charpoy et en un clin d'œil évalua la situation. Tout le monde avait les yeux fixés sur M. Biscuit, qui jouait les innocents. Baba l'attrapa par l'oreille et la lui tordit.

« Haramzada – petit voyou – tu oses te conduire comme l'animal que tu es ? »

M. Biscuit braillait, la morve lui coulant du nez. Baba le traîna par l'oreille jusqu'au charpoy et lui assena une telle claque que le gosse faillit voltiger. Puis, sans plus s'occuper de lui, il reprit sa récitation.

Au bout de quelques minutes, M. Biscuit, ayant retrouvé ses esprits, se releva en quête d'un nouveau méfait à perpétrer. Entre-temps, sa victime avait été ramenée chez elle par Rasheed ; elle saignait copieusement et pleurait toutes les larmes de son corps.

Ignare et brutal à sept ans ! Voilà, se dit Rasheed, ranimant sa colère contre ce milieu et cette ambiance, ce que le village fait d'eux.

Maan prit sa douche sous le regard des enfants. L'eau coulait en abondance, pompée vigoureusement par un homme d'âge moyen au visage carré, amical et tout ridé. Il ne montrait pas le moindre signe de fatigue, paraissait aimer sa tâche et continua à pomper même après que Maan eut fini de se laver.

Enfin rafraîchi, Maan se sentit en paix avec le monde.

8.6

Maan ne mangea pas beaucoup au déjeuner mais fit un grand éloge de la nourriture, en espérant que ses compliments parviendraient peu ou prou jusqu'à la ou les femmes invisibles de la maison qui avaient préparé le repas.

Ils avaient terminé et se reposaient sur les charpoys après s'être lavés les mains quand arrivèrent deux visiteurs. L'un d'eux était l'oncle maternel de Rasheed, le frère aîné de sa défunte mère.

Très grand, la stature d'un ours, les joues hérissées d'une barbe poivre et sel. Il habitait à une quinzaine de kilomètres, et Rasheed s'était un jour réfugié chez lui, et y avait vécu un mois, après s'être fait sérieusement corriger pour avoir failli étrangler un de ses camarades de classe.

Rasheed se leva à l'instant où il l'aperçut. Puis il dit à Maan – les visiteurs n'étant pas encore à portée d'oreille – : « Le gros homme, c'est mon Mamu. Le petit rond est surnommé le "guppi" dans le village de ma mère – il parle à tort et à travers pour dire des sornettes. Nous sommes coincés. »

Les deux hommes avaient atteint l'étable.

« Ah, Mamu, je ne m'attendais pas à te voir. Comment vas-tu ? » demanda Rasheed d'une voix chaleureuse. Il salua poliment le guppi.

« Ah », fit l'Ours, qui se laissa tomber sur le charpoy. C'était un homme économe de ses mots.

L'homme prodigue des siens, son ami et compagnon de voyage, s'assit lui aussi et demanda un verre d'eau. Rasheed se précipita pour lui apporter un sorbet.

Le guppi posa un certain nombre de questions, si bien qu'il sut très vite qui était Maan, le pourquoi et le comment de son séjour au village. Puis il se lança dans le récit des aventures survenues pendant leur voyage de quinze kilomètres. Ils avaient vu un serpent, « aussi gros que mon bras »(le Mamu de Rasheed fronça les sourcils mais ne le contredit pas) ; une soudaine rafale de vent avait failli les jeter par terre ; la police leur avait tiré dessus, trois fois, au poste de contrôle à la sortie de Salimpur.

Le Mamu s'épongea le front, haletant sous l'effet de la chaleur. Maan bougea sur son charpoy, sidéré par l'invraisemblance de ce qu'il entendait. Rasheed apporta de nouveaux sorbets et annonça que son père dormait. L'Ours hocha la tête avec bienveillance.

Le bavard entreprit de questionner Maan sur sa vie amoureuse, lequel essaya de se défendre.

« La vie amoureuse des gens n'est pas très intéressante, fit-il sur un ton qui ne le convainquait pas lui-même.

— Comment pouvez-vous dire ça ? La vie de chaque individu est intéressante. Il n'a pas de vie amoureuse ? c'est intéressant. Il en a une ? c'est intéressant. Et s'il en a deux, c'est deux fois plus intéressant. » Le guppi s'esclaffa de son bon mot, Rasheed paraissait atterré.

Tout heureux de ne pas s'être fait immédiatement couper la parole, comme souvent dans son village, le guppi continua de plus belle :

« Mais que pouvez-vous savoir de l'amour – du véritable amour ? Vous les jeunes gens n'avez pas encore vu grandchose. Sous prétexte que vous vivez à Brahmpur vous croyez connaître le monde – ou du moins plus que ce que nous pauvres rustres n'en connaissons. Mais certains d'entre nous ont vu le monde – et pas seulement celui de Brahmpur, celui de Bombay. »

Il s'arrêta, impressionné par ses propres mots, surtout ce nom féerique de Bombay, et des yeux manifesta son plaisir à l'auditoire. Plusieurs enfants avaient accouru, attirés par le guppi, sûrs d'entendre une bonne histoire, probablement une de celles que leurs parents ne voulaient pas qu'ils écoutent – pleine de fantômes, de morts violentes ou d'amours passionnés.

Une chèvre aussi était arrivée et, campée sur l'extrémité surélevée d'une charrue, essayait de brouter les feuilles d'une branche juste au-dessus de sa tête : cou allongé, ses yeux jaunes et futés fixant la feuille.

« Quand j'étais à Bombay, poursuivit le bonhomme rond, bien avant que mon destin n'ait changé et ne m'ait forcé à revenir dans cet endroit béni, je travaillais dans un grand magasin, un magasin très célèbre tenu par un mollah, et nous vendions des tapis à des gens de la haute, toute la société de Bombay. Ils avaient tellement d'argent, ils le sortaient par paquets de leur sac et le jetaient sur le comptoir. »

Ses yeux s'éclairèrent, comme sous l'effet du souvenir. Les enfants écoutaient subjugués – la plupart d'entre eux du moins. L'abominable M. Biscuit s'occupait de la chèvre. Chaque fois que l'animal approchait du but, la branche feuillue, M. Biscuit basculait la charrue, et la pauvre chèvre essayait d'atteindre l'autre extrémité. Elle n'avait pas encore réussi à manger une seule feuille.

« C'est une histoire d'amour, je vous préviens, alors si vous n'avez pas envie de l'entendre, il est temps de m'arrêter, annonça le guppi. Parce que, une fois que j'ai commencé, je ne peux pas plus m'arrêter que quelqu'un qui a commencé à faire l'amour. »

Rasheed serait bien parti, mais Maan voulait entendre l'histoire.

« Naturellement, c'est une aventure dont vous avez été témoin, comme d'habitude, dit Rasheed au guppi.

— Je l'ai vu de mes propres yeux », affirma l'autre.

La chèvre fit entendre des bêlement pitoyables. « Assieds-toi, hurla le guppi à l'adresse de M. Biscuit, ou je te donne à manger à la chèvre, les yeux d'abord. »

Horrifié par cette description du destin qui l'attendait, M. Biscuit se dit que le guppi ne plaisantait pas, et s'assit par terre comme les autres enfants.

« Donc nous vendions des tapis aux richards, reprit le guppi, et de si belles femmes venaient à la boutique que nos yeux se mouillaient d'émotion. Le mollah en particulier avait un faible pour la beauté. Chaque fois qu'il voyait une belle femme passer devant la boutique ou prête à y entrer, il s'écriait : "Oh Dieu ! Pourquoi as-tu créé de tels anges ? Les farishtas sont venus sur terre pour nous hanter, pauvres mortels." Nous éclations tous de rire, et ça le rendait furieux : "Quand vous en aurez assez d'être à genoux à dire Bismillah, vous adorerez les anges de Dieu." »

Le guppi s'arrêta pour juger de l'effet.

« Un jour – ceci s'est passé sous mes propres yeux – il advint qu'une belle femme, appelée Vimla, essaya de faire démarrer sa voiture garée près de notre boutique. Comme elle n'y arrivait pas, elle sortit de la voiture et se dirigea vers nous. Elle était belle, si belle – nous étions tous en transe. L'un d'entre nous dit : "Le sol tremble." Le mollah dit : "Elle est si belle que si elle vous regarde, vos boyaux vont éclater." Mais alors – soudain – »

La voix du guppi se mit à trembler à ce souvenir.

« Soudain – en sens inverse – et de l'autre côté de la rue – arriva un jeune Pathan, si grand et si beau que le mollah recommença à louer Dieu. "Quand la Lune quitte les cieux, le Soleil approche", et ainsi de suite.

Ils s'approchèrent l'un de l'autre. Quand il fut à sa hauteur, le jeune Pathan traversa la rue à sa rencontre – disant "S'il vous plaît, s'il vous plaît" – d'une voix insistante. Il lui montra trois fois une carte qu'il avait sortie de sa poche. Elle rechignait à la lire, mais finalement elle la prit et baissa la tête pour la lire. A peine avait-elle fait cela que le jeune Pathan l'étreignit comme un ours et lui mordit la joue si violemment que le sang jaillit. Elle hurla ! »

Le guppi se couvrit le visage de ses mains pour chasser cette horrible image, se reprit et continua :

« Le mollah s'écria : "Vite, vite, couchez-vous, personne n'a rien vu – personne ne doit se mêler de cela." Mais un homme qui se trouvait en sous-vêtements sur le toit de l'hôtel voisin avait tout vu, et cria : "Toba, toba !" Il ne descendit pas pour apporter son aide mais appela la police. En quelques minutes les rues étaient bloquées et il n'y avait pas moyen de s'échapper. Cinq jeeps se ruèrent sur le Pathan. Le surintendant de police eut beau faire, les policiers y mettre toute leur force, ils ne purent arracher le Pathan à la fille qu'il enserrait de ses bras. Il avait fait tomber trois hommes quand finalement ils réussirent à le frapper avec la crosse d'un pistolet et à dénouer ses mains avec un levier. »

L'auditoire était envoûté.

« La colère saisit tout Bombay devant ce gunda-gardi, ce hooliganisme, et une plainte fut très vite déposée contre lui. Les gens disaient : "Soyez fermes – sinon toutes les filles de Bombay vont se faire mordre les joues, et alors qu'arrivera-t-il ?" Il y eut un énorme procès. On l'enferma dans une cage dans la salle du tribunal. Il secouait les barreaux avec une telle fureur que toute la salle en tremblait. Mais il fut déclaré coupable et condamné à mort. Puis le juge dit : "Voulez-vous voir quelqu'un avant de vous balancer étranglé à la potence ? Voulez-vous que votre mère puisse vous jeter un dernier regard ?" Le garçon dit : "Non, je l'ai assez vue. J'ai tété ses seins, j'ai uriné dans ses bras quand j'étais bébé – pourquoi voudrais-je la revoir ?" Ce qui révolta tout le monde. "Quelqu'un d'autre ? demanda le juge.

— Oui", dit l'homme perdu. "Oui. Une personne, une seule : celle dont la simple vue m'a fait abandonner tout espoir de vie sur terre et m'a fait désirer mourir – la personne qui m'a donné un avant-goût du monde futur car elle m'a envoyé au paradis. J'ai deux choses à lui dire. Elle peut venir à côté de la cage – je ne la toucherai même pas –"

Tous les riches de Bombay, les hommes d'affaires et les ballishtahs se levèrent, scandalisés par cette requête. La famille de la fille se mit à hurler : "Jamais ! criaient-ils. Jamais notre fille ne lui parlera." Le juge déclara : "J'ai dit qu'elle le peut – et elle le doit." Alors elle entra dans la salle du tribunal, et tout le monde sifflait : "Behayaa – besharam

– n'avez-vous pas honte, à la face de votre propre mort ?"
Mais il se contentait d'agripper les barreaux et de rire. Les
journaux écrivirent : Il rit. »

Le guppi vida son verre de sorbet et le tendit pour qu'on
le lui remplisse. Faire revivre le passé avec précision est une
tâche qui donne soif. Les enfants observaient avec impatience sa pomme d'Adam monter et descendre avec chaque
gorgée. Il poussa un soupir et continua :

« Le jeune homme agrippait les barreaux de sa cage et
plongeait ses yeux dans ceux de Vimla. Par Dieu, on aurait
dit qu'il voulait absorber son âme. Mais elle le regardait
avec mépris, la tête fièrement levée, sa joue jadis si belle
balafrée et profanée. Finalement il retrouva sa voix et dit :
"Je n'ai que deux choses à vous dire. La première, c'est que
personne ne vous épousera à présent sauf un homme vieux
et pauvre... vous êtes celle que le Pathan a mordue. La
seconde" – et là sa voix se brisa, les larmes se mirent à couler
sur son visage – "La seconde – c'est que je n'ai pas su ce qui
m'arrivait quand je vous ai fait ça. J'ai perdu conscience en
vous voyant, je n'ai jamais su ce que je faisais – pardonnez-
moi, pardonnez-moi ! J'ai eu des centaines de propositions
de mariage. Je les ai toutes refusées – les plus belles femmes. Jusqu'à ce que je vous voie, j'ignorais que j'avais une
âme sœur.

"Votre cicatrice sera pour moi une marque de beauté, je la
baignerai de mes larmes, l'inonderai de baisers. Je reviens
de Londres et j'ai trente-cinq mille personnes qui travaillent
pour moi dans des usines, des millions de roupies et je veux
tout vous donner. Dieu soit témoin – je n'ai jamais su ce que
je faisais – mais maintenant je désire mourir."

En entendant ces mots, la fille, qui la minute précédente
était prête à le tuer de ses propres mains, se mit à suffoquer
comme si elle était malade d'amour, et elle se précipita vers
le juge, le suppliant d'épargner cet homme, et disant :
"Epargnez-le, épargnez-le – je le connaissais depuis longtemps, je l'ai supplié de me mordre –" Mais le juge avait
rendu sa sentence, et il dit : "Impossible. Ne mentez pas, ou
je vous ferai sortir."

Alors, désespérée, elle sortit un couteau de son sac, le
porta à sa gorge et déclara devant tout le tribunal – le juge

de la Haute Cour et tous les hauts ballishtahs et sollishtahs
– "Si on le tue, je meurs. J'écrirai ici même que je me suis
suicidée à cause de votre sentence."

Ainsi, ils durent annuler la sentence – que pouvaient-ils
faire ? Ensuite elle supplia que le mariage ait lieu au domicile du garçon. La fille était une Punjabi, et il y avait une
telle haine envers le Pathan et sa famille que les parents de
la fille auraient voulu la tuer en même temps que le garçon
pour se venger. »

Le guppi se tut un instant.

« Voilà ce qu'est un amour véritable », dit-il. Profondément ému et épuisé par son récit, il se renversa sur son
charpoy.

Malgré lui, Maan était sous le charme. Rasheed l'observa
puis regarda les enfants fascinés, et ferma les yeux en signe
de mépris pour tout ce qui venait de se passer. Son imposant, son taciturne Mamu, qui semblait n'avoir guère
écouté, tapota le dos de son ami.

« A présent, dit-il, Radio Jhutistan prend congé de ses
auditeurs. » Puis il tourna un bouton imaginaire près de
l'oreille du guppi et lui plaqua sa main sur la bouche.

8.7

Maan et Rasheed se promenaient dans le village. Il ne
différait pas beaucoup en apparence de milliers d'autres
villages du district de Rudhia : murs de torchis qui abritaient les gens et, souvent, le bétail, toits de chaume, ruelles
étroites sur lesquelles ne donnaient pas de fenêtres (héritage de siècles de conquêtes et de brigandages), à l'occasion
une maison sans étage en briques blanchies à la chaux
appartenant au « gros » du lieu. Vaches et chiens errant
dans les ruelles, margousiers dressant leur faîte dans les
cours intérieures ou près d'un puits, minarets d'une petite
mosquée blanche située près du centre du village, que joux-
taient les maisons des cinq brahmanes et la boutique du

bania. En dehors de la famille de Rasheed, une seule autre possédait sa propre pompe. Le reste de la population – environ quatre cents familles – se procurait l'eau à l'un des trois puits : le puits des musulmans, sur une esplanade, à côté d'un margousier, celui de la caste des hindous, sur une esplanade, à l'ombre d'un grand figuier, et le puits des hors-caste, des intouchables, à l'extrémité du village, au milieu d'un fouillis de huttes de torchis, non loin d'une fosse de tannage.

Ils avaient presque atteint leur destination, la maison du brûleur de grains, quand ils rencontrèrent le jeune oncle de Rasheed, qui s'apprêtait à partir pour Salimpur. Maan put mieux l'observer à la lumière du jour que la nuit précédente. De taille moyenne, il était plutôt beau : la peau sombre, des traits réguliers, des cheveux noirs légèrement bouclés, une moustache. A l'évidence, il prenait soin de lui. Il y avait un côté fanfaron dans sa démarche. Plus jeune que Rasheed, il était néanmoins très conscient de son statut d'oncle.

« Que fais-tu à marcher ainsi en pleine chaleur ? demanda-t-il à Rasheed. Et pourquoi traîner ton ami avec toi ? Il devrait se reposer.

— Il a voulu venir. Mais que fais-tu toi-même ?

— Je vais à Salimpur. J'ai un dîner. Je me suis dit que j'allais partir plus tôt pour régler quelques affaires au bureau du parti du Congrès. »

Energique et ambitieux, le jeune homme touchait à tout, y compris à la politique locale. Ces qualités de chef utilisées à son propre avantage lui avaient valu le surnom de Netaji, que sa famille avait repris. Il n'aimait pas cela.

Rasheed veillait à ne pas l'appeler ainsi. « Je ne vois pas ta moto, dit-il.

— Elle ne veut pas démarrer », geignit Netaji. Sa Harley Davidson d'occasion (surplus de l'armée, elle avait déjà passé entre plusieurs mains) faisait son orgueil.

« C'est désolant. Pourquoi ne demandes-tu pas à ton rickshaw de t'emmener ?

— Je lui ai donné congé pour la journée. Vraiment, cette moto me donne plus de tintouin qu'elle n'en vaut la peine. Depuis que je l'ai, j'ai passé plus de temps à me faire du souci pour elle qu'à m'en servir. Les gosses du village, surtout ce gredin de Moazzam, sont toujours après elle. Ça ne m'étonnerait pas qu'ils aient mis de l'eau dans le réservoir. »

Comme un génie apparaissant à l'appel de son nom, Moazzam surgit de nulle part. C'était un garçon d'une douzaine d'années, fort et ramassé, l'un des principaux fauteurs de troubles du village. Des cheveux hérissés comme des poils de porc-épic, un visage ouvert qui parfois s'assombrissait de pensées inexprimées, personne ne paraissait capable de le dominer, surtout pas ses parents. On le disait excentrique, avec l'espoir qu'il s'en sortirait tout seul dans quelques années. Si personne n'aimait M. Biscuit, Moazzam comptait de nombreux admirateurs.

« Sale gredin ! lui cria Netaji dès qu'il l'aperçut. Qu'as-tu fait à ma moto ? »

Sous le coup de cette attaque brutale, Moazzam prit une de ses expressions lointaines, tout en adressant un clin d'œil de conspirateur à Maan, qui le dévisageait avec intérêt.

« Tu entends ce que je te dis ? » fit Netaji en s'avançant.

A quoi Moazzam répondit d'un ton bourru : « J'entends. Je n'ai rien fait à votre moto. Qu'est-ce que j'en ai à fiche de votre sale moto ?

— Je t'ai vu tourner autour ce matin avec deux copains.

— Et alors ?

— Ne t'en approche plus jamais, compris ? Si je t'y reprends, je te roule dessus. »

Moazzam ricana.

Le bras levé pour lui flanquer une gifle, Netaji y renonça. « Laissons ce porc, dit-il aux deux autres. En toute justice, on devrait montrer son cerveau à un médecin, mais son père est trop ladre pour le faire. Il faut que je m'en aille. »

Moazzam piétinait de rage et criait : « Porc ! Porc vous-même ! C'est vous le porc. Et l'avare. Vous prêtez de l'argent à intérêt et vous achetez des rickshaws, et les gens doivent payer pour les utiliser. Voyez notre grand chef, le Netaji du village ! Allez donc à Salimpur sur votre motocyclette, qu'est-ce que vous voulez que ça me fasse ! »

Quand Netaji eut tourné les talons, marmonnant de sombres menaces, Moazzam décida de s'attacher à Rasheed et à Maan... Il demanda à voir la montre de Maan.

Maan l'ôta de son poignet, la tendit à Moazzam qui, après l'avoir examinée, la mit dans sa poche.

« Veux-tu me donner cette montre, dit Rasheed, avec colère. Est-ce ainsi qu'on se conduit avec des invités ? »

D'abord perplexe, Moazzam extirpa la montre, la donna à Rasheed, qui la remit à Maan.

« Merci beaucoup, dit Maan au gamin.

— Pas de politesse avec lui, intervint Rasheed, comme si Moazzam n'était pas là, sinon il va en profiter. Surveillez bien vos affaires quand il est dans les parages. Il est célèbre pour ses tours de passe-passe.

— D'accord, fit Maan en souriant.

— Il n'a pas mauvais cœur, poursuivit Rasheed.

— Pas mauvais cœur », répéta Moazzam, mais son attention était ailleurs. Un vieil homme, une canne à la main, s'approchait d'eux. Une amulette pendait à son cou fripé, qui attira le regard de Moazzam. Il tendit la main vers elle quand le vieux arriva à sa hauteur.

« Donnez-la-moi, dit-il.

— Jeune homme, fit le vieil homme d'une voix épuisée, en s'appuyant sur sa canne, je n'ai pas de force. »

Ceci parut plaire à Moazzam, qui relâcha sa prise.

Une gamine d'une dizaine d'années s'avançait en poussant une chèvre. Moazzam, qui était décidément d'humeur rapace, fit le geste d'attraper la corde et d'une voix féroce ordonna : « Donne-la-moi. »

La fillette se mit à pleurer.

« Tu veux ma main sur la figure ? dit Rasheed. Est-ce là l'impression que tu veux donner aux étrangers ? »

Soudain Moazzam se tourna vers Maan : « Je vais vous trouver une épouse. Voulez-vous une hindoue ou une musulmane ?

— Les deux », dit Maan, impavide.

Moazzam prit sa réponse au sérieux. « Comment pouvez-vous avoir les deux ? » dit-il. Puis il s'avisa que Maan se moquait peut-être de lui et une certaine tristesse passa sur son visage.

Mais tout son entrain lui revint quand deux chiens se mirent à aboyer en voyant passer Maan. Moazzam, lui aussi, se mit à aboyer – après les chiens. Lesquels s'énervèrent de plus en plus, et aboyèrent de plus belle.

A présent, les trois garçons arrivaient au centre du village, près de la maison du brûleur de grains, autour de laquelle une dizaine de personnes étaient rassemblées. La plupart venaient faire griller du blé, deux ou trois avaient apporté du riz ou des pois chiches.

« Veux-tu du maïs grillé ? » demanda Maan à Moazzam.

Le gamin le regarda, stupéfait, puis hocha vigoureusement la tête.

Maan lui passa la main dans les cheveux : ils avaient l'élasticité d'une trame de tapis.

Bien ! » dit-il.

Rasheed présenta Maan aux hommes réunis chez le torréfacteur de grains. Ils le dévisagèrent d'un air un peu soupçonneux, mais pas franchement inamical. La plupart habitaient ce village, un ou deux Sagal, le village voisin, juste au-delà de l'école. Une fois Maan parmi eux, leur conversation se limita aux instructions à la femme du torréfacteur. Bientôt ce fut le tour de Rasheed.

La vieille femme répartit le maïs que lui remit Rasheed en cinq portions égales, en garda une pour elle à titre de paiement, et procéda à la torréfaction du reste. Elle chauffa séparément les grains et une certaine quantité de sable – les grains à une température douce, le sable à une température très élevée. Puis elle versa le sable dans le récipient plat qui contenait les grains et agita pendant quelques minutes. Moazzam, qui avait dû assister à l'opération une bonne centaine de fois, regardait avec la plus grande attention.

« Vous le voulez grillé ou éclaté ? demanda-t-elle à Rasheed.

— Juste grillé », dit Rasheed.

Finalement elle passa le sable au tamis, rendit les grains torréfiés. Moazzam en prit plus que les autres, moins sans doute qu'il ne l'aurait souhaité.

Il en mangea un peu tout de suite, en fourra quelques poignées dans les poches de sa kurta, puis disparut aussi soudainement qu'il était apparu.

Le jour touchait à sa fin quand ils arrivèrent à l'extrémité du village. Des nuages s'accumulaient dans un ciel couleur de feu. Ils avaient entendu, assourdi par la distance, l'appel à la prière du soir, mais Rasheed avait décidé de ne pas interrompre son tour du village.

Le ciel enflammé pesait sur les huttes au toit de chaume, sur les champs, le manguier vert à la ramure éployée et les shishams au feuillage brun et desséché qui poussaient sur les terres incultes au nord du village. C'est là que se trouvait une des deux aires à battre le blé de la communauté, où travaillaient encore les bœufs fatigués. Ils tournaient, tournaient et tournaient toujours, pour égrener la moisson de printemps, et continueraient ainsi jusque tard dans la nuit.

Une légère brise venue du nord soufflait sur l'amas de huttes où vivaient les intouchables – lavandiers, chamars et balayeurs – loin à l'extérieur du village – une brise qu'étoufferaient les murs en torchis et les ruelles resserrées et qui mourrait avant d'atteindre le cœur de l'agglomération. Des enfants dépenaillés aux cheveux sales, emmêlés, d'un brun décoloré par le soleil, jouaient dans la poussière devant les maisons – l'un tirait un morceau de bois noirci, l'autre s'amusait avec un éclat de marbre. Ils étaient affamés, maigres, l'air maladif.

Rasheed rendit visite à quelques familles de chamars. L'une d'elles, perpétuant la tradition ancestrale, continuait à dépecer les animaux morts, préparait et vendait les peaux qu'elle avait préparées. La majorité, cependant, travaillait la terre, un ou deux possédant même leur lopin. Parmi eux, Maan reconnut l'homme au visage strié de rides profondes qui avait pompé l'eau pour sa douche. « Il travaille pour notre famille depuis l'âge de deux ans, dit Rasheed. Il s'appelle Kachheru. »

Le vieil homme et sa femme vivaient dans une seule pièce qu'ils partageaient la nuit avec leur vache et un grand nombre d'insectes.

Malgré la politesse dont Rasheed faisait montre à leur égard, ils le traitaient avec une extrême, presque craintive, déférence. Ce n'est que lorsque Rasheed accepta de prendre une tasse de thé – acceptation qui valait pour Maan également – qu'ils semblèrent un peu plus à l'aise.

« Qu'est devenu le fils de Dharampal – votre neveu ? demanda Rasheed.

— Il est mort il y a un mois, dit simplement Kachheru.

— Et tous ces docteurs ?

— Ils n'ont servi à rien, sauf à manger l'argent. Désormais mon frère est endetté auprès du bania – et ma belle-sœur, vous ne la reconnaîtriez pas. Elle vient de partir au village de son père. Elle y restera un mois ou deux – jusqu'à ce que les pluies commencent.

— Pourquoi n'es-tu pas venu nous trouver si vous aviez besoin d'argent ?

— Vous devriez poser la question à votre père. Mon frère est allé le trouver, je crois, plusieurs fois. Mais après ça, votre père s'est fâché et lui a dit de ne pas jeter l'argent par les fenêtres. Mais il a aidé pour l'enterrement.

— Je vois, je vois. Que peut-on faire ? Dieu dispose – » et Rasheed marmonna quelques paroles de consolation.

Quand ils s'en allèrent, Maan se rendit compte que Rasheed était bouleversé. Ils restèrent un moment silencieux, puis Rasheed dit :

« Ce sont de tels fils qui nous lient à la terre. Et il y a tant d'injustice – tant – que ça me rend fou. Et si vous pensez que ce village est mauvais, c'est parce que vous ne connaissez pas Sagal. Là-bas, un pauvre homme a été battu par sa propre famille – Dieu leur pardonne –, qui l'a ensuite laissé mourir. Et regardez ce vieil homme et sa femme – » Rasheed montrait un couple assis devant sa hutte et qui mendiait. « Ils ont été mis à la porte par leurs enfants, qui ne s'en sortent pourtant pas si mal. »

Sales, l'air affamés, ils étaient dans un état pitoyable. Maan leur donna quelques annas, qu'ils considérèrent d'un œil fixe.

« Ils n'ont pas de quoi manger, mais les enfants refusent de leur venir en aide, chacun disant que c'est la responsabilité de l'autre, ou la responsabilité de personne.

— Pour qui travaillent-ils ? demanda Maan.

— Pour nous. Pour nous, les puissants et les bons du village.

— Pourquoi ne leur dites-vous pas que ça ne peut pas continuer, qu'ils ne peuvent pas traiter leurs parents de cette façon ? Qu'ils doivent régler cette situation s'ils veulent travailler pour vous ?

— Voilà une bonne question. Mais qui concerne mes estimés père et grand-père. Et pas moi », ajouta Rasheed avec amertume.

8.9

Allongé sur son lit de sangles, Maan regardait ce qui, par contraste avec la nuit précédente, pouvait passer pour un ciel nuageux. Pas plus un nuage qu'une constellation ne pouvait lui fournir une solution concernant sa lettre. Qui allait la lui écrire ?

Il entendit des pas non loin de là et se redressa sur son coude pour voir d'où ça venait. L'oncle de Rasheed, l'homme à la stature d'ours, et son compagnon le guppi approchaient.

« Salaam aleikum.

— Wa aleikum salaam, répondit Maan.

— Tout va bien ?

— Grâce à vos prières, dit Maan. Et vous ? D'où venez-vous ?

— Je suis allé voir mes amis dans l'autre village, dit l'oncle de Rasheed, mon ami m'a accompagné. Maintenant je vais entrer dans la maison. Ça ne vous ennuie pas si mon ami reste avec vous ?

— Bien sûr que non », mentit Maan, qui ne désirait pas la moindre compagnie, surtout pas celle du guppi. Mais puisqu'il n'avait pas de chambre, il n'avait pas de porte.

Des charpoys étaient éparpillés dans la cour : l'oncle de Rasheed les ramassa, un sous chacun de ses énormes bras, et alla les déposer, couchés sur le côté, le long du mur de la véranda. « On dirait qu'il va pleuvoir, expliqua-t-il, et de toute façon, ça empêchera les poules de les déchiqueter. Où est Rasheed ?

— A l'intérieur », dit Maan.

Le gros homme rota, caressa sa barbe piquante, et continua d'un ton amical : « Vous savez, il s'est enfui de chez lui plusieurs fois et est venu vivre avec moi. Il était très malin, très querelleur à l'école. Ensuite ça a été la même chose à Bénarès où il est allé faire des études religieuses. Des études religieuses ! Mais depuis qu'il reste à Brahmpur, il s'est bien calmé. A moins que ça n'ait commencé à Bénarès. » Il réfléchit une seconde. « Le problème, c'est qu'il ne regarde pas les choses en face. Et ça causera des ennuis. Il voit de l'injustice partout ; il ne prend pas le temps de considérer les choses dans leur environnement. Vous êtes son ami – vous devriez lui parler. Sur ce, je vous laisse. »

Resté seul avec le guppi, Maan ne savait trop quoi dire, mais son embarras ne dura pas longtemps. S'installant confortablement sur l'autre charpoy, le guppi commença :

« A quelle beauté rêvez-vous ? » Puis : « Vous devriez venir avec moi, je vous montrerais Bombay. » A ce nom, sa voix vibra à nouveau d'excitation. « Il y a assez de beautés là-bas pour satisfaire tous les jeunes gens de l'univers en mal d'amour. Tabac ? »

Maan fit signe que non.

« J'y possède un logement de première catégorie. Avec ventilateur. Et une vue. Il n'y a pas de chaleur comme ici. Je vous montrerai les salons de thé iraniens. Et Chowpatty Beach. Pour quatre annas de cacahuètes grillées, vous pouvez voir le monde. Vous les mangez tout en marchant le long de la plage et en admirant la vue : les vagues, les nymphes, les farishtas, toutes ces belles femmes qui se baignent sans pudeur dans l'océan. Vous pouvez les rejoindre... »

Maan ferma les yeux, mais ne put se boucher les oreilles.

« C'est près de Bombay que j'ai assisté à un événement que je n'oublierai jamais. Je vais vous le faire partager, si vous voulez. » Il s'arrêta et, ne rencontrant aucune résistance, partit dans une histoire qui n'avait aucun rapport avec ce qui précédait.

« Bon, alors des dacoïts marathis montèrent dans le train. Ils montèrent, à une gare, sans rien dire. Le train se mit en marche, alors ils se levèrent – tous les six, brigands assoiffés de sang – et ils menacèrent les gens avec des couteaux. Les voyageurs, terrifiés, leur donnèrent tout leur argent et leurs bijoux. Les six brigands dévalisèrent tout le compartiment, puis ils tombèrent sur un Pathan. »

Tout comme le mot « Bombay », le terme « Pathan » semblait faire fermenter son imagination.

« Le Pathan – un type grand et fort – voyageait avec sa femme et ses enfants, et il avait une malle qui contenait tous ses biens. Trois brigands l'entourèrent. "Eh bien, dit l'un d'eux, qu'est-ce que tu attends ?

— Ce que j'attends ? fit le Pathan, comme s'il ne comprenait pas ce qu'on lui disait.

— Donne-moi ton argent, cria l'un des dacoïts marathis.

— Pas question, gronda le Pathan.

— Quoi ? hurla le bandit, n'en croyant pas ses oreilles.

— Vous avez dépouillé tout le monde, dit le Pathan, toujours assis, pourquoi me dépouiller moi aussi ?

— Allons, dirent les dacoïts. Donne-nous ton argent. Vite."

Le Pathan vit qu'il ne pouvait rien faire pour le moment. Il chercha à gagner du temps. Il tâtonnait avec la clef et la serrure de la malle. Il se baissa comme pour l'ouvrir, calcula la distance – et soudain – d'un coup de pied – dharaaam ! – il assomma un des bandits – puis – dhooosh ! – il prit les deux autres au collet, leur fracassa la tête l'une contre l'autre, et les balança hors du train ; en réalité, il attrapa l'un des deux par le cou et l'entrejambe et le balança comme un sac de blé. Le brigand rebondit sur le wagon suivant avant de tomber sur le sol. »

Le temps d'essuyer son visage rondouillard, que l'effort fourni inondait de sueur, le guppi continua :

« Alors le chef de la bande – qui était toujours dans le compartiment – sortit son pistolet et tira. Dhaaaaaaam ! La balle traversa le bras du Pathan et alla se loger dans le mur du compartiment. Il y avait du sang partout. De nouveau il leva son arme pour tirer. Tout le monde était pétrifié de peur. Alors le Pathan dit aux autres passagers en rugissant comme un tigre : "Fumiers ! Moi, un homme seul, j'en abats trois, et personne ne lève la main pour m'aider. Je sauve votre argent et votre vie, et pas un seul d'entre vous n'est capable de le retenir et de l'empêcher de tirer ?"

Alors ils reprirent leurs esprits. Ils attrapèrent le bandit par le bras et l'empêchèrent de tuer le Pathan – et ils se mirent à le battre – dharaaash ! dharaaash ! – jusqu'à ce qu'il crie pitié et pleure de douleur – mais ils le battirent encore plus. "Faites ça comme il faut", dit le Pathan, et c'est ce qu'ils firent – jusqu'à ce que le bandit ne soit plus qu'une masse ensanglantée. Et ils le jetèrent sur le quai de la gare suivante. Une bouillie, une mangue pourrie !

Ensuite les femmes se précipitèrent sur le Pathan, pour lui bander la main etc., etc. Elles le traitaient comme s'il était le seul homme du train. De belles femmes, pleines d'admiration. »

Le guppi, quêtant des félicitations, regarda Maan, qui ne se sentait pas très bien.

« Ça ne va pas ? demanda le guppi.

— Mmmh », marmonna Maan. Puis, après un long silence : « Dites-moi, pourquoi racontez-vous des histoires aussi invraisemblables ?

— Mais elles sont vraies, protesta le guppi. Fondamentalement vraies. Imaginez, continua-t-il, si je disais simplement "Bonjour", et que vous me répondiez : "Bonjour, d'où venez-vous ?" et que je dise : "De Baitar – en train" – eh bien, comment passerait-on la journée ? Comment supporterions-nous ces après-midi torrides et ces nuits chaudes ? Alors je raconte des histoires – certaines pour vous rafraîchir, d'autres pour vous réchauffer ! » Le guppi éclata de rire.

Mais Maan ne l'écoutait plus. Au mot « Baitar », il avait sursauté, aussi galvanisé que le guppi par le mot « Bombay ». Il venait d'avoir une merveilleuse idée.

Il allait écrire à Firoz, et joindre une lettre pour Saeeda Bai. Firoz écrivait un excellent ourdou et ne partageait pas le puritanisme de Rasheed. Il traduirait sa lettre et l'enverrait à Saeeda Bai. Elle serait stupéfaite, stupéfaite et ravie ! Et lui répondrait par retour du courrier.

Maan se leva de son charpoy et se mit à arpenter la cour,

composant la lettre dans sa tête, ajoutant ici une strophe de Ghalib, là une de Mir – ou de Dagh – pour faire joli.

Désorienté par le comportement de Maan, déçu d'avoir perdu son public, le guppi s'évapora dans le noir.

Maan se rassit, appuyé au mur de la véranda, écoutant le crissement de la lanterne et les autres bruits de la nuit. Quelque part un bébé pleurait, un chien aboyait, relayé par d'autres. Puis tout redevint calme, à l'exception d'un bruit de voix venant du toit où le père de Rasheed passait ses nuits d'été. Parfois, les voix enflaient, pour s'apaiser ensuite, mais Maan ne comprenait pas ce qui se disait.

Le ciel était couvert et, de temps à autre, le papiha, le coucou-épervier, logé sur un arbre lointain, lançait son chant, sa série de triples notes de plus en plus tendues, de plus en plus aiguës qui, parvenues à leur hauteur ultime, brusquement se cassaient. Maan, insensible à cette incantation (« pee-kahan », « pee-kahan ») voulait que l'oiseau se taise et le laisse entendre la voix de son propre cœur.

8.10

Cette nuit-là, il y eut une violente tempête. Un de ces orages qui mûrissent quand la chaleur devient tout à fait intolérable. Il se déchaîna à travers les arbres et les champs, arracha le chaume des toits et même quelques tuiles, détrempa le sol poussiéreux. Ceux qui, après un regard aux nuages – si souvent annonciateurs de rien d'autre qu'une bouffée de vent –, avaient quand même décidé de dormir dehors, n'eurent que le temps de ramasser leur charpoy et de se précipiter à l'intérieur : après une goutte ou deux, brusquement les nuages se déchirèrent au-dessus de leur tête. Puis ils allèrent ramener le bétail, attaché dehors. A présent, vêtements et cuir fumant, ils étaient tous rassemblés dans le noir, les bêtes meuglant plaintivement dans la pièce du devant, les humains bavardant à l'arrière.

Kachheru, le chamar qui travaillait pour la famille de

Rasheed, et qui ne possédait qu'une seule pièce, avait deviné l'arrivée de l'orage et rentré sa bufflonne, que l'on entendait grogner et uriner : bruits familiers et rassurants.

Un peu d'eau passait à travers le toit, tombant sur Kachheru et sa femme allongés à même le sol. De nombreux toits étaient plus délabrés que le sien, plusieurs s'envoleraient sous l'effet de la tempête, pourtant Kachheru dit sèchement à sa femme :

« Vieille femme – à quoi sers-tu si tu ne peux même pas nous protéger de la pluie ? »

Elle ne répondit pas, puis, au bout d'un moment, elle dit : « Nous devrions aller voir ce qui se passe chez le mendiant et sa femme. Leur hutte est en contrebas.

— Ça ne nous regarde pas, rétorqua Kachheru.

— Des nuits comme celle-ci me rappellent celle où est né Tirru. Je me demande comment il s'en sort à Calcutta. Il n'écrit jamais.

— Tu ferais mieux de dormir », lui intima Kachheru, d'un ton las. Il savait le travail qui l'attendait le lendemain et ne voulait pas gâcher des heures de sommeil en parlotes vaines.

Lui, cependant, resta éveillé avec ses pensées. Le vent hurlait, se calmait, reprenait, l'eau continuait à filtrer. N'y tenant plus, il se leva pour tenter de remédier temporairement au mauvais travail de sa femme.

A l'extérieur, le monde solide de cahutes et d'arbres, de murs et de puits, n'était plus qu'un amalgame informe de vent, d'eau, de lune, d'éclairs, de nuages et de tonnerre. Le terrain où vivaient les intouchables s'étendait au nord du village. Kachheru avait de la chance : bien que petite, sa cahute se tenait au bord d'un léger escarpement et, au-dessous de lui, il apercevait les contours, noyés de pluie, des cabanes qui, au matin, se retrouveraient pleines d'eau et d'immondices.

Quand il se réveilla, il ne faisait pas encore jour. Il enfila son dhoti sale et se dirigea par les ruelles fangeuses vers la maison du père de Rasheed. La pluie avait cessé, mais de larges gouttes tombaient des margousiers sur sa tête – et sur celle des balayeuses qui allaient, silencieuses, de maison en maison ramasser les ordures déposées à l'extérieur pendant la nuit. Quelques cochons se frayaient un chemin, reniflant et engloutissant déchets et excréments. Les chiens se taisaient, seul un coq, de loin en loin, chantait dans la nuit pâlissante.

L'aube se leva. Kachheru, qui avait progressé avec précaution mais d'un pas décidé sur les bas-côtés légèrement plus secs, avait dépassé à présent l'endroit le plus dévasté. Il lui arrivait, devant ces désastres, de ressentir une détresse encore plus grande que celle de sa femme, mais il avait appris à ne pas en tenir compte.

En approchant de la maison de Rasheed, il regarda autour de lui et ne vit personne. Il supposa cependant que Baba était réveillé, lui si rigoriste et qui jamais ne manquait la première prière de l'aube. Deux personnes dormaient sur des charpoys, sur la véranda couverte ; ils devaient dormir dans la cour et avaient été saisis par la pluie. Kachheru passa la main sur son visage creusé de rides, et se permit un sourire.

Soudain éclata un charivari de cancanements et de gloussements. Un canard, roi de la courée, toute tête dressée mais arborant une expression incongrûment pacifique, pourchassait (tour à tour) un coq, deux poules et quelques poussins – les acculant vers l'étable puis les en éloignant, faisant le tour du margousier, puis les poussant à travers la ruelle vers la maison où vivaient Baba et son plus jeune fils.

Kachheru se reposa un moment, accroupi sur ses talons. Après quoi, il alla à la pompe et répandit un peu d'eau sur ses pieds nus et boueux. Une petite chèvre noire donnait des coups de corne contre le montant de la pompe ; il lui gratta la tête. Elle le regarda de ses yeux jaunes et se mit à bêler quand il s'arrêta.

Kachheru monta les quatre marches menant à la remise des charrues. Le père de Rasheed en possédait trois, deux de fabrication locale avec un soc en bois acéré, appelées desis, la troisième, dite mishtan, avec un soc métallique incurvé, que Kachheru ignora. Il laissa la porte ouverte, disposa les desis à la lumière du jour et s'accroupit à nouveau pour les examiner. Il en choisit une, la hissa sur son épaule et traversa la cour en direction de l'étable. « Aaaah !

aaaah ! » dit-il, d'une voix basse et apaisante, aux bêtes qui avaient tourné la tête en l'entendant approcher.

Il commença par nourrir le bétail, mélangeant un peu plus de grain que d'habitude à la bouillie de foin, de paille et d'eau qui était leur lot pendant les chaleurs. Même les gros buffles noirs – qui d'ordinaire se débrouillaient tout seuls, surveillés par un vacher – y eurent droit, car ils ne trouvaient plus grand-chose à brouter en cette saison. Puis il ajusta une muselière et une longe aux naseaux et au cou de la paire de bœufs blancs avec laquelle il préférait travailler, attrapa un long bâton appuyé contre le mur et les poussa tranquillement dehors. Tout haut, mais pas trop fort, afin qu'on ne pût l'entendre, il dit :

« Sans moi, vous seriez fichus. »

Il allait les atteler quand il se souvint de quelque chose. Il ordonna aux bêtes de rester tranquilles, traversa la cour, entra dans une autre pièce, y prit une bêche et revint. Les bœufs n'avaient pas bougé. Il les félicita, les attela, accrocha l'araire retournée au joug pour qu'ils puissent la traîner, mit sa bêche sur l'épaule.

Les lendemains d'orage, durant la saison sèche, Kachheru avait pour ordre de labourer, afin de profiter de l'eau qui restait encore dans le sol. Un travail épuisant, de l'aube à la nuit, et pour lequel il n'était pas payé.

Corvéable à merci, il était requis, comme tous les chamars, pour n'importe quelle tâche qu'il plaisait au père de Rasheed de lui commander : labourer, pomper l'eau, porter un message à l'autre bout du village ou hisser du chaume sur le toit de la maison, qui, une fois séché, servirait de combustible pour la cuisson des aliments. Bien qu'étranger à la famille, il était autorisé, à l'occasion, à pénétrer dans le sanctuaire de la maison, notamment lorsqu'il y avait quelque chose à transporter sur le toit. La mort du frère aîné de Rasheed avait imposé le recours à une aide extérieure pour les plus lourds travaux. Mais chaque fois que Kachheru entrait, les femmes s'enfermaient dans une des pièces ou se glissaient dans le jardin potager, à l'arrière de la maison, se tenant le plus près possible du mur.

En échange de ses services, la famille prenait soin de lui. Il recevait ainsi une certaine quantité de grains au moment de la moisson : pas assez cependant pour lui assurer ainsi qu'à sa femme le minimum vital. Il avait le droit aussi de cultiver un lopin de terre, à son usage personnel, quand son maître lui en laissait le temps, et pour ce faire d'utiliser les outils et l'attelage de bœufs. Toutes choses pour l'achat desquelles Kachheru aurait dû s'endetter, ce qu'il jugeait inutile étant donné la faible superficie du terrain.

Surchargé de travail, il n'en avait conscience que parce que son corps, épuisé, le lui faisait sentir. En quarante années passées au service de la famille, il ne s'était jamais rebellé, ce qui lui valait une certaine considération. On lui donnait des ordres, mais jamais sur le ton insultant réservé à la caste de serviteurs à laquelle il appartenait. Quand il arrivait au père de Rasheed de l'appeler « mon brave », Kachheru était très content. Il jouissait d'une certaine prééminence sur les autres chamars, que, parfois, pendant la pleine saison des travaux agricoles, il avait la tâche de surveiller.

Pourtant, quand son fils unique Tirru avait déclaré son intention de fuir Debaria et cette existence éreintante et sans espoir, faite de pauvreté, grevée par le système des castes, Kachheru ne s'y était pas opposé. Sa femme avait supplié leur fils de ne pas partir, mais le soutien tacite du père avait pesé lourd dans la balance.

Quel avenir attendait le garçon s'il restait au village ? Il ne possédait ni terre ni argent, et c'est au prix d'un grand sacrifice – en renonçant au salaire qu'il aurait rapporté comme vacher – que sa famille lui avait permis de suivre les six premières années de l'école primaire gouvernementale, à quelques kilomètres du village. Tout ça pour qu'il se tue à la tâche dans des champs brûlés par le soleil ? Kachheru ne voulait pas de cette vie pour son fils. Qu'il s'en aille, à Brahmpur, Calcutta, Bombay ou ailleurs et qu'il se trouve un travail : n'importe lequel, domestique, manœuvre dans une usine ou garçon meunier.

Les premiers temps, Tirru avait envoyé de l'argent et écrit des lettres affectueuses, en hindi, que Kachheru priait le facteur ou le bania de lui lire. Il leur demandait souvent de les lui lire plusieurs fois, ce qui finissait par les irriter. Puis il dictait des réponses, qu'il les priait de transcrire sur des cartes postales. Le garçon était revenu pour le mariage de ses deux jeunes sœurs, avait même contribué à la dot. Mais depuis un an, plus aucunes nouvelles n'étaient arrivées de Calcutta et plusieurs lettres de Kachheru étaient revenues avec la mention « retour à l'envoyeur ». Pas toutes cependant ; aussi Kachheru continuait-il à écrire une fois par mois à l'ancienne adresse, ne pouvant – ou n'osant pas – imaginer ce qui était arrivé à son fils. C'était comme s'il avait à demi cessé d'exister. Sa femme, désespérée, pleurait souvent la nuit et priait devant la petite niche, de couleur orange, aménagée dans le figuier, demeure de la déesse du village, où elle avait emmené son fils se faire bénir avant son départ. Il ne se passait pas un jour sans qu'elle rappelle à Kachheru qu'elle avait prévu ce qui se passait.

Finalement, il lui dit qu'il allait demander à son maître l'autorisation – et l'argent (sachant que cela signifiait s'enfoncer dans un endettement sans fin) – de se rendre à Calcutta à la recherche de son fils. Mais sa femme s'était effondrée en pleurs, en proie à des terreurs sans nom. Sorti du village, Kachheru n'était jamais allé plus loin que Salimpur ; jamais à Rudhia, la capitale du district. Brahmpur, pour ne pas dire Calcutta, dépassait ce qu'il était capable d'imaginer. Quant à sa femme, elle ne connaissait que deux villages : celui où elle était née, celui où elle s'était mariée.

8.11

Il faisait frais, une légère brise matinale soufflait. Des roucoulements graves, posés, s'échappaient du colombier, autour duquel vinrent bientôt tournoyer quelques pigeons : des gris à raies noires, des bruns, un ou deux blancs. Kachheru, chantonnant un bhajan, conduisait l'attelage hors du village.

Des femmes et des enfants, la plupart de sa caste, étaient déjà sortis pour glaner dans les champs moissonnés la veille. En temps ordinaire, en sortant si tôt ils prenaient de l'avance sur les oiseaux et les petits animaux qui trouvaient leur pitance à la surface dénudée des champs, mais aujourd'hui les glaneurs devaient fouiller dans des fondrières pour récolter les grains.

Labourer à cette heure de la journée n'était pas désagréable. Marcher, de l'eau et de la boue jusqu'aux chevilles, derrière une paire de bœufs bien entraînés et obéissants, procurait une sorte de bien-être. Kachheru n'avait guère recours à son bâton ; contrairement à de nombreux paysans, il n'aimait d'ailleurs pas s'en servir. Les bêtes répondaient à ses ordres divers, tournant, dans le sens inverse des aiguilles d'une montre, et creusant en tirant la charrue des sillons croisés. Kachheru continuait à chantonner, interrompant son bhajan par des « wo ! wo ! » des « taka taka » ou autres interjections, puis reprenant le chant non où il l'avait laissé mais à l'endroit où il serait parvenu s'il ne s'était pas arrêté. Lorsqu'il eut achevé de labourer le premier champ – deux fois plus grand que celui qui lui était dévolu pour son usage personnel – il transpirait de fatigue. Parvenu à un angle de quinze degrés environ, le soleil commençait à taper. Il laissa les bœufs se reposer, retournant à la bêche les endroits, dans les coins, que la charrue n'avait pas atteints.

Les heures passant, il cessa de chanter. A plusieurs reprises, il perdit patience et donna un coup de bâton ou deux aux bœufs – spécialement à celui qui, attelé à l'extérieur, avait décidé de s'arrêter en même temps que son compagnon, au lieu de continuer à tourner comme il en avait reçu l'ordre.

Kachheru travaillait à un rythme régulier, ménageant son énergie et celle de l'attelage. La chaleur était devenue intolérable, la sueur dégoulinait de son front dans les sourcils puis dans les yeux. Il l'essuyait du dos de sa main droite, tenant fermement la charrue de la gauche. A midi, il n'en pouvait plus. Il mena les bœufs se désaltérer à une rigole, pleine d'une eau chaude, lui-même buvant à une outre en cuir qu'il avait remplie à la pompe avant de partir.

Le soleil était au zénith quand sa femme arriva, lui apportant des galettes, du sel, quelques piments et du lassi. Elle le regarda manger en silence, lui demanda s'il avait besoin d'autre chose et repartit.

Un peu plus tard, le père de Rasheed fit son apparition, abrité sous un parapluie qui lui servait d'ombrelle. Il s'accroupit sur la petite crête boueuse qui séparait deux champs, lançant à Kachheru quelques paroles d'encouragement. « C'est vrai ce qu'on dit. Aucun travail n'est plus dur que l'agriculture. » Kachheru se contenta de hocher respectueusement la tête. Il commençait à se sentir mal. Quand le père de Rasheed s'en alla, il laissa comme trace de sa présence un peu de terre rougie par ses crachats de jus de paan.

Désormais, les pieds plongeaient dans une eau qui n'avait plus rien de frais, il soufflait une brise chaude. « Il va falloir que je me repose », se dit Kachheru. Mais il comprenait la nécessité de labourer tant qu'il restait un peu d'humidité dans le sol et ne voulait pas qu'on puisse raconter qu'il n'avait pas fait ce qu'il savait devoir être fait.

Quand arriva la fin de l'après-midi, son visage foncé tournait à l'écarlate. Il avait l'impression que ses pieds, craquelés et calleux, bouillaient. Après une courte journée de travail, en général c'est lui qui, en rentrant, portait la charrue sur ses épaules. Aujourd'hui, l'énergie lui manquait, et il la fit traîner par les bœufs, épuisés eux aussi. Il était incapable d'une seule pensée cohérente. Touchant par mégarde le métal surchauffé de la bêche, il grimaça de douleur.

Il traversa son propre champ, avec ses deux mûriers, sans presque s'en apercevoir, pas plus qu'il ne lui vint à l'idée de se dire que cette terre, en fait, ne lui appartenait pas. La seule chose qui importait était de mettre un pied devant l'autre, et de regagner Debaria. Le village se trouvait à présent à moins d'un kilomètre, et il avait l'impression de marcher dans le feu.

Imposante pour Debaria, la maison du père de Rasheed, à la façade blanchie à la chaux, comportait en réalité très peu de pièces. Elle consistait en un quadrilatère à colonnade, ouvert en son milieu. D'un côté, on avait construit trois chambres sans aération, tout simplement en murant avec des briques l'espace entre les colonnes : elles constituaient les seules pièces de l'habitation, où logeaient les membres de la famille. La cuisine se faisait à ciel ouvert, dans un coin, ce qui épargnait aux femmes la fumée qu'aurait dégagé un foyer sans cheminée dans une pièce close – fumée qui, avec le temps, aurait usé leurs yeux et leurs poumons.

D'autres sections de la colonnade abritaient des coffres de rangement et des rayonnages. Un citronnier et un grenadier poussaient dans la cour centrale. Les cabinets pour les femmes, ainsi qu'un petit jardin potager, se trouvaient derrière la maison. Une volée de marches conduisait au toit où le père de Rasheed tenait sa cour et chiquait ses paans – ce qu'il était justement en train de faire.

Seuls les hommes appartenant à la famille proche avaient le droit d'entrer, ce qui était le cas des oncles paternels et maternels de Rasheed, y compris celui qui avait l'allure d'un ours. Il avait continué à venir après la mort de sa sœur – et alors que le père de Rasheed s'était remarié avec une femme beaucoup plus jeune. Puisque le patriarche, Baba, malgré son âge et son diabète, ne répugnait pas à grimper l'escalier, on tenait régulièrement des conférences sur le toit. On en convoquait une, par exemple, quand quelqu'un revenait d'une longue absence, pour faire le point sur les affaires familiales.

Ce soir-là, elle avait lieu en l'honneur de Rasheed mais, le temps que les autres hommes arrivent, elle avait dégénéré en dispute – en une série de disputes – entre Rasheed et son père. Le père avait élevé la voix à plusieurs reprises, Rasheed s'était défendu, sans toutefois – chose impensable – se laisser aller à la colère.

Il était entré dans la cour, après avoir laissé Maan à

l'extérieur, d'humeur agitée. Aujourd'hui, heureusement, Maan n'avait pas fait mention de la lettre. Rasheed n'aurait pas aimé décevoir son ami, mais il lui aurait été impossible d'écrire le genre de choses que Maan lui aurait certainement dictées. Ce qu'il appelait les bas instincts de la race humaine le mettaient mal à l'aise, parfois en colère. Il préférait ne pas les voir. Il soupçonnait l'existence d'une relation particulière entre Maan et Saeeda Bai – et comment l'aurait-il ignorée étant donné les circonstances dans lesquelles se déroulaient leurs rencontres – mais ne voulait surtout pas s'en mêler.

Tout en montant les marches, il avait pensé à sa mère, qui avait vécu dans cette maison jusqu'à sa mort, deux ans auparavant. Il lui avait paru inimaginable à l'époque – et ça l'était encore aujourd'hui – que son père pût se remarier. A cinquante-cinq ans, les appétits se calment ; et le souvenir d'une femme qui avait consacré sa vie à son service et à ses deux fils ne manquerait pas de se dresser, tel un mur, entre lui et l'idée de prendre une seconde épouse. Et pourtant elle était bien là, sa belle-mère : une jolie femme, qui avait à peine une dizaine d'années de plus que Rasheed. Elle dormait sur le toit avec son père, chaque fois que celui-ci le décidait, et vaquait dans la maison, apparemment peu troublée par le fantôme de celle qui avait planté les arbres dont elle cueillait les fruits avec insouciance.

Que faisait son père, songeait Rasheed, sinon satisfaire ses appétits ? Il passait la journée, assis chez lui, à commander à tout le monde et à chiquer du paan, comme d'autres fument à la chaîne. Il s'était esquinté les dents, la langue et la gorge. Sa bouche n'était qu'une balafre rouge, piquetée de rares dents noires. Or cet homme, avec sa chevelure noire frisée et clairsemée, ce visage épais et vindicatif, n'avait cessé de le provoquer et de l'admonester – et ce depuis son plus jeune âge.

Rasheed ne pouvait se rappeler un moment de sa vie où il ne se fût pas fait semoncer par son père. Durant ses années d'école, où il s'était comporté en gredin, il l'avait certes mérité. Mais plus tard, alors que, calmé, il réussissait bien à la faculté, il avait continué à servir de cible à l'insatisfaction paternelle. Les choses avaient empiré avec la mort, dans un accident de chemin de fer, de son frère bien-aimé, le favori de son père, un an juste avant le décès de leur mère.

« Ta place est ici, sur notre terre, lui avait dit son père peu après. J'ai besoin de ton aide. Je ne suis plus jeune. Si tu veux rester à l'université de Brahmpur, tu devras t'en procurer toi-même les moyens. » Son père n'était pas pauvre, songeait Rasheed avec amertume, ni si vieux qu'il ne pût épouser une jeune femme et ne voulût faire un autre enfant. La paternité tardive était une sorte de tradition dans la famille. Après tout, à la naissance de Netaji, Baba avait largement dépassé la cinquantaine.

Chaque fois que Rasheed pensait à sa mère, les larmes lui venaient aux yeux. Elle les avait aimés, lui et son frère, presque avec excès, et ils l'avaient adorée. Elle avait planté le grenadier pour son frère, le citronnier pour lui. Où qu'il regardât, dans la cour rafraîchie et lavée par la pluie, il croyait voir les marques tangibles de son amour pour eux.

La mort de son fils aîné avait certainement accéléré la sienne, et, dans ses derniers instants, elle avait fait promettre à Rasheed quelque chose qu'il n'avait pas eu le cœur de refuser, malgré tout le désir qu'il en avait : une promesse qui avait ligoté sa vie avant qu'il n'ait pu goûter à la liberté.

8.13

Rasheed poussa un profond soupir en débouchant sur le toit. Son père était assis sur un charpoy, tandis que sa belle-mère lui massait les pieds.

« Adaab arz, Abba-jaan. Adaab arz, Khala », dit Rasheed. Il appelait sa belle-mère « Tante ».

« Tu en as mis du temps pour venir », fit remarquer sèchement son père.

Rasheed ne répondit pas. Sa belle-mère lui jeta un bref regard, puis détourna la tête. Rasheed ne s'était jamais montré impoli envers elle, mais sa présence lui rappelait la femme qu'elle avait supplantée. Elle en voulait à son beau-fils de ne faire aucun effort pour la rassurer, de ne lui donner aucun signe d'affection.

« Comment va ton ami ?

— Bien, Abba. Je l'ai laissé en bas – en train d'écrire une lettre, me semble-t-il.

— Sa présence ne me dérange pas, mais j'aurais aimé être prévenu.

— Oui Abba. J'essaierai d'y penser la prochaine fois. Ça s'est décidé si soudainement. »

La belle-mère de Rasheed se leva et annonça : « Je vais faire du thé. »

Après son départ, Rasheed dit d'une voix calme : « Abba, si tu le peux, je t'en prie épargne-moi ça.

— T'épargner quoi ? » fit le père, furieux. Il comprenait ce que Rasheed entendait par là, mais ne voulait pas l'admettre.

Rasheed décida tout d'abord de ne pas répondre, puis changea d'avis. Si je ne dis pas ce que j'ai sur le cœur, il faudra que je continue à supporter l'intolérable, songea-t-il. « Ce que je veux dire, Abba, c'est que je voudrais que tu cesses de me critiquer en sa présence.

— Je dirai ce que j'ai à te dire quand et où il me plaira, répliqua son père, mâchonnant son paan et les yeux fixant les lointains. Où sont les autres ? Ah, oui. Et sois sûr que je ne suis pas le seul à te critiquer, toi et ton mode de vie.

— Mon mode de vie ? » Malgré lui, la voix de Rasheed se fit cassante. Son père ne manquait pas d'audace de lui reprocher son mode de vie.

« Pour ta première journée au village, tu as manqué la prière du soir, et la prière de la nuit. Aujourd'hui, je voulais que tu m'accompagnes aux champs, mais tu étais introuvable. Je voulais te montrer quelque chose d'important et en discuter avec toi. Un morceau de terre. Sous quelle influence les gens vont-ils croire que tu es tombé ? Et tu passes ta journée à aller de la maison du lavandier à celle du balayeur, à demander des nouvelles du fils de celui-ci, du neveu de celui-là, mais tu n'as pas de temps à consacrer à ta famille. Beaucoup de gens, ici, pensent ouvertement que tu es communiste. »

Cela signifie simplement, se dit Rasheed, que je déteste la

pauvreté et l'injustice qui règnent à l'état endémique dans le village et que je n'en fais pas mystère : on ne reproche pas à quelqu'un de visiter les pauvres.

« J'espère que tu ne trouves pas que ce que je fais est mal, dit-il d'une voix sarcastique.

— Tes études à Brahmpur et le reste t'ont donné une bien grande confiance en toi. Tu devrais demander des conseils, quand l'occasion se présente.

— Et quels seraient ces conseils ? Ceux des vieux du village, selon lesquels je dois faire autant d'argent que possible et aussi vite que possible ? Chacun ici, à ce qu'il me semble, ne sait que satisfaire ses appétits : pour les femmes, la boisson, la nourriture –

— Assez ! En voilà assez ! » cria son père, mangeant quelques consonnes au passage.

Rasheed n'ajouta pas « le paan », comme il en avait eu l'intention. Il se tut, décidé à ne rien dire qu'il pourrait regretter plus tard. Aussi est-ce en termes généraux qu'il reprit : « Abba, je crois que chacun est responsable des autres, et pas seulement de soi-même et de sa famille.

— Mais d'abord de sa famille.

— C'est toi qui le dis, Abba. » Rasheed se demanda pourquoi il continuait à revenir à Debaria. « Penses-tu que mon mariage, par exemple, prouve que je ne me soucie pas de ma famille ? Que je ne me souciais pas de ma mère et de mon frère ? Je crois que j'aurais été plus heureux – et toi aussi – si j'étais mort. »

Son père ne répondit pas. Il songeait à son fils aîné, si joyeux, heureux de vivre à Debaria et de s'occuper des terres, fort comme un lion, fier d'être le fils d'un zamindar et qui, loin de voir partout des problèmes, suscitait une sorte de bonne volonté générale partout où il allait. Puis il pensa à sa femme – la mère de Rasheed – et sa poitrine se souleva en un profond soupir.

D'une voix plus douce, il dit à Rasheed : « Pourquoi ne laisses-tu pas tomber toutes ces idées – ces idées sur l'éducation, l'histoire, le socialisme, l'amélioration et la redistribution – tout ça – il fit un grand geste – et ne viens-tu pas nous aider ? Sais-tu ce que deviendra cette terre dans un an, quand ils auront supprimé les zamindari ? Ils veulent nous

717

la prendre. Alors tous ces élevages de volaille, ces mares pleines de poissons, ces élevages de bétail améliorés auxquels tu rêves pour le bénéfice de l'humanité, c'est en l'air qu'il faudra les construire car il n'y aura certainement plus assez de terres pour cela. En tout cas pas dans notre famille. »

Il avait voulu s'exprimer gentiment mais c'était du mépris qui sortait de sa bouche.

« Que puis-je faire pour empêcher cela, Abba ? S'ils veulent juste nous prendre la terre, ils la prendront.

— Tu pourrais faire plein de choses. Et d'abord cesser d'utiliser le mot "juste" pour ce qui n'est rien d'autre qu'un vol. Et puis tu pourrais parler à ton ami – »

Le visage de Rasheed prit une expression tendue. L'idée de s'abaisser ainsi lui était intolérable. Mais il choisit un argument qui, lui semblait-il, collerait plus à la façon dont son père voyait le monde.

« Ça ne marcherait pas, dit-il. Le ministre du Trésor est absolument intransigeant, il ne fera pas d'exception. Il a d'ailleurs annoncé que ceux qui essaieraient d'user de leur influence auprès de lui ou des membres de son ministère seraient les premiers à qui la loi s'appliquerait.

— Vraiment ? Eh bien, nous-mêmes ne sommes pas restés les bras croisés... le tehsildar nous connaît ; le chef du district est un type honnête, bien que paresseux...

— Et alors, que s'est-il passé ?

— C'est justement ce dont je voulais parler avec toi... te montrer certains champs... Il faut que les choses soient claires pour tout le monde... Comme dit le ministre, il ne peut pas y avoir d'exceptions... »

Rasheed fronça les sourcils. Il ne comprenait pas où son père voulait en venir.

« Mon idée est de faire tourner les fermiers, dit-il en cassant une noix de bétel avec un casse-noix de laiton. Cette année, tel champ, l'année prochaine, tel autre...

— Mais Kachheru ? » Rasheed pensait au minuscule champ avec ses deux mûriers – Kachheru n'avait pas osé planter un manguier de peur qu'une telle arrogance ne défie la providence.

« Quoi, Kachheru ? fit son père, feignant une colère qui,

espérait-il, mettrait fin à ce chapitre déplaisant. Il recevra le champ qu'il me plaira de lui donner. Si je fais une exception pour un chamar, vingt se rebelleront. La famille est d'accord là-dessus.

— Mais ses arbres –

— *Ses* arbres ? Voilà où te mènent ces idées communistes que tu bois comme le lait de ta mère à l'université. Il n'a qu'à en prendre un sous chaque bras et déguerpir si ça lui chante. »

Rasheed regarda son père et une sorte de douleur lui étreignit la poitrine. D'une voix douce, il dit qu'il ne se sentait pas bien et demanda qu'on l'excuse. Son père le dévisagea longuement. « Va, fit-il soudain. Et vois ce qui se passe avec le thé. Ah, voilà ton Mamu. » La large figure barbue de son beau-frère venait d'apparaître en haut des marches.

« Je disais à Rasheed ce que je pense de toutes ses idioties, l'entendit ricaner Rasheed avant de descendre.

— Ah oui ? » L'Ours avait une haute opinion de son neveu, et peu lui importait ce qu'en pensait son beau-frère.

Que Rasheed lui rendît son affection parfois l'émerveillait : après tout, il était un homme sans culture. Mais Rasheed l'admirait pour être parvenu au stade de la tolérance et de la tranquillité sans avoir perdu sa verve. Il n'oubliait pas non plus que son oncle l'avait accueilli quand il s'était enfui de chez lui.

L'Ours s'inquiétait de l'état de santé de Rasheed. Il était trop maigre, avait l'air sinistre, le teint trop foncé, et plus de blanc dans ses cheveux qu'il n'était juste pour un homme de son âge.

« Rasheed est un bon garçon », dit-il.

Il reçut un grognement pour toute réponse.

« Le seul problème avec Rasheed, ajouta l'Ours, c'est qu'il se fait trop de soucis pour les autres, toi y compris.

— Oh ? fit le père de Rasheed, entrouvrant sa bouche rouge en signe d'étonnement.

— Pour toi, mais aussi pour sa femme, ses enfants, le village, le pays – l'Ours parlait d'un ton calme mais sans appel –, la vraie et la fausse religion. Pour d'autres sujets aussi : certains importants, d'autres moins. Par exemple, comment se comporter envers son prochain. Comment nourrir le monde. Où va la boue quand on enfonce un piquet dans le sol. Et naturellement, la plus grande des questions... » Il s'arrêta et rota.

« Laquelle ? ne put s'empêcher de demander son beau-frère.

— Pourquoi une chèvre mange vert et chie noir. »

8.14

Les paroles de son père lui brûlant les oreilles, Rasheed oublia de s'enquérir du thé. Il avait honte. Kachheru, qu'il connaissait depuis son enfance, qui l'avait porté sur son dos, qui servait la famille sans la moindre défaillance depuis tant d'années, labourant, semant, récoltant : comment son père osait-il le transformer en journalier itinérant ? A son âge. Attaché à son lopin de terre, il l'avait amendé, le raccordant à un fossé d'écoulement en creusant une série de petites rigoles ; il avait entretenu les chemins surélevés qui le bordaient, planté les mûriers, pour leur ombre et pour leurs fruits. En termes de l'ancienne loi, il est vrai qu'ils appartenaient aussi au propriétaire, mais dans le cas présent s'en tenir à la lettre de la loi c'était agir de façon inhumaine. Et les nouvelles dispositions allaient accorder à Kachheru des droits indéniables. Tout le monde savait qu'il cultivait ce champ, et selon la future législation, cinq années de fermage suffisaient pour établir le droit à une terre.

Cette nuit-là, Rasheed ne put s'endormir. Il ne voulait parler à personne, pas même à Maan. Il assista à la dernière prière, sans avoir conscience des mots qu'il prononçait. Incapable de trouver le repos, il finit par se lever et se dirigea vers les terres en friche à l'extrémité nord du village. Tout était calme. Les bœufs avaient cessé de tourner sur l'aire de battage, les chiens se taisaient, indifférents à sa présence. La nuit était étoilée et tiède. Dans leurs cahutes étriquées, les miséreux dormaient. On ne peut pas leur faire ça, se dit-il, on ne peut pas.

Pour s'en assurer, il rendit visite le lendemain matin au patwari du village, le petit fonctionnaire gouvernemental qui servait d'archiviste et de comptable, tenait les registres à jour, avec, pour chaque lopin de terre, le nom du propriétaire et l'usage qui en était fait. Rasheed estimait qu'un bon tiers de ces terres n'était pas cultivé, près des deux tiers dans le cas de sa propre famille. Dans les épais registres, reliés toile, du patwari, reposait, il en était sûr, la preuve irréfutable du droit de Kachheru.

Le patwari, vieil homme efflanqué, accueillit poliment Rasheed, avec un sourire fatigué. Il avait entendu parler de la tournée du jeune homme dans le village, et se sentait flatté d'avoir droit à une visite personnelle. La main en éventail sur ses yeux pour les protéger du soleil, il demanda à Rasheed comment allaient ses études, combien de temps il comptait rester au village, lui offrit un sorbet. Quand il finit par comprendre que Rasheed ne lui rendait pas seulement une visite de politesse, il en fut tout heureux. Peu payé, on lui reconnaissait tacitement le droit d'augmenter son salaire d'une façon ou d'une autre. Il pensait que Rasheed était dépêché par son grand-père pour vérifier la situation de leur patrimoine, et qu'il serait sans nul doute très content de ce qu'il découvrirait.

Le patwari entra dans la maison et revint dans la cour chargé de trois grands livres, de registres des récoltes, et de deux grandes cartes en tissu, d'environ un mètre sur un mètre cinquante, où figuraient toutes les terres du village. Il en déroula une, amoureusement, sur l'estrade en bois qui servait de siège, l'aplatit du dos de la main, chercha ses lunettes et les chaussa avec soin.

« Eh bien, Khan Sahib, dit-il, dans un an ou deux ces livres, que j'ai tenus aussi soigneusement qu'un jardin, passeront en d'autres mains. Si le gouvernement agit comme il l'entend, nous changerons de village tous les trois ans. Notre vie ne méritera pas d'être vécue. Qu'est-ce qu'un étranger peut comprendre à la vie d'un village, à son histoire, à la réalité des choses ? Rien que de s'installer lui prendra au moins trois ans. »

Rasheed émit quelques borborygmes compatissants. Il avait posé son verre et tentait de repérer, sur la carte d'une belle soie un peu jaunie, l'emplacement du champ de Kachheru.

« Et les gens de ce village ont toujours été bons pour le pauvre pêcheur que je suis, continua le patwari, avec un petit rire énergique. Du ghee, du grain, du lait, du bois... quelques roupies à l'occasion – la famille du Khan Sahib s'est montrée particulièrement généreuse... Que cherchez-vous ?

— Le champ de notre chamar Kachheru. »

Sans aucune hésitation, le doigt du patwari pointa l'emplacement, au-dessus duquel il resta suspendu.

« Mais ne vous en faites pas, Khan Sahib, on s'est occupé de tout. »

Rasheed le regarda d'un air interrogateur.

Le patwari, surpris que sa compétence ou sa diligence puissent être mises en doute, enroula sans mot dire la carte en soie, déroula l'autre, d'un tissu plus grossier. Tachée de boue, couverte de noms, de chiffres et de diverses notations, en rouge et noir, en ourdou, c'était sa carte de travail, qu'il emportait dans ses tournées de vérification ; elle montrait un enchevêtrement plus dense de champs. Il la considéra un moment, puis se reporta aux livres, aux registres des récoltes tout écornés, les ouvrit aux pages appropriées, les consulta à plusieurs reprises, lança à Rasheed un regard outragé et dit : « Voyez vous-même. »

Rasheed contempla les colonnes, les entrées, les mesures, les chiffres concernant les propriétaires, les parcelles, les séries, les notations sur le type de terrain, la condition de la terre et son utilisation ; mais, comme l'avait prévu le patwari, ne comprit rien à ce fatras ésotérique.

« Mais –

— Khan Sahib – le patwari étendit ses mains paumes vers le haut en signe de bonne volonté –, il ressort de mes dossiers que la personne qui cultive ce champ et ceux qui l'entourent, depuis plusieurs années, c'est vous-même.

— Quoi ? » s'exclama Rasheed, son regard allant du visage souriant du patwari à la ligne que le doigt de l'homme indiquait ; et au-dessus de laquelle il resta de nouveau suspendu, comme un insecte au-dessus de l'eau.

« Nom du cultivateur, tel qu'indiqué dans le registre du khatauni : Abdur Rasheed Khan, lut-il.

— Depuis quand est-ce ainsi ? » parvint tout juste à demander Rasheed, son esprit fonctionnant plus vite que sa langue. Il avait l'air malheureux, en proie à une agitation douloureuse.

Le patwari, qui pourtant ne pouvait être taxé de stupidité, ne devinait toujours rien. « Depuis qu'existe la menace d'une loi réformant la propriété terrienne, et que vos estimés père et grand-père ont exprimé le souci qu'elle leur cause, votre serviteur s'est employé à sauvegarder les intérêts de votre famille. Les terres ont été réparties nominalement entre les différents membres, chacun d'entre vous figure dans mes livres au titre de propriétaire-cultivateur. C'est le moyen le plus sûr. De grandes propriétés individuelles soulèvent trop de suspicion. Bien sûr, vous étiez occupé à vos études, et ces petits détails n'intéressent pas un étudiant en histoire –

— Au contraire. Combien de ces terres sont-elles attribuées à nos fermiers ?

— Aucune.

— Aucune ? Mais tout le monde sait que nous avons des métayers et des fermiers qui payent un loyer –

— Des employés salariés, corrigea le patwari. Et à l'avenir, ils changeront de champ régulièrement.

— Mais Kachheru, par exemple – Rasheed laissa éclater sa colère –, chacun sait qu'il possède ce champ depuis des années. Vous-même avez compris immédiatement ce que je voulais dire quand j'ai demandé où se trouvait sa parcelle.

— C'est une façon de parler. Si je disais par exemple "l'université de Sahib Khan" à propos de l'université de Brahmpur, ça ne signifierait pas qu'elle vous appartient – ou que vous la fréquentez depuis cinq ans. » Il eut un petit rire de connivence, mais comme Rasheed ne répondait pas, il continua : « D'après mes dossiers, il apparaît que, oui, Kachheru, fils du chamar Mangalu, a cultivé ce champ à titre de métayer, mais jamais pendant cinq années d'affilée. Il y a toujours eu des interruptions –

— Vous dites que ce champ m'appartient désormais à titre nominal ?

— Oui.

— Je veux que vous enregistriez un changement de propriété en faveur de Kachheru. »

Ce fut au tour du patwari de paraître bouleversé. Il regarda Rasheed comme si celui-ci avait perdu l'esprit. Il s'apprêtait à dire que, bien entendu, le Khan Sahib plaisantait, quand il comprit qu'il n'en était rien.

« Ne vous inquiétez pas, fit Rasheed, je vous verserai votre – comment dire ? – votre gratification habituelle. »

Le patwari se lécha les lèvres, saisi d'angoisse.

« Mais votre famille ? Est-elle toute – ?

— Mettez-vous en doute mes pouvoirs en la matière ?

— Oh non, Khan Sahib, le ciel m'en préserve –

— Nous avons discuté de cela, et c'est pourquoi je suis ici. » Il fit une pause. « Si le transfert de propriété ne peut s'effectuer rapidement ou nécessite d'autres documents légaux, il serait bon que les dossiers du fermier reflètent – euh – la réalité des choses. Oui, c'est une bien meilleure méthode et qui causera moins de désagréments. Veillez, s'il vous plaît, à ce qu'il apparaisse clairement que le chamar a exploité cette terre en continuité. »

Le patwari acquiesça de la tête. « Comme Huzoor commande », dit-il tranquillement.

Rasheed sortit de l'argent, essayant de dissimuler son mépris.

« Tenez, voici une petite avance, pour vous exprimer ma satisfaction. L'étudiant en histoire que je suis a beaucoup apprécié la bonne tenue de ces registres. Et le propriétaire reconnaît avec vous que la politique future du gouvernement à l'égard des patwaris est navrante.

— Encore un peu de sorbet, Khan Sahib ? Ou puis-je vous offrir quelque chose de plus substantiel ? La vie à la ville vous a épuisé... Vous avez l'air si mince...

— Non merci. Je dois partir. Mais je reviendrai d'ici deux semaines. Ça devrait suffire pour les formalités ?

— Certainement.

— Eh bien, Khuda haafiz.

— Khuda haafiz, Khan Sahib », dit doucement le patwari.

Effectivement, Dieu allait devoir protéger Rasheed des ennuis dans lesquels il venait de plonger – et d'autres à sa suite.

Neuvième partie

9.1

« Tu m'as l'air bien maigre, ma chérie », dit Mrs Rupa Mehra à Kalpana Gaur, toujours solide et vive, mais un peu moins en chair que d'habitude. Mrs Rupa Mehra venait d'arriver à Delhi à la recherche d'un garçon convenable pour Lata. N'attendant plus rien de ses fils, elle comptait que Kalpana Gaur, « comme une fille pour moi », lui fournirait la marchandise.

« Cette idiote a été malade, dit son père, que la maladie importunait. Dieu sait comment elle s'y prend, si jeune, pour attraper ces maladies. Pour le moment c'est une espèce de grippe, une grippe au plus fort de l'été – tout à fait stupide. Plus personne ne marche aujourd'hui. Ma nièce n'a jamais marché. Trop paresseuse. Elle a eu l'appendicite, on l'a opérée et, naturellement, elle a mis longtemps à se rétablir. Quand j'étais à Lahore, nous nous levions tous les matins à cinq heures, tous – aussi bien mon père que mon frère de six ans – et allions marcher une heure. C'est comme ça que nous restions en bonne santé. »

Kalpana Gaur s'adressa à Mrs Rupa Mehra : « Il vous faut du thé, et du repos. » En reniflant un peu, elle fit porter les bagages par les domestiques et paya le tonga-wallah. Mrs Rupa Mehra protesta un peu, puis s'inclina. « Nous vous garderons un mois, continua Kalpana. Comment pouvez-vous voyager par cette chaleur ? Comment va Savita ? Quand le bébé arrive-t-il exactement ? Et Lata ? Arun ? Varun ? Ça fait des mois que je n'ai pas de vos nouvelles. Nous avons suivi les inondations à Calcutta, dans le journal. Ici, à Delhi, pas un nuage dans le ciel. Tout le monde prie pour que la mousson soit à l'heure. Juste le temps de dire aux domestiques de tout arranger, et vous nous raconterez tout ce qui vous est arrivé. Tomates frites comme d'habitude pour votre petit déjeuner ? Papa n'a pas été très bien, vous savez. Le cœur. » Elle jeta un œil indulgent à son père, qui fronça les sourcils.

« Je me porte très bien, rétorqua le vieil homme. Raghubir avait cinq ans de moins que moi, et moi je suis toujours d'attaque. Bon, asseyez-vous. Vous devez être fatiguée. Donnez-nous des nouvelles de tout votre monde. Il n'y a rien d'intéressant là-dedans. » Il montrait le journal. « Les habituels bruits de guerre avec le Pakistan, les dégâts des inondations en Assam, des gros bonnets abandonnant le parti du Congrès, les employés du gaz en grève à Calcutta... moyennant quoi on n'a pas pu organiser les épreuves de chimie à l'université ! Oh, mais vous qui arrivez de Calcutta, vous savez tout cela. Voulez-vous que je vous dise : si je publiais un journal où il n'y aurait que des bonnes nouvelles – une telle a accouché d'un bébé plein de santé, tel pays se maintient en paix avec ses voisins, cette rivière s'est comportée convenablement, cette récolte a refusé de se laisser dévorer par les sauterelles – il me semble que les gens l'achèteraient rien que pour se mettre de bonne humeur.

— Mais non, papa, ils ne le feraient pas. » Kalpana tourna son visage plein et avenant vers Mrs Rupa Mehra. « Pourquoi donc ne nous avez-vous pas prévenus de votre arrivée ? Nous serions allés vous chercher à la gare.

— Mais je l'ai fait. J'ai envoyé un télégramme.

— Oh, il arrivera sans doute aujourd'hui. Ils ont beau augmenter les tarifs, la poste marche très mal.

— Ça prendra du temps. Le ministre qui s'en occupe est un homme sérieux, dit le père. Les jeunes sont toujours impatients.

— Pourquoi ne pas nous avoir écrit ? demanda Kalpana.

— Je me suis décidée brusquement. A cause de Lata. Je veux que vous lui trouviez un garçon, très vite. Un garçon convenable. Elle fréquente des garçons qui ne le sont pas, et je ne veux pas de ça. »

Kalpana repensa à ses propres aventures, à ses fiançailles rompues par un soupirant qui avait soudain changé d'avis ; au refus de son père d'en accepter un autre. Elle n'était toujours pas mariée, ce qui l'attristait pour peu qu'elle y pensât. « Un khatri, bien sûr. Une cuillerée de sucre ou deux ? » demanda-t-elle.

Le sourire de Mrs Rupa Mehra trahit son tourment : « Deux, s'il te plaît. Je remuerai moi-même. Je devrais prendre de la saccharine mais, après un voyage, on peut faire une exception. Bien sûr, il vaudrait mieux un khatri. A mon avis, appartenir à la même communauté crée un climat de confort. Mais de vrais khatris : Seth, Khanna, Kapoor, Mehra – non, non, si possible pas un Mehra. »

En principe, Kalpana ne figurait plus sur les rangs des filles à marier : peut-être était-ce la raison pour laquelle Mrs Rupa Mehra s'adressait à elle. Décision qui, par ailleurs, n'était pas dénuée de fondement. Kalpana était la seule relation de Mrs Rupa Mehra à Delhi à connaître beaucoup de jeunes. Elle aimait bien Lata, sa cadette de plusieurs années. Et de ne devoir chercher des candidats que dans la seule caste khatri ne risquait pas, Dieu merci, de la plonger dans un conflit d'intérêts : Kalpana était brahmane.

« Ne vous en faites pas, Ma, je ne connais aucun Mehra à part vous, dit-elle avec un large sourire. Mais je connais plusieurs Khanna et plusieurs Kapoor. Je vous les présenterai. En vous voyant, ils sauront que votre fille est jolie.

— J'avais beaucoup plus d'allure avant l'accident d'auto », dit Mrs Rupa Mehra en sirotant son thé, les yeux sur le buisson de gardénias desséchés et couverts de poussière que l'on voyait par la fenêtre.

« Avez-vous une photo de Lata, prise récemment ?

— Naturellement. » Il n'y avait rien qui ne se puisse trouver dans le sac noir de Mrs Rupa Mehra. Elle en tira une banale photo noir et blanc de Lata, sans bijoux ni maquillage, quelques fleurs, des phlox, dans les cheveux. Et aussi une photo de Lata bébé, sûrement pas de nature à impressionner la famille d'un éventuel fiancé ! « Mais d'abord, tu dois te rétablir, chérie, dit-elle à Kalpana. Je suis venue sans prévenir. Tu m'avais dit de venir pour Divali ou Noël, mais un mari n'attend pas.

— Je me porte parfaitement bien, fit Kalpana en se mouchant. Et j'irai encore mieux en m'occupant de ça.

— Elle a tout à fait raison, intervint son père. Sa maladie

c'est pour moitié de la paresse. Si elle n'y fait pas attention, elle mourra jeune comme sa mère. »

Mrs Rupa Mehra eut un petit sourire.

« Ou comme votre mari, ajouta Mr Gaur. Un insensé s'il en fut. Escaladant les montagnes du Bhoutan avec une faiblesse au cœur – et se tuant au travail – mais pour qui ? Pour les Britanniques et leurs chemins de fer. » Sa voix marquait son ressentiment d'avoir perdu un vieil ami.

Mrs Rupa Mehra se dit que les chemins de fer appartenaient à tout le monde, et que feu Raghubir Mehra aimait le travail pour lui-même, quels que fussent ses patrons. N'importe quel fonctionnaire pouvait être accusé d'avoir été au service des Britanniques.

« Il a travaillé dur pour le travail, non pour le profit du travail. C'était un vrai karma-yogi », conclut-elle tristement. A ce portrait si élogieux de lui-même, le défunt Raghubir Mehra, tout enragé du travail qu'il eût été, se serait bien amusé.

« Va voir la chambre d'amis, dit Mr Gaur. Et assure-toi qu'il y a des fleurs. »

Les jours s'écoulèrent tranquillement. Avec Mr Gaur, retour de son magasin, ils parlaient du bon vieux temps. La nuit, quand les chacals hurlaient derrière la maison et que les gardénias embaumaient sa chambre, Mrs Rupa Mehra remâchait avec angoisse les événements de la journée. Elle ne pouvait faire venir Lata sans avoir en main quelque chose de tangible. Elle pensait souvent à son mari, qui aurait dissipé ses frayeurs, soit en se mettant en colère, soit en la consolant dans ses bras. Avant de s'endormir elle regardait la photo de lui qu'elle gardait dans son sac, et une nuit elle le vit en rêve en train de jouer au rami avec les enfants dans leur wagon-salon.

Mrs Rupa Mehra se réveilla tôt le matin, avant les Gaur, pour psalmodier d'une voix douce ses versets favoris de la Bhagavad-Gita :

> *« Tu pleures sur ceux au-delà du chagrin*
> *tout en parlant avec pénétration ;*
> *mais les hommes sages ne pleurent*
> *ni sur les morts ni sur les vivants.*

Il n'est pas de temps où je n'aie existé
toi de même, et ces rois ;
et jamais dans les temps à venir
nous ne cesserons de vivre.

De même que le soi s'incarne
dans l'enfance, la jeunesse et la vieillesse,
de même il ira se loger dans un autre corps ;
cela ne surprend pas un homme de foi.

Au contact de la matière nous sentons
la chaleur, le froid, le plaisir et la souffrance.
Arjuna, tu dois apprendre à endurer
les choses qui vont et viennent – éphémères.

L'être humain qu'elles tourmentent,
s'il a le courage
de prendre joie et souffrance avec indifférence,
le voilà accordé à l'immortalité.

Rien n'existe à partir de rien,
et ce qui est ne cesse pas d'être ;
les hommes qui voient la réalité
voient distinctement ces deux faits.

Indestructible est cette présence
qui tout anime ;
personne ne peut détruire
cette réalité immuable... »

C'était non pas l'essence omniprésente de la réalité qui tourmentait la conscience de Mrs Rupa Mehra, mais les choses aimées qu'elle avait perdues ou qu'elle pouvait perdre. Quel corps occupait son mari à présent ? S'il s'était réincarné en un être humain – le reconnaîtrait-elle en le croisant dans la rue ? Que signifiait ce qu'on disait du sacrement du mariage : qu'il liait les conjoints pour sept vies ? Si on ne se rappelait pas ce qu'on avait été, à quoi bon cette croyance ? Pour ce qu'elle en savait, ce dernier mariage pouvait bien être son septième. L'émotion la rendait prosaïque, faisait surgir en elle un besoin de certitude. Elle pleurait rarement en récitant la Gita ; de psalmodier les strophes sanskrites du petit livre relié en toile verte l'apaisait sans pour autant apporter de réponse à ses questions. Mais alors que, si souvent, on ne pouvait trouver de consolation dans l'antique sagesse, cet art moderne cruel, la photographie, l'aidait à se persuader que l'image des traits de son mari ne s'effacerait pas avec le temps.

9.2

Cependant Kalpana s'efforçait de dénicher des partis valables pour Lata. Elle en trouva en tout sept, ce qui n'était pas mal dans un si court laps de temps. Trois amis ou relations, trois autres, amis ou relations d'amis ou de relations, le dernier étant l'ami d'un ami d'un ami.

Elle avait connu le premier, jeune homme aimable et fringant, à l'université : il avait fait du théâtre avec elle. Mrs Rupa Mehra le rejeta au motif qu'il était trop riche. « Tu connais notre situation, Kalpana, dit-elle.

— Mais il ne veut sûrement pas de dot, sa famille est pleine aux as.

— C'est beaucoup trop, décréta Mrs Rupa Mehra. N'en parlons plus. Rien que les frais pour la cérémonie à laquelle ils seraient en droit de s'attendre seraient trop importants. Un millier de personnes à nourrir, dont probablement sept cents de leur côté. Et il faudrait les héberger, offrir des saris aux femmes.

— Mais c'est un bon garçon, insista Kalpana ; voyez-le au moins. »

Mrs Rupa Mehra secoua la tête : « S'il me plaisait, ça ne ferait que me bouleverser. C'est peut-être un bon garçon, mais il vit avec toute sa famille. Ils ne cesseront de comparer Lata avec les autres belles-sœurs – elle sera la parente pauvre. Je ne veux pas de ça. Elle ne serait pas heureuse. »

Ainsi s'envola le premier parti.

Elles rencontrèrent le deuxième, qui parlait bien anglais et avait l'air d'un brave garçon. Mais trop grand. Il toiserait Lata, ce qui n'était pas bon. « Tu ne peux pas réussir du premier coup, cherche, cherche encore », dit Mrs Rupa Mehra, qui se sentait elle-même un peu découragée.

Le troisième posait aussi un problème.

« Trop foncé, trop foncé, dit Mrs Rupa Mehra.

— Mais, Meenakshi – commença Kalpana.

— Ne me parle pas de Meenakshi, dit Mrs Rupa Mehra d'un ton définitif.

— Ma, laissez Lata se faire son opinion.

— Je ne veux pas de petits-enfants noirs.

— C'est exactement ce que vous avez dit quand Arun s'est marié, et aujourd'hui vous adorez Aparna. Laquelle n'a pas le teint foncé –

— Aparna, c'est différent », trancha Mrs Rupa Mehra. Qui, après un silence pensif, ajouta : « L'exception confirme la règle.

— Lata n'a pas le teint si clair, après tout, reprit Kalpana.

— Raison de plus », conclut Mrs Rupa Mehra. Réponse ambiguë, mais ce qui ne l'était pas, c'est que son siège était fait.

Le quatrième parti était le fils d'un joaillier propriétaire d'une boutique prospère dans Connaught Circus. Au bout de cinq minutes d'entretien, ses parents évoquèrent une dot de deux lakhs de roupies. Mrs Rupa Mehra jeta un regard effaré à Kalpana.

En sortant, Kalpana dit à Mrs Rupa Mehra : « Je vous assure, Ma, je ne savais pas qu'ils étaient comme ça. Je ne connais pas personnellement le garçon. Un ami m'a simplement dit qu'ils avaient un fils qu'ils cherchaient à marier. Je ne vous aurais pas entraînée dans cette histoire si j'avais su.

— Si mon mari n'était pas mort, dit Mrs Rupa Mehra encore sous le choc, il serait peut-être devenu Président des Chemins de fer, et nous n'aurions pas à nous abaisser devant quiconque, surtout pas devant cette sorte de gens. »

Le cinquième candidat, quoique assez convenable, ne parlait pas l'anglais correctement. Cherche, cherche encore.

Le sixième était faible d'esprit – inoffensif, avenant, mais demeuré. Un sourire innocent ne le quitta pas pendant tout l'entretien de Mrs Rupa Mehra avec ses parents.

Mrs Rupa Mehra, pensant à Robert Bruce et à l'araignée*, se convainquit que le septième homme serait le bon.

Mais le septième sentait le whisky et son rire fêlé la mit mal à l'aise : il lui rappelait Varun.

Profondément découragée, et ayant épuisé son lot de relations à Delhi, Mrs Rupa Mehra décida d'explorer Kanpur, Lucknow et Bénarès (villes où elle-même ou feu son époux avaient des parents) avant de retourner tenter sa chance à Brahmpur (où pourtant rôdait l'indésirable Kabir).

Pour l'heure, Kalpana avait fait une rechute, tombant réellement malade (à l'embarras des médecins ; elle n'éternuait plus, mais semblait faible, avec une envie continuelle de dormir). Mrs Rupa Mehra résolut de passer quelques jours à son chevet avant de poursuivre, de façon un peu prématurée, son Pèlerinage transindien annuel.

9.3

Un soir, un jeune homme plutôt petit mais énergique se présenta chez les Gaur.

« Bonsoir, Mr Gaur – je me demande si vous me reconnaissez. Je suis Haresh Khanna.

— Ah bon ? dit Mr Gaur.

— J'ai connu Kalpana à St Stephen. Nous étions ensemble au cours d'anglais.

— Est-ce vous qui êtes allé en Angleterre faire de la

---

* La plus connue des légendes inspirées par la vie de Robert Bruce, champion de l'indépendance écossaise, premier roi d'Ecosse : un jour que, désespéré, il se cachait dans une grotte, la vue des efforts déployés par une araignée pour tisser sa toile lui redonna le courage de reprendre la lutte contre les Anglais. (N.d.T.)

physique ou je ne sais quoi ? Je ne vous ai pas vu depuis des années, à ce qu'il me semble.

— Des chaussures.

— Ah, des chaussures. Je vois.

— Kalpana est-elle là ?

— Euh, oui – mais elle ne va pas très bien. » Mr Gaur pointa sa canne sur la tonga, où s'entassaient une valise, une sacoche et un sac de couchage. « Vous aviez l'intention de vous installer ici ? demanda-t-il, alarmé.

— Non, non, pas du tout. Mon père habite près de Neel Darvaza. Je viens directement de la gare. Je travaille à Cawnpore. J'ai eu l'idée de passer et de dire bonjour à Kalpana avant d'aller chez Baoji. Mais si elle n'est pas bien... Rien de sérieux, j'espère ? » Haresh sourit, ce qui fit disparaître ses yeux.

Mr Gaur l'observa quelques secondes, sourcils froncés, avant de dire :

« Les médecins n'arrivent pas à se mettre d'accord, mais elle bâille tout le temps. La santé, c'est ce qu'il y a de plus précieux, jeune homme (il avait oublié le nom de Haresh). Ne l'oubliez pas. » Il fit une pause. « Bon, venez. »

Quelle qu'ait été la surprise de son père à l'arrivée soudaine et inattendue de Haresh, Kalpana, dès qu'elle le vit en entrant au salon, éprouva une joie sans pareille. Ils avaient correspondu de-ci de-là pendant un an environ après l'université, mais le temps et la distance avaient fait leur œuvre, et son inclination pour lui s'était lentement évanouie. Puis il y avait eu son aventure malheureuse et la rupture de ses fiançailles. Haresh, qui en avait entendu parler par des amis, s'était promis, à son prochain passage à Delhi, d'aller lui dire bonjour.

« Toi ! dit Kalpana Gaur, reprenant goût à la vie.

— Moi ! dit Haresh, fier de la ressusciter.

— Tu as aussi belle allure que lorsque je t'admirais pendant les cours du Dr Mathai sur Byron.

— Et tu es aussi séduisante que lorsque nous déposions nos personnes et nos manteaux à tes pieds. »

Un léger voile de tristesse assombrit le sourire de Kalpana. Vu le petit nombre de filles à St Stephen, elle avait naturellement eu du succès. Elle était très jolie à l'époque ;

peut-être l'était-elle encore. Mais, pour une raison ou une autre, ses amoureux ne le restaient pas longtemps. D'une forte personnalité, elle ne tardait pas à leur dire comment ils devaient conduire leur vie, leurs études, leur travail. Elle se mettait à les materner, à les traiter en copains (de fait, elle avait quelque chose d'un garçon manqué) – ce qui, tôt ou tard, brisait leur passion romantique. Ils en avaient vite assez de ses manières autoritaires et finissaient par s'éloigner – emportant leur sentiment de culpabilité et la laissant malheureuse. Ce qu'on ne pouvait que déplorer, car Kalpana Gaur, jeune femme vive, affectueuse et intelligente, méritait bien d'être récompensée de l'aide et du bonheur qu'elle donnait aux autres.

Pour ce qui est de Haresh, elle n'avait jamais eu de vraie chance. Il l'aimait bien, mais son cœur appartenait – tout comme aujourd'hui – à Simran. Un amour qui durait depuis leur adolescence, mais Simran était sikh, et ses parents ne voulaient pas d'un gendre qui ne fût pas de leur religion.

Après l'échange de compliments, Haresh et Kalpana évoquèrent le bon vieux temps puis ce qui leur était arrivé depuis leur dernière correspondance, deux ans plus tôt. Mr Gaur s'était retiré, trouvant que les jeunes gens, en général, n'avaient pas grand-chose à dire.

Soudain Kalpana se leva : « Te souviens-tu de ma jolie tante ? » C'est ainsi qu'elle appelait parfois Mrs Rupa Mehra à qui ne l'unissait pas, pourtant, ce lien de parenté.

« Non, dit Haresh, je ne crois pas l'avoir rencontrée, mais je me rappelle que tu m'en as parlé.

— Elle est ici, chez nous, en ce moment.

— J'aimerais faire sa connaissance. »

Kalpana alla chercher Mrs Rupa Mehra, occupée à écrire des lettres dans sa chambre.

Elle portait un sari de coton brun et blanc, un peu froissé – elle s'était allongée une demi-heure –, et Haresh lui trouva belle allure. Il se leva, les yeux plissés sous son sourire ; Kalpana les présenta.

« Khanna ? » dit Mrs Rupa Mehra, tous engrenages en action.

Le jeune homme, remarqua-t-elle, était bien habillé, chemise de soie crème et pantalon tabac. Visage ovale, séduisant. Et le teint tout ce qu'il y a de clair.

Mrs Rupa Mehra ne dit pas grand-chose durant la conversation qui s'ensuivit. Bien que Haresh eût été à Brahmpur quelques mois plus tôt, il n'en fut pas question, ni d'éventuelles relations communes, si bien qu'elle n'eut guère l'occasion de parler. Du reste, Kalpana avait orienté la conversation sur les faits et gestes récents de Haresh, que Mrs Rupa Mehra enregistrait avec un intérêt croissant. Quant à Haresh, il prenait plaisir à épater Kalpana avec ses réussites et ses exploits. C'était un homme énergique, débordant d'optimisme et de confiance en soi, que la modestie n'étouffait pas.

Il se disait enchanté de son travail à la Société des Cuirs et Chaussures de Cawnpore, et affirmait que tout un chacun eût pensé de même. « Je n'y suis que depuis un an et je suis déjà en train de créer un tout nouvel atelier – j'ai obtenu des commandes qu'ils ne décrochaient pas eux-mêmes, faute de savoir-faire et d'initiative. Le problème, c'est que l'avenir y est bouché. C'est une affaire familiale, avec Ghosh comme patron, et je ne peux rien espérer. Ce sont tous des Bengalis.

— Des entrepreneurs bengalis ? s'étonna Kalpana.

— Ça paraît bizarre, n'est-ce pas ? N'empêche que Ghosh fait le poids. Un grand type, parti de rien. Il possède une entreprise de construction, qu'il dirige depuis Bombay. Et ce n'est qu'une de ses affaires. »

Mrs Rupa Mehra apprécia d'un hochement de tête. Cette image d'homme parti de rien lui plaisait.

« En tout état de cause, je ne fais pas de politique, dit Haresh, et il y a à la SCC beaucoup trop de cadres qui font de la politique. Trop de politique au bureau et pas assez de travail. Et trois cent cinquante roupies par mois, ce n'est guère payé pour le travail que j'abats. Mais j'ai dû prendre le premier boulot que j'ai trouvé en rentrant d'Angleterre. J'étais à la côte, je n'avais pas le choix. » Se remémorer cette situation ne semblait pas l'affecter.

Le regard inquiet que lui lança Mrs Rupa Mehra le fit sourire. Ses yeux ne furent plus qu'une fente. Un jour, ses camarades de faculté lui avaient promis dix roupies s'il parvenait à garder les yeux ouverts en souriant il avait échoué.

Mrs Rupa Mehra lui rendit son sourire.

« Je viens donc à Delhi non seulement pour travailler, mais aussi pour prospecter, reprit-il. J'ai apporté mes diplômes, mes attestations etc., j'ai un rendez-vous avec une entreprise. Bien sûr Baoji pense que je devrais m'en tenir à ce que j'ai, et oncle Umesh n'apprécie guère ce que je fais, mais je suis résolu à essayer. Kalpana, sais-tu si on trouve du boulot dans ma branche ? Connais-tu quelqu'un que je devrais voir à Delhi ? Je resterai à Neel Darvaza, dans ma famille, comme d'habitude.

— Non, mais si j'entends parler de quoi que ce soit qui te convienne – » commença Kalpana. Puis dans une inspiration soudaine, elle demanda : « As-tu tes diplômes et le reste sur toi ?

— Dans la tonga, dehors. J'arrive de la gare.

— Vraiment ? » Elle lui adressa un sourire éclatant.

Haresh leva les mains comme pour dire que le charme de Kalpana faisait l'effet d'un phare sur le voyageur épuisé, ou simplement qu'il avait voulu remplir une obligation mondaine longtemps différée avant d'être happé par sa famille et l'univers.

« Bon, va les chercher.

— Les chercher ?

— Naturellement, Haresh. Nous voulons les voir, même si tu ne veux pas les montrer. » Kalpana eut un geste en direction de Mrs Rupa Mehra, qui approuva vigoureusement.

Haresh ne demandait pas mieux. Il alla récupérer sa serviette et déballa ses diplômes de l'Institut de technologie des Midlands, plus une poignée d'attestations élogieuses, dont une du recteur. Kalpana en lut quelques-unes, Mrs Rupa Mehra écoutant avec la plus grande attention. De temps à autre, Haresh mentionnait un point particulier, par exemple qu'il avait obtenu la première place dans la découpe des modèles, et gagné telle ou telle médaille. Ses succès ne lui inspiraient vraiment aucune modestie.

« Vous avez de quoi être fier », lui dit Mrs Rupa Mehra, à la fin.

Elle aurait bien voulu continuer à parler avec lui, mais elle était invitée à dîner et devait, d'abord, changer de sari. Elle se leva en s'excusant. « Mrs Mehra, dit Haresh, je suis très heureux de vous avoir rencontrée. Etes-vous sûre que nous ne nous sommes pas vus avant ?

— Je n'oublie jamais un visage, répondit-elle. Je me souviendrais sûrement de vous, si tel avait été le cas. » Elle sortit, l'air à la fois satisfait et un peu préoccupé.

Haresh se frotta le front, convaincu de l'avoir déjà vue, quoique ne se rappelant pas où.

9.4

De retour de son dîner, Mrs Rupa Mehra dit à Kalpana Gaur : « De tous les garçons que nous avons vus, Kalpana, c'est ce jeune homme que je préfère. Pourquoi ne me l'as-tu pas présenté avant ? Avais-tu quelque bonne raison ?

— Mais non, Ma. Je n'ai même pas pensé à lui. Il débarque de Kanpur.

— Ah, Kanpur. Bien sûr.

— Au fait, vous l'avez conquis. Il vous trouve très séduisante. Il m'a dit que vous aviez "une allure étonnante".

— C'est très vilain de m'appeler ta jolie tante.

— Mais c'est la vérité.

— Qu'est-ce que ton père pense de lui ?

— Il ne l'a vu qu'une minute. Vraiment, il vous plaît ? » insista Kalpana, l'air rêveur.

De fait, Mrs Rupa Mehra avait beaucoup apprécié Haresh, pour sa vivacité, son indépendance vis-à-vis de sa famille (ce qui n'empêchait pas l'affection), et aussi pour son aspect soigné. Sans compter son patronyme : un Khanna devait être un khatri.

« Il faut le revoir, dit-elle. Est-il – tu vois –

— Disponible ?

— Oui. Mais il a été amoureux d'une sikh, et je ne sais pas ce qu'il en est maintenant.

— Pourquoi ne le lui as-tu pas demandé après mon départ ? Vous causiez comme de vieux amis.

— A ce moment-là, j'ignorais qu'il vous intéressait à ce point », dit Kalpana en rougissant légèrement.

« Il m'intéresse. Il pourrait convenir à Lata, non ? Je vais lui télégraphier de venir à Delhi, sur-le-champ. » Mrs Rupa Mehra plissa le front : « Connais-tu le frère de Meenakshi ?

— Non. Je n'ai vu Meenakshi qu'au mariage –

— Je me fais beaucoup de soucis à cause de lui.

— C'est le poète ? Amit Chatterji ? Il est très célèbre, vous savez, Ma.

— Célèbre ! Tout ce qu'il fait c'est de rester chez son père et de regarder par les fenêtres du premier étage. Un jeune homme doit gagner sa vie en travaillant. » Mrs Rupa Mehra aimait la poésie de Patience Strong, de Wilhelmina Stitch et d'autres écrivains, mais que la création littéraire fût le fruit d'un quelconque travail – ou d'une féconde inactivité – cela lui échappait. « Lata le voit beaucoup trop.

— Ne me dites pas que ça pourrait marcher, dit Kalpana, se moquant de la tête que faisait Mrs Rupa Mehra. Ecoutez, Ma, laissez-le au moins écrire quelques poèmes pour Lata.

— Ce n'est pas ce que je dis, et je ne me fais pas d'idées. » La seule idée de ce qui se passait à Calcutta la mettait hors d'elle. « Je suis fatiguée. Pourquoi dois-je courir d'une ville à l'autre ? J'ai dû trop manger, et j'ai oublié de prendre mon médicament homéopathique. » Elle se leva, alla pour dire quelque chose, se ravisa et attrapa son grand sac noir.

« Bonne nuit, Ma, dit Kalpana. Je vais déposer une cruche d'eau à votre chevet. Si vous avez envie de quelque chose, dites-le-moi – de l'Ovaltine, de l'Horlicks, tout ce que vous voulez. Et je vais prendre contact demain avec Haresh.

— Merci, ma chérie, mais repose-toi. Il est tard et tu ne vas pas très bien.

— En fait, Ma, je me sens beaucoup mieux qu'hier. Haresh et Lata – Lata et Haresh. Je ne risque rien à essayer. »

Mais le lendemain, Kalpana Gaur n'allant pas bien du tout passa sa journée à ne rien faire d'autre que bâiller. Et le surlendemain, quand elle envoya un message à Neel Darvaza, elle apprit que Haresh Khanna était déjà reparti pour Kanpur.

9.5

Dans le train de Calcutta à Kanpur, Lata eut tout le temps de s'étonner de cette soudaine convocation. Le télégramme de Mrs Rupa Mehra, énigmatique comme le sont les meilleurs télégrammes, lui intimait de venir à Kanpur sous deux jours.

Le trajet dura une longue journée. Arun s'était levé tôt pour la conduire à la gare de Howrah. Une fois à destination, dans l'odeur familière de poisson, de fumée et d'urine, Arun veilla à son installation dans un compartiment réservé aux femmes.

« Que vas-tu lire ?

— *Emma*.

— Ce n'est pas comme dans nos wagons-salons, hein ?

— Non », dit Lata en souriant.

« J'ai télégraphié à Brahmpur pour que Pran t'attende à la gare. Peut-être Savita aussi. Cherche-les.

— D'accord, Arun Bhai.

— Bon, porte-toi bien. Ça ne va pas être pareil à la maison sans toi. Aparna va nous en faire voir.

— J'écrirai... et, Arun Bhai, si tu réponds, tape tes lettres à la machine. »

Arun rit et bâilla.

Le train partit à l'heure.

Une fois encore, Lata prit plaisir à voir le paysage vert et spongieux du Bengale – ses palmiers, ses bananiers, les rizières vert émeraude et les mares dans les villages. Au bout d'un moment cependant, le décor se changea en une étendue bosselée et aride, coupée de petits ravins que le train franchissait avec un bruit différent – un bruit de ferraille.

La terre se fit encore plus aride, à l'ouest, en direction des plaines. Les champs couverts de poussière, de pauvres villages défilaient entre les poteaux télégraphiques et les bornes kilométriques. Dans l'intense chaleur Lata se mit à rêvasser. Elle aurait aimé passer à Calcutta le reste de ses vacances si sa mère ne l'avait convoquée à une étape de son Pèlerinage ferroviaire – ce qui lui arrivait parfois, quand elle se sentait seule ou souffrante : de quoi était-il question, cette fois ?

Les autres femmes du compartiment, d'abord réservées, et ne parlant qu'à leurs compagnes de voyages, finirent, en s'intéressant à un bébé au reste charmant, par bavarder de concert. A chaque arrêt en gare, de jeunes hommes de leur parenté passaient demander si tout allait bien, leur apportaient du thé dans des tasses en terre cuite, remplissaient les pichets d'eau : la journée se faisait de plus en plus chaude, et les ventilateurs ne fonctionnaient qu'à moitié.

Une femme en burqa demanda où se trouvait l'ouest, déroula un petit tapis et se mit en prière.

Lata pensait à Kabir, malheureuse et – ce qui lui parut incompréhensible – heureuse à la fois. Elle l'aimait encore – inutile de prétendre le contraire. Certes à la lecture de sa lettre, elle avait compris que le sentiment qu'il lui portait était moins fort qu'elle ne l'espérait. Mais peut-on reprocher à quelqu'un d'aimer moins qu'on ne l'aime ? Pourquoi alors se prenait-elle à sourire quand il lui arrivait de penser à lui ?

Lata lisait *Emma*, ravie de pouvoir s'absorber dans la lecture. Sa mère eût-elle été du voyage, elles auraient occupé le centre de la conversation, toutes ces dames dans le compartiment auraient entendu parler de Bentsen Pryce, des succès universitaires de Lata, des rhumatismes de Mrs Rupa Mehra, de ses fausses dents et de sa beauté passée, de la splendeur du wagon-salon dans lequel se déplaçait feu son mari pour ses tournées d'inspection, de la cruauté du destin, sans oublier la sagesse qu'il convient d'acquérir pour se résigner à son destin.

Renâclant, crachant de la suie noire, le train traversait la grande plaine brûlante du Gange.

A Patna, un vol de sauterelles, long d'un demi-kilomètre, obscurcit le ciel.

La poussière, les insectes, la suie parvenaient à entrer dans le compartiment même quand les vitres étaient baissées.

Le télégramme envoyé à Brahmpur n'avait pas dû arriver à temps, car ni Pran ni Savita ne l'attendaient sur le quai. L'arrêt ne durait qu'un quart d'heure, et quand le convoi repartit, Lata, déçue de ne pas les avoir vus, fut envahie d'une grande tristesse. Elle aperçut, au loin, les toits de l'université.

> *Toujours, toujours pleurer.*
> *Veuille son cœur me garder.*

Une supposition qu'il se soit montré à la gare – mettons avec les vêtements ordinaires qu'il portait lors de leur promenade en bateau, lui souriant de son chaud sourire amical, marchandant avec un porteur – une supposition que lui aussi se rende à Kanpur, ou à Bénarès ou Allahabad – Lata savait qu'elle aurait bondi de bonheur au son de sa voix, à la vue de son visage, qu'en une seule bouffée de vapeur tout malentendu entre eux deux se serait dissipé – en un seul tour de roue.

Elle se remit à lire.

« Ma pauvre chère Isabelle », dit-il en lui prenant affectueusement la main, l'empêchant pour quelques minutes de s'occuper de ses cinq enfants. « Il y a longtemps, si longtemps que vous n'êtes venue ! Et comme ce long voyage a dû vous fatiguer ! Il faut vous coucher de bonne heure, ma chère, – et je vous conseille de manger un peu de gruau avant. Prenons ensemble un bol de gruau. Ma chère Emma, prenons tous ensemble un bol de gruau. »

Un héron survola un champ en direction d'un fossé d'écoulement.

Une écœurante odeur de mélasse sortit d'une distillerie de sucre de canne.

Le train s'arrêta une heure dans une minuscule gare, sans raison apparente.

Des mendiants s'accrochèrent aux barreaux des vitres du compartiment.

A la traversée du Gange, à Bénarès, elle jeta une pièce de deux annas, comme porte-bonheur, qui, après avoir touché une poutrelle du pont, rebondit dans l'eau.

A Allahabad, le train retraversa pour emprunter la rive droite, et Lata jeta une autre pièce.

> *Le Gange est si miséricordieux*
> *Que je lui en ai jeté deux.*

Elle se vit en danger de devenir une Chatterji honoraire.

Elle se mit à fredonner le raga Sarang, puis le raga Multani.

Elle dédaigna ses sandwiches et acheta des samosas et du thé à la gare suivante.

Elle espéra que sa mère allait bien. Elle bâilla. Elle abandonna *Emma*. Elle repensa à Kabir.

Elle s'assoupit une heure. En se réveillant, elle se retrouva appuyée à l'épaule d'une vieille en sari blanc, qui lui sourit. Elle s'était efforcée de chasser les mouches du visage de Lata.

Le crépuscule venu, elle aperçut trois hommes dans un verger qui, armés de pierres et de lathis, essayaient de chasser une troupe de singes en train de piller un manguier poussiéreux.

Il fit bientôt nuit. Et toujours chaud.

Puis le train ralentit, et le nom de *Cawnpore,* en noir sur un grand panonceau jaune, lui sauta aux yeux. Sa mère était là, avec son oncle Mr Kakkar, souriants tous les deux ; mais le visage de sa mère semblait tendu.

Ils rentrèrent en voiture. Kakkar Phupha (comme Lata appelait le mari de sa tante paternelle) était un homme naturellement gai, qui exerçait avec succès la profession de comptable.

Une fois seule avec sa fille, Mrs Rupa Mehra lui parla de Haresh : « Un parti très convenable. »

Ce qui laissa Lata sans voix. « Tu me traites comme une enfant », dit-elle enfin, n'en revenant toujours pas.

Pendant quelques secondes, Mrs Rupa Mehra hésita entre colère et conciliation. « Où est le mal, chérie ? Je ne t'impose rien. De toute façon, dès après-demain nous partons pour Lucknow et le jour d'après nous serons de retour à Brahmpur. »

Lata regarda sa mère, étonnée de la voir sur la défensive.

« Et c'est pour ça – non parce que tu n'étais pas bien ou que tu avais besoin de mon aide – que j'ai dû venir de Calcutta. » Au ton si peu aimable de sa fille, le nez de Mrs Rupa Mehra rougit.

« Chérie, j'ai vraiment besoin de ton aide. Te marier n'est pas chose facile. Et le garçon appartient à notre caste.

— Je me fiche de sa caste. Je ne veux pas le voir. Je n'aurais jamais dû quitter Calcutta.

— Mais c'est un khatri – originaire de l'Uttar Pradesh », protesta sa mère.

Un argument en bronze, qui n'eut aucun effet sur Lata.

« Ma, s'il te plaît. Je connais tous tes préjugés et n'en partage aucun. Tu m'élèves d'une façon et tu agis d'une autre. »

A cette attaque frontale, Mrs Rupa Mehra se contenta de murmurer : « Je n'ai rien, tu sais, contre les musulmans – en eux-mêmes. C'est seulement ton avenir qui me préoccupe. » S'étant attendue à une sorte de guerre, elle gardait, non sans effort, un profil bas.

« Mange, mange quelque chose, chérie. Le voyage a été long.

— Je n'ai pas faim.

— Si, insista Mrs Rupa Mehra.

— Ma, tu m'as amenée ici sous un faux prétexte, dit Lata, en défaisant sa valise et sans regarder sa mère. Tu sais fort bien que si tu avais donné la vraie raison dans ton télégramme, je ne serais pas venue.

— Chérie, ça n'est pas raisonnable d'en mettre trop, sur un télégramme. Télégraphier est hors de prix, aujourd'hui. A moins, bien sûr, de phrases stéréotypées comme "Meilleures pensées d'un agréable voyage", ou "Chaleureuses salutations pour Bijoya", ou quelque chose de ce genre. Et c'est un si gentil garçon. Tu verras. »

L'exaspération fit venir quelques larmes aux yeux de Lata. Elle secoua la tête, fâchée à présent contre elle-même autant que contre sa mère et ce Haresh inconnu.

« Ma, j'espère qu'à ton âge je ne te ressemblerai pas », dit-elle avec passion.

Le nez de Mrs Rupa Mehra rougit derechef.

« Si tu ne me crois pas, crois au moins Kalpana. J'ai fait la connaissance du garçon chez elle, c'est un de ses amis. Il a fait ses études en Angleterre, avec d'excellents résultats. Il est séduisant, et ça lui plaît de te rencontrer. Si tu refuses de le voir, je n'oserai plus me montrer à Kalpana, qui s'est donné tant de mal pour organiser cette rencontre. Même Mr Gaur le trouve bien. Si tu ne me crois pas, lis cette lettre. C'est pour toi.

— Je n'ai pas besoin de la lire. Dis-moi ce qu'il y a dedans.

— Comment sais-tu que je l'ai lue ? s'indigna Mrs Rupa Mehra. Tu n'as même pas confiance en ta mère ? »

Lata posa la valise vide dans un coin. « Ma, la culpabilité se lit sur ton visage. Mais je veux bien la lire. »

Dans sa lettre, brève et affectueuse, Kalpana disait à Lata que Haresh était comme un frère pour elle, de même qu'elle avait dit à Haresh que Lata lui était comme une sœur. Elle avait aussi écrit à Haresh qui, dans sa réponse, avait expliqué que, retenu à l'usine et ayant pris un congé récemment, il ne pouvait pas revenir à Delhi. Mais il aurait plaisir à rencontrer Lata et Mrs Rupa Mehra à Kanpur. Il ajoutait que, nonobstant son attachement à Simran, il comprenait maintenant qu'il ne pouvait rien en attendre. Du coup, il ne refusait pas de rencontrer d'autres jeunes filles. Pour l'heure il ne vivait guère que pour son travail ; l'Inde n'était pas l'Angleterre, où les filles étaient libres.

Question dot [continuait Kalpana de son écriture toute en courbes], ce n'est pas le genre d'homme à en exiger une, et personne n'en demandera à sa place. Il aime beaucoup son père – son beau-père en réalité, quoiqu'il lui donne du Baoji – mais (contrairement à ses demi-frères) il a gagné assez tôt son indépendance. Si vous vous convenez l'un l'autre, tu n'auras pas à vivre avec ta belle-famille. Ils habitent tous ensemble Neel Darvaza, à Delhi. Quoique je n'y sois allée qu'une fois et qu'ils m'aient bien plu, je sais que, à cause de l'éducation que tu as reçue, ce milieu ne te conviendrait pas.

Je te le dis franchement, Lata, Haresh m'a toujours plu. À un moment, j'ai même eu un faible pour lui. Nous étions dans la même classe à St-Stephen. En lisant sa dernière lettre, mon père a dit : « Bien, voilà qui est franc. Au moins, il ne fait pas un plat de ses premières amours. » Pour sûr, Ma a jeté son dévolu sur lui. Elle paraissait de plus en plus tourmentée ces derniers temps. Ses rêves et les tiens peuvent trouver là leur réalisation. En tout cas, Lata, quoi que tu fasses finalement, vois-le, et n'en veux pas à ta mère, qui se met réellement en quatre pour faire ton bonheur – comme elle le conçoit.

Ma a dû te parler de ma santé. Si ce n'était pas à moi que ça arrive, ces symptômes m'amuseraient, entre les bâillements et les sensations de brûlure à la plante des pieds en passant par les étourdissements. C'est vraiment étrange, cette sensation de brûlure. Ta mère ne jure que par un certain Dr Nuruddin, à Calcutta, mais il a l'air d'un charlatan. De toute façon, je ne peux pas bouger. Pourquoi ne viendrais-tu pas me voir après Kanpur, nous jouerions au Monopoly, comme lorsque nous étions enfants. Ça fait si longtemps que je ne t'ai vue. Je vous embrasse, toi et Ma. Ecoute ses conseils, je trouve que tu as de la chance d'être sa fille. Ecris-moi dès que tu auras quelque chose à me dire. Au lit, tout ce que je peux écouter, c'est cette lugubre musique indienne classique, à la radio, que toi, je sais, tu ne trouves pas lugubre, plus le babillage d'amies évaporées. Ta visite me ferait du bien...

Quelque chose dans le ton de la lettre ramena Lata à cette période de son enfance, au couvent, où, dans une sorte de transe, elle avait voulu se faire chrétienne et religieuse. Elle voulait se convertir sur-le-champ, et on convoqua Arun à Mussourie pour la ramener à la raison. Il avait tout de suite déclaré que c'était une histoire de « clair de lune d'été », une expression que Lata entendait pour la première fois. Elle en fut frappée, tout en se refusant à croire que les impulsions religieuses dépendaient du clair de lune. Elle décida d'aller au bout de son choix. En fait, c'est une religieuse du couvent qui l'avait finalement remise d'aplomb – sur un banc, un banc vert non loin des bâtiments scolaires. De là s'étendait en pente douce un gazon bien entretenu parsemé de jolies fleurs ; en bas se trouvait le cimetière des religieuses, dont plusieurs avaient enseigné à l'école. Elle lui avait dit : « Donnez-vous quelques mois Lata. Attendez au moins d'avoir quitté l'école. Il sera toujours temps de vous décider après. Ne vous engagez pas tout de suite. Dites-vous que ce serait terrible pour votre mère, qui vient de perdre son mari. »

Lata resta assise sur son lit, la lettre de Kalpana à la main, s'efforçant de ne pas regarder sa mère. Mrs Rupa Mehra rangeait ses saris dans un tiroir, délibérément silencieuse.

« D'accord, Ma, finit par dire Lata. Je le verrai. » Toujours fâchée, mais n'éprouvant pas le besoin de le montrer, elle n'ajouta rien. Les rides que l'angoisse traçait sur le front de Mrs Rupa Mehra s'atténuèrent, et Lata en fut heureuse.

9.7

Depuis déjà quelque temps, Haresh tenait une sorte de journal intime. Il l'écrivait en général la nuit, à un lourd bureau qui meublait une des pièces de l'appartement qu'il louait Villa des Ormes. Ce soir-là, il le feuilletait, jetant parfois un regard à la photographie, dans son cadre d'argent, posée devant lui.

Brahmpur

Le niveau de vie ici est bon, ainsi que le niveau général des artisans. Commandé une paire de bottines à Ravidaspur, sur modèle de celles que j'ai apportées à Sunil. Si mon idée marche, Brahmpur pourrait fabriquer de la chaussure entièrement montée. La clef, c'est la qualité. Sans un travail bien fait à la base, les affaires n'avanceront pas.

Pas de problème pour l'achat des cuirs : surproduction pour

cause de grève. Kedarnath Tandon m'a conduit au marché (mécontentement chez les ouvriers et les fournisseurs rapport à des réclamations locales) et avons déjeuné chez lui. Bhaskar son fils, très brillant, et sa femme, très séduisante. Veena, je crois.

Très difficile de causer avec les gens de Praha. Nullement impressionnés par mes références professionnelles. Un problème d'accès, comme d'habitude. Si je peux m'adresser au sommet, ça peut marcher, sinon, non. Ils n'ont même pas sérieusement répondu à mes lettres.

Sunil en pleine forme, comme d'habitude.

Ecrit à Baoji, à Simran, à M. et Mme Poudevigne.

Cawnpore

Chaleur, travail pénible à l'usine. Le soir, au moins, je me repose Villa des Ormes, sous le ventilateur.

Je pense continuellement à Simran, mais je sais qu'il y a peu d'espoir. Sa mère menace maintenant de se suicider si elle se marie en dehors de sa religion. C'est peut-être la nature humaine, mais je ne tiens pas à payer les pots cassés. C'est encore plus dur pour Simran. A coup sûr ils essayent de la marier à quelqu'un de convenable – pauvre fille.

Au travail, comme d'habitude, on dépend de l'approvisionnement. Je suis trop soupe au lait, impatient. Me suis disputé avec Rao, de l'autre service. C'est un bon à rien, tout juste capable de semer la zizanie. A ses favoris, se montre partial, au détriment de toute l'organisation. Des fois il m'enlève un ou deux employés dont j'ai besoin, et me voilà en manque de personnel. Par exemple Uriah, un type au nez pointu, qui n'a que la peau sur les os. Ailleurs on proclame « Croissance, accroissons le volume d'affaires » ; en Inde, on croit que pour monter il faut abaisser quelqu'un d'autre.

Aujourd'hui, ce n'est pas de pointes, de semelles ou de ligneul que j'ai manqué, mais, une fois de plus, de cuir de mouton. Il y avait quelques dessus à doubler en mouton, selon les dernières directives. J'ai mis les gens au travail et, prenant 600 roupies – dans la caisse pour fournitures d'urgence –, suis allé moi-même au marché. Acheter soi-même est toujours instructif. Je devrais peut-être considérer mon temps à la SCC comme un apprentissage payé. Fatigué après une journée de travail. Rentré, lu quelques pages de *Le maire de Casterbridge*, et endormi tôt. Pas de courrier.

Bracelet de montre, 12 roupies (en crocodile).

Cawnpore

Journée très intéressante.

Arrivé à l'usine à l'heure. Il pleuvait. Au travail comme

d'habitude. Pas trace d'organisation du travail, chacun doit faire plusieurs choses.

Vu au marché une boutique tenue par un Chinois, Lee. Une petite échoppe. Frappé par la jolie forme de quelques chaussures, suis entré et lui ai parlé. Il parle anglais – et hindi, bizarrement. Je lui ai demandé qui les avait dessinées et il m'a dit que c'était lui. Impressionnant. Sa technique n'a rien de scientifique, mais est marquée par un grand sens des proportions et de la couleur. Les couleurs ne sont pas mon fort. Dissymétrie entre l'orteil et la languette, bon équilibre entre la semelle et le talon, l'ensemble est beau à voir. En constatant le chiffre d'affaires qu'il fait et en parlant avec lui sans l'effaroucher, j'ai compris ce qu'il serait capable d'accomplir une fois le loyer, les matières premières et autres frais payés. Lee ne peut pas faire grand-chose parce que Praha, Cooper Allen, etc, inondent le marché de chaussures à bas prix, et qu'à Cawnpore les chaussures de forme originale se vendent mal. Ce serait bien pour lui, et pour mon nouvel atelier, si j'arrivais à convaincre Mukherji de le prendre à 250 roupies par mois. Bien sûr, il devra en parler à Ghosh à Bombay, et c'est là le hic. Si j'étais à mon compte, je l'embaucherais immédiatement. Il n'aurait sûrement rien contre un poste de modéliste, où il serait débarrassé de tous ses ennuis.

Pris un billet pour Delhi, je pars demain. Une petite entreprise envisage de m'embaucher, et je dois m'y préparer. La SCC veut elle aussi prendre pied à Delhi. Devrait d'abord mettre de l'ordre chez elle.

Trop sommeil pour continuer à écrire.

Delhi

Mukherji d'accord pour Lee, à Ghosh de décider maintenant.

Fatigué, me suis reposé dans le train, bien que ce soit un voyage de jour. Me suis rafraîchi à la salle d'attente puis directement chez Kalpana. Bonne conversation sur le bon vieux temps. Elle ne va pas bien, a eu une vie triste tout en répandant la joie autour d'elle. Pas parlé de S., quoique nous y pensions tous les deux. Vu son père et sa jolie tante, Mrs Mehra.

Baoji toujours après ses projets agricoles. J'ai essayé de l'en détourner, car il n'a aucune expérience, mais quand il a décidé quelque chose, difficile de le faire changer d'idée. J'ai été bien content d'avoir évité oncle Umesh.

Cawnpore

Me suis réveillé tard, une demi-heure de retard à l'usine. Une véritable pagaille, et plein de travail. Télégramme de Praha, pas très encourageant, en fait insultant : ils m'offrent 28 rou-

pies par semaine – ils me prennent pour un imbécile ? Une
lettre de Simran, une de Jean, et une de Kalpana. La lettre de
Kalpana, plutôt bizarre, suggérant de me fiancer avec Lata, la
fille de Mrs Mehra. Celle de Jean, comme d'habitude. Remis la
discussion avec le syndicat à lundi, afin d'y voir plus clair. Au
moins ils savent que je ne cherche jamais à monter les uns
contre les autres. Personne ne sait leur parler : attitude typique
du babu. Rentré le soir et bien dormi.

Pas de place ici pour déployer mes ailes. Que faire ? Huile
pour vélo, 1/4 roupie.

Loyer, ménage, etc. à Mrs Mason, 185 roupies.

Timbres, 1 roupie.

9.8

Avant de s'endormir, il chercha, pour la relire, la lettre de
Kalpana. Il finit par se souvenir qu'il l'avait rangée à la
dernière page de son journal.

Mon cher Haresh,

Je ne sais comment tu prendras cette lettre. Je t'écris après
un long silence, et bien que nous venions de nous retrouver. Ça
m'a fait du bien de te revoir, de sentir que tu ne m'as pas
oubliée et que nos rapports ne sont pas figés une fois pour
toutes. Je n'étais pas au mieux de ma forme et ne m'attendais
pas à ta visite. Mais, après ton départ, je me suis sentie de
nouveau requinquée, comme je l'ai dit à ma jolie tante.

Par le fait, c'est en son nom que je t'écris – mais pas seulement. Je vais être pratique et précise, et j'attends que tu me
répondes aussi franchement.

Voilà : Mrs Mehra a une fille, Lata – et tu lui as fait si bonne
impression qu'elle veut savoir s'il serait possible d'arranger un
mariage entre Lata et toi. Ne t'étonne pas de ce que je t'écris là,
le mariage de Lata nous regarde aussi, mon père et moi. Lui et
le père de Lata étaient très liés, se considéraient comme des
frères, aussi est-ce tout naturellement que ma tante nous a
demandé de l'aider à trouver des partis convenables pour ses
filles. (L'aînée est aujourd'hui heureuse en ménage.) Je lui ai
présenté tous mes amis khatris dignes d'attention, mais
comme j'avais perdu contact avec toi et que tu n'étais pas à
Delhi, je ne t'avais pas mis sur les rangs. Peut-être avais-je des

arrière-pensées. Mais ce soir-là, tu l'as conquise. Elle a dans l'idée que c'est un garçon dans ton genre que le père de Lata aurait voulu pour elle.

Parlons de Lata – elle a dix-neuf ans, sortie première en fin d'études du couvent Sainte-Sophie, est entrée à l'université de Brahmpur, où elle vient de passer (avec d'excellentes notes) son premier certificat de licence d'anglais. L'an prochain, sa licence en poche, elle veut trouver du travail. Son frère aîné travaille chez Bentsen Pryce à Calcutta, son autre frère vient de sortir de l'université de Calcutta et prépare les examens de l'administration. Sa sœur aînée est, comme je te l'ai dit, mariée. Le père, qui travaillait aux Chemins de fer, est mort en 1942. S'il avait vécu, il serait certainement aujourd'hui au Conseil d'administration des Chemins de fer.

Elle mesure un mètre soixante, le teint pas très clair, mais séduisante et l'esprit vif, à la manière indienne. Elle rêve, je pense, d'une vie calme et discrète. Enfants, nous avons joué ensemble – c'était comme ma petite sœur, au point qu'elle disait : « Si Kalpana pense du bien de quelqu'un, je suis presque sûre que j'en ferai autant. »

Tu connais maintenant tous les détails. Comme dit Byron : « Les femmes sont sûrement des anges, mais le mariage relève du diable. » Peut-être es-tu de cet avis. Sinon, tu n'es pas obligé de dire « oui », simplement pour dire comme moi. Réfléchis, et si ça t'intéresse fais-le-moi savoir. Bien entendu, il faut que vous vous voyiez, ce qui compte c'est ce que vous penserez l'un de l'autre. Pour le cas où 1) tu envisagerais de te marier, 2) tu n'aurais pas d'engagement antérieur, et 3) tu t'intéresserais à cette personne en particulier, tu n'as qu'à venir à Delhi. (J'ai essayé de te contacter avant ton départ de Delhi, mais sans succès.) Si tu ne te trouves pas à ton aise dans ta famille, à Neel Darvaza, tu peux venir chez nous : ta famille n'a pas à savoir l'objet de ta visite ni même que tu es ici. La mère de Lata reste quelques jours de plus à Delhi et me dit que Lata va bientôt la rejoindre. C'est (si le projet t'intéresse) une jeune fille bien, qui mérite un type sérieux, honnête et franc comme l'était son père.

Cela dit, je ne me porte pas bien du tout. Je suis au lit depuis hier et le docteur ne voit pas ce qui cloche. Je bâille tout le temps et ça me brûle sous les pieds ! Il ne faut pas que je bouge ou que je parle trop. Je t'écris au lit, d'où mon écriture illisible. J'espère me remettre bientôt, surtout que mon père a mal à sa jambe. Il souffre aussi beaucoup de la chaleur. Il déteste être en mauvaise santé autant qu'il déteste le mois de juin. Nous prions tous pour que la mousson ne soit pas en retard.

Enfin – si tu penses que j'ai eu tort de t'écrire aussi franchement, pardonne-moi. C'est au nom de notre amitié que je te parle de cette façon. Si j'ai eu tort, laisse tomber et oublie tout.

J'espère avoir bientôt de tes nouvelles, ou te voir. Télégramme ou lettre – les deux seront les bienvenus.

Avec mes meilleurs souhaits
Kalpana.

Haresh ferma une ou deux fois les yeux en lisant la lettre.
Ce serait intéressant de rencontrer cette fille, pensa-t-il. Si
elle tenait de sa mère, elle devait être séduisante, elle aussi.
Mais avant d'avoir fait le tour de la question, il bâilla,
rebâilla, et la fatigue eut raison de ses efforts de réflexion. Il
s'endormit en cinq minutes, d'un agréable sommeil sans
rêves.

9.9

« Téléphone pour vous, Mr Khanna.

— J'arrive, Mrs Mason.

— Une voix de femme », ajouta Mrs Mason, obligeamment.

Haresh se dirigea vers le salon, mis à la disposition
des trois locataires. Personne n'était encore descendu, à
l'exception de Mrs Mason, occupée à examiner sous plusieurs angles un vase de cosmos orange. Anglo-indienne,
soixante-quinze ans, elle était veuve et vivait avec sa fille,
d'âge mûr, célibataire. Elle aimait avoir l'œil sur ses locataires.

« Bonjour. Haresh Khanna à l'appareil.

— Bonjour, Haresh, ici Mrs Mehra. Vous vous rappelez,
nous nous sommes vus chez Kalpana, à Delhi. Kalpana
Gaur – et –

— Oui », dit Haresh, avec un regard sur Mrs Mason,
debout près de son vase, pensive, un doigt sur sa lèvre
inférieure.

« Est-ce que – Kalpana a-t-elle –

— Oui, oui, bienvenue à Cawnpore. Kalpana a télégraphié. Je vous attendais. Toutes les deux. »

Mrs Mason tendit l'oreille.

Haresh se passa la main sur le front.

« Je ne peux pas parler pour le moment, fit-il. Je suis en retard pour le bureau. Quand puis-je venir ? J'ai l'adresse. Désolé de n'avoir pu aller à la gare vous accueillir, j'ignorais quel train vous aviez pris.

— Nous n'avions pas pris le même. Pouvez-vous venir à onze heures ? J'ai grande envie de vous revoir.

— Moi de même. L'heure me convient parfaitement. Le temps d'acheter du mouton – et j'arrive. » Mrs Mason posa le vase sur une autre table, puis jugea qu'il faisait mieux sur la première.

« Au revoir Haresh, à bientôt donc.

— Oui, au revoir. »

A l'autre bout de la ligne, Mrs Rupa Mehra s'adressa à Lata : « Il m'a paru bien brusque. Il ne m'a même pas appelée par mon nom. Et Kalpana m'a dit que, dans la lettre qu'il lui a envoyée, il m'a appelée Mrs Mehrotra. » Un temps, puis : « Et il veut acheter du mouton. Je ne suis pas sûre d'avoir bien entendu. » Une nouvelle pause. « Mais, crois-moi, c'est un très gentil garçon. »

Haresh entretenait bien son vélo, comme ses chaussures, son peigne et ses vêtements, mais ne pouvait tout de même pas se rendre à vélo chez Mr Kakkar, où résidaient Mrs Mehra et sa fille. Il s'arrêta à l'usine, et obtint du patron, Mr Mukherji, d'emprunter une des deux voitures de service. Une grande limousine, conduite par un impressionnant chauffeur de haute taille, ou une auto plutôt délabrée, dont le chauffeur interpellait tous les passagers. Il aimait Haresh parce qu'il ne se donnait pas des airs et bavardait amicalement avec lui.

Haresh tenta d'obtenir la belle, mais se rabattit sur la bête. « Bof, c'est une auto quand même », se dit-il.

Il acheta la peau de mouton pour la doublure, et pria le fournisseur de la livrer à l'usine. Puis il prit le temps de chiquer un paan, son vieux plaisir. Il se coiffa, une fois de plus, dans le rétroviseur de la voiture. Et fit savoir au chauffeur qu'il ne devait parler à personne, aujourd'hui (Haresh inclus), sauf si on l'interpellait.

Mrs Rupa Mehra l'attendait, de plus en plus nerveuse. Elle avait obtenu de Mr Kakkar qu'il assiste à cette première entrevue, pour la rendre moins embarrassante. Feu Raghubir Mehra avait tenu Mr Kakkar en grande estime, à titre personnel et comme comptable, et cela rassurait Mrs Rupa Mehra qu'il joue les maîtres de maison.

Elle accueillit Haresh avec chaleur. Il portait les mêmes vêtements qu'à leur première rencontre à Delhi, chez Kalpana : une chemise de soie et un pantalon en gabardine de coton, couleur tabac. Avec des chaussures assorties, marron et blanc, ce qu'il tenait pour exceptionnellement chic.

Il sourit en découvrant Lata sur le sofa. Une douce et jolie fille, pensa-t-il.

Les cheveux coiffés en chignon, elle portait un sari de coton rose pâle avec une broderie chikan de Lucknow. Pas de bijoux, sauf de simples perles aux oreilles. Haresh lui dit, d'entrée de jeu :

« Nous nous sommes déjà rencontrés, Miss Mehra, n'est-ce pas ? »

Lata se renfrogna. Sa première impression fut qu'il était plus petit que prévu. La deuxième – quand il ouvrit la bouche pour parler – qu'il venait de manger du paan. Pas précisément attirant. Peut-être que s'il avait porté un simple kurta-pyjama, une bouche barbouillée de rouge n'aurait pas choqué – à défaut de séduire. Le paan n'allait pas du tout avec la gabardine tabac et la chemise en soie. En fait, le paan n'allait pas avec l'idée qu'elle se faisait d'un mari. En fait, ses vêtements étaient clinquants, et singulièrement ses chaussures. Qui espérait-il épater ?

« Je ne le crois pas, Mr Khanna, répondit-elle poliment. Mais je suis heureuse de pouvoir vous rencontrer. »

Par la simplicité et le bon goût de sa toilette, Lata avait fait sur-le-champ bonne impression à Haresh. Sans le moindre maquillage, elle n'en semblait pas moins séduisante, maîtresse d'elle-même, et elle s'exprimait, nota-t-il avec plaisir, non avec le lourd accent indien mais avec des intonations légères, quasiment britanniques, qu'elle devait à son éducation au couvent.

De son côté, Lata avait noté l'accent de Haresh, marqué à la fois d'hindi et du dialecte des Midlands auquel il s'était frotté lors de son séjour en Angleterre. Elle se dit que ses deux frères parlaient mieux l'anglais que lui. Elle voyait

Kakoli et Meenakshi Chatterji mourir de rire en imitant sa prononciation.

Haresh se passa la main sur le front. Non, il n'y avait pas d'erreur. Les mêmes grands yeux, le même beau regard, le même ovale – les sourcils, le nez, les lèvres, la même expression de sérieux. Peut-être s'agissait-il d'un rêve, après tout.

Mr Kakkar, que sa fausse position rendait un peu nerveux, le pria de s'asseoir et proposa du thé. Pendant un moment, personne ne sut de quoi parler, l'objet de la rencontre n'étant que trop évident. De politique ? Non. Des nouvelles du jour ? Haresh n'avait pas eu le temps de lire un journal.

« Avez-vous fait bon voyage ? » demanda-t-il.

Mrs Rupa Mehra regarda Lata, et Lata Mrs Rupa Mehra, l'une se défaussant sur l'autre, jusqu'à ce que Mrs Rupa Mehra dise :

« Allons, Lata, réponds.

— Je croyais que Mr Khanna s'adressait à toi, Ma. Oui, merci, j'ai fait bon voyage. Peut-être un peu fatigant.

— D'où venez-vous ?

— De Calcutta.

— Alors, vous devez être fatiguée. Le train arrive au petit matin.

— Non, j'ai voyagé de jour, comme cela j'ai dormi dans un lit propre et me suis réveillée à une heure raisonnable. Le thé vous convient ?

— Oui, merci Miss Mehra. » Le sourire de Haresh engloutit ses yeux, chaleureuse et amicale mimique qui fit sourire Lata elle aussi, malgré elle.

« Vous devriez vous appeler par vos prénoms, s'empressa de dire Mrs Rupa Mehra.

— Nous devrions peut-être laisser les jeunes gens entre eux », suggéra Mr Kakkar. Il avait un rendez-vous.

« Je ne crois pas, dit Mrs Rupa Mehra d'un ton ferme. Ils seront très heureux que nous leur tenions compagnie. Ce n'est pas si souvent qu'on a l'occasion de rencontrer un garçon aussi bien que Haresh. »

Lata dissimula une grimace, alors que Haresh ne parut pas du tout gêné de s'entendre ainsi qualifié.

« Etes-vous déjà venue à Cawnpore, Miss Mehra ?

— Lata, corrigea Mrs Rupa Mehra.

— Lata.

— Une fois seulement. D'habitude je vois Kakkar Phupha quand il passe par Brahmpur ou Calcutta pour son travail. »

Long silence. Thé remué. Thé siroté.

« Comment va Kalpana ? finit par demander Haresh. Elle n'était pas au mieux quand je l'ai vue et, dans sa lettre, elle mentionne d'étranges symptômes. J'espère qu'elle va mieux. Elle en a tant supporté ces dernières années. »

Haresh avait choisi le bon sujet. En un tournemain, Mrs Rupa Mehra fut à son affaire. Et de détailler les symptômes de Kalpana, d'après ce qu'elle avait vu et ce qu'elle avait appris en lisant la lettre adressée à Lata. De là, elle passa au garçon impossible auquel Kalpana avait été fiancée, qui s'était avéré dissimulateur. Elle souhaitait à Kalpana de rencontrer un homme franc, franc et avec de l'avenir. Elle attachait du prix à la franchise chez les hommes. Chez les femmes aussi, bien entendu. Haresh n'était-il pas de cet avis ?

Il l'était. Bon garçon, ouvert et franc, il faillit même parler de Simran.

« Avez-vous vos merveilleux diplômes ? demanda soudain Mrs Rupa Mehra.

— Non, dit Haresh, étonné.

— Ce serait bien que Lata les voie, n'est-ce pas Lata ?

— Oui, Ma, approuva Lata en pensant le contraire.

— Dites-moi, pourquoi vous êtes-vous enfui de chez vous à quinze ans ? » Mrs Rupa Mehra rajouta un comprimé de saccharine dans son thé.

Que Kalpana eût fait mention de cet incident stupéfia Haresh. Lors de son entrevue avec la mère de Lata, à Delhi, il avait remarqué que Kalpana le présentait sous son meilleur jour.

« Mrs Mehra, il peut arriver qu'un jeune homme doive se séparer de ceux qui l'aiment et qu'il aime. »

Mrs Rupa Mehra parut en douter, alors que Lata marqua quelque intérêt.

« En fait, mon père – c'est-à-dire mon beau-père – voulait

759

m'imposer des fiançailles. Je me suis enfui. Je n'avais pas d'argent. A Mussourie, j'ai travaillé dans une boutique de chaussures – au nettoyage – ça a été mon premier contact avec le métier, et pas des plus plaisants. Puis je suis devenu vendeur. J'ai eu faim et froid, mais sans jamais songer à faire marche arrière.

— Vous n'avez même pas écrit chez vous ?

— Non, Miss Mehra, non. J'étais très entêté. »

A ce retour au nom de famille, Mrs Rupa Mehra se renfrogna.

« Et finalement ? demanda Lata.

— Un de mes demi-frères de Neel Darvaza, celui que j'aimais le plus, est venu à Mussourie pendant les vacances. Il m'a vu dans la boutique. J'ai joué au client, mais le patron m'a sèchement dit de cesser de bavarder, alors qu'il y avait tant à faire. Du coup, mon frère refusa de rentrer à la maison sans moi. Vous comprenez, c'est sa mère qui m'a élevé, après la mort de la mienne. »

Ce qui n'expliquait rien, à vrai dire, mais tout un chacun entendit.

« A présent, je ne meurs ni de faim, ni de froid, poursuivit Haresh avec fierté. Au fait, puis-je tous vous inviter à déjeuner chez moi ? »

Mr Kakkar s'excusa, cependant que Mrs Rupa Mehra acceptait avec empressement, en son nom et en celui de Lata.

9.10

Pendant le trajet vers la Villa des Ormes, le chauffeur et la voiture se comportèrent on ne peut mieux.

« Est-ce que votre travail vous plaît ? demanda Mrs Rupa Mehra.

— Oui, beaucoup. Vous vous souvenez, l'atelier dont je vous parlais à Delhi ? Eh bien, les machines sont arrivées, et je devrais commencer la semaine prochaine à travailler sur la commande que j'ai décrochée. Je vous y conduirai cet après-midi. C'est très bien organisé, maintenant que j'ai pris les choses en main.

— Vous avez donc l'intention de vivre à Kanpur ? dit Mrs Rupa Mehra.

— Je ne sais pas. A la SCC, je n'ai pas la possibilité d'arriver au sommet, et je n'ai pas l'intention de passer ma vie dans une société où je ne peux espérer de grand avancement. J'ai posé ma candidature chez Bata, James Hawley, Praha, Flex, Cooper Allen et même dans quelques entreprises gouvernementales. On verra ce que ça donnera. Il me faudrait un parrain, qui me mette le pied à l'étrier. Après quoi, ce sera à moi de faire mes preuves.

— Mon fils pense comme vous. Mon fils aîné, Arun. Il est chez Bentsen Pryce et – Bentsen Pryce, c'est Bentsen Pryce ! Tôt ou tard, il devrait devenir directeur. Peut-être le premier directeur indien. » Elle savoura cette image pendant quelques instants. « Son défunt père aurait été si fier de lui. A présent, lui, feu mon mari je veux dire, serait au Conseil d'administration des Chemins de fer. Peut-être même Président. De son vivant, nous ne voyagions qu'en wagon-salon. »

Lata faisait une mine légèrement dégoûtée.

« Nous y voici. Villa des Ormes ! » dit Haresh, comme s'il annonçait la Résidence du vice-roi. Ils entrèrent dans le salon, qu'ils trouvèrent vide à l'exception d'un serveur en livrée. Mrs Mason était sortie faire des courses.

Le salon était grand et clair, le serveur extrêmement déférent, s'inclinant très bas et parlant d'une voix douce. Haresh leur offrit du nimbu pani, le serveur apporta les verres sur un plateau recouvert de napperons en tulle blanc, les bordures garnies de petites perles de verre. Au mur, deux illustrations en couleurs du Yorkshire (région dont Mrs Mason prétendait que ses ancêtres étaient originaires). Dans leur vase, les cosmos orange, une des rares fleurs de la saison qui ne fût pas blanche, formaient une tache de couleur qui soutenait celle du canapé fleuri. Haresh ayant prévenu le cuisinier la veille qu'il amènerait peut-être des invités pour le déjeuner, il n'y avait nul besoin de préparatifs de dernière minute.

Ce train de maison impressionna Mrs Rupa Mehra. Elle prit sa poudre homéopathique et attendit quelques minutes avant de boire son nimbu pani, qu'elle trouva à son goût.

Bien qu'ayant toujours présent à l'esprit l'objet de cette réunion, ils eurent une conversation plus aisée que la précédente. Haresh parla de l'Angleterre et de ses professeurs, de ses plans pour améliorer sa situation, et surtout de son travail. Il ne cessait de penser à cette nouvelle commande, convaincu que Mrs Rupa Mehra et Lata attendaient elles aussi avec impatience d'en voir le résultat. Il parla de sa vie à l'étranger – se gardant de faire allusion à ses aventures féminines, mais ne pouvant s'empêcher de citer une ou deux fois le nom de Simran et ne parvenant pas à dissimuler totalement l'émotion que le simple énoncé de ce nom lui procurait. Lata s'en fichait, indifférente à ce qui se passait. De temps à autre ses yeux tombaient sur les chaussures bicolores, et elle inventait un couplet à la Kakoli pour se distraire.

Ce fut Miss Mason, vieille fille de quarante-cinq ans à la laideur irrémédiable, qui présida le déjeuner. Sa mère n'était pas rentrée et les deux autres locataires déjeunaient dehors. Contrastant avec le salon, la salle à manger était terne, sans une fleur (à l'exception d'une nature morte qui, bien que présentant des roses, ne plut pas à Mrs Rupa Mehra). Encombrée de meubles lourds – deux dessertes, un almirah, une immense table – et, au mur opposé à celui de la nature morte, une peinture à l'huile représentant un paysage de la campagne anglaise avec des vaches. L'idée qu'on pouvait en manger bouleversa Mrs Rupa Mehra. On servit cependant un repas banal, dans des assiettes fleuries aux bords festonnés.

Il y eut d'abord une soupe à la tomate. Puis du poisson frit, remplacé pour Mrs Rupa Mehra par des croquettes de légumes. Ensuite un curry de poulet avec du riz, des brinjals frits et un chutney de mangue (Mrs Rupa Mehra ne prit que des légumes). Et pour finir, une crème caramel. La déférence souveraine du serveur en livrée et l'apathie de Miss Mason réussirent à geler toute conversation.

Après le déjeuner, Haresh proposa à ces dames de leur montrer son appartement, ce que Mrs Rupa Mehra s'empressa d'accepter. On peut apprendre beaucoup de choses sur quelqu'un d'une pièce qu'il habite. Ils montèrent à l'étage où Haresh occupait une chambre, une antichambre, une véranda et une salle de bains. Tout était net, bien rangé, pimpant – d'un ordre extrême, presque troublant, estima Lata. Même les œuvres de Thomas Hardy, sur la petite étagère, étaient rangées par ordre alphabétique. Les chaussures, dans leur casier, à un coin de la chambre, brillaient d'un éclat glacial. De la véranda, Lata contempla le jardin, qu'agrémentait un parterre de cosmos.

De son côté, Mrs Rupa Mehra, profitant de ce que Haresh était dans la salle de bains, inspecta la chambre du regard et manqua s'étouffer. Dans son cadre d'argent, la photo d'une jeune femme souriante, aux cheveux longs, trônait sur le bureau de Haresh. Il n'y avait pas d'autre photo dans la pièce, pas même de la famille de Haresh. La fille avait le teint clair – ce qui se remarquait malgré le noir et blanc – et des traits d'une beauté classique.

Mrs Rupa Mehra se dit qu'avant de les inviter Haresh aurait pu cacher cette photo.

Une pensée qui n'aurait même pas effleuré Haresh. Si Mrs Rupa Mehra avait eu la malencontreuse idée d'aborder le sujet, les choses, en ce qui le concernait, en seraient restées là. En moins d'une semaine, il aurait oublié jusqu'à la visite des Mehra.

Quand il revint, après s'être lavé les mains, Mrs Rupa Mehra lui demanda, le visage empreint d'une certaine sévérité :

« Permettez-moi de vous poser une question. Y a-t-il encore quelqu'un dans votre vie ?

— Mrs Mehra, j'ai dit à Kalpana, et je suis sûr qu'elle vous l'a répété, que Simran m'a été et m'est toujours très chère. Mais je sais que cette porte m'est fermée. Je ne peux l'arracher à sa famille, pour laquelle le fait que je ne sois pas sikh est irrémédiable. Je cherche maintenant quelqu'un avec qui mener une vie heureuse. Vous n'avez aucune crainte à avoir. Je suis heureux que Lata et moi ayons eu l'occasion de faire un peu connaissance. »

Lata, rentrée dans la chambre pendant cet échange, apprécia la franchise de Haresh. Elle lui dit, sans prendre le temps de réfléchir « Haresh, quel rôle jouera votre famille dans tout ceci ? Vous nous avez très peu parlé d'eux. Si – si – vous avez l'intention de vous marier, n'auront-ils pas leur mot à dire ? » Ses lèvres tremblaient légèrement, émue qu'elle était de parler en termes si directs d'un tel sujet. Mais quelque chose dans la façon dont Haresh avait dit : « Cette porte m'est fermée » l'avait touchée.

Haresh remarqua son embarras, qui lui plut, et sourit ; comme d'habitude, ses yeux disparurent. « Non. Je demanderai à Baoji sa bénédiction, bien entendu, mais pas son consentement. Il sait que je tiens toujours mes engagements.

— Vous me faites penser à Hardy, reprit Lata, après quelques instants de silence.

— Oui. Mais pas au personnage de *La bien-aimée.* » Il regarda sa montre, ajouta : « J'ai tellement apprécié ces moments que j'ai perdu le sens du temps. Du travail m'attend à l'usine, mais peut-être aimeriez-vous venir voir les locaux ? Je ne veux rien vous cacher ; l'atmosphère y est très différente de celle de la Villa des Ormes. J'ai la voiture à ma disposition pour toute la journée, je peux donc vous emmener ou, si vous préférez, vous déposer chez Mr Kakkar. Peut-être souhaitez-vous vous reposer, il fait très chaud. »

Cette fois-ci ce fut Lata qui parla : « Je voudrais voir l'usine. Mais pourrais-je d'abord ? – »

Elle se rendit à la salle de bains.

Là aussi, tout était propre et méthodiquement rangé : sur la coiffeuse, les peignes du Kent, le blaireau, le bâton de déodorant Pinaud, au parfum rafraîchissant par cette chaude journée. Lata s'en frotta légèrement le poignet gauche et sortit, le sourire aux lèvres. Elle aimait bien Haresh. Mais il était ridicule de penser à un mariage entre eux.

Elle ne souriait plus, un peu plus tard, dans la puanteur de la tannerie. Haresh avait dû y emmener Lee, le nouvel employé, afin de lui montrer les différentes peaux (autres que de mouton, qu'ils achetaient sur le marché) qu'on utilisait à la SCC pour fabriquer les chaussures. Les modèles imaginés par Lee dépendraient en partie des peaux disponibles, mais il pourrait, en retour, dire son mot sur les coloris. Après une année passée à la SCC, Haresh ne sentait presque plus rien, mais Mrs Rupa Mehra faillit s'évanouir, tandis que Lata portait de temps en temps le nez à son poignet gauche, stupéfaite que Haresh et Lee puissent aller et venir comme si cette odeur n'existait pas.

Haresh s'empressa d'expliquer que les peaux provenaient d'« animaux tombés », autrement dit de vaches mortes de leur mort naturelle et non pas, comme dans d'autres pays, abattues. Et qu'ils n'acceptaient pas de peaux provenant d'abattoirs musulmans. Mr Lee fit un sourire réconfortant à Mrs Rupa Mehra, qui parut un peu moins malheureuse, sinon plus enthousiaste.

Après une visite rapide des entrepôts où l'on conservait les peaux dans le sel, ils se rendirent aux fosses de trempage.

Des hommes gantés de caoutchouc orange attrapaient les peaux gonflées à l'aide de grappins et les transféraient sur les tambours cylindriques où elles seraient débourrées et dégraissées. En entendant Haresh expliquer avec enthousiasme les différentes phases du tannage – débourrage, dégraissage, mise en jusée, tannage au sel de chrome – Lata éprouva une répulsion soudaine pour ce travail, un sentiment d'inquiétude envers celui qui pouvait prendre plaisir à ce genre d'occupation. Haresh continuait de plus belle : « Quand les peaux sont bien ramollies, le reste des opérations va de soi : dégraissage, écharnage, craminage, débourrage, teinture, séchage, et vous y êtes ! Vous avez ce que nous appelons du cuir ! Les autres opérations – lustrage, rebroussage, repassage – sont facultatives, bien entendu. »

Le regard de Lata passa de l'homme barbu, décharné et à

bout de forces, qui procédait au foulage des peaux dans une presse à rouleaux, à Mr Lee qui était en train de lui parler.

Mr Lee s'exprimait en un hindi insolite et Lata, nonobstant les protestations de son nez et de ses yeux, l'écouta avec intérêt. Il paraissait s'y connaître non seulement en matière de création et de fabrication de chaussures, mais également en tannage. Haresh vint les rejoindre, et ils parlèrent de la diminution du nombre de peaux tannées pendant la saison de la mousson, qui empêchait le séchage à l'air et nécessitait le séchage en tunnel.

« Mr Lee, s'interrompit soudain Haresh, je me souviens que des tanneurs chinois de Calcutta m'ont dit qu'en chinois il existe un terme particulier pour le chiffre dix mille. C'est bien ça ?

— Oui. En pékinois, on dit "wan".

— Et un wan de wans ? »

Mr Lee eut l'air surpris, de l'index de sa main droite il traça sur la paume de sa main gauche un caractère imaginaire et dit quelque chose comme « ee » – qui rimait avec son propre nom.

« Ee ? » fit Haresh.

Mr Lee répéta le mot.

« Pourquoi avez-vous de tels mots ? demanda Haresh.

— Je ne sais pas, dit Mr Lee avec un gentil sourire. Et pourquoi n'en avez-vous pas ? »

Pour l'heure, Mrs Rupa Mehra se sentait si mal qu'elle pressa Haresh de l'aider à sortir.

« Voulez-vous que je vous conduise à l'usine où je travaille ?

— Non, Haresh, c'est très aimable à vous, mais nous devons rentrer. Mr Kakkar doit nous attendre.

— C'est une question de vingt minutes, et vous pourrez rencontrer Mr Mukherji, mon patron. Nous faisons vraiment du bon travail. Et je vous montrerai l'installation du nouvel atelier.

— Une autre fois. A vrai dire, la chaleur me pèse – »

Haresh se tourna vers Lata qui, nez plissé, s'efforçait de faire bonne figure.

« L'odeur – l'odeur, s'exclama Haresh, comprenant enfin

ce qui se passait. Mais vous auriez dû me le dire. Je suis désolé – je ne m'en rends plus compte, vous savez.

— Non, non », protesta Lata, un peu honteuse, mais qui découvrait au plus profond d'elle-même la vieille répulsion atavique pour les peaux, les charognes, tout ce travail impur associé au cuir.

Haresh se confondait en excuses. En les ramenant à la voiture, il expliqua que, comparée à d'autres, cette tannerie ne sentait pas mauvais ! Non loin de là, dans une autre localité, les deux côtés de la rue étaient bordés de tanneries, dont les déchets et les eaux d'écoulement séchaient à l'air libre. A une époque, un égout collectait le tout vers le Gange sacré, mais les gens avaient protesté et, à présent, il n'y avait plus d'égout du tout. Les gens sont étranges, dit Haresh, ils acceptent ça (d'un grand geste il souligna ses propos), les rognures de cuir, les détritus, ils pensent que c'est dans l'ordre naturel des choses. Parfois il voyait arriver de villages ou de marchés des charrettes chargées de peaux, tirées par des bœufs eux-mêmes à moitié morts. « Et, bien sûr, quand la mousson sera là, dans une semaine ou deux, tous ces détritus qu'il sera impossible de sécher vont rester là à pourrir. Avec la pluie et la chaleur, vous imaginez l'odeur. Elle est aussi épouvantable que celle des fosses de tannage sur le chemin de Ravidaspur – près de Brahmpur. Là, moi-même j'ai dû me boucher le nez. »

Ni Lata ni Mrs Rupa Mehra ne relevèrent l'allusion : il ne leur serait pas plus venu à l'idée d'aller à Ravidaspur que sur Orion.

Mrs Rupa Mehra s'apprêtait à demander à Haresh à quelle occasion il s'était rendu à Brahmpur, mais la puanteur eut de nouveau raison d'elle.

« Je vous ramène immédiatement », dit Haresh.

Il fit venir la voiture et prévenir qu'il serait un peu en retard à l'usine. « Il faut bien que quelqu'un fabrique des chaussures, s'excusa-t-il, d'un ton humble, pendant le trajet.

Mais vous ne travaillez pas dans la tannerie, n'est-ce pas ? s'enquit Mrs Rupa Mehra.

— Oh non ! Normalement, je n'y vais qu'une fois par semaine. Moi je suis installé à l'usine principale.

— Une fois par semaine ? » répéta Lata.

Haresh, assis à l'avant à côté du chauffeur, perçut l'inquiétude qui se cachait derrière ces mots. Il se retourna et dit, d'une voix légèrement troublée : « Je suis fier des chaussures que je fabrique. Je n'aime pas rester assis dans un bureau à donner des ordres en attendant des miracles. Si ça signifie que je dois descendre dans une fosse et détremper moi-même les peaux, je le ferai. Les gens qui travaillent dans des entreprises commerciales, par exemple, sont très heureux de vendre toutes sortes de produits, mais refusent de se tacher les doigts avec autre chose que de l'encre. Et encore. Et ils se soucient moins de qualité que de profits. »

Après quelques secondes de silence, il ajouta :

« Quand on a quelque chose à faire, il faut le faire tout simplement. Pour un de mes oncles, à Delhi, en travaillant le cuir je suis devenu impur, je suis sorti de ma caste. Ma caste ! Il me prend pour un imbécile, et je crois qu'il en est un. J'ai failli lui dire ce que je pense de lui, mais je suis sûr qu'il le sait. Les gens savent toujours si vous les aimez ou pas. »

De nouveau le silence. Puis, comme entraîné par cette profession de foi inattendue, Haresh dit : « J'aimerais vous inviter à dîner. Nous disposons de très peu de temps pour nous connaître. J'espère que Mr Kakkar n'y verra pas d'inconvénient. »

Etant entendu, dans sa tête, que les Mehra, elles, n'en verraient pas. La mère et la fille se regardèrent, aucune n'osant prendre la parole la première. Haresh prit leur silence pour un consentement.

« Parfait, dit-il. Je viendrai vous chercher à sept heures et demie. Et je sentirai aussi bon qu'une violette.

— Une violette ? s'écria Mrs Rupa Mehra. Pourquoi une violette ?

— Je ne sais pas. Une rose si vous préférez, Mrs Mehra. En tout cas meilleur que des peaux détrempées. »

Le dîner eut lieu au restaurant de la gare, qui servait un excellent menu de cinq plats. Lata avait revêtu un sari chanderi vert pâle imprimé de fleurs blanches et bordé de blanc. Avec aux oreilles les mêmes perles, le seul vrai bijou qu'elle possédât ; ignorant qu'elle aurait à se montrer, elle n'avait pas pensé à en emprunter à Meenakshi. Mr Kakkar avait pris un champa dans un vase et le lui avait piqué dans les cheveux. La nuit était douce, Lata fraîche et pleine d'entrain.

Haresh portait un costume de lin irlandais blanc cassé, une cravate crème à pois bruns. Lata détestait ces vêtements coûteux, trop à la mode, et se demanda ce qu'Arun aurait pensé de ceux-ci. A Calcutta, on aimait les choses moins voyantes. Et naturellement, il n'y manquait pas la chemise de soie. Haresh fit même de ses chemises un sujet de conversation : elles étaient de la soie la plus fine, la seule qu'il voulût pour ses chemises – pas cette popeline de soie si populaire ces temps-ci, mais de ce tissu en rouleaux marqués de deux chevaux. Pour Lata, tout ceci n'avait pas plus de sens que détrempage, écharnage, craminage. Par bonheur, les chaussures assorties se dissimulaient sous la table.

Le repas fut excellent, aucun d'eux ne but de boisson alcoolisée. La conversation passa de la politique (Haresh estimait que Nehru ruinait le pays avec toutes ses niaiseries socialistes) à la littérature anglaise (à l'aide de quelques fausses citations, Haresh affirma que c'était bien Shakespeare l'auteur des pièces de Shakespeare) et au cinéma (Haresh semblait avoir vu au moins quatre films par semaine pendant son séjour en Angleterre).

Lata se demandait comment il avait fait pour réussir ses études tout en travaillant pour gagner sa vie. Et trouvait son accent toujours aussi déroutant. N'avait-il pas, au déjeuner, dit « doll » pour daal et « Cawnpore » pour Kanpur... Mais si elle le comparait au raffiné, conventionnel Bishwanath Bhaduri avec qui elle avait dîné chez Firpos l'autre soir, elle devait admettre qu'elle préférait de beaucoup sa compagnie. Sa conversation était vivante (même s'il se répétait un peu), son tempérament optimiste (même s'il surestimait ses capacités), et elle semblait lui plaire.

Haresh, se disait-elle, n'est pas à proprement parler occidentalisé : à ses manières, à son style, on le sent mal dégrossi (du moins selon les normes de Calcutta), d'où le côté suffisant qu'il a parfois, pour compenser. Il n'hésite pas toutefois, malgré le désir qu'il a de me plaire, à affirmer ses opinions sans chercher d'abord à deviner les miennes. Trop convaincu qu'il est de la justesse de ses vues. Et n'use pas non plus de ce charme odieux, mensonger, auquel les amis d'Arun m'ont habituée. Amit, certes, est différent ; mais il est le frère de Meenakshi plutôt que l'ami d'Arun.

Haresh trouva Mrs Rupa Mehra aussi affectueuse que plaisante à regarder. Il avait d'abord tenu à maintenir une distance respectueuse en l'appelant Mrs Mehra, mais elle avait insisté pour qu'il l'appelle Ma. « Tout le monde le fait au bout de cinq minutes ; pourquoi pas vous ? » Elle ne tarit pas d'éloquence sur son défunt époux et son futur petit-fils. Elle avait déjà oublié son traumatisme de l'après-midi et annexait Haresh à la famille.

Arrivée au dessert, une glace, Lata décida qu'elle aimait ses yeux. Ils étaient beaux, et même étonnamment beaux ; petits, vivants, ils ne déparaient pas sa belle mine, et disparaissaient complètement quand il riait ! Fascinant ! Puis, sans raison valable, l'idée horrible la traversa qu'après le dîner, en les raccompagnant chez elles, il allait leur proposer de s'arrêter pour prendre un paan – inconscient du contraste épouvantable que cela ferait avec le reste de la soirée, le linge fin, l'argenterie, la porcelaine, inconscient du dégoût qui, dans l'esprit de Lata, supplanterait la bienveillance, de quoi marquer toute la journée de l'image d'une bouche rouge barbouillée au jus de bétel.

Haresh, quant à lui, n'avait que des idées simples. Cette fille, se disait-il, est intelligente mais pas arrogante, séduisante mais pas vaniteuse. Elle a tendance à garder ses pensées pour elle, mais j'aime ça. Puis le souvenir de Simran lui revint, et avec lui le chagrin, la vieille douleur qui ne disparaîtrait peut-être jamais complètement.

Mais à certains moments, pendant plusieurs minutes

d'affilée, Haresh avait oublié Simran et Lata ne s'était plus souciée de Kabir. Et ils réussirent à oublier, à certains moments, qu'au milieu du cliquetis des couverts et de la vaisselle, ils se livraient l'un et l'autre à un interrogatoire d'où sortirait peut-être leur décision ou non de posséder, dans un avenir indéterminé, ce genre d'articles en commun.

9.13

Tôt le lendemain matin, la voiture (avec Haresh et le chauffeur) vint prendre Mrs Rupa Mehra et Lata pour les conduire à la gare. Elles pensaient arriver juste à l'heure, mais l'horaire du train Kanpur-Lucknow avait changé, et elles le manquèrent. L'autobus qu'elles tentèrent de prendre était plein. Il ne leur restait qu'à attendre le train de 9 heures 42. Ce qu'elles firent en retournant à la Villa des Ormes.

Du vivant de son mari, dit Mrs Rupa Mehra, jamais une telle chose ne se serait passée. A l'époque, les trains marchaient comme des horloges, les changements d'horaires étaient aussi mémorables et rares qu'un changement de dynastie. Maintenant on changeait tout, n'importe comment : les noms de rues, les horaires de train, les prix, les mœurs. On affublait Cawnpore et Cachemire d'orthographes déroutantes. Bientôt ce serait le tour de Dhili, Kolkota et Mumbai. Et ne menaçaient-ils pas, comble de l'horreur, d'adopter le système métrique pour la monnaie – voire les poids et mesures !

« Ne vous en faites pas, Ma, dit Haresh en souriant. Nous essayons d'introduire le kilogramme depuis 1870, et il se passera probablement encore une centaine d'années avant qu'on y parvienne.

— Vous croyez ? » fit Mrs Rupa Mehra, toute contente. Dans son esprit, les seers correspondaient à quelque chose de précis, les livres à quelque chose d'assez vague, les kilos à rien du tout.

« Absolument. Nous n'avons aucun sens de l'ordre, de la logique ou de la discipline. Pas étonnant que les Britanniques aient pu nous gouverner. Qu'en pensez-vous, Lata ? » ajouta-t-il, tentant sans beaucoup d'adresse de la mêler à la conversation.

Mais Lata n'avait pas d'opinion en la matière, préoccupée qu'elle était par un autre sujet. En l'occurrence le panama de Haresh, qu'elle trouvait (bien qu'il l'eût ôté) particulièrement ridicule, et le costume en lin, qu'il avait remis ce matin.

Ils revinrent à la gare un peu à l'avance, Lata et sa mère achetèrent des billets de première classe pour Lucknow – s'agissant d'un court trajet, on n'avait pas besoin de retenir sa place à l'avance – et ils s'installèrent au café de la gare. Haresh les poussa à prendre une tasse de cholocat froid – un breuvage hollandais. Lata trouva cela délicieux, et le laissa voir sur son visage. Ravi par ce plaisir innocent qu'elle exprimait, Haresh demanda soudain : « Puis-je vous accompagner jusqu'à Lucknow ? Je pourrais descendre chez la sœur de Simran et revenir demain après vous avoir mises au train de Brahmpur. » Ce qui revenait à dire : Je voudrais passer quelques heures de plus en votre compagnie, même si pour cela je dois laisser à quelqu'un d'autre le soin d'acheter les peaux de mouton.

Mrs Rupa Mehra ne réussit pas à le dissuader, et il s'acheta un billet. Il veilla à ce que le porteur range leurs bagages correctement au-dessus et au-dessous des sièges, et ne les escroque pas, à ce qu'elles soient confortablement installées et pourvues de magazines, bref qu'elles ne manquent de rien. Après quoi il ne dit quasiment pas un mot pendant les deux heures que dura le voyage. C'est en de tels moments, pensait-il, que consiste le bonheur.

Lata, pour sa part, trouvait très étrange qu'il eût parlé – justifiant en partie son désir de les accompagner – d'aller coucher chez la sœur de Simran. Malgré sa manie du rangement, c'était un homme imprévisible.

Quand le train entra en gare de Lucknow, Haresh sortit de son mutisme. « J'aimerais beaucoup pouvoir vous aider demain matin.

— Non, non, protesta, paniquée, Mrs Rupa Mehra. Nos

places sont déjà réservées. Nous n'avons pas besoin d'aide. C'est mon fils qui s'en est occupé, mon fils de chez Bentsen Pryce. Nous avons des places très confortables. Ne venez pas à la gare. »

Haresh regarda Lata, faillit lui demander quelque chose, se ravisa et se tourna vers sa mère : « Puis-je écrire à Lata, Mrs Mehra ? »

Mrs Mehra ouvrit la bouche pour acquiescer avec enthousiasme, se reprit, se tourna vers Lata, laquelle hocha la tête, avec une certaine gravité. Ç'aurait été trop cruel de refuser.

« Bien entendu, vous pouvez lui écrire, dit Mrs Rupa Mehra. Et vous devez m'appeler Ma.

— Bon, maintenant je vais chercher une tonga, pour vous conduire chez Mr Sahgal. »

Contentes qu'on veille ainsi sur elles, les deux femmes laissèrent Haresh s'occuper de tout.

En un quart d'heure elles arrivèrent à destination. Mrs Sahgal était la cousine germaine de Mrs Rupa Mehra, une femme d'environ quarante-cinq ans, douce et d'esprit un peu simple, mariée à un avocat de renom. « Qui est ce monsieur ? demanda-t-elle en voyant Haresh.

— Un jeune homme qui a connu Kalpana Gaur à St Stephen, répondit Mrs Rupa Mehra, en guise d'explication.

— Mais il faut qu'il entre et prenne le thé avec nous, dit Mrs Sahgal. Sahgal Sahib sera très fâché s'il ne le fait pas. »

La vie stupide, ouatée, de Mrs Sahgal était tout entière centrée sur son mari. Elle ne finissait jamais une phrase sans une référence à Mr Sahgal. Certains la tenaient pour une sainte, d'autres pour une imbécile. Le propre époux de Mrs Rupa Mehra, homme pourtant tolérant et d'un bon naturel, considérait Mrs Sahgal comme une fieffée idiote. Jugement qu'il énonçait avec colère plutôt qu'avec amusement. Les Sahgal avaient un fils de dix-sept ans, arriéré mental, et une fille, de l'âge de Lata, aussi intelligente que névrosée.

Mr Sahgal fut enchanté de voir Lata et sa mère. Avec son bouc poivre et sel, son aspect posé et avisé, il correspondait au portrait-robot d'un juge. Or il eut, pour accueillir

Haresh, une mimique si étrange, une grimace de conspirateur, que le jeune homme le détesta sur-le-champ.

« Etes-vous tout à fait sûre que je ne puis vous être d'aucune aide demain ? demanda-t-il.

— Certaine, Haresh. Dieu vous bénisse, dit Mrs Rupa Mehra.

— Lata ? » Dans le sourire de Haresh se lisait une trace d'incertitude ; comme s'il doutait de l'impression qu'il avait faite : plaisait-il ou déplaisait-il ? Les signaux qu'on lui renvoyait étaient suffisamment confus pour justifier sa perplexité. « Puis-je vraiment vous écrire ?

— Oui, ce serait gentil », dit Lata, comme s'il venait de lui proposer un morceau de galette.

Elle-même s'en aperçut, si bien qu'elle ajouta :

« Vraiment très gentil. C'est une bonne façon de se connaître.

— *Au revoir** alors », fit-il, renonçant à dire autre chose. Il avait pris quelques leçons de français pendant son séjour en Angleterre.

« Au revoir, répondit Lata, en riant.

— Pourquoi riez-vous ? Riez-vous à cause de moi ?

— Oui, reconnut Lata. C'est vrai. Merci.

— De quoi ?

— De m'avoir fait passer une très agréable journée. » Elle regarda une fois de plus les chaussures assorties. « Je ne l'oublierai pas.

— Ni moi », dit Haresh. Plusieurs autres choses lui vinrent à l'esprit, qu'il rejeta.

« Vous devez apprendre à être plus bref dans vos adieux.

— Vous avez d'autres conseils à me donner ? »

Oui, pensa Lata ; au moins sept. Et tout haut : « Oui. Tenez bien votre gauche. »

Reconnaissant de la banalité affectueuse du propos, Haresh hocha la tête ; et la tonga s'ébranla vers sa destination.

* En français dans le texte.

774

La journée à Kanpur les avait tellement fatiguées que Mrs Rupa Mehra et Lata allèrent dormir aussitôt après le déjeuner. Elles avaient chacune leur chambre, rare occasion d'intimité que Lata apprécia. Elle savait que, dès qu'elle se retrouverait seule avec sa mère, celle-ci commencerait à la questionner sur ses sentiments à l'égard de Haresh.

Elle était sur le point de s'endormir quand sa mère entra. Les chambres s'alignaient les unes à côté des autres, de chaque côté d'un grand couloir – comme dans un hôtel. L'après-midi était chaud. Mrs Rupa Mehra apportait un flacon d'eau de Cologne 4711, l'un de ces objets en permanence au fond de son sac. Elle en imbiba le coin d'un de ses mouchoirs brodés de roses, qu'elle passa affectueusement sur la tête de Lata.

« J'ai voulu dire un mot à ma fille chérie avant qu'elle s'endorme. »

Lata attendit la question.

« Eh bien, Lata ?

— Eh bien, Ma ? » A présent que la question était une réalité et non plus une anticipation, elle n'avait rien de formidable.

« N'est-il pas convenable ? » Il était clair au ton de Mrs Rupa Mehra qu'un rejet sans appel la blesserait au vif.

« Ma, je ne le connais que depuis vingt-quatre heures !

— Vingt-six.

— Que sais-je de lui, en fait ? Disons – ça n'est pas négatif : c'est un bon garçon. Il faut que je le connaisse mieux. »

Cette dernière phrase lui paraissant ambiguë, Mrs Rupa Mehra exigea une clarification immédiate.

« Posons les choses ainsi, Ma. Je ne le repousse pas. Il dit qu'il veut m'écrire. Voyons ce qu'il a à me dire.

— Il faut toujours que tu fasses des embarras. Tu es une fille ingrate, et tu choisis toujours les gens qui ne conviennent pas.

— Oui, Ma, tu as raison. Je suis très ingrate, très chichiteuse, mais pour le moment j'ai très sommeil.

« — Tiens, garde le mouchoir. » Et sa mère se retira.

Lata s'endormit presque sur-le-champ. L'ambiance de la maison de Sunny Park, à Calcutta, le long voyage jusqu'à Kanpur en pleine chaleur, le fait de devoir s'exposer comme un objet devant un homme cherchant à se marier, la tannerie, le déchirement que lui causaient tout ensemble son affection et son dégoût pour Haresh, le trajet de Kanpur à Lucknow, le souvenir de Kabir qui l'envahissait de façon répétée et à l'improviste, tout cela l'avait totalement épuisée. Elle dormit bien. Quand elle se réveilla, il était quatre heures, l'heure du thé. Elle se lava la figure, se changea et se rendit au salon.

Elle y trouva sa mère, Mr et Mrs Sahgal, leurs deux enfants, en train de prendre le thé avec des samosas. Comme à son habitude, Mrs Rupa Mehra discourait sur son immense cercle de relations. Plus que des cousines, elle et Mrs Sahgal se considéraient comme des sœurs ; elles avaient passé ensemble une bonne partie de leur enfance, après que Rupa eut perdu sa mère pendant une grande épidémie de grippe.

Le désir de Mrs Sahgal de plaire à son mari avait quelque chose de comique, ou peut-être de pathétique. Ses yeux s'accrochaient toujours aux siens. « Veux-tu que je t'apporte ce journal ? Veux-tu une autre tasse ? Veux-tu que j'aille chercher l'album de photographies ? » Qu'il posât les yeux sur un objet quelconque, et aussitôt elle se précipitait pour satisfaire un souhait qu'il n'avait même pas encore exprimé. Il ne la traitait pourtant pas avec mépris ; il chantait ses louanges, avec mesure il est vrai. Il se caressait parfois la barbe en disant : « Vous vous rendez compte de la chance que j'ai ? Grâce à Maya, je n'ai absolument rien à faire ! Je la vénère comme une déesse. » Sa femme ronronnait de plaisir.

Des photos d'elle pendaient au mur, éparpillées ici et là, dans de petits cadres. Physiquement, c'était une femme séduisante, tout comme sa fille, et Mr Sahgal aimait jouer les photographes amateurs. Il en indiqua une ou deux à Lata ; qui ne put s'empêcher de trouver les poses un peu – voyons, quel était le mot – « cinématographiques ». Il y avait aussi des portraits de Kiran, la fille, étudiante à l'université de Lucknow. C'était une grande fille, pâle et belle, mais avec un regard égaré, des mouvements brusques.

« Te voilà embarquée sur le long trajet de la vie », dit Mr Sahgal à Lata. Il se pencha légèrement et répandit quelques gouttes de thé. Sa femme se précipita pour les essuyer.

« Mausaji, je ne veux m'embarquer sur aucun trajet sans avoir vérifié au préalable que j'ai le bon billet », dit Lata, tâchant de prendre la remarque à la légère, mais fâchée de ce que sa mère ait eu l'arrogance d'aborder un tel sujet avec eux.

Dans l'esprit de Mrs Rupa Mehra, il ne s'agissait pas d'arrogance mais d'une marque de considération. Elle faisait simplement savoir à Mr et Mrs Sahgal qu'ils n'auraient pas à lancer leurs filets dans toute la communauté khatri de Lucknow pour venir en aide à Lata. Ce qu'ils auraient, à n'en pas douter, été priés de faire.

A ce moment, Pushkar, le garçon faible d'esprit, de deux ans plus jeune que Lata, se mit à se balancer d'avant en arrière, fredonnant une chanson entre ses dents.

« Qu'y a-t-il, mon fils ? demanda gentiment Mr Sahgal.

— Je veux épouser Lata Didi. »

Mr Sahgal haussa les épaules, en signe d'excuse. « Il est comme ça, parfois, dit-il à l'intention de Mrs Rupa Mehra. Allons, viens Pushkar – allons jouer avec ton meccano. » Ils quittèrent la pièce.

Brusquement Lata éprouva une sorte de malaise, qui lui sembla avoir sa source dans une précédente visite à Lucknow. Mais c'était un souvenir vague, dont elle ne parvenait pas à se rappeler l'origine. Elle éprouvait le besoin de se retrouver seule, de sortir de la maison, de marcher.

« Je vais aller à pied jusqu'à la Résidence britannique, dit-elle. Il fait plus frais, maintenant, et ce n'est qu'à quelques minutes.

— Mais tu n'as même pas mangé un samosa », remarqua sa mère.

« Ma, je n'ai pas faim. En revanche, je veux marcher.

— Tu ne peux y aller seule, dit Mrs Rupa Mehra d'un ton ferme. Nous ne sommes pas à Brahmpur. Attends que Mausaji revienne, il t'accompagnera peut-être.

— Je vais avec Lata, dit Kiran.

— C'est très gentil à toi, Kiran. Mais ne traînez pas. Quand deux filles sont ensemble elles sont capables de bavarder pendant des heures, sans voir le temps passer.

— Nous serons rentrées avant la nuit. Ne t'inquiète pas, Rupa Masi. »

9.15

Quelques nuages couraient dans le ciel d'orient, gris mais sans menace de pluie. Il y avait peu de monde dans la rue de la Résidence, qui longeait le beau bâtiment en briques rouges du Grand Tribunal de Lucknow – désormais Délégation de Lucknow de la Haute Cour d'Allahabad. C'est là qu'officiait Mr Sahgal. Les deux jeunes filles parlaient à peine, ce qui convenait à Lata.

Bien qu'ayant par deux fois déjà séjourné chez les Sahgal – la première fois à l'âge de neuf ans, du vivant de son père, l'autre à quatorze ans – Lata n'était jamais allée voir la Résidence abandonnée, à un quart d'heure de marche de chez ses cousins. Dans le souvenir qu'elle gardait de ces précédents séjours, le beurre blanc, frais, que faisait Mrs Sahgal occupait une place plus importante que les monuments historiques de la ville ; ainsi qu'une grosse grappe de raisins qu'on lui avait servie pour son petit déjeuner. Elle se souvenait aussi de la gentillesse de Kiran lors de son premier voyage, et de son animosité à l'occasion du second. A ce moment-là, il était établi que quelque chose clochait chez Pushkar, et peut-être Kiran avait-elle envié à sa cousine ses deux frères, bruyants, affectueux, normaux. Mais tu as ton père, s'était dit Lata, alors que moi j'ai perdu le mien. Elle était contente que Kiran, aujourd'hui, tente de restaurer leur amitié, mais aurait souhaité être mieux en mesure de la lui rendre.

Car, pour l'heure, elle ne voulait pas parler – pas plus à Kiran qu'à quiconque – et surtout pas à Mrs Rupa Mehra. Elle désirait rester seule – pour penser à sa vie, à ce qui était en train de lui arriver. Ou peut-être pour n'y pas penser et se laisser distraire par quelque chose de si lointain, si ancien, si grand que cela l'empêcherait de se livrer à son exaltation et à sa détresse. Un état d'esprit qu'elle avait éprouvé dans le cimetière de Park Street, l'autre jour, sous la pluie battante, un sentiment de distanciation, qu'elle essayait de retrouver.

Les ruines imposantes, criblées de balles, de la Résidence se dressaient sur la colline en surplomb. L'herbe avait poussé, verte au sommet, où l'on arrosait, brune au pied de la colline. Tout autour, au milieu des bâtiments écroulés, c'était un fouillis d'arbres et d'arbustes – figuiers, jamuns, margousiers, manguiers et au moins quatre énormes banians. Des mainates criaient perchés sur les palmiers à l'écorce dure ou tendre ; d'un massif de bougainvillées tombait, sur la pelouse, une lourde pluie de fleurs rouges. Caméléons et écureuils couraient au milieu des ruines, des obélisques et des canons. L'enduit craquelé des murs épais laissait voir les minces briques dures dont ils étaient faits. Eparpillées sur cette triste étendue, des plaques, des pierres tombales, et au centre, dans le principal bâtiment encore debout, un musée.

« Irons-nous au musée d'abord ? demanda Lata. Il pourrait fermer de bonne heure. »

La question plongea Kiran dans un abîme d'anxiété. « Je ne sais pas – Je – Je ne sais pas. Nous pouvons faire ce que nous voulons. Il n'y a personne pour dire quoi que ce soit.

— Allons-y, alors. »

Kiran était si nerveuse qu'elle se mordait, non pas les ongles, mais la chair à la base du pouce. Lata la regardait, médusée.

« Ça ne va pas, Kiran ? Veux-tu que nous rentrions ?

— Non, non, cria Kiran. Ne lis pas ça. »

Lata se dépêcha de lire la plaque que Kiran lui indiquait.

SUSANNA PALMER
Tuée dans cette pièce
par un boulet de canon le
1er juillet 1857
dans sa dix-neuvième année

Lata se mit à rire. « Kiran, vraiment ! »

« Où était son père ? dit Kiran. Où était-il ? Pourquoi n'a-t-il pas pu la protéger ? »

Lata soupira. Elle regrettait de n'avoir pu venir seule, mais rien ne pouvait convaincre sa mère de la laisser se promener dans une ville étrangère sans quelqu'un pour l'accompagner.

Puisque sa compassion semblait troubler Kiran, Lata concentra son attention sur le modèle réduit très détaillé de la Résidence et des terrains environnants au moment du siège de Lucknow. A un mur pendaient des gravures sépia représentant la bataille, le déferlement des batteries, la salle de billard, un espion anglais en train de se déguiser afin de passer les lignes indigènes.

Il y avait même un poème de Tennyson, un des poètes favoris de Lata, qu'elle ne connaissait pas. Intitulé « La Délivrance de Lucknow », il se composait de sept strophes, qu'elle lut d'abord avec intérêt, puis avec un dégoût croissant. Elle se demanda ce qu'Amit en aurait pensé. Chaque strophe se terminait par le vers :

Et à jamais flotta sur le plus haut des toits le drapeau
[anglais !

Parfois, un « mais » ou un « ce » remplaçaient le « et ». Lata avait du mal à croire qu'il s'agissait du poète de « Maud » ou de « Enoch Arden ». Difficile, pensait-elle, de se montrer plus suffisant et raciste.

Cette poignée d'hommes que nous étions, Anglais de cœur
[et de tous nos membres,
Forts de cette force de la race faite pour commander, obéir,
[endurer...
Disons-le tout à trac, vous tirez, et c'en est fini du noir
[pionnier...
Que béni soit l'avenant visage blanc des bons fusiliers de
[Havelock...

Et ainsi de suite.

Elle ne réfléchit pas au fait que si la bataille s'était terminée autrement, cela aurait donné lieu à des poèmes tout aussi détestables, probablement en persan, peut-être en sanskrit, ridiculisant les belles prairies vertes de l'Angleterre. Un grand sursaut de fierté la porta vers le beau-père de Savita, qui avait contribué à jeter les Anglais hors de son pays.

Dans son indignation, elle avait même oublié Kiran, qu'elle trouva en contemplation devant la plaque commémorative de la pauvre Susanna Palmer. Secouée de sanglots, elle attirait l'attention des visiteurs. Lata l'enlaça et, ne sachant que faire, la conduisit hors du bâtiment et la fit asseoir sur un banc. Le jour baissait, elles allaient devoir rentrer.

Les larmes dévalant ses joues, Kiran ne disait mot. Lata essayait de deviner ce qui avait pu la bouleverser à ce point. La mort d'une fille de son âge, près d'un siècle auparavant ? L'atmosphère de la Résidence, hantée par le désespoir ? Se passait-il quelque chose dans sa famille ? Près d'elles, sur l'herbe, un gamin faisait voler un cerf-volant orange et pourpre. Parfois, il les regardait fixement.

A une ou deux reprises, Lata eut l'impression que Kiran était sur le point de se confier à elle ou de s'excuser. Mais comme rien ne venait, elle suggéra :

« Nous devrions rentrer, maintenant, il se fait tard. »

Kiran se leva, soupira, et suivit Lata. En descendant la colline, Lata chantonna quelques passages du raga Marwa, un morceau qu'elle aimait à la passion. Lorsqu'elles arrivèrent à la maison, Kiran semblait s'être reprise.

« Vous partez demain par le train du soir, n'est-ce pas ? demanda-t-elle.

— Oui.

— J'aimerais aller vous voir à Brahmpur. Mais la maison de Savita est si petite, à ce qu'on raconte. Pas comme la résidence de mon père. » Elle prononça ces derniers mots avec amertume.

« Viens, Kiran. Tu peux sans problème rester une semaine – ou plus. Ton trimestre commence quinze jours après le nôtre. Comme ça, nous apprendrons à mieux nous connaître. »

Kiran retomba dans un silence chargé de culpabilité. Elle ne répondit même pas.

Lata fut soulagée de retrouver sa mère. Mrs Rupa Mehra les réprimanda d'être restées si longtemps absentes : paroles familières, qui résonnèrent comme une musique aux oreilles de Lata.

« Je veux que tu me racontes – commença Mrs Rupa Mehra.

— Ma, nous avons suivi la rue, sommes passées devant le Tribunal et avons abouti à la Résidence. Au pied de la colline, il y a un obélisque qui commémore les officiers et les cipayes restés fidèles à l'Angleterre. Trois écureuils étaient assis devant et –

— Lata !

— Oui, Ma ?

— Tu te conduis très mal. Je voulais seulement savoir si –

— Tu voulais tout savoir. »

Mrs Rupa Mehra prit un air fâché et se tourna vers sa cousine.

« As-tu les mêmes ennuis avec Kiran ?

— Oh non, dit Mrs Sahgal, Kiran est une très bonne fille. Grâce à Sahgal Sahib. Sahgal Sahib lui parle tout le temps, lui donne des conseils. Il n'y a pas meilleur père que lui. Même quand des clients attendent... Mais Lata aussi est une bonne fille.

— Non, dit l'accusée en riant. Je suis une mauvaise fille. Ma, que feras-tu si je me marie et quitte la maison ? Qui pourras-tu enguirlander ?

— Je continuerai à t'attraper, comme avant », fit Mrs Rupa Mehra.

Mr Sahgal était entré dans la pièce pendant cet échange et avait entendu les dernières reparties. « Lata, dit-il d'une voix calme, paternelle, tu n'es pas une mauvaise fille, je le sais. Je connais les résultats de tes examens, nous sommes tous très fiers de toi. Nous devons avoir très vite une conversation à propos de ton avenir. »

Kiran se leva. « Je vais voir Pushkar, dit-elle.

— Assieds-toi », fit Mr Sahgal, de la même voix calme.

Le visage blême, Kiran se rassit.

Les yeux de Mr Sahgal firent le tour de la pièce.

« Veux-tu que je mette le gramophone ? s'enquit sa femme.

— As-tu un violon d'Ingres ? demanda-t-il à Lata.

— Oh oui, intervint Mrs Rupa Mehra. Elle étudie la musique classique, et chante très bien. Et c'est une dévoreuse de livres.

— Moi, c'est la photographie, dit Mr Sahgal. J'ai commencé à m'y intéresser en Angleterre, quand je faisais mes études de droit.

— Les albums ? demanda Mrs Sahgal, retenant son souffle dans l'espoir de pouvoir lui être utile.

— Oui. »

Elle les posa sur la table devant lui. Mr Sahgal leur montra successivement des photos de ses logeuses anglaises avec leurs filles et d'autres jeunes filles qu'il avait rencontrées là-bas, des vues de l'Inde, puis des pages et des pages de photos de sa femme et de sa fille, parfois dans des poses que Lata trouva rebutantes. Sur l'une d'elles, Mrs Sahgal se penchait en avant, l'un de ses seins jaillissant presque de son corsage. Mr Sahgal se lança dans une explication, sur un ton doux et mesuré, de l'art de la photographie – la composition et l'exposition, le grain et le brillant, le contraste et la profondeur de champ.

Lata jeta un coup d'œil à sa mère. Mrs Rupa Mehra regardait les photographies avec intérêt et embarras. Le visage de Mrs Sahgal resplendissait d'orgueil. Kiran était rigide, comme terrassée par une soudaine maladie. De nouveau elle se mordait la base du pouce. Remarquant le regard de Lata fixé sur elle, elle le soutint, la honte et la haine passant tour à tour dans ses yeux.

Après dîner, Lata gagna tout droit sa chambre. Elle éprouvait un profond sentiment de malaise, et se réjouissait de quitter Lucknow le lendemain. Or sa mère songeait à retarder leur départ, cédant à la pression de Mr et Mrs Sahgal.

« Comment ? avait dit Mrs Sahgal pendant le repas. Vous venez pour une journée et puis vous disparaissez pendant un an ? Est-ce ainsi qu'une sœur doit se comporter ?

— Je désire rester, Maya. Mais le trimestre de Lata commence bientôt. La prochaine fois, nous resterons plus longtemps. »

Pushkar s'était tenu tranquille. Il avait besoin de l'aide de son père pour manger. Mr Sahgal avait paru très fatigué à la fin du repas ; il était allé mettre Pushkar au lit.

Puis, revenant au salon, il avait souhaité bonne nuit à tout le monde et gagné sa chambre, la première à l'entrée du long couloir. La chambre de sa femme lui faisait face, puis venaient les chambres d'amis et enfin, à l'extrémité du couloir, celles de Pushkar et de Kiran. Mr Sahgal avait installé à la porte de son fils une immense horloge ancienne, héritage familial, que Pushkar adorait. Parfois, il chantait les heures. Il avait même appris à la remonter.

9.16

Lata resta éveillée, couverte seulement d'un drap, étant donné la chaleur. Le ventilateur marchait, et on n'avait pas encore eu besoin d'installer la moustiquaire. L'horloge marquait les quarts d'heure d'un tintement doux, mais lorsque sonnèrent onze heures puis minuit, les coups résonnèrent dans tout le couloir. Lata tenta de lire, à la lumière chiche de sa lampe de chevet, mais les événements de ces deux derniers jours s'interposaient entre elle et les pages. Finalement, elle éteignit, ferma les yeux, et dans un demi-sommeil rêva de Kabir.

Des pas prudents se firent entendre sur le tapis du couloir. Quand ils s'arrêtèrent devant sa porte, elle se redressa, en alerte. Ce n'était pas le bruit des pas de sa mère. La porte s'ouvrit, la silhouette d'un homme se découpa dans la faible lumière du couloir. C'était Mr Sahgal.

Lata alluma. Mr Sahgal ne bougeait pas, dodelinant de la tête, se protégeant les yeux de la main. Il était revêtu d'une robe de chambre marron retenue par une ceinture marron à glands. Il semblait très fatigué.

Lata le dévisageait, effarée, stupéfaite. « Que se passe-t-il Mausaji ? Etes-vous malade ?

— Non, pas malade. Mais j'ai travaillé tard. C'est pour-quoi – et puis j'avais vu ta lumière allumée. Puis tu l'as éteinte. Tu es une fille intelligente – une grande lectrice. »

Il regarda autour de lui, caressant sa courte barbe. C'était un homme de haute stature. D'une voix pensive, il dit : « Il n'y a pas de chaise ici. J'en parlerai à Maya. » Il s'assit sur le bord du lit. « Tu as tout ce qu'il te faut ? Tout est comme il faut, n'est-ce pas ? Les oreillers et tout ? Je me souviens que, petite fille, tu aimais le raisin. Tu étais très jeune. Et c'est la saison en ce moment. Pushkar, lui aussi, aime le raisin. Pauvre enfant. »

Lata s'efforça de remonter le drap pour mieux se couvrir, mais Mr Sahgal était assis sur un coin.

Vous êtes très bon pour Pushkar, Mausaji », dit-elle, se demandant ce qu'elle pouvait faire, de quoi parler. Elle entendait, elle sentait son cœur battre.

« Vois-tu, reprit Mr Sahgal de sa voix calme, ses mains agrippant les glands de sa ceinture, il n'y a pas d'espoir pour lui ici. En Angleterre ils ont des écoles spéciales... » Il s'interrompit, fixant le visage et le cou de Lata. « Ce garçon, Haresh – il a été en Angleterre ? Peut-être a-t-il lui aussi des photos de ses logeuses ?

— Je ne sais pas. » Elle revoyait les photos suggestives de Mr Sahgal et essayait de maîtriser la peur qui l'envahissait. « Mausaji, j'ai très sommeil nous partons demain –

— Mais vous ne partez que dans la soirée. Nous devons avoir notre conversation maintenant. Vois-tu, on ne peut parler à personne à Lucknow. C'est différent à Calcutta – ou même à Delhi – mais je ne peux pas quitter Lucknow. Ma clientèle.

— Je vois, dit Lata.

— Ce ne serait pas bon non plus pour Kiran. Elle fré-quente déjà de mauvais garçons, lit de mauvais livres. Je dois mettre le holà. Ma femme est une sainte, elle ne voit pas ces choses-là. » Il donnait ces explications calmement, et Lata hochait la tête, mécaniquement.

« Ma femme est une sainte, répéta-t-il. Chaque matin, elle prie pendant une heure. Elle ferait n'importe quoi pour moi. Quel que soit le plat que je réclame, elle le cuisine de ses propres mains. Elle est comme Sita – une épouse parfaite. Si je veux qu'elle danse nue devant moi, elle le fera. Elle ne réclame rien pour elle-même. Elle veut seulement que Kiran se marie. Mais je pense que Kiran doit terminer ses études – d'ici là, quel mal y a-t-il à ce qu'elle vive avec nous ? Une fois, un garçon est venu à la maison – oui à la maison. Je lui ai dit de sortir – de sortir de là ! » Ce n'était plus la fatigue qui marquait les traits de Mr Sahgal, mais la pâleur. Il était livide, s'exprimait d'une voix toujours aussi basse. Puis il se calma, reprit son ton d'explication : « Mais qui épousera Kiran, en entendant les bruits effrayants, tu sais, que peut faire Pushkar. Parfois, je sens sa fureur. Tu ne m'en veux pas de me confier ainsi à toi ? Kiran et toi êtes amies, je sais. Tu dois me parler toi aussi, de toi, de tes projets... » Il renifla, l'air appréciateur. « C'est l'eau de Cologne qu'utilise ta mère. Kiran n'utilise jamais d'eau de Cologne. Les choses naturelles sont meilleures. »

Lata le dévisageait, la bouche complètement sèche.

« Mais je lui achète des saris chaque fois que je vais à Delhi, continua Mr Sahgal. Pendant la guerre, les dames de la bonne société portaient des saris avec de grands galons ; parfois en brocart ou en soie. Avant son veuvage, j'ai vu une fois ta mère vêtue de son sari de mariage en soie. A présent, tout ça a disparu. On trouve la broderie vulgaire. »

Et comme s'il venait d'y penser :

« Veux-tu que je t'achète un sari ?

— Non – non, dit Lata.

— Le crêpe Georgette se drape mieux que la mousseline, tu ne trouves pas ? »

Lata ne répondit pas.

« Dernièrement, le grand chic c'est les pallus Ajanta. Les motifs sont si – si – inventifs – j'en ai vu un avec un dessin cachemire, un autre avec un lotus – » Mr Sahgal sourit. « Et avec ces cholis très courts, on voit la taille nue des femmes, dans le dos également. Penses-tu être une mauvaise fille ?

— Une mauvaise fille ?

— A table, tu as dit que tu étais une mauvaise fille, expliqua son oncle patiemment. Moi je ne le crois pas. Je crois que tu es une fille à rouge à lèvres. Es-tu une fille à rouge à lèvres ? »

Horrifiée, écœurée, Lata se rappela qu'il lui avait posé la même question alors qu'elle se trouvait à ses côtés dans sa voiture, cinq ans auparavant. Elle avait totalement enfoui ce souvenir. Elle avait quatorze ans à l'époque, et il lui avait demandé d'un ton calme, presque prévenant : « Es-tu une fille à rouge à lèvres ? »

Elle croyait alors que mettre du rouge à lèvres, ou fumer, était la marque de femmes effrontées et modernes, probablement au ban de la société. « Je ne le pense pas, avait-elle dit.

— Sais-tu ce qu'est une fille à rouge à lèvres ? avait demandé Mr Sahgal, une légère grimace déformant son visage.

— Quelqu'un qui met du rouge à lèvres ?

— Sur ses lèvres ? avait-il insisté.

— Eh bien oui.

— Non, pas sur ses lèvres – pas sur ses lèvres. » Mr Sahgal avait hoché la tête doucement et souri, comme s'il s'agissait d'une bonne plaisanterie, en la regardant droit dans les yeux.

A ce moment-là Kiran était revenue à la voiture – elle était allée acheter quelque chose – et ils avaient démarré. Mais Lata en avait été presque malade. Plus tard, elle s'était reproché d'avoir mal interprété les paroles de son oncle. Elle n'avait jamais parlé de l'incident, pas plus à sa mère qu'à quiconque, et l'avait oublié. Et voilà qu'à présent, il lui revenait.

« Je sais que tu es une fille à rouge à lèvres. En veux-tu un bâton ? dit Mr Sahgal, en remontant le long du lit.

— Non – s'écria Lata. Non – Mausaji – je vous en prie arrêtez –

— Il fait si chaud – il faut que j'enlève cette robe de chambre »

Non ! voulut hurler Lata. Mais elle ne put que dire : « Non, s'il vous plaît, Mausaji. Je – je vais crier – ma mère a le sommeil léger – allez vous-en – allez vous-en – Ma – Ma – »

L'horloge sonna une heure.

Mr Sahgal ouvrit la bouche. Ne dit rien. Puis soupira. Il paraissait de nouveau très fatigué. « Je te croyais intelligente, dit-il enfin, d'un ton déçu. A quoi penses-tu ? Si tu avais un père pour t'élever convenablement, tu ne te conduirais pas ainsi. » Il se leva. « Il faut que je fasse mettre une chaise dans cette chambre, dans un hôtel de luxe il doit y en avoir dans chaque chambre. » Il faillit toucher les cheveux de Lata, mais perçut peut-être la terreur qui l'étreignait. Au lieu de quoi, il prit un air indulgent. « Je sais que tout au fond de toi, tu es une bonne fille. Dors bien. Dieu te bénisse.

— Non ! » faillit hurler Lata

En entendant ses pas s'éloigner dans le couloir, Lata se mit à trembler. « Dors bien. Dieu te bénisse. » C'est ce que son père lui disait, à elle « son petit singe ». Elle éteignit, pour rallumer aussitôt, aller à la porte et découvrir qu'elle ne fermait pas à clef. Elle attrapa sa valise et la plaça contre la porte. Elle but un verre d'eau, de la cruche placée à côté de son lit. Enfouit son visage dans le mouchoir de sa mère.

Elle revoyait son père. Pendant les vacances scolaires, quand il revenait de son travail, il lui demandait de préparer le thé. Elle l'adorait, et elle vénérait sa mémoire. Toujours joyeux, le soir, il aimait avoir toute la famille autour de lui. Au moment de sa mort à Calcutta, à l'issue d'une longue maladie de cœur, elle se trouvait au couvent à Mussourie. Les religieuses s'étaient montrées très bonnes, l'avaient dispensée de l'examen prévu pour ce jour-là et lui avaient même offert une anthologie de poésies qui figurait toujours au nombre de ses biens les plus précieux. L'une d'entre elles avait dit : « Nous sommes si désolées – il était très jeune pour mourir. – Oh non, avait répliqué Lata, il était très vieux. Il avait quarante-sept ans. » Et pourtant, elle ne parvenait pas à le croire. Le trimestre se terminerait bientôt et elle rentrerait chez elle, comme d'habitude. Elle n'arrivait pas à pleurer.

Un mois plus tard, Mrs Rupa Mehra était venue à Mussourie. Prostrée dans sa douleur, elle avait été dans l'incapacité de venir plus tôt, même pour voir sa fille. Vêtue de blanc, elle ne portait plus de tika sur le front. C'est ce détail qui remit les choses en place pour Lata, et elle pleura.

« Il était très vieux. » A quoi répondit, dans sa tête, la voix de son oncle : « Tu étais très jeune. » Elle éteignit de nouveau, resta étendue dans le noir.

Elle ne pouvait parler à personne de ce qui s'était passé. Mrs Sahgal était en adoration devant son mari ; d'ailleurs pouvait-elle savoir ce qu'il était réellement ? Ils faisaient chambre à part : Mr Sahgal travaillait souvent très tard. Quant à sa mère, elle ne voudrait jamais la croire – ou alors elle s'imaginerait – se forcerait à imaginer – que Lata avait dramatisé d'innocents événements. Et à supposer qu'elle la crût, que pouvait-elle faire ? Détruire le bonheur stupide de Maya en dénonçant son mari ?

Ni sa mère ni Savita, se souvenait Lata, ne l'avaient averti de ce qu'était la menstruation jusqu'à ce que ça lui arrive, soudain, pendant un voyage en train. Elle avait douze ans. Son père était mort, elles ne voyageaient plus en wagon-salon mais dans la classe intermédiaire entre la seconde et la troisième. Il faisait une chaleur de fin d'été – comme à présent, la mousson n'avait pas encore éclaté. Pour une raison quelconque, elle voyageait seule avec sa mère. Eprouvant un sentiment d'inconfort, elle s'était rendue aux toilettes – et lorsqu'elle vit ce dont il s'agissait, elle crut qu'elle était en train de mourir d'une hémorragie. Affolée, elle était revenue en courant dans son compartiment. Sa mère lui avait donné un mouchoir pour absorber l'écoulement et, très embarrassée, lui avait recommandé de ne parler à personne, surtout pas aux hommes, de ce qui lui arrivait. Lata se demandait quelle faute elle avait commise pour mériter cela. Jusqu'à ce qu'enfin sa mère lui dise de ne pas s'alarmer – que cela arrivait à toutes les femmes – que c'est ce qui rend les femmes si particulières et si précieuses – et que cela se renouvellerait tous les mois.

« Tu as ça, toi aussi ? avait demandé Lata.

— Oui. Avant j'utilisais des linges, maintenant j'ai des serviettes ouatées. Je vais t'en passer, j'en ai quelques-unes au fond de la valise. »

Par cette forte chaleur, c'était poisseux, vraiment très inconfortable, mais il fallait bien le supporter. Et ça ne s'était pas arrangé avec les années. Les maux de tête, les saignements irréguliers, qui survenaient juste avant les examens – Lata ne voyait pas ce que cela avait de si particulier, ni de si précieux. Quand elle avait demandé à Savita pourquoi elle ne lui avait rien dit auparavant, sa sœur s'était exclamée : « Mais je croyais que tu le savais. Moi je le savais avant que ça ne m'arrive. »

L'horloge au fond du couloir sonna trois coups, Lata ne dormait toujours pas. A nouveau, terrorisée, elle retint son souffle : des pas étouffés se rapprochaient, elle savait qu'ils allaient s'arrêter devant sa porte. Oh Ma, Ma –

Mais les pas continuèrent, vers l'extrémité du couloir, vers les chambres de Pushkar et de Kiran. Peut-être Mr Sahgal voulait-il s'assurer que son fils allait bien. Dans l'attente du bruit des pas refaisant le trajet inverse, Lata ne pouvait s'endormir. Et ce ne fut que deux heures plus tard, juste avant cinq heures du matin, qu'ils repassèrent puis s'éloignèrent, après une petite pause devant sa porte.

9.17

Le lendemain matin, Mr Sahgal n'était pas au petit déjeuner.

« Sahgal Sahib ne se sent pas bien. Il travaille trop, expliqua sa femme.

— Maya, tu dois lui dire de se détendre, dit Mrs Rupa Mehra. C'est le surcroît de travail qui a tué mon mari. Et au bout du compte, à quoi bon ? Certes, il faut travailler, mais trop c'est trop. Lata, pourquoi ne manges-tu pas ton toast ? Il va être froid. Regarde, Maya Masi a fait ce beurre blanc que tu aimes tant. »

Mrs Sahgal sourit doucement. « Elle a l'air si fatiguée, si soucieuse, pauvre petite. A mon avis, elle est déjà amoureuse de H. Alors elle ne dort pas de la nuit. » Elle poussa un soupir de contentement.

Lata beurra son toast en silence.

Sans l'aide de son père, Pushkar se débattait avec son

toast. Kiran, qui paraissait aussi endormie que Lata, vint lui prêter main-forte.

« Comment fait-il pour se raser ? demanda Mrs Rupa Mehra à voix basse.

— C'est Sahgal Sahib qui l'aide – ou l'un des domestiques. Mais Pushkar préfère que ce soit nous. Oh Rupa, j'aimerais tellement que tu puisses rester quelques jours de plus. Nous avons tant de choses à nous dire. Et nos filles apprendraient à mieux se connaître.

— Non ! » coupa Lata, avant même de prendre le temps de réfléchir Elle paraissait apeurée, dégoûtée.

Kiran laissa tomber le couteau sur l'assiette de Pushkar et se rua hors de la pièce.

« Lata, excuse-toi sur-le-champ, dit Mrs Rupa Mehra. Qu'est-ce que cela veut dire ? As-tu perdu tout sens des convenances ? »

Lata faillit dire que ce qu'elle voulait, c'était ne pas rester plus longtemps dans cette maison et qu'elle n'avait pas eu l'intention de blesser Kiran, mais réfléchit que ce serait remplacer une offense par une autre. Alors elle demeura bouche fermée et tête baissée.

« M'as-tu entendue ? » La voix de Mrs Rupa Mehra avait monté d'un cran.

« Oui.

— Oui qui ?

— Oui, Ma. Je t'ai entendue, je t'ai entendue, je t'ai entendue. »

Lata se leva et alla dans sa chambre. Mrs Rupa Mehra n'en croyait pas ses oreilles.

Pushkar se mit à chantonner et à enfourner dans sa bouche les petits morceaux de toast que sa sœur lui avait coupés et beurrés. L'affliction se peignit sur les traits de Mrs Sahgal.

« Si seulement Sahgal Sahib était là. Il sait ce qu'il faut faire avec les enfants.

— Lata se conduit parfois comme une écervelée, dit Mrs Rupa Mehra. Mais ça ne se passera pas comme ça. » Puis, à la réflexion, se trouvant un peu trop dure : « Il est vrai que Kanpur a été une épreuve pour elle. Pour moi aussi, bien entendu. Elle ne se rend pas compte des efforts que je fais pour elle. *Lui* seul savait les apprécier.

— Finis ton thé, d'abord, ma Rupa », dit Mrs Sahgal.

Quand, quelques minutes plus tard, Mrs Rupa Mehra rejoignit Lata dans sa chambre, elle la trouva endormie. Et il fallut la réveiller pour qu'elle assiste au déjeuner.

A table, Mr Sahgal lui sourit. « Regarde ce que j'ai pour toi », fit-il en lui tendant un petit paquet carré, plat, enveloppé d'un papier rouge décoré de houx, de cloches et autres accessoires de Noël.

« Comme c'est beau ! » s'exclama Mrs Rupa Mehra, sans savoir ce que c'était.

De colère et d'embarras, les oreilles de Lata s'empourprèrent.

« Je n'en veux pas. »

Le choc empêcha Mrs Rupa Mehra de parler.

« Ensuite nous pouvons aller au cinéma. Nous avons le temps avant l'heure de départ de votre train. »

Lata le fixa.

Mrs Rupa Mehra, à qui on avait appris qu'on doit attendre d'être seul pour ouvrir un cadeau, oublia ses bonnes manières.

« Ouvre-le, ordonna-t-elle.

— Je ne veux pas. Ouvre-le toi-même. » Elle fit glisser le paquet à travers la table. Quelque chose cliqueta à l'intérieur.

« Jamais Savita ne se conduirait comme ça, dit sa mère. Et Mausaji t'a réservé son après-midi. Afin que Maya et moi ayons le temps de parler. Tu ignores tout l'intérêt qu'il te porte. Il n'arrête pas de dire que tu es très intelligente, mais je commence à en douter. Dis merci.

— Merci. » Lata se sentait salie, humiliée.

« Et tu me raconteras le film quand tu rentreras.

— Je n'irai pas au cinéma.

— Quoi ?

— Je n'irai pas au cinéma.

— Mais Mausaji sera avec toi – de quoi as-tu peur ? » fit sa mère, qui décidément ne comprenait pas le comportement de sa fille.

Il y avait de la jalousie dans le regard que Kiran lança à

Lata. « Elle est comme ma propre fille, dit Mr Sahgal. Je veillerai à ce qu'elle ne mange pas trop de glaces et autres choses mauvaises pour la santé.

— Je n'irai pas ! » cria Lata, d'une voix où se mélangeaient le défi et la panique.

Mrs Rupa Mehra se débattait avec le paquet. A ce cri de rébellion, elle ne réussit plus à maîtriser ses doigts. D'ordinaire, elle prenait grand soin à défaire les emballages, de façon à pouvoir réutiliser le papier : pour le coup, elle le déchira.

« Regarde ce que tu m'as fait faire », commença-t-elle, mais en découvrant le contenu, elle se tourna, perplexe, vers Mr Sahgal.

Elle tenait entre les mains un puzzle en plastique rouge dans une boîte transparente. Un labyrinthe carré autour duquel s'entrechoquaient sept petites boules argentées qu'il fallait réussir à rassembler au milieu.

« Elle est si intelligente que j'ai pensé à lui donner un puzzle. Normalement, elle devrait pouvoir le faire en cinq minutes. Mais dans le train, ça bouge tellement qu'il lui faudra une heure. » Mr Sahgal s'expliquait de sa voix douce. « Le temps passe si lentement parfois.

— Quelle, marque d'attention », murmura Mrs Rupa Mehra, légèrement renfrognée.

Lata prétendit avoir mal à la tête et retourna dans sa chambre. En fait, elle se sentait malade – une douleur au creux de l'estomac.

9.18

La voiture de Mr Sahgal les conduisit à la gare en fin d'après-midi. Il travaillait et ne les accompagna pas. Kiran, Pushkar et Mrs Sahgal se tinrent à l'arrière, Mrs Sahgal n'arrêtant pas de bavarder pour ne rien dire.

Soudain, sur le quai, au milieu de la foule, Haresh apparut.

« Bonjour, Mrs Mehra. Bonjour, Lata.

— Haresh ? Je vous avais dit de ne pas venir. Et de m'appeler Ma », ajouta-t-elle machinalement.

Haresh sourit, heureux de la surprise qu'il avait créée.

« Mon train pour Cawnpore part dans un quart d'heure, alors j'ai pensé venir vous aider. Où est votre porteur ? »

Il les installa dans leur compartiment, s'assura que le sac noir de Mrs Rupa Mehra était à la fois à portée de main et à l'abri des voleurs.

Mrs Rupa Mehra était vexée ; elle avait dû batailler contre elle-même pour acheter des billets de première classe pour le trajet Kanpur-Lucknow, mais s'était dit qu'elle devait produire une certaine impression sur son éventuel gendre. Or voilà qu'il découvrait qu'habituellement, elles ne voyageaient même pas en seconde classe : en classe intermédiaire. De fait, Haresh fut troublé. Après tous les discours de Mrs Rupa Mehra sur les wagons-salons et son fils cadre chez Bentsen Pryce, il s'attendait à un autre style.

Mais quelle importance cela a-t-il ? se dit-il. La fille me plaît.

Lata, qui au premier abord avait semblé heureuse – soulagée même – de le voir, à présent paraissait lointaine, à peine consciente de la présence de sa mère, de sa tante, encore moins de la sienne.

Le coup de sifflet annonçant le départ du train rappela à Haresh une scène qu'il avait déjà vécue. Cela se passait à peu près à la même heure, il faisait chaud, donc il ne devait pas y avoir très longtemps. Il se tenait sur le quai d'une gare pleine d'animation, il allait prendre un train, et il avait failli perdre son coolie dans la foule. Une femme d'âge moyen, qui lui tournait à moitié le dos, montait dans un autre train, suivie d'une compagne plus jeune. Le visage de cette jeune femme – il savait maintenant qu'il s'agissait de Lata – reflétait une telle intensité, une telle intériorité, de la colère aussi peut-être ou de l'angoisse, qu'il en avait eu le souffle coupé. Un homme les escortait, le jeune homme qu'il avait rencontré à la soirée de Sunil Patwardhan – ce professeur d'anglais dont le nom lui échappait. Brahmpur – voilà, c'est là qu'il les avait vues pour la première fois. Il le savait, il le savait, maintenant tout lui revenait. Il ne s'était pas trompé. Il sourit, et ses yeux disparurent.

« Brahmpur – un sari bleu pâle », fit-il, comme pour lui-même.

A travers la vitre, Lata lui jeta un regard interrogateur.

Le train s'ébranla.

Haresh secoua la tête, souriant toujours. Même si le train était resté à quai, il n'aurait probablement rien ajouté.

Il agita la main tandis que le train s'éloignait, mais ni la mère ni la fille ne lui rendirent son salut. Optimiste de nature, Haresh mit cela sur le compte d'une réserve amplifiée par leur anglicisation.

Un sari bleu, c'était donc ça, ne cessait-il de se répéter.

9.19

Haresh avait passé la journée à Lucknow chez la sœur de Simran. Il lui raconta qu'il avait rencontré une femme, pas plus tard qu'hier, qui – puisqu'il n'avait la moindre chance de l'emporter auprès de Simran – lui semblait être du bois dont on fait les épouses.

Il ne le dit pas exactement dans ces termes ; mais l'eût-il fait que cela n'aurait rien eu d'offensant en soi. La plupart des mariages qu'il connaissait s'étaient conclus sur de telles bases, la décision ne provenant pas du couple lui-même mais de ses aînés : pères ou chefs des familles concernées – avec les conseils recherchés ou imposés de douzaines d'autres intervenant dans le circuit. Dans le cas d'un vague cousin de Haresh, à la campagne, l'intermédiaire avait été le barbier du village. Il avait ainsi arrangé son quatrième mariage de l'année, rôle que lui facilitait son accès auprès de la majeure partie des familles du lieu.

La sœur de Simran lui marqua sa compréhension. Elle savait pendant combien de temps et avec quelle fidélité il avait aimé sa sœur, et elle avait le sentiment que le cœur de Haresh battait toujours pour elle.

Pour Haresh, ce n'était pas là une simple métaphore. Simran possédait son cœur. Elle pouvait en faire ce qu'elle voulait, il l'aimerait toujours. Il avait vu le plaisir dans les yeux de Simran à chacune de leurs rencontres – et aussi la tristesse sous-jacente à ce plaisir – mais la certitude que ses parents ne céderaient jamais, qu'ils rompraient plutôt avec elle, que sa mère, émotive à l'excès, était capable de mettre à exécution la menace d'attenter à ses jours dont elle parlait dans toutes ses lettres et tous les jours quand sa fille était à la maison – tout cela avait usé Simran. Sa correspondance, irrégulière en Angleterre (surtout parce que les réponses de Haresh lui-même lui parvenaient au hasard des visites de l'ami chez qui elles étaient adressées), le devint de plus en plus. Il se passait parfois des semaines sans que Haresh entende parler d'elle ; puis il recevait trois lettres en quelques jours.

Sa sœur savait que Simran souffrirait beaucoup d'apprendre que Haresh avait décidé de vivre avec quelqu'un d'autre – ou même y songeait. Elle-même aimait beaucoup le jeune homme – bien qu'il fût le fils d'un Lala, terme méprisant par lequel les sikhs désignent les hindous. Leur frère à toutes deux avait fait partie de la conspiration. Du même âge que Haresh, il était allé à dix-sept ans chanter des ghazals sous les fenêtres de Simran pour le compte de son ami, un jour que celui-ci tentait d'apaiser celle-là, fâchée on ne sait pourquoi. Haresh avait engagé le frère car, bien qu'il aimât la musique et crût qu'elle a le pouvoir de toucher les cœurs les plus endurcis, il possédait une voix que même sa chère Simran (qui pourtant aimait bien l'entendre parler) avait qualifiée de fausset

« Haresh, est-ce que tu as pris ta décision ? » demanda, en punjabi, la sœur de Simran. Elle avait fait un mariage arrangé avec un officier sikh.

« Ai-je le choix ? répliqua Haresh. Tôt ou tard, il faudra bien que je pense à quelqu'un. Le temps passe, j'ai vingt-huit ans. Et c'est pour son bien aussi : tant qu'elle ne saura pas que je suis marié, elle refusera tous ceux que lui présenteront vos parents. »

Les yeux de Haresh s'embuèrent. La sœur de Simran lui tapota l'épaule.

« Quand t'es-tu convaincu que cette fille pouvait te convenir ?

— A la gare de Kanpur. Elle buvait cette boisson au chocolat – tu sais, le "Poulain". » A l'air que prit la sœur de Simran, Haresh comprit qu'elle souhaitait se voir épargner les détails.

« As-tu fait une proposition ?

— Non. Nous sommes convenus de nous écrire. C'est sa mère qui a arrangé la rencontre. Elles sont à Lucknow en ce moment, mais elles n'ont pas semblé avoir envie de m'y voir.

— As-tu écrit à ton père ?

— Je vais le faire ce soir, une fois rentré à Kanpur.

— Ne préviens pas encore Simran.

— Pourquoi ? Il faudra bien que je le lui dise tôt ou tard.

— Si ton projet n'aboutit pas, tu lui auras fait de la peine pour rien.

— D'accord », dit-il, non sans réticence. Il savait que Simran le connaissait trop bien pour ne pas sentir au ton de ses lettres que quelque chose était en train de se passer dans sa vie, qui allait peut-être les séparer pour toujours.

9.20

La sœur de Simran en vint ensuite à parler d'elle-même. Son jeune fils Monty (âgé de trois ans) décrétait qu'il voulait entrer dans la marine, et son mari (fou de l'enfant) prenait ça très mal. Il y voyait une marque de défiance de l'enfant à son égard, et du coup faisait la tête. Quant à elle, elle attribuait le choix de Monty au plaisir qu'il avait à jouer avec des bateaux dans sa baignoire et à ce qu'il n'en était pas encore aux soldats de plomb.

Il avait aussi des difficultés à prononcer certains mots ; l'autre jour, par exemple, parlant en anglais et non en punjabi, il avait dit, pataugeant dans son élément favori après une de ces courtes averses qui annoncent la mousson, qu'il voulait aller « au miyeux de la male ». Selon sa mère, c'était là un effet d'une douceur native. Elle espérait que, dans quelques années, il conduirait ses hommes « au cœur de la bacale ». Monty écoutait tout cela avec un air de dignité offensée. De temps à autre, il tirait sur les doigts de sa mère pour qu'elle arrête de babiller.

N'ayant pas faim, Haresh décida d'aller voir un film au lieu de déjeuner. On donnait *Hamlet* au cinéma du quartier. Le film lui plut, mais l'indécision de Hamlet l'irrita.

Puis il se fit couper les cheveux, pour une roupie, se paya un paan et finalement se rendit à la gare. Ravi d'avoir réussi à rencontrer Lata et sa mère, il souffrit d'un cœur léger qu'elles ne le saluent pas de la main, et considéra comme de bon augure d'avoir pu relier les deux visions : celle de la gare de Brahmpur et celle de la gare de Lucknow.

Pendant le trajet du retour à Kanpur, Haresh sortit de sa serviette un bloc de papier à lettres bleu (avec « H.C. Khanna » gravé en tête de page) et un bloc-notes blanc, bon marché. Son regard se porta alternativement sur l'un et l'autre, sur la femme assise en face de lui, puis sur le paysage. Le soir tombait. Bientôt les lumières du train s'allumèrent. Finalement, il se dit qu'on ne pouvait pas écrire une lettre sérieuse dans un train bringuebalant. Il rangea le bloc de papier bleu.

Sur son bloc-notes, il écrivit : « A faire », raya, écrivit : « Se rappeler », raya, écrivit : « Actions à entreprendre. » Il se rendit compte qu'il se comportait tout aussi stupidement que Hamlet.

Après avoir dressé la liste des différents courriers à envoyer et des questions concernant le travail, il passa à des sujets d'ordre général, établit une troisième liste, sous le titre : « Ma vie. »

1. Me mettre au courant des nouvelles et des affaires du monde.

Dans ce domaine, face aux Mehra, il ne s'était pas montré à la hauteur. Mais son travail l'occupait tant que, parfois, il n'avait pas le temps de jeter un coup d'œil aux journaux.

2. Faire de la gymnastique au moins un quart d'heure tous les matins. Mais où trouver le temps ?
3. Faire de 1951 l'année décisive de ma vie.

4. Rembourser complètement oncle Umesh.
5. Apprendre à me contrôler. Apprendre à supporter les imbéciles, de gré ou de force.
6. Faire avancer convenablement l'affaire des bottines avec Kedarnath Tandon à Brahmpur.

Il raya ce dernier point et le porta sur la liste des questions concernant le travail.

7. Moustache ?

Il raya, réécrivit en rajoutant le point d'interrogation.

8. Prendre modèle sur de braves gens, comme Babaram.
9. Terminer la lecture des grands romans de T.H.
10. Essayer de tenir mon journal aussi régulièrement qu'avant.
11. Dresser la liste de mes cinq meilleures qualités et de mes cinq pires défauts. Conserver ces derniers, éradiquer les premières.

Il relut cette dernière phrase, non sans surprise, et la corrigea.

9.21

Il était tard quand il arriva Villa des Ormes. Pourtant Mrs Mason, qui parfois lui reprochait ses retards aux heures des repas (qui, disait-elle, indisposaient le personnel), se montra très accueillante.

« Mon dieu que vous avez l'air fatigué. Ma fille m'a dit comme vous avez été occupé. Et vous n'avez pas prévenu que vous resteriez absent plus d'une journée. Nous vous avons préparé le déjeuner. Et le dîner. Et de nouveau le déjeuner, aujourd'hui. Mais peu importe. Vous voilà enfin revenu, et c'est ce qui compte. Il y a du mouton, un bon et copieux rôti. »

Mrs Mason débordait de curiosité, mais se retint de lui poser des questions pendant qu'il mangeait. Il était à jeun depuis le matin.

Quand il eut fini, Mrs Mason se prépara à engager la conversation.

« Comment va Sophie ? » s'empressa de demander Haresh. Sophie était la chatte persane des Mason, sujet permanent de discussions animées.

Après cinq minutes sur les faits et gestes de Sophie, Haresh dit en bâillant : « Eh bien, bonne nuit Mrs Mason. Vous avez été très aimable de me garder mon dîner au chaud. Je crois que je vais aller me coucher. »

Laissant Mrs Mason sur sa faim, il monta dans sa chambre.

Quoique épuisé, il réussit à ne pas s'endormir avant d'avoir écrit trois lettres. Le reste attendrait le lendemain.

Il s'apprêtait à en rédiger une pour Lata quand, sentant le regard de Simran posé sur lui, il opta pour une autre – en fait une simple carte postale.

Elle était adressée à Bhaskar, le fils de Kedarnath Tandon.

> Cher Bhaskar,
>
> J'espère que tout va bien pour toi. Les mots que tu voulais connaître, d'après un de mes collègues chinois, sont wan et ee. Ce qui te donne, en multiples de dix : un, dix, cent, mille, wan, lakh, million, crore, ee, milliard. Si tu veux un mot spécial pour dix à la puissance dix, il faudra que tu l'inventes. Je suggère bhask.
>
> Transmets mon meilleur souvenir au Dr Durrani, à tes parents et à ta grand-mère. Demande aussi à ton père de m'envoyer le second modèle de bottines que m'avait promis l'homme de Ravidaspur. J'aurais dû les recevoir il y a une semaine au moins. Peut-être sont-elles en route.
>
> Affectueusement,
> HARESH CHACHA

La lettre suivante, d'une page et demie, était pour son père. Il y glissa un petit instantané de Lata, qu'il avait obtenu des Mehra. Il avait voulu prendre une photographie lui-même, mais n'avait su comment présenter la chose et s'en était abstenu.

Finalement, à Lata, il écrivit une lettre de trois pages sur son papier bleu. Il avait failli lui dire (ou plutôt leur dire), au moment du chocolat froid, qu'il savait qu'elle était la femme qui lui convenait, mais quelque chose l'avait retenu. Et il s'en félicitait à présent. Conscient que son pragmatisme ne l'empêchait pas d'être très impulsif. Il lui avait fallu une minute, à quinze ans, pour décider de quitter la maison familiale, et dix minutes pour partir. L'autre jour au marché, il avait engagé Mr Lee, le modéliste, sur-le-champ, bien que n'ayant aucune autorité pour le faire ; mais sûr qu'il était l'homme qui convenait pour exécuter les nouvelles commandes que lui, Haresh, ne manquerait pas d'apporter.

De la même façon (décision sinon digne d'éloges, du moins méritoire), il avait prêté de l'argent à un ami, à Patiala : une somme qui représentait un bon tiers de ses avoirs, et qu'il savait ne jamais revoir. Mais la décision qu'il devait prendre aujourd'hui concernait non ses capitaux mais sa propre personne. S'il se donnait, il ne pourrait jamais se récupérer.

Il regarda la photographie de Simran – rien n'aurait pu l'inciter à la placer ailleurs, pas même le fait qu'il s'apprêtait à rédiger sa première lettre à Lata. Que lui aurait-elle dit, quel conseil lui aurait-elle donné ? Elle lui voulait autant de bien qu'il lui en voulait à elle, et il savait qu'elle lui aurait indiqué la bonne voie à suivre.

« Considère les choses, Simran. J'ai vingt-huit ans. Il n'existe aucun espoir d'aboutissement entre nous. Il faut que je me fixe un jour. Si je dois me marier, autant le faire maintenant. Elles m'aiment bien. Du moins, la mère, j'en suis sûr ; et cela me change. »

Il consacra une page et demie de sa lettre à Lata à des considérations sur la fabrique de chaussures Praha, société tchèque implantée en Inde, avec son siège central à Calcutta et une immense usine à Prahapore, à une trentaine de kilomètres de là. Haresh voulait se faire connaître, en lui adressant des copies de ses diplômes, d'une relation mondaine de Mrs Rupa Mehra, un personnage qui occupait de hautes fonctions à l'intérieur de l'entreprise. Haresh voyait trois avantages à entrer chez Praha. On avait une meilleure chance de s'élever au sommet dans une société gérée de façon professionnelle. Il serait tout près de Calcutta, résidence principale des Mehra et où Lata, il s'en était assuré, passerait les vacances de Noël. En troisième lieu, il bénéficierait, pensait-il, d'un revenu supérieur à celui avec lequel il vivait actuellement. Il était prêt à oublier l'offre insultante qu'ils lui avaient faite précédemment d'un salaire à la semaine, en la considérant comme la réponse standard qu'ils envoyaient à qui les sollicitait sans leur être recommandé. Ce qu'il lui fallait, c'était retenir l'attention de quelqu'un au sommet.

Cela étant [continuait Haresh], j'espère, bien entendu, que vous avez fait un bon voyage et que vous avez été accueillies par tous ceux à qui vous avez manqué pendant votre longue absence de Brahmpur.

Laissez-moi vous remercier de votre visite à Cawnpore et du bon temps que nous avons passé ensemble. Il n'y a eu entre nous ni fausse honte, ni fausse modestie, et je suis persuadé que nous pouvons, à tout le moins, devenir très amis. J'apprécie beaucoup votre franchise, votre façon de voir les choses. Et j'ai rencontré peu de jeunes filles anglaises parlant aussi bien l'anglais que vous. Ces qualités, qui vont avec votre façon de vous habiller, votre personnalité, font de vous une personne au-dessus de la moyenne. Les éloges que Kalpana fait de vous sont tout à fait justifiés. Tout ce que je dis là peut ressembler à de la flatterie, mais j'écris ce que je ressens. Je viens d'envoyer à mon beau-père votre photographie, en lui disant l'impression que vous m'avez faite pendant les quelques heures que nous avons passées ensemble. Je vous informerai de sa réaction.

Avec deux autres paragraphes consacrés à des généralités, la lettre fut terminée. Haresh prit une enveloppe et rédigea l'adresse. Plus tard, allongé sur son lit, l'idée le traversa que les Mehra avaient certainement vu la photographie de Simran, dans son cadre d'argent, sur son bureau. Il n'y avait pas pensé, en les invitant Villa des Ormes. La photo faisait partie de sa chambre, au même titre que son lit. La mère et la fille en avaient sans doute discuté entre elles. Il se demanda ce qu'elles avaient bien pu dire, bien pu penser. Mais il s'endormit avant de se poser plus longtemps la question.

Quelques jours plus tard, en arrivant le matin à l'usine, Haresh découvrit que Rao avait accaparé Lee pour un travail quelconque.

« J'ai besoin de Lee, dit Haresh sèchement, pour la commande HSH. »

Les yeux, et jusqu'au nez pointu de Rao, manifestèrent leur aversion. « Vous l'aurez quand il en aura fini avec moi. Il va travailler pour moi toute la semaine. »

Témoin de la scène, Lee était très embarrassé. Il avait de la considération pour Haresh, à qui il devait son emploi, et aucune pour Rao, lequel cependant avait le pas sur Haresh dans la hiérarchie de la société.

Un feu d'artifice spectaculaire marqua la conférence hebdomadaire, en fin de matinée, dans le bureau de Mukherji.

Celui-ci félicita Haresh pour avoir décroché le contrat HSH, tout juste confirmé. Sans cette commande, l'usine aurait connu une passe difficile.

« Mais, ajouta-t-il, il faut coordonner le travail avec Sen Gupta.

— Pour sûr », dit celui-ci, ravi. Censé avoir la main sur l'emploi du temps et le personnel, ce paresseux de Sen Gupta n'aimait rien tant que chiquer du paan en retardant tout travail urgent. Attendre de lui autre chose que de fixer de ses gros yeux injectés de sang un dossier taché de salive rouge, c'était attendre qu'un stupa explose. Sen Gupta avait fait la tête en entendant Mukherji complimenter Haresh.

« Il va falloir que nous en mettions un coup, hein, Sen Gupta ? poursuivit le patron de l'usine. Khanna, fit-il à Haresh, Sen Gupta n'a pas apprécié que vous vous mêliez d'organiser le travail. Surtout dans la fabrication. Il estime que vous auriez dû embaucher de meilleurs ouvriers, à meilleur marché, et plus rapides. »

En fait, Sen Gupta crevait d'envie.

Plus rapides ! Sen Gupta ! se dit Haresh.

« A propos de personnel, fit-il à voix haute, décidé à mettre les choses au point, j'aimerais remettre Lee sur la commande HSH. » Il regarda Rao.

« Remettre ? » Mukherji porta les yeux alternativement sur Haresh et Rao.

« Oui, Mr Rao a décidé de – »

Rao le coupa. « Je vous le rendrai dans une semaine. Pas la peine de soulever ce point à cette conférence. Mr Mukherji a d'autres chats à fouetter.

— J'en ai besoin maintenant. Si nous n'exécutons pas cette commande, croyez-vous qu'ils vont venir chapeau bas nous supplier de fabriquer plus de chaussures pour eux ? Ne pouvons-nous pas respecter nos propres priorités ? Lee a le souci de la qualité. J'ai besoin de lui tant pour dessiner le modèle que pour le choix du cuir.

— Moi aussi, je me soucie de qualité, dit Rao, l'air écœuré.

— Autre chose, enchaîna Haresh avec passion. Vous me prenez mes ouvriers quand j'ai le plus besoin d'eux. Il y a seulement deux jours, deux de mes metteurs en forme ont été affectés à votre atelier, parce que vos hommes n'avaient pas fait leur travail à temps. Incapable d'imposer une discipline chez vous, vous mettez la pagaïe chez moi. La qualité est la dernière chose dont vous vous souciez. » Haresh s'adressa à Mukherji : « Pourquoi le laissez-vous faire ? C'est vous le patron. »

Certainement trop direct, mais Haresh était à bout. « Je ne peux pas travailler si on m'enlève mes ouvriers et mon modéliste, conclut-il.

— Votre modéliste, s'écria Sen Gupta. Votre modéliste ? Vous n'aviez aucune autorité pour embaucher Lee. Pour qui vous prenez-vous ?

— Ce n'est pas moi, c'est Mr Mukherji qui l'a embauché, avec l'accord de Mr Ghosh. Je n'ai fait que le repérer. Lui au moins est un professionnel. Comparez ce qui se passe ici avec ce qui se passe chez Praha ou James Hawley ou Cooper Allen. Comment garderons-nous nos clients si nous n'exécutons pas les commandes en temps voulu ? Ou si notre qualité est au-dessous de la moyenne ? On fabrique de meilleures bottines dans les taudis de Brahmpur. Ce qu'il nous faut ce sont des gens qui s'y connaissent en chaussures, pas en politique. Des gens qui travaillent et ne la ramènent pas.

— Non-professionnel ? dit Sen Gupta, déformant quelque peu la remarque de Haresh. Mr Ghosh sera mis au courant ! Vous nous traitez de non-professionnels ? Vous verrez, vous verrez.

— Parfaitement, des non-professionnels », affirma Haresh, excédé.

De rage, Sen Gupta gonfla les joues, une langue rouge sortit de sa bouche ouverte : « Vous avez la tête enflée, trop grosse pour votre chapeau. »

Quitte à gaffer, Haresh gaffa carrément : « Vous me poussez à bout, mais c'est vous qui avez commencé. Vous manquez de métier en toute circonstance, et vous êtes un des pires fricoteurs que je connaisse, sans oublier Rao.

— Bien sûr », dit Mukherji, tâchant de jouer les conciliateurs, quoique blessé par le mot que Sen Gupta avait arraché à Haresh et le prenant dans un sens que Haresh, au moins au début, ne lui avait pas donné. « Bien sûr nous pouvons améliorer les choses dans le secteur où nous sommes faibles. Mais parlons calmement. » Il se tourna vers Rao : « Vous êtes dans la maison depuis longtemps, vous y étiez même avant que Mr Ghosh ne l'achète. Chacun vous respecte, Sen Gupta et moi, en comparaison, sommes des nouveaux venus. » Puis à Haresh : « Et tout le monde vous admire d'avoir décroché la commande HSH. » Enfin il dit à Sen Gupta : « Restons-en là », ajoutant quelques mots apaisants en bengali.

Mais Sen Gupta ne voulait pas la paix. « Sous prétexte que vous avez marqué un point, hurla-t-il à Haresh, agitant les mains en tous sens, vous vous prenez pour le grand manitou. » Haresh, que ce spectacle ridicule exaspérait et écœurait, le coupa :

« Je ferais un bien meilleur dirigeant que vous, c'est certain. Cette maison est gérée comme une poissonnerie bengali. »

Paroles proférées au plus fort de la dispute, mais paroles irrévocables. Elles scandalisèrent Rao, qui n'était d'ailleurs pas bengali ; permirent à Sen Gupta de triompher dans l'indignation. L'insulte visant à la fois le Bengale et le poisson ne plut pas non plus à Mukherji.

« Vous êtes surmené », dit-il à Haresh.

Dans l'après-midi, il le fit appeler dans son bureau. Pensant qu'il s'agissait de la commande HSH, Haresh prit avec lui le dossier concernant le travail de la semaine et les projets en cours. Mais Mr Mukherji lui dit que la commande HSH serait traitée par Rao.

Sous le poids de cette injustice, Haresh secoua la tête, comme pour effacer ces derniers mots.

« Je me suis arraché les tripes pour décrocher cette commande, Mr Mukherji, vous le savez. Elle a changé le destin de cette usine. Vous aviez bel et bien dit que je m'en occuperais, dans mon atelier, sous ma direction. Je l'ai annoncé à mes ouvriers. Que vais-je leur dire maintenant ?

— Désolé. On a pensé que vous aviez suffisamment de quoi vous occuper. Mieux vaut que votre atelier démarre lentement, prenne bien ses marques : alors il pourra s'atteler à un gros travail comme celui-ci. HSH nous passera d'autres commandes. Et, de toute façon, votre autre projet m'intéresse aussi. Chaque chose en son temps.

— Le nouvel atelier n'a aucun problème, aucun. Il fonctionne déjà mieux que les autres. Et j'ai mis au point les derniers détails dès la semaine dernière. Voyez ! » Il ouvrit son dossier. Mr Mukherji hocha la tête.

Haresh continua, la voix enflant de colère : « Ils ne nous passeront pas d'autres commandes si nous salopons celle-ci. Confiez-la à Rao et il bousillera le travail. J'avais tout fait pour que nous puissions livrer quinze jours avant l'échéance. »

Mukherji soupira : « Khanna, vous devez apprendre à garder votre sang-froid.

— Je vais en référer à Ghosh.

— C'est Mr Ghosh qui a donné cet ordre.

— Impossible. Il n'aurait pas eu le temps. »

Mukherji prit un air chagrin. « A moins, poursuivit Haresh, que ce soit Rao qui ait téléphoné à Ghosh, à Bombay. Ça doit être ça. Je ne crois pas que cela vienne de vous.

— Je refuse de parler de ça, Khanna.

— Les choses n'en resteront pas là. Je ne veux pas en rester là.

— Je suis désolé. » Mukherji aimait bien Khanna.

Haresh revint à son bureau. Le coup était rude. Il avait

misé sur cette commande. Il avait d'abord compté en retirer plus que ce qu'il y avait investi, histoire de montrer ce que lui et son nouvel atelier pouvaient faire – fabriquer quelque chose de tout premier ordre pour cette société dont il n'était qu'un employé. En repensant au mépris de Rao et à la jubilation de Sen Gupta, il eut l'âme brisée. C'était insupportable, et il ne le supporterait pas.

Tout démoralisé qu'il fût, il n'entendait pas baisser les bras, ni laisser cette injustice gâcher sa vie professionnelle. Il devait, certes, son premier emploi à Ghosh – une embauche rapide, qui plus est – et il lui en était reconnaissant. Mais une telle injustice balayait son sens de la loyauté. C'était comme si, ayant sauvé un enfant du feu, celui-ci le récompensait en l'y jetant à son tour. Il ne garderait ce boulot que tant qu'il en aurait besoin. Si, avec un salaire de trois cent cinquante roupies, il pensait avoir du mal à faire vivre une femme, que ferait-il sans salaire du tout ? Pour l'instant, il n'avait pas reçu de propositions de ceux à qui il avait demandé du travail. Mais bientôt, il en sortirait quelque chose. Quoi ? N'importe quoi. Il prendrait ce qui se présenterait.

Il ferma la porte de son bureau, presque toujours ouverte, et s'assit pour réfléchir encore.

9.23

Dix minutes plus tard, Haresh décida de passer à l'action.

Il avait un temps caressé l'idée de travailler chez James Hawley. Il voulait maintenant tenter d'y décrocher un emploi aussi vite que possible. Il tenait cette maison en haute estime, sans compter qu'elle avait son siège à Kanpur. L'usine James Hawley, dotée d'un matériel ultra-moderne, produisait des chaussures d'une qualité supérieure à celle dont se contentait la SCC. Si Haresh vénérait une divinité, c'était la Qualité. Au fond de lui, il sentait que, chez James

Hawley, on apprécierait davantage son savoir-faire, et qu'on le traiterait moins cavalièrement.

Mais, comme d'habitude, le tout était d'y entrer. Comment glisser un pied dans l'entrebâillement de la porte – ou, pour changer de métaphore, avoir l'oreille de quelqu'un à la direction. Le président du groupe Cromarty était Sir Neville Maclean ; le directeur général, Sir David Gower ; et le directeur de la filiale James Hawley, avec sa vaste usine de Kanpur (produisant rien de moins que 30 000 paires de chaussures par jour), encore un Anglais. Pas question de s'y présenter tout bonnement et de demander à parler à quelqu'un.

Après mûre réflexion, il se décida à rencontrer le fameux Pyare Lal Bhalla, khatri comme lui, un des premiers de la caste à s'être mis dans la chaussure. Son entrée dans cette industrie, son ascension jusqu'à la haute position qu'il occupait, étaient en elles-mêmes toute une histoire.

Pyare Lal Bhalla venait de Lahore. D'abord simple marchand de chapeaux et de vêtements pour enfants importés d'Angleterre, il avait étendu son commerce aux vêtements de sport et aux tissus. C'était un homme très capable, dont le commerce avait prospéré sous sa propre impulsion comme par le bouche à oreille de ses principaux clients. On pouvait imaginer qu'un agent de chez James Hawley, partant pour l'Inde, s'entendrait dire par un de ses collègues de club : « Si vous allez à Lahore et que votre homme au Pendjab vous déplaise, regardez un peu du côté de Peary Loll Buller. A ma connaissance, il ne fait pas dans la chaussure, mais c'est un vendeur de premier ordre, et il pourrait fort bien s'en tirer. Et vous de même, naturellement. Je vais lui mettre un mot l'avisant de votre visite. »

Tout végétarien qu'il fût (il tolérait les champignons quoiqu'en leur trouvant quelque similitude avec la viande), il n'en avait pas moins sauté sur l'occasion de devenir l'agent pour le Pendjab (avant la Partition) de la James Hawley & Cie. Sans doute le cuir était-il matière impure et, non moins certainement, nombre de ces animaux qui continuaient à vivre à titre posthume au bout des pieds humains n'étaient pas morts de leur « belle mort », mais massacrés. Bahlla disait qu'il n'avait rien à voir avec cette tuerie. Il n'était qu'un simple vendeur. La ligne de partage était nette. Les Anglais faisaient ce qu'ils faisaient, lui de même.

Sans doute souffrait-il de leucodermie, ce que nombre de gens tenaient pour une marque de la colère divine : n'avait-il pas souillé son âme en prenant des vies animales ? D'autres, pourtant, le courtisaient, pour sa formidable réussite et sa fortune non moins formidable. De concessionnaire au Pendjab, il était devenu concessionnaire pour toute l'Inde. Il s'installa à Kanpur, le quartier général de James Hawley. Bientôt non seulement il vendit leurs chaussures, mais il les conseilla sur les modèles à diffuser, les incita à combiner leurs fabrications. C'est grâce à sa perspicacité que les produits James Hawley prospéraient, et il prospérait du fait que la maison dépendait de lui

Bien entendu, pendant la guerre, la maison s'était entièrement consacrée à la chaussure militaire. Ça ne concernait pas directement Bhalla, mais James Hawley – autant par honnêteté que par intérêt à long terme – continua à lui payer ses commissions. La guerre finie, de nouveau propulsé par le génie commercial de Pyare Lal Bhalla, James Hawley revint à la production civile. C'est ce qui intéressait Haresh, lui qui avait étudié à l'Institut technologique des Midlands.

Moins d'une heure après avoir appris qu'on lui enlevait la commande HSH, Haresh pédala jusqu'aux bureaux de Pyare Lal Bhalla. « Bureaux » est un grand mot pour désigner le bric-à-brac de petites pièces qui constituaient à la fois sa résidence, ses locaux commerciaux, sa boutique et sa pension, le tout occupant le premier étage d'un immeuble donnant sur Meston Road, la surpeuplée.

Haresh monta l'escalier. Il agita un bout de papier sous les yeux du gardien, murmura « James Hawley » et quelques mots d'anglais. Il entra dans une antichambre, dans une autre pièce remplie d'almirahs dont il se demanda à quoi ils pouvaient servir, puis dans une réserve, puis dans une salle où de nombreux employés, assis en tailleur, s'affairaient à leurs pupitres et à leurs registres, pour arriver enfin à la pièce où Pyare Lal Bhalla travaillait et recevait. Une petite pièce aux murs plutôt blanchis que peints. Le vieil homme, respirant l'énergie malgré ses soixante-cinq ans, le visage d'un blanc maladif, se tenait assis sur une estrade en bois recouverte d'un drap blanc immaculé. Il s'adossait à un traversin cylindrique, en coton compact. Au-dessus de lui pendait une photo encadrée de son père. Il y avait deux bancs le long des murs proches de l'estrade, où des gens attendaient : solliciteurs, quémandeurs, associés, employés. Pas de bureaucrates ni de registres dans cette pièce : Pyare Lal Bhalla avait en mémoire l'information, l'expérience et le jugement nécessaires à ses décisions.

Haresh entra et, baissant la tête, avança les mains comme pour toucher les genoux de Pyare Lal Bhalla. Le vieil homme posa les siennes sur la tête de Haresh.

« Assieds-toi mon fils », lui dit-il en punjabi.

Haresh prit place sur l'un des bancs.

« Debout. »

Haresh se leva.

« Assis. »

Haresh se rassit.

Pyare Lal Bhalla lui jeta un regard si intense qu'il se sentit hypnotisé, soumis à ses ordres. Sans doute, plus on est dans le besoin, plus on est sensible à l'hypnotisme et Haresh se voyait lui-même en grand nécessiteux.

En outre Pyare Lal Bhalla, parce qu'il était vieux et qu'il était un homme de poids, attendait qu'on lui manifestât de la déférence. N'avait-il pas marié sa fille au fils aîné d'un fonctionnaire promu à la première classe, ingénieur en chef des canaux au Punjab, le mariage le plus huppé que Lahore eût connu depuis des années ? L'Administration daignant reconnaître l'existence du Commerce, certes ; mais plus encore une alliance, qui s'annonçait avec un faste que la dotation de vingt temples n'eût pas égalée. Avec son franc-parler habituel, il avait dit au père du marié : « Comme vous le savez, je suis un pauvre homme, mais j'ai donné consigne à Verma et Rankin qu'ils prennent les mesures pour qui bon vous semblera. » Des achkans en galuchat, des costumes dans le plus fin cachemire : le père du marié n'avait jamais imaginé avoir cinquante vêtements de rechange faits sur mesure pour sa famille – mais la réalisation de ces commandes, de cette *carte blanche**, ne fut qu'une goutte dans l'océan des dépenses que Pyare Lal Bhalla assuma pour ces noces, avec autant de fierté que d'astuce.

« Debout, montre-moi ta main. »

Pour Haresh, c'était le quatrième choc de la journée. Respirant à fond, il tendit sa main droite. Pyare Lal Bhalla la palpa ici et là, plus particulièrement sous la jointure du petit doigt. Sur quoi, sans montrer s'il était satisfait ou pas, il dit :

« Assieds-toi. »

Haresh obéit.

Pendant les dix minutes qui suivirent, le vieil homme s'intéressa à quelqu'un d'autre, puis revint à Haresh :

« Lève-toi. »

Haresh s'exécuta.

« Eh bien, fils, qui es-tu ?

— Haresh Khanna, fils d'Amarnath Khanna.

— Quel Amarnath Khanna ? Celui de Bénarès ou celui de Neel Darvaza ?

— Neel Darvaza. »

Ce qui établit une sorte de rapprochement, car le beau-père de Haresh était un très lointain parent du chef ingénieur gendre de Pyare Lal Bhalla.

« Hmm. Parle. Que puis-je pour toi ?

— Je travaille dans la chaussure. Je suis revenu l'année dernière de Middlehampton, l'Institut technologique des Midlands.

— Middlehampton, je vois, je vois », dit Pyare Lal Bhalla, manifestement intrigué.

« Continue, dit-il après un moment.

— Je travaille à la SCC, mais ils fabriquent des chaussures pour l'armée, et moi je suis spécialisé dans la chaussure civile. J'ai installé un nouvel atelier, pour le marché civil...

— Ah oui, Ghosh, le coupa Lal Bhalla, sur un ton plutôt dédaigneux, il est venu l'autre jour. Il voulait que je lui écoule une partie de ses productions. Oui, oui, il a parlé de marché civil. »

Etant donné que Ghosh dirigeait une des plus grandes

* En français dans le texte.

entreprises de construction du pays, on pouvait trouver incongrue la façon dont Lal Bhalla en parlait. Mais le fait est que, dans l'industrie de la chaussure, Ghosh était du menu fretin face à cette grosse carpe de James Hawley.

« Vous savez comment les choses se passent, dit Haresh qui, ayant trop souvent eu à souffrir – et aujourd'hui même fort cruellement – de l'arbitraire à la SCC, ne pensait pas nuire à son entreprise en s'exprimant ainsi.

— Oui je sais. Ainsi tu veux travailler avec moi.

— Ce serait un honneur pour moi, Bhalla Sahib. En fait, je suis venu vous demander un poste chez James Hawley – ce qui revient à peu près au même. »

Les engrenages tournèrent rapidement dans le cerveau de l'entrepreneur Pyare Lal Bhalla, puis il appela un secrétaire.

« Fais-lui une lettre pour Gower et signe-la pour moi », dit-il avant de tendre la main droite en direction de Haresh, dans un geste signifiant aussi bien réconfort, bénédiction, commisération ou refus.

J'ai un pied dans la place, se dit Haresh, aux anges.

La lettre dans sa poche, il enfourcha sa bicyclette jusqu'à Cromarty House, le grand immeuble de trois étages siège du groupe auquel James Hawley appartenait, dans l'intention d'obtenir un rendez-vous avec Sir David Gower, si possible dans la semaine, ou la semaine suivante. Il était cinq heures et demie, la fin de la journée de travail. Il passa l'imposant portail, montra sa lettre au bureau d'accueil. On lui dit d'attendre. Une demi-heure passa. Puis il s'entendit dire : « Ayez la bonté d'attendre encore un peu, Mr Khanna. Sir David va vous recevoir dans vingt minutes. »

Encore en sueur d'avoir pédalé, vêtu seulement de sa chemise en soie et de son pantalon tabac – ni veste, ni même de cravate –, Haresh sursauta. Il n'avait même pas ses précieux diplômes sur lui. Heureusement, il avait un peigne dans sa poche. Il se rendit aux toilettes. Il se mit à réfléchir à ce qu'il dirait à Sir David, et dans quel ordre il le dirait pour se montrer le plus persuasif possible. Mais une fois dans le grand ascenseur décoré, comme dans le vaste bureau du Directeur général du groupe Cromarty, il oublia son scénario. Il se trouvait dans une salle de réception d'un tout autre style que les petite pièces blanchies à la chaux où il avait fait le pied de grue une heure auparavant.

Les murs crème devaient faire six mètres de hauteur, et il y avait douze mètres au moins entre la porte et le lourd bureau d'acajou au fond de la pièce. Haresh avança sur l'épais tapis rouge en direction d'un homme solidement bâti – aussi grand que Ghosh mais plus gros – qui l'observait à travers ses lunettes. Tout comme il avait le sentiment, lui si petit, de rapetisser au milieu de ce gigantesque environnement, n'importe quel visiteur reçu dans ce bureau devait, sous une telle inspection, sentir son courage l'abandonner. Cependant, lui qui s'était levé et rassis face à Pyare Lal Bhalla comme un élève soumis devant son maître, entendait garder son sang-froid devant Gower. Sir David ayant la bonté de le recevoir séance tenante, il n'aurait qu'à s'excuser de se présenter vêtu comme il l'était.

« Bien, jeune homme, que puis-je faire pour vous ? s'enquit Sir David, sans se lever ni offrir un siège à Haresh.

— Pour être franc, Sir David, je cherche un emploi. Je me crois qualifié, et j'espère que vous m'en donnerez un. »

Dixième partie

Quelques jours après la tempête, le village de Debaria fut le théâtre d'une sorte d'exode. Pour différentes raisons, et en quelques heures, plusieurs personnes gagnèrent Salimpur, chef-lieu de district et gare la plus proche sur la ligne secondaire.

Rasheed partit prendre un train qui le conduirait au village de sa femme, dans l'intention de la ramener, elle et les deux enfants, à Debaria où ils demeureraient jusqu'à ce que ses études le rappellent à Brahmpur.

Maan devait l'accompagner, bien que sans le moindre empressement. Visiter le village du beau-père de Rasheed, faire le trajet de retour en compagnie d'une femme à laquelle il serait dans l'incapacité d'adresser un mot, n'avoir d'autre solution que de tenter d'imaginer ses traits sous le burqa noir qui la couvrirait des pieds à la tête, assister sans pouvoir l'aider aux efforts de Rasheed pour mener de front deux conversations séparées, se dépenser lui-même dans cette terrible chaleur, rien de tout cela n'avait de quoi le séduire. Rasheed, cependant, l'avait invité, se disant probablement qu'il était de son devoir d'hôte de le faire, et Maan, en l'absence de toute excuse valable, n'avait pu refuser. D'ailleurs, la vie à Debaria, avec son manque de confort et l'ennui qu'elle distillait, commençait à le rendre fou.

L'Ours et le guppi, leurs affaires terminées, s'étaient envolés pour un autre lieu.

Netaji avait, disait-il, « des choses à régler au tribunal de district » ; en fait, il allait bambocher avec les fonctionnaires locaux et le fretin politicien de Salimpur.

Enfin il y avait l'éminent archéologue Vilayat Sahib, que

Maan n'avait même pas aperçu, qui retournait à Delhi via Brahmpur. A sa manière habituelle, il disparut de Debaria sur un char à bœufs avant que quiconque n'ait eu le temps de lui proposer de prendre un rickshaw à frais partagés.

C'est comme s'il n'existait pas, se dit Maan – comme s'il vivait en purdah. J'ai entendu parler de lui, mais je ne l'ai jamais vu – comme les femmes de la famille. Je suppose qu'elles existent. Ou peut-être pas. Peut-être toutes les femmes ne sont-elles qu'une rumeur. Il commençait vraiment à ne plus pouvoir supporter tout cela.

Netaji, moustache cirée et habits de gandin, avait proposé à Maan de l'emmener à Salimpur sur sa Harley David-son. « Pourquoi vous trimbaler pendant une heure dans un rickshaw déglingué et par cette chaleur ? avait-il demandé. Vous qui habitez Brahmpur, vous êtes habitué au luxe et ne savez pas ce que c'est que d'avoir le cerveau rôti sous la chaleur. Et puis, je veux vous parler. » C'est ainsi que, ayant accepté, Maan bondissait et rebondissait au rythme des ornières que franchissait la moto, le cerveau non pas rôti mais traversé de vibrations.

Prévenu par Rasheed de ce que Netaji cherchait à tirer avantage de n'importe quelle situation, Maan ne fut pas surpris du tour que prit la conversation.

« Ça va ? Vous m'entendez ? demanda Netaji.

— Oui, oui.

— Je disais : est-ce que ça va ?

— Très bien. Où avez-vous trouvé cette moto ?

— Je voulais dire, est-ce que vous vous amusez au village ?

— Pourquoi pas ?

— Pourquoi pas ? Ça veut dire que vous ne vous amusez pas.

— Non, non – Je m'y plais beaucoup.

— Qu'est-ce qui vous plaît ?

— Eh bien, il y a beaucoup d'air à la campagne.

— Je déteste ça, cria Netaji.

— Comment ?

— Je déteste ça. Il n'y a rien à faire ici. Pas même de vraie politique. C'est pourquoi si je ne vais pas à Salimpur au moins deux fois par semaine, je tombe malade.

818

— Malade ?

— Oui, malade. Les gens du village me rendent tous malade, surtout les ploucs. Ce Moazzam par exemple, qui n'a aucun respect pour la propriété d'autrui... Vous ne vous tenez pas assez. Vous allez tomber. Serrez-vous contre moi.

— Ça va.

— Même ma moto ne leur échappe pas. Je suis obligé de la garer dans une cour ouverte, et ils l'abîment par pure méchanceté. Ah, Brahmpur ! Voilà une ville.

— Vous y êtes déjà allé ?

— Bien entendu. Vous savez ce que j'aime dans Brahmpur ?

— Quoi ?

— On peut manger dans les hôtels.

— Dans les hôtels ?

— Dans les petits hôtels.

— Ah !

— Attention, voilà un mauvais passage. Tenez-vous bien. Je vais lentement, comme ça, si on dérape, on n'aura pas de mal.

— Très bien.

— Vous m'entendez ?

— Parfaitement.

— Et les mouches ?

— Vous me servez de bouclier. »

Silence. Puis : « Vous devez avoir des tas de contacts, dit Netaji.

— Des contacts ?

— Oui, des contacts, des contacts, vous voyez ce que je veux dire.

— Mais –

— Vous devriez utiliser vos contacts pour nous aider. Je suis sûr que vous pourriez me procurer une licence de vendeur de kérosène. Ça doit être facile pour le fils du ministre du Trésor. »

Maan ne s'offensa pas. « Tout ça, c'est du domaine d'un autre ministre, répondit-il. De l'Approvisionnement, je pense.

— Allons, allons, peu importe. Je sais comment ça fonctionne.

— Vraiment, je ne peux pas. Mon père me tuerait si je lui en parlais.

— J'ai posé la question à tout hasard. Quoi qu'il en soit, votre père est très respecté ici... Pourquoi est-ce qu'il ne vous trouve pas un boulot agréable ?

— Un boulot... euh, pourquoi les gens d'ici respectent-ils mon père ? Après tout, il va vous prendre vos terres ?

— Eh bien... » Netaji s'interrompit, se demandant s'il devait confier à Maan que l'archiviste du village avait tripatouillé les registres au mieux des intérêts de la famille. Pas plus Netaji que quiconque n'était encore au courant de la visite de Rasheed au patwari. Jamais ils n'auraient imaginé ce que Rasheed était allé y faire.

« C'est votre fils qui était là au moment de notre départ ?

— Oui, il a deux ans et il est très grognon ces jours-ci.

— Pourquoi ?

— Il vient de rentrer de chez sa grand-mère où il était très gâté et rien de ce que nous faisons ne lui plaît. Il se montre aussi contrariant que possible.

— C'est peut-être la chaleur.

— Peut-être. Vous avez déjà été amoureux ?

— Qu'est-ce que vous dites ?

— Avez-vous déjà été amoureux ?

— Oh oui. C'est quoi ce bâtiment que nous venons de passer ? »

Ils arrivaient à Salimpur. Ils étaient convenus de retrouver les autres dans une boutique de vêtements et autres articles. Mais il y avait un monde fou dans les rues étroites de Salimpur. C'était le jour du marché hebdomadaire. Marchands ambulants, colporteurs, charmeurs de serpents avec leurs cobras engourdis, charlatans, chaudronniers, vendeurs de fruits portant leurs paniers de mangues et de litchis sur la tête, confiseurs avec leurs plats de barfis, de laddus et de jalebis recouverts de mouches, tous plus une bonne partie de la population de Salimpur et des villages environnants se pressaient au centre de la ville.

Le vacarme était assourdissant. Dominant les bavardages, les cris des colporteurs, deux haut-parleurs crachaient en même temps, l'un retransmettant les informations d'All India Radio Brahmpur, l'autre alternant chansons de films sirupeuses et publicités pour le Raahat-e-Rooh ou l'Huile-capillaire-qui-met-du-baume-à-l'âme.

Electricité ! se dit Maan, avec un frisson de bonheur. Peut-être même y avait-il un ventilateur quelque part.

Jurant et klaxonnant sans arrêt, Netaji ne put guère progresser que d'une centaine de mètres en un quart d'heure.

« Ils vont manquer leur train », remarqua-t-il, faisant allusion aux autres qui, dans leur rickshaw, suivaient à une demi-heure derrière eux. Ce qui toutefois était peu probable, vu que le train avait déjà trois heures de retard.

Quand il parvint enfin à la boutique de son ami (hélas non équipée de ventilateur), Netaji avait un tel mal de tête que, après avoir présenté Maan, il s'allongea sur un banc et ferma les yeux. Le marchand commanda du thé. Plusieurs autres amis se trouvaient dans la boutique, antre à potins politiques ou mondains. Tandis que l'un lisait un journal ourdou, un autre – l'orfèvre d'à côté – se curait le nez consciencieusement, l'air pensif. Bientôt l'Ours et le guppi arrivèrent.

S'agissant en partie d'un commerce de vêtements, Maan s'intéressa vaguement à la façon dont ça marchait. Il nota l'absence de tout client.

« Pourquoi y a-t-il si peu de monde aujourd'hui ? demanda-t-il.

— Jour de marché – très peu d'activité dans les boutiques, dit l'orfèvre. Juste un ou deux ploucs de la campagne. C'est pourquoi j'ai déserté la mienne. De toute façon, d'ici je peux voir ce qui s'y passe. Qu'est-ce que le CD du district de Rudhia vient faire à Salimpur ? » demanda-t-il à son copain.

Au mot Chef de District, Netaji, qui gardait l'immobilité d'un cadavre, se redressa brutalement. Salimpur possédait son propre CD, véritable prince dans son fief administratif. La visite d'un CD d'un autre district constituait effectivement un événement.

« Ça doit être pour les archives. J'ai entendu quelqu'un dire que quelqu'un allait arriver de quelque part pour les vérifier.

— Espèce d'âne, fit Netaji, retombant épuisé sur son banc, ça n'a rien à voir avec les archives. C'est pour coordonner les procédures de notification dans les différents districts au moment de la mise en application de la loi sur les zamindari. »

En réalité, Netaji n'avait pas la moindre idée de ce qui amenait le CD à Salimpur. Mais il décida sur-le-champ de mettre tout en œuvre pour le rencontrer.

Un bonhomme maigrichon, instituteur de son état, fit son apparition, laissa tomber d'un ton sarcastique que lui, contrairement à certains de sa connaissance, ne pouvait se permettre de passer toute une journée en bavardages oisifs, jeta un regard de mépris à la forme allongée de Netaji, leva un sourcil interrogateur en direction de Maan, et s'en alla.

« Où est le guppi ? » demanda soudain l'Ours. Personne ne savait. Il avait disparu. On le retrouva quelques minutes plus tard, planté bouche bée devant un étalage de bouteilles et de pilules qu'un vieux charlatan avait dressé en demi-cercle au beau milieu de la rue. Une foule s'était rassemblée, qui écoutait le bonimenteur chanter les bienfaits du liquide opaque et visqueux, couleur de citron vert, contenu dans une bouteille qu'il brandissait :

« Et ce médicament stupéfiant, véritable panacée, m'a été donné par Tajuddin, un grand baba, très proche de Dieu. Il a passé douze ans dans les jungles de Nagpur, sans rien manger – mâchant seulement quelques feuilles pour leur humidité et pressant une pierre contre son estomac en guise de nourriture. Ses muscles ont pourri, son sang s'est tari, sa chair a fondu. Il n'était plus qu'os et peau noire. Alors Allah a dit à deux anges : "Descendez et faites-lui mes salaams –" »

L'Ours dut traîner de force jusqu'à la boutique le guppi, qui absorbait, fasciné, toutes ces absurdités.

822

Tandis que circulaient tasses de thé, paans et journaux, la conversation tomba sur les questions de politique régionale, en particulier les troubles récemment survenus à Brahmpur. La haine se focalisait sur le ministre de l'Intérieur, L.N. Agarwal, dont la presse avait abondamment rapporté l'attitude, le fait qu'il avait pris la défense de la police accusée d'avoir tiré sur la foule musulmane – et que l'on savait fervent partisan de la construction – ou, comme il aurait dit – de la reconstruction – du temple de Shiva. Des couplets tels que celui-ci, populaires chez les musulmans de Brahmpur, étaient parvenus jusqu'à Salimpur, où les gens les fredonnaient avec délice :

Saanp ka zahar, insaan ki khaal :
Yeh hai L.N. Agarwal !
   Le dard du serpent, la peau d'un homme :
   Tel est L.N. Agarwal !

Ghat ko loot kar kha gaya maal :
Home Minister Agarwal !
   Il a dévalisé nos Intérieurs, dévoré notre substance,
   Le ministre de l'Intérieur Agarwal !

Ce qui pouvait être une référence à cet ordre « tranchant comme l'acier » au nom duquel des policiers trop zélés avaient confisqué non seulement les haches et les épieux mais les couteaux de cuisine, ou bien au fait que L.N. Agarwal, membre de la caste des commerçants hindous, était le plus important collecteur de fonds pour le parti du Congrès du Purva Pradesh. A ses origines le couplet suivant faisait légèrement allusion :

L.N. Agarwal, wapas jao,
Baniye ki dukaan chalao !
   Va-t'en L.N. Agarwal
   Retourne diriger ta boutique de bania !

Les murs, cependant, auraient pu répercuter l'énorme éclat de rire qui accueillit ce dernier couplet, aux dépens des rieurs eux-mêmes. Car c'est dans une boutique qu'on le chantait, en présence de Maan à qui, en sa qualité de khatri, le commerce n'était pas étranger.

Mahesh Kapoor contrastait fort avec L.N. Agarwal : chez les musulmans bien informés on connaissait sa tolérance à l'égard des religions autres que l'hindouisme – sa femme aurait dit que la seule religion qu'il ne tolérait pas était la sienne –, ce qui lui valait affection et respect. Raison pour laquelle, dès leur première rencontre, Rasheed s'était montré bien disposé envers Maan. A présent, il lui disait :

« Sans des gens comme Nehru à l'échelon national, ou comme votre père à l'échelon provincial, la situation des musulmans serait bien pire qu'elle ne l'est. »

Etant donné les sentiments que lui inspirait son père, Maan haussa les épaules.

Rasheed se demanda ce qui motivait ce manque d'enthousiasme de Maan. Peut-être la façon dont il s'était exprimé. Il avait dit « la situation des musulmans » plutôt que « notre situation » non parce qu'il se sentait étranger à sa communauté mais parce que, aussi cher à son cœur que fût le sujet, il l'examinait en fonction de catégories de type quasi universitaire. Il essayait continuellement de considérer le monde avec les yeux de l'objectivité mais ces derniers temps – surtout depuis la conversation avec son père sur le toit de la maison – ce monde le dégoûtait de plus en plus. Il avait détesté le personnage de fourbe – ou de prévaricateur – qu'il avait joué auprès du patwari, mais il n'avait pas d'autre solution. Si le patwari n'avait pas cru Rasheed soutenu par toute sa famille, jamais Kachheru ne se serait vu reconnaître son droit à la terre.

« Je vais vous dire ce que je pense, fit Netaji, s'asseyant et tâchant de prendre la voix de chef que son surnom impliquait. Nous devons nous rassembler. Nous devons travailler ensemble pour le bien des choses. Nous devons remettre les choses sur pied. Et si les vieux chefs sont discrédités, il faut des hommes jeunes – des hommes jeunes comme – comme ceux que nous avons autour de nous – qui, bien entendu, savent comment faire aller les choses. Des gens qui agissent, non des rêveurs impénitents. Ceux qui connaissent les gens, les gens au sommet dans chaque district. Aujourd'hui tout le monde respecte mon père ; je ne nie pas qu'il ait connu, de son temps, les gens qui comptaient. Mais ce temps, vous voudrez bien tous le reconnaître, est dépassé. Il ne suffit pas de – »

Mais ce qui ne suffisait pas demeura inaudible. Après quelques minutes de silence, le haut-parleur, transporté sur une voiture, qui vantait l'Huile-capillaire-qui-met-du-baume-à-l'âme, trompetait ses mélodies juste devant la boutique. Le bruit était si assourdissant qu'ils durent se couvrir les oreilles de leurs mains. Le pauvre Netaji vira au vert, se tenant la tête de douleur, tous se répandirent dans la rue pour échapper à cette nuisance. A ce moment, Netaji remarqua dans la foule un personnage de haute taille, visage jeune et inconnu au menton fuyant sous un casque colonial en sola. Le CD de Rudhia – car Netaji avec son flair infaillible sut tout de suite que ce devait être lui – jeta un regard dédaigneux à la source de tout ce bruit avant de s'éloigner, protégé par deux policiers qui fendaient la populace, en direction de la gare.

En voyant disparaître, plongeant puis resurgissant, les trois têtes (un casque en sola entre deux turbans), Netaji agrippa sa moustache, paniqué à l'idée de perdre sa proie. « A la gare, à la gare ! hurla-t-il, oubliant son mal de tête et avec un tel désespoir que même le haut-parleur ne put étouffer son cri. Le train, le train, vous allez tous manquer votre train. Attrapez vos bagages et courez ! Vite ! Vite ! »

Devant tant de conviction, personne ne songea à discuter l'autorité ou le savoir de Netaji. Bousculant, transpirant, braillant, jurant et recevant force jurons en retour, le convoi arriva à la gare de Salimpur en dix minutes. Où ils découvrirent que le train ne serait pas là avant une heure.

« Pourquoi nous as-tu pressés comme ça ? » demanda l'Ours, plutôt fâché.

Netaji parcourait le quai des yeux, l'air inquiet. Soudain son visage s'éclaira d'un large sourire.

« Alors, pourquoi ? répéta l'Ours.

— Quoi ? Qu'est-ce que tu as dit ? » Netaji venait de

repérer le casque à l'autre bout du quai, près du bureau du chef de gare.

Mais l'Ours, mécontent, et mécontent d'être mécontent, s'était détourné.

Excité à la perspective d'un nouveau contact, Netaji, empoignant Maan par le col de sa chemise, le porta quasiment jusqu'à l'extrémité du quai. Un Maan trop médusé pour penser même à protester.

Avec un aplomb incroyable, Netaji se dirigea droit sur le jeune CD.

« CD Sahib, dit-il, je suis si content de vous rencontrer. Et si honoré. Je vous le dis du plus profond du cœur. »

Le visage au menton fuyant sous le casque le regarda, l'air interloqué et peu amène.

« Oui ? Que puis-je faire pour vous ? » Le CD parlait un hindi correct, mais à tonalité bengali.

« CD Sahib, comment pouvez-vous poser une telle question ? continua Netaji. C'est à moi de vous demander en quoi je puis vous être utile. Vous êtes notre invité à Salimpur. Je suis le fils du zamindar du village de Debaria. Je m'appelle Tahir Ahmed Khan. C'est un nom connu ici : je fais partie des jeunes organisateurs du parti du Congrès.

— Bien. Heureux de vous connaître. » Il n'y avait pas trace de bonheur dans la voix du CD.

Loin de perdre contenance à cet accueil glacial, Netaji sortit son atout.

« Et voici mon cher ami, Maan Kapoor, dit-il avec panache, poussant un Maan renfrogné devant lui.

— Bien », fit le CD avec aussi peu d'enthousiasme qu'auparavant. Puis son visage se fronça légèrement. « Il me semble vous avoir déjà rencontré quelque part, dit-il.

— C'est le fils de Mahesh Kapoor, notre ministre du Trésor ! » insista Netaji, le ton obséquieux.

Le CD parut surpris, il fronça de nouveau les sourcils en signe de concentration. « Voilà ! Je crois que nous nous sommes rencontrés, très brièvement, chez votre père, il y a un an environ. » Son ton s'était fait plus aimable et il s'exprimait en anglais, ce qui du coup écartait Netaji de la conversation. « Vous avez aussi une propriété près de Rudhia, n'est-ce pas ?

« — Oui, mon père y possède une ferme. Au reste, puisque nous en parlons, ça me fait penser qu'il faudrait que j'y aille un de ces jours. » Maan venait de se rappeler les instructions de son père.

« Que faites-vous ici ? demanda le CD.

— Oh, pas grand-chose, je suis juste venu voir un ami. Un ami, ajouta-t-il après une pause, qui se trouve à l'autre bout du quai. »

Le CD sourit discrètement. « Je pars ce soir pour Rudhia ; si vous voulez aller à la ferme de votre père et que la perspective d'un voyage cahoteux en jeep ne vous effraie pas, vous êtes le bienvenu. Il faut que je me livre à un peu de chasse au loup : activité, je dois le dire, pour laquelle je ne suis ni fait ni entraîné. Mais en ma qualité de CD, je dois montrer que je participe moi-même à la conjuration du danger. »

Les yeux de Maan s'illuminèrent. « Une chasse au loup ? Une vraie chasse ?

— Oui, bien sûr. C'est demain matin. Aimez-vous chasser ? Voulez-vous venir ?

— Ce serait merveilleux. Mais je n'ai rien d'autre à mettre que des kurtas-pyjamas.

— Il y a sûrement un moyen de vous trouver des vêtements convenables, si nécessaire. Mais ça n'a rien de formel – juste une battue pour essayer de débusquer quelques loups mangeurs d'homme qui rôdent autour de villages dans ma juridiction.

— Je vais en parler à mon ami », dit Maan, se rendant compte que la chance venait de lui octroyer trois cadeaux simultanément : la possibilité de faire quelque chose qu'il aimait, l'occasion d'échapper à un voyage qui l'ennuyait, une excuse pour justifier sa défection.

Il jeta à son bienfaiteur inattendu le plus amical des regards. « Je reviens tout de suite. Au fait, je ne crois pas avoir entendu votre nom.

— Vous avez raison, et je m'en excuse. Je m'appelle San-deep Lahiri. » Sur quoi, les deux hommes échangèrent une chaleureuse poignée de main, sans plus se préoccuper de Netaji, vexé et furieux.

Rasheed ne s'offusqua pas du changement de programme de Maan, heureux au contraire de l'enthousiasme qu'il manifestait à l'idée de se rendre à la ferme de son père.

Quant au CD, il était content d'avoir un compagnon. Lui et Maan convinrent de se retrouver dans deux heures. Après en avoir terminé avec ce qui l'avait appelé à la gare de Salimpur – dont une expédition de vaccins pour un programme d'inoculation dans la région – Sandeep Lahiri s'assit dans le bureau du chef de gare et tira *Howards End* de son sac. Il était toujours plongé dans sa lecture quand Maan le rejoignit. Les deux hommes partirent immédiatement.

La route du sud était aussi cahoteuse que Sandeep l'avait annoncé, et très poussiéreuse par-dessus le marché. Un policier occupait la place à côté du chauffeur, le CD et Maan étaient à l'arrière. Ils ne parlaient guère.

« Ça protège vraiment, dit Sandeep à un moment, jetant un regard appréciateur à son casque qu'il venait d'ôter. Je n'y croyais pas avant de travailler ici. Pour moi, ça faisait partie de l'uniforme ridicule du pukka sahib. »

Un peu plus tard, il donna à Maan quelques détails démographiques sur son district : le pourcentage de musulmans, d'hindous et autres dans la population, chiffres que Maan s'empressa aussitôt d'oublier.

Avec sa façon agréable, presque hésitante de s'exprimer, en phrases aussi rares que bien tournées, Sandeep Lahiri plut à Maan.

Sentiment qui augmenta quand, le soir dans son bungalow, il se montra plus expansif. Bien que Maan fût fils de ministre, Sandeep ne chercha pas à dissimuler l'aversion que lui inspiraient les politiciens locaux et leur manie de se mêler de son travail. Détenteur à la fois du pouvoir judiciaire et du pouvoir exécutif – la séparation des pouvoirs n'était pas encore chose faite au Purva Pradesh –, il avait plus de travail qu'on ne peut en attendre d'un être humain. A cela s'ajoutaient toutes sortes d'urgences : les loups ou une épidémie ou la visite d'un gros bonnet de la politique insistant pour se faire accompagner dans sa tournée par le

CD en personne. Chose étonnante, ce n'était pas le député de sa circonscription qui donnait le plus de tracas à Sandeep mais un membre du Conseil législatif, qui habitait dans cette région et la considérait comme son domaine personnel.

Cet homme, apprit Maan en buvant un nimbu pani au gin, reprochait au CD de lui voler son influence ; content si le CD se montrait complaisant et le consultait en toute occasion, prompt à essayer de mater son adversaire au moindre signe d'indépendance de celui-ci.

« Le problème, dit Sandeep Lahiri, fixant sur son invité un regard lugubre, c'est que Jha est un membre important du parti du Congrès – président du Conseil législatif et ami du Premier ministre –, ce qu'il me rappelle à tout bout de champ. Et aussi le fait qu'il a le double de mon âge et personnifie "la sagesse populaire", comme il dit. Dans un certain sens, il a raison. A peine dix-huit mois après nous avoir désignés, on nous confie la charge d'un demi-million de personnes – impôts, police, maintien de l'ordre et respect de la loi, sans compter la santé publique, on est à la fois le père et la mère de la population. Rien d'étonnant à ce qu'il n'éprouve aucun plaisir à me voir, frais émoulu de mes six mois d'expérience sur le terrain dans un autre district. Un autre verre ?

— Volontiers.

— Cette loi que vient de faire voter votre père va nous donner un bon surcroît de travail, vous savez. Mais je suppose que c'est une bonne loi. » Il n'avait pas l'air convaincu. « Oh, c'est bientôt l'heure des informations. » Il s'approcha de son buffet sur lequel trônait un beau coffret de bois poli renfermant un grand poste de radio aux nombreux boutons blancs.

Il l'alluma. La grosse lampe verte s'éclaira lentement, le son d'une voix d'homme chantant un raga nocturne emplit peu à peu la pièce. C'était Ustad Majeed Khan. Avec une grimace de dégoût, Sandeep Lahiri baissa le son.

« Hélas, dit-il, pas moyen d'y échapper. C'est le prix à payer pour avoir les informations, et je le paye une minute ou deux chaque jour. Pourquoi ne peuvent-ils pas mettre quelque chose d'écoutable, Mozart ou Beethoven par exemple ? »

Maan n'avait entendu de musique classique occidentale que deux ou trois fois dans sa vie, et ne l'avait pas trouvée à son goût.

« Je ne sais pas, dit-il. Je suppose que la plupart des gens ici n'apprécieraient pas.

— Vous croyez ? Moi je pense que si. La bonne musique est la bonne musique. C'est simplement une question de présentation. De présentation, et de quelques conseils. »

Maan parut dubitatif.

« En tout cas, reprit Sandeep, je suis sûr qu'ils n'aiment pas cette horrible chose. Ce qu'ils veulent ce sont des chansons de films, ce qu'All India Radio ne leur donnera jamais. Quant à moi, s'il n'y avait pas la BBC, je ne sais pas ce que je deviendrais. »

Comme pour lui répondre, on entendit une série de bip-bip et une voix typiquement indienne au vernis typiquement britannique annonça :

« Ici All India Radio... Les informations vont vous être présentées par Mohit Bose. »

10.4

Le lendemain matin ils partirent pour la chasse.

Un mince troupeau s'étirait le long de la route. En voyant la jeep blanche s'approcher à vive allure, les bêtes affolées se dispersèrent. Le chauffeur se mit alors à klaxonner pendant vingt bonnes secondes d'affilée, ce qui ne fit qu'augmenter la panique des animaux. Quand il les dépassa, il souleva un gros nuage de poussière. Toussant, mais néanmoins admiratifs, les bergers reconnurent la jeep du CD. Il n'y avait pas d'autres voitures à l'horizon, et le chauffeur fonçait comme s'il eût été le roi de la route. Or il n'avait affaire qu'à un chemin de terre à peu près consolidé, que la mousson devait rendre encore plus difficile à négocier.

Sandeep avait prêté à Maan un short kaki, une chemise kaki et un chapeau. Appuyé contre la portière du côté de Maan, il y avait le fusil qui demeurait en permanence dans le bungalow du CD. Sandeep s'en était servi une fois (et à contrecœur) et n'avait pas la moindre envie de tirer à nouveau. Maan s'en chargerait à sa place.

Il avait souvent chassé le nilgaut et le cerf avec des amis de Bénarès, l'ours sauvage aussi et même en une occasion, mais sans succès, le léopard et ça lui plaisait beaucoup. Il n'avait jamais encore chassé le loup et se demandait comment cela se passait, probablement avec des rabatteurs. Sandeep ne semblant guère en état de lui fournir ce type de renseignements techniques. Maan le pria de lui donner les éléments du problème.

« Normalement, les loups ont peur des villageois, non ?

— C'est ce que je pensais, moi aussi, dit Sandeep. Il n'en reste d'ailleurs pas beaucoup, et les gens n'ont le droit de les chasser que s'ils deviennent dangereux. Mais j'ai vu des enfants lacérés par des loups, et même les restes d'enfants tués et dévorés par des loups. C'est vraiment affreux. Les habitants de ces villages sont absolument terrifiés. Je suppose qu'ils ont tendance à exagérer, mais les gardes forestiers confirment, au vu des empreintes et autres signes, qu'il s'agit bien de loups, non de léopards ou de hyènes, ou de quelque chose d'autre. »

Ils traversaient à présent un terrain accidenté, tout en broussailles et en éperons rocheux. La chaleur montait. Les rares villages semblaient encore plus désolés et misérables que ceux qui avoisinaient la ville. Ils s'arrêtèrent pour demander à des paysans s'ils avaient vu passer les autres, ceux qui devaient se joindre à eux pour la chasse.

« Oui, Sahib », dit un homme d'âge moyen et aux cheveux blancs, frappé de terreur par l'apparition du CD au milieu d'eux. Il leur apprit qu'une jeep et une voiture étaient passées un peu plus tôt.

« Y a-t-il eu des problèmes avec les loups dans ce village ? » demanda Sandeep.

L'homme secoua la tête de gauche à droite. « Oh oui, Sahib, fit-il, le visage tendu à ce souvenir. Le fils de Bacchan Singh dormait dehors avec sa mère, et un loup l'a attrapé et emporté. Nous l'avons poursuivi avec des lanternes et des bâtons, mais c'était trop tard. Le lendemain nous avons trouvé le corps du garçon dans un champ. Il était en partie dévoré. Sahib, s'il vous plaît, sauvez-nous de ce danger, vous êtes notre père et notre mère. En ce moment on ne peut pas dormir dedans à cause de la chaleur, et pas dehors à cause de la peur.

— Quand cela s'est-il passé ?

— Le mois dernier, Sahib, à la nouvelle lune.

— Un jour après la nouvelle lune », corrigea un autre villageois.

Une fois remontés en voiture, Sandeep se contenta de dire : « Très triste, très triste. Triste pour les villageois, triste pour les loups.

— Triste pour les loups ? s'étonna Maan.

— Eh bien, voyez-vous, dit Sandeep, ôtant son casque et s'épongeant le front, cette région qui est aujourd'hui si nue était jadis couverte de forêts – sal, mahua etc. – et abritait toute une vie sauvage dont se nourrissaient les loups. Mais on a tellement déboisé, d'abord pour les besoins de la guerre puis, illégalement, après la guerre – souvent, j'en ai peur, avec la complicité des gardes forestiers eux-mêmes – et aussi des villageois, qui veulent plus de terre à cultiver. Résultat, les loups, parqués dans des territoires de plus en plus petits, sont de plus en plus désespérés. L'été est la pire période pour eux parce que tout est sec et qu'il n'y a rien à manger – pas même de crabes de terre, de grenouilles ou quoi que ce soit d'autre. La faim les pousse alors à attaquer les chèvres des villageois – et quand ils ne peuvent attraper de chèvre, ils attaquent les enfants.

— Ne peut-on reboiser certaines parties ?

— Il faudrait que ce soit des zones non cultivées. Politiquement et – humainement, rien d'autre n'est possible. Je serais écorché vif par Jha et ses semblables si je le suggérais. Quoi qu'il en soit, c'est une politique à long terme, et pour les villageois il faut que la terreur s'arrête maintenant. »

Soudain il tapa sur l'épaule du chauffeur. Surpris, celui-ci tourna la tête, regarda le CD d'un air interrogateur, tout en continuant à conduire à toute allure.

« Voudrais-tu arrêter de faire marcher ce klaxon ? » dit le CD en hindi. Puis il reprit sa conversation avec Maan :

« Les statistiques sont épouvantables. Durant les sept dernières années, on a compté chaque été – de février à juin, quand la mousson éclate – plus d'une douzaine de tués et environ le même nombre de déchiquetés dans une zone comprenant une trentaine de villages. Pendant des années, les fonctionnaires ont écrit des rapports, référé, déféré, inféré, discuté en rond sur ce qu'il convenait de faire : simples chiffons de papier pour la plupart. Il leur est arrivé d'attacher quelques chèvres à l'extérieur du village de la dernière victime dans l'espoir que ça résoudrait les choses. Mais – » Il haussa les épaules, plissa le front et soupira. Maan trouva que son menton fuyant lui donnait l'air renfrogné.

« Bref, continua Sandeep, je me suis dit que cette année il fallait faire quelque chose de pratique. Par chance, mon supérieur est de cet avis et m'a aidé à m'assurer le concours de la police à l'échelon du district et ainsi de suite. Ils ont deux ou trois bons tireurs, munis de fusils et pas seulement de pistolets. Il y a une semaine, nous avons appris qu'un groupe de mangeurs d'homme opérait dans cette région et – ah, les voilà ! » dit-il, montrant un arbre près d'un ancien caravansérail désormais déserté – à deux cents mètres devant eux. Une jeep et une voiture étaient garées sous l'arbre, de nombreuses personnes, dont des villageois, s'agitaient autour. La jeep du CD bondit pour s'arrêter dans un crissement de pneus, enveloppant tout le monde dans un nuage de poussière.

Bien que le CD fût le moins expert des personnalités présentes, le moins capable de distribuer les tâches, Maan remarqua que chacun s'en remettait à lui et insistait pour qu'il donnât son avis même quand il n'en avait aucun à formuler. Finalement, exaspéré mais se forçant à la politesse, Sandeep déclara :

« Je ne veux pas perdre davantage de temps en bavardages. Vous dites que les rabatteurs et les tireurs d'élite que nous avons engagés sont sur les lieux – près du ravin. C'est bien. Néanmoins, vous – il désigna les deux fonctionnaires du service des bois et forêts, leurs cinq assistants, l'inspecteur, les deux cracks de la police et les autres policiers – vous êtes là depuis une heure, à attendre, et nous sommes là depuis une demi-heure, à bavarder. Nous aurions dû mieux coordonner notre arrivée, mais n'en parlons plus. Ne perdons plus de temps. La chaleur augmente de minute en minute. Mr Prashant, vous dites que vous avez dressé soigneusement les plans après avoir examiné le site de la battue, il y a trois jours. Eh bien, je vous en prie, inutile de les répéter et de me demander mon approbation pour chaque détail. J'accepte votre plan. Maintenant dites-nous où aller, et nous vous obéirons. Imaginez que vous êtes le MD en personne. »

Mr Prashant, le garde forestier, parut épouvanté à cette idée, comme si Sandeep s'était permis de plaisanter sur Dieu. « Et maintenant, en avant – allons tuer les tueurs », conclut Sandeep, réussissant presque à prendre un air féroce.

10.5

Les jeeps et la voiture quittèrent la route pour s'engager sur une piste, laissant les villageois derrière elles. Ils passèrent un nouveau village, puis se retrouvèrent en pleine nature : les mêmes broussailles et éperons rocheux qu'auparavant, entrecoupés de parcelles de terre arable avec de-ci de-là un grand arbre – flamboyant, mahua ou banian. Les rochers avaient accumulé la chaleur au fil des mois, et le paysage commençait à trembler dans le soleil du matin. A huit heures et demie, il faisait déjà chaud. Dans la jeep qui bondissait, Maan bâillait et s'étirait. Il était heureux.

Les véhicules s'arrêtèrent près d'un grand banian sur la rive d'un ruisseau desséché. Ils y trouvèrent les rabatteurs, armés de lathis et d'épieux, deux d'entre eux la courroie d'un tambour rudimentaire passée en travers du corps, mâchant du tabac, chantant faux, riant, parlant des deux roupies que leur rapporterait leur travail. Ils demandèrent à plusieurs reprises qu'on leur réexplique les instructions de Mr Prashant. Ils formaient un groupe disparate par l'allure et l'âge, mais tous tenaient à se rendre utiles et espéraient débusquer un ou deux de ces mangeurs d'homme. Pendant la semaine précédente, les loups suspects avaient été repérés en diverses occasions – une fois on en avait vu jusqu'à quatre en même temps – et s'étaient enfuis par la longue tranchée que formait le lit du ruisseau. C'est probablement là qu'ils se cachaient. Finalement, les rabatteurs partirent à travers les champs et les crêtes en direction de l'extrémité inférieure de la tranchée et, cheminant péniblement, disparurent dans le lointain. Ils avanceraient ensuite de front dans le ravin, essayant de débusquer les bêtes et de les pousser vers l'autre extrémité.

Maintenant les jeeps fonçaient dans la poussière vers le haut du ravin d'où – comme à l'autre bout, d'ailleurs – s'échappaient plusieurs issues qu'il fallait toutes garder. Les tireurs d'élite furent placés à chacune de ces issues. Au-delà, sur deux mille mètres environ, il y avait une étendue de terre nue prolongée par une marqueterie de champs arides et de zones boisées.

Conformément à ce que lui avait ordonné Sandeep Lahiri, Mr Prashant s'efforça d'oublier qu'il se trouvait en la présence supérieure, bénie du ciel et deux-fois-née, d'un fonctionnaire de l'administration indienne. Il enfila son bonnet de tissu, le noua fébrilement, réussit enfin à dire aux gens où ils devaient s'installer et ce qu'ils devaient faire. Il plaça Sandeep et Maan à l'une des issues les plus étroites et les plus escarpées, pensant qu'un loup hésiterait à s'y précipiter car cela réduirait trop sa vitesse. Les tireurs d'élite de la police et les chasseurs professionnels, répartis en différents points, se préparèrent à attendre, installés à l'ombre maigrichonne et étouffante de petits arbres. Pas un souffle d'air ne venait les soulager.

Sandeep, pour qui cette chaleur était une très dure épreuve, ne parlait guère ; Maan fredonnait les mesures d'un ghazal qu'il avait entendu chanter à Saeeda Bai, mais qui, bizarrement, ne le firent pas penser à Saeeda. Il n'avait même pas conscience de fredonner. Dans un état de tranquille excitation, tantôt il s'épongeait le front, tantôt il buvait une gorgée à sa bouteille d'eau ou vérifiait ses munitions. Bien que, se disait-il, je n'aurai pas plus d'une demi-douzaine de coups à tirer. Il caressa la crosse en bois, douce au toucher, porta le fusil à l'épaule à plusieurs reprises, visant les bosquets et les fourrés dans le ravin d'où il était probable que jaillirait le loup.

Plus d'une demi-heure s'écoula. La sueur dévalait sur les visages, dégoulinait le long des corps, mais s'évaporait dans l'air sec. Rien de comparable à ce qu'ils auraient dû supporter en période de mousson. Des mouches bourdonnaient, se posaient sur les visages, les bras et les jambes nus, une cigale installée dans un massif de jujubiers, en plein champ, stridulait. Ils entendaient maintenant, affaibli par la distance, le son des tambours des rabatteurs, mais pas leurs cris. Sandeep observait Maan avec curiosité, intrigué non tant par ses gestes que par son expression. Il avait été frappé par le côté facile à vivre, heureux de son sort, du garçon. Or il y avait en lui à présent quelque chose d'intense, de déterminé, quelque chose qui semblait dire, anticipant son plaisir : un loup va sortir de ce fourré, je le suivrai du fusil jusqu'à ce qu'il se trouve à cet endroit, dans le chemin, où je l'aurai en plein dans mon champ de vision, j'appuierai sur la détente, la balle filera droit au but, et il tombera là – mort – et ce sera fini. Une bonne matinée de travail.

Pensées qui étaient effectivement à peu près celles de Maan. Quant à Sandeep, la chaleur avait réduit, brouillé ses propres pensées. L'idée que des loups allaient être tués ne lui apportait aucun soulagement ; c'était, se disait-il, la seule solution immédiate. En espérant que la menace qui pesait sur les villageois diminuerait ou disparaîtrait. La semaine précédente, il s'était rendu à l'hôpital du district, au chevet d'un garçon de sept ans grièvement blessé par un loup. Le gamin dormait sur un petit lit, dans une salle commune, Sandeep n'avait pas voulu qu'on le réveille. Mais il ne pouvait oublier le regard dans les yeux des parents tandis qu'ils lui parlaient – comme s'il avait eu les moyens d'adoucir ou de supprimer la tragédie qui venait de les frapper. L'enfant souffrait de blessures graves aux bras, sur tout le haut du corps et au cou et, de plus, au dire du médecin, il ne retrouverait plus jamais l'usage de ses jambes.

Enervé, Sandeep se leva pour se détendre, jeta un coup d'œil en contrebas sur la végétation rabougrie qui poussait dans le ravin, sur les arbustes encore plus racornis qui le bordaient. A présent, ils entendaient les cris et les appels des rabatteurs. Maan lui aussi semblait perdu dans ses pensées.

Soudain, et beaucoup plus tôt qu'ils ne l'espéraient, un loup, un mâle gris, plus gros qu'un berger allemand et plus rapide, jaillit de la tranchée à l'endroit où se trouvaient postés les tireurs professionnels, fonça à travers les terres en friche et les champs desséchés pour gagner le bois à sa gauche, poursuivi par quelques coups de feu retardataires.

De là où ils étaient, Maan et Sandeep ne pouvaient voir la bête distinctement, mais les cris et les coups de feu leur signalaient qu'il se passait quelque chose. Maan l'aperçut en un éclair, alors que, filant dans un champ non labouré et brûlé par la sécheresse, le loup faisait volte-face dans sa direction et disparaissait au milieu des arbres, fuyant désespéré devant la mort.

Il s'est échappé ! pensa Maan, furieux. Mais le prochain n'y arrivera pas.

On entendit des hurlements de consternation, des récriminations pendant une minute ou deux, puis le silence retomba sur les environs immédiats. Quelque part dans le bois, un coucou-épervier se mit à pousser son triple cri obsédant, qui se mêla aux roulements de tambours et aux appels provenant de la direction opposée : les rabatteurs remontaient rapidement le ravin, débusquant on ne savait quoi vers les chasseurs. On percevait même le bruit qu'ils faisaient en frappant les buissons de leurs lathis et de leurs épieux.

Brusquement, une autre forme grise, plus petite, bondit du ravin, cette fois en direction de l'issue escarpée que gardait Maan. Par un réflexe instinctif il épaula et s'apprêtait à faire feu – plus tôt qu'il ne l'avait planifié pour un bon tir de côté – quand...

« Mais c'est un renard ! » marmonna-t-il, stupéfait.

Ignorant qu'il venait d'être épargné, fou de terreur, le

renard coupa à travers champs et fila comme l'éclair jusque dans les bois, sa queue grise à bout noir raide et parallèle au sol. Maan éclata de rire.

Mais le rire se figea sur son visage. Les rabatteurs n'étaient pas à plus de cent mètres de là quand un énorme loup, gris et rugueux, les oreilles ramenées vers l'arrière, sortit à découvert et à grands bonds irréguliers remonta la pente vers l'endroit où Maan et Sandeep étaient assis. Maan fit pivoter son fusil, mais la bête n'offrait pas une grosse cible. Et plus elle avançait, semblant pointer sur eux avec une sauvagerie vengeresse sa gueule grise aux sourcils sombres et arqués, plus elle devenait un objet de terreur.

Soudain l'animal sentit leur présence. Faisant demi-tour, il plongea vers le ravin, d'où Maan avait effectivement imaginé que les loups émergeraient. Sans même se rendre compte de son soulagement ni se soucier de Sandeep, abasourdi, Maan fit basculer son fusil pour suivre sa proie jusqu'au point où il avait jugé auparavant que l'animal présenterait la meilleure cible. A présent, il le voyait.

Il allait tirer quand il remarqua deux hommes, qui n'étaient pas là précédemment et qui n'avaient rien à y faire, assis sur la crête basse, de l'autre côté de la combe, juste en face de lui, leur fusil braqué sur la bête et de toute évidence prêts à tirer eux aussi.

C'est de la folie ! pensa Maan.

« Ne tirez pas, ne tirez pas ! » hurla-t-il.

L'un des deux hommes fit feu néanmoins et manqua sa cible. La balle s'écrasa contre une pierre sur la pente à quelques mètres de Maan et ricocha plus loin.

« Ne tirez pas, ne tirez pas, espèces de cinglés ! » hurla-t-il encore.

L'animal ne chercha pas à changer de route une fois de plus. Avec les mêmes bonds lourds et irréguliers, il se rua hors du ravin en direction des bois, ses pattes soulevant une traînée de poussière, et disparut pendant une seconde derrière le bornage d'un champ bosselé. Au moment où ils aperçurent la forme fuyant à découvert, certains des hommes embusqués aux autres extrémités tirèrent, mais ils n'avaient pas de réelle chance. En un rien de temps le loup, comme celui qui l'avait précédé et comme le renard, eut atteint les bois, échappant à l'épouvante créée par les humains.

Les rabatteurs étaient arrivés à l'extrémité du ravin, la battue était terminée. Maan fut non pas déçu mais pris d'un accès de rage. Les mains tremblantes il désarma son fusil, puis se dirigea vers l'endroit où se tenaient les tireurs égarés et en saisit un par sa chemise.

L'homme était plus grand, peut-être plus lourd que Maan, mais il paraissait confus, effrayé. Maan le relâcha puis le regarda, sans mot dire, le souffle lourd et rapide chargé de tension et d'agressivité. Enfin il parla. Au lieu de leur demander s'ils étaient des chasseurs ou des loups, comme il en avait eu l'intention, il poussa une sorte de grondement sauvage et dit :

« On vous avait placés pour garder cette issue. Vous n'aviez pas à dépasser la crête et à venir chasser à un autre endroit sous prétexte que vous le jugiez plus prometteur. L'un d'entre nous aurait pu être tué. Ç'aurait pu être vous. »

L'homme ne répondit pas. Il savait que ce que lui et son compagnon avaient fait était inexcusable. Il regarda son compère, qui haussa les épaules.

Une vague de découragement submergea Maan. Il se détourna en hochant la tête, revint à l'endroit où il avait laissé son fusil et sa bouteille d'eau. Sandeep et les autres s'étaient rassemblés sous un arbre et discutaient de la battue. Sandeep s'éventait le visage avec son casque, l'air encore secoué.

« Le véritable problème, dit quelqu'un, c'est ce bois, là. Trop près de la sortie. Sans ça, nous pourrions nous procurer une dizaine de tireurs supplémentaires et les aligner en un vaste arc de cercle, là – et là –

— En tout cas, dit un autre, ils ont eu un choc. Nous finirons de vider ce ravin la semaine prochaine. Seulement deux loups – j'espérais en trouver plus aujourd'hui.

— Parce que tu crois qu'ils seront encore là à attendre ton bon plaisir ?

— On a démarré trop tard, dit un troisième. Le meilleur moment c'est au petit matin. »

Maan se tenait à l'écart, partagé entre deux sentiments

également insupportables : une extrême tension et une extrême faiblesse.

Il but une gorgée d'eau, regarda le fusil avec lequel il n'avait pas tiré un seul coup. Epuisé, frustré, trahi par les événements, il n'allait sûrement pas se joindre à leur autopsie inutile de la situation. Une autopsie qui, au sens littéral, n'avait effectivement pas lieu d'être.

10.6

Un peu plus tard, dans l'après-midi, Maan apprit de bonnes nouvelles. A en croire ce que raconta un des visiteurs de Sandeep, un de ses collègues lui avait dit que le Nawab Sahib et ses deux fils étaient passés par Rudhia en route pour Baitar où ils avaient l'intention de rester quelques jours.

Le cœur de Maan ne fit qu'un bond. L'image peu attirante de la ferme de son père s'évanouit dans son esprit, remplacée par la perspective agréable d'une véritable chasse (à cheval) sur le domaine de Baitar et celle – non moins réjouissante – d'avoir des nouvelles de Saeeda Bai grâce à Firoz. Il rassembla ses quelques affaires, emprunta deux ou trois romans à Sandeep – afin de rendre son exil à Debaria plus supportable –, se rendit à la gare et prit le premier train passant par Baitar.

Je me demande si Firoz la lui a remise personnellement, songeait-il. Il a dû le faire ! Et je vais savoir ce qu'elle lui a dit en lisant sa lettre – ou plutôt ma lettre – et en découvrant que Dagh Sahib, désespéré par son absence et sa propre incapacité à communiquer, a pris le Nawabzada lui-même pour interprète, scribe et émissaire. Et comment elle a réagi à ma référence aux vers de Dagh :

> *C'est vous qui me faites du tort, puis vous qui demandez :*
> *Cher monsieur, s'il vous plaît dites-moi, comment allez-*
> *[vous aujourd'hui ?*

Arrivé à Baitar, il monta dans un rickshaw et se fit conduire au Fort. Observant ses vêtements tout froissés (le voyage dans un train bondé et étouffant n'avait rien arrangé), son visage pas rasé, le sac qu'il tenait à la main, le rickshaw-wallah demanda :

« Vous allez voir quelqu'un là-bas ?

— Oui, dit Maan, ne relevant pas l'impertinence de la question, le Nawab Sahib.

— Très drôle, très drôle », pouffa l'homme, appréciant le sens de l'humour de Maan.

Après un moment, il s'enquit :

« Comment trouvez-vous notre ville de Baitar ?

— C'est une ville agréable. Ça semble être une ville agréable, dit Maan, sans réfléchir.

— C'était une ville agréable, rectifia son transporteur – avant qu'on ait construit la salle de cinéma. Maintenant avec ces danseuses et ces chanteuses sur l'écran, ces trémoussements et ces scènes d'amour et le reste – il fit une embardée pour éviter un trou dans la chaussée –, elle est devenue encore plus agréable. Agréable du point de vue de la décence, agréable si on se place au point de vue de la chienlit. Baitar, Baitar, Baitar, martela-t-il à coups de pédale. Ce – ce bâtiment avec l'enseigne verte, c'est l'hôpital, aussi bon que l'hôpital de district à Rudhia. Il a été fondé par le père ou le grand-père du Nawab actuel. Et ça c'est Lal Kothi, qui servait de pavillon de chasse à l'arrière-grand-père du Nawab Sahib, mais maintenant il est noyé dans la ville. Et ça – ils venaient de négocier un tournant et découvraient soudain un bâtiment massif, jaune pâle, juché sur une petite hauteur d'où il surplombait un amas de maisons blanchies à la chaux – ça c'est Fort Baitar. »

C'était une vaste, une imposante construction, que Maan regarda avec admiration.

« Mais Panditji veut le prendre et le donner aux pauvres, dit le rickshaw-wallah. Quand il n'y aura plus de zamindari. »

Inutile de dire que le pandit Nehru – dans sa lointaine Delhi et ayant quelques autres sujets de préoccupation – ne nourrissait pas un tel projet. Pas plus que la loi d'abolition du Purva Pradesh – à laquelle ne manquait plus que la

signature présidentielle pour entrer en vigueur – ne pré-
voyait d'accaparer les forts ou les résidences des zamindari,
ni même les terres qu'ils exploitaient eux-mêmes.

« Qu'est-ce que tu attends de tout cela ? demanda Maan.

— Moi ? Rien, rien du tout, rien du tout. Pas ici, en tout
cas. Evidemment, si je pouvais obtenir une pièce, ça serait
bien. Et si j'en avais deux, ça serait encore mieux ; j'en
louerais une à un autre pauvre imbécile et je vivrais de sa
sueur. Sinon je continuerai à pédaler sur mon rickshaw
pendant la journée et à dormir dedans pendant la nuit.

— Qu'est-ce que tu fais pendant la mousson ?

— Oh, je trouve un abri quelque part – Allah le fournit,
Allah le fournit, et Il continuera comme Il a toujours fait.

— Est-ce que le Nawab est populaire par ici ?

— Populaire ? Mais c'est à la fois le soleil et la lune ! Et
les jeunes Nawabzadas aussi, surtout Chhoté Sahib. Tout le
monde aime son caractère. Et comme ils sont beaux ! Vous
devriez les voir quand ils sont tous ensemble : c'est vraiment un spectacle. Le vieux Nawab Sahib avec un fils à
chaque main. Comme le Vice-Roi avec ses officiers.

— Si on les aime tant, pourquoi les gens veulent-ils
s'emparer de leurs domaines ?

— Pourquoi pas ? Les gens veulent obtenir de la terre
partout où c'est possible. Dans mon village, où vivent ma
femme et mes parents, nous travaillons notre terre depuis
des années – depuis l'époque de l'oncle de mon père. Mais
nous devons toujours payer un loyer au Nawab – à cette
sangsue de munshi. Pourquoi faut-il payer un loyer ? Dites-
le-moi. Ça fait cinquante ans que nous arrosons cette terre
de notre sueur, elle devrait être à nous, elle devrait nous
appartenir. »

Quand il le déposa devant l'immense portail clouté de
cuivre de Fort Baitar, le rickshaw-wallah lui demanda le
double du prix normal. Maan commença par discuter, car
c'était à l'évidence un montant déraisonnable, puis, compatissant, sortit l'argent – plus quatre annas – de la poche de
sa kurta et le lui donna.

L'homme s'éloigna, très satisfait d'avoir ainsi pu vérifier
que, comme il le pensait, Maan était à moitié fou. Peut-être

s'imaginait-il qu'il allait réellement rencontrer le Nawab. Pauvre type, pauvre type.

10.7

Le portier partagea cette opinion et enjoignit à Maan de déguerpir. C'était un ordre du munshi, à qui il l'avait décrit.

Sidéré, Maan griffonna quelques mots sur un bout de papier, en disant : « Je n'ai pas à parler avec un munshi. Fais porter ce mot au Nawab Sahib ou à Burré Sahib ou à Chhoté Sahib. Va. »

Voyant que Maan écrivait en anglais, le portier le pria d'entrer, sans pourtant proposer de lui porter son sac. Une fois passée la porte intérieure, ils se dirigèrent vers le principal corps de bâtiment : immense, trois étages, avec des cours sur deux niveaux, des tourelles au sommet.

Laissant Maan dans une cour pavée de pierre grise, le portier grimpa un escalier et disparut. Bien qu'on fût en fin d'après-midi, il régnait encore une chaleur intense dans ce four pavé et entouré de murs. Regardant autour de lui, Maan ne vit trace ni du portier, ni de Firoz ou d'Imtiaz, mais détecta un mouvement derrière une fenêtre, au-dessus de lui. Un visage d'homme entre deux âges, aux traits épais, à la moustache tombante poivre et sel l'examinait.

Au bout d'une minute ou deux, le portier revint.

« Le munshi demande ce que vous voulez.

— Je t'ai ordonné, dit Maan furieux, de porter le mot à Chhoté Sahib, pas au munshi.

— Mais le Nawab Sahib et les Nawabzadas ne sont pas là.

— Comment, pas là ? Quand sont-ils partis ?

— Ça fait une semaine.

— Eh bien, va dire à cet imbécile de munshi que je suis un ami des Nawabzadas et que je passerai la nuit ici. » Maan avait élevé la voix, et elle ricochait autour de la cour.

Le munshi accourut. Malgré la chaleur, il portait un

bundi par-dessus sa kurta. Il n'était pas content. La journée avait été longue, il attendait avec impatience le moment d'enfourcher son vélo et de retourner en ville où il habitait. Et voilà que cet étranger hirsute demandait à être reçu au Fort. Qu'est-ce que c'était que cette histoire ?

« Oui ? » dit le munshi, rangeant ses lunettes de lecture dans sa poche. Il examina Maan de haut en bas, suçant le bout de sa moustache. « Que puis-je faire pour vous ? » demanda-t-il poliment en hindi. Mais derrière le ton aimable et l'attitude correcte, Maan entendit clairement cliqueter les rouages d'un esprit calculateur.

« D'abord me faire sortir de cette cour brûlante puis me faire préparer une chambre, de l'eau chaude pour me raser et quelque chose à manger, dit Maan. J'ai eu une matinée de chasse chaude et fatigante, un voyage en train chaud et fatigant, grâce à vous je tourne en rond depuis une demi-heure – et maintenant cet homme m'apprend que Firoz est parti – ou plutôt qu'il n'a jamais été là. Alors ? » Le munshi n'avait pas bougé.

« Le Sahib aurait-il une lettre d'introduction du Nawab Sahib ? Ou de l'un des Nawabzadas ? Je n'ai pas eu le plaisir de faire la connaissance du Sahib, et en l'absence d'introduction, je regrette de –

— Vous pouvez regretter ce que vous voulez. Je suis Maan Kapoor, un ami de Firoz et d'Imtiaz. Je veux disposer d'une salle d'eau immédiatement, et je ne vais pas attendre que vous repreniez vos esprits. »

Bien qu'un peu impressionné par le ton de Maan, le munshi ne bougeait toujours pas. Il souriait pour apaiser Maan, mais était conscient de sa responsabilité. N'importe qui pouvait arriver, sachant que le Nawab Sahib et ses fils étaient absents, se prétendre l'ami de l'un d'entre eux et, faisant celui qui sait l'anglais, jouant les importants, s'introduire dans le Fort.

« Je suis désolé, dit-il d'un ton doucereux, je suis désolé, mais –

— Maintenant écoutez-moi, l'interrompit Maan. Firoz ne vous a peut-être pas parlé de moi, mais je peux vous garantir qu'il m'a parlé de vous. » Le munshi eut l'air légèrement inquiet : le Chhoté Sahib ne l'aimait pas beaucoup.

« Et j'imagine que le Nawab Sahib a mentionné le nom de mon père. Ce sont de vieux amis.

— Et qui serait le père du Sahib ? » demanda le munshi, avec une feinte sollicitude, s'attendant au mieux à entendre le nom d'un petit propriétaire.

« Mahesh Kapoor.

— Mahesh Kapoor ! » La langue du munshi attrapa précipitamment l'autre bout de la moustache. Il contemplait Maan. Ça paraissait impossible.

« Le ministre du Trésor ? » Sa voix tremblait légèrement.

« Oui. Le ministre du Trésor. A présent, où est la salle de bains ? »

Les yeux du munshi se portèrent rapidement de Maan à son sac et au portier pour revenir à Maan : il n'en reçut aucune confirmation. Il pensa à demander à Maan de lui fournir une preuve, n'importe laquelle, de son identité, pas nécessairement une lettre d'introduction – mais sut que cela ne ferait que l'énerver davantage. Il se trouvait dans une impasse. A en juger par son accent et sa façon de s'exprimer, et malgré son aspect fripé, tout en sueur, cet homme avait certainement reçu une bonne éducation. Et s'il s'avérait qu'il était bien le fils du ministre du Trésor, le principal architecte de cette loi inexorable qui allait dépouiller la maison de Baitar – et lui-même indirectement – de ses vastes possessions, champs, forêts et terres en friche, alors c'était effectivement un personnage important, très important – et à l'idée qu'il l'avait si mal traité, si mal accueilli, la tête lui tourna.

Quand le vertige cessa, le munshi s'inclina les mains jointes en un geste de servilité et de bienvenue, et s'empara lui-même du sac de Maan. Il partit d'un léger rire, comme stupéfait et embarrassé de sa propre stupidité. « Mais, Huzoor, vous auriez dû le dire dès le début. Je serais sorti vous accueillir. Je serais allé vous attendre à la gare avec la jeep. Oh, Huzoor, soyez le bienvenu, le bienvenu dans la maison de votre ami. Demandez-moi tout ce que vous voulez. Le fils de Mahesh Kapoor – le fils de Mahesh Kapoor – J'étais si émerveillé par la gracieuse présence du Sahib que j'en ai perdu l'esprit, je ne vous ai même pas offert un verre d'eau. » Il monta, pantelant, les premières marches puis tendit le sac au garde.

« Huzoor doit prendre la propre chambre de Chhoté Sahib, continua-t-il, s'étouffant d'enthousiasme et d'empressement servile, c'est une merveilleuse chambre avec une belle vue sur la campagne et la forêt où Chhoté Sahib aime chasser. Huzoor a mentionné avec plaisir, il y a une minute ou deux, qu'il a chassé ce matin ? Je vais lui organiser une chasse pour demain matin. Nilgauts, cerfs, sangliers sauvages, peut-être même des léopards. Cela convient-il à Huzoor ? On ne manque pas de fusils – ni de chevaux, si le Sahib veut monter. Et la bibliothèque est aussi bonne que celle de Brahmpur. Le père du Nawab Sahib commandait toujours les livres par deux exemplaires ; l'argent n'était pas un problème. Et Huzoor doit voir la ville de Baitar : avec la permission de Huzoor, je vais moi-même organiser une visite de Lal Kothi, de l'Hôpital et des Monuments. Et maintenant qu'est-ce que le pauvre munshi peut apporter à Huzoor ? Quelque chose à boire après son voyage ? Je vais sur-le-champ aller chercher un sorbet aux amandes avec du safran. Ça vous rafraîchira la tête et ça vous donnera de l'énergie. Le Sahib doit aussi me donner tous les vêtements qu'il veut faire laver. Il y a des vêtements de rechange dans les chambres d'amis, deux ensembles que je vais immédiatement faire porter. Et dans dix minutes, Huzoor aura son domestique avec de l'eau chaude pour le raser, et pour attendre les ordres que Huzoor lui fera la grâce de lui donner.

— C'est ça. Parfait, dit Maan. Où est la salle d'eau ? »

10.8

Maan, une fois lavé, rasé et reposé, visita le Fort, guidé par Waris, le jeune domestique qui lui avait été assigné. Celui-ci, par son allure et son apparence, était tout l'opposé du vieux serviteur qui s'était occupé de Maan à Baitar House à Brahmpur – et du munshi.

Proche de la trentaine, c'était un beau garçon, robuste, endurant, très accueillant (comme un domestique qui jouit de la confiance de son maître se targue d'être), et d'une loyauté à toute épreuve à l'égard du Nawab Sahib et de ses enfants, spécialement Firoz. Dans la chambre de Firoz, il montra à Maan une photographie noir et blanc un peu passée dans un cadre d'argent, posée sur une petite table. On y voyait le Nawab entouré de sa femme (à l'évidence, pour l'occasion, elle n'avait pas respecté le purdah), de Zainab, Imtiaz et Firoz. Les deux garçons paraissaient avoir cinq ans ; Firoz fixait avec intensité l'objectif, la tête inclinée de côté à un angle de quarante-cinq degrés.

C'était étrange, se dit Maan, que pour sa première visite au Fort il soit guidé dans la maison par quelqu'un d'autre que Firoz.

La demeure semblait n'avoir pas de limites. Ce qui frappait d'abord c'était la grandeur, puis en un deuxième temps, la négligence. S'élevant de niveau en niveau par des escaliers raides, ils parvinrent sur le toit avec ses remparts, ses créneaux et ses quatre tours carrées, chacune surmontée d'une hampe à laquelle ne flottait aucun drapeau. Il faisait presque nuit. Une campagne tranquille s'étendait de tous côtés, Baitar baignait dans une sorte de brume constituée de la fumée s'échappant des maisons. Maan voulut grimper au sommet d'une tour, mais Waris n'avait pas les clefs. Une chouette, dit-il, vivait dans la tour la plus proche, qui avait ululé à grand bruit les deux nuits précédentes – et avait même fait une apparition pendant la journée, décrivant de larges courbes au-dessus des anciens quartiers du zenana.

« Je tuerai la haramzada cette nuit, si vous le souhaitez, proposa Waris. Je ne veux pas qu'elle trouble votre sommeil.

— Oh non, non, ce n'est pas nécessaire. Je dors dans n'importe quelles conditions.

— Là en dessous, c'est la bibliothèque, dit Waris, indiquant un vitrage épais, verdâtre. On raconte que c'est une des meilleures bibliothèques privées de toute l'Inde. Elle occupe deux étages en hauteur, et la lumière du jour pénètre par ce vitrage. Comme il n'y a personne au Fort en ce moment, on ne l'a pas éclairée. Mais quand le Nawab Sahib est là, il y passe la majeure partie de son temps. Il laisse tout le travail du domaine à ce salaud de munshi. Faites attention, ici, c'est glissant ; c'est par cette rigole que s'écoulent les eaux de pluie. »

Maan découvrit bientôt que Waris utilisait le mot haramzada – salaud – à tout bout de champ. En fait il s'exprimait avec grossièreté, mais avec la plus grande gentillesse, même lorsqu'il s'adressait aux fils du Nawab. Une manifestation insouciante de sa rusticité, qu'il ne contrôlait que lorsqu'il s'adressait au Nawab en personne. En sa présence, rempli d'une crainte respectueuse, il parlait aussi peu que possible, surveillant sa langue quand ça lui arrivait.

Face à des gens qu'il rencontrait pour la première fois, Waris se sentait instinctivement à l'aise ou sur ses gardes, et se conduisait en conséquence. Avec Maan, il n'éprouvait pas le besoin de se censurer.

« Qu'est-ce qui cloche chez le munshi ? demanda Maan, voyant qu'il ne l'aimait pas non plus.

— C'est un voleur », dit Waris tout à trac. Il ne supportait pas l'idée que le munshi empochait des revenus qui revenaient de droit au Nawab, ce qu'il faisait tout le temps, de notoriété publique, sous-évaluant les ventes et surévaluant les achats, comptant des dépenses qu'aucun travail ne justifiait, et enregistrant des reports de loyer accordés à des fermiers qui n'avaient jamais existé.

« De plus, poursuivit Waris, il opprime le peuple. Et en plus, c'est un kayasth !

— Qu'y a-t-il de mal à être un kayasth ? » Bien qu'hindous, les kayasths avaient pendant des siècles occupé les fonctions de scribes et de secrétaires dans des cours musulmanes, écrivant souvent un meilleur persan ou un meilleur ourdou que les musulmans eux-mêmes.

« Oh, dit Waris, se rappelant soudain que Maan était hindou, je n'ai rien contre les hindous tels que vous. C'est seulement les kayasths. Le père du munshi était déjà munshi du temps du père du Nawab Sahib ; et il a essayé de dépouiller le vieil homme jusqu'à l'os ; sauf que le vieil homme n'avait pas les yeux dans sa poche.

— Et l'actuel Nawab Sahib ?

— Il est trop bon, trop charitable, trop religieux. Il ne se met jamais vraiment en colère contre nous – et nous, une toute petite colère nous suffit. Mais quand il rembarre le munshi, celui-ci s'aplatit pendant quelques minutes et puis il recommence comme avant.

— Et toi, es-tu très religieux ?

— Non, dit Waris, étonné. Mon affaire, c'est plutôt la politique. Je veille à ce que l'ordre règne par ici. J'ai un fusil – et un permis de port d'arme aussi. Il y a un homme dans cette ville – un homme bas, indigne, qui a été élevé par le Nawab Sahib et a mangé son riz – qui fait toutes sortes d'ennuis au Nawab et aux Nawabzadas – intentant de mauvais procès, essayant de prouver que le Fort appartient à des évacués, que le Nawab Sahib est un Pakistanais – si ce porc devient député ici, nous aurons des problèmes. Il est membre du parti du Congrès et a fait savoir qu'il allait demander l'investiture du Congrès pour cette circonscription. Si seulement le Nawab Sahib voulait se présenter comme candidat indépendant – ou me permettre de me présenter à sa place ! Je débarrasserais le plancher de ce salaud. »

La loyauté de Waris ravit Maan ; à l'évidence le garçon était persuadé que l'honneur et la prospérité de la maison de Baitar reposaient sur ses épaules.

Maan descendit dîner dans la salle à manger, où ce qui le frappa le plus ce ne furent ni le riche tapis, ni la longue table en teck ou la desserte sculptée, mais les tableaux, les portraits qui ornaient les murs : il y en avait quatre, deux sur chacun des plus longs murs.

L'un représentait le fringant arrière-grand-père du Nawab avec tout son attirail, cheval, épée et plume verte, qui était mort en combattant les Anglais à Salimpur. L'autre, sur le même mur, était celui de son fils, à qui les Anglais avaient laissé son héritage, et qui s'était lancé dans des études et des œuvres philanthropiques. Il se tenait simplement debout, et non pas sur le dos d'un cheval, mais en grand costume de Nawab. Le calme, un certain détachement même se lisaient dans ses yeux – contrastant avec l'arrogance séduisante du regard de son père. Sur le mur opposé, l'aîné face à l'aîné, le plus jeune face au plus jeune, pendaient les portraits de la reine Victoria et du roi Edouard VII. Victoria, assise, potelée, semblant toiser le monde avec l'air maussade qu'accentuait la petite couronne plantée sur sa tête, vêtue d'une longue robe bleu nuit et d'un manteau bordé d'hermine, portant le sceptre. Son fils, ventru et bambocheur, sans couronne mais avec sceptre, sur fond sombre, vêtu d'une tunique rouge à ceinture gris foncé, manteau d'hermine et culotte de velours, rutilant de galons et de glands. L'expression beaucoup plus joyeuse que celle de sa mère, mais rien de son assurance. Maan les considéra tour à tour, tout en prenant son repas solitaire et trop épicé.

Quand il eut fini, il retourna dans sa chambre. Pour une raison quelconque, les robinets et la chasse d'eau ne fonctionnaient pas dans sa salle de bains, mais il disposait de baquets et de cruches remplis d'une quantité suffisante pour ses besoins. Comparée aux ablutions en plein champ et aux sanitaires plutôt rudimentaires du bungalow du chef de district, la salle de bains carrelée de marbre de Firoz, même s'il devait se verser son eau, semblait à Maan le comble du luxe. Outre un tub, une douche et deux lavabos, il y avait des toilettes à l'européenne, poussiéreuses, et des toilettes à l'indienne. Sur les premières on lisait une sorte de quatrain disant :

> *J.B. Norton & Sons LD*
> *Ingénieurs en sanitaires*
> *Old Court House Corner*
> *Calcutta*

Les deuxièmes se contentaient de :

> *Brevet Norton*
> *« Le cabinet hindou »*
> *Calcutta*

Tout en utilisant ces dernières, Maan se demanda si quelqu'un avant lui, dans cette ancienne place forte de la Ligue musulmane, avait médité sur cette inscription subversive, se rebellant peut-être à l'idée que les Britanniques attribuaient d'une façon aussi arbitraire à ses ennemis religieux un article qui provenait de leur héritage culturel commun.

10.9

Le lendemain matin, Maan tomba sur le munshi qui arrivait à bicyclette ; ils échangèrent quelques mots. Le munshi tenait à savoir si tout avait donné satisfaction au Sahib : la nourriture, la chambre, le service de Waris. Il s'excusa pour la grossièreté de Waris. « Mais, Monsieur, que peut-on faire, les gens par ici sont de tels rustres. » Maan l'informa qu'il envisageait de visiter la ville sous la houlette du rustre en question, et le munshi se lécha nerveusement la moustache, l'air fâché.

Puis son visage s'éclaira et il dit à Maan qu'il allait lui organiser une chasse pour le jour suivant.

Waris empaqueta le déjeuner, proposa à Maan un assortiment de chapeaux, et lui montra la ville, lui signalant toutes les améliorations survenues depuis l'époque de l'héroïque arrière-grand-père du Nawab, criant sans ménagement après les gens qui contemplaient les yeux ronds le sahib en chemise et pantalon blancs. Ils revinrent au Fort en fin d'après-midi. A l'entrée, le portier s'en prit à Waris :

« Munshiji a dit que tu devais être revenu à trois heures. On manque de bois à la cuisine. Il est très fâché. Il est avec le tehsildar dans le grand bureau et il dit que tu dois monter immédiatement. »

Waris fit la grimace, se rendant compte qu'il allait avoir quelques ennuis. Le munshi était toujours irritable à cette heure de la journée ; c'était comme les accès de paludisme.

« Ne t'en fais pas, je vais avec toi et j'expliquerai les choses, dit Maan.

— Non, non Maan Sahib, ne prenez pas cette peine. Un

frelon mord le pénis du haramzada à quatre heures et demie tous les jours.

— Ça ne me dérange pas.

— Vous êtes très bon, Maan Sahib. Ne m'oubliez pas quand vous partirez.

— Bien sûr que non. Maintenant allons voir ce que ton munshi a à dire. »

Ils traversèrent la cour fournaise, montèrent jusqu'au grand bureau. Le munshi se tenait non pas à la table imposante (probablement réservée au Nawab) mais assis par terre jambes croisées devant une petite écritoire en bois, incrustée de cuivre, à la surface courbe. Les jointures de sa main gauche appuyées contre sa moustache poivre et sel, il regardait d'un air dégoûté une vieille femme, très pauvre à en juger par son sari maculé, debout devant lui, la figure striée de larmes.

Derrière le munshi se tenait le chef des gardes, l'air furieux et féroce.

« Tu penses pouvoir entrer comme ça dans le Fort sous de faux prétextes et tu t'imagines qu'on va t'écouter ? » dit le munshi, avec humeur. Il n'avait pas remarqué Maan et Waris, restés sur le pas de la porte en l'entendant élever la voix.

« Je n'avais pas d'autre moyen, s'excusa la vieille femme. Allah sait que j'ai essayé de vous parler – s'il vous plaît Munshiji, écoutez mes prières. Ma famille sert cette maison depuis des générations –

— Est-ce que tu servais cette maison quand ton fils a essayé de faire inscrire son bail sur les registres du village ? Qu'est-ce qu'il veut faire ? Prendre une terre qui ne lui appartient pas ? Il n'y a rien d'étrange à ce que nous lui ayons donné une leçon.

— Mais c'est la vérité – c'est lui qui a exploité la terre –

— Quoi ? Tu es venue ici pour discuter et me dire où est la vérité ? Je sais à quoi m'en tenir sur la vérité de ce que vous racontez, vous autres. »

Sous son apparente douceur, la voix s'était faite tranchante, il ne cherchait même pas à dissimuler le plaisir qu'il prenait à exercer son pouvoir et à écraser la femme sous ses pieds.

Elle se mit à trembler. « C'était une erreur. Il n'aurait pas dû. Mais en dehors de cette terre, qu'est-ce que nous possédons, Munshiji ? Nous mourrons de faim si vous nous l'enlevez. Vos hommes l'ont roué de coups, il a compris la leçon. Pardonnez-lui – et pardonnez-moi, moi qui suis venue en suppliante, d'avoir donné naissance à un si misérable garçon.

— Va-t'en, dit le munshi. J'en ai assez entendu. Tu as ta cabane. Va griller le grain. Ou vends ton corps flétri. Et dis à ton fils de labourer le champ de quelqu'un d'autre. »

La vieille femme éclata en sanglots.

« Va-t'en, répéta le munshi. Tu es sourde en plus d'être idiote ?

— Vous n'avez aucune humanité, dit la femme entre deux sanglots. Un jour viendra où vos actes seront pesés. Ce jour-là, quand Dieu dira –

— Quoi ? » Le munshi s'était levé, toisant le visage ridé aux yeux baissés et pleins de larmes, à la bouche amère. « Quoi ? Qu'as-tu dit ? J'envisageais de faire preuve de mansuétude, mais maintenant je sais quel est mon devoir. On ne peut pas laisser des gens comme toi créer des troubles sur les terres du Nawab Sahib, après avoir joui de sa grâce et de son hospitalité pendant des années. » Il se tourna vers le tehsildar. « Sortez-la d'ici – jetez-la dehors et dites aux hommes que je veux qu'elle soit flanquée à la porte de sa maison d'ici ce soir. Ça lui apprendra – »

Il s'interrompit, les yeux exorbités, en proie non à une colère véritable ou simulée, mais à une terreur bien réelle. Il ouvrait et fermait la bouche, haletait, sa langue cherchait sa moustache.

Car Maan, le visage blanc de rage, l'esprit entièrement occupé par la fureur, marchait droit sur lui comme un automate, sans regarder ni à droite ni à gauche, une lueur de meurtre dans les yeux.

Le tehsildar, la vieille femme, le domestique, le munshi – personne ne bougea. Maan attrapa le munshi par son cou gras et grenu, se mit à le secouer violemment sans mot dire, lèvres retroussées, l'air terrifiant. Le munshi suffoquait, il toussa, porta les mains à son cou. Le tehsildar fit un pas en

853

avant – rien qu'un pas. Soudain Maan relâcha le munshi, qui alla s'effondrer sur son bureau.

Tout le monde se tut pendant quelques minutes. Le munshi cherchait sa respiration, Maan était stupéfait de ce qu'il avait fait, ne comprenant pas pourquoi il avait réagi d'une façon si disproportionnée. Il aurait simplement dû crier après le munshi, le menacer de la colère de Dieu. Waris et le tehsildar avançaient maintenant, l'un vers Maan, l'autre vers sa victime. La vieille femme, horrifiée, ne savait que répéter : « Ya Allah ! Ya Allah ! »

« Sahib ! Sahib ! coassa le munshi, qui avait enfin retrouvé sa voix. Huzoor sait que ça n'était qu'une plaisanterie – une façon de – ces gens – je n'ai jamais eu l'intention – une brave femme – il ne se passera rien – son fils, on lui rend son champ – Huzoor ne doit pas croire – » Les larmes lui coulaient sur le visage.

« Je m'en vais, dit Maan en partie pour lui-même, en partie à l'intention de Waris. Va me chercher un rickshaw. »

Il était sûr qu'il s'en était fallu d'un cheveu qu'il ne tue cet homme.

Lequel plongea soudain vers l'avant, sur les pieds de Maan, qu'il se prit à toucher de la main et de la tête, et demeura allongé, hoquetant, devant lui. « Non, non Huzoor – je vous en prie, je vous en prie, ne me ruinez pas. C'était une plaisanterie – une plaisanterie – une façon de marquer un point – personne ne pense sérieusement de telles choses, je le jure sur mon père et sur ma mère.

— Vous ruiner ? demanda Maan, sidéré.

— Mais votre chasse demain – » souffla l'autre. Il se rendait compte qu'il était pris dans un double piège. Le père de Maan était Mahesh Kapoor, et un tel incident n'allait pas accroître sa sympathie pour le domaine de Baitar. Et Maan était l'ami de Firoz ; un Firoz que son père aimait beaucoup et qu'il écoutait parfois ; le munshi se refusait à imaginer ce qui se passerait si le Nawab Sahib, qui voulait croire qu'un domaine se dirige sans effort et avec mansuétude, apprenait le comportement de son intendant à l'égard d'une vieille femme.

« La chasse ? demanda Maan.

— Et vos vêtements qui ne sont pas lavés – »

Maan lui tourna le dos, écœuré. Il dit à Waris de le suivre, se rendit dans sa chambre, enfourna ses affaires dans son sac et quitta le Fort. Un rickshaw fut hélé pour le conduire à la gare.

Les derniers mots de Waris, à qui Maan interdit de l'accompagner à la gare, furent : « J'ai envoyé un coq de Java au Nawab Sahib. Pouvez-vous voir s'il l'a bien reçu ? Et dites des choses de ma part à ce vieux camarade, Ghulam Rusool, qui travaillait ici. »

10.10

« Alors, raconte-moi, dit Rasheed à Meher, sa fille de quatre ans, avec qui il était assis sur un charpoy devant la maison de son beau-père. Qu'est-ce que tu as appris ? »

Installée sur les genoux de son père, Meher dégoisa à toute vitesse sa version personnelle de l'alphabet ourdou :

« Alif-be-te-se-he-che-dal-bari-ye ! »

— C'est une version très abrégée de l'alphabet », dit Rasheed, mécontent. En son absence, l'éducation de Meher avait considérablement régressé. « Voyons, Meher, tu dois faire un effort. Tu es intelligente. »

Son intelligence n'aida toutefois pas la fillette à ajouter plus de deux ou trois lettres à sa liste.

Elle était contente de voir son père, mais s'était montrée très timide lorsqu'il avait franchi la porte la veille au soir après une absence de plusieurs mois. Il avait fallu toute la persuasion de sa mère et même la promesse d'un gâteau à la crème pour qu'elle aille l'accueillir et lui dise, avec hésitation, « Adaab arz, Chacha-jaan ».

Très doucement, sa mère avait corrigé : « Pas Chacha-jaan. Abba-jaan », ce qui avait déclenché un nouvel accès de timidité. A présent, toutefois, Rasheed était rentré dans les bonnes grâces de sa fille, et elle bavardait avec lui comme s'il n'y avait pas eu tous ces mois d'absence.

« Qu'est-ce qu'on vend dans la boutique du village ? »

demanda-t-il, espérant que sa connaissance des choses pratiques serait meilleure que celle de l'alphabet.

« Des bonbons, des épices, du savon, de l'huile », dit Meher.

Tout content, Rasheed la fit sauter sur ses genoux, quémandant un baiser qu'elle lui donna sans marchander.

Un peu plus tard, le beau-père de Rasheed sortit de la maison où il s'était entretenu avec sa fille. De haute taille, courtois, une barbe blanche bien taillée, les gens du village l'appelaient Haji Sahib, qualificatif que lui valait son pèlerinage à La Mecque quelque trente ans auparavant.

Voyant son gendre et sa petite-fille en grande conversation, sans faire mine de bouger, il dit :

« Abdur Rasheed, le soleil est en train de monter, et si vous devez partir aujourd'hui, vous feriez mieux de vous préparer. » Il se tut, puis : « Et n'oubliez pas de prendre à chaque repas une grande cuillerée du ghee qui est dans cette boîte. Je veille à ce que Meher en prenne, et c'est pourquoi elle a une peau si saine et des yeux brillants comme des diamants. » Il se baissa pour attraper sa petite fille et la serrer contre lui. Meher, qui avait compris qu'elle, sa petite sœur et leur mère retourneraient à Debaria, se pelotonna affectueusement contre son Nana, et extirpa une pièce de quatre annas de la poche du vieil homme.

« Tu viens aussi, Nana-jaan, insista-t-elle.

— Qu'as-tu trouvé ? dit Rasheed. Remets-la en place. Mauvaise habitude, mauvaise habitude », fit-il en secouant la tête.

Mais Meher en appela à son grand-père, qui lui permit de conserver ces gains plutôt mal acquis puis, tout triste de la voir partir, entra dans la maison chercher sa fille.

La femme de Rasheed apparut sur le seuil, vêtue d'un burqa noir, le visage voilé, portant le bébé dans ses bras.

« Mangez quelque chose, ou prenez au moins un verre de sorbet, dit Haji Sahib, qui quelques minutes plus tôt leur recommandait de se dépêcher.

— Haji Sahib, nous devons partir, dit Rasheed. Il se pourrait qu'il y ait du monde aux approches de la ville.

— Dans ces conditions, je vous accompagne à la gare.

— Je vous en prie, ne prenez pas cette peine. »

Une certaine inquiétude, presque de l'anxiété, troublait les traits paisibles du vieil homme.

« Rasheed, j'ai peur que – » fit-il, puis il s'interrompit.

Rasheed, qui respectait son beau-père, lui avait raconté sa visite au patwari, mais il savait que ce n'était pas cela qui inquiétait le vieil homme.

« Je vous en prie, Haji Sahib, ne vous faites pas de souci. » Le visage légèrement altéré, Rasheed rassembla les sacs, les cantines, les boîtes et ils se dirigèrent tous vers la route qui contournait le village. Une échoppe à thé marquait l'arrêt de l'autocar menant à la ville et à la gare, devant laquelle se pressait la petite foule des voyageurs augmentée de la grosse foule des accompagnateurs.

Dans un grand bruit de ferraille, l'autocar s'arrêta.

En larmes, Haji Sahib embrassa sa fille puis son gendre, souleva Meher dans ses bras. La fillette, les sourcils froncés, suivit du doigt la trace d'une larme. Au milieu de toute cette agitation, le bébé, que l'on se passait de bras en bras, continuait à dormir.

Se poussant, se bousculant, tous réussirent à monter dans l'autocar, à l'exception d'une jeune femme en sari orange et d'une fillette d'une huitaine d'années, sa fille à l'évidence.

La femme embrassait une autre femme plus âgée – peut-être sa mère, qu'elle était venue voir, ou sa sœur – et pleurait très fort. Elles s'étreignaient, s'agrippaient l'une à l'autre avec un abandon théâtral, sanglotant et se lamentant.

« Tu te souviens, s'écria la plus jeune, du jour où je suis tombée et où je me suis fait mal au genou...

— Tu es mon unique, mon unique », gémit l'autre.

La petite fille, vêtue de mauve, sa natte retenue par un ruban rose, affichait un ennui profond.

« Tu m'as nourrie – tu m'as tout donné... continuait sa mère.

— Que vais-je faire sans toi... Oh mon Dieu ! Oh mon Dieu ! »

Et ainsi de suite pendant plusieurs minutes malgré les coups de klaxon désespérés du chauffeur. Mais il était impensable de démarrer sans elles. Les autres passagers, bien que le spectacle eût perdu de son attrait et que l'impatience commençât à les gagner, ne l'auraient jamais permis.

« Que se passe-t-il ? demanda la femme de Rasheed, d'une voix basse et inquiète.

— Rien, rien du tout. Simplement des hindoues. »

La femme et sa fille finirent par monter, elle se pencha par la fenêtre ouverte et continua à se lamenter. Eternuant, grognant, l'autocar s'ébranla. Quelques secondes après, la femme s'arrêta de pleurer, ouvrit un paquet d'où elle sortit un laddu qu'elle partagea en deux parties égales, en tendit une à sa fille, et elles se mirent à manger.

10.11

L'autocar était dans un tel état qu'il menaçait de s'effondrer toutes les deux minutes. Il appartenait à un potier, qui avait ainsi opéré un changement spectaculaire de profession – si spectaculaire que ses frères de caste l'avaient mis en quarantaine, jusqu'à ce qu'ils découvrent qu'ils avaient besoin de l'autocar pour se rendre à la gare. Le potier le conduisait et le soignait, le nourrissait et l'abreuvait, diagnostiquait ses éternuements et ses râles, cajolait sa vieille carcasse le long des routes. Des nuages de fumée gris-bleu s'élevaient du moteur, de l'huile suintait du carter, à chaque coup de frein l'air empestait le caoutchouc brûlé, et un pneu crevait ou éclatait toutes les deux heures. La route, constituée de briques posées sur le chant, sans liant ou presque, était criblée de trous, les roues avaient perdu tout souvenir de leurs amortisseurs. Rasheed se sentait en perpétuel danger de castration. Son siège n'ayant plus de dossier, il n'arrêtait pas de heurter du genou l'homme qui lui faisait face.

Aucun des passagers réguliers, cependant, ne voyait là matière à se plaindre. C'était bien mieux et beaucoup plus pratique qu'un trajet de deux heures dans un char à bœufs. A chaque arrêt involontaire, le chauffeur se penchait par la fenêtre et regardait les roues. Un autre homme alors sautait à terre, muni de pinces, et rampait sous l'autocar. Parfois, le car s'arrêtait parce que le chauffeur voulait bavarder avec un ami croisé sur la route – ou bien parce qu'il éprouvait le besoin de s'arrêter. Le chauffeur n'avait d'ailleurs aucun scrupule à réclamer l'assistance de ses passagers. Chaque fois qu'il fallait pousser pour aider à démarrer, il se tournait et hurlait dans le puissant et sonore dialecte local :

« Aré, du-char jané utari aauu. Dhakka Lagaauu ! »

Et au moment où le véhicule allait s'ébranler, il les hélait au cri de guerre de :

« Aai jao bhaiyya, aai jao. Chalo ho ! »

Le chauffeur était particulièrement fier des pancartes (en hindi classique) apposées dans tout le véhicule. Au-dessus de son siège, par exemple, on lisait : *Siège du Fonctionnaire* et *Interdiction de parler au chauffeur pendant la marche de l'autocar.* Au-dessus de la porte, l'écriteau disait : *Ne descendre qu'à l'arrêt complet du véhicule.* Sur toute sa longueur, une paroi portait, en écarlate assassin : *Ne voyagez pas en état d'ivresse ou avec un fusil chargé.* Mais l'avertissement ne mentionnait pas les chèvres, et il y en avait plusieurs.

A mi-chemin de la gare, l'autocar s'arrêta devant une autre échoppe à thé ; ce fut un aveugle qui monta. Son visage, au nez camus, bourgeonnait comme un chou-fleur. S'aidant d'une canne pour marcher, il réussit à grimper tout seul à bord. Rien qu'au bruit caractéristique de chaque véhicule, il pouvait dire quel était celui qui arrivait. De même reconnaissait-il les gens à leur voix. Il aimait leur parler. Une de ses jambes de pantalon était retroussée. Les yeux au ciel, il se mit à chanter d'une voix insouciante autant que discordante :

« O Toi Qui Donnes, ne donne à personne la pauvreté.
Donne-moi la mort, mais pas le malheur. »

Et d'autres prières du même genre, qu'il entonna tout en circulant dans l'autobus pour récolter quelques pièces, assaisonnant les pingres de couplets bien sentis. Rasheed, à chacun de ses voyages, était un de ses plus généreux bienfaiteurs, et le mendiant reconnut sa voix immédiatement. « Comment ? s'écria-t-il. Tu n'as passé que deux nuits chez ton beau-père ? Quelle honte, quelle honte ! Tu devrais passer plus de temps avec ta femme, un homme jeune comme toi. A moins que ce bébé qui pleure soit le tien – et que ta femme soit avec toi ? O femme d'Abdur Rasheed, si tu es dans cet autocar, pardonne son insolence à ce malheureux et accepte sa bénédiction. Puisses-tu avoir encore de nombreux fils, avec des poumons aussi vigoureux. Donne – donne, Dieu récompense les généreux... » Et il poursuivit sa quête.

Sous son burqa, la mère de Meher rougit violemment, éclata de rire, s'arrêta et se mit à pleurer. Rasheed lui tapota gentiment l'épaule.

Le mendiant descendit au dernier arrêt, la gare. « Paix à vous tous, dit-il. Santé et sécurité pour tous ceux qui voyagent sur les Chemins de fer indiens. »

Rasheed apprit que le train n'avait que peu de retard, ce qui le déçut. Il avait espéré pouvoir prendre un rickshaw et se rendre sur la tombe de son frère, dans le cimetière qui se trouvait à une demi-heure du centre de la petite ville. Car c'était à cette gare que son frère avait rencontré la mort, trois ans auparavant, en tombant sous un train. Le temps que la nouvelle parvienne à la famille, les gens du cru avaient organisé l'enterrement de ses restes déchiquetés.

Il était presque midi, et il faisait très chaud. Ils attendaient sur le quai depuis quelques minutes seulement, quand la femme de Rasheed se mit à frissonner. Rasheed lui prit la main sans rien dire. Puis, à voix basse, il fit : « Je sais, je sais ce que tu dois ressentir, je voulais aller le voir moi aussi. Nous le ferons la prochaine fois que nous passerons par ici. Nous n'avions pas le temps aujourd'hui, crois-moi, nous n'avions pas le temps. Et avec tous ces bagages – »

Le bébé, déposé dans un berceau improvisé constitué de plusieurs sacs, continuait à dormir. Meher, épuisée, s'était assoupie. Rasheed les regarda toutes les deux, et ferma les yeux lui aussi.

Sa femme ne répondit pas, mais gémit faiblement. Son cœur battait très vite, elle paraissait hébétée. « Tu penses à Bhaiyya, n'est-ce pas ? » Elle se remit à sangloter, à trembler sans pouvoir s'arrêter. Rasheed sentit la pression s'accumuler à l'arrière de sa propre tête. Il regarda le visage de sa femme, beau même à travers le voile – peut-être parce qu'il le savait beau. Il parla de nouveau, lui tenant la main et lui frottant le front : « Ne pleure pas – ne pleure pas – Meher et le bébé vont se réveiller – nous aurons bientôt quitté cet endroit inhospitalier. Pourquoi te lamenter, pourquoi te lamenter, quand tu ne peux rien y faire... Ecoute, ça pourrait être la chaleur. Enlève ton voile – laisse l'air jouer un peu sur ton visage... Il nous aurait fallu courir, nous aurions peut-être manqué le train et il aurait fallu passer la nuit dans cette ville misérable. La prochaine fois, nous prendrons le temps. C'est de ma faute, j'aurais dû quitter la maison plus tôt. Crois-moi, Bhabhi, à présent nous n'avons plus du tout le temps. »

Il s'était adressé à elle par le nom qu'il lui donnait autrefois, celui de belle-sœur. Car elle avait été l'épouse de son frère, comme Meher en était la fille. Il l'avait épousée pour obéir au vœu de sa mère sur son lit de mort ; sa mère qui ne pouvait supporter l'idée que sa petite-fille demeurât sans père et sa belle-fille (qu'elle aimait) veuve.

« Prends soin d'elle, avait-elle dit à Rasheed. C'est une femme bonne et elle sera aussi une bonne épouse pour toi. » Rasheed avait promis, et avait tenu sa difficile, sa contraignante promesse.

10.12

Très respecté Maulana Abdur Rasheed Sahib,
Je prends ma plume pour vous écrire, avec beaucoup d'hésitation et sans que ma sœur et gardienne le sache. J'ai pensé que vous voudriez savoir comment se porte mon arabe en votre absence. Il se porte bien. Je le pratique tous les jours. Au début, ma sœur a engagé un autre professeur, un vieil homme qui marmonne et tousse, et n'essaie pas de me corriger quand je fais des fautes. Mais j'étais si malheureuse que Saeeda Apa l'a renvoyé. Vous ne me laissiez jamais passer la moindre faute, et je crois bien qu'il m'arrivait d'être en larmes quand j'avais l'impression que je ne pouvais rien faire de bien. Mais vous ne me laissiez pas non plus m'en sortir avec des larmes ni me tourner vers des choses plus faciles quand j'avais retrouvé mon

sang-froid. Maintenant, je me rends compte de la valeur de votre méthode d'enseignement, et je souffre de n'avoir plus à faire les efforts que je m'imposais en votre présence.

A présent, je passe le plus clair de mon temps en travaux ménagers de toutes sortes. Apa est de mauvaise humeur ces jours-ci parce que, me semble-t-il, son nouveau joueur de sarangi joue avec froideur. Aussi je n'ose pas lui demander de me laisser faire quelque chose d'intéressant. Vous m'avez conseillé de ne pas lire de romans, mais j'ai tant de temps disponible qu'il m'arrive de m'y adonner. Mais je lis chaque jour le Coran, et j'en recopie des passages. Je vais maintenant recopier une ou deux citations de la sourate que je suis en train de lire, sans omettre un seul signe de voyelle, pour vous montrer comme je fais des progrès en calligraphie arabe. Je crains bien en réalité qu'elle ne progresse pas du tout. En votre absence, au mieux elle se maintient.

Ne voient-ils pas les oiseaux planer sur leurs têtes,
déployer et resserrer les ailes ?
Qui les soutient, si ce n'est le Miséricordieux ?
    Lui qui voit tout.

Dis : Que vous en semble ? Si demain
la terre absorbe toutes les eaux,
Qui fera jaillir de l'eau courante
et limpide ?

La perruche, qui paraissait faible la veille de votre départ, a commencé récemment à dire quelques mots. Saeeda Apa s'est prise d'une grande affection pour elle, je suis heureuse de vous l'apprendre.

J'espère que vous allez revenir bientôt, car votre présence, vos critiques et vos corrections me manquent, et j'espère que vous êtes en bonne santé, que votre âme est heureuse. J'envoie cette lettre par l'intermédiaire de Bibbo. Elle la postera ; elle dit que cette adresse devrait suffire. Je prie pour qu'elle vous parvienne.

Avec tous mes vœux et l'assurance de mon respect,

Votre élève,
TASNEEM.

Rasheed lut cette lettre lentement, et par deux fois, assis au bord du lac proche de l'école. En arrivant à Debaria il avait appris que Maan était revenu plus tôt que prévu et, renseignement pris, l'avait suivi jusqu'au lac pour s'assurer qu'il allait bien. A en juger par sa façon de nager vigoureuse, il semblait être en pleine forme.

La lettre, qui l'attendait chez son père, avait surpris Rasheed. Il reconnut immédiatement les extraits du Coran, tirés du chapitre intitulé « Le Royaume ». Comme cela ressemblait à Tasneem, se dit-il, de choisir les passages les plus aimables d'une sourate qui contenait de terribles descriptions de l'enfer et de la perdition.

Sa calligraphie n'avait pas régressé, elle s'était même légèrement améliorée. L'appréciation que Tasneem en avait était à la fois juste et modeste. Il y avait quelque chose dans cette lettre – en dehors du fait qu'elle lui avait été envoyée sans que Saeeda Bai le sache – qui le troublait, et il ne put s'empêcher de penser à la mère de Meher, qui devait être en train de nourrir le bébé. Pauvre femme, belle et généreuse, mais qui savait à peine écrire son nom. Et une fois de plus il se demanda : si j'avais pu choisir, est-ce une femme comme elle que j'aurais prise pour partenaire et compagne de toute ma vie ?

10.13

Sous l'œil de Rasheed, Maan rit un peu, toussa et éternua.

« Vous devriez vous sécher les cheveux, dit Rasheed. Ce ne sera pas de ma faute si vous attrapez un rhume. Nager puis ne pas se sécher les cheveux, c'est le rhume assuré, et les rhumes d'été sont les pires. Vous n'avez pas non plus une très bonne voix. Et vous êtes beaucoup plus hâlé, beaucoup plus bronzé qu'il y a quelques jours. »

Maan se dit que sa voix avait dû souffrir de la poussière du voyage, car il n'avait en fait crié après personne, pas même après le tireur à la chasse ou le munshi. A peine revenu de Baitar, et peut-être pour se soulager, il s'était rendu au lac et l'avait traversé plusieurs fois à la nage. En sortant, il avait vu Rasheed assis sur la rive, en train de lire une lettre, une petite boîte – de gâteaux semblait-il – posée à ses côtés.

« Ça doit être tout cet ourdou que vous m'enseignez, dit

Maan. Ces lettres gutturales, ghaaf, khay etc. – ma gorge n'y survivra pas.

— Vous vous cherchez des excuses, des excuses pour ne pas étudier. En fait, vous n'avez pas étudié plus de quatre heures depuis que vous êtes ici.

— Comment ? Du matin au soir je n'arrête pas de réciter l'alphabet à l'endroit et à l'envers et de m'entraîner, dans l'air, à écrire les lettres ourdou. Ici même, en nageant, je continuais à imaginer les lettres : qaaf en faisant la brasse, noon en nageant sur le dos –

— Voulez-vous monter là-haut ? le coupa Rasheed, avec une certaine impatience.

— Que voulez-vous dire ?

— Je veux dire : y a-t-il un soupçon de vérité dans ce que vous racontez ?

— Pas le moindre ! s'esclaffa Maan.

— Alors quand vous monterez là-haut, que direz-vous à Dieu ?

— Oh, j'ai les idées sens dessus dessous sur la question. Pour moi, le haut est en bas et le bas en haut. En fait, je crois que s'il y a un paradis, il est ici, sur terre. Qu'en pensez-vous ? »

Rasheed n'appréciait pas que l'on joue les désinvoltes sur des sujets sérieux. Il ne croyait pas que le paradis fût sur terre : certainement pas à Brahmpur, certainement pas ici à Debaria, ni dans le village quasi illettré de sa femme.

« Vous paraissez soucieux, dit Maan. J'espère que ce n'est pas à cause de ce que j'ai dit. »

Rasheed réfléchit quelques secondes avant de répondre : « Non, pas exactement. Je pensais à l'éducation de Meher.

— Votre fille ?

— Oui, ma fille aînée. C'est une enfant intelligente – vous la verrez ce soir. Mais il n'y a pas d'école comme celle-ci – d'un geste du bras, il indiquait la madrasa – dans le village de sa mère – et elle va grandir dans l'ignorance si je ne trouve pas un moyen d'y remédier. Je lui donne des leçons quand je suis ici, mais après je retourne à Brahmpur pour plusieurs mois et l'inculture de l'entourage reprend le dessus. »

Rasheed ne trouvait rien d'étrange à aimer Meher au

moins autant que sa propre fille. Peut-être était-ce dû au fait qu'au début elle n'avait été pour lui qu'un objet d'amour et non pas une source de responsabilité. Même lorsque, voilà un an environ, elle avait cessé de l'appeler Chacha pour lui donner le nom d'Abba, quelque chose de la mentalité de l'oncle – dispensateur de cadeaux et d'affection – était demeuré en lui. Brusquement, Rasheed se rendit compte que le bébé avait à peu près le même âge que Meher à la mort de son père. Peut-être sa femme avait-elle eu la même idée quand, à la gare, l'émotion l'avait submergée.

Rasheed pensait à sa femme avec tendresse, mais sans passion, et il croyait savoir qu'il en était de même pour elle, qu'elle retirait surtout de sa présence un sentiment de réconfort. Elle vivait pour ses enfants et le souvenir de son premier époux.

Telle est, telle sera ma vie, se disait Rasheed. Si seulement les choses avaient été différentes, nous aurions pu être heureux chacun de notre côté.

Au début, l'idée même de partager une chambre avec elle, ne serait-ce que pendant une heure, l'avait gêné. Puis il s'était habitué à lui faire de courtes visites au milieu de la nuit, quand les autres hommes dormaient dans la cour. Durant ces brefs moments d'intimité, il ne pouvait s'empêcher de se demander à quoi elle pensait. Parfois il l'imaginait proche des larmes. S'était-elle mise à l'aimer davantage après la naissance du bébé ? Peut-être. Mais les femmes du zenana, dans le village de son père – les épouses de ses frères aînés –, se montraient souvent cruelles même quand elles se taquinaient, et elle n'aurait pas osé lui manifester son affection ouvertement, à supposer qu'il y eût quelque chose à manifester.

Une fois de plus, Rasheed commença à déplier la lettre qu'il avait reçue, puis il s'interrompit et dit à Maan :

« Alors – comment ça va à la ferme de votre père ?

— La ferme de mon père ?

— Oui.

— Eh bien, ça devrait aller. Il ne se passe pas grand-chose à cette période de l'année.

— Mais, n'est-ce pas de là que vous revenez ?

— Non, pas exactement.

« — Pas exactement ?

— Je veux dire, non. J'avais l'intention de m'y rendre mais – j'ai été pris par d'autres choses.

— Alors, qu'avez-vous fait ?

— M'énerver pour l'essentiel. Et essayer de tuer des loups. »

Rasheed eut l'air interloqué, mais refusa de le suivre sur cette voie intéressante.

« Vous n'êtes pas sérieux, comme d'habitude, dit-il.

— Quelles sont ces fleurs ? » demanda Maan, pour changer de sujet.

Rasheed regarda la rive opposée du lac.

« Celles de couleur pourpre ?

— Oui. Comment s'appellent-elles ?

— Sadabahar – les toujours vertes, parce que pour elles, c'est toujours le printemps. Elles ne semblent jamais mourir, et personne ne peut s'en débarrasser. Je les trouve belles – bien qu'elles poussent souvent dans des endroits crasseux... Certains les appellent "behayaa" – les "effrontées". » Il parut se perdre dans une longue méditation.

« A quoi pensiez-vous ? finit par demander Maan.

— A ma mère, dit Rasheed, qui poursuivit d'une voix calme : Je l'aimais, Dieu protège son âme. C'était une femme droite, et d'une bonne éducation pour une femme. Elle nous aimait mon frère et moi, son seul regret étant de n'avoir pas eu de fille. Peut-être est-ce pourquoi – quoi qu'il en soit, elle a été la seule à comprendre mon souhait de poursuivre des études, de taire quelque chose pour moi-même et pour cet endroit. » Il prononça « cet endroit » avec une telle amertume qu'on avait l'impression qu'il le détestait. « Mais mon amour pour elle a ligoté ma vie. Quant à mon père – que comprend-il en dehors des notions de propriété et d'argent ? A la maison, je dois faire attention à ce que je dis. Je suis toujours en train de regarder vers le toit et de baisser la voix. Baba a beau être très pieux, il comprend des choses – des choses qu'on ne s'attend pas à le voir comprendre. Mais mon père méprise tout ce que je révère. Et c'est devenu pire depuis les derniers changements dans la maison. » Maan comprit que Rasheed faisait allusion à la nouvelle épouse de son père.

« Regardez autour de vous, continua Rasheed avec amertume, ou considérez l'histoire. Il en a toujours été ainsi. Les hommes âgés s'accrochent à leur pouvoir et à leurs croyances, ce qui signifie qu'ils admettent leurs pires vices mais pas la moindre faute, la plus petite innovation, de la part des jeunes. Puis, grâce à Dieu, ils meurent et ne peuvent plus faire de mal. Mais, à ce moment-là, nous les jeunes sommes devenus vieux, et nous nous efforçons d'aller jusqu'au bout du mal, s'il en reste encore à commettre. Ce village est le pire. » Rasheed indiqua les maisons basses, derrière l'école, de Sagal, la bourgade jumelle de Debaria. « Pire que le nôtre et, bien sûr, bien plus religieux. Je vous montrerai un homme bon dans ce village – je me rendais chez lui quand je vous ai vu tenter le destin en nageant tout seul, vous verrez l'état auquel l'ont réduit les autres – et, je suppose, la juste ou l'injuste colère de Dieu. »

Maan fut stupéfait d'entendre Rasheed s'exprimer de cette façon. Il savait qu'avant de fréquenter l'université de Brahmpur, Rasheed avait reçu une éducation religieuse traditionnelle, il savait que Rasheed croyait en Dieu, en son Prophète et au Livre, véhicule de la parole de Dieu – au point de refuser d'interrompre la leçon de Coran de Tasneem, même pour répondre à un appel de Saeeda Bai. Mais Rasheed n'était pas content du monde créé par Dieu, ni de la façon pathétique dont il avait évolué. Quant au vieil homme, Maan se souvenait que Rasheed lui en avait brièvement parlé au cours de leur longue marche dans le village, mais il n'avait pas très envie de voir un nouvel exemple de la misère régnante.

« Avez-vous toujours été aussi sérieux ? demanda-t-il.

— Loin de là, fit Rasheed avec un petit sourire en coin. Loin de là. Dans ma jeunesse, je ne m'intéressais qu'à moi-même et à mes poings. Je vous ai déjà raconté cela, non ? Je regardais autour de moi et remarquais certaines choses. Chacun traitait mon grand-père avec un grand respect. Les gens venaient de très loin pour lui demander de trancher leurs disputes. Ce qu'il faisait parfois avec beaucoup de sévérité, allant jusqu'à frapper l'offenseur. Ce qui, à mes yeux, prouvait que ses poings étaient une des causes du respect qu'on lui manifestait. J'en ai fait autant. »

Rasheed laissa son regard errer sur la madrasa, puis reprit :

« A l'école, je frappais tout le temps. Je prenais un gamin à l'écart, et je le battais comme plâtre. Parfois, quand je croisais un garçon dans les champs ou sur la route, je lui flanquais une bonne gifle. »

Maan se mit à rire : « Oui, vous m'avez déjà raconté ça, je m'en souviens.

— Il n'y a pas de quoi rire, vraiment. Et en tout cas, mes parents ne riaient pas. Ma mère me frappait très rarement, mais mon père me corrigeait régulièrement.

Baba, néanmoins, la véritable autorité du village, me manifestait beaucoup d'amour, et sa présence m'a sauvé bien des fois. J'étais son favori. Il ne manquait jamais une prière, et du coup moi aussi je disais mes prières avec ponctualité. Ce qui ne m'empêchait pas d'être très méchant à l'école. Parfois le père d'un garçon à qui j'avais flanqué une correction venait se plaindre à Baba. Un jour, Baba m'a attrapé par l'oreille et en me tenant ainsi il m'a ordonné de m'asseoir et de me relever cent fois de suite. Des copains assistaient à la scène, et j'ai refusé d'obéir. Peut-être Baba aurait-il cédé, mais mon père passait par là et, choqué par mon insolence à l'égard de son propre père, il m'a giflé à toute volée. Je me suis mis à pleurer, de honte et de douleur, et j'ai décidé de m'enfuir. Je suis parti en courant, et j'avais déjà atteint les manguiers au-delà de l'aire à battre le grain, quand quelqu'un m'a rattrapé et m'a ramené. »

Maan était aux anges, aussi heureux que s'il avait écouté une histoire du guppi.

« Ça se passait avant que vous n'alliez vivre chez l'Ours ? demanda-t-il.

— Oui, dit Rasheed, un peu vexé que Maan connût si bien sa vie. Quoi qu'il en soit, plus tard, j'ai commencé à comprendre des choses. Je pense que ça s'est passé au collège religieux où l'on m'avait mis. Il se trouve à Bénarès, je suis sûr que vous en avez entendu parler, il est très célèbre, renommé pour la qualité de son enseignement – bien que ce soit un endroit terrible. Au début, on ne voulait pas de moi à cause de mes mauvaises notes à l'école ; un an après mon admission, néanmoins, j'étais troisième d'une classe de soixante garçons, et j'avais cessé de me battre. Les conditions dans lesquelles nous vivions ont fait que je me suis intéressé à des questions de politique pratique, et j'ai organisé des protestations contre les abus que nous subissions. C'est probablement là que j'ai pris le goût des réformes, sans être encore socialiste. Mes anciens complices à l'école en étaient stupéfaits – et probablement consternés de me voir revenir sur le droit chemin. L'un d'eux s'est fait dacoït. Maintenant, quand je parle des améliorations qu'il faudrait apporter au village, ils me prennent pour un fou. Dieu sait si ces villages ont besoin d'être améliorés – et pourraient l'être. Mais je doute que Dieu trouve le temps de s'y atteler, quel que soit le nombre de namaaz que font les gens. Quant à la législation – Rasheed se leva – venez. Il se fait tard, et je dois rendre cette visite. Si je ne suis pas rentré à Debaria avant le crépuscule, je devrai faire mes namaaz avec les vieux de Sagal – plus hypocrites les uns que les autres. » A l'évidence, Rasheed considérait Sagal comme un puits d'iniquités.

« D'accord, dit Maan, que la curiosité commençait à taquiner. Je suppose qu'on ne verra aucun mal à ce que je sois sur vos talons. »

10.14

Comme ils approchaient de chez le vieil homme, Rasheed raconta à Maan quelques détails de sa vie :

« Il a une soixantaine d'années, il vient d'une très riche famille avec de nombreux garçons. Lui-même a eu beaucoup d'enfants, tous morts aujourd'hui à l'exception de deux filles qui s'occupent de lui à tour de rôle. C'est un homme bon, qui n'a jamais fait de mal – et tandis que ses escrocs de frères croulent sous les richesses et la descendance, lui se trouve dans une condition pitoyable. On entend dire qu'il doit cela à un djinn. Ces diables recherchent souvent la compagnie des braves gens. Quoi qu'il en soit – » Rasheed s'interrompit. Un homme grand, d'aspect vénérable, passa à côté de lui dans l'étroite ruelle, et ils se saluèrent, avec mauvaise grâce de la part de Rasheed.

« C'est un de ses frères, dit-il ensuite à Maan, l'un de ceux qui lui ont volé sa part de la richesse familiale. C'est l'un des chefs de la communauté et, en l'absence de l'imam, c'est lui qui conduit la prière à la mosquée. Rien que de le saluer me met mal à l'aise. »

Ils pénétrèrent alors dans la cour d'une maison et virent une scène étrange.

Deux bœufs efflanqués étaient attachés à un piquet près d'une auge. Une petite chèvre s'étalait sur un charpoy, à côté d'un enfant endormi, un garçon au beau visage autour duquel bourdonnaient des mouches. L'herbe poussait sur le mur contre lequel, dans un coin, était appuyé un balai fait de jonc. Une jolie petite fille d'une huitaine d'années, habillée de rouge, les regardait entrer. Elle tenait l'aile flasque d'un corbeau mort qui les fixait d'un œil gris opaque. Un baquet, une cruche en argile cassée, une plaque en pierre avec un rouleau pour écraser les épices, quelques autres objets dépareillés – tout cela était éparpillé dans la cour, comme si personne ne savait à quoi ils servaient ni ne s'en souciait.

Sur le porche d'une maison de deux pièces, délabrée sous un toit de chaume, il y avait un charpoy affaissé, et sur le charpoy reposait un vieil homme. La figure décharnée, les joues recouvertes d'une barbe grise, les yeux caves, il était allongé sur le côté, sur une couverture sale à carreaux verts. Le corps émacié laissait voir les côtes ; ses mains tordues ressemblaient à des serres, et ses jambes maigres étaient torses elles aussi, en dedans. Il paraissait avoir quatre-vingt-dix ans, et être sur le point de mourir. Mais il avait la voix claire et, en voyant approcher ce qui n'était pour lui que des silhouettes, il dit :

« Qui ? Qui est là ?

— Rasheed, fit celui-ci d'une voix forte, sachant que le vieil homme entendait mal.

— Qui ?

— Rasheed.

— Oh, quand es-tu arrivé ?

— Je viens juste d'arriver du village de ma femme. »

Le vieil homme enregistra l'information puis demanda :
« Qui est avec toi ?

— C'est un Babu de Brahmpur. Il vient d'une bonne famille. »

Maan ne savait que penser de cette biographie succincte, mais se dit que « Babu » était sûrement un terme de respect par ici.

Le vieil homme se pencha légèrement en avant, puis retomba sur son lit avec un soupir.

« Comment vont les choses à Brahmpur ? » dit-il.

Rasheed fit un signe de tête à Maan.

« Il fait encore très chaud, dit Maan, dans l'ignorance de ce qu'on attendait de lui.

— Tournez-vous vers ce mur pendant un instant », lui dit Rasheed.

Maan s'exécuta sans poser de question. Se retournant cependant avant qu'on lui ait dit de le faire, il eut le temps d'apercevoir le joli visage d'une femme en sari jaune, qui se dépêcha de disparaître derrière un des piliers carrés du porche. Dans ses bras reposait l'enfant qui dormait sur le charpoy. Ainsi protégée par cette forme de purdah improvisé, elle se joignit à la conversation. La petite fille en rouge avait laissé tomber son corbeau mort pour aller jouer avec sa mère et son frère derrière le pilier.

« C'est sa plus jeune fille, expliqua Rasheed.

— Très jolie », apprécia Maan. D'un regard acéré, Rasheed lui intima de se taire.

« Pourquoi ne vous asseyez-vous pas sur le charpoy ? Chassez la chèvre, proposa la femme.

— Très bien », dit Rasheed.

De là où ils se trouvaient à présent, il était difficile pour Maan de ne pas voir ce qui se passait derrière le pilier. Privé depuis si longtemps de compagnie féminine, le pauvre garçon sentait son cœur bondir chaque fois que ses yeux entr'apercevaient le beau visage.

« Comment va-t-il ? demanda Rasheed.

— Vous voyez, dit la femme. Le pire est à venir. Les médecins refusent de le soigner. Mon mari dit que nous devrions essayer de lui donner ce qu'il demande, qu'il se sente à l'aise, c'est tout ce que nous pouvons faire. » Elle s'exprimait d'une manière vivante, d'un ton allègre.

Ils continuèrent à discuter du vieil homme, comme s'il n'avait pas été là.

Soudain, celui-ci se souleva et appela d'une voix forte : « Babu ! »

De nouveau, Rasheed fit un signe de tête à Maan.

« Oui ? dit Maan, probablement trop bas pour que l'homme puisse l'entendre.

— Que puis-je vous dire, Babu – ça fait vingt-deux ans que je suis malade – et douze que je suis cloué au lit. Je suis si perclus que je ne peux même pas m'asseoir. Je voudrais que Dieu me rappelle à lui. J'ai eu six enfants, et six filles aussi – Maan fut frappé par sa façon d'énumérer ses douze enfants – et il ne m'en reste que deux. Ma femme est morte il y a trois ans. Ne tombez jamais malade, Babu. C'est le pire des destins. Je mange ici, je dors ici, je me lave ici, je parle ici, je prie ici, je pleure ici, je chie et pisse ici. Pourquoi Dieu m'a-t-il infligé cela ? »

Maan jeta un coup d'œil à Rasheed, qui paraissait profondément affligé.

« Rasheed ! cria le vieil homme.

— Oui, Phupha-jaan.

— Sa mère – le vieillard indiquait sa fille de la tête – a pris soin de ton père quand il était malade. Maintenant, il ne vient même pas me voir. Ça c'est depuis qu'il s'est remarié. Avant, chaque fois que je passais devant sa maison – c'était il y a douze ans – il insistait pour que je prenne le thé avec eux. Ils m'ont rendu visite quand je suis tombé malade. A présent, il n'y a que toi. J'ai entendu dire que Vilayat Sahib était là aussi. Il n'est pas venu.

— Vilayat Sahib ne va jamais voir personne, Phupha-jaan.

— Bon, mais ton père ? Ne prends pas en mal mes propos, je ne critique pas.

— Non, non, je sais. Ce n'est pas bien. Ce n'est pas bien. Je ne prends pas vos paroles en mal. Il vaut mieux dire ce que l'on pense. Je suis désolé qu'il en soit ainsi.

— Il faudra que tu reviennes me voir avant de t'en aller... Comment ça se passe pour toi à Brahmpur ?

872

« — Très bien. » Rasheed se voulut rassurant. « Je donne des cours particuliers, et ça me fait un revenu confortable. Je suis en bonne forme. Je vous ai apporté un petit cadeau – des bonbons.

— Des bonbons ?

— Oui, je vais les lui donner. »

S'adressant à la femme, Rasheed dit : « Ils sont faciles à digérer, mais ne lui en donnez pas plus d'un ou deux à la fois. » Puis se tournant vers le vieil homme : « Maintenant, je dois partir, Phupha-jaan.

— Tu es un brave garçon.

— C'est un titre qui n'est pas difficile à gagner, à Sagal. »

Le vieil homme gloussa un peu. « C'est vrai », dit-il.

Rasheed se leva, imité par Maan.

D'un ton cérémonieux qu'adoucissait la tendresse, la jeune femme dit : « Ce que vous avez fait nous incite à refaire confiance aux gens. »

Comme ils sortaient de la cour, Maan entendit Rasheed murmurer : « Et ce que les braves gens vous ont fait me fait douter de Dieu. »

10.15

En quittant Sagal, ils traversèrent une petite place devant la mosquée, où bavardaient une dizaine d'hommes, les anciens du village, la plupart barbus, dont celui qui les avait dépassés dans la rue quand ils se rendaient chez le vieillard. Rasheed reconnut deux autres frères de l'invalide, mais dans le crépuscule ne put distinguer l'expression de leur visage. Ils semblaient lui lancer des regards hostiles et, en s'approchant, il vit que leur expression ne l'était pas moins. Lui et Maan, avec sa chemise et son pantalon blanc, faisaient l'objet d'un examen serré.

« Ainsi, vous êtes venu, dit l'un, d'un ton légèrement moqueur.

« — Oui. » Rasheed se refusa à donner à cet homme son titre usuel.

« Vous avez pris votre temps.

— Certaines choses demandent du temps.

— Et vous êtes resté à parler de tout et de rien jusqu'à ce qu'il soit trop tard pour dire le namaaz », dit le frère qu'il avait croisé dans la rue.

Ce qui était vrai ; tout à la conversation, Rasheed n'avait même pas entendu l'appel à la prière du soir.

« Parfaitement, dit-il avec colère, c'est exactement cela. »

Il était furieux de se faire tancer, non dans le but de l'inciter à plus d'assiduité religieuse, mais par pure malignité, pure méchanceté. Ils sont jaloux, pensa-t-il, parce que je suis jeune et que j'ai évolué. Ils se sentent menacés par mes idées – ils ont décidé que je suis communiste. Et ce qu'ils détestent plus que tout c'est que je sois lié à cet homme dont la vie leur est une source de honte permanente.

Un personnage grand et fort toisa Rasheed d'un air menaçant : « Et qui c'est celui-là ? demanda-t-il, montrant Maan. Ne nous ferez-vous pas l'honneur d'une présentation ? Ainsi nous saurons qui est ce compagnon dont s'entoure et profite le Maulana Sahib. » A cause de la kurta orange que portait Maan à son arrivée au village, la rumeur avait couru qu'il était un saint homme.

« Je ne crois pas que ce soit nécessaire, dit Rasheed. C'est mon ami, point final. On ne doit présenter que les gens qui se ressemblent. »

Maan voulut s'avancer aux côtés de Rasheed, mais celui-ci lui fit signe de rester à l'arrière de la première ligne de feu.

« Avez-vous l'intention, demain matin, d'assister à la prière de l'aube à la mosquée de Debaria, Maulana Sahib ? Nous croyons savoir que vous êtes un lève-tard, et cela représente un certain sacrifice. » L'attaque venait à nouveau du gros homme.

« J'assisterai à la prière qu'il me plaira.

— Ainsi, c'est là votre style, Maulana Sahib, dit quelqu'un d'autre.

— Ecoutez – fit Rasheed, absolument hors de lui, que

celui qui veut parler de mon style vienne chez moi ; nous en parlerons et nous verrons de son style ou du mien lequel est le meilleur. Quant à la décence de nos vies et à la profondeur de notre foi – la société sait ce qu'il convient d'en penser. Pourquoi la société ? Même les enfants connaissent la vie honteuse que mènent nombre de ceux qui affichent la piété. » Il pointait le doigt sur le demi-cercle des barbus. « S'il y avait une justice, les tribunaux s'assureraient –

— Ce n'est ni à la société, ni aux enfants ni aux tribunaux de juger, mais à Lui, s'écria un vieux.

— Eh bien, c'est une question d'opinion et de discussion, rétorqua Rasheed.

— Iblis savait comment se défendre avant sa chute !

— Les bons anges aussi. Et les autres.

— Vous prenez-vous pour un ange, Maulana Sahib ? ricana l'homme.

— Me prenez-vous pour Iblis ? » cria Rasheed.

Soudain, il se rendit compte que les choses étaient allées trop loin. Aussi insultants, réactionnaires, hypocrites et jaloux qu'ils fussent, ils n'en étaient pas moins ses aînés. Il pensa également à Maan, à l'effet qu'une telle scène devait avoir sur lui, à la mauvaise impression qu'elle devait lui donner de sa religion.

Une fois de plus, le sang montait et battait dans sa tête. Il avança d'un pas – on lui avait coupé le chemin –, deux hommes s'écartèrent.

« Il se fait tard, dit-il. Excusez-moi. Nous devons partir. Nous nous rencontrerons de nouveau – et nous verrons à ce moment-là. » Il franchit le cercle brisé, Maan sur ses talons.

« Peut-être devriez-vous dire "Khuda haafiz", fit une voix sarcastique.

— Oui, khuda haafiz, Dieu vous protège », répéta Rasheed avec colère, et il s'éloigna sans se retourner.

Bien que situés à 1 500 mètres l'un de l'autre, Debaria et Sagal auraient pu ne former qu'un seul village pour ce qui est de la circulation des rumeurs. Tout ce qui se racontait dans l'un était répété dans l'autre. Que ce soit par la torréfaction du grain à Debaria ou grâce au bureau de poste de Sagal, par la madrasa commune, par les visites que les gens se rendaient ou par les rencontres dans les champs adjacents, les deux villages étaient si indissolublement liés par tout un réseau d'amitiés et d'inimitiés, de relations ancestrales ou de mariages récents, d'informations et de désinformations qu'ils formaient une seule et même trame de ragots.

Il n'y avait pas d'hindous de haute caste à Sagal. Debaria comptait quelques familles de brahmanes, qui appartenaient à ce réseau car elles entretenaient de bonnes relations avec les familles musulmanes comme celle de Rasheed ; les uns et les autres se rendaient visite. Ils tiraient fierté de ce que les querelles à l'intérieur de chaque communauté avaient le pas sur les frictions intercommunautaires. Ce qui n'était pas le cas dans certains villages environnants, où subsistait le souvenir des violences commises à l'encontre des musulmans au moment de la Partition.

Justement, le Football, surnom donné à l'un des propriétaires brahmanes, s'apprêtait à rendre une visite matinale au père de Rasheed.

Assis sur un charpoy devant la maison, Maan jouait avec Meher. Moazzam tournait autour d'eux, heureux de la présence de Meher, à qui, de temps en temps, il passait émerveillé la main dans les cheveux. M. Biscuit rôdait non loin, affamé.

Rasheed et son père bavardaient, installés sur l'autre charpoy. Le père était au courant de l'altercation entre son fils et les vieux de Sagal.

« Ainsi tu ne crois pas que le namaaz est important ?

— Si, si, dit Rasheed. Je ne l'ai pas observé strictement ces derniers jours – mais j'avais des responsabilités et des devoirs inévitables. Et on ne peut pas dérouler un tapis de prière dans un autocar. Ma propre fainéantise est en partie responsable. Mais quelqu'un d'aimable m'aurait pris à part pour me faire des reproches – ou serait venu t'en parler, Abba – et n'aurait pas blessé mon honneur devant toute une assemblée – Et puis je crois que la vie d'un homme est plus importante que n'importe quel namaaz, ajouta-t-il avec ferveur.

— Que veux-tu dire par là ? fit sèchement son père qui, apercevant Kachheru, le héla : Ei, Kachheru, va chez le bania m'acheter du supari – je n'en ai plus pour mon paan. Oui, oui – la quantité habituelle... Ah, voilà le Football qui se dandine ; il vient sûrement à cause de ton ami hindou. Oui, la vie des gens est importante, mais ce n'est pas une raison – une raison pour parler de cette façon aux gens importants d'un village. As-tu pensé à mon honneur en te comportant ainsi ? Ou à ta propre position dans le village ? »

Rasheed suivit Kachheru des yeux pendant quelques minutes. « D'accord, dit-il, pardonne-moi, tout est de ma faute. »

Mais, sans écouter ces excuses peu sincères, son père s'était levé pour accueillir son hôte, sa bouche rouge ouverte en un large sourire : « Bienvenue, bienvenue, Tiwariji.

— Bonjour, bonjour. De quoi le père et le fils discutaient-ils avec une telle chaleur ?

— De rien, lui répondirent les deux hommes en chœur.

— Ah, bien. Cela fait un certain temps que moi et deux trois autres voulions vous rendre visite, mais avec la moisson et le reste, nous n'avons pas pu. Et puis nous avons entendu dire que votre invité s'était absenté quelques jours, alors nous avons décidé d'attendre son retour.

— Vous êtes donc venu voir Kapoor Sahib, et pas nous », dit son hôte.

Le Football secoua la tête avec véhémence : « Que dites-vous, que dites-vous, Khan Sahib ? Notre si vieille amitié. Et puis on a si peu l'occasion de parler à Rasheed, maintenant qu'il aiguise son esprit à Brahmpur la majeure partie de l'année.

— Enfin, continua le père de Rasheed avec malice, vous

prendrez bien une tasse de thé, puisque vous avez fait l'effort de venir. Je vais appeler l'ami de Rasheed, et nous causerons. Qui d'autre doit venir, au fait ? Rasheed, commande du thé pour tout le monde. »

Le Football fut pris d'une agitation soudaine. « Non, non – dit-il, gesticulant comme s'il chassait un essaim de guêpes – pas de thé, pas de thé.

— Mais nous en prendrons tous, Tiwariji, il n'est pas empoisonné. Même Kapoor Sahib se joindra à nous.

— Il boit du thé avec vous ? demanda Tiwari.

— Bien sûr. Il mange avec nous aussi. »

Le Football demeura silencieux le temps, si l'on peut dire, de digérer la nouvelle.

« Mais je viens de prendre du thé, dit-il enfin, avec mon petit déjeuner – on m'a servi du thé et aussi beaucoup trop à manger avant que je quitte ma maison. Regardez-moi. Je dois faire attention. Votre hospitalité est sans limite, mais –

— Vous n'êtes pas en train de nous dire, Tiwariji, que nous vous offrons plus que ce que vous attendiez ? Pourquoi ne voulez-vous pas manger avec nous ? Vous craignez de vous souiller ?

— Oh non, non, non, simplement un insecte de gouttière comme moi ne se sent pas heureux quand on lui offre le luxe des palaces. Ah, ah, ah ! » Le Football chancela un peu, sous le poids de sa propre plaisanterie, le père de Rasheed lui-même sourit. Il décida d'en rester là. Les autres brahmanes ne transigeaient pas sur la règle, qui leur interdit de manger avec des non-brahmanes, mais le Football, lui, se contentait de rester dans le vague.

M. Biscuit s'approcha de leur charpoy, attiré par le thé et les gâteaux :

« Dégage, ou je te fais frire dans du ghee, dit Moazzam, ses cheveux dressés comme les poils d'un hérisson. C'est un glouton », expliqua-t-il à Maan.

M. Biscuit les dévisageait, le regard vide.

Meher lui offrit un de ses deux gâteaux, l'autre se précipita pour l'avaler.

Satisfait de la générosité de Meher, Rasheed ne l'était pas du tout de M. Biscuit.

« Il ne fait que manger et chier, manger et chier toute la

journée, dit-il à Maan. Toute sa vie se résume à ça. Il a sept ans et sait à peine son alphabet. Que peut-on faire ? – c'est l'atmosphère du village. Les gens le trouvent drôle et l'encouragent. »

Comme pour prouver ses autres talents, M. Biscuit porta ses mains à ses oreilles et se mit à crier, imitant l'appel du muezzin à la prière :

« Aaaaaaye Lalla et lalla alala ! Halla o halla !

— Sale bête, hurla Moazzam, qui voulut le gifler, mais en fut empêché par Maan. Regardez, dit Moazzam, toujours aussi fasciné par la montre de Maan, les deux aiguilles se recouvrent.

— Ne lui donnez pas votre montre, conseilla Rasheed, ni votre torche. Il aime voir comment ça marche, mais ne travaille pas de manière très scientifique. Un jour je l'ai trouvé en train de taper sur ma montre, qu'il avait prise dans mon sac, avec une brique. Heureusement, le mécanisme fonctionnait encore. Mais le verre, l'aiguille, le ressort – tout était cassé. La réparation m'a coûté vingt roupies. »

Pendant ce temps, Moazzam comptait tout en les lui chatouillant les doigts de Meher – au ravissement de la fillette. « Il lui arrive de dire des choses tout à fait intéressantes, astucieuses même, continua Rasheed. Il est très déconcertant. Ses parents l'ont trop gâté, ne lui ont imposé aucune discipline, et maintenant il suit ses penchants. Parfois il leur vole de l'argent, à eux et à d'autres, et va à Salimpur. Ce qu'il fait là-bas, personne ne le sait. Il réapparaît au bout de quelques jours. Il est très intelligent, affectueux aussi, mais il finira mal. »

Moazzam, qui avait entendu ces derniers mots, se mit à rire. « Non, dit-il, c'est vous qui finirez mal. Huit, neuf, dix ; dix, neuf, huit – reste tranquille – sept, six. Donne-moi ce porte-bonheur, tu as joué avec assez longtemps. »

Distinguant au loin la silhouette de deux nouveaux visiteurs, il tendit Meher à son arrière-grand-père, qui sortait de la maison, et se porta à leur rencontre pour découvrir de qui il s'agissait et – au besoin – les défier.

« Quel petit malin, dit Maan.

« — Malin ? fit Baba. C'est un filou, un voleur, et il n'a que douze ans ! »

Maan sourit.

« En forçant sur le pédalier du van que vous voyez là, il a faussé les pales du ventilateur. Ce n'est pas un malin, c'est un voyou », décréta Baba, berçant Meher avec une force étonnante pour un vieil homme.

« En plus, il est si grand qu'il lui faut toujours des douceurs à manger. Alors il vole – dans les poches des gens. Chaque jour il vole du riz, du daal, tout ce qu'il trouve chez lui et va le vendre au bania. Ensuite il file à Salimpur où il s'empiffre de raisins et de grenades ! »

Maan éclata de rire.

Soudain, Baba pensa à quelque chose. « Rasheed ! appela-t-il.

— Oui, Baba ?

— Où est ton autre fille ?

— A l'intérieur, Baba, avec sa mère. En train de manger, je suppose.

— Elle est chétive. Ressemble pas à ma progéniture. On devrait lui donner à boire du lait de bufflonne. On dirait une vieille femme quand elle sourit.

— Comme beaucoup d'enfants, Baba.

— Celle-ci est pleine de santé. Regarde comme ses joues brillent. »

Précédés de Moazzam et suivis par Kachheru, deux hommes – brahmanes eux aussi – approchaient. Baba s'avança pour les accueillir, Rasheed et Maan transportèrent leur charpoy au fond de la cour, où se tenaient le père de Rasheed et le Football. On s'acheminait vers une conférence.

D'autant que, sur le chemin menant à Sagal, on vit arriver Netaji, accompagné de Qamar, l'instituteur sardonique qui avait fait une brève apparition dans la boutique, à Salimpur. Ils revenaient de la madrasa où ils s'étaient entretenus avec les professeurs.

Chacun salua chacun, avec plus ou moins d'enthousiasme. Goûtant peu cette accumulation de brahmanes, Qamar les salua de la façon la plus formelle, alors que les deux derniers arrivés, Bajpai (portant tous les signes de sa caste, et notamment la marque en pâte de bois de santal) et son fils Kishor Babu, étaient de très braves gens. Qui, pour leur part, n'appréciaient pas la présence du Football, ce faiseur d'embrouilles qui n'aimait rien tant que monter les gens les uns contre les autres.

Timide et gentil, Kishor Babu dit à Maan, en lui tenant les deux mains dans les siennes, qu'il était très content de faire enfin sa connaissance. Puis il voulut prendre Meher dans ses bras, mais l'enfant courut se percher sur les genoux de son grand-père qui vérifiait les noix de bétel que Kachheru avait apportées. Netaji traversa la cour pour aller chercher un charpoy.

Bajpai s'était emparé de la main droite de Maan et l'examinait avec soin. « Une femme. De l'argent. Quant à la ligne de sagesse...

— ... elle semble ne pas exister, conclut Maan, en souriant.

— La ligne de vie n'est pas très bonne », poursuivit Bajpai, encourageant.

Maan rit.

Qamar observait la scène d'un air dégoûté. Un nouvel exemple de superstition de ces pitoyables hindous.

Bajpai continuait : « Vous étiez quatre enfants, il n'en reste que trois. »

Maan s'arrêta de rire, sa main se raidit.

« J'ai raison ? dit Bajpai.

— Oui.

— Lequel a disparu ? » demanda Bajpai, fixant Maan avec intensité et amabilité.

« Ah non, c'est à vous de me le dire.

— Je crois que c'était le plus jeune. »

Maan fut soulagé. « Je suis le plus jeune. C'est le troisième qui est mort, à moins d'un an.

— Du bidon, du bidon », dit Qamar, d'un air méprisant. En homme de principes, il ne supportait pas le charlatanisme.

« Vous ne devriez pas dire ça, Maître Sahib, le corrigea gentiment Kishor Babu. C'est très scientifique. La chiromancie – et l'astrologie aussi. Sinon, pourquoi les étoiles seraient-elles où elles sont ?

— Tout est scientifique pour vous, dit Qamar. Même le système des castes. Même vénérer le linga et d'autres choses aussi dégoûtantes. Et chanter des bhajans pour glorifier Krishna, ce voleur adultère de femmes. »

Si Qamar cherchait une querelle, il en fut pour ses frais. Maan le regarda d'un air étonné, mais n'intervint pas. Il attendait avec intérêt ce que Bajpai et Kishor Babu allaient répondre. Quant au Football, ses petits yeux passaient à toute vitesse de l'un à l'autre.

Kishor Babu reprit la parole, s'exprimant d'un ton posé : « Voyez-vous, Qamar Bhai, la réalité est la suivante. Ce ne sont pas ces images que nous vénérons. Elles nous servent simplement à nous concentrer. Dites-moi : pourquoi vous tournez-vous vers La Mecque pour prier ? Personne n'irait dire que vous vénérez une pierre. Quant au Seigneur Krishna, nous ne pensons pas à lui en ces termes. Pour nous, il est l'incarnation de Vishnou lui-même. D'une certaine façon, je tiens mon prénom du Seigneur Krishna.

— Ne me dites pas, grogna Qamar, que les hindous de Salimpur, les gens ordinaires qui font leur puja tous les matins devant leurs déesses à quatre bras et leurs dieux à tête d'éléphant s'en servent comme de points de concentration. Ils vénèrent des idoles, purement et simplement. »

Kishor Babu soupira. « Ah, les gens ordinaires ! » fit-il, laissant entendre que cela expliquait tout. Il croyait profondément à la valeur du système des castes.

Rasheed éprouva le besoin d'intervenir en faveur de la minorité hindoue. « Peu importe, les gens sont bons ou mauvais en fonction de ce qu'ils font, non en fonction de ce qu'ils vénèrent.

— Vraiment, Maulana Sahib ? dit Qamar. Peu importe qui ou quoi vous adorez ? Que pensez-vous de tout cela, Kapoor Sahib ? »

Maan réfléchit quelques secondes, mais ne dit rien. Son regard se porta sur Meher et deux de ses amis qui essayaient d'entourer de leurs bras le tronc rugueux du margousier.

« A moins que vous n'ayez aucune idée sur le sujet ? » insista Qamar. N'appartenant pas au village, il pouvait se montrer aussi irritant qu'il le souhaitait.

A présent, Kishor Babu paraissait très chagriné. Ni Baba ni ses fils n'avaient participé au débat théologique : en leur qualité d'hôtes, pensait Kishor Babu, ils auraient dû intervenir pour empêcher la discussion de s'envenimer. Il sentait que Maan n'appréciait pas du tout l'interrogatoire de Qamar, et craignait qu'il ne réagisse avec violence.

Ce dont, finalement, Maan se garda. Ne détournant son attention du margousier que pour lancer de brefs regards à Qamar, il dit :

« Je ne m'intéresse pas à ces sujets. La vie est déjà bien assez compliquée comme cela. Mais il est clair, Maître Sahib, que si vous croyez que j'esquive votre question, vous ne nous laisserez pas en paix, ni moi ni les autres. Vous allez donc me forcer à être sérieux.

— Ce n'est pas une mauvaise chose », rétorqua Qamar sèchement. Il avait tout de suite jaugé Maan et en avait conclu que le personnage ne comptait guère.

« Ce que je pense, c'est ceci, reprit Maan, du même ton posé. C'est par pur hasard que Kishor Babu est né dans une famille hindoue et vous, Maître Sahib, chez des musulmans. Je suis absolument convaincu que si l'on vous avait échangés après la naissance, ou avant la naissance, ou même avant la conception, vous Maître Sahib glorifieriez Krishanji et lui, le Prophète. Quant à moi, qui mérite si peu qu'on me glorifie, je suis peu enclin à glorifier quiconque – encore moins à le vénérer.

— Comment ? s'exclama le Football, se lançant, batailleur, dans la conversation et se remontant en parlant. Même pas de saints hommes comme Ramjap Baba ? Même pas le Saint Gange au moment de la pleine lune du grand Pul Mela ? Même pas les Vedas ? Ni Dieu lui-même ?

— Ah, Dieu, soupira Maan. Dieu est un grand sujet – trop grand pour des gens comme moi. Je suis sûr qu'Il est trop grand pour se préoccuper de ce que je pense de Lui.

« — Mais n'éprouvez-vous jamais le sentiment de Sa présence ? demanda Kishor Babu, se penchant vers Maan avec sollicitude. Ne vous sentez-vous jamais en communion avec Lui ?

— Maintenant que vous me le dites, je me sens en communion directe avec Lui en ce moment précis. Et Il me dit de cesser cette discussion futile et de boire mon thé avant qu'il ne soit froid. »

Qamar, Rasheed et le Football exceptés, tout le monde sourit. Rasheed détestait ce qu'il prenait pour de la désinvolture chronique chez Maan. Qamar s'estimait victime d'une basse manœuvre, le Football était déçu dans sa tentative de fomenter des troubles. Mais l'harmonie régnait à nouveau, et l'assemblée se scinda en petits groupes.

Le père de Rasheed, le Football et Bajpai discutèrent de ce qui se passerait si on venait à appliquer la loi sur les zamindari. Elle avait reçu l'aval du Président, mais avait été portée devant la Haute Cour de Brahmpur, qui devait statuer sur sa conformité à la Constitution. Rasheed, que ce sujet rendait mal à l'aise, s'entretint avec Qamar de changements dans le programme d'enseignement de la madrasa. Kishor Babu, Maan et Netaji formèrent un troisième groupe – mais comme Kishor Babu insistait pour connaître les idées de Maan sur la non-violence tandis que Netaji tenait absolument à ce qu'il leur raconte la chasse au loup, la conversation prit un tour curieusement décousu. Baba partit s'amuser avec son arrière-petite-fille favorite qui, juchée sur les épaules de Moazzam, faisait l'aller-retour entre l'étable et le pigeonnier.

Assis par terre, dos appuyé au mur, à l'ombre de l'étable, Kachheru réfléchissait tout en regardant les enfants jouer dans la cour. Il n'avait rien écouté de ce qui s'était dit. Ce genre de propos ne l'intéressait pas. Servir ne lui déplaisait pas, mais il était heureux qu'on lui eût laissé fumer deux biris en paix.

Les jours s'écoulèrent, la chaleur augmenta. Il ne pleuvait plus. L'immense ciel demeurait désespérément bleu. Une ou deux fois, on vit bien quelques nuages suspendus au-dessus de l'infini damier des plaines, mais petits et blancs ils s'évanouirent très vite.

Maan s'habitua peu à peu à son exil. Au début, il se rongea d'impatience. La chaleur le tourmentait, cet univers de terres plates et uniformes le désorientait, l'ennui l'accablait. Misérable dans cet endroit oublié de Dieu, il n'imaginait pas réussir un jour à s'y adapter. Le besoin de confort et d'excitation, se disait-il, est un mécanisme toujours en mouvement. Pourtant, les jours passant, les choses bougeant ou ne bougeant pas selon le bon vouloir du ciel, le calendrier ou la volonté des autres, il s'accorda au monde qui l'entourait. L'idée le frappa que c'était peut-être quelque chose de ce genre qui avait permis à son père d'accepter l'emprisonnement – à cette différence que les journées de Maan n'étaient pas marquées par l'appel du matin et l'extinction des lumières, mais par l'appel du muezzin à la prière et les meuglements du bétail traversant le village au retour des champs.

Même sa rage contre son père avait diminué ; entretenir sa colère demandait trop d'efforts et, par ailleurs, ce séjour à la campagne lui permettait d'apprécier, d'admirer même, l'envergure de la tâche entreprise par son père – sans que pour autant il éprouvât la moindre envie de se mesurer à lui.

Paresseux de nature, il se laissait aller à la paresse. Semblable au lion que les enfants avaient voulu voir en lui à son arrivée, il consacrait très peu de temps à une activité laborieuse, bâillait beaucoup, semblait même s'étoffer dans cet assoupissement peu satisfaisant, qu'il interrompait ici et là par un ou deux rugissements et un brin d'activité – quelques brasses dans le lac proche de l'école, ou une promenade jusqu'à un bosquet de manguiers – parce que c'était la saison des mangues, et qu'il adorait les mangues. Parfois, allongé sur son charpoy, il lisait l'un des romans policiers que lui avait prêtés Sandeep Lahiri. Parfois, il jetait un œil à ses manuels d'ourdou. Il avait beau ne pas s'y appliquer outre mesure, il était capable à présent de lire un texte en ourdou clairement imprimé, telle cette sélection des plus célèbres ghazals de Mir que lui prêta Netaji ; il est vrai que, les connaissant déjà par cœur, l'épreuve ne fut pas trop difficile.

De toute façon, que font les gens dans le village, se demandait-il ? Ils attendent ; ils bavardent, préparent les repas, mangent, boivent et dorment. Ils se réveillent et vont aux champs avec leur cruche d'eau. Peut-être, se disait Maan, sont-ils tous fondamentalement des M. Biscuit. De temps à autre, ils lèvent la tête et scrutent le ciel sans nuage. Le soleil monte, atteint son point culminant, décline et se couche. La nuit tombée, heure où la vie commence pour moi à Brahmpur, il n'y a rien à faire. Quelqu'un vient vous voir, un autre s'en va. Assis en rond, les gens discutent de choses et d'autres en attendant la mousson.

Maan aussi restait assis à discuter, puisque les gens aimaient parler avec lui. Installé sur son charpoy, il parlait de tout et de rien, des problèmes de chacun, de la pousse des mahuas, de l'état du monde. L'idée ne lui venait jamais qu'on pût ne pas l'aimer ou ne pas lui faire confiance ; n'étant pas soupçonneux, il n'imaginait pas qu'on pût le soupçonner. Or, sa qualité d'étranger au village, de citadin, d'hindou, de fils de politicien – du ministre du Trésor, qui plus est – suscitait toutes sortes de rumeurs – pas toutes aussi fantastiques néanmoins que celle qu'avait fait naître sa kurta orange. Certains pensaient qu'il repérait la circonscription où son père voulait se présenter aux prochaines élections, d'autres qu'il avait décidé de s'installer en permanence au village, dégoûté de la vie citadine, pour d'autres encore il se cachait pour fuir des créanciers. Ils finirent pourtant par s'habituer à lui, à son oisiveté, à laquelle ils ne trouvèrent plus rien à redire, goûtèrent l'humour, la non-agressivité de ses opinions, aimèrent le fait qu'il les aimait. « Lion, lion, sans queue », se douchant sous la pompe, Maan Chacha câlinant un bébé pleurnicheur, source d'objets aussi intrigants qu'une montre et une torche, piètre écrivain qui se trompait en mettant le « Z » ourdou dans les mots les plus simples, il fut très vite adopté par les enfants, auxquels les parents emboîtèrent le pas. S'il regrettait de ne voir que les hommes, il avait suffisamment de bon sens pour ne pas s'en plaindre. Et il sut rester à l'écart des querelles. L'histoire de sa discussion avec Qamar et le Football à propos de Dieu et la façon dont il les avait muselés avait fait le tour du village, et reçu l'approbation quasi générale. La famille de Rasheed apprécia de plus en plus sa compagnie ; elle vit même en lui une sorte de confesseur.

Les journées s'étiraient, semblables les unes aux autres. A l'expression d'attente de Maan, le facteur répondait en général par une mine attristée. Depuis le début de son séjour, Maan n'avait reçu que deux lettres : l'une de Pran, l'autre de sa mère. Pran lui disait que Savita se portait bien, contrairement à leur propre mère, que Bhaskar lui envoyait toute sa tendresse et Veena ses exhortations affectueuses, que la Halle aux chaussures de Brahmpur s'était réveillée alors que le département d'anglais était toujours aussi profondément endormi, que Lata était partie pour Calcutta et Mrs Rupa Mehra pour Delhi. Que tout ce monde paraissait éloigné, songeait-il, aussi distant que les rares nuages blancs qui moutonnaient au-dessus de sa tête pour disparaître aussitôt. Son père, semblait-il, rentrait de plus en plus tard le soir, occupé par ses confrontations avec l'avocat général sur la constitutionnalité de la loi sur les zamindari ; il n'avait pas le temps d'écrire, à ce qu'expliquait sa mère, mais il avait demandé des nouvelles de Maan et de la ferme. Elle-même, affirmait-elle, se portait bien, et il fallait mettre au compte de l'âge les quelques plaintes qu'elle laissait échapper et dont Pran s'était peut-être fait inutilement l'écho – Maan n'avait aucune raison de s'inquiéter. Le jardin avait souffert du retard des pluies, mais elles allaient bientôt arriver, et quand tout serait de nouveau vert, Maan ne manquerait pas de remarquer deux petites innovations : une légère déclivité dans la pelouse de côté et un parterre de zinnias sous la fenêtre de sa chambre.

Firoz aussi devait être très occupé par l'affaire de la loi, pensait Maan, excusant le silence de son ami. Quant au silence qui résonnait le plus à ses oreilles, c'est durant les jours qui avaient suivi sa propre lettre qu'il lui avait fait le plus mal, quand chaque bouffée d'air le lui rappelait. A présent, c'était devenu une douleur sourde, étouffée par la chaleur et l'élasticité des jours. Pourtant lorsque, allongé sur sa couche à la tombée de la nuit, il lisait les poèmes de Mir, notamment celui qui lui rappelait la soirée à Prem Nivas où la chanteuse lui était apparue pour la première fois, le souvenir de Saeeda Bai revenait le tourmenter et le bouleverser.

De cela, il ne pouvait parler à personne. Le gentil sourire de Rasheed, quand il le voyait plongé dans la contemplation du portrait de Mir, se serait transformé en franc mépris s'il avait su qui était l'objet réel de cette adoration. La seule fois où leur discussion avait porté sur l'amour, Rasheed avait traité le sujet comme n'importe quel autre, en termes tout aussi théoriques et définitifs. Comme quelqu'un qui, à l'évidence, ne l'avait jamais connu. Le sérieux que mettait Rasheed en toutes choses, Maan souvent le trouvait épuisant ; dans ce cas particulier, il souhaita n'avoir jamais abordé le sujet.

Rasheed de son côté était heureux de pouvoir s'entretenir avec Maan des idées qui lui tenaient à cœur, mais ne pouvait comprendre qu'il n'assigne aucun but à sa vie. De s'être hissé à des études supérieures venant d'un milieu où celles-ci semblaient aussi inaccessibles que les étoiles, il était convaincu que la volonté et l'effort pouvaient le mener n'importe où. Il essayait avec courage, avec ferveur et d'une façon peut-être un peu obsessionnelle de tout concilier – la vie familiale, les études, la calligraphie, l'honneur personnel, l'ordre, le rituel, Dieu, l'agriculture, l'histoire, la politique ; bref, ce monde et tous les autres – en un ensemble compréhensible. Exigeant envers lui-même, il l'était envers les autres. Et Maan, quelque peu effrayé par cette énergie et ce sens des principes, avait l'impression que Rasheed se consumait à trop ressentir les choses, à vouloir prendre sur ses épaules toutes les tâches et les responsabilités de l'humanité.

« En ne faisant rien – ou pire que rien – j'ai réussi à mécontenter mon père, dit Maan, un jour que Rasheed et lui bavardaient à l'ombre du margousier. Et en faisant quelque chose – mieux que quelque chose – vous avez réussi à mécontenter le vôtre. »

Rasheed avait ajouté d'une voix altérée que, s'il apprenait ce que lui Rasheed venait juste d'accomplir, ce n'était pas simplement du mécontentement qu'éprouverait son père. Mais pressé par Maan d'en dire plus, il avait refusé et s'était contenté de secouer la tête. Maan n'avait pas insisté, habitué qu'il était maintenant à voir Rasheed passer sans transition de la plus grande réserve aux confidences. Celui-ci, d'ailleurs, lorsque Maan lui avait raconté la scène entre le munshi et la vieille femme au Fort de Baitar, avait failli s'ouvrir à lui de sa visite chez le patwari. Mais il s'était mordu la langue. Après tout, personne au village, pas même Kachheru, ne savait qu'il était intervenu pour réparer une injustice, et il valait mieux qu'il continue d'en être ainsi. De plus, le patwari était absent du village depuis près de deux semaines, et Rasheed n'avait pas reçu confirmation que ses instructions avaient été exécutées.

Plutôt que de se libérer de son secret, Rasheed avait demandé : « Connaissez-vous le nom de cette femme ? Comment savez-vous si le munshi ne se vengera pas sur elle ? » Frappé par les possibles conséquences de son irréalisme, Maan n'avait rien dit.

A plusieurs reprises, Rasheed réussit à faire parler un Maan réticent du problème des zamindari, mais pour en obtenir des opinions bien dans sa manière, fâcheusement nébuleuses. Si Maan avait réagi instinctivement, avec violence même, à la souffrance et à la cruauté, il n'avait guère d'opinion sur les bienfaits et les torts du système en général. Il ne voulait pas voir rejetée par les tribunaux la loi à laquelle son père avait travaillé pendant des années, et ne voulait pas non plus que Firoz et Imtiaz perdent la plus grande partie du patrimoine familial. Quant à l'oisiveté des gros latifundiaires (qui n'avaient nul besoin de travailler pour vivre) stigmatisée par Rasheed, elle ne souleva chez Maan, ce qui était prévisible, aucune protestation indignée.

Rasheed tenait des propos très durs sur sa famille et sa façon de traiter ses serviteurs, en revanche, sur le Nawab Sahib qu'il n'avait rencontré qu'une seule fois, il s'abstint de paroles malveillantes. Il avait appris dans le train qui les amenait de Brahmpur, lui et Maan, que son compagnon était un ami des jeunes Nawabzadas ; il ne voulait pas mettre Maan dans une position inconfortable, ni se rappeler sa propre humiliation, en racontant la façon dont il avait été accueilli à Baitar House lorsqu'il s'était présenté, quelques mois auparavant, pour demander un emploi.

10.19

Un soir où Maan faisait les exercices que Rasheed lui avait préparés avant d'aller à la mosquée, le père de Rasheed l'interrompit. Il portait Meher endormie dans ses bras.

Sans autres préliminaires, il dit à Maan : « Maintenant que nous sommes seuls, puis-je vous poser une question ? Elle me trotte par la tête depuis un certain temps.

— Bien sûr », fit Maan, posant sa plume.

Le père de Rasheed s'assit.

« Bon, alors voyons, comment dire ? Ne pas être marié est considéré dans ma religion et dans la vôtre comme un... » Il chercha le mot.

« Adharma ? Contraire aux principes ? suggéra Maan.

— C'est ça, appelons-le adharma. Vous avez vingt-deux, vingt-trois...

— Plus que cela.

— Plus ? Voilà qui n'est pas bien. Vous devriez être marié. Pour moi, un homme entre dix-sept et trente-cinq ans est dans la force de l'âge.

— Oui. » Maan hocha prudemment la tête. Au début de son séjour, il avait déjà eu droit à un discours semblable de la part du grand-père de Rasheed. Nul doute que Rasheed lui-même s'y mettrait la prochaine fois.

« Non pas que j'aie remarqué une diminution de mes forces au-delà de cet âge, même dix ans plus tard, continua le père de Rasheed.

— Bravo, fit Maan. Je connais des gens qui sont déjà vieux à quarante-cinq ans.

— Mais alors est arrivée la mort de mon fils, puis celle de ma femme – et je me suis effondré. »

Maan garda le silence. Kachheru apporta une lanterne, qu'il plaça à une petite distance des deux hommes.

L'intention du père de Rasheed était de donner un conseil à Maan, mais ses propres souvenirs l'envahirent : « Mon fils aîné était un garçon merveilleux. Il n'y avait pas son pareil dans cent villages à la ronde. Il était fort comme un lion, mesurait un mètre quatre-vingts – c'était un lutteur et un haltérophile – et faisait des exercices d'anglais. Il soulevait sans peine deux maunds de fer. Il avait le teint si frais, un si bon caractère, il souriait toujours – il accueillait les gens avec une telle gentillesse qu'il leur donnait de la joie au cœur. Et quand il portait le costume que je lui avais fait faire, il avait si belle allure que les gens disaient qu'il aurait dû être Surintendant de police. »

Le vieil homme ne pleurait pas – il racontait son histoire d'un ton compatissant, comme s'il s'était agi de quelqu'un d'autre.

« Toujours est-il qu'après son accident à la gare, je ne sais pas ce qui m'est arrivé. Je n'ai pas quitté la maison pendant des mois. Mes forces m'ont lâché. Je suis resté inconscient pendant des jours. Il était si jeune. Et puis, un peu plus tard, sa mère est morte. »

Il se détourna de Maan, leva les yeux sur la maison.

« Cette maison était sinistre. J'étais si malheureux et faible que je voulais mourir. Il n'y avait personne dans la maison pour m'offrir ne serait-ce qu'un verre d'eau. » Il ferma les yeux. « Où est Rasheed ? » demanda-t-il avec froideur, se retournant à nouveau vers Maan.

« A la mosquée, je crois.

— Ah oui, finalement Baba m'a pris en main et m'a dit de me reprendre. Notre religion dit que l'izzat, l'honneur de l'homme non marié, vaut moitié moins que celui de l'homme marié. Baba insistait pour que je prenne une nouvelle femme.

— Il parlait d'expérience, sourit Maan.

— Rasheed vous a donc dit que Baba a eu trois épouses.

Mon frère, ma sœur et moi sommes tous d'une femme différente. Attention, il n'a eu qu'une femme à la fois. "Marté gae, karté gae." Quand l'une mourait, il en prenait une autre. Le remariage est une tradition dans cette famille : mon grand-père s'est marié quatre fois, mon père trois et moi deux.

— Pourquoi pas ?

— Pourquoi pas, en effet. C'est exactement ce que je me suis dit – quand j'ai eu surmonté mon chagrin.

— Ç'a été difficile de trouver une femme ?

— Non, pas vraiment. Selon les normes du village, nous sommes riches. On m'a conseillé de ne pas prendre une jeune fille mais quelqu'un qui avait déjà été marié – veuve ou divorcée. J'ai donc épousé – il y a bientôt un an – une femme de quinze ans plus jeune que moi – ce qui n'est pas beaucoup. Elle est vaguement parente de ma femme – bénie soit sa mémoire. Et elle s'occupe bien de la maison. Ma santé s'est améliorée. Je peux marcher sans aide jusqu'à ma terre, à trois kilomètres d'ici. Je vois bien, sauf les choses qui sont trop près, mon cœur est bon, mes dents, mes dents, de toute façon on ne pouvait déjà plus rien y faire. Il faut se marier. La question ne se pose même pas. »

Un chien se mit à aboyer, imité aussitôt par d'autres. Essayant de changer de sujet, Maan demanda :

« Est-elle endormie ? Peut-elle dormir au milieu de tout ce bruit ? »

Le père de Rasheed abaissa un regard plein d'amour sur sa petite-fille. « Oui, elle dort. Elle m'aime beaucoup.

— J'ai remarqué que quand vous êtes revenu des champs aujourd'hui avec le parapluie, elle courait derrière vous dans la chaleur. »

Le père de Rasheed se rengorgea.

« Quand je lui demande si elle veut vivre à Debaria ou à Brahmpur, elle dit toujours Debaria, "parce que c'est là que tu es Dada-Jaan". Et un jour que je suis allé dans le village de sa mère, elle a quitté son Nana pour courir vers moi. »

L'idée de cette compétition entre les deux grands-pères fit sourire Maan.

« Je suppose que Rasheed était avec vous, dit-il.

— C'est possible. Mais même s'il n'avait pas été là, elle aurait couru vers moi.

— Alors, elle doit beaucoup vous aimer.

— Mais oui. Elle est née dans cette maison – que les gens plus tard ont décrétée maudite et néfaste. En ces jours sombres, la petite a été pour moi comme un don de Dieu. C'est moi qui l'ai élevée en grande partie. Le matin, du thé – du thé et des biscuits ! "Dada-Jaan, disait-elle, je veux du thé et des biscuits à la crème", pas de ces trucs tout secs. Elle demandait à Bittan, une de nos servantes, d'aller lui chercher des biscuits à la crème dans la boîte où je les conservais. Sa mère faisait le thé dans un coin, mais elle voulait que ce soit moi qui lui donne à manger.

— Heureusement, maintenant il y a un autre enfant dans la maison, pour lui tenir compagnie.

— Sans doute. Mais Meher a décidé que je n'appartiens qu'à elle. Quand on lui a dit que je suis aussi le Dada de sa sœur, elle a refusé de le croire. »

Meher s'agita dans son sommeil.

« Il n'y a jamais eu d'enfant comme elle dans toute la famille, décréta le père de Rasheed.

— Elle semble se comporter selon cette idée.

— Elle en a le droit, fit le grand-père en riant. Je me souviens, il y avait un vieil homme dans ce village. Il s'était fâché avec ses fils et vivait chez sa fille et son gendre. Il avait un grenadier qui, allez savoir pourquoi, donnait de bien meilleurs fruits que le nôtre.

— Vous avez un grenadier ?

— Oui, bien sûr, à l'intérieur. Je vous le montrerai un jour.

— Comment ?

— Comment ça "comment" ? C'est ma maison... Oh, je vois ce que vous voulez dire. Je disperserai les femmes quand vous entrerez. Vous êtes un bon garçon, dit-il soudain. Qu'est-ce que vous faites ?

— Ce que je fais ?

— Oui.

— Pas grand-chose.

— C'est très mal.

— Mon père le pense également.

« — Il a raison, tout à fait raison. De nos jours, les jeunes ne veulent plus travailler. Ou ils font des études, ou ils contemplent les étoiles.

— En réalité, j'ai un commerce de vêtements à Bénarès.

— Alors qu'est-ce que vous fabriquez ici ? Vous devriez être en train de gagner de l'argent.

— Je ne devrais pas être ici, c'est cela ?

— Non, non, vous êtes le bienvenu. Nous sommes heureux de vous avoir parmi nous. Bien que vous ayez choisi le mauvais moment pour venir, chaud et énervant. Vous devriez venir au moment de Bakr-Id. Vous verriez le village tout en fête. Oui, c'est ça, rappelez-vous de... Oh oui, – les grenades. Ce vieil homme était plein d'énergie, et lui et Meher formaient une paire d'amis. Elle savait que chaque fois qu'elle allait chez lui, elle recevait quelque chose. Alors elle m'obligeait toujours à l'y conduire. Je me rappelle la première fois qu'il lui a donné une grenade. Elle n'était pas mûre. Pourtant nous l'avons pelée avec beaucoup d'excitation, la petite a mangé six ou sept cuillerées de pulpe, et nous avons gardé le reste pour le petit déjeuner ! »

Quelqu'un passa devant eux. L'imam de la mosquée de Debaria.

« Vous viendrez nous voir demain soir, n'est-ce pas, Imam Sahib ? s'enquit le père de Rasheed, l'inquiétude perçant dans sa voix.

— Demain à la même heure, oui – après la prière, ajouta l'imam sur un ton de reproche.

— Je me demande où est Rasheed, dit Maan, l'œil sur ses exercices inachevés. Il va probablement revenir d'une minute à l'autre.

— Il est probablement en train de parcourir le village, corrigea le père, dans un soudain accès de colère, bavardant avec le bas peuple. C'est son style. Il devrait faire preuve de plus de discrimination. Dites-moi, est-ce que vous l'avez accompagné chez le patwari ? »

Maan fut si désarçonné par le ton de son interlocuteur qu'il entendit à peine ce qu'il lui demandait.

« Le patwari. Etes-vous allé chez le patwari du village ? » La voix qui répéta la question avait la froideur de l'acier.

« Non, fit Maan, étonné. Il y a un problème ?

— Non. S'il vous plaît ne dites pas que je vous ai posé la question.

— Comme vous voudrez. » Maan n'en demeura pas moins perplexe.

« Bon, je vous ai assez dérangé dans votre leçon », dit le père de Rasheed. Et il rentra dans la maison, portant toujours Meher dans ses bras, grimaçant à la lumière de la lanterne.

10.20

Fort inquiet à présent, Maan alla chercher la lanterne et s'efforça de se remettre à la lecture et à l'écriture des mots que Rasheed avait notés à son intention. Mais le père de Rasheed ne tarda pas à revenir, sans Meher.

« Qu'est-ce qu'un giggi ? demanda-t-il.

— Un giggi ?

— Vous ne savez pas ce qu'est un giggi ? » Il semblait très déçu.

« Non. C'est quoi ?

— Je ne le sais pas non plus », se plaignit le vieil homme. Maan le dévisagea, dérouté.

« Pourquoi voulez-vous le savoir ?

— Parce qu'il m'en faut un – immédiatement.

— Si vous ignorez ce que c'est, comment savez-vous qu'il vous en faut un ?

— Ce n'est pas pour moi, c'est pour Meher. Elle s'est réveillée et elle a dit : "Dada, je veux un giggi. Donne-moi un giggi." Et maintenant elle pleure, et je n'arrive pas à lui faire dire ce que c'est ou à quoi ça ressemble. Je vais devoir attendre jusqu'à... jusqu'à ce que Rasheed revienne. Peut-être le sait-il. Désolé de vous avoir à nouveau dérangé.

— Il n'y a pas de mal. » Pas tellement mécontent de cette nouvelle interruption, Maan essaya de deviner ce qu'on pouvait faire avec un giggi : le manger, jouer avec, monter dessus ? Finalement il reprit sa plume.

Le voyant seul, Baba, de retour de la mosquée, s'approcha de lui, le salua, toussa, cracha.

« Pourquoi un jeune homme comme vous s'use-t-il les yeux sur un livre ?

— Eh bien, j'apprends à lire et à écrire l'ourdou.

— Oui, oui, je me rappelle : seen, sheen... seen, sheen... A quoi bon ? dit Baba, en s'éclaircissant la gorge derechef.

— A quoi bon ?

— Oui... Qu'y a-t-il dans l'ourdou, à part quelques poèmes scandaleux ?

— Maintenant que j'ai commencé, je dois aller jusqu'au bout. »

C'était la bonne chose à dire. Baba l'approuva puis déclara : « L'arabe, voilà ce que vous devriez apprendre. Comme ça vous pourriez lire le Saint Livre. Vous ne seriez plus un kafir.

— Vous le croyez ?

— Oh, assurément. Vous ne prenez pas mal ce que je viens de dire ? »

Maan sourit.

« Un de mes meilleurs amis est un thakur qui habite à quelques villages d'ici, continua Baba. L'été 47, à peu près au moment de la Partition, une foule s'est rassemblée sur la route qui mène à Salimpur afin d'attaquer ce village, à cause de nous les musulmans. Et Sagal aussi. J'ai envoyé un message urgent à mon ami, et lui et ses hommes sont venus avec des lathis et des fusils ; ils ont dit à la populace qu'elle devrait d'abord compter avec eux. Heureusement. Sinon, je serais mort, en combattant, mais mort quand même. »

Décidément, songea Maan, me voilà devenu le confident général.

« Rasheed raconte que vous étiez la terreur du tehsil. »

Baba approuva d'un vigoureux hochement de tête. « J'étais rigoureux, dit-il fièrement. Celui-ci – il pointa le doigt en direction du toit de la maison – je l'ai flanqué dehors, tout nu, à l'âge de sept ans, parce qu'il ne voulait pas étudier. »

Maan essaya d'imaginer à quoi pouvait ressembler le père de Rasheed lorsqu'il était gamin, avec un livre dans les mains au lieu de sa blague à tabac de paan. Mais Baba n'avait pas fini.

« A l'époque des Anglais, il y avait de l'honnêteté. Le gouvernement était ferme. Comment peut-on gouverner sans fermeté ? Maintenant quand la police attrape un criminel, les ministres, les députés, tous disent : "C'est mon ami : relâchez-le !" Et c'est ce qu'on fait.

— Ça n'est pas bien, reconnut Maan.

— La police prenait des petits pots-de-vin, maintenant il lui en faut des gros. Et un jour il lui en faudra des énormes. On ne respecte plus la loi. Le monde entier est en train de se détruire. Les gens vendent ce pays. Et voilà qu'ils essayent de nous prendre la terre que nos ancêtres ont gagnée avec leur sueur et leur sang. Eh bien, je vous le jure, personne ne m'arrachera un seul bigha de ma terre.

— Mais c'est la loi – objecta Maan, pensant à son père.

— Ecoutez, vous êtes un garçon sobre. Vous ne buvez pas, ne fumez pas, et vous respectez nos coutumes. Mais s'ils votaient une loi ordonnant de ne pas prier vers La Mecque mais vers Calcutta, est-ce que vous obéiriez ? »

Maan s'efforça de garder son sérieux en imaginant l'une ou l'autre de ces éventualités.

« Eh bien, ça revient au même. Rasheed me dit que votre père est un grand ami du Nawab Sahib, qui est très respecté dans la région. Que pense le Nawab Sahib de cette loi qui veut lui arracher sa terre ?

— Il ne l'aime pas. » Maan avait appris à énoncer des évidences sans broncher.

« Vous non plus ne l'aimeriez pas. Moi je vous dis que les choses vont aller de mal en pis. Tout va déjà très mal. Dans ce village, il y a une famille de gens minables qui laisse leur père et leur mère mourir de faim. Ils ont de quoi manger, mais ils ont flanqué les parents à la porte. On a eu l'Indépendance – et maintenant les politiciens veulent en finir avec les zamindars – et le pays s'est effondré. Dans l'ancien temps, si quelqu'un avait fait ça – transformer sa mère en mendiante – sa mère qui l'a nourri, lavé, habillé – nous l'aurions tabassé jusqu'à ce que ses os et son cerveau fonctionnent comme il faut. C'était notre responsabilité. Maintenant, si on frappe quelqu'un, ils nous poursuivent aussitôt devant les tribunaux et ils essayent de nous enfermer au poste de police.

— Vous ne pouvez pas leur parler, les convaincre ?

— Bien sûr – Baba haussa les épaules – mais on corrige mieux un mauvais caractère avec une lathi qu'avec de la persuasion.

— Vous avez dû savoir faire régner la discipline, dit Maan, admirant une qualité qu'il aurait trouvée odieuse chez son père.

— Oh oui. La discipline c'est la clef de tout. Il faut travailler dur, quoi qu'on fasse. Vous, par exemple, vous devriez être en train d'étudier au lieu de perdre votre temps à bavarder avec un vieil homme comme moi... Dites-moi, est-ce que votre père a voulu que vous veniez ici ?

— Oui.

— Pourquoi ?

— Eh bien, pour que j'apprenne l'ourdou – que je voie comment on vit dans les villages, je suppose, improvisa Maan.

— Bon... bon. Dites-lui que c'est une bonne circonscription ici. Il a une bonne réputation dans notre communauté... Etudier l'ourdou ? Oui, nous devons le protéger... c'est notre patrimoine... Vous savez, vous feriez vous-même un bon politicien. Vous avez sorti le Football de ses buts tout en douceur. Evidemment, si vous entriez en politique dans ce village, il est probable que Netaji vous tuerait. Eh bien, continuez... continuez... »

Il se leva et se dirigea vers sa maison.

Maan eut une idée soudaine :

« Baba, vous ne sauriez pas par hasard ce qu'est un giggi ?

— Un giggi ?

— Oui.

— Non, jamais entendu parler. Vous êtes sûr que c'est le bon mot ? » Le vieil homme revint sur ses pas et s'empara du livre d'exercices de Maan. « Je n'ai pas mes lunettes.

— C'est Meher qui réclame un giggi.

— Mais qu'est-ce que c'est ?

— Tout le problème est là. Elle s'est réveillée et a réclamé un giggi à son grand-père. Ça doit venir d'un rêve. Personne dans la maison ne sait ce que ça signifie.

— Hmm, dit Baba, confronté à l'état de crise, je ferais mieux d'aller les aider. » Il se dirigea vers la maison de son fils. « Je suis le seul qui comprenne vraiment cette enfant. »

10.21

Maan reçut ensuite la visite de Netaji. La nuit était à présent complètement tombée. Netaji, qui s'était absenté pendant quelques jours pour de mystérieuses affaires, voulait avoir l'avis de Maan sur différents sujets : le Chef de district, le domaine du Nawab Sahib à Baitar, la chasse au loup, l'amour. Voyant Maan très occupé avec son ourdou, Netaji opta pour l'amour. Après tout, c'est lui qui avait prêté à Maan les ghazals de Mir.

« Est-ce que je peux m'asseoir ? demanda-t-il.

— Mais oui. » Maan leva les yeux vers lui : « Comment va la vie ?

— Oh, très bien. » Netaji avait à peu près pardonné à Maan l'humiliation qu'il lui avait infligée à la gare parce que, depuis lors, il avait connu d'autres humiliations, des succès aussi, et que dans l'ensemble il progressait dans ses projets de conquête du monde.

« Vous ne m'en voudrez pas de vous poser une question ?

— Non, dit Maan, vous pouvez poser n'importe quelle question sauf celle-ci. »

Netaji sourit et se lança : « Avez-vous déjà été amoureux ? »

Pour éviter d'avoir à répondre, Maan feignit le courroux. « En voilà une question !

— Vous comprenez, s'excusa Netaji, je pensais que la vie à Brahmpur – dans une famille moderne –

— C'est donc ainsi que vous nous voyez ! »

Netaji fit machine arrière : « Non, non, ce n'est pas ça – et d'ailleurs peu m'importe votre réponse. J'ai posé la question par simple curiosité.

— Dans ces conditions, vous devez vous-même être prêt à y répondre. *Vous*, avez-vous déjà été amoureux ? »

Netaji ne demandait qu'à parler. Il avait ces derniers temps longuement réfléchi au sujet. « Nos mariages, vous savez, sont tous arrangés. Il en a toujours été ainsi. Si ça ne dépendait que de moi, les choses changeraient. Mais ce qui est fait est fait. Autrement, je suis sûr que je serais tombé amoureux. A présent, ça ne pourrait que me compliquer la vie. Et vous ?

— Tenez, voilà Rasheed qui arrive. Et si on lui demandait de se joindre à notre discussion ? »

Netaji se dépêcha de partir. Il lui fallait préserver sa supériorité d'oncle. Après un regard en direction de Rasheed, il disparut.

« Qui était-ce ? dit Rasheed.

— Netaji. Il voulait me parler d'amour. »

Rasheed laissa échapper un grognement.

« Où étiez-vous ? demanda Maan.

— Chez le bania, à parler avec quelques-uns – à essayer de réparer le mal fait à Sagal.

— Qu'y a-t-il à réparer ? Vous étiez plein de fougue, et moi très admiratif. Mais votre père paraît très fâché contre vous.

— Il y a beaucoup à réparer. Selon la dernière version de l'incident, j'en serais venu aux coups avec les anciens et j'aurais proclamé que l'imam de la mosquée de Sagal est l'incarnation de Satan. J'aurais aussi le projet d'implanter une communauté sur le terrain appartenant à la madrasa – une fois que je vous aurais persuadé vous et votre père de lui arracher ce terrain. Les gens toutefois – du moins à Debaria – semblent douter de cette dernière partie de l'histoire. » Rasheed eut un rire bref. « Vous avez fait très bonne impression sur le village. Tout le monde vous aime ; ça me stupéfie.

— Si je comprends bien, vous êtes dans le pétrin.

— Peut-être. Ou peut-être pas. Comment peut-on discuter avec l'ignorance ? Les gens ne savent rien et ne veulent rien savoir.

— Dites-moi, savez-vous ce qu'est un giggi ?

— Ma foi, non.

— Alors vous êtes dans un plus grand pétrin que vous ne l'imaginez.

— Vraiment ? » Un instant, Rasheed eut l'air réellement soucieux. « Au fait, comment vont vos exercices ?

— Formidablement bien. J'y ai travaillé depuis que vous m'avez quitté. »

Rasheed venait à peine de rentrer dans la maison que le facteur arrivait et tendait une lettre à Maan. Lequel, sidéré, ne comprit pas un mot à ce que l'autre lui disait.

L'enveloppe, d'un jaune très pâle, semblait aussi fraîche et douce que le clair de lune. L'adresse était rédigée d'une écriture rapide, peu soignée même, le cachet de la poste indiquait « Pasand Bagh, Brahmpur ». Elle lui avait écrit.

Regardant l'enveloppe à la lumière de la lanterne, Maan fut pris d'un accès de désir qui l'étourdit. Il fallait qu'il parte la rejoindre sur-le-champ – peu importe ce qu'en dirait son père – ou qui que ce soit. Même si le terme officiel de son exil n'était pas encore arrivé.

Le facteur parti, Maan ouvrit l'enveloppe. Les effluves, ténus, du parfum familier se mêlèrent aux senteurs de la nuit. Il vit tout de suite que pour lire cette lettre – avec son écriture lâche, ses signes diacritiques répartis un peu n'importe comment, ses raccourcis – sa connaissance de l'ourdou serait nettement insuffisante. Il parvint à reconnaître la formule de politesse, adressée à Dagh Sahib, conclut d'après le graphisme de la page que le texte était entrecoupé de versets poétiques, mais ce fut tout.

Si la solitude n'existe pas dans ce village, se dit Maan, frustré, il n'y a guère non plus d'intimité. Que le père ou le grand-père de Rasheed viennent à passer et aperçoivent la lettre ouverte, ils s'en empareront sans y mettre de malice et la liront. D'un autre côté, Maan ne voulait pas rester des heures sur ce texte à essayer de déchiffrer syllabe après syllabe. Mais à qui pouvait-il demander de l'aide ? Rasheed ? Non. Netaji ? Pas davantage. Qui lui servirait d'interprète ?

Qu'avait-elle bien pu lui écrire ? Il vit en imagination la main droite de Saeeda Bai, ornée de sa bague, se mouvoir de droite à gauche sur la page jaune pâle, et ce faisant, il crut entendre le son d'un arpège descendant joué à l'harmonium. L'idée le traversa brusquement qu'en fait il ne l'avait jamais vue écrire. Ses mains, elles lui effleuraient le visage, elles effleuraient le clavier – des gestes qui ne nécessitaient pas qu'on les interprète. Mais dans le cas présent, ses mains s'étaient déplacées sur le papier, avec grâce et vélocité, et il lui était impossible de découvrir si elles lui transmettaient un message d'amour ou d'indifférence, de sérieux ou de gaieté, de plaisir ou de colère, de désir ou de calme.

10.22

Rasheed se trouvait effectivement dans une situation plus grave qu'il ne l'imaginait, mais ce n'est que le lendemain soir qu'il le constata.

Quand, après une nuit blanche ou presque, Maan lui demanda de l'aider à déchiffrer la lettre de Saeeda Bai, Rasheed fixa l'enveloppe d'un air songeur et légèrement embarrassé (probablement en raison de ma requête, songea Maan), mais, ô surprise, accepta. « Après dîner », proposa-t-il.

Bien que le dîner lui parût à des mois de distance, Maan hocha la tête avec reconnaissance.

La crise éclata aussitôt après la prière du soir. Rasheed fut convoqué sur le toit, où l'attendaient cinq hommes : son grand-père, son père, Netaji, le frère de sa mère arrivé dans l'après-midi sans son ami le guppi, l'imam de Debaria. Assis sur un grand tapis, au milieu du toit, Rasheed les salua selon le rite.

« Assieds-toi », dit son père. Les autres ne dirent rien, se contentant de répondre à ses salutations.

L'Ours pourtant se montra plus accueillant, bien que paraissant profondément gêné. « Prends un verre de sorbet, Rasheed, fit-il au bout d'un moment, lui tendant un verre plein d'un liquide rouge. C'est du jus de rhododendron. Excellente boisson. Quand je suis allé dans les montagnes le mois dernier... » La phrase demeura inachevée.

« Que signifie tout ceci ? » demanda Rasheed, son regard passant de l'Ours à l'imam, homme juste et bon, chef de l'autre grande famille de propriétaires terriens du village. Lui qui se montrait en général très chaleureux avec Rasheed, avait marqué quelque distance depuis deux jours. Peut-être avait-il été blessé lui aussi par l'incident de Sagal – à moins que les rumeurs folles qui proliféraient ne confondissent les deux imams. Quoi qu'il en soit, se dit Rasheed, quelles que fussent ses bévues, sur le plan théologique ou en matière de relations sociales, il était humiliant de devoir en répondre devant ce comité inquisiteur. Et pourquoi avoir fait venir l'Ours de si loin ? Rasheed but son sorbet en observant les cinq hommes. Son père avait l'air dégoûté, son grand-père l'air sévère. Netaji s'efforçait de paraître judicieux, et ne réussissait qu'à laisser éclater sa suffisance.

Ce fut le père de Rasheed qui rompit le silence, de sa voix rauque de mâcheur de paan.

« Abdur Rasheed, comment oses-tu abuser de ta position, de ta qualité de fils et de membre de cette famille ? Le patwari est venu ici, il y a deux jours, il te cherchait. Comme tu n'étais pas là, il m'a parlé, grâce à Dieu. »

Rasheed blêmit.

Il ne comprenait que trop ce qui s'était passé. Le misérable patwari n'ignorait pas que c'était à Rasheed de lui rendre visite, mais il avait trouvé une excuse pour venir parler avec la famille. Soupçonneux, inquiet des instructions qu'il avait reçues, sachant très bien d'où lui tombait la manne, il avait décidé de passer par-dessus la tête de Rasheed. A coup sûr, il était venu pendant la prière de l'après-midi, à peu près certain que Rasheed serait à la mosquée, tout à fait certain que le père n'y serait pas.

Rasheed redressa ses lunettes. Il avait les lèvres sèches. Il avala une gorgée de sorbet, geste qui sembla accroître la colère de son père.

« Ne sois pas impertinent, éclata-t-il en pointant le doigt sur son fils. Réponds-moi. Tes cheveux ont plus de cervelle que la bouillie de cerveau sur laquelle ils poussent. Et souviens-toi, Rasheed – tu n'es plus un enfant et tu ne peux t'attendre à bénéficier de l'indulgence qu'on doit à un enfant. »

Baba ajouta : « Cette terre ne t'appartient pas, tu ne peux pas en disposer à ta guise. Comment as-tu pu faire une chose pareille ? J'avais confiance en toi. Tu n'as jamais été un garçon obéissant, mais tu n'étais pas sournois. »

Le père reprit : « Au cas où tu aurais encore une méchante idée en tête, sache que ton nom n'est plus attaché à ces terres. Et ce qu'écrit un patwari est difficile à annuler, même devant la Cour suprême. Tes rêves communistes ne marcheront pas ici. On ne nous fait pas aussi facilement avaler des théories et des fantasmes qu'aux étudiants de Brahmpur.

— Vous ne pouvez pas me déposséder ainsi, s'écria Rasheed, fou de rage. La loi de notre communauté est claire – » Il en appela à l'imam pour confirmation.

« Je vois que tu as fait également bon usage de tes études religieuses, remarqua son père d'un ton mordant. Je te conseillerai, Abdur Rasheed, pour te référer à notre loi sur l'héritage, d'attendre le bienheureux moment où mon père et moi-même reposerons en paix auprès du lac. »

L'imam, l'air profondément bouleversé, décida d'intervenir. « Rasheed, dit-il calmement, qu'est-ce qui t'a incité à agir ainsi, dans le dos de ta famille ? Tu sais que l'ordre public dans le village dépend de la conduite convenable des principales familles. »

Convenable ! Quelle plaisanterie, se dit Rasheed, quelle hypocrisie. Il était convenable, sans nul doute, d'arracher des quasi-serfs au lopin de terre qu'ils cultivaient depuis des années, à seule fin de sauvegarder ses propres intérêts. A n'en pas douter non plus, l'imam n'avait été appelé qu'à titre de conseiller spirituel.

Et l'Ours ? Qu'avait-il à voir avec tout ceci ? Rasheed se tourna vers lui, quêtant sans mot dire son soutien. L'Ours, il en était sûr, ne pouvait que sympathiser avec ses intentions. Mais l'Ours ne soutint pas son regard.

Le père de Rasheed lut dans ses pensées. Découvrant ce qui lui restait de dents, il grogna : « Ne cherche pas des

904

encouragements auprès de ton Mamu. Tu ne peux plus courir te réfugier chez lui. Nous avons discuté de la situation tous ensemble, en famille – en famille, Abdur Rasheed. C'est pourquoi il est là. Il a tout à fait le droit de se mêler de cette histoire. Certaines de ces terres ont été achetées avec la dot de sa sœur. T'imagines-tu que nous allons abandonner si facilement ce pour quoi nous avons travaillé depuis des générations ? Crois-tu que nous n'avons pas assez d'ennuis avec les pluies tardives cette saison pour risquer d'attirer sur nos têtes une invasion de sauterelles ? Si tu donnes un bout de terre à un chamar – »

En bas, le bébé se mit à pleurer. Le père de Rasheed se leva, se pencha par-dessus le parapet et cria :

« Mère de Meher ! Ne peux-tu empêcher l'enfant de Rasheed de faire tout ce vacarme ? Les hommes ne peuvent-ils discuter sans être dérangés ? »

Se retournant, il menaça : « Rappelle-toi ceci, Rasheed : notre patience a des limites. »

Hors de lui, à peine conscient de ce qu'il disait, Rasheed éclata : « Et croyez-vous que la mienne n'en a pas ? Depuis que je suis revenu au village, je n'ai reçu que des reproches, des marques de jalousie. Ce vieil homme dans la misère, qui jadis fut si bon pour toi Abba, et que maintenant tu ignores –

— N'essaie pas de t'écarter du sujet, l'interrompit son père. Et n'élève pas la voix.

— Je ne m'égare pas – ce sont ses abominables frères qui m'ont accroché quand je passais devant leur mosquée et qui maintenant propagent ces viles rumeurs –

— Tu te donnes une figure de héros –

— S'il y avait une justice, ils seraient traînés devant les tribunaux et devraient expier leurs crimes.

— Les tribunaux, voilà que tu veux mêler les tribunaux à cette affaire –

— Oui, parfaitement, s'il n'y a pas d'autre moyen. Et ce seront les tribunaux qui vous feront dégorger ce que depuis des générations vous avez –

— Ça suffit ! » La voix de Baba cingla comme un coup de fouet.

Mais Rasheed l'entendit à peine.

« Les tribunaux, Abba – tu te plains des tribunaux ? Mais qu'est-ce que cette assemblée ? Ce panchayat, cette commission de cinq inquisiteurs qui croit pouvoir m'insulter en toute liberté ?

— Ça suffit ! » Jamais jusqu'à présent, Baba n'avait dû élever une seconde fois la voix contre Rasheed.

Rasheed se calma et baissa la tête.

« Tu ne dois pas nous considérer comme un tribunal, intervint Netaji. Nous sommes tes aînés, nous te voulons du bien, et nous nous sommes réunis hors de la présence d'étrangers pour te conseiller. »

Rasheed réussit à se maîtriser et à ne rien dire.

En bas, le bébé se remit à pleurer.

Rasheed se leva avant que son père n'ait pu le faire et cria en se penchant vers la cour : « Femme ! Femme ! Va voir ce que veut l'enfant.

— As-tu pensé à eux dans cette affaire ? » demanda son père, indiquant la cour d'un signe de tête.

Rasheed le fixa avec férocité.

« Et as-tu pensé à Kachheru lui-même ? ajouta Baba.

— Kachheru ? Il ne sait rien de tout cela, Baba. Rien du tout. Il ne m'a rien demandé. » Il porta les mains à sa tête, où la pression intolérable se manifestait à nouveau.

Baba soupira, puis regarda en direction du village, et dit : « Bon, cette histoire va se répandre et c'est là le problème. Nous sommes cinq ici. Six. Nous devons promettre de ne pas dire un mot, mais ce mot sortira d'une façon ou d'une autre. Nous avons compris, à l'attitude de notre invité, ton ami, que tu ne l'as pas mêlé à tout ceci, ce qui est bien –

— Maan ? dit Rasheed, incrédule. Vous avez parlé à Maan ?

— Mais il y a aussi le patwari, qui taira ou révélera tout ce qui lui conviendra. C'est un sournois. » Baba s'interrompit une seconde, pour réfléchir à ce qu'il allait dire. « Tout ça sortira, et plein de gens penseront que Kachheru t'a poussé à agir ainsi. Nous devons faire un exemple. Je crains que tu ne lui aies pas facilité les choses.

— Baba », protesta Rasheed.

Mais son père lui coupa la parole, vert de rage. « Tu aurais dû penser à tout cela avant. Au pire, que lui serait-il arrivé ?

Il aurait circulé de champ en champ. Il aurait toujours eu le soutien de notre famille, il aurait toujours eu la possibilité d'emprunter nos outils, notre bétail – c'est toi, c'est toi qui as fait du mal à mon vieux chamar. »

Rasheed se couvrit le visage de ses mains.

« Bien entendu, dit l'Ours, rien n'a encore été décidé.

— Non », reconnut Baba. Rasheed respirait à grand bruit, sa poitrine se soulevant et s'abaissant profondément.

« J'espère que cette expérience t'apprendra à examiner ta propre conduite avant de censurer celle des autres, dit son père. Jusqu'à présent, tu n'as pas eu un mot d'excuse, pas un mot pour admettre que tu t'es mal comporté. Crois-moi, sans la présence de ton Mamu et de l'Imam Sahib, nous aurions été moins indulgents. Tu peux continuer à vivre ici si tu le souhaites. Si tu t'en montres digne, nous pourrons plus tard remettre des terres à ton nom. Mais si tu fermes la porte de la confiance, la porte de cette maison se fermera pour toi, tu peux en être sûr. Je ne crains pas de perdre un fils. J'en ai déjà perdu un. Et maintenant, descends. Occupe-toi de ta femme et de ton enfant – de tes enfants. Nous devons discuter du sort de Kachheru. »

· Rasheed regarda les visages qui l'entouraient. Il vit de la compassion sur certains, du soutien sur aucun.

Il se leva, dit tout bas « Khuda haafiz » et descendit dans la cour. Pendant un moment, il observa le grenadier, puis entra dans la maison. Le bébé et Meher dormaient. Sa femme paraissait profondément inquiète. Il lui dit qu'il ne dînerait pas et ressortit aussitôt.

Voyant émerger Rasheed, Maan eut un sourire de soulagement : « J'ai entendu des bruits de voix, j'ai pensé que vous ne redescendriez jamais. » Il sortit de sa poche la lettre de Saeeda Bai.

Une seconde, Rasheed hésita, faillit se confier à Maan, voire lui demander son aide. N'était-il pas le fils de l'auteur de cette loi qui visait à rétablir la justice ? Mais il lui tourna brusquement le dos.

« Et ça – dit Maan, agitant l'enveloppe.

— Plus tard, plus tard », fit Rasheed, d'une voix sans timbre. Et il s'éloigna de la maison en direction du nord.

de

Thalat i obma de dertnoti)

GLOSSAIRE

Achkan : redingote à la Nehru.

Adaab : salutation courtoise.

Adharma : impiété, immoralité.

Adi Shankara : le « Shankara original », c'est-à-dire le théologien Shankara (VIIIe siècle), fondateur de l'advaïta-vedanta.

Advaïta (vedanta) : système hindou d'ontologie non dualiste.

Akbar : souverain moghol (1556-1605) réputé pour sa tolérance religieuse.

Alaap : prélude d'une pièce musicale.

Aliph : première lettre de l'alphabet arabe.

Almirah : armoire.

Alu paratha : crêpe farcie aux pommes de terre.

Alu tikki : petite crêpe de pommes de terre épicées.

Amaltas : le *laburnum* indien.

Ammaji : mère.

Amrit : nectar.

Andhi : tempête.

Angarkha : long manteau porté par les hommes.

Anna : le seizième d'une roupie.

Annakutam : fête hindoue célébrée le lendemain de Diwali en offrant des monceaux de nourriture à Vishnou.

Apa : papa.

Arati : cérémonie concluant le culte hindou de l'image divine et consistant à agiter devant celle-ci la flamme d'une lampe allumée.

Arjuna : héros du *Mahabharata* qui reçoit dans l'épisode de la *Bhagavad-Gita* l'enseignement du divin Krishna.

Arya Samaj : secte hindoue réformée fondée au XIXᵉ siècle.

Ashok : arbre (« Jonesia ashoka »).

Ashoka : grand empereur (269-232 av. J.-C.) qui, converti au bouddhisme, en propagea les principes humanitaires.

Ayah : nounou.

Azaan : appel à la prière (islam).

Babu : terme de respect pour un aîné, père.

Bakr-Id : fête musulmane commémorant le sacrifice d'Abraham.

Ballishtah : mesure de longueur (une main).

Baloutche : habitant du Baluchistan (province du Nord-Ouest, Pakistan).

Bandar-log : le peuple des singes (Kipling).

Bania : caste marchande.

Bankim Babu : Bankim Chatterjee (1838-1894), écrivain et nationaliste bengali.

Barfi : sucrerie au lait condensé.

Barsaat Mahal : le palais des pluies.

Behayaa-besharam : impudique.

Bela : sorte de jasmin.

Bhabbi : épouse du frère aîné.

Bhadon : mois lunaire hindou (août-septembre).

Bhadralok : « gens de bien » (castes supérieures au Bengale).

Bhai : frère.

Bhai duj : le deuxième jour de la quinzaine claire du mois de kartik quand les sœurs honorent leurs frères.

Bhajan : chant de dévotion.

Bhakti : dévotion.

Bhang : préparation à base de chanvre indien.

Bharat : frère du dieu Rama, héros du *Ramayana*.

Bharatnatyam : style de danse classique.

Bigha : mesure (à peine un arpent).

Bilkul : tout à fait (à la forme négative : pas du tout).

Bindi : marque peinte sur le front de forme ronde.

Biradari : fraternité, communauté.

Biryani : préparation à base de riz, de viande et d'épices.

Biri : cigarette faite d'une feuille de tabac.

Brahma : l'Etre suprême.

Brahman : l'absolu impersonnel (symbolisé par Om).

Brahmo : membre du Brahmo Samaj, secte hindoue réformée fondée au XIXᵉ siècle au Bengale.

Brinjal : aubergine.

Bua : tante paternelle.

Burra : vieux.

Burqa : long voile porté par les femmes musulmanes.

Burré Sahib : terme de respect pour un aîné.

Chamar : caste de travailleurs du cuir.

Champa : fleur du *Michelia Campaca* (frangipanier).

Champakali : collier de petits pendentifs en forme de boutons de champa.

Chana-jor-garam : pois chiches grillés.

Chanderi : ville du Bundelkhand (Inde centrale) célèbre pour ses cotonnades.

Chané ki daal : soupe de pois chiches cassés.

Chapati : galette de pain sans levain cuite à sec dans une poêle.

Chappals : sandales.

Charpoy : lit de sangles ou de cordes.

Chaturmaas : période de quatre mois (entre juin-juillet et octobre-novembre).

Chaupar : damier en croix fabriqué en tissu.

Chautha : cérémonie funèbre hindoue célébrée dans les quatre jours qui suivent le décès.

Chholé : ragoût de pois chiches.

Chhoté Sahib : terme de respect pour un cadet.

Chikan : broderie typique de Lucknow.

Choli : corsage très court porté avec le sari.

Chowk : place ou avenue centrale.

Chugal-khor : calomniateur, diffamateur.

Chugthai : célèbre poétesse.

Chunni : voir Dupatta.

Chyavanprash : tonique, fortifiant.

Daal : soupe de pois ou de lentilles cassés.

Daadi : grand-mère paternelle.

Dacoït : bandit, brigand.

Dada : grand-père paternel.

Dadra : grand-mère maternelle.

Dalal : courtisan-coquetterie.

Damaru : petit tambour de Shiva.

Darshan : vision sanctificatrice.

Devanagari : écriture la plus usuelle du sanskrit, de l'hindi et du marathi.

Dhanteras : fête hindoue en l'honneur de Lakshmi célébrée le treizième jour de la quinzaine sombre du mois de kartik.

Dharamshala : auberge pour pèlerins.

Dhobi : blanchisseur.

Dhobi-ghat : berge aux blanchisseurs.

Dholak : sorte de tambour.

Dhoti : vêtement masculin (pièce de tissu drapée autour des hanches).

Didi : sœur aînée.

Divali : fête hindoue des lumières en l'honneur de Lakshmi célébrée à la nouvelle lune du mois de kartik.

Dupatta : voile porté par les femmes sur les épaules.

Durbar : cour royale, audience royale.

Durga : la parèdre de Shiva.

Dussehra : fête marquant la victoire du dieu Rama sur le démon Ravana, célébrée le dixième jour de la quinzaine claire du mois de jeth.

Ekadashi : onzième jour des quinzaines claire et sombre de chaque mois lunaire hindou.

Farishta : ange.

Fatiha : le premier chapitre du Coran (lu aux mourants).

Gajak : sucrerie à base de sésame.

Ganesh : le dieu à tête d'éléphant, fils de Shiva et Parvati.

Ganga Dussehra : fête régionale du Bengale.

Ghazal : poème chanté.

Ghat : berge, quai, escalier menant à l'eau.

Ghee : beurre clarifié.

Ghich-pich : (être) les uns sur les autres.

Gopala : nom de Krishna enfant.

Gopi : bouvière, compagne d'adolescence de Krishna.

Guava : goyave.

Gul-mohur : flamboyant.

Gulab-jamun : boulette de fromage blanc frite dans le ghee et trempée dans un sirop de sucre.

Gulam : esclave (valet du jeu de cartes).

Gunda-gardi : vandalisme.

Guppi : bavardage.

Gurudeb : le Maître (pour désigner Tagore).

Gurudwara : temple sikh.

Gyaan : connaissance métaphysique.

Haafiz : : gardien, protecteur.

Hanuman : le dieu singe héros du *Ramayana*, dévot de Rama et de Sita.

Hanuman Jayanti : anniversaire de Hanuman.

Haramzada : bâtard.

Hari : nom de Vishnou (Hare au vocatif).

Haveli : hôtel particulier.

Hemangini : prénom féminin (en sanskrit : « celle qui a un corps d'or »).

Hilsa : alose (poisson de rivière).

Hoi polloi : menu fretin.

Holi : festival du printemps célébré à la pleine lune du mois de phalgun.

Houkah : narguilé.

Huzoor : Votre Seigneurie.

Imambara : mausolée où l'on commémore les morts d'Ali et de ses fils Hassan et Hussein pendant le mois musulman de moharram.

Isha upanishad : une des plus anciennes upanishads du *Veda*.

Ishvara : Dieu personnel.

Jagré : sucre de canne non raffiné.

Jai Hind : vive l'Inde !

Jalebi : beignet de farine trempé dans un sirop de sucre.

Jamjar : pot d'argile poreuse (pour conserver l'eau fraîche).

Jamun : *Eugenia Jambolana.*

Janamashtami : anniversaire de Krishna, le huitième jour de la quinzaine sombre du mois de bhadon.

Jatav : caste de cordonnier.

Jawahar et lal : joyau et rubis, « lal » signifie aussi chéri ; jeu de mots sur le prénom de Nehru, Jawaharlal.

Jaymala : guirlande de victoire.

Jeth : mois lunaire hindou (mai-juin).

Jeth purnima : pleine lune du mois de jeth.

Jijaji : beau-frère : mari de la sœur aînée.

Jindabad : vive !

Juchanda : potion-décoction d'herbes médicinales.

Juti : sandalette.

Kabak : perdrix.

Kabir : poète de basse caste (tisserand) qui, musulman d'origine, s'est assimilé à l'hindouisme (1440-1518).

Kachauri : beignet fourré de lentilles ou de légumes.

Kachnar : *Bauhinia Variegata*.

Kafir : infidèle (pour l'islam).

Kahar : bon sang !

Kailash : montagne sacrée sur laquelle vivent Shiva et Parvati.

Kayal : khôl. Fard à paupières.

Kalari : troquet où l'on sert des boissons alcoolisées.

Kalawant : artiste.

Kamini : séduisante, ensorcelante.

Kanungo : officier du cadastre.

Karela : sorte de courgette très amère.

Karhi : soupe à base de farine de pois chiches et de petit-lait.

Karma-yogi : personne qui cherche à obtenir son salut par le travail.

Kartik : mois lunaire hindou (octobre-novembre).

Kartik purnima : pleine lune du mois de kartik.

Kathak : style de danse classique.

Kayasth : nom d'une caste de scribes et d'administrateurs.

Khas : herbe *(Andropogon Muraticum)*.

Khatauni : livre de comptes ou répertoire.

Khatri : nom d'une caste marchande.

Khatri-patri : mot à écho qui semble propre à l'auteur.

Kheer : riz au lait sucré et épicé.

Khwani : désir ou demande.

Khyaal : style de musique de l'Inde du Nord.

Ki jai : vive !

Kirtan : chant de dévotion.

Kotwal : chef d'un poste de police.

Kotwali : poste de police.

Krishna : divinité hindoue, avatar de Vishnou.

Kulfi : glace à base de lait sucré.

Kumbhakaran : frère du démon Ravana, héros du *Ramayana*.

Kundan : or pur.

Kurmi : nom d'une caste d'agriculteurs.

Kurta-pyjama : tunique et pantalon.

Kutti : être fâché, se séparer.

Laddu : boulette sucrée.

Lakh : cent mille.

Lakshman : frère du dieu Rama, héros du *Ramayana*.

Lakshmi : épouse de Vishnou.

Lathi : bâton.

Lassi : boisson au yaourt (salée ou sucrée).

Lila : pièce de théâtre sacré mettant en scène les divinités.

Linga-Shiva : symbole phallique utilisé dans le culte du dieu Shiva.

Lobongolata : pâtisserie à la farine et au lait condensé parfumée au clou de girofle.

Lota : petit pot en cuivre.

Lovely wale aa gaye : ceux de « Lovely » sont arrivés.

Luchi : petit puri (préparation bengali).

Lungi : vêtement masculin, pièce de tissu drapée autour des hanches.

Madhumalati : jasmin.

Mahabharata : geste en sanskrit composée quelques siècles avant l'ère chrétienne et racontant la guerre entre deux groupes de cousins, les Pandava et les Kaurava.

Mahant : supérieur de monastère.

Mahasabha : parti nationaliste hindou fondé dans les années vingt.

Mahua : *Bassia Latifolia*.

Mali : le jardinier.

Manu : le premier homme, célèbre législateur hindou.

Maulana : titre donné aux lettrés musulmans.

Mangal-sutra : collier de mariage porté par les femmes.

Marathi : habitant de l'Etat du Maharashtra (Inde centrale).

Mardana : côté de la maison réservé aux hommes.

Marsiya : longue élégie.

Marwari : caste de commerçants originaires du Rajasthan.

Masala : épices.

Matthri : petit gâteau salé frit.

Maulvi : instructeur religieux musulman.

Maund : environ 40 kilos.

Maya-vadi : « qui parle de maya » (façon péjorative de désigner un tenant de l'advaïta-vedanta).

Miya-mitthu : personne aimable.

Moharram : premier mois de l'année musulmane (celui de la commémoration du meurtre de Hussein).

Morha : fauteuil en rotin.

Munshi : l'intendant.

Musammi : sorte d'orange.

Naan : pain cuit au four.

Naga : ascètes guerriers qui vont nus.

Nahî : non.

Nakhra : faire des manières, flirter.

Nala et Damayanti : héros et héroïne d'un épisode du *Mahabharata* (thème de la fidélité conjugale).

Namaaz : prière musulmane.

917

Namasté : salutation.

Nana : grand-père paternel.

Nana-jaan : nourrice.

Nanak : le fondateur du sikhisme (1469-1539).

Navratan : neuf joyaux (perle, rubis, topaze, diamant, émeraude, lapis-lazuli, corail, saphir et *gomeda*).

Nawab : gouverneur, prince (nabab).

Nawabzada : fils d'un nabab.

Neem : margousier.

Neta-log : les chefs.

Nimbu pani : citronnade.

Om : son symbolisant le brahman.

O.B.E. : Order for British Empire.

Paan : noix de bétel écrasée enveloppée dans une feuille.

Pakora : beignet de farine de pois chiches fourré aux légumes.

Pallu : (pan du sari).

Panchayat : conseil, tribunal.

Pandava : nom de famille des cinq frères héros du *Maha-bharata*.

Panditji : titre de respect pour un brahmane lettré.

Pani : eau.

Pao : 250 grammes.

Paratha : galette de pain cuite à la poêle.

Parikrama : circumambulation.

Pathan : peuple d'Afghanistan et du nord du Pakistan.

Peri : fée.

Phalgun : mois lunaire hindou (février-mars).

Phirni : riz pilé cuit au lait sucré.

Phulka : galette de pain cuite à sec et qu'on a laissée gonfler.

Pitthu : partenaire au jeu, partisan.

Prasad : offrande consacrée.

Phupha : mari de la sœur du père.

Puja : rite d'hommage aux divinités.

Pujari : prêtre.

Pukka Sahib : un vrai gentleman.

Purana khidmatgar : le vieux serviteur.

Purdah : voile, réclusion (des femmes) chez les musulmans.

Puri : galette de pain frite dans du ghee.

Pushpa : fleur (prénom féminin).

Rabindrasangeet : recueil des chants de Tagore.

Raga : mode musical servant de base et de cadre à l'improvisation.

Rai Bahadur : titre de haut rang (période de l'Empire britannique).

Raj : royaume, l'Empire britannique en Inde.

Rajkumar : prince.

Rajput : noble.

Ramjap : répétition du nom du dieu Rama.

Rama : divinité hindoue, avatar de Vishnou, principal héros du *Ramayana*.

Ramalila : « mystère » évoquant la vie de Rema.

Ramayana : la geste de Rama et de son épouse Sita composée en sanskrit au début de l'ère chrétienne par Valmiki.

Ramcharitmanas : version hindi du *Ramayana* composée au XVIe siècle par le poète Tulsidas. Le « Sundar kanda » est le premier chapitre de ce texte.

Rani : reine.

Rasagulla : boulette de fromage blanc trempée dans un sirop de sucre.

Rasmalai : sucrerie au lait concentré.

Ravana : ennemi de Rama dont il enlève l'épouse Sita dans le *Ramayana*.

Rishi : grand sage.

Rishikesh : ville du nord de l'Inde située sur le Gange et associée au renoncement au monde.

Roti : galette de pain sans levain cuite au four.

Rozi : quotidien.

Saakshi bhaava : attitude du témoin.

Sadhak : personne se consacrant à une discipline spirituelle.

Sadhika : féminin de sadhak.

Sadhu : ascète.

Sakhi : amie de cœur du couple divin Radha et Krishna.

Sayyed : descendants du prophète, classe supérieure des musulmans indiens.

Sooz : lamentation.

Sal : *Shorea Robusta.*

Sala : le frère de l'épouse (utilisé comme terme d'insulte).

Salwaar-kameez : pantalon bouffant et tunique portés par les femmes.

Samdhin : mère d'un fils (ou bru).

Samosa : petit pâté frit de forme triangulaire et fourré aux légumes.

Sandesh : sucrerie au lait condensé.

Sankirtan : chant de dévotion.

Sannyaas : renoncement au monde.

Sarangi : sorte de violon.

Saraswati : déesse de la connaissance.

Sardarni : féminin de sardar, titre donné aux sikhs.

Sat-chit-ananda : formule qui s'applique à l'absolu (existence-conscience-félicité).

Savitri : nom d'une prière védique adressée à Savitar (le Soleil), prénom féminin.

Seer : environ un kilo.

Sola : sorte de jonc *(Aeschynomene Aspera).*

Shakti : énergie divine.

Shamiana : grande tente, vélum.

Shantiniketan : « havre de paix », université fondée par Tagore.

Sharifa : anone.

Shatrugan : frère du dieu Rama, héros du *Ramayana*.

Shehnai : sorte de hautbois.

Sherwani : long manteau serré.

Shloka : verset.

Shraadh : cérémonie avec festin à la mémoire d'un mort, onze ou treize jours après le décès.

Shravan : mois lunaire hindou (juillet-août).

Sindhi : habitant du Sind, province de l'ouest du Pakistan.

Sindoor : vermillon (que les femmes mariées appliquent dans la raie de leurs cheveux).

Sita : épouse du dieu Rama, héroïne du *Ramayana*.

Sitam-zareef : tyrannie perpétuelle (à propos d'une personne).

Snaan : bain.

Snaatak : étudiant brahmane qui a pris le bain rituel marquant la fin de ses études.

Soz : stance d'une élégie.

Supari : ingrédient du paan.

Swahas : exclamation accompagnant une oblation dans le rituel védique.

Swaroop : représentation divine. Par extension, acteur jouant le rôle d'un dieu.

Tabla : instrument à percussion se composant de deux petits tambours.

Tahiri : plat de riz avec des légumes.

Tanpura : instrument à cordes tenant lieu de bourdon lors de l'exécution d'un raga.

Tazia : châsses de Hasan et de Hussein, fils d'Ali, portées en procession pendant le mois de moharram (islam).

Tehsil : district.

Tehsildar : chef de district.

Thakur : seigneur.

Taan : le ton, ou la mélodie.

Taluqdar : propriétaire terrien.

Thali : plateau servant à prendre le repas.

Thandai : boisson rafraîchissante à base de graines pilées et d'épices.

Théka : un des tambours du tabla, celui qui se joue avec la main gauche.

Thumri : style de chant à deux voix.

Tika : point tracé sur le front.

Tinda : plante grimpante dont le fruit est une sorte de cornichon.

Tirukural : livre de maximes rédigé en tamoul classique.

Toba : Dieu m'en garde !

Tonga : voiture à cheval.

Tonga-wallah : conducteur de voiture à cheval.

Tota : perroquet.

Tulsi : le basilic sacré.

Vacances de Puja : période fériée associée au culte de Durga (Durga-puja) en automne.

Vakil : avocat.

Valmiki (les) : d'après Valmiki, l'auteur du *Ramayana*, réputé avoir été de basse extraction.

Vanaspati ghee : margarine.

Veena : instrument à cordes et prénom féminin.

Vibhuti : cendre de bouse de vache symbolisant la puissance du dieu Shiva et associée à son culte.

Vishnou : un des grands dieux du panthéon hindou.

Waqf : expert, personne informée.

Wallah : suffixe marquant l'appartenance (voir tonga-wallah) ou l'emploi.

Yajurweda : le *Veda* des formules (utilisées dans le sacrifice védique), l'un des quatre *Vedas*.

Zaal : contrefaçon.

Zamindar : propriétaire terrien.

Zari : brocart.

Zenana : partie de la maison réservée aux femmes chez les musulmans.

Table

Du même auteur :

LE LAC DU CIEL : du Sin-K'iang au Tibet, Grasset, 1996.
QUATUOR : Grasset, 2000.
DEUX VIES, Albin Michel, 2007.

Composition réalisée par JOUVE

Achevé d'imprimer en janvier 2008, en France sur Presse Offset par
Maury-Imprimeur - 45330 Malesherbes
N° d'imprimeur : 134106 - N° d'éditeur : 97475
Dépôt légal 1re publication : septembre 1997
Édition 05 - janvier 2008
LIBRAIRIE GÉNÉRALE FRANÇAISE - 31, rue de Fleurus -75278 Paris Cedex 06